最后的王朝

上

韩济生 著

山东文艺出版社

图书在版编目（CIP）数据

最后的王朝/韩济生著.—济南：山东文艺出版社，2023.3
ISBN 978-7-5329-6738-4

Ⅰ.①最… Ⅱ.①韩… Ⅲ.①长篇小说—中国—当代 Ⅳ.①I247.5

中国版本图书馆 CIP 数据核字(2022)第 177238 号

最后的王朝
ZUIHOU DE WANGCHAO

韩济生 著

主管单位	山东出版传媒股份有限公司
出版发行	山东文艺出版社
社　　址	山东省济南市英雄山路 189 号
邮　　编	250002
网　　址	www.sdwypress.com
读者服务	0531-82098776（总编室）
	0531-82098775（市场营销部）
电子邮箱	sdwy@sdpress.com.cn
印　　刷	山东大众华泰印务有限责任公司
开　　本	710 毫米×1000 毫米　1/16
印　　张	50
字　　数	870 千
版　　次	2023 年 3 月第 1 版
印　　次	2023 年 3 月第 1 次印刷
书　　号	ISBN 978-7-5329-6738-4
定　　价	168.00 元

版权专有，侵权必究。如有图书质量问题，请与出版社联系调换。

目 录

第一卷　平民那些事 / 1

第二卷　革命党与保皇党 / 138

第三卷　自立军威风 / 214

第四卷　惠州三州田的风波 / 304

第五卷　萍浏醴风云 / 391

第六卷　星星之火 / 460

第七卷　有情人难成眷属 / 533

第八卷　武昌的炮声 / 639

第一卷　平民那些事

第 1 回　父亲的遗愿

一八九四年的一个秋日里，夜晚一场淅淅沥沥的小雨，才使郁郁葱葱的南方小城香山县显得有点活气，趁着稍微有点凉爽的天气，公韧匆匆赶往云山镇。他手里紧紧地攥着三十文钱，想了却父亲临死前的一桩心愿——老父亲临死前想吃一块肉。

少年公韧一边低着头躲避着地上的水洼，一边不断地甩着布鞋上越粘越厚的红泥巴。泥土的腐烂气味、稻米的香味、太阳的干燥味道和树上各种叶子的异味不断地被吸进他的鼻孔。红彤彤的太阳使他的脸上蒙上了一层淡淡的红晕，洁净的粗布白长衫使他和周围穿着大裆裤，脚上甩着破草鞋或光着脚丫赶集的农民还不大一样。

他十八九岁，英俊高挑，北方人的脸膛显得白皙红润。与众不同的是，他的眼睛一旦聚起神来看人时，像是夜晚中一只精力充沛的少年猫，突然发现了猎物一般，蕴含着逼人的穿透力。

集市那里有几棵木棉树，树姿巍峨，枝干挺拔，遒劲有力地挺立在肥沃的红土地之上，给人一种苍劲无畏、傲然挺拔的感觉。还有一些香蕉树，枝条上挂满了饱满的果实，就像一个个小绿罐子一样。有一片高大茂密的竹林，竹干粗细混杂，竖长横生，有的粗如碗口，有的细如笔杆，但都伸展着苍翠的细长枝叶，挤挤攘攘，争相生长。

所谓的集市也就是零零散散的几家小铺子，再加上临时凑热闹的一些小商贩摆摊叫卖。公韧从香蕉、菠萝的摊子跟前走了过去，摇着头从荔枝、龙眼、柑橘、木瓜等水果摊前走开。

公韧到了卖龙（蛇）肉的摊子前站住了，这是父亲最爱吃的美味啊！蛇贩子这时候正熟练地左手捏住一条金环蛇的七寸，只见他右手抓住蛇尾巴，像抡铁环一样抡了两圈，活蛇立刻僵直了。然后蛇贩子把蛇头用钉子钉在木板上，左手抓住蛇的尾巴，右手操着一把锋利的小刀，顺着蛇身子轻轻一划，它的五脏六腑立刻翻了出来。

蛇贩子拽出了五脏，并在其中取出了一颗绿色的蛇胆，单独用一张小荷叶包好，大声喊着："蛇胆配川贝，清肝利胆，止咳明目，既是珍品，又是名药，此时不买，更待何时！五十文钱一条。"

公韧摊开手掌，让蛇贩子看了看已被汗水浸湿的三十文钱，对小贩说："能不能给我拣一条小的？"小贩看了看那几个制钱，摇了摇头说："钱太少了。"

公韧又央求说："我爸爸快不行了，你就可怜可怜我吧！"

蛇贩子白了公韧一眼："一边去！别在这里耽误我的生意。"然后抱着膀子扭过了头，不再理会公韧。

旁边紧挨着一个卖虎（猫）肉的，笼子里正蹲着一只只惊恐万状的大花猫，旁边摆着刀子、案板，看来也是现场宰杀。公韧递给猫贩子三十文钱，说："给我一只吧？"猫贩子看了看那三十文钱，摆了摆手。

公韧只好叹息着再往前走。没走几步，前边围着几个小孩正瞪着大眼看热闹。地上摆着一个铜盆，铜盆里盖着一块血迹斑斑的白布，小贩子正摇头晃脑地喊着："地里钻的，墙旮旯里跑的，人人喊打的，没有胆量不敢吃的，天下第一美味了……"

公韧问："这天下第一美味，到底是什么肉？"

小贩卖了个关子说："此话不能讲，看看就知道了。"说着掀开白布让公韧看了看。公韧看到盆里一小块一小块血淋淋的红肉，立刻有了一种预感，浑身起了一层鸡皮疙瘩，胃里乱搅，一阵子干哕。小贩笑嘻嘻地说："这肉绝对新鲜，十文钱一块，保准吃了这一回，想着下一回。如果不好吃，再给我退回来。"

公韧看了看手里那三十文钱，寻思着，买回去弄熟了，先尝尝。如果确实好吃，就让老爹吃了，如果不好吃，再回来退钱也不迟。公韧大喊一声："给我三块！"那小贩大叫一声："好！"立刻掀开白布，从盆里挑了三块肥大的，用荷叶包好，递给公韧。

公韧左手接了肉，右手正要把那三十文钱递给小贩，忽然旁边一阵大乱，几个无赖连撞带揉，把公韧推了个跟头。等公韧从地上爬起来时，再寻那三十文钱，哪里还有一点踪影。小贩却不依不饶："给我钱啊，钱呢？"

公韧哭丧着脸说："怨我倒霉，钱让那几个无赖抢跑了。要不，还你肉吧！"说着，来回搜寻着地上，好不容易才从一个土窝里拣出了几块鼠肉，吹了吹上面的浮土，要还给小贩。小贩却不接肉，气哼哼地说："我天下第一美味张，卖的就是鲜味，这肉沾上土不新鲜了。"说着袖子一扒，露出了两排清晰的手风琴似的骨头架子，拍着胸脯子说："要是不把那三十文钱拿出来，你今天就别想走！"

公韧长叹一声，摇了摇头："真是百无一用是书生，老爹就这点儿要求，我都满足不了。逮蛇逮不着，杀猫又小胆，老鼠不敢抓，想买肉，钱又被贼人抢走。真是无用啊……"

正在两人纠缠不清的时候，突然三十文钱塞到了张着手要钱的小贩手里，随后一个纤细的声音对小贩说道："这位大哥，不就是三十文钱吗？我替他拿上就是。"

公韧心中不禁一阵感动，扭头一看，觉得眼前一亮，好像一道神奇的光亮出现在自己面前，晃得眼睛有些发花，心脏也剧烈地跳动起来。她接下来说的什么，自己一句也听不清了……她好像鸡群里的一只仙鹤，鸟群里的一只凤凰。特殊的发型，不一般的穿戴，脸色细腻白嫩，好像稍微碰一下，就能出水，小巧玲珑的嘴唇，精致的鼻子，特别是那双眼睛，饱满亮丽，含情脉脉，有一种勾魂摄魄的灵光闪耀……

公韧再一次觉得脑子一片空白，只感觉到一身洁白的丝绸衣裤微微闪动着，飘飘而来，又姗姗而去。

集那头一阵纷乱，小贩往那边瞧了瞧，赶紧拾掇起家什要走，一边走，一边骂："税狗子又来了，说不定哪个又要倒霉！"原来小贩所说的税狗子是一队官兵，领头的是一只眼鼓一只眼斜，满脸横肉，长着两颗大龇牙的税官。

这几个张牙舞爪、一身官服的人晃晃悠悠地到了卖蛇肉的摊子跟前，税官对着小贩就喊："五百文！"小贩低声下气地说："这位官家，我今天才卖了几百文啊！"副官又喊："六百文！"小贩又说："太冤了。你们要这么些厘金干什么去了，没见着给我们老百姓一点儿好处。我凭什么交厘金？"

税官大声呵斥："好个混账东西，真是吃了熊心豹子胆了。这收厘金是大清的律令，你敢抗旨不遵吗？"

卖蛇肉的有点软了，嘟哝着说："不是不交厘金，实在是没挣这么多钱。"税官眼珠子转了转，看了看蛇筐说："既然没钱交厘金，那好，先孝敬孝敬我们吧！"小贩嘴一撇说："凭什么孝敬你们，偏不！"

税官急了："这也不行，那也不行，真是茅房的石头又臭又硬，弟兄们，抓蛇！"几个官兵扑过来就要抢蛇，可是打开蛇笼盖子看了看，眼镜蛇、过树榕、三索线蛇、金环蛇、七步梨花蛇，密密麻麻纠缠在一起。蛇们受到强烈光线的刺激，一个个凶光外露，龇着毒牙，喷着毒水，嘴里卷着芯子，窸窣作响，吓得几个税狗子赶紧捂上笼盖子，不知道如何是好。

那税官看捞不着蛇，喊了一声："弟兄们，他不交厘金，又不孝敬咱，给他砸！"几个官兵把一肚子恶气撒在蛇笼子上，从路旁搬起石头，朝着蛇笼子一阵子乱砸。笼子不一会儿就被砸破了，毒蛇纷纷出笼，满街乱爬，吓得赶集看热闹的人纷纷躲避。

有一个姑娘跑得慢了点，被几条毒蛇围在中间，跑也不是，躲也不行，吓得尖声大叫。公韧一看，这不正是刚才给他支付三十文钱的那个姑娘吗，心里十分着急，大喊一声："姑娘千万不要乱动，别刺激蛇！"

公韧急忙从旁边肉案上摸起一把刀，砍了一根竹竿，用竹竿一条一条地拨着那些围着姑娘的毒蛇。可是那些蛇一条条湿漉漉的，十分腻滑，要想挑开它们，不是简单的事，急得公韧头上冒出大汗。

斜眼在不远处拍着手嘻嘻哈哈地叫着："别拨，别拨，精彩极了。这叫美人舞妖蛇，扭腰摆臀，抬腿摇臂，好看，好看，甚是好看！你这个小子，吃饱了撑的，捣什么乱！别破坏了一场好戏。"说着，就用小石子砸公韧。

第 2 回 恶少逞凶群蛇乱舞

几个石子砸到公韧的身上、手上，痛得公韧手中的竹竿一下子掉到地上。

斜眼的几个爪牙也跟着大声叫好："砸得好！砸得好！姑娘的舞也跳得好，跳得美！"看热闹的人群里突然有人喊道："朗朗乾坤，难道都是一些没有血性的男儿？恶霸逞凶，难道再没有一个人出手相救？"

这一声大喊，果然起了作用，几个有血性的跟着喊道："真是太欺负人了，这算什么事啊？""我要是有本事，早上去揍这些坏蛋了。""有懂蛇的就好了，叫这些蛇咬死这些王八蛋！"

众人的一阵嘟囔，喊出了一位好汉，是卖蛇人，他看不下去了，大骂道："姑娘别怕，我来帮你！"说着，从怀里掏出一支竹笛，吹了起来。

那笛声如泣如诉，一会儿高亢一会儿低吟，甚是动人！蛇们听到这样的声音，竟然停止乱动，随着那笛声扭动起来。卖蛇人的笛声高，蛇们就一齐往上使劲昂头，卖蛇人的笛声低，蛇们就往下用力低头，卖蛇人的笛声尖，蛇们就一齐往阳处偏，卖蛇人的笛声哑，蛇们就一齐往阴处闪。由于动作整齐划一，那真是舞动出了一出人间无与伦比的蛇舞。

人们都看呆了，税官斜眼和那些官兵也都看傻了眼。那姑娘被困在蛇群中，跑又跑不出来，便随着蛇舞动起来。这下子真正组合成天上人间不多见的美人蛇舞了。

正在此时，斜眼那边突然出现了一个衣着暴露的年轻姑娘。只见她几乎露着半个乳房，胳膊和小腿细嫩洁净，模样俊俏，黛眉中间画了一条小蛇，真是三分是人，七分像妖。她大喊道："这么热闹，怎么能少得了本姑娘。"说完，也随着那笛声扭动起来。

公韧心中大骇："看这姑娘，也就十八九的样子，怎么听声音，倒像是七十多岁啊？并且还是个男音，真是奇了怪了！"两个美女在蛇中舞动着，不过，帮助过公韧的这个姑娘，扭动得十分自然，美丽而动人，而新加入的那个姑娘却扭动得有些泼辣、鬼魅、狂躁，简直就是个妖怪。她随着扭动，身子渐渐向卖蛇人靠近，而那些蛇在她的带动下，也向卖蛇人慢慢逼近。

卖蛇人继续吹着竹笛，脸上却现出惊骇的神情，他不敢停下笛声，一旦停下，真怕那些蛇一拥而上，在他身上咬出几十个窟窿。他一边用力地吹着竹笛，一边向那个美女做着手势，那种手势，一百个人有一百种理解。

公韧悟出他手势的意思，大声地翻译道："今天真是遇到了克星，这位高人，我和你无冤无仇，为什么要害我？"

那位"美女"听到了公韧的喊话，并不用嘴回答，而是用舞蹈来回应，更加激烈地晃动着自己的身体。这种形体语言，也是一千个人有一千种理解。公韧理解了，大声地翻译道："我就是要和你比试一下驭蛇的本领！胜者为蛇头，败者进蛇腹。"

卖蛇人听了公韧的话，已没有什么幻想，更加用力地吹奏竹笛。那笛声更加抑扬顿挫，忽尖忽哑，忽强忽弱。蛇们这下子稳定了阵势，不再向卖蛇人逼近，转而又向那个"美女"逼了过去。

那个妖女一边更加起劲地舞动身躯，一边随手抓起两条小蛇，往嘴里慢慢塞去。众人一阵大惊。妖女舞了一阵子后，两条小蛇从妖女的鼻孔中钻了出来，这样一来，那蛇的尾巴在妖女嘴里，而两个蛇头却在鼻孔外面慢慢扭动。公韧又对妖女的形体语言做出了翻译，大声地对众人说："这叫二龙吐须。"

卖蛇人也不甘示弱，一边用力地吹奏竹笛，一边随手抓起一条蛇，来了个巧置换，把竹笛放到了鼻孔上，用鼻孔吹笛，而把蛇头慢慢地塞进自己的嘴里，用牙咬住，一边还做着手势。公韧对着众人大声地翻译道："我这叫一龙出蛋。"

果然，不一会儿，那条蛇慢慢下出了一个大白蛋。

众人一阵大惊，有鼓掌的，有扭头不敢看的，还有大声叫好的。

那妖女见震慑不到卖蛇人，更加用力地舞动起身躯。不一会儿，九条蛇爬到了妖女身上，和妖女一块起舞，变换着各种各样的舞姿。人随蛇势，蛇随人动，这简直不是妖，成了鬼了。

公韧对着她的形体大声地翻译道："这就叫金龙狂舞。"

卖蛇人还是不服气，变换调子继续吹奏竹笛，这下子蛇们全都跑到了卖蛇人的身边，群蛇乱舞。卖蛇人给公韧做了个手势，公韧大喊道："这位姑娘对不起了，我要给你来个金蛇出击——"

话刚说完，就见卖蛇人从身上取出一包药粉，放在了一个竹管里，嘴里吹着笛子，一只手把竹管拿到鼻子上，尽力一吹，一股粉末对着那个妖女呼啸而去。

那妖女嗅到了一股子邪味，大吃一惊，也顾不得卖弄蛇艺了，夺路而逃。

那些蛇在后面奋力急追，急速地扭动着身子，速度要多快有多快。

公韧对蛇还是多少了解一些的，他自言自语地说："这包药粉一定是蛇的雌雄激素，这些蛇都是近视眼，眼睛不管事儿，还都是聋子，耳朵听不着。这下子嗅到强烈的异性味，都忙着找对象去了，哪里还管什么真假。"

帮助过公韧的那个姑娘想：毒蛇们既然都撵那个女妖去了，此时不走，更待何时？赶紧挪动着三寸金莲，要离开这个是非之地。不想，那斜眼一下子挡在了姑娘面前，笑嘻嘻地说："美女不要走！"

那姑娘赶紧躲开他，又往旁边走去，不料那斜眼又挡在她面前说："我一生见过美女无数,还没有见过这么漂亮的。今天好不容易遇到了,还想走,往哪里走?"

公韧自言自语道:"蛇们好不容易乱腾完了,人间的灾难又开始了。"一边是县衙的斜眼领着一帮手拿刀枪的官兵,而一边呢,自己是一点武功也不会。可是事情既然到了这种地步,自己不帮助她,岂不枉为人。公韧只得硬着头皮大喝一声:"这位县衙的官家,哪有这样调戏良家妇女的。人家不喜欢你,不能这样缠着人家不放!"

那斜眼抬起头来,真是一只眼看天,一只眼看地,就是没有看到人。他大门牙一龇,足有半寸,露着风地说:"谁的裤裆破了,把你露了出来,给我一边待着去。免得搂草打兔子,把你捎带着。"

公韧对着看热闹的民众大声鼓动道:"大家伙看看,有这样不讲道理的吗?官家本该造福一方,没想到,正事不管,却来调戏良家妇女。大家伙说说,这样的官家对我们还有没有一点儿用处?"

老百姓早就对这些官兵不满,趁机嚷嚷道:"什么官啊,狗官!""没有一个好东西。""好人还能当官?只有坏人才能当官。这当官的哪里还有好人啊!"

税官斜眼一看公韧领着头挑起对官府的反抗情绪,斜眼一瞪,说:"这还了得,这是想聚众造反啊,今天就让你知道一下马王爷到底几只眼!"

主人一哼哼,他手下的小狗腿自然就明白了他的意思。上来一个小兵,对着公韧就推了一把。公韧只觉得脚下无根,倒退了三四步,摔了个四仰八叉,只得咧着嘴自嘲地苦笑一声:"空有侠义之心,可惜没有侠客本事。"

那斜眼一看治服了公韧,奸淫地嘿嘿一笑,对着姑娘左看右看,上看下看,猥琐下流地说:"我天天晚上梦见嫦娥,想得我是死去活来,三魂丢了两魂,醒来时却是狗咬尿泡一场空,原来搂的是一个绣花枕头。今天一出门,喜鹊喳喳叫,集上一抬头,这不就是梦中的嫦娥吗?嫦娥啊……嫦娥啊……让我想得好苦啊!"

他一边说话,一边动手动脚,两只肥胖臃肿的手在姑娘的脸上摸了一把。

姑娘刚才被毒蛇吓得惊魂未定,这会儿也就才回过神来,没想到又遇到恶少调戏。她只能用手遮住脸说:"你到底是官家还是土匪?"

斜眼又说:"甭管我是官家还是土匪,其实官家和土匪谁也离不开谁,官家需要土匪吃饭,土匪可能过不多久也成了官家。我家就住在县衙,我爹就是县太爷刘大老爷。姑娘快快跟我走吧,到我家享福去,你这个小傻瓜哟……"

姑娘气呼呼地说："没一句人话，就凭你这德性，刚才怎么没叫毒蛇咬死！"

第3回　小姐遭辱公韧欲救

　　刘斜眼不急不躁，嬉皮笑脸地说："姑娘真会说话，我就喜欢姑娘说话，像小八哥一样，叽叽喳喳，清脆嘹亮。"说着就伸出手来在姑娘的身上乱摸。

　　朗朗乾坤，清平世界，稍微有点血性的人哪能看得下去！公韧从地上爬起来，大吼一声："我不管你是官二代还是富二代，打呀！"他满眼血红地扑了上去，还没到跟前，一个小狗腿在公韧身上捶了一拳。公韧被打倒在地，几个小狗腿上去，连踢带打，又把公韧痛打一顿。

　　公韧被打得鼻青脸肿，那包鼠肉早不知道抛到哪里去了。

　　围观的人是敢说敢怒而不敢动。尤其是那姑娘，更是气得脸上变了颜色，有心上来帮助公韧，无奈身单力薄，根本凑不到跟前，反而被斜眼见缝插针，紧紧地抓住了她那细嫩的小手。斜眼把姑娘的手正过来看，反过来看，有滋有味地品评着："这么白，这么嫩的小手，就和小面团似的，还有一个玉镯子呢！镯子也这么白。耳朵上还有一个玉坠子呢！我看看，让我好好看看……"

　　那姑娘拼命挣扎，无奈是鸡入狼嘴羊入虎口，哪里还能挣脱得开？

　　看到此情此景，公韧只觉得万箭穿心，肺都要气炸了，但是自己已经被打趴在地上，纵有万丈豪情，又怎能奈何得了武功高强的斜眼。公韧只得悲壮地喊道："老天呀，你睁睁眼吧……谁能给我神力啊！"

　　就在这节骨眼上，猛听得人群里一声大吼："食国家俸禄，你这狗官眼里还有没有皇上？真是是可忍孰不可忍，不得不出手啊！"

　　话还没有说完，就听到斜眼身边的几个官兵"哎哟！""疼啊！"地乱叫，手中的兵器丢了一地。剩下的几个爪牙定睛一看，打人的不过是一个十八九岁，穿着利索，英武俊秀的年轻人，心里就有些不服气。他们互相使了一下眼色，一齐喊着扑了上来。

　　第一个是饿狗扑食，豁上命地往前冲。那年轻人稍微身子一低，那条狗兵从青年身上蹿了过去，像块烂西瓜一样摔在地上，伤着了脖子。第二个扑在了那青年身上，没想到那青年就和抓小鸡一样，把恶狗拦腰提起，把他的头往第三个的头上一扔，只听砰的一声，有热闹好瞧了，两个脑袋都破了，也弄不清到底是哪个碰的哪个。

别的官兵还没有明白怎么回事，一个个稀里糊涂地就被打趴在地上。

斜眼是脸盆里扎猛子——不知深浅，还要上来一试，没想到，刚照面，左胸就挨了一拳，被打转了身，还没有回过味来，左右屁股又各挨了一脚，疼得刘斜眼哇哇大叫。

那青年才俊大声地骂道："好好的大清国，都被你们这帮败类给糟蹋了。怎么没上朝鲜，叫洋人的枪子崩了，怎么没上东海，叫日本人的炮弹给炸死。好品行不长，倒学会欺负老百姓的本事了……"

众看客纷纷赞扬这位好汉扬善惩恶，公韧赶快把那位姑娘拉到自己的身边。姑娘受了这一番惊吓，一时还没有回过神来，眼睛呆呆的，更显得凄婉动人。

斜眼还是有些不服气，但看占不到便宜，就对这位好汉拱了拱手说道："请问这位客官，姓甚名谁，在哪里高就？"没想到这位好汉不卑不亢地一声冷笑："该告诉你的就告诉你，不该告诉你的就不要乱打听。你暂且闷着吧！"

斜眼吃了一个"窝脖儿"，但也只能忍了，谁让自己技不如人呢！卖蛇人认为自己的机会到了，上去照准了斜眼的右脸就是一耳刮子。公韧一看，这么好的机会，自己要是不把握，那可真是傻瓜蛋了，就照着刘斜眼的左脸，使了使劲，狠狠地也来了一个大耳刮子。

这下好了，匀称了，斜眼的左右脸蛋子上，各有一个红红的手印。斜眼哪里受过这样的气啊，就要上去报复。那位好汉一伸手把斜眼挡在了一边。

斜眼现在真是气得肚子鼓鼓的，打吧，打不过，骂吧，不管用，看来只有走为上计了。他骂骂咧咧地对那青年说了声："你小子等着！我和你没完，你们这些傻瓜。"然后屁股一转，拔腿开溜。那几个爪牙一看主人跑了，自己还待在这里干什么，也赶紧扶着架着那些瘸腿的伤着胳膊的，夹着尾巴溜了。

一场小戏到此也就结束了，但是众看客还是饶有兴致，不愿意离去，还在议论着刚才的那些事情。公韧对那青年两手一抱，恭敬地说道："多谢这位大哥，这位姑娘受了欺负，最后还是大哥给解了气。请问这位大哥尊姓大名，在哪里高就？"

那青年客气地说："我姓韦，叫金珊，哪谈得上什么高就，只是一个普通的商人而已。其实我早就注意到你了，你年纪轻轻，既有侠义之心，又有智慧，这在当今的社会，难能可贵啊！"

两个人一见如故，叙着家常。韦金珊对公韧说："我能否向你打听一件事情？"

公韧说："请讲。"

韦金珊说："你是本地人，是否看见了一支神秘的车队？"

公韧好奇地问："你是车队的什么人？"

韦金珊想了想，说："我是一个跟队商人，因为拉肚子，和车队走散了。"

公韧说："我也是刚到集上，实在是没有看到一支什么车队。"又问别人："大家看到一支神秘车队了吗？这位小哥是车队上的人，不小心和车队走散了。"

大家都说没有看到。韦金珊皱起了眉头。

公韧看到心中爱慕的姑娘还没有走，对她一作揖说："请问这位好心的姑娘芳名？"

那位姑娘羞羞答答地说："我叫西品，请问这位大哥姓名？"

公韧说："我叫公韧。"

那位姑娘再施一礼，说："我就住在前边的西家村，我爹就是庄当中住的西顺玉。平常我不大出门，没想到一出门就碰到了坏人，今天多谢公韧大哥救了我，也多谢金珊大哥救了公韧。"

公韧说："那就别客气了，要不是西品姊妹的三十文钱，我哪能买了肉孝敬我爹。可惜我那肉啊！"公韧低头寻觅，那鼠肉哪里还有踪影，刚才一阵乱腾，早被踩成了肉泥。这时候，一个卖猪肉的拉了一块肉，递给公韧说："你们几个替我们出了气，我心里高兴。如不嫌弃，就收下这块肉。"卖蔬菜的也递给了公韧一些新鲜蔬菜说："反正买卖也叫那几个坏蛋搅黄了，菜放着不卖也坏了，送你一些尝尝鲜。"

公韧对各位作揖，说："谢谢了，谢谢了，我替老爹谢谢你们。"他又对韦金珊说："世界上有三大悔，该努力的时候不努力，一大悔也；能结交的朋友不去结交，二大悔也；到手的机会不去把握，三大悔也。如不嫌弃，到我寒舍一叙，我愿意和大哥结拜金兰。"

韦金珊回道："我一看，你也是个读书人，身体虽然孱弱，但少了些酸腐之气，多了些侠义之心。世界上要是没有你这样的人，这个世界可就真毁了。如你不嫌弃，我就豁上脸皮，到你家里给你添麻烦去。"

西品笑了笑说："你俩一见如故，都结拜兄弟了，我也就别在这里碍事了。那我先走了！"说完，颠着三寸金莲，婀娜而去。

两人目送着西品渐渐远去，微微颔首，心中有些恋恋不舍。

西品走着走着，忽然朝后一瞥，回眸一笑，见两人还在一动不动地看着自己，有些不好意思，不由得羞红了脸庞。西品又走了几步，悄悄地回头观望，见两人仍然在神情专注地看着自己，赶紧朝两人招了招手，意思是"请回吧！"慢慢又往前走了十多步，再悄悄回头观望，见两人还是那样傻了一样地看着自己，心里不由得一阵子热流涌动。

她略微犹豫一下，从耳朵上摘下了一个垂耳玉坠，又从怀里掏出一方香帕包好，放在了地上，回头对着公韧和韦金珊笑了笑，然后低着头红着脸快步走去。

公韧和韦金珊互相看了一眼，心里觉得奇怪，一阵疾步，奔到了西品放东西的地方。公韧拾起来，仔细地打开有着余香的手帕，见里面包着一只白白的玉坠，急忙就要去追西品。

金珊拉了他一把，笑了，说："别追了，说不定这是西品姑娘有意留给你的一个信物呢！她准是看上你了。"

公韧皱了皱眉头，说："不可能吧，她怎么会看上我呢？我地没一垄，家无隔日之粮，身上没有不打补丁的衣裳。你风流倜傥，德才兼备，她准是看上你了！"

韦金珊说："有出息的姑娘重义不重财！虽说你家境贫寒，但以后不一定没有一个好的前程。只要你苦心读书，通过科举考试，封爵进侯那也说不定呢！"

第4回　君子好逑

两个人互相谦让起来。

"这么着吧！"韦金珊说，"其实窈窕淑女，君子好逑，要说我对西品姑娘不仰慕，那也是违心话。咱俩打个赌吧？"

"打什么赌呢？"公韧问。

金珊说："咱就比赛吟诗作赋吧。"

公韧听了连连摆手："那不行。我看你是练武之人，吟诗作赋毕竟差一些，怎么能用我的长处比你的短处呢？不行！不行！要不，咱就比赛武功吧？"

金珊笑了："还比赛武功呢，就你那点儿本事，差点叫那几个狗腿子打残了。这不是有心把西品让给我吗？不能这样，不能这样。"

两个人推过来，让过去，谦虚了一阵。金珊说："干脆，也不比你的长处，也不显我的短处，咱俩公平竞争如何？就扔纸箭，那东西又轻又飘，想使劲也使不上，完全凭运气。"

公韧说："行啊，我听大哥的！"

金珊说："咱可丑话说在前头，练武之人最恨那些不讲诚信的人，咱俩不论谁赢了，一定要和西品白头到老，一辈子不变心，谁要变心，就如此石。"金珊说着从地上摸起了一块红色的石头，紧紧地攥在右手心里，闭目凝神，暗暗运气。石头开始崩裂、粉碎，然后变成齑粉，从手指缝里纷纷扬扬洒落下来，一阵风刮过，随风而去。

公韧说："我也读过几天书，读书人讲究仁、义、礼、智、信，不管谁赢了，海可枯，石可烂，和西品的情缘不能断。不管世道如何变幻，人生多难，一辈子只能和西品一个人喜结良缘。"

金珊从口袋里拿出来两张纸，叠了两个纸箭，递给了公韧一个。

金珊暗暗运力，使尽吃奶的力气用力一挥，那纸箭劲头十足，笔直地向前射去。谁知飞着飞着，绕了一个圈，竟又飞回原地。

公韧闭着眼睛，心里默默地念叨着：西品啊西品，苍天有眼，让我们结为夫妻吧！念叨完用尽浑身的力气，全力一甩，那纸箭慢慢悠悠，毫无力气地飘出去，谁知这时候来了一阵风，那纸箭竟被吹出去很远很远……

金珊叹了一口气，拍了拍公韧的肩头："这都是天意，你可别忘了咱发的誓啊！"公韧默默地点了点头，心里暗暗地念叨：西品啊西品，如果我变了心，就如那块红石头一样，化作齑粉，粉身碎骨。

随后两人有说有笑地往公韧家走去。掏心的话说不完，不知不觉就到了破败的公家村。

韦金珊搭眼一看，满村里残垣断壁，没几间好屋。所谓的好屋，也就是一些竹片为骨架，里面抹上一层泥土，竹门竹窗，房顶上盖了些茅草。村里除竹子茂盛以外，别的树长得稀稀拉拉，横七竖八，没几棵直溜的。满目不是垃圾就是臭水沟，还有几只瘦骨嶙峋的笨狗，满街乱窜。

又走了一会儿，就到了公韧的家。公韧的家就两间破草房，也没有院墙，进了屋里，简直就是徒有四壁。屋里垒着一个灶，灶烟熏得墙上黢黑，一张破桌子只剩三根腿，另一根腿用木头棍子支着。桌子上放着文房四宝，倒是显得有几分书卷气，桌子两边放着两条东倒西歪的长凳，一张破烂不堪的床上，烂棉絮里裹着一个哼哼唧唧的病人。

公韧上前对床上的老人说："爸，我回来了，还带来了一个好朋友！"

韦金珊走上前去，施了一礼，仔细观察老人的脸，发现老人面目浮肿，脸色发青，并且腿肿得老粗，心想：男怕穿靴，女怕戴帽。看来，老爷子已病入膏肓，无药可治了。但他还是抱着一线希望，对老人轻轻地说："老爷子，大夫瞧过了吗？"

老头子哈哈一笑，坦然地说："除了嘴上没有毛病，其余地方都有病。治病也是瞎子点灯白费蜡，摁下葫芦瓢起来。我这辈子，什么大场面没经历过，能活到今天，已经是万幸了。哈哈……"

韦金珊心里蓦然一惊：想必老爷子是行伍出身，只有当过兵才能这样豁达大度，看淡生死，不过既然是行伍出身，为何沦落到如此地步？于是轻轻地问："不知老人家在哪里从过军？"

老人没有回答，沉默了一会儿，忽然岔开话题说："公韧啊，还不赶紧给客人预备饭。"

公韧忙活开了，用清水洗过猪肉、蔬菜，洗好切好，刷过锅，往灶底下塞上一把柴火，用火石打着火纸。一股浓烟冒过，灶底下蹿出了火舌。公韧先用猪肉炝锅，又放上了几块葱、姜，顿时一股香味就弥漫全屋。在吱吱拉拉的响声中，公韧又用勺子翻了几下，倒上了蔬菜、清水，灶底下又添了些柴火炖了起来。

公韧又三步并作两步，到邻居家借了一罐子酒，从床底下翻出了几支香，然后把桌子上的书、笔、砚台、纸往桌子里头推了推。又从门外找了个破瓦罐，装上土，插上三炷香点上，放在桌子上。

他对韦金珊伸着手说："大哥！你请……"韦金珊也客气地说："你请！"然后两个人面朝桌子跪了下来。

韦金珊对着香火说道："我，韦金珊，今年一十九岁，今天有幸和公韧兄弟邂逅，一见如故，相见恨晚。如果我今天不和公韧兄弟义结金兰，那真是愧对天地，愧对生我养我的父母。我和公韧兄弟不能同年同月同日生，但愿同年同月同日死，请刘玄德、关云长、张翼德诸位先人明鉴。"

公韧也对着香火说："我，公韧，今年一十八岁，今日和金珊大哥一见，就被金珊大哥的豪侠气概所折服。我不和金珊大哥结拜兄弟，谁还和金珊大哥结拜兄弟？公韧家穷，虽然请不起刘、关、张诸位先人的牌位和圣像，但是你们桃园结义的精神始终在我的心中。我和金珊大哥愿和你们一样，不能同年同月同日生，但愿同年同月同日死。"

说完，俩人对着三炷香一起情真意切地磕了三个头。

锅里的猪肉、蔬菜沸腾得冒起了气泡，满屋里飘荡着肉香的气味。公韧和金珊拾掇了拾掇，好不容易才把三根腿的桌子支到了病床跟前。公韧又尝了尝猪肉，乐了，撒上了一把盐，一锅美味算是煲好了。公韧把勺子伸进锅里，连汤带肉盛了一小盆，然后摆放到桌子上。老头子早就忍耐不住了，大声地叫着："开席了！开席了！"

公韧和韦金珊互相谦让了一番，一人坐上了一条破长凳。公韧先把一点酒倒在一个有大豁子的破黑碗里，然后抬起老爹的头，给他灌了进去。公韧又用筷子夹了一块猪肉，塞进老人嘴里。老人慢慢地咀嚼着，好半天才说："好香的肉啊！好吃，好吃，我怎么觉得一辈子没有吃过这样的肉呢……"

喝了几口酒，韦金珊浑身放松了，那破长凳禁不住乱颤，一根腿咔的一声断了，他一下子朝后摔去。就在快要着地的一刹那，金珊下意识地丹田用力一挺，两腿生根，身子竟在失重的情况下，慢慢地定在了那里，然后身子晃了晃，晃着晃着重新找到了平衡，慢慢立了起来，衣服上竟没有沾上一点灰土。

老爷子看到这里，心里一个激灵，大叫一声："好功夫！"

公韧赶紧过来，看了看金珊，问："摔着了没有？"又踢了那条破长凳一脚，骂道，"都是这条破板凳，扫了我们的兴！"

韦金珊说："虽然破旧，但是没它不行，我给你修理修理。"说着左手拿过板凳，右手捏着那根断腿放在断开的茬口上，轻轻一插一搓，那条板凳腿又完好无损地插在了断茬上，表面被捋去一层木屑，就和新的一样。

金珊把板凳放在地上，坐上去颤了两颤，说："这不挺好吗？"

公韧惊得目瞪口呆，老爷子也直咋舌。

韦金珊也学着公韧的样子，抬起老人的头，敬了老人一个酒，然后说："恭喜您老人家，今天还有一件大喜事。"

老爷子忙问："哦，喜从何来？"

韦金珊就把集上西品的故事讲了一遍。老头子有些不相信，嘟哝着说："这不是天上掉馅饼嘛，这不是天上掉下一个金元宝，砸了俺的头嘛！还是西家庄西顺玉的姑娘啊，没想到一眨眼的工夫，小姑娘长成大姑娘了。公韧啊，你是不是得挑个好日子，到西品家去提亲？"

公韧叹了一口气："还提亲呢，就凭咱家，穷得叮当响，凭什么提亲？"

老头子说道："再穷，咱也得去提亲啊！要不，你先上邻居家借身衣裳，去西品家看看？只要西家答应，以后咱再想办法……"

第5回　话说《太平韬略》

韦金珊从腰里掏出了五两银子说："你先拿上这五两银子，把提亲的事办了。以后的事儿，咱再想办法。"公韧一见银子，吃了一惊，急忙推辞说："哪能让大哥破费，我还是自己想办法吧！"

韦金珊把银子放在了桌子上："你我都是兄弟了，哪里还有这些客套？要是不好意思，就算我借给你的，有钱时再还我还不行嘛！"

公韧只好点点头把银子收下了。

老头子长长地呼出了一口气，说道："既然你和公韧已经结拜为兄弟，有些话我也不拿你当外人。想当年，我在太平军里也当过王啊！直杀得那鞑子人仰马翻，溃不成军。要不是北王韦昌辉杀了东王杨秀清，天王洪秀全又杀了北王韦昌辉，逼得翼王石达开领着一些骨干离开了天京孤军南下，内部乱了套，我哪能到今天这种地步？连给自己的儿子说个媳妇也没有钱。"

韦金珊心想：他原来是太平军的王啊，朝廷捉拿的要犯，不禁微微地皱了皱眉头。停了一会儿，他忽然想起了一件事，又问老人说："你既然在太平军里待过，一定非常熟悉翼王石达开吧？"

老人自豪地说："那是，要说太平军里，真是出了两个大军事家，一个是东王杨秀清，一个是翼王石达开。要说这翼王啊，打仗那是百战百胜，除了大渡河上陷入绝境，那是天要灭石啊……"

韦金珊又问："翼王打仗这么厉害，凭的是什么？"

老人又说："凭的是什么？过人的武功和指挥打仗的才能呗！"

韦金珊又说："你就没有听说过，他把一生的作战经验都总结成了一部书，叫作《太平韬略》？"

老人略微一愣，说："你说的这个事儿……没有听说过。"

韦金珊又说："我也是听人说，传说这部书翼王把它藏起来了，至于藏到了哪里，那就没人知道了……不过现在处于乱世，乱世里是刀枪出天下，就看谁的指挥才能高了……也可以说，谁得了《太平韬略》，谁就可以成为战胜一切对手的天才将军……"

老人直瞪瞪地看着韦金珊，没有说话，好半天才嘟囔一句："这部书真就那么神？"

公韧拿起黑碗，和金珊不断地碰着，咕咚咕咚地喝着闷酒。不一会儿，两个人都喝醉了。公韧和韦金珊互相搀扶着摇摇晃晃地到了公韧的屋里。他们倒在了一张床上，醉醺醺地睡着了。

第二天早上，公韧从破床上醒来，发现日头已有一竿子高，要不是一只喜鹊在枝头上喳喳乱叫，恐怕自己还在睡梦中。一摸床上，什么也没有，公韧叫了一声："不好，金珊大哥哪里去了？"

他急忙爬起来，到外面去寻找韦金珊，门外场院里，没有，又跑到了村里找了找，还是没有。走到了村外的一个小场院，远远看去，有一个人像是在打拳。

公韧悄悄地走了过去。场院里也算干净，四周堆着五六垛稻草，有几只小鸡在啄食谷草中的米粒，几只麻雀也来抢食。在中间的平地上，韦金珊正在练习拳术，他娴熟地打着长拳，姿态优美，刚劲有力，拳到之处，树上枝叶为之拂动，脚步所到之处，地上尘土纷纷翻滚，打到高兴处，照着一棵小树斜面一掌，小树咔嚓一声拦腰折断。

公韧鼓起了掌："好拳！好拳！"

韦金珊说："我知道，你早上必来找我！"

公韧心里一惊："为什么？你就和看到我心里一样。"

韦金珊说："你我已经结拜，不辞而别，你还不来找我？再说，人逢乱世，没有点儿武功不行，就是不图济世救人的话，自保还是必需的吧。"

公韧说："那是！那是！你我已是结拜兄弟，客气话就不说了。我想学习武功已经多时了，只是老爹不肯教我。他说一介武夫，成不了大器，要想治国安邦，还是文韬为好。今日一见大哥的武功，真是佩服得五体投地，他不教我，大哥你就教我吧？"说着，就要跪下，对韦金珊施以拜师之礼。

韦金珊慌忙扶起公韧说："见外了，见外了，就是你不拜我为师傅，我也要收下你这个徒弟。别的礼法咱就免了，你真的打定主意学武了？"

公韧作了一揖，说："连自保都不行，何谈救国！"

韦金珊点了点头，说："那好，中国的武学，博大精深，各种流派，源远流长，但总的说来，一种为强身健体，一种为搏击之术。"

公韧说："我当然要学习搏击之术了，那些花架子，我不学，学了也没有什么用处。"

韦金珊说："花架子也不能说毫无用处，万丈高楼平地起，武功得有个基础。压腿、踢腿、弯腰，身子柔韧如皮条，这是基础。有了基础才能学习长拳，有了长拳的基础，再学器械。"于是，他把中国的拳术和器械粗略地讲了一遍。

公韧问："学得大哥的功夫，须得几年？"

韦金珊说："常言说得好，一年的跤，三年的拳，要想和我较量，恐怕得十年八年。"

公韧再问："十年八年……确实时间长点了。能不能直接教我绝招？"

韦金珊哈哈一笑："武学哪有什么绝招！武术需要多年的勤学苦练才行，就是教你个实用的三招两式，只怕你基础不行，根本用不上。不怕千招会，就怕一招熟。时间长了，功夫透了，自然就是绝招。"

公韧点了点头，把韦金珊的话一一记在心里。

韦金珊说："从今天起，我就教你一些最基础的东西吧，每天坚持锻炼，时间长了，定有收获。"

公韧点了点头，又作了一揖，说："谢谢师傅！"

公韧在韦金珊的指点下，练开了弓步、马步、压腿、踢腿。

练了有一个时辰，韦金珊对公韧的进度大为惊讶，说："没想到你学得这么快，除基本功不扎实以外，别的还真像那么回事。这么着吧，我破例教你一套查拳如何？"

公韧说："全凭师傅做主！"

韦金珊就教了公韧一套查拳。

不用教第二遍，公韧已经学了个八九不离十。韦金珊夸奖说："像你这样灵透的学生，我得破格了，再教你几招。"

韦金珊又教了公韧几个擒拿招式，还教了破解的办法。他和公韧练习了几个回合后，公韧基本上已能掌握要领。

韦金珊笑着说："行！行！凭着这几招，一般的人已能对付。就是学得晚点了，要是早学了不得了。武术主要是基本功，基本功每天要勤学苦练。"

公韧谦恭地说："弟子一定把师傅的话牢牢地记在心上。"

从此以后，公韧每天又多了一项必修课，那就是早起练功。

两天后的早上公韧醒来时，看了看床上，空空如也。公韧以为韦金珊又去练功了，赶紧爬起来，往村外小场院去找。但是小场院里，哪有韦金珊的影子！公韧又赶往村旁的小树林，四处看了看，也没有看到韦金珊的踪影。

公韧垂头丧气地回到了家。

看到韦金珊盖过的被子、用过的碗，免不了有些睹物思人。看到村里破败的房屋，瞧着村外荒芜的田园，不免心里更增添了无限惆怅。看来，韦金珊已不辞而别。公韧跺着脚叹息道："金珊啊，金珊，我的好大哥，你到哪里去了？临走也不打个招呼，连个联系方法也没有留给我，人海茫茫，以后我到哪里再去找你啊！"

无限惆怅涌入心头，公韧就好像被抽了魂一样，一整天都没着没落的。半夜里，公韧实在睡不着了。打小日子贫穷，从不敢有什么奢望，但是这几天突然遇到了两个使他敬仰的人，让他的人生有些不一样了。可韦金珊不辞而别，再想也看不到人了。他又想到了西品，那么好的一个姑娘，要不要抓紧找一个媒婆向她提亲呢？

想着想着，公韧又把那方手帕拿出来嗅了嗅，好像还有一股挥之不去的芳香。他点亮油灯，铺开手帕仔细观看，只见白白的丝巾上绣着一枝艳丽的梅花，一只端庄秀丽的雌鸟正含情脉脉地蹲在枝头上，而另一只热情奔放的雄鸟，正在向它展翅飞来。

公韧又把那个玉坠拿起来仔细观看，玉块上窄下方，上方有一眼小孔，一条白色的琵琶结从小孔中穿过。这个玉坠戴在西品白玉般的耳朵上，美女配玉坠，绝色缀佳品，真是再妙不过了……公韧心里难免一阵感叹。

第 6 回　遇血灾探秘进深山（一）

那个玉坠拿在手里沉甸甸的，摸在手里凉丝丝的，白白的玉石十分纯净。公韧找了一圈，发现在侧面靠里的地方，有几个芝麻粒大小的黑黑的疵点，可是瑕不掩瑜，公韧觉得它并没有什么不好，反而相当完美。

公韧把手帕和玉坠紧紧地捧在心口上想：我一定要找她提亲，这个事情一定要尽快去办！他把玉坠紧紧地包在了手帕里头，小心翼翼地放在了贴身的兜里。可是想了想,又觉得不妥,自己身上不干净,把手帕弄脏了如何是好?

他又把手帕放在了一个破衣柜里,可是刚放上,又想到万一来了贼,偷去了怎么办?思索再三,他找到一块破布把手帕包上,又把床上的破席子掀开,吹了吹破床上面的浮土,悄悄地放上破布包,盖上了席子。

可是我指望什么提亲呢?老父亲卧病在床,家徒四壁,亏着韦金珊给了五两银子,这五两银子是给老爹治病呢,还是去西家庄提亲呢?想到这里,一股忧愁涌上心头。

抽刀断水水更流,无钱消愁愁更愁,公韧烦恼地躺在床上,睡意全无。床上的竹席早已破了,一个个茬口像一根根小刺似的,扎得人浑身难受。一弯钩月泻下余晖,花花点点地透过窗前的竹叶洒落到公韧的床上,像挥之不去的阴影。

窗外的蟋蟀又嘟嘟地叫了,那是在召唤情侣;床底下的老鼠在快乐地追逐打闹,嬉戏交配;空中的昆虫紧张而又忙碌地飞翔着,寻寻觅觅……

公韧翻过来覆过去,努力想把西品的影子从自己的心里抹掉,强制着自己闭上眼睛睡觉。可是躺了一会儿,西品那双妩媚动人的眼睛,小巧玲珑的鼻子,线条清晰的小嘴,又在自己眼前晃动起来,撩拨得心里阵阵难受。

哪个少女不怀春,哪个少年不钟情!唉……公韧心里念道:西品,西品啊,烦人的西品!搅乱人心的西品啊!

反正睡不着了,公韧起了床,在屋子里溜达。屋里太暗,叫人郁闷,公韧又走出了黑洞洞的屋子,在迷蒙的月光下徘徊。竹林在微风下发出唰啦的响声,纺织娘发出嗞嗞的弹棉花似的声音,夜莺婉转地鸣叫着,仿佛有一根线牵着似的,公韧轻声缓步,来到了寂静的田野上,呼吸着凉爽的空气。

亮闪闪的弯月蒙上了一层乌云,田野上黑黢黢的,微微显出一条亮色,伸展出一条小路。公韧顺着小路漫步,越走越有精神,走过了大路拐小路,不知不觉地往西家庄走去……

前面出现了一片黑乎乎的影子,眼看就要到西家庄了。公韧轻轻拍了拍自己的脸颊,真没出息,想媳妇想入了迷,男女授受不亲,怎么把孔老先生的话都忘了!有心想返回公家庄,可又一想,到了西家庄,咱只是认认院,不进门还不行吗,只当是路人罢了。两腿竟像不听使唤似的,还是不由自主地向西家庄走去。

就在这时候,突然传来了吱呀吱呀挑担子的声音,在寂静的夜里显得特别刺耳。公韧心想：怪了，这挑担子的也和我一样有毛病吧，放着明晃晃的大白天不走，黑灯瞎火地走这夜道！

公韧正想着，忽听得"哎呀！饶命，好汉……"一阵子惨叫，随即听到了砍瓜切菜般的声音……不一会儿，声息全无。公韧吓得毛发倒竖，赶紧趴到了地上，等了好一会儿，又听到十多副担子响了起来，渐渐远去了。

公韧心想：莫不是碰到鬼了吧！可是刚才那一声声惨叫，又像是实实在在的，不像是闹鬼。好奇心促使公韧向那里走去。此时公韧的脑子里突然想起一件事情，韦金珊曾经问起过，自己是否见过一支神秘的车队。虽然这不是车队，但是挑担队莫不是和韦金珊有什么瓜葛？韦金珊的生命是不是受到了什么威胁？公韧越想越担忧，三步并作两步，急急忙忙向前赶去。

走不多远，看到地上黑乎乎的，似一个人，公韧走过去在地上一摸，果然是个人，身上还热乎着呢，不过身中数刀，刀刀致命，已经没救了。公韧大吃一惊，心里扑腾乱跳，借着月光对着那人的脸庞仔细看了看，不是韦金珊，这才松了口气。

公韧只觉得手上湿漉漉的，放在手上一嗅，一股子血腥味。公韧无奈地摇了摇头，心想：下一个可别是韦金珊。稳了一会儿神，公韧又一个一个地把死尸看了个遍，哪一个也不是韦金珊，这才放了心。静下心来想了想：大丈夫不能这么小胆，既然摊上了事，就不能怕事，赶紧报官就是。

可是又一想，这么冒冒失失地报官，也说不清楚，先把情况弄明白再说。公韧查了查地上，一共是十一具死尸，不是要害处中刀就是被砍去了头颅，还有的身子被拦腰斩断，手段极其残忍。地上撒了一些黑末子，公韧抓起来嗅了嗅，原来是一些茶叶，就为了这些茶叶而痛下杀手，值得吗？

公韧又想去报官，可是心里又一想：要是报了官，那些昏官说是自己杀人也说不定呢，多一事不如少一事，还不如一走了之。可是转念一想，今晚上的事情弄不明白，恐怕一辈子都会落下心病，只有追上那十多个挑担子的，才能把事情了解清楚。可是一想到单枪匹马地去追那些歹徒，公韧心里又有些胆怯了，如果真被那些恶人发现了，还有自己的好事吗……突然一股血气之勇涌上心头，男子汉大丈夫有什么害怕的，先把情况弄明白了再说。

主意拿定，公韧顺着眼前的小路往前追去，不一会儿，就听到了前面挑担子的声音。公韧放慢脚步，悄悄跟随。只听一个粗嗓子压低声音说道："快点，弟兄们,这事办利索了,咱弟兄们每人二十两银子。"

这伙人顺着一条山间小道上了山，显然担子不轻，有气喘吁吁的声音。公韧隐隐约约看到，一共是十副担子，十一个人。他们爬过了一座山，又顺着一条崎岖不平的山路疾进，走着走着，前面出现了一片小树林。

树林边有一棵大得出奇的树，虬龙般的气根乱七八糟地蜷伏在地上，树干恨不能有三搂粗，上面又尽是枯藤，横缠竖绕，再往上看，树冠高大，直冲云天，更显出了几分恐怖气氛。夜半寂静，小小的挑担队忽然惊动了树上的几只乌鸦，它们呱呱地叫着，向远处逃遁。

又走了一会儿，前面传来了哗哗的流水声。公韧发现河并不宽，听那声音想必是水流湍急。河中一座小桥，用圆木修成，倒也牢固，并没有摇晃之感。过了桥，桥边有一座小屋，小屋倒也盖得精巧。

公韧心想：这户人家过的是神仙般的日子，可是世道险恶，你可知道有十一个强盗从你身边路过吗？这伙人又开始爬山，道路是越走越陡峭，好像是进入了一条风道，尖利刺骨的寒风不断地刮来，公韧只觉得浑身上下起了一层鸡皮疙瘩。虽然心里害怕，身上寒冷，但也只能咬紧牙关，不敢露出半点声响。不一会儿，风小了，身上也暖和多了，道路又渐渐平缓起来。

蓦然，前方一块不大不小的石头挡在了面前，公韧模模糊糊地看到，像是一匹"瘦马"。这伙人又开始往更陡峭的山上爬去，爬了大约有半个时辰，他们停了下来。公韧隐蔽在一边，只听那个粗嗓子喊："快点，快点，绳子，绳子，先把我顺下去。"几个人答应了一声，开始往下顺绳子。好大一会儿，又听到这伙人说："绳子晃了，先下两个人，赶快往下顺东西，然后人都下去。"不一会儿，这伙人一个个都下去了。

又等了大约半个时辰，一个人爬了上来，扑打扑打身上的浮土就往山下走去。公韧静静地等着那十个人，可那十个人一个也没有爬上来。公韧心里好奇：那十个人怎么没上来呢？眼见着爬上来的那个人走远了，公韧没有办法，只好跟着他顺着原道返回。

那人一边走一边嘴里恶狠狠地嘟囔："看你们那德行，还想一个人得二十两银子，做你娘的鬼梦去吧！"公韧一听，正是那个粗嗓子。

他走得很快，不一会儿，就来到那座小桥上，刚到了桥中间，突然一个趔趄，趴在了地上，四五个黑影立刻扑上去，把他摁在地上。粗嗓子着急地喊道："弟兄们，干什么，有话好说，有话好说。"

第 7 回　遇血灾探秘进深山（二）

一个人恶声恶气地说："留下买路钱，保你一条命！"

那粗嗓子喊："不就是为了几个钱吗？我腰里有一包银子，拿去就是。"几个黑影像是在抢银子，突然那个粗嗓子像弹簧一样蹦了起来，像是夺过了一把刀，瞬间把一个黑影砍翻在地。

对面几个人十分惊慌，大呼小叫，各执兵器在手，和那个粗嗓子厮杀在一起。只听得兵器的撞击声，剧烈的喘息声，你来我往的脚步声混杂在一起。不一会儿，又有两个人被砍翻在桥上。

那粗嗓子虽然骁勇善战，但是在桥上难以施展，再加上连夜奔波疲惫不堪，而且这伙强人也是红了眼拼了命，不一会儿，像是受了重伤，再斗了一阵子，被那两个人砍翻在地，丢了性命。

只听得有个人在喊："人间有道你不走，阴间无路你偏进来，怨不得我们了。"只听得扑通一声，那个粗嗓子被丢进了水里。只听得水声哗哗，激起的水波瞬间恢复了常态，不用说，那具死尸早就被水冲得没有了踪影。

停了一会儿，那个人又说："弟兄们，对不住了，你们的父母就是我们的父母，我们给你们的老人养老送终。虽说入土为安，可是我们实在没有力气了，夜长梦多，你们在水晶宫里将就将就吧！这儿也不错，我俩恐怕连这个地方也住不上呢，说不定哪一天抛尸荒野，被野狗吃了。"

随即扑通三声，他们把死去的弟兄们抛到了水里。

然后拿着银子，扬长而去。

公韧躲在草丛里心惊肉跳，像是做了一场噩梦。西家庄路口十一条人命，这里四条人命，刚才那十个人没上来，可能也早已命归西天。这人命怎么这么不值钱啊，真如蝼蚁草芥一般……想到这里，感到脊梁上一阵阵凉气乱窜。

公韧又等了一会儿，用耳朵听了听，确定再也没有人了，才顺着来路快步向山下走去。快到山下时，公韧忽然想到了马致远的《秋》，暗暗吟道："枯藤老树昏鸦，小桥流水人家，古道西风瘦马，不是夕阳西下，而是半夜三更，断肠人在天涯。"

下了山，到了西家庄路口，公韧想赶快离开这个是非之地。幸亏没有报官，如果报了官，自己就是有十张嘴，也说不清啊！正在犹豫间，忽见那条路上又鬼鬼祟崇地来了一个人。公韧想:他从那条路上过来,一定也看到了那些尸体……

不过那人倒是不慌不忙,像是没有受到什么惊吓似的。公韧想:今晚真是奇人奇事碰到一起了,这人真是贼大胆!公韧正想离去,忽听得那个人自言自语地说道:"杀得好!杀得好!"公韧心里更加奇怪,见了血案,还不赶快跑,还在这里胡言乱语,这人真是越发不可捉摸了。

这个人往西家庄悄悄走去。公韧想:这些事弄不明白,自己恐怕一辈子都得落下心病。不妨跟着他去看看,这个怪人到底上西家庄干什么。世上的祸事多是好奇心引起的,这一好奇,使公韧摊上了一场血光之灾……

西家庄和野外一样,也是静悄悄的,不过村容村貌比破败的公家庄强多了,一条稍微宽敞点的中心村道上,两边竖立着参差不齐的瓦房与茅草屋,一个个黑黢黢的大门或者竹门紧紧地关闭着,不知从哪一家里还传来了一阵阵熟睡的鼾声。

公韧跟着这个人悄悄地进了村,来到了村中间。那个人观察了一番,在一所高院墙、大房子的院落跟前停下了。公韧想:这里跟西品描述的一样,这是西品的家呀。要是别人的家,可能也就算了,可这是西品的家,我倒非要看看,这小子到底想干什么。

透过微弱的月光,那个小个子从怀里掏出一块黑布,蒙在了脸上,双手在后面系上一个结,然后翻过高高的院墙,悄悄地落入了院内。公韧想:原来这还是个贼!也赶紧蹬着墙上的一条砖缝,趴在院墙上朝院子里观望。

院子里卧着反刍的一条水牛腾地一下站了起来,四只牛蹄杂乱烦躁地跺着地面,哞哞地叫了两声,鸡笼子里的鸡也感觉到了潜在的危险,在笼子里乱转,咯咯咯一阵骚动。公韧想:看来这家人要吃亏了。有心想喊抓贼,又怕把自己牵连进去,只好眯起眼睛聚起精神,看看这个贼究竟要干什么。

这个贼蹑手蹑脚地在院子里听了一番动静,然后轻轻地来到了西厢屋门口,从怀里掏出不知什么东西,像是在悄悄地拨门。不一会儿,门被拨开了,那个贼悄悄进了屋。又过了一会儿,从屋里传出一声女人的哭叫声:"救命啊……有……坏人!"

公韧大吃一惊,怎么听着像是西品的声音,一股子热血涌上头脑,顾不得多想,大喊一声:"抓贼啊!抓坏蛋啊!"慌慌张张地跳进院子,就朝着那个屋里扑去。他冲进了西屋里,朝着黑影一阵乱捶。

那人做贼心虚,也没顾上还手,赶紧从屋里跑了出来。

这时候北屋里也是一阵子乱腾,一个老头儿赤着脚光着膀子,摸着一根棍子冲了出来,见院子里两个人厮打在一起,一时有些发蒙,不知道哪个是坏人,哪个是好人。急得公韧大喊:"这个是坏蛋,不能让他跑了……"

那坏蛋也算机警,大喊:"这是个贼,别叫他跑了……"

第 8 回　祸出西家庄

两个人都在喊抓坏蛋,抓贼,西顺玉立在那里,拿着棍子不知道如何是好。那个坏蛋武功高强,亏着韦金珊教授了一些武功,公韧才能勉强应付几下。但是那人心里发虚,打了几个回合,挣脱开公韧,就往墙边跑。公韧扑上去,抱住他的腿,就是不松手。那坏人从腰里摸出一个铁器,朝着公韧头上用力一磕。公韧只觉得头晕眼花,站立不稳,一下子摔倒在了地上。

就算倒在地上,公韧也不松手,闭着眼睛大喊:"西老太爷,可别让这个坏蛋跑了……"

西顺玉回过神来,拿定主意,扑上去,照着那个坏蛋就是狠狠的一顿棍子,一边打一边骂:"要是个小偷也就算了,欺负我闺女可不行。打!打!"那小子被打急了,反过身来,夺过棍子,狠狠地一推。

西老太爷站立不稳,一下子倒了,头磕在一块石头上。

眼看着那坏蛋就要翻墙逃掉,公韧从地上晃晃悠悠地爬起来,扑过去抱住他的腿用力一拽,就把那坏蛋从墙上拉了下来,他脸上的黑巾也被扯了下来。鸡笼子被他撞翻了,夜盲眼的几只鸡吓得在原地咯咯叫着打转。公韧对着这个坏蛋用脚一阵子乱踢,骂着:"还敢用暗器伤人,太可恶了!"越说越生气,对着他的脸狠狠地踹了几脚。

老头儿满脸是血,晃晃悠悠地从地上爬起来,也照着那坏蛋乱踢,一边踢一边骂:"你这个坏蛋,哪一家的孽种!竟敢打我闺女的主意,真是瞎了你的狗眼!"

那坏蛋挣扎着一头撞在鸭圈上,圈门开了,几只鸭子叫着,在他的头上一阵扑腾。旁边的水牛四只蹄子更是狂乱地踩着地面,伸直了脖子,拉直了缰绳,哞哞地叫个不停,突然那牛蹄子一伸,蹬在了那坏蛋的身上。

那坏蛋被鸭子、水牛连踩带蹬地欺负急了,突然反过身来坐起,从腰里掏出一个黑家伙,对着老人一点。轰的一声一道白光闪过,老人身子晃了一晃,站立不稳,慢慢地向后倒去。

公韧惊惶失措,赶紧扶住老人。那坏蛋利用这个机会,赶紧爬起来翻过墙头,不知了去向。

这时候,西品惊慌地喊叫着,一只手挡着风,一只手端着油灯从西厢屋里出来了,几步到了公韧的跟前。公韧借着灯光一看,可怜的老人不仅头上淌着血,而且胸口上还有一个小洞,往外汩汩地窜着鲜血。

慌得西品赶紧把灯放在地上,从口袋里掏出手帕,紧紧地捂住老爹的伤口。这时候老人浑身颤抖着,脸色蜡黄,双目微闭,说不出一句话来。公韧不敢动老人,想找东西止住他的血,西品慌乱地跑进屋里,拽出了一条粗布毛巾,跑过来,又捂在了老爹的伤口上。

不一会儿,粗布毛巾又被鲜血洇透了。公韧含糊地说了一声:"大概是枪伤吧,伤的不是地方。"

西品大叫一声"爹",吓得几乎哭不出声来,一时不知道如何是好,只是一个劲地哆嗦,用手里的粗布毛巾想把爹身上的伤口堵住。可是血流如注,哪里能捂得住?

又过了一会儿,西老太爷身子底下的热血已淌成一片,几乎把身子都泡起来了。他微微地睁开眼睛,看了看西品,手哆哆嗦嗦的,不知道要抓什么。西品惊慌地说:"这位就是公韧,就是我给你说的公韧。"

西老太爷猛地一下子拉住了女儿的手,用明亮了许多的眼睛注视着女儿,好像要交代什么,可是一句话也说不出来。他颤颤巍巍地把西品的手放在自己的心口上,紧紧捂着,像是生怕女儿从自己身边离去似的,嘴唇哆嗦着要说话,可是什么话也没有说出来。

公韧突然悟到了,这是油灯将要干枯时发出来最耀眼的光亮,西老太爷实在舍不得西品啊……公韧看着早已吓得六神无主,说不出一句话来的西品,点了点头,对西老太爷说:"你就放心吧,西老太爷!西品姑娘,我一定会照顾她一辈子的……"

西老太爷痛苦地笑了笑,像是放心了,慢慢地闭上了眼睛。

公韧趴在老太爷的胸口上听了听,他的心脏已停止了跳动。公韧哭咧咧地说:"西老太爷……已经过世了……"

也就才几分钟的事情,一切来得那样突兀。西品微微地摇着头,傻了一样,难以接受这样的现实。公韧说:"西品啊!西老太爷已经过世,你要节哀……"

噩耗突然而至,西品一时竟哭不出来。院子里的打闹声、枪声,惊动了左邻右舍。这时候,门外端着灯的,敲着门的,嘈杂纷乱。

公韧站起来,开了大门。邻居们一下子涌了进来,看这问那。

西品抱着爹,大喊了一声:"我的爹呀……你……你……死得好惨啊!啊……啊……"这才哭了出来,一声接着一声,越哭越凄惨,一口气没上来竟然昏厥过去。

几个乡亲掐人中,捏合谷,把她救醒,西品接着又哭。公韧的心情沉重、凄凉,一时无语,稍微停了一会儿,给不知情的乡亲们解释了下事情的缘由。

说的觉得说清楚了,而听的却难以听明白。有的邻居就喊:"谁知道你说的是真是假,报官,报官,赶快报官。"报官的人还没走,那边街上又有人喊叫:"不好了,不好了,村那边死了十来口。不好了……不好了……"

公韧已经深深地陷入血案漩涡之中,再想脱身已是不可能了。

这时天已大亮,没一会儿,一阵子吵吵嚷嚷的声音由远而近,县里的几个衙役来到了西品的院子里。问了几个邻居后,衙役头劈头盖脸地问公韧:"你是干什么的?"

公韧说:"我是公家村的公韧啊。"

那衙役头又问:"你怎么深更半夜到了这里?"

公韧被问得实在不好回答,只好结结巴巴地说:"半夜里睡不着,溜达着就转到这里了。"

那衙役头哼了一声:"说得怪轻巧,你这鬼话谁信啊?人就是你杀的,装什么洋蒜。来人,给我拿下!"众衙役上来就把铁链子套在公韧的脖子上了。公韧大喊:"冤枉啊!冤枉啊!我是冤枉的。"

西品也抹着眼泪,站起来对衙役说:"他是冤枉的,杀人的不是他。"

衙役头根本就不理西品,蛮横地喊着:"冤枉不冤枉,衙门里说去。别在这里瞎叫唤!"不由分说,拉着公韧就向县衙而去。

这么一连串血案,官府也要巡查一番,琢磨琢磨,又过了两天,才审讯公韧。

公韧被摘去了铁链,带到了一个黑洞洞的大房子里,迎面是两张结实的黑漆大桌子,左边坐着一胖老头儿,大腹便便,浑身臃肿,脸上的肉太多,脖子都看不到了,头就像插在腔子里一样。

右边坐着一个瘦老头儿,瘦得像一副骷髅,颧骨大大的,眼睛像两个大窟窿,两排大马牙在外面露着,再配上肥大的官服,真是三分像人,七分像鬼。他们的后面也看不清是幅什么壁画,像是斑驳陆离往外张着漆皮的一只下山老虎,背景是一片黑黢黢枝蔓乱生的黑树林。

公堂两边站着八个歪瓜裂枣、凶神恶煞般的衙役,一个个手里拄着一根大竹棍子,活像阎王殿里的小鬼。

瘦老头儿恭敬地对胖老头儿说:"总督大人,您先请。"胖老头儿对瘦老头儿不屑一顾地说:"刘大人,你主审吧。"瘦老头儿点了点头,对胖老头儿笑了笑说:"李大人,老夫就失礼了。"

他回过脸来,笑脸一变,立刻就像厉鬼一样,对公韧吼道:"大胆凶犯,你知道惊动谁了吗?惊动了两广总督李大人。"

公韧心里一惊,早就听说两广总督李瀚章贪得无厌,在总督这个位子上不知搜刮了多少民脂民膏。这个案子,不知为什么会惊动了他。这位刘大人,想必就是斜眼他爹刘扒皮吧,他更不是个好鸟。听说只要他过堂,轻则扒层皮,重则弄个腿断胳膊折,所以老百姓叫他刘扒皮。落在了这两个贪官暴吏手里,横竖没个好!

突然刘扒皮大喝一声:"跪下!"还没等公韧明白过来怎么回事,后面一个衙役用脚一踹,公韧就跪下了。

刘扒皮问:"你叫什么名字,住在哪里?"

公韧说:"我叫公韧,就住在公家庄。"

刘扒皮又问:"我问你,你是怎么到西家庄的,快快从实招来!"

公韧大声申辩说:"晚上我睡不着觉,和西家庄的西品认识,就想到西家庄来看看。想不到,正巧有一个淫贼,在西品家欲行不轨,我进去和他打了起来。西老太爷也出来打贼,那坏人掏出枪来,就把西老太爷打死了。你要不信,请你验验西老太爷身上的枪伤。这些事并不复杂,问问西品就能知道。"

第9回　贪官暴吏沆瀣一气

几句话把刘扒皮说住了。停了一会儿,刘扒皮叫人去带西品,然后又问:"你是公家庄的公韧,怎么和西家庄的西品认识的,快快从实招来!"

公韧说:"说起来话长……"他把赶集遇上西品,西品被斜眼调戏的事情说了一遍。

话还没说到一半,刘扒皮突然把惊堂木往桌子上一砸,大声说道:"大胆狂徒,你竟敢诬陷公差,大闹集市,还敢在这里信口雌黄。敢大闹集市,就敢杀人……来人,先给他三十棍子,杀杀他的傲气!"

公韧大喊冤枉。衙役可不管这些,顿时来了精神,放倒公韧,一顿乱棍拍下,只打得公韧皮开肉绽,苦不堪言。

不一会儿,西品颠着小脚来到了大堂。她被衙役们推得东倒西歪,站立不稳,一下子摔倒在地上。她看到公韧被打得浑身是血,遍体鳞伤,气得浑身哆嗦,对刘扒皮说道:"你就是不叫,我也要来。人不是他杀的,为什么打他?"

刘扒皮嘿嘿一笑:"你说人不是他杀的,有什么证据?"

西品大声地说:"这歹人想调戏俺,是公韧及时赶到救了我,那歹人开枪打死了俺爹,临逃跑时,惊慌之中丢失了这块黑方巾。县太爷,你看。"西品说着,从怀里拿出一块黑方巾。

衙役把那块黑方巾呈给刘扒皮。刘扒皮不看则已,一看那块方巾,顿时吓得变了脸色,赶紧把那块黑方巾掖到了袖子里。停了一会儿,刘扒皮把惊堂木一摔,大声地呵斥西品:"好个刁妇,你和公韧狼狈为奸,害死你爹也说不定呢!来人,给我上夹棍,不给你点儿颜色瞧瞧,看来你是不招。"

一帮如狼似虎的衙役围上来,就要对西品动手。

西品心一横,腰一挺,大声地申辩说:"就算我和公韧有了感情,那也不必要害我爹呀,你这说法根本不合理!"公韧一阵冷笑,对刘扒皮说:"县太爷,你这官司确实断得糊涂。刚才西品拿的一条黑巾就是证据,只要找到戴黑巾的人,案子自然就明白了。"

这时候两广总督李瀚章咳嗽了两声,恐怕连他也看不下去了,对刘扒皮使了个眼色。刘扒皮点了点头,对衙役们摆了摆手,衙役们退到了一边。刘扒皮大声地说:"传厘金局的刘管事。"

很快,刘斜眼就出来了,想必他就在大堂厢房听着呢,要不不会出来得这么快。他先恭恭敬敬地拜过李瀚章:"小人拜见总督李大人。"又拜过刘扒皮:"拜见县爷刘大人。"然后不慌不忙地转过身来,对公韧和西品笑着说:"我想这二位是冤枉的。"

公韧心里一愣,本想这个刘斜眼是个大恶大奸之人,想不到他在这大堂之上竟然会帮着自己说话。刘斜眼笑着对公韧说:"咱俩不就是为着收厘金的事儿闹点儿小意见嘛,其实这也怨不得我。我们只是例行公事,他们不愿意交,我们其实也不愿意收……"

公韧听他说了这些话,心渐渐麻痹下来,看来这个刘斜眼还能说几句人话。刘斜眼又说道:"想念西品晚上睡不着觉,要到西家庄去看看她,这也很正常。你是几时从公家庄来的？"

公韧随口说："亥时吧。"

"那么你是什么时候到西家庄的？"

公韧又说："大概寅时吧。"

刘斜眼接着问道："从亥时到寅时整整三个时辰，从公家庄到西家庄也就只有五六里地，这路上你又到哪里去了？"

公韧一时语塞，坏了，上了刘斜眼的当了。刚才他绕来绕去，把自己绕进去了。真要是问起路上的事来，自己就是有六十四张嘴，也说不清啊。公韧急得头上出了一层冷汗，赶快改口说："不是，我是丑时走的。"

刘斜眼嘿嘿一阵冷笑："大丈夫敢做敢当，为什么又不敢承认了。看你在大集上，为民伸冤，见义勇为，真是一条好汉啊！那真是英雄救美女，叫人好不羡慕……"

公韧心里气鼓鼓的，这不是激将法诱供吗？可别上他的当。

刘斜眼又说："你亥时出的家门，寅时到的西家庄，不管你承认也好，不承认也好，反正就是这么回事儿。而且我还知道你干什么去了。"

公韧心里更紧张了，有些结巴地问："你说我干什么去了？"

刘斜眼又微微一笑，说："你从公家庄出来，根本就没到西家庄，而是纠集了三合会的一些歹徒埋伏在西家庄附近。这时候正好有一伙茶叶小贩从这里路过，你们心狠手辣地杀死了他们，然后转移赃物。等到这一切你认为做得滴水不漏、天衣无缝的时候，才到了西家庄和情人幽会。没想到又节外生枝，碰到了一个人到西品家惹事，发生了命案……"

公韧听他说得有鼻子有眼，不禁心里扑腾扑腾乱跳，头上的冷汗一会儿就顺着脸颊淌下来了。不但公韧心里着急，西品的心里也迷迷糊糊的，瞪着一双眼睛怀疑地看着公韧。

公韧咬紧牙关，大声辩白道："你说的这些鬼话，有什么证据？"

刘斜眼又嘿嘿一笑，围着公韧转了一圈，不慌不忙地说道："我看你身上的血不少啊，要是还不承认的话，不妨叫仵作一验。"

公韧心里又大吃一惊，不好，急迫之中，把身上沾上血迹的事情忘了。"冤枉，冤枉，我是冤枉的！"公韧大喊道。

刘扒皮把手一挥，几个衙役扑上来，几下子就把公韧的衣服扒下来，只剩下了内裤。一个仵作把衣服拿走。不一会儿，仵作来报告说："老爷，这衣服上起码有三到四个人的血迹,另外还有三合会的会票一张。"说着,递上了一张会票。

这一检验,把公韧后悔得几乎肠子都青了。身上的血迹是赖不掉的,身上的会票也是推不掉的,都怨自己不小心。那天,三合会的那个大眼把会票塞给了自己,而自己竟没有藏起来,还天天带在身上。

这真是人要倒霉了,喝口凉水都塞牙。

刘斜眼又一笑,不慌不忙地说:"这第一个人的血,当然就是你的了。这第二个人的血,可能是西老太爷的。这第三个人、第四个人的血,还用说吗?肯定是你所杀的人的。你还有什么好抵赖的?"

公韧只觉得气血填胸,头嗡嗡作响,半天没有说出话来。这实在是天大的冤枉,跳进黄河洗不清了啊!但是事已至此,也只好把西家庄路口遇到杀人,自己看到现场不小心粘上血迹的事情说了一遍。

刘斜眼瞪着公韧的眼睛问:"到底是你杀的人,还是别人杀人粘到你身上血了,恐怕说不清吧,谁又能当你的证人呢?"

西品听到这里,默默地低下头,心里拿不定主意。

刘扒皮看到儿子这么精明能干,三下五除二就断明了案子,不禁微笑着连连点头,心里高兴得就和喝了几两小酒似的。李瀚章也十分佩服刘斜眼的机智过人,连说了三声:"好!好!好!"

公韧想了想又问:"三合会的人在我县里闹腾已久,人人知道,就凭在我身上搜出一张会票,就能断定我是三合会的人?"

刘斜眼说:"当差的在案发现场拾得三合会会票两张,和你身上的那张一模一样。"说着上去,递给刘扒皮两张三合会的会票。刘扒皮看了看会票,然后猛地一拍桌子,大声吼道:"罪犯公韧,这三张会票一模一样,我看你还怎么抵赖?"

公韧深深地叹了一口气:"真是好人死到证件手里。"公韧知道再争辩已无济于事,干脆双眼微闭,嘴巴闭起,不再说话。

刘扒皮用惊堂木把桌子一拍,吼道:"现在真相已经大白,你还有什么话说?"

李瀚章大声说道:"快说!你把那些茶叶弄到哪里去了?"

刘斜眼也鹦鹉学舌般说道:"快说,你把那些茶叶弄到哪里去了?"

公韧正想把那些茶叶的事情说出来:"不就是些茶叶吗,弄得这么神秘干啥,这些茶叶……"

李瀚章的眼睛紧紧地盯着公韧,刘扒皮和刘斜眼的眼睛也紧紧地看着公韧。

话到嘴边,公韧突然多了个心眼:那是些茶叶吗?真要是些茶叶,会惊动两广总督李瀚章？看来，他们的真实目的是查找"茶叶"的下落，真要是告诉了他们，没有了利用价值，恐怕死得更快。公韧冷笑一声，摇了摇头："真是，我跟你们这些浑人什么也说不清楚。那些茶叶弄到哪里去了，我哪里知道？"

李瀚章突然哈哈一笑，和缓一下脸色，对公韧说："我看你还年轻，只要你把这些茶叶的事情说出来……别的事儿，我给你担保，就不追究了。"

第10回　追查"茶叶"的下落

"这些茶叶哪里去了，我确实不知道，我只是路过那里，看到了杀人现场。"

李瀚章盯着公韧的眼睛，又砸了一句："你真的不知道？"

公韧说："我真的不知道。"

县衙一时静寂无声。西品突然大声说道："我爹爹的案子，还请县大老爷明察！"

刘斜眼满脸堆笑，谄媚地对刘扒皮说："追查茶叶才是正事，对待公韧这个傻瓜，可别心慈手软啊！"

刘扒皮对西品吼道："我看你还年轻，谅你也不敢杀你爹，赶快回家老老实实地反省去吧。来人，给我轰出去……"

西品大声呼喊："是坏人杀了我爹。公韧冤枉啊！"可就算她喊破了天，那些狗官衙役也不可能听她的，一边推搡着，一边用棍子打着，把西品撵出了大堂。

刘扒皮对那八个衙役说："开始吧，对付这样的刁民，不要客气，什么时候说了，什么时候饶了他。"说完站起身来，引着李瀚章，悠闲地走出大堂，到客厅里喝茶去了。

八个凶恶衙役上来，使出了种种手段。不一会儿，公韧已被折磨得皮开肉绽，死去活来，身上没有一块好肉。然后，被拖进了死牢。

在又脏又潮的牢房里，公韧趴在一堆稻草上，昏昏沉沉，一会儿脑子迷迷糊糊地想起了爹，嘴里含含糊糊地念叨着："老爹啊，谁给你端屎端尿，谁给你洗脸喂饭，这会儿也不知道您老怎么样了？让当儿子的心里实在挂念……"

不一会儿，又想起了西老太爷，嘴里不断地诅咒着："这个可恶的淫贼啊！调戏西品，还杀了西品她爹，心可真够黑的。如果让我抓住了你，一定把你碎尸万段……"

待稍微清醒一些,公韧的脑子里又闪动数不清的谜。这个杀西品她爹的人到底是谁?二十五个人命赴黄泉,难道就是为了十担茶叶吗?这十担茶叶又是谁的呢?为了这十担茶叶,有必要惊动两广总督李瀚章吗……

越想越头痛,根本理不出个头绪来。

有几天没过堂了,公韧稍微缓过点劲来,就晃晃悠悠地站起来,抓住牢房里脏乎乎油腻腻的栅栏木排子,破口大骂:"黑呀!太黑了!放着逃跑的坏人不抓,抓我这个无辜的老百姓,你们衙门还有什么公理,大清的司法还有什么希望……"

看监的小卒子被嘟哝烦了,就隔着栅栏大骂公韧:"你小子,乱咋呼什么!你是秋后的蚂蚱,没有几天蹦跶头了。听说你画了押,正好赶上这一拨。你呀……也就少受点儿罪了,到那边享福去吧!"

公韧听了这些话,猛地一惊,又气又恨,悲愤交加,把吃饭的碗都摔了,晃得栅栏门哐嘟乱响:"我什么时候画押了?我什么时候画押了?"

看监的说:"那圆圈不是你画的又是谁画的,好汉做事好汉当,别不承认!"公韧大呼:"冤枉啊!冤枉啊!我可没画圈,我怎么会画那圆圈呢!老天爷呀,冤枉啊!大清国,我冤枉啊!大清国你睁睁眼吧,我冤枉啊……"

悲凉凄怆、又怨又恨的声音在不见天日、肮脏不堪的牢房里回荡。

西品来看公韧了,她给了看监的一些钱,狱卒见钱眼开,知趣地躲到了一边。

西品眼圈红肿,满脸憔悴,提着一个小篮子。她进了牢房门,把篮子里的酒、肉、一布袋馒头,放到了牢房的稻草上,看着公韧身上的伤,扑簌簌地掉下了眼泪,说:"我卖了牛、鸡、鸭,这就到府里去告状。府里告不倒,我就到省城去告。"

公韧叹了一口气:"晚了,来不及了,我算看透了,天下乌鸦一般黑。你一个小姑娘家,能告倒那些狗官吗?就算告倒了,我也早烂成泥巴了。"

西品犹豫了一下,又问道:"我有一事不明,不知道你能不能告诉我实话?"

公韧冷笑一声:"人都到了这时候,还有什么不能说,你就问吧。"

西品悄悄问:"他们说,庄头上十一口是你杀的,不知道这是不是真事儿?"

公韧又惨笑一声:"你看我有这个胆量杀人吗?你看我有这个能力杀人吗?要是有这个本事,还能混到今天这个样子?"

西品点了点头,说:"我想也是的,都是那些昏官胡说八道,栽赃陷害。"停了一会儿,西品又说道,"我还有一事不明。"

"有什么事儿你就说吧,人都到了这时候,不能死了还把这些谜带进棺材里。"

"是这样,"西品看着公韧的眼睛说,"你的心里真的有我……你要实话实说。"

公韧感叹一声:"实不相瞒,自从那天集上一别,你给了我那个玉坠以后,我的心就无时无刻不在挂念着你,所以才有了夜探西家庄一事,才有了无妄之灾。这辈子娶不到你了,希望下辈子能和你结为夫妻!"

西品听了十分感动,伸出了纤纤玉手,拉住公韧的手说:"想不到你如此有情有义,我在集上真是没有看错你。我相信你的这些话,你要耐心等待,我正在想办法救你。如果真能把你救出来,我们就成亲,如果救不出你,我这辈子就不嫁人了,当尼姑去!"

听了此话,公韧深受感动,紧紧地握着西品的手说:"姑娘有这句话,我就满足了。我在九泉之下祝福你,希望你幸福,希望你将来能嫁个好人家!"

西品听到这些话,已是涕泪涟涟,泣不成声,紧紧地抓住公韧的手:"夫君啊,我就叫一声夫君吧!这一辈子,跟定你了……不管是几天还是一辈子……"

公韧轻轻地摇着头,又过了一会儿,说:"现在我有一事相托,不知道你能不能帮我。"

西品说:"你的事就是我的事,有事你就说吧。"

公韧说:"我爹重病在床,活不了几天了,全靠人伺候,这是我的一块心病。"

西品愣了一下,说:"你就放心吧!老人家我去照顾。"

公韧点了点头:"那就多谢了,我就是在九泉之下,心里也不挂着了。"说着对西品深深地作了一揖。

西品低着头不说话,还是一个劲地流眼泪。

公韧又问:"大爷的事儿安排完了吗?"

西品点了点头,说:"这几天,刘斜眼几次假惺惺地来我家,不知道他是怎么知道我家的。我看他不怀好意……"

公韧听了这话一愣:"这就怪了……我有种感觉,那天晚上的坏人就是刘斜眼。你拾的那块黑方巾,让那狗官给收了起来,也没说个三二五,我看就是那狗官包庇他儿。"

西品又掉了一阵子眼泪。

这时候狱卒过来催促西品说:"时间到了,快走吧。"

公韧紧紧地抓住西品的手说:"我爹的事儿,就拜托了……拜托了……"忽然又想起了一件事,对西品说,"你那手帕耳坠我没法当面还你了,就放在我家的床席子底下,你自己拿去吧!"

　　西品说:"哪有送给人家礼物再要回来的道理!你要坚持啊,我一定救你……"她紧紧地抓住公韧的手,哭哭啼啼,难舍难离。

　　两人的手被狱卒强行拉开了。西品哽咽着说:"亲人们……一个个都走了,我还有什么活头啊!我也不想活了……"抽咽逐渐变成了号啕大哭,在狱卒的推搡下,声音渐渐远去。

　　公韧肝胆欲裂,痛苦不堪,无力地瘫倒在乱草堆上。

　　晚上,牢房里的油灯像鬼火一样摇曳着,公韧感觉有几百个跳蚤在地上蹦着跳着,肥大的虱子在身上爬着,身上被它们尽情地吮吸着,自己的鲜血灌满了它们的肠子。

　　牢房里屎臭尿臊味早已汇合成一股刺鼻难闻的怪味,把身上的衣服熏得臭不可闻,迷离的灯光使墙上奇形怪状的人影一会儿大,一会儿小,像一个个孤魂野鬼似的游离不定。风从各个缝隙里钻进来,呜呜地响着,像阎王催命一般。

　　有一阵子,风不响了,狱卒东倒西歪地打着瞌睡,犯人们横七竖八地睡了,监狱里一片寂静。

　　突然,一个黑影一闪,蹑手蹑脚地进了牢房。他照着两个狱卒的穴位一人点了一下,那两个狱卒就像两棵无根的小树一样倒下了。那人在昏暗的油灯下四处寻觅,到了公韧的面前,轻轻地喊:"公韧,公韧。"

　　公韧睁开眼睛一看,这不是韦金珊吗?不过,迷迷糊糊之中,不知道这是现实还是在梦中:"金珊……真是你吗?我的大哥,你怎么来了?"

　　韦金珊朝他摆了摆手,意思是叫他不要说话。韦金珊从狱卒身上搜出钥匙,然后轻轻地打开栅栏门,搀扶着公韧往外走。没走几步,韦金珊嫌公韧走得慢,不容分说,背上公韧疾步向外蹿去。

第11回　公韧被救坟头悼父

　　牢房的几道门都虚掩着,门口东倒西歪地躺着狱卒。看来,韦金珊早把道路打通。出了监狱,穿过了几条街,公韧急忙问:"金珊大哥,你是怎么知道我的事的?"

　　韦金珊的身上已经沁出了一层薄汗,他放下公韧,扶着他走,一边走,一边有点气喘地说:"这么大的事儿,我哪能不知道!"停了一会儿,韦金珊又接着问,"你我已经结拜,我想,没有什么话不能说。你可要实话实说。"

公韧点了点头说:"你我早已情同手足,况且今天又救了我一条性命,还有什么话不能说的。"

韦金珊问:"西家庄路口的血案,和你有没有关系?"

公韧一听这话就急了:"西品不相信我情有可原,难道你也不相信我?你看我能杀得了十一个人吗?你看我能联合三合会杀那十一个人吗?就算有能力杀人,我一个小小老百姓,图的又是什么呢?"

韦金珊点了点头:"不出我的所料,料定不会是你,所以必定要把你救出冤狱。公韧兄弟,你是否看到了什么?"

公韧心里略为犹豫了一下,问:"这个事和你有什么关系?这个案子,为什么会惊动两广总督呢?"

韦金珊停顿了一下,说:"贪官有三大窝囊事,赃款被盗,相好被泡,生个孩子像将军老赵。我怀疑李瀚章有一桩贪污大案牵涉这件抢劫案,要不,他不会这么上心。只要破获了这桩案子,你我就算为国家立了大功!"

公韧心里一惊,觉得韦金珊说得有理,但又有些不同寻常,遂问道:"你究竟是什么人,不是只是个普通商人吗,为什么也这么关心这件抢劫杀人案呢?"

韦金珊没有立刻回答,停了一会儿,说:"我只是一个小小老百姓……"

公韧觉得他这句话说得相当含糊。这时候只觉得伤口疼痛,赶紧下意识地捂着一处处伤疤。

韦金珊又说:"你确实没有看到什么吗?我怎么觉得这件事和你有关系。"

虽然公韧为人实在,但是这时候还是多了个心眼,说:"你还不相信我吗,我确实什么也没有看到。"

韦金珊相信了。停了一会儿,他又说:"你家大爷……你家大爷……"

公韧急忙问:"我爹……怎么了?"

韦金珊轻轻地叹息道:"你家大爷,连惊带气加饿,已经……过世了。西品和乡亲们已经帮着收殓了,我这就带你去看看!"

公韧心里蓦然一惊,悲怆之情涌上心头,一边走,一边轻轻地啜泣起来……

他听老爹说,老爹年轻时在太平军里辛苦征战,出生入死。太平军失败后逃了出来,和一个农家姑娘结了婚,有了自己。自己没几岁,妈妈就病死了,爷俩穷困潦倒,受尽苦难,一天好日子都没过过。谁知老人家大限时自己竟没有和他见上一面,真是越想越伤心,越想越难过,不知不觉,泪水已经沾湿了好大一片衣襟。

不一会儿,到了老爹的坟前,公韧扑通一声跪倒,号啕大哭。趴在湿润的满是土腥气的红土上,千言万语,都想给老爹说说,可嗓子哽塞,不知道从何说起,只得一点一点地慢慢道来:"爹啊,你跟随天王洪秀全南征北战,屡立战功,杀敌无数,一世英名。没想到晚年只能隐姓埋名,忍气吞声,身无换洗之衣,家无隔夜之粮,食之三月无肉。虽然龙落浅滩,虎落平阳,你却烈士暮年,壮心不已,时时仰天长啸,三尺钢剑剑指苍天,英雄气概难以伸展,希望有朝一日跃马扬鞭,驰骋疆场杀尽鞑虏。儿无能啊,在你去天国之前,都不能为你端一碗水,送一口汤,为你讨得一碗草药。呜呼!哀哉!和你的丰功伟绩相比,儿连一棵草芥都不如啊!儿实在是愧对父母,以后无颜面对祖宗,呜呼!哀哉……"

远处一片灯笼火把,人声嘈杂。韦金珊推了公韧一把说:"以后再尽孝吧,看看那边,想必是官家发现了你被劫走,正在到处抓你哩!大难不死,必有后福,咱的命比他们的命值钱。"

公韧呜咽着说:"金珊大哥,你看我这仇还能报吗?"

金珊咬着牙说:"留得青山在,不怕没柴烧。君子报仇,十年不晚!"

公韧抹着眼泪又对新坟叩了三个响头说:"爹啊,儿先走了,以后再来看你。你受的委屈,儿一定给你讨回来!"

这时抓逃犯的吆喝声,已经越来越近。韦金珊拖着跟跟跄跄的公韧,扶着走一会儿,然后背一会儿,渐渐离那些官军越来越远。又走了一会儿,公韧突然想起一件事来,对韦金珊说:"实不相瞒,西品给我的手帕耳坠还在家里,丢了性命也不能丢了这些东西,烦请大哥陪我走一遭。"

韦金珊有些为难:"此时危机重重,凶险万分。回去一趟若是丢了性命,那手帕玉坠还有价值吗?你可要想好……"公韧说:"人活着,就是为了'信义'二字,就是丢了性命,也不能丢了信物。"金珊点了点头,答应陪着公韧再到公家庄走一遭。

二人瞪起眼睛,抖擞起万般精神,向公家庄悄悄摸去。到了庄前,韦金珊突然拉着公韧蹲下。公韧正要问话,韦金珊立即捂住公韧的嘴,示意公韧不要说话。

此时月光朦胧,寒星闪烁,韦金珊竖起耳朵听了听,凑近公韧的耳朵小声说:"静,太静了,静得有点儿出奇,想必村里有埋伏。你就在这里等着,我叫你进去你再进去。"

公韧点了点头。

韦金珊就像一只狸猫一样,屏住呼吸,弓着身子,蹑手蹑脚向村里摸去。他不从村道上走,而是从村边直接翻进一家院子,慢慢贴近了村道,然后摸起一块石头朝道上扔去。

不一会儿,果然从暗处钻出来一个清兵,在村道上看了看,转了转,然后又向一个角落里躲去。韦金珊绕到他身后,朝着他的脑袋重重一击,他就什么也不知道了。

韦金珊站在公韧能看到的地方招了招手,公韧会意悄悄地进了村子。两人来到公韧的家门口,韦金珊拉着公韧蹲下。公韧也看到了,门口果然还有两个手执快刀的官兵。那两个官兵还没看清怎么回事,韦金珊又照着他俩一人一下,这两个官兵就像两堵墙一样倒下了。韦金珊这才松了一口气,对公韧说:"你进去拿吧,我在门口守着,快去快回。"

公韧点了点头,进了自己的屋,走到床边,掀开席子,摸到了那方手帕,然后掖进自己的兜里。公韧转身出来,经过老爹的屋时,鼻头一酸。睹屋思人,这是老爹住了一辈子的屋啊,这一别,不知何日才能回来。就像一根弦牵着似的,公韧的脚步不自觉地往老爹的屋里迈去。

老爹的屋还是老样子,东倒西歪的桌子,两条破长凳,一张床,不过上面早已空空如也,人去床空。恍惚间,公韧仿佛看到老爹躺在那张床上,两眼直瞪瞪地看着自己,不禁呜咽一声:"爹呀,你一辈子教诲儿子习文不习武,少惹事,多学习,指望我以后能当个教书先生,求得一生平安。可是如今的世道,贪官当道,司法混乱,不学武能行吗?差点儿就叫贪官把儿子的性命索了去。你英雄一世,临走时儿子却不能在炕前尽孝,儿子心里实在是难受啊,难受……"

公韧伤心了一阵子,临走时又看了看床上的那张破席,用手摸了摸,经过长时间的磨损,竹席早已腻滑,没有了粗涩之感。摸到靠墙的地方,公韧突然感觉到有些凸感……公韧心里犯疑,掀开炕席一看,那里放着一把木梳,一把菜刀,还有两张画。

公韧心里叫道:不对呀!这把木梳,平时都是用来梳大辫子的,放在一个破镜子旁边,怎会放在炕席底下?这把菜刀放得也不对,平时都是放在切菜的破板子旁边,也不会放在这里。老爹平常都是快言快语,怎么死了倒给儿子出题猜谜呢?

公韧拿起那两张画看了看,看不清,又赶紧拿到窗户底下,打开竹窗观看。透过模模糊糊的月光,公韧看到一张画上画的是一个风箱,一张画上画的是日、月和星辰。

这就奇怪了,老爹这是给谁出谜啊?除了亲生儿子,还能有谁啊?这个谜底上哪里找去?

这时,村外隐隐约约传来喊杀声,灯笼火把的光亮映红了半边天。门外,韦金珊催促道:"公韧,还不快走!走晚了,谁也走不了了。"

第12回 《太平韬略》

公韧答应一声,急急忙忙向外走去,刚走出屋门,又停住了。木梳、菜刀、画上的日月星辰,没处猜去,可是风箱,自己可是一看就明白。难道说一个破烂风箱,还藏有什么惊天的秘密?

想到这里,公韧又折回到了老爹的屋里,搬开火灶旁边的风箱,这里敲敲,那里捶捶。风箱有了不少年月,木头都已经腐朽,又加上公韧心急,几下子就被公韧敲烂了。公韧仔细察看,除一些破板子、烂鸡毛以外,什么也没有,气得公韧踢了烂木头一脚:"什么破烂货,哪里有什么东西呀?"这一踢不要紧,刚才放风箱的地方露出了一块新鲜的软土。公韧心里蓦然一惊,赶紧蹲下去用两只手急速挖土。

这时,门外的喊杀声更响了,灯笼火把更加明亮。韦金珊急了,在门外喊:"这么慢腾腾的,急死人啊!再不走来不及了。"

公韧答应一声:"马上就来。"两手更加用力地刨土,不一会儿,刨出了一个油包。公韧急忙打开油包一看,里面是一本书,纸张已经有些腐朽。公韧又把书往眼前贴了贴,对着月光仔细看,书页的右上角似乎用工整的隶书写着四个大字:太平韬略。

看到这四个字,公韧的心里就如一道闪电划过,一声巨雷从耳边炸响——这莫不是韦金珊说起的太平天国翼王石达开集毕生精力所著的那部兵书?

门外的官兵似乎已经杀到,灯笼火把几乎就要照到公韧的脸上。韦金珊再也等不及了,进门拉起公韧的手就走。韦金珊看到公韧拿着一个油包,问:"你拿的什么?"公韧的脑子一片空白,不过,他还不想把兵书这么秘密的事情说出去,至少现在不能说,于是说:"这是老爹埋下的一点儿银子。"

"真是要钱不要命!"韦金珊骂了一句。不过,他也顾不得许多,拉着公韧攀上墙头,两人从庄后逃走。

公韧的脑子还有些转不过弯来,不过让庄外冷风一吹,顿时清醒了许多:这一把木梳,恐怕就暗示一本书吧;这菜刀,恐怕就是指刀兵吧!暗示着这本书与军事有关。那这日、月和星星是什么意思呢?是不是可以这样理解:天机不可泄露,这兵书的事情,要不就让它毁于世上,要不,就只能一个人知道,这恐怕就是天机。

公韧又想了一会儿,再也想不出别的解释,只能默默地念叨说:"老爹呀,平时你从没有提过'兵书'二字,韦金珊问你,你也只字未提。看来你是让我遵从上天的意愿,要是天意让我找到这部兵书,就叫我继承你的遗志,拿着这部兵书打败清狗子。要是我找不到这部兵书,就默默地做一个普通百姓,苟且偷生。老爹呀,你就看着吧!我会叫这个世界不平静的!"

想到这里,公韧已渐渐稳下心来。心静如水,步履加快,后面的灯笼火把越来越远,喊杀声听不到了。不一会儿,公家庄那边生起了一团火光,火光越来越大,隐隐约约地传来了一片嘈杂的声音。

看来,清狗子逮不着人,只能拿房子出气了。

公韧心里暗暗庆幸,要是晚来一步,这部兵书可能已化为一捧焦土。机会,也就那么转瞬即逝。

两人又走了一阵子,公韧定神一看,这不是西家庄嘛,他惦念着西品,就对金珊说:"咱俩到西品家去看看?"金珊有点着急地说:"什么时候了,你还想三想四的,打铁也不看火候。等你好利索了,再来看她不迟!"

公韧说:"老爹不管怎样,也算入土为安。可是西品老爹刚被害死,刘斜眼又不怀好意,实在让人放心不下。"

金珊从公韧的话里听出了蹊跷,眉头一皱说:"是吗?既然刘斜眼不安好心,那我就陪兄弟走一趟,也好给西品姑娘安排安排。不过咱弟兄俩可得抓紧了。"

俩人还没到西品家,就见到西品家门口有几个灯笼在晃动。走近一看,是几个衙役模样的人提着灯笼在门口守候。金珊轻轻地说:"不好,他们怎么先来了,咱们这不是自投罗网吗?还是别招惹他们,逃命要紧。"

公韧摇了摇头:"不行,西品家肯定有事儿!咱们不能丢下她不管。"

金珊说:"你啊,想要他们把我俩都抓住才死心吗?一个女人家,他们也不会把她怎么样。我看,这会儿咱就别去了,以后再想办法吧!"

公韧说:"你去不去我不管,反正我得去!"

金珊哼了一声:"就凭你那三脚猫的功夫,去干什么?还不是肉包子打狗有去无回。"金珊嘴上不同意,但还是轻轻地扶着公韧,转到了西品家的后墙外。

西品家的后窗户高,公韧拍了拍金珊的膀子,金珊轻轻地蹲下,公韧骑在了金珊的脖子上。金珊站了起来,把公韧的脸抵在了西品家的后窗户上。公韧用手指头沾了点唾沫,抹在了窗户纸上,轻轻钻了钻,戳了一个小窟窿,一只眼睛悄悄往里看。

不看则已,一看禁不住浑身呼呼地往上蹿火,恨不能全身都爆炸了。

朦胧的油灯下,刘斜眼正色眯眯地跪在一身素衣的西品脚下。西品手里拿着一把剪刀,顶在自己的胸口,对刘斜眼怒目而骂:"你这个混蛋!无赖!再不走,我就不活了。欺负一个无依无靠的柔弱女子,算什么本事?"

刘斜眼嬉皮笑脸地狡辩:"西品姑娘啊,我什么时候下过跪啊?爹妈我都不跪,老祖宗我都不跪!跟着我,吃好的,穿好的,有什么不好啊!怎么就想不开呢?你这个小傻瓜哟……你不答应,我就不起来。"

西品用手指着刘斜眼骂:"你算什么东西!看见你就恶心。我怎么会嫁给你,你就死了这条心吧!"

刘斜眼猛一下子抱住西品的腿,哀求道:"西品姑娘啊,你这个小傻瓜哟……我喜欢你,这些天我天天做梦……天天梦见你,都快把我想疯了!"

西品小脚使劲地挪动着,想要挣脱开他,可是越想躲开他,刘斜眼却抱得越紧。一不小心,西品身子一晃,摔倒了,刘斜眼趁机夺过剪子,扑在了西品身上,一张臭嘴在西品脸上乱亲起来。

公韧只觉得浑身的血一下子全涌到了头上,涨得血管像条条蚯蚓一样乱蹦乱跳,一下子从金珊的脖子上摔了下来。练武的人耳朵灵,韦金珊早明白了怎么回事,也是气愤异常。他拖着公韧几步来到西品的院子门口,几个衙役正要阻拦,金珊在他们头上一人拍了一下,那几个人就像喝醉了酒似的,晃晃悠悠地倒下了。

俩人进了屋,见刘斜眼还趴在西品脸上乱亲乱蹭,西品拼命挣扎,无奈是鸡入狼嘴,羊入虎口,哪里能挣脱得开?公韧两眼冒火,浑身的怒气集中在拳头上,几拳过去,直打得刘斜眼口鼻流血。

刘斜眼抬头一看,竟是劲敌韦金珊和情敌公韧,知道这是遇到了克星死对头,哪里还有勇气反抗,只得连连告饶。

公韧捡起地上的剪子,先狠狠地给了他一下子,戳得刘斜眼像狗一样号叫起来。公韧照准刘斜眼的心口又要一下子,想一剪子把他捅死。韦金珊急忙拦住公韧说:"先留他一条狗命,有些事情我得问问他。"

公韧又扇了他两个耳光,踹了他几脚,骂道:"就这样弄死他,也太便宜他了,老鼠拉木锨——大头在后头。慢慢地叫他活受!"然后他急忙拉起西品,拍打着她身上的脏土,心痛地说:"西品啊,你可让这坏蛋害苦了!"

西品羞恼得掉出了眼泪,掏出手帕擦着泪水说:"你可来了,总算出来了!这猪猡可欺负死人了。"

韦金珊抓起刘斜眼的脖领子,像拎一只癞皮狗一样,厉声喝问:"李瀚章走了吗?"

刘斜眼战战兢兢地回答:"早走了,早走了。"

韦金珊喝问:"他上这里来干什么?"

刘斜眼眼珠子转了转:"他来干什么,我哪里知道!"

韦金珊又大声喝问:"西家庄路口的命案,是谁做的?那十副挑担里,到底装的什么东西?"

刘斜眼略微顿了一会儿,狡猾地说:"那命案,我哪里知道是谁做的。挑担里装的什么东西,我一个小小的厘金官,更是不知道啊。"

韦金珊气哼哼地说:"看你说不说实话。"说着右手食指、中指像两把钢剑一样,直指刘斜眼的咽喉要处。

刘斜眼像猪一样号叫起来:"饶了我吧……饶了我吧……我确实不知道啊!"

第 13 回　道不同兄弟迫分离

公韧左手从韦金珊手里抓过刘斜眼的脖领子,摇晃着,右手执着那把剪刀,对准了刘斜眼的心脏部位问:"我再问你,西老太爷是不是你杀的?"

刘斜眼又是作揖又是磕头,满嘴喷着唾沫星子:"西老太爷确实不是我杀的,我怎么会杀西老太爷呢?"

公韧又晃着他的脖领子吼:"不是你杀的,是谁杀的?你是不敢承认吧!"

刘斜眼一个劲地求饶:"我敢起誓,如果是我杀的,就让我爹不得好死,让别人排起队来一鞭子一鞭子地抽死。说我杀人得有证据,你也是读书人,总不能冤枉无辜吧!"

韦金珊想了想,对公韧说:"先留他一条狗命。待我们找到证据,再让官府杀他不迟!"

这一点公韧不满意了,自己早就对官府不抱任何希望,哪里还能指望官府为民做主?他气愤地说:"这样的狗官,留之何用?说不定以后就是你我兄弟的死敌。你还官府官府的,难道官府还替我们说话?"

韦金珊说:"不要滥杀性命。等以后找到证据,通过官府惩办他吧!官府还是有希望的,有些事儿还得指望官府。"

公韧眉头一皱,对韦金珊的身份再次产生怀疑,不过,碍于韦金珊救了自己的性命又是结拜兄弟,心里一软,便同意饶过刘斜眼一命。公韧对西品说:"死罪躲过,活罪难逃!西品啊,该你了……"

西品用小脚狠狠地踢了刘斜眼几脚说:"你说我爹不是你杀的,那你为什么知道我家住在这里?"

刘斜眼又一次用他的三寸不烂之舌狡辩说:"哎呀……那是两码事!我托人到处打听,才知道你住在这儿。你这个小傻瓜哟,孤苦伶仃的,我只想着你爹才死,需要有个依靠,所以就想上你这里来求婚。谁想到我是好心办了个坏事,心里太着急了……"

"我就不信,你还有好心!"西品又在刘斜眼身上打了一阵子,打得刘斜眼夸张地吱呀怪叫。西品恨得咬着牙骂道:"烟袋不济好嘴子,满嘴喷粪!"夺过公韧手里的剪子又在刘斜眼身上戳了几个窟窿,痛得刘斜眼几乎闭过气去。

金珊绑上刘斜眼的手和脚,找了一块擦桌子布,塞进他的嘴里,对公韧说:"仇也报了,气也撒了,赶紧撤吧……"

公韧对西品说:"我们在这里活不下去了,得出去躲躲。我看你也不能在这里待了,和我们一起走吧。"

西品说:"我在这里已是举目无亲,又把官府得罪了,只能跟着你们走!"

韦金珊一脚把刘斜眼踹了个跟头。三个人急急忙忙出了小院,上了大道,向广州方面匆匆而去。

西品颠着小脚,公韧伤口疼痛,两人都走不快,韦金珊既要扶着这个,又要照顾那个,紧走慢赶,走了半宿,没走出二十里路。

黎明时分,月亮隐去了,四下更加黑暗,前头一片墨黑,像是一片小竹林。韦金珊喘着粗气说:"天亮就更不好办了,要不,咱们到前面的小竹林里躲一躲吧!"

公韧说:"只有这样了,反正是走不动了。"西品也说:"我脚后跟的骨头都快戳断了,真是一步也动不了了。"

三个人拖拖拉拉,好不容易走进竹林,正要喘一口气,突然听到一声大喊:"落!"呼啦一声,一张大渔网,把他们三人紧紧地罩住,网成了一团。韦金珊就是有天大的本事,也无能为力,只能干着急。

旁边灯笼火把一齐点燃,一百多把刀枪对准了他们。

公韧在网里长叹一声:"莫不是才出狼穴,又入虎口,屋漏偏逢连阴雨,船破又遭顶头风,喝口凉水都塞牙,放屁都砸脚后跟。"

周围这些人虽然穿得不伦不类,但瘦的精神,胖的威武,尤其是每个人左臂上都系着一条显眼的红丝带。为首的一个生得个高、头大、眼大,说话瓮声瓮气,他手举一面大旗摆了两摆,风卷红旗发出了唰啦的响声。旗上写着"三合会"三个隶书大字,在火把的照耀下显得特别耀眼。

他把大旗递给身边的一个小兵,瞪着大眼睛朝公韧三个人嚷:"还是两公一母呢!喂,我只问你们,你们三个人是愿意跟着我们三合会造反呢,还是愿意在这里享福?"

公韧觉得这个人有些面熟,仔细一看,认得,原来是曾在云山镇集市上给自己散发过三合会会票的大个子。他不禁一声冷笑,说:"原来是三合会的弟兄啊,不过是些杀人放火的强盗。虽说大清朝也不是什么好东西,可我们也不能拿着性命开玩笑,随便跟着你们造反啊。"

那大眼一听这话,急忙凑到网边仔细看了看三人的容貌,然后哈哈大笑:"我以为是谁呢,原来是云山镇上两位侠肝义胆、打抱不平的好汉啊!还有这位貌似天仙的美女。看着你们怪精明,其实见识也倒一般,真是傻得很啊!如今谁是坏人,谁是好人,还分不清吗?如今的皇帝小儿、洋人和他们的那些狗腿子才是坏人,我们老百姓才是好人……"

这时候天已经蒙蒙亮了。绿林好汉中,有一个人正是天下第一美味张,也就是那个在云山镇集上卖老鼠肉的,看来是买卖干不下去了,到了这里来入伙。他对大眼说:"王龙头,这个姑娘心眼好,好接济穷人,那两个小子又爱打抱不平。特别是这一个,身手特别好……"

王龙头点点头:"这个我岂能不知,这会儿好了,看看他们还有什么本事。他们要是不加入我们三合会,就叫他们在网里待一辈子,看看谁靠得过谁。哈哈……"说完,对那美味张挤了一下眼睛。

美味张领会了大眼的意思,上去鼓动公韧说:"好汉啊,你可认得我吧?我叫张散。反正咱老百姓没法活了,干脆就跟着三合会一块儿干吧,这就叫官逼民反,不得不反。你刚才说三合会杀人放火,看来你对三合会还不了解,这三合会杀人是不错,可它专杀鞑子。就是杀了那些鞑子,反清复明,换我们汉人当皇帝……"

三合会里还有一个熟面孔,就是那天在集上卖蛇肉的,他对公韧三人说:"我叫李斯，原来是个卖蛇肉的。你们就跟着我们反了吧！这个世道，你想在家里老老实实种地，你想在家里老老实实做买卖，能实现吗？跟着王龙头多好，有吃有喝，这会儿，我都当上草鞋了。"

韦金珊听了这些话嘴角一撇，怒目斥责那个王达延，说："请问这位王龙头，西家庄口那十一个人被杀的血案，是不是你们犯下的？"

王龙头听了哈哈大笑，说："是我们又怎么样，不是我们又怎么样，那些不义之财还不都是老百姓的血汗钱。不义之财，人人可享用之。你不知道梁山好汉智夺生辰纲的故事吗？这又有什么了不起！皇帝小儿的财宝送到手里哪能不要呢！"

韦金珊怒目而斥："这么说，是你们做的了？"

王龙头拍着胸脯说："就是我们做的！你能怎么样？"

韦金珊说："这位好汉，这笔财富或许能救活一个国家，也可能能打赢一场战争，拯救百万黎民。希望你能以大局为重，把它献出来！"

王龙头大眼一瞪，气势汹汹地说道："真是站着说话不腰疼，吃到狗嘴里的骨头还能吐出来吗？真是的！"

韦金珊知道和强盗要财富，跟与虎谋皮无异，于是悻悻地歪着头，不再说话。

公韧心想，王龙头就是抢劫浮财的话，那也不该把十一个人全都杀死啊，实在有些过分，但是他们那造反的话，确实也有几分道理，不禁低下头默默不语。

西品小声对公韧说："我看这世道逼得人真是没法活了，不如跟了他们当强盗去。你说呢，公韧哥？"公韧微微地点了点头。

韦金珊大声对王龙头吼道："朝廷里也不都是坏人，我看皇帝就不错，皇帝杀了多少贪官你们知道吗？皇帝正在变法图强你们知道吗？皇帝忧国忧民的心思你们知道吗？我们大清国只有上下一心，同仇敌忾，国家才能有希望，老百姓才能有救。可是你们动不动就要造反，就要杀人放火，这样只能给国家和老百姓造成更大的灾难……"

王龙头摇了摇头说："咦，说话听声，锣鼓听音，听你这话，难不成你是官府的人啊？我们走，就等着大清国来收拾你们吧！"

说着，那大眼招呼手下就要离去。

公韧一看，这还了得，他们一走，他们困在网子里渴不死也得饿死，要是官军追上来，那更是没有活路，于是大声说道："各位好汉，我们都是好老百姓，是被迫害的好人，你们就放了我们吧！"

韦金珊大声地对公韧吼道："别求他们，求这些强盗干什么？"

第 14 回　三合会开坛收新兵

公韧对韦金珊说:"大哥啊,我倒不是怕死,只是想说说心里话。官府对咱们有什么好? 刘斜眼那些坏蛋弄得咱家破人亡,还不够吗? 大哥啊,咱们反了吧!"

西品这时候也下定决心,对韦金珊说:"大哥啊,我爹是大清朝的拔贡,一辈子奉公守法,可是又怎么样呢? 到头来还不是被坏人害死,我被刘斜眼欺负。我看这个世道就是好人受气,坏人吃香。不如反了吧!"

王龙头听了三个人的争论,哈哈大笑,点了点头:"总算有两个入伙的了。松网! 松网!"

网被解开了,三个人被拉了出来。王大眼一个眼色,众三合会会员一下子围住了韦金珊,快枪、大刀、鱼叉、红缨枪一起对准了他。王大眼一声冷笑:"嘿嘿,好汉! 我再问你一句,想不想参加我们三合会?"

韦金珊面目冷峻,像一座小山一样挺立着:"我生是朝廷的人,死是朝廷的鬼,绝不参加三合会!"

王大眼一声冷笑:"那好! 就别怪我不给你留活路了。明年的今天就是你的祭日,动……"

王大眼这句话还没有说完,隔着五步远,韦金珊就像一道闪电一样,突然就到了王大眼的跟前,两手一拨一抱,把王大眼的胳膊、身子紧紧地箍住。王大眼竟像被捆绑了一样,一点也动弹不得。韦金珊的两个大拇指又紧紧地顶在王大眼的肋条上,还没使劲,王大眼已痛得龇牙咧嘴。要是韦金珊一使劲,两个拇指就会像两把尖刀一样插入王大眼的重要穴位。

韦金珊对王大眼身后的三合会会员说:"都退下,谁再过来,我就插死他。"

众三合会会员面面相觑,谁也没有料到这人竟是这般绝好的身手,进怕误了王龙头的性命,退又实在不甘心。

王大眼豁上命声嘶力竭地喊道:"别管我,别管我,杀死他……"

众三合会会员听到命令,又往前逼来,几支快枪成扇形对准了韦金珊。看那阵势,韦金珊马上就要被无数的子弹射穿。

公韧猛一下子进到了韦金珊的面前,用身子挡住众三合会会员的枪口。西品也扑上来,站在了公韧的身边。公韧大声地喊道:"众位好汉,听我说一句话。强扭的瓜不甜,只要我俩入伙,他就不是我们的敌人,早晚劝他入伙还不行吗?打死了他,我俩也不入伙了,干脆把我们也一块儿毙了算了。"

众三合会会员拿不定主意,齐齐看向王大眼。

王大眼想了想,说:"嗯,这位好汉说得也倒有理,既然他不愿意入伙,我也就不再勉强。放下枪,放下枪。"

众三合会会员纷纷放下了枪。韦金珊迈开大步就要走。

公韧却不干了,一把拉住韦金珊,乞求道:"金珊大哥,滴水之恩,应当涌泉以报。你两次救了我的性命,我不能忘了。你不能就这么走啊,我不能让你走!"

韦金珊轻轻推开公韧的手说:"从此以后,咱就是两条路上跑的马车,走的不是一条道了。希望你好自为之,多多珍重吧!"说完,头也不回,向着广州方向大踏步地走去。

公韧紧追了几步,凄楚地喊着:"金珊大哥——金珊大哥——"

韦金珊还是头也不回地大踏步往前走去。公韧长吁短叹,连连摇头。西品向韦金珊走去的方向招了招手,凝神远送。

一轮红彤彤的太阳升了起来,韦金珊背着太阳,身子拉出了一个长长的虚影。公韧的心里浮想联翩……直到韦金珊消失不见,两个人还待在原地出神……

为了避免清兵前来围剿,三合会转移到了另一个小竹林里,并在里面举行了招纳新会员的"开坛"仪式。中央拢起了一小堆新土,土堆上设立着五祖神坛牌位,上面用隶书写着"蔡德忠""方大洪""胡德帝""马超兴""李式开"几个名字。五祖神坛前点燃了一大把香烛,阵阵青烟徐徐上升缭绕在空中,使整个竹林充满一种神秘而庄严的气氛。

紧挨着五祖神坛两边,站着四个最重要的首领,龙头、白扇、草鞋、红棍,两旁站着一百多个三合会会员,个个神情肃穆,无限虔诚。

公韧和西品站在三合会会员圈外。

有一个头戴红巾的弟兄过来,引领公韧和西品向前,大喊一声:"迎风接驾——"两旁三合会弟兄齐声大喊:"久闻大哥多仁义,脚踏莲花朵朵开,小弟堂前来接驾,迎接大哥到此来!"众人摆成弓步,右手五指并拢,手掌弯成九十度向下点三次头。

西品不解,问公韧:"这是什么礼节?"

公韧小声说:"大概是凤凰三点头吧。"

王龙头大喝一声:"满洲发辫,邪恶之物,散开发辫,开坛拜祖。"公韧和西品散开发辫,跪下,朝着五祖神坛连着磕了三个头。

王龙头又大喊:"三合会党,反清复明,日月可鉴,永不反悔!"公韧和西品也跟着喊:"三合会党,反清复明,日月可鉴,永不反悔。"

王龙头又大喊:"人血红,红人血,喝了酒,心才铁!"

一个三合会会员端来一个铜盘,放到了公韧面前,盘子里放着一把刀子。又一个三合会会员端来了一小坛白酒,也捧在了公韧的面前。

公韧右手拿过磨得锃亮的尖刀,对准左手的中指,牙一咬,心一横,轻轻一划。先上来是一道白口,往外翻着白肉,接着伤口变红,血往外涌出来,然后成小溜淌到了酒坛里,形成了许多漂亮的花朵。花朵越聚越多,越聚越厚,把透明的液体渐渐染成了红色。

西品也学着公韧的样子,摸过刀子,将刀刃对着自己的中指。她歪过头去,可就是下不了手。公韧向她递过去鼓励的眼神,默默地点了点头。西品牙一咬,脚一跺,割破了手指,鲜血一滴一滴地淌到了酒坛里。

一个三合会会员把一坛子血酒灌到一个个酒碗里,分给了大家。

王龙头首先端起一碗血酒,对着大家敬了一圈,然后大喝一声:"欢迎公韧和西品加入三合会,从此我们就是一家人了。反清复明,杀灭鞑虏,有福同享,有难同当,有功则赏,有罪则罚。干!"端起酒碗来一饮而尽。

众三合会会员也端起酒碗来一口喝干,有的抹了抹嘴,有的大叫几声"好酒!""痛快!"公韧也学着大家的样子,一口喝干,然后碗底朝下,滴酒没落。西品咧着嘴,鼓起勇气喝了一口,一下子呛着了,红着脸咳嗽个不停,手一个劲地揉着胸口,但还是强忍着把剩下的半碗酒喝了下去。

王龙头看着西品窘迫的样子,大声说道:"好啊!好啊!一看就知道是个能干的女将,以后立了功,按功奖赏。我嘛,就不用拜了,你俩就拜拜军师白扇、管刑罚的红棍和传递消息的草鞋吧!"

公韧和西品一一拜过他们。

公韧看到他们三人皆将右手大拇指竖起,食指弯到底,中指、无名指、小拇指并拢伸直。公韧不解,问:"敢问这手势是什么意思?"

王龙头哈哈一笑:"这个手势,一是为了纪念崇祯皇帝吊死煤山之日,弯曲的食指代表九,也就是三月十九日,二是象征洪门的三把半香、仁义香、忠义香、根本香、威风香。"

公韧:"何谓仁义香、忠义香、根本香、威风香?"

王龙头说:"仁义香,讲的是战国时代的羊角哀与左伯桃兄弟仁义至交的故事;忠义香,讲的是刘关张桃园三结义,不能同日生,但求同日死的故事;根本香,说的是梁山一百零八将侠义兄弟的故事;半把威风香,指的是瓦岗山四十六员将,一半人投唐,一半人不投唐的故事。羊左的仁义,桃园的忠义,梁山的根本,加上瓦岗的威风,结合成洪门三合会的基本精神。"

西品一头雾水,听不出个头绪。

公韧点了点头:"何谓洪门三合会的创始?怎么发展到了今天,以后会怎么样?我想听个明白。"

王龙头说:"看来,你什么也不懂啊!好了,好了,现在我给你们讲点经。众位三合会新来的,别看你们什么也不问,并不一定什么都懂。你们要向这位公韧兄弟学习学习,不懂就问,别不懂装懂,大家一起听着……"

众位三合会会员一起竖起耳朵听王达延讲三合会的前世今生。

第15回　智破假王达延(一)

王达延说:"郑成功的洪帮,与青帮、白莲教都是当前反清复明的组织,号称江湖上的三大集团,也就是俗称的红花、绿叶、白莲藕。洪门是郑成功开金台山、立明运堂所建,洪门的宗旨是高举反清复明的大旗。康熙十三年红花失败以后,洪门商议分散各处,各自发展,成立了五个祖堂,扩充与保留抗清的实力。

"长房'彪'字旗,旗黑色,先祖蔡德忠所建,在福建、甘肃一带发展,又称'天帝会'。三房'虎合'字旗,旗赤色,先祖胡德帝所建,在四川、云南发展,又称'袍哥'。四房'虎和'字旗,旗白色,先祖马超兴所建,在湖南、湖北发展,又称'哥老会'。五房'虎同'字旗,旗绿色,先祖李式开所建,在浙江一带发展,又称'小刀会'。我们二房'虎寿'字旗,旗红色,是先祖方大洪所建,在广东、广西发展,又称'三合会'。留诗是'广东红旗第二枝,高溪分开两胡时,寿字根基成四九,四九变化自相依。'好了,好了,不说了,说多了你们也记不住。现在由红棍宣布十条十款,也就是我们的军纪,新入会的记好了,如果违反了军纪,别怪我不客气,我们必将严惩不贷!"

红棍做出三一九的手势,好像对着滔滔的黄河,滚滚的长江,茂密的树林,艰苦的码头工人,劳累的农民,茶馆酒肆的贩夫走卒,大声说道:"内规为十大守则,一为尽忠报国,二为孝顺父母,三为长幼有序,四为和睦乡邻,五为为人正道,六为讲仁讲义,七为叔嫂相敬,八为兄仁弟义,九为遵守香规,十为互信互助。十项禁忌为,一不准奸淫霸道,二不准调戏妇女,三不准出卖同门兄弟,四不准越边拐逃,五不准口角风暴,六不准泄露机密,七不准越礼反教,八不准以大压小,九不准聚众闹事,十不准领官差赴堂口……"

散了会,公韧看到,有的三合会会员在摆弄武器,有的坐在地上闭着眼睛休息。竹林四周被王龙头派上了岗哨,密切地监视着从竹林旁边经过的行人。

公韧拉着西品问李斯:"李草鞋,我看三合会准是有行动,咱们这是干什么去啊?"

李斯看看左右没人,悄悄对公韧说:"这是军事秘密,我告诉你,你可千万别告诉别人!咱们这是执行总会的命令,参加孙大炮的一个……什么起义。"

王龙头正好从旁边路过,打了李斯一下,训斥道:"李草鞋,就这么一点儿秘密,都叫你给抖搂光了。"

李斯一边躲着王达延,一边说:"一个被窝里踢腾瓜——没外人。早晚还不是知道!"

王龙头听了哈哈大笑,点了点李斯的鼻子:"我们这里都是些大老粗,多么粗只有婆姨知道,就缺笔杆子啊!李草鞋,我告诉你,公韧和西品就由你带了。教给他们本事,好好保护他俩,要是出了事,我拿你是问!"

李斯无奈地伸了伸脖子,点了点头,显得极不情愿。

公韧心平气和地问王龙头:"王龙头啊,我和西品也是帮会的人了,西家庄口那件事,劫财归劫财,为何要杀那十一个人呢?"

王龙头听了微微一愣:"我们什么时候杀十一个人了?刚才那小子也问我,说我劫得了一大笔财宝。我倒要问问,到底是怎么回事?"

公韧心中一惊:"你刚才不是说,西家庄路口的那桩血案是你们做的吗?"

王龙头哈哈一笑:"刚才那是蒙你们呢!根本就没那么回事。我是拣大的吹,你还真信了。到底怎么回事,你给我说说。"

公韧心中将信将疑,可是既然王龙头问起,也只好把自己半夜找西品看到血案,又蒙受冤枉的事情说了一遍。不过多了个心眼,没有把进山窥探到的秘密透露出去……

王龙头听了又是哈哈大笑:"你小子,半夜想媳妇想迷了,摊上事了吧!不过傻人自有傻福,虽然历经磨难,但是终于抱得美人归,也算是一大幸事。"

夜晚来临,晚上三合会要宿营的时候,公韧碰到了一个蹊跷事。

王达延找到公韧说:"你才来,老百姓都不认得你,晚上咱们到小宋庄宿营。你去找房子,可千万别说是三合会的人,会吓着老百姓的。"

公韧纳闷了,问:"这么一大群人,又有刀又有枪的,咱不说人家也知道是三合会的人。这到底是怎么回事啊,老百姓为什么怕咱?"

王达延叹了一口气,说:"是这么回事,最近有一个假王达延打着我们三合会的旗号,做了不少坏事。老百姓真假难辨,自然就怕我们三合会了。"

原来如此,公韧明白了,说:"这个假王达延的情况必须要搞清楚,弄清楚他是哪一方的人,到底什么目的,搞不清楚,咱们就没法在这里混了。"

王达延皱着眉头说:"这也是我最近非常头疼的事儿,可是这个假王达延神出鬼没的,我们一直没有抓着他,所以也没有办法搞清楚。你还是抓紧找房子吧,晚上我们也该上屋里住了,不能老住在野外。"

公韧点了点头,和西品一块进村了。到了村里,看到一家房子比较大的人家,敲开了门。从院子里走出来一个慈祥的老头儿,公韧和气地对他一拱手说:"老人家,您好!我们是过路的客人,走到这里,没地方住了,想借住一宿,房钱照付,不知能否行个方便?"

那老头儿笑了笑说:"就你两个人呀,那好啊,如不嫌弃,就请进来吧!"

公韧说道:"实不相瞒,我们一共一百多人,都是跟着我到广州走远房亲戚的。我们也不要多大地方,给我们腾出几间大屋来就成。"

那老头儿眉头一皱,说:"要是人少,挤挤也就算了,这一百多人,我们家可没有这么大地方。最近三合会闹得挺凶,谁也不想找不素净!"说着,哐当一声关上了大门。

公韧和西品吃了个闭门羹,只好另寻人家。到了一个小点的房子跟前,好不容易才敲开了门,出来了一个老婆婆。公韧对她拱了拱手说:"老婆婆,我是过路的,找不到地方住了,想在你这里借住一宿,不知能不能行个方便?"

老婆婆说:"你要是不嫌,那就来住吧!"

公韧说:"我们还有几十个人,都是投奔亲戚的,就在你这两间草屋里住行不行?"

一听说人多,老婆婆不愿意了:"人多了不行,最近三合会在这里闹腾得挺厉害,干了不少坏事。我们害怕!"说完,就关上了柴房门。

公韧又敲开了几家房门,主人也是不让住,众口一词,都说是害怕三合会的人。公韧看到村边上有几间空着没人住的破屋,就回去对王达延说:"还真让你说准了,村里人都害怕三合会,就好像三合会做了多大的恶事一样。村边上有几间破屋,我看,我们不妨在那里挤一下,总比在外面风餐露宿的好。"

王达延咧了咧嘴:"也只好将就了。各处的情况差不多,真是瘸子的腚眼——邪门了。我们的名声都叫那个假王达延给糟践坏了!"

这一百多人就开进了村边的几间空屋里,可是这一百多人起火做饭,说话拉呱,拉屎尿泡,要想没有一点动静是不可能的。不一会儿,几个小孩子悄悄地来看热闹,又过一会儿,几个老头儿老太太也来瞧动静。

再往后,村里就热闹了,人们扶老携幼,拉着牲口牵着猪羊,纷纷往外逃去。

公韧看到这幅景象,对王达延说:"王头领,我们和老百姓的关系,就是鱼和水的关系。如果老百姓怕我们,怕成这样,那我们真是没有立锥之地了。"

王达延犯愁地说:"谁说不是啊!这段时间,可把我愁死了。"

公韧说道:"吃完晚饭,我们还是赶紧撤吧!撤晚了,官军围上来,我们就惨了。"

听到这些话,李斯不乐意了,对公韧嘲讽道:"你才来几天呀,怎么倒对大龙头发号施令了?好不容易找了个睡觉的地方,安安稳稳地睡上一晚上再说。我就不信,官军能这么快围上来?"

公韧耐心地对李斯说:"李草鞋,现在我们是什么人?是和朝廷作对的三合会。朝廷的那些官员做梦都想拿住我们请赏呢,再说这些跑出去的老百姓,说不定就有人去向官府报信,官兵到这小宋庄也就是一个时辰的工夫。等他们的兵马一到,我们再想撤退就晚了。"

李斯向公韧叫板说:"我这个草鞋是吃素的吗?早就派了暗哨。咱俩打个赌怎么样,我说能睡一晚上,就能睡一晚上。只要官兵一到,暗哨即刻前来报告,我们再撤退也不迟。"

公韧嘿嘿一笑:"军事的事儿,可不能拿来打赌。现在我们在明处,敌人在暗处,他们要想来偷袭我们,我们可是防不胜防。"说着,眼睛看向王达延。

李斯却紧紧咬住不放:"我就是要和你打个赌!你才来几天啊,就想凌驾于草鞋之上,太不把我草鞋放在眼里了。怎么样,就赌二十军棍?"

第16回　智破假王达延(二)

张散也跟着帮腔说:"是啊,我来了这么些天,都不敢乱说话。你才来几个时辰,就敢在我大哥面前说三道四,把不把我草鞋大哥放在眼里啊?"

王达延想了想说:"虽说李草鞋早就布置好了岗哨,可是最近风声太紧,确实叫人不大放心。这么着吧,我们吃完饭就撤退。"

众会员吃完饭撤离到不远处的一个小竹林里,观察着这边的动静。没有一个时辰的工夫,就听到大炮轰轰轰地响了起来。小宋庄火光冲天,黑烟腾起,破砖、烂瓦、碎茅草在大炮轰鸣中飞向了天空。

不一会儿,一个小兵前来报告:"王龙头,不好了,咱们刚才住的地方已挨了几十发炮弹,房屋全给炸塌了。要是咱们不撤出来,恐怕一个也活不了。"

王达延听到这个情况,脸上一阵子发紧,心里扑腾扑腾跳个不停。他问李斯:"你不是说派出岗哨了吗,怎么一点儿也没有听到他们的消息?"

李斯脸上有些挂不住,低下头说:"我是派了岗哨,那都是在大路上监视马队和步兵的,谁知道清军在远处架上了大炮轰击。他们的大炮到底架在哪里,用什么牲畜拉去的,我怎么能知道呢。"

王达延脸色一沉,训斥李斯说:"不知道可不行,要是听你的,我三合会的这一百来号人,岂不全都交代了!亏着公韧的提醒,要不是公韧,我们岂不吃了大亏?"

李斯只好说:"我认罚,认罚!叫红棍给我二十军棍。"

王达延怒声呵斥道:"就该打,要是不打,不长记性。红棍,给他二十军棍!"

红棍邢天贵大喊一声:"是!"就要指挥手下对李斯执行二十军棍。

"慢着!"公韧说道,"打不打李斯这是次要的,重要的是我们三合会始终处于危险之中。要是不解决了这个暗藏的敌人,那我们三合会就永远没有宁静的日子。是不是可以暂且记下李草鞋的这二十军棍,让他带几个人去侦察一下敌情,特别是这个假王达延的情况。"

李斯撇了撇嘴:"你说得轻巧,这个事儿太复杂了,我李斯费了那么多的工夫,想了那么多的办法,都没有弄清楚,我是一点办法也没有了。我宁愿挨这二十军棍也不去,要是有本事,你去……"

谁承想,李斯叫板了几句话,公韧倒点了点头,说:"我去就我去,这些问题弄不清楚,我三合会危矣……"

王达延心里想,这个公韧挺有意思的,这么复杂的事,别人躲还躲不及呢,他还要往身上揽,不过侦察一下也好,说不定能有收获呢。想到这里,王达延对公韧说:"既然公韧兄弟要去,那就辛苦一趟。不过我可有言在先,侦察不侦察的倒是次要的,一定要活着回来!"

公韧也不傻,乘机要求说:"我还要带两个人去。"

"你要带谁就说吧,三合会的人随便挑。"王达延爽快地答应道。

"就烦请李草鞋和张散跟我走一趟吧!"

李斯又不愿意了,急忙摇了摇头:"自己揽下的活儿自己干,为什么还要拽着我?你这个人什么武功也不会,你不嫌我碍事,我还嫌你碍事呢。再说,有功了,算你的还是算我的?"

公韧笑着说:"当然算你的!我只不过是跟着你跑跑腿。"

张散也不乐意:"跟着李草鞋,那是我高兴!跟着你算怎么回事?"

王达延只得和稀泥:"诸位好汉,大家谁也不要看不起谁,为了咱们的三合会,为了咱们反清复明的大事业,你们三个就一块儿去吧!有功了,我自然按功行赏。就是有点儿错误,我也会网开一面的。好了,就这样定下了。"

李斯虽然嘴里嘟嘟囔囔,张散也不高兴,但也只好认了。

三人领了任务出来,坐在一块商量怎么办。李斯埋怨公韧:"都是你揽的好活儿,你说怎么办吧,我是一点儿办法也没有。"

张散也跟着说:"是呀,谁答应的活儿谁干!噢,到时候下力的是我们,有功的是你,这样的傻事谁干啊!真是的……"

公韧想了想,说:"根据得到的情报,这个假王达延是个好色之徒。是不是可以这样,张散,你就装着西品的样子,隔三岔五去西家庄走一趟。我和李斯呢,就暗暗地埋伏着,看看这个假王达延到底是个什么货色。"

张散一听就烦了,摆了摆手:"你想叫我男扮女装啊!散了,散了,跟着你们就没有什么好事儿。要是那个大色狼把我强奸了,你说冤不冤啊!找谁说理去啊。"

李斯一听有门,就镇唬张散说:"行!行!张散啊,别得了便宜卖乖。扮个女人多好啊,搽脂抹粉的,你哪里吃亏啊!我想装个女人还不行呢,长得没有你这么俊。"

张散虽然心里不乐意,但是听李斯这么一说,也就同意了。

西品又是给他抹又是给他擦的,还别说,经过一番精心打扮,张散虽然没有西品那么漂亮,但也八九不离十。

西品拿着一个小镜子,让张散自己照了照,惊得张散一伸舌头,趁机给公韧来了一个媚眼,搂着公韧的腰,酸溜溜地说:"我的情哥哥,咱们什么时候入洞房呀?"

还没等公韧做出反应,李斯起哄地推开公韧搂着张散,软绵绵地说:"我看哪,那公韧就是个书呆子,一点儿感情也不懂,根本就不是个男人。我看,还是咱俩入洞房吧……"羞得西品闭上了眼睛,用双手捂着耳朵。

公韧却有些生气,对张散一伸拳头吼道:"谁说我不是个男人!看我不一拳揍扁了你。"

张散反嘴道:"你说你是个男人,我不信。你和西品这么长时间了,为什么她的肚子还这么扁。见了自己心爱的女人不上,你说你是男人,谁信啊?"

这句话说得公韧满脸通红,看了看西品,再也说不出一句话来。西品俏脸潮红,一个劲地摇头,对这些大男人嗔道:"一个个没正经,这都是说得啥跟啥呀!"

跟这两个二皮脸生气也没用,还是任务要紧。公韧对着张散左看右看,上看下看,还算比较满意,点着头称赞:"像,像,太像了,足以以假乱真!"

三人到了西家庄,进了西品的家,拾掇了拾掇,点亮了灯。张散身子一歪就躺在了软和和的床上,再也不想起来了:"这好歹也是西品睡过的床呀!我虽然不能和她同床,但是睡在她睡过的床上,也能过过瘾啊!"

气得公韧上去打了他一拳,吼道:"滚一边去!你这个流氓,三句话不离本行。滚开!"

张散耍赖皮地说:"我就是不滚,你能把我怎么样?"

更可恶的是李斯,也躺在了西品的床上,厚颜无耻地搂着张散说:"西品啊,我可爱的西品啊!我们终于睡在一张床上了。"

公韧懒得再管他们,越管他们越长脸,只得对他俩说:"说句正经话,今天就到此为止吧!咱们得走。"

张散不乐意了:"好不容易进了西品家,好不容易躺到这么舒服的床上,这就让我走?门也没有!今天就在这里睡了。"

公韧对他俩说:"戏要做真,不能太假,西品出去好几天了,谁都知道躲出去了。回来安心地住下,这符合常理吗?过几天再回来,这才合理。"

李斯想想也对,就对张散说:"赶紧走吧!咱俩还是听公韧的吧。真以为这是你家啊!"

张散还是满肚子牢骚:"好不容易住进这么大的房子,谁不想享两天福!没想到才一个时辰,你俩就要撵我走。我就是不走,你们能怎么着?"

李斯一脚踹上去,把张散从床上踹下来。张散捂着屁股说:"还真踢呀!我这不是走着吗,走还不行嘛!"

过了两天,这三人又到西品家里待了一阵子。隔了几天,这三人又去了一次。去了这三回,倒也风平浪静,没有一点异常情况。公韧对李斯和张散说:"好了,去了这几回,从西品的角度上来说,一定以为万事大吉了。咱们就在西品的家里住一阵子吧!说不定那个色鬼已经嗅到味了。"

张散可遂了愿了,躺在屋里的大床上,抱着西品的被子这里亲亲,那里闻闻,想入非非。李斯也想好好地睡一觉,就和张散挤在了那张大床上。

第17回 智破假王达延(三)

公韧拍了拍李斯说:"李草鞋,张散可以在这张床上睡,你和我却不能,我们还得在外面替他守夜!"

李斯不理解了,问:"凭什么让这小子在这里享福,而我们在外面受罪?又是苍蝇叮又是蚊子咬的,我不去!"

公韧倒是不着急,不慌不忙地说:"你想啊,我们折腾好一阵子了,那淫贼可能早就听到了动静,说不定今天晚上就来想好事儿。张散兄弟和他在屋里周旋,我俩必须在外面做好保障,随机应变。要是都窝在屋里,还怎么抓淫贼啊?"

李斯一听也对,就对张散说:"你在屋里沾点儿光吧,我俩出去替你守夜。"

张散嘴一撇说:"你以为这个光是这么好沾的?我睡在这里提心吊胆的,那淫贼要是半夜里窜出来,把我调戏了,你说说,冤不冤啊!"

李斯批评张散说:"你这个人,不叫你在屋里住,你非要住,叫你在屋里住,你又嫌这嫌那的,真是不好伺候。再说这些废话,我就叫别人来替你。"

张散只好说:"好了!好了!吃亏也就认了,你就别再嘟囔我了好不好!"

公韧和李斯出来躲在旁边不远处的几棵竹子旁,悄悄地观察着西品家里的动静。熬着熬着,慢慢地到了半夜时分,两人都有些熬不住了,互相倚靠着,打起了瞌睡。

此时万籁俱寂,大地仿佛已经沉睡,偶尔一阵阴风刮来,竹叶发出哗啦哗啦的响声。月亮早已隐去,天上一团一团的乌云把大地遮得黑茫茫一片。公韧在睡梦中一个激灵,醒了,透过西品家模模糊糊的油灯光看到,似乎有个人爬上了墙头。

公韧轻轻地推了一下李斯,李斯醒来了,他眯起眼睛一看,墙头上果然有一个人影。他小声对公韧说:"来了,来了,终于把你等来了。"

公韧说:"先别慌,看看他究竟是谁。"

两个人都眯起眼睛,努力地观察着这个人到底是谁,看了一会儿,公韧小声说:"我怎么发现这个人像是刘斜眼啊!"李斯也说:"我看着也像,怎么这个小子也来了?"

公韧说:"这有什么奇怪的,本来他就是个淫贼。他来得真不是个时候,别把假王达延给冲了。"

"那我们怎么办?"李斯问。

"搂草打兔子,只能捎带着了。我们靠前,往前贴。"

两人正在研究着对策,不远处又发现了一个人。那人似乎也发现了墙头上有人,正在犹豫不决。公韧又捅了捅李斯说:"又来一个,先看看是谁。"

两个人仔细观察了一会儿后,李斯说:"我看着怎么像是王龙头啊?"公韧说:"我看着也像,真是盼星星盼月亮,终于把主角盼来了。可是这个刘斜眼实在是可恶,得想办法把他赶走,别搅了我们的好事儿。"

李斯点了点头:"嗯,看我的。"说完,从身上掏出来一包药粉,放到一个竹管里,悄悄地往前走了几步,对着刘斜眼的身上用力一吹。

刘斜眼看着也倒没有什么,他悄悄地跳到了西品的院中。可是不一会儿,他突然慌慌张张地又从院墙上跳出来了,还不停地从身上往外抖搂着什么,一边抖搂一边惊慌地小声骂道:"真是中了邪了!你们找我干什么?哎哟……哎哟……怎么都来了。中了邪了,中了邪了……"抖搂了一阵子,越抖搂身上那些活物越多,不一会儿,只有逃跑的份了。

公韧也不知道那个刘斜眼从身上抖搂的什么玩意,甚是奇怪。李斯却一脸坏笑,捂着肚子说:"你不是兽性大发吗,这好办啊!就叫那些蛇公公、蛇婆婆、蛇姐姐、蛇妹妹都来和你处对象吧!你那玩意不是难受吗,就叫你过足瘾。"

公韧听了心里也甚是解恨,骂道:"这就叫以其人之道还治其人之身。"

那个假王达延却显得文绉绉的,在轻轻地敲着西品家的大门。不一会儿,屋里的张散捏着鼻子用女腔问:"谁呀?"

屋外一个苍老的声音回答:"过路的,这位姑娘能不能开门说话?"

不一会儿,假西品开开屋门,来到了大门口。假王达延在院外一拱手说:"这位姑娘,我是过路的,实在是没有地方住宿了,能不能在此借宿一晚?"

假西品扭扭捏捏地说:"我一个大姑娘家,家里又没有男人,你在这里住宿,实在是不方便!"

假王达延嘿嘿一笑:"我以人格担保,只是在此借宿一晚,绝不会做对不起姑娘的事儿。"

"噢,"假西品故作惊奇地问道,"以你的人格担保?请问你是谁?"

"我嘛……"假王达延拍着胸脯说,"我行不改名,坐不改姓,就是三合会鼎鼎大名的大龙头王达延啊!"

假西品赶紧说:"那我更不敢留你了。早就听说,你的名声不大好啊!"

假王达延赶紧哀求道:"那都是假王达延干的坏事儿,我是真王达延。我王达延是顶天立地的英雄,怎么会做出那等伤风败俗禽兽不如的事情来?还请姑娘不要害怕,让我借住一宿,就一宿……"

假西品无可奈何地叹了一口气:"看来要你住你也得住,不要你住你也得住,我是只有开门纳客的份了。"假西品开了门,把假王达延迎进门来。

假西品穿着小尖鞋,一扭一扭地在前边引路,假王达延在后面淫笑着大踏步地跟随,二人一前一后地到了堂屋。假西品挑亮油灯,对假王达延说:"都说你是位英雄,也让我好好地见识一下英雄的面貌。"说着,在灯下仔细地审视这个假王达延。

这个假王达延和真王达延真差不多少,身形样貌八九分相似,眼睛和嘴巴极其相像,就连胡子、眉毛也做得非常逼真。假西品笑了笑,说:"看你这个王达延真是英雄气概,非同寻常,那个假王达延怎么那么坏,做了那么些下三滥的事情呢!"

假王达延笑了笑:"假王达延的事咱就不提了好不好!你安排我在哪里睡觉?"

假西品说:"睡觉慌什么哩!我从小就仰慕英雄,对三合会的王达延更是钦佩之至,今天好不容易见到了英雄真容,你就给我好好说说你在三合会的事吧,都干了哪些惊天动地的大事情,也让我长长见识。"

假西品非要听三合会的故事,假王达延想:这个小姑娘好奇心还挺重,反正她什么也不知道,我说什么就是什么。他便吹嘘道:"其实,我也没干多少惊天动地的大事,就是给官府捣捣乱,发展发展会员,救济救济老百姓,收买收买人心啊什么的,也没有什么了不起……"

"那我问问,"假西品又问道,"听说三合会里都是一些光棍汉,如果他们想女人了怎么办?"

假王达延心里想,没想到这么漂亮的姑娘,心里还挺花花呢!我都不好意思说,她怎么就好意思问?就说道:"其实你说的这个问题,是挺严重的!怎么不想啊,这不,我就出来走走,看看能不能解决这个问题。"

假西品想:狗鼻子插葱——装象,说着说着,狐狸尾巴就露出来了。但他还是不慌不忙,继续和他周旋说:"不对吧,我怎么听说,三合会里有内规十大守则和外规十大禁忌呢?十大禁忌的第一条是不准奸淫霸道,第二条是不准调戏妇女,你这不是明显着违反帮规吗?别的都是什么规矩,我还真想打听打听。"

假王达延心想:这个西品小姑娘懂的还不少呢,而且好奇心还特别强,先用一阵甜言蜜语糊弄住她再说。于是说道:"此言差矣!我这怎么能叫奸淫霸道和调戏妇女呢,这不是前来向你求婚吗?古往今来,好马配好鞍,英雄配美女的事情比比皆是……"

假西品不慌不忙地继续揭露他说:"恐怕不对吧!我怎么听说三合会的那些条令不是这么回事呢?"

假王达延一听心里大惊,这个小姑娘真是成了精了,怎么什么都知道啊!他不禁脸色一变,厉声喝道:"你到底是什么人?怎么好像要打破砂锅问到底似的。"

假西品撒着娇说:"我不过是一个乡下的小姑娘,真是什么也不知道,什么也想知道。好不容易碰到你这么一个大英雄,不是想一切都问个明白吗?"

假王达延心想:这个小姑娘一脸稚嫩,还有这么天真的想法,真是不知道人心不古江湖险恶,太高看这个社会了。于是微微一笑,露出邪恶的本性,对假西品说道:"废话也不少了,我也失去了调侃的耐性。干脆说吧,我今晚上要和你在一块儿睡觉。"

第18回　智破假王达延(四)

假西品大惊:"你王达延是位英雄,哪能做出那种禽兽不如的事情呢?"

假王达延狂笑："你真以为我是王达延？看你这么天真,真是不舍得欺骗你……实话告诉你吧,我不是王达延。"

"那你是谁？我不信！我不信！我见过王达延的,你跟他长得一样！"假西品哭咧咧地说不相信,鼻涕眼泪地抹了起来。

"好吧,就让你看看我是谁,叫你临死也死个明白！"那个假王达延猛一下子揭开头套,但是猛一下子又套上了。

不但假西品吓了一跳,就连在窗户外面偷看的公韧和李斯也是一惊。那是一个干瘦的老头儿,瘦得像一副骷髅,颧骨大大的,眼睛像两个大窟窿,两排大马牙在外面龇着。

假王达延自信地哼道："按照我的规矩,见到了我的真面目,只能是个死。你说吧,选择怎样的死法？"

窗户外李斯听到这句话,身子一挺就要冲上去。公韧拉了他一把,意思是,看看张散还有没有更精彩的表演再说。

假西品听了假王达延的这些话,假装吓得魂飞魄散,一下子就给假王达延跪下了,哭哭啼啼地说："就请您放过小女子吧,小女子可怜啊！我三岁丧母,好不容易熬到现在,老父亲又刚刚去世。我一个女人活在这个世界上真是太艰难了,白白长了一副漂亮的躯壳,每日苟延残喘,度日如年。你要真杀了我,也倒利索了,我早早和父母团圆去了。可是……人生苦短,就这样死了我不甘心呀！好不容易遇到一个大英雄,这个大英雄却要杀掉我。其实,你长什么模样,我也没有看清啊！哎哟,我那娘啊,哎哟,我那爹呀,你们为什么把女儿舍下呀！你们不该舍下女儿呀,哎哟,我的娘啊,我的爹爹呀……"

假西品这么哭哭啼啼地一闹,假王达延倒也有些心软了:听她的意思,并没有看清我的模样,这么漂亮的女子,世上少有,杀了确实可惜！与其一刀杀了,倒不如留她一命,慢慢地享用……

想到这里,假王达延静下心来,平息杀气,对假西品说："这么着吧,我看你实在可怜,不如以后就跟了我吧！虽说没有荣华富贵,但也不缺吃不缺穿,没有生活之忧,你意下如何？"

假西品一听不杀她了,还等什么,赶紧道个万福谢道："谢谢英雄不杀之恩！从今以后,我就是你的人了,愿意给你扒葱扒蒜拉风箱砸炭,门前打扫庭院,屋里扫地擦桌子铺床叠被子。活着伺候你个万分高兴,死了也和你同穴共眠,就算来世做牛做马,我也是心甘情愿！"

假王达延听了假西品小嘴吧唧吧唧一阵叫唤,心里就和开了花一样,奸淫地笑了笑:"那好,以前的事儿咱一笔勾销,先说今晚上睡觉的事吧。要是把老爷我伺候好了,说不定以后还会有更大的好处呢!"

假西品一听坏了,怎么又提睡觉的事儿,这不是要露馅嘛,赶紧看了看周围说:"这是我的家,实在不想玷污这个地方。再说,我的七姑八姨三婶二妗子说不定什么时候就来,要是叫她们撞见,本姑娘以后还怎么做人?如果老爷有个地方,还是领着小女子走吧!"

假王达延心想也是,就说道:"也好,你就跟我走吧!"于是,假王达延拉起假西品的手,慢慢地出了门,走出院子,往野外走去。

假王达延领着假西品慢慢地走了一会儿,到了一块僻静的坟茔之地。这里松柏遍布,野坟座座,地上长满了半人深的蒿草,有些地方还露出白白的半截腿骨和骷髅头。再加上朵朵鬼火,阴风习习,真和阴间差不多少,吓得假西品毛骨悚然,不时地打着软腿,躲在假王达延的怀里说:"我怕……我怕……"

那个假王达延倒是一点也不害怕,安慰假西品说:"姑娘啊,不要怕!时间长了自然就习惯了。"

"这是什么地方?我们还是赶紧走吧!"

"一会儿你就知道了,这是咱们快活的好地方!"

两人到了半截坟前,假王达延轻轻地按了一下石碑上的机关,一个暗门悄悄开启。假王达延嘿嘿一笑,对假西品说:"姑娘请!"

假西品却不敢向前,缩着身子说:"这不是一座坟吗,进去干什么?我们还没有死,不能就这么埋了。"

假王达延却说:"不要害怕!进去你自然就知道了。"

假王达延打亮火石,燃着火纸,点亮了暗道里的油灯。油灯一个个亮了起来,照得拱形的石壁光洁如玉。石壁是用大理石砌成的,倒也典雅整洁,别有一番风味。再往里有一座石门,假王达延按下门上的机关,石门轰然开启。

假王达延点亮屋里的大油灯,屋里简直就是金碧辉煌,奢华至极,油灯是琉璃的,桌子是镶金的,餐具是银的,椅子、床都是红木的,地上铺的是西域大地毯。天堂也不过如此,而且吃喝拉撒用的,一应俱全。

假西品简直看呆了,对假王达延说:"这位英雄,本来以为这里就是一座旧坟,埋死人的。实在没有想到,坟地里居然还有这么一座漂亮的宫殿,真是太出乎意料了!太神奇了!人间怎么还有这种地方,简直就是仙境了。"

假王达延吹嘘道:"这也只是冰山一角,我的财富可以说是价值连城。"

假西品又问:"你怎么这么有钱呢,这些钱是怎么挣下的呢?"

假王达延看了一眼假西品,说道:"小姑娘家,不该问的就不要问了,免得惹来杀身之祸!"又指着一张华丽的床说,"好了,这个地方真是神不知,鬼不觉,只有你知我知,天知地知,再也不会有人打搅我们了。你就安心地伺候老爷我吧!"

假西品心里暗暗叫苦,哪壶不开提哪壶,怎么又提这个事了?他支支吾吾地说:"我……我……实在是不方便啊!"

假王达延厉声喝道:"孤男寡女,深更半夜,况且又是坟茔荒僻之地,有什么不方便的。我看你三番两次推却这个事儿,是不是另有想法?到了这个地方,你是行也得行,不行也得行,由不得你了!"说着,就上来动粗,撕扯假西品的衣服。

假西品张散到了此时,再也受不了了,大声地呼救道:"哥哥快来救我!哥哥快来救我!再不救我,我可就没脸见人了……"

公韧和李斯知道张散的这出戏再也唱不下去了,只得跳了出来,大吼道:"恶人休要逞凶。我们来也!"说着,两把单刀一齐劈了过去。

虽说李斯和公韧的功夫不怎么深,但是这个假王达延也是个半吊子,仓促之间他也只能以双拳抵御公韧和李斯的两把单刀。这时候,张散也不能闲着,摸起厨房里的一把菜刀杀了过去。

三把刀对付两只拳头,很快假王达延就招架不住了,慢慢地往后退却。而三人紧紧相逼,绝不放他走出这间暗室。又打了一会儿,假王达延气喘吁吁,实在是打不动了,只能腿一软,身子往下一出溜,伸着脖子喊:"好汉住手!"

三把刀架在他的脖子上。李斯喊:"你这个淫贼,要流氓也就罢了,为什么还装我大哥的模样。你到底是谁?"张散也叫:"你这个淫贼,还想糟蹋西品姑娘,连公母都分不出来,也太蠢了吧!"

公韧说道:"不管他是谁,我这就叫他白骨精遇上孙悟空——原形毕露。"说着,一把撕去了他的头套。

这一扯,三人都吓了一跳。公韧认得最清楚,这不就是县太爷刘扒皮嘛!就是他把自己判了死刑,害得自己差点被砍了头。而李斯和张散虽说是小买卖人,但对县太爷也不陌生,县太爷巡视的时候他们见过。

就是这个糟老头子,把三合会的名誉给毁了,也把王达延的名声给毁了。

就在三人惊诧的一刹那,屋里突然冒起了一股白烟,发出刺鼻的酸臭味,熏得三人头晕目眩。等稍微清醒点,再看刘扒皮,哪里还有半点踪影。原来就在公韧揭他头套的一瞬间,刘扒皮按动了某一处的机关,发出了一团毒气,趁机来了个金蝉脱壳。

三人追出了坟墓外,可哪里还有他的一点影子。

"煮熟的鸭子又飞了,"李斯骂道,"躲过了初一,躲不过十五,看他还能跑到哪里去。"

"真是龙生龙,凤生凤,老鼠生儿打地洞,有其子必有其父。没想到,刘斜眼和他爹是一路货色啊!"公韧说。

第19回　智破假王达延(五)

张散一下子歪倒在地上,不起来了,喊着:"你俩说说,我演了这样一出戏,耗费了多少脑细胞!刚才这一阵子打斗,又耗费了剩下的全部精力,真是一点劲儿也没有了。"

公韧赶紧夸奖他说:"实在没想到,张散兄弟还是这么一个绝好的演员。这次你立了大功,回去以后,大龙头一定会重重赏你!"

李斯也夸奖他说:"我们三人,数你的功劳最大,我俩的功劳也不要了,一块儿记在你身上。你就别赖在地上不起来了……"

"这些话我爱听!只是差点儿被强奸的事儿,咱们就谁也别提了。谁要再提这个事儿,我就和他急……"

等张散邀完了功,公韧对他俩说:"二位哥哥,我们算是旱地里拾鱼,天上掉馅饼砸到头上,光地穴里这些金银财宝,也够我们三合会吃一阵子了。我们真是发了大财了……"

一提到密室里的财宝,那二人顿时来了精神,顾不得腰酸腿疼,脚底下就和抹了油一样,很快又回到了密室里。他俩抢财宝敛大个的拿,不一会儿就一人弄了一大包袱。

公韧却不管这些财宝,只是这儿敲敲,那儿戳戳,不一会儿,看到了一个不起眼的梳妆台。敲了敲墙,墙里发出了空空的声音。公韧感觉甚是奇怪,又这里拧拧,那里动动,摆弄了好一阵子,不知触动了哪个机关,一扇小门吱呀一声打开了。

三人顿时一惊。公韧走了进去,李斯和张散也跟了过来。公韧发现墙壁上挂着一些面具和皮囊,小桌子上还有一些眉毛、头发、胡子之类的东西。公韧看了看,那些面具真是什么人的都有,有老人的,也有年轻人的,有男人的,也有女人的,一个个纹理清晰,毛发鲜亮。而皮囊呢,男女也是各具特色,就连男人的阳具和女人的私处都非常逼真。

李斯突然抱住一副皮囊,大叫一声:"我可找到你了!"

公韧很奇怪,问:"你找到了什么?"

李斯说:"那天在集上,有一个年轻貌美的妇人和我斗蛇,我心里就纳闷,哪里冒出这么一个懂蛇的漂亮女人。实在没想到,她在这里藏着呢。"他晃了晃手里的皮囊。

公韧恍然大悟,大骂道:"怨不得叫刘扒皮,他把人皮扒下来,晾晒保养好,原来是做这些勾当啊!老百姓要是知道了他做的这些坏事儿,还不把他的皮扒下来。我们赶紧回去,和大龙头商量商量,尽早除掉这个妖孽,也好保一方平安。"

李斯和张散背着那些财宝就走,而公韧却把这些面具和皮囊拢在一起,也要扛着走。李斯问道:"这些金银财宝还拿不完呢,你为何要拿这些破玩意,臭烘烘的,看着就恶心。"

公韧却说:"这些面具皮囊,比你们那些财宝还要值钱。到时候,自有妙用……"

三个人满载而归,回到了三合会,见到了王达延,把沉甸甸的战利品往上一缴。别说会里的弟兄们没有见过这么多的金银财宝,就是王达延也从来没见过这么些宝贝啊,当时眼睛就绿了。

当大龙头的愁啥,就是愁三合会的吃喝拉撒,说白了吧,就是钱!钱解决了,活得就滋润了。而且别说是一年,就是三年的吃喝拉撒也解决了。再听他三个人把事情的来龙去脉一说,王达延心里更是痛快了,大骂道:"原来是刘扒皮这个龟儿子呀!冒充我,干尽了坏事,可把我糟践苦了。这下好了,我可知道是谁干的了,就是到阴间里,也饶不了他。"

大龙头论功行赏,行赏完毕,又用酒肉招呼大家,直喝得一个个襄阳小儿齐拍手,拦街争唱白铜鞮,旁人借问笑何事,笑杀山公醉似泥。

喝着酒,王达延看着屋角上的那些臭皮囊心里不得劲,对公韧说:"我说兄弟呀,这些臭皮囊,真恶心人,快快找个地方埋了。在这里喝酒心里也不踏实!"

公韧说:"留着这些皮囊,以后自有妙用。大龙头,我斗胆问一句,三合会以后有何打算?"

王达延点了点头:"这回你们立了大功,说明你们智勇双全,我肯定得听听你的意见啊!说到以后有什么打算,我还真没有什么具体的想法。公韧啊,你就说说吧。"

公韧平静了一下,慢慢地说道:"大龙头啊,我们何不利用这些皮囊,找个机会,待刘扒皮外出的时候,化装成他,然后一举攻入县衙,把整个香山县城搅个底朝天呢?"

不但王达延吃了一惊,听到此话的一些三合会会员也面面相觑,瞠目结舌,觉得公韧胆子忒大了,计划太过冒险。张散首先就不服气,嘲讽道:"我说公韧啊,这回是瞎猫碰到了死老鼠,芝麻落在针眼里——巧了。你就别得了便宜卖乖,拣大的吹啦!"

李斯也说:"简直是做梦娶媳妇——尽想好事。要是事情都这么简单,我这个草鞋也不用当了,随便换个二百五也能代替我啦!"

王达延看了看那些皮囊说:"这里头也没有刘扒皮的面具和皮囊啊?"

公韧说:"这好办,我研究了下,这面具的主要材料是一种胶,在刘扒皮的地穴里就有,都叫我给弄了来。找个稍微懂点绘画的人搞一搞,未必多难。香山县衙的人都听县太爷刘扒皮的,到时候假刘扒皮一发话,谁敢不听!"

"可是占领了县城,你又有何打算?"王达延问。

"占领县城以后,才是最难的!"公韧说,"我们弄点儿钱粮武器,得尽快地撤出来,所以此计我也认为并不是上策。还有一计,就是到大集上,带着这些皮囊,把刘扒皮臭一顿!这样,既挽救了大哥的名誉,也挽救了三合会的名誉。再有一计,就是利用刘扒皮的这些恶行和面具皮囊作为筹码,和刘扒皮面对面地交涉,让我们获得最大的利益,让他以后再也不要干涉我们的行动。"

王达延听了这三个建议,点了点头,对大家说:"大家伙说说,采用哪条计策好啊?"

张散听到这些计策头都大了,说:"什么乱七八糟的,我根本就没有听懂,能不能再说一遍?"李斯说:"你说的最后一条我算听明白了,就是再进县衙,和刘扒皮斗法。"

王达延批评他们说:"你们肚子里就那点儿墨水,能从一数到十就不错啦!论武功呢,能耍一套长拳算高看你了!我只是问问你们,使用他的哪条计策好?"

张散说："他说的这三条计策，我可想不出来，所以也不知道用哪一条好。"

李斯说："这会儿，我总算想明白了！甭说，这三条计策各有各的妙处。喂，公韧啊，你初来乍到，是怎么想出这些鬼点子的？我怎么没有想到啊。"

公韧眨了一下眼睛："天机不可泄露！"他心里想，这些计策兵书上都有，哪是我能随便想出来的。

大龙头不愧为大龙头，他考虑了一番说："根据目前三合会的情况，还是采用公韧的第三条计策为好，这样比较符合我们目前的实际情况。我们不和他们争那个县城，夺过来也守不住。可是这个和刘扒皮斗法的人，谁合适呢？"

张散知道这回肯定不会让他去了，所以也就没看王龙头。李斯刚把这个事情想明白，心里没底，所以也赶紧避开王达延的目光。只有公韧满怀信心地看着王达延，一副期待的神情。

王达延看了看公韧，点了点头："既然公韧先生想得这么周到，只能辛苦你走一趟了！"

大家都听到了，王龙头没有直呼其名，而是称他公韧先生。这一声先生叫公韧受宠若惊，赶紧作了一揖，说道："请大龙头不要叫我先生，小人担待不起！还是叫我公韧吧。既然主意是我为大龙头出的，所以甘愿为王龙头走一趟。"

王达延点了点头，叹口气说："公韧先生才智在我之上，让我坐在这个大龙头的位置上，实在是坐不住啊！"又提醒公韧说，"先生啊，那个刘扒皮狡猾阴险，县衙就是龙潭虎穴，你就不害怕困在里面出不来吗？"

公韧挺了挺胸说道："不入虎穴，焉得虎子，舍得一身剐，敢把刘扒皮拉下马！与其这样被动挨打，还不如主动进攻，如果这着棋下好了，全盘皆活了。"

王龙头点了点头，笑着夸奖公韧说："公韧先生来了没有几天，在小宋庄就提醒我们及时撤退，挽救了全军，立了第一功。那时候，我还没觉得先生怎么样。直到公韧先生再次建议我们要及早查清败坏三合会名誉的人，并且亲自带队，弄清了假王达延的底细，叫人真是刮目相看，这是立下第二功。"

"这回又给我们献上三计，虽然还不知道结果到底会怎么样，但已足见先生肚子里的墨水不是我等所能比的。三合会里有了这样的人，必然前途光明，大有希望。在此，受我王达延一拜……"

说着，王达延就要对公韧施以大礼。

大龙头都这样了，那白扇、草鞋、红棍也只得跟随大龙头要行礼。张散一个小兵，更没有张狂的资格，也只好亦步亦趋了。

公韧急忙扶住他们说："王龙头，各位白扇、草鞋、红棍兄弟，哪能这样啊，在我走投无路的时候，是三合会收留了我，让我有了存身之地。现在我是三合会的人，就要和三合会同甘苦，共患难，使三合会走出困境。"

王龙头拍着胸脯说："既然这样，我们什么话也甭说了。我们全力当好绿叶，配合着先生完成这次任务。李斯、张散听令！"

"在！我一定配合公韧完成这次任务。"李斯吼道。

"啊！"张散却面有难色，"怎么又让我去啊？"

王达延骂了一句："想当官不想？"

张散说："做梦都想。"

王达延又骂道："给你个机会你不珍惜，真是属倔驴的——打着不走，牵着倒退。"

张散被骂了一顿，也只好说："如果我真又立了大功，是不是真的给我升官？"

李斯又踢了他一脚："就看你立的功大小了，别有事没事的就讲条件。再讲条件，就算立了大功，大龙头也不叫你当官了。"

第20回　智破假王达延（六）

当晚一行人在城门还没有关闭的时候混入县城，然后悄悄地躲藏到县衙附近，此时的县衙大门已经紧紧地关闭了。月黑风高杀人夜，古刹寒鸦鬼泣时，一阵一阵的黑气飘过，县衙真如阴曹地府一般。半夜三更，鼓楼上已打了三下响鼓，更夫敲锣来到了附近，高声地喊着："平安无事了，注意防火防盗——平安无事了，注意防火防盗——"

此时一行人都已换上了夜行衣，一身的黑衣黑裤黑鞋，王达延贴在地上听了听，对大家说："此时附近的居民都已睡熟，县衙里也没有什么动静，开始吧……"

一声令下，那张散几步便到了县衙的院墙底下。这个刘扒皮特别小心，弄了一些蒺藜之类的东西埋在了墙皮上。

张散悄悄地在蒺藜上放了几层黑布，这样，那些障碍物自然就减少了不少作用。他蹲下来，用身体当作跳板，王达延、李斯、公韧就踩着这个跳板蹿上了墙头。

几个人悄悄地往县衙里张望，三五个大吊灯笼，显出了黑黢黢的几排房子，院墙和房子之间,什么花草也没有种,倒显得非常平坦、干净。王达延对公韧和李斯说:"跟着我,顺着墙根走,千万不要走那平地。"

说着,王达延就跳下院墙,走在了前面。公韧和李斯悄悄地跟在后边。绕了一个圈,三人靠在了一座房子墙根下。王达延悄悄地从地上摸起一块小石头,然后轻轻地一点,扔到了二十米开外的一块空地上。这时候,一个暗哨喊了声:"谁呀?半夜也不让人肃静……"他慢吞吞地走了过来,李斯从他身后用左胳膊勾住他的脖子,右手持一把短刃逼在了他的眼前,小声喊道:"再喊,就零剐了你。"

吓得那个暗哨一屁股蹲了下去,一句话也不敢说了。

李斯把他拖到了王达延的跟前。王达延镇唬他说:"问你什么说什么,多说一句,就宰了你!少说一句,也宰了你!"说完拿刀在他面前晃了晃,吓得那个暗哨急忙说:"我一定老实说,一定老实说,好汉可得手下留情啊!"

王达延问:"县衙里一共有多少兵?"

"连我一共八个,那七个都在前头屋里守夜。"

"院里有多少暗道机关?"

"暗道没有听说过,陷阱是有,就在前面的那块平地上。另外还有暗箭,在县太爷的书房里。"

"县太爷在哪个屋睡觉?"

"就在最后面的那个书房里。"

"还有吗?"

"别的小的就不知道了。"

李斯又将刀在他的眼前晃了晃:"你说的可是实话?"

"实话,实话,要是有半句瞎话,就不得好死。"

李斯几下子就把那个暗哨捆了个结结实实,嘴里塞上一块从他衣服上割下来的破布。王达延对李斯一努嘴,李斯会意藏在一个暗处,注视着前门的那些清兵。王达延和公韧悄悄地往后面走去,没走多远,就看到后面的一间屋里还亮着灯。

二人贴近窗户,王达延从嘴里抹了些唾沫,蘸在窗户纸上,捅破往里一看,一个干瘪的老头儿正在油灯下读书。公韧也通过那个小孔往里望了望,没错,这个干瘪的老头儿正是刘扒皮。公韧对王达延点了点头。

王达延从身上掏出一个水壶,往书房的门闩里淋了点水,开始用刀子拨那门闩。那活儿真是炉火纯青,竟没有半点响声。门闩拨开了,又把水往那门轴、门臼里倒了点,对公韧使了一个眼色。公韧两个人便屏住气,一人推着一扇门,轻轻地把门推开了。

那老头儿还是端端正正地坐在那里,安安稳稳地看着书。公韧和王达延互相看了看,然后一个眼色,一齐往那老头儿身边冲去。说时迟,那时快,还没听到风声,就见一溜白光向这边射来。王达延急忙扑在公韧前边,一伸手,把那白光推了出去。

这边一溜白光刚推走,右边又来了一溜,王达延又挡在公韧右面,用手把它推了出去。那些箭矢纷纷落地,耳边似乎还响着利箭带来的嗖嗖声。

王达延对刘扒皮嘿嘿一笑:"还有什么诡计,统统使出来吧。"

刘扒皮心里一惊,看清了两人的穿戴和模样,闭上眼睛,叹了一口气:"想不到我一辈子玩鹰,老了老了,倒让鹰啄了眼。真假王达延,想着早晚得见面,但是万万没料到,这么快就见面了。"

公韧嘲讽他:"想不到的事情太多了,想不到铁树还会开花哩,想不到快八十了,还想要结个瓜哩!我也是万万没有想到,县太爷这么大把年纪了,还这么用功?"

刘扒皮也只好说道:"不学习不行啊,还是肚子里的墨水少了点儿,要不,也不会这么快再一次被你算计。二位前来,有什么赐教,老夫洗耳恭听!"

公韧说道:"此次前来,也没有什么大的事情。就是想来和刘老太爷谈一桩买卖。"

"噢——"刘扒皮一声冷笑,"还有和我谈买卖的!好啊,说来听听。"

"是这样,"公韧不慌不忙地说,"就请县太爷把这些天来的所作所为写一写,咱们也好就此做个了断!"

刘扒皮笑了,说:"咱们就此了断,了断什么?笑话,除了皇上、州府,还没有人敢这样要挟我,我要是不写呢?"

王达延冷笑一声:"你要是不写,以为还能活过今天吗?自凡我们来了,进得了这个大门,就说明你的这些兵,这些暗道机关不过是聋子的耳朵——摆设。我只要喊一声,叫你十下之内死,你十下之外必活不成!"

刘扒皮心里一惊,一想也是,别看自己站在这里,可是说不定有多少枪口对着自己哩!自己还有多少件大事需要干啊,不能大事没完身先死,长使英雄泪满襟。那样太冤枉了!太可惜了!想到这里,心里已经有了些犹豫。

公韧又说道:"其实,我们以后也不想麻烦县太爷,从此你走你的阳关道,我们走我们的独木桥,咱们谁也不招惹谁。要是早想要你命的话,你还能活到现在吗?"

"可是叫我写什么呢?"刘扒皮想想也有道理,于是说道。

"就把这些天来你所干的坏事写一写。"

"我确实什么坏事也没有干啊!"刘扒皮还想抵赖。

"要想人不知,除非己莫为,"公韧说道,"难道还要我把你这些天来的所作所为都一一说出来吗?要是忘了的话,这里有一张写好了的,照着抄就是。"说着,公韧把一张刘扒皮做坏事的流水账扔到了他的面前。

刘扒皮拿起那张纸仔细观看,不一会儿,头上就淌出了大汗,自己做的坏事都一一写在了上面。以后岂不是一辈子受制于人?

想到这里,刘扒皮就想耍赖皮,喊道:"冤枉啊,有些事真不是我干的!"

王达延手里的短刀一下子就逼在了他的脖子上,吼道:"再喊,就一刀宰了你。"

第 21 回　遭摸营公韧再献计

公韧如数家珍,把他干的坏事,一件一件地往外抖搂:"还要我再说一遍吗?大大前天,你假装成王龙头,在小李庄强奸了一个小妇人。前天,小王庄一个小姑娘又被你这个假王达延调戏了。就在昨天,你又到了小宋庄,亏着小宋庄的人警惕性高,才没有被你这个假王达延给糊弄了……你干的坏事儿,罄竹难书,别说杀你十次了,就是杀你一百次,也便宜你了。你还冒充王龙头,败坏他的名誉,败坏我三合会的信誉。如今不杀你,已经是我三合会天大的恩惠了,怎么还这么不知趣呢?"

刘扒皮越听越害怕,原来自己的所作所为人家早都知道得一清二楚啊!只得说:"我服了!服了!我写,我写。"他按照公韧所写的,抄了一份,写上了自己的名字、日期,按上了手印。

公韧看了一眼,把那证据放在自己的怀里说:"我们暂且留下你的狗命。从今以后,你老老实实,不再作恶,不再和三合会作对,我们也就不再和你算账。要是你继续欺压百姓,继续和三合会作对,我们随时前来索了你的狗命。就是我们能饶了你,把你的罪行一公布,朝廷也饶不了你!"

说完,公韧和王达延对视一眼,一溜烟的工夫,不见了踪影。

王达延他们顺利地回到了三合会，往后一阵子，江湖上果然平静，那个假王达延再也没有出来捣乱，刘扒皮也没有派清兵前来围剿。三合会利用这段宝贵的时间，暗暗地发展会员、筹集粮草、训练士兵，只等着行动的那一天。

　　如果说公韧和西品原来是一见钟情的话，现在成天在一起，有了深刻的了解，更有一种相见恨晚的感觉。西品是个女的，在男人堆里诸多不便，特别是晚上睡觉，真是个麻烦事。离队伍远了怕被清军摸哨，离队伍近了又怕队伍里的"色狼"骚扰。西品拉着公韧到了离队伍有二十来米远的地方，穿着衣服躺下了。

　　大地当床天空当被，两人仰望天空，无数颗璀璨的星星组成了一条明亮的银河横贯天际。银河旁边是一望无垠的大草原，那儿有羊，有帐篷，还有骏马在尽情地驰骋，骏马沿着这条浩瀚宏大的金光大道一直跑到天堂。突然，那匹马燃烧起来，拖着长长的尾巴快速地向天涯坠落……

　　西品指着天河旁边那颗明亮的星星对公韧说："你知道那是颗什么星吗？"

　　公韧说："不知道。"

　　"那是织女星啊，这你都不知道！"西品拉了一把公韧说，"织女被王母娘娘押回天宫，牛郎挑着两个筐子，筐子里装着他的两个孩子，他们紧紧追赶。眼看就要追上了，王母娘娘拔下头上的银簪子一丢，变出一道宽宽的天河，挡住了牛郎的道路……"

　　"那么我就是那颗牛郎星了。"

　　西品轻轻地依偎在公韧的怀里："牛郎和织女哪能分开呢？但愿我们永不分离……"

　　公韧柔声细气地对西品说："都怨我没有本事，才使你这样颠沛流离，跟着我受罪。我看，还是找个地方把你安顿下，你也好安心地过两天舒服日子！"

　　西品身子扭了扭："我看这样挺好！比我单独待在家里，时刻担心受刘斜眼的欺负强多了。这些三合会会员，虽然一个个流里流气的，但心眼并不坏。"

　　公韧诚挚地说："我还是觉得，这样太对不住你了！"

　　西品摇了摇头："和你在一起，我觉得心里踏实。你不会嫌我是累赘吧？"

　　公韧摸了西品一下："怎么会呢？和你在一起，我心里觉得热乎乎的，有一种说不出来的美妙滋味，干什么事都充满了信心。"

　　西品又往公韧跟前凑了凑："那你搂着我睡觉！"

　　公韧不好意思了："咱还没有成亲，男女授受不亲，我怎么能搂着你睡觉呢？"

　　西品扭动着身子撒娇："你刚才还说和我在一起，心里热乎乎的，有说不出来的美妙滋味。那不是假的吧?"

公韧只好鼓足勇气,搂住西品的身子,他觉得有一种软软的、热热的、痒痒的、酥酥的、血一样的东西,通过她那滚烫的身体流到了自己身上,再流到自己的心里……公韧实在是忍不住了,双手紧紧地箍住了她的身体。

不远处,像是张散在喊:"搂住了,搂住了……"

李斯像是打了他一巴掌,骂道:"你这张嘴,好戏都叫你给搅黄了!"

西品不在乎别人的闲言碎语,钻入公韧的怀中,幸福地享受着男人温热的身体、宽阔的胸怀。公韧好像什么也不知道了,世界万物都消失了,只有他们两个人在温存,在进行肢体语言……

过了好一阵子,西品说:"咱们成亲吧……"

公韧说:"等打完这一仗,我就跟王龙头说,咱们就结婚。西品啊,我答应你的事情,一定做到。现在呢,我们都还年轻,还有好多事情要做,特别是要学习,在这么危险的环境中,不学习,就只会被敌人吃掉。"

西品噘起小嘴说:"都上战场真刀真枪地干了,学习还有什么用处呢?"

公韧摇了摇头:"就因为在战场上要真刀真枪地干,所以才要学习各种军事技能和理论,如果没有这些本事,怎么和清狗子打仗?刘扒皮这么大年纪了都在学习,更何况我们?"说着,轻轻地推开了西品。

不远处,张散又在喊:"真扫兴,还没看够呢!"

李斯骂张散道:"都是你,又喊了是不是,怎么说你老是不听!"

公韧坐起来,从怀里掏出了那部兵书,借着还算明亮的月光,聚精会神地看起来。

这是太平天国翼王石达开集毕生的作战经验,苦心钻研,辛苦总结的一部绝世兵书。公韧看一会儿,琢磨一阵子,再看一会儿,思忖一阵子,尽量地把书看懂吃透,并把它熟记于胸。

西品问:"看得这么上瘾啊!眼睛都直了,都看成傻瓜了。这到底是一本什么书呀?"

公韧摆了摆手说:"别打岔,书中自有十万兵,书中自有五千骑,书中自有金甲阵,书中自有万屯粮。"

"那你给王龙头出的那些主意,是不是这书上讲的?"

"别说,书上都有,而我又会融会贯通。"

两人正在说着话,忽然听到不远处枪声一阵乱响,火把一下子明亮起来,无数的人一齐大喊:"杀三合会呀!杀三合会呀!"顿时,无数的枪弹就朝这里飞了过来。三合会没有防备,一下子就被打懵了。哭爹叫娘的,乱跑乱窜的,横七竖八地被敌人打倒不少。

王龙头从睡梦中一骨碌爬起来,大喊一声:"都别慌!哪里打枪?"

一个三合会会员哭咧咧地说:"叫官兵摸营了,也不知道来了多少官兵!"

王龙头骂了一句:"妈的!叫你们小心点,还叫人家摸了营。李斯!"

李斯大喊一声:"在!"

王龙头吼道:"给我领着快枪队,往前冲!"

李斯正要答应,公韧对王龙头喊了一声:"慢着……"

王龙头眉头一皱,对着公韧大叫一声:"难道说,你要代替我发号施令,你还不是龙头啊!"

公韧说:"现在敌情不明,还是让李斯的快枪队顶一阵子,我们撤退要紧。保住了人,我们再商量破敌的办法。"

王龙头想了想,觉得公韧说得也对,就改了命令,对李斯说:"你先领着快枪队顶一阵子。等我们撤下去,你们再撤。"

李斯答应一声,大声喊道:"快枪队,上!"他领着快枪队顶上去了。

王龙头大吼一声:"别的人,先给我撤。"于是领着其余的人往后撤去。这哪里是撤退呀,分明就是在逃命。

公韧拉着西品的手,在人群里奔跑,又嫌西品跑得慢,干脆拖着她跑,拖着还嫌慢,干脆就半搂半抱着她逃命。西品对公韧说:"我以为你有什么好办法呢,原来就是逃跑呀!"

公韧纠正她说:"这不叫逃跑,这叫有计划地撤退。如果待在原地,只会被敌人消灭。"

王达延领着会员跑了大半宿,总算把官兵给甩掉了。不一会儿,李斯领着快枪队按照王达延画下的记号也跟了上来。红棍清点了一下人数,一百多个人,只剩下六十多,近一半的人没了,不是被打死,就是被打散。

三合会会员们一下子都瘫倒在地上,唉声叹气的,挂了花喊痛的,失去了兄弟的,士气一下子低落到极点。

王达延骂道:"看你们这熊样,打了这点儿败仗就认尿了?这还没有拼大刀,要是拼上大刀,还不把你们都吓死!都振作点儿,打起精神来,哪个再垂头丧气,看我不捶他……"

第 22 回　公韧设伏大破清兵

公韧也鼓励大家说:"胜败乃兵家常事,打点儿败仗怕什么?下一仗我们就取胜了,把这些官兵全部消灭掉!"

王达延看了看公韧,对公韧的话只是笑了笑,并没有当回事。

李斯却有些不服气,对公韧说:"你这话说得是不是有点大了?你连枪都不会放,怎么能把敌人全部消灭,这不是吹牛皮嘛!"

公韧不理他,只是问:"这些官兵有多少,都是些什么装备,谁领的头?"

李斯说:"也就有一百多人,并不全是快枪,快枪也就六十多支。从火把看,就是在集上收厘金的那个领的头。"

公韧冷笑一声:"这就叫冻僵的蛇不打死,它又活过来了,要咬人哩!看来刘扒皮并没有信守诺言,这叫小人之言不可信。这些天没有动静,他这叫先示弱,稳住我们,麻痹我们思想,然后趁我们不备,要一口吃掉我们。好阴险毒辣的刘扒皮!"

王达延也骂道:"这个刘扒皮,口是心非,看来真是玩狠的了。"

"他玩狠的,我们下一仗就叫他全军覆没。"公韧骂道。

李斯又嘲讽公韧:"别再吹了!吹上几次就行了,老是吹别人就不信了。咱们人不多枪又少,凭什么叫他们全军覆没?"

公韧自信地"哼"了一声:"要是听了我的计策,定能叫他们全军覆没。"

王达延眼睛一亮,对公韧说:"白扇被官兵打死,缺一个出谋划策的人,干脆,你就当我们的白扇吧!凭着前几次的功劳,你说的话,我完全相信。"

张散不服气地插嘴道:"好不容易有了晋升的机会,又被公韧抢去了。还有没有个先来后到啊!"

李斯讽刺张散说:"要说这个白扇啊,还真不是这么容易当的。我想当,都没有这个能力。你才认得几个字啊,恐怕叫你写个一二三都写不了,还当白扇呢!"

张散又朝着李斯来了:"你认的字多?斗大的字识不了一筐,扁担倒了不知道是个一。你知道哪山出猴啊,得了吧,你……你那几下子我还不知道?"

王达延鼓励公韧说:"真要是这一仗打赢了,我这个龙头也不当了,就让你当!"

公韧急忙对王达延说:"这话说到哪里去了,我刚刚加入三合会,虽说出了几个主意,那也只是嘴上的功夫,大功还没有立上一个。咱们和香山县的清兵,早晚要有一场大战,这场战斗决定着咱们以后能不能在香山县待下去……"

王达延说:"听不听你的,你得先说说,我们评判下你的计策靠不靠谱。"

公韧对着王达延的耳朵嘀咕了一阵子。王龙头听了脸上露出了笑容,不住地点头:"不管这一仗打得赢打不赢,这个白扇就是你的了。大龙头的位子迟早也是你的……"

西品却有些不放心,对王达延说:"他就是个书呆子,哪会打什么仗,千万不要听他的,万一误了你们的大事儿,可就麻烦了。"

当然李斯和弟兄们也是将信将疑。

第二天一早,公韧牵着西品的手在水田的田埂上跑,从这块田里,跑到那块田里,又从那块田里往更远处跑去。

这时候有的稻谷已经成熟还没有收割,有的稻谷收割了还堆放在稻田里,有的田里已经空了出来,正在等待着重新耕耘播种。刘斜眼正领着一队官兵搜索三合会会员,清狗子排成一道散兵线,就像是一群在搜寻着野味的恶狼,慢慢地向前运动着。

副官瞪着一双鹰隼般的眼睛,突然发现了目标,手指着远处的公韧和西品,对刘斜眼说:"刘管事,你看那对狗男女,是不是就是我们要找的逃犯?"

刘斜眼手搭凉棚,往那里观望,淫亵地点了点头。他看到公韧衣冠不整,头发凌乱,鞋也掉了一只,牵着西品的手一股劲地仓皇逃窜。西品更是披头散发,敞衣露怀,杵着两只小脚,几乎要跌倒一样,任凭公韧生拉硬拽。

刘斜眼哈哈一笑,对副官说:"真是踏破铁鞋无觅处,得来全不费工夫,这对狗男女就是朝廷要捉拿的要犯!孙悟空再能,终究逃不出如来佛的手心,还有这个小娘儿们,早晚逃不出我的床……给我追!"

刘斜眼意淫到高兴处,不禁笑了起来。

公韧和西品钻入竹林,官兵们就追进竹林;公韧和西品逃出竹林,官兵们就撵出竹林;公韧和西品在水田里跑,官兵们就在水田里追。虽然官兵们拼命地追,跑得也挺快,却怎么也追不上。

这样足足追了一个上午,官兵们一个个累得气喘吁吁,大汗淋漓,又累又饿,趴在地上起不来了。

副官过来对刘斜眼说:"刘官,弟兄们都累得不行,咱们是不是先歇一歇?再说,这样追下去,要是中了他俩的奸计可就麻烦了。"

刘斜眼嘿嘿一笑:"笑话,真是笑话,他俩能有什么奸计?一个是手不能提、肩不能挑的穷酸书生,一个是大门不出、二门不迈的大家闺秀。弟兄们使使劲,要是追上了,我请你们喝酒,官府再重重地赏你们银子,一人二两。"

听到有重赏,官兵们发出了嗷嗷的乱叫声,就和一群狼见了肉一样,又继续抖擞精神,向前追去。

公韧和西品瞬间又钻入了一片竹林,不一会儿,官兵们也一个个追了进去。这片竹林竹叶茂密,郁郁葱葱,几乎密不透风,别说逃犯的踪影了,就连路也分不清。追着追着,忽然看不到公韧和西品的踪影了,官兵们一下子失去了目标,顿时像无头苍蝇一样,乱碰乱撞起来。

就在这时候,只听一个大嗓门喊:"开始!"

官兵们一阵慌乱,弄不清这声音究竟发自何处。一个官兵"哎哟!"一声,被一支竹箭射中,身子一歪倒了下去。另一个官兵一看大惊,喊了一声:"有埋伏……"话没说完,也被一只竹箭射中,痛得哇哇大叫。

官兵一阵大乱,纷纷逃窜,可哪里还找得着出路。慌乱中,几十个官兵被竹箭射中,不是死就是伤。剩下的官兵更是混乱,哭爹叫娘的,胡乱放枪的,抱头鼠窜的,乱成一团。有的不是撞进了网中,就是被暗处伸过来的刀枪刺中,能跑出竹林的,算命大的了。

真是兵败如山倒,刘斜眼控制不住局势,也跟着乱跑起来,好不容易跑到竹林边,一看,外边有三合会的人,只好掉转头,向另一边跑去。可跑到另一边一看,外头还是三合会的人,无奈又掉转头找个没人的方向逃去。千辛万苦总算到了一处竹林边,伸头一看,没人,赶紧没命地向外蹿去。

刘斜眼和副官跑在最前头,后面跟着稀稀拉拉的十几个人。

刘斜眼这会儿心惊肉跳,只恨爹娘没多给自己生两条腿,跑了一会儿,再也跑不动了,禁不住两腿哆嗦着,张大嘴巴喘着粗气。副官也跑了过来,气老喘不匀称,喘了一会儿,才对刘斜眼说:"这是怎么回事啊,哪里冒出来这么多的三合会?这一仗可吃了大亏了!"

刘斜眼也奇怪地说:"莫不是天兵天将来了,他们人还没有看到一个,我们的人几乎就全没了。"

后面的败兵渐渐地凑到了一起,一个个衣服被竹枝扯得稀烂,不是丢了刀枪,就是没了鞋帽。副官在为刘斜眼鼓劲:"刘管事,大难不死,必有后福。待我们回去领了援军,再来和他们决一死战!"

刘斜眼哈哈大笑:"胜败乃兵家常事,这点失败算什么!等我们有了援兵,养足了精神,再来和他们一决雌雄。哈哈……"

正在此时,只听得一阵快枪的声音。待刘斜眼再看时,自己身边的这些兵全被打趴在地上,不是死就是伤,只剩下自己孤零零地站在那里。

李斯领着快枪队冲了过来,把惊惶失措、垂头丧气的刘斜眼五花大绑了起来。不一会儿,王达延也领着全体三合会会员,押着几十个俘虏到了这里集合。俘虏里有十几个伤兵,一个个痛得龇牙咧嘴的。

红棍过来对王达延报告战况说:"王大龙头,大胜啊!我们一共消灭了清狗子七十八人,俘虏了四十三人,活捉了清狗子头儿刘雅内,缴获快枪三十支,子弹还没有查出数来。不过可以肯定地说,清狗子一个也没有跑掉,全部包了饺子。"

王达延又问:"我们伤了多少?"

红棍说:"只有两个轻伤,一个崴了脚脖子,一个用刀过猛,胳膊脱了臼。"

第23回　弟兄五人结拜兄弟

这时候,疲惫不堪,但精神焕发的公韧和西品走了过来。

王达延赶紧迎了上来,紧紧地拉住公韧的手说:"想我王达延,自从受了总会命令,当了这支队伍的龙头以来,大大小小也打过几仗,但从来没有打过像今天这样的胜仗。先受愚兄一拜……"说着,对着公韧深深地作了一揖,慌得公韧赶紧扶住王达延,说:"王龙头说的哪里话,我只不过动了动嘴,出了个主意!仗是弟兄们打的,功劳还是弟兄们的。"

李斯也过来对公韧说:"我怎么觉得,公韧兄弟就是孔明在世啊,简直就是用兵如神!原来我还有些不服气,这下子,我算服了。以后白扇叫我怎么做,我就怎么做,绝没有二话。"

张散也跟着葫芦打趟趟:"泰山不是垒的,牛皮不是吹的,火车不是推的。"

红棍也说:"照这样打下去,别说是广州,就是打到北京,我看也是容易得很!跟着白扇这样的人打仗,弟兄们放心。不过,这一仗打得稀里糊涂的,公韧弟,你能不能给我说一下,这一仗,你到底是怎么谋划的,怎么打得这么精彩?"

公韧不慌不忙地说:"我和西品在稻田里跑,这叫诱敌之计;叫清兵白白跑了一上午,这叫疲兵之计;待他们人困马乏之时,把他们引入竹林,叫他们中了埋伏,这叫破敌之策。我早就看了这片竹林的地形,两面是稻田,一面是丘陵小山,只有这面是干地,算到清兵们必然要从这里逃跑,然后叫李斯的快枪队在这里埋伏着,果然就等着了,这就叫击敌必走。"

红棍又问:"万一他们从别的地方逃跑呢?"

公韧又说:"我早已放了疑兵,一些草人站在那里。他们已是惊弓之鸟,哪里还有分辨真假的能力,这就叫疑兵之计。"

红棍点了点头,恍然大悟:"原来是这么回事啊!你看看,就这一场仗,用了多少个计策,真是连我也数不清了。"三合会的弟兄们七嘴八舌地一阵胡乱吹捧,句句都是对公韧的赞美。

公韧心里说:这哪里是我的功劳,都是翼王石达开的《太平韬略》在指导着我啊!王龙头听着大家的一番议论,点了点头,郑重其事地说:"看来,我这个龙头也当不下去了,能者为之,让给公韧当了!公韧啊,你就当我们的大龙头吧!"

说着,就要给公韧跪下行让权之事。

公韧赶紧扶起了王龙头,说:"使不得!使不得!要是这样,真是羞煞兄弟了。队伍千口,主事一人,你就是我们的大龙头,就是我们的旗手,没有你,也就没有我们这支队伍。你再这样说,兄弟我立马走人,再也不回这支队伍了。"

西品也不失时机地插嘴:"公韧哪配做龙头啊,他这个书呆子只是瞎猫碰到死老鼠,蒙的!当个白扇就算抬举他了,让他当龙头,他撑不起来啊!"

红棍也劝王达延:"王龙头啊,你不要太过谦虚,要不是你,我们这支队伍也没有今天。你还是我们的大龙头,这是谁也取代不了的。"

三合会弟兄也七嘴八舌地嚷嚷:"我们服大龙头!""大龙头不能换。"

王达延不再谦让,他紧紧地拉着公韧的手,发自内心地说:"我就暂且还当这个大龙头,不过你可得帮着我啊!你要是不帮着我,我这个大龙头真是当不下去了。"

公韧微微点了点头,发自内心地回应:"你什么时候也是我的好大哥!这个事错不了,我这一辈子能认识你这样的大哥,是我的福分。"

王达延高兴地说道:"我早就有这个意思,想高攀公韧和我结拜为异姓兄弟。如你不嫌,我们这就结拜如何?"

公韧慌忙应答:"兄弟也早有这个意愿,只是你是大龙头,我只是一个小卒,哪里高攀得起!如今大哥这样一说,兄弟哪敢不从!"

两人这样一亲热,李斯倒不干了,撇了撇嘴,说道:"请你们不要撇下我好不好！兄弟我愿意紧紧跟随两位大哥，愿意做马前张保，就是千箭穿心，百刀剁肉，也万死不辞！"

张散是李斯的好兄弟，哪能甘心被落下，也跟着喊："你们都是有官职的人，而我只是大头兵一个，李斯都做马前张保了，那个马后王横就留给我吧！如你们不嫌弃，我也愿意和你们同生死共患难，绝不反悔！"

红棍也不干了，接着张散的话说："红棍邢天贵也愿意紧紧跟随几位大哥，生死有命，富贵在天！"

至于别的小兵，不是不想沾些雨露，只是攀附不上啊！

王龙头听了哈哈一笑："那我们还有什么话说，本来就是三合会的好弟兄，这下子又结拜为异姓兄弟……真是亲上加亲！"

说着，当下设下香案行结拜之礼，按长幼划分为：大哥王达延，二哥邢天贵，三哥李斯，四哥公韧，五弟为张散。王达延又任命邢天贵、李斯、公韧、张散各为一队之长，队员任其发展。

伙夫又做了一顿好饭，三合会弟兄们饱餐一顿，一个个米饭、面食、大肉撑得肚儿圆，只是大敌当前，不敢喝酒。打了大胜仗，肚子又有了食，三合会会员人人信心满满，个个壮志凌云。

王达延略微休息了一会儿，抿着嘴上的油说："李斯——"

李斯大叫一声："到！"

王达延说："私事办完了，也吃饱喝足了，该办公事了。把那个叫刘雅内的清狗子拖出去砍了，也好给公韧兄弟和西品妹子报仇！"

李斯答应一声，领着两个三合会会员过来，就要把刘斜眼拖到一边砍了。吓得刘斜眼三魂丢了七魄，腿都不当家了，一个劲地哆嗦，连声告饶："我不服！我不服！我只是一个小官，食君之禄，替人当差，实在是迫不得已。冤枉啊！冤枉啊！"

公韧过来对王达延说："此人暂时杀不得。"

王达延眉头一皱："别人要说杀不得，还能理解，你要说杀不得，那可就说不通了，我听他们说，你和西品可叫他害苦了，这样的祸患，留之何用？"

公韧对着王达延的耳朵说了几句。

王达延一听乐了，对李斯说："就暂且让他多活几天吧！"

西品一听不乐意了："凭什么让他多活几天？就是你们不杀他，我也要亲手宰了他。"说着，从一个三合会会员手里抢过一把快刀，就要砍了刘斜眼。公韧在西品耳朵边说："没说饶了他，只是留着他还有大用处！你这一刀把他宰了，他就没有利用价值了。"

西品不服气地吼道:"我就不信,留着这个孬种还能有什么用处!"

公韧又对她小声说:"天机不可泄露。"

西品虽然极度仇恨刘斜眼,但听公韧这么一说,认为一定有缘由,也就不再说话了。

王达延又大喊一声:"李斯!"

李斯大喊一声:"到!"

王达延下命令说:"把那些清狗子都拖到一边,全部砍了!"

李斯大喊一声:"是!"领着快枪队就把那些清军俘虏全都围了起来。

这下,吓得那些俘虏一个个磕头如捣蒜,跪在地上纷纷求饶:"好汉,饶了我们吧!""我家上有七十老母,下有三岁孩子,全指望我在外面当差挣饭吃呢。""我家更惨,老婆趴在床上,要是没我伺候,老婆完了,两个孩子也完了。"

公韧对王达延劝道:"王龙头,这些俘虏更是不能杀!"

"为什么?"王龙头一脸的不解,"他们逮住我们三合会的弟兄,不是杀头,就是折磨死,我得给弟兄们报仇!"

公韧说:"说起对待俘虏,这里头有很深的道理。"

王达延说:"那你说给我听听,看看都有什么道理。"

公韧说:"日后我们和清兵作战的日子还长着哩,如果我们滥杀俘虏,以后清兵一定会拼命抵抗,那就成了我们的劲敌。如果我们放了他们,清兵知道了我们的政策,以后打仗兴许不拼上死力。再说,以后的兵源还得指望俘虏,这些俘虏多少受了些训练,总比普通老百姓强吧!"

王达延听了点了点头:"说得似乎有些道理。"

公韧心里想:这些哪是我的道理,这都是翼王石达开的教导啊!

红棍邢天贵说:"这不是有些道理,而是很有道理。要不然以后就按公韧说的办?"

王达延说:"好,既然是白扇说的,当然得听,以后再也不滥杀俘虏了。"

公韧继续做工作:"不但不杀他们,要回家的俘虏,还要发给他们路费。对于伤兵,还要给他们治伤。"

第 24 回　降兵领着诈开城门

　　这下王达延不乐意了:"不杀他们,已经是我三合会天大的慈悲了!为什么还要发给他们路费?凭什么还要给他们治伤?"
　　公韧说:"这也是一种感化政策,攻心为上。受了我们的恩惠,以后如果和我们作战,有点良心的,会手下留情。不豁上命打我们,我们岂不是少了许多麻烦。"
　　王达延想了想说:"我不懂什么感化政策,什么攻心为上,既然是公韧老弟说的,我想不会错,就按公韧说的办吧!"
　　俘虏们一听不杀他们,还给伤员治伤,一个个感动得涕泪交加,又一阵磕头如捣蒜:"谢谢你们,谢谢你们了!""真是遇到仁义之师了。""我先替全家老小,给你们磕个头!"
　　公韧又对他们说:"你们愿意回家的,我们发路费。不愿意回家的,欢迎加入我们三合会!"
　　一个清兵说:"我也是汉人,没有办法,才当了差。官兵这样残害你们,你们却对我们这样仁义,看来,三合会确实是一支仁义之师。如果你们不嫌弃,我愿意加入你们三合会。"
　　又有七八个清兵也愿意加入三合会。
　　王达延听了大喜,当即收留了他们。王达延对公韧说:"你说的,我都办了。让这些愿意回家的清兵赶紧走吧,免得在我这里碍眼!"
　　公韧说:"等一下,现在还不能放……他们得和我们一起行动!"
　　王达延又皱起眉头,对公韧说:"难道你又有什么鬼道道?带着这些清兵,碍手碍脚的,还不让他们赶快滚蛋?"
　　公韧笑了笑:"难道你就不想拿下香山县城吗?"
　　王达延不解,冷笑了一声:"想又有什么办法,香山县城城高壕深,我能拿它怎么样。"
　　公韧又对着王达延的耳朵嘀咕了一阵子。
　　王达延听了一阵哈哈大笑:"我算服你了,公韧!吃着碗里的,还看着锅里的……"
　　香山县城高二丈,顶宽六尺,底宽八尺,里外包砖,中间用黄土、石灰和糯米汁混合夯打而成,异常坚固。城墙上宇墙、垛口、城楼、角楼全都齐备。整个县城呈四方形,东西南北各二里地,每个方向设一城门。城墙根三丈外有一条护城河,河宽二丈,水深八尺,城门口有一个吊桥,只要把吊桥一抬,进城的门就算封锁了。

此时已近子夜,又是个月黑天,阴风一阵一阵地刮着,吹得城头上的几个龙形破旗呼啦呼啦地响个不停。守城的几个士兵此时特别困倦,他们打着哈欠,提着长矛或扛着大刀无精打采地巡逻着。

从远处打着火把,来了一百多人。

城墙上领头的官兵大惊:"不好!有情况,赶紧击鼓。"随即一阵咚咚咚的小鼓响。顷刻间,上来了几十个安勇,十几把快枪瞄准了城下,没有快枪的也拉满弓弦,准备放箭。

不一会儿,城下的人渐渐走近了,有的是官兵装束,后面好像还绑着一些人。只听城下咋咋呼呼地乱嚷:"开门!开门!我们回来了,怎么还不开门?!"

城墙上领头的一看,松了一口气,原来是自己的弟兄啊!于是盼咐一个兵:"赶紧放吊桥,开门去。"

这个小兵好说话,问:"怎么没看到刘头儿啊,会不会有诈?小心为上!"

领头的一想也对,又对底下喊道:"刘头儿呢,在不在?请答话。"

城墙下一阵小小的纷乱,不一会儿,底下刘斜眼喊道:"怎么还不开门,老子容易吗?你们还磨磨唧唧不开门,存心累死老子啊!"

城墙上领头的一听,笑了,赶紧说:"刘官啊,得胜回来了,恭喜啊!我们正等着你,好给你接风洗尘哩。"

刘斜眼没有回答,他的腰后,邢天贵的一把匕首正顶着他呢。

不一会儿,沉重的大门吱吱嘎嘎开了,一个小兵走了出来,又摇起吊桥旁边的大轱辘,一边摇一边讨好刘斜眼:"刘官啊,那个要犯抓回来,你升官发了财,可要请弟兄们喝酒啊!噢,还有一个小美女,长得好漂亮哟……"

吊桥放了下来,刘斜眼走在前面,后面是邢天贵和被"五花大绑"的公韧和西品,再后面是那些刚刚收过来的俘虏兵,再往后是身穿官兵服装的王达延和众三合会会员。

这些人也不搭理开门小兵,进了城门,就从马道上直往城墙上扑。这个好说话的小兵觉得有些奇怪,就在他犹豫的一刹那,一把匕首伸了过来,眨眼之间就抹了他的脖子。三合会会员很快上了城墙,城墙上领头的军官还在向刘斜眼献媚:"哟,刘头儿,您怎么上来了,怪累的,回去歇着吧,改天我上你那里喝酒。"

话还没说完，王达延抢上一步，骂了一句："喝个屁！"一刀子上去，就把领头的军官捅了个透心凉。后面的三合会会员并不说话，一阵子刀枪上去，朝着城墙上的官兵一通砍杀。

官兵们这才知道上了当，慌忙抵抗，可是已经来不及了，不一会儿，城墙上几十个官兵已被处理完毕。

有几个远处的清兵跑了，还朝天放起了枪，枪声打破了香山县城的宁静。小小的县城顿时像炸了锅一样，官兵与三合会会员的奔跑声，人们的呐喊声，狗的狂吠声，乱成一团。

王龙头眉头一皱，对李斯说："你带着你的人，围着城墙打，把这一圈城墙和城门全控制住。有什么事情及时向我汇报！"

李斯说了一声："是！"招呼着他的人，沿着城墙一路追杀。

王龙头大手一挥："其余的人，跟我冲！"王龙头一马当先，领着众三合会会员沿着马道冲下来，直扑县衙。一路上没有几个官兵阻拦，整个县城几乎就是空城，碰到几个巡逻的，也赶紧举手投降。

没费什么劲，王龙头他们就冲进了县衙，从县衙后院里，把刚从被窝里爬出来的刘扒皮和他的家眷抓住了，还有一些家丁和用人。王达延叫人把刘扒皮关到县大狱，严加看管，然后和公韧到了县衙大堂里，往太师椅上一坐，又问公韧："该做的都做了，你说现在怎么办？"

公韧说："赶紧派出巡逻队，维持街上秩序，再派人清点县里的物资，以后我们打仗全指望这些物资哩！"

王达延笑着对公韧说："你怎么什么都懂呢，就和原来当过将军似的。"又赶紧吩咐张散，"你快点领着你的人到街上巡逻，要是有人抢劫，立马杀掉，再马上张贴安民告示！"

张散哭丧着脸说："我认得大字，大字不认得我，哪里会写安民告示？"王龙头就骂："狗熊它妈怎么死的，笨死的。这点儿小事别来烦我，自己想办法。"

公韧对张散说："不是还有西品吗，让西品来帮忙就是。"

张散拍了一下脑袋："你看我，脑瓜儿就是不灵。当大头兵当惯了，光知道听别人指挥，都不知道指挥别人。"说着赶紧领着他的人办差去了。

王达延又吩咐邢天贵："你快领着你的人搜查县里的物资，不管多少，统统拿来。"

邢天贵答应一声，领着他的人办事去了。

不一会儿,一个三合会会员前来报告说,四个城门已经占领,并且李斯已经往城外五里放出了游动哨。王达延点了点头说:"好,叫李斯加倍小心,别叫官兵突袭了我们。"

公韧嘱咐说:"官府马厩里有马,再牵上几匹,叫李斯岗哨再放远点,干脆放到五十里地以外。有什么情况,抓紧汇报。"

这个三合会会员答应一声,赶紧去了。

不一会儿,张散派人来汇报说:"有几处抢劫的人,都叫我们抓住砍了。安民告示也贴出去了。只是天一亮,要是有人出城、进城,不知道怎么办。"

王龙头也不知道怎么处理,看了看公韧。公韧说:"人是只能进不能出,严密封锁消息。"

来人答应一声,办他的差去了。

没过一会儿,邢天贵的人来汇报说:"仓库里粮食还有一些,马有十几匹,另外还有一些破烂刀、长矛和弓箭,以及一些火药、地雷之类的东西。倒是刘扒皮的家里比官府还富裕,东西都给弄出来了。邢红棍让我来请示,县里别的富户的财产动不动?"

王达延哈哈一笑:"钱、粮、马匹,统统充为军用。县里的大户还用问吗?该动手时就动手,好不容易进县城一趟。"

公韧急忙阻止王达延说:"我有一句话,不知当讲不当讲。"

王达延急忙说:"有什么话,你就说吧!我是龙头,你是白扇,咱俩谁说话都算数。"

公韧说:"除了刘扒皮和几个首恶,别的富户我的意见是暂时不要动。"

王达延眉头又皱开了,问:"刀枪、火药、地雷这事儿,我听你的。只是县里别的富户放他们一马,不知道是为何,你和他们是不是沾亲带故?"

第25回　县城里公审刘扒皮

公韧说:"这就叫团结一切可以团结的力量。动手抢劫一般富户,弄不好,竖敌太多,会造成许多麻烦。这样也给官兵落下口实,说我们杀人放火,抢劫财物,弄得我们很被动。"

王达延想想也对,就对那个三合会会员说:"就按公韧说的办!"

空落落的大堂里,只剩下王达延、公韧和少数的几个士兵,一时显得有些寂静。王达延劳累了一晚上,这时候困劲上来了,往太师椅上一躺,双腿往扶手上一搭,闭上眼睛,就想美美地睡上一觉。

公韧急忙阻止他:"别睡,什么时候都可以睡,就是这时候不能睡。你现在是坐在火山口上哩!弄不好就睡出大麻烦来了!"

王达延一个激灵,从太师椅上跳了下来,问:"这么说,我还真不能睡觉了!你说说,现在我们还有什么紧急事情要办?"

公韧说:"远的不说,就说北边的广州督府吧,离我们这里也就一百八十里地,骑上快马,三个小时就到,步兵杀到,快了也就是一天的事儿。南边的澳门也有驻军,最远也就是一百四十里地,也是一天就能杀到。更不用说附近的官兵紧急出动了,是守是走,请你定夺,时间已经相当紧迫了。"

王达延哈哈一笑:"我还以为是什么了不起的大事呢,原来是这个事儿啊。我们好不容易夺取了县城,怎么着也得享两天清福吧!吃点儿,喝点儿,再逛一逛,洗洗澡,理理发,买点儿东西,给家里寄个包裹什么的。再说,香山县城高壕深,多了不敢说,守个三天两天,我看还是可以的吧!"

公韧急忙说:"使不得!使不得!千万使不得。千军万马围住这座孤城,大炮一轰,城破就是眨眼之间的事儿。到时候,我们出,出不去,战,又打不胜,那真是天灭我军了。所以说,最迟,明天中午,一定要撤出去!"

王达延低着头想了一会儿,说:"你这一说,事情还挺严重呢!好,那就依你。"

公韧说:"在撤出县城之前,我们要办这么几件事。"

王达延问:"什么事?"

公韧说:"第一,刘扒皮必须要公审,把他的罪恶公布于众,然后铲除这个毒瘤,也算为香山县的百姓除了一害;第二,扩充一下兵员,为以后的战斗做好准备;第三,所有的物资必须运走,带不走的,分给老百姓。"

王达延搔了搔头皮:"怎么这么多事儿啊,我的脑子都快盛不下了。我觉得,守一座县城,比打一座县城还要艰难。看来,我这个觉真是睡不成了!"

公韧说:"其实,巩固政权比夺取政权还要艰难。"

第二天一早,两个三合会会员敲着铜锣满街大喊:"公审刘扒皮了——公审刘扒皮了——大家都去看呀!有冤的伸冤,有仇的报仇。审完了刘扒皮,还要分东西,分粮食,要是去晚了可就没有了,不去可别后悔呀!"

锣声在不大的县城里回荡,惊吓了一晚上的人们从门缝或窗户纸洞偷偷往街上观望,街上还算安静,只有几个三合会的人在巡逻、维持治安,这才有几个大胆的百姓,悄悄出来观察动静。

街上人是越来越多,看到街上也算太平无事,人们这才安下心来。又过了一阵子,店铺开始营业,街上的一切逐渐恢复如常。

公审刘扒皮的地点就设在县衙门口,这里地方大,原来是县里的安勇在这里出操,把捉拿的土匪在此示众,今天却成了审讯县官刘扒皮的会场。

审人的一下子成了被审的,这巨大的反差让许多老百姓心里感到解气,所以有不少人前来看刘扒皮到底是什么下场。也有一些对朝廷抱有幻想、对三合会没抱什么好感的人,前来探动静。

还有一些人纯粹就是来看热闹的,看看能不能捞到什么好处,毕竟得来的外财,不要白不要。所以人来了不少,几乎把县衙门口都站满了。

县衙大门前有五级台阶,踏上这五级台阶也就进入了平时高不可攀的官府。而今天县衙的台阶上站着王达延、邢天贵、公韧、西品等一些威风凛凛、荷枪实弹的三合会会员,台下站着黑压压的老百姓,四周站着一些手拿快枪、大刀、长矛的三合会会员。

辰时一到,红棍邢天贵往台前一站,大声地说:"父老乡亲们,我们长期受这刘扒皮的欺负,今天,终于可以扬眉吐气了!大家有仇的报仇,有冤的伸冤,绝不要对这些恶人客气。现在,就把刘扒皮和那些坏蛋押上来……"

底下的三合会会员大喊一声"是!"把刘扒皮和几个公认的恶霸五花大绑地押到台上。别看这几个恶霸平时威风凛凛,不可一世,这会儿那嚣张气焰一点也没有了,一个个蔫头耷脑的。

邢天贵大声地说:"乡亲们,有什么冤屈,大家就上来申诉吧!我们三合会保准替你们做主。"

底下老百姓你看看我,我看看你,没有人敢上来。长期被这些恶霸欺负惯了,哪能这么快就转过弯来。有的人干脆就和没听见一样,什么反应也没有。

邢天贵又喊了两遍,底下还是没有人敢上来伸冤,只是有一些小小的骚动。一个老百姓对另一个人悄悄说:"谁知道他们能待几天啊,他们一走,刘扒皮的人还不报复我们,把我们的皮扒了。"另一个点头说:"对呀!可别乱说话。"

邢天贵有些尴尬。公韧对王达延说:"看来,老百姓是让刘扒皮给整治怕了,一时半会儿怕是没人上台诉苦。我看,这伸冤的事儿就从我这里开始吧。"

王达延点了点头:"就从你这里开始吧。"

公韧往台前一站,对着众乡亲说:"我,公韧,公家庄的一个普通老百姓,夜晚到西家庄有点儿事,正好碰到一个坏人在西老太爷家欺负妇女欲行不轨。我上前帮忙,西老太爷也出来和坏人搏斗,不料,西老太爷被那歹人用火枪打死。

"这个案子本来并不难断,有西品姑娘和那个歹人留在现场的一条黑巾为证。可是这个刘扒皮却葫芦僧乱判葫芦案,说人是我杀的,把我打入死牢,秋后问斩。现在我倒要问一问刘大老爷,你是怎么审的这个案子?"

两个三合会会员摁着刘扒皮一使劲,痛得刘扒皮浑身一激灵,其中一人把他嘴里的破布拽出来,厉声喝问:"说,你到底是怎么审的这个案子?"

刘扒皮知道此时已是无理可讲,干脆闭起眼睛,死猪不怕开水烫,不作回答。

西品气极走了过来,指着刘扒皮说:"刘扒皮,我问你,我给你的那个物证——那条黑巾你给弄到哪里去了?"说着,上去踢了他一脚。

刘扒皮支支吾吾地说:"我……什么都不知道。"

西品又踹了他一脚说:"快说!"

公韧过去扇了他一个耳光,吼道:"你要包庇的到底是什么人?快说!"

刘扒皮被打急了,只好说:"其实,那条黑巾……我真的不知道。"

"那么,到底是谁去的我家?快说!"西品又照着他的头上狠狠地打了一下。

刘扒皮恨恨地说:"就算是我儿又怎么样!我那儿子早晚还不是回来给我报仇。"

公韧哈哈一笑:"我早就猜着是他,只是找不到人证。"说完对着台上台下众人说,"诸位兄弟,诸位乡亲,这可是老贼亲口说的,在这里你们给我做个证明。"

台上的几个三合会会员点着头说:"白扇啊,我们给你做证。"台下有几个乡亲也说:"我们也听见了。给你做证!""这个刘扒皮做的坏事太多了。"西品也说:"其实我早就猜到了,不是你那个王八儿又能是谁?"

公韧又对着刘扒皮吼道:"你还想着你那个儿来替你报仇,做梦去吧!他早就被我们逮住了,就等着和你一块儿挨刀哩。把刘斜眼押上来!"

一个三合会会员喊了一声:"是!"匆匆去押刘斜眼去了。

底下一阵混乱,老百姓都在交头接耳,纷纷诉说着刘扒皮和这几个恶霸的种种罪恶。王达延对公韧笑着说:"你这一宣传,把老百姓对刘扒皮的仇恨都鼓动起来了。看来,这几个小子也活到头了!"

第 26 回　三合会兵发广州城

不一会儿,那个前去押解刘斜眼的三合会会员来到了王达延和公韧跟前,小声说:"王龙头,公白扇,不好了,刘斜眼和那个看押他的三合会会员,都不见了踪影。"

王达延和公韧一愣。公韧对王达延说:"你继续审问这些坏蛋,我去看看。"

本来还盘算着把刘扒皮和他儿公审后一块处斩,谁想到刘斜眼能跑了呢?真是世界上的事情只有想不到的,没有发生不了的。

公韧和西品在那个三合会会员的带领下急匆匆地来到了关押刘斜眼的地方。这是一个放柴火的小屋,屋里有些凌乱。几个人在屋里屋外找了一圈,屋里除了一根丢弃的绳子,没有什么可疑的物件,更奇怪的是,现场竟没有搏斗的痕迹,就连一滴血迹也没有。

西品恨得牙根痒痒,咬牙切齿地骂道:"好不容易找到仇人,正想杀了他为我爹报仇哩,怎么让这个凶手跑了呢?"西品手里拿着一把快刀,狠狠地在草堆里乱剁着。

"看守刘斜眼的那个兵叫什么?什么时候加入咱们队伍的?"公韧问。

那个三合会会员说:"我只知道是个新兵,叫刘沙。那天,我们在路上看到一个人被一些人追打,上去解了围,才知道这个刘沙因为欠了赌债,被一些人追着索债。我们救了他,他说什么也不走了,非要跟着我们干不行。当时我们看到他对我们挺热心的,就收了他。没想到,真是没想到啊!"

公韧叹了口气,敲打了一下自己的头,自责道:"怨我,都怨我啊!把刘斜眼关押到大牢里就好了。不该这么大意,把他关押到这个柴火屋里。不过有句话讲,躲过初一,躲不过十五,早早晚晚,刘斜眼还是要栽到咱们手里……"

"恨只恨,"西品骂道,"煮熟的鸭子又飞了!"

几个人只好又回到了县衙门口,公韧对底下的老百姓说:"这个刘扒皮,他做的恶事真是罄竹难书。别的我先不说,先叫大家看一出戏!"说着,公韧叫一个三合会会员把刘扒皮的那些面具和皮囊都拿了过来,然后一个一个地往刘扒皮的脸上身上套。

看到刘扒皮一个面具一个面具地戴上,模样换了一个又一个,底下的人不禁大吃一惊,七嘴八舌地议论开了。"县里发生了这么多的强奸案,原来都是这个老小子干的。""这么大把年纪了,竟还有这样的淫荡之心,真是白白读了孔孟之书。""原来我们还冤枉三合会的王达延呢,原来是这个老小子装的!"

老百姓越说越气愤,有人伸出了拳头,有人在喊"杀了他!""扒了他的皮,也叫他尝尝扒皮的滋味。""剐了他,我们要为被他害死的人报仇!"

王达延看火候已到,就对底下的人吼道:"大家说怎么办啊?"

有人就在底下喊:"他给别人扒皮,我们也要给他扒皮!"王达延大喊一声:"好呀,我们也让他尝尝被扒皮的滋味。不过,真给他扒皮我怕脏了我的刀子,先一人给他一鞭子,让他尝尝他给别人鞭子的滋味,大家说怎么样啊?"

底下人齐声喊道:"好!"

于是,王达延让老百姓和三合会会员排成一行,一人抽刘扒皮和那些恶霸一鞭子,大家踊跃参加,一个接着一个地挨号。

有的抽了一鞭子还想抽第二鞭子,王达延制止说:"一人只许一鞭子,要是把他抽死了,别人就捞不着解恨了。"有的想,反正就这一鞭子,那就狠狠地抽吧!直打得刘扒皮他们吱呀怪叫,真像那挨宰的猪羊一般。

公韧看了不禁发笑,说:"刘扒皮啊刘扒皮,你不是尽扒别人的皮吗,这一回也叫你尝尝被扒皮的滋味,这就叫以其人之道还治其人之身。刘斜眼还曾经发毒誓说,他要是说谎,就让他爹被乱鞭抽死,看来是谶言成真,老天有眼,应了验啦!"

台上这些恶霸被抽得鬼哭狼嚎,叫苦连天,台下老百姓是拍手称快,欢喜连连。这些坏蛋挨完了鞭子,被一些三合会会员押到一边,大刀一举,一个个人头落地。

可惜的是,刘扒皮还没有等到挨刀,就已经被抽得没了气。

惩罚完了这些恶霸,王达延对一个个兴奋异常的老百姓说:"待在这个地方,还不是受鞑子的欺负,没有好日子过。不如加入我们三合会,去打江山,去发大财,做大官,创立我们自己的天下……"

王达延一鼓动,有几十个年轻人愿意加入三合会,王达延当即下令发给他们刀枪,编入三合会的队伍。

然后是开仓放粮,只要是带不走的粮食,恶霸的好东西,全部发给了老百姓。老百姓伸了冤又分了粮食分了东西,哪天的日子能过得像今天这般快活,一个个欢欣鼓舞,喜乐异常,高兴得像过年一样。

王达延领着这支队伍,从东门悄悄地撤出了香山县城,绕城半圈,然后向广州城进发。不过这时候,人也多了,枪也多了,也有马匹了,马匹上还驮着许多军用物资。

刚走出香山县城没有多远,一个骑马的探子从远处策马奔来,到了跟前滚鞍下马,然后报告说:"报告大龙头,一支清军向这里扑来,大约有五百多人,快枪不少,里头光骑兵就得五十多个。"

王龙头对那探子说:"再探再报。"

王龙头指挥着队伍悄悄地闪开大路,隐藏在一片竹林之中。不一会儿,一支清军快速地从眼前经过,向香山县城快速地奔去了。公韧对王达延说:"这就叫大路朝天,各走一边。你不是困了吗,就是在这里蒙头睡上一天,也是没人打扰你的。"

王达延问:"这又是为什么?"

公韧说:"你没看到这片小竹林吗?是片小高地,能进能退,就是清军来了,也能抵挡一阵。再说这些清军,收复了县城,还不赶紧向他们的主子邀功请赏,哪里还顾得上来这里和我们拼命。我们赶紧在这里休整,晚上天黑了,再行军不迟,免得大白天被清军发现。"

王达延点了点头说:"也对。"当即布下岗哨,就在这里秘密扎营。黑了天,队伍才开始行动。

快到九月九了,王龙头领着三合会的队伍开始向广州城进发,只说是有个一般性的任务。王龙头又给每个会员发了点钱,手里有了钱,会员的劲头更大了,有的给家里寄去,有的拿着钱高兴地到集市、酒楼里潇洒了一番。

听说这个队伍管饭又发钱,一路上许多穷人纷纷加入,但是王达延不再发钱了,说欠着,到了时候自然会发。薪水欠着,许多闲人也愿意加入,毕竟还有个盼头,队伍渐渐扩充到了四百多人。

队伍里有几个女兵,王龙头把她们编在了一起,由西品领头,专管伤员医疗的事。另外,西品的卫生队还配了两匹马,马上驮着绷带、西药、草药之类的医疗用品,哪个伤员伤得厉害,还可以坐到马上休息一会儿。

解手的时候,几个女兵围成一圈,当中就成了厕所,女兵们轮流方便。张散也学得乖点了,还约束自己的手下:"不准朝那边看!谁要是头朝那儿,就是违反了十条禁忌的第二条。"

吓得那些男兵都赶紧扭过了头,一个个和落了枕似的。

公韧点了点头,夸奖道:"好的军队能改造一个人,铁的纪律更能锻造出钢铁般的士兵。别看这些小子刚来时不咋的,现在可真是越来越像个兵了。"

九九重阳节的前一天,三合会的队伍到达了广州城下。王龙头在广州城外的一个村子里,把队伍驻扎下,封锁住村子,人只能进不能出。他对公韧说:"广州城还得麻烦公韧兄弟亲自走一趟,看看情况,别人我不放心!"

公韧带着李斯去侦察敌情。两个人悄悄走到广州城门口,看到城门口的清兵不少,一个个握刀执枪,面目阴沉,如临大敌一般。明天就是重阳节,有不少老百姓带着香烛、火纸提前出城拜祖扫墓,也有不少人进城赶庙会。出城的不管,但进城的要把所带的东西抖搂开,用刀拨拉着仔细检查。

看来想把武器带进城去根本不可能。

李斯小声对公韧说:"我们还进不进城?"公韧略微思考了一会儿,说:"武器不让带,我们还进城干什么?想必是清狗子知道了什么消息,早有了准备。我们先回去商量商量再说吧。"

第27回　有情人终行同房梦

两个人回来,把情况汇报给王龙头,王龙头的眉头紧紧地皱了起来。公韧对王达延说:"光说起义起义的,如果我们没有武器,还怎么打仗?"

王龙头对公韧说:"你看看,能不能想个办法,把武器带进去?就是带进去一部分也好。"公韧摇了摇头:"马上就要行动,这时候才想着把武器带进去,恐怕连个草棒也带不进去。"

王龙头又问:"总会的命令,我们执不执行?"

公韧答道:"总会的命令,当然要执行了。我看,是不是可以这样,我们把大部队还是驻扎在这里,只挑选四十个武功高强的人进城。到时候,随机应变,适时夺取清狗子的武器,想办法占领城门。城外的人做好准备,一旦听到城里有变,再打进去策应如何?"

王龙头想了想:"事到如今,也只能这样了。"

王龙头当即挑选了四十个人,分成两队,由李斯和张散各带一队。其余的由邢天贵率领,随时准备策应城里。根据计划,今天晚上就在村里做好各种准备,好好地休息一下,明天早晨突击队进城。

大战前的准备工作是紧张而微妙的,不仅杀猪宰羊伙食好,而且还给突击队员早早地号了房子,让他们好好地休息,而一般的三合会会员只能露天睡觉。

安排房子的时候,邢天贵有意给公韧和西品留了一间。公韧对邢天贵说:"二哥呀,你是不是忙糊涂了,我和西品还没有结婚呢,怎么就给安排在一间屋里了?"

邢天贵笑了笑:"四弟呀,这都什么时候了,过了这个村,可能就永远没有这个店了……"

王达延正好走到此处,听到公韧在说房子的事,就对公韧板起了脸,小声说:"四弟,你这么明白的一个人,男女之事上怎么就这么迟钝呢?你和西品的事,谁不知道,今天只不过是给你们提供方便。"

公韧说:"大哥,我可没有这么想,大家都要好好地活着。等打完了这一仗,我就和西品结婚,这里先跟你打个招呼。"

王达延安慰公韧说:"别想得太远,今天晚上,你俩必须住在一间屋里,说起话来也方便。"

公韧只好和西品同住在一间屋里。关上了门,点亮了油灯,屋里就只剩下两个人了。西品默默地坐了一会儿,问公韧:"公韧哥,你说说,这一仗究竟打得赢打不赢?"

公韧平静地说:"你以为广州是个什么地方,这里有两广总督府和各路衙门,光驻军恐怕就有上万,还内连湖广,外通海外,交通极为方便,听说光珠江上外国军舰就有几十艘呢。我们这些人,再加上先进城的,也就才几千人。到时候,清军把城门一关,一条街一条街地清巷,就连傻瓜也知道谁胜谁败了。"

"知道打不赢,为什么还要打呢?"西品问。

"唉!"公韧叹了一口气,"这就叫以我们的命去执行三合会的令了。如果我能活着回来,一定信守承诺娶你为妻,如果我不能回来,希望你三十六计,走为上,照顾好自己。"

西品阴沉着脸,生气地对公韧说:"不许你胡说八道!还没打仗,就说这些不吉利的话。"然后她又笑了笑,扭了扭身子撒着娇对公韧说,"你走到哪里我跟到哪里,我要跟着你进城。"

公韧心平气和地对她说:"让你留在这里,还有一个重要的原因,就是我这里有一部兵书,是老爹的传世之宝,你给我藏着点儿。等打完仗回来,你再给我,别人我不放心!"

西品把脸一沉:"什么破烂兵书,要是人都完了,还要兵书那玩意儿有什么用处?反正你走到哪里,我跟到哪里。"

公韧有些着急,气呼呼地说道:"就凭着你这双小脚,跑又跑不动,颠又颠不了,这不净给我添乱吗?我这是去忙正事儿,不是你死就是我活的事儿,你可千万别跟着我进城啊,还是跟着大部队安全。"

西品也急了:"这一路上亏着谁?还不是亏着我。要不是我,你能走到现在?这会儿又说我这也不行那也不是,你们男人怎么都这样?其实我和你扮个小夫妻什么的,不正好能掩护一下吗?"

"那也不能让你冒险!"

"这不叫冒险,这叫智慧。你不是熟读兵书吗?小两口总比一个单身汉更容易混进城门!"

公韧一想,她说的并不是没有道理,这个人好认死理。想了一会儿,只好妥协道:"那我们就一块儿进城,不过你得答应我一个条件。"

西品说:"别说一个条件,就是十个条件也行啊!"

公韧说:"一切事情都得听我的,你不要乱说话。"

西品反驳说:"说得对听你的,说得不对还听你的吗?"

公韧连连叹气:"你这个人,唉……好!好!事到如今,就看咱俩的运气了。运气好,就能躲过这一劫,运气不好,你就别怨我了,咱们都得陷在广州城里出不来。"

西品笑着说:"这不都过来了……我早把生死看淡了。"

公韧从怀里把那部兵书拿出来,对着兵书说:"翼王啊,翼王……今天就别怪我对不起您了,这也是没有办法的事。《太平韬略》真迹虽然没了,但是它的每个字句都留在了我的心里。"

公韧把《太平韬略》一把一把撕得粉碎,扔在了地上,用火石打着了火。那些碎纸开始燃烧,火越烧越旺,越烧越大,在火光里仿佛出现了千军万马,隐隐约约发出了阵阵厮杀声。无数的兵马拼搏厮杀,血染战场,一层一层的尸体摞在一起……

最后的几张纸烧得发黄,然后卷曲,发灰,发白,最后只剩下一小串微微跳动的火焰。

公韧烧完了兵书,才觉得心里一块石头落了地。

公韧想了想,从怀里掏出手帕,交给西品说:"明天生死难定,我看这个耳坠还是还给你吧,物归原主。"

西品把手帕慢慢打开,把耳坠拿起来用手帕擦了擦又递给公韧说:"你知道这是我的什么吗?"

公韧说:"这是你的耳坠呀!"

西品逼视着公韧的眼睛说:"这真是一只耳坠吗?"

公韧说:"是呀!"

西品摇了摇头:"你真是个书呆子,这是我的心呀! 我要你好好地活着。"

公韧的心里感慨万千,浑身的热血在沸腾,他紧紧地拉着西品的手说:"咱俩生死由命,富贵在天,就一块儿往前闯吧!"

西品也紧紧地抓住公韧的手,感觉自己的生命已经属于他了,两个人已经合为一体,任何力量都分不开了。

西品慢慢地铺着被褥,两个枕头摆在了一块儿,床上只有一个被窝筒。

公韧一看西品的意思已经很明确,心里默默地念叨着:"非礼勿视,非礼勿听,非礼勿言,非礼勿动,老祖宗遗训,我始终没敢违背。可是今天的情况非同一般,明天就可能拼死疆场,只求老祖宗原谅,今天我可能要破例了。"

这时候西品已静静地和衣躺在床上,眼睛也闭上了。公韧轻轻地呼唤着:"西品,西品……"然而西品竟然什么话也不说,只等待着幸福的来临。公韧的心里一时有些发慌,一男一女,近在咫尺,这可如何是好?时间仿佛放慢了速度,空间变得无限庞大。

公韧颤抖着双手,摸了摸西品的那只滑腻、柔软的小手,简直白如凝脂,柔软无骨,瞬间他感觉到有一股暖流从那小手里向自己的身上流淌,淌到了自己的心里,点燃了激情的火焰……火焰一点一点地向外蔓延,渐渐烧成了通天大火,烧得自己的心里炙热难耐。

公韧又看了看两座"高山",充满神秘的山峰在微微地颤动着,仿佛发出了低声的召唤。又一股热浪涌向了公韧的大脑,好像有无穷的宝藏在吸引着自己,使自己情不自禁地轻轻扭动了她上衣的蓝色纽扣。

那纽扣扣得紧紧的,好像怎么也解不开,公韧不得不静下心来,努力控制着自己,安魂定魄地一个一个松完了那些纽扣。又一款红红的肚兜挡在了神秘宝藏前面,红肚兜上绣着一雄一雌两只孔雀,雄孔雀那小巧的头上像插着一朵翡翠,展开的彩屏像一把巨大的羽毛扇,一个个黑、绿、黄环点缀在羽毛之间。

雌孔雀含情脉脉地看着雄孔雀,那双眼睛放射出迷人的光彩。

公韧轻轻地掀开了红红的肚兜,啊——两座玉山耸立在面前,高高的、颤巍巍的,使人产生了无穷的欲望,然而却不忍心亵渎它,只能把它小心翼翼地捧在手中……

第 28 回　进入广州城

第二天一早,王达延把这四十个人的突击队集合在一起,告诉大家说:"大家把武器都留下,一把匕首也不许带,混进城去后就在双门底王家祠堂附近等待。注意,在茶馆、饭馆喝茶、吃饭都行,在旅馆里休息也可以,就是不能暴露自己。所需的费用由账房支出。到时候,听我的命令行事!"

这些三合会会员听毕,纷纷把携带的大刀、长矛、快枪放在地上,由留守的人看管。张散突然对王龙头说:"王龙头,我们两手攥空拳,要是和他们动起手来,是用牙咬啊还是用脚踹?"

李斯批评张散说:"就你事多!到时候王龙头自有安排。"他又对王龙头说:"咱的弟兄们手里什么武器也没有,怕到时候只能由官军们拾掇了。这个仗是真不好打呀!王龙头,你能不能给我们交个底,真是让我们赤手空拳和敌人搏斗吗?"

两个人这么一说,其余人也都嘟囔起来,有的人还拾起了武器。

公韧安慰大家说:"天机不可泄露,不过大家不必担心,天塌了有我和王龙头顶着。当初香山县的几仗,我们人不多,枪又少,都不怕清军,这时候我们人多,枪多,钱又多,难道还怕几个清狗子吗?"

王龙头微微一笑,摆了摆手满不在乎地说:"城里有的是武器,到时候自然分给大家。就是武器发不到手,我们还可以从清狗子手里夺啊!弟兄们,杀尽鞑子,建立我们的天下就在今天一战了……"

王龙头一阵鼓动,又把大家的劲头给鼓起来了。三合会会员个个情绪高涨,摩拳擦掌,准备和清狗子大干一场。

突击队准备好了,化了装就往广州城门口慢慢地走去。到了城门口,他们混在进城的老百姓里头,往里溜。西品一身素衣,不施粉黛,一笑一颦,分外娇媚,使得几个守城的士兵都禁不住往西品身上不怀好意地瞅。

一个麻脸士兵嬉皮笑脸地拦住西品说:"这位小娘子,胸口上带的什么,鼓鼓囊囊的。兴许是两个炸药包吧!"说着就要动手往西品的胸口上摸,旁边的几个士兵都淫笑起来。

西品用手一拨拉,把他的大手给挡回去,红着脸快步走过。那个麻脸士兵顺势在西品的屁股上摸了一把,大喊起来:"这是什么,软和和的,不知道是什么新式武器。"

西品恼怒地扭过头,啐了那个麻脸一脸唾沫。公韧又用膀子撞了那个麻脸一下,吼道:"这是你娘哩!你也敢这样?"

那麻脸士兵恼羞成怒,抽出刀来就要往公韧身上戳,雪亮的刀锋在公韧身前一闪,就在快要戳到公韧的一刹那,王龙头用一根粗竹竿猛一下子隔开了他的刀。旁边的几个清兵一看动起了手,一阵大叫,纷纷抽出军刀,一下子就把王龙头、公韧、西品三个人围在了中央。

形势一下子紧张起来,眼看就要展开一场殊死搏杀。

李斯这时候不知道从哪里钻了出来,笑嘻嘻地对那些士兵说:"诸位官家,诸位官家,不要动怒,我哥哥是个哑巴!别和他一般见识。"

王龙头被李斯的话一点拨,心领神会地咿咿呀呀一阵乱叫,别人也听不清他说的什么。李斯又从怀里掏出一把钱,一个士兵塞给一块,皮笑肉不笑地说道:"我大哥有点傻!别和他动气。"

那些士兵见了钱,就和见了亲爹一样,有的在手里掂着,有的放在嘴里咬着,有的弹了弹放在耳朵上听着。那个麻脸士兵扔下王龙头,凑到李斯的跟前,装模作样地问:"你身上带着犯忌的吗?"一边说着,一边在他身上掏银圆,又掏出了两块,塞进了自己的口袋里。

王龙头一个眼色,公韧和西品赶紧跟着他往城里疾步走去。眼看着这个事就这么过去了,突然,那个麻脸士兵"哎哟"一声捂着头叫起来,另外几个清兵也叫了起来,原来他们的头上身上都中了几个石弹,看来是打得不轻。

公韧心想不好,这是谁啊,早不打,晚不打,偏偏在这个时候招惹是非?小摩擦弄不好能引来大乱子。可是看看周围,除了几个妇女就是老头子,哪一个也不像是惹乱子的人啊。

这些清兵不干了,他们一下子把刀枪都晃动起来,再一次对准了王达延、公韧、西品和李斯几个。那个麻脸士兵对王达延喊:"我算看准了,你不服气是不是?还装呢,装什么装?弟兄们,上!"

一圈刀枪逼了过来。王达延叹了一口气,心想:本不想招惹他们,可是他们非逼着自己动手不可。这就叫计划没有变化快,飞来的横祸,想躲都躲不及。就在此时,只听得一声大喊:"怎么这么不经闹啊!兄弟我只是想和你们开个玩笑。"

众人都往那发声的地方看去,原来是一队退伍兵模样的人走了过来。领头的叫吴大兴,他喊着:"真是的!紧张什么,日本人来了也没有这么紧张啊。"

他的那些兵也都跟着喊起来:"怪想你们的。我们都被裁撤了,你们还都吃着皇粮,弟兄们来了,还不快点儿请请。"

那个守城的麻脸和吴大兴认识。他一看老朋友来了,也顾不得公韧他们了,对吴大兴说:"哟!你还没死呀,我以为日本人的枪子儿早把你崩了呢!没死就好,这顿饭我请了。"

吴大兴朝着他的屁股上就是一脚,骂道:"真是狗嘴吐不出象牙来,你这个乌鸦嘴,光咒着老子死呀!你这几两银子先省下吧,老子今天有事,要不,非得狠狠地宰你一顿不行!"

公韧、王达延一看,趁机赶紧往城里溜去。

李斯一边走一边骂:"妈的!赔了本了,十多块银圆,一块也没了。我还打算着下馆子呢!"王龙头一肚子恶气没处撒,朝着李斯狠狠地训斥道:"你说谁是个哑巴?你说谁是个傻瓜?"

李斯不急也不躁,笑嘻嘻地说:"大哥,我可不敢说你。我是说……我是个哑巴,我是个傻瓜。"

王龙头鼻子哼了一声:"这还差不多!"

李斯自我解嘲地说:"我真是老鼠钻到风箱里,两头受气。"

王达延放慢了脚步,等待着吴大兴。不一会儿,吴大兴那十多个人也来了。王达延看了看周围,没有什么异常,对吴大兴一拱手说:"谢谢吴队长的救命之恩,我还以为吴队长不来了呢,没想到吴队长这么守信用。"

吴大兴鼻子一哼:"你我是结拜兄弟,哪能见死不救呢?我们曾经有过誓言,九九重阳节,广州城下相见。我岂能失约!"

王达延点了点头,又问他:"刚才砸那个麻脸,不知哥哥是何用意?"

吴大兴说:"这下你真看走眼了,那个麻脸不是我砸的。在那么危险的时刻,我为何要无中生有、画蛇添足呢?事出紧急,为了使你们能尽快脱身,我才不得不那样说的。"

第29回　望海楼英雄会(一)

公韧心想:这就怪了,既然那些石子不是吴大兴砸的,又是谁砸的呢?如果是友,那自己又多了一个帮手,如果是敌,暗地里又多了一个凶恶的敌人……公韧的心里不由得蒙上了一层阴影。

吴大兴对李斯拱了拱手说:"恩公,上次救命之恩,没齿难忘,今天事急矣,待我稍微有了工夫,一定补上这顿酒。"

李斯也大方地点了点头,拱了拱手:"举手之劳,何足挂齿。待搞完了这个事情,我们弟兄再聚会,来个一醉方休。"

他们说的这番话,公韧哪里听得明白。原来,在公韧加入三合会之前,李斯凭借自己熟悉蛇毒的本事,救过吴大兴一命。

王达延对吴大兴小声说:"来广州让哥哥帮忙,为了保密,我还没有告诉哥哥到底是什么事情。那边有个小茶馆,到了那里,我再把详情告诉你如何?"

吴大兴笑了笑:"虽说达延弟没有告诉我什么事情,但是我已经猜到了……不就是去王家祠堂嘛!"

王达延更惊奇了,张大嘴巴问:"这就怪了,你是怎么知道的?"

吴大兴笑了笑:"同样是天机不可泄露。我们赶紧离开吧,这个地方太显眼,不能多待。"

说完,领着他那十几个退伍兵,晃晃悠悠地走了。

王达延的脑子有些懵,也没有琢磨出来到底是怎么回事。公韧对王达延说:"大哥,我们还是赶紧走吧,办我们的事情要紧。"

王达延点了点头,往王家祠堂走去。公韧和西品几人,跟在王达延后边,谨言慎行,细心地观察着广州城。香山县自然不能和广州城相比,这里店铺林立,行人如织,有些男女穿戴十分稀奇古怪,还有不少大鼻子、白面孔、黄头发的洋人。就连马路,似乎也比香山县里的宽了不少。

让人透不过气来的是,城内气氛非常紧张,一队队官兵穿戴整齐,刀枪明亮,往来巡逻,如临大敌,就和将要发生什么大事一样。公韧的心不由得提溜起来:莫非清军事先得到了什么消息,有了准备? 如果那样的话,今天真是凶多吉少!

没走多远,前面有一座酒楼,上书"望海楼"三个大字。酒楼正对着广州城的内河码头,从那里望去内河里的情形一览无余。

王龙头跟公韧打了个招呼,让公韧和西品先到望海楼上歇一歇,自己和李斯到王家祠堂附近去侦察情况。公韧点了点头,拉着西品进了酒楼。一楼有十几张方桌,围着一些条凳,零星坐着几个客人,旁边有一架木梯,直通楼上。

公韧觉得还是二楼僻静,便拉着西品上了二楼。二楼有四个包房,公韧囊中羞涩,当然不敢进包房,只得找了个临窗的座位坐下,喊过店伙计,要了两碗米饭和一盘豆芽。

公韧机警地扫视了周围一圈,看看有没有可疑的人员。透过半敞开的布帘子看到,第一间包房里坐着四条汉子,正在大吃二喝,鸡鸭鱼肉摆了一大桌子。

一个穿着一身蓝对着公韧的汉子大声说道:"吃呀!喝呀!咱弟兄们出生入死,脑袋拴在裤腰带上,过了今天还不知道明天有没有脑袋。什么都能得罪,就是不能再得罪自己的肚子。干!干!"

一个穿一身红的汉子压低声音说:"哎,咱们成天这样大把大把地花钱,别让弟兄们知道了。"另一个穿一身黑的汉子说:"怕什么!这么些人,就属咱们功劳大,当然得享受享受!"又一个穿一身黄的汉子急忙劝阻道:"我的大哥们,小声点好不好,别让外人听见。"

公韧心里琢磨着:这四个人是什么人?江湖好汉?像是。清军密探?也说不定。还是小心为妙。又看了看第二间包房,面对着公韧坐着一个人,黄褂子配黑坎肩,头戴黑缎子瓜皮小帽,神情忧郁,两眼深邃,气宇轩昂,正在闷闷不乐地一杯接一杯地饮酒。

另一个劝他道:"梁公,想开点,凡事总有个解决的办法。何必那么忧伤呢?"

公韧一听这声音吓了一跳,这不是义兄韦金珊的声音吗,他怎么会在这里?不禁悄悄捅了西品一下。俩人竖起耳朵,悄悄地听韦金珊和那个叫梁公的人说话……

只听梁公叹了一口气,吟道:"世间无物抵春愁,合向苍冥一哭休。四万万人齐下泪,天涯何处是神州?谭老弟说得对啊,你看看中国的大好河山,哪一块还属于中国人所有?你就看看眼前的广州内河吧,哪里还有中国人自己的兵舰?"

公韧和西品往广州内河里瞧了瞧,确实,挂着英国的、法国的、美国的、德国的、日本的国旗的兵舰,在内河耀武扬威,往来游弋,一个个黑洞洞的炮口,对准中国的房屋、土地和人民。

梁公悲痛地说道:"目前世界各国学术讨论频繁,新机器盛出,资本累积加快,工业生产日渐旺盛,特别是欧洲,产品有过剩之嫌,生产的商品不能不寻觅销售之地。于是他们仓皇四顾,瞪起鹰目,张开虎口,看准了中国这个大市场,欲吞噬我四千年文明神州,二万里膏腴之地。"

"甲午一战,中国割了台湾,赔款二万万三千万两白银,我中国已将要灭国、亡种、毁教。作为中国一分子,有何面目面对祖宗?有何面目还活在中国的大地上?

康公联络天下读书人,向皇帝上书,无奈都察院从中阻挠,拒绝传递,真是秋风凄凄愁煞人呀!"

伤痛之处,梁公不禁狠狠地拍了两下桌子。

韦金珊劝道:"梁公不要着急,虽然康公和一千二百多名举子的上书没有被皇帝看到,但书稿已被民间翻刻流传,全国人心浮动。相信不长时间,此事必然有个了结……"

就在此时,第三间包房里,突然响起了掌声,随即一个黑矮胖子掀开门帘从包房里走了出来,连声说:"好!好!好!"黑矮胖子走到第二间包房门口,对那梁公说:"梁公虽然忧国忧民之心让人敬重,不过,我想,梁公还是有些不识时务。"

那梁公眉头一拧,急忙站起来,对那黑胖子拱了拱手说:"虽然我们萍水相逢,但是我想,此公说此番话自然有自己的见解。快快进屋,愿听教诲。"

黑矮胖子掀开门帘,不慌不忙地坐下,说道:"岂不闻君臣之义已定,天泽之分难越,君是君,臣是臣,民是民,各司其职,阴阳才能平衡,天下才能和谐。康有为自行其是,无事生非,非得以一个救世主的身份出现,凌驾于朝廷之上,惹得众臣愤愤不平。而梁公不明事理,又为康有为摇旗呐喊,鼓噪助威,我当然说你不识时务了。"

梁公微微一笑,说道:"此话不敢苟同。'易'中说,穷则变,变则通,通则久。变者,天下公理也。变亦变,不变亦变,变而变者,变之权操于己,可以保国,可以保种,可以保教。不变而变者,变之权让诸人,束缚之,驰骤之。西洋诸国,只因为变法,所以富强,我四千年文明古国,不变法,所以贫弱,当今之势,是变也得变,不变也得变。"

黑胖子深深施了一礼,说:"刚才,我不过是和梁公开了个玩笑。梁公一席话,实在是让人茅塞顿开。中国要是都和梁公一样,国家何尝不强!人民何尝不富!"

梁公眉头骤然解开,也施了一礼说:"原来如此啊,我还以为贵公是朝中阻碍变法的顽固派呢!如果贵公也赞成变法,能不能通报一下官讳,日后也好有个照应?"

那黑胖子略为迟疑了一下,说:"山野之人,怎敢在梁公面前露出丑名。卑人是干小买卖的,姓袁,怎么称呼都行。敢问,梁公怎样称呼?"

那梁公也犹豫了一下,说:"我只是个普通教书匠,姓梁,怎敢在袁公面前胡乱铺陈。您怎么称呼我都可以。"

虽然两个人藏藏掖掖,并没有露出真实身份,但公韧看到,袁公身后的四个贴身保镖,个个腿脚麻利,身手不凡,想必袁公绝不是一般人物。而韦金珊身怀绝技,他所保护的人也绝不是泛泛之辈。

梁公和袁公正兴高采烈地谈论着,忽然从第四间包房里走出来一位瘦高青年。他一掀门帘,直接进了第二间包房,对着袁公、梁公施了一礼,说:"诸位高见,我已洗耳恭听多时了。不过我有一事不明,想请教请教这位梁公。"

那梁公作了一揖说:"先生请讲!"

第30回　望海楼英雄会(二)

瘦高青年问:"你们又是忧国忧民,又是联名上书,请问你们这样做到底是为了什么?"

梁公一愣,接着哈哈一笑:"开门见山,直言不讳,甚好!甚好!不过,我能请教一下贵公的大名吗?"

那瘦高青年微微一笑,说:"一介草民,用不着保密,我叫章炳麟。"

梁公听了哈哈一笑说:"痛快!痛快!你既然这么直爽,那我也就直说了。凡行一事,著一书,皆不可无宗旨。宗旨一定,如项庄舞剑,其意在沛公,天天而说之,月月而浸润之,大声而呼之,谲谏而逗之,只要宗旨顺乎天意、国意、民意,无坚不摧,必定成功。我的宗旨就八个字,协助皇上,变法图强!"

没想到,那瘦高青年听了梁公的一番话,却突然发出了"嘿嘿"一阵冷笑,笑得大家有些毛骨悚然。笑够了,他大声地说:"我道是什么救国救民的灵丹妙药呢,原来是麻醉民众的一剂迷药啊。这样的皇帝,这样的国家,不保也罢!"

此话一出,举座皆惊,所有人都吓了一跳。说这样的话可是要杀头的,这个章炳麟的胆子可真不小啊!

章炳麟不顾众人吃惊,继续说道:"为什么说现在的皇帝不值得保呢? 光绪皇帝,年轻幼稚,胆怯懦弱,完全被西太后、荣禄之流操纵,就像一个提线木偶一样,再好的变法谋略,到了他手里,又有什么用处呢? 他能斗得过西太后那些人吗? 为什么说,现在的国家用不着保了呢? 当前的国家是政治不修,纲纪败坏,朝廷卖官鬻爵,公行贿赂,官府则剥民刮地,暴过虎狼,社会上盗贼横行,饥馑交集,哀鸿遍野,民不聊生。我看这样的国家,已经烂到底了,他们除了帮助洋人糟蹋老百姓,再无一点儿用处,还不如垮台算了。"

第一间包房里的四条汉子,听了这些话面面相觑。突然间,他们隔着一扇木墙大声叫好,有的拍掌,有的扒了褂子拍着胸膛发泄心中的郁闷。之后,他们四人一块站起身来,停止喝酒、吃菜,竖起耳朵静静地听隔壁两人论战。

听了一会儿嫌不过瘾,又凑到了第二间包房门口来听。

屋里袁公则低头不语,阴沉着脸,既不赞成,也不表示反对。

梁公只是一个劲地摇头,沉吟了一会儿,问道:"当今的中国,真就没有什么希望了?"

章炳麟大声地说:"有呀,当今中国出了一个奇人,他就是孙文先生。孙文先生曾上书李鸿章,提出了人能尽其材、地能尽其利、物能尽其用、货能畅其流的四大主张,可惜李鸿章并不看重。去年,孙先生在美国檀香山成立了兴中会,提出了驱除鞑虏、恢复中华、创立合众政府的目标。我看,这倒是救国救民于水火的一剂良药。"

这赤裸裸的反清言论,又引起了包房外那四条汉子的大声叫好。

袁公回头看了看四个护卫。那四个护卫靠上去一步,紧紧地保护好袁公。韦金珊机警地扫视了一下四周,看到公韧和西品,竟然装没看见。公韧心想:这个韦金珊,难道真和我断绝了兄弟情谊?明明看见了还装作不认识我。

梁公尴尬地一笑,说:"炳麟弟,你不了解中国,切不要一叶障目,不见泰山。那孙文是想造反,造反不但不能挽救中国,还会使中国陷于内乱。外国列强正好借戡乱之名,大举派兵,侵城略地,我中国大地从此将烽烟四起,再无宁日。不几日,贫弱之国便被列强瓜分干净。孙文名义上是救国,实则加速了中国的灭亡。"

章炳麟反唇相讥道:"依梁公说,中国的希望是什么?"

梁公抑扬顿挫,摇头晃脑地说道:"中国的未来不能指望朝廷那些昏庸老朽的大臣,那些不求上进、按部就班、坐吃朝廷俸禄的混沌派,为我派。中国的希望在于那些对国家和民族切实负起责任来的青年,力求改变中国现状的少年。少年如江日初升,其道大光;河出伏流,一泻汪洋;潜龙腾渊,鳞爪飞扬;乳虎啸谷,百兽震惶;鹰隼试翼,风尘吸张;奇花初胎,矞矞皇皇……"

正在梁公高谈阔论的时候,公韧看到有两个身着破衣烂衫的乞丐走上楼来。一个是白发白眉白胡子的老头,一个是疯疯癫癫黑发披肩的中年汉子,他俩伸着脏兮兮的手挨桌乞讨。由于人们都在听梁公讲演,所以谁也没有搭理他俩。

只见那个疯疯癫癫的汉子推搡那个白胡子老头,那个白胡子老头随即东倒西歪地乱撞,口中骂那个疯疯癫癫的汉子。他俩要了一圈,见没人理他,然后不慌不忙地下了楼。

那个袁公最先觉察出事情的不妙,大叫道:"坏了,我们光顾议论了,怎么身上的银子一点儿也没了。"梁公停止讲演,也摸身上,大叫道:"坏了,我身上的银子也没了。"第一间包房的四条汉子也乱嚷:"坏了,坏了,钱全让刚才那两个蛊贼偷去了,饭都没法付账了。"

韦金珊也说道:"真是高手,如此动作,我们竟然毫无觉察。惭愧!惭愧!"

公韧和西品也大吃一惊,想不到刚才那两个老叫花身手这么高强,竟然在诸位武林高手面前毫不费力地偷银子。而章炳麟、公韧和西品身上,本来不多的制钱,却没有被偷去。

章炳麟嘿嘿一笑:"这就是我们现实的中国,盗贼遍地,民不聊生。我劝梁公,还是少谈些什么老年、青年、少年,多多关心一下我们现实的中国吧!保皇是没有什么出路的。"

第一间包房的四条汉子连声附和:"对!对!"穿一身蓝的汉子对梁公说:"我看你也是个汉人,为什么帮着清政府说话,对你有什么好处?"穿着一身黑的汉子说道:"不用说,这是条保皇狗。对待保皇狗,没有什么好说的,那就是打!"穿着一身红和一身黄的汉子也赶紧接话:"对,打!打!"

韦金珊挡在梁公面前说:"要动武吗?我劝你们还是老实点,免得惹来麻烦。"

那四条汉子相对一笑,满不在乎地看了看韦金珊。穿着一身蓝的汉子嘲笑说:"还有条小保皇狗!是不是嫩了点,闪开!要不,让你皮肉受苦。"

那个穿着一身黄的汉子回身拿过来一杯酒,说:"这位小哥才出山吧,真是初生牛犊不怕虎,可敬可贺!我敬你一杯酒。"说着,右手一捻,手腕子一甩,那只酒杯旋转起来,往韦金珊面门飞去。

韦金珊不慌不忙,全身纹丝不动,嘴一张,把那只酒杯叼住,一仰脖,把酒一饮而尽,滴酒不洒。

这杯酒刚喝完,那个穿一身红的汉子又说:"光喝酒不过瘾,再赏你一块肉!"说着,一块肉又朝着韦金珊面门飞来,距离近,速度又快,要是打中面门,非把人打晕不可。只见韦金珊头一晃,张嘴把那块肉咬在嘴中,紧嚼了两下,把肉吞进肚中。

穿一身黑的汉子一看,这还了得,摸过一双筷子说:"吃菜不用筷子,多不卫生,我再赏你一双筷子!"说着随手一甩,那两根筷子就像铁锥一样朝着韦金珊的两眼扎了过去。

韦金珊头也没动,左右两手同时伸出,把两根筷子抓在手中,然后合成一双,轻轻地放在了桌子上。

穿一身蓝的汉子一惊,顺手从桌子上摸过一个菜盘,说:"该吃菜了,再赏你一盘。"反手一丢,那菜盘里的菜往空中飞去,而那瓷盘却旋转着,向韦金珊的脖子削来。韦金珊轻轻一闪,那盘子从韦金珊脖子旁边飞过,旋转着撞到木墙上,割下一条木屑,散落在地上。

公韧暗暗吃了一惊,这么近的距离,韦金珊却能一一躲过这些暗器,又一次展示了非凡的武功。那四条汉子互相看了一眼,个个眼里露出了惊惶之色。

公韧怕再闹下去,双方必有伤亡,急忙上前一步劝道:"诸位消消火!诸位消消火!既然都是为了国家,为何不联合呢?"

韦金珊对公韧使了个眼色,对那四条汉子说:"我不是怕你们,只是梁公为国为民,四处奔波,实在不愿意和你们再起干戈。诸位各干各的营生,何必在这儿捋胳膊动拳头,有本事朝那些奸臣,朝那些洋人使去!"

章炳麟嘿嘿一笑:"我看,不流血不能使国家变革,不造反不能使共和建立!"

章炳麟这一鼓动,那四条汉子又要动手,而袁公的面目则更加阴沉。四个保镖齐齐看向袁公,就等着他的一声令下了。

第31回　袁世凯索香山三宝

就在这时,只听得楼梯上一阵纷乱,人们边跑边喊:"抓乱党啊!抓乱党啊!"不一会儿,楼梯上拥上来四五十个荷枪实弹的官兵,把这五伙人紧紧地围在了楼上。为首的一个,正是刘斜眼。

公韧的心里一惊,心又提到了嗓子眼:这个刘斜眼,怎么到这里来了,真是不是冤家不聚头……

刘斜眼先斜楞着眼对着楼上的人扫视一圈,然后嘿嘿一阵奸笑,说道:"有人来报告说楼上有人造反,我以为是谁呢,原来都是些老熟人啊!真是踏破铁鞋无觅处,得来全不费功夫。才上任没几天,老天爷就给了我这么个升官发财的好机会……"

他先凑到公韧的跟前说:"公韧老弟,精神可好啊,没想到才这么几天,咱们又见面了。我真后悔呀,后悔当初对你'招待'不够!你就赇好吧,这回我一定给你换一些新鲜的'玩意儿'让你尝尝!"

他又凑到西品跟前,淫荡地说:"西品姑娘,你这个小傻瓜哟,几天没见,看你又漂亮了许多。请原谅我们离别时,没有说些温存的话儿,做些温存的事儿,没想到,咱们又见面了。待一会儿,我一定诉诉咱们的离别之情,相思之苦,来一点儿实实在在的恩爱之事。"

公韧狠狠地瞪着他,长叹一声:"后悔呀!后悔呀!当初要是一刀宰了你,也省却了以后这么多的祸患。"

西品紧紧地依偎在公韧的身边,两只小拳头攥得紧紧的,咬着牙根骂了一句:"你这个杀父仇人!可惜啊,在我有生之年报不了这个仇,不过九泉之下我一定得报这个仇!"

刘斜眼嘿嘿一笑:"别想那么多了,世界上卖什么药的都有,就是没有卖后悔药的。恐怕今天,你报不了杀父之仇,我却要报杀父之仇了。"

刘斜眼又想往袁公跟前凑,被那四个保镖挡住了去路。刘斜眼对袁公说:"架子还不小哩!我问你,你是干什么的,是不是乱党?"

袁公一笑,反问道:"你看我像不像?"

刘斜眼两眼一斜楞说:"我看你像。"

突然,袁公扑上来,抬手就给刘斜眼一记响亮的耳光,大声骂道:"真是狗眼看人低,和你根本犯不上说话。快快叫两广总督谭钟麟前来见我!"

原来的两广总督李瀚章,在广东大肆搜刮民脂民膏,捞了不少好处,民间官府多有怨言,慢慢地这个话就传到了朝廷。其弟李鸿章在朝中身居高位,手中有权,怕此哥们在广东给自己惹事儿,影响了自己的仕途,今春把此人调离广东,另有别任了。朝廷又派了一个叫谭钟麟的到广州来当头。

刘斜眼呢,因为刘扒皮和李瀚章的那层关系,调到广州来做官,屁股还没舔热,就换了新主子,刘斜眼就想在新主子面前露一小手,眼下正是个机会,哪有错过之理呢?谁想到,舔腚舔到痔疮上,那种滋味实在好不难受。

刘斜眼脸上顿时凸出了一个血红的手印子,他手捂着火辣辣的脸蛋子,心里一激灵,还算是没有一条胡同走到黑。他心里想道:这个黑胖子直呼两广总督谭钟麟的大名,想必是来头不小!这回算是一脚踢到墙头上了,只好结结巴巴地问:"请问……贵公怎么称呼?"

袁公抬手又给了他一记响亮的耳光,吼道:"姓袁,你就说视察广东新军事务的来了,废话少说!"

刘斜眼大吃一惊,赶紧跪下给袁公磕了一个响头说:"原来是袁大人光临,小人已经等候多时了!实在不知道袁大人微服私访。糊涂,糊涂……"

他见袁公不理他,抬起头来,看了看公韧、西品、韦金珊几个,站起来小声对袁公说:"这几个人是乱党,请大人暂避一下,我先把这几个人带走,然后再接袁大人到府上如何?"

袁公低头不语,不反对,也不支持。

刘斜眼见状,把手一摆,七八个如狼似虎的清兵过来,一下子围住了公韧、西品和韦金珊。

就在这时,韦金珊突然手一抬,只听得啪的一声,耳光力量如此之大,把刘斜眼扇了个跟头。刘斜眼从地上爬起来,正要指挥着众清兵上前动武,韦金珊突然从腰里掏出了一个银光闪闪的金牌对刘斜眼说:"你认不认得这个金牌?"

刘斜眼只是个刚到省里上任的小狗官,哪认得什么金牌,瞪着眼睛看了一会儿,仍然一脸茫然。倒是袁公大吃一惊,领着那四个保镖一下子跪下了,连声高呼:"皇上万岁!万岁!万万岁!"

梁公也赶紧恭恭敬敬地跪下,对着那金牌不敢抬头,嘴里连声说:"我也不知道,一路上保护我的韦公,竟是得到了皇上的旨意。失敬!失敬!"

刘斜眼这下子才恍然大悟,腿下一软,领着一大帮清兵跪下,糊里糊涂地只是一个劲地磕头。韦金珊收起了金牌,众人这才慢慢起来。

袁公对着韦金珊连连拱手,说:"冒犯,冒犯,下官袁世凯实在不知道金牌在此。本想逼着梁大人道出真实姓名,不想惹得皇上亲临。实在是罪过!罪过!"

韦金珊说:"我也不想暴露身份。下官是奉皇上旨意,保护这位梁大人。没想到这刘斜眼甚是可恶,逼人太甚!"

袁世凯对着韦金珊又施一礼说:"不要大人动手,我废了他!"说着,对着那四名保镖使了个眼色。那些保镖面目狰狞,各执短小兵器在手,只要袁公一点头,就要零剐了刘斜眼。

此时,刘斜眼已吓得魂飞魄散、屁滚尿流,只恨自己瞎了眼,找事找到了阎王爷头上,在地上磕头如捣蒜。韦金珊叹了一口气,说:"算了吧!世上不平的事太多了,就当我没有看见。"

袁世凯上去踢了刘斜眼一脚,骂道:"暂且饶了你这狗命,还不谢谢韦大人!"

刘斜眼又在地上磕了几个响头,连声说:"谢谢韦大人!谢谢韦大人!"急忙领着那些清兵连滚带爬下了楼,只恨爹娘给自己少生了两条腿。

公韧心里暗暗吃惊,想不到韦金珊口口声声说自己不过是一个普通商人,却是朝中高官,皇帝身边的人,心里的疑团顿时解开不少。既然他是朝廷高官,心里免不了和他又增加了一层隔阂。

那四条汉子心中惶惶,也想下楼,无奈身上金钱被盗,无法付饭费,没办法脱身。梁公囊中空空,也甚是尴尬,急得束手无策。倒是袁公慷慨机灵,这时候做了个顺水人情,对手下人说:"叫饭馆把这些人的账统统记下。待一会儿,自有人前来结账。"

梁公带头对袁世凯深深地施了一礼,说:"谢谢袁公好意,咱们后会有期!"袁世凯也谦恭地拱了拱手:"两座山碰不到一块儿,两个人早晚有见面的时候。到时候,我薄酒一杯,敬听梁公教诲!"

梁公告辞完毕,领着韦金珊匆匆下楼。别的人也赶紧溜出了这个是非之地,楼上只剩下了袁世凯和那四个保镖。

要问袁世凯何许人也?这可是个乱世奸雄,是把中国搅了个天翻地覆的人物。中国自凡出了一个大革命家孙文,就必然要出一个和他相对抗的奸雄出来,世界这才显得不单调、乏味。

现任两广总督谭钟麟也算聪明,他听刘斜眼说袁世凯来到了广州,几乎是连滚带爬地拖着他那身肥肉来到了望海楼前来拜见。他明白,别看掌管小站练兵的袁世凯目前还算不上朝廷的股肱之臣,但是前途不可限量,得罪了他就等于危及了自己的仕途!

当下谭钟麟踩着楼梯快步上楼,那肥胖的身躯一阵子哆嗦,颤动得几乎要掉下一块肉来,上得了楼,只累得他上气不接下气。袁世凯别看对刘斜眼这样的狗腿子横鼻子竖眼,对待封疆大吏,还是要顾全面子的。

他紧上几步,对谭钟麟深深地作了一揖,说:"怎敢有烦谭大人到小楼上受累,我这就要到贵府去拜访谭大人呢!"

谭钟麟喘匀了气,才说:"袁大人来到我这个小庙,怎么也不打声招呼!这叫下官脸上实在是挂不住。失敬!失敬啊!"

两人客气一番,袁世凯这才步入正题:"我这次来,实在是没有什么大事儿,办点私事儿,所以也不敢冒昧地乱闯总督府。"

谭钟麟一听,袁世凯此行没有什么实际的"官派"任务,这下安下心来,脑子一转,讨好地说:"什么私事、公事啊,袁大人来到了这里就是公事。什么大事小事啊,袁大人的小事就是我的大事。有什么事,袁大人但说无妨。"

袁世凯压低了声音说:"谭大人,听没听说过香山三宝的事情?"

第32回　瞽女的秘密(一)

谭钟麟听了这话,心里一惊,想了想说:"小人愚笨,实在没有听说过香山三宝的事情,还请袁大人明示。"

袁世凯说:"这第一宝呢,听说香山县藏了一大笔财宝,这笔财宝就在香山县失踪了。这笔财宝足可以打赢一场战争,所以才闹得沸沸扬扬。皇帝在找,民间的各种帮派在找,就连我们官府的某些人也在找。最近我就听说香山县出了大动静,连县官都让三合会的人杀了……"

谭钟麟一听这话大惊失色,心想:早就听说上任两广总督李瀚章贪得无厌,藏了一大笔财宝,可是话又说回来了,千里来做官,为了吃和穿,三年清知府,十万雪花银,更何况是两广总督这样的肥缺呢!这是袁世凯在向我索贿呢,还是藏头露尾地试探呢?谭钟麟一时还真琢磨不透。

谭钟麟的头上顿时就出了一层大汗珠子,急忙掏出香帕来频频擦臭汗。不过,官当到这份上,经验和智慧还是有的。谭钟麟说:"要是真有这么大的事儿,下官一定严加查访,绝不隐瞒,坚决上报给朝廷……这笔财宝的下落一旦有点眉目,下官一定也报给袁大人。香山县官被杀,确实有这么回事!那是三合会作乱,臣早已派大军前往弹压,已经大获全胜。目前下官正在严密追查,看看还有没有余党。"

袁世凯看了看谭钟麟头上的汗珠,心想:我不敲打你敲打谁?至于剿杀三合会的事,你就拣大的吹呗,反正吹牛不报税。

袁世凯又说:"这香山第二件宝呢,就是出了一部兵书,叫《太平韬略》。听说是长毛石达开遗作,谁得到了这部兵书,谁就可以打赢所有的战争。你也知道,我一生尚武,酷爱兵书,视兵书如同生命。想请谭大人务必找到这部兵书的下落。"

谭钟麟一听,心想:我又不领兵打仗,和我有什么关系?但是嘴上却说:"噢,下官孤陋寡闻,确实没有听说此事。但是从今以后,下官定好好打听这件事,一旦有蛛丝马迹,马上追查,如果获得此书,定呈袁大人。"

袁世凯想:谭钟麟看来是存心敷衍,要是他得了兵书,哪有随便献给我的道理。袁世凯觉得还是先给他下个套为好,于是说:"人间瑰宝,我怎么能独得,谭大人真要得了这部兵书,给了我,我也要献给兵部,然后由兵部呈交皇上。那谭大人可就为朝廷立下大功了,不愁没有晋升的机会!"

两人不禁都哈哈大笑。

笑够了,袁世凯又说:"那香山第三件宝,就是出了个人物,叫孙文。"

谭钟麟连忙说:"这个事,我知道。"

袁世凯笑了笑说:"愿闻其详。"

谭钟麟说:"孙文出生于广东香山县翠亨村的一个农民家里,为家中第三子……"

听完了谭钟麟对孙文的详细介绍,袁世凯夸奖他说:"你公务繁忙,日理万机,却对香山县的一个普通人物记得这么熟悉。难得!难得啊!"

谭钟麟把脸一板:"他不是普通人,他是朝廷捉拿的要犯,我哪敢半点怠慢。今天……"谭钟麟凑近袁世凯的耳朵说,"这孙文又要闹出大动静!"

袁世凯一听,觉得这事非同一般,问:"不知要闹出什么大动静?"

谭钟麟说:"今天,孙文就要纠集乱党造反。"

袁世凯大吃一惊:"我怎么不知道这件事?朝廷也没有得到什么密报。不知总督大人对这事如何安排?"

谭钟麟哈哈一笑,说:"我已加派驻军,紧紧地守住四个城门,断绝城外与城里的联系;再在城内的各个关口,派重兵把守,把贼人一段一段地分开;然后再派兵巡逻、搜查,一家一家地往外掏贼。就算孙文有天大的本事,也叫他难以施展。你说说,我搞的这叫什么战法?"

袁世凯笑了笑:"我正听着呢,请谭大人说说这叫什么战法?"

谭钟麟自信地说:"这叫关起门来打狗,又叫瓮中捉鳖,然后一口一口地吃肉。"

袁世凯听了哈哈大笑,说:"也就是说,就算孙文是孙悟空再世,也难逃如来佛的手心了。"

两人又一阵子哈哈大笑。

袁世凯又说道:"你说说,如今这些江湖人士和革命党最好藏匿在什么地方?"

谭钟麟沉吟了一会儿说:"说不好,如今广州的人口近百万,光流动人口就将近五十万。要是他们往这一百万人里一藏,我上哪里找去?"

袁世凯又诱导他说:"如果你是革命党,往哪里藏?"

谭钟麟又沉吟了一会儿,说:"我要是革命党……就藏在珠江的疍船上。那里又有玩的,又有吃的,光船就有七八千,我们就是派兵搜,也得搜上几天。"

花开两朵,各表一枝,还真让谭钟麟说准了,四龙头出了望海楼,走出城门就匆匆往珠江边走去,因为在那里他们建立了哥老会的营地。原来哥老会的主要活动地盘在湖南、湖北、江西一带,这一次他们到了广州,要联合三合会,准备和清政府大干一场。

再说这珠江从广州南边绕城而过,宽阔的江面上,有着七八千条疍船。疍船上的疍民以船为家,他们没有土地、房屋,每条船上十几口人都张着嘴要吃饭,当男主人难以维持生活时,许多女人不得不通过出卖肉体求得一餐。

广州外贸发达,欧洲商人到达广州的人数又多,他们长期脱离家庭,寻花问柳成为其一大嗜好。随着广州手工业和商业经济的发展,大量外地商贾和闲散劳动力长期在城市居住,这又为娼妓业的发展提供了存在条件。

随着商业经济的发展,妓船在珠江上几百艘集合在一起。各类妓船用木板排钉相连,连环成路,人在上面行走,如履平地。排在第一行的是最豪华的花舫,下层分为三四个大厅,供顾客游乐宴饮,上层为"老举"居住。

缓缓流动的江面倒映着岸上晶光闪耀的景物,泛着点点光芒,好像在漆黑夜空中闪烁的星星。往来贩卖水果、杂品的小游船慢慢驶去,给江面留下深深的痕迹。微风吹过,江面就像一个变幻莫测的小仙女,时而波光粼粼,如睡梦中的天使,时而水花四溅,使倒影微微晃动,时而翻起浪花,像微微沸腾的开水。

入夜,岸上万家灯火和船上的灯笼亮了,使两岸和珠江上千万条船相映生辉,坐在珠江的花舫上,两岸的茅庐小屋、西式洋房、百年古树和如美女侧卧的海心沙洲尽收眼底。它们在五颜六色的灯光的点缀下,金碧辉煌,变幻莫测,显得尊贵而古朴,置身其间仿佛进入了童话般的世界。

四大龙头和几个阔少爷坐在红木的雕花座凳上,一人搂着一个漂亮的校书(歌女的雅称),欣赏着粤曲演唱。小桌上摆放着青花瓷的茶壶、茶碗和几个果碟,果碟里放着瓜子、水果,有一个校书专门为他们斟茶倒水。

第一个节目为《英雄吕布会貂蝉》。上来了一个"阿嫂",约有二十来岁,手持琵琶,对众位客官鞠了一躬,然后慢慢进入了角色。"貂蝉"边弹边唱道:"寂寞千古女儿心,亦有苦痛也有恨,纵多姿色,莫向春风赠,念到归宿哪堪问……腰无三尺杀人剑刃,与凶魔交相手对阵,貂蝉喜宴温候吕布,灯彩酒香布奇阵……"

阿嫂的声音高亢，嗓音圆润，如泣如诉，感人肺腑。看客们拍手叫好，几块大银锭子，放在了递过来的空盘子里。李云彪小声嘟囔着："小曲唱得好，人也长得漂亮，不过就是个瞽女（瞎女）。"

张尧卿说："我怎么没有看出来？"

辜天祐说："上场的时候，不过是借着地理熟，无须人扶，你看看，我惹惹她，你就看出来了。"

辜天祐就朝着阿嫂一个挑逗的眉眼，做了一个下流的手势，那阿嫂没有任何反应。辜天祐说："看看，我说准了吧！"

第二位是一位"横梳"——当时流行的发型，也就十八九岁，她给客人施礼坐下后，唱了一段《陈情表》，那也是高唱入云，声情独绝："臣密今年四十有四，祖母今年九十有六，是臣尽节于陛下之日长，报养刘之日短也……愿陛下矜悯愚诚，听臣微志，庶刘侥幸，保卒余年。臣生当陨首，死当结草。臣不胜犬马怖惧之情，谨拜表以闻。"

此时，全场又一次响起热烈掌声，空盘里又是放上了许多银子。

李云彪说："这一位长得更俊，但愿不是位瞽女。"

第33回　瞽女的秘密（二）

张尧卿却说："看你说的，还能光是瞽女嘛！哪能有这么些的瞽女？"

辜天祐就说："你俩都看走眼了，这还真是位瞽女。要是不信的话，我再试她一试？"辜天祐用两个手指头照着她的眼做出剜下的动作，而这个横梳竟没有一点反应。

第三位上来了，是一位"打辫仔"，也就十五六岁，那小模样长得俊俏不说，还略微有些稚气。她给客人施了一礼后，坐下，唱起了《粤讴》中的曲牌："心各有事，总要解脱为先。心事唔安，解得就了然。苦海茫茫多数是命蹇，但向苦中寻乐便是神仙……唉，凡事检点，积善心唔险，你睇远报在来生，近报在目前……"

李云彪拍得巴掌都红了，大声地喊道："好啊！好啊！唱得好啊！看这位姑娘，明眸大眼，不会是瞽女了。"张尧卿说："肯定不是，也不能把天下的瞽女都弄到这里来。"辜天祐说："还能光是瞽女吗，再一再二不能再三。"

杨鸿钧鼻子一哼："你们三个啊！眼睛还是不大好使。我看啊，这还是一个瞽女。"

李云彪、张尧卿、辜天祐都不大相信,问杨鸿钧:"大哥怎么知道?"

杨鸿钧鼻子又一哼说:"还是练武的人呢,你没看到吗,好人的眼睛,那都是活的,来回乱转悠,而这个瞽女的眼睛是死的,再大,再水灵也是死的。"

李云彪做了个动作,故意把一碗茶水要朝她泼去。果然,那打辫仔的眼睛一动也不动。

这几位瞽女的精彩表演,引来了在旁边小船上偷听曲子的二位汉子的议论。这二位汉子正是韦金珊和梁启超。韦金珊身负皇帝的重托,也愿意到这些鱼龙混杂、卧虎藏龙的疍船上来查一查,兴许能查出那个大案的蛛丝马迹。

而梁启超是个文人,早就听说这珠江水面热闹程度不亚于十里秦淮,自然要来感受体验一下生活,也好为自己写锦绣文章找一丝灵感。

韦金珊问梁启超:"梁大人,你说说,为什么这里的瞽女这么多呢?"

梁启超说:"弄不清,可能是这些瞽女从小就瞎了眼睛,所以才被狠心的父母卖到烟花之地,从师学艺吧!"

韦金珊摇了摇头说:"似乎有理,又似乎无理。要说这一个两个,也倒说得过去,可是这里这么多瞽女,实在有些不大正常。"

两人议论着瞽女的事,再也无心欣赏粤曲,就悄悄乘着小船在江里转悠。忽然隐隐听到一阵女童的啼哭之声,哭声甚是凄惨。借着"大寨"奢华的灯光,韦金珊看到一条小船向这边慢慢漂来。

那船上坐着一个老妇人,头上银丝为架,高有四尺,头发盘在银丝架的外面,鬓角上插着一朵红花,身穿元青短褂、长裤,腰束一条绿色汗巾。她手里拉着的一个幼童,约有八九岁,虽然脸带饥色,但穿戴也算干净,只是眼上蒙着一条长白纱布,哭着喊:"眼疼,眼疼,什么也看不见,什么也看不见。"

那老妇人恶狠狠地拉了她一下,吼道:"哭什么!好孩子,过了这一阵,就不疼了。"

那女孩还是喊眼疼,要用手撕开纱布。那老妇人更是凶恶了,喊道:"撕不得!撕不得!那是上了药。要是把药弄没了,那就更疼了,还得从头再包。"

韦金珊像是问梁启超,又像是自己嘀咕:"那个老妇人像是什么人?"

梁启超轻轻一笑:"还用问吗?我看就是个'梳头婆',要是自己的孩子,哪会这个样?"

"是,那孩子怎么把眼睛弄伤了,还有救吗?"

梁启超点了点头:"对的,可别治不好眼睛当了瞽女。"

于是,韦金珊催促着船夫,迅速向那条小船靠近。待靠近那条小船,韦金珊客气地问:"老婆婆,你好!你这孩子怎样了,怎么把眼伤着了,没大事吧?"

那老妇人的三角眼警觉地一瞪,对韦金珊没好气地说:"河边无青草,不要多嘴驴,管好自己家的事儿就行了,别人家的事情不要管!"

韦金珊并不生气,从怀里掏出二两银子,对她说:"是这样,老婆婆,家母办了一所新式学校,专教女孩子诗书礼仪,还教英语和吹拉弹唱,等女孩子慢慢长大了,再寻一个好的去处。不过慢慢发现,还是瞽女好管理,所以也叫我到这儿来,寻找一些眼睛不好的女孩儿。"

那老妇人听了,脸上露出笑意,说:"原来不是同行,近似同行啊!不过这事嘛,官家管得挺严的,要是查出来,吃了官司,就什么也别干了。我看你该干什么干什么去,别乱打听事了。"

韦金珊又从怀里掏出十两银子说:"老婆婆,你就帮帮忙,我家发达了,也有你的一份功劳。家母在家里,烧香磕头,也为你祈祷祝福呢!"

那老妇人见钱眼开,收下了十两银子,悄悄对韦金珊说:"这事可别张扬,可别说是我说的。"韦金珊连连点头:"你我萍水相逢,就是想说,哪知道你姓甚名谁啊?"

那老妇人说:"从这里往西走,找最南排挂着一块红巾的那条船。"

两人按照老妇人的指引,指挥着船夫,找着了那条挂红巾的船。韦金珊对梁启超小声说:"你一个文人,还是离这些场合远着点好!别溅一身血。"

梁启超却不以为然:"虽然我是个文人,但是五尺男儿血气还在!我一定要助你一臂之力。"

小船贴上了那条船,韦金珊给梁启超一个手势,手朝下压了压,意思是叫他不要乱动,然后轻轻地跳上船去。他那脚步比狸猫还要轻,跳上船自然没有丝毫动静。韦金珊从那船的窗户朝舱里看,舱里只有两个人,一个是和刚才那个"梳头婆"穿戴差不多的中年女人,另外一个是个小女孩。

那女孩也就三四岁,比刚才那个女孩还要小,浑身脏乎乎的,一看就知道是穷人家的孩子。她那一双惊恐的大眼睛里,充满着对前途的迷茫。

不一会儿,邻船上的一个人端来了一碗面条,那小女孩眼睛立刻明亮起来,眼睛直瞪瞪地看着这碗面条。那中年女人把面条往那小女孩眼前一推说:"吃吧!"那女孩一把抢过那碗面条,狼吞虎咽起来。

油灯下,那中年妇人在旁边小声说:"看你这孩子饿的,真可怜啊!以后我就是你的亲妈了,跟着我,你有的是好吃的,好穿的,一辈子再也不用为吃穿发愁了。"

那小女孩似懂非懂地点了点头,说:"好妈妈,你就是我的亲妈妈!"说完继续大吃二喝,最后面条吃完了,就连碗里的汤也用舌头舔了一遍。

那中年女人说:"别吃太多了,肠子都饿细了,吃多了,容易撑着。你看脏的,浑身和个泥猴一样,洗洗澡吧?"那女孩点了点头:"好,亲妈。我听你的!"

不一会儿,有一个非常健壮、腿脚相当利索的男人端来了一盆热水。韦金珊心里说:原来打手在这里呢,我得小心点!

那中年女人给这个女孩洗澡,那女孩身上瘦骨嶙峋的,看了叫人心疼。洗完了澡,又给这个女孩换了一身干净衣服。人在衣裳马在鞍,这人一换上干净衣裳,自然是精神了许多。

做完了这一切,这个中年女人似乎有一丝内疚,对这个女孩子说:"孩子啊!你看看,外面的世界好不好,漂不漂亮?"

女孩天真地说:"好,真是好!比我家漂亮多了。"

中年女人说:"以后,你再也看不到这个美丽的世界了。真是,这就是人的造化啊!这就是命啊!孩子啊,你就认命吧。"

那女孩瞪着一双水灵灵的大眼睛看着眼前的这个女人,眼神里充满着对眼前这个女人的信赖和服从。

说完这些话,这个中年女人悄悄地从身上拿出一包药粉,在手里一抖,就朝孩子的脸上撒去。那孩子一点防备也没有,被撒了满脸满眼,大叫一声,捂住了眼睛:"妈呀!辣!辣!太辣了,睁不开眼睛了。亲妈呀,快快给我擦擦呀!"

只见那女人又从头上抽出了一根二寸钢针说:"都是妈妈不好,看妈妈给你把这些药粉挑开。"说着,按倒那个女孩,就要用钢针刺穿她的双眼。说时迟那时快,就在她要用钢针刺穿那女孩眼睛的一刹那,右手突然被一只钳子般的大手抓住了。

第34回　王家祠堂里的呐喊(一)

那女人一看,一个大男人猛然出现在她的面前,顿时吓得魂飞魄散,她大喊道:"你是谁?怎么到了我的船上?"

韦金珊大吼一声:"我是谁不重要!你这个贱婆娘,原来这么多的瞽女,都是你害的!"那女人也知道做到头了,赶紧说:"这位好汉,饶命!饶命!"她说着话,用脚在地上踢了一根绳子。

旁边的船上,顿时铃声大作,瞬时就冲过来四条汉子。韦金珊用一只手抓着那个女人,对第一个扑上来的,上去就是一脚,把他踢进了水里。第二条汉子又冲上来,韦金珊又用左手一巴掌,把他扇进了水里。第三条汉子接着上来,韦金珊就摸起旁边的一只碗,朝着他的头上尽力砍去,砍个正着。他的头一歪,躺在那里不动弹了。第四条汉子刚上来,就被后边的一只木浆一下子拍到了头上,躺在地上不喘气了,看来那劲儿也够大的。

原来这是梁启超拍的,梁启超还有点不好意思地说:"虽说你不让我动手,但是实在忍不住了,就给了他一下子。没想到,这么不经打……"

韦金珊对这个害人的婆娘说:"走吧!跟着我去见官。"吓得这个贼婆娘躺在地上装癞皮狗,死活不起来:"我不去!我不去!见了官还不凌迟了我。你干脆把我也杀了吧!"

韦金珊喝道:"杀了你,岂不便宜你了!也让你知道什么叫暗无天日,什么叫害人终害己。"说完,就用她的钢针刺瞎了她的双眼,然后抱起那个吓得早已不知道东西南北的小女孩快速地离开了这条大船。

上了小船,梁启超叫那船夫快划赶快离开这个是非之地。韦金珊用江水给那个女孩子洗了洗眼睛。那女孩眼不疼了,又恢复了顽皮相,真是一个漂亮的孩子,且有几分男相。韦金珊说:"孩子啊,你是愿意跟着我,一辈子颠沛流离呢,还是以后给你寻个好人家,一辈子不愁吃不愁穿?"

那女孩眨巴了一下眼睛:"谁抱着我,谁就是我的亲爹亲妈。亲爸爸,我以后就跟着你了!"

韦金珊笑了笑:"这孩子不大吧,还挺会说话。我这一辈子东跑西颠的,哪有工夫当你爹啊!"

刚划出没有多远,另一边又喊声四起,传来嘈杂的打斗之声。韦金珊说道:"这珠江上,真热闹啊!不知那边又闹起什么乱子来了,反正这样了,走!看看热闹去……"

再说公韧和西品出得了望海楼,正好碰上王达延来找他们。三人一见,略微使了一下眼色,彼此心领神会。公韧和西品低着头悄悄跟在王龙头身后,避开街道上的巡逻官兵,三转两转,来到了双门底王家祠堂。

祠堂门面有些陈旧,破败不堪的,门前有四根大柱子,顶着三尺长的房檐,中间两扇黑漆漆的大门,紧紧地关闭着,门楣上面有一块大黑匾,上书"王氏书舍"四个大字。这儿比较偏僻,没有官军巡逻,但附近有几个像是平民的人来回转悠,分不清是官军的密探还是义军的耳目。

王龙头拍了拍门,好一会儿大门才慢慢开启,一个年轻人堵在门口,挡住王龙头几个人的去路:"这是私人住宅,请你们不要进来!"

王龙头看了看左右,近处没有外人,压低声音说:"除暴安良!"

那年轻人轻轻地说:"扫清鞑虏。请进——"身子一闪,把王龙头几人让进了祠堂,赶紧关上大门。

公韧悄悄回头一望,门里边已有五六个年轻人,个个手执快枪,抖擞起精神,紧张地警戒着。穿过一个大院,又进了一间大屋,屋里一个二十七八岁身穿长袍的年轻人正在指挥着几个年轻妇女缝制一面大旗,旗上有青天白日图案,白日上有十二个叉。西品认得清朝的龙旗,可没见过这样的旗帜,就问那年轻人:"这青天白日是什么意思?"

那年轻人说:"这青天白日,象征我们以后建立的是一个没有贪官污吏,没有黑暗的社会,是一个清朗朗的为老百姓说话的社会。"

西品又问:"这十二个叉是什么意思?"

那年轻人回答:"这些叉代表干支之数。也就是一年到头,天天都是光明的日子。"

公韧点了点头:"说得真好!我们老百姓就是希望过上这样的好日子,早就盼着这一天呢!"王龙头赶紧对公韧说:"你知道这是谁吗?这是我们的大才子,旗帜的设计者,陆皓东先生。"

陆皓东急忙谦虚地说:"不才,不才。"

公韧对他拱了拱手说:"幸会!幸会!"这陆皓东中等身材,身体略显孱弱,白净脸,相貌平平,但他的眉宇之间透着一股刚勇之气。

西品问:"我略微会点儿针线,不知道能不能帮上忙?"

陆皓东急忙说:"我正为缝不完这面军旗而着急呢。你能帮忙可太好了,来吧!来吧!"

旁边有一张方桌,一个面目清瘦的黄脸中年人正在起草一份檄文。上面写着:"为吊民伐罪,誓众出师,昭告于天下曰:呜呼!皇天不造,降乱中邦,大清以塞外胡种,盘踞神州,越二百五十有一年。覆我宗社,乱我陵寝,杀戮我父母,臣妾我兄妹。丧昧人道,罔有天日。九万里宗邦,久沦伤心惨目之境,五百兆臣民,不共戴天履地之仇……"

公韧看完,连呼:"该反!该反!清廷太可恶了,我们一定要起来推翻它。不但我看了想要起来造反,谁看了也都想起来造反!这位先生写的文章太好了,文采过人,言语犀利,说出了我们的心里话。"

王龙头赶紧介绍说:"这是我们的大笔杆子,朱淇先生。"

朱淇赶紧站了起来,对王龙头拱了拱手:"不才,不才,在下使刀动枪不行,只能舞文弄墨罢了。"公韧赶紧说:"看先生的学问,确实不同凡响,以后有请教的地方,还要请先生不吝赐教。"

朱淇急忙说:"哪里,哪里,都是同党同派的人,哪里还有这些客套。互相指教嘛!敢问你读过几年书啊?"

公韧一听,赶紧说:"在下只是略微读过几天私塾,不认得几个字的。"

那朱淇又说道:"会不会吟诗啊?"

公韧急忙回答:"字才认得几个,哪会吟什么诗啊。"

朱淇说:"那我给你吟几句你听听怎样,也好给我指教指教。"说着,摇头晃脑地吟道,"身逢乱世举笔枪,王氏书舍卖文才……王氏书舍卖了文才……"吟了半天却再也吟不出下面的来了。

这时候,一个丰姿俊美的年轻人出现了,对朱淇说:"容小弟代为续貂可不可以呀?"朱淇一笑说:"那就太好了,朱淇洗耳恭听。"

那年轻人指着朱淇的胡子说:"胡须八字成官样。"复指着其长衫说,"三尺咁长光棍皮。"王达延其实也没有听明白,为了给二人捧场,故意装作懂的样子,哈哈大笑说:"好诗!好诗呀!"

朱淇听了却有些羞愧。

王达延赶紧对公韧介绍说:"这位就是陈少白先生,真是才思敏捷,智慧过人,诗词歌赋,琴棋书画,无所不通,有风流才子之号。就是出语尖刻,说话不让人,这不,刚才对朱淇先生恐怕就没有客气。"

朱淇赶紧找了个台阶下:"年轻有为,风华正茂,老夫自愧不如,自愧不如呀!"

王龙头赶紧介绍公韧说:"副帅,这不,我带来了一个兄弟,公韧先生。公韧啊,快来拜见伯理玺天德(即总理)的副帅,陈少白先生。"

公韧赶紧对陈少白拜了拜,说:"陈帅,你好!在下不才,现在王龙头手下听令。你以后打声招呼,就是上刀山,下火海,我也在所不辞!"

陈少白拍了拍公韧的膀子说:"咱们造反是为了推翻清廷,建立合众政府的大业,不是为哪个人干的。都是年轻人,说话不必客套,有什么说什么最好。"

屋里有七八个人正吵吵嚷嚷,见陈少白进来了,赶紧向陈少白讨要进攻的命令。这个说:"时间到了,还不动手?"那个说:"说干就干,事不宜迟,你没看到外面的清狗子侦探吗?要是晚了,走漏风声,那就麻烦了。"

陈少白也有些着急,朝大家摆了摆手说:"诸位龙头、安勇管带、民团首领,虽然咱们事先计划得挺好,可是伯理玺天德还没有发布命令呢,稍等片刻,稍等片刻……"

这时王龙头进来了,众人赶紧打招呼:"王龙头来得正好,一路辛苦了,赶紧坐下,歇歇,喝口水。"

王龙头大大咧咧地说:"没来晚啊,别耽误了正事。"

公韧和大家见过面后,一些人又开始叽叽喳喳,大家都等得有些急躁。

第35回 王家祠堂里的呐喊(二)

王龙头悄悄地给公韧介绍着起义军的头目。公韧看到,有两个人上身穿着安勇的褂子,下身穿着老百姓的裤子,这不就是吴大兴和他手下的一个兵嘛。吴大兴见了王达延和公韧,眨了一下眼睛,递过来一个狡黠的笑容。

公韧突然明白了,在吴大兴和王达延定下广州相会前后,恐怕吴大兴和革命党已有联络。于是他双手略微一拱,对吴大兴施了一个礼说:"原来吴队长也是同道中人。想不到,想不到啊!"

吴大兴笑了笑,对王达延和公韧一拱手说:"实不相瞒,自从香山一别,陈少白先生就来到我处运动。我和少白兄一见如故,再加上你这层的关系,我们哪能不从呢!只是为了保密,没有事先挑明,还望见谅。"

公韧点了点头,还是有些不明白,问道:"我们三合会,本就反清复明,起义没有什么好奇怪的。吴大哥原来是清军军官,不知为何也要反抗朝廷?"

听公韧问起义的原因,吴大兴气愤地说道:"甲午海战时,两广总督李瀚章大量招收军队,战争结束后,遣散了士兵七成多。我们被遣散的士兵不服气,被留下的也愤愤不平，都说，要解散就一齐解散，要留用就全体留用，都是出生入死的弟兄，为何不一样的待遇。现在我们都没有饭吃了，只能走造反这一条道，已经没有别的道路可走了。"

王龙头又悄悄对着公韧的耳朵说："我发现了一个重要情况。"

公韧问："什么重要情况？"

王龙头小声说："主力军没有来。"

公韧问："什么主力军……谁是主力军？"

王龙头说："杨衢云带领的三千敢死队啊！就算他们在城外，也早应该派人前来联络。三合会的丘四、朱贵全召集了新安、深圳、盐田、沙头的三千骨干在香港集中，昨天应该在广州外集结。"

这时候陈少白凑过来对王龙头说："这正是伯理玺天德忧虑的事情，丘四、朱贵全的敢死队人数最多，武器最精，他们不来，这广州城恐怕不好拿下。现在驻扎在广州城内的八旗绿营及各营勇，数量已在万人之上。我们打吧，主力不来，难以奏效，要是不打吧，这城里的几千人恐怕很难保住秘密……"

陈少白的话大家都听到了。有的人在唉声叹气，有的人在烦躁地跺脚。

这时候，伯理玺天德的屋里突然传来一阵争吵声，陈少白不放心，赶紧到了孙文屋里，屋里的争吵反而愈加激烈。众人挤在门口都想听个明白，可是听得屋里乱哄哄的，怎么也听不明白。

正在大家着急的时候，陈少白从屋里拖出一个穿着长袍的中年人出来，对大家气火火地说："缵太兄，你把情况给大家说说吧，看看大家能服气吧！"

谢缵太对大家抱抱拳，不卑不亢地说："列位龙头、安勇管带、绿林好汉、民团首领，情况万分危急，我就长话短说。刚才飞鸿兄（杨衢云）来电报说，三千敢死队队员早已坐上小火轮，整装待发，从香港顷刻之间就可以兵发广州。只是在出发前提出了一个小小的条件……"

谢缵太说完，犹疑地扫视了大家一圈。

陈少白急得直拍桌子："什么时候了，你还黏黏糊糊卖关子。杨衢云有什么事情就直说嘛！又不是外人。"

谢缵太这才抱了抱拳头说道："好，那我就直说了吧！他说，把伯理玺天德的职位让给飞鸿兄，他们才能发兵。"

众人你看看我，我看看你，然后议论不停。这个说："不行，他凭什么？"那个说："临阵要挟，小人作为！伯理玺天德的位子他坐不住。"

陈少白按了按手,大家安静下来。陈少白问:"请问谢缵太,谢大哥,我不明白,你说的他们,指的是什么人?是丘四、朱贵全两人,还是其余的什么人?请说出他们的名字来。"

谢缵太一阵子支支吾吾。

陈少白又急了,把桌子擂得震山响:"你倒是说呀!大敌当前,十万火急,哪有工夫听你拉老婆舌头,贻误军机的责任你担得起吗?"

众人也都齐声大呼:"你倒是说呀,快说呀!"

谢缵太这才说:"是飞鸿兄想当这个伯理玺天德。"

陈少白又问:"你的意见呢?"

谢缵太说:"少白兄弟让我说说我的意见,我就直说了吧。飞鸿兄为人仁厚,尤富于国家思想,见国人受外人欺负,常打抱不平。为了策划这次起义,他筹划饷粮,募集死士,日夜操劳。没有他,哪有今日的这次起义?我同意飞鸿兄任伯理玺天德,只有他才能担此重任!"

还没等众人发言,陈少白双拳朝桌子上用力一擂,大声吼道:"马上就要进行一场恶仗,杨衢云却拥兵三千,拒不发兵,这算什么仁厚?坐山观虎斗,见死不救,这算什么打抱不平?内奸不除,大事不成,我今天就要先杀了你这条走狗,看你还替不替他说话!"

说着从腰里拔出了一把锃亮的短刀,朝着谢缵太捅过去。

别人齐声助威:"杀了他!杀了他!"

公韧挤过去,护住谢缵太,推开陈少白的刀子,朝大家摆了摆手,不动声色地说:"各位龙头、安勇管带、民团首领,听我说一句,听我说一句。"

等大家安静下来,他说,"现在广州形势十万火急,杀人解决不了问题。我还是劝谢缵太大哥,赶紧发电报劝说飞鸿兄发兵促成这次起义。如果起义成功,咱们再坐下来商议别的事情不好吗!"

陈少白极不情愿,大呼道:"凭什么要他当伯理玺天德?他要当,我就杀了他!谢缵太要他当伯理玺天德,我就杀了谢缵太!"

众人齐声附和:"杀了他!杀了他!"

公韧小声对陈少白耳语:"事情急矣,要以大局为重!"

陈少白低着头哼哼着,不服气地把刀子慢慢地掖到了腰里。

谢缵太会意匆忙去发电报。

大家静静地等待着香港援军的消息。趁着这点闲空,陈少白跟王达延闲聊道:"香山县的几场仗,你们打得好啊!"

王达延有些不好意思:"我只是聋子的耳朵——摆设,实际上都是白扇公韧在后面出谋划策。"

陈少白夸奖他们说:"不管怎么样,第一仗,你们在小竹林里设伏,以六十人对一百二十人,而且是全歼敌军,无一漏网;第二仗,你们又以降兵诈开香山县城,大破敌军,杀了贪官刘扒皮,开仓放粮,拿走了县里的所有军用物资;第三仗,你们又全身而退,到广州来参加起义……"

公韧大惊道:"怎么全知道啊!陈先生这么忙,而且又隔得这么远。"

王达延也十分诧异:"陈先生,我们好像什么事也瞒不住你。"

陈少白笑着说:"这是我们三合会和清军的几次大胜仗。从此以后,我们三合会就知道了英勇善战的王达延,足智多谋的军事家公韧。要是都这样打法,打上几年,清军怕是早被我们消灭光了。"

陈少白的一番夸奖,使王达延和公韧有些不好意思,不禁低下了头。别人也投过来赞许的目光。陈少白话头一转,对公韧说:"我的小老乡,公韧先生,你说说,这一仗,我们胜算几何?"

第36回　珠江里挽救"泰安"轮(一)

公韧想了想说:"我想,应该是三七开。"

陈少白又问:"谁三谁七?"

公韧说:"我军为三,清军为七。"

陈少白又问:"此话怎讲?"

公韧说:"首先从兵力上来讲,清军一万多人,目前我为三千多人,十比三;再从装备上来讲,清军的火炮、快枪为多,而我们的快枪不多,主要是大刀、长矛,火器上处于劣势;再从部署上来讲,清军是占据着城墙制高点,再封锁住主要交通要道,而且又是以逸待劳,而我们要占领广州城,必定要夺取这些要道和重要机关,这就需要强攻。强攻的话,清军看来已有准备,早就等着我们了。要是杨衢云的三千敢死队从城外猛攻,我们再从城里策应,胜算稍微高一些。但总的看来,情况不容乐观……"

听完公韧的这番话,陈少白低头沉思,好半天没说一句话。王达延却对公韧不满意了,瞪了一眼公韧,小声嘟囔着:"你怎么尽长敌人威风,灭自己人的志气?"

这时,谢缵太拿来了杨衢云发来的电报,递给陈少白说:"我看这事要麻烦!"陈少白看了看电报,皱起眉头,电报上写着:货不能来,两日后方可发到。

公韧耐着性子问谢缵太:"缵太兄,据你看,飞鸿兄为什么不发兵?"

谢缵太想了想说:"我看,这些会党山头不一,目的不一,要求不一,虽说飞鸿兄当了伯理玺天德,但是要想号令他们,确实不容易。"

此话又招来众人一顿大骂。

这时候,一个年轻的侦探慌张跑进来,报告说:"广州城内的不少机关已经遭到搜捕,抓去了不少人。咱们王家祠堂这条街,大约有三百多清军已经开始封锁街口,看起来有马上进攻祠堂的趋势,请早做准备!"

众头目一时有些慌乱,一齐看着陈少白,七嘴八舌地喊道:"反了吧!再不动手,就来不及了。""不是鱼死,就是网破,拼还能杀出一条血路,再晚可就让人家堵在家里了。"

陈少白大喊一声:"陆皓东!"

陆皓东急忙跑过来:"陈先生,有什么事,你就吩咐吧。"

陈少白说:"叫你的人,速速充实门卫的力量,堵住清军。"

陆皓东答应了一声:"你放心!"就匆匆招呼上他所带的人,拿上武器,在大门里严阵以待。

屋里所有的人都注视着陈少白。

陈少白说:"香港的主力来不了,起义的绝佳时机已经失去,如果我们仓促起义,只能失败。我看,咱们还是等待下一次机会吧!"

大伙儿你看看我,我看看你,没有人提出反对意见。

陈少白果断地说:"好了,就这样定了。各位到账房里去,按所带的人头领钱,回去发给弟兄们。拿上钱后迅速从后门撤退。"

众头目一齐道谢:"谢谢陈先生!"然后都挤入账房去领钱。

账房先生早已把钱预备好了,一人一个小包袱。众头领哪顾得上数钱,一人拿上一袋子,迅速从后门撤离。

王达延和公韧却不走。陈少白问:"你二位怎么还不走?"

王达延看了公韧一眼,说:"既然来了,我们就要共进退。"

陈少白点了点头,说:"以后还要仰仗二位!"

说完吩咐旁边的谢缵太说:"你速去给杨衢云发电报,就说货不能来,以待后命。

飞鸿兄如果有什么急事儿,请速和我联系。"说完又在谢缵太耳边嘱咐了几句。

谢缵太说了声:"我这就去办。"也立刻撤离。

这时候,大门已被拍得震天响。外面人声鼎沸,脚步忙乱,看来清军已经在大门外试探着进院搜查了。

陈少白、王龙头、公韧和西品等人迅速从后门逃出去,脚步慌乱地在小巷里行走。

这时整个广州城里阴云密布,电闪雷鸣,苦风吹来,下起淋淋沥沥的秋雨。王家祠堂那边传来阵阵杀声和零乱的枪声,城内每条街道好像都有零散的枪声和战斗的厮打声。不一会儿,凄凄秋雨一阵紧过一阵,雨点越下越大,地面激起串串水柱,雨声终于暂时掩盖住了战斗的声音。

岐兴里的一个不起眼的小院,成了起义的临时指挥机关。

第二天上午,公韧正谨慎地守候在院里头,突然有个人悄悄敲大门。公韧警觉地问:"什么人?"

那人从门缝里小声说:"除暴安良。"

公韧觉得耳熟,轻轻地打开门一看,正是谢缵太,忙说:"扫清鞑虏。请进!"谢缵太进了院就压低声音对公韧说:"又出大麻烦了。"

公韧赶紧关上大门,领着谢缵太进了屋。谢缵太着急地说:"飞鸿兄虽然接到'货不能来,以待后命'的电报,但是有七箱武器弹药已经装在了泰安号轮船上,再起回去怕暴露目标,所以就派朱贵全、丘四等二百人乘坐泰安轮,于今天傍晚到达广州。"

公韧听了连连跺脚,大骂道:"真是成事不足,败事有余。究竟是这七箱武器弹药重要,还是这二百人的性命重要!"

陈少白叹了一口气:"如今起义的事情已经暴露,码头上肯定有重兵把守,这二百人不是自投罗网嘛!"

谢缵太懊恼地说:"飞鸿兄聪明也好,糊涂也罢,咱们暂且不论。问题是,现在朱贵全、丘四等人正在泰安轮上,无法和他们取得联系。再晚了,恐怕他们性命不保。"

陈少白骂道:"杨衢云的事情,以后再算账!我得赶紧到码头上走一趟,想办法通知他们,再晚可就来不及了。"

公韧截住他的话头说:"不可,认识你的人太多,去了不但救不了他们,反而连你也要搭进去。我初来乍到,没几个人认识我,还是让我走一趟吧。"

陈少白点了点头:"你说得是,那就烦劳先生走一趟!"

公韧说:"好,那我立刻就去。"

公韧出了屋,在账房里支了些钱,正要出门,西品过来问:"你又要上哪儿?"

公韧说:"我到码头上,有件急事要办。"

西品说:"我也去。"

公韧摇了摇头,一声苦笑:"你又不是小孩子,怎么老好跟脚,这又不是去逛马路,看西洋景。情况紧急,有什么事回来再说!"

西品噘起小嘴,不满地说:"你伤才好,外头情况又乱,到处捉拿起义军。有了我,装个两口子什么的,也好有个掩护,不要老把我看成累赘!"

这几句话还真把公韧打动了,于是点了点头说:"那好!你可要听我的,到时候别乱说话。"

西品笑了笑:"你笨嘴笨舌的,说话还不如我呢,还用你教我说话。"

俩人雇了一辆马车,急匆匆来到了广州码头。老远就看到一座座房子后面,埋伏着一队队的清兵,有的站着,有的蹲着,悄悄地注视着码头上驶进驶出的一艘艘轮船。清兵在码头出入口盘查得更是严密,提着包袱的,背着行李的,都像梳子梳头一样,被仔仔细细篦了一遍。

公韧对西品说:"怎么办?要是泰安轮进了码头,他们下了船,那可就坏了。"

西品拿起了糖:"你不是不让我多说话吗?"

公韧有点着急:"什么时候了,还净说孩子话,有什么主意赶紧说吧。"

西品笑了笑,狡猾地说:"你让我说啊?"

公韧说:"我让你说。"

第37回 珠江里挽救"泰安"轮(二)

西品说:"我们在这里干等着可不行,得想法找到一条船,从水上截住他们。"

公韧点了点头,连说:"对!对!比在这里等着强多了。码头上小船倒是有一些,咱们赶快找船去吧。"

公韧和西品急急忙忙进了码头,那里除了大轮船,还有许多载客运货的小船,旁边有几个士兵来回巡逻。公韧相中了一个面目和善的老船夫,过去客气地问:"老大爷,你好啊!我雇船,一天多少钱?"

那老人瞥了瞥几个清军说:"多少钱也不雇,官军今天有命令,小船一律不准外出。"

公韧问:"为什么呢?"

老人翻了一下白眼说:"为什么,还不是为了捉拿乱党。"

公韧瞥了西品一眼,着急地小声对她说:"坏了,咱们可怎么办啊?"

西品也十分着急,蹙着眉头苦苦思索,想了一会儿,对公韧说:"女人有女人的办法,我试试看,不知行不行。"

西品到了那边小摊上买了几个烧饼,揣在怀里,两手捂着肚子,哼哼唧唧起来,就和快要生产似的。她拍了公韧一下,公韧心领神会,扶着她慢慢走到了一位清军跟前,哀求道:"官军老爷,我不让老婆回娘家,可今天她和中了邪似的,非要回来。你猜怎么着,回到娘家,肚子就疼起来,快要生了。你说说,这可怎么办?这孩子要是生到娘家可是不吉利的。我家就在河那边,请官老爷批条船,我们好赶快回家生孩子。"

那官军凶恶,吊眉一竖,恶狠狠地说:"不行!谁也不行!跑了乱党,谁负责?"西品捂着肚子"哎哟!哎哟!"地喊起来,公韧急得直跺脚,大骂西品:"你这个骚娘儿们,不要你回娘家偏回。今天孩子生在路上,看你以后还犟不犟!我那苦命的儿子哟……"

公韧骂了一通,从怀里掏出一块银圆,塞到官军手里,乞求说:"这是两条命啊!救人一命,胜造七级浮屠。官老爷,谁家不生孩子啊,谁家也不愿意当老绝户是不是!"

那官军拿过银圆,反过来瞧正过来看,又放到嘴里咬了咬,喜上眉梢,自言自语地说:"你雇没雇小船,我什么也没看见。"说完,翻了翻白眼,摇头晃脑地走了。

公韧明白了。西品扔掉烧饼,领着公韧急急忙忙到了那个老船夫的跟前,说:"那个官军已经同意了,老人家,行行好,快载着我们回家吧!"

老人说:"那不行,这个同意那个不同意。让官军逮着,不杀头也得蹲监。"

公韧急忙塞进老人口袋里两块银圆。

老头子眼珠子转了转,用手摸了摸,又把那两个银圆拿出来,弹了一下,放在耳朵上仔细听了听,然后小心翼翼地放进贴身的兜里,喜形于色地说:"那我就豁上了,拉着你们走一趟。"

一叶扁舟摇摇晃晃地在广州的内河水面上行驶,迎面而来的是一艘艘的小火轮,冒着浓浓的黑烟,劈开河水,疾驶而过,船后面犁起一道奔腾的白色浪花。公韧和西品指挥着船夫,向香港方向快速划进,瞪大了四只眼睛,搜寻着泰安轮的踪影。

西品紧紧地依偎在公韧的身边,问:"我是不是累赘?"

公韧说:"你不但不是累赘,而且还是梁山好汉的智多星吴用。要是没有你啊,今天这个事办不了!"

西品有些羞涩地说:"刚才我装着怀孕,你心里就没有什么想法?"

公韧笑了笑:"我哪有什么想法,这也是为了工作嘛!"

西品脸一红:"不害臊,真要是怀了孕,那……那也是个好事。我们就那么一次,不知道能不能怀上。"

说得公韧也不好意思了:"就那么一次,怎么就那么巧?"

西品钻进公韧的怀里撒着娇:"等我们举行了仪式,真正入了洞房,一定要怀一个健康、聪明的宝宝……"

公韧只觉得身心飘荡,浑身热血沸腾,他猛一下子把西品紧紧地搂在怀里,西品也紧紧地抱住了公韧的腰,越抱越紧,心里升起一种甜蜜、温馨、幸福的感觉……

随着一声汽笛响,一艘小火轮快速地向小船驶来。公韧感觉到不妙,催促老船夫快划,但紧划慢划,后面的小火轮还是越逼越近了。公韧看到船头上站着一个人,身穿长袍,面目清瘦,脸色淡黄,不禁心中一愣,小声对西品说:"这是朱淇大哥吗?像又不像……"

西品心中也是疑惑,看不准来的到底是何人。眨眼工夫小火轮来到了跟前,上面还站着几个人,全是老百姓的穿戴。公韧高兴地打招呼说:"朱淇大哥好啊,这才几天没见,怎么苍老了许多?"

这个"朱淇"并不说话,而是从小火轮上跳下来,砸得小船晃了几晃,差点翻了。他站到公韧跟前,对公韧说:"你怎么知道我是朱淇?"

本来公韧就有些拿不准这个人到底是不是朱淇,一听对方的口音,更加疑惑了,不禁问道:"你不是朱淇,又是哪个?"

那人冷冷一笑,说道:"什么眼神啊,还玩鹰呢?我是朱淇的哥哥朱湘。"

公韧一听,不由得连连后悔,在这个敏感的时候,遇到朱淇的哥哥,真不知道是福是祸。

"你是谁,是不是朱淇的同伙?现在官军搜查得这么严,你俩还不躲一躲,在这里瞎转悠什么?"朱湘问。

公韧小声对朱湘说:"朱淇大哥怎么没来?"

"休要提他,"朱湘阴沉着脸说,"你俩满江里转悠,不是有什么任务吧?"

公韧笑了笑,说道:"我们转着玩呢!嫌城里乱得慌,出来素净素净。"

两个人说着拉着,不觉太阳已经西斜,有几朵黑沉沉的乌云,慢慢地遮住了太阳。通红的太阳努力着,极力把自己的金光挥洒出去,它在和乌云搏斗着,使天空一会儿昏暗一会儿稍亮,形成了一片壮丽的夕阳红。

从香港方向远远地驶来一艘客船,船身上隐隐地写着"泰安"两个大字,甲板上站着密密麻麻的人,看那样子,全是二十往上、三十往下的青年汉子。公韧小声说了一声:"来了!"就对船夫说,"快点上去截住他们。"

老船夫就向泰安轮快速划去。朱湘阻止说:"不用往那边划。用不着,用不着。"

老船夫当然不听朱湘的,还是往泰安轮划去。朱湘突然脸色一变,从腰里掏出一支独角龙来,对准公韧的胸口说:"想去送信是不是?看在你和朱淇共事一场的份上,我还能给你们说情,饶你们一命。要是再乱喊乱叫,叫你们和他们一块儿完蛋!"

朱湘的眼光往自己的小火轮上一扫,那小火轮上的四五个人一下子从怀里掏出短刀,立刻变得凶神恶煞一般,就要从小火轮上跳下来。只是由于木船太小,那几个恶棍没地方站脚,才暂时没有往下跳。

公韧心里还是有些不理解,诚恳地对朱湘说:"朱湘大哥,你是朱淇的哥哥,朱淇大哥是多么好的一个人啊!不看僧面看佛面,你怎么好意思对你兄弟的朋友下手?"

朱湘说道:"兄弟呀,我这也是迫不得已!为了一家人的性命,也就顾不得这些了,希望你能理解我的难处。"

公韧连呼上当,大骂朱湘:"你这条疯狗!清廷的走狗!我真是瞎了眼。你开枪啊!开枪啊!"

朱湘拿着枪晃悠着,斜着眼睛看着越来越近的泰安轮,看来他也不愿意惊动那条船上的好汉。西品却全然不顾危险,朝着泰安轮上大喊大叫:"弟兄们!清狗子在岸上等着。清狗子在岸上等着!你们不要去了——"

西品的反常举动,引起了泰安轮上几个年轻人的注意,可是整艘泰安轮还是加足马力往前行驶,巨大的噪音下,船上的人根本听不清西品在喊什么。

朱湘又用枪指着西品说:"不许喊!再喊,我就开枪了。"

小火轮的船舱里,又钻出来两个人,拿着快枪,瞄准了公韧和西品。西品这会儿什么也不顾了,从口袋里掏出了手帕,扬着手帕朝泰安轮上喊:"弟兄们!弟兄们!清狗子在岸上等着。你们千万不要过去啊——"

朱湘用枪一点,砰的一声,西品捂着头摇摇晃晃地瘫倒在船里了。

第38回　营救战友

公韧只觉得耳朵嗡的一声,全身的血液一下子全都涌到了头上,把头涨成个大斗,他扑过去抓住朱湘的胳膊和他摔打在一起。两个人滚过来滚过去,一会儿朱湘骑在公韧身上,一会儿公韧又把朱湘压在身下,三折腾,两折腾,小船一下子翻了。

泰安轮飞快地从身边驶过去了。

一番搏斗下来,公韧早已是精疲力竭,再加上水性不是太好,沉下去又浮上来,浮上来又沉下去,嘴就像敞开的罐子口一样,咕噜咕噜地灌个不停。不知过了多长时间,像是抓住了一根救命稻草,公韧蓦然一惊,一种求生的欲望使他抓住了就绝不松手。

又停了一会儿,公韧缓过神来,睁眼一看,原来是抓着了刚才那条小火轮上垂下来的一根缆绳……

原来朱淇写完檄文后回到家,心里还在想着文章的事情,不禁嘴中念念有词,仔细斟酌词句。朱淇的哥哥朱湘,早已成家立业,在广州西关清平局做事,恰巧这时回家,听到屋里兄弟满口反清言论,不禁大吃一惊。广州吃紧,他哪会不知道,猜想兄弟必是加入了乱党,这种事一旦泄露,全家族都要受到连累。他猛一推门闯了进来,大骂道:"你活得不耐烦了是不是,全家人都要跟着你倒霉!"

朱淇一看哥哥朱湘不知怎么进来了,也是吓了一跳,想赶紧收拾桌上写的一些檄文,不过早被朱湘看到了,朱淇知道事情想瞒也瞒不住了。联想到哥哥朱湘平时的为人,他知道自己闯了大祸,还是早给机关提个醒才是,于是赶紧把笔墨纸张一收拾,往王家祠堂跑去。谁想半路上就枪声大作,跑到了祠堂门口一看,里面早就乱作一团,被清兵剿了。

朱湘把自己知道的一些情况密报给新结识的一位朋友刘雅内。刘雅内多聪明啊,算计到弄不好香港帮会还要派人接济广州乱党,就派朱湘坐上小火轮前去侦察有关帮会前来广州的消息。也该朱湘有个狗屎运,正好和前来送信的公韧和西品遇上了……

当下公韧在江水里,眯起眼睛一看,隔着船舱,船的另一头有六个清狗子正在为打捞朱湘忙活着。两个人指手画脚,另外的两个人正伸着一根大钩子,在水里探来探去,还有两个人在向远处观望。有一个人像是发现了朱湘,大声呼喊道:"那边,那边,快往那边靠,快往那边靠。"

船加大马力向那边驶去。

公韧使了使劲,爬上了船,躲在船的另一头,蹲下身子养精蓄锐。他心里想:成败在此一举,我一定要出其不意,推下水去一个,然后再对付另外五个。

船还在加大马力向那边驶去。

公韧又一想:凭我现在的体力,刚才的想法怕是难以实现,有没有一个更好的办法呢? 公韧略微想了一会儿,有了,找角度,从一个最好的角度,出其不意地多推下水去几个,那就占据主动了。

六个清狗子还在大呼小叫地喊着救朱湘,根本就没有发现这一头已经上来了一个公韧。

公韧在蹑手蹑脚地寻找最佳角度,终于找到了,他运了运气,把浑身的力气储存在身上,憋足了吃奶的劲,朝着最里边的一个清狗子,大呼一声,冲了上去,朝着他的后身用尽全身力气,尽力一推。

这个清狗子没有防备,又加上船在行驶中,本来就站立不稳,还没明白过来怎么回事,就撞向了另一个清狗子,那个清狗子又连带了第三个清狗子,一连掉下去四个。第四个是被第三个不经意间拉下水去的。

公韧不敢怠慢,朝着另外两个惊慌失措的清狗子冲了过去,使出了韦金珊教过的长拳,一个通天炮朝着一个清狗的鼻子打了过去。一股鲜血喷了出来,那个小子头一晕,往后一仰,一下子摔倒在水里。

还剩下最后一个。那个小子也知道快枪不好使了,拔出了匕首,朝着公韧刺了过来。公韧也不含糊,毕竟练过一阵子,腰一弯,躲过这一刀,然后顺着他的劲,朝着他的后背,用胳膊肘子顺势一捣。

那个清兵刚才太用力了,加上公韧顺势一肘,把握不住脚步,一下子扑进了江里。

只剩下最后的小火轮司机了。公韧几步跳进了船舱,两手直插他的眼睛,待只到二寸时,突然停手,大吼一声:"你是要死,还是要活?"

这个小火轮司机吓坏了,一只手抓着方向舵,一只手企图阻挡公韧就要插下来的双指,连声呼喊:"好汉住手!好汉住手!我和他们不是一伙的,我只是临时替他们开船。"

公韧厉声喝道:"你要是不老实,就和他们一块儿完蛋!"说着,两指又对着他的眼睛晃动一下。那小火轮司机吓得哆嗦着说:"我就是混口饭吃,好汉饶了我吧!"

公韧吼道:"只要你老老实实,就放你一马!"

那小火轮司机连说:"我老实!我老实!"

这时候,有一个清兵已经爬上了船帮,另外几个挣扎着也拼命地往船上爬。

公韧命令司机说:"快开船,把他们甩下去!"

司机一加油门,轮船猛一加速,那个刚爬上来的清兵身子一晃,又掉下水去。公韧指挥着小火轮在水里冲了两圈,把那河水里的几个清狗子碾了个乱七八糟。

公韧又叫小火轮减速,在水里仔细寻觅西品的踪影。

小火轮在水里开了一圈,又开了一圈,哪里有西品的半点踪影,急得公韧大声地呼喊:"西品啊西品,你在哪里,你在哪里——"

公韧又叫小火轮开了一圈,还是没有找到西品。公韧再看泰安轮时,泰安轮几乎要从视线中消失了。

公韧大声对着河中的波涛说:"西品,你稍微等一会儿,我一定再找人来捞你。"说完,转头对小火轮司机说:"快点儿,追赶前面那条船。"

司机一加油门,朝着前面快速地驶去。船后犁起一条白色的浪花,翻滚着,咆哮着,往后延伸着,最后渐渐地变成一条细细的白线。公韧还在喊:"快点,快点,再快点!"

不一会儿,泰安轮轮廓清晰起来。但泰安轮的前面,已经隐隐约约地出现了广州内河码头。公韧急得大呼:"再快点,再快点。"司机求饶地说:"好汉啊,再快船就爆炸了。"

不一会儿,小火轮已从侧面靠近了泰安轮。显然泰安轮上的一些年轻人已经注意到了这条飞速追赶的小火轮。有几十个人,围成了一个半圆圈,圈里面有两个人手搭凉棚,在往小火轮上仔细观看。

公韧看到泰安轮马上到了跟前,对司机吼了一声:"在这里等着我!我一会儿还要上来。敢耍滑头,要了你的狗命。"司机"嗯"了一声:"我哪敢啊,好汉。"

待小火轮和泰安轮还有一米远时,公韧一个箭步,蹿上了泰安轮。这时候广州码头也越来越清晰了。公韧刚上船,就被几十个人围在中间,个个是怒目而视。公韧顾不得许多了,连声大叫:"哪位是朱贵全、丘四?"

一个瘦瘦的高个儿年轻人一下子堵在公韧的面前,低声问:"你到底是什么人?"

公韧说:"我是三合会王达延部的白扇公韧,请朱大哥上前说话。"

那年轻人哼了一声,说:"什么三合会的人,想必是条清狗吧!"

公韧这才想到,仓促之间,没有对暗语,这么险恶的形势,别人怎么会轻易相信自己是三合会的人呢?他急忙摆了一个三一九的手势,说:"广东红旗第二枝,高溪分开两胡时。"

那个瘦高青年一看对暗号了,也赶紧摆了一个三一九的手势,说:"寿字根基成四九,四九变化自相依。"

暗号对上了,双方的脸色都缓和了一下。那位瘦高青年对公韧拱了拱手说:"在下朱贵全,奉伯理玺天德杨衢云的命令到广州去参加起义。"

公韧急忙对他说:"起义已经取消。广州码头清军已布下天罗地网,就等着我们上钩呢!我奉命前来告诉你们,请你们早做撤退的准备。"

朱贵全的脸色略微一变,然后对另一个矮瘦青年说:"丘四弟,你看怎么办?"

丘四想了想说:"泰安轮的底仓里,还有七箱军火,要是叫清军搜去,我们都说不清楚。我看,还是把那七箱军火处理了,我们再赶紧把船停下,然后返回香港,再做打算。"

朱贵全摇了摇头:"事到如今,做什么都晚了。赶快行动吧!"

这些人抬头观看,此时已经到了广州码头。码头上的几条兵船上,一个个清兵手执武器,都在虎视眈眈地注视着这条船。公韧再看自己乘坐的那条小火轮,哪里还有它的踪影,早就逃跑了。

公韧心想:"坏了,刚才光注意泰安轮了,把它忘了。要是船上的司机到清军那里告密,不但自己性命不保,泰安轮上的敢死队也全部暴露。"好在那条船没有停靠在码头上,不知道开到哪里去了。

那边危险暂时解除,泰安轮上的危险依然存在,好在朱贵全还控制着司机,敢死队队员背着清军的几条兵船,把底仓里的七箱军火搬出来,扔进了水里。朱贵全对丘四说:"船要想再调头返回香港,已经来不及了。"丘四只好说:"事到如今,只能让弟兄们往外混了,出去一个算一个……"

泰安轮只好慢慢地靠上了码头。

第 39 回　营救西品

二百名敢死队队员混在上岸的旅客里头,一个一个地从码头出口往外走。清兵们排成两排,一杆杆快枪对准了下船的旅客,只要是拿着的东西,都要被清军抖搂开,仔细地搜查,哪怕是一根针也不放过。

有一个队员,被清军搜着了一条红丝带:"这是什么?"那个队员说:"不过是一条红布条条,有什么!"那个清军大喝一声:"少废话,给我绑起来!"顷刻之间,这个队员被五花大绑起来。

不一会儿,又有几个携带红丝带的弟兄被清军绑了。

后边的朱贵全一看不好,对丘四说:"坏了,忙中出错,忘了红丝带的事了,赶紧叫弟兄们把红丝带扔了。"丘四赶紧通知后面的弟兄,一时之间,他们有的把红丝带扔到水里,有的藏到了码头的垃圾里。

前边的弟兄可没有办法,全部暴露在清军的视线中,别说是扔红丝带了,就是身子稍微动弹一下,也被清军看得一清二楚,引来他们的一顿呵斥。

又有几个携带红丝带的被清军捕去。

朱贵全对丘四说:"这样不行!我想办法吸引住清军,你叫弟兄们不要管,能出去几个算几个。"丘四说:"还是我去吸引清军。"朱贵全推了他一把说:"我们弟兄还争什么?快去!快去!再不去就来不及了。"

丘四只好悄悄移动脚步,又往四周去通知弟兄们。

朱贵全淡定地往周围看了看,码头出口已围得像一只铁桶,沿着出口一线,又有一排木栅栏,不几步便是一个清兵,真是插翅也难飞出去。唯一的办法,只能声东击西,扰乱清军的视线。

想到这里,朱贵全往旁边走了几步,突然抓住一个清兵,从他的手里夺过一把大刀,手起刀落削掉了他的脑袋,然后就往旁边跑去,一边跑一边大喊:"我就是三合会!我就是三合会!你们有本事倒是抓人啊!"

有几个清兵过去抓他,被他一阵乱刀放倒。

敢死队队员一看,就要上去帮忙。丘四赶紧对他们说:"朱大哥这是掩护我们呢。大家快走!"有几个弟兄不服气,吼道:"我们都是敢死队,要死一块死!要活一块活!事到如今,还怕什么!"愣是冲上去,夺过清军的刀枪,帮着朱贵全和清军对打起来。

丘四一看没有办法，也只好硬着头皮冲上去和清军混打在一起。

一阵混乱后，大批的清军人马围了过来，把朱贵全和丘四等几十个人死死地围在中间。与此同时，出口的关卡处出现了空虚，该检查的也不检查了，过往百姓大人哭，孩子叫，一齐往那出口拥去。

公韧一看，对着周围的几个敢死队队员喊了一声："大家不要冒险，能出去几个算几个，这是朱大哥的命令。"有些弟兄在混乱之中，听了公韧的话，也纷纷通过关卡，往外面散去。

公韧一看，再也没有办法救朱贵全和丘四了，只能对着他们长叹一声："朱大哥！丘大哥！我一定会给你们报仇的。"然后通过几乎没人管的关卡，撤了出去。

公韧哪敢走远，心里还在挂念着死活不知的西品，在岸边来回寻觅着，想找一条小船。真是凑巧，不远处有一个年轻人正驾驶着一条小木船慢慢地向这边划来，好像在等什么人。公韧迎上去，几乎乞求地说："这位小哥哥，我老婆掉到水里了，请你帮帮忙！你要多少钱，给你多少钱。"

那个年轻人冷笑一声："我看，那不是你的老婆，恐怕是你的三合会同党吧？"

公韧听了大吃一惊，心想：这是什么人？莫不是又是清狗子的密探。

那人看到公韧惊疑，不经意间伸出一个三一九的手势。公韧一看是自己人，顾不得许多忌讳了，对他小声说："广东红旗第二枝，高溪分开两胡时。"

那人回道："寿字根基成四九，四九变化自相依。"

对完暗语，公韧忙说："我是王达延部的白扇公韧，请求帮助。"

那年轻人回道："我是三合会总会的郑士良，奉命前来接应一下香港来的弟兄们，看能不能帮上忙。"

公韧急忙说："郑先生，情况你也知道了，朱贵全、丘四等人已是凶多吉少，我们去了，恐怕也是飞蛾投火。那边西品落水，死活不知，还有清狗朱湘，不知道死了没有。速速找上几条船，我们迅速赶往那一边。"

那年轻人一声招呼，顷刻间又来了一条船，两条船一起快速地往下游顺水划去。

从小船上往广州码头观看，码头上真是惨不忍睹。朱贵全、丘四和清军的一场搏斗已经结束，地上横七竖八地躺满了清军和三合会会员的尸体，浑身是伤的朱贵全和丘四几人已被五花大绑，被清军们推搡着，押往广州城里。

公韧默默地望着朱贵全、丘四的方向，心里充满了悲愤、崇敬的心情。

船划了一会儿，远处一艘小火轮向这边快速地驶了过来。公韧一看，不正是刚才那艘小火轮嘛！公韧对划船的郑士良喊了一声："注意，这是清狗子的船。小心点！"

郑士良淡定地说："怕什么！我们脸上又没贴着帖子，你要是认识他们，赶紧藏好就是。"

公韧赶紧卧倒在船舱里。

那艘小火轮越来越近了，公韧悄悄地抬起头来观望，只见朱湘耀武扬威地站在船首，后边站着六个清狗子，一个个不是伤了胳膊，就是包着头瘸着腿。公韧心里骂道："刚才怎么没有把你们一个个全宰了！这下倒好，埋下祸根，还不知道我们哪个要遭殃哩。朱湘，你等着，早晚有我报仇的时候！"

小火轮威风凛凛地开过去了。不久，两条小船轻快地划到了出事地点。

天早已黑了，靠着船上微弱的马灯，小船迅速地在西品落水的地方，拉成一字形，用木浆在水下搅着，满江里寻找西品。公韧和几个人的眼睛，仔细地寻觅着看不清的水底，查看有没有西品的踪迹。

一团团黑云飞快地飘来，使天空更加黑上加黑。

"西品！西品！你在哪里——你在哪里——"公韧凄惨的声音贴着水面慢慢地向远处飘荡，两岸黑茫茫的田野没有一点回音。

已经半夜了，两条船还在这里点一下，那里戳一下，哪里还有西品的半点踪影。郑士良劝道："公先生，节哀吧！江底都让我们戳了个遍，人早就不知道冲到哪里去了……"

公韧木然地站在船里，眼望着灯光下黑乎乎快速流淌的江水，手摸着怀里那个被自己体温焐热的耳坠，一句话也说不出来，脑子一片空白……

天空飘来了更多的乌云，乌云越积越厚，越积越浓，突然一道明亮的银蛇一闪，嗤……啦啦……声音震耳欲聋，大雨倾盆而下，内河里的江水被激起了一片片激烈的水花，满江的浊水都震怒咆哮翻腾起来了……

岐兴里机关陷入了一片悲愤之中。

公韧无法从失去西品的悲痛中缓过劲来，只觉得脑子昏昏沉沉，身子就像抽去了主心骨一样，干什么都没了目标，吃不下饭也喝不进水，瞪着两只眼睛只是发呆。

陈少白拍了拍公韧的肩膀，安慰他："西品姑娘是好样的，她这么柔弱，却敢和清狗朱湘做斗争，是我们大家学习的榜样。还有朱贵全、丘四他们，也个个是英雄好汉。还有陆皓东,无数被捕和战死的弟兄们……凭着你现在的精神状态,还怎么去干一番轰轰烈烈的大事?他们把活的希望留给了我们,难道说我们要以现在这个样子回报他们吗?你要振作起来,把他们没有完成的事业进行到底,那才是不辜负他们的期望……"

公韧觉得陈先生的话十分有理,努力振奋起精神,心里默默地念叨着:西品,你永远活在我的心中。我们的事业一定要继续进行下去,到时候,我一定会去找你的。

重新振作之后,脑子也活跃了起来,公韧想了想说:"如果陈先生还没有诛杀朱湘的计划,我给你出一道计谋如何?"陈少白眼睛一亮:"你说说看。"

公韧对着他的耳朵嘟囔了几句。

陈少白听了大喜,说:"我看这个计谋可行,就由你我去实施。你去狱中探望陆皓东,给陆皓东捎句话,顺便看看能不能找到解救他们的办法?"

公韧点了点头,打扮成一个贫苦乡民的模样,找了一个当地熟人带着,到监狱去探望陆皓东。

到了监狱门口,那熟人塞给狱卒五块银圆,说:"这位是陆皓东的老乡,知道陆皓东犯了死罪,临死前来看看他,好给家里捎个话儿。"

狱卒本来凶神恶煞一般,收了钱转恶为喜,悄悄地带着公韧进了牢房。

第 40 回　离奸计与陆皓东的反清之书

这广州城的牢房和香山县城的牢房不能相比。这里墙也厚,栅栏也粗,链条也大,锁也结实,要想从牢房里逃出去,真是比登天还难。

公韧看到监狱里的清兵特别多,像是临时增加了许多岗哨,而且分外警觉。到了一个碗口粗的大栅栏跟前,狱卒说:"就在这里说会儿话吧,快点儿。"

公韧说:"能不能让我进去说话?"

那狱卒脸色一黑说:"可不行!这些都是朝廷要犯,别蹬着鼻子上脸,快点儿!"狱卒说完,就招呼着另外几个狱卒,躲到一边分钱去了。

公韧看到烂草堆里趴着一个浑身鲜血烂乎乎的躯体,心里一阵疼痛,小声地呼喊:"陆皓东——陆皓东——"

听到公韧的呼喊,陆皓东挣扎着抬起了头,他向公韧爬过来,身上的镣铐发出哗哗啦啦的响声,地上留下一道血痕。

公韧一阵子心酸。

陆皓东艰难地爬到栅栏跟前,一把抓住了公韧伸进来的手,小声地对公韧说:"千万不要来救我,千万不要劫法场。"

公韧小声地问:"为什么呢?"

陆皓东艰难地说:"他们早已有了准备,正张开一张大网等着呢!那样的话,死的人会更多。"

公韧仔细观察着监狱里的情况,发现这里地形复杂,走廊迂回,暗室密布,真要是埋伏下几百伏兵,你用肉眼根本看不到,更何况外面还有不少精兵在严密地守卫着。

陆皓东又费力地指了指旁边栅栏里的几个人说:"朱贵全、丘四和那些弟兄,没有一个孬种,全是好样的。就是把我们身上的肉一块块撕下来,不该说的,我们也坚决不说。"

公韧含着泪,默默地看着朱贵全、丘四那些人。他们虽然因为刑伤太重,动弹不得,但一个个向着公韧颔首微笑。公韧朝着他们深深地点了点头,表示由衷的敬佩。

陆皓东从怀里掏出一张血迹斑斑的黄纸,交给公韧说:"烦你交给陈先生,该说的话都在这信里了。"

公韧微微点了点头,把信掖在了怀里。

这时候,狱卒催开了:"快走吧,再不走,管带来了。"

陆皓东推了推公韧说:"兄弟快走,家里的一切事情就托付给你了!多多保重。"

公韧擦了擦眼泪告别道:"陆大哥,你就放心吧……家里的事儿,我一定尽最大努力……"然后附在他的耳朵上说,"朱湘是朱淇的哥哥,是死心塌地地为清政府卖命,你无论如何一定要把朱湘捎带上。你这样……"公韧又对着他的耳朵嘱咐了几句。

陆皓东点了点头。

夜里的时候,刘雅内突然领着一队清兵包围了朱湘的家,并仔细地搜查了屋里屋外,当场搜出了许多书信。

朱湘一脸的不解,问:"刘先生,你我本是同仁,又是好朋友,同为皇上效劳。可是今天我就不明白了,为何要搜查我的家?"

刘斜眼嘿嘿一笑:"本来你我是同仁,一起为官府做事,可是有的人存心不良,私通乱党,蒙骗官府。我是什么人啊,火眼金睛,眼里揉不进沙子。有什么事到衙门里再说!"

朱湘大怒,骂道:"真是愚蠢至极!为密告这件事,我已经得罪了兄弟朱淇,为何还要与清廷对着干,两边都不落好!如果非要说我私通乱党,那请你拿出证据来。"

刘斜眼又嘿嘿一笑:"要说证据吗……没有证据岂能随便抓你。陆皓东在昏迷中透露,说他还有一个同党,已经成功地潜入我们官府。难道还有别人吗?不是你又是谁?"

朱湘大呼冤枉,申辩道:"陆皓东那是临死找个垫背的,反间计也说不定呢!放着我这个功臣你们不相信,为什么偏偏要相信他呢?"

刘斜眼又认真地说:"他是在昏迷中说出这件事的,这才是最真实可信的。"

刘斜眼翻看着搜出的那些书信,一脸的疑惑,问朱湘:"这些信是什么意思?我怎么看不懂呢!"

朱湘也有些后悔,说:"昨天,我收到了许多莫名其妙的书信,有的写得稀里糊涂,写了一半,又涂了一半,叫人好生费解。我后悔没有把它们给烧了,落下了把柄。"

刘斜眼像抓着了重要证据一般,吼道:"这分明是你们联系的暗语和证据。带走!"

朱湘给带到了督府里,被严刑拷打,不一会儿已被打得皮开肉绽。朱湘想:怨不得说清政府黑暗无比,不可救药,看来真是这样了,贪官污吏横行八道,昏官乱断葫芦案,今天我招了是个死,不招,也是个死,横竖都没有活路,既然这样,皮肉也就别再受苦了,干脆问什么招什么。所以通敌罪也就定下了。

刘斜眼不是不知道朱湘冤枉,但是他心里有自己的小算盘:像朱湘这样聪明的人,是自己仕途的一大障碍,此时不除,更待何时?再则,还为朝廷节省了一大笔赏钱。也怪朱湘,谁让他结识了这样的一个朋友呢?

岐兴里机关里,公韧和陈少白看着那封绝命书。信纸上血迹泪渍斑斑,忧国忧民之心,慷慨赴义之情,跃然纸上。

公韧的面前,陆皓东的身影仿佛慢慢地升起来了,越升越高,越升越大……陆皓东好像与孙文坐在客厅的椅子上促膝而谈,两人时而大笑,时而争论……天已经黑了,屋里点着了灯,陆皓东和孙文还在床上彻夜长谈,严肃、热烈地讨论着一个个行动的方案。

公韧的耳边,陆皓东洪亮的声音响起了:"我姓陆名中桂,号皓东,香山翠微乡人,年二十九岁。向居外处,今始返粤,与同乡孙文同愤异族政府之腐败专制,官吏之贪污庸懦,外人之阴谋窥伺……今事虽不成,此心甚慰,但我可杀,而继我而起者不可尽杀。公羊既殁,九世含冤;异人归楚,吾说自验。吾言尽矣,请速行刑。"

十一月七日,陆皓东、朱贵全、丘四三人被清政府押赴刑场,和他们一块儿的还有朱湘。临刑前陆皓东、朱贵全、丘四三人面带微笑,互相鼓励,而朱湘垂头丧气,没人搭理。行刑后,陆皓东、朱贵全、丘四三人的遗体即被抢走,被兴中会、三合会施以厚葬,树以墓碑,流芳百世,朱湘的尸体却好几天没人收拾,来了几条野狗,嗅了嗅,然后摇了摇头,走了。

第二卷　革命党与保皇党

第41回　拜访保皇党唐才常

广州起义失败后，清政府在广州城内大肆搜捕"乱党"，陈少白、公韧他们只得坐轮船秘密逃往日本的横滨，想在中国留学生和华侨中发展力量，等待机会，再次起义。

横滨是神奈川县的首府，日本第二大城市，东临东京湾，南与横须贺等城市毗连，北接川崎市。几个人在日本横滨下了轮船，便赶快去买了份报纸，想看看日本媒体对广州起义有什么看法。

陈少白拿过报纸念道："支那革命党首领孙逸仙抵日。"

公韧眉头一皱："日本人怎么写错了，应该是造反党首领，或者是起义党，也可称为光复党，他们怎么写成革命党了？"

陈少白笑了："这'革命'两字，日本人确实是创新。不过，中国早就有'革命'两字，出自《易经》中的汤武革命，原意是指政治变革，也可以说，革其王命，王者易姓者叫革命。我看这两个字甚好，以后咱们的事业就叫革命吧，咱们的兴中会就叫革命党吧！"

公韧几个人点头。

几个人到了位于横滨市中区的山下町，这是一条中国菜馆街，叫作"中华街"，还被称为"南京街"。入口处矗立着十米高的牌楼，上面写着"中华街"三个大字。大街两侧排列着色彩缤纷的饭店，约有二三十家，包含广东、江苏、山东、四川四大菜系，都保持着原有的风味。

这时的日本正处在激烈变革时期,这些商业区附近有大量的工厂,一排排房顶倾斜的厂房里,排风扇排着污浊的空气,高高的大烟囱冒着浓浓黑烟的炼钢厂处处皆是,这里是旅日华侨最多的地方,据说已有三千多人。

公韧一边走一边感叹:"人家都在开纺织厂了,织出又白又细的洋布,我们却还在家里用木头织布机织又黑又糙的粗布。人家都在开钢铁厂了,造出了枪炮,用于装备军队,而我们却在用小高炉炼铁,铸那些又粗又重的铸炮。真是国不在大小,而在于科学的进步……"

陈少白点了点头:"中国也在搞洋务运动,可是要和日本比起来,却是小巫见大巫。要是这样发展下去,我看日本早晚要成为中国的劲敌,别看日本国不大,可是和中国比起来,却是一个强国。正因为这样,我们才迫切需要革命,要是晚了,怕是追不上了。"

横滨的教育也空前繁荣,华商投资办了个大同学堂,学堂里全部为中国留学生。几个人刚刚进入留学生区,就看到墙上贴满了"孙文滚回去!""打倒孙文!""孙文不能招待!"等大字标语。

一些人看到公韧几个人过来,悄悄议论,然后纷纷躲开,甚至还有人啐口水,扔半头砖。陈少白怒不可遏,就要追上去和他们理论,被公韧劝住了。

几个人在留学生区办了手续,区里给安排了一间小房。几个人到屋里一看,屋里又是蜘蛛网,又是灰的,看来是好长时间没人住了。此时外面下起了大雨,屋里跟着下起了小雨,不一会儿,外头不下了,屋里还在淅淅沥沥地下个不停。

几个人耐着性子打扫房间,竟没有一个留学生前来帮忙,更没有人来问候,都躲得远远的。公韧到邻舍借水,结果砸了一圈门,竟没有人开门。公韧心里十分窝火,回来气愤地说:"他们为什么这样对待我们?"

陈少白笑了笑:"康有为、梁启超在这里的影响太大了。他们自认为是正宗的文人,把我们看成强盗。不要紧,拾掇完房子,他们不理我们,我们就去看看他们,看看他们究竟在想什么,干什么。"

晚上,公韧他们来到了留学生唐才常的寝室门口。

公韧敲了敲门。屋里问:"谁呀?"

公韧答:"我们,革命党来拜访。"

屋里没了动静,公韧又敲门,好一会儿,屋里一看拗不过外面,便开了门。开门的是一个二十七八的年轻人,他不胖不瘦,精干利落,唇下微微留着一缕黑髯。他的后面站着一个两眼戒备神情紧张的高个壮汉,手里拿着一根棍子,看样子要他俩把公韧几个人看了又看,才满怀戒心地让进屋。一聊才知,二人之所以如此紧张,是因为早先听说革命党人一个个都是红眉毛、绿眼睛。仔细看了看,并没有什么特别之处,这才放下心来。

陈少白劝唐才常放弃保皇之路,说保皇这条路走不通。可是唐才常还沉浸在不能忘了皇上的深仁厚泽,岂能做那些大逆不道反叛朝廷之事的忠君忠国情怀里。特别是《马关条约》的签订,对他刺激颇深。他还提到了1200余人公车上书一事,为国家的内忧外患而深深忧虑,说到痛心处,还传来几声抽泣声。唐才常还是对保皇变法怀有莫大希望,他说,康有为先生向皇帝提出了四项政治主张:下诏鼓天下之气,迁都定天下之本,练兵强天下之势,变法成天下之治。虽然公车上书没有成功,但天下震动,变法的刊物纷纷出版,维新变法运动在全国逐步高涨。依此推论,他相信在不远的将来,变法一定成功!

陈少白却劝告他,事情并没有这么简单,要变法就要动,就要乱,变法会影响西太后、荣禄那些人的利益,他们绝不会支持变法!

唐才常马上反驳,不管怎样说,我们是保皇变法,你们是推翻清朝建立共和,咱们是势同水火,难以相容!就在这时,秦力山突然插嘴:保皇是救国救民,革命也是为了救国救民,既然为了一个目标,咱们为什么不可以联合呢?

唐才常立刻反驳秦力山:"力山弟这话甚是糊涂,保皇和革命怎么可以联合呢?一旦联合,我们是要被革命党利用的,那样岂不成了千古罪人。"

陈少白讥诮他说:"我们更不愿意和你们联合。我们还怕被你们利用呢。"

此时,门外有人敲门,秦力山去开了门,领进来一个瘦高青年。公韧一看,此人不是别人,正是在广州望海楼上相识的章炳麟。

章炳麟谦恭地对大家拱了拱手,打了个招呼。接下来又是一番唇枪舌剑,而章炳麟坚定地站在了革命党这边。

只听章炳麟凛然正气地说:"不光在嘴上过招,我还要办报纸,代表革命党和保皇党公开论战。不知唐先生是否敢应战?"

唐才常大声地说:"应战就应战,好歹我也是四川学政瞿鸿几家里的教书先生,我就是辩论不过你,还有康有为、梁启超先生,那可是才高八斗的天下名士,岂能怕你一个茸毛未退乳臭未干的黄毛小子。"

章炳麟大声地说:"好!好!今天我们都挺高兴,借着这股高兴劲,现在就先来第一次论战吧!"

章炳麟不慌不忙地端起茶杯一饮而尽，抿了抿嘴，侃侃而谈，和唐才常时而和缓时而激烈地辩论起来……

听着他们的辩论，公韧自觉学识的欠缺，暗下决心要学习提高。第二天，公韧从日本书局购得了一些书，有卢梭的《民约论》、孟德斯鸠的《万法精理》、约翰·穆勒的《论自由》、斯宾塞的《代议政体》、伯盖司的《政治学》、伯伦知理的《政治学提纲》、有贺长雄的《近世政治史》和《近世外交史》。

公韧怀着激动又忐忑的心情打开这些书的时候，脑海里立刻出现了一个丰富又奇妙的世界。它像是一种神奇的清洗剂，把公韧脑子里装的腐朽不堪的东西悄悄荡涤得一干二净；它是一种革命的理论，把公韧心里的国分君臣官民，人分尊卑贵贱的思想彻底砸烂；它又像是一种新式武器，使公韧的脑子里装满了理论的"刀枪"。

公韧读书之外，还好和陈少白探讨，甚至到了废寝忘食的程度。

第 42 回　保皇党的擒后计（一）

忽一日，有一人来访，自报名号为哥老会总龙头毕永年。公韧看到他身穿黑缎小褂，头戴瓜皮小帽，面容白净，鼻方口正，两眼炯炯有光，一缕黑髯，三分仙气，一条又黑又粗的大辫子，晃晃悠悠地从小帽后面伸出来。

毕永年是代表哥老会而来，他建议启用哥老会为革命力量。他所说的哥老会西起四川，东到江苏，遍布长江流域，号称 30 万之众，又历来打着反清复明的旗号。据毕永年说，他往来于九江、汉口、岳州、新堤、长沙、重庆之间，结识了哥老会的四大头领，湖南金龙山堂主扬鸿钧、湖北腾龙山堂主李云彪、四川虎龙山堂主张尧卿、江西跃龙山堂主辜天祐，他们推举毕永年为哥老会总龙头。

同时，毕永年还带来了一个重大秘密，说光绪的日子并不好过，虽然他一心想着变法，但是遭到了西太后、李鸿章、荣禄之流的坚决抵制。最近光绪的老师翁同龢又被解职，形势更加不利，所以光绪有拼命一搏的想法。毕永年的少年朋友谭嗣同在京任军机章京，是保皇派的重要人物，他秘密招毕永年进京，说有事情相商。

众人听了暗暗吃惊，都感到此时此人进京，事情并非那么简单，弄不好会酿成一场惊天的大事变。

陈少白想了想，说："要说谭嗣同想害你，我想不会；要说他想加强保皇党的力量,倒有可能。光绪指望那些读书人,是斗不过西太后他们的。"

为保万全,毕永年提出从革命党中出一员干将陪他一同进京,到时候有个商量,联系起革命党来也方便。

陈少白说:"既然毕先生有此意,要不,我和毕先生走一趟?"

公韧上前请缨说:"少白兄还有好多事情要做,要是陈先生放心,就让我走一趟吧。"

陈少白略微考虑一番,同意了:"那就辛苦公韧兄弟跟毕永年先生走一趟吧!一切要听从毕先生安排,有事多和家里联系。"

公韧答应一声,随即抓紧准备和毕永年一块进京面见谭嗣同。

毕永年和公韧从横滨上了船,到了青岛,又从青岛雇了马车,日夜兼程到了北京,进北京城时已是晚上了。公韧发现,这里比广州城还要热闹,天桥小市场热闹非凡,街上店铺、旅馆、饭店一家挨着一家,马车、洋车、小轿车穿梭来往,达官贵人、平民百姓、外国洋人、奇装异服的少数民族看得人是眼花缭乱。

二人无心闲逛,径直来到了谭嗣同的府上。看门人拦住问:"请问客人从哪里来?"

毕永年说:"你就回禀说,故人来访。"

不一会儿,一个年轻人急急忙忙地迎上前来,老远就拱着手迎接道:"家兄,家兄,兄弟盼您像是久旱禾苗盼甘霖。"

毕永年也客气地说:"谭兄弟,哥哥也想你啊!"

公韧想:这位谭老弟就是谭嗣同吧,只见他少年英俊,口齿伶俐,目光敏锐,一身正气。谭嗣同见了公韧,微微一愣,问毕永年:"这位小哥是……"

毕永年说:"我的一位知心朋友,公韧兄弟,自己人。"

谭嗣同点了点头:"你的知心朋友,也就是我的知心朋友,从此我们就是亲兄弟了。"然后对着公韧拱了拱手,公韧也赶紧对着谭嗣同拱了拱手,算是回礼。

谭嗣同说着话,一手拉着毕永年,一手拉着公韧,直接进了内室。进了屋,公韧看到,屋里摆设简陋,最显眼的不过是桌子上摆着的一书一琴,墙上挂着一剑。公韧又用眼一瞥,看清那书名为《仁学》。

那琴长三尺半,肩宽半尺,尾宽四寸,为落霞式,髹黑色光漆,背面轸(弦乐器上转动轴线的轴)池下方刻魏体书"残雷"二字,其下刻琴铭,款题"谭嗣同作",续款刻"光绪十六年浏阳谭嗣同复生甫监制"。

那把剑也非同寻常,隔着七尺,似乎已有一股寒气袭来,剑套上写着威风凛凛的"凤矩剑"三个字。透过剑套看剑,里面似乎传出阵阵的喊杀声,千军万马在激烈厮杀,阵阵白光闪烁,刺人眼睛,让人睁不开眼。

谭嗣同对旁边的下人使了一下眼色,那人献上三杯清茶,赶紧出了门。谭嗣同又对毕永年使了个眼色,对公韧还是有点不放心。毕永年小声说:"有什么事就说吧,一家人。"

谭嗣同这才插上内室的门,转过身,着急地说:"事急矣!什么喝酒接风,什么寒暄叙旧,统统免了。请家兄不要见怪!"

毕永年微微一笑:"既然你大老远的,叫我速来见你,恐怕也不是鸡毛蒜皮的小事。有什么事,直接说吧。"

谭嗣同这才说:"近来形势对皇上越来越不利,变法官员纷纷遭到裁撤,光绪皇帝频频遭到西太后训斥,已经到了千钧一发的危急时刻。说不定什么时候,变法大业就要功亏一篑。你这回带来多少义士?"

毕永年眉头一皱,谨慎地说:"京畿重地,就是带上三千人,也是杯水车薪,无济于事,反而人多容易坏事。你有什么事情需要我帮忙,只要我能办到的,一定效力!"

第43回　保皇党的擒后计(二)

谭嗣同果断地说:"我看,不流血不能使变法成功,不用暴力不能夺取朝廷重权。家兄身为哥老会总龙头,身边拥有几十万舍生忘死的弟兄,这变法图强,救国救民的大事,就拜托家兄了。"说着,双拳抱起,双腿一屈,就要给毕永年跪下,慌得毕永年赶紧拉起他来说:"不可!不可!兄弟你说说你的打算,让我心中有数。"

谭嗣同站起来,拱了拱手说:"康有为大人近来结交了直隶按察使袁世凯。这袁世凯近几年在小站练兵,训练了北洋六镇新军,这新军可不同旧式军队,有极强的战斗力。康大人多方试探,知道袁世凯颇有效忠皇上之意。上一次我找过他,他答应得倒是挺好,就是光答应并没有什么实际行动。我们考虑到,这袁世凯还是害怕慈禧和荣禄,在这个问题上,模棱两可,左右讨巧。干脆,这动武的事情不让袁世凯出面,只借他的兵用一用。那老东西十五要上颐和园乘凉赏月,只要她进了颐和园,我们派兵一围,统统杀之。颐和园一乱,群龙无首,大臣们还得指望皇上。到那时,皇上大权在握,还怕变法不成功吗……"

毕永年听了心中也不禁高兴,问道:"此计甚好!此计甚好!不知派谁来完成游说袁世凯借兵的大计,又派谁来担当领兵诛杀老东西的重任?"

谭嗣同言语铿锵地说:"向袁世凯借兵的人,我们自有安排。领兵诛杀老东西的人,可得是一员大将。此人必须有勇有谋,有领兵的经验,还得跟借兵的人到袁府走一趟,结识一下袁世凯。我们只是一介书生,摇旗呐喊、舞文弄墨还凑合,真要是指挥千军万马完成救国救民的大任,那就为难了。我们考虑再三,想到了一个人,就是不知道此人是否愿意承担如此重任。"

毕永年问:"不知这人是谁?"

谭嗣同突然跪下,深深地作了一揖说:"这位英雄就是家兄啊!"

毕永年颤抖一下,沉吟良久,回道:"想不到你们竟然这样抬举我!好吧,那我就试一试……"说着,轻轻扶起了谭嗣同。

谭嗣同脸上露出惊喜之色,说道:"救国救民的重任,就全拜托家兄了。时间紧迫,没有时间再耽误了,我这就去安排。"

谭嗣同说完,又拱了拱手,叫来下人,安排好二人在屋里喝酒吃菜歇息,然后自己匆忙出门去了。

趁这机会,公韧拿起了桌上的《仁学》,匆匆扫了一遍。总的说来,《仁学》主张用博爱、平等、自由和民主来冲破封建专制,冲破民族压迫,冲破三纲五常。

公韧又看了看墙上挂着的那把宝剑,仔细地欣赏着。

毕永年说:"你知道这把剑为谁的遗物吗?"

公韧摇了摇头:"不知道。"

毕永年说:"这把宝剑为明朝名士文天祥的遗物。"

公韧大吃一惊,说:"愿闻其详。"

毕永年说:"这是谭嗣同意外从两个极其偏远的地方得到的,名为'凤矩剑',除了这剑,一同慕得的还有一把'蕉雨琴',同是文天祥的遗物。从此,他对这两件宝物珍爱如命。他将自己的'七星剑'和文天祥的'蕉雨琴'留在湖南老家'大夫第',而将'凤矩剑'随身佩带,寸步不离。"

公韧和毕永年心事重重地喝着酒。毕永年对公韧说:"本来我们要推翻清朝,而谭老弟却叫我们协助保皇派杀西太后,让光绪皇帝掌权。你看这事如何是好?"

公韧一时也没了主意,思忖着说:"帮助保皇派兵变夺权,确实和我们的宗旨不符。要是不帮保皇派吧,西太后、荣禄之流会使中国变得更糟。我看,宁肯帮助保皇派变法图强,也不能让西太后之流逞凶猖狂。"

毕永年点了点头:"你和我想的一样。"

不一会儿,谭嗣同领进一个人来。那人进了屋,先向毕永年拱了拱手,又向公韧拱了拱手。公韧觉得这个人面熟,仔细一想,他不就是广州望海楼的那位梁公吗!梁公见了公韧也不禁一愣,说:"面熟,面熟,不知在哪里见过面?"

谭嗣同赶紧介绍说:"这位是梁启超大人,这位是毕永年家兄,这位是公韧大哥。"

梁启超恍然大悟,对公韧说:"想起来了,想起来了,望海楼见过,不想今日又得相会,我猜想兄弟必然是个革命党。革命也好,保皇也好,不都是为了救国救民吗,如果我们能联合起来,中国就有希望了。"

公韧赶紧说:"但愿如此,就怕说的和做的不一样。"

梁启超没有接公韧的话,对毕永年说:"康先生不便出面,由兄弟代为走一趟。虽说康先生和袁世凯早有默契,谭老弟也和袁世凯联络过,但为了不犯忌讳,咱们千万不要把这层窗户纸捅破。二位看这样如何?"

毕永年点了点头:"一切由梁先生安排。"

公韧说:"到时候,我们少说话就是。"

梁启超点了点头:"好!事不宜迟,咱们说走就走,马车就在外面等着。"

三个人坐上马车,直奔法华寺,现在直隶按察使袁世凯就住在那里。一路上三人默默无语,各人想着各人的心事。

到了袁世凯的私宅,公韧看到门口点着两只明晃晃的大灯笼,由于有光,一大群蚊子飞个不停。常言说,七月半,八月半,蚊子嘴,快如钻,它们都扑向了站岗的四个新军士兵。那四个士兵,身穿崭新的军装,手持明晃晃的德国毛瑟枪,凝神伫立,就像一座座雕像一样纹丝不动。公韧走近一看,每个士兵脸上都落下几十只蚊子,叮得脸上起满小疙瘩,但他们都默默地忍受着,连眼皮也没眨一眨。

公韧心想:这些士兵,和那些专门欺负老百姓的旧式绿营、巡勇可不一样,如果这些士兵支持革命的话,革命可以加速成功,如果这些士兵反对革命的话,革命可就更加艰难了。

梁启超报上姓名,不一会儿,一个军官领着他们往院里走去,穿过一个小院又穿过一个小院,进了第三个小院的北屋里。一进屋,一身戎装的袁世凯立刻从椅子上起身迎上前来,拱着手说:"失敬!失敬!今天早晨,听得树上喜鹊喳喳叫,就知道必有喜事,果不其然,等来了梁大人。快快请坐!快快请坐!"

说着,他热情地让座,让士兵上茶。梁启超也和袁世凯寒暄一番,然后向袁世凯介绍了毕永年和公韧,称这两位是自己的兄弟。

袁世凯看了公韧一眼,说:"这位小哥有些面熟,好像在哪里见过?"公韧急忙说:"袁大人好给我们学生讲话,我们会给袁大人献花,敬礼,袁大人不认得我们,我们可认得袁大人!"袁世凯点了点头。公韧一番说辞把广州望海楼的事情搪塞了过去。

叙了几句家常后,梁启超说:"今天我来,想和袁大人说一点私事,不知袁大人肯不肯赏脸?"说着,瞧了瞧敞开的门,又看了看袁世凯的两个贴身护兵。

袁世凯"哦"了一声,对两个护兵挥了挥手,两个护兵出去了。袁世凯随手插上了门,默默地坐在椅子上,一双眼睛在梁启超的脸上扫了一圈。

屋里一时鸦雀无声,谁也没有说话,沉默了一会儿,梁启超说:"近来皇上身体不佳,常做噩梦,梦见有一个恶魔常来皇宫行凶作恶,闹腾一晚上后,跑到颐和园里去了。如果皇上要求派兵保护,我们做大臣的,该不该替皇上分忧?"

袁世凯眼珠子转了转,小心地说:"皇上做噩梦,应该请个巫师去去邪气。派兵不管用啊!"

梁启超又说:"皇上日夜为国事操劳,有时心里烦躁,常说要到猎场去打猎散心。可是听说近来猎场盗贼不少,为了皇上安全,借你的兵用一用,不知袁公是否答应?"

袁世凯沉默了一会儿说:"皇宫里侍卫如云,高手如林,哪里用得着我的这些虾兵蟹将啊,到时候不但帮不上忙,反而惹皇上生气。"

梁启超心里有些着急,但也只得耐住性子,再次引诱:"如果皇上突遭事变,急需袁公派兵去救,不知袁公是等待一道道手续呢,还是以国家和人民利益为重,大义凛然地领兵前往呢?"

第44回 保皇党的擒后计(三)

袁世凯倒吸一口凉气,眼珠子转了转,一时不知道怎样回答。略微沉吟了一会儿,他故作惊疑地问:"梁公这番话,叫学生确实不好回答,莫非朝廷里真出了什么大事……"

梁启超一股劲地往道上引,袁世凯却偏偏不上道,左右回避,唯恐自己身上惹上半点腥臊。惹得梁启超心里烦躁,禁不住说道:"如果皇帝下旨,命令臣下行动,不知袁公是鼎力尽忠呢,还是抗旨不遵呢?"

这句话问得袁世凯有些汗颜,赶紧低下头,拱着手对梁启超说:"普天之下,莫非王土,率土之滨,莫非王臣,君叫臣死,臣不敢不死啊!如果皇上有旨,臣就是肝脑涂地,也在所不辞!"

梁启超只好亮出了底牌,说:"之前谭老弟来过,想叫袁大人出头,不过想了想,袁大人如果实在为难,我们也不勉强,只是想向袁大人借点兵。以后一旦出了问题,和袁大人没有一点关系,全由我们承担。"

袁世凯深深地叹了一口气,缓缓地说:"你以为朝廷的事情这么简单,我出面也好,借兵也好,都脱不了干系,都是大逆不道。如果有皇上的圣旨就好了。"

梁启超看了看犹疑不定的袁世凯,又看了看旁边的毕永年和公韧,突然大叫一声:"那好!袁世凯听旨——"

梁启超这一声大叫,不但把袁世凯吓了一跳,毕永年和公韧也被吓到了,赶紧稀里糊涂地跟着袁世凯跪下听旨。梁启超庄严肃穆地从怀中拿出一方锦绫,声色俱厉地念道:"直隶按察使袁世凯听候皇上手谕!"

袁世凯哆哆嗦嗦,嘴中再无半点啰唆,心中像敲小鼓一样。

梁启超展开锦绫念道:"直隶按察使袁世凯听旨。今后凡朝中一切大事,皆由康有为、梁启超安排。钦此——"

梁启超宣读完皇上手谕,然后交给袁世凯面见。袁世凯仔细察看,确实是光绪载湉的手迹和印章。袁世凯本想接过皇帝手谕好好收藏,却又被梁启超收好,放到了自己的怀里。

袁世凯心想:这道手谕含糊不清,叫臣下难以琢磨。朝中一切大事,什么大事?莫不是帝党和后党的矛盾进一步扩大?再则,这道手谕本该交由我收藏,却被梁启超收了起来,想必是怕落下什么把柄不好收场吧。不管是帝党也好,后党也好,自己掌有兵权,都是他们争夺的对象。自己千万小心为妙,一步不慎,失足落入万丈深渊,不粉身碎骨才怪哩!

袁世凯慢慢地站起来,对梁启超拱了拱手说:"见梁公如皇帝亲临,有什么吩咐,请梁公但说无妨,学生不敢不效力!"

梁启超按了按手,四个人重新坐在了座位上。梁启超笑了笑,对袁世凯说道:"其实也没有什么,近日风云变幻,袁公可能也听到了吧!变法图强,救民于水火,这实在是大势所趋,也是每个臣子应尽的忠君爱国为民之心。为了保证皇帝的安全,我想从袁公手里借点兵用一用。"

袁世凯心想：怕就怕触及兵权问题，梁启超说来说去还是为了这个事。一旦借兵，自己哪能脱了干系？可是袁世凯表面上仍然恭敬地问："不知借多少兵？"

梁启超说："就借两个标吧。"

袁世凯叹了一口气，为难地回道："梁公太看重我了吧，学生可没这么大的权限。不知太后娘娘是否知道？"

梁启超略为犹豫一下，说："既然皇帝已亲临主权，我想，这点事就不用给太后娘娘说了吧！"

袁世凯在关键问题上绝不松口："可是我觉得，不让太后娘娘知道，此事总是不妥。"

梁启超只好说："这事就不是臣下该问的了。如果你觉得确实为难，一个标也行啊！"

袁世凯心想：一千多训练有素的新军，也足以把北京城闹得天翻地覆。袁世凯含含糊糊地说："学生这就努力去办，不过得给我留点运动的时间。学生还得问一问，如果把这一个标的新军交给你，不知是由谁指挥？"

梁启超指了指毕永年说："军队由这位毕先生来联络。至于指挥嘛，哪敢啊，这新军当然还是由袁大人指挥。再说，别人也指挥不动啊！"梁启超还算聪明，没敢说把军队指挥权交给毕永年，要不，准打翻了醋坛子。

袁世凯点了点头，心想：换汤不换药，军队还不是由我来发动，到时候，还是说不清楚。可嘴上却说："我想也是，这些新军骄横得很，别人恐怕很难指挥得了。"

梁启超见袁世凯已经松了口，也就不好再穷追紧问，忙换了话题，又谈了一阵忠君爱国的大道理。略微一耽误，时间已是不早，梁启超急忙向袁世凯告辞。袁世凯也不挽留，把三个人恭恭敬敬地一直送到大门口。

出了袁世凯的大门，三个人都松了一口气，又急忙再奔谭嗣同的住处，商议后续大事。

回到了谭府，梁启超把和袁世凯商议的经过简单地述说一遍。谭嗣同说："好！只要袁世凯肯借兵，等慈禧太后去颐和园赏月乘凉，皇帝也去。我们就说皇帝有难，带领着这些兵杀进去，把事情闹大一些，趁机把西太后杀了。只要西太后一死，皇帝大喝一声，谁还敢抗旨不遵！"

梁启超点了点头说："事已至此，只能冒险一试了！"

这时候，一直没有说话的毕永年却突然说："我看此事万万不可！"

此言一出，众人皆惊，谭嗣同和梁启超都疑惑地注视着毕永年。公韧的心里也有些犹疑，不知道毕永年有什么想法。

毕永年阴沉着脸说："我仔细观察了袁世凯这个人。这人阴险狡猾，口是心非，极有城府。我看他是不敢得罪慈禧、荣禄之辈，因为他们的势力太大。他不是不知道借兵的厉害，一旦借兵，那就从光绪的船上再也下不来了。如果此事袁世凯不知道，那还好办，现在他知道了，只怕是成事不足，我们反而死无葬身之地……"

梁启超沉默不语。谭嗣同说道："家兄不要危言耸听。依你说，这个事情没有成功的可能了？"

毕永年回答："问题的关键是，借兵的话，他们这些兵仍然听从袁世凯的命令，而非听从我们指挥。此中具体实施，还有很多工作要做，任何一个细节疏漏，全盘皆输。我看这个事太过复杂，须得从长计议，恕我不能担此重任，你们还是另请高明吧。"

谭嗣同一时有些气愤，嚷道："你！你！临阵脱逃……"

毕永年严肃地对谭嗣同说："依我会党的经验，此事已经泄露。在这个时候，何必逞莽夫之勇，拿着自己的脖子硬往敌人的刀口上撞呢？不但我要躲避一下，也奉劝梁大人、谭老弟速速想到退路才好，否则性命不保。"

谭嗣同大声吼道："你能一走了之，我能吗？不能！我要追随皇上变法图强，就是变法失败，也要把我的一腔热血，洒在变法的事业上。我要以我的流血，来唤醒中国的民众，只有变法，中国才能有希望！"

毕永年摇了摇头："明知成不了的事情，何必要搭上自己宝贵的生命呢？梁公，谭兄弟，希望你们好自为之，我不奉陪了。"说完，对公韧使了一个眼色，"公韧兄弟，咱们走吧！"

梁启超突然拦住毕永年说："毕龙头，虽然人各有志，不能勉强，但我还是希望你能留下来，助我们一臂之力！"

毕永年摇了摇头说："这忠心保皇和反清复明本来就不是一条道，这个忙实在帮不上。与其我们在这里白白搭上性命，还不如革命去。"说着，拉着公韧就要朝门口走去。

公韧拉住毕永年的手说："毕兄，虽然袁世凯不可靠，但是事情已经运动到这种程度，就算袁世凯反水，我们也要看看他是如何反水的。反正离八月十五就两天了，我们明天继续给袁世凯上'眼药'，逼他造反如何？"

毕永年实在没有想到，公韧居然也不同意自己离京，还要给袁世凯上眼药。

不知道这个眼药是如何上？在此地已经是如临万丈深渊，时刻有丢掉脑袋的危险。自己死了倒无所谓，可是哥老会的几十万弟兄还在等待着自己亲临主持。

思忖再三，毕永年只好说："既然公韧兄弟和你们都同意这样做，那我就暂且留下，做最后的努力吧！只是公韧兄弟想的什么计策，还请说明一下，我们看看是否可行。"

公韧略微迟疑一下，说："我也只是想了个大概，具体能不能行，还在反复推演。容我再考虑一阵子。"

第45回　公韧献出计三条（一）

桌上摆着酒菜，可是哪个有心喝酒吃菜？屋里有木床、被褥，可是哪个有心上床休息片刻？公韧对毕永年说："屋里太闷了，我出去走一走。"

毕永年知道公韧一定有事，既不阻拦也不陪着，只是略微点了一下头。

公韧到街上找到了电报局，立刻给日本横滨发了一封电报，汇报这里的情况。公韧没敢挪地，就在电报局里等候回电。没过多久，回电发来，上写：事已知，因买卖的事情比较复杂，不好决策，请公韧弟全权处理。

公韧心中已是有数，又赶紧给远在广州的王达延发了一封电报，电报上写：家兄，因铺子里急需用人，请速派二十人来京谈家府里协助。公韧怕万一事泄留下把柄，没敢写谭府，而是把"谭"写成了"谈"。

公韧回谭府的路上，想着怎样逼袁世凯造反。他把《太平韬略》第八课反间计想了一遍，快到谭府时，已经有了一个大概的谋划。

回到谭府，毕永年、谭嗣同、梁启超都在屋里等着，一个个默默无语，但恐怕早已等得心烦意乱。毕永年用眼睛瞥了一下兴致勃勃的公韧，那眼神似乎在说："出去这一趟，想来收获不小吧！"

公韧坐下，端过一杯茶来，一口气喝干，然后说："诸位长兄，我有三条计策，你们看看是否可行？"

谭嗣同眼睛一亮，说："噢，一下子想出来三条计策，哪三条，不妨说出来听听。"

梁启超一副看不起公韧的样子："竟然有计策，还一下子三条。我怎么一条也想不出来啊，行也好，不行也好，我也好学习学习。"

公韧不紧不慢地说:"这第一条呢,就是刺杀荣禄,不管杀得成,杀不成,都要把袁世凯拖下水。目的呢,是逼袁世凯造反。"

梁启超皱着眉头问:"这一点,我就不明白了,为什么不刺杀慈禧呢?再说,如果刺杀不成,荣禄一看刺客是袁世凯的人,还不立刻就到慈禧那里告状。慈禧大怒,杀了袁世凯,这不又削弱了我们的力量吗?"

谭嗣同也是一副狐疑的目光。而毕永年听了,略微考虑了一下,心里暗暗惊喜。

公韧解释说:"为什么不刺杀慈禧呢?因为宫廷之中也好,颐和园里也好,戒备森严,不是那么容易下手的。而荣禄此时正在天津,和慈禧搞了一个阴谋,准备在天津慈禧和光绪阅兵的时候,发动兵变,废黜光绪。我想,在天津刺杀荣禄,准比在京城里刺杀慈禧要容易吧。如果刺杀成功,那就削弱了慈禧的力量,如果刺杀不成,故意留下袁世凯主使的线索,荣禄也不会向慈禧告密。"

谭嗣同问:"为何荣禄不会向慈禧密告这个事情呢?"

公韧说:"荣禄这个人,官场上也不是那么顺利,咸丰年间做过户部银库员外郎,因为贪污几乎被肃顺砍了头。光绪四年,慈禧皇太后欲自选宫监,荣禄奏非祖制,得罪了慈禧太后。会学士宝廷奏言满大臣兼差多,乃解尚书及内务府差,又以被纳贿弹劾,降二级。光绪二十四年,光绪帝起用康兄、梁兄等参与新政,准备实行变法。慈禧太后唯恐形势有变,于是迅速起用了手握兵权的荣禄,授荣禄为文渊阁大学士,直隶总督兼北洋大臣,统帅董福祥的甘军、聂士成的武毅军和袁世凯的新建军。他深知混到这一步不容易,能为了这点不着边的小事,去向慈禧告状吗?"

梁启超听了公韧的这番话,大惊:"想不到公韧兄弟对荣禄了解得这么透啊,甚至比我了解得还要多。请问,公韧兄弟,你是如何知道这些事的?"

毕永年听了也大惊,问:"你我同时来到京城,又同时来到谭府,为何我却不知道这些事?"

公韧说:"说来也简单,就是空闲的时候,稍微看了一眼谭兄桌上的简报、资料什么的。"

梁启超十分惊诧:"公韧兄弟看来有过目不忘的本事!要不,不会记得这么多事情。"

谭嗣同听了则大喜,继续发问:"要你这么说的话,这条计策已经成功了一半。就是不知道为什么这样做会逼袁世凯造反?"

公韧又说:"袁世凯耳目众多,到时候他岂能不知道这件事,凭着袁世凯的心机,他必得迅速投靠光绪,除此之外还能有什么好办法吗?"

谭嗣同大叫一声:"此计甚好!我赞成了。"

既然谭嗣同同意了,梁启超和毕永年也就没了话说。三个人又一直看着公韧,希望公韧快快说出第二条计策。

公韧又端起茶杯喝完了第二杯茶,不慌不忙地说:"第二条就是离间慈禧和荣禄,目的是制造混乱,我们好乱中取利。"

梁启超又皱起眉头问:"公韧兄弟能不能说明白点,用什么手段离间慈禧和荣禄?"

公韧说:"这个好办,慈禧这个妇人疑心很重。现在荣禄手握兵权,掌握着董福祥、聂士成和袁世凯的三支军队,慈禧能不注意他吗?我们再到另两支军队中联络,运动一些反对慈禧的事,假的也好,真的也好,留下一些证据,故意透露给慈禧,让她心生疑虑。这样我们的目的也就达到了,其实这也是条离间计。"

梁启超点了点头:"我明白了,你是想利用假的运动来掩护袁世凯真正的运动。而真正的目的,却是挑起慈禧对荣禄的怀疑。"

谭嗣同大腿一拍:"此计甚好!我同意了。那第三条呢?"

公韧又慢慢地端起了第三杯茶。

谭嗣同、梁启超、毕永年急切地看着公韧,希望公韧能快点把这第三杯茶喝完。

公韧慢慢地喝完第三碗茶,抿了一下嘴说:"在颐和园趁着慈禧和光绪赏月的机会诛杀慈禧,那得闹多大的动静啊!这叫拙而不叫巧。现在慈禧就住在颐和园,我想,不如乔装袭敌,谭兄侦察好情况,我们派高手扮成太监或者禁卫军潜入颐和园,把慈禧绑架,让光绪再收拾残局。那样四两拨千斤,岂不更巧……"

梁启超皱着眉头说:"为什么非得绑架,杀了岂不更好?"

公韧说:"人都怕死,慈禧也不例外,逼她交出政权,这样不更好吗?要是慈禧一死,光绪又控制不住形势,那样岂不天下大乱!"

谭嗣同又发问道:"上颐和园绑架慈禧,非得武功高强又智慧非凡的人不能胜任。这用人上,公韧弟想好了吗?"

公韧说:"我已给家里发了电报,让我的二十个兄弟前来听从谭兄的调度。"

谭嗣同又逼视着公韧的眼睛问:"这样,我们就改了大计划。现在我们应该怎么办?"

公韧说:"示弱,示弱,没有比现在示弱更重要的了。我们维新派现在就是一只快病死的猫,造成下风或者不动作的态势,待我们的计策一个个成功,然后突然翻身亮剑,一剑封喉!"

谭嗣同猛地擂了一下桌子,震得茶壶、茶碗都跳了起来。他仰天大叫一声:"苍天啊!如果这三计成功,我变法之事成矣——"然后跪下,欲给公韧叩头施以大礼。

那谭嗣同是什么人物啊?是光绪身边领着变法的灵魂人物。要不是形势逼得他走投无路,他也不会对公韧这个小人物行如此大礼!别说公韧承受不起,就连梁启超也看不下去了,急忙歪过头,不忍目睹这尴尬的一幕。毕永年看了谭嗣同一眼,嘴一撇,心想:这个谭嗣同,凭什么对公韧行如此大礼?这个礼一拜,足以把公韧兄弟的小命也拿了去。

公韧慌得赶紧扶起谭嗣同说:"使不得!使不得!小弟——井里的蛤蟆见过多大的天,敢受此大礼,羞煞小弟,羞煞小弟了!兄弟只是随口说说,胡乱参谋,这变法的事,还得指望大人拿主意啊!"

谭嗣同这个大礼虽然没有拜下去,但对公韧却佩服得五体投地,嘴里连声说着:"公韧兄弟!这变法的事,就全指望兄弟了。"

毕永年小声对公韧说:"想不到公韧兄弟思维这么缜密,才华又这么出众,看来我在这里,已经是个多余之人。我看,今晚上我就走。"

公韧急忙挽留他说:"哪里的话,众人拾柴火焰高,还得指望大哥呢!"

毕永年还是执意要走,说:"家中数十万弟兄还等着我回去,还望诸位兄弟体谅我的难处。"

第46回 公韧献出计三条(二)

梁启超对谭嗣同使了个眼色,意思是既然这样,何不扣住毕永年,或者在此诛杀,以免后患。谭嗣同装没看见,抱着拳对毕永年说道:"我叫家兄来,家兄是马不停蹄地来了,没有半点犹豫。来到这儿,觉没睡好一个,酒没吃好一杯,叫我的心里哪能过意的去!家兄还是多留几日的好,也好给我把把关。"

毕永年不为所动,坚持要走,谭嗣同只好紧紧地跟在毕永年的后面,步步相送。公韧和梁启超也紧紧跟随,一直送到大门口。

毕永年对谭嗣同拱了拱手,又悄悄凑近公韧的耳朵说:"我劝兄弟,还是听我一句吧!跟着我走,还能求得一命。要不,后悔可就来不及了。"

公韧闭了一下眼睛,忧郁地说道:"事已至此,成功也好,失败也好,只能拼死一搏了。你怎么知道此事万万不成?"

毕永年苦笑一下,说:"我这个哥老会总龙头也不是吃素的。计谋归计谋,事实归事实,袁世凯和荣禄,哪一个也不是省油的灯。"

毕永年又对谭嗣同说:"计是好计,只是实行起来,恐怕还有一定难度。你也要早早考虑后路才是……"

谭嗣同对毕永年拱了拱手说:"我意已决,家兄不要再劝!"他从怀中掏出一些碎银子硬塞到毕永年手里,然后对毕永年再次深情地拱了拱手,目送着毕永年渐渐远去。

谭嗣同、梁启超、公韧又回到了书房里。谭嗣同对公韧说:"现在怎么办,就听你的了。"公韧说:"事不宜迟,趁夜黑风高,赶紧实施第一条计策。"

谭嗣同点了点头,出去了,大约过了一顿饭工夫,叫来了一个杀手来面见公韧。那杀手二十三四岁的年纪,浑身精瘦,一看就知道是练武的出身。他上身穿着新军的褂子,下身却是肥大的灯笼裤,满脸杀气。

谭嗣同对公韧说:"该嘱咐的我已经嘱咐了,不知公韧弟还有什么盼咐?"

公韧知道不便过问杀手的姓名,只是对他说:"不知道你计划怎样把袁世凯牵涉进来?"

那人说:"我穿着新军的褂子,只有新军才有这样的衣服。另外,还有袁世凯的手迹。"说着,拿出了袁世凯的一封私信,底下署名为"袁世凯"三个字。

公韧仔细看了看那封信,信上都是一些无关紧要的话,而署名却太过明显,就把"世凯"撕去,只留下了撕去一多半的"袁"字,几乎只留下一个"土"字,然后又揉搓了两遍,点了点头说:"好了!"

梁启超点头夸奖道:"妙!妙!妙就妙在模模糊糊,似是而非。荣禄是什么人,他不会猜不出是什么人所为。"

谭嗣同对杀手说了一句:"你去吧,剩下的一半银子,我明天就交给你家里。"

那杀手答应一声,扭头走出门去。不一会儿,一阵清脆的马蹄声响起,愈来愈远,渐渐没了声息。

公韧说:"明天需要办两件事,第一件事是,我继续上袁世凯的府里,去催促袁世凯,看看他的反应;第二件事是,实行第二条计策,派人去董福祥和聂士成那里联络,看看两人的反应,顺便透露一下这是荣禄的指使。"

安排完了这一切,谭嗣同对公韧点了点头说:"时间不早了,你也该歇息了。"

公韧点了点头:"谭兄啊,你为国事操劳,更应该休息了,免得累坏了身体,造成不必要的损失!"公韧也算夸奖也算恭维了谭嗣同几句。

第二天一早,辰时已过,公韧来到了法华寺。

门口仍然有四个新军士兵站岗,经过一夜的煎熬,他们没有丝毫的疲倦,反而显得更加精神抖擞,英姿勃发。他们下足立定,整个上身前挺,犹如四座雕塑一般,只是难堪的是,他们的脸上起了一层小疙瘩,那是被蚊虫叮咬后一个个叠加而成的。

公韧对门前管事的说:"请你上报袁大人,就说梁启超大人的人来访。"

那人斜着眼睛看了公韧一眼,然后进府禀报去了。公韧就在门口静静地等待着,从辰时一直等到了巳时,将近一个时辰,还是没有等到袁世凯接见的动静。

公韧心想:袁世凯本来就没有借兵的意思,这会儿正好闭门谢客,闭着眼睛装看不见,驴毛塞着耳朵装听不着呢!也可能知道来的人不过是一个小兵,干脆不予理睬。你不接见我,我也不急着见你,到时候火烧到房上,看你着不着急。

正在此时,一骑快马由远而近,马蹄溅起一路尘土,骑手左手挽缰,右手执鞭,尽管马已经跑得很快了,但还是不断地挥鞭策马。到了法华寺前,那骑手滚鞍下马,把马缰绳往墙上的铁环上一拴,就往袁府里跑去。

公韧上前看了看马,由于长途奔跑,那马身上沁出了一层汗珠,嘴上呼呼地喘着粗气,虽然拴在铁环上,浑身仍然胡乱晃动着,马蹄子一个劲地跺地,那地被跺得咚咚乱响。

公韧心想:不用说,这是从天津来的,想必这时候荣禄遭到暗杀的消息,袁世凯已经知道了,和袁脱不了干系的一些细节,恐怕袁世凯也已经晓得。

也就一袋烟的工夫,那管事突然过来对公韧说:"袁大人叫你进去。"

公韧心里觉得好笑,这刺杀荣禄的事情就是好使,要是不来这么一招,恐怕等到天黑你也装看不着,要是再等上两天,黄花菜也凉了。管事领着公韧进了袁世凯的书房,然后关上门出去了。

袁世凯随意地坐在座位上,目光炯炯地看着公韧,冷笑着,没有一点迎客的意思。

公韧只得拱了拱手,对袁世凯行礼:"袁大人好,小人见过袁大人。"

袁世凯笑了笑:"我还不知道你的尊姓大名,来到这里的人,恐怕也不是泛泛之辈。"

公韧说:"在下公韧,公众的公,韧性的韧。"

袁世凯说:"你我已是第三次见面了,第一次在望海楼,第二次在这里,你还糊弄我,说我好给你们讲讲话,你们好给我献献花敬个礼什么的,如今已是第三次了。说吧,你今天来又有什么阴谋?"

公韧心里暗暗吃惊,想不到袁世凯的记性这么好,什么事也糊弄不了他,只得说:"我来到这里,是和袁大人商量救国救民的大事,哪里有什么阴谋。"

听到这里,袁世凯突然桌子一拍,大声吼道:"谭嗣同好不仗义,竟敢给我来这一套!"这一掌非同小可,桌子上的茶壶、茶杯都蹦了起来,茶水溅了一桌子。

公韧吓了一跳,但也庆幸,袁世凯终于发火了,只要发火就好,总比不阴不阳的强。我再问问他,看他发的什么火。公韧耐住性子问:"袁大人,不知道你为什么说谭嗣同大人不仗义?"

袁世凯大骂道:"这谭嗣同昨天晚上派人去刺杀荣禄,人没杀成,却叫刺客留下了一些物证,一个新军的破褂子和我的一封不知道从哪里得来的破信。这叫什么?这叫挑拨离间,这叫造谣中伤。想不到这些下三滥的玩意儿,谭嗣同竟然给我用上了,简直是鲁班面前弄大斧,关公面前耍大刀,孔子面前卖《三字经》……"

公韧心想不好,自己的第一条计策这么快就被袁世凯识破了。这个袁世凯确实是世间奸雄,什么事都瞒不住他。不过,知道也有知道的好处……

正在此时,一个军官过来附在袁世凯的耳边说了几句,袁世凯越听越生气,越听越上火。待那士兵走后,袁世凯又狠狠地拍了一下桌子。这一掌更狠,茶杯翻了,杯里的茶水、茶叶洒了一桌子。

袁世凯大骂道:"这个谭嗣同到底想干什么?他倒真有这个胆子,又跑到董福祥和聂士成那里,劝董福祥和聂士成投靠维新派,维护变法,还说这是荣禄的意思。这不是胡说八道吗?谁不知道荣禄是皇太后的人,他怎么会让甘军和武毅军去造反?明眼人一看就知道,这不是反间计又是什么……"

公韧心里又是暗暗吃惊:"不好,这第二条计策又被袁世凯识破了。这个袁世凯确实很难对付……不过,看看他到底怎样应付这件事情。"

袁世凯骂着骂着,突然矛头一转,对公韧说道:"这个谭嗣同,原来没有这么多心眼啊,怎么这一段时间本事看长了,是不是你给他出的主意……"

说完又狠狠地拍了一下桌子,这一下茶壶翻倒,茶杯直接掉在地上,碎了。袁世凯骂道:"下一步谭嗣同还想干什么,是不是想绑架太后?"

第47回　公韧献出计三条(三)

公韧心下大惊:这个袁世凯啊,还真是个妖魔,都让他猜着了。

袁世凯骂够了,大吼一声:"来人,把公韧这个小子拖出去砍了。"

袁世凯话音刚落,屋门大开,立刻扑进来四个如狼似虎的卫兵,把公韧的胳膊拧起来,就往外拖。别看这屋里风平浪静,其实各个角落的暗洞里都有短枪对着屋里的生人,要是有半点不规,立刻命丧枪下,何况袁世凯本人还有不凡的武功。

事已至此,公韧心里反而坦然了,仰天大叫:"谁也不怨,还是怨我思谋不周。这样也好,倒是可以和西品相会去了,省得让她等得寂寞!"

听到此话,袁世凯的眼睛转了转,对公韧说:"这些鬼点子是不是你出的?"

公韧大叫道:"是我出的又怎么样,不是我出的又怎么样,要杀要剐,来就好了。"

袁世凯听到这些话,突然转怒为喜,对警卫摆了摆手。那四个警卫放下公韧,走出屋去。袁世凯又对外面温和地说:"来人,上茶!"

管事上来了,对着桌子整理一番,又重新上来了茶水、点心。袁世凯这时候对公韧笑嘻嘻的,倒是没有一点怨恨的意思,站起来,对公韧拱了拱手说:"真是英雄出少年啊!我一看,这位兄弟气宇轩昂,本事非凡,一生的辉煌早已写在眉目之间。"

袁世凯这是唱的哪一出啊?生死之事,全在于他嘴唇上下一碰。公韧实在是摸不清袁世凯到底想干什么,干脆静静地坐在椅子上,以静制动。

袁世凯说:"什么是缘分啊,这就是缘分,上天把一个大才子送到我的跟前。请问,公韧兄弟,你为什么要为谭嗣同出这些计谋?"

公韧反唇相讥:"袁大人,你现在手握兵权,光绪皇帝意欲变法图强,改变中国的命运。而慈禧、荣禄之流封建专制、故步自封,阻挡历史车轮前进,阻碍变法。你如果振臂一呼,全国响应,你就是美国的华盛顿,法国的拿破仑,为何不一蹴而就,流芳百世呢?"

袁世凯眉头一皱,低下了头:"公韧兄弟,我有我的难处啊,你以为变法就这么容易?"

公韧一听有门,问道:"难在哪里,能不能说出来让我听听?"

袁世凯叹了一口气,慢慢地说道:"举大事者,首先要有兵权,太后这人,疑心太重,一看变法有可能危及她,就急忙召用荣禄统帅三军。虽说我的手里掌握着新军,可是要想调动一个标的兵力,荣禄说了才算。再说政权,表面是皇帝亲为,但幕后还是慈禧,皇帝性格懦弱,缺乏政治谋略,又遇到太后这样一个强势人物,所以他在政治上始终不能有所作为。在这场政治较量中,谁胜谁负,恐怕你心中已经有数了吧!"

公韧心中思忖,袁世凯说的有些道理,但是道不同不相为谋,切不可和他争论这些问题,因为他是常有理。公韧平静地说:"袁大人,晚辈学识浅薄,没有资格和袁大人讨论这些问题,该走了。"说着,站起身来就要走。

袁世凯笑着摆了摆手说:"不慌,不慌,我还没有和你聊够呢!请问,小兄弟是哪里人?"

"不出名的小地方,广东香山。"公韧随口答了一句。

袁世凯听到这句话却有些吃惊,赶紧站起来问:"又是一个香山人,香山可不是个小地方,那可是一块风水宝地啊!听没听说过香山三宝的事情?"

"哦!"公韧说,"我是香山人,倒是没有听说过香山三宝的事情。你这一说,我倒要听听了。"

"来人,上酒!"袁世凯又喊道。

公韧心中一愣,这个袁世凯搞什么名堂,一会儿要杀头,一会儿上来了茶,这会儿又上来了酒,实在是让人丈二和尚摸不着头脑。

管事上来了,擦桌子的时候看了公韧一眼,笑眯眯的,就好像公韧身上藏着什么宝贝似的。很快,上来一个仆人,端着一木盒好菜,又上来一个仆人,端着一木盒好酒和酒具。

公韧的心里越发糊涂了,心想:既来之则安之,看看这个袁世凯究竟要什么鬼把戏。

袁世凯对公韧的态度由原来教训的面孔变成了一副极其谦恭的样子,对公韧作了一揖,然后摆了一个请坐的手势,笑着说:"不才愿意交你这个朋友,不知兄弟意下如何?"

公韧大摇大摆地坐下了,心想:我岂能和你这个前怕虎后怕狼的后党为伍!但是想到不便驳了他的面子,便搪塞道:"如果我们能体谅对方的难处,诚心诚意地帮助对方,自然就是朋友了。不过,我得先问问袁大人香山三宝的事情。"

袁世凯也坐下了,不再提朋友不朋友的事情,说:"兄弟是真不知道还是假不知道？我也是听说，这香山第一宝呢，就是香山藏着一笔宝藏，得到这笔宝藏，足可以打赢一场战争；第二件宝呢，是香山藏着一部兵书，传说是长毛翼王石达开所作，有了这部兵书，足可以打赢所有的战争；这第三宝呢，就是香山出了一个人物，足可以把整个中国搅得天翻地覆。"

公韧心中一愣，想道："他说的这笔宝藏，是不是就是我看到的那十担茶叶。他说的这部兵书，没有什么悬念，就在我的脑子里。你这个狗官，我能把这部兵书交给你吗？他说的那个人物，肯定就是孙文，那是我的偶像……"

公韧纠正袁世凯道："这最后一条，你不应该说把整个中国搅得天翻地覆，而应该说足可以唤醒整个民族。"

袁世凯点了点头："对！对！按你们革命党的话来说，孙文足可以唤醒整个民族。"

公韧摇了摇头说："你说的这香山三宝这么神奇，我怎么能知道？"

袁世凯端起一杯酒，对公韧晃了一下酒杯，公韧也只好端起了一杯酒。

袁世凯笑着看了看公韧的眼睛，说："要说这香山财宝的事情，那也是难为你了，一般人哪能知道这个天大的秘密呢！可是要说兵书的事情，就和你有关系了，凭你出的这些计策，我怎么觉得你是一个熟读兵书的人呢？《太平韬略》是不是在你手里？"

公韧听了这话，心里一惊，酒杯一下子掉在了地上。他赶紧弯腰拾酒杯，无奈酒杯早已摔破，只能一个劲地掩饰道："失礼！失礼！听袁大人说的故事这么精彩，我激动得酒杯都端不住了。"

袁世凯看了看公韧的样子，笑了笑："你就别装了！我不是曹操，你也不是刘备，还想来刘备那一套啊，咱俩做个买卖怎么样？"

公韧心想：这个袁世凯，什么也躲不过他的眼睛。嘴上只能说："我一个穷小子，哪里有本钱和你做买卖。愿闻其详。"

袁世凯说："你如果献出香山的财宝，我借给你一个标；如果献出石达开的兵书，我借你两个标；如果献出孙文这个人，我借你三个标。"

这时候管事进来了，拾掇起破酒杯，又献上一只崭新的酒杯，赶紧退出。

公韧问袁世凯："你原来不是说，就是一个标的兵力，也要请示荣禄，这一下子竟能借出三个标，荣禄能答应吗？"

袁世凯笑着说："原来是原来，现在是现在。这么大的买卖，我就得冒冒险了。"

公韧叹了一口气:"我是想干这个买卖,可是这香山三宝的事情,我是一点也不知道呀。"

袁世凯拉下了脸,眉宇中隐隐含着一股杀气,大吼一声:"你是真不知道,还是假不知道?"

公韧说:"我是真不知道。反正我的小命就攥在你的手心里,要杀要剐,全凭袁大人发落。"

"真的不知道?"袁世凯又恶狠狠地问。

"真的不知道。"

袁世凯笑了,说:"既然兄弟真的不知道,那我也没有办法了。"

公韧回到谭府时,已经不早了。谭嗣同已经等得有些不耐烦,见公韧回来,赶紧问:"公韧兄弟,怎么去这么久,不知袁世凯答应借兵了吗?"

公韧说:"这个袁世凯,确实是个奸雄,我们的计划,他都猜到了。借兵的事,看来是没有希望了。事情已经十万火急,我们应当早早想好退路才是。"

谭嗣同点了点头:"公韧兄弟说得对,凡事总不能光往好处想,坏的地方也要想到。"

第48回　谭嗣同血洒菜市口

公韧又提议:"当务之急,是监视袁世凯的一举一动,防止他有什么阴谋诡计。"

谭嗣同点了点头,赶紧下去布置。

当天,袁世凯跑到天津,将维新派要兵围颐和园诛杀慈禧的消息告诉了荣禄。这荣禄一听心想,食君之禄,替君分忧,这不正是一个立功得宠的好机会嘛!于是荣禄立刻跑到颐和园,把这事告诉了慈禧太后。

慈禧太后闻讯大惊,当天晚上就从颐和园赶回紫禁城,直入光绪皇帝寝宫。她训斥了光绪一顿,然后将他囚禁于中南海瀛台,并发布训政诏书,再次临朝"训政"。

谭府里一派紧张气氛。

公韧、梁启超两人围绕在谭嗣同的身边商量对策。公韧对谭嗣同说:"事情紧急,我的人还没有来,只好请谭大人派人想办法潜入瀛台营救光绪。不管成功也好,失败也好,只能是死马当作活马医了。"

梁启超摇了摇头:"你以为瀛台就那么好进?那是一个小岛,四面临水。慈禧把光绪囚禁在那里,想必已经做了最严密的戒备。"

这边还没有商量好对策,细作又来报告:"大事不好!慈禧已下令搜查康有为的住宅,要逮捕康先生。"

三人闻讯大惊。公韧说:"覆巢之下安有完卵,这回是康大人,下一回就是谭老哥了,希望你们早早想好退路才是。"

谭嗣同对梁启超说:"你试着进入日本大使馆,拜见伊藤先生,请他发电报给上海领事来救康先生吧!"梁启超问:"那你呢?"

谭嗣同慷慨说道:"以前想救皇上,现已无法可救,现在想救康先生,也已无路可走。我已经没有事情可做!没有出走的人,就没有办法谋取将来的事情,没有牺牲的人,就没有办法报答贤明君主。程婴杵臼,月照西乡,吾与足下分任之。"

公韧说:"话是这样说,但是留得青山在,不怕没柴烧,以后变法事业还得指望你呢!我看,你还是躲一躲吧。"

谭嗣同挺了挺胸,昂起了头:"我意已决,公韧兄弟,不要再说了!"

公韧知道谭嗣同已经不好再劝,只得对梁启超说:"梁哥还是早走为好,这里时刻有被抄家的危险!"梁启超拥抱了一下谭嗣同说:"兄弟呀,我先走一步了。"

谭嗣同看了一眼屋里,对梁启超说:"你把我的书和诗文词稿带走,也算留个纪念。"梁启超点头应允。离开后,他到了北京驻日大使馆,暂避一时。

谭嗣同又把一些不需要的人,统统打发走了,以免受到株连。

数日后,王达延领着二十个精心挑选的三合会会员到了谭府。这时候的谭府,已是灯暗人稀。公韧向谭嗣同做了介绍后,谭嗣同十分感动,说:"夫妻本是同林鸟,大难临头各自飞,在这个时候你却带来了二十个弟兄来救我,在下谢过了!"说完,对着众三合会会员深深地作了一揖。

公韧对他说:"客气话就别说了,救皇上的话,力量是单薄了点,但是保护你,还是有这个能力的。趁现在清军还没有来抄家,我看,你还是跟着我们走吧!"

谭嗣同叹了一口气:"各国变法,没有不经过流血而成功的,现在中国没听说有因变法而流血牺牲的人,这是国家变法不成功的原因啊!流血牺牲,请从我谭嗣同开始吧!也请你们,速速撤出谭府,以免不必要的损失。"

公韧他们只好撤出谭府,在附近的小旅馆里暂住,观察谭府的动静。

又过了两天,清军突然围住了谭府,把谭嗣同逮去。一块捕去的,还有杨深秀、林旭、杨锐、刘光第、康广仁、徐致靖、张荫桓等人。在狱中,谭嗣同泰然自若,题诗于壁曰:望门投止思张俭,忍死须臾待杜根;我自横刀向天笑,去留肝胆两昆仑。

不日,北京宣武门外菜市口,风雨如晦,杀气腾腾,几百官兵将谭嗣同、杨锐、刘光第、林旭、杨深秀、康广仁六人押到菜市口行刑。谭嗣同慷慨激昂,神情没有丝毫改变,大喊道:"有心杀贼,无力回天。死得其所,快哉快哉!"

围观民众把路堵得水泄不通。行刑过程中,围观的百姓纷纷指着六君子叫骂:"乱臣贼子,书生狂徒,割了他们的舌头!不好好读圣贤之书,跑出来惑乱人心!"一些看热闹的等不及了,嚷嚷道:"快杀快杀,别磨磨蹭蹭!"许多围观的老百姓拿着白菜帮子扔他们。

气得王达延就要上去揍那些不懂事的老百姓。公韧叹了一口气:"这就是老百姓啊!谭嗣同为了谁,不就是为了建立一个富强的国家嘛,不就是为了让老百姓走上富裕嘛!可是老百姓却不买账。这就是心奴啊,如果思想上不解放,那么身奴就背一辈子。"

这时候的康有为在英国军舰的保护下避于香港。梁启超、王照藏匿于日本公使馆内,不敢出来。

后来,他们在宫崎寅藏、平山周等人的帮助下安全抵达日本。

公韧这边,让王达延他们回到老家,继续发展武装力量,自己回到了横滨,与陈少白等会合。

接上级指示,当务之急是与保皇派联合,促成革命大事。为此,公韧他们多次前往康有为住宅拜访,表达合作的意向。但双方各执己见,互不相让,始终未能达成一致。不过,公韧发现保皇派内部并非坚不可摧,也有内讧。在他们争论的时候,坐在康有为旁边的王照多次表达了不满情绪,康有为对他也毫不客气,甚至动了手。思虑再三,公韧提议营救王照,以他为突破口,寻求转机。

第49回　革命党与保皇党的联合(一)

陈少白点头同意,但提醒一定要小心,千万别让保皇党知道,以免让他们抓住把柄,误了联合大事。

这一天,陈少白和公韧看到康有为、梁启超和保镖外出,家里只剩下王照,二人便悄悄地到了康有为屋子的外面。

公韧透过窗户看到,王照被五花大绑地绑在了厨房里,衣衫脏破,脸上身上布满了伤痕,眼皮耷拉着,似睡非睡,嘴里还被堵上了一块破布,一副半死不活的样子。也许过不了多少时辰,这条小命也就完了。

陈少白小心翼翼地打开窗户,就要跳进去。公韧急忙阻止他说:"慢着!"随即看了看周围,见附近有一把扫院子的大扫帚,随手摸起从窗户里扔了进去,然后按着陈少白的头往下一压。

只听轰的一声巨响,无数的弹丸擦着两人的头皮呼啸而出,打在了五六十米远的一块空地上,地上被弹丸射出了一片小坑。

陈少白摸了一下头,吐了一下舌头,骂道:"这个康有为,江湖上的下三滥套路也有啊!要不是你,我这条小命就完了!"

公韧嘴一撇,说:"这点小把戏,糊弄谁啊!太小看我这个三合会的白扇了。先别慌着进屋,看看还有没有别的机关。"直到确认屋里再也没有什么机关时,才把王照救了出来。

原来,康有为所说的衣带诏一事是假的。康有为生怕王照泄露衣带诏的秘密,所以叫保镖严密监视王照,限制他的种种自由。王照不堪忍受,和康有为吵闹多次,于是康有为更加变本加厉,动辄打骂,甚至不惜动用杀人暗器严密看管王照。

陈少白听说了王照的遭遇后,颇为同情,想给王照一些钱,要他到别的国家谋生。

而王照并不甘心,本是维新同党,却白白受了康有为的许多欺负,今天既然逃出来了,就不能便宜了他,于是愤愤地说:"既然康有为对我这样,如此无义,那就休怪我无情。我要让天下人都知道康有为的丑事。"

王照就对日本媒体说了康有为假衣带诏的事情,还把自己受的种种虐待在报纸上大大地控诉了一番。日本政府知道王照和康有为水火不容,恐怕他在日本闹事,就给了康有为些钱,命令他立即离境。

康有为只得灰溜溜地远走加拿大,但他还是通过一些渠道知道了王照的逃跑都是陈少白、公韧所为,因此对革命党更加痛恨,联合之事似乎更加不可能了。

然而,过了没有多长时间,梁启超突然又来拜访革命党。公韧他们不计前嫌,就和对待老朋友一样,热情地接待了梁启超。

双方初步达成了联合意向。之后,梁启超离开横滨去往了檀香山。

陈少白一直留意着梁启超的动静。不长时间,陈少白拿着檀香山的内部通报对公韧说:"我看梁启超这个人不是个东西,他在檀香山设立了保皇会,把檀香山兴中会的人拉去不少。而且,他还利用这些人原在兴中会的关系,募捐了不少钱,这不是挖我们兴中会的墙脚吗?"

公韧听了暗暗吃惊,不过,他还是有些不大相信,难道梁启超真是个两面三刀的人?陈少白晃了晃手中的一份报纸,说:"这是保皇派办的《清议报》,看看梁启超是怎么说的。"公韧拿过报纸念道:"'今我国所谓有志之士,激愤满人之闭关守旧,提倡满汉分治,提倡革命言论者甚多。虽然,其好像有益于支那,然吾所不敢苟同。今日提倡民主政治于中国者,只会造成家家揭竿而天下大乱,只会导致列强干涉,瓜分中国,非但对中国没有益处,反而把中国害得更惨。'你看看,你看看,这不是梁启超的陈词滥调是什么,思想上一点儿也没变。"

陈少白从抽屉里拿出一封信来,晃着说:"梁启超先生的信,可就和这些不一样了。他在信中说,'推翻满族以兴民政,是天下公义;而借勤王以兴民政,在今天最合适不过了。古人说,虽有智慧,不如乘势,弟以为现在宜稍宜变通,革命大局既定,如果举皇上为总统,岂不两全其美?何必划上鸿沟,使彼此永远水火不容呢……望兄采纳我的意见,更迟半年之期,那时我辈握手共入中原,必定成功。'"

公韧也听糊涂了,问:"怎么文章和信,说得不一致呢?莫非梁启超在演戏?"

陈少白鼻子哼了哼:"我看就是在演戏。明明是想把革命派的力量拉到勤王的轨道上去,却说成是借勤王以兴民政。明明是对革命力量心存疑忌,却说是谋事必当养我力量,使立于可胜之地,然后发动才能成功。"

他随即拿出一封信说:"这是梁启超秘密写给康有为的信,为我内线所得,我给你们念念。"陈少白念道,"'如果不速速把他们消灭,广东如落其手,我们更向何处落脚?此实在不可以不考虑,不能以其空话,而自欺欺人。凡此诸事,当如何处置,请速指示。'你看,你看,谁说康有为什么事情也不管了,这梁启超不是在处处请示他吗?"

公韧摇了摇头:"只要他是害我们的狐狸,尾巴早晚得露出来。可是如果他能和咱们联合,咱们可以不计小节。"

陈少白说:"我看还是催催他,尽快制定两党合作章程吧!只要章程到手,不怕他冒天下之大不韪,失信于全国人民。"

公韧表示赞同。

于是,陈少白马上催促梁启超尽快制定两党合作章程,可梁启超不是今天有事就是明天有事,迟迟不见行动。不但陈少白等不及了,公韧也等不及了:"我们在紧处,他在慢处,要是这样等下去,猴年马月是个头啊!我看,不如到檀香山走一趟,一来当面和他制定两党的合作章程,二来呢,也看看他究竟在檀香山做什么。"

经过一番商议决定,公韧前往檀香山,陈少白留下,处理当下的一些事情。

第50回　革命党与保皇党的联合(二)

从日本横滨到檀香山路途遥远,一路上,惊涛拍船,时晴时雨,变幻无常,将近二十天,轮船才颠簸着到了檀香山的火奴鲁鲁港口。公韧下了船,一个中年人快步地向这边走来,迎接了他。

安顿好住处后,公韧坐上马车速速到昔日的兴中会茂宜分会,去找梁启超。

今天的茂宜分会分外喧闹,只不过门口的牌子早已不是兴中会的了,而是挂上了茂宜保皇会的牌子。人是进进出出,显得十分繁杂,看那穿戴,有有头有脸的人物,有干活的粗工,也有读书人,大都是些年轻力壮的男人。

公韧进了门,看到约有一百多个人,正全神贯注地听着台上梁启超的演讲。梁启超抑扬顿挫地朗诵着他的关于少年的学说:"日本人之称我中国也,一则曰老大帝国,再则曰老大帝国。是语也,盖袭译欧西人之言也。呜呼!我中国其果老大矣乎?恶!是何言!是何言!吾心目中有一少年中国在……故今日之责任,不在他人,而全在我少年。少年智则国智,少年富则国富,少年强则国强,少年独立则国独立,少年自由则国自由,少年进步则国进步,少年胜于欧洲则国胜于欧洲,少年雄于地球则国雄于地球……"

梁启超朗诵完他的《少年中国说》后,全场响起了一片热烈的掌声。公韧也禁不住地大声喊道:"好!好!好!"

谁知梁启超口无遮拦,开始诋毁革命派,说革命派为达目的不择手段,革命为图一己私利,并非为国为民。

听到这里,公韧再也忍不下去,大吼一声:"梁启超,住口!你这个当面一套背后一套的小人,怎么还有脸说别人?"

本来会场上是一鸟聒噪，百鸟不语，众人都在平心静气地听梁启超大放厥词。忽听到一人直呼其名，矛头直指他们所尊崇的梁启超，这还了得！就和戳了马蜂窝一样，所有人的眼睛都瞪向了公韧："这个人是干什么的？""怎么这么面生啊！"

这些人不认得公韧，梁启超却熟悉得很，他对底下说："这就是陈少白的一个随从，公韧是也。"

众人一听说是一个不出名的小卒，就有些看不起了。有的说："不就是一个狗腿子嘛，有什么了不起的！"有的骂道："一个小狗腿，就敢闯保皇会的公堂，这还了得！"

说着有人开始捋胳膊伸拳头，想对公韧动手。要是对付那些高手公韧可能不行，可是对付这些虾兵蟹将，他心里还是有些底的。公韧一边在场子里躲着，一边骂道："你这个梁启超，在横滨是怎么说的？到了这里又是怎么做的？"

这时候，一个保皇党一拳就打过来了。公韧一个抵挡，把他打得后退几步。公韧掌握着分寸，并不叫他太难看，毕竟要是把这些小疯狗惹急了，他们可是要跳墙的。

"没想到，梁启超你到了这里，非但不履行承诺，还挂着羊头卖狗肉，吃了革命党又办起了保皇会。想你也是个人物，怎么做起这等下三滥的事情。还当众诋毁革命党，要是我啊，真不如跳到黄河里淹死，到了泰山找个小树吊死，喝口水呛死，睡觉打呼噜憋死，跳到大海里叫小银鱼痒死，出门叫马车撞死……"两个小保皇又冲了上来。公韧嘴里不闲着，手上也不闲着，一手一个，来了一个反关节，然后顺着这个劲，把他们推到一边。

常言说，打人不打脸，揭人不揭短，梁启超在众人面前哪里受过这样的气啊，真是颜面尽失！他的嘴里也不闲着，陈词滥调又来了："我和革命派就是不能妥协，你们的所谓共和，只能是越和越乱，中国不但要亡国，也要亡种。我看现在的中国就适合日本和英国的君主立宪，这最符合中国的国情。你们的共和要把土地国有，这不是剥夺所有人的土地权利吗？……"

公韧一边转着场子，躲避着那些胡乱伸过来的拳脚，一边回嘴道："你真是当面一套，背后一套。刚才的《少年中国说》说得多么好啊，朝也者，一家之私产也，国也者，人民之公产也。这转脸就变，比那三岁孩童的脸变得还要快，一会儿是革命言论，一会儿是保皇鬼话，革命和保皇，你算哪头的啊？"

公韧的一席话，又引起了保皇党的一阵议论。

第51回　檀香山的斗争（一）

公韧又喊道："再说还有土地国有的事情,朱门酒肉臭,路有饿死骨,这个不平的社会就得要推翻,天下的受苦人就是要吃上饭。""这个小子的话,也不是没有道理。""革命还是有好处的,要是革命的话,我们也有盼头了！"

还有看着以多欺少不平气的,开始打抱不平了："这么多人欺负人家一个,算什么本事！""有理走遍天下,无理寸步难行,有话就叫他说呗！"

公韧看到有人撑腰,心里更是增加三分胆量。

梁启超心里骂道:真是三条腿的蛤蟆——难缠。他对手下人一使眼色,众保皇党们又来驱赶公韧。无奈公韧就是不跟他们死打硬拼,只随手招架着。

而梁启超自知理亏,趁乱脚底抹油——溜了。那些小喽啰一看主子都走了,自己还打个什么劲呢,于是骂骂咧咧地散去。

公韧倒是高兴了,往讲台上一坐,大喊道："我反正是不走,只要你梁启超不露面,我就住在这里了。"

天已渐渐黑了,大厅里空无一人,公韧点亮了屋里所有的灯,这才感觉到肚子有些饿了,疲乏劲也一阵阵地袭来。有心出去买口饭吃,可是一想:我要是走了,保皇党锁了门,就成了我是被他们赶出来的了,不行,我就是要占领保皇会,叫他们不好受。

心里正喊着饿,忽听门一响,一个穿着和服的女人手托着一个大托盘进来,大托盘里放着四盘西餐和一瓶红酒特别招人耳目。这花花绿绿的西餐,写着洋文的红酒,透着一股诱人的香味,立刻就把公韧肚子里的馋虫勾了出来,使他的哈喇子顿时淌出来不少。

在那个大盘子下面,露出了雪白的大腿和一双红色的高跟鞋。

那女人把大托盘放到讲台上,然后对公韧说："你好,我叫真的优美,是专门来伺候您大老爷的！"

公韧心里觉得好笑："大老爷,我什么时候成大老爷了？"不过,这个女人既然这么称呼自己,自己就尽量配合配合吧！毕竟人家这么高看你,你再不领情,那就太对不住人家了。

"真的优美,听你的口气,是日本人吧？"

"是的,我是日本人。"

"谁叫你来的?"

"也不瞒你,是梁大人叫我来的,专门伺候你的。只要你高兴,我怎么做都行!"

"这菜里不会放毒吧?"

"不会的,不会的,你要不信,我先尝一口你看看。"

"哼,借梁启超个胆子他也不敢!要是放了毒,不但他活不了,恐怕你也活不了,所有的保皇党都活不了。"

公韧看了看那些酒菜问:"你得先给我介绍一下,这叫什么菜,什么酒。再说,也没有筷子呀,难道要我用手抓?"

真的优美赶紧指着那副刀叉勺子说:"这里有刀叉和勺子。"

"太不讲究了,吃饭竟用这些东西!不过既然这么寒酸,那就将就点吧。"

真的优美介绍头一道菜说:"这叫菠萝焗火腿。"

公韧看到,那是将一个八成熟的菠萝剖开,在里面放上一些红的火腿和一些蔬菜,不过样子还是蛮漂亮的,花花绿绿,吸人眼球,而且透出一股清香的菠萝味。公韧舀了一勺子放进嘴里,品评一番:"嗯,味道还可以! 菠萝就菠萝,火腿就火腿,为什么非要放在一起?"

公韧又端过真的优美递过来的一杯红酒,喝了一口,品评道:"太涩了,没有味道,真没有我们中国的老白干过瘾。"

"这红酒可是比中国的老白干贵好几十倍呢!"

"我说过要拿钱吗?"

"不用付账,梁公早就付好了的。"

"这还差不多! 我喝了他的酒,是看得起他!"

真的优美又介绍着说:"这盘是苹果烧鸭。"

公韧看到烤红的鸭子去头足,浇以苹果汁,旁边辅以洋式佐料,真是红绿黄粉颜色鲜艳,玉盘托红叫人垂涎。

"这是牛扒!"公韧看到,盘子中间放着一块烤熟的牛肉,牛肉旁边放着一些佐料。公韧问:"这都是些什么佐料?"

真的优美说:"这是杧果、牛油、黑胡椒粉、盐、糖。用牛扒蘸着佐料吃!"

公韧不满意了:"牛肉就牛肉呗! 还牛扒猪扒的,名字太不好听了。"

真的优美又介绍了阿拉斯加海产、波士顿海鲜。阿拉斯加海产就有点艺术性了,这道菜雕塑成了一座山,山上有一只鹤,看着山下的一些"仙人球"。而波士顿海鲜呢,就是把各种海鲜烙成一张厚饼,旁边辅以水果。

真的优美说:"阿拉斯加海产的主要食材是阿拉斯加红鲑、太平洋真鳕和阿拉斯加狭鳕鱼籽等。波士顿海鲜则是集波士顿海鲜之大成,讲究各种海鲜的原汁原味……"

公韧摆了摆手:"看来,我也做到吃出有名了,免得吃了一阵子,都不知道到底吃的是什么菜。再遇到王达延、李斯、张散那些小子,我也好给他们显摆显摆。反正也饿了,不吃白不吃。"

公韧来了个狼吞虎咽,沟满壕平,吃完了一抹嘴说:"还有什么节目,尽管上来。"

真的优美甜甜一笑,白白的脸上显出两个浅浅的酒窝,相当的妩媚、动人。她顺势在公韧的身上捏了一把,把那半裸的白白胸膛在公韧的身上蹭了一蹭,勾引道:"亏你还是个大男人,难道真就不想点儿什么吗?"

公韧说:"你怎么这么明白啊!真不愧为明白二大姐。别说,我这会儿浑身痒痒,还真有点儿浑身不自在。"

真的优美一听有门,又在公韧的身上捏了一把,挑逗地说:"这才是个男人嘛!我摸摸是不是你说的那样。"说着,就要动手往公韧的裆里摸去。公韧的脸色一变,用手推开了她:"不该动的地方不要乱动,否则我生气了!"

真的优美欲动又止,停了一会儿,嬉笑着说:"你喜不喜欢舞蹈?"

公韧说:"怎么不喜欢呀,武术舞蹈不分家,喜欢武术当然也喜欢舞蹈了。"

"拉丁舞你看过没有?"

"听说过,但是没有见过,难道你会跳拉丁舞?那你就受累了!今晚我正想好好享受享受,看看到底什么叫拉丁舞。"

真的优美领着公韧到了另一间屋里。原来这是一间不大的卧室,摆着一张双人床,旁边的小桌上,有一架留声机,地上铺着地板,整洁平滑,是跳舞的好地方。公韧往床上一坐,静静地等待着真的优美拉丁舞蹈的表演。

真的优美打开了留声机,随即一首缠绵的舞曲响了起来,把人带入了一个神奇的世界。真的优美开始慢慢地往下脱衣,和服、内衣、裤子、衬裤,浑身上下只剩下了乳罩和三角裤,然后套上了一件迷人的小裙子。

真的优美扭动起来,在优美的音乐下,舞态柔美,舞步动作婀娜摇摆。就和古巴人头顶东西行走似的,以胯部向两侧的扭动来调节步伐,保持身体平衡。原始的舞蹈风格,融进现代的情调,动作舒展,缠绵妩媚。公韧被这充满浪漫情调的舞蹈吸引住了,禁不住想上前舞上一把。

真的优美伸出了手,公韧上前拉住了。真的优美往公韧的怀里一躺,公韧用武功的底子,一下子来了个抱腰亮相,相当的自信、飘逸。公韧配合了一阵子,自觉舞姿拙劣,退下阵来继续欣赏真的优美的玄妙舞姿。

真的优美跳到高兴处,慢慢地摘掉了乳罩,公韧摇了摇头,低沉地说:"刚才还是天仙,现在不好看了,太丑了!太丑了!"

第52回 檀香山的斗争(二)

真的优美燥热难耐,一下子扑过来。公韧急忙闪过,对她厉声喝道:"我喜欢你的艺术,但不喜欢你的身体。你想干什么?"

真的优美不说话,还是往公韧的身上蹭。公韧大呼道:"你别破坏氛围好不好?真要这样,我可要喊了。"真的优美一下子抱住了公韧,拧着身子娇媚地说道:"难道你不喜欢女人?难道你是个罗汉?"

公韧大呼道:"我的心里只有西品。看你刚才还算个美女,现在却是个女妖。说实话吧,我有点儿恶心,恶心死我了。"

这些话说得真的优美激情下来不少,不服气地说道:"我真的这么可恶,真的这么不讨人喜欢?"

公韧大声喝道:"何尝不讨人喜欢,简直就是个白骨精。你走吧!趁我还有点儿好心情,要不,我可要喊了。"

真的优美只好慢慢地穿上衣服,临走时,对公韧说:"既然你不喜欢美女,金钱你总喜欢吧!门口我那提包里的钱,是你的了。"

公韧大怒道:"美人计不行,又使金钱计,别在孔子面前卖《三字经》,关公面前耍大刀,你的这些计策我都使过多少回了!"

真的优美忍不住夸奖公韧:"男人我见过无数,像你这样软硬不吃,美女金钱不认的还是头一个。"

公韧哼道:"这就是革命党人。"看着真的优美渐去渐远的身影,公韧自言自语道:"灵活是灵活,原则是原则,这是两码事。革命党人不低头,昂头走进保皇会,陪吃陪聊要陪睡,待遇翻了好几倍。"

第二天一早,梁启超早早地来了,见了公韧客气地问候:"公小哥,打扰了!打扰了!"

公韧对他昨天的行径很反感,于是对他爱答不理地说:"梁公啊,昨天是怎么回事?怎么白面黑面不见面了。我记得,在横滨的时候,你可不是这样啊?哭着闹着非要搞联合。这到底算怎么回事,倒是给我说明白啊!"

"昨天确实忙,"梁启超掩饰地说,"会里的事情太多了,忙得简直透不过气来。"

公韧虽然心中有气,但国事为重,便强忍了,开门见山地说:"两党的合作章程不知道考虑得怎么样了,我听听你的意思。"

梁启超低下头没有答话。

公韧见他不说话,又逼问道:"我们兴中会可是一直在等啊,事情早晚得解决。我可是听说,这里的兴中分会没了,人都叫你收进了保皇会。另外,钱你也筹了不少,不知道你要钱做何用处啊?梁公,你饱读诗书,满腹经纶,做的这些事儿,自己说说,对得起兴中会吗?对得起原来说的那些铮铮誓言吗?"

梁启超的头上开始出汗了,知道无法自圆其说,无法给兴中会一个交代。

公韧继续说道:"你说怎么办吧?是真想两党联合呢,还是原本就不想革命,而是想借着革命的招牌实行保皇的宗旨。把事情说明白了,从此咱们是友党的话,就互相帮助,如果是敌人的话,就刀兵相见,总比现在这样黏黏糊糊,半死不活强。今天,我想听你说个明白话。"

梁启超沉吟半天,说:"从我个人讲,确实非常感激革命党,你们多次救我们于危难之间。我本人也希望参加革命,来推翻专制的清王朝,来一个改朝换代,建立共和国家。但是恩师不能忘,恩师的教诲不能忘,至今皇帝还囚禁于中南海瀛台。每当想起这件事来,我就茶饭不思,夜不能寐,更加强了我要救皇帝于瀛台,实行君主立宪,富国强民,建立强大中国的想法。"

公韧鼻子一哼:"还是忘不了你那个皇帝,还是忘不了你的恩师。就算皇帝掌了权,国家也是没有希望的,那是私人的国家,是个人的财产。我们革命党要建立的,是人民的国家。"

两人激烈地争论着。公韧心想:绕了一圈,又绕回去了。

此时袁世凯已经在天津小站练兵三年,不断地汰弱扩强,此时又在山东、河南、皖北、苏北招兵。陈少白代表兴中会又派给公韧一个任务,对公韧说:"如今形势已趋稳定,我们的力量也大有发展。你能不能装成招募的新兵,混入小站,侦察袁世凯的练兵情况。如有条件,顺便策反出一支部队,也算作革命军队的骨干力量。"

公韧沉吟良久,说:"这个办法好是好,但就怕和袁世凯撞到一块儿。我和他已经斗过几个回合,彼此谁想忘掉谁,恐怕已经很难了。"

陈少白突然想到了这件事,对公韧说:"我倒把这层忘了。要不,还是我去吧!"

公韧摇了摇头:"少白兄已快三十了,行军、操练、打仗都不方便,况且,你还有那么多要事在身。我看,还是我去吧,我就不信,袁世凯能从千军万马里把我认出来。"

陈少白笑了笑,拍了拍公韧的膀子:"我相信你!到时候随机应变,做不到的事情不要勉强。"

公韧给王达延拍去了一封电报,叫他挑选十名骨干,和自己一块去执行这个任务。双方约定在袁世凯在苏北的招兵地徐州集合。

听说当了兵每月能有一两银子的饷银,而且干得好还另外有赏,所以徐州招兵站前来验兵的人确实不少,渐渐排成了一个长队。这里头有贫苦百姓,有被裁撤下来的退伍兵,还有一些流氓、乞丐。招兵站跟前放着一副用青石雕刻而成的石锁,足有一百来斤,以测试臂力。

王达延对公韧使了一个眼色。他们事先约定,在公众场合,装着谁也不认识谁,这样便于开展工作。

前边验了几个,不是身高不行,就是臂力通不过,还有就是眼睛不行,或者过了二十五岁。挨到王达延了,登记新兵的书办问:"叫什么?"王达延一挺胸脯大大咧咧地说:"王达延。""多大年纪了?""二十四岁。"书办看了看王达延的样子,确实不像隐瞒年龄的,又问:"家住哪里,把祖孙三代的名字报上来。"

王达延一一回答,书办记下了,又给旁边一个验兵的人使了一个眼色。那兵拿着一个尺子上来,量了量王达延的身高说:"身高五尺六寸,合格。"书办又问:"你看看二里地以外的树,共有几棵?树底下都有几个人?几男几女?"

第53回　徐州新军招募新兵(一)

王达延手搭凉棚往那里看了看,嘿嘿一笑:"我们南方人不认得那是什么树。

反正一共有五棵,树下有三男两女,男的正在翻地,女的呢,正在拾掇地里的柴火。"

书办笑了笑:"合格!就是不知道这套石锁,你会不会玩?"

王达延嘿嘿一笑,到了石锁跟前,轻轻地舒了一口气,然后身子稍微下蹲,两腿扎下根,钳子一般的右手死死地抓住石锁,一使劲举了起来。

他的整个右手及手臂上的血管都暴了起来,脖子上的青筋也鼓了起来。借着一股惯性,他将石锁后甩,前甩,左甩,右甩,耍到高兴处,竟然拿着石锁平推了一下子,挺住胳膊,待了足足有三秒钟,然后再也支撑不下去了,把石锁落下来,轻轻地放在地上。

全场爆发出一阵雷鸣般的掌声和喝彩声。

书办赶紧在王达延的名字上画上了一个对号,那些被招募来的新兵纷纷向王达延投过来赞许的目光,七嘴八舌地称赞着。

这时候,书办的身后突然出现了一个军官。他对书办说:"这个棚长就是他了。"

书办回头一看,赶紧站起来行了一个标准的军礼,说:"是!冯总办。"

冯总办对书办轻轻说了声:"赶紧办你的差吧!不必多礼。"这个书办才敢坐下来,继续验兵,不过那个冯总办就在他的身后,这使他有如芒刺在背,说话办事,谨慎了许多。

公韧仔细地看了看这个叫冯总办的人,他三十八九的年纪,一身戎装,身挎指挥刀,高筒的军帽上竖着一缕大大的缨子。再加上弯弯的浓眉毛,黑黑的唇髭,高高的鼻梁,一双凤眼甚是威严,显得这个军官更是非同一般。公韧心想:这个冯总办,莫不是小站上的督操营务处总办冯国璋,这可是个大人物啊!

验兵验到李斯了,这李斯十分瘦小,瘦得只剩下了两排肋骨,这就叫验兵的书办有些看不起了。验兵的量了量李斯的身高,说了声:"四尺八寸,也就刚刚够高。"

书办对李斯斜楞一下眼睛说:"你来当兵,有没有什么本事?这么瘦小,是不是抽大烟啊?要是抽大烟,叫我们逮着,那就白白丢了性命。"

李斯鼻子哼了哼说:"真是门缝里看人——把人看扁了。什么叫本事啊?隋朝李元霸虽然骨瘦如柴,但是力大无穷。我虽说没有李元霸的本事,但是对付你们这些人,三个两个还是不成问题的。"

书办听了哈哈一笑:"见过能吹的,没见过这么能吹的!还用我上吗?这些新兵蛋子你要是能应付三个人，我就给你个棚长干干！"李斯毫不示弱地说："什么棚长不棚长的，我不稀罕。我要对付不了你们三个两个的，我立马走人！再也不当这个破兵了。"

书办觉得好笑，头一扭，对三个新兵使了一下眼色。那三个新兵心领神会，走了过来，一下子把李斯围在了中间。

李斯不慌不忙，往中间一站，守好了门户，慢慢地转着，盯着一个，斜着眼瞧着一个，耳朵听着后边一个。那三个新兵欺负李斯瘦小，一个大个子先过来，照着李斯就是一拳。李斯多机灵，低头闪过，然后右手别过他出拳的胳膊，左手照着他的肚子狠狠地来了一个"黑虎掏心"。

别看李斯瘦小，那可不是饿的，而是在三合会练武练的，这就叫身上没有一点赘肉。这一拳打上去不得了，那名新兵胃里的东西撑不住劲了，嘴一张，什么馒头末末、稀饭糊糊、茄子炒肉全喷了出来。

李斯早就防着这些，闪过了那些秽物，后边的人可没有闪开，被喷了一脸，气得大骂："这都是些什么玩意啊——脏啊！脏啊！"赶紧用袖子抹脸，哪里还顾得上李斯。

李斯看到前边就剩下一个能打的了，抓着他就和抓小鸡一样，拽过来又往前一推。那新兵站立不稳，一阵后退，然后一屁股坐在了地上。

这时候，那个被喷了一脸秽物的新兵刚刚擦完了脸，还没明白过来怎么回事。李斯又拉过他，像玩陀螺一样，一手捂住他的头顶，一手扭着他的脖子，把他身子转了两圈，然后朝他屁股上踢了一脚，喊了一声："过去吧！"把他踹到了书办那里。

吓得书办身子一闪，那新兵就扑在桌子上了，墨汁涂了一脸，就和小鬼一样。

李斯抱起膀子，一只脚踏在那把石锁上，一个亮相，斜着眼睛，像是在问书办："怎么样，服气吧！"

那书办大吃一惊，这也就是一眨眼的工夫，三个新兵，竟被一个"病汉"打得毫无招架之力。看热闹的百姓和围观的新兵纷纷报以热烈的掌声和喝彩声。

冯总办不紧不慢地说了一句："这也是个棚长的材料。"书办顾不得别的了，赶紧给冯国璋敬了一个军礼说："是，冯总办！"

王达延和十个三合会骨干都被选上了，除了王达延、李斯，张散也被选上了棚长。

下一个轮到公韧了。书办问公韧："你叫什么名字，多大年龄？"公韧说："我叫公兵，今年二十一岁。"为了避免不必要的麻烦，公韧把名字改成了公兵。

书办对公韧进行了各种检测，没有不合格的。检测完了，书办对公韧说："你来当兵，不知道有没有什么本事？"公韧笑了笑说："什么本事也没有，也就是认得几个字罢了。"

书办的眼睛顿时一亮，说："识字好啊，我们新军就需要识字的。不知你认得多少字？"说着，就把点名册让公韧看了一眼说："这些字你认得吗？"

公韧默默地把上面的人名记在了心里，然后一转头，把这些人的名字复述了一遍。越说越快，越说越快，嘴唇利索，发音清楚，竟和说相声的"背菜谱"一样，一口气说完了，然后对书办说："不知这些人名，说得对不对？"

书办呆住了，因为这些人名他也记不住，根本不知道是对是错。冯国璋的眼睛可就一下子有些"斗鸡眼"了，他直接走过来，对公韧作了一揖说："失敬！失敬！这位小哥竟有过目不忘的本领，实在是我军之幸啊！"

公韧也作了一揖说："冯总办，小人班门弄斧了。惭愧！惭愧！"

冯国璋听到这句话更是吃惊，问："你怎么知道我是冯总办？"

公韧随口说了一句："我耳朵又不聋，这位书办一口一个'冯总办'地叫着，我哪能听不见啊！"

冯国璋微笑着点了点头，说道："当棚长的话，瞎材料了。"

书办有点不服气，嘟囔道："一个文弱书生，就算记性好点儿，在千军万马的厮杀中又能起到什么作用？不知道还有没有别的本事……"

公韧小声答道："还会一点儿武术。拳嘛，能比画两下子，单刀嘛，也能耍两下子。"

书办说："会一点儿花拳绣腿，管什么用！我们这是新军，全国最精锐的军队，再好的武术也比不上一颗枪子厉害！"说着，他用眼瞥了一下王达延，意思是要公韧和王达延比画一下子。

那王达延多精啊，脑子一转就知道要把公韧给衬托出来，他一下子站在了公韧面前挑衅说："哪里来的黄毛小子？才长了几岁口呀，就想和老子比武，看老子一只手就把你捏扁了。"

公韧冲王达延眼一挤，说道："你那么大劲儿，无人能比，刚才我都看到了。要和你比试，是不是有点儿不公平？"

书办说："认输了吧！你是不是认为玩笔杆子的，和一个武夫打仗有点儿吃亏？我再说一遍，我们这是新军，玩枪杆子的，任何武术在枪杆子面前都是一堆垃圾。"

公韧笑了笑,对书办说:"你理解错了,我说的不公平,是说一个对一个,对他有点儿不公平。最起码他们三四个一块儿上,那才算得上公平。"

书办一听,差点把大牙笑掉了:"真会吹牛!他刚才一个人举一百斤的石锁,就和玩儿一样,你还要和他打?"

冯国璋听到这里,也是一副惊愕的神情瞪着公韧,不知道公韧说的是真是假。

书办又对公韧说:"那就成全你。你和我们这里最能打的三个人打打看吧!"他眼一斜,又指向了李斯和张散。

李斯和张散也不是傻瓜,这会儿是个什么角色早已经领会到了。两个人捋着袖子就上来了。李斯耀武扬威地说:"刚才大家都看到了是不是,三个新兵都不是我的对手,这会儿竟还有不服气的!那好,来吧,就让你见识一下马王爷的三只眼。"

张散也骂道:"好歹我也是打遍村里无敌手,这下子手里正好痒痒了。来吧,也叫你见识一下什么叫不打勤不打懒就专打那个没眼的。"

王达延斜楞一下眼睛,对李斯和张散说道:"我们要是打不过你,我这个王字就倒过来写。"

第54回　徐州新军招募新兵(二)

李斯赶紧插嘴:"这王字倒过来写也是王。这位新结识的大哥说得对,别说我们弟兄三人,就是我们任何一个人,打你也是老妈妈擤鼻涕——把里攥的。"

冯国璋看不下去了,说了声:"众位兄弟,点到为止,可别伤着了。公兵,你要是能应付他们三个人,这个排长就是你的了。"

公韧随口说了声:"好吧,我就勉为其难了。"然后对王达延、李斯、张散拱了拱手说:"三位兄弟,咱们第一次见面就能在一块儿过招,也是缘分,我初来乍到,还望手下留情。"

说着,退后一步,站好门户,只等着对方来进攻。

王达延大喝一声,饿虎扑羊一般冲了上来,抡起那只蒲扇般的大巴掌,照着公韧乱扇。公韧不慌也不忙,只是后退,瞅准一个机会,照着王达延的眉头穴位,轻轻一点,那王达延竟像纸糊的一样,瞬间就向后仰了过去,一屁股坐在地上,张大嘴,大口地喘着粗气,像说不出话来似的。李斯一看,该他上了,猴眼一瞪,先在地上翻了三个跟头,那动作真是鬼怪精灵,洒脱漂亮,然后这才一招一式地向公韧打去。公韧也并不和他过招,左闪一下,右躲一下,待李斯表演够了,这才抓住李斯的两条胳膊,把他扔了出去。

这李斯要说还真是个好演员,故意在空中翻了一个跟头。然后重重地摔在地上,真和爬不起来似的,一个劲地哼哼。

就剩下张散一个人了,这个张散更不是呆瓜,该表演的时候,还真是卖力。他先耍了一阵子谁都看不懂的拳术,一圈人看得都有点傻眼,就连公韧也掐着腰站在那里一脸迷惑。张散耍够了,才朝着公韧进攻,公韧连闪都没闪,把他抓过来,一下子就摔倒在地上,然后踏上一只脚,真有点武松打虎的造型。

脚底下的张散一个劲地喊:"好汉饶命!好汉饶命——噢,疼死我了!疼死我了!"

一场闹剧到此收场。王达延对李斯、张散一使眼色,三个人一块儿上来,对公韧拱了拱手说:"我们服了!在下学艺不精,功夫不到,还望以后多多指教。"

公韧也谦虚地拱了拱手:"承让了,我们以后就是兄弟,还望互相照顾才是。"

书办这会儿已是哑口无言,这明明就是打脸嘛!赶紧老老实实地在登记簿上给公韧写上一个排长的头衔。

冯国璋虽然久经战阵,这一阵子也是略微有些吃惊,对公韧拱了拱手说:"想不到这位公兵小哥的身手如此之好!真是文武双全,前途不可估量。跟着我吧,如果你是个锥子,早晚得从口袋里冒出尖来!"

公韧赶紧对冯国璋施了一礼说:"感谢冯总办的提携之恩!不过,小人没有尺寸之功,一报名当兵,就当上排长,恐怕众人不服啊!"

王达延对李斯、张散一挤眼睛,十多个人一齐跟着喊:"我们服!我们服!"

这十多个人一喊,别的新兵也就随大流赶紧跟着喊:"如此身手,他不当排长,谁当排长?""谁要是不服气,就先跟这几个棚长比试比试。"

书办这时候说话了:"公兵能不能当排长,还不一定呢,还有一关哩,那就是越野跑步行军。从这里到天津有一千三百五十二里地,既没有马车,也没有轿子,全凭我们的一双腿。先跑上半个时辰,如果跑不了二十里地,淘汰!每天走二百里地,如果跟不上队伍,淘汰!七天到不了天津,淘汰!"

这下子所有的新兵都傻了眼,大眼瞪小眼,小眼白瞪眼。

这时候招募的新兵已经达到了二百人左右,每个人发了简单的装备,那就是一人一床被子，再就是一个小布袋，布袋里装着粮食，算起来每人的装备也足有三十斤重，不用说跑步了，就是背在身上，也是沉甸甸的。

冯国璋一声令下"开拔!"书办跑在头里，后头跟着老兵和新兵，顺着大道向北跑去。老兵姿势端正，整齐划一，背着行囊，不慌不忙地向前跑去。新兵就不好说了，跑了没有二里地，就开始落下人了。跑完了二十里地，一个个新兵累得大汗淋漓，气喘吁吁，二百人的新兵，只剩下了一百五十人。

公韧看了看三合会的人，还好，竟没有一个人落下，全跟了上来。

到了吃饭的时候，火头军埋锅造饭。粮食从哪儿来呢？当然是从每个人的行囊里往外倒。吃完了饭，伙夫把锅一起，背起锅来就走。

新兵本来还想多休息一会儿，可是根本就没有说话的权利，要想休息那只有被淘汰，只好又急急忙忙地向前赶去。晚上休息的时候，从随军的马车上卸下来一些帐篷，全是帆布的，五人一顶。累了一天了，谁还有心思说话，支上帐篷，一个个倒下来呼呼大睡。

第二天天一亮，小号一响，赶紧起帐篷。公韧一看，新兵似乎又少了一些。帐篷起完，早饭也准备好了，吃完早饭，队伍继续出发。刚走了一会儿，冯国璋骑马过来，还带来了一匹空马。他翻身下马，对公韧说："公兵啊，会不会骑马？"

公韧答："会一点儿。"

冯国璋说："那你就上马吧。"

公韧摇了摇头："不可，我是个新兵，别的新兵徒步，我不可以骑马。"

冯国璋说："你先骑一会儿，我有话对你说。"

公韧只得翻身上马，冯国璋也骑上马，两人并马而行。队伍齐刷刷向前行走，有限的几匹马发出清脆的蹄声，两旁的树木渐渐地向后面移动，空旷的田野慢慢地向外旋转。

冯国璋问："请问公兵念过几年书？"

公韧答："回冯总办，念过几年私塾。"

冯国璋又问："都好读些什么书？"

公韧心里一惊，回答说："四书五经不愿意读，好读小说。《三国演义》倒是看了几遍，兵书也读过一些。"

冯国璋的脸色一缓，问："不知两军对阵，敌强我弱，有什么好的办法吗？"

公韧心里一惊，这不是冯国璋在考我吗？是如实说呢，还是隐瞒一下呢？怕他什么，他也不过是一个小小的总办，我就是实话实说，他能怎么样。

公韧说:"根据《孙子兵法》,能战而示之软弱;要打,装作退却;要攻近处,装作攻击远处;要想远袭,又装作近攻;敌人贪利,就用小利引诱……后人根据《孙子兵法》又编了败战计,包括美人计、空城计、反间计、苦肉计、连环计、走为上计。不过,这都是一些空头理论。"

冯国璋来了兴趣:"噢,那么你说说,什么是比较实际的。"

公韧不慌不忙地说:"两军对阵,敌强我弱,种种战法,层出不穷,最实际的,就是只要能撤退,就赶紧撤退,以免被敌人消灭,然后再寻找战机。"

冯国璋再追问:"如果撤退,那又如何破敌?"

公韧说:"运动战、伏击战,或以奇兵胜之。"

冯国璋再问:"你所说的奇兵指的是什么?"

公韧又答:"奇兵多了,火攻、水淹、地雷战、疑兵、放毒、牛马冲敌、化妆袭击皆为奇兵。"

冯国璋点了点头:"好啊,说得好!"又问,"我请教一下,你说说,朝鲜战争,中国的陆军到底败在哪里?"

公韧早已从各种报纸中了解了朝鲜战争的内幕,再根据自己的军事理论,阐述了自己的观点:"请教实在是不敢当!中日之战,实际上反映了落后的中国军队与现代化的日本军队的差距……至于失败的原因,我总结为四条。一是政府腐败无能,没有训练出好的军官,好的士兵。二是北洋水军军备力量有限,好多枪炮都是假的,打不出来子弹炮弹,弹药又稀缺;陆军的问题也不少,大炮缺少牵引的马匹,缺少炮油,缺少炮弹。三是洋务运动受到顽固派的层层阻拦,好的改革处处受到干扰。四是日本明治维新使日本国力大增,特别是军事装备,比中国的好使多了。好的军事不是一方面的事情,它得和整个国家的政治、经济、工作、科技紧密地结合起来。"

冯国璋听了连连点头:"说得很好!公兵兄弟才思敏捷,记忆超群,能把朝鲜战争分析得如此透彻,愚兄自愧不如。我能不能再请教一下,我们军队如何才能战胜强大的外国军队,有没有捷径可走啊?"

第55回 公韧国璋纵谈军事

公韧笑了,说:"这也是我来参加小站新军的原因。我想,袁大人一定有治军的好办法!"

冯国璋也笑了,说:"真是英雄所见略同啊!"他从公文包里拿出一份文件,递给公韧说:"这是光绪二十年我参加甲午战争和光绪二十一年考察日本军事时写的几本兵书,请公兵兄弟指教!"

公韧想不到新军中还有这般人物,竟然也能写出兵书,赶紧作了一揖说:"我只是一名普通士兵,哪里说得上指教,承蒙冯总办厚爱,能让我欣赏一下大作,已是天大的荣光了。"

说完,公韧赶紧接过兵书,浏览一遍,觉得这部兵书里,也是玄机阵阵,杀声震天,含诸代兵家,集各种军事理论于一体。看完公韧又赶紧把兵书还给冯国璋说:"佩服!佩服!在下实在佩服。此部兵书,实乃国之瑰宝!"

冯国璋紧盯着公韧的眼睛说:"实不相瞒,我和公兵兄弟,相见恨晚!恍惚间就如同胞兄弟一般。如若不嫌,我愿和公兵兄弟结拜为生死弟兄。"

公韧听此心中大惊:你冯国璋是何等人物啊,是袁世凯的左膀右臂,北洋三杰之一。如果我和你结拜为兄弟,以后和你厮杀起来,如何能撕开脸面?可是如果不和你结拜为兄弟,又怕引起你的怀疑,只得搪塞道:"小弟我何德何能,哪能高攀和冯大人称兄道弟呢!以后我就是你的兵,你只管喊一声,刀山我敢上,火海我也敢闯!"

冯国璋大喜道:"结拜的事情就这样定了。一到宿营地,咱俩就结拜为异姓兄弟。只是我还有一事相求。"

事到如此,公韧也没有什么办法,再推辞下去,就不懂人情世故了,只好恭维道:"你都是我的大哥了,还有什么求不求的。只要你招呼一声,就是让我死,兄弟我也万死不辞!"

冯国璋笑了笑:"说到哪里去了,是这么回事儿,有一部练兵操典,进攻防御一类的教程,需要修改一下。可是最近我比较忙,实在是抽不出空来,烦请公兵弟为我的参谋,把这些教程修改一下。不如公兵弟意下如何?"

公韧听了又是一惊,此又给自己出了一道难题,如果修改好了,那不是为自己树立起一个更强大的敌人吗!所以赶紧说:"万万使不得,万万使不得,我只是个大头兵,兵还当不好呢,哪敢修改练兵操典。"

冯国璋脸一板说:"就这么定了!这是命令。"

公韧和冯国璋结拜为兄弟后,在马上谈论军事的时间更多了,但是一谈论完,公韧立马就下马行军,他想看一看自己的身体是否能坚持到最后。真是文武之道,有张有弛,一天一天过得非常充实。

部队经过七日急行,到达了天津的小站,一排排亦旧亦新的营房出现在面前。从徐州出来的二百名新兵,到目前也就剩下了一百余人。还好,三合会的弟兄由于事先精心挑选,倒是十分齐整没有落下一人。

新兵进入小站的当天,每人发给了新军装,又发给一杆木枪,以备训练之用。这新军装为草绿色,是短打扮,新式制服,穿在身上浑身舒服,比旗营、绿营的袍子马褂强多了。再配上大盖帽、黑色的登山靴,显得精干利落。每个军官肩上有红色官阶标志,也暗含着它是由士兵的鲜血染成的。

军乐队的军官又来教唱《劝兵歌》,歌中唱道:"为子当尽孝,为臣当尽忠。朝廷出利借国债,不惜重饷来养兵。一兵吃穿百十两,六品官俸一般同。如再不为国出力,天地神鬼必不容。自古将相多行伍,休把当兵自看轻。一要用心学操练,学了本事好立功。二要打仗真奋勇,命该不死自然生。你若常记此等话,必然就把头目升;如果全然不经意,轻打重杀不容情。"

伙食还算不错,有菜有肉,菜只有一碗,馒头随便吃。这对于好吃米饭的南方人来说,确实有些不大习惯,但也只好将就。

晚上吃完了饭,一声号响,队伍集合在一起,由执法处军官宣读了袁世凯制定的《简明军律》规定的十八条斩罪:临阵进退不候号令及战后不归伍者斩;临阵回顾、退缩及交头接耳私语者斩;临阵探报不实、诈功冒赏者斩;遇差逃亡、临阵诈病者斩;守卡不严、敌得偷过及禀报迟误、先自惊走者斩……黉夜窃出、离营浪游者斩;官弁有意纵兵扰民者并斩;在军营吸食洋烟者斩。

新兵听完了这十八条,个个脸上露出惊恐之色。公韧心想:这比三合会的纪律厉害多了,就是不知道能不能贯彻执行。

刚开完了会,执法官拖过来一名新兵说:"这个兵刚来,但是有人发现他在营房内偷食鸦片。因为不知道军令,不知道是不是按军法处置,请冯总管定夺。"

冯国璋的脸上平静自然,问执法官:"这十八条斩罪是怎么说的?"

执法官回答:"在军营吸食洋烟者斩。"

冯国璋突然脸色一变,厉声喝道:"自踏进这个军营的大门起,就是新军的士兵了,就得遵守军纪,这还有什么好说的?如若不执行,那军法还有什么用处?"说着,从执法官身上拔出刺刀,就朝着这个新兵的心脏处捅了过去。冯国璋抽回刺刀,鲜血顺着新兵的伤口就喷了出来,溅了冯国璋一脸一身。这个士兵就像一摊泥一样瘫了下去。

士兵骇然，个个心惊肉跳，小胆的紧紧闭上了眼睛，再也不敢看这个血淋淋的场面。

第二天天一亮，小号就响了起来，新兵赶紧起床、叠被，然后跑出营房，队官开始点名，然后就是跑操。跑完了操，新兵已经大汗淋漓，然后就是练队操。那队操都是德国式的，新兵的腿上没有力量，抬起来就想赶紧放下去。

德国教官为了纠正这些动作，让新兵抬起腿来，一个一个地纠正动作，直累得新兵一个个七死八活，心里叫苦不迭。

吃完了早饭，发真枪，教官先讲了一下射击的要领，什么三点成一线，什么弹道，什么风向啊，讲得很细很规范。然后轮到士兵们练习，练上一个时辰瞄准、射击，再练拼刺、搏击。在练之前，也是先由德国教官讲解、示范一下，然后一个动作一个动作地进行纠正。

下午的时候，主要是练习进攻和防御。前者主要是演练进攻的队形和各种战术，后者主要是学习修筑各种防御工事和怎样避开敌人的炮火。

吃完了晚饭没有事，公韧把王达延和几个骨干叫到一起。公韧见王达延几个累得没有一点精神，笑着问："怎么样啊，还吃得消吧？"

王达延骂道："这哪是人受的，要是知道这样，我才不来呢！"李斯也是满腹牢骚："真受不了，瞅个机会，趁早脚底抹油——开溜吧。"张散骂道："我是一天也待不下去了，还不如和邢天贵换换，我在家里看家，让他来受这个洋罪。"

公韧安慰大家："弟兄们忍着点吧，这样才能练出精兵。原来咱们都是井里的蛤蟆，没见过多大的天，今天才算见了世面。袁世凯要是如此练兵，练出来的兵确实非同一般。别忘了咱们的任务！"

王达延说："你不说我倒忘了，不就是每人交两到三位朋友嘛。"李斯和张散几个纷纷点头称是。

新兵们已累得像一摊泥，晚上往床上一躺，一动也不想动了。有的新兵想逃跑，可是营房门口早已布置好了岗哨，就等着逃跑的士兵呢。第一天枪毙了两个逃兵，第二天，没人敢逃跑了。

练了几天兵后，公韧被冯国璋叫到了办公室里去改写各种练兵操典。公韧看了看《操场暂行规则》《出操规则》《打靶法式》《将领督操》以及考试、考勤、考绩、奖励、惩罚、校阅等章程，又看了冬春季、夏秋季的《日课定程》。

公韧觉得这些章程对怎样操练、怎样打靶、怎样演练行军、怎样野外攻守等，都做了明确规定，十分完备。经过一番思考，公韧对个别不妥的地方，做了一番修改,然后交给冯国璋,请他批阅。

两个月后,冯国璋认为练得差不多了,就把这些新兵编入了老兵的队伍。王达延、李斯和张散还是被委任为棚长,每个棚为十四人。

到了关饷的日子,这又是对公韧的考验,因为袁世凯生怕粮饷官克扣军饷或者是军官贪污兵饷,所以他坚持亲自到场,监督发饷。

第 56 回　袁世凯练兵

底下站着一排排的士兵,一些军官站在前面,袁世凯全副武装,挎着洋刀,皮带上插着手枪,监视着发饷。第一次发饷,当念到公兵的名字时,袁世凯略微愣了一下,觉得这个名字倒是和自己兵种的两个字相同,不禁觉得好笑,想要见识一下这位叫公兵的士兵。

凑巧,这时候有一位下级军官找他汇报工作,这个事情也就过去了。第二次发饷的时候,公韧低着头从袁世凯的面前走过,虽然穿着相同的军装,同样是黑黑的面孔,但还是被袁世凯叫了出来,他觉得这个人有点面熟,想问问情况。

最担心的事情还是发生了,此时此刻,公韧只能装聋作哑,低着头继续走路。袁世凯以为公韧没听见,又喊:"叫你了,没听着吗?"

公韧心想坏了,真是越热越包棉,越渴越吃盐……

但就在此时,一个领过饷的士兵突然大声喊道:"报告长官,这个银圆是假的。"

此兵一喊,引起了一阵骚动。袁世凯也吃了一惊,对那个士兵说:"谁在喧哗,过来说话。"

那个士兵走了过来。袁世凯问:"你叫什么名字?"

那个士兵右手五指靠拢,将食指中指加于帽之右边,手掌向前举,肘齐眉,体之上部保持正直,注目向长官,他给袁世凯敬了一个标准的军礼:"报告袁大人,我叫倪映典。"

袁世凯也回了一个军礼说:"把你领的那个假银圆呈上来。"

倪映典献上了假银圆。袁世凯看了看那个银圆,在手里掂了掂,觉得分量不对,然后用牙咬了咬,这一咬,就把那层银皮给咬下来了,原来是个铁的,在外面镀了一层黄白皮。袁世凯笑了笑,问倪映典:"别人不一定不知道是假的,别人都没喊,你为什么要喊?"

倪映典说:"我知道袁大人最恨的就是贪污腐败,八旗绿营兵为什么遭到裁撤,其中最重要的原因就是贪污腐败。我们士兵每人每月就这么一块银圆,全指望它来养家糊口,孝敬老人,如若每个月都发给假银圆,如何能安心打仗,保家卫国?"

袁世凯又问:"你就不怕不通过长官,乱发议论,给你问罪吗?"

倪映典坚定地回道:"我这是揭发贪污腐败行为,就算长官给我治罪,我觉得也是值得的。"

袁世凯大喊一声:"说得好!"然后问身边的队官,"他目前是什么职位?"

那个队官说:"只是一个普通目兵。"

袁世凯点了点头:"马上提升为棚长。"

粮饷官知道闯了大祸,吓得浑身哆哆嗦嗦,可是人证物证俱在,也只能听天由命。袁世凯叫来执法官问:"以假充真,克扣军饷,不知该当何罪?"

执法官说:"虽然十八斩上没有定下此罪,但是玩忽职守,最起码是撤职查办,交执法处审讯。具体怎样查办,还是请大人定夺。"袁世凯对粮饷官说:"还有谁参与了,赶快从实招来。"

粮饷官又咬出两个人来,三人都站在袁世凯面前,听候处罚。

袁世凯冷冷一笑:"叫你们三人办这点事儿都办不好,留之何用?要是不杀你们,士兵如何能服?来人,拖出去斩了。"执法官领着几个执法士兵过来,拖着这三个军官就走。

粮饷官吓得大声惊呼:"请大人手下留情!请大人手下留情!我们一定将功补过,我们一定将功补过。"

可是袁世凯根本不听,挥了挥手。不一会儿,执法士兵手起刀落,这三个军官的人头落地。士兵们有的震惊,有的觉得解气。冯国璋又不失时机地喊:"咱们吃谁的饭?"

士兵们齐声回答:"咱们吃袁宫保(清廷封袁世凯为太子少保,故称'宫保')的饭!"

冯国璋又大喊:"咱们应该为谁出力?"士兵们又齐声回答:"咱们替袁宫保出力!"

袁世凯摆了摆手,对大家说:"大家不要这样说。我们是吃朝廷的饭,是替朝廷出力。"

发完了饷,队伍解散休息。袁世凯叫过冯国璋来问:"你修改的那些操典我都看了,修改得不错。"冯国璋说:"实不瞒大哥,我最近确实忙不过来,是找了一个人代改的。"

袁世凯点了点头:"谁改的?叫过来见识一下。"

冯国璋只好回道:"这个人叫公兵,是我最近才发现的一个人才,对军事颇有研究。我也是叫他历练一下,将来的话,一定能堪大用。"

袁世凯"唔"了一声,寻思了一会儿,恍然大悟:"他叫公兵啊!这个公兵和我以前认识的一个人有几分相像,快点儿把他叫过来,我和他好好谈谈。"

冯国璋答应一声,急忙叫手下的军官去叫公兵,可是找了好一会儿,也没有找到公兵。这时候,一个参谋来找袁世凯,报告又有新的事情。袁世凯临走时对冯国璋说:"下次来的时候,我一定要见见这个公兵。"

其实,公韧就在不远的地方看着,他看到袁世凯和冯国璋谈得这么亲密,又隐隐约约地听到叫自己的名字,哪里还敢露面,赶紧躲起来了。直到袁世凯走了,他才松了一口气。

晚上吃完了饭,有点空闲的时间,公韧找到了倪映典。两个人平常经常见面,但是不大说话,这会儿公韧主动上去打招呼:"倪棚长,你好!今天发饷,我真佩服你的胆量,竟敢喊出了我们大家都想说的话,让袁大人斩杀了那三个狗官。"

倪映典对公韧拱了拱手:"公参谋,你好!谁不知道冯总办手下有个公参谋,能修改各种操典。这些操典都是袁大人、冯总办亲手制定的,咱这新军中,能修改操典的又有几人啊!将来兄台必定能宏图大展,成为新军出头人物,到时候,可别忘了兄弟呀!"

两人的话中虽然免不了有几分恭维之意,但也说出了英雄惜英雄的真正原因。二人坐在草坪上,越谈越投机,竟有些相见恨晚的感觉。谈了一会儿,公韧感觉到倪映典这人,说话直爽,口才极佳,从那眼睛里可以看到,他是有什么说什么,一点不虚伪、造作。

公韧想:如果能把倪映典这样的人拉入革命队伍,我们岂不是又多一分成功的希望。公韧试探着说:"倪棚长,不知道你对当前的时局怎么看?"

倪映典叹了一口气:"我看当今的政府,真是腐败无能,内外交困,官无好官,将无良将,已经烂到底了。如今的读书人,从公车上书到戊戌变法,已经引起强烈的震动。民间也是盗贼蜂起,民不聊生,不是这里起义就是那里闹事,要求政府改革,反抗政府的浪潮一浪高过一浪。虽然袁世凯在小站练兵有所成就,但是对挽救清政府,我看也是杯水车薪,无济于事。我看中国,不脱胎换骨不能前进,不推翻清朝不能解救民众于水火,近几十年将有一场大的变革。"

公韧又试探着问:"请问倪棚长,在这场大变革中,你是站到政府一边,阻碍这场大变革呢,还是站在人民一边,使中国脱胎换骨,走向前进呢?"

倪映典看了一眼公韧说:"公参谋,说实话,我是不想给清政府殉葬。"

公韧听到此话,突然变了脸色,对倪映典厉声骂道:"倪棚长,你怎么说出如此大逆不道的话来。我们穿着朝廷的军装,食着朝廷的俸禄,就该为朝廷尽忠才是,哪能心猿意马,对朝廷妄加非议呢?要是如此的话,我上冯总办那里一句话,你岂不是人头落地!"

倪映典也是大怒,对公韧大骂道:"原来我是挺佩服你的,你为人正派,又有本事,想必见识也非同一般,想不到原来也是个投机钻营的清廷走狗。你告去吧!告去吧!告到冯总办那里,大不了就是一死。为了推翻这个腐败的政府,死的人多了,多我一个又有何妨?二十年后,老子又是一条好汉!"

见倪映典是这样的政治态度,公韧的脸色和缓下来,紧紧地拉住倪映典的手说:"倪棚长,刚才我是故意那么说的,现在新军人员复杂,思想混乱,没办法,只好试探一下。这下好了,我又找到了一个知心朋友,你我所想,真是英雄所见略同啊!"

倪映典刚才被公韧惊出一身冷汗,听公韧这么一说,这才缓过一口气,说:"说实话,我观察你,也不是一天两天了。发现你心有城府,心里想的和嘴上说的不一样。你是不是个革命党?"

第57回　演兵场上中日大战(一)

公韧通过别人的嘴才知道,自己原来表演得也不咋的,确实不是个演员的材料。只好说道:"看来,当个演员还真不容易啊!没想到,竟被你看透了。"公韧想到,既然这层窗户纸已被捅破,干脆就直接说出来吧。公韧亮明了身份:"真被你说准了,我还真是个革命党。"

这下子轮到倪映典激动了。他紧紧地拉住公韧的手说:"我早就有此想法,想推翻清朝,建立一个全新的社会,就是苦苦寻不到革命党的组织。这下好了,真找到了志同道合的朋友。"

临分手时,公韧对倪映典说:"有个事儿想拜托一下。"

倪映典说:"你我都是朋友了,有什么事,就尽管说吧。"

公韧说:"我和袁世凯认识,不想让他认出我来,想请倪兄帮个忙。"

倪映典皱了一下眉头:"不知道这个忙怎么帮法?"

公韧说:"其实也很容易,就是如果倪棚长在的话,就像今天一样,扰乱一下袁世凯的视听,叫他无暇顾及我。"

两人又定下了以后见面的时间和发展会党的事。可是没过多长时间,一场实战演习把所有的事情都打乱了。

甲午战争失败后,袁世凯对日本陆军耿耿于怀,总想找个机会再挑战一下。小站练兵已有三年多,袁世凯认为时机已经成熟,就想报这一箭之仇。一是想看看小站训练的新军实战能力到底怎么样;二是也好为自己的政治身份夺得筹码;三是呢,如果小站练兵想继续搞下去,这也是必须搞的一场演出。

地点就选在小站附近的秀水县城旁边,这里基本囊括了中国地形的所有类型,既有平坦的原野也有重叠的山脉,既有湍急的河流也有茂密的树林,既有北方的旱地也有南方的水田,既有野鸟栖息的湿地也有寸草不生的荒漠。

方圆几十里,纵兵野战,金戈铁马,任兵厮杀,英雄马上,一决高下。

在演兵场的一块高地上,搭了一个高高的阅兵台,从这里可以看到演习场的各个角落。看客呢,既有支持袁世凯练兵的身兼军机处领班大臣、督办政务大臣、督办练兵大臣和督办路矿大臣等多项要职的奕劻,也有和袁世凯面和心不和的铁良,还有清廷各部的诸多高官,以及各国记者、驻华武官、各省代表。

总导演呢,自然就是一身戎装努力想导好这出戏的袁世凯。

至于分导演,袁世凯派步兵学堂总办兼督练营总办冯国璋为总参谋,帮助袁世凯筹划一切。所有新军官兵全部参战,所有的步、炮、骑、工、辎全部出动。

比赛对手是应邀前来比试的日本军队。日本驻中国的军队首脑也是心知肚明,想借着这一场演习,和中国的新军决一雌雄。目的呢,一是试探一下中国新军的战斗能力到底如何,二是从精神上彻底打败中国军队,死死地压住中国人不让翻身。所以由佐藤师团长中将亲自率领,带来了一个精锐的旅团。

为了避免双方不必要的人员伤亡,双方使用步枪子弹教练弹和野炮山炮教练弹。步枪子弹教练弹的大小和实弹差不多,但是它没有杀伤力,它的弹头不是普通子弹的铜芯弹头而是带颜料的弹头,打在身上会痛,但是不会致死,如果身上中"彩",那么这个士兵就得退出战场。

双方的刺刀早被收了,代替刺刀的是一段木头,上面包上布,涂上染料,如果中"彩",那也得退出战场。炮弹教练弹中只装有很少的炸药,从远处能看出爆炸点。

按照演习计划,双方令旗一摆,日军一个大队,新军一个营首先进入了第一轮演习。双方兵力差不多,又都有火炮的支援。新军的火炮一阵猛轰,封锁住日军前进的道路,日军的这个大队全部快速地躲避开新军的炮火,躲到山后边去了。新军的军官趁机指挥着部队抓紧修筑德式防御工事。

袁世凯、奕劻和铁良都在拿着望远镜向远处眺望。奕劻称赞说:"这些士兵真是训练有素,动作麻利!这么深的壕沟不一会儿就挖成了。"

素来知兵的铁良也说:"士兵的掩体挖得多好啊,正好趴在上面射击,互相交叉,可以控制住一百米以内的距离,堑壕挖得也不错,既可以掩护人来回运动,又和后面的暗壕、交通壕连为一体;还有就是几个小土堆上的加特林重机枪和马克沁重机枪的位置安排得也不错,一千米的有效射击距离,正好从侧面射击日军,管叫日本人有来无回。"

日军开始进攻了,他们成散兵队形,冒着新军猛烈的炮火前进,不时地,一些日军"中彩"倒下。很快,战场的形势发生了变化,日军一顿准确的炮火倾泻,新军阵地上顿时烟雾弥漫,沙石乱飞,最先遭殃的是炮兵阵地和重机枪。理论上讲,这些重武器统统"报销"了。

铁良拍着大腿说:"糟糕,炮兵暴露得太早了!没有重武器的支援,这个仗就不好打了。"奕劻也是马后炮:"先上来打什么炮呀!这下好了,全完了,这些饭桶。"

袁世凯也是大为着急,大骂道:"指挥不当,害了我呀!"

日军的步兵很快冲上来,他们并不是全部正面进攻,而是派一支突击中队,选择了两队之间的结合部,一下子冲了进去,一直冲向了队指挥部,营指挥部,端掉指挥部后,向两翼发展。

新军这下子失去了指挥,只能各自为战,和日军搅和在一起,又要应付前面的日军,又要防御侧翼冲过来的敌人,显得有些混乱。不一会儿,新军战线被全部突破,官兵全部"阵亡",而日军伤亡也不小,只剩下了六百多人,还有一百多人轻伤"挂花"。

这下子引起了各国记者和驻华武官的大声喧哗,当然受刺激最深的还是各省的代表。有的代表大骂新军:"国家花那么多银子养着你们,你们还是一败涂地。

这，这如何得了？"有的代表说话更是直接："甲午一战，中国丧权辱国，本指望小站练兵，强我军事。没想到，还是不行，如此下去，小站还练什么兵呀？干脆省了这些银子都给日本人算了！"有的则大骂："这个袁世凯，误我中国。该杀！该杀！"

在无数中外记者的闪光灯下，新军这一千残兵败将统统集合到袁世凯的面前听候训斥。他们有的中了三四个"红花"，有的被沙石崩起的石子打得头破血流，遍体鳞伤，还有的真就永远起不来了，那是被近处的教练弹打死的。

袁世凯气得哇哇大叫，大骂道："养兵千日，用兵一时，你们就是这样打仗的吗？谁是统带？"

统带耷拉着脑袋过来了，形象极其悲惨，吊着胳膊，那是在肉搏中脱臼了，满身通红，那是中了五枪的"红药"。袁世凯对执法官大声地吼道："这样的军官，留之何用，拖出去斩了！"

倒是奕劻看不下去了，对袁世凯说："这毕竟是演习嘛，再说，日军也太狡猾了，留他一命吧！"

铁良也说："下面还要比试，杀了统带，对下面的演习不利。"

袁世凯想想也对，对执法官大声说："要不是两位大人替你求情，我岂能饶了你！死罪免了，活罪难逃，营统带撤职查办，所有队官、排长官降一级，所有士兵，均记过一次。"

日军则兴奋得嗷嗷大叫，欢呼他们的胜利。佐藤师团长抽出军刀，挥舞着大喊："我日本军队大大的，你们中国军队小小的。"这下子可把在场的中国人气坏了，有的人恨不得把佐藤抽筋活剥了，有的人则把希望寄托在第二轮的演习上。

第二次交战又开始了，这次也是日军一个大队，新军一个营，双方都有炮火支援。日军的这个大队，依靠一座山的有利地形，在飞快地构筑着工事。而新军的这个营，接受上次失败的教训，没有防御，而是选择了主动进攻。进攻也不是全面盲目进攻，而是试探性地攻击，在寻找着日军的弱点。双方很快进入了胶着状态。

一段时间后，中国的军队开始全面进攻了。先是炮火覆盖，猛烈的炮火朝着日军的阵地倾泻，只打得日军阵地上狼烟四起，飞沙遮日。炮火轰炸完了，新军开始猛烈进攻，而新军的炮兵呢，也学精了，赶快转移阵地，以免被日军的炮火给轰了。

新军很快攻到了日军的阵地，奇怪的是，阵地上几乎没有一个人，是一个"空壳"。这时候，日军的炮弹开始倾泻了，很多新军躲避不及，被"炮弹"击中。有的是真正的地死了,永远也起不来了,虽然这些炮弹炸药很少,但距离太近,炮弹的威力仍然不可小觑。

第58回　演兵场上中日大战(二)

营统带这才发现,日军的主力已经全部退到第二条战线,但新军士兵已经伤亡了将近三分之一。此时他真是进退两难,如果继续前进,跃起在开阔地进攻,必须承担重大牺牲。如果后退,那也不行,日军将乘胜追击,后果不堪设想。

营统带咬了咬牙,指挥着部队继续进攻。首先是炮火覆盖,炮兵朝着敌人的第二条战线一阵狂轰滥炸。炮火一停,新军士兵从战壕里一跃而起,冒着敌人密集的枪弹迅速冲锋,进攻中不断有人"中弹"倒下。好不容易冲到第二条战壕里,搜寻敌人,"打死""轰死"的很少,日军早已退到了第三条纵深工事里。

营统带看了看自己的人马,这一下子又损失了约三分之一的兵力。现在,营统带更为难了,要是进攻,怕敌人继续后缩,要是撤退,日军乘胜追击,不等退回自己的大本营,恐怕早已没有人了。

这时候,日军的火炮又是一阵倾泻,刚占领的阵地成了一片沙石乱飞的"火海"。亏着是教练弹,真要是实弹,光这个冲击波,就得让无数的士兵窒息而死,被灼热的空气烤死,被撕光了衣服,撕碎了皮肉。

营管带咬了咬牙,在这个时候还有什么可说的,回去说不定也会被袁世凯砍了头。待敌人的炮声一停,这边令旗一挥,新军的炮火继续往前轰击,日军的阵地上同样也是沙石乱飞,一片"火海"。炮声一停,营管带带头冲出战壕,朝着士兵们大手一挥,"冲锋!"士兵们从战壕里跃起,挺起上了木头的步枪,向敌人的阵地冲去。

日军的战壕里发出一阵阵排子枪的声音,冲锋的新军士兵不断有人中"红"倒下,等冲到敌人的阵地前,新军士兵已没剩多少人了。日军这时候进行了反冲锋,一个大队长指挥刀一挥,大吼一声:"鸭子给给!兔子嘎嘎!"日军全部从战壕里跳出来,哇哇叫着和冲上来的新军士兵展开了白刃搏击战。

这时候,双方的炮火都已经停止,阵地上响起了乒乒乓乓的刀枪撞击声、士兵的喘息声和木头刺在身上的咚咚声。最后站在阵地上的,是六七百个日军士兵,一千人的新军从管带到士兵,全部染"红"阵亡。

奕劻、铁良、袁世凯痛苦地放下了望远镜。各国记者和驻中国武官又是一阵骚动。各省的代表有的捶胸顿足,痛哭流涕,有的破口大骂袁世凯误国误军,有的干脆掏出刀子来要自残,以泄悲愤之气,头脑清醒的赶紧劝住,拉住。

不一会儿,垂头丧气的新军和趾高气扬的日军来到了观礼台前,向各自的主帅"交账"。这时候袁世凯目光呆滞,反应迟钝,早已没有了先前的霸气。他对执法官说道:"叫他们赶快滚!我不想见到他们。营管带撤职查办,其余军官官降一级,所有士兵记过一次。"

佐藤师团长这时候抽出指挥刀嚣张地大吼:"我日本帝国的士兵是无敌的,新军士兵还有敢再战的吗?尽管放马过来,我日本帝国的军队照样能战胜你们!要是不战的话,那我们就得胜回朝了,反正你们是失败了。"

在场的中国人个个气得脸上变了颜色,有几个观战的省代表愤怒地大吼道:"新军士兵们,你们也给中国人长长脸。国家花了这么多的银子养着你们,你们又是中国军队里最优秀的,难道就这么不经打?你们要是打不过日本军队,我们还能指望谁……"

新军士兵们一个个瞪着血红的眼睛看着袁世凯。一个军官带头喊:"我们请战,誓死打败日本军队!"士兵们也都跟着喊:"誓死打败日本军队!"

而这时候的袁世凯已经丧失了再次作战的信心,在他看来,再打下去,恐怕还是惨败。自己的小站练兵还能不能继续搞下去?从此,自己的手里没有了军队,政治生涯将一片昏暗……

身为演习总参谋的冯国璋更是颜面扫地。想到袁世凯对自己的知遇之恩,他决定主动请缨,放手一搏,只听他大喊一声:"袁……"可一句话还没有说出来,忽然从新军里走出一员年轻的军官,对着袁世凯行了一个军礼,然后说:"公兵愿意领军出战,和日军决一雌雄!"

袁世凯看了一眼公韧,淡淡地说:"你哪是什么公兵啊,明明就是公韧嘛!"

公韧听了大吃一惊,没想到袁世凯一眼就认出了自己。此仗无论胜败,自己都难逃一死,但事已至此,已经没有退路了。

就在此时,倪映典突然在新军堆里大声喊道:"新军士兵誓死打败日本军队。"其他士兵也跟着喊:"新军士兵誓死打败日本军队!"

袁世凯朝他们摆了摆手,说:"好了,好了,你们坚强的战斗意志我知道了。"然后又对公韧说,"你有什么本事,能打败日本军队?"

倪映典又喊:"不打败日本军队誓不罢休!"其他的士兵也跟着喊:"不打败日本军队誓不罢休。"

袁世凯有些急了，朝着喊话的新军士兵吼了声："再有阵前喧哗，胡言乱语者斩！"

新军士兵这才没人敢喊了，倪映典无奈地低下了头。

袁世凯继续对公韧说道："请公兵走上前来说话。"

佐藤看到新军里走出一个人来，要和自己决战，不禁有些不高兴了，对袁世凯吼道："这人是什么军职？"还没等袁世凯说话，冯国璋说："这是我的一个参谋，要是按军职的话，也就是一个排长。"

佐藤更不满意了，撇着嘴说："你们堂堂的营管带领兵打仗，都打不过我们。就这么一个小小的排长，就想和我们日本皇军对阵，也太不拿我们大日本皇军当回事了，恕我们不能奉陪。"

冯国璋原本想，让公兵领兵，就是打败的话，自己也能有个借口，就说用错了人。没想到，这个骄横的日本人并不买账！

而此时的袁世凯却说："冯总参，不要这样说，这是我们的营管带公韧！"

袁世凯这一句话，让公韧连提了两级。佐藤中将听了这句话，才点了点头："那还差不多。"然后赶紧回去领兵布阵去了。

袁世凯对公韧厉声喝道："此战再败，知道怎样处分你吗？"

公韧点了点头："在你面前，我已经是个死人了。早死晚死，反正都是死。二十年后，老子又是一条好汉！"

袁世凯阴险地点了点头："还算知趣！"遂不再说话。

奕劻对铁良说："这个排长挺有意思的，别人躲还躲不及呢，他却是屎壳郎专往茅房里钻——找死（屎）。"

而铁良却是另一番见解："我看袁大人跟公兵这个排长原来就认识似的，他们好像有一些恩怨。"

冯国璋给公韧派了一个营的步兵，指挥炮兵的权利也给了公韧。有几个队官不干了。一个队官说："他就是一个小小的排长，凭什么指挥我们？"另一个队官说："把我们的性命交到他手里，我们不放心！"又一个队官干脆说："他要是指挥我们，我就不干了。愿意怎么着就怎么着吧！"

倪映典看在眼里，急在心里，大声地吼道："公兵可不是一般人，练兵操典都是他改的，他可是知兵啊！"

王达延、李斯这些人听了这些话，此时不喊，更待何时？他们七嘴八舌地喊道："我们支持公兵管带。""公兵管带绝对能带领我们打胜仗。""他可是个长胜军官啊!"

冯国璋一听,还没有打仗,内部先乱起来了,这还了得!他把脸一板,抽出军刀大喊:"袁大人有令,命公兵为营管带,谁再啰唆,就如此树。"他把刀一挥,一棵碗口粗的小树立刻被斩断为两截。

几个队官吓得再也不敢多说话了。

公韧对几个队官拱了拱手说:"新军是胜是败,在此一仗,还请几位队官稍稍忍耐一下,我们只有团结一致,才能打败日本军队。等打完了这一仗,胜了是诸位的,升官晋级,败了的话,是我的,我甘愿受军法处置。"

几个队官看到公韧这么谦虚,态度有了转变:"既然话说到这份上,我们就忍了,上下同心,一定要打败日本鬼子。"另外几个军官想:万一胜了,自然升官晋级,要是失败了,这个公兵都揽在了他的身上,就叫他倒霉去吧!横竖都不吃亏,于是不再提歪歪意见。

公韧点了点头,对大家说:"好啊,既然大家都支持我,我们就一定能打败日本人,为我们中国人长志气。大家听不听我的命令?"

底下齐声大呼:"坚决服从公兵管带的命令!"

第59回　演兵场上中日大战(三)

公韧大喊:"那好,现在我就发布命令了。炮兵队长!"

炮兵队长跑过来,对公韧行了个军礼。公韧对他说:"你的炮兵不要什么阵地了,跟着我,我走到哪里,你们就跟到哪里,能不能做到?"

炮兵队长说:"能做到。"

公韧对他说:"叫你们打炮,你们几分钟能把炮弹打出去?"

炮兵队长说:"五分钟,保证把炮弹打出去。"

公韧说了声:"好吧,立即行动。"

炮兵队长赶紧叫士兵套马车,拉上大炮,跟着大部队行动。

公韧又对四个步兵队长说:"你们准备好了吗?"

四个步兵队长说:"我们早就准备好了。"

公韧对他们说:"我们也不用构筑什么工事,跟着我,先领着日军跑步吧!"

几个队长都有些莫名其妙,你看看我,我看看你,不理解是什么意思。公韧厉声说道:"还不执行?"

几个队长互相看了看,疑惑地跟着公韧跑起来。

公韧领着新军跑了一段,发现日军并没有追上来,便停止了跑动。他把几个队长叫到一起,说起了自己的作战计划:"我们跟日军进行阵地战,占不到什么便宜,所以我们跟他们打运动战,在运动中寻找战机。没想到,小日本倒是挺精的,他们没有跟上来。"

一队长问:"我们准备在哪里和日军开战呢?"

公韧说:"我自有地方。目前,我们得先把日军调动起来。一队长,给你一个任务,你领着你的队伍打日本人一下,故意战败,既要装得像,又不能叫他打痛,还得把他们调动起来,跟着我们走。"

一队长有些迷糊,问:"为什么只能败不能胜,我不明白。"

公韧厉声喝道:"叫你败你就败,败了,你就是首功一件。否则,军法处置。"

一队长只得答应一声,领着他的队伍向日本军队进攻了。

率领这支日军大队的指挥官是中野大队长,他刚才看到中国军队既不修筑防御工事,也不主动进攻,而是跑了,心里正思忖着:中国军队这是干什么?莫不是前两次叫我们打怕了,这会儿有意拖延时间,混到晚上,想逃跑了事……

日本军队正在犹豫不决,突然发现中国军队开始进攻了。中野大队长笑了,说:"好啊,你终于来了,我的大队,终于可以为天皇建功立业了。"他迅速指挥日本军队,构筑简单工事防守。

一队长领着二百多人的队伍,向日军的阵地发起进攻。

在日军的准确火力攻击下,一队的士兵"挂花中彩"倒下去了三十多人。一队长宣布停止进攻,马上撤退。这下子中野乐了:"我以为这支中国军队有多么强硬呢,原来也是不堪一击。还跑,往哪里跑,追击!"日军军队于是开始了追击。

这边看台上的观众不乐意了。铁良首先怪话来了,对奕勖说:"我以为这个叫公兵的排长多么厉害呢!原来,一是跑得快,二是不堪一击,这打的叫什么仗啊?"

奕勖也说:"我看,这一仗又败了。这个小排长啊,真是不知道天高地厚,他以为,日本军队那么好打的吗?"

各国驻华武官也在讨论着双方的战术,各省代表更是议论纷纷,但看好中国军队的不多。袁世凯此时一言不发,他在想,如果这一仗又败了,自己如何安排后路。

中国军队在迅速撤退,在撤退中,一些破烂步枪、不用的搪瓷碗、破鞋、洋毯扔得到处都是。日本军队紧追不舍,攻击前进。途中,中国军队利用有利地形,进行局部阻击,阻滞日本军队的追击。交战中,不断有中国士兵"受伤",或被日军俘获,也有日本士兵"受伤",撤下战场。

中国军队穿过一条小河,日本军队也穿过一条小河,中国军队在沙漠边行走,日本军队也在沙漠边行走。前面又是一块湿地,旁边是一座山,中间只有一条沙石路,非常狭窄。中国军队过去了,日本军队还在奋力地向前冲击。中国军队在临时挖成的简单壕沟里奋力阻击,日本军队还是快速地往前拥。由于地形不利,日军的队伍显得拥挤不堪。

就在此时,中国军队的六门火炮突然向日军的炮队开火,一时,日军的炮队附近沙石乱飞,硝烟弥漫,不一会儿,日军的火炮基本"报销"了。摧毁了日军的炮队后,炮兵又向日军拥挤的先头部队狂轰滥炸,只炸得日本兵哭爹叫娘,狼狈不堪,不少日本兵被沙石崩伤,或者"中红"倒下。

这下子,气得中野大队长哇哇大叫,没想到中国军队来了这么一下子,摧毁了火炮不说,还伤了这么些人,足足有一百多。这支中国军队实在是可恶,不和你正面交锋,除了跑还是跑,还好占些小便宜,瞅准机会咬你一口。

"不过,也不必和他们太过计较,"中野大队长自己安慰着自己,"主力还在,早晚我要追到你,把你们统统消灭。"日本军队毕竟训练有素,作战意志坚决,在中野的指挥下,还是继续往前冲。公韧指挥的新军倒好,脚底下抹油——溜之大吉。

没过多久,前面出现了一座山,中间有一条山谷,地形实在是险恶。这时候,日军的一个中队长过来了,对中野说:"中野大队长,前面是不是埋伏大大的!要是有埋伏,我们可就吃大亏了。"

中野大队长一时有些犹豫,要是中国军队真设埋伏,那自己可就有大麻烦了。正在犹豫的时候,突然,中国军队又向日本军队展开了冲击。中野笑了笑,对那个中队长说:"此时没有别的办法,如果退回去,这一仗只能算打个平手。况且,中国军队正在向我们进攻,难道我们要逃跑吗?要是我们进行这最后一击,说不定就能击败中国军队,大获全胜。"

那个日军中队长想了想说:"凭着我们大日本皇军的实力,就是有埋伏,也不怕,也能把他们打败。"

于是,日本军队向中国军队展开了反冲锋,而中国军队一看日本兵冲过来了,继续向后面败退。日军一看,中国军队这么好欺负,一时士气大振,哇哇大叫着向前进攻。日军一直进攻到了山里的纵深处,越进攻,前面的山路越狭窄,冲着冲着,眼看快要出了山谷。

中野大队长笑了:"嘿嘿……只要出了这山谷,我看你中国人还往哪里跑?用你们中国人的话说,那是狗撵鸭子——呱呱叫。"

就在这个时候,两面山头上突然枪声大作,无数的枪弹倾泻下来,日军躲避不及,倒下一片又一片,长长的进攻队伍,顿时成了挨打的靶子。往后撤退的新军也反过头来,朝着日军进攻。

中野一看这样打下去不行,急忙下令后撤,可是已经晚了,部队完全被打乱了。伴着一阵军号响,新军从两面山头上猛冲下来,把日军冲得七零八落,等中野好不容易从山里冲出来,队伍只剩下了四百多人。中野下令列队阻击,可是还没来得及展开,新军已经冲了上来,又把他们冲散了。

新军还在猛烈地进攻。这下,中野再也无计可施,为了不被新军消灭,日军只能快速撤退。而新军又步步紧逼,就像热油泼在了身上,既烫得慌又推脱不开。这样,日军又从原来的湿地小路上溃退下去,在湿地小路上日军遭到了一小队新军的伏击,溃退的队伍只得从沙漠边后退,然后开始渡河。然而,在河边,又遭到了一小股新军的伏击。

中野感觉,好像到处都有新军的埋伏,处处都有敌人的影子在晃动。

等渡过了小河,中野发现日军只剩下不到三百人了。

这时,左面不远处是观看演习的高高阅兵台,再往前走是一片旱地,只要越过去,再走不多远,就是日军的大本营了。中野指挥着队伍加速撤退,越过了那片旱地,只要再越过右边的一个不大的土岗子,日军的大本营也就到了。中野稍稍松了一口气。

可就是在这时,几座破屋旁边突然响起了加特林重机枪和马克沁重机枪的响声。猛烈的火力,一下子扫倒了日军一大片,残存的日军也被压制在地上,没法抬头,日军再也无法向前一步了。

这时候的新军主力迅速完成了对日军的包围,新军的大炮又开始发威了,重武器在这个时候显出了特别的威力。一阵猛烈的炮击之后,伏在旱地上的日军被炸得人仰马翻,没有"死"的,耳朵恐怕也被震聋了。

第60回　演兵场上中日大战(四)

新军士兵士气大振,公韧挥舞着指挥刀,大声地吼道:"所有新军听令,从伙夫到炮兵一个不留,全部冲上去,为中国人长志气的时候到了!扬我军威的时候到了!冲啊!"

公韧带头冲了上去,后面的军官和士兵紧跟其后一齐呐喊着扑了过去。

双方远了就用枪打,近了就肉搏,日军很快便败下阵去,人是越打越少,不一会儿,只剩下了中野和大队部的十几名官兵,被新军的六百多人一下子围在了中央。

中野挥舞着指挥刀大吼:"你们谁是指挥官?我不服!"

公韧上前一步,摇了摇指挥刀喊道:"我就是啊,不服怎的!败了就是败了。"

中野怒气冲冲地大叫:"没想到指挥官这么年轻啊。我要和你单挑!"

公韧鼻子一哼:"单挑就单挑,难道我还怕你不成?"

王达延抢上前来,用身子挡在公韧前面说:"杀鸡焉用牛刀,我来对付你就行了!"

公韧对王达延小声说:"都说日本洋刀厉害,我来和他过过招。如果不行,你再随机应变。"

王达延点了点头,李斯和张散也用步枪对准了中野,随时准备让中野尝一尝"花生米"的味道。

中野龇牙咧嘴狗眼一瞪,对着公韧就一刀劈过来。公韧也不含糊,用刀格过这一刀,然后心里暗记中野的刀法。不一会儿,已是烂熟于胸,然后公韧就用他的刀式,一刀一刀地朝他劈去。

公韧年轻力壮,又有武功的底子,不一会儿,中野已经有些吃不消了。再过了一会儿,中野已是大汗淋漓。最后,公韧看准时机,一刀把他的刀格飞了,然后一个擒拿,把中野按在了地上,一个大大的亮相。

日军还不投降,王达延一个手势,新军们一阵枪响,那些日本官兵个个"染红",全部"毙命"。

四个队长和炮兵队长围拢在公韧的身边,个个激动异常。公韧却没有一点儿高兴的样子。王达延过来,高兴地拍着公韧的膀子说:"好啊!敲着锣鼓坐火车——走一路响一路。这一仗我们终于打胜了,全歼了这股日军,你怎么还不高兴呢?"

公韧压低声音对王达延说:"袁世凯认出我来了,想必回去是凶多吉少。如果我不在了,别忘了我们的任务,你能带出多少人就带出多少人。"

王达延一拍脑瓜子,板起了脸:"你看我,把这事儿给忘了。我看,趁现在咱们不在兵营里,反了吧,能带出多少人算多少人。"倪映典这时候,也凑到了公韧的身边。王达延警惕地瞪着倪映典,公韧对他说:"不要紧,自己人。从今以后,就全指望你们二位了。"

两个人点了点头。倪映典清楚公韧的处境危险,对公韧低声说:"趁现在这个乱劲,我看,你还是赶紧跑了吧!我们掩护你。"

公韧凄惨地笑了笑:"往哪里跑啊?每个人的眼睛都在盯着我。留得青山在,不怕没柴烧,我只是一个小卒子,不能因为这个小卒子而坏了整个大局。"

两支队伍同时到了阅兵台前,接受训诫。

一支是日本军队,几乎人人都是"红色满身",有的甚至头上扎着绷带,吊着胳膊。还有的,已经回不到人世了,那是被炮弹皮崩死的。

更叫人解气的是,中野大队长被五花大绑了起来,一下子被几个新军士兵推到了阵前。

佐藤中将师团长气得一蹦老高,挥舞着指挥刀大声地吼叫:"八嘎!八嘎!大大的八嘎!日本军人的威风,统统的被丢尽了,丢尽啦!"

新军官兵没受伤的虽然只剩下六七百人,但一个个精神抖擞,神气十足,排着整齐的队伍,接受检阅。五个队长威风凛凛地把公韧簇拥到台前,接受袁世凯的授奖。

外国驻华武官这下子对中国军队刮目相看,有的竖起了大拇指,阴阳怪气地喊着:"中国的新军了不起!"各省的代表更觉扬眉吐气,胸膛都挺起来了,头也昂起来了。所有记者的相机都对准了这两支形态不同的队伍,闪光灯不停地闪烁着,有时连成了一片。

阅兵台上的清廷要员则是另一副神态。铁良这时候走到台前,一副傲慢的样子,看着狼狈不堪的日本军队,眼里露出了蔑视的笑容。奕劻这时也笑了,捋着他那稀疏的山羊胡子问铁良:"请教大军事家,刚才这个公兵用的什么战术?竟能大败日军。在下实在不明白,能否请军事家讲解一下?"

铁良故意沉吟一会儿,说:"什么战术嘛,我看,根本就不是德国的什么进攻、防御战术,好像是中国的战术。"

奕劻又追问:"到底是中国的什么战术呢?"

铁良只好说:"我还没有看明白。"

袁世凯这时候全副戎装,迈着标准的军步走下阅兵台,到了公韧的面前,喊道:"公兵管带,请你报告一下战况。"

公韧行了一个标准的军礼,然后报告说:"报告袁大人,经过三战,全歼日军的一个步兵大队,一个炮兵中队,俘获中野大队长。"

话刚说完,两个新军士兵用力一推,一个士兵还踹了一脚,把中野押上前来。中野站立不稳,一个嘴啃泥,摔倒在袁世凯面前,嘴上脸上全是土,牙还掉了两颗。

袁世凯看都没看中野,继续听公韧汇报。

公韧继续说:"我军伤亡二百八十一名,实际死伤十一名,请袁大人处分。"说完,脖子一挺,一副引颈受戮的样子。

几个队官有些不理解,明明大获全胜,为何要请求处分?

这时候,王达延对李斯几个人使了一个眼色,挺了挺背上的步枪,意思是,只要你敢对公韧行刑,就是教练弹,我们也要打你几十个"红花",崩也要崩死你。倪映典全身一抖擞,紧张地看了看手下的士兵,只要袁世凯对公韧不利,他就要张开大嘴呼喊,鼓动士兵奋起造反。

袁世凯阴险地一笑:"处分不处分,待会儿再说。现在,我只要你说一下,这三仗你是怎么打的。"

不但袁世凯糊涂,铁良也是不明白,这时候他已经到了公韧的跟前,竖起耳朵,就等公韧解说。奕劻呢,就站在铁良的身后,也是一副用心听的架势,直接听公兵讲解,总比听这个好吹牛的铁良胡吹海侃强多了。

各国的武官也纷纷凑到公韧的跟前,想弄明白这场胜仗到底有怎样的奥妙。记者们呢,有的在拍照,在的拿出小本子,仿佛公韧的每一句话,在他们心里都价值千金。

公韧慢慢地说:"前两场仗,我们都败了,说实话,日军训练有素,战斗意志坚决,战术科学合理,如果正面作战的话,我们很难取胜。第一仗,我们是用了运动战,在撤退中,我们怕日军不上钩,所以以小部队冲击,惹怒日军。湿地上有一条小路,步兵运动迟缓,而跟着步兵的炮兵呢,更是躲避不开。这一仗,我们搞掉了日军的火炮。第二仗,山地伏击战,我们歼灭了日军的大部分兵力,这样使我们的人数也占了优势。日军溃逃,我们紧追不放。至于一路上的伏击,小丘陵上的阻击,是我预先计划好的。因为我预测好了,日军溃逃必然要沿着原路退回。最后我们以优势兵力,旺盛的战斗意志,终于全歼了这股敌军。"

公韧说完了,所有的听众意犹未尽,还在竖起耳朵听着,好像在听着天书。好久,好久,记者们才发出了热烈的掌声,接着是所有官兵发出了热烈的掌声,各国武官发出了热烈的掌声,阅兵台上所有的官员发出了热烈的掌声,连袁世凯也拍了两下巴掌。

大家激动得满脸通红,都以为下一步袁世凯将对所有参战的官兵予以重大的奖励。

谁也没有料到,袁世凯突然脸色一变,对公韧声色俱厉地吼道:"公兵啊,你知罪吗?"

公韧早有思想准备,冷笑一声,说:"人生自古谁无死,留取丹心照汗青。我早就准备好了,请速行刑!"

这下子,五个队官又糊涂了,立了大功不奖也就算了,为什么还要行刑,就是刚才打了败仗的几个管带也没有被砍头啊?记者们更是不明白,一个个把目光对准了袁世凯。这个问:"请袁大人解释,公兵管带何罪之有?"那个说:"他到底犯了什么法?"

第 61 回　新军小站起义(一)

外国武官和各省代表更是一脸的不解,都想问个明白:"这是怎么回事?请袁大人解释一下。"

铁良也看不下去了,小声对袁世凯说:"此人是功臣!你要是说不出原因,可要惹起大乱啊。"

袁世凯这才冷冷地一笑:"此人原来是个悍匪!"他还算聪明,没有说公韧是革命党。要说是革命党,公韧断没有活命的道理。

此言一出,引来一片哗然。五个队官你看看我,我看看你,纷纷皱起眉头:这么年轻有才,怎么会是悍匪?

外国武官和各省代表更是疑惑,叽叽喳喳,议论个不停。

公韧率领的这营新军士兵则是一片混乱,士兵们像开了锅一样,纷纷鸣不平。

倪映典首先发难,大喊道:"公管带是一名好长官,没有他,我们打不了胜仗。"

王达延一个眼色,李斯、张散跟着喊:"这么好的长官,凭什么说他是悍匪?我们坚决跟着公管带干。要不,我们反了!"有的举起了枪,在空中乱晃。有的更是牢骚满腹:"打了胜仗,不奖也就算了,哪有砍头的道理?""没有正事了!"

士兵的情绪眼看有些控制不住。

冯国璋凑近袁世凯的耳朵说:"大哥,三仗我们好不容易打胜了一场。英雄不论出身,就算他原来是个悍匪,现在不已在我们麾下,我们何必放着这么好的良将不用呢?"

铁良凑近袁世凯的耳朵说:"请袁大人手下留情!要不,这个人给我算了。"奕劻也来凑热闹:"袁大人啊,先把这个人留着。要是老佛爷找我要打了胜仗的人,我也好有个交代。"

袁世凯考虑了一番,这么聪明的人哪能想不到方方面面的利害关系呢,他清了清嗓子说:"虽然公管带原来当过悍匪,但是这回为朝廷立下大功。过是过,功是功,我怎么能功过不分呢?公管带听令!"

公韧一个敬礼,立正站好。是死是活,也就这么着了,公韧已经看淡了生死……

袁世凯点了点头:"你原来不是代理管带吗?这回,我就把你这个'代'字去了,命你为第五营管带,赏银一百两。棚长以上军官,每人官升一级,赏银十两。其余所有参战士兵,每人记功一次,赏银五两。受伤牺牲的士兵,按照规定,各有抚恤……"

底下参战官兵,一片欢腾。有的大喊起来:"我们吃袁宫保的饭,我们为袁宫保打仗。"

公韧的脑子一片空白,没想到不但捡回一条性命,还被破格提拔为营管带。这算怎么回事呢?倪映典这才松了一口气,擦了擦头上的汗水。王达延把本来拿在手里的步枪又背了回去。李斯、张散等人则是拍手庆贺。

等现场稍稍安静下来,袁世凯注视着公韧语重心长地说道:"公管带,该放的我都放了,你心里应该明白。你可不要自毁前程啊!"

袁世凯的话已经很明白了。到了此时,公韧也不好再说什么,只好说:"我一定好好练兵,为国效力。"

袁世凯点了点头,笑着说:"你只要跟着我干,高官任做,骏马任骑,银圆任拿。要是事事反着来,那就有你好瞧了!"

公韧微微点了点头,默然不语。

袁世凯又喊了一声:"赵斯营。"

队列里一名军官大声喊了声:"在!"然后跑过来,对着袁世凯行了一个军礼。

袁世凯对他说:"你就为第五营的帮带,以后好好地帮着公韧点儿。"

赵斯营喊了一声:"是!"对着袁世凯又是一个军礼。

公韧心想:袁世凯是个人精啊,哪能对我放心,找了一条狗来看着我!

从演兵场回来,公韧拿出了自己所得的一百两赏金,请所有的在营官兵吃喝了一顿。这一下子,公韧的威望更加高,没有一个说公兵管带不好的。倪映典更是带着两个排级军官找到公韧,一见面,见营内没人,他俩一下子就给公韧跪下了。

公韧一时有些不解,摇着头说:"不要这样!我们这是军营,要行军礼。哪能行这样的大礼呢?"

倪映典说:"这是我的两个结拜兄弟,一位是李景濂,一位是郭人漳,这次目睹了你的英明指挥,真是对你佩服得五体投地。他们非要和你结拜为异姓兄弟,请大哥不要让我为难。"

公韧仔细看了看二人,见李景濂生得五大三粗,一脸的忠厚相,而郭人漳獐头鼠目,一双小眼睛在大眼眶子里骨碌骨碌乱转,心想:这个郭人漳面相不好,实在是不敢与他共事啊!但转念一想,这两天和自己结拜为把兄弟的为数不少,再多两人又有何妨?不把他拉过来,他要是到了对立面,岂不是更大的麻烦?

公韧只好说:"好啊!既然兄弟看得起我,咱们这就结拜为异姓兄弟。"

李景濂高兴得咧开大嘴:"以后我就跟着大哥了,只要大哥喊一声,我火海敢上,刀山敢闯。"

郭人漳更是高兴:"以后我们跟了大哥,凭着大哥的本事,我们准能发大财,做高官!要是我们发达了,绝对不能忘了大哥的好处。"

当下四人设了香坛,结拜为异姓兄弟。

没人的时候,公韧把王达延叫到一边,和他商量道:"大哥,你看目前的形势怎样?"

王达延高兴地说:"我看挺好啊,你已经升到了管带,这一营的人马都归你指挥了。到时候,你一声令下,领着这营人马杀出去。我们就竖起革命的大旗,和清军决一死战!"

公韧摇了摇头,一声苦笑:"我看目前已是凶险万分!"

王达延大眼一瞪,奇怪地问:"这是哪里话,我怎么有些听不明白?"

公韧解释道:"原来我们在暗处,袁世凯在明处,正好可以运动士兵。这下好了,我们倒成了明处,袁世凯成了暗处,他要是算计我们,我们是一个也逃脱不了。目前我干点什么事儿,总有赵斯营在监视着,形势不是凶险万分是什么?"

王达延一听,也紧张起来,皱起了眉头问:"你说我们应该怎么办?"

公韧考虑了一番说:"目前我们最缺的是子弹,没有子弹,步枪真就是一根烧火棍。还有我现在虽然是个营管带,但是绝大多数士兵是袁世凯的人,一旦扯旗造反,跟随我们的又能有几人?所以说目前我们有二大任务:一是必须控制住武器库,没有武器库,我们什么都不是。二是联络朋友,可目前我们只联络了几十个人,而且到时候这几十个人也未必能跟随我们走;还有就是尽快地把队伍拉出去,时间长了恐怕保守不住机密,真怕我们这些人被连锅端了。"

王达延听公韧这么一说,心里真紧张起来,别看营房里表面上风平浪静,你兄我弟,可实际上说不定什么时候,就是刀光剑影,杀声一片。停了一会儿,王达延又问道:"你想把起义时间定在什么时候?"

公韧想了想:"三天吧,我们再运动三天。三天以后,必须起义。我看这袁世凯的兵营已是针插不进,水泼不进,再晚的话,恐怕我们将死无葬身之地!"

准备工作在紧锣密鼓地进行着。

在起义的头一天晚上,吃完了晚饭,士兵们有的在宿舍里写信,有的在营房内溜达,还有的在进行着一场篮球比赛,赛场周围吸引了好大一部分士兵,一切显得和平常没有什么两样。公韧看到赵斯营到总部去了,估计一时半会儿回不来,赶紧叫李斯下通知,召开起义前的最后一次会议。

会议安排在王达延排的营房里,李斯、张散、倪映典、李景濂、郭人漳一个个溜了进去。王达延已把闲人都支走了,外人是一个也不让进。屋里摆着一副象棋,他们围棋或坐或立,像是在进行着一场棋间的厮杀。

公韧看到七个骨干已经全部到齐,问王达延:"武器库这两天怎么样了?"

王达延说:"和原来一样,值班的一个班,平时门口只有两个士兵站岗。"

公韧点了点头:"好,只要控制住武器库,起义就成功了一半。"

各人又汇报了发展会员的情况,合计下来已发展了四五十人。

公韧总结说:"现在我宣布一下起义计划,明天的这个时候,由王达延带几个人迅速占领武器库。我这边集合所有的官兵,当众宣布起义,没有具体任务的尽最大能力控制住身边的军官和士兵。我们看看到底能有多少人跟随,如果人多,我们就控制住营房的所有要道,人是只能进不能出,如果人不多,我们就发给武器,撤出营房。王达延呢,负责把剩下的武器全部炸毁。"

王达延点了点头。

公韧又对大家说:"大家还有没有别的意见?"

第62回 新军小站起义(二)

大家低头不语。过了一会儿,李景濂问:"如果我们撤退,往哪里退?凭着我们的两条腿吗?这里可是京畿要地,如若官兵围上来,我们一个也跑不了。"

公韧笑了笑:"至于往哪里撤退,我自有去处。至于是不是凭着两条腿撤退,我也有安排。到时候,大家只要干好自己的事情就行了。"

郭人漳说话了:"如果宣布起义,我估计跟随我们的人肯定不多。起义能不能暂缓一些日子,等我们充分运动好了,再起义。"李景濂插话了:"我坚决服从起义的决定。有什么困难,我们一定想办法克服。"

郭人漳瞪了他一眼:"我也没有说不服从啊!只是觉得,起义的条件还不成熟。"李景濂反对他说:"反正条件成不成熟都要起义,那就别说那么多废话了。"

郭人漳皱起眉头:"我这哪是废话啊,不过是发表一下自己的意见嘛!"

两个人闹起了矛盾。正在这时候,门口公韧的勤务员喊道:"报告冯总办,报告赵帮统,你们怎么来了?"

门口传来了冯国璋威严的声音:"我怎么不能来?为什么不能来?"

屋里开会的人都吃了一惊,一个个吓得变了脸色。公韧对大家摆了摆手,意思是叫大家镇静。这边刚刚坐下来下棋,那边冯国璋的大皮靴就已经跨进了屋门,后面紧跟着赵斯营。

冯国璋一乐:"好啊,来的人还不少呢!在开什么会呀?"

众人吓得心里一惊。公韧赶紧站起来,对冯国璋行了一个标准的军礼:"报告冯总办,他们在下棋。我好下棋,这不也来凑个热闹。"

冯国璋随意扫了一下棋盘,嘲讽道:"好啊,下了这么半天,一个子也没动。看来,得我来下这盘棋了。"

公韧心里一惊,心想不好,百密一疏,不过,公韧的脑子转得还算不慢,赶紧解释说:"刚下完一盘,这不才重新摆上嘛!要不,你也下一盘?"

冯国璋话里有话地说道:"只要不是开会就好。公管带,你出来一下,我有话对你说。"

公韧只好跟着冯国璋出去了,冯国璋在前面扬着头大踏步地走,公韧默默地在后面紧紧跟随。冯国璋一边走一边对公韧说:"最近,赵帮统对你颇有微词,说你不是与人结拜兄弟,就是背着他开小会,好像有不可告人的秘密。公韧啊,你我是兄弟,你说说,赵帮统的话,我信是不信?"

冯国璋转过头来,眼睛紧紧地盯着公韧的眼睛。

公韧的心里敲起小鼓:莫非起义的事冯国璋全都知道了?随即,他对冯国璋说:"大哥,你是我的大哥,我的一切事情,哪能昧着你呢!要不是你,哪有我的今天呢!"

冯国璋鼻子哼了一声:"知道就好,人可不能没了良心。袁世凯说你以前是个悍匪,依着他的脾气,你早已是刀下之鬼,我看你是个人才,所以才千方百计地维护你。我才不管你以前怎么样呢,你只要认我这个大哥,好好地跟着我干,我就把你当兄弟看待。"

公韧点了点头:"你的大恩大德,当兄弟的矢志不忘!我对你,岂能有二心!"

冯国璋笑了笑:"量你小子,也不敢背着我做出什么出格的事儿来。"

公韧心想,何不试探一下冯国璋的政治态度,如果能把他拉过来,那岂不是又多了一员干将。公韧对冯国璋说:"最近,广东出了个孙文,闹起了革命,不知道冯大哥是怎样的看法?"

冯国璋哈哈一笑:"他孙文闹革命,和我有什么相干,我吃皇上的饭,为皇上效劳。那孙文造反,早晚还不是落个杀头的下场……兄弟呀,怎么问起这个事儿来了,莫不是你同情革命党?"

公韧赶紧澄清道:"我只是随便问问,那孙文造反,是人人皆知的事情,我们新军以后练好了,说不准就会跟革命党遭遇呢!我也是最近才对革命党有了研究,觉得研究一下对我们以后的军事行动还是有好处的。"

冯国璋"哦"了一声:"只要你不是革命党就好……要是参加了革命党,那就犯了死罪,谁也救不了你!"

两人又谈了好一会儿,才互相道别。

公韧回到了营部,屋里已经点起了油灯,朦胧的灯光忽明忽暗,搅得人心里乱成一团。上有袁世凯、冯国璋的压制,中有赵帮统的监视,下有士兵的落后,特别是普通士兵的思想真是一时半会儿难以做通,起义可谓困难重重。要是不起义呢?再拖下去,弄不好就会全军覆没,在这龙潭虎穴里一天也不能耽误下去了。

公韧在屋里来回踱着步,考虑着起义前的种种事情……

就在此时,耳中传来一阵子皮靴响,公韧不用见人,就知道又是冯国璋来了。冯国璋进了屋,见屋里没人,对着公韧就破口大骂:"好你个公兵,竟敢背着我搞起了什么起义?明天晚上先占领武器库,然后再集合全营官兵宣布起义,然后再占领营房的所有交通要道,控制住我所有的新军。好啊,公兵,你真是吃了熊心豹子胆了,怎么有这么大的胆子啊!你这样做,究竟是为什么?"

公韧心里大吃一惊,没想到,此时此刻,在冯国璋面前已是没有什么秘密可言。公韧低着头,在默默地听着冯国璋的训斥,脑子在急速地转着:这么一会儿,他怎么全知道了,莫非我们内部出现了叛徒?

冯国璋大声地怒吼着:"现在摆在你面前的,只有两条道:一条是放弃起义,以后高官任做,骏马任骑;另一条就是叫我绑了,跟我去见袁宫保,任他处置你。两条道,你自己选吧。"

公韧闭上眼睛,心想:完了,今天就要交代在这里了。他牙一咬,胸一挺说:"既然你什么都知道了,我无话可说,你就绑了我,去见袁世凯吧!"

冯国璋气得牙根痒痒,照着公韧的脸就是一记耳光,大骂道:"好你个公兵,你这样做,究竟是为了什么?你怎么这么糊涂呀?怎么这么执迷不悟呀?难道说,你要带一支队伍上山当土匪,继续当你的悍匪头子?"

公韧铿锵地说:"既然话说到这份上,我也就直说了吧!南方的孙文,闹起了革命,下定决心要推翻腐败的清王朝,兄弟我决心跟随。那是在戊戌变法的时候,我代表革命党到法华寺向袁世凯借兵,意欲借着袁世凯的手,在八月十五慈禧太后赏月的时候,诛杀慈禧。没想到,袁世凯到荣禄那里告了密,致使变法失败。好了,我该说的已经说了,你就绑上我,到袁世凯那里领赏去吧!"

冯国璋听了公韧的话默默不语,过了一会儿,问道:"你说的这些,我就有些不明白了。革命党怎么和保皇党掺和到一起了?我听说革命党和保皇党互相顶牛,势同水火。既然那样,为什么革命党还要帮助保皇党实现戊戌变法呢?"

公韧一看冯国璋愿意听下去,继续说道:"在帝党和后党的斗争中,后党暂时胜了,慈禧把光绪皇帝软禁于中南海的瀛台。冯大哥,你常说,我们是食皇上俸禄,要替皇上分忧,目前光绪皇帝被困于瀛台,我们是不是可以起义,率兵去救皇上呢?"

冯国璋冷冷一笑:"别打岔,那是上面的事情,和我们有什么关系?我是问你,为什么革命党和保皇党掺和到一起了?"

公韧义正词严地说道:"目前救中国的道路,只有两条,一条是实现君主立宪,也就是走英国、日本的道路;一条是革命,走美利坚合众国、法兰西的道路。当时我们革命党和保皇党联合起来,是想走英国、日本的道路。"

冯国璋"哦"了一声:"原来如此啊,可是我看兄弟你还是有些不识时务。"

公韧瞪着冯国璋的眼睛问:"愿听大哥细说明白,我怎么不识时务了?"

冯国璋说:"革不革命,保不保皇,那是他们的事情,也就是一些大人物的事情。我们目前只有跟着袁世凯大人,才能吃香的,喝辣的,要是没有袁大人,我们什么也不是。"

公韧反驳说:"中国的事情,这个也不做,那个也不做,都推给别人去做,按照梁启超的话说,只能是亡国、亡种、亡教了。"

冯国璋再一次勃然大怒,吼道:"你小子不要不知好歹!我看你……你……做宣传竟然做到我的头上来了,你是不见棺材不落泪,不撞南墙不回头!"

冯国璋说完,摔门而出。

第63回　新军小站起义(三)

正在此时,一个人突然蹿到公韧的跟前,把公韧吓了一跳。公韧定睛一看,原来是王达延,这才缓过一口气,说:"你可吓死我了!"

王达延小声对公韧说:"你和冯国璋的谈话,我都听到了。武器库已增加了看守,原来是一个棚,现在已换成一个排,要想占领武器库,太困难了。看来,我们起义的事情已经暴露,我们要速速起义,不能坐以待毙啊!"

公韧叹了一口气:"按照冯国璋的心计,既然事情已经暴露,我们再做任何事情都是徒劳了。"

王达延毫不气馁:"那我们就和他们拼了,总不能坐着等死啊!弟兄们活着在一起,死了也要在一块儿。"

公韧摇了摇头,叹了口气:"依我看,咱们开会的七个人已经全部暴露,三十六计走为上。你赶快通知我们三合会的弟兄和暴露的同志,迅速到营房门口集合,叫着李斯,让他迅速套上马车,按照原来的方案执行。"

王达延答应一声,刚走了一会儿,倪映典又来了。他对公韧说:"我听着其他几个营房里,响起了紧急集合号声,是不是事情有了变化,我们可要当心啊!"

公韧说:"刚才冯国璋来了,起义的事情他已经全知道了。肯定是我们内部出了奸细,要不,冯国璋不会知道这件事情。"

倪映典有些着急,对公韧说:"你说现在我们应该怎么办?"

公韧果断地说:"赶快走,没有什么好说的了。"

倪映典点了点头:"那好,我来掩护你们。"

公韧问:"你单枪匹马的,怎么掩护?"

倪映典答:"我自有办法,这么些人要是没人掩护,肯定出不了营房门。"

公韧也不再追问他怎样掩护,说道:"你一定要保护好自己,做不到的事情,千万不要勉强。"

倪映典点了点头:"你放心吧,我会照顾好自己的,希望你们能顺利突出重围!"说完,匆匆走出门去。

情况已是万分危急,此时的兵营就像一个点上火捻子的火药桶,多停留一分钟就多一分钟的危险。公韧急忙走出营部门口,这时候赵斯营也紧紧地跟了上来。公韧不想理他,赵斯营却像个跟屁虫似的,紧紧地粘在了屁股上,并且紧跟了两步,和公韧并排走着。他对公韧皮笑肉不笑地说:"公管带,这是上哪里去啊?"

公韧笑了笑:"随便转转,屋里闷得慌。"

赵斯营阴险地笑了笑:"我这会没事儿,正好陪着公管带走走。"

公韧无奈,和他闲聊了一会儿。突然,草料场那边闪出了火光。不一会儿,烟起来了,火势越来越大。公韧大喊一声:"不好了,草料场那边失火了,那可是马队的所有草料啊!赵帮统,你速速领着一队人前去救火。"

赵斯营说:"还是公管带亲自带队去救火为好!"

公韧问:"为什么?"

赵斯营说:"这么重要的事儿,公管带亲自带队才显得重视,才不会受到上面的责罚。"

两人来到营房门口,木制的栅栏门敞开着,旁边立柱上吊着一盏昏暗的马灯。两个站岗的士兵一看长官来了,赶紧给公韧和赵帮统敬礼。远远的,李斯和张散驾驭着两辆马车不紧不慢地驶来,所有接到通知的士兵也已经到了营房门口。他们挎着曼利夏步枪,步枪里装着仅有的几颗子弹,那是平时打靶节省下来的。

赵斯营疑惑地看了看公韧,问:"公管带,你这是要到哪里去?"

公韧说:"实不相瞒,在营房里待久了,想到外面去转转。赵帮统,你也跟着我们走吧？"

赵斯营脸色一变："我不去！也不让你们去。你们是不是想逃跑？"

公韧也脸色一变说："是的，我们要走了，不过不是逃跑，而是要撤退。"接着，对赵斯营一个擒拿，把他控制住。门口站岗的士兵，早被附近等待多时的几个起义士兵下了枪，绑了起来，嘴里塞上了布条。

王达延看了看旁边的赵斯营，小声对着公韧的耳朵低声汇报："除了倪映典、李景濂、郭人漳三人没找到，其余的人都通知了，三合会的十个弟兄也全都到齐。"

公韧点了点头。王达延问："我们还等不等呢？"

公韧大手一挥，说："再等都走不了了。大局为重，走！"

起义士兵分别上了两辆马车，李斯、张散鞭子一甩，两辆马车狂奔起来。

草料场的大火在黑暗中越烧越旺，士兵在喊叫着，慌乱着，无数的人在忙着救火，无暇顾及其他，才使公韧这一伙人逃过一劫。

马车往东边快速驶去。

王达延问："为什么我们往东边跑呢？"

公韧说："从小站往西北一百二十里地，就是天津，往西南三百二十里地就是沧州，哪个地方都没有我们的容身之处。往东走八十里地，就是海边，到了海边，我们再想办法。"

马车快速地往东边驰去，月如弯钩，风如小刃，前面黑黝黝的出现了一小片杂树林。公韧对大家说："小心！前面可能有埋伏。马车加速，冲过去。大家蹲下，准备射击！"

所有的士兵都伏下身子，推上子弹，端平了枪，枪口对准了杂树林里可能藏匿伏兵的地方。还好，有惊无险，冲过这片小树林，公韧松了一口气，摸了摸头上，额头泌出一层汗珠。"减速吧，继续前进。"

马车又放缓了前进的速度，马已是大汗淋漓。士兵们也松了一口气，有的人又卸下了推上去的子弹。王达延问："刚才那一番操作是为何？"

公韧说："冯国璋善于用兵，这里正好有地形可以利用。他要是藏在这里一个排的兵力，我们可就全完了。"

马车继续前进，不一会儿，前面斜着又出现了一条小河沟。公韧低声喊道："注意，前面可能有伏兵！"

所有的士兵又紧张了，子弹上膛，枪口瞄准了河沟那边可能藏匿伏兵的地方。

道路崎岖不平,马车只能缓缓而行,慢慢地走过了这一带复杂的地形。过了这一块地方,地势平坦起来,公韧这才长长地舒了一口气。

王达延又问:"公管带,你是不是太多心了?"

公韧摇了摇头:"凭着冯国璋的智慧,在这里只要埋伏上一个棚的兵力,先打马,再打人,我们这些人也就全完了。"

王达延笑了:"看来冯国璋是个笨蛋!他根本就没有这样的脑子。"

公韧摇了摇头说:"非也,非也,冯国璋不是不会用兵,他是看在我俩结拜兄弟的情分上,放我们一马。"

前面出现了一片片盐碱地,白花花的,旁边是一个村庄。公韧轻轻地喊了声:"停车,停车。"马车慢慢地停了下来。公韧对赵斯营一撇嘴说:"绑上他,塞上嘴,放他一条生路吧!"

王达延急忙对公韧说:"这是条狗,留着早晚是个祸害!不如宰了算了。"

吓得赵斯营急忙对公韧磕头如捣蒜,求饶说:"公管带呀,这可怨不得我呀!那是袁世凯大人叫我这样做的呀,我实在是没有办法。"

公韧对王达延说:"他也是迫于形势,能不杀生则不杀生,还是给他一条生路吧。"然后又对赵斯营说,"天亮后,有人干活,自然会看到你。"

赵斯营感激得眼泪都快流出来了,跪在车上一个劲地给公韧磕头:"谢谢公管带!我监视你,你还对我这么好,你的饶恕之恩我有机会定会报答。"

放下赵斯营后,马车又继续前行,风越刮越凉,冷气也愈来愈重。士兵都缩起了脖子,把两只手抄到袖口里。这里已能嗅到海水的咸腥味,隐隐还能听到海浪的声音。

公韧这才稍微放松点,想起叛徒的事,对王达延小声说:"你说说,这个告密的人会是谁呢?"

王达延嘟囔着:"李斯和张散肯定不会。我看倪映典那人,挺仗义的……不像。要说李景濂那人吧,看着挺忠厚的,也不像。我就看着郭人漳不顺眼,獐头鼠目,狗头蛤蟆眼的,不像个好人。是不是他啊?"

公韧没有言语,陷入了深深的沉思,怀疑归怀疑,在没有确凿证据的情况下,不能冤枉人。

前面出现了一个小小的村庄,此时的村庄还在熟睡中,没有一丝响声,家家户户没有一点光亮。公韧对大家说:"现在没事儿了,安全了。大家折腾了一晚上,也都累了,找一个人家歇一会儿吧!"

听说到前面能歇着,马车加快了前进的速度。

就在此时,只听得前面一阵呼喊,百十个火把一齐亮了起来,一队人马挡在前面,黑洞洞的枪口对准了这两辆马车十多个人。三合会的这些人个个惊惧,就连驾车的四匹马,也吓得竖起耳朵,不敢再往前行走半步了。

第64回　新军小站起义(四)

公韧心想大事不好,要是对面的敌人一齐开枪,这十多个人立马就会被打得像筛子一样,浑身窟窿。往后退?哪里退,后面是一片开阔地,想后退已经来不及了。

对面一个人哈哈大笑:"公管带啊,公管带,想不到吧,我已在此等候多时了!"

公韧往前一看,十多个全副武装的护卫簇拥着一个一身戎装威风凛凛的人,此人不是别人,正是自己最不愿意见也不敢见的袁世凯,旁边站着冯国璋。公韧心想:完了,此地便是自己的葬身之地。可惜呀,可惜,逃了半宿,还是没有逃出袁世凯的手心。

那袁世凯嘿嘿一笑:"公管带啊,你带着这十几个人要往哪里去啊?还不快快下马说话。"

公韧一看再也没有别的办法,只好对王达延一伙说了声:"下车吧!"这十几个人随之垂头丧气地下了马车。

公韧领着这些人走到了袁世凯的面前。公韧对袁世凯说:"袁大人,领着这些人出走,完全是我的主意,和他们一点儿关系也没有。请袁大人处置我好了,放他们一条生路!"

袁世凯嘿嘿一笑:"放过他们?天底下哪有这么便宜的好事儿。军纪怎么说来着?"

一个军官上前来说:"第十二条为结盟立会、造言惑众者斩;第十三条为黑夜惊呼、疾走乱伍者斩;第十六条为贪夜窃出、离营浪游者斩!"

袁世凯黑脸一沉,威严地说道:"你们连着犯了三条军纪,还有活命的理由吗?这可怨不得我了,众军听令,准备——"

到了此时,公韧心想:也罢!生还已经毫无希望,活着能和弟兄们快乐在一起,死了能和弟兄们做个伴儿,也算一件幸事!于是把头一昂,只等受死。

王达延和弟兄们一看,公统带都这样了,自己还能有什么生存希望?所以也都紧紧地靠在一起,依偎在公韧身边,有的睁着眼睛,有的闭上眼睛,只等着枪响了。

随着对面新军士兵哗啦一阵子拉动枪栓的声音,执行官一声粗壮的声音吼道:"放——"排子枪响的声音,划破了寂静的夜空,引起了霹雳般的一阵大动静。

公韧在静静地等待着自己的灵魂升入天堂,好早早地和西品会面。是热烈,还是奢望,是幸运,还是迫不得已。不管怎样,该努力的已经努力了,这一生也无悔了……

时间慢慢地流逝,一秒、两秒、三秒……等了约有十秒钟,没觉得身上怎么样。公韧慢慢地睁开了眼睛,发现自己毫发无损,十几个弟兄也没有受伤。一个个好像也在互相观望着,个个都在迷糊,这是人间啊还是地狱?

这是猫戏老鼠呢!公韧心里骂道。

袁世凯又一阵子哈哈大笑:"好了,执行完了。你们的小命不值钱,说枪毙那还不是动一动手指头的事儿,能不能活命,就看公韧会不会干这个买卖了。公韧,你过来!"

公韧只好走到袁世凯的面前。袁世凯对公韧说:"你还记着我给你说的那个事情吗?"公韧心里一惊:不是兵书的事吧?但嘴上不说,装糊涂:"什么事啊,请袁大人明示。"

袁世凯骂了一句:"你是真糊涂还是装糊涂,只要答应给我继续寻找兵书,我就放你一马。你要是继续装傻,顷刻之间我就要了你们的小命!"

公韧心里稍微一琢磨:看来,袁世凯还不想让我死啊!他想榨取完我身上的最后一滴血汗。我死了不要紧,可是这十多位弟兄实在是冤枉,只要有一线希望,还是得给他们求个活命机会!

于是,公韧不慌不忙地说道:"袁大人,小人确实不知道那部兵书的来历。你要是实在想要,小人努力给你寻找就是了。"

公韧故意说得模棱两可,既不让袁世凯绝了念想,又不轻易地答应他。

袁世凯点了点头:"这还像句人话,不要说什么不知道,我的第六感觉告诉我你和那部兵书好像有什么渊源。看你是个人才,就饶了你的小命,要不,这个世界会少许多精彩。一旦找到那部兵书,你立刻给我送来,其实也不怕你要滑头,我既然能放了你,也能在千万颗人头里找到你!"

一声令下,袁世凯的那些士兵让开了一条路。公韧一看,此时不走,更待何时?对王达延说了一声:"走人!"那十几个人巴不得听到这句话呢,赶紧跳上马车。李斯和张散一声吆喝,二辆马车从新军闪开的一条小路,迅速地往前驶去。

　　公韧领着这支精干小队伍,坐船回到了广东。他叫王达延依照小站练兵的方式训练一支部队,自己则坐船到了日本,亲自向总部汇报小站起义失败的经过。孙文安慰了一番,叫公韧不要气馁,准备下一次的起义。

第三卷 自立军威风

第65回 崆峒洞三会举义旗(一)

第二年,也就是一九○○年(光绪二十六年)七月初的一天,在大别山靠近武汉的一个偏僻山洞里,兴中会、哥老会、三合会的首领、骨干悄悄地集合在一起,正在召开一次秘密大会。

山洞口上方用颜体大字公正地写着"崆峒洞"三个大字。往里走去,穹隆似的深洞里阴暗潮湿,石头表面溢出的水珠一滴一滴落下来,砸在石灰岩上,生出了怪胎似的钟乳石。钟乳石又变成了石幔、石笋、石花、石柱群,组成了一个丰富多彩辉煌壮丽的神秘世界……

岩壁上吊着几十个大油灯,在阵阵洞口风的吹拂下,一长一扁地变幻着形状,一明一暗地闪烁着光亮。洞里几十个头目,穿着各式各样的衣服,或坐或站的姿态,形状不一的面孔,一动不动的身姿,和本来阴森恐怖的溶洞融为一体,又平添了几分鬼魅和怪诞。

把这三个会党捏合到一起的就是哥老会总头领毕永年。

毕永年在一八九九年冬,领着杨鸿钧、李云彪、辜天佑、张尧卿等数十人到了香港。陈少白介绍三合会大佬与杨鸿钧、李云彪、辜天佑、张尧卿等相会,于是湘、鄂、粤、港哥老会、三合会两大会党秘密联合,准备起义。

毕永年又提议,哥老会、三合会、兴中会三大团体联合成立兴汉会,并公推孙文为总会长,三会党均无异议。毕永年又约兴中会、哥老会、三合会首领到阳夏开会,商量起义大事。看到那里有清廷重兵镇守,为了安全,这才往东北移动二百多里,转移到大别山里开会。

毕永年坐在各位龙头的上首,他先扫视了大家一圈,算是打了个招呼,然后声若洪钟,慷慨陈词:"诸位龙头、诸位义士,自从今年二月间,我兴中会、哥老会、三合会成立了兴汉会,建立了'驱除鞑虏,恢复中华,创立合众政府'的宗旨以来,从四川巴蜀到浙江、上海,从广东、广西到安徽、江苏,我哥老会、三合会已发展到四十万之众。现在山东、河北一带形势发展很快,自从去年三月山东高唐出了义和团后,交不起租子的开始练,抗拒官家粮款的开始练,有钱的为了保护自己的财产也开始练。今年上半年义和团已红遍了整个河北、山东。他们除恶霸,拿二毛子,宰洋毛子,搅了清政府个底朝天……机会来了,我们何不趁此机会大举义旗,拿下武昌、汉口,立下根基。孙会长则在广州起事,拿下广东。有这两个地方当根据地,然后我们再根据情况,南图或者北伐。"

众头目群情激奋,一阵阵欢呼叫好。待欢呼声停下,穿着一身蓝的湖南金龙山堂主杨鸿钧说:"毕龙头说得不错,形势对我们是越来越有利,眼看着整个天下都是我们的了。可是别忘了,我们几十万弟兄,要吃,要喝,要行军打仗,这些都需要钱。没有钱,我们是一步也动不了哇!"

毕永年对大家摆了摆手:"杨堂主说的是实情,兴汉会之所以迟迟未动,说过来,倒过去,还不是因为钱的问题。在这关键时刻,我给大家介绍一位朋友,也就是总会长的朋友,唐才常先生。唐才常先生不但是我们钱的及时雨,还是即将在上海成立的中国国会的总干事,大家欢迎!"

一听说有了钱,大家的眼睛里又有了希望,众龙头和护卫们一齐有节奏地跺地:"咚!咚!咚!"跺了一阵子地,又一齐有节奏地鼓掌:"呱!呱!呱!"震耳欲聋的声音在山洞里剧烈地轰鸣和回响,溢满山洞的声音又从各个洞口、缝隙中冲出来,直贯云霄。

原来保皇会在檀香山集得巨资,梁启超提议派唐才常为代表举起义旗,所以革命党给毕永年写信,要毕永年灵活掌握,无论如何要使用好这笔资金。

唐才常脸上刮得干干净净,眉宇间透着几分傲气,他的身后跟着一个八九岁的英俊小男孩。那小孩生得面红齿白,鼻方眼亮,脑后一缕黑油油的小辫子,分外喜人。他一会儿拽拽唐才常的褂子,一会儿揪揪唐才常的裤子,显得十分顽皮。再往后,就是几个相貌不俗的大汉,在左右紧密地保护着唐才常。

唐才常的手往下按了按,众人不再跺脚鼓掌了。只听他声音喑哑地说:"诸位龙头、绿林英豪、兴汉会朋友,国家兴亡,匹夫有责,列强乃区区小国,却专横跋扈,屡屡犯我中华,欺人太甚。近日八国联军又围困天津,北京告急,我中华民族已处在了最危急的关头。国家到了这种地步,我们怎么办呢?我们绝不能束手待毙。所以要举起义旗,占领武昌、阳夏,然后挥师北进,打到北京,救民于水火,挽国家于倾覆。我想诸位英雄早就憋足了劲儿,只是缺少一种东西……"

唐才常说到这里不往下说了,故意卖了个关子。他在等待着众人的反应……

大家的神经都绷紧了起来,亢奋地瞪起眼睛注视着唐才常。

唐才常见达到目的了,这才慢慢地说:"康有为先生已从国外募得六十万元,先给我们二十万,待我们大举义旗后,康有为先生再源源不断地供给我们经费。"

听说有了钱,杨鸿钧、李云彪、张尧卿、辜天祐等人分外高兴,个个脸上喜形于色。那个小男孩也找了块大石头坐下,两手托腮,像是认真听讲的样子。可是坐了没有一会儿,又跑到旁边,找了一些小石子,朝着诸位龙头投石取乐。

他投得十分准确,石子专往几个龙头耳朵里落,每次投中了,他就乐得手舞足蹈,可把那几个龙头气得不轻。杨鸿钧受不了这种戏弄,就对小男孩瞪起眼睛,那个小男孩一点也不害怕,也对杨鸿钧瞪起眼睛;杨鸿钧对他做鬼脸,小男孩也对杨鸿钧做鬼脸。

杨鸿钧一看镇不住他,干脆不理他了,他却对杨鸿钧不依不饶,扬起一把土,丢在杨鸿钧身上,转身就跑,气得杨鸿钧在后面追。可小男孩在大人身边乱转,身子异常灵活,杨鸿钧怎么也追不上他。杨鸿钧不追了,小男孩又钻在唐才常的两腿之间故意挑衅,对杨鸿钧做着各种滑稽动作。杨鸿钧哪受过这种气呀,但碍于唐才常的面子,对他只是吹胡子瞪眼,却是奈何不得。

公韧听了唐才常的话,心里却不是滋味,待唐才常铿锵有力地把话讲完,公韧插嘴问道:"唐总干事,都知道康有为是帝党,是保皇党。请问,我们打到北京去,究竟是推翻清朝,建立合众政府呢,还是去保卫清朝,助光绪夺权呢?"

公韧的话问到了点子上,一石激起千层浪,众龙头一时议论纷纷。杨鸿钧对公韧的话有点反感,问公韧:"弄点钱容易吗?好不容易弄点钱,你又提歪歪意见。真是的!"

王达延针锋相对,大声吼叫道:"那不行!和保皇党掺和什么,不能一口臭肉坏了一锅汤!"

唐才常笑而不语。唐才常身后的秦力山往前一站说:"推翻清朝也好,保卫清朝也好,都是为了国家。皮之不存,毛将焉附,我们堂堂中华儿女,哪能让洋鬼子横行霸道。我们要举起勤王大旗,杀得洋鬼子片甲不留!"

公韧大喝道:"话可得说清楚!造反和勤王势如水火,不能相容。勤王的话,与孙会长的'驱除鞑虏,恢复中华,创立合众政府'的宗旨不符。再说吃人家的嘴短,拿人家的手短,用了康有为的钱,能不为康有为保皇?"

唐才常笑了笑,接着说:"兵马未动,粮草先行,没有钱,我们怎么起义?再说,如果我们不用勤王的旗号,义旗一举,两江巡抚张之洞的几十万兵马岂能袖手旁观?凡事都讲究个策略嘛!"

王达延急了,大声吼道:"我才不管什么策略不策略呢!要我说,一路往北京杀去,见了清狗子就杀,见了洋鬼子就宰,一个也不留,杀个干净才好呢!"

公韧接着话茬:"要说真正救国,非得进行大改革不行!勤王,勤王,勤了王换个皇帝还不是一样。只有驱除鞑虏,创立合众政府,中国才有希望!"

几个人吵吵嚷嚷,互不相让。杨鸿钧、李云彪等四大龙头商量了一下,然后由杨鸿钧对毕永年说:"家有千口,主事一人,还是请毕大龙头决断吧!"

毕永年向大家招了招手,大家都不说话了。毕永年说:"诸位龙头,各位义士,大家有所不知,佛尘(唐才常)已与孙先生秘密结盟,我们是打着勤王的旗号而实行革命之实。两江巡抚张之洞看到北京形势紧张,已和我们秘密联络,暗中支持我们勤王。这对我们极为有利,我看大家就不要争吵了,准备大干一场吧!"

第66回　崆峒洞三会举义旗(二)

各龙头你看看我,我看看你,十分兴奋。毕永年又对大家说:"诸位龙头,我看佛尘兄德才兼备,完全有能力指挥全局。现在我提议推举佛尘兄为自立军总司令,统领兴汉会各路人马。"

公韧插嘴说:"慢着,慢着,先说说自立军是怎么回事?哪里来的自立军?"

毕永年说:"是这么回事,今年四月,康有为、梁启超、唐才常等人在日本横滨成立了自立会,康有为任会长,梁启超为副会长,并在《清议报》上发表《自立会序》,宣布维新保皇的政治宗旨。孙先生也主动与康、梁联络,倡议合作,在长江地区发动起义。康有为拒绝与革命党合作,但唐才常先生因受到孙先生革命思想的影响,欣然表示愿与革命党联合起事,决心回国发难。唐先生回国后积极组织军队,命名为'自立军'。为什么叫自立军?是因为康有为有言在先,要起义,就要叫自立军。"

四大堂主嘀嘀咕咕,商量了一番,然后又是由杨鸿钧表明态度:"我们就听毕大龙头的。至于叫什么名字,无所谓的,愿意叫什么就叫什么。"其他龙头也纷纷点头赞成。

公韧小声对王达延说:"咦,他们怎么和事先商量好了似的,一个鼻孔里出气。叫唐才常当总司令……他要是领着我们假革命真保皇,那可怎么办?"

王达延不满地说:"这事儿孙会长知不知道?"

公韧也喊:"孙会长知道了,绝不会同意的!"

毕永年摆了摆手:"出了事儿一切由我负责。我想孙会长也一定会同意的。好了,现在就请佛尘兄说说行动计划吧。"

别人已不再反对,只有王龙头和公韧嘟嘟囔囔,一肚子的不满。

唐才常脸色严肃,傲气十足地说道:"我们起义的时候,动作一定要快,声势一定要大,所以暂定为五路义军同时发动。秦力山、吴禄贞统前军,驻大通;田邦璿统后军,驻安庆;陈犹龙统左军,驻常德;沈荩统右军,驻新堤;付慈祥、林圭统中军驻汉口。时间定在八月九日,各地同时发动……"

公韧心里不痛快,对王龙头小声说:"怎么各路指挥大部分都成了保皇党的人,到时候一乱腾,怕控制不住局势了。"

王达延也不满意,说道:"要是屎壳郎能酿出蜜来,还要蜜蜂干什么?我觉得他们拌不出什么好馅子来。"

七月的山风,吹在身上也不凉快,公韧心情烦躁,在客房里待不下去了,出来溜达溜达。周围都是三合会的人,为了响应这次起义,几百名三合会的骨干已经从广东各条水路、旱路秘密到了附近。

他看到三三两两的三合会会员在自立军司令部的统一命令下,正在更换会票。会票又叫富有票,是会员的证件,公韧不能不看。他从一个会员手里拿过富有票,看看新富有票和老富有票到底有什么差别。

老富有票靠上边有一排小字,写着三合会独龙山,正龙头写着王达延,副龙头写着公韧,中间为富有票三个大字,左侧为仁、信、忠、义,右侧为扫清灭洋。这新富有票别的字没有变化,只是把扫清灭洋变成了救国保民。

公韧问张散:"这扫清灭洋变成了救国保民,你知道这是什么意思吗?"

张散有些糊涂,回道:"我看差不多,没看出有什么变化。"

公韧咂了下嘴:"糊涂啊,糊涂啊,这扫清灭洋和救国保民差别大了,这是革命和保皇的本质区别。"

张散笑了笑:"这里头还有这么多道道?我一个小兵,哪里看得出来。我不管什么革命和保皇,只要有碗饭吃就行啊!"

公韧又批评他:"糊涂啊!你一个草鞋都这么糊涂,还怎么教育下面的会员?"

公韧找到王龙头说:"更换富有票的事,你知道吗?"

王龙头说:"我知道了。"

公韧问:"你没觉得有什么不妥吗?"

王龙头一脸的不解:"不就是改了几个字吗,没有觉得有什么不妥啊。"

公韧气哼哼地说:"那咱们就别革命了,都跟着唐才常去保光绪算了。"

王龙头一下子明白过来,拍了拍脑袋:"你看我这脑袋瓜子,保国保国,保的哪门子国啊?这国家的皇帝不就是光绪那个乳臭未干的小皇帝吗,这个小皇帝比他娘西太后好是好点儿,可是也好不了哪里去。咱这就找唐才常那个浑小子算账去!"

两个人气呼呼地去找唐才常,到了唐才常的屋门口,发现唐才常的门关得紧紧的,里面传来了鸡鸣、狗吠和鸭子的呱呱叫声。两个人都觉得奇怪,莫非唐才常在屋里养起了家禽?互相看了一眼,就悄悄地从敞开的窗户往里瞧。

不瞧不知道,原来唐才常正在屋子里兴致勃勃地哄着他的小儿子玩。

那小儿子手拿一根小棍,朝唐才常的身上抽一下,唐才常就伸着脖子学鸡叫;那小儿子又抽一下,唐才常就趴在地上学狗叫;那小儿子再抽一下,唐才常就一跷一跷地撅着屁股学鸭子叫。唐才常动作形象逼真,叫得又响又亮,弄得脸上又是土又是水的,和个小丑也差不多少。

公韧和王龙头心里觉得好笑,这哪是哄孩子呀,简直就是娇惯溺爱孩子。二人敲了敲门,唐才常这才赶快擦了擦脸,开开了门,以长者的样子训斥他的小儿子说:"快来见见你的王叔叔!公叔叔!"

那小儿稚嫩地喊了一声:"王叔叔、公叔叔好!"

他连蹦带跳地跑过来,然后将粉红的小脸蛋在俯下身子的王龙头和公韧脸上蹭了一下。公韧只觉得他的小脸蛋光滑细嫩,柔润娇美,使自己的心里飘飘然涌起一股热流,浑身上下溢满了欣慰幸福的感觉。

唐才常对王龙头和公韧说:"这是我的小儿子,十分顽皮,你俩可不要见怪。请坐!请坐!"说着,请两人坐下。两人一人拉了一个小板凳,刚把屁股蹲下,却猛然一下子坐了个屁股蹲儿,摔了个仰面朝天。

那小儿子乐得哈哈大笑,高兴得手舞足蹈,原来是他搞的恶作剧,把小板凳猛地抽空。气得唐才常高高地举起手就要打他,试量试量却怎么也下不了手。那小孩在一旁伸着脖子喊:"亲爸爸,打啊!打啊!"等唐才常下了狠心,要落下巴掌时,那小孩咯咯咯地笑着,撒腿跑远了。

唐才常只好对着他的背影喊:"小青盈,你给我站住!看你晚上还吃不吃饭!"

王龙头气恼得直甩头。公韧却觉得这个小孩子叫人气得慌,又叫人爱得慌,小声说:"小孩子家,算了!算了!"

唐才常还在生气,大声地吼道:"子不教,父之过,看他回来不打断他的小狗腿。"

公韧说:"我们来不为别的事儿,就是为了富有票上的'扫清灭洋'四个字。富有票上的字是我们兴汉会的宗旨和灵魂,改成'救国保民',实在是不合适!"

唐才常沉思着,好半天才慢腾腾地说:"'灭洋'两个字,足以使中国灭亡,不但中国灭亡,中国人种也要灭亡。河北义和团才杀了几个洋鬼子,就招来八国联军联合攻天津,围北京。我长江会党不下几十万,一旦'灭洋',就会杀得洋人血流成河,那就使更多的洋人来打我们。就凭我们中国军队的力量,能打得过洋人吗?"

公韧想:这唐才常怎么和梁启超一个论调呢,真不愧为梁启超的得意门生。王龙头说:"你这想法,怎么和我们的想法不大一样呢?鞑子欺负我们,杀人放火,无恶不作,不杀尽他们,不能雪我奇耻大辱。洋鬼子更是可恶,不在外国好好待着,跑到我们中国来干什么?抢我们的银钱、丝绸、茶叶,所有的好东西,都让他们抢走了。"

唐才常看着地上的一块砖头,不慌不忙地说:"凡事都得讲究个策略,不能竖敌太多,要一步一步地来。我们自立军已经四处张贴布告,宣告我们的第一要义是切不可伤害洋人,这对洋人也是一种安抚。这样洋人就不会反对我们了。我们再把'扫清灭洋'改成'救国保民',这对大多数人来说,也是一种团结,于国于民都有利……"

两人和唐才常争执了半天,直争得面红耳赤,脸红脖子粗,也没有争出个所以然。正争论着,唐青盈打着哈欠回来了,揉着迷迷糊糊的眼睛,倒在唐才常的怀里撒着娇,抓着唐才常的鼻子耳朵玩耍。

唐才常早忘了刚才说的气话,轻轻地哄他睡觉。小青盈闹腾了一会儿,竟呼呼地睡去。王龙头和公韧再也不好意思和唐才常争辩,告辞回去休息。

公韧躺在一间小屋的床上怎么也睡不着,他想到保皇党已经把兴汉会的指挥权牢牢地控制在自己手里,又更换了富有票,眼看革命的方向已经很难把握了。真要是攻进北京,孙先生能掌握政权吗?要是孙先生不掌权,光绪掌权又会是什么样子呢?是不是还是老一套?这样革命党岂不是白白被别人利用,给别人作了嫁衣。

第67回　崆峒洞三会举义旗(三)

月亮西沉,微风习习,很晚公韧才迷迷糊糊地睡着。朦胧中,老觉得有一种冰凉冰凉的东西抵在了自己的胸口上。公韧慢慢睁开眼睛,漆黑一团中,凭着感觉判定那是一把凉森森的匕首,只要一动弹,那匕首肯定会穿透自己的胸膛。

公韧脑子蓦然清醒,没敢动弹,那人也没有把匕首插进去,而是声音威严地呵斥道:"对不起了,好汉,明年的今天就是你的祭日。死也让你死个明白,祸从口出,不怨别人,都怨你多说话!"

公韧隐隐约约觉得对方的声音有点耳熟,浑身紧张到了极点,虽是英雄盖世,心里也哆嗦成一团,稍微稳定了一下情绪,小声说:"这位好汉,怎么能不让人说话呢?我又没得罪你,随便伤人性命这是犯大忌的。"

那人听了这话,好像身子也略微一颤,问:"你是公韧吧?"

公韧也听出谁来了,心里猛然一惊,说:"你是金珊大哥吧,怎么会在这里?"

那人一下子从脸上摘下黑纱说:"怪啊,怪啊,原来要我杀的不是别人,而是你啊!"

公韧转惊为喜,猛一下子从床上坐起来,说:"点上灯,让我好好看看你!这些年,跑到哪里去了,让我找得好苦啊。"

韦金珊苦笑着:"点灯就不必了!咱俩摸着黑说会儿话更好,别惊动了别人。"

两人就盘着腿坐在床上说话。公韧问:"什么人指使你的?"

金珊笑了笑:"你就不必知道了吧!人各有志,各为其主。我只是奉劝你,以后不该说的话,不要说,免得有性命之忧。"

公韧反驳道:"该说的话,怎么能不说?你不说我也知道谁指使你来杀我的。"

金珊问："你知道是谁？"

公韧一声苦笑："准是唐才常吧？"

韦金珊摇了摇头："不是。"

公韧又猜："那是谁呢，不会是毕永年吧？"

韦金珊说："更不是了。"

公韧心里纳闷，小声埋怨着："那就怪了，莫非是隐藏在兴中会里的清廷奸细？你身为汉民，为什么当清廷的走狗？为什么要帮着他们？"

韦金珊一声苦笑："以为就你爱国，我就不爱国了？我这也是为了国家的安定。咱俩也别争这些了，争也没有什么意思。咱不谈这些不痛快的事了，西品怎么样，她还好吧？"

公韧长长地叹了一口气，把西品的事情说了一遍。

韦金珊听着，连连叹息："唉，好端端的，真是……命里该有的抢不去，命里不该有的争不来。"

公韧还是不相信自己的命运："如果有来世，如果我再遇到西品，一定好好地对待她，一定好好地陪着她，一辈子永不分离。"

二人不禁长吁短叹，可是人死不能复生，伤悲也是枉然啊。

难过了一会儿，公韧问："你不是在光绪身边当贴身侍卫吗？莫非是奉了光绪的什么重要指示？"

韦金珊叹了一口气："我追随皇帝变法，戊戌失败后，就成了朝廷要犯亡命天涯。现在我只想促成勤王起义，好解救皇上于危难之中。"

公韧看了他一眼："我只觉得你来无影，去无踪，身上有好多好多的谜。"

韦金珊在黑暗中一声冷笑："变法已经失败，我的很多事情已经不是什么秘密了。当初我一身便装四处游走，实际上是奉皇上旨意调查一件天大的案子。两广总督李瀚章贪得无厌，四处揽财，积聚了不少的财宝，我想方设法寻找这笔财宝和他的贪污证据……"

公韧"哦"了一声："原来是这么回事。"

韦金珊又叹了一口气："今天我有一难，不知道兄弟能不能相帮？"

公韧心里一惊，问："虽说你和我志同道不同，但是滴水之恩，必当涌泉相报。我们之间还有什么话不能说吗？有什么事，你就说吧！"

韦金珊说道："自立军几十万人在此，要吃要喝，每天的花费如流水一般。不当家不知道柴米油盐贵,康有为也好,梁启超也好,都快急疯了。你帮我一把也好,帮助国家也好,只求你助我一臂之力。"

说着,韦金珊就要下床给公韧跪下磕头,慌得公韧赶紧拉起了他。韦金珊的眼睛在黑暗中盯着公韧,问:"以我的感觉,你肯定知道那笔财宝的下落,请你把财宝的秘密告诉我。"

公韧没有回答,心里有些愧疚。

韦金珊又问:"你真不知道吗?"

公韧说:"我真不知道。"

这时候东方已经出现了一缕曙光,村子里传来了雄鸡的报晓、战马的嘶鸣和耕牛的哞哞叫声,三合会也吹起了起床上操的哨音。韦金珊说:"我该走了,咱弟兄俩后会有期!你可要多多保重。"

公韧也对韦金珊拱了拱手:"金珊大哥,你也要多保重,咱们后会有期!"

谁知天明以后,更大的两场灾难又在等待着公韧。

上午,唐才常、毕永年要为出征的各路兵马首领钱行。宴会是在一个临时大厅中举行,各路司令和龙头互相寒暄致意,众会员席上推杯换盏,大口喝酒,大块吃肉,好不快活。唐才常和毕永年一桌一桌地给即将出征的各路司令、诸位龙头敬酒。唐才常的小儿子也跑过来跑过去,哪里有热闹就往哪里钻,就好像过年一样快乐无比。

公韧还沉浸在黎明时和韦金珊的邂逅里,酒也没有多喝,肉也没有多吃,对一个跑堂的说:"你到伙房里去,给我弄点儿饭吃。"

不一会儿,那个跑堂的端来了一碗热气腾腾的鸡蛋炒米饭,他把碗往桌子上一放说:"公龙头,饭正热着呢,趁热吃吧。"

公韧端起米饭,正要往嘴里扒拉,不料唐青盈的两只小手猛地伸过来,端起米饭就跑,一边跑一边喊:"我也饿了,要吃饭了。"公韧看了心里想笑,小声嘟哝:"小鬼头,真调皮!"

这下子可急坏了那个跑堂的,着急地喊道:"唐公子——唐公子——吃不得!吃不得!"他追得越快唐青盈跑得越急,不是钻桌子底就是钻人缝,这可急坏了那个跑堂的。只见他脸色绯红,气喘吁吁,紧追不舍,简直有些疯了。

一帮龙头看了哈哈大笑。王龙头对那个跑堂的喊:"不就是一碗炒米饭吗,孩子饿了,吃就吃呗,你不会再去炒一碗吗?"

那个跑堂的根本不听,紧追慢赶,终于追上了唐青盈,赶紧去夺饭碗。唐青盈把米饭藏在了身后,就是不给他,急得他硬抢。一个抢一个硬是不给,一个不小心,那碗一下子被打翻在地,摔破了,米饭、鸡蛋洒了一地。唐青盈这下子恼了,往地上一躺,两腿一搓揉,撒着泼地在地上哭闹起来,谁哄也不管用。这时候不知道从哪里跑过来一条大黄狗,舔着地上的米饭和鸡蛋吃。

公韧过来扶起孩子,用袖子擦着他身上的米粒子说:"好孩子,不哭!不哭!叔叔再给你弄一碗去。"说来也怪,公韧这样一哄,唐青盈居然不哭了,从地上爬起来,依偎在公韧的身边。

这边正哄着孩子,那边大黄狗脖子一伸,痛苦地嘶叫起来,叫了没几声,口吐白沫,四腿一伸,一命呜呼了。

公韧见状大惊,惊得头发都竖了起来,他把孩子紧紧地搂在怀里,一时间脑子有些麻木。谁这么恶毒,竟想毒死我?还差一点儿连累了唐青盈。要是唐青盈死了,自己如何向唐才常交代?如何向众位龙头交代……

众龙头纷纷围拢过来。王达延用脚踢了踢那条大黄狗,大叫道:"这还了得!要不是这条狗,公韧和唐青盈说不定哪一个就完了。要是公韧出了问题,你们不想想,我能和你们算完吗?这饭我们不能吃了。"

众龙头你看看我,我看看你,议论纷纷,都喊着要捉拿凶手。公韧脑子也反应过来,对几个三合会会员说:"快!快!抓住那个跑堂的。"

几个三合会会员手持短刀,到处寻找,不一会儿,就把那个跑堂的抓到了公韧面前。公韧一把抓住他的脖领子问:"这是怎么回事,到底是谁放的毒?"

那个跑堂的浑身哆嗦,脸色蜡黄,满脸汗珠,突然两眼一翻,身子发软。公韧手一松,他在地上蹬了几下腿,口吐白沫,也死了。

公韧俯下身子,仔细地检查他的身体,发现在这个跑堂的后心处,插着一根毒针。那毒针显然早就喂了毒的,此时毒液正好进入了他的心脏,让他毙命。公韧抬眼看看黑压压的人群,人海茫茫,凶手又在哪里呢?

顷刻之间,一狗一人丧命。公韧又气又恨,又惊又怕,他感觉这里到处隐藏着杀机,好像有一只看不见的黑手正在操纵着一切。王龙头则大呼:"这还了得!这里我们不能待了。明着是对公韧龙头,实际上是对着我们三合会啊!"

其他的龙头更是气愤,骂骂咧咧,咋咋呼呼,全场沸沸扬扬。

第 68 回　崆峒洞三会举义旗（四）

毕永年也觉得情况不一般,这里岗哨林立,戒备森严,怎么会出现这样的事情呢？他皱着眉头,看看这个,又看看那个,努力琢磨着事情的缘由。唐才常也十分着急,吓出一身大汗,一把抓住他的儿子,厉声喝问："你刚才吃没吃米饭？"

唐青盈笑了笑,倒是一点也不害怕,笑嘻嘻地说："我吃了。"唐才常大吃一惊,急得要扒唐青盈的嘴。唐青盈把头一甩说,"那是不可能的。"

唐才常气得大声呵斥他："到底吃了还是没吃？"唐青盈仍然笑嘻嘻地说："亲爸爸,你问这个干什么？我就是不告诉你。"

唐才常气得照着他的屁股高高地扬起手,轻轻地落下,拍了两下。这下子又把唐青盈惹着了,在唐才常的怀里又撕又打,又哭又闹。唐才常没了脾气,叹了一口气,把小青盈交给贴身护卫说："抱好他！可别让他再跑了。这里危险,如果他出了问题,拿你是问！"

毕永年质问厨师长："刚才那个跑堂的是什么来路？"

厨师长吓得哆哆嗦嗦,结结巴巴地回答："这两天持富有票的特别多,他拿着富有票找我,说愿意为自立军效力。厨房又忙,我就叫他跑跑堂,打个下手什么的。谁知道他存心不良,想陷害公龙头……"

公韧对毕永年和众位龙头说："人死了,死无对证,再也找不出是谁指使的了。不过我想,冤有头,债有主,准是保皇党干的,我不过是为兴汉会多说了几句话,就遭来杀身之祸。我仍然坚持我的意见,宗旨关乎根本,绝不能含糊其词,模棱两可。"

王龙头也大声喊道："对啊,对啊,公韧说得对啊！清狗子、保皇党,没一个好东西。勤王,勤王,勤个鸟啊！我们还没有杀清狗子、洋鬼子,保皇党就杀到我们这里来了。"

跟着喊叫的没有几个人,大多数龙头低头不语。

这边还没完事,那边又来事了。杨鸿钧的账房先生突然找到杨龙头,气急败坏地禀告说："杨龙头,不好了,咱们的银子、银票统统不见了。"

杨鸿钧一听就急了,抓住他的脖领子大吼："你说什么？这还了的！咱们几万人的吃喝全指望它们呢。你是怎么看护银子和银票的？你就是有十条命,能解决咱们几万人的吃喝吗？"

账房先生急得满头大汗，跺着脚说："我昨天领了那些银子和银票，按照规矩，锁在了小柜子里，就放在旁边的那间小屋里，还派了老王和小李专门看守。昨天晚上我睡得晚，今天早上醒得晚，到了那里一看，老王和小李全叫人给麻翻了，那小柜子也不见了。这不，赶紧向你报告！"

杨龙头气得嗷嗷大叫，直骂娘："了不得了！了不得了！这里又杀人又劫财，成了阎王殿蟊贼窝了。我们内奸不除，怎么能完成救国保民的大业呢？"

公韧的嘴角挂着一丝冷笑，王龙头也有些幸灾乐祸地直摇头。秦力山也忍不住了，大喊起来："不行！不行！这里太乱了，简直乱透了。奸细不除，我们怎么能安下心来杀敌。唐总干事，这件事情你不管不行！"

众龙头这个嚷："不查不行，不能让小贼跑了。"那个说："就得查，不能让好人背黑锅。"

只有张尧卿和辜天祐不乐意。张尧卿说："查什么查！都过去这么长时间了，还能查得到吗？"辜天祐附和着："都不是外人，还用查吗？"

公韧对王达延撇了撇嘴："有戏！谁不让查，弄不好就和谁有关系。"

王达延说："孩哭了抱给他娘！唐才常不管，我们弟兄也不能这么算了。"

唐才常也知道要是不把事情查清楚，肯定对大家没法交代。他捋了捋他光光的下巴，仔细问了问柜子的大小、模样，自言自语地说："这里围得和个铁桶似的，怎么能丢了军费呢？就是家贼偷的话，肯定也不会藏远了。"

他的眼睛又盯在杨鸿钧身上说："那就对不住大家了！从东头到西头，一间屋也不放过，统统搜查一遍。"

有几个龙头说："好啊，好啊，搜搜吧，搜搜大家就都清白了。"

张尧卿和辜天祐还是不乐意，嘴里嘟嘟囔囔："这不是不相信人嘛！""这里成了窝里斗了。"

唐才常指挥着他的亲信，一间屋一间屋地像过筛子一样，搜了一遍。不搜不知道，一搜吓一跳，钱没找出来，倒在张尧卿、辜天祐的屋里搜出了两个涂脂抹粉、妖艳无比的窑姐来。

那两个窑姐穿着入时的旗袍，绿色碎花无袖旗袍的扮相令许多龙头、会员眼前一亮。他们早忘了自己是干什么来着，纷纷称赞她俩妖艳中透着撩人的性感，将时髦的旗袍穿出了别样的风情。

这些正值青壮年的男子，有的根本就没有开过荤，见了村姑还有些脸红呢！

更不用说在这大都市的郊区,见到此等穿戴的妓女,哪个能不怦然心动呢?

毕永年毕竟经多识广,一见此情此景勃然大怒,训斥张尧卿、辜天祐道:"你二人好大胆子!现在大战在即,恨不得明天就要进行你死我活的肉搏,你们却还有心寻花问柳!知道这是犯了什么罪吗?"

二人低头不语,斜着眼睛你看看我,我看看你。辜天祐嘟哝着:"这有什么,我们只是在自己屋里,又不影响别人。可是有的人,却跑到花花绿绿的妓院里,一玩就是半宿,天亮了才回来……"

毕永年一听更来气,大声地问:"谁?谁?擅离职守?这还了得!倘若敌人来进攻,人都不在还如何迎敌?你俩快说,是谁到妓院里去了?"

张尧卿、辜天祐低着头,不敢说出是谁。毕永年气呼呼地追问:"你俩要是不说是谁,就罪加一等!"说完,命红棍前来定他俩的罪。

就在这时候,杨鸿钧压低声音说:"毕龙头,这点小事儿,何必大惊小怪呢!他说的是我和李龙头啊。"

毕永年一听这话更加生气,大吼道:"你身为湖南金龙山堂主,李云彪身为湖北腾龙山堂主,你又是四大龙头之首,本指望你为会党做表率,却做出这等下三滥的事情,以后还怎么在弟兄们面前做人?我都替你羞耻。你说说,这事应该怎么处理?"

杨鸿钧对着毕永年的耳朵小声说:"常言说,水清养不住鱼。弟兄们出生入死也怪不容易的,过了今天还不知道明天是死是活,犯点小错误算什么!反正我们的小命都攥在你的手心里,愿意怎么处置就怎么处置吧。"

毕永年还是坚决不松口,慷慨陈词:"千里之堤,毁于蚁穴。这么大的事情不处理,那以后帮规还有谁会遵守呢?犯了错误,就要坚决按帮规处置。红棍,他们该当何罪?"

红棍说:"十项禁忌为:一不准奸淫霸道,二不准调戏妇女……"

待红棍念完了十项禁忌,杨鸿钧问:"请问毕总龙头,我们这是犯了哪条禁忌啊?"

毕永年看了看红棍问:"你说说,他们这是犯了哪些禁忌?"

红棍支支吾吾地说:"奸淫霸道和调戏妇女吧……有点儿沾边,但也不全是。"

杨鸿钧却满嘴是理:"根本就是不沾边。她们都是干这个的,哪里算得上奸淫霸道和调戏妇女呢?要是这个不让去那个不让进,那妓院不早就关门了。"

毕永年气得一时有些无语,吭哧了半天也没有找出一句适当的话来驳斥他们。仔细一想,逛窑召妓硬套十条禁忌确实有些牵强。过了好半天他说:"大敌当前,都去寻花问柳,这个兵还怎么带?还怎么为士兵做表率?"

唐才常这时候出来和稀泥,小声对毕永年说:"大战在即,还没有厮杀先处理堂主,于军不利。况且,这就要出征,钱还没有找到呢,哪有工夫再管这些鸡毛蒜皮。我看,还是抓紧时间找钱要紧。"

毕永年长长地叹了一口气,确实左右为难,要是处理吧,自己和四大龙头作对,以后恐怕更被孤立,要是不处理吧,这三十万人的哥老会没有纪律,以后怎么约束?考虑再三,没有别的好办法,只能无可奈何地叹了一口气,睁一只眼闭一只眼算了。

眼看这个事情就要不了了之,公韧再也看不下去了,他上前一步,大声吼道:"慢着!"

所有人的眼睛一齐注视着公韧。

第69回 崆峒洞三会举义旗(五)

公韧大声说道:"真是拔出萝卜带出泥,小事儿不处理就会酿成大错。这四大龙头太不像话,违反帮规不说,还花费自立军的大量军费嫖妓。虽说是华侨集资,可是那些在国外打工的穷人挣钱也不容易啊!怎么能容许这些蛀虫大把大把地花费这些军费呢?"

这一下子得罪了四大龙头。首先是杨鸿钧不乐意了,他鼻子哼了一声,嘲讽道:"谁的裤裆破了,把你露了出来。你算哪山的猴啊?出来多管闲事儿!"

公韧也是对他一脸的看不起,反唇相讥道:"毕总龙头说得对呀,千里之堤,毁于蚁穴。这怎么能算是小事呢?当初太平天国为什么失败,其中重要的原因还不是天王洪秀全自从做了天京的天王之后,天天吃喝玩乐,荒淫无度。底下的那些王侯也学着他,照着他的样子做,致使天朝的官吏一天不如一天,比那清朝的官员还要腐败。现在我们还没有打下天下,清政府还十分强大,我们就享起福来了。那等哪一天我们真的打下天下,还不知道要腐败到何种程度呢!所以说,必须要制止腐败。要是这时候不制止,以后再制止怕是来不及了。"

李云彪对公韧瞪起了眼睛:"你这不是胡乱上纲上线吗?这是哪里跟哪

里呀?"

公韧越想越生气,继续争辩:"现在钱箱子没了,而出去的只有杨龙头和李龙头二人,你二人把钱箱子送给那些窑姐也说不定呢,谁不知道,那些名楼妓院,一晚上少说得上百两银子,甚至上千两银子。出去一晚上,这事儿又怎么能说得清楚呢?"

毕永年低着头,默默无语,眉头紧蹙,公韧说得不无道理,就这样滥用无度,贪污腐败,哥老会还没有和清军进行大规模的战斗,内部已经烂得不可收拾了,再往下烂下去,可如何是好?

众龙头吵吵嚷嚷,议论不休,有一个年轻的会员大声喊道:"我看公龙头说得没错,军纪严明才能打胜仗,贪污腐败的口子就是不能开。开了这个口子,就离黄河决堤不远了。"

公韧觉得这个会员的声音甚是顺耳,顺着话音看过去,见这个青年也就有二十四五岁,和自己年龄差不多。他说的话,引起了一些会员的附和,看来有一部分会员也支持着他。

公韧问王达延:"这位青年叫什么?"

王达延看了一眼说:"他啊,是湖南金龙山堂杨鸿钧手下的草鞋张小改。别看是杨鸿钧的手下,人还是不错的,有点儿政治头脑。"

公韧听到王达延对张小改这么评价,心里一动,看来湖南金龙山堂也并不是铁板一块,还是有人物的。这就叫长江后浪推前浪,一代新人换旧人,说不定什么时候,这个张小改就可能成了金龙山堂的领军人物。

杨鸿钧听到张小改的话却不乐意了,反过头来说:"张草鞋,你说这话是什么意思?反对我就直说嘛,别这么拐弯抹角地骂我。看我不顺眼,干脆你当这个龙头算了,我这就让给你!"

张小改也算机警,急忙示弱说:"杨龙头说到哪里去了,我只不过是说了说我的意见。我们唯杨龙头马首是瞻,哪敢有二心呢!你指到哪里,我们打到哪里,就是赴汤蹈火,我也在所不辞。"

杨鸿钧满意地点了点头:"这还差不多!"小小的堂内风波,也就如风吹涟漪,有波即平。

这时候,唐青盈在抱他的那个护卫怀里,又哭又闹,说什么也要下来。那个护卫没有办法,只好把唐青盈放下来。唐青盈径直跑到他爹跟前问:"亲爸爸,你们找什么?"

唐才常朝他摆摆手："小孩子家，大人的事儿别乱问，一边玩去吧！"

唐青盈却嬉皮笑脸地继续问："亲爸爸，你们是不是在找一个小木箱子？"

唐才常的眼睛一亮，瞪着唐青盈说："哎……你怎么知道？"

唐青盈天真地说："我当然知道啦！但，就是不告诉你。"

父子俩的对话众人都听见了，一齐注视着唐青盈。唐才常抱起唐青盈哄着说："好孩子，告诉亲爸爸，你在哪里看见小箱子了？"

唐青盈撒着娇说："我看见了，就是不告诉你，你又不陪我玩。"

众人紧紧地围拢在小青盈身边，大眼瞪小眼地看着他。唐才常温柔地说："小青盈呀，你没看见这么多叔叔、大爷都在看着你吗？好孩子，别让爸爸着急，快告诉亲爸爸，那个小箱子在哪里？"

不管唐才常怎么哄他，唐青盈就是不说。这时候，公韧轻轻地从唐才常怀里接过唐青盈，笑着哄他："好孩子，只要你告诉叔叔，那个小箱子藏在什么地方，叔叔就，就……只要有空，就陪你玩，好不好？"

唐青盈瞪着他那双黑溜溜的大眼睛，嗲声嗲气地说："我要你没空也陪我玩。你答应吗？"

公韧想了想说："好，没空我也陪你玩。"

唐青盈趴在公韧的耳朵旁边，悄悄地说："我只告诉你，别人不告诉。"说完，他从公韧的怀里挣脱出来，就像一只快乐的小燕子，张开两条胳膊，飞一样地跑起来。众人悄悄地跟在他的后边。

唐青盈跑到杨鸿钧账房先生旁边的那间小屋外，小声地对公韧说："天刚亮我上茅房，就看见一个叔叔抱着一个小箱子，从这个屋里跑出去了。"没等公韧问，他又像燕子一样，张着两条胳膊跑到了公韧的屋门口，说，"这个叔叔在门口蹲了好长时间，看到屋里有人说话没有进去。直到天快亮了，才把这个小箱子放在了门口，上面盖上一些稻草就走了。"

公韧大吃一惊，这是什么意思，是不是想偷放到我屋里栽赃陷害啊！众龙头面面相觑，一齐在公韧门口寻找小箱子，可是什么也没有找到。

唐青盈悄悄地对公韧说："我看着这个小箱子好玩，就把它搬起来，然后就——"他又跑起来，两只小手捧着，就像抱着一个小箱子一样，慢慢地到了自己睡觉的小屋里，朝床底下一指，说："我就把它放在这里了。"

众人一齐朝着床底下观望，床底下果然有一个小木头箱子。杨鸿钧的账房先生激动万分，急忙钻进床底，搬出了那个小箱子，哆哆嗦嗦地打开小锁，大略看了看,连声说:"谢天谢地! 总算找到了。没少,没少,可算救了我一命。"

公韧抱起唐青盈,小声地问:"好孩子,你还记得哪个叔叔抱走了小箱子吗?"

唐青盈小声地说:"怎么不记得,就是那个叔叔。"

公韧问:"哪个叔叔呀,你能不能带我去认认他?"

唐青盈痛快地说:"行,可我只能告诉你一个人。"

唐青盈又张着两条胳膊跑了起来。他跑到了那个跑堂的死尸跟前,指了指他说:"就是他!"然后又认真地对公韧说,"好了,我都说完了,你陪我玩吧!"

大家听完了小青盈的讲述,有的摇头,有的叹气,有的在那个死尸身上又踢了两脚。毕永年和唐才常商量了一会儿,然后对大家说:"人已经死了,死无对证,再耽误一些宝贵的时间也没有必要。好歹钱找到了,总算是不幸中之大幸,我看大家还是赶紧准备出征的事情吧!"

可公韧的心里却没有这么轻松,一次下毒,二次栽赃,这是要害我呀! 虽然表面上的敌人死了,可背后的指使人却没有抓到……暂且顾不得这些了,公韧和三合会的弟兄们编入前军的队伍,要开往大通前线。

前军以吴禄贞为司令,秦力山为先锋,逢山开路,遇水搭桥。为了避免路上和清军相遇,他们昼宿夜行,秘密行军,专挑没人的小路走。

秦力山和公韧骑在马上,由于两人都有文化,又志趣相同,所以靠在一起无所不谈。他还吟诗一首给公韧听:"一死难拼万姓生,何如姑剩苦吟身! 愿身化钻穿金石,手创球东大帝民。虫声唧唧屋之下,唤醒诗魂惊五鼓。收笺醺笔梦共和,一瞑不视万占古。"

公韧连声说:"好诗,好诗,想不到你这位前锋大将,还是位大诗人呢!"嘴上说好,实际上却觉得,秦力山这人一会儿保皇,一会儿革命,真是模棱两可,不好琢磨。停了一会儿,公韧又对秦力山说:"你说是孙先生的革命好,还是康有为的保皇好?"

秦力山对这些倒是不大在乎:"不管革命也好,保皇也好,反正都是打清狗子的。打完了清狗子再打洋人和二毛子,把这些坏东西统统打光。至于康有为和孙文,我想都是好人。"

第70回 大通之战(一)

公韧想道,秦力山的想法倒是简洁明快,这恐怕也反映了许多人的思想。

又走了一段路,公韧对秦力山说:"已经行军三天了,竟没有和一支清军相遇。看来,湖广总督张之洞没有食言,对我们暗中支持,要不,早和我们打起来了。"

秦力山眨巴着眼睛说:"这老小子鬼着呢,他是想利用我们的力量,来达到他的目的。大通不知道什么情况,和这里差不多就好了……"

公韧眉头一皱,问:"我有一事不明,大通离汉口那么远,为什么偏偏要在大通起事呢?莫非,大通是一块风水宝地或者另有隐情?"

秦力山笑了笑:"这是军事秘密,暂时不能告诉你。到了那里你就知道了。"

队伍借着夜幕的掩护,疾速地向东行进,快到黎明时,前面突然出现了一支巡逻的清军。这边队伍立刻紧张起来,刀出鞘,枪上膛。那边也是一阵忙乱,一阵拉枪栓的声音。

清军列好了队伍,挡在了路当中。两边刀对刀,枪对枪地对峙了一会儿。清军那边一个人问道:"干什么的,哪一路的队伍?"

秦力山命人喊道:"我们是自立军,北上勤王的,你们要是清朝的队伍,就请赶快闪开!"

那边一阵子叽叽喳喳。停了一会儿,那边又喊:"是不是秦力山的队伍?"

这边就说:"是啊!"

不一会儿,清军远远地闪在一边,秦力山就指挥着队伍快速地通过了。

公韧心中疑惑,问秦力山:"为什么一说是勤王、秦力山的队伍,就让过去了。你秦力山还是香饽饽呢!"

秦力山神秘地笑了笑,小声说:"这是张之洞的地盘。这老小子鬼就鬼在这个地方,恐怕他早就给清军下了命令。到了安徽王之春的地盘就不一样了,咱们可得小心点。"

一路上又遇到了几次清军,但是都没有产生摩擦,问答几句后,就各走各的道了。

白天在村里宿营时,秦力山让士兵散发富有票,宣传勤王的道理。村里人穷,住的是土坯茅草屋,穿的是破衣烂衫,锅里没有隔夜之粮,囊中没有几个铜板。不少人拿到富有票,到账房里支了点钱,买了点粮食安排安排家里,就跟着队伍走了。

人是越走越多,渐渐地已发展到了一千多人。

可是公韧心里却犯起了愁,这么些人,吃什么,喝什么?还有武器弹药怎么供给?更重要的是,这些农民,没有时间训练,没有训练怎么能打仗呢?

到大通时,已是八月二日,离起义的日期也就只有七天了。这大通镇属于安徽铜陵县境内,镇中心往西北十里地就到长江边了。宽阔的长江在大通西边拐了一个弯,然后向北滔滔而去。

秦力山、王达延、公韧指挥着这一千多人,驻扎在一个叫作丁家崖的村里。公韧看着穿着五花八门,手执各种武器且纪律松散的队伍,对秦力山说:"队伍太乱了,得整顿。"

秦力山问:"怎么整顿呢?"

公韧说:"先组织两个营,每营下设四队,每队三个排,每排三棚,每棚十四人。然后,马上进行各个科目的训练,这叫临阵磨枪,不快也光。"

秦力山点了点头:"你就和王达延抓紧安排吧!"

在丁家崖村外,荷枪实弹的哨兵有的站在路口,有的来回巡逻。他们严密地监视着远处的大道、一条条小路、一棵棵树木、一片片才起来的青纱帐、一处处稻田。

村里村外各个打谷场上,一队队拿着大刀的士兵正在进行着刀术训练,一队队拿着快枪的士兵正在进行射击瞄准。公韧和王达延肩并肩巡视着。队伍自有李斯、张散等人训练,队伍的素质提升很快,军容军纪明显改善。

公韧皱着眉头对王达延说:"武器呀,弹药呀,我们最缺的还是这些,没有这些,人多又有什么用处!"

王达延说:"可是武器弹药总不能指望敌人给我们送呀,还得通过战斗从敌人手里夺取,不能指望天上掉馅饼呀!"

可是天上掉馅饼的事情还是发生了。第二天黎明时,哨兵突然来报,有一帮人,赶着大车,送来了二百支快枪,五千发子弹,五百把大刀,把武器卸在了村里就走了。哨兵问他们是哪里的,他们也不说。

公韧问秦力山:"这是怎么回事?"

秦力山嘿嘿地笑。公韧奇怪了,再问:"我们人是不少,可就是缺少武器,这不是雪中送炭嘛!这不是天上掉馅饼嘛!他们是干什么的,凭什么给咱们送武器?我也算个龙头,这个事情总得让我知道吧。"

秦力山还是嘿嘿地笑。公韧着急地问:"你就别卖关子了,再不说,憋死我了。"

秦力山这才说:"哪有天上掉馅饼的道理,这一定是安徽抚署卫队孙道毅管带送来的。"

公韧恍然大悟:"为什么千里迢迢到大通来发动起义,恐怕也是奔着孙道毅来的吧。"

秦力山"嘘"了一声,小声说:"只能意会,不能言传,这属于绝对机密。你可要嘴上把好门哟!"

公韧笑了,点了点头:"明白了,明白了。"

因为多了这么多武器,自卫军声威大振,操练起来更加情绪高涨,激情满怀。断断续续的,又有一些人拿着富有票,从芜湖、太平、裕溪、悦州过来,说要参加自立军,人数很快膨胀到了两千多人。

公韧看到这么些人源源不断地前来加入自卫军,心里又纳闷了,问秦力山:"这些人是怎么回事啊,他们怎么知道自立军在这里?"

秦力山笑而不答。公韧笑着打了秦力山一拳说:"你再不说,我就对你不客气了!"

秦力山这才说:"这一定是安徽哥老会大龙头符焕章的人,要是没有他们支持,我哪敢到这里来起义啊。"

公韧高兴地吼道:"好啊,好啊,大通,大通,原来你在这里没少下功夫啊!"

看着屋外的士兵来来往往,精神振奋,秦力山又不高兴了,像是心事重重的样子。他在屋里焦躁地来回踱着步,不时地查看桌上的军事地图,询问各种情况。他问公韧:"不知咱派出去的人,和汉口联系上了吗?"

自立军首脑自从在大别山崆峒洞开完军事会议之后,就筹划在汉口英租界李慎德堂设立了自立军机关总部。

公韧说:"还没有,这段时间长江沿岸突然严密封锁。派出去的人,不是被抓,就是给堵了回来。"

秦力山听到这话,眉头皱得更紧了,问公韧:"你是不是觉得,汉口机关出了问题?"

公韧摇了摇头:"不会吧,要是出了问题,他们不会不来通知我们的。"

秦力山摇了摇头:"长江沿岸封锁得这么严,就是有什么情况,他们也没有办法通知我们啊。"

这时候,账房先生嚷着要见秦指挥长。秦力山嘟哝着:"账房先生找我能有什么好事儿,不是要粮食就是要钱。我身上又不生钱,怪烦人的,不见!不见!"

说了不见,但账房先生却硬闯进屋里。他一脸愁容,见了秦力山就诉苦道:"秦指挥长、王龙头、公龙头,再不想办法,咱们就揭不开锅了。因为这里屯兵,什么东西都涨钱。这出操行军打仗,一人一天一升米不算多吧!一两银子才买四斗米,这两千人一天就得吃掉五十两银子,再加上草料、药品,怎么着也得上百两银子。我上哪里弄这么多钱去?"

秦力山挥了挥手,不耐烦地说:"好了,好了,你想想办法,支撑过这两天,唐总司令把康有为的钱汇过来,咱们就有钱了。"

账房先生却嘟嘟囔囔:"可是军营一顿饭也不能不开呀,只要一顿饭不开,那不就闹翻了天!要不,派弟兄们到村里搞点儿?"

秦力山脸一沉说:"那可不行!咱们自立军有纪律,可不能扰乱地方,要想用钱,朝官府要去!"

刚把账房先生打发走。探子又来报:"秦指挥长,七号中午我们自立军的七个人,被大通保甲局的许鼎霖带着一营清军抓走了,关进了货厘局里。"

秦力山听到这个消息,眉头皱得更紧了。

公韧提醒道:"这下子要麻烦!这七个人难免有挨不住打招供的。一招供,咱们的行动计划不就全暴露了吗?情况紧急,需要当机立断,要不……就迅速起义,要不,就立即撤退。这样不进不退,犹豫不决,只能是被动挨打。"

王龙头也咋咋呼呼地喊道:"当断不断,必受其乱,是该下决心的时候了。咱们不是缺钱吗?盐局离我们不远,我们就先打下盐局再说。"

秦力山还在犹豫:"可是汉口至今联系不上,他们怎么还不给我们下达命令啊!"

第71回 大通之战(二)

公韧果断地说:"将在外,君命有所不受。原计划是八月九号,也就是今天起义,汉口也没说取消起义啊!再说,先下手为强,后下手遭殃,时机到了,每延迟一分钟,可能就错过一分钟宝贵的时间。时不我待,等敌人先动手,我们后悔可就晚了。"

秦力山猛地一拍桌子,断然喝道:"不能再等了!只要不接到通知,我们今天就按原计划起义。我们不是没饭吃吗?先打下盐局,还愁没饷没粮。好了,趁清军还没觉察,我们就来个先下手为强。"

他和吴禄贞商量了一下,吴禄贞也同意。于是秦力山马上下达命令,先派两个营的兵力攻占大通盐局。

两营义兵迅速运动到了大通盐局附近,向大通盐局发动了突然袭击。大通盐局由于毫无准备,一下子就被打垮了,他们短暂抵抗后,跑的跑,降的降,盐局遂被义军占领。大通附近的清军因为军力有限,也不敢仓促进攻自立军。大通盐局里有四个碉堡,地势又十分险要,秦力山和吴禄贞决定把起义指挥部放到了大通盐局。

自立军立即用得到的银子买粮买枪买药品,继续散发富有票。

铜陵县令魏令更急忙给安徽巡抚王之春发电报,报告大通一带的紧急情况。王之春又恨又怕,急忙派武卫楚军和安定军七百多人从北边前往大通进剿。他们来到大通附近看到自立军声势浩大,没敢贸然进攻,和长江上的巡逻艇一起,远远地监视着自立军。

这样,自立军和清军各自调兵遣将,严阵以待,一场大战已不可避免。

自从秦力山宣布起义以后,时常有人穿着便衣来找秦力山。公韧一看就知道这些人是行伍出身。公韧心有疑虑,就问秦力山:"这些人来找你干什么?"

秦力山却板着脸说:"该打听的打听,不该打听的就不要打听。"

公韧严肃地说:"这是哪里话?大战在即,关系到我军生死存亡,我不能不问清楚。"

秦力山却不咸不淡地说:"他们是沿江水师的人。"

公韧的心里咯噔一下,豁然开朗,问:"难道说沿江水师的水兵,你也做了工作?"

秦力山哼了一下:"没有金刚钻,不揽瓷器活。这下你总该明白了吧!"

公韧连连点头:"明白了,明白了,什么叫大通,大通大通,一打就通。"

秦力山却讥讽公韧说:"你老说明白明白,明白什么?连我都不明白。"

清军水师参将张达听说水师军心不稳,心里害怕,为了鼓舞士气,亲自率领着四艘炮艇沿江巡逻。到了距大通不远的一座兵营前,从望远镜里看到兵营的人不但不来迎接自己,反而大炮都对着炮艇。兵营的士兵都进入到战壕里,一副时刻准备开战的样子。

张达感到事情不妙,就下令做好炮击的准备,让炮艇慢慢靠近兵营,自己说一句,就让艇上的士兵喊一句。艇上喊:"大清官兵们,你们再也不要听从自立军的挑唆,跟着他们胡闹绝没有好处!大清国对叛国投敌的人一律杀无赦。"

那边岸上的人也朝炮艇上喊:"大清官兵们,现在国难当头,奸臣掌权,我们的光绪皇帝被一帮奸臣挟持着,我们何不跟着自立军一块儿干,到北京勤王去。你们别再听从奸臣的唆使,跟着我们一块儿干吧!"

炮艇上又喊:"你们还是不是大清国的军队?还有没有王法?"

岸上的人就喊:"你们究竟还是不是大清国的军队?还听不听皇帝的话?皇帝已密诏自立军北上勤王,你们怎么还听奸臣的话?"

岸上和艇上打起了嘴仗,当然是岸上喊话的声音大,艇上喊话的声音小。艇上人虽然少,但是用心听的人却不少,听到岸上的喊话,艇上的人就叽叽喳喳议论起来。这时岸上有一个大汉站起来,朝着炮艇上的人喊道:"我是秦力山,艇上的人谁当家,出来说话。"

张达不敢和秦力山对话,就对炮艇下了命令:"快开炮,朝秦力山开炮!"

几个炮艇的艇长却怕引起兵乱,都没有执行。艇上也有一些持富有票的,他们到处鼓动说:"跟着秦力山干吧!北上勤王,北上勤王。"有些对清政府不满的人,也趁机起哄,跟随自立军的人越来越多。

他们纷纷对着岸上招手:"我们也参加,我们也参加!"气得张达怒吼道:"谁再说参加自立军,军法处置。"

士兵们不但不听张达的命令,反而拿枪逼住了张达,不许他乱说乱动。张达又气又悲,打又打不成,回去又没法交代,思来想去没有活路。一个士兵一吓唬,张达腿一软掉进了水里,一口气没上来,呛水而死。

岸上艇上齐声欢呼,两支队伍会合在了一起。秦力山有了这样一支钢铁水师,战斗力大大增强了。

趁热打铁,秦力山率军攻打大通督销局。督销局有一营清军守护,拒不投降。秦力山下令开炮。炮艇上的大炮和岸上的大炮一齐轰击,一时火光闪闪,炮声隆隆,砖块瓦砾和清军的残肢碎肉乱飞,直打得清军哭爹叫娘叫苦不迭,吓得督销局局长钱绶甫再也不敢指挥抵抗,赶紧逃命。

督销局的清军群龙无首,不是逃跑就是投降了。

自立军接着又攻占了大通货厘局,释放了被清军逮捕的七名自立军,缴获了不少银子和银圆。安徽哥老会总龙头符焕章带领着哥老会众弟兄趁机行动,攻打大通的各路清军;安徽抚署卫队孙道毅管带也带领着起义的清军前来参战。很快,大通镇全部为义军占领。

王之春知道这个消息后,十分吃惊和害怕,又派了省城的防营管带邱显荣和芜湖防营管带李本钦与原来的武卫楚军和安定军一起,从北面、南面和水路三个方向,浩浩荡荡,杀向大通。

形势顿时紧张起来。秦力山、王龙头、公韧几个紧急研究敌情。秦力山指着地图说:"现在邱显荣、李本钦两路旱路再加上武卫楚军和安定军并不可怕,最让我担心的是沿江顺水而下的清军舰队。要是敌人舰队封锁了长江,陆上敌人再进攻我大通,我军则处境危险。我们舰艇只有四艘,和敌人的舰队比起来,力量悬殊。可是不把敌人的舰队消灭或重创,以后我们将越打越被动。"

王龙头大吼道:"不要长了敌人威风,灭了我军士气,我方沿江有大炮不少,先把敌人的舰队轰烂了,我们就好打多了。"

秦力山却摇了摇头,说:"没有这么简单,水师和陆炮对抗,水师从来都占着上风。水师的大炮是活的,你打它们,它们能迅速避开。它们要是打你,能迅速逼上前来,集中优势舰队火炮打垮陆地上的火炮。"

王达延哪里懂得水上和陆上火炮的对抗,没了话说。秦力山的眼睛注视着公韧的眼睛,希望听取公韧的意见。

公韧考虑了一会儿说:"王龙头说的不无道理,这水战虽然不同于陆战,但是也有许多和陆战相同的地方。敌人的舰队只能沿江而下,而我们的炮队则可以埋伏在任何一处地方。我方四艘舰艇根本无法和敌方舰队硬拼,只有得到岸上大炮的支援,我们才有胜算。如果打垮了敌方舰队,陆地形势依然险恶,敌人陆路两面进攻,我们仍然腹背受敌。现在最令人担心的是,大通的地形不算太好,是个死地。"

秦力山问:"怎么是个死地呢?"

公韧说:"大通盐局虽然地形险要,可是整个大通,西面和北面为长江,如果清军从东面和南面进攻,我们就成了背水而战。再坚固的堡垒,也有被攻克的时候。我看不如把主力转移出去,和敌人打打运动战?"

秦力山坚决反对:"大通盐局为主阵地,这个就不要争论了,这是我和吴禄贞定好的。"

公韧略微沉吟了一会儿说:"你看能不能这样,把大通盐局作为主阵地的同时,把少数兵力转移出去,好有个机动,随时从外线打击敌人。在我们这边相当被动或者危急的时候,他们也好策应一下。"

秦力山考虑一会儿说:"你说的这个意见,倒是不影响大局。好,我同意。你看派谁去好呢?"

公韧说:"就派王达延吧,让他领着三合会的三百多个老兵去。"

秦力山点了点头:"同意!你再说说水战怎么打吧。"

公韧指着地图说:"从这儿往西,有一个河汊子叫无名汊。那里地形复杂,芦苇丛生,遁公(秦力山的号),你就把所有的大炮埋伏在那里。我领着我们的舰队把敌人的舰队吸引过去,你们就一齐开炮,打烂他的舰队。"

秦力山大声叫好,又皱着眉头问:"不过清军的舰队这么听咱们的话吗?"

第72回　长江水战

公韧回答道:"这你就不用管了,到时候我自有办法。"

秦力山高兴地说:"好,就这样定了。你只要把清军的舰队引到那里,就是首功一件!"

王达延临走的时候,公韧交给他一个锦囊,对他说:"如果这边情况危急,你再打开锦囊,锦囊上自有对付目前危局的办法。"

王达延对公韧笑了笑:"你小子又不是诸葛亮,还用锦囊指挥打仗?是不是又琢磨出什么鬼点子了。我看这边形势不是挺好的嘛,完全不必这么小心。"

公韧拍了拍王达延的膀子:"这也是有备无患,如果形势好,你打你的,我们打我们的。万一这边形势危急,你再打开看。知道你的部队离着我们多远合适吗?"

王达延瞪着大眼睛说:"我还管多远吗?怎么得劲怎么打。"

公韧摇了摇头:"不可,不要忘了,你的任务是策应我们大通的部队。离我们不要太远,也不要太近。"

王达延禁不住问:"到底多远好呢?"

公韧想了想说:"太近容易被敌人包了饺子,太远又难策应我们。这样吧,离我们三十里到五十里地就行。"

王达延笑着给了公韧一拳:"哪里还有这么多的说法,前怕虎后怕狼的,你打仗也忒小心了!"

公韧把四个舰艇艇长召集起来开了个小会,详细地述说了作战计划,四个艇长也充分发表了自己的意见。然后四艘舰艇补充给养,在长江岸边的一个拐弯处把不大的船身悄悄隐藏在一片地形复杂的芦苇丛中,前面有一座土山遮挡住敌方舰队的视线。

没有多长时间,清军舰队排成一字长蛇阵向大通方向缓缓驶来,慢慢地开到了舰艇火炮的射程之内。公韧一声令下,四艘舰艇开足马力,列开战阵,朝着敌人的头一艘舰艇冲击开炮。

一时间炮声隆隆,火光闪闪,打得江面上水柱冲天而起,敌人的舰队队形立刻起了变化。后面的舰艇立即赶上来,由一字长蛇阵变成扇面冲击阵形,朝着公韧的四艘舰艇猛烈炮击前进,只打得公韧这四艘舰艇险象环生,周围被冲天般的水柱包围。

公韧指挥着舰艇迅速后撤,敌人的舰队紧追不舍,这一退一追的两支舰队很快就到了无名汊附近。敌人的舰队看到前面地形复杂,速度慢了下来,公韧立刻命令舰队迅速调转船头,朝着敌人的舰队炮击。

敌人的舰队被打急了,又摆开一种进攻的态势,朝着公韧的舰队猛烈进攻。公韧看到敌人的舰队反击,立刻又命令自己的舰队迅速后撤。

一个跑一个追,敌人的舰队很快开进了无名汊,巨大的船身一个个侧面对着岸边一片片茂盛的芦苇荡。突然,岸上出现了一团团火光,江水里出现了一片片冲天的水柱。在剧烈的隆隆炮声中,敌人的舰队遭到了岸上几十门大炮的猛烈轰击,数不清的炮弹猛烈地砸向了行进中的清军舰艇阵列。

清军一时有些发蒙,这些炮弹是从哪里打来的?这些大炮是哪个炮队的?还没等明白过来怎么回事,一艘艘舰艇纷纷中弹开花。当时受伤最厉害的是,两艘炮舰中弹起火,那火势越烧越大,船上的水兵起初还想救火,可是转眼之间火势就控制不住了。

大火烧得舰艇通红,火焰的高温烤得一些水兵在船上实在是待不下去了,一片混乱。船也失去了动力,在水上飘荡起来。舰上的清兵抢救生圈的,跳进水里逃命的,乱成一团。余下的舰艇一看不好,立刻转身逃命,由于船大,慢慢地转身时,又给了公韧进攻的机会。公韧大吼道:"追击!追击!猛烈地轰击。快速地轰击!越猛烈越好!"一阵猛烈的炮击下,又有一艘炮舰中弹起火。

公韧抓住战机,继续轰击,绝不让敌人有喘息的机会。在剧烈的爆炸声中,受了重创的两艘炮舰逐渐倾斜,进水,然后慢慢地沉入江中。有艘舰艇一头沉到水底,可另一头还浮在水面上,像是一座坟墓。浑浊的江面上漂起了一片死尸和拼命挣扎逃命的士兵。

公韧命令舰艇继续追击开炮。敌人的舰队仓皇逃窜,过程中有一艘运输小火轮中弹起火,燃着了弹药,在一阵剧烈的爆炸声中,小火轮迅速沉入江底。追了一阵子,敌人的舰队渐渐脱离了南岸我军的大炮射程,没有了岸炮的支援,小炮艇的炮火就显得微弱多了。

公韧下令返回，可是有两艘舰艇只顾打得痛快，不愿意撤退。公韧通过旗语兵立即命令那两艘舰艇："撤退，立即撤退！"

可是那两艘舰艇不听命令，继续我行我素，追击前进。公韧大骂道："不听命令，你们想干什么？叫我逮着你们的指挥官，非枪毙了不行！"

这两艘炮艇一边追击着，一边还朝着敌人的舰队打着炮，眼看就到了北岸。可就在此时，只听到北岸一阵大炮轰鸣，在这两艘舰艇周围激起无数水柱，舰艇躲避不及，很快中弹起火。北岸上似乎还有无数的清兵在呐喊助威，公韧拿过望远镜观看，敌人军中有数面旗帜飘动，旗上大书"衡字军"三个大字。

公韧喊道："不好！想必是敌人的另一路援军大约三个营又到了。这一路援军确实没有考虑到，加上清军在北边、南边和西边的水陆两军，我们已陷入四面受困之势。"

原来王之春怕三面夹击义军还不够，又临时抽调了衡字军三个营前来助战。形势立刻又变得险恶起来。

敌人的舰队突然停止撤退，掉转船头，卷土重来，炮弹在公韧的这两艘舰船附近纷纷爆炸。自立军中弹起火的那两艘舰艇已经开始倾斜，看来沉没无疑了。船上的水兵纷纷跳入水中逃命，哭爹叫娘的，负了伤渐渐沉入水底的，惨不忍睹。

公韧无力地摇了摇头，叹了一口气："晚了，晚了，没想到形势变化得这么快，要是救他们连这两艘船也完了。"只得忍痛下令撤退。这两艘舰艇开足马力，向无名汉退去，敌人的联合舰队在后面咬着屁股紧追不放。

到了无名汉附近时，清军的联合舰队被岸上秦力山指挥的大炮打得不敢靠前。

就在两军相持不下的时候，突然秦力山的阵地后面响起了隆隆的炮声，想必是李本钦的军队又杀到了。在这个时候，任何一方的援军到来，都给另一方造成极大的压力。自立军在李本钦猛烈的进攻下，已出现了混乱和溃退。

公韧一看，在清军的两面夹击下，情势已经无法扭转了。他只得对自己的这艘舰艇艇长说："你打旗语告诉那艘舰艇，你们能顶住就顶住，顶不住就撤退。请好自为之吧！"安排完这两艘舰艇，公韧立刻坐小船回到了岸上去找秦力山。

公韧低着头冒着冰雹似的飞弹往主阵地上快速奔跑。一路上，只听到敌人的炮弹呼啸着爆炸，却不见秦力山的大炮还击。到了火炮阵地一看，有的炮队士兵手拿快枪向敌人射击，有的士兵捂着头蹲在战壕里躲避着敌人的枪弹。公韧挥舞着手枪,愤怒地大吼:"开炮啊!开炮啊!为什么不开炮?"

一个士兵指了指大炮旁边一堆黄乎乎的东西。公韧定睛一看,满地是打空的炮弹壳,而急需的炮弹却一发也没有了。突然一发炮弹飞来,腾起一片尘土和烟雾,等烟雾散尽,公韧再看时,旁边大炮早被炸散了架。

公韧看了看另外几门大炮,全都是这样,炮弹早已打光了。

公韧到了秦力山的旁边,看到秦力山满脸尘土,一身大汗,正在指挥着部队向冲锋的敌人射击。敌人虽然不多,但一个个手执快枪,弹药充足,又有大炮的有力支援,所以有恃无恐,进攻浪潮一潮高过一潮。

秦力山的部队虽然人是不少,但快枪少,弹药更缺,又饿又乏,再加上威力巨大的舰炮轰击,把阵地打得七零八落,完全处在被压制之中。秦力山看到公韧来了,不等公韧汇报,就赶紧说:"不用说,我已经全知道了。你已经尽了力!"

这时候,敌人已经冲了上来。秦力山大喊一声:"打!"一阵稀稀拉拉的排子枪响过,敌人被撂倒了几个,但是其余的敌人仍然继续往上冲。秦力山从阵地上摸起一把大刀,用力一挥,大吼一声:"杀!"领着三百多个弟兄奋力地向敌人冲去。

公韧也紧紧地左手持枪,右手执刀,紧跟着秦力山向敌人杀去。有一个清兵举枪向秦力山瞄准,公韧朝他放了一枪,那清兵一下子被揭去天灵盖,猛一下子向后面仰去,满头上不是白的就是红的。公韧朝着眼前的一个清兵用刀一格,把他的快枪拨到一边,腕子一翻,朝着他的左胳膊就是一刀。

第73回 汉口机关犹豫不决(一)

那清兵的半截胳膊就像一段藕一样掉了下来,通红的鲜血四处喷射。那清兵瞬间就和傻了一样,眼睛直瞪瞪的,一动也不动。直到公韧又朝着他的脖子抹了一下,他才瞪着无限惊恐的大眼睛,慢慢地倒下了。

公韧看到秦力山正和一个清兵拼大刀,那清兵极其敏捷,刀法也十分娴熟。秦力山脸色血红,满头大汗,动作僵硬,一刀慢似一刀,眼看就要被那清兵劈了。公韧扑过去,朝着他一阵乱砍,才解了秦力山的围。在义兵的奋力冲杀下,清兵们逐渐向后面退去。公韧和秦力山指挥着队伍并不追赶,向战壕里退去。

公韧机械地迈着疲惫的双腿,麻木地看到,倒下去的不是清兵就是头裹黄绫的义兵。有的没了头,腔子里还在往外汩汩地淌着鲜血,四肢似乎还在微微地颤动;有的身上被打成了血窟窿,简直成了一堆烂肉;有一个义兵脸上挂着一块肉,血淋淋的,又疼又怕的他,大声地号叫着,身子又摇又晃,两腿僵硬像是在跳高,被一个义兵猛一下子削下了脸上那块肉,然后迅速地裹上了一块布。不一会儿,那块布就被鲜血洇透了,那个义兵也一动不动了。

公韧看了看阵地的情况,简直到了绝境,义军只剩下不到两百人,并且不少人挂了花,被何止于十倍的敌人团团包围着。要不是大通盐局的地势险要,再加上四个碉堡居高临下,阵地恐怕早就被敌人攻破了。

这时候,天已经黑了,敌我双方都疲惫不堪,战场上暂时安静下来。

经过一天鏖战,自立军真是伤亡惨重,战壕里躺满了没来得及抬走的死亡士兵,这给自立军的阵地笼罩上一层失败的颓废情绪。医护人员在给伤员处理伤口,受伤士兵的"哎哟"声不绝于耳。厨房送来了饭菜,饿了一天的士兵们,这才有时间吃了顿饱饭。

士气也是低落到极点,牢骚、埋怨,一阵阵地传来。"勤王,勤王,说得怪好听。没想到这一仗打得这么惨!""那些当官的嘴上都和抹了蜜似的,谁知,打起仗来,他们倒找不到人影了。""我早说过勤王没有这么容易的!""勤王和我们有什么关系,战死的还不是我们弟兄啊!"

秦力山靠在一张落满灰尘的破桌子上,一脸的疲惫,嘴唇上裂开了一道道的口子。他有气无力地对公韧说:"真是后悔呀,当初要是听了你的话,把我们的部队再往南挪一点儿,那里能进能退,兴许不会败得这样惨。这下我们算栽了,和清军硬拼,结果把我们的部队全拼光了。这一仗,打得真是不划算!"

公韧安慰他:"那也不能全怪你!本来邱显荣、李本钦再加上武卫楚军和安定军,还有沿江而下的清军舰队,清军就够强大的了。没想到,他们又增加了衡字军三个营的援军。我们相当于遭到了安徽、湖北两个省敌人的进攻,就算韩信在世,恐怕也难以抵挡。也怨我劝阻不力,预想到形势危急,但没想到形势这么危急。当初我要是把这些利害说清楚,避开强敌,恐怕现在就不会这样被动了。"

秦力山长长地叹了一口气:"是呀,是我把情况想得太简单了。谁能想到,打起仗来,是这样的千变万化,真是人算不如天算啊!"

公韧点了点头:"是啊,我也有责任啊!现在总结起来,当初我们的主要谋划是,以大通盐局为主阵地,再伏击一下敌人的长江舰队,稳住水上的形势,然后我们的舰队在北边为屏障保护住大通盐局主阵地。坚持上几天,然后再相机撤出。

可是在实际作战中,出现了一些意想不到的情况……"

"如果时间倒流,你是总指挥,应该怎样指挥这场战斗?"秦力山问。

"其实这也好说,"公韧总结道,"我就利用我们短暂的优势——还掌握着一部分舰艇,干脆把主力撤到江北去,避开强敌,打着勤王的旗号,到江北去和敌人打运动战……"

"明天我们怎么办呢?"秦力山问。

公韧琢磨了一会儿,说:"我正在想……可是,目前真还没有更好的办法。"

秦力山点了点头,叹了一口气,心已坠入灰暗之中。时间已经到了半夜,双方的阵地都像睡着了一样,几乎没有一点动静,只有灰暗潮湿的风在忽紧忽慢地吹着,近处没有熄灭的烂木头还在冒着丝丝缕缕的黑烟。

敌人阵地上一排排的篝火如鬼怪一样,紧紧地包围着大通盐局主阵地。又像一只只凶恶的怪兽,说不定什么时候就要猛扑过来,把自立军一口吞噬。明天将是怎样的一场大战呢?结局已经预判到了……

秦力山对公韧说:"王达延不是在我们的周围活动吗,不知道这个小子跑到哪里去了。"

公韧忧虑地说:"现在四面都是强敌,别是陷在了敌人窝里,不能自拔啊!"

两人正说着,突然,远处响起密集的枪声,刚刚安静下来的敌人又惊恐起来,出现了一片混乱。公韧突然大喜,对秦力山说:"真是天不灭曹,准是王达延来了,趁此机会,我们赶紧突围吧!"

秦力山也激动起来,对公韧兴奋地说:"好啊,此时不突围,更待何时?可是我们往哪里突围呢?"

公韧说:"从这里往南一百多里地有个九华山,那里山高林密,正好可以藏匿军队。我们就往那里突围吧!"

秦力山点了点头,对公韧说:"此时也只能这样办了。"他马上派人和碉堡里的吴禄贞联系。吴禄贞立刻表示同意,叫秦力山领着队伍打前锋,他带着人断后。

秦力山马上组织没有负伤的义兵为突击队,后勤人员带着轻重伤员随后跟进。先上来还算比较顺利,可是越往前冲敌人越多,自立军伤亡也越来越大,冲了没有二百米,再也冲不动了,敌人已经密密麻麻地堵在前进的道路上。

形势再一次危急起来,眼看着这支义军将要全军覆没。

就在这时候,突然枪声四起,堵在前面的敌人纷纷倒下。清军一片慌乱,纷纷闪开一条道。不一会儿,王达延领着三合会的人马杀到了秦力山、公韧的身边。

秦力山大喜,公韧也十分激动。王达延对秦力山说:"遁公,赶紧走吧!我领着你们往外冲。"

公韧对王达延说:"你怎么来得这样及时?"

王达延苦笑着说:"常跟着你小子打仗,泡也得泡出点儿味吧!看着你的锦囊打呗。远处的都是疑兵,没有几个人,近处的才是我们三合会的人马。"

秦力山对公韧说:"原来,你早给王达延下了锦囊妙计?"

公韧苦笑道:"这也是没有办法的办法。"

有了这样一支生力军,还又冲击了一个时辰,才突出了敌人的重重包围。公韧看了看,两支队伍合在一起,没有二百人了。

秦力山对公韧说:"这里的情况你也知道了,我们恐怕坚持不了多长时间。不知道汉口总机关的情况怎么样,其他四路义军起义了吗?现在当务之急,是和汉口机关联系上。我看这样吧,也只有你才有能力办好这个事儿,请你迅速赶到汉口总机关,向唐总司令汇报这里的情况,让他火速派援军前来支援我们。"

公韧略微考虑了一会儿,说:"也只能这样了,秦指挥长,你多保重,要尽量保存下这支队伍。事不宜迟,那我就赶快去了。"

秦力山点了点头,眼睛红红的,跟公韧道别。

公韧抄小路避开清军,装扮成一个学生坐船逆流而上,到了汉口直奔英租界,然后进了自立军总机关的所在地李慎德堂。

公韧心急火燎地到了总机关内,见到唐才常正和一帮龙头吵吵嚷嚷,争论不休。公韧顾不得许多了,大喊一声:"唐总司令,赶快救救前军吧!"一口气把前军的情况说了一遍。

众人听完公韧的急报十分焦急,一个个摩拳擦掌准备大干一场,而唐才常却一屁股坐在椅子上,呆呆地一言不发。杨鸿钧大腿一拍,喊道:"什么时候了,还不动手,再不动手,就等着清军把我们包饺子了。"

李云彪喊道:"康有为为什么还不给我们汇钱?他说的钱呢?钱呢?不给钱也得干啊。"张尧卿和辜天祐也捋袖子伸胳膊,似乎就要冲上前去上阵杀敌。

毕永年对唐才常阴沉着脸说:"既然撕破了脸,那就干吧!"

公韧这才知道其他几路军还没有行动,对唐才常气呼呼地怒吼:"九华山上,二百多弟兄的生命危在旦夕,而你们却在这里坐山观虎斗。这是演的哪一出啊?再不去救,前军可就全完了!"

第74回　汉口机关犹豫不决(二)

唐才常轻声问公韧:"你们真没有接到让你们不要行动的命令?"

公韧说:"没有啊,我们什么消息也没有得到。"

唐才常叹了一口气:"我已经派了好几个人给你们下达命令,叫你们暂时不要行动。有的过不去长江关口回来了,有的没有回来,看来是让清军给抓住了,怨都怨清军把长江封锁得太严了……"

公韧不再理会唐才常,对众龙头说:"各位龙头、大哥,我们都是一块儿出生入死的弟兄,唇亡齿寒,你们不会见死不救吧?赶快行动吧,别再犹豫了!"

众龙头又是一阵骚动。杨鸿钧、李云彪、张尧卿、辜天祐几个吵吵嚷嚷:"总司令,赶快下命令吧!""赶快发给我们军饷吧,我们立刻发兵,兴许还来得及。"

毕永年紧张地看着唐才常,有些着急地说:"佛尘兄,什么时候了,当断不断,必受其乱。"

唐才常朝大家作了作揖,有点祈求地说:"各位龙头、副龙头,听我说一句吧!咱们现在有三难。第一难,康有为的钱迟迟不到,一旦开打,吃喝拉撒,处处用钱,我上哪里去筹款?这第二难,张之洞不同于两江总督刘坤一和安徽巡抚王之春,张之洞早有勤王的意思,已多次和我们秘密联络,一旦张之洞和我们联合起来,勤王必成,一旦和清朝开打,张之洞这几十万人马也不是吃素的。这第三难,我们集合人马去打王之春,长途奔袭,不知胜算几成?我劝各位龙头,少安毋躁,要以大局为重,再等一等,等一等……"

唐才常这么一说,有几个龙头连连点头,可大部分还是拍桌子砸板凳,喊爹骂娘。毕永年严肃地对唐才常说:"佛尘兄,看来,你一是指望康有为,二是指望张之洞,我看这二位哪一个也指望不上。先说说这个康有为……"

他见唐才常和众龙头都瞪起眼睛竖起耳朵听他讲解,于是义正词严地说道:"康有为早在海外募得六十万元,可他只给我们汇来了二十万。梁启超在檀香山也募得不少钱,可他没有给我们寄来一文钱。现在起义正是急需用钱的时候,可那四十万就是迟迟不到!"

唐才常说:"我早已催过多次了,他光说寄钱,可钱就是迟迟不到。"

毕永年冷冷一笑:"那么,我只能说康梁二人,釜底抽薪,拥资擅权。"

唐才常停了一会儿说:"不管怎么样,康有为、梁启超二位先生听候皇上旨意是对的。作为我个人来说,坚决听从二位先生的差遣,这个大方向是万万不能改变的!"

毕永年又是一阵冷笑,讥诮地说:"这么说,你原来的明则保皇,暗则革命的话不是真话了?你的真实目的是假借革命之名而施保皇之实。"

此话说得唐才常没了脾气。

毕永年又对唐才常说:"你二是指望张之洞,我看张之洞也不保险。在这朝廷动乱,八国联军进攻北京之时,他和英国人打得火热,坐观北京事变。如果北京不保,他则取媚于英国和自立军,如果北京稳住,他可能就会反过手来,拿自立军开刀。你所谓的盟友,我看不过是一颗炸弹,说不定什么时候,就会把自立军炸得粉碎!"

此言一出,众人皆大惊失色,你看看我,我看看你,然后一齐将目光投向毕永年,希望他能拿出大主意。公韧问:"如此说来,形势万分危急!难道说就没有什么好的解决办法吗?"

毕永年微微哼了一声:"常言说,先下手为强,后下手遭殃,我看不如我们先动手,占领武汉。武汉是湖北中枢,中国腹地,还愁没钱没粮没枪械?占领了武汉,我们以此为根据地,然后联合全国革命党杀向北京。我想,这样的话,总比坐着等死好得多!"

杨鸿钧、李云彪、张尧卿、辜天祐四大龙头一听说有钱有粮,个个兴高采烈,连声说:"对呀,对呀!""是啊,是啊。""干吧,杀吧!"

唐才常却一下子变了脸色,急忙摆着手说:"不可,不可,以我们现在的情况,还不是张之洞的对手。松甫兄,你不要过高估计哥老会、三合会的力量,这些人平时为民,战时为兵,说白了,就是一些老百姓。张之洞不但有数不清的营勇,而且还有新军,虽说只有几个营,但是他们用的一律是洋枪洋炮,和旧式的军队完全不一样。他们兵力集中,随时可以进攻我们,而我们兵力分散,遍布大半个中国,咱们到底能集中多少人,你心里应该有数……"

唐才常的这一席话,似乎又把几个龙头说动了。杨鸿钧、李云彪和张尧卿等人低头不语。

毕永年深深地叹了一口气:"难道说,我们只能等着张之洞翻了脸,把我们的头一个个全砍下来吗?"他见唐才常已是指望不上,转而对杨鸿钧、李云彪、辜天祐、张尧卿说,"事到如今,我看咱们哥老会只能自己做出决断了,你们是否愿意跟着我为哥老会寻求一条出路呢?"

四大龙头齐声大喊:"只要毕大龙头一声吩咐,刀山敢上,火海敢闯!"

毕永年点了点头说:"那好!如今我们只有一条道,那就是集中力量,杀向安徽。"

张尧卿、辜天祐大喊道:"跟着毕龙头,杀到安徽去!"他二人看了看杨鸿钧和李云彪,见他二人没有表态。辜天祐、张尧卿互相看了一眼,然后小声说:"可是……可是……我们一路上吃什么,喝什么呢?"

毕永年安慰二人道:"吃的喝的你们别愁,秦力山怎样打出去的,我们就怎样打出去!"

辜天祐、张尧卿二人听到这些话,低下了头,不再说话。

四大龙头就像撒了气的气蛤蟆一样,越来越没气,低着头想着自己的心事。过了一会儿,杨鸿钧问:"放着大武汉不打,为什么劳师远征杀向安徽?还请毕大龙头说个清楚。"

毕永年耐心地对四人解释:"不打武汉,因为唐总司令不愿意和张之洞撕破脸皮,愿意给张之洞一个表演的机会,看看他最后究竟怎样收场。为什么杀向安徽,一是因为当务之急是解救三合会的弟兄们,二是我们在野外,也好有个回旋的余地,总比现在待在张之洞的刀口上好。"

杨鸿钧说:"可是我们这些弟兄要吃要喝要军饷,没有钱怎么行动?"

毕永年冷笑一声说:"自己的经还得自己念,这钱的事情还得指望自己想办法解决,谁也指望不上。"

一听说没有钱,四大龙头再也不说话了。看来,他们对钱的兴趣远比进攻安徽王之春的兴趣大。

毕永年长叹一声,说:"我知道你们为什么赖在武汉不走,而不愿意跟着我出去野战受苦了。"

毕永年的话戳到了四大龙头的心里,他们一个个忐忑地注视着毕永年。

毕永年说:"你们吃喝玩乐,取用无度,心里想着只要跟着唐才常就有花不完的银子,享不完的福。可是你们想过没有?你们是哥老会的灵魂,是哥老会的龙头。我说过你们多少次了,让你们不要贪图权利、金钱、美女,可你们就是不思进取。我们的革命,是需要戒除一切私心杂念,需要艰苦奋斗的事业,那是要准备吃大苦受大累的,要是都和你们这样,是要毁了革命的!"

这些话丝丝入扣地说到了四大龙头的短处,他们一个个低下了头。

毕永年摇了摇头,叹着气说:"人都说,人为财死,鸟为食亡,之前我还不信,我相信总有一种精神力量,要比财富的力量强大许多。直到今天,我服气了,有些人的目光太短浅了,人的私欲太可怕了!革命早晚要毁到这些人的手里。与其将来后悔,还不如现在就和这些人一刀两断!"

"慢着!"就在此时,一个果断的声音传来。

众人一齐朝着那个喊叫的声音望去,原来是湖南金龙山堂的草鞋张小改。只见张小改气势如虹,英武严肃,他对杨鸿钧说:"毕总龙头说得并不是没有道理,与其待在张之洞的刀口上,倒不如杀到安徽去,自创一番事业。杨龙头,如果你实在脱不开身,兄弟愿意为你走一趟。我手下的四千弟兄也愿意为你走一趟,虽肝脑涂地,也在所不辞。如果打不开局面是我的责任,我甘愿接受总会的责罚!"

杨鸿钧是什么人,对权力的敏感,远远胜于一切。一听这话,这还了得,这个张小改想干什么?这不是在金龙山堂里另立山头,公开闹独立吗?这四千人的精锐一走,岂不是抽走了自己的一根肋条骨。杨鸿钧当即脸色一变,对张小改黑着脸说:"张草鞋,平时我待你不薄,你想干什么?要是想当这个堂主,我这就让给你。你才长出毛几天啊,就想飞,告诉你,还差得远哩!"

第75回　小青盈挑衅四龙头

张小改急忙改口:"杨龙头,我不是那个意思。我是想为金龙山堂闯荡出一番天地,是为哥老会的三十万弟兄着想啊!"

杨鸿钧鼻子一哼:"你是为哥老会的三十万弟兄着想,难道我就不是为哥老会的三十万弟兄着想?别人会怎么想,还以为你想夺权呢……不该说的话就不要说,不该办的事情就不要办。孩哭了抱给他娘,怎么连这个道理都不懂呢……"

别看杨鸿钧政治谋划、军事韬略什么也不懂,可是要说笼络人心,控制部下还是有一套的。他的那些死党,一见张小改似要从这支队伍中分裂出去,都纷纷给杨鸿钧打帮腔,激烈攻击张小改。

李云彪首先发难:"我说张草鞋呀,你怎么这么不懂事呢!有些话是你该说的吗?"张尧卿接着说:"为人懂得知恩图报才是,你看你,想干什么呀。要是都和你一样,金龙山堂不就乱套了吗?"辜天祐直接说:"闭起你那张臭嘴!再不要胡说八道了。"

但是毕永年看到了,自己的政治、军事谋略,得到了一些青年将领的赞许。张小改不是一个人在战斗,他的后面可能站着相当一部分会员。虽然自己早已不对哥老会抱有希望,但是这部分青年希望杀敌的勇气,深深地感动了他。

毕永年说了声:"谢谢张将军支持我,叫我非常钦佩!希望张将军好好发展,哥老会的天下早晚是你们青年人的。"说完,朝着四大龙头摆了摆手,然后头也不回,朝外面径直走去。四大龙头急忙追过去,大声地问:"毕总龙头,你要去哪里?"

毕永年一身正气,决然地说:"从此以后,我再也不是你们的总龙头了。我要遁入空门,远离这个肮脏的世界!"

杨鸿钧一把拉住毕永年的袖子跪下说:"毕龙头,我们有错就改还不行嘛,你不能舍下我们不管啊!"李云彪、张尧卿、辜天祐也赶紧跪下,拉住毕永年的袖子说:"总龙头,你不能走啊,我们离了你不行啊。"

毕永年左手执刀,用力一划,将那袖子割裂下来。然后对他们大声喝道:"这样的话,我不知道听过多少次了,可是你们说归说,做归做,一而再,再而三地让我失望!你以为我还会相信你们吗?"

公韧急忙过去,紧紧拉着毕永年的衣服说:"毕龙头,你不能走啊!三合会还指望你支持呢,兴汉会还指望你把握前进的大方向呢!"

毕永年一下子扯开公韧的手说:"公韧兄弟,希望你也好自为之。毕永年的心已经死了。"说完,头也不回,大踏步地向外走去。

众人一齐跟在毕永年的身后,大声喊道:"毕龙头,你不能走啊!"

可是毕永年就像没听到一样,越走越快,谁也拉不回他的心了。

毕永年这一走,哥老会和三合会就像被抽掉了魂魄一样,人人叹息,个个摇头,大家心情更加失落。毕永年这一走,自立军失去了主心骨,而秦力山的残部,还在安徽九华山上苦苦支撑,艰难的情况可想而知。急得公韧跺着脚不断地大声呼吁:"我那二百多弟兄哟!我可怎么有脸回九华山哟!老天啊,你也长长眼吧……谁能救得了我那些弟兄啊!"

公韧越喊越悲怆,越喊越痛苦,止不住涕泪交加,痛心万分。真是感到单枪匹马,孤独无助,实在抗拒不了这个强大的势力,没有办法解决这个重大难题……

这时候,只觉得有一只小手拉了拉自己的衣角,公韧低头一看,原来是唐青盈。公韧蹲下来搂住他,唐青盈掏出自己的小手帕,轻轻给公韧擦着眼泪,说:"叔叔,别哭了,这些天你上哪里去了?怪想你的……"

公韧抱了抱他,哭着说:"小孩子家,给你说也说不明白。叔叔去打坏人了!"

"谁是坏人啊?"唐青盈问。

公韧忍着悲痛说:"清狗子呀,他们为非作歹,欺压我们百姓。我们就是要把清政府打倒,建立合众政府。"

唐青盈又问:"叔叔,什么是合众政府?"

公韧说:"合众政府就是由社会各阶层组织的政府,不是皇帝一人说了算,而由我们大家说了算的政府。"

唐青盈不断地用手帕擦着公韧哭脏了的脸庞,像大人哄小孩一样哄着公韧。公韧在唐青盈的安慰下,心情慢慢平复了许多。

唐才常软硬兼施,磨得各龙头渐渐都没了脾气,只好各自回到自己的军营,等候命令。汉口总机关只留下中军的一些大龙头,在静静地等待所谓的"时机"。

四大龙头闲着无事,玩起麻将,吆五喝六的,暂时忘却了心中的烦恼。唐青盈这时候也有事干了,跑到杨鸿钧的后面喊牌:"东风、一饼、三饼、发白……"

杨鸿钧这时候牌就没法打了,厌恶地瞪了小青盈一眼,吼道:"小孩子家,一边去!别在这里耽误大人玩牌。"

小青盈对他小嘴一撅,满不在乎地反嘴道:"兴你玩,就不兴俺玩吗?"又继续喊,"四饼五饼、西南风……"这下子,杨鸿钧更气恼了,对小青盈挥起了手:"这孩子怎么这么烦人呢!真是七岁八岁万人嫌。"

小青盈对他伸了伸舌头,摇头晃脑地说:"要说不让我在这里,也可以……"说着,伸出了一只洁白红嫩的小手。

杨鸿钧无可奈何地摇了摇头:"真没办法!这么小的孩子就知道要钱。"说着递给了小青盈二两银子。小青盈还是不走,只好又加了二两把他打发走。可是唐青盈走了一会儿,又跑到李云彪后面喊牌。烦得李云彪了不得,只好也给了小青盈四两银子。

小青盈玩了一会儿,又跑到辜天祐后面去喊牌。辜天祐倒是挺精,干脆直接给了小青盈五两银子说:"我惹不起还躲不起吗!"张尧卿也给了小青盈五两银子,知趣地说:"反正早晚脱不了交银子,还是早交了吧!"

唐青盈拿着这些银子,一下子塞到公韧的手上,看到公韧还是闷闷不乐,唉声叹气,就劝公韧说:"叔叔,你怎么还不高兴呢?我给了你这么些银子,你应该高兴才对啊!"

公韧摇了摇头:"大人的心思,小孩子怎么能知道呢!九华山上,弟兄们浴血奋战,每一刻都有人流血牺牲,而这里的人还在寻欢作乐,我……我……怎么能看得下去呢?"

小青盈说:"那还不好办嘛,我替你出出气!"

公韧心中一阵疑惑,问:"你小小年纪,弱不禁风,哪能打过他们这些武林高手,又哪能替我出气呢?"

唐青盈小嘴一撇,小脸一笑,对公韧说:"这你就不用管了!"

别的人听说,小青盈要帮着公韧出气,都过来激他说:"你小小孩家,怎么替大人出气?""我就不信,你能替大人出气?"唐青盈小嘴一撇,来了精神,对他们说:"你们要想看戏呀,也不能白看,拿钱来。"

众人更来劲了,这个二两,那个三两,小青盈的小手里很快就堆积了不少的银两。小青盈收够了银子,就对公韧说:"我们就来个打清兵的游戏,你要好好地配合我。"

公韧说:"那是!那是!"

小青盈找来一个清朝官员的褂子拿给公韧,然后叫众人在茅房门口等着。不一会儿,杨鸿钧急急忙忙地往这里跑来,看来是光顾着打麻将挣钱了,憋得尿泡都快要胀破了,只等着脱下裤子舒服一下。

小青盈对公韧一个眼色说:"快给他披上,屋里怪热的,别出来闪着了。"公韧只好照办,给杨鸿钧披上褂子说:"杨龙头,这边风冲,别叫风给闪着了!"杨鸿钧倒是挺高兴:"你这小子,什么时候学得这么乖巧了。这还差不多!"

公韧刚走,小青盈一个箭步蹿上去,那动作真是形如狸猫,快如闪电,一下子就骑到了杨鸿钧的脖子上,狠狠地打着杨鸿钧的头,嘴里还嘟嘟囔囔:"打你个张之洞!打你这个张之洞!"

杨鸿钧一下子被打蒙了,头一晕,尿到了裤子里。

看热闹的众人都哈哈大笑。

杨鸿钧挣脱开小青盈,气呼呼地问:"你凭什么打我?"

小青盈瞪着小眼睛说:"你不是张之洞吗?"

杨鸿钧气得大骂:"我怎么会是张之洞?"

小青盈说:"你不是张之洞,怎么穿张之洞的衣服?"

杨鸿钧对公韧瞪起了眼睛说:"原来你们合起伙来捉弄我啊!"说着,就对公韧伸出了拳头。

公韧慌忙解释说:"是这样,我们在玩捉清兵的游戏,不巧,你中招了。大家说是不是啊?"

众人齐声说:"是。"

第76回　张之洞翻脸剿义兵

这下子,杨鸿钧没有办法了,大骂一句:"一辈子玩鹰,没想到叫鹰啄了眼了。"麻将没法打了,只好回去换裤子。

没过一会儿,李云彪也出来了,看来也是憋得不轻。公韧又拿着这个褂子披到了李云彪的身上。李云彪挺纳闷,问:"你给我披这个破褂子干什么?"

公韧对他说:"屋里热,这里冷,可别闪着了。"这时候,唐青盈一下子又骑到了李云彪的脖子上,大骂道:"你这个刘坤一,该打的清狗子!"然后对着他的头一顿暴打。

李云彪也被打蒙了,干脆来了个"黄金入裤",一下子拉到了裤子里。

李云彪不理解地问众人:"你们这是干什么呀,我怎么得罪了众位龙头?"

大家异口同声地说:"我们在玩打清兵的游戏,你中招了。"

李云彪是一脸晦气,但是碍于唐青盈是唐才常的小儿子,也不能对他怎么着,所以这口气也就只能忍了。

张尧卿和辜天祐也分别受到了小青盈的捉弄,弄得一帮看热闹的人哈哈大笑,暂时缓解了一些人心中的郁闷。

武汉的情况也是复杂多变的。

义和团在北京兴起后,英国一方面极力拉拢张之洞和刘坤一签订《东南互保章程》,划定自己的势力范围,一方面策动康有为指使自立军拥立张之洞在长江流域宣布独立,建立"东南自立之国"。唐才常、林圭等奉康有为的旨意,也曾劝说张之洞宣布独立,脱离清政府。在清廷、英国和自立军三者之间,张之洞反复权衡,态度暧昧。到自立军起事前,慈禧与光绪已从北京安全地逃往西安,清政府得以苟延残喘,情况一下子变得更加复杂起来。

让自立军蒙在鼓里的是,张之洞考虑再三,权衡利弊后,又决计回到清廷怀抱,剿灭自立军,并将这一决定通知英国驻汉口领事傅磊斯。英国此前虽然暗中支持唐才常,有意把自立军作为可以肢解中国的工具之一,但是此刻八国联军正与清政府洽谈媾和条件,对慈禧采取"保全主义"。

这时英国也惧怕自立军起义后动摇他在长江流域的统治秩序，故转变态度，支持张之洞，欲扑灭自立军。唐才常、林圭等人考虑到目前捉摸不透且蕴藏着种种危险的严峻形势，只好破釜沉舟，决定于八月二十二日在汉口起义。湘、鄂各地同时并举，计划汉口自立军先夺取汉阳兵工厂，解决武器装备后一举占领武汉三镇，然后挥师西安，救回光绪帝。

公韧了解到这些情况，找到唐才常，问："为什么我们的总机关还不换个地方？"

唐才常的眼睛似乎只盯在一个地方，好半天才说："我们和英国朋友一直有联系，从目前形势来看，他们还不会把我们怎么样。再说张之洞吧，和我们的关系也不错，他就是想翻脸的话，也别忘了这是英租界啊！"

公韧摇了摇头："那是以前，现在的形势是慈禧和光绪已经逃到西安，清廷的大局已定。如果张之洞继续依靠清廷，和英国联合起来，进攻我自立军，我们就危险了。我们的总机关已经暴露了，还是赶快转移为好。"

唐才常却不同意："你说得似乎有道理，不过，我们马上就要起义了，汉口的这个机关各路自立军都比较熟悉，便于联系工作。"公韧冷笑一声："我们目前真是在刀口上过日子，时刻有被人剁了吃了的危险，我看还是赶快转移吧。"

不过，唐才常还是抱着一种侥幸的心理，认为起义马上举行，不会出什么乱子。

八月二十一日深夜，公韧在睡梦中突然被惊醒，外面人声嘈杂，喊声震天，像是无数的军队包围了自立军机关。从窗口向外一望，只见密密麻麻的清兵，手执火把，照得黑夜如同白昼一般，而外国的巡捕一个人也看不到了。

公韧心里叹息道：洋鬼子和清狗子终于下手了。早知道如此，总机关就应该早早转移啊！

公韧急匆匆到了唐才常的屋里，见唐才常、林圭、付慈祥、田邦璿等已各执武器在手，要与清军拼个你死我活，而唐才常怀里的唐青盈却还在哭个不停："亲爸爸……亲爸爸……我们怎么办啊……亲爸爸……"哭得唐才常心烦意乱。

见公韧进了屋，唐才常硬把唐青盈塞到公韧的怀里，说："公韧兄弟，都怨我！不听毕永年和你的话，害了你，害了青盈，害了秦力山，也害了自立军的弟兄们。早知道张之洞是这种靠不住的东西，何必苦苦等待？青盈我就托付给你了，你俩赶快逃命去吧！"

公韧脸色一变，吼道："唐总司令，别说这话！没了我可以，没了你可不行。我们掩护,你和青盈快走吧!"

唐才常脸一红,脖子一涨,激昂地说:"到了这种时候,我怎么能走!我要为自立军殉职。可怜青盈还是个孩子,咱这些人就你武功高强,青盈就拜托给你了!拜托了!"说着,又把唐青盈从公韧的怀里拉出来,往壁炉里塞,对公韧说:"壁炉我已经改造过了,勉强能钻过身子,顺着这条道赶紧走。"

他塞完了唐青盈,又推着公韧往壁炉里搡。

公韧死活不愿意走。唐才常几乎疯狂了,怒声呵斥公韧道:"公韧啊公韧,你就为我们唐家留条根吧!看在我唐才常和你相处一场的份上,求求你了!"公韧看到门已被擂得震天响,再不跑恐怕来不及了,就推了唐青盈一把,自己也钻进了壁炉。

唐才常随后搬动家具,堵住了壁炉的进口。壁炉里异常狭窄,好在公韧身体灵巧,又有些武功,勉强能往里钻。唐青盈哭哭啼啼,不愿意走,公韧着急,就在后面打他,催促他快点钻。两人见弯就拐,见洞就钻,浑身上下,粘了一身烟灰,变成了"黑"人。

好不容易才钻出洞口,一看,这是在总机关的另一间屋里,还没有逃脱出清军的包围圈。"这可怎么办?"公韧惊呼道。

唐青盈这时候却不哭了,喊了一声:"跟我走!"领着公韧三转两转,转到了一个楼角落里,那里有一个下水道铁盖。公韧迅速搬起铁盖,和青盈钻了进去,公韧把盖子盖上,两人顺着下水道沟往里爬。

爬了不知道多远,俩人的身上浸满脏水,又脏又臭又黑,估计着差不多逃出了清军的包围。公韧顶开井盖,看了看四周没有人,拉着唐青盈爬了出来。

唐青盈又惊又累又怕,一下子倒在了公韧的怀里,呜呜地哭泣。公韧抱着他,忍着将要掉出的眼泪,快速地向一个无人的角落里跑去。夜里不时有巡捕走过,公韧躲避着他们,悄悄地爬上一辆停着的拉垃圾的马车,扒了一个窝,两个人钻进了垃圾堆里。

不一会儿,马车开动了,驶过了租界口。待车一停,公韧拉着唐青盈从垃圾里钻出来,迅速地跳下车,隐身在汉口的贫民区中。

夜已深,人已少,又脏又臭又黑的公韧抱着唐青盈在贫民区乞丐堆里坐下了,周围都是衣衫褴褛又脏又臭的乞丐,谁也不笑话谁,不时地传来阵阵的呻吟声和噩梦中的惊叫声。

唐青盈哼哼唧唧,慢慢地闭上了眼睛,公韧轻轻地拍着他,学着小时候父亲哄自己的样子:"嗷——嗷——睡吧!睡吧!娃娃睡,盖花被,娃娃不睡打棒槌,嗷——嗷——睡吧!睡吧!"

小青盈在公韧的呵护下,渐渐地睡熟了,透过头顶上昏黄的路灯光,公韧看到小青盈的小鼻子一耸一耸的,眼角上不知道是由于委屈还是感觉到母亲般的温暖,淌出了两滴晶莹的泪珠,公韧用袖子角轻轻地给他擦去了。

公韧想到自己已是失去父母的孤儿,小青盈也差不多,两个孤儿之间仿佛有一种默契,产生了一种微微的电流,两颗心越靠越紧了,好像有一种难以割舍的亲情在两人之间缓缓地流动,公韧再也离不开这个共患难的小伙伴了。

而唐青盈在自己的怀抱中睡得越来越坦然了,胳膊腿全都伸开了,嘴角还露出了一丝调皮的微笑。

两个孤儿就这样互相依偎着慢慢睡熟了。

一觉醒来,太阳已经老高,它凶狠毒辣地晒在这些可怜人的身上。乞丐堆里有人不舒服了,有人伸着懒腰,有人揉搓着衣服上厚厚的污垢,用嘴使劲地吹着上面的浮土,有人翻弄衣服捉拿上面的虱子,还用牙咬着,不时地发出牙碰牙的声音。

这里没有刷牙洗脸的习惯,也没有穿衣换衣的概念,到底是不是人,连自己都糊里糊涂。这里的人们早晨起来最先想到的第一件事情就是,今天的早饭怎么能吃到。

第77回 乞丐国(一)

当乞丐们发现这一堆人里头多出两个乞丐时,他们一下子变得空前团结,一起用敌视的目光注视着公韧和唐青盈,因为这两个人将要从他们有限的食物中分去一部分。首先是四五个年轻力壮的走过来,围着唐青盈和公韧用脚踢,啐口水,后边的人就七嘴八舌地鼓劲:"踢死他!打死他!掐死他们——"

公韧又冷又乏又饿,紧紧地抱着唐青盈,怕他忍不住这阵子毒打。而唐青盈却在公韧的怀里对打他的人又叫又骂,什么难听的话他都能骂出来:"想必你们一定是人渣中的极品,禽兽中的禽兽,看看啊,你这小脸瘦的,都没个猪样啦……"

公韧被打得再也受不了了,领着小青盈离开乞丐群,向街市走去。街市上的人们忙忙碌碌,行走匆匆,谁也顾不得这两个小乞丐。公韧只觉得肚子唧唧咕咕,饿虫上来搅得空荡荡的肠胃里一阵阵难受。小青盈也饿坏了,大声地喊着:"我要吃面包!我要喝牛奶!"

公韧唉声叹气地说:"别说吃面包、喝牛奶了,连个窝窝头也没有啊!"

唐青盈知道面包、牛奶是没有了,大眼睛骨碌碌地专往那些小吃摊上的油条、烧饼、茶鸡蛋上瞅。趁人不注意,他抓起两个烧饼就跑,后面小伙计就追,撵得小轻盈走投无路,一头又扎进了乞丐堆里。

这边公韧拍着腿着急地喊:"冻死迎风站,饿死不要饭。小青盈怎么会是这样的孩子啊,你怎么会这样啊!"

这下子乞丐们又变得空前团结。这个故意挡住撵小青盈的那个小伙计的路,那个一下子抱住了小伙计的腿耍赖:"行行好!行行好!给点钱吧。"气得那小伙计又叫又骂,一看逮不着小贼了,只好骂骂咧咧地走了。

他一走,众乞丐一齐围起了小青盈,都伸着手要烧饼。小青盈紧紧地把烧饼抱在怀里,就是不给。公韧赶紧跑过来,护着小青盈说:"他还是个孩子,饿坏了,你们就让着他一点儿行不行?"

乞丐们哪里听得公韧唠叨,一齐上来动手抢,尽管小青盈和公韧拼命地想护住这两个烧饼,但是烧饼还是被乞丐们抢跑了。气得小青盈大骂:"你们有本事,自己去抢啊!抢我的干什么?不要脸!不要腚!吃了烧饼没了命。呸!"

乞丐们为了争夺这两个烧饼,你撕破我的衣裳,我抓破了你的脸,最后两个烧饼被撕扯成七八块,乞丐们都拼命地往自己嘴里塞。

一旁公韧训斥唐青盈:"你怎么会去抢,谁教给你抢的?这不是给我丢人吗!"唐青盈一肚子委屈,肚子又饿,哽咽着哭起来了,在地上打着滚儿又蹬又踹。公韧又心疼了,给他轻轻地擦着眼泪说:"都怨叔叔没本事,让你挨饿了。叔叔这就豁上脸皮,给你要饭去。"

公韧领着唐青盈,又来到了街市上,放下脸面低声哼哼:"叔叔大爷们,奶奶婶子们,实在没办法了,可怜一口吧!"喊了好长时间,无人理睬,有的人还瞪了公韧一眼,骂道:"年轻轻的,还要饭。不缺胳膊缺腿的,自己不会挣去嘛!"

由远处吹吹打打来了一帮结婚的,前面是吹鼓手开路,紧接着是一个年轻的小生牵着一匹大白马,骑在马上的新郎官披着红戴着花,后面是四个轿夫抬着一乘大红花轿,颤颤悠悠地招摇过市。周围则是一群围着的大闺女小媳妇和孩子们,有的高兴地大声呼叫着,有的则燃放着喜庆的爆竹。

突然,十几个乞丐从公韧的面前闪了过去,为首的一个黑脸,脸上又抹了一些灰土，简直就和一个黑锅头似的。他们一下子就躺在了这帮结婚队伍的前面，一个个还哼哼唧唧的，有的还跷起二郎腿，看那样子，根本就不想从这路中间起来了。

给新郎牵马的那个年轻人一看，笑了笑，对这些乞丐说："诸位花子大哥，不就是讨杯喜酒，要块喜糖吗，这有什么，来人，赏糖！"旁边过来一个管家，扔在地上两包花糖和一些碎钱。可是黑锅头那些人拿了喜糖和碎钱，还是躺在地上不起来，一个个哼哼哟哟得更厉害了。

那牵马的年轻人还是笑着，说："嫌少是不是，再来点。"那个管家又上来了一些碎钱。这些乞丐收了喜糖和碎钱，看了看黑锅头，黑锅头不起来，众乞丐躺在地上继续装疯卖傻。

这下子那帮人生气了，有几个年轻人上来驱赶这些乞丐。可是这些乞丐像是有些武功，那些人过来抬时，这些乞丐就和身子定在地上似的，怎么也抬不走。有人拿脚踹这些乞丐，都被用手给挡了回去。有的乞丐更是无赖，干脆在地上捡块砖头把自己的头打破了，指着迎亲队伍喊："打人了！打人了！"

公韧看在眼里，恨在心里，骂道："真是些卑鄙下流肮脏无耻的流氓！"本想上去管管闲事，可是饿得眼冒金星，实在是没有力气打抱不平。可这话让黑锅头听着了，他对公韧一瞪眼睛："谁的裤裆破了，把你露了出来。等一会儿，咱再算账！这会儿没工夫理你。"

小青盈则麻利地捡那些剩下的碎钱、喜糖，往口袋里塞，直到把口袋塞了个满满当当。他撕开一块糖的糖纸，把糖塞到公韧的嘴里，高兴地说："有糖吃了！有糖吃了！"

两帮人继续僵持着，直到远处来了一队官兵，这些乞丐才赶紧爬起来跑了。等官兵走了，黑锅头这伙人又回来了，他们可不会放过公韧和小青盈，这些人立刻把公韧和小青盈围了个严严实实。有的人动手抢小青盈口袋里的喜糖和碎钱，有的人往他俩身上乱踢，往两个人的身上吐唾沫。

小青盈虽然又是打又是踢，公韧也极力反抗，可是又饿又乏的两个人怎么能是这些人的对手？钱和糖很快被抢了个精光。公韧被一帮乞丐抓着，黑锅头拽着公韧的耳朵，恶狠狠地说："小子哎！你刚才说的什么，再给我说一遍！"

公韧恨得牙根痒痒，咬牙切齿地说："我刚才说的是，你们这些人，真是些无赖！乞丐要饭，取之有道，哪有这样强行索要的。你们这样岂不是坏了我们乞丐的名声？"

"好啊,你还敢教训我!"黑锅头说着,手里暗暗使劲,只痛得公韧就和钻心似的,但是嘴上还是不服软,"你们这样做是不对的!早晚要坏了我们乞丐的名声。"

黑锅头骂道:"一个臭要饭的,还在乎什么名声!再在乎名声,也是个要饭的。"说着,又是狠狠地一拧。公韧连痛带饿,浑身打战,几乎晕了过去。

另一个乞丐恶狠狠地对黑锅头说:"黑哥,对这个新来的,还废什么话呀?弄死算了。"

黑锅头瞪了他一眼:"这在大街上,弄死个人还不惹官司呀!吓唬吓唬他也就算了,给他留个面子,我们走!"

说着,黑锅头领着他那些小喽啰趾高气扬地走了。

小青盈又塞到公韧嘴里两块糖。公韧奇怪地问:"糖不是叫他们都搜走了吗,哪里来的?"

小青盈笑了笑:"我藏起来的。"

公韧问他说:"藏在哪里了?"

"藏在裤子里了,骗他们还不容易吗!这些又蠢又傻的叫花子!公韧叔,你说我们现在怎么办?"

公韧想了想说:"跟着他们走,看他们还干什么坏事。"

小青盈点了点头:"他们能活,我们也能活!秃子跟着月亮走——沾光。"

黑锅头领着这一群无赖到了一个新开的市场,由于市场是刚刚开业,所以家家新店特别敬业,对待客人那是特别谦和。黑锅头往头一家店铺门口一站,灰头土脸破衣烂衫的,浑身透着一股子刺鼻的臭味,顺手一擤鼻涕甩在案子上,要多恶心有多恶心。

店家一见这模样,知道是遇到难缠的主了,被熏得咧着嘴还得强作笑颜:"这位客官,我这就拿钱,请你们高抬贵手,照顾一下我这小本生意。"说着递过来五十文钱。

这个黑锅头不理店家,从身上摸出一把小刀片,就要割自己胳膊上的肉。吓得那店家又赶紧拿出了五十文钱说:"这位客官,请高抬贵手。我们这小本生意,经不住这样折腾呀!"

可刚把这个黑锅头打发走,第二个无赖又上来了,打发了第二个,第三个又上来了,最后一个是小青盈。小青盈也来了个跟着葫芦打趟趟,伸着小手要钱,那店家以为都是一伙的,所以也给了小青盈一百文钱。

公韧恨得牙根痒痒,要从小青盈的手里夺过那些制钱,还给店家。可是小青盈嘻嘻一笑,早把那些钱藏身上了,还对公韧说:"有了这些钱,我们可以吃顿饭了。"

第78回　乞丐国(二)

黑锅头领着这些无赖挨个店铺诈了一遭,使出浑身的手段,弄了个盆盈钵满。这时候一个面馆正好开业,鞭炮噼里啪啦地响起来了,黑锅头对这些无赖说:"走,有钱了,吃馆子去。"

这伙人耀武扬威地进了面馆,进了门就往楼上跑。小伙计一看这帮人的穿戴就大了头,赶紧拦住说:"诸位客官,诸位客官,请留步!请问你们吃什么呀?"

别看黑锅头穿戴不怎么样,却是硬气得很,咧着嘴,龇着黄黄的牙齿说道:"怎么,怕不给钱是不是?我们有的是钱,给弟兄们弄碗清汤面尝尝!"

小伙计笑了笑:"各位客官,对不起!吃大面的,坐楼上,吃清汤面的,坐楼下。"

那黑锅头岂是好惹的主儿,一听这个,心想:这不是瞧不起我们叫花子吗,今天就给你出个难题。他对店伙计说:"我们吃中面的坐在哪里啊?是不是就坐在楼梯上啊!"

店伙计是新来的,没有经验,随口答应一声。

这下子黑锅头可逮住理了,他对那些乞丐嘱咐一番,然后就两个人一伙,坐在楼梯上,一下子堵住了上楼的路。两个人吃完,再来两个人,轮流着吃,一直堵着上楼的那条道儿。新来的客人一看,一帮乞丐坐在楼梯上吃面,扭头就走,哪里还有什么买卖。

公韧气得骂道:"这帮无赖,真是想得出来啊!"

店老板一看,这哪里是来吃饭的,纯粹就是来搅场子的。只得亲自来给黑锅头赔罪,又搭上一些钱,才把黑锅头这伙人打发走。

小青盈的一百文钱很快就花光了,二人又没饭吃了。小青盈饿得实在受不了了,瞅准一个扛着扁担吃着馍馍的人,跳起来一把抢过馍馍就跑,一边跑一边吃,还往馍馍上吐唾沫。那个扛扁担的追上唐青盈,一看馍馍已吃了一半,还弄得污垢不堪,又气又恨,骂了小青盈几句,踢了小青盈两脚,然后嘟嘟囔囔地走了。

公韧跑到小青盈跟前,气呼呼地说:"怎么又抢了,不学好!"小青盈嬉皮笑脸地把那半块馍馍往公韧脸前一伸,说:"为什么我们没饭吃?就因为太老实了。你看看那个黑锅头,吃香的,喝辣的,哪里还像个要饭的。"

公韧大骂道:"真是近墨者黑,你可跟着那个黑锅头学好了。"

小青盈拿着那半块馍馍对公韧说:"给你留的,吃不吃?"

公韧还在生气:"不吃!"

小青盈就笑嘻嘻地说:"你不吃,我可吃了。"说着,背过身子装作狼吞虎咽的样子。

公韧就嘟哝:"你呀,你呀,怎么成了这个样子,太让我失望了!"嘟哝了半天,肚里还是无食,叽叽咕咕的,有些支撑不住,一阵眩晕,身子就往后仰去。

小青盈一把扶住公韧,待公韧有些清醒了,又把那半个馍馍往公韧跟前一伸说:"你吃还是不吃?"

公韧一惊,问:"你刚才不是把那半块馍馍吃了吗?"

小青盈一笑:"哄你玩的!你就是我的亲爸爸,哪能不想着你!"

一句亲爸爸,叫得公韧的心里热乎乎的,简直有点热泪盈眶。公韧说:"你刚才说什么?"

小青盈说:"叫你亲爸爸,怎么了?"

公韧说:"不要这样,唐才常才是你的亲爸爸。"

小青盈说:"唐叔叔是我的第二个亲爸爸,你是我的第三个亲爸爸。"

公韧心里一惊,问:"你的第一个亲爸爸是谁?"

小青盈麻木地说:"我的第一个亲爸爸早死了,全家人都叫清狗子杀了。"

说得公韧心里蓦然一惊,一阵凄凉,原来小青盈还有这么些他不知道的悲惨遭遇。

公韧着急地问:"你家人是怎么让清狗子杀的?"

唐青盈把那半个馍馍硬塞进公韧嘴里说:"你不把馍馍吃了,我就不告诉你。亲爸爸,你就吃了吧!看你早饿了。"

公韧无可奈何地摇了摇头,叹了一口气:"亲爸爸吃,亲爸爸吃。"然后几口就把那半个馒头吞了下去。肚中有了食,精神渐渐稳定下来,公韧又问小青盈,"现在你可以给我说说了吧?"

小青盈小嘴一撇:"我不告诉你,什么时候听我的话了,我才告诉你。"

公韧哑然一笑:"这小鬼头,亲爸爸倒要听亲儿子的话了。你说说,为什么要听你的话呢？"

小青盈小大人似的教训公韧："因为你不会照顾自己，所以才要你听我的话。只有自己会照顾自己了，那才是称职的亲爸爸！"

几句话说得公韧的嘴张得老大，好半天才说："哎呀，小青盈，了不得！了不得！怎么和小大人似的。好了，好了，亲爸爸暂时听你的话了。"

几句话乐得小青盈拍着手又蹦又跳，又叫又唱。公韧催促道："你倒给我说说你亲爸爸呀……"

小青盈说："其实那时候我小，什么都不记得了。"

小青盈又缠着公韧说："亲爸爸，亲爸爸，给我讲个故事，给我讲个故事好不好？"

公韧想了想，说："其实我也没有什么故事，打打杀杀的事儿，你一定不愿意听。我给你唱个歌谣吧。"

小青盈拍着手说："好啊，好啊，你给我唱一个吧。"

公韧想了想，就把小时候父亲哄他的歌谣唱了出来："油一缸，豆一筐，老鼠嗅着油豆香。爬上缸，跳进筐，偷油偷豆两头忙。又高兴，又慌张，脚一滑，身一晃，扑通一声掉进缸。"

唐青盈却不依不饶，使劲踢着腿说："不行，不行，亲爸爸再唱一个，亲爸爸再唱一个！"

公韧叹了一口气："这孩子怎么这么缠人啊，我想想，我想想，好了，好了，这是最后一个了。树上有个小桃子，树下有只小猴子。风吹桃树哗哗响，树上掉下小桃子，桃子打下小猴子，猴子吃掉小桃子。"

唐青盈使劲摇晃着身子："不好听，不好听，你再给我唱一个，再给我唱一个……"闹得公韧没了办法，想了想说："这么着吧，我给你讲西品姑姑的故事。听不听？"唐青盈点了点头，安静了下来，瞪着一双黑黑的大眼睛，静静地等公韧开讲。

公韧从集上认识西品开始讲起，把对西品的理解，对西品的感情、西品的勇敢、西品的英勇牺牲，慢慢地讲述了一遍。讲到动情时，声音委婉轻柔，讲到和敌人搏斗时，声调慷慨激昂，讲到亲人牺牲时，禁不住热泪盈眶，还摸了摸胸口上的那个玉坠。

公韧讲完了故事，好半天没有说话，似乎还沉浸在对西品的无限思念之中。唐青盈似乎也被这个故事感动了，眼角上挂着两滴泪珠，轻轻地说："亲爸爸讲的这个故事最好听！亲爸爸,再给我讲一遍,行吗?"

两人在乞丐堆里熬了一阵子,又过了一段时间,乞丐的日子突然有了转机——开始供应中午饭和晚饭了。所谓的中午饭和晚饭也就是一碗清汤加上两个米饭团或者两个黑馍馍,将将饿不死。这下子乞丐们激动了,心里原有的动力一下子被激发出来,人人欢欣鼓舞,个个兴奋异常,就和过年一样快乐。

公韧听乞丐们拉呱,原来是前一阵子乞丐国经济遇到了困难,断顿了。这几天经济有所缓解,所以又恢复了大锅饭的供应。人肚子里有了食,生命动力就开始萌动,七情六欲就来了,每星期六的舞会也恢复了。

一堆堆篝火燃起来了,城市里有垃圾,放到这里燃烧也不算影响卫生,跳动的充满生命力的火焰把黑魆魆的天空戳出了一个个大窟窿。围着篝火,形成了一个个的圆阵方阵,有华尔兹圆阵、探戈圆阵、伦巴方阵、恰恰方阵、桑巴方阵、牛仔方阵、斗牛方阵、交谊舞方阵、集体舞方阵。

庞大卓越的乞丐演员群吸引了汉口租界的各个乐队,有英国的大西洋乐队,法国的铁塔乐队,张之洞的新军乐队。特别是大西洋乐队和铁塔乐队,他们宁愿放弃商业演出,也愿意给篝火晚会的演员们增添精彩。

因为这里有激情,有心灵的陶醉。对音乐的痴迷,对舞蹈的欣赏,打破了阶层的界线。

乞丐们的演出服也是精彩绝伦,有的是用破报纸,有的是用破布,有的是用不成形的垃圾做成的,但是都经过了既是演员也是"服装师"的乞丐的精心缝制。乞丐们缺少的是金钱,但不缺少才艺。

观众呢,自然是人山人海的乞丐和慕名而来的平民。不过,舞会一开,观众的队伍越来越少,因为他们也渐渐地融入演员的队伍,真所谓,对艺术的追求不分贵贱,不分信仰,不分种族。

第79回 乞丐国(三)

在华尔兹圆阵上,英国的大西洋乐队慢三拍开始了。嘭嚓嚓、嘭嚓嚓……在音乐的引导下,演员们迅速地调整了舞姿,男人如绅士,面带微笑,挺胸昂首;女人如公主,高傲庄严,雍容华贵。演员们在音乐中逆时针流动,和音乐慢慢地融合在一起。

先上来,队伍稍微不整,但是越跳越好,越跳越流畅,整个圆圈就如圆规画的一样,舞者的动作,就像一个模子里刻出来的一般。整个圆阵明显的升降动作就如一起一伏连绵不断的波涛,舞者轻柔灵巧的倾斜、摆荡、反身和旋转以及各种优美的造型,使整个圆阵显得既庄重典雅、舒展大方,又华丽多姿、飘逸欲仙。

在探戈圆阵上,法国的铁塔乐队奏响了四分之二拍的曲子,探戈舞者迅速集结,"嘭嘭,嘭得儿嘭,嘭嘭,嘭得儿嘭……"重低音的节拍,在每个人的心坎里敲响。这种起源于非洲底层人民的舞蹈,音乐节奏明快,顿挫感异常强烈,独特的切分音成为它鲜明的特征。

这里男人搂抱的右臂和女人的左臂都要更向里,身体相互接触,重心偏移,男人主要用右脚,女人主要用左脚。跳着舞双方谁也不看谁,逢到重低音定位时,男方向左侧女方向右侧猛看一眼对方。

舞步华丽高雅、热烈狂放且变化无穷,交叉步、踢腿、跳跃、旋转,令人眼花缭乱,男女舞者互相缠绕的肢体充分展示出人体之美。

探戈舞者们表情严肃,有时互相深情凝视,但又不时快速拧身转头、左顾右盼,以免舞伴被别的舞者勾引。他们在亮相时,一个前伸的示威性动作,是对别的舞伴的一种震慑。探戈就像是男人和女人自愿投入其中的战争或者搏斗,男女舞伴间强烈的目光和身体接触正是探戈的灵魂所在。

公韧搂着唐青盈欣赏着舞蹈,对小青盈说:"看来跳舞也不是一日之功,我那点儿武功底子,要想跳得如他们那么好,也得下一番功夫。"

唐青盈却说:"这有什么?看我的。"说着,学着他们的样子,在新军乐队的伦巴舞四分之四节拍下,跳了一阵子伦巴舞。小青盈步法婀娜,身体柔媚百态,舒展优美,充满了灵性与热情。特别是胯部摆动时,小青盈控制胯部动作呈"∞"型摆动,叫公韧忍俊不禁。

公韧夸奖道:"小青盈,你这是什么时候学的呀?"

小青盈说:"小时候学过,不愿意给你显摆就是了。"

公韧伸出大拇指夸奖他说:"了不起!了不起!你都会了,我也想跳舞。"

小青盈说:"那你就来吧!"

于是,公韧也加入跳舞的行列。这时,已经没有了观众,全部都成了演员。

篝火将熄,舞会结束,这儿又将迎来第二个高潮,那就是发牌。按照年龄段,男的排成一行,女的排成一行,每个人领一个号牌,然后和另一个号牌相对,只要对上号,他们就是一晚上的夫妻。

这时候，绅士和公主全不见了，乞丐国里只有疯狂和野蛮。领到号牌的嗷嗷大叫，像一只只发情的公牛和母猪，在乞丐国里慌忙地找着自己的"洞房"，到处传来交媾的喘息声。

小青盈不理解，问公韧："这是干什么呀？"

公韧十分尴尬，遮住小青盈的眼睛说："不干什么，不干什么，他们在生产。"

小青盈问："生产什么呀？"

公韧说："他们在生产人，也就是在生产乞丐。"

那边发牌的地方传来了一阵吵闹声，声音越吵越凶。公韧赶紧拉着小青盈说："瞧瞧去，那边又出什么乱子了？"

原来是一个女的扭住一个男的在发牌的跟前大吵大闹。那个女的异常丑陋，就问那个男的："你为什么不遵守规则？咱俩对上牌了，就得干那个事儿。"

那个男的长得身材匀称，穿着也算干净，脸洗得白白的，在乞丐国中也算个美男子。他对那个女的说："我不愿意，不愿意的事儿为什么非得硬来？"

女的又吵了起来："好不容易等了一个星期，不能说你不愿意就耽误了我的事情，我还等着要孩子呢！"

发牌的黑锅头把事情的来龙去脉听清了，便葫芦僧乱判葫芦案，对那个男的大声吼道："你叫什么名字？"

那男的说："我叫李仙。"

"好你个李仙，既然你是乞丐国的臣民，敢不遵守乞丐国的国法？摆在你面前的只有两条道，一条是速速和这个美女成亲！另一条是赶快滚蛋，滚出乞丐国。"

小青盈一听，扑哧一声笑了："还美女呢，丑得和八怪似的！"

这边的事情还没有处理完，那边又吵起来了，一个男的扭住一个女的，正在大吵大闹。那男的长得和猪八戒似的，正对一个女的大吼："凭什么不让我干？凭什么不让我干？"

那女的长得貌似天仙，衣服也洁净，真是天然去雕饰，清水出芙蓉。那个美女气愤得满脸通红，大声地对发牌的黑锅头吼道："凭什么？凭什么？相爱的人不让同床，不相爱的人却硬要同床，这样的事情不合理！"

黑锅头闻声脸色大变，怒声呵斥："还没有人如此大胆，竟敢这样蔑视乞丐国的国法！你叫什么名字？"

那女的说："我叫红娘子。"

黑锅头大声地吼叫："红娘子，还不速速和这个帅哥成亲。你要不同意，就赶快滚出乞丐国!"

小青盈又扑哧一笑:"还帅哥呢,恶心死我了。这黑锅头真是乱点鸳鸯谱。"

黑锅头的耳朵并不聋,大吼:"谁叫我?这里正断案呢,不要喧哗,耽误我工作。"他看到原来是小青盈和公韧,骂道,"又是你俩!成心捣乱是不是!看你们初来乍到,就不追究了,要是再不老老实实的,叫你们立刻滚出乞丐国!"

他手下的一帮乞丐立刻齐声帮腔:"你俩要是不听话,立刻滚出乞丐国。"

公韧看到这李仙和红娘子眉目传情,想必是有些私情,就对黑锅头说:"君子何不成人之美呢?你问问李仙和红娘子,他们究竟爱谁就是了。"

黑锅头拍了拍脑瓜,恍然大悟:"说得倒也有些道理。"就问李仙,"你究竟爱谁?"

李仙红着脸,指了指红娘子说:"我爱的是她!从小我们青梅竹马,情投意合,我非红娘子不娶。"

黑锅头又问红娘子:"你究竟爱谁?"

红娘子腼腆地遮了遮脸说:"我爱的是李仙!"

公韧说:"这不就完了吗?你把这牌换成李仙和红娘子一对,他俩不是皆大欢喜吗?那两人再做做工作,反正都是那个零件,睁着眼不一样,闭了眼都是一样,就凑合着吧。"

李仙和红娘子一齐朝黑锅头鞠躬:"那就谢谢黑锅头了!"

黑锅头连忙做了个刹住的手势:"刹住,刹住,就此刹住!你们知道为什么国王非叫我黑锅头在这里临时执掌国政吗?"

公韧莫名其妙地问:"我哪里知道呀?"

黑锅头冷笑一声,对公韧说:"就因为我坚持原则,绝不向反对势力低头。都和你们似的,属知了龟的,说变就变,那乞丐国里还有没有王法?那不早就乱套了吗?"

唐青盈嘲讽他:"你就是个马达——只有一个心眼儿。"

黑锅头继续演说着乞丐国里的种种神奇:"你们真是身在福中不知福哇,你们知道这是享受了什么待遇吗?这是享受到了皇帝的待遇!皇帝才行挂牌制,他三宫六院七十二妃,愿意上哪里过夜就到哪里过夜。我们也是这样啊,只要领上牌,还不是天天入洞房,夜夜做新郎或新娘。"

公韧说:"强扭的瓜不甜,为什么不给他们一个婚姻自由呢?"

黑锅头黑着脸说:"我说不行就是不行!要不,你们滚出乞丐国。"

李仙和红娘子面面相觑,有情人难成眷属,心里生出无限惆怅,可又无可奈何。李仙说:"乞丐国不能离开!要不,饿也饿死了,还谈什么天天见面?更不能和红娘子有夫妻之实。"

红娘子也说:"一旦离开乞丐国,李仙一贫如洗,我还不是又沦落为他人之妻。不行!不行!"

第80回 乞丐国(四)

黑锅头一笑说:"你们还算知趣!自凡生在这里,长在这里,就得遵守乞丐国的法律。那就拿着号牌,该和谁过夜就和谁过夜去吧!"

公韧心里甚是奇怪,这乱腾腾的乞丐国,居然还有法律!但是这么好的一对情侣,不能不成全。他凑近李仙和红娘子的耳边小声说:"你们缺心眼啊,和他硬顶什么!该怎么办还怎么办就是了。"

李仙说:"那个丑八怪缠着我,哪能脱开身?"

红娘子也说:"那个猪八戒非要硬拉着我,真是窝囊死人了。"

公韧说:"这个好办,让我来应付他们就是了。"

四个人拉拉扯扯地向一边走去。

丑八怪拉着李仙不撒手。公韧对她说:"这个好办哪!硬来李仙也不乐意,他要是不乐意,哪里还有快乐啊?待会儿,咱们做个游戏怎么样?"

丑八怪问:"做什么游戏呀?"

"我给你蒙上眼睛捂上脸,你要你的孩子就是了。李仙那是嫌你丑,要是给你蒙上眼睛,他就看不清你脸了,看不清了,保准就乐意了。"

丑八怪一听乐了:"那能行吗?"

公韧说:"当然行了,你听我的就是了。"

猪八戒非要拉着红娘子入"洞房",公韧对他说:"硬来的话,红娘子肯定不高兴,他那是嫌你丑。这么着吧,待一会儿,咱们做个游戏,我给你蒙上眼睛捂上脸,红娘子看不到你的脸,肯定就乐意了。"

猪八戒一听高兴了:"那能行吗?"

公韧说:"当然行了!不过,不管她怎样叫,你千万不要说话。"

猪八戒点头。

公韧按照所说给丑八怪和猪八戒一通操作后,把他们拉到了一起,叫他们行起了苟且之事。公韧对李仙和红娘子说:"好了,你们自由了,该干什么就干什么去吧!"

李仙和红娘子自然对公韧感激不尽,深深地鞠了一躬,然后夫妻恩爱去了。

然而,没过多长时间,喊声又起,原来是查夜的来了。待查到李仙和红娘子时,发现对不上号牌,这还了得,这就等于违犯了国法,当时就七手八脚地把他们扭送到黑锅头那里,听候处置。

乞丐本来就喜欢热闹,这下子热闹来了,人们一下子来了精神,火把一个接一个地亮了起来,乞丐里三层外三层的,把临时法庭一下子挤了个水泄不通。黑锅头装模作样地坐在正中的椅子上,几个爪牙把李仙和红娘子押在了底下,旁边密密麻麻的乞丐,监视着"司法"是否公正。

黑锅头大声吼道:"你们没有对上号牌,就私自在一块儿,都和你们一样,咱乞丐国不就乱套了,还有没有王法?来,大刑伺候!"

底下人一阵乱叫,搬来了木驴和刀子。那木驴就是一头木头驴背上竖起了一根木橛,那木橛刑一上,死不了也得重残。那刀子呢,不用说,男人不死也得落个太监。

乞丐们嗷嗷大叫,简直比看大戏,举办舞会还要兴奋。

公韧再也看不下去了,气得大声地吼叫着:"你们都疯了是不是!能随便使用这样的酷刑吗?也不看看这是什么年代了。"唐青盈也忍不住了,气愤得小脸通红,大声地喊:"这哪是人哪?我怎么觉得就是一群畜生呢!"

众乞丐一看竟然还有人提出反对意见,一齐愤怒地注视着公韧和唐青盈。黑锅头对公韧说:"你到底想干什么?难道还有什么歪歪意见吗?"

公韧铿锵有力地说道:"生命诚可贵,爱情价更高,若为自由故,二者皆可抛。人生为了什么,不就是追求婚姻自由和政治自由吗?李仙和红娘子又有什么错?你们不能这样对待他们!"

黑锅头冷冷一笑:"我们这儿是乞丐国,不是你们大清国。大家说说吧,李仙和红娘子这样做究竟行不行?"

"不行!不行!""他们要是这样,我们也这样。""以后我们就这样干了。""有伤风化,有伤风化,我们乞丐国都成什么了,简直乱了套了!"

黑锅头一脸严肃地对公韧说:"家有家规,国有国法,我们这一套法律也不是一时半会儿形成的,哪能说改就改呢?你才来了几天啊,就想把我们老祖宗的制度一下子改掉,简直……简直……狗吃月亮,这可能吗?来人,行刑!"

几个壮汉就要对李仙和红娘子行刑,看热闹的一个个瞪大了眼睛,幸灾乐祸地瞧着李仙和红娘子,似乎就要有一场好戏瞧了。公韧猛一下子用身体护住了李仙和红娘子,大声地吼道:"人命关天!你们不能这样草菅人命。"

小青盈则像一只灵巧的狸猫,猛一下子蹿上黑锅头的肩膀,骑在了他的脖子上,对他吼道:"你要是敢把他俩伤了,我就把你宰了。"说着,一个小手指头压着黑锅头头顶上的一个穴位,痛得黑锅头嗷嗷大叫。

乞丐们一看,这还了得!临时国王受到这样的要挟,简直比杀了自己还要难受。他们互相看了一眼,然后就要一齐往前冲,拼了命也要救回黑锅头。小青盈大吼一声:"谁要敢再向前,我就杀了他!"小手指头一使劲,痛得黑锅头又是一阵大叫。

李仙和红娘子也有些感动。李仙对公韧和唐青盈说:"感谢这位好汉和小弟弟,不过,我们确实犯了错误,就请二位好汉放过我们的国王吧!他实在是为了我们好啊!"

红娘子也对公韧和唐青盈说:"谢谢你们二位,虽然不能救了我们,但是你们能在乞丐国里说出这样的话,我很感谢,谢谢你们了!"

黑锅头痛得也求饶了,对公韧和唐青盈说:"二位好汉,请手下留情!有什么事儿不能好好说吗?"

公韧坚决地说:"请国王手下留情,放过李仙和红娘子吧。"

黑锅头说:"放过他们也可以。你得为我们乞丐国做一件惊天动地的大事才行。"

公韧问:"什么叫惊天动地的大事?"

黑锅头说:"就像目前吧,我们又快揭不开锅了。你只要解决了我们的吃饭问题,我们就放过李仙和红娘子。"

公韧心里一阵扑腾,骂道:自己还差点饿死呢,还要解决这么些人的吃饭问题,这不是嘴上抹石灰——白说吗?但是好汉不吃眼前亏,先救下这两条人命再说,就对黑锅头点了点头:"好,我答应了。"

黑锅头又步步紧逼:"不过,我们得有个时间限制,不能拖起来没完没了。"

公韧问:"最晚多少天呢?"

黑锅头说:"十天之内,你要是解决了乞丐国的吃饭问题,我们就放过李仙和红娘子。要是十天之内解决不了,我们还是要执行我们的法律。"

公韧心想:你出的这道难题,比解救李仙和红娘子还要艰难。但是事情已经到了这个地步,只能走一步算一步了。公韧只好点了点头说:"我答应了。"

两害相权取其轻,两利相权取其重,乞丐们听说虽放了李仙和红娘子,却也能解决他们一辈子解决不了的吃饭问题,于是一个个交头接耳,商量了一番,也就同意了。

小青盈对公韧说:"亲爸爸,人家都说牛皮不是吹的,泰山不是垒的。我还真发现这里就有一个会吹大牛的人!"

公韧问:"谁啊?"

唐青盈说:"就是你呀!"

公韧一下子低下了头,自己真是又遇到天大的难题了。

公韧拉着唐青盈百无聊赖地在乞丐堆里行走,看到几乎每个中年妇女身边都有一大堆孩子,这个要牛奶,那个要面包,这个要拉屎,那个要尿尿,急得孩子妈妈大骂:"你们这些熊孩子!谁说有牛奶面包了,这不是造谣吗?世界上根本就没有这种东西。"

一个大点儿的孩子就说:"妈妈,确实有这个东西,舞会上,乐队的一个叔叔,就给了我一包牛奶,还有一块面包,可好吃了!比咱家的米饭团子好吃多了。"

妈妈就大声地吼:"没有!没有!绝对没有。我说没有这种东西,就是没有这种东西。"

有一个孩子掏出一小块面包,拿在手里显摆:"这就是面包。"

别的孩子都来抢:"我要吃面包,我要吃面包。"

妈妈大吼一声:"都别抢,谁也别吃,给我!我看看这到底是个什么东西。"

妈妈把面包拿在手里,放在鼻子上嗅了嗅,咬在嘴里尝了尝,一口咽下去了。她两手一摊说:"哪里有什么面包?我说没有就没有嘛!"

第81回 乞丐国(五)

公韧过去问:"大嫂,带这么些孩子真不容易呀,他们爹呢?"

那大嫂瞪起眼睛看着公韧,苦笑一声:"你就和不在世界上过一样,哪里有爹啊?我们这里的孩子没有爹,只有娘。"

公韧一拍脑瓜子说:"你看我,怎么把这个事忘了。不过,带这些孩子也确实够难的!"

大嫂乐了:"这有什么难的,一只羊牵着,一群羊赶着。冬天棉袄棉裤,夏天光屁股光脊梁。"

公韧问:"春秋天呢?"

"春秋天,穿着棉裤光着脊梁啊!"

"那吃饭呢?"

"吃饭有大食堂啊,按人头分饭,一个孩子两个米饭团子。小孩子吃不了,就匀给大孩子吃,别人家不够吃,我们家的却吃不了。这还不都是因为孩子多我们才沾了光!"

公韧一想:这大嫂真够能算计的,也算是个理家能手。

小青盈问一个大点儿的女孩子:"你长大了想干什么?"

"我长大了生孩子。"

"为什么生孩子呢?"

"因为我妈妈成天就是生孩子。"

"你妈妈成天生孩子高兴吗?"

"有时候高兴,有时候不高兴,高兴的时候就唱,就跳舞,不高兴的时候就骂人。"

"除了生孩子,就没有别的事情可做吗?"

"因为我姥姥成天就是生孩子,我妈妈也是,所以我大了也要生孩子。"

小青盈烦了,就问一个大点儿的男孩子:"你长大了想干什么?"

"我长大了,学跳舞。"

"为什么学跳舞呀?"

"学跳舞找老婆啊,可以找很多很多的老婆。"

"找这么多老婆干什么,老婆多了不打架吗?"

"无所谓的,老婆多了和我又有什么关系!"

"怎么能没有关系呢?"

"就是没有关系呀,我们这里的男人都不管老婆的。"

听了这些话,公韧心想:完了,完了,我们乞丐国的乞丐算是完了。

公韧赶紧拉着小青盈走,心里想:这么些乱七八糟的东西,小青盈可别学坏了。

吃饭的时候到了,乞丐们排成一行领饭,母亲们大都提着一只破桶,手里拿着一块臭烘烘的破布满怀希望地等待着。挨到了跟前,大师傅拿着勺子按照人头盛汤,又把夹杂着不少虫子的米饭团子放在母亲的破布里。那汤其实就是照人汤,几片菜叶滴上几滴油,汤清得都能照出人模样来。

乱子又起来了,和公韧聊天的那个母亲多报了一个人头,被大师傅发现了,立刻遭到乞丐们的一顿暴打。乞丐们一边打一边骂:"你这个缺德的,没人心眼的,你多吃了,我们就少吃了。"

那母亲的菜汤全洒了,饭团子也被扔了一地,踩得粉碎,没法吃了。母亲哭了,趴在地上有气无力地喊:"孩子都大了,半大小子,吃死老子,指望什么养活他们哪!这下好了,本来就吃不饱,这下又糟蹋了,一点儿也不能吃了。"

公韧过来安慰她说:"大嫂呀,别哭了,哭坏了身子,孩子谁管哪!"公韧把她的小桶拾起来,放到了她的跟前,把自己的汤倒进去,又把自己的米饭团子也放到了她的破布里。小青盈也学着公韧的样子,把汤也倒进她的小桶里,米饭团子也放到了她的破布里。

两人的好意遭到乞丐们的一顿白眼和嘲讽:"什么人哪,还吹牛说,要给我们解决吃饭问题,他自己还没吃的呢!我就不信,他能帮我们解决吃饭问题。"

黑锅头也不是不想解决吃饭问题,他把一些青壮年组织起来,到汉口的一些工厂去做工,换回一些零钱,也能买点粮食和药品。

公韧想:这倒是挺有意思的,就跟着他们去做工,看看他们都在干什么。

在一家服装厂里,公韧看到其他工人都上了机器,在紧张地工作着,工资是一天五十制钱,而乞丐国的工人却干着别人不愿意干,挣钱又最少的活,一天才二十制钱。公韧感到不公平,就去问包工头:"这是为什么?"

包工头鼻子一哼:"还好意思问为什么!你说说他们能上机器吗?能把扫地、擦桌子、扒葱、扒蒜、拉风箱、砸碳的活儿干好就不错了。"

公韧还有些不相信,到了厨房里一看,乞丐们确实连地都扫不干净,扒葱、扒蒜也弄了个乱七八糟,葱皮、蒜皮中竟然混入了许多好的葱、蒜。砸炭就更不用提了,砸得炭大小不一不说,还弄得屋里到处都是碎炭末子,真是麦秸擦腚不利索。

公韧就问这个乞丐:"干活怎么这么不利索?弄得屋里到处都是炭末子。"

干活的这个乞丐还理直气壮地说:"这样干活就不错了,干好、干孬,还不都是两个米饭团子。挣了钱又不给俺!"

公韧想:他说得也对。就对他说:"人往高处走,水往低处流。你就不会把这个活儿干好点儿?"

乞丐又说:"要不,你干,我还觉得冤得慌呢!还有好多人不干活,不干活照样也是两个米饭团子。"

公韧笑了,点了点头。这就是人的私心。

公韧和唐青盈在乞丐堆里已经混了六七天了。白天吃了上顿没下顿,就是吃进肚子里的食物,也有许多已经酸臭变质,晚上老天为被地当床,父子俩就依偎在一起,和衣而睡,阵阵秋风吹来,冻得两人瑟瑟发抖。衣服上生满虱子,它们吃得脑满肠肥,把人身上咬得生了一片小红疙瘩。逃命时沾在身上的垃圾也没地方清洗,身上早已污垢不堪,天天只能死熬活受。

一日,公韧早上醒来,只觉得浑身生热,毫无力气。再看看唐青盈,也失去了往日的活泼劲,肮脏的小脸上透着几分不正常的艳红。公韧大惊,说:"不好!在这里就怕生病。"他赶紧摸了摸小青盈的额头,一摸,吓了一跳,果然烫手。

小青盈两眼无神,歪歪扭扭地趴在公韧的怀里说:"亲爸爸,我头晕、恶心,浑身难受……"

公韧心里连连叫苦,吃都吃不上,上哪里去求医治病?真是屋漏偏遭连阴雨,船破又遭顶头风。公韧赶紧叫小青盈躺在几个破纸盒子堆起的床上,头枕在一块半头砖上,对他说:"小青盈,躺着别动!亲爸爸这就给你弄药去。"

公韧强忍着头重脚轻,拿着连日来乞讨的几个制钱,找到一个小药铺,对坐在屋里的坐堂先生说:"先生,先生,我孩子病得厉害!可能是昨晚上着凉了,求你给开个方子,治一治。"

那先生看了看公韧的穿戴和手里的制钱,哼哼着:"我就是给你开了方子,恐怕你也没钱抓药啊!"说着,匆匆给公韧开了药方。

公韧拿着方子到了柜台,递上方子和手里的制钱,乞求抓药的小伙计说:"求求你,我孩子病得厉害!行行好,快快救救他吧。"

小伙计看了看公韧递上来的几个小钱,头一歪,眼一斜楞:"就凭这几个钱,还想抓药?抓不到的。"

公韧哀求道:"救人一命,胜造七级浮屠,你就可怜可怜我吧。"

那小伙计说:"都和你一样,药铺早关门了。平常人家想吃药都吃不上,一个叫花子还想吃药,真是奇怪得很啊!"

公韧哀求了半天也没有用,只得又回到街上,想再乞讨点钱抓药。没想到,乞讨了一上午,一个制钱也没有要到。公韧又累又饿再加上发烧,差点昏厥在马路上,他忍着病痛,又回到乞丐群中。

乞丐中还有不少人也病着,几个活着的乞丐已经抬走了不少死尸,剩下的一些病人哼哼唧唧,想来也是时日不远。公韧深深地叹了一口气,自言自语道:"想这大清世界,乞丐成千上万,吃不上喝不上,无人管无人问,每天冻死饿死的不计其数,真是没有穷人的活头了……"

公韧脚步踉跄地到了小青盈躺着的地方,一看,空空如也,没有了小青盈的身影。公韧惊呼道:"小青盈,小青盈,你到哪里去了?"

喊了半天,没有人回应,只有一片片为死人送行的"白元宝"漫天飞舞。公韧心里更是害怕,大声喊道:"你要是走了,我如何向唐总司令交代?唐青盈,你在哪里?唐青盈,你在哪里——"

喊了半天,还是无人回应。

第82回 乞丐国(六)

公韧看到远处的几个有气无力的乞丐还在抬着死人,埋死人的坟场早就挖好了一个大深坑,死人就像一条条沙丁鱼一样,一个个排起来,一锨又一锨的黄土撒在他们身上。

公韧踉踉跄跄地到了大深坑跟前,一下子跳了进去,在这些衣衫褴褛的死人间,一个个翻看着,翻了这个不是,翻了那个不是,公韧继续翻着,果然翻到了小青盈。

小青盈双目紧闭,满脸通红,烧得迷迷糊糊地说胡话。公韧大声喊叫:"他还活着!你们为什么埋他?"

黑锅头大叫道:"你瞎咋呼什么?这一会儿是活的,下一会儿就成死的了。早死了,早托生,到天上享福,就不用受这份洋罪了。"

"真是胡说八道,满嘴放炮!他还是个孩子呢!他还有救呢!"

公韧再也不管黑锅头说什么,强撑着把唐青盈抱出了深坑,跌跌撞撞地抱到了原来的地方。

公韧用一块破布浸了一些水,敷在小青盈的额头上降温。

不一会儿,小青盈醒了过来,瞪着大眼睛问公韧:"亲爸爸,我还是浑身难受!药抓来了吗……"

公韧长吁短叹,掉出了两滴眼泪,摇了摇头说道:"我公韧也算是一个龙头,你是自立军总司令的儿子,想不到,今天咱爷俩,就要穷死困死病死在……这里了……唉……唉……唉……"公韧一伤心,头一晕,连病带急,竟昏倒在小青盈的身上。

公韧迷迷糊糊地到处游荡,一会儿到了天涯海角,一会儿到了魔鬼地狱……地狱里一个无头小鬼正赶着驴子推磨,磨盘里被碾碎的是一个活生生的吱呀怪叫的女人。那人惨叫着朝公韧招手,公韧一看,这不是西品嘛!

公韧大声喊叫:"西品哪,我来了!我来了!"可自己的身子却动弹不得,根本无法上去援救……又有两个狰狞的小鬼在用铡刀铡人,那人被铡得一段一段的,还在痛声惨叫。公韧一看,这不是老爹嘛!

公韧豁上命地往前扑去,可身上却觉得像是有根皮条缠着一样,根本无法动弹,急得他大呼:"爹呀——我来了,我来救你了!"

公韧几乎急疯了,拼尽吃奶的力气乱扑乱撞……又有两个骷髅头的小鬼架着小青盈乱跑,那里有一口大锅,锅底下火焰熊熊,而油锅里的油正沸腾着,冒起了一股股的青烟。那两个小鬼狞笑着,架起小青盈就要往锅里扔,吓得小青盈向公韧大声呼救:"亲爸爸!亲爸爸!救救我——"

公韧真快急疯了,拼着命地向前……

小青盈的身子离沸油越来越近,那油已经浸到了小青盈的脚脖子,可是看小青盈的样子,好像那油并不怎么烫,他怎么一点也不觉得痛呢?怪了……

公韧慢慢地睁开眼睛,看到了一个头发披肩,满脸污垢不堪的乞丐正在给自己喂药。公韧心想:这恶鬼怎么变了这般模样,难看归难看,可是还有点面善。旁边小青盈快乐地喊道:"好了,好了,亲爸爸睁开眼睛了,亲爸爸睁开眼睛了!"

公韧心里一惊,急忙要爬起来,可是身上酸痛,根本起不来,只得着急地对小青盈说:"小青盈,你……你……没事啊,没事就好。你不是病了吗?"小青盈高兴地拍着巴掌说:"早好了,是这位田中草大伯治好的,他是国师,还是个疯子。你这一闭眼就是三天,亲爸爸,可把我急死了……"

公韧还是有些糊涂,这个恶鬼怎么又是国师又是疯子,不知自己是在人间还是在地狱?他急忙对小青盈说:"小青盈,你快掐亲爸爸一下。"小青盈茫然不解地用小指甲掐了公韧一下。公韧吃了痛,这才相信刚才不过是南柯一梦。

公韧斜着眼睛看了看给自己喂药的这位,他长发披肩,满头黑发,看样子也就四十多岁。他的身边躺着一群乞丐病人,而每个乞丐病人身边,都有一个乞丐给病人喂药护理。

在不远的地方,用半头砖支起了十几个砂锅,砂锅底下生着柴火,锅里的中药沸腾着,散发出浓重的中药味道。这位田中草给自己喂完药,又走到更多的病人跟前,询问病情、把脉、开药方。一个乞丐接过田中草递过来的药方和钱,迅速地向药房跑去。

这位田中草看完了病人,摇头晃脑地唱起来:"我不是流浪汉,只不过长得邋遢难看;我不是天生要饭,只不过肚里无食,碗里无饭;我不是大脑迟钝,只不过不知冷暖;我不是没有衣服,只不过三年一换。"

公韧心想:这位田中草,确实有些疯疯癫癫。

还有更奇怪的,有一个白头发白眉毛白胡子的老头,正在训斥黑锅头。那老头,也像在哪里见过。他训斥黑锅头说:"你这个代理国王是怎么当的?我才走了几天,就弄得这么乱七八糟的,还怎么叫我放心!"

黑锅头俯首帖耳地说道:"都怨财政局局长弄不来钱,他搞不到钱,粮食局局长就没办法开火做好饭,卫生局局长就没办法给病人看病抓药……"公韧心里更糊涂了,怎么又冒出来几个局长?

那老头哼了一声:"真是事事让我操心,你们存心想累死我呀!"那老头说着,从怀里掏出一些银票、碎银子、银圆、首饰之类,随便往地上一丢。众人一见钱,眼睛都直了,随着钱转,几乎成了斗鸡眼。黑锅头兴高采烈地说:"这下子我这个官就好干多了。"

那三个局长也分外高兴,拿着这些金银首饰,各人办各人的差去了。

不一会儿,粮食局局长在大锅里放上了几片肉,米饭团子也从两个增加到了三个,虽说乞丐们只能吃个半饱,但已是人人欢腾,个个喜悦,脸上乐开了花。有一个乞丐从碗里把一块肉拿出来,舍不得吃,在嘴上来回抹着,到处炫耀。

卫生局局长开始派乞丐大夫,给更多的病人看病。虽然大夫的医术并不高明,药也值不了几个钱,但足以挽救成百上千人的性命。田中草懒懒散散地走到老乞丐面前,说道:"国王,药钱没了,再给些钱,还有几个重病号。"

这时候,老乞丐正在吃着不知从哪里弄来的一堆美味,有烧鸡、猪头肉、烤虾、大蟹之类。这些食物放在地上的一块破布上,那破布肮脏不堪,看了叫人恶心,而那老叫花子一点也不嫌弃,吃得津津有味。

他看了一眼田中草,训斥他:"你这个国师,真不会过日子!我给你的那些钱怎么这么快就花光了?这会儿我是一文钱也没了。唉,六七十了,还得出去干活,冤不冤啊!臣民们是怎样想的,他们知不知道国王、国师的不容易?"

听了老乞丐的这句话,当时呼啦啦跪下几十个人。公韧想,救命之恩,没齿难忘,也赶紧挣扎着爬起来,和大伙儿一块儿跪下,朝老乞丐拜谢道:"谢谢国王,救了小人一命。"

那老乞丐大度地摆了摆手:"好了,好了,快起来吧!我这国王脸皮薄,你们要是这样敬我,我真受不了。好了,好了,我再豁上这把老骨头,今晚上再去国库里拿钱,明天咱们就有钱了。"

公韧想,这个自称国王的人,确实有好多事叫人弄不明白,看我问他一问:"国王大人,你这国里又是国王又是国师,又是代理又是局长的,不知道每个官员发多少薪水?"

老头白楞了一眼公韧,然后哈哈大笑:"我这乞丐国里的官员,没有一文钱的薪水,全是自愿为臣民服务的。要是都和大清国似的,不是贪官就是污吏,我乞丐国是一天也支撑不下去的。"

公韧又问:"我看现在乞丐国里饿了有饭吃,病了有药治,就是不知道国库里的钱能支撑几天?"

老乞丐说:"国库随时支出随时弥补,我们有造钱的机器。"

公韧又问:"现在的中国,到处破败不堪,民不聊生,唯独乞丐国兴旺发达,人员众多,不知道这是为什么?"

老头说:"这点事你还不知道呀?看来真是个大傻瓜。农民想种地,可无地可种,有的租了别人的地种,不少下力却落个白忙活。工人想做工,可哪里有工可做?就算有工可做,累死累活也挣不了几个钱。商人想经商,可苛捐杂税层出不穷,叫商人无钱可赚。还有一些流氓无赖,他们不上我这里混,能到哪里混?眼下谁富了?那些官商富了。还有那些洋鬼子,我们打了败仗,把一筐筐的白银大洋都送给他们了。这样当然是大清国越来越破败,而我们乞丐国越来越兴旺了。"

第83回　乞丐国(七)

公韧听了连连点头,又说:"国王大人,你听没听说过革命,也就是造反?你是不是也想参加革命?"

老头哼了一声:"什么革命不革命的,革命给饭吃吗?哪一朝也得有要饭的。我要是革命了,我的臣民谁来管?"

公韧听了这老头的一番言论,觉得挺有意思。停了一会儿,公韧又问道:"我听了还是有些不明白,这乞丐国总得有财政支持呀,这造钱的机器有那么神?"

老头没有回答。这时唐青盈蹦蹦跳跳地过来了,围在老叫花身边说:"国王爷爷,我知道你刚才说的造钱的机器是什么了。"

那老叫花眨巴了一下眼睛对小青盈说:"你说,造钱的机器是什么呀,小叫花?"

唐青盈撇了撇小嘴说:"不就是偷嘛!"

那老乞丐听了这话,脏脸一沉,十分生气地晃了晃头:"怎么能说是偷呢?多没文化。那是拿,懂吗?偷是拿别人的东西,而拿呢,就是原来是自己的东西,我又把它拿回来。"

这时,一个穿戴十分干净的年轻人,手里提着一包沉甸甸的东西来找老乞丐。他跪下,给老乞丐磕了一个头,然后说:"请国王开恩,请您恩准您的国师,给我们的老爷看看病吧。不管能不能治好,老爷吩咐,先把这些银子献上。"说着,打开了那包袱,众人一见都傻了眼,那数量可真不少。

老乞丐看了看那包银子,眨巴了两下眼睛,看来也是眼馋。可过了一会儿,他说:"银子是不少,可惜啊,我们的国师有他的规矩。"

公韧心想:作为大夫,悬壶济世,治病救人,乃天经地义,哪里还有这么多规矩?我倒要听听。

只听国师田中草站在国王旁边,振振有辞地说道:"我田中草有三条规矩,就是官家不治,富人不治,坏人不治,我不能因为你,而破了我的规矩。"

公韧心想:这真是奇谈怪论,闻所未闻。就问道:"为什么有这么个讲法?"

田中草极轻蔑地看了公韧一眼,义正词严地说道:"都说我傻,其实你比我还傻。这官家不治嘛,你说说,这官家有好人吗?要是好人当了官,也早被挤兑了。这富人不治嘛,你看看,下力干活的,哪一个成了富人?人无外财不富,马无夜草不肥,正是他们夺了我们的钱,使我们成了乞丐。这坏人不治,就更好解释了,正是因为我们这些人不偷不摸不抢,老实本分,才成了乞丐,而那些人为非作歹,巧取豪夺,才成了坏人。"

公韧心里暗暗惊讶,虽说田中草像个疯子,可是说的话,倒是比那所谓的聪明人强十倍。公韧又说:"难道你就不会变通一点儿,救活这个富人,得了这些银子,再给穷人治病吗?"

田中草愤愤地说:"那我就不是田中草了。"

老乞丐哈哈大笑,对那年轻人说:"不愧是我云中游的国师,他是绝不会为了你这点儿小钱而破了规矩的。年轻人,拿上你的银子,请回吧!"

那年轻人没有办法,只好拿着他的银子怏怏而归。小青盈心地纯洁,心直口快,指着那包银子小声对老乞丐说:"国王爷爷,你还这里偷那里偷,到手的银子为什么不要?"

老乞丐又是一阵哈哈大笑,摸着小青盈的头,说:"小鬼头,你不知道我也有三条规矩,就是穷人不偷,病人不偷,倒霉的人不偷。他家老爷有病,是病人,我哪能偷他的银子呢?"

公韧心想:这老乞丐还是个义贼呢,有这么多的破规矩,我要以其人之道还治其人之身,再难他一难,看他怎样回答。于是问道:"田中草一口一个好人坏人,一口一个我们不偷不摸不抢。我倒要问问,国王您偷窃,不知是好人还是坏人?"

老乞丐哈哈一笑,说:"这么简单的问题也来问我,真是可笑得很啊!拿了这些东西,又不是为了自己,全给了乞丐国里的人吃饭、治病,这又有什么不可以呢?"

公韧心想:这真是盗贼的逻辑啊!

小青盈扯了扯老乞丐的胳膊说:"国王爷爷,既然你说拿是应该的,那么你就教我怎样拿吧。"

老乞丐乐了,抚摸着小青盈的头说:"我早就发誓不收徒弟了,可是今天啊,碰到你这个鬼机灵,我就破个例,收你为关门弟子吧!可是你也得问问你的亲爸爸呀,他要是不同意,我也没有办法。"

公韧听了大吃一惊,急忙上去拉住小青盈:"人间正道你不走,怎么偏偏喜欢歪门邪道。不能学这个,坚决不能学这个。"唐青盈小大人似的哄着公韧:"只要咱学会了拿,饿了有吃的,冷了有穿的,有什么不好吗?"

公韧更加生气,上去要打小青盈。小青盈机灵地躲到老乞丐的身后,公韧心一急,眼一花,差点跌倒。

老乞丐嘿嘿笑着:"人是铁,饭是钢,一顿不吃饿得慌!看来你是好久没吃饭了。先吃点儿垫垫。"说着,递过来一根鸡腿。公韧这时候也顾不得许多了,急忙接过那根鸡腿,三口两口,啃得只剩下骨头。老乞丐嘲笑公韧说:"这根鸡腿就是我在外头拿的,你不是照样吃得挺香嘛!"

公韧虽然有点尴尬,但还是把这些偷来的食物一扫而光。吃饱喝足了,有了精神,他对云中游国王说:"尊敬聪慧的国王陛下,要是大清皇帝换你当,绝不会是现在这个样子!"

云中游朝公韧摆了摆手:"你不用给我来马屁精那一套,有话快说,有屁快放,说晚了我就睡觉了,困了!"

公韧说:"十天前,乞丐国逮住了李仙和红娘子,说他们没有对上牌就私自幽会,违反了乞丐国的法律,要处以重刑。不知这个事情你知不知道?"

云中游用黑黑的指甲剔着牙缝里的肉丝说:"这个事呀,黑锅头早给我汇报了。他们处理得挺对呀!难道说,你还有什么歪歪意见?"

公韧说:"好歹这也是两条性命啊,请国王您手下留情。不就是没有对上牌吗,这也算不上什么大错误。您出去一趟,经多识广,没看到大清朝的洋学生也讲究自由恋爱吗?你从轻处理他们两个人,不也显得您宽宏大量,以德待人吗?"

云中游急忙摆了摆手:"不要恭维我,不要来这一套,我可不上你的当。在大清国,这可能是个小事儿,可在我们乞丐国,却是天大的事儿。这个口子一开,那还了得,我们不乱了套?以后乞丐国的法律还有什么神圣可言。不过,黑锅头说,你只要给我们乞丐国解决了吃饭问题,这李仙和红娘子还是可以原谅的。这十天的期限已到,不知你解决了没有?"

公韧说:"我已经找到了解决的办法,正想跟你汇报呢!"

一听说公韧能解决乞丐国的吃饭问题,几乎所有的乞丐都瞪起了眼睛,注视着公韧。小青盈却不服气,小声讥笑公韧说:"我就好吹牛了,亲爸爸比我还能吹!"

公韧不紧不慢地说:"通过这一段时间的调查,我发现乞丐国主要存在三大问题。一是孩子太多,少生一个孩子一顿饭就能省下两个饭团,如果一个女人只允许生三个孩子,那得省下多少饭团啊。"

云中游急忙说:"打住!打住!这生孩子的事儿,别说在乞丐国,就是在大清国也解决不了。她们一个个挺着个大肚子,我能不叫她们生吗?"

"我倒有个办法。"公韧说。

"噢……那你还成神仙了,快说说,快说说!"不但云中游好奇,几乎所有的乞丐都感到神奇。

公韧从口袋里掏出了一个破气球皮说:"这是我在汉口的大饭店门口捡的,这是洋人放的气球。我琢磨着,要是这样的话……"公韧把这个气球皮放到左手大拇指上裹起来,然后用橡皮筋在底下一缠说,"这样准行!"

乞丐们大多听不明白是怎么回事,在底下窃窃私语。"凭着一个破气球皮就能不生孩子？谁信啊！"

"噢……你真是太有才了！"田中草大叫道，"我这个学医的，早就在琢磨怎样才能叫女人不怀孕，制作了好些中草药，就是不管事。你这一招，叫我茅塞顿开，太绝了！太绝了！"

乞丐国里这个医道最高的说话了，专家的支持直接影响了国王的决策。

"那好，有枣没枣打一竿子，这一条就通过了。叫黑锅头去办这个事儿。"云中游说，"那第二个问题呢？"

第84回 乞丐国（八）

公韧说："第二个问题啊，就是一夫一妻制，并且五服之内不能结婚。"

"这样有什么好处吗？"云中游问。

"你没看到吗？"公韧说，"爹多了不行，都不负责任。母亲一个人抚养孩子，负担太重。最重要的是，如果近亲结婚，孩子不是傻就是呆，这样我们乞丐国的人就越来越弱，越来越不健康了。"

"这个办法好。"云中游又支持了，"那第三条呢？"

公韧说："这也是最重要的一条，有些人干活为什么出工不出力？那是因为平均制。反正挣了钱是公共的，自己不干活也有饭吃，所以大家都没有积极性。以后把大食堂撤了，每个家庭自己挣了自己吃，并且鼓励外出干活，干了活挣了钱是自己的，上面抽点税就是了。很多国家都是这样的制度，我们为什么不可以学习呢？"

云中游和田中草到底是在外边转悠了一些时日，也看到或听说了外边的一些事情，可是这么大的事情，也要听听大家的意见。云中游说："你说的这个事情忒大，就让大家讨论讨论吧。"

田中草也说："那样乞丐国的性质就变了，要是真那样了，恐怕我们的国家也快解散了。不过，只要大家能过上好日子，都有饭吃，何乐而不为呢！大家的事情还是让大家讨论吧。"

"那李仙和红娘子到底放不放呢？"公韧问。

"还是先观察一下你的这三条办法灵不灵吧！要是灵的话，那李仙和红娘子就不追究了。要是不灵的话，他俩该怎么办还得怎么办。"云中游一锤子定音。

乞丐们争论了好长时间,最后还动了手,关于平不平均的事只好先放下不提。一夫一妻制这个事情做得也不利索,男人们随便惯了,一时半会儿改不过来,女人们懒散惯了,也不想较这个真。

黑锅头宣传少生孩子的事情,做得倒是挺认真的,他在左手大拇指上绑上了一个气球皮,当众给那些年轻女人和年轻男人演示,并且一人还发了一个气球皮。

这样黑锅头觉得还是不能够引起他们的足够重视,所以他在前,让年轻女人和年轻男人在后,每人在左手大拇指上也绑上了一块气球皮,举着手指头招摇过市,闹得乞丐国里人人皆知。

不过,孩子该怎么生还是怎么生,一点也不管事。有人就把这个事情告到了云中游那里,说这纯属是骗人的。当然,这是后话了。

眼下又发生了一件大事,简直就是关系到乞丐国生死存亡的大事件,活命还顾不过来呢,谁还操心李仙和红娘子的事,所以李仙和红娘子又苟延残喘了几日。

原来自立军虽然失败了,但是哥老会号称三十万的人马集中到武汉一带。这些人不但要吃要喝,还要住的地方。杨鸿钧、李云彪、张尧卿、辜天祐商量了一番,把眼睛瞄向了乞丐国这块"风水宝地"。

当初这块地皮是湖广总督张之洞批下来的,武汉这个地方外国租界多,外国人也多。张之洞看到这么多乞丐成天在市里转悠过来转悠过去,实在是有损市容,所以就上报朝廷,拨了武汉旁边的一块地皮,叫乞丐们在这里自种自吃,自生自灭,省得见了心烦。

当下杨鸿钧、李云彪、张尧卿、辜天祐四人叫手下抬着三只羊、两头猪晃晃悠悠地到了乞丐国。一路上看到乞丐国这块地方,紧靠着武汉,交通便利,土地肥沃,依山傍水,既适合练兵,又适合屯田,真是再好不过了,不禁一个个喜上眉梢。

乞丐国的守卫报上四大龙头的姓名,云中游和田中草同意会面。四大龙头的手下哼哼哟哟地抬上来三只羊和两头猪。没想到云中游哼了一声,说:"原来是三心二意啊!"

杨鸿钧这才猛然醒悟过来,心想:忘了这一层了,没想到这个乞丐头还挺迷信的。只好说:"疏忽了,疏忽了,下次来,我们一定抬三只羊、六头猪,那叫三全其美,六六大顺。"

云中游啃着猪蹄子说:"官不打送礼的。收下!收下!"

乞丐们高高兴兴地把三只羊和两头猪收下了。

杨鸿钧一看收下了礼,心想这个事好办了,对着云中游说道:"是这么回事,我们哥老会云集在武汉这个地方,这么些人地方还是太小了,实在是没有地方住了!想请您匀给我们一块地方。"

云中游轻松地一笑:"原来是这个小事啊,都给你们也行啊!"

杨鸿钧一听乐了,没想到这个事情这么快就成了,高兴地说:"都给我们也行啊!谁不知道您乞丐国弟兄四海为家,哪里不是一样住啊。以后在外头待烦了,还可以再回来,我们一定高接远迎,好酒好肉地伺候着你们!"

"不过,我们有三个条件。"云中游不紧不慢地说。

"别说三个条件,十个条件也行啊!"杨鸿钧喜滋滋地说。

云中游说:"我们的条件也不高,就是住上北京的金銮殿,手里拿着光绪的玉玺,还有每天八人一桌的酒席,席上酒不酒就无所谓了,要紧的是每桌不能少于十个菜。"

李云彪、张尧卿、辜天祐一听,个个恼怒挂在脸上,要是有北京的金銮殿住,有光绪的玉玺在,我们不夺了天下吗! 要是天天吃酒席,还要你这个破地方干啥?杨鸿钧知道受到捉弄,生气地说:"要是敬酒不吃吃罚酒的话,就别怪我们哥老会不讲情面了!"

云中游也不着急,说:"我们也没有请你们来啊,是你们自愿来给我们送礼的。免送!"

杨鸿钧弄了个没脸,气哼哼地说:"好! 给你们三天时间。三天后,我们哥老会的三十万人马就来入驻这个地方了。你们乞丐国行也得行,不行也得行。打马回府!"

杨鸿钧领着他的人气呼呼地走了。

云中游和田中草对这个事情不敢怠慢,马上召开紧急会议。乞丐国里十多万男女老幼都集中在这里了。云中游动员大家说:"全体臣民,三天后,哥老会那些混蛋就要来侵占我们的国家。从此以后,我们就身无立锥之地,永远漂泊在外面,再也无家可归了。你们愿不愿意呀?"

全体乞丐异口同声地说:"不愿意! 不愿意!"

云中游又刺激大家说:"那我们怎么办呢?"

底下乞丐高声大呼:"战斗! 战斗! 战斗!"

公韧知道乞丐国已经到了存亡之际,对云中游说:"可是我们乞丐国老的老,小的小,年轻力壮的没有几个。况且既无粮又无钱还没有兵器,这个仗怎么打呀?"

云中游对大家说："这个仗我们怎么打呀？"

大家万众一心地喊："拼命！拼命！拼命！"

黑锅头凑近云中游的耳朵说："我们乞丐国的精壮劳力总共只有三五千人，和哥老会的三十万精锐之士相拼，实在是以卵击石，不自量力。与其弄个国破人亡，倒不如一走了之，再寻个安身之处。"

这时候，关在旁边囚笼里的李仙喊了起来："云中游国王啊，别听黑锅头瞎说，这么些老弱病残，往哪里跑啊？没有了家，我们就是丧家之犬。我愿意打前锋，死也要溅他们一身血！"关在另一间囚笼里的红娘子也喊了起来："我要跟着李仙一块儿打前锋，死也要死得有骨气！"

两个死囚的话，引起了乞丐国里一些人的共鸣。"是啊，没有了家，我们什么也不是。""两个死人都这样有骨气，我们都是乞丐国的男子汉，绝不能就这么把乞丐国让给那些人！"

云中游对大家说："打，一定要打的！可是怎么个打法，大家也说说呀。总不能我们冲上去，挺着我们的胸膛让人家捅，竖着我们的脖子让人家砍吧！"

这下子，乞丐们都不说话了，还真不知道这个仗到底怎么个打法。这时候，只有公韧说话了："这样就好办了。是不是可以这样打——"他对着云中游的耳朵说了一番。

云中游一听大喜，对公韧说："如果这一仗按照你的计策打赢了，我这个国王就让给你了！"

公韧摇了摇头："你想趁机卸担子啊，还是等打赢了这一仗再说吧！"

云中游说："那不行，我知道，按照我们乞丐国的实力，这一仗是绝对打不赢的。如果这一仗在你的指挥之下打赢了，就说明你的能力在我等之上。让乞丐国的臣民都能过上好日子，也是我这个老头子未了的心愿。你要是不答应，我就绝对不按你的计策办！"

第85回　乞丐国与哥老会的战争

公韧说："那不行！你这是拿着打仗来要挟我啊！"

一直在旁边察言观色，默默不语的田中草点了点头，深思熟虑后说："我发现，公韧出的每个主意，都在国王和国师的能力之上。乞丐国人不缺，缺什么？缺的是有智慧的人才。为了乞丐国的十万臣民,你就答应了吧!"

唐青盈也说:"亲爸爸,你怎么这么傻呢,哪有给官不当的道理?"

公韧不敢对别人发火,对小青盈还是不客气的。他脸一板,对小青盈吼道:"你以为这乞丐国里的十万人吃喝是小事啊?哪里是当什么官啊,分明就是一副天大的担子压在了我的肩上,非得把我压垮了不行。"

全体乞丐却都在喊:"谁领导我们战胜哥老会,我们就拥护谁当国王!"

云中游有些恼怒地对公韧说:"你要是不答应这个条件,就赶快滚蛋!我们也不采用你的计策。"

田中草说:"公韧兄弟呀,为了这十万乞丐的生命,你就答应了吧!"

国王和国师一个唱白脸,一个唱红脸,逼得公韧没了办法。这时候要是临阵退却,不是男子汉的作为,为了这十万乞丐的生存和未来,也只能豁上了。公韧胸一挺,脖子一昂,铿锵有力地对大家说:"我暂且答应。不过,计策归计策,到底能不能战胜哥老会,还要靠我们大家齐心协力!"

大家一齐喊:"努力!努力!努力!"

三日后,哥老会的三万精兵前来攻打乞丐国。

哥老会分为大刀队、长矛队、青龙剑队、银龙剑队、弓箭队等,每一千人为一个方阵。他们武器铮亮,穿戴整齐,分别由各方阵管带带领,浩浩荡荡,奔乞丐国杀来。

乞丐国由公韧率领着三千乞丐出战,他们一个个灰头土脸,破衣烂衫,拿着一些破笤帚、烂勺子之类的"兵器",手拿短刀、菜刀的就算是比较好的了。尤其是他们身上散发出一股股的臭味,让许多哥老会会员不堪忍受。

哥老会三万方阵的人一阵大喊,猛虎下山似的冲了过来,乞丐这边抵挡不住,纷纷退后到近似方形的乞丐城。所谓的乞丐城并没有城墙,只有一圈五米多宽两米多深的壕沟。这时候的沟里没有水,上面铺了许多木板,以便乞丐们退到城内。

乞丐们往后一退,哥老会的人更是士气大涨,原来这些乞丐这么不经打,大部队蜂拥进入乞丐城,好像他们已经大功告成。哥老会的方阵很快散去,他们纷纷寻找着自己的福地。哪块地方平坦,哪块地方干燥又临水,成了各个方阵关注的重点。

公韧领着三千乞丐退到哪里了呢?其实他们退到了乞丐城外,抽掉了木板,和早已撤退到外面的乞丐们会合在了一起。闸板一抽,把脏水,确切地说应该是粪水灌进壕沟里。乞丐城成了被粪水四面围困的死城。

乞丐城里的哥老会人员此时还在为争夺地盘大打出手,突然粪水从天而降。这粪水溅得到处都是,原来乞丐们使用了"抛粪机"。

抛粪机还在继续抛洒,哥老会军心涣散,一心想逃离这个又臭又脏的地方。杨鸿钧也逃出来了,途中喝了几口粪水,恶心得他仰天长啸:"想我杨鸿钧一世英名,今天却受如此奇耻大辱!窝囊呀!窝囊啊!耻辱呀!"

乞丐国里的战争已经结束,汉口澡堂的战争才刚刚开始,几乎所有逃出来的哥老会成员都第一时间冲往澡堂,想洗去一身的屎臭。可是澡堂的空间毕竟有限,大家为谁先进谁后进打了起来。

好不容易哥老会成员洗完了澡,换上了干净衣服,养足了精神,四大龙头又要组织他们对乞丐国进行第二次讨伐。哥老会起了内讧,有的干脆说:"就是杀了俺,俺也不去了。"

张小改对杨鸿钧说:"杨龙头,这一仗确实不能再打了。"

"为什么?"杨鸿钧瞪着张小改问。

张小改说:"两军对阵,不光要从军事上考虑,还要看这个仗应不应该打,也就是是否顺应民心。乞丐帮就是一些叫花子,还有一些老弱残疾,就算我们打赢了,那也是不占理。不是弟兄们不卖力,那些叫花子已经够可怜的了,我们还能下得去手吗?"

四大龙头一听,张小改的话并不是没有道理。于是,进攻乞丐国的事情就此作罢。

乞丐国里一片欢欣,云中游又旧话重提,坚持"让贤"。他对公韧说:"你的计策果然成功了,要是没有你的智慧,乞丐国恐怕早已不复存在,大家以后连个落脚的地方也没有了。我老了,你就把这副担子挑起来吧。"

公韧摇了摇头说:"依我目前的能力,确实没有办法解决十万人的吃饭问题。我们乞丐国有什么?一没有立国的法律,二没有足以生存下去的物质,三没有优良的人才,哪一条也不是我的能力能解决的。就是逼死我,我也当不了这个国王。"

云中游见公韧死活不当这个国王,十分生气,脸色一沉说:"这李仙和红娘子行刑的日子已经拖延数日,再也不能拖了,今天就要了他们的命。来人啊,把李仙和红娘子押上来!"

别看这个云中游平时嘻嘻哈哈,也是有手腕的,要不,也当不了这个国王。事情已经到了这种地步,公韧已是没有办法,只好说:"话说到这里,我也就只好当这个国王了。可是有些事情,您二老得支持我,要是没有你们的支持,我这个国王真是一天也当不下去。"

云中游和田中草笑了,赶紧说:"那是当然,那是当然。"

公韧说:"放了李仙和红娘子,您二位同不同意呀?"

云中游说:"你是国王,当然你说了算。"田中草也说:"放了就放了吧!两条人命换一个贤明的国王,也值了。"

公韧当众宣布把李仙和红娘子放了,李仙和红娘子自然对公韧感激不尽。公韧对云中游和田中草说:"既然让我当这个国王,咱就开个会吧,研究一下当前最迫切的问题。"

云中游点了点头:"你是国王,当然你说了算。召集开会是你的事,和我可没有一点关系了。"

第86回 乞丐国的改革(一)

这样,公韧就召开了第一次高级领导会议。所谓高级领导,也就是四大长老再加上几个部长。

云中游也算尽职,先来了个开场白和交接程序,他给公韧捧场说:"诸位长老,各位部长,从今以后,我就退下来了,公韧先生就是我们乞丐国的国王了。你们以前听我的,从今以后,你们就要听公韧的。自凡大事,还是原来定的规矩,要多商量,少数服从多数。好了,现在就由乞丐国的新国王公韧发言吧!大家鼓掌。"

云中游和田中草带头鼓掌,会场上响起了稀稀拉拉的掌声。有几个人还跺着地,跺地和鼓掌是一个意思,也是表示欢迎的动作。

公韧也就按照官场惯例,先来了个就职演说。他看了看眯着眼睛不知道在想什么的黑锅头,以及在一边看着黑锅头眼色的李老三和王老四,说道:"诸位长老、部长,承蒙大家高抬,把我弄到了这个位置上,我也就恭敬不如从命了!乞丐国虽然人不算多,但是事情还真不算少。"

说完,公韧又看了大家一眼。云中游这时候精神完全放松了,面前铺着一块脏乎乎的破布,上面放着不知从哪里偷来的水煮鸭、猪蹄、鸡爪子之类的卤制品,津津有味地咀嚼着。田中草翻着本医书,看得也是聚精会神。黑锅头则注视着公韧的眼睛,用心地听着。李老三和王老四这时候又往黑锅头身边靠了靠。

公韧继续说:"乞丐国这么穷,孩子是不能再生了。为了这个事情,前一阵子大家已闹腾了一阵子。大家看看还有什么好办法?"

大家先是沉默不语,像是没有听见。过了一会儿,黑锅头首先发言了,说:"这个事儿我看有点儿难度,生孩子的事儿,大清国都管不了,我们乞丐国能有什么好办法?她们愿意生就生呗,谁生了谁养,和我们又有什么关系?上次你说的那个推广气球皮的事儿,难度太大……"

李老三说:"这个事肯定是不行。"

王老四说:"绝对不行!"

公韧一看,四个长老三个反对,只好说:"这个先不提,咱再议一议一夫一妻制的事情。现在的乞丐国,只有妈没有爹,太乱了!我看是不是实行一夫一妻制,这样都有责任心了,兴许许多事情就好办了!"

这下黑锅头又不乐意了:"不行不行,咱们乞丐国就是这么个规矩。大清国的皇帝是三宫六院七十二妃,我们乞丐国的男人也要三宫六院七十二妃。女人是天天入洞房,夜夜做新娘,一星期一换牌,多么幸福哇!你这么一改革,我们乞丐国的优势全给改掉了。"

李老三奸淫地一笑:"一辈子就守着一个老婆,谁受得了啊?"

王老四点了点头:"这就叫踏遍一马平川,摸过天下两座高山,走过荒山莽原,穿过天下无底深渊。"这一个穿过无底深渊,又引起了黑锅头、李老三一阵遐想和淫笑。

公韧又说:"那咱们再议一议自给自足的事情。乞丐国里为什么人人都穷?就是因为东西都是公共的,谁也不上心,我看是不是可以这样,每个家庭都可以有私有财产,赚了钱是自己的。"

"不行,不行,肯定不行!"黑锅头又反对了,"为什么叫乞丐国,就是因为我们穷,人人都一样,谁也别嫌谁!要是有人富了,有人还穷着,那不就乱套了,肯定穷人就恨了。恨了就得打,就得拼命,乱子又来了。"

李老三也愤愤地说:"我就恨富人!看到谁富了,恨不得杀了他。"

王老四也跟着说:"谁要是富了,我就和谁没完!"

公韧简直就是对牛弹琴,于是把求救的眼神递向云中游,希望他能帮自己说句公道话。没想到,云中游这时候倒推脱得干净:"看我干什么?你是国王,什么事情你们四大长老说了算。"

公韧生气了,对云中游没好气地说:"你这不是坑我吗?我不愿意当这个国王,你非逼着我当,当了这个国王,又没人听我的。好了,这个国王我不当了,谁愿意当谁当,我反正不当了!"

云中游这时候干脆耍起了赖皮,嘴里啃着鸡骨头,津津有味地说道:"谁逼你了?你说谁逼你了?当不了这个国王,是因为你没有本事,休想再把这个国王让回来?原来是我高看了你,这才知道,你是这么软弱无能啊!屁包!软蛋!"

几句话骂得公韧狗血喷头,他想了想,云中游说的也不是没有一点道理,自己当不了这个国王,确实谁也不怨,就怨自己没有本事。而田中草不紧不慢的一句话,又刺激了公韧一下:"要不,这个国王就让给黑锅头当!你当不了,就只能让黑锅头当了。"

黑锅头正等着这句话呢,瞪着眼睛看了看云中游,希望再得到云中游的支持。李老三和王老四等得不耐烦了,咋咋呼呼地嚷道:"我看黑哥行,就让黑哥当这个国王吧!"

公韧心里顿时明白了,自己说什么,黑锅头一伙人反对什么,原来是为了这个呀!他们要真是掌了权,凭着他们的德行,那乞丐国还能有什么好事?原来,我是真不愿意当这个国王,现在既然当上了,就绝不能让黑锅头一伙得逞。

想到这里,公韧又看了看云中游和田中草,云中游像是无所谓的样子,继续吃着他的美餐,田中草继续看着他的医书。这两个人葫芦里到底卖的什么药?也许,他们在观察着这两大势力到底谁输谁赢,也许,这就是他们导演的一场戏,借以打掉横行霸道黑锅头一伙……不管怎么说,在目前的形势下,自己绝不能后退。

"既然这些事情议不下去,"公韧说道,"那就散会吧,大家回去考虑考虑。"

公韧心里十分郁闷,无精打采的,慢慢地在乞丐国里游荡。小青盈这时候蹦蹦跳跳地过来了,对公韧说:"亲爸爸,这个国王好当吧?黑锅头那三个坏蛋一定又给你出难题了吧?他们要是不给你出难题,那才怪了呢。"

公韧看到小青盈高兴,自然就把不高兴的事情暂且抛到了脑后,笑了笑问:"小青盈,你唐才常亲爸爸当那么大的官,要是有人不听他的,他怎么办呀?"

小青盈拍着手说:"那还不好办哪!你不是国王吗?找个杀手把黑锅头做了不就完了!"

公韧摇了摇头:"那不行,不是我杀的,人家也说是我杀的,我不想做那个恶人。还有没有更好的办法?"

小青盈又说:"那把他孤立起来算了。"

公韧一想也是,《太平韬略》第八课"反奸计"里有一条写着:可以用假联系、假暗号离间两人,在必要时,可以采取更卑鄙的手段。还有一条是:可使用计策使敌人与另一军官夫人通奸,然后再把秘密泄露出去。更有第十七课"同盟"里写道:若有若干个敌人,不能全以为敌,应以最主要的敌人为敌,对其余敌人采用分化、瓦解、联合的办法对待。

这时候,李仙和红娘子牵着手过来了。公韧忽然心生一计,朝李仙和红娘子走了过去,热情地说:"二位有情人,近来过得可好呀?"

第87回　乞丐国的改革(二)

李仙赶紧对公韧作了一揖,说:"要不是你舍了命地救我们夫妻二人,哪有我们的今天哪!如果有机会的话,我们一定报答你的救命之恩。"红娘子也说:"天大地大不如公韧的恩情大,千好万好不如一夫一妻制好。红娘子在此有礼了!"

公韧对李仙和红娘子说:"你俩是好过了,可其他人还和过去一样,过着乱七八糟的生活。如果有人想再拆散你们,你们愿不愿意呀?"

李仙说:"当然不愿意了,要是逼我的话,我就和他们拼了。"红娘子也说:"我也不愿意,我就死给他们看!"

公韧点了点头:"这一点,我心里明白。可是有些事情,必须得有决策权才能说了算。如果给你们决策的权利,叫你们当官,敢不敢行使决策权,说出好的意见?"

李仙犹豫了:"你说叫我当官?我……哪是当官的材料呀……什么也不会,什么也不行啊!"红娘子也不相信:"天底下哪有这样的好事儿,就是天上掉馅饼,也砸不到我们头上啊!"

公韧坚定地说:"如果真有这样的机会,你敢不敢为我们大多数人主持公道?"

李仙还是犹豫不决:"我……不行!不行!我不会说话。"红娘子批评他说:"怎么不行?鼻子底下有张嘴,公韧国王怎样说你也怎样说就是了。你再说不行,我就不理你了!"红娘子一鼓劲,李仙只好嗫嚅道:"既然红娘子这样说了,就依她的吧!"

公韧点了点头:"好!希望你俩能为乞丐国做点儿有用的事情。"

之后,公韧又想办法寻找李老三和王老四的缺点。在这乞丐国里有个大美女,叫万人迷。要说这万人迷,长得也真够漂亮的,而且好化妆。那万人迷化了妆更显得和一般女乞丐不一样了,眼睫毛长长的,眼眉弯弯的,脸白白的,嘴唇红红的,真是要多迷人有多迷人。另外,万人迷还有一个大本事,那就是舞跳得好,华尔兹、探戈、伦巴、恰恰、桑巴、牛仔、斗牛、交谊舞、集体舞样样拿得出手,还能当领舞。

这样的大美女,谁不爱呢?黑锅头仗着自己的权力,霸占了她。李老三也迷恋上了万人迷,这个事就有些麻烦了。

在星期六的跳舞晚会上,趁黑锅头不在,李老三找到万人迷跳舞。节奏鲜明的打击乐响在每个人的心坎里,撩拨着人心里原有的野性。逢到重低音定位时,男人向着自己的左侧,女人向着自己的右侧猛一眼观看,由于动作太猛烈,眼睛自然要瞪起来。李老三对万人迷说:"你说说这是什么意思?"

万人迷说:"我跳了这么些年的舞,真不知道这是什么意思。"

李老三挑动着:"这是向挑战我们的情敌示威!"

万人迷笑了:"我们还有情敌?咱俩是什么关系,你又不是不清楚。"

李老三恬不知耻地说:"咱们是情侣,挑战我们的就是情敌。"

万人迷又笑了:"你真是这么认为的?"

李老三趁机揩了万人迷一下油,说:"那是当然了。"

音乐声更加强烈地响了起来,节奏感愈加鲜明,万人迷紧紧地靠在李老三的身上。李老三见有油水可沾,此时就好像是偷腥的猫儿一样,更加紧紧地把万人迷揽在怀里又揉又搓。亲热了一番还不够味儿,又把万人迷偷偷拉到无人的草地上。

几乎同时,公韧找到了李仙:"机会来了,就看你敢不敢做这个事情了。只要完成这个任务,就是对乞丐国做出了贡献。"

李仙问:"什么事儿,说得这么玄乎?"

公韧说:"此时李老三正在和万人迷调情,你只要找到黑锅头,把黑锅头领过来,你就立下大功了。"

李仙怯懦地说:"都说君子成人之美,是不是有点儿下作?再说,惹这两个阎王爷,我不敢,真的不敢,你还是另找别人吧!"

公韧有点生气地对李仙说:"你真是妇人之仁,这是个机会,除掉了李老三这个恶人,也是为乞丐国除了一大祸害。你忘了李老三是怎样祸害你的了吗?"

红娘子对李仙的胆怯也有些生气,逼着他说:"我明白了,公韧国王是想借着这个机会,叫他们狗咬狗。公韧国王救过咱们的命,我们不能不听。再说,黑锅头和李老三也不是什么好东西,少一个算一个。你要是不敢去,我可去了……"

李仙见红娘子要去,怎能舍得,只好说:"我去,我去,这样的事儿,怎么能让一个女人出头哇!"

李仙找到黑锅头的时候,黑锅头正搂着个女人玩得正欢。一听李仙说起万人迷和李老三这事,一下子就炸了,扔下那个女人,跟着李仙就走,一边走一边还气呼呼地吼:"这个李老三,可气死我了!想我堂堂黑锅头,那也是一人之下,万人之上啊。一个女人倒是小事儿,被戴了绿帽子,叫我以后怎么做人?"

黑锅头和李仙到了野地里一看,自己心爱的女人正和李老三耳鬓厮磨地滚作一团。黑锅头上去就踹了李老三两脚,大骂道:"好你个李老三,平时我待你不薄,竟然打我女人的主意?"

李老三知道自己闯下了塌天大祸,可事已至此,也只能打肿脸充胖子,他不服气地说:"我说大哥,你有那么多女人,我和她好一下又有何妨?"

黑锅头一听更加生气,平时这个李老三对自己言听计从,从没有犟过嘴,今天这是怎么了?要是都像今天这样,以后这些人还怎么约束?气得黑锅头上去就对李老三左右开弓扇起耳光。李老三也是被打急了,当时脑子一热,就和黑锅头对打起来。李老三觉得解气,黑锅头却觉得受了奇耻大辱,被下属以下犯上打了,好说不好听啊!他越打越生气,脑子一热,从身上抽出刀子把李老三捅了。

那刀子也算捅到了要害,血一下子喷了出来,李老三眼一瞪,腿一伸就没了气。这下子,轮到黑锅头傻眼了,站在那里不知道怎样处理这件事情。关键时候,公韧出面了,他脸色一变,对黑锅头气哼哼地说:"好啊,黑锅头,随便杀人,谁给你的权力?这可是杀头之罪啊!你知罪吗?"

黑锅头一看,今天算是栽了,只好卖花生的不论斤论堆,强硬地说:"是我杀了人,你能怎么样?大不了是个死。谁让他李老三抢我的女人,抢我黑锅头的女人,就该死!"

公韧想了想,现在黑锅头的势力仍然很大,杀他还不到时候,倒不如找机会抓住他的小辫子迫他就范。于是,公韧缓和了口气对他说:"如果乞丐国的人都知道了李老三是你杀的,可就不好了。"

"那怎么办呢?"黑锅头求助般看着公韧的眼睛。

"这个嘛……"公韧出主意说,"就当我没看见这个事儿,只要万人迷和李仙不说,谁也不知道李老三是怎么死的。"

黑锅头感激地说:"那就谢谢国王了。万人迷好说,我只要不让她说,她就不敢说。只是这位李仙兄弟……"

　　黑锅头一双贼眼滴溜溜地看着李仙。

　　李仙大吼道:"我当然要说了。你黑锅头杀了人,我凭什么不说?我就是要说。大清国还王子犯法,与民同罪,我们为什么不可以?我就是要上告……"

　　公韧点拨黑锅头道:"如果给李仙一个长老干干,兴许能把这个事情摆平……"

　　黑锅头一听有门儿,就对李仙说:"对呀!就把李老三的位子给你吧。"

　　李仙却不依不饶:"我才不干什么长老呢!我就要实话实说,就要把你黑锅头杀人的事情说出去,就是要让全乞丐国的人都知道。"

　　"李仙兄弟呀,你就饶了我这一次吧!我和国王都同意你当长老了,为什么还得了便宜不饶人呢?李仙兄弟呀……"

　　公韧对李仙板起面孔,教训说:"李仙呀,不要不听话,这个事情就这样定了。以后你就是长老,李老三的事情见了谁也不要提,就这样定了。"

第88回　乞丐国的改革(三)

　　李仙本来还想争辩几句,但是看到公韧拍板了,也只好认了。公韧又对黑锅头说:"还不赶快把李老三埋了。"黑锅头点了点头,赶紧拖起李老三把他埋了。

　　黑锅头走后,公韧对李仙说:"你演得真好!"

　　李仙有点莫名其妙:"我演什么了?我只是实话实说。"

　　远处一个黑影一闪,别人可能觉察不到什么,但是公韧是练武之人,自然感觉到了,看身形像是云中游。

　　第二天,公韧又找到了王老四,对王老四说:"我找李老三有点儿事情,怎么也找不到。这个李老三到底哪里去了,你看见没有?"

　　"是啊,我到处找他也找不到。这个李老三到底去哪里了……"王老四用怀疑的眼光打量着公韧说,"我问了问,有人说,他和万人迷在一起,我找了万人迷,万人迷却说没有和他在一起,我又找了大哥黑锅头,黑锅头也说没有见着他。国王,我到底该相信谁呢?"

　　公韧眯起眼睛说:"你应该相信你的大哥呀!黑锅头的话别人不信,难道你还不信吗？"

"他的话啊……"王老四摇了摇头，"我问黑锅头的时候，他说话躲躲闪闪的，眼睛里像有什么事儿……他一定有什么秘密没有告诉我。"

公韧摇了摇头："你连黑锅头的话都不相信，这就不好说了……"

王老四吞吞吐吐地说："我向你报告一件事情行不行？"

公韧说："当然行了，你是四大长老之一，有什么话跟我说也行，跟黑锅头说也行。"

王老四又摇了摇头："我这些话只能跟你说，不能跟黑锅头说。今天早上我到万人迷和李老三私会的地方，看到地上有一摊血迹，像是没有擦干净，还有打斗的痕迹。我看了看脚印，像是李老三和黑锅头的，旁边还有断断续续的拖痕。我顺着这拖痕找到了一个地方，土比较松，我就扒开看了看，原来是李老三的尸体。公韧国王，你说杀死李老三，又把他埋了的那个人会是谁呢？"

公韧装迷糊："李老三死了？我怎么知道是谁啊？"

王老四左右看了看，见没人才小心翼翼地说："杀死李老三的人，我怀疑是黑锅头。"

公韧立刻说："不会的！不会的！要说别人杀了李老三有可能。要说黑锅头，打死我也不信！黑锅头怎么会杀死自己的兄弟呢？"

王老四一声冷笑："国王啊，你来的时间短，对黑锅头不了解。他这个人心狠手辣，什么事情都能做得出来。他的相好万人迷，准是和李老三勾搭上了，叫黑锅头撞见，所以就杀了李老三。"

公韧的眉头紧紧皱了起来："这个黑锅头，连自己的兄弟都敢杀？不知道，下一个该轮到谁了……"

王老四深深地叹了一口气："可能下一个就是我了……"

停了一会儿，王老四看着公韧的眼睛，小心翼翼地说："公韧国王啊，通过这段时间的观察，我发现您宽厚仁义、心地善良、处事公正、行侠仗义……以后，我跟着您干行不行？"

公韧连连摇头："不行！不行！你要是跟着我，你的大哥黑锅头还不处处找我的麻烦哪！"

王老四继续哀求道："我以后坚决跟着你。跟着黑锅头，坏事没少做，说不定什么时候把我也搭进去了。跟着你走，尽做善事，做一件善事就积一份功德，什么时候功德圆满了，可能就把过去的罪恶都抵消了。求求你，收下我这个兄弟吧……"

事已至此,公韧只好说:"收不收你这个兄弟……全看你自己的表现了,不是光嘴上说说,重要的是能不能做到口心一致……"

"那好,"王老四说,"就看我的表现吧!"

重新开会的时候,事情就顺利多了,同样是议论那三个改革的大题目,同样是云中游和田中草列席旁听。只是云中游这回不吃卤肉了,改成了吃核桃,用一个核桃用力地敲打着另一个核桃。田中草还是全神贯注地看着他的医书。

李仙因为事先被红娘子叮嘱过,所以一见公韧提出方案,立刻表态:"要说这少生孩子,当然是好事了。女人少生了孩子,负担就小了,咱乞丐国的粮食负担也减轻了。一夫一妻制呢,当然更是好事了,这让有情人能成眷属。我就是托了公韧国王的福气,才和红娘子成了恩爱夫妻。至于自给自足,其实,这也是个好事儿。原来的时候,所有的财富都是乞丐国的,和自己不沾边,所以也不知道珍惜。要是自己的东西和乞丐国的东西分开了,有些人就会过日子了,就能自己劳动致富了。当然有的人可能还是穷,但是总比都穷好多了……"

王老四看了看公韧说:"原来的时候,还真没有意识到国王提出的三大改革方案会有这么多的好处。听李仙这么一说,我突然明白了,我支持这三件事。"

这黑锅头一看,自己再反对也是白瞎了,再加上又刚刚出了李老三这个事,还指望公韧给罩着呢!什么少生孩子,什么一夫一妻制和自给自足,和自己又有什么关系呢,说不定,自己还跟着沾光呢!

于是黑锅头也说:"既然李仙和王老四都这么说了,我也就支持吧!"

那些部长都是些随风倒,哪里能分得清什么好孬,一看主要人物都通过了,自己还反对什么,于是全票通过。云中游高兴地敲着核桃,大大咧咧地说:"好呀!好呀!用牙硬咬不行,我就不信这一个敲不开那一个。"

乞丐国的练功房内,云中游盘腿打坐,屏神静气,眼睛微闭,口中念念有词。背后是两口大锅,锅底下的木柴熊熊燃烧着,一口大锅里是沸油,油腻之气弥漫满屋,一口大锅里是沸水,水气蒸腾,满屋飘荡。

突然,云中游平地跃起,高悬在屋中,身子倒立,手在油中乱插,锅底中的制钱被手指头一一夹出来,放入口中。过了一会儿,云中游飘飘而落,盘腿打坐,恢复了常态,口中仍然嘟嘟囔囔。

唐青盈也学着师傅的样子,打坐中平地跃起,却只起来二尺,站在那口沸水锅前,实在有些犹豫。师傅一瞪眼,小青盈鼓足勇气,小手往那锅里一伸,立刻惨叫一声,把手缩了回来。小青盈的手被烫得通红,不一会儿起了无数个水泡。

唐青盈哭了起来,但不一会儿,又鼓起勇气,开始了一次又一次的练习。

过了一段时间,唐青盈已能蹦起三尺多高,虽然两手被沸水烫得通红,但已能在水中乱插。又过了一段时间,唐青盈已能从沸水中用两指头夹起制钱。公韧心想:唐青盈在这个乞丐国里长期待下去,非学坏了不可。孩子是国家的未来,是革命的希望,只有尽快脱离这个既肮脏又快活的地方才能进步……

一日,公韧拉着唐青盈在街头行乞,忽然看到街上贴着一张告示,许多人围着观看,不禁也上去看个究竟。公韧一看,大吃一惊,原来在八月二十二日被捕的唐才常、林圭、付慈祥、田邦璿、黎科等十一人,已被残酷杀害。各地自立军机关也遭到严重破坏,前后被杀的有一百余人。

清政府正在大肆追查所谓的"余党",布告上把所有哥老会、三合会的头目都列上了,当然其中也有公韧的名字。

告示旁边站着两个清兵,正凶神恶煞般观察着每个人的神情,人群里也有几个贼眉鼠眼的清狗子密探在四处窥探。公韧的心里不由得紧张起来。

突然,公韧觉得有只手轻轻地拍打在自己的肩膀,这一拍可把公韧吓得不轻,冷汗顿时从脊梁上冒出来了。公韧慢慢扭头一看,是个陌生人,正瞪着眼睛瞧着自己。

公韧愣在那里,不知道这人是好人还是坏人……他对公韧喝道:"到处找你找不着,原来在这里看热闹啊!你妈到处找你呢,还不赶快回家。"说着,拉着公韧就走,边走边悄悄对公韧说:"快跟我走吧!虽然我不认得你,但认识唐青盈。我姓李,别人都叫我大老李,现在清狗子正在到处抓人,你还在这里瞎转悠,太危险了。快走!快走!"

第89回　唐青盈原是女儿身

公韧紧紧抓着唐青盈的手跟着大老李七转八转,来到了贫民区里的一座小破屋前。进了屋,看到屋里虽然摆设陈旧,但干干净净,比乞丐国的垃圾窝强多了。

大老李看看公韧和唐青盈肮脏不堪的破烂衣裳和抹得黑不溜秋的脸,捂着鼻子说:"别的话先不说,你俩先冲个澡。"说着就到里间屋里打满了一大盆水,问公韧:"谁先洗?"

公韧催促唐青盈道:"快脱衣裳,我进去先给你好好洗洗。"

唐青盈头一扭说:"我可不和你一块儿洗澡!"

公韧有些生气:"给你洗澡怕什么?你还害羞……"

唐青盈把嘴噘得老高:"就是不和你一块儿洗!就是不和你一块儿洗!"

大老李一愣,对公韧说:"小青盈都这么大了,就让她自己洗吧!你一个大小伙子,和她掺什么?"公韧听到这话有些别扭:"两个小子在一块儿洗澡有什么不好意思的?还不都是那些玩意。"

大老李一听这话,扑哧一声笑了,说:"看来,你还蒙在鼓里呢。小青盈是个女孩子。"

公韧大吃一惊,顿时臊得满脸通红,结巴地说:"小青盈怎么可能是女孩子,我和他待了这么些天,能不知道?他明明是个男孩子。"

大老李说:"在这兵荒马乱的时候,男孩子总比女孩子安全些吧!唐总司令也把她当男孩子养。再说小青盈天生调皮,谁看到她都觉得是个男孩子。"

公韧想到这些天虽然天天和唐青盈在一起,不过解手的时候,她总背着自己。当时自己也没往心里去,万万没有想到,唐青盈竟是个女孩子。

大老李把小青盈安排进了里屋洗澡,又说起了小青盈的身世。原来,小青盈正是韦金珊从珠江的船上救出来的那个小女孩,要不是韦金珊,她早成了瞽女。可是韦金珊没有时间管她,唐才常看到唐青盈机灵可爱,就把她收为义子,把她当成了自己的心肝子,肺叶子,眼珠子,命根子。

大老李又说起了唐才常。唐才常被捕后,张之洞知道他有才,就想留他一条命,让他引诱康有为到汉口。唐才常却笑着说:"别说我请不来,就是我能请来,也绝不让康先生再上你的当!"

公韧听完大骂道:"唐才常保皇保到最后,还是被大清皇帝的官给杀了。保皇派啊保皇派,你们以后就是这样的下场!"

两个人洗完了澡,换上了陈旧但是干净的衣服,无不感到神清气爽,浑身舒坦。小青盈乐得又蹦又跳,又唱又叫。公韧这才注意到小青盈眉目之间的几分女孩子特征,对她倍加爱护之外又增添了几分拘谨。

吃着饭,大老李问公韧:"下一步打算怎么办?"

公韧说:"烦请大老李同志给我准备路费,我想赶紧离开汉口,坐轮船到上海。然后从上海到广州。"大老李笑了笑:"没问题,我大老李再困难,也要安排你回到广州。只是这个小青盈,不知道你打算怎么办?"

公韧说:"当然留在这里了。我风里来雨里去的,时时刻刻有掉脑袋的危险,总不能带个女孩子到处闯荡吧!"

没想到这些话让小青盈听到了,她立刻大吵大闹起来:"我就是要跟着亲爸爸。亲爸爸走到哪里,我就跟到哪里。"

公韧板起了脸:"听爸爸的话,亲爸爸这是为你好!"

小青盈却吵得更厉害了:"不嘛,不嘛,就是不嘛!"

大老李摩挲着两只手说:"看吧,麻烦了,什么事儿要是让她知道了,非给你闹翻天不可!当初唐总司令说什么也不带着她,还不是没有办法,叫她死乞白赖地给缠上了。带着个孩子领兵作战多不方便,但这孩子,没法治呀!没法治呀!"

公韧脸一沉,对小青盈说:"不行!亲爸爸说什么也不能带你去,你在这里跟着大老李叔叔多好。再不听话,我就打你了!"为了小青盈的前途,公韧不得不对小青盈下狠心连呵斥带吓唬。小青盈呢,再也不搭理公韧,自己该吃吃,该喝喝,该玩玩。

公韧叫大老李去买船票,声音小小的,唯恐让小青盈听见。

临走时,公韧给乞丐国的云中游写了封信,放到了街口的邮箱里。信中写道:

尊敬的云中游陛下,尊敬的田中草国师,我本是一个革命党,来到了乞丐国,承蒙你们的百般照顾,在此我表示衷心的感谢。革命没有成功,我们还须努力,待革命成功了,我一定再来拜访二老。公韧敬上。

到了该出发的时间了,公韧悄悄地起了床,穿上衣服,拿上事先准备好的小包袱,蹑手蹑脚地出了门。心里有挂心事儿,腿脚不禁沉重起来,又悄悄退回来,到了小青盈的屋里仔细看了看。

他看到小青盈还在酣睡,胳膊和腿都伸到了被子外边。公韧轻轻地把她的胳膊和腿放到了被子里,恋恋不舍地看了她一会儿,心里有几分酸楚。毕竟这么些天来同甘苦共患难,人非草木,孰能无情,如今一别,还不知几时才能相见。也许,这辈子再也见不着了……

两滴清泪不由自主地在眼眶里打转。

公韧一甩头,狠了狠心,决然地转身出了门。走出好远,朝后望了望,并没有人跟着,这才大踏步地朝码头走去。上了船,又望了望后边,确实没有小青盈的身影,公韧叹了口气,摇了摇头。上了船,在普通船舱里坐下,公韧心里还沉甸甸的,老觉得有一桩心事未了……

汽笛一声长鸣,轮船徐徐开动。公韧的心里怅然若失,总觉得少点什么,禁不住站起来,朝岸上眺望。

送别的人有些在啼哭,有些不住地挥着手送别远去的亲人。公韧感到眼睛潮湿,摇了摇头说:"没办法呀,小青盈,我这也是为你好,不能怨亲爸爸心狠!待革命成功了,亲爸爸第一个来看你!"

公韧心里堵得慌,用手背擦了擦淌出来的两行热泪。

轮船离开码头好远了,公韧心里一直空落落的。突然,一个熟悉的影子一闪,公韧一惊,不好,像是小青盈。公韧擦了擦眼睛,四处寻觅,却又找不到她了。公韧心里自嘲,想必是自己有些魔怔了吧,都是小青盈闹的。

又过了一会儿,小青盈的影子又一闪,公韧又一惊,这回可看真切了,真是小青盈。她正嬉皮笑脸地对着自己笑呢!公韧有些怒不可遏,他三步并作两步冲过去,从人堆里逮住小青盈,大声地叫着:"哎呀!我那亲儿子呀!这么不听话。你可坑苦了我呀!你可害了我呀!"

公韧手使了使劲,却轻轻地落下,在她的屁股上拍了一下。

这下小青盈不乐意了,躺在地上打着滚,又哭又闹,弄得身上满是灰土。周围看热闹的,都埋怨公韧,这个说:"船刚开,打孩子干什么?"那个说:"打孩子也不看看地方,坏了一路上的好心情。"

公韧一想也是,既然这样了,打她也无用,便赶紧把小青盈提起来,一边给她扑打身上的土,一边埋怨:"你从哪里钻出来的?你是怎么混到船上的?"

小青盈哭够了,看着公韧笑:"亲爸爸想扔下我,没门!我没有船票,不会钻进人家的袍子底下混进来吗?"

公韧喜不得,恼不得,又朝着她的屁股上打了一巴掌。

有了小青盈做伴,公韧觉得心里充实许多,仔细想了想小青盈的以后,还是觉得不能耽误了她的学业,赶紧找来了几张报纸,教小青盈认报纸上的字。好在小青盈极其聪明,一点就透,进步挺快。公韧又教她加减乘除,教着教着,小青盈就不知道跑到哪里去了。

公韧追她,她就在人群里和公韧捉迷藏,气得公韧直骂:"竖子不可教也!竖子不可教也!"

第 90 回　四大龙头来索宝

别的旅客嘻嘻地笑，这个说："看这爷俩，一会儿恼一会儿好，没个正形。"那个说："这么好的儿子，有福气啊！"

等公韧不追她了，不一会儿，她又跑到公韧跟前，嚷嚷道："亲爸爸，我饿了。"

公韧说："今天学不会这些字，你就别想吃饭！"

唐青盈说："不吃就不吃。"又跑了。

公韧买好了饭，放在椅子上，朝人堆里喊："小青盈啊，还不回来吃饭！"

忽听得一个人喊道："如此粗陋的饭菜，怎么让孩子吃呀？"

公韧听声音有些耳熟，抬头一看，是杨鸿钧、李云彪、张尧卿、辜天祐四大堂主。公韧见到这四人，又是担心又是厌烦——担心的是先前乞丐国里的一场大战，早已与这四大龙头交恶，厌烦的是见到这四个人，不知道他们又要给自己找多少麻烦。

可是转念又一想，现在清狗子正在四处追捕革命党人。他们能虎口逃生，保存了哥老会的力量，这也是不幸中的万幸。公韧急忙看了看周围，见没有清军的密探，这才松了一口气。

杨鸿钧倒是非常大度，对公韧不像有什么恶意，笑着说："我在头等客房预备了一桌上好的酒席，想请公韧兄弟去，给你压压惊。"

公韧心里有些不高兴，日子艰难，何必这样破费，急忙推辞说："承蒙四大龙头高看，兄弟我确实承受不起。再说平常我又不喝酒，这阵子心烦，更没有心思喝酒了！"

李云彪把公韧的饭菜拿起来，全倒到长江里，说："这样的饭食怎能下得了口？"张尧卿和小青盈熟，一下子把她抱起来说："小青盈，大伯给你预备了好吃的，去不去哇？"

小青盈听了十分高兴，拍着张尧卿的头说："好，好，有好吃的为什么不去？亲爸爸，走，吃酒席去！"

辜天祐对小青盈做了个鬼脸说："小青盈，怎么又找了个亲爸爸，这是怎么回事？"小青盈啐了他一口："关你屁事！"

公韧急忙训斥小青盈说："不能这样没有礼貌。"公韧实在推脱不开，只好跟着四大龙头到了头等客房。到了一看,他们果然预备了一桌丰盛的酒席。小青盈早就饿了,不等四人谦让,挨个盘子抓了一些好吃的,往嘴里填着。

气得公韧赶紧阻止:"小青盈,不能这样无礼!显得多没有家教啊!"

四大堂主却并不见怪,只是哈哈大笑。他四人把公韧往上座让,公韧急忙推辞说:"有四位大哥在上,兄弟不敢!兄弟不敢!"

杨鸿钧却说:"远来为客!你到我们这里来做客,当然得坐上座了。"

公韧没有办法,只好勉强坐了上座。六人一边吃着喝着,一边谈着自立军失败后,各人所处的困境。

杨鸿钧说:"原来我们拜毕永年为总龙头,是想让哥老会跟着孙先生干革命,生活上也好有个依靠,没想到仍然是吃了上顿没下顿。之后跟着自立军干,没想到自立军又垮了台,真是靠山山塌,靠墙墙歪……"

公韧看了看这价格不菲的一桌酒菜说:"我看诸位不像是吃了上顿没下顿啊?要是在汉口,这一桌恐怕也得十几两银子,这是在船上,恐怕更贵了。"

张尧卿说:"听说两广总督李瀚章是个大贪官,卖官鬻爵搜刮民脂民膏,弄到手里不下几十万,他想把这笔财宝藏到香山县他的狐朋狗友刘扒皮那里,谁知押运财宝的十一个人全部被杀。这成了一个悬案……"

公韧心里一下子警觉起来,真是宴没好宴,酒没好酒,怪不得他们这么殷勤,原来是想算计我呀!

辜天祐又说:"听人说,这件事好像和你有关系,不知道是不是真的?"

公韧看了看这四人,这四个人都在暗暗地观察着自己的神态。

杨鸿钧问:"你莫不是打了只兔子揣到自己怀里,知道了秘密不说。公韧啊,你是为了革命,我们也是为了革命,我们哥老会这几十万人要吃要喝要枪械,你不能见死不救哇!这么着吧,公韧兄弟,你说出秘密,我们哥老会帮你寻到财宝,咱们四六分成怎么样,我们四个人要六,你一个人要四,够意思了吧?"

公韧小声说:"我真的不知道。这么好的事儿知道了还能不说吗?"

杨鸿钧看着公韧的眼睛,略微摇了摇头:"从你的眼神看,你并没有说实话,一定有什么事情瞒着我们。这么着吧,咱们五五分成怎么样?咱们这不都是为了革命嘛!"

公韧的心里有些着急,要是钱落到他们手里,吃喝嫖赌,用不了几天就糟蹋光了,他们到底为革命做了多少工作,还不是秃子头上的虱子——明摆着。

公韧极力装着一脸真诚,有些冤枉地说:"我确实不知道,知道了还能不告诉你们?"李云彪、张尧卿、辜天祐三个人你看看我,我看看你,不知道公韧的话是真是假,而杨鸿钧却根本不相信公韧的话。

正在这时,门被推开了一条缝,挤进来一个满脸污垢的乞丐。他可怜巴巴地喊了一声:"行行好!"公韧一看,这不是老乞丐云中游吗?怕就怕见到这个人,吓得赶紧用手遮住了脸。他要是知道自己在这里,非把自己抓回去当国王不可。

公韧极力躲藏,小青盈却不管这些,大喊一声:"师傅,师傅爷爷!"她一下子从凳子上蹦了下来,扑进老乞丐的怀里。

而老乞丐一把把她从怀里推开,喝道:"我不是你的师傅,临走也不打个招呼。你这个没良心的小东西!乞丐国里白白养了你们这么些天。再说,你没看到我正在行乞吗?你们是我的衣食父母,我正在工作。行行好!"说着又张开了一双乌黑的手,那手像是几年没洗了,指甲缝里、掌纹里全是黑泥。

小青盈把桌上的好菜,挑好的抓了一些,递给了云中游,亲热地说:"师傅,你吃!"

云中游一边往嘴里塞着食物,一边往后边传递,突然后边的田中草猛地推了云中游一把。云中游站立不稳,一个趔趄,连撞几人,还把盘子撞翻几个,菜汤洒了四大堂主一身。

云中游朝后边的田中草骂道:"你这个疯子!推我干什么?有本事自己要啊!"

四大堂主大怒,急忙擦着身上的菜汤。杨鸿钧骂道:"你这个老混蛋,我们正在谈正事儿,你捣什么乱!"说着,抬手就是一巴掌。那云中游却十分灵活,一闪,只听啪的一声,这个耳光打在了李云彪的脸上。

李云彪又气又急,朝着云中游踢了一脚,没想到却踢在了张尧卿的身上。云中游嘿嘿一笑,扮了个鬼脸,说:"既然老夫来了惹得四位堂主这么不高兴,那我们就告辞了。"说着转身嘻嘻哈哈地跑了。

小青盈这时候吃饱喝足了,也出去玩去了。

公韧有些诧异,云中游武功高强,怎么会被田中草推了个趔趄?而他没要多少吃的,就走了,有些不大合乎他的行事作风。

杨鸿钧摆了摆手说:"算了,算了,我们也算是堂堂的哥老会堂主,和一个老叫花子生什么气?有失身份。喝酒,喝酒。"他气鼓鼓地坐下,端起一杯酒,正要喝,忽然眉头一皱,说:"不对!不对!"边说边急忙往怀中掏,掏了半天,只掏出了一些碎银子。

他急得跺着脚大骂:"我这些碎银子老叫花不偷,却把五千两的银票偷去了。真是太可恶了,上当了!上当了!"

李云彪、张尧卿、辜天祐大吃一惊,急忙检查各自的腰包,发现自己的碎银子都没有丢,唯独丢了杨鸿钧的一张大银票。李云彪大骂道:"我们以后可吃什么呀?"张尧卿说:"谅他也跑不远,他还能钻到水里去?"辜天祐问杨鸿钧:"我们现在怎么办?"杨鸿钧大喝一声:"还不赶快追!"

四个人也顾不得和公韧讨论什么宝藏的事了,急忙从客房里跑出来,挨个舱房寻找云中游去了。

公韧乐了,怨不得这个云中游专门到这个头等客舱里来要饭,原来是要偷杨鸿钧的五千两银票。看到云中游的所作所为,公韧的心里又生气又庆幸。生气的是,这样的做法,不敢苟同,那毕竟是四大堂主以后的生活费呀!庆幸的是,五千两银票到了云中游的手里,不知又能挽救多少乞丐的性命。

银子与其在四大龙头手里被糟蹋了,还不如接济天下乞丐。至于四大龙头能不能抓到云中游,讨回银票,想来也有一场好戏可瞧……

第四卷 惠州三州田的风波

第 91 回 三州田秘密举义旗(一)

  轮船开到了广州,公韧悄悄地领着唐青盈下了船,触景生情,心情愈加沉重起来。西品,你离开五年了,你知道你给活着的人留下多少痛苦、思念和遗憾啊。恍惚间,自己好像正和西品手挽着手来到城门口和清兵周旋,仿佛与西品肩并肩来到王家祠堂总机关参加起义,仿佛在珠江上和清狗朱湘展开惊心动魄的搏斗……
  如今的广州城,酒楼、旅馆等更多了,在低矮破败的板棚衬托下,呈现出一种畸形的繁华。真如云中游所说的,富人越来越富且数量越来越少,而穷人越来越穷且数量越来越多,不平等的世界,让普通平民的心里生出一种嫉恨之心。但愿老天爷生出一团熊熊大火,把这个不公平的世界烧掉……
  公韧和唐青盈来到了西关荣华东街办事处。他们敲了敲大门,开门的是一个白面书生,二十一二岁,一身阔少的打扮。他傲气十足地问道:"你们找谁?"
  公韧低头不语,拉住他,一把拖进了门里,看到唐青盈早已闪身进来,反手插上大门,这才谨慎地说:"我姓公,叫公韧,刚从武汉过来。"
  那青年哈哈大笑:"原来是自己人哪,早就听说了你的大名。我叫史坚如,幸会!幸会!"
  公韧小声地说:"这里不方便,咱们屋里说话。"
  进屋后,公韧向史坚如汇报了自立军起义的情况。史坚如也如实地向公韧介绍了一番当前的形势,他说:"李鸿章的两广独立失败后,清政府电召李鸿章北上,担任议和大臣,这个老狐狸也就离开了广州这个地方。由于日本的台湾总督儿玉源太郎口头上表示可以在兴中会起事后施以援手,所以我们改变了原来在广州发难的计划,改在惠州起事,起义的地点就选在三州田。"

公韧听完了介绍,说:"前线需要人,我就去三州田吧。"

史坚如说:"你去也好,那里正需要骨干,特别是懂军事的人。"

公韧看了一眼唐青盈说:"我带着这个孩子实在不方便,还请机关把她留在这里。"没等史坚如表态,唐青盈就调皮地说:"你以为能扔得下我吗?"

史坚如听了哈哈大笑,点了点头说:"我这口气就够大的了,怎么这孩子比我的口气还大!哈哈……了不起!了不起!"公韧有些尴尬,笑着说:"这孩子疯疯癫癫的,什么话大说什么,就没服过输。愁死我了!"

史坚如却夸奖唐青盈说:"三岁看大,七岁看老,从小就不服输,大了一定前途无量。好孩子!好孩子呀!"

公韧只得再给小青盈做工作:"乖儿子,你就听亲爸爸一句吧!留在机关里多好,吃香的,喝辣的,又是广州城,灯红酒绿的,有的是好玩的,总比待在荒郊野外强多了。你在这里,我在那里也好安心革命啊!"

"这么好那么好,你怎么不在这里?除非珠江倒流,白云山崩,人都倒着走。"

"好啊!"史坚如大叫道,"这就叫儿子跟着父亲干革命的坚定誓言。"

公韧叹了一口气:"这就叫瞎子害眼——没治了。"这回没敢把唐青盈硬留下,两人一起出发了。

三州田就在新安县的西南,离香港的新界不远,正好方便和香港的总机关联络。这里山高林密、地势险要、路径迂回,遍布奇峰异洞,高兴得小青盈又蹦又跳,又喊又唱。她一会儿钻进草丛里抓鸟,一会儿又到竹林深处采果,玩得不亦乐乎。

两人顺着一条羊肠小径走进密林深处,这里万籁俱寂,阴森恐怖,偶尔有小鸟发出啁啾之声,显得特别刺耳。公韧虽然久在江湖行走,却也不免心里发虚,一股子寒气从脊梁直往上冒。走着走着,突然,半空中一声大喝:"站住!干什么的?"公韧心里猛然一惊,抬头一看,从树上跳下三个人来,猛地站到公韧面前。他们头缠红布,身穿白布镶红号褂,完全一副绿林的打扮。

小青盈人小胆大,毫不害怕,还是该怎样玩就怎样玩。

公韧清了清嗓子,屈右手食指,其余手指伸直,掌心向前亮明了身份,说:"日新其德。"

那中间的一个人说:"业精天勤。"

公韧又说:"万象阴霾打不开,红羊劫运日相催。"

那个人又说:"顶天立地奇男子,要把乾坤扭转来。原来是自己人哪,请!"说完在前面带路,引领二人前行,公韧心里这才踏实了些,领着唐青盈在后面不紧不慢地跟随着。

前边竹林更加茂密,山势更加陡峭,在接近山顶的地方,搭着十几间草棚。三三两两同样装束的义军或坐或立,竹棚上两面红旗迎风飘舞,上面用隶书写着"大秦国"和"日月"字样。

兴中会会员兼三州田义军军师郑士良从一间草棚里迎出来,他三十七八岁年纪,浓眉毛,高鼻子阔嘴,脸庞瘦削,全身显得精干利落,一看就知道是练武的出身。郑士良是个大嗓门,老远就迎接道:"公老弟,老远就看见你了。失迎!失迎!"

公韧早就认识这个健壮豪爽的汉子:"郑军师,广州码头一别,已经有五年了。幸会!幸会!"两个人手拉着手进了草屋。

郑士良笑着说:"几年没见,公韧弟怎么领了个孩子来?兄弟结婚了吗?孩子都这么大了。"

公韧脸一红,说:"大哥这是哪里话,这是自立军总司令唐才常的儿子。这孩子乖巧得很,又好跟脚,我也是没有办法!小青盈,快来见见你郑大爷。"

再找唐青盈时,却不知道她跑到哪里去了。找了一圈才发现唐青盈混在一群义兵里头,正拿着架子练功。看那功夫,不像是才练了一年半载的,那一招一式绝不在那些义兵之下。

没有多少寒暄,郑士良便直奔主题说:"我们在这里集合了六百人、三百支枪,已经等了三个月了,还不见上头发布起义命令。这么些人要吃要喝,粮食已经成了问题。再说时间长了,保密工作十分困难,恐怕消息早已传出去了。"

公韧考虑了一会儿说:"虽然看着这个地方挺隐蔽的,可地方毕竟太小,如果消息已经传了出去,我们成了明处,敌人倒成了暗处。再说这个地方是个死地,南边是海,靠着香港,不能发展,只能向北,而北边又有新安、惠州、深圳、淡水、镇隆等清廷重镇。如果清军派上几千兵,把我们这一方山林一围,别说打仗了,就是困,也能把我们困死。你看这样行吧,往外再扩大一些范围,严密封锁消息,一是解决了一部分粮食问题,二是也扩大了我们的触角,能知道更多外面的消息。一有战况,立即收缩兵力集中对敌。"

郑士良考虑一番,点了点头:"我看行,就依公韧兄弟的办法,留下八十人守老营,其余的分散到附近的村庄里。遇到外人是只能让他进,不能让他出,你看这样如何?"

公韧说:"好,好,我看这样行。"

当下,郑士良重新调整部署,留下八十个骨干八十杆枪守老营,其余的人分散到山下的王家庄、李家庄等几个村庄。

这样过了十多天,有几个误入义军驻地的村民被扣住了。他们的亲属来找,也被扣住了,这样一闹不但没能保守秘密,反而传得沸沸扬扬。公韧觉得这样下去情况不妙,就带着唐青盈到村里去查看情况。到了王家庄,看见一个屋里关着七八个人,有年轻人,也有老年人,都是附近的老百姓。公韧让一个义军叫出来一个老头,那个老头吓得哆哆嗦嗦的,不敢正眼看公韧。

公韧对他笑了笑,给他搬过来一条板凳,让他坐下,问:"大爷,怕什么呀?没有什么可怕的。"

老头偷偷看了看公韧说:"这位大王,你不是要杀我吧?"

公韧笑了笑说:"哪能呢,大爷,老百姓是我们的衣食父母,我们哪能对你随便打骂呢!更不能杀人。大爷,我问你,叫你反对清朝,打清狗子,敢不敢?"

老头连连摇头,摆着手说:"不敢!不敢!那不是造反吗?那可是要满门抄斩的。"

公韧又问他:"你愿不愿意过上好日子?"

第92回 三州田秘密举义旗(二)

老头说:"这位大王,说话可真让人糊涂,谁不愿意过上好日子。"

公韧又问他:"是有人欺负你好,还是没人欺负你好?"

老头这回说话倒快:"你说的这话,我就更不懂了。人又不是贱骨头,谁愿意让人欺负。"

公韧点了点头:"这就对了,要想过上好日子,要想不被人欺负,就要推翻清朝,就要建立一个人民当家做主的联合政府。"

老头琢磨了半天,略微点了点头:"是吗,那就太好了。"

公韧又问他:"你支不支持我们革命,也就是造反?"

老头说:"那我就从心眼里支持你们了。"

公韧叫过来一个义兵头,让这些老百姓留下地址、姓名,告诉他们不能泄露这里的情况,谁要泄露这里的情况,就要治罪!然后把他们全放了。

义兵头不理解,问:"公龙头,放了他们,他们准会走漏风声。"

公韧说:"可是这样关着也不是个办法呀,这样我们就真成了山大王了。留下他们的地址、姓名,也让他们有所顾忌。"

公韧又在附近遛了一圈,走着走着,忽然感觉后面有人紧紧跟随。公韧快走,那些黑影跟得快,公韧慢走,黑影也跟得慢。公韧回过头来,后面除一些竹林和杂草以外,什么也没有。

公韧悄悄对唐青盈说:"后面有人。"

唐青盈小声对公韧说:"我早发现了,只是没看清到底是些什么人。亲爸爸既然讨厌他们,看我不叫他们吃吃苦头。"

公韧还是装着什么也不知道的样子,继续前行,突然听得后面"哎哟!""扑通"几声。公韧回头一看,杨鸿钧像狗吃屎一样趴在了地上。

后面李云彪、张尧卿、辜天祐赶紧扶起了杨鸿钧问:"杨堂主,怎么样,摔痛了吧?"

杨鸿钧踢了踢地上,骂道:"原来是许多草绑在了一起。一辈子玩鹰,倒叫小鹰啄了眼,真气死我了!"

又是四大龙头,简直是一块扯不下抹不掉的烂膏药。公韧心里对他们腻烦到了极点,但是表面上还得装装样子。公韧赶紧迎上前来,拱着手说道:"原来是四大堂主。失迎!失迎!有什么事情到山上谈谈多好,何必苦苦跟在身后呢?"

杨鸿钧哼了一声,对公韧要横说:"我那五千两银票,让你儿子的师傅偷去了。常言说,父债子还,子债父还,我们朝你要定了。"

公韧心中虽然愤愤不平,可表面上只得搪塞道:"怨都怨那个老叫花子,他千不该万不该偷你们的银票。可是我这里也没有钱哪,还不如谁偷了找谁要去,在我这里喊破天也是白白耽误工夫!"

听了公韧这不软不硬的话,杨鸿钧一下子变了脸色,吼道:"都是因为你,害得我们身无分文。你和那个老叫花商量好了,设下圈套偷了我们的钱也说不定呢!你不是不认账吗?今天就叫你尝尝苦头。"说着一使眼色,四大堂主立刻围成一个圈,要对公韧动手。

虽说公韧跟韦金珊学过几天功夫,也在三合会练过几年,可是要和四大堂主单打独斗,还差得远呢!尚未开打公韧心里已有些打怵。杨鸿钧对公韧嘿嘿一笑:"其实有个不动手的机会,不知你能不能把握。"

公韧问道:"什么机会?"

杨鸿钧说:"就是那笔财宝啊!你给我们提供线索,我们找到财宝,增加了感情,又一块儿发了财,何乐而不为呢?"

公韧大怒道:"你们成天就是钱!钱!钱!烦死人了。我什么也不知道,就是知道了,也不告诉你们!"

杨鸿钧一使眼色,一伙人便上来欺负公韧,只打了一会儿,公韧就被四大堂主打趴在地。公韧心里暗暗叫苦,但是此时也没有什么办法,都怨自己没有本事,是死是活,只能由他们折腾了。

在此危急之时,忽听得竹林中一声大喝:"你们四人欺负一个,算哪门子的英雄好汉?"

众人大惊,不禁顺着话音寻去,原来是韦金珊!他不紧不慢地来到了跟前。杨鸿钧觉得这人有些面熟,想了想,猛然想起五年前在广州望海楼的事情,不禁大喊:"你一个光绪皇帝的近臣,还手持过光绪的金牌,怎么不跟着光绪到西安去,到这里来干什么?"

韦金珊苦笑着说:"如今你们是清廷捉拿的哥老会要犯,我是清朝捉拿的维新要犯,咱们是一根藤上的两个苦瓜,没什么区别!"杨鸿钧又吼道:"既然是一根藤上的两个苦瓜,那就请你该管的管,不该管的不要乱管!"

韦金珊说:"该管不该管的话先不说,我实在是不明白,这位兄弟是三合会的,三合会又和哥老会是同舟共济的盟友,你们为什么要窝里斗呢,能否给我说个明白?"

杨鸿钧笑了笑:"其实,我们和公韧兄弟之间也没有什么大事,逗着玩呗!我想,是非曲直总得有人来主持公道。既然兄弟来打抱不平,那就请你给评评理?"

韦金珊点了点头:"兄弟我才疏学浅,也就勉为其难了。"

杨鸿钧就把在船上唐青盈的师傅怎样偷走自己五千两银票的事情说了一遍。

韦金珊听了觉得好笑,被一个小孩子的师傅偷去银票,凭什么赖在公韧身上?可见四个人有些不讲道理。只好说道:"我好好劝劝公韧兄弟吧,不过这个事儿挺麻烦,银票又不在他爷俩身上,要紧的还是找到那个老乞丐。只有找到他,才能要回那张银票。"

杨鸿钧听出韦金珊偏向公韧,一着急,就说道:"我们也不愿意把那笔账记在他身上,其实公韧兄弟发了一笔大财。这五千银票就算在他手里,也不过是关公吃豆芽——小菜一碟。"

韦金珊听了心里暗暗吃惊,莫不是杨鸿钧也知道两广总督李瀚章的那笔贪污巨款?可是表面上仍然装作什么也不知道的样子,说:"我只知道公韧兄弟十分贫穷,吃了上顿没下顿,哪能发什么大财?你说的这番话,叫我实在难以相信。"

"你不信啊?可确实有这么回事。"杨鸿钧气冲冲地把前几天到香山县调查的情况说了一遍,末了他又加重语气说:"县里当时参加审案的人都说,知情人除了公韧,没有别人。"

听到这里,公韧心里总算明白四大堂主为什么辛辛苦苦地追到这里了,看来是有备而来。自己一旦被他们缠上,恐怕终生不得安宁。

韦金珊听了这些话更是吃惊,也证实了自己的种种推测,公韧一定知道李瀚章这笔财宝的确切去处。想到这里,韦金珊耐心地劝四大堂主说:"我看这事要耐心,是自己的,别人争不去,不是自己的,想要也得不到。"然后转身又对公韧说,"既然公韧兄弟发了这笔大财,还在乎这五千两银票吗?何必这么小气呢!你说呢,公韧兄弟?"

公韧摇着头,连声喊冤:"我根本就不知道李瀚章那笔财宝的事,你们怎么都歪着嘴说话呢?"

韦金珊又劝四大堂主说:"我看时间不早了,四位大哥也累了,还是找个地方歇着吧。我再劝劝公韧兄弟,反正他就住在山上,还怕他赖账跑了不成?"

四大堂主想想也是,互相瞧了瞧,愤愤而去。

等四大堂主走远了,韦金珊对公韧说:"你说咱俩的关系怎么样?"

公韧说:"咱俩已经结拜为异姓兄弟,不能同年同月同日生,但愿同年同月同日死!"

韦金珊点了点头:"虽然自立军失败了,但是我们还可以重整旗鼓,东山再起。现在只缺一样东西,不知兄弟能不能帮我一把?"

公韧问:"缺什么呀?"

韦金珊叹了一口气:"缺的是钱!这事只能你帮我。"

公韧心里又是一惊,四大堂主刚走,韦金珊又来要钱。这笔不义之财虽云里雾里的,却已在江湖上闹得沸沸扬扬。再说就算有这笔钱,也不能不通过组织,直接交给保皇党啊!公韧连连摇着头说:"别听他们瞎说,哪里有这回事啊!"

韦金珊见说服不了公韧,只得无奈地摇了摇头:"我们是结拜兄弟,在地上磕过头拜过把子的,你不能为了革命罔顾我们之间的情谊,你再考虑一下,当真就不顾我们兄弟之间的感情吗?"

小青盈看到两个人为各自的信仰争论着，撇了撇嘴，对韦金珊说："我那个亲爸爸舍命保皇，却叫清狗子杀了。为什么呢？就因为他太傻了。我看你也不精，早晚也得上当。"

公韧说："连这么个小孩子都分得清黑白，都懂得革命和保皇的利害关系，而你韦金珊，这么一个大英雄，却糊里糊涂地跟着保皇党卖命，白白葬送一世的英名。还是快快改弦易辙吧！"

第93回　赤裸兵沙湾初获胜（一）

韦金珊临走时，仔细看了看唐青盈，好半天才说："真是三年的活儿没处找，三年的孩子满地跑。这才几年啊，就长成大姑娘了。你当真不认得我了？"

小青盈嘴一撇说："我认得你是哪山的猴哇？"

韦金珊笑了笑："不认得也罢，省得想起来我心里难受。青盈，好好跟着你这个亲爸爸吧，跟着他我就放心了！"

韦金珊又对公韧说："人各有志，不能勉强。公韧兄弟，我再劝你一句，苦海无边，回头是岸，希望你尽快离开这个是非之地。"

公韧眉头一皱，问："为什么？"

韦金珊说："你们聚众山林，竖起反旗，以为官府不知道吗？告诉你吧，水师提督何长清已率领新旧靖勇和虎门防军四千人进驻深圳，加强了这一带的防卫。陆路提督邓万林率领惠州防军也已驻守淡水、镇隆，堵塞了三州田的出路。凭着你们几百个人，几百条枪，就想扯旗造反，这不是拿着鸡蛋碰石头吗？"

公韧大吃一惊，如果韦金珊的话是真的，那么三州田的起义根本没有什么秘密可言，早被清军侦知，并做了严密部署。看来一场大战马上就要开始，而三合会却还蒙在鼓里，一时觉得心里沉甸甸的。

韦金珊拱了拱手说："希望你好自为之，咱们后会有期。"说着转身疾步而去，眨眼之间就消失在深深的蒿草之中。

唐青盈朝着韦金珊隐去的地方，连连吐了几口唾沫："呸！呸！呸！保皇狗，没有好下场。"

公韧拉着唐青盈急匆匆地来到山上营寨，见到郑士良，把韦金珊说的情况一口气说了一遍。郑士良听完，点了点头说："已经接到密报，和韦金珊说得差不多。

军情紧急,咱们先把兵力集中起来,准备开打吧!"

郑士良即刻发出命令,部队迅速在山上集结。可还没有开打,又接到了上级密信,说:筹备未完,令暂解散。

这时候草鞋又发来密报,说驻守在附近的清军已经蠢蠢欲动,就要发动进攻,情况已万分危急。清军一旦进攻,这个小小的地方,就将成为义军的覆灭之地。几个小头目聚集在郑士良周围,商讨对策。有的主张服从上级命令,暂时解散,保存实力,但大部分则要求立即起义,和清军决一死战。

郑士良的眉头皱得紧紧的,在草棚里走过来,走过去,一边走一边嘟囔:"元帅怎么还不来啊?家有千口,主事一人。要是打吧,一步不慎,弄不好就要全军覆没。要是不打吧,多少天的准备全泡汤了。"

就在这时,草棚外面人声沸腾,人还没进来,话声先传进来了:"弟兄们好啊!弟兄们好啊!"

义兵们一齐嚷嚷:"元帅好!大龙头好!"话音未了,进来了一矮一高两个汉子。

前头一个个子不高,却长得粗壮有力,面目严肃沉稳,有一种说不出来的威慑感。郑士良一见那矮壮汉子,眼睛一亮,拱了拱手说:"元帅,你可来了!孩子哭了抱给他娘,这下子我心里可有底了。现在军情紧急,众位龙头正等着你拿主意呢!"

那矮壮汉子后面的大个子见了公韧就大声喊道:"公老弟,你怎么还没死啊?弟兄们可是早给你烧过纸了。"

公韧抬头一看,此人不是别人,正是大龙头王达延!公韧激动地大喊一声:"王龙头,你还活着啊?我到阎王殿里转了一圈,黑白无常抓着我就要往油锅里扔,可是崔判官过来看了看说,抓错人了,抓错人了。本该把那个大头、大脸、大嘴的王大个子抓来,怎么让他滑过去了。黑白无常一看,也骂道,都是那个大个子太滑头,把我们也糊弄了,逮着他非叫他吃吃苦头不行!说着,一脚又把我踹了回来。"

王达延抓着公韧就捶,大骂道:"好你个小子,竟敢拐着弯地骂我。看我能饶了你!"两个老伙计高兴得又蹦又跳,又捶又打,好像有说不完的话。

原来大通起义的残部退到九华山后再也无力和清军主力开战,和清军捉起了迷藏,遇到了乡间的团丁打了几仗。后来听说自立军全部失败,就解散了队伍,各自撤回各自的家乡。当初开往武汉时,王达延领着三合会的主力三百余人,如今只剩下一百人不到。

公韧赶紧看那些会员，看哪些人还在。仔细一看，张散、李斯、邢天贵还在，可是有一些弟兄却永远回不来了。活着的弟兄一个个拉着公韧的手问长问短，亲热异常。这个说："听说清狗子把总部的人全抓了，你怎么逃出来的？"那个说："我们坐船回来，一路上都挂念着你啊！"

公韧对张散说："快拿你那天下第一美味来犒劳犒劳我吧，早就馋了。"张散不好意思地说："想吃这个还不容易，竹林里的竹鼠正肥呢！恐怕皇帝也没有这个口福。等我喘口气，就给你逮去。"

公韧又对李斯说："你那龙肉我也想了，能不能开开荤？"

李斯胸脯一挺："这好办！这里有的是蛇，都是我养的。什么时候想吃，咱手到擒来，先过过嘴瘾再说。"

王龙头指着黄福给公韧介绍说："恐怕这位你还不认识。这是我们三合会的大元帅黄福，快来拜见大元帅。"公韧赶紧行了一个帮会礼说："三合会王达延部白扇公韧拜见黄福大元帅！"

王龙头又对黄福说："这位就是我常说的公韧兄弟，一位年轻的干将，屡屡给我们三合会建奇功。"

黄福拉着公韧的手，高声大叫着说："好兄弟公韧，你的名声早就隔着门缝吹喇叭——名声在外了。我们三合会也好，兴中会也好，就指望你们这些年轻人了。"

公韧脸上一阵发烧，连忙摆手说："哪里，哪里，我不过多说了几句话，出了几个主意。还是弟兄们出生入死，舍命杀敌，冲锋陷阵辛苦。要说主心骨，你们这些老前辈才是我们的主心骨，我们年轻人在前面打打杀杀也就是了。"

黄福见公韧这么谦虚，心里自然高兴，又鼓励了公韧几句："以后，你就当我的随军参谋，有好多事情需要和你商量。"

公韧受宠若惊，连说："晚辈不才，定当竭力效劳！"黄福笑了笑，领着众位头领召开军事会议。

军事会议上，黄福坐在中央，左边是军师郑士良，右边是公韧，然后是各位龙头、草鞋分坐两旁。黄福聊家常似的说："各位龙头、草鞋，清狗子我们不要怕，怕他干什么？虽然清军水师提督何长清四千人，于十日进驻深圳，清军陆路提督邓万林率惠州防军驻守淡水、镇隆，但是我革命军的江公喜等，已在新安和虎门集合了同志数千人，就等待着我们打出三洲田，和他们兵合一处，然后进攻新安南头城。拿下南头城后进攻广州,拿下广州,作为根据地,然后大举北伐,打到北京。"

王龙头用他那大嗓门大声嚷嚷着:"对!对!打到北京去,占领紫禁城,去坐坐皇帝小儿的那把龙椅。"

公韧也鼓着劲说:"虽然我们只有六百人,三百条枪,但上下一心,同仇敌忾。清政府虽然看似庞然大物,但官场腐败,上下离德,已是风中残烛,说不定什么时候就要熄灭。再加上义和团和八国联军的压力,慈禧和光绪不在京城,这不正是天赐良机吗?我们努力烧把火,一定能烧到北京去。"

众位龙头、草鞋也附和:"对啊!对啊!打吧!打吧!"

郑士良说:"现在水师提督何长清,已调前队两百人驻新安县的沙湾,时刻准备进攻我们,而我们要从三州田打出去,也必须首先拔掉这颗钉子。现在我们六百,他们两百,以三击一,我看此仗可打!"

王龙头请战说:"让我领着我的百十号人冲下山去,杀他个片甲不留。"

黄福朝大家摆了摆手说:"首战必胜!也好振我军威。沙湾第一仗谁也不用争了,就是我黄福的。"公韧请缨说:"杀鸡焉用牛刀,哪能让大元帅亲自出马,由我领着百十号弟兄全办了。"

黄福摆了摆手:"好!就这样定了。由我和公韧先给大家做个样子,以后就按照这样子打!"

十月八日子时,也就是阴历的八月十五,月圆如盘,义军大队悄悄地向沙湾进发。

公韧对背上睡得迷迷糊糊的唐青盈小声说:"青盈啊,时间还早,你就在亲爸爸背上再睡一会儿吧!"

唐青盈揉着惺忪的睡眼,问:"亲爸爸,这是上哪里去哇?"

第94回　赤裸兵沙湾初获胜(二)

公韧嘘了一声,悄悄说:"乖儿子,亲爸爸这是给你报仇去,打起仗来你可要听话呀,别乱跑。"小青盈听到这话来了精神,一点也不困了,悄悄说:"亲爸爸,你也给我一杆枪,你杀到哪里,我跟着杀到哪里。"

公韧轻叹了一口气:"你什么时候能长大呀!等你长大了,亲爸爸一定给你一杆枪。"

离沙湾还有二里地,大队人马停下,蹲在地上,悄悄地注视着一潭死水般,毫无动静的沙湾。刘福领着事先选好的八十名突击队员,他们手执快枪,脱了褂子、裤子,只穿一条小裤衩,黄黄的皮肤和月光融为一体。

公韧把唐青盈交给一个义兵,小声嘱咐她说:"听话,亲爸爸很快就回来。"

小青盈这回倒是很听话,轻轻地点了点头,把嘴贴在公韧的耳边说:"亲爸爸,我等你回来。你回来,还要给我讲故事呢!"她的小拳头攥得紧紧的,像名战士一样,眼睛紧紧地注视着沙湾。

八十个人在黄福的带领下,弯着腰悄悄地向沙湾快速逼近。黄福学了一声狗叫,大家全都趴下了。

沙湾的十多顶帐篷前,有两个清军岗哨正打着哈欠巡逻。黄福用右手指了指前面,推了推身旁的两个义军,那两个义军迅速地向那两个岗哨匍匐前进。

到了跟前,两个义军一跃而起,一个岗哨的肚子被一把锋利的匕首豁开了,另一个清军被两个义军像抓小鸡一样,掐着脖子捂着嘴,连推带搡地给拖了过来。

到了黄福跟前,那清兵早被吓酥了腿,一下跪倒在地上,裤子也湿了一大片,连喊:"大王,饶命!大王,饶命!我上有七十老母,下有三岁孩……"

一个义兵用枪筒子捣了他一下,他不敢再胡说了。黄福低声问:"帐篷里有多少人?"

那清兵用变了腔的声音哆哆嗦嗦地说:"报告大王,连我俩一共两百人。"

黄福又问:"还有别的岗哨吗?"

那清兵急忙说:"没有,没有,就我们两个。"

黄福用手点了一下他的额头说:"你说的可是实话?"

清兵连忙说:"不敢骗大王,不敢骗大王。骗大王不得好死。"

一个义兵用刀子一下子把这个清兵的辫子割了下来,说:"要不,你就跟着我们干吧,不然,就别要你这颗脑袋了。"这一刀吓得那个清兵几乎晕了过去。

黄福指着帐篷,右手往里一拢,左手又向里一拢,做了一个合围的手势。公韧领会,带着四十个人快速从右边向帐篷扑去,黄福带着四十个人,从左边向帐篷扑去。

钻进帐篷里一看,一个个清兵睡得正酣,快枪一支支地架在一边。有个清兵突然醒来,看到一个个几乎赤身裸体的义兵大吃一惊,正要呼喊,一个义兵朝他开了一枪。枪声一响,义兵们的枪声都响了,有的清兵在睡梦中被击毙,有的从睡梦中醒来弄不清怎么回事,跟没头的苍蝇一样乱跑乱撞,不是被义军打死,就是跑出沙湾老远,哪里还有心抵抗。

战斗很快结束了,黄福叫公韧清点一下战场,义军无一伤亡,击毙清军四十二人,夺枪六十三支,弹药数箱,俘获清军三十四人。黄福叫义兵剪去清兵的辫子,让他们在义军里服役。

这时天已大亮,大部队也开过来了,看到第一仗打得这么漂亮利索,个个笑逐颜开。八十个义军又都穿上镶红边号褂,用红布包上了头。小青盈跑过来,公韧把她紧紧地抱在怀里,乐得小青盈又叫又唱:"亲爸爸真厉害,打得清狗子不吃菜,又抓俘虏又剪辫,我们个个乐开怀。"

整个部队又喊又叫,洋溢在一片喜庆之中。

黄福正要集合队伍,按照原定计划,向西南前进,好与驻新安和虎门的江公喜部会合,一个草鞋送来了从台湾发来的电报,让义军在横岗改变方向,取道东北向厦门方向前进,好在那里接受台湾来的军火。黄福、郑士良、公韧等人传阅了电报,各有各的看法。

公韧说:"江公喜部近在咫尺,几千人的同志加入我们的队伍,战斗力一定会大大加强。厦门那么远,一路上有清军层层堵截,能过得去吗?"

郑士良说:"就算江公喜和我们会合了,如果没有枪支弹药,人多了又有什么用处?只有到了厦门,得到从台湾来的武器弹药,我们才能和清军继续作战。"

公韧反驳说:"能不能到厦门,还是个未知数。厦门武器弹药再多,如果到不了,又有什么作用呢?"

黄福考虑了一会儿,拍板道:"向西南进发和江公喜会合,好处是人多势大,坏处是光有大刀长矛,和清军作战没有什么优势;如果从东北向厦门进军呢,最起码是理论上有武器弹药。不管怎么样,我们现在从三州田打出来了,兵贵神速,由不得我们犹豫不决,趁清狗子没回过神来,我们就往东北打吧。"

就在这时,草鞋又报来好消息,说从香港秘密通道运来了一批军火。黄福他们听了非常高兴,迫不及待地去查看。义兵正从马车上卸下成箱的枪械,黄福叫义兵破开箱子看了看,每箱十支最新式的 M98 式毛瑟步枪,一共有二十箱,另外还有五箱子弹。

这种步枪有螺旋形膛线,采用金属壳定装式枪弹,使用无烟火药,弹头为被甲式,提高了弹头强度,由射手操纵枪机机柄,就可实现开锁、退壳、装弹和闭锁的过程。毛瑟枪安装了可容五发子弹的弹头仓,实现了一次装弹,多次射击。

黄福又叫一个义兵破开一箱子弹看了看,黄灿灿的,就如一箱箱黄金一样。

王龙头拿起一支毛瑟枪,拉了拉枪栓,传出来一声清脆的钢铁撞击声,乐得王龙头嗷嗷大叫:"好枪!好枪!上等的毛瑟枪。这两百条枪一齐开火,那是什么成色啊,够清狗子喝一壶的了。"

几个义兵正在把黑油油的钢筒子和一个钢铁架子拼装在一起。王龙头没见过这种武器,摸着圆筒子问那几个义兵:"这是什么玩意啊?又重又碍事,趁早扔了算了!"

黄福大腿一拍,高兴地说:"这不是格林速射炮吗?好!好!"

王龙头问:"这就是大炮?"

黄福说:"怎么不是啊,当年拿破仑土伦之战就是用火炮把敌人打败的。火炮是战争之神,谁有了火炮,谁的火力压制住对方,谁就能在战争中掌握主动权。一般的大炮每分钟只能发射两发炮弹,而这种速射炮每分钟发射炮弹可达七发。"

"是吗?"王龙头赶紧宝贝似的用手抚摸着火炮上的每一个零件,生怕这些零件从手中溜掉。黄福看着迅速装起来的四门格林炮,问一个指挥装炮的义兵:"你们几个谁会打炮?"

那个义兵赶紧恭敬地对黄福说:"黄司令,就我一人会打炮。"

黄福问:"你叫什么?"

那个义兵说:"我叫王大正。"

黄福说:"好!王大正,打得正。现在你就是炮队的队官,人员由你挑,由你训练,你直接听我指挥。"王大正毕恭毕敬地说:"是!"

枪支、弹药分配完毕后,部队迅速向东北方向大踏步地前进。

王龙头领着两百人为先锋,黄福、郑士良随后跟随前进。一个时辰大约能走二十里地。后面每门速射炮由三匹马拉着,动作一点也不比步兵迟缓,倒像是一支训练有素的步炮联合部队。整个队伍因为没有伤兵,所用的给养又有马匹驮着,所以显得非常精干。

到了平潭附近时,前面侦探来报,清军有五百多人,正在前面列队等候。黄福登上了一座土岗,凭高远眺,看到清军大约五十个人一排,站了十排,都手执大刀、长矛,并没有什么快枪。一看就知道是地方安勇,也就是保卫地方的民团。

黄福问公韧:"你看这一仗应该怎么打?"

公韧鼻子一哼:"他们还排着方阵,以为我们是大刀长矛呢?看来他们还停留在冷兵器作战的思维,也不看看什么年代了。我们也别太招摇了,干脆,我们以方阵对方阵吧!"

黄福冷笑一声："就叫他们尝尝格林炮、毛瑟枪的滋味吧！"

黄福叫队伍休息一会儿，然后叫一百多人排成一排，中间五十个人手执大刀、长矛，而两边的人手执快枪。列好队后，黄福走在前头，率领着整齐的队伍向清军进发。到了清军队伍前三百多米时，黄福双手向下一压，队伍全都趴下了。

第 95 回　小青盈平潭获弯刀

这时候，黄福的左手往后一挥，四门格林炮同时发威。

眼见着，四颗黑黑的弹丸跃过义军的头顶，飞向敌人的队伍，炮弹在清军队伍里腾起四团火光，四团烟雾，炸得清军血肉横飞，晕头转向。

清军还以为要展开白刃战呢，哪里见过这种阵势，清军方阵上已是死尸一片，满地伤兵，鲜血飞溅，惨不忍睹。

手执刀枪剑戟的士兵，在现代化的枪炮面前简直就是一群任人宰杀的牛羊，案板上的鱼肉。黄福的手往后一摆，大炮不响了，黄福两手又往上一抬，义军们全都站起来了。

黄福往前一挥手，义军们排着整齐的队伍，一溜小跑。到了乱糟糟的清军队伍前一百米时，黄福的右手用力一砍，五百条快枪一齐射击。

在剧烈的排子枪声中，清军们倒下了一片又一片，哪里还有什么队形。黄福双手往前一推，义军们大喊一声："杀呀！"一齐往前冲去。没被子弹打死的清军们，又被义军的大刀长矛砍死、捅死，没死的纷纷溃逃了，溃逃中又被义军的快枪打倒不少。

这一仗打得痛快淋漓，几乎是一边倒。义军没几个受伤的，而清军差点被全歼。

黄福下令赶快打扫战场。小青盈在战场上到处乱跑，在清军死尸中这里扒扒那里看看。

公韧着急地喊道："小青盈，快过来！快过来！"小青盈跑过来了，手里拿着一把明晃晃的小弯刀对公韧说："亲爸爸，你看这把刀怎么样？"

公韧把弯刀拿过来仔细瞧了瞧，这弯刀一尺多长，极其锋利，刀面上能映出人的模样，既能当剑刺，又能当刀劈，掂在手里刀身忽闪忽闪的，想必是用极有韧性的好钢做成。

公韧说:"小孩子家,耍什么刀?"就想随手把刀扔了。

小青盈却以极其敏捷的动作从公韧手里夺过弯刀说:"这把刀我使正好,你可不能给我扔了。"说着顺手耍了几个叫人眼花缭乱的动作。公韧心里觉得好笑,说:"几天没见,本事见长啊!哪里学的这么些乱七八糟的动作?"

唐青盈不理会公韧,顺手把弯刀插进了一个十分精致的牛皮刀鞘里。

义军打扫完战场,黄福安排部队在一个山冈上宿营。布下岗哨后,他马上和郑士良、王龙头、公韧几个研究敌情。山冈上歪七扭八地长着稀稀拉拉的杂树棵子和一片片竹子,几个人随便扒拉了个草窝坐下了。

郑士良首先介绍敌情说:"我们的前面,淡水方面有水师提督何长清,拥兵三千人在那里布防,若我们向镇隆前进,又有清军邓万林统兵一千堵塞要道。何长清和邓万林部是正规的绿营,都是用快枪装备起来的。"

王龙头嚷着说:"怕他干啥?我们一阵子大炮,一阵子乱枪,先打他个稀里哗啦。然后一阵子猛冲,准能把他们打垮。"公韧摇了摇头:"这绿营啊,虽说是旧式军队,可是装备了新式武器后就不能小瞧。况且敌众我寡,不能硬拼,硬拼我们占不了便宜。"

黄福考虑了一会儿说:"我们只有六百人,一半人缺乏军事训练,一百多人没有快枪,无论是何长清还是邓万林我们都不好打。进又进不得,退又不能退,时间一长,清军一窝蜂围过来,我们就麻烦了。"

郑士良想了想说:"这里离平山、龙冈不远,这两个地方既有兴中会的同志,也有哥老会、三合会的人,我们再召集一些人,加强我们的队伍如何?"

王龙头说:"既然这样,还是由我去吧,这些人我熟。"

黄福说:"那就麻烦王龙头了,只要王龙头出面,没有办不了的事。"

王龙头辞别黄福几个人,带着几个贴身义兵,换上便衣,向平山、龙冈出发了。

再说清将邓万林在镇隆镇守,他看到镇隆是个小山坳,四面环山,无险可守,前面有一座小山,称为无名山,地势又高,又可以屯兵储粮,是进攻镇隆的必经之道。于是邓万林就把自己的一千多人全都带到了无名山上,挖掘战壕,构筑工事,凭险而据。

邓万林不断地派出侦探刺探义军情况。他听侦探说,无名山前面没有什么特殊情况,黄福的部队都在淡水附近活动,有进攻淡水的态势,邓万林的心里就开始麻痹起来。此时天气已冷,山顶上的风特别硬,驻扎在山里哪有在镇隆搂着刚娶的小妾睡觉舒坦。邓万林熬了几天熬不住了,嘱咐管带好好把守无名山,自己晚上就偷偷地溜回镇隆搂着小妾快乐去了。

管带看主将丢下阵地不管，留自己在这里挨饿受冻，吃不好睡不好，心里也不平衡。他想到反正有了功是你的，有了错还得自己扛着，心有抵触情绪，因此对军务上的事情也不大上心，不是喝酒，就是隔三岔五地跑到镇子里去快活。

这天晚上刮起了东北风，使原本就不明亮的月亮蒙上了一层阴影，一阵又一阵的阴风刮过，两个放哨的清兵冷得瑟瑟发抖，一边跺着脚，一边发着牢骚。年纪大点的说："这两天怎么没听到革命军的动静了？"

年轻点的说："没听长官说吗，淡水那边有动静，说不定这两天，他们就打淡水了。"年纪大点的说："听说黄福这个人狡猾得很！可别摸到咱这边来，咱可得睁大眼睛看着点儿。"年轻点的又说："你就别操这份心了，咱那长官都到山下搂着女人睡觉去了。你操的哪门子心……"

就在这时，一阵轻微的响动传来，两个人还没有回过神来，一个人被抹了脖子，另一个被捅穿了心脏。

成群的义军跳进战壕，见清军一个个东倒西歪，睡得正酣，二话不说，举刀就砍，挺枪就刺，没多少工夫，战斗就结束了。除了杀敌四百余名，还俘获了清军三十多人，另外还缴获了枪支七百余支，子弹五万发，马十二匹，旗帜、袍子、帽子不计其数。黄福又叫人为俘获的清军剪去辫子，在部队里服役。

原来是王龙头在平山、龙冈找到了兴中会的同志和三合会的骨干，很快带回了一千多人，使义军的队伍增加到了一千六百人。黄福伪装在淡水附近活动迷惑清军，然后突袭无名山大获成功。

这时天已大亮，黄福叫王龙头乘胜带领四百人进攻镇隆。

邓万林势单力薄，只剩一些残兵败将，怎能守住镇隆？再说这个地方是一个小村镇，又无险可守，无奈之下邓万林只好带着他的残部，向后面退去。义军不费一枪一弹，又占领了镇隆。

然而这一仗也彻底地惊醒了清军，他们疯狂地调集所有能集中的队伍，全力堵截这支义军，以求把这支没有做大的义军尽快消灭掉。形势一下子变得严峻起来。

十月二十二日，黄福准备率领义军围攻博罗县城，因为这座县城是东进的必经之道。不攻克此县城，实在绕道太远。为了配合这次行动，又派了一支小部队向惠州府进发伪装进攻态势，以吸引清军的主力。

惠州知府沈传义吓得赶紧将博罗到惠州的浮桥拆毁，以防义军偷渡，并急忙招募两百人在拆毁的桥头上守护,以防备义军架设浮桥。而兴中会党员梁慕光、江维善等人,亦统率驻博罗县城附近的义军响应起义,要协助黄福进攻博罗。

这下子把广东都督德寿吓得不轻,急忙命令提督马维骃、刘邦盛,总兵黄金福、郑润琦,都司莫善积、吴祥达等迅速赶往惠州博罗一带增援,并和何长清、邓万林会合,准备在博罗城外和义军决一死战。

义军有条不紊地到了博罗县城外,黄福手搭凉棚仔细观察地形,发现这里是一块块水田,一湾湾水潭,道路泥泞,小路纵横,对进攻极其不利。除此之外,博罗县城还有一圈二三丈高比较完整的土城墙,虽然看着不高,也不算坚固,但这对于没有云梯的义军来说,是一道难以逾越的堑壕。

第 96 回 博罗之战义军受挫

城墙大门是一个木制的用铁皮包裹的大木门,黑洞洞的城门里面,也不知道藏着多大的凶险!公韧凑到黄福的跟前说:"黄元帅,前有坚城,后有追兵,这里又是一块死地,这一仗不好打。我看不如绕过城去,以后再找机会不迟。"

黄福摇着头:"可是你不想想,如果我们不消灭或者打垮前面的敌人,怎么能挣脱敌人的合围?如果能占领博罗县城,部队稍微休息一下,我们就主动了。这一仗是只能胜,不能败。"

公韧摇了摇头说:"可是我们只有一千六百人啊,进攻县城的兵力还是薄弱了一些。再说博罗县城里到底有多少人,我们现在还不知道。他们要是有五百人,在城墙上居高临下拼命抵抗,我们就不好办。到时候四面的敌人往前一围,我们打没法打,退没法退,可就真麻烦了。"

黄福说:"这个我岂能不知道?还是打一打吧!如果这块骨头实在不好啃,咱们再说。"公韧见黄福主意已定,也就只好勉强点了点头,可是总感觉十分被动,隐隐有一种不祥之感。

在黄福的指挥下,各龙头抓紧时间动员部队,准备攻城。

队伍已经全部到了博罗县城下,大炮开始向敌人的城墙大门调整炮口,有的义兵在附近找竹子造云梯,有的义兵在磨刀擦枪,有的义兵拿出随身带的米团子,一边吃着,一边在水田里用手舀着水喝。医官给伤员查验伤口,把肮脏的满是血渍的绷带,在水田里洗洗,然后晾在小树枝上,就像飘舞满天的白带旗。

就在马上要攻城的时刻,义军身后一阵枪响,敌人的一支援军已经杀到。黄福猛一下子站了起来,立在一个高岗上,朝那边瞭望。大约有一千多个清兵,排着冲锋的散兵队形,向这边进攻了。

黄福皱着眉头叹了口气:"没想到,他们来得这么快啊!我们不能攻城了,全力对付他们。不过,城里也得防着。"公韧说:"一看他们的散兵队形,就知道是正规军。看来这些绿营兵受的是洋式训练,绝不能和对付那些地方安勇一样。"

义军在黄福的指挥下,调整部署,由进攻转成防御。

但义军已处在了敌人的两面夹击之中。城墙上,清兵们开始向义军射击,一排排子弹落在水田里激起一串串水花,黑黢黢的城门说不定什么时候开启,一旦开启,肯定还会有不少敌人杀出来。

黄福不得不分出一支队伍来严密监视博罗城内的敌人。

城下的清军越来越多,攻势也越来越猛,他们在军官的督促下,手持快枪,向义军阵地疯狂冲杀。义军们无险可守,只能伏在田埂上,泡在水田里,向清军射击。

前面的清军倒下了,后面的又继续往前冲,一波接着一波,好像打不完杀不净。有的地方被清军突破了,义军们冲过去,把阵地又夺回来。刚守好了这处,那处又被清军攻破,没等增援那边,这处清军又冲过来了。

清军尝到了小胜的甜头,士气更加高昂,义军这边有些慌乱,开始后退。一处后退引起了整条战线的混乱,后退的义兵遭到了清军的追杀。义军的伤亡数越来越多,局势有些控制不住了。

小青盈趴在公韧的身后,十分冷静,拿着一支不知从哪里搞到的枪,朝着一个清兵打了一枪。那个清兵晃了晃,胸口涌出一股殷红的鲜血,慢慢地倒下了。

唐青盈乐得一下子跳了起来,大喊:"亲爸爸,我杀了一个,我杀了一个!"

惊得公韧赶紧把唐青盈摁下,大声喊道:"不要命了!"

旁边的一个义兵被清军的子弹击中,头上涌出一股子鲜血。他浑身抽搐着,大口地喘着粗气,眼睛绝望地注视着唐青盈。唐青盈一点也不害怕,掏出一块白布给他捂着伤口,劝他说:"叔叔,忍着点儿!待会儿,医官就来了。"

不一会儿,那义兵不动弹了。唐青盈趴在他胸口听了听,用小手给他合上了眼睛,平静地说:"叔叔,安息吧!我们一定会给你报仇的。"

又一个清军冲了上来,一下子把公韧扑倒在地上,朝死里掐着公韧的脖子。唐青盈毫不犹豫地上去一弯刀,那清兵像一只突然泄了气的皮球一样,瞬间就不动弹了。公韧刚把这个清兵的尸体从身上推掉,又一个清兵上来了,公韧摸起一支枪,顺手给了他一枪……

一小队义兵的突然支援,暂时缓解了公韧这边的危急。公韧抬头一看,是黄福大元帅赶到了。只见他一手执刀,一手持枪,左边毙一个,右边砍一个,正杀得兴起。公韧急忙对黄福喊道:"大元帅,这样打下去不行!你速速带领着大部队撤退,我先顶一气,掩护你们。"

黄福对公韧吼道:"我看,还是我来顶一气,你领着大部队撤吧!"

公韧急了,大声吼道:"你是一军之长,军中首脑,只要你在,队伍就在。你还是快撤吧,我来挡住这些清军。"

黄福一看也只有这样了,只好点了点头,让公韧带领着他的一帮人先顶一气,自己收缩大部队立即撤退。好在清军伤亡也不小,并没有追赶。博罗县城的敌人也没有什么动静,真要是博罗县城门一开,敌人的另一支生力军杀出来,这支义军能不能生存,那又是另一种说法。

晚上,黄福把部队集中到离县城十里地的一个叫小李家村的地方整顿,四周派上岗哨严密警戒。他立即在一间农舍里,召集了主要首领会议。

屋里一盏小油灯发出蚕豆般大小的光亮,灯火不停地摇曳着,照得大家的脸色一会儿明一会儿暗。龙头们全都没有了刚下山时那种快乐兴奋的劲头,一个个耷拉着脑袋不说话。

看大家都不说话,郑士良轻轻地叹了一口气,说:"今天这一仗,打得不好,我们阵亡了两百多,伤了三百多。轻伤号不能打仗,重伤号还得人抬着。先不说继续打仗,光行军速度就会受到很大的影响。"

王龙头大腿一拍,突然昂起头来气呼呼地说道:"都抬起头来挺起胸膛,打了败仗怕什么,哪有光打胜仗不打败仗的队伍?大元帅,你也得想想办法了,今天我们的弹药消耗不少,要是子弹打光了,只能用我的大刀片子和敌人拼了。"

黄福不说话,扫视了大家一圈,最后把眼光停留在公韧的脸上。

公韧会意,说道:"形势确实挺严峻的,现在清狗子从四面八方围了上来,他们人多,我们人少。都和前几仗那样打,我们越打,人越多,枪越多,可是照现在这个打法,打不了几仗,就把我们的老本拼光了。我想,既然我们的目标定了,就继续向着目标前进。碰到大股的敌人,我们就避开他们,遇到小股的敌人,就吃掉他们。大路朝天,各走一边,我就不信到不了厦门!"

黄福认真地倾听着头领们七嘴八舌的议论,也不插话,等到大家说得差不多了,他才镇静地扫视了大家一圈。大家知道大元帅要发话了,一齐注视着黄福,等待他做出最后的决定。

黄福声音不大,却十分坚定地说:"现在进攻博罗县城已经不可能了,刚才来情报说,梁慕光、江维善的队伍已经失败。清军刘邦盛、马维驷、莫善积万余人向我们围了过来,迫使我们和他们决战。形势确实对我们非常不利,要想摆脱这种被动局面,我们必须跳出清军的包围圈,寻找战机。我想,就和公韧说的一样,我们不能和清军在这里纠缠,向着厦门机动前进。敌人从这里堵,我们就从那边走,敌人从那里堵,我们就从这边走……"

大家认真地听着黄福的讲话,从他那沉着镇定的话语里,从他那坚定的信念里,大家渐渐又找回了自信,心里又慢慢充实起来。最后,黄福命令部队疏散伤员,轻装前进,跳出敌人的包围圈,直趋永湖。

第 97 回　为救女含泪绑青盈

大家立即分头准备。公韧回到了自己的队伍里,看到小青盈和士兵们一样,睡在铺着稻草的地上,她小脸通红,小拳头紧紧地攥着,不时地呼喊着……

公韧不禁长长地叹了一口气,轻轻地坐在唐青盈的身边,把她的小拳头放进被子里,像不认识似的看着她的小脸。

这么小的孩子,要是在平常人家,可能正在父母的怀里撒娇呢!可是小青盈生于乱世,父母早亡,抚养过她的唐才常又不幸遇难,只有自己这个亲人了。这孩子真是命苦哇!眼前又面临一场又一场的险恶战斗,说不定哪一刻,就会被无情的子弹夺去幼小的生命。

公韧突然觉得自己死活都无所谓,可是得让小青盈活下去,再也不能让她在激烈的战斗中承担本不应该由她承受的牺牲了。想到这里,公韧走出屋子,看到房东老汉正在给牛添草。他跟着老汉到了牛槽跟前,一边帮着老汉添草,一边和老汉搭讪:"大爷,今年高龄?"

老汉伸出了两个手指头:"六十挂零了。"

公韧又问:"您老有几个孩子呀?"

老汉叹了一口气:"没福哇,本来有三个,病死一个,饿死一个,造反的一个又被清兵杀了,如今只剩下我们老两口。你说人怕什么?不就是怕少年丧父,中年丧妻,老年丧子吗? 你说说这世道,还让人活吗……"

公韧接茬说:"我看您老人家一脸和善,是个忠厚人,给您个孙女要不要?"

老人说:"你说的是谁啊,是不是跑来跑去的那个假小子?"

公韧点点头:"是啊。"

老人说:"好是好,我不一定有这个福气呀。你们打仗我也知道,成天脑袋拴在裤腰带上,说句不好听的,总不能把个孩子也搭进去吧! 这孩子,好啊,是个聪明孩子,我喜欢。"

公韧听了暗暗高兴,一下给老汉跪下了,拱了拱手说:"老大爷,如果您喜欢的话,我就把这孩子托付给您了。以后她就是您的亲孙女,生老病死,天灾人祸,听天由命,我不再过问!"

老汉慌得急忙拉起公韧说:"快起来,快起来,使不得,使不得,我可受不了这样的大礼。本来我不该要这个孩子,但是看到你们成天打仗确实凶险,救人一命,胜造七级浮屠,如果我有福的话,这个孙女我就认了!"

公韧回到营房里,躺在小青盈的身旁,翻来覆去睡不着。过了一会儿,小青盈突然醒了,她看到公韧正慈爱地看着自己,急忙搂着公韧的脖子,亲切地问:"亲爸爸,怎么还不睡?"

公韧抚摸着她那既细嫩又红润的小脸蛋,轻轻地说:"青盈啊,亲爸爸有事求你。"小青盈稚气地问:"亲爸爸,我是你的亲儿子,还用求吗?"

公韧说:"明天队伍就要去很远很远的地方。我给你找了一个好人家,你在这里住几天,等我和大部队回来,马上就来接你。"

小青盈立刻警觉起来,噘着小嘴说:"那不行,亲爸爸,我是一个义军,一个战士,我得行军打仗。什么苦我都能吃,怎么能离开队伍呢?"

公韧苦笑了一下:"你还是个孩子,还不到十岁,还没有枪高,怎么能算个战士?"

小青盈听到这话生气了,一骨碌爬起来,从身旁拿出了那个牛皮套,从牛皮套里抽出了那把弯刀,眼花缭乱地向公韧耍了一通。

公韧突然觉得这把弯刀配在小青盈身上简直是浑然天成,再加上唐青盈的这一套刀术奇奇怪怪的,要得紧时,只见一轮白圈紧紧地环绕着她,真有些针插不进,水泼不进的劲头;要得慢时,既不像刀术又不像剑法,古怪神秘,叫人琢磨不透。

她又从腰里掏出了一把枪,取出子弹,熟练地做了几次放枪的动作,弄得公韧哭笑不得。公韧摆了摆手说:"好了,好了,别给我耍这套花枪了。就你这两下子,糊弄不懂的可以,要上阵杀敌,差远了。"

小青盈噘着小嘴说:"亲爸爸,你要是不相信我,咱俩就出去比试比试,要是你赢了我,我就听你的。要是我赢了你,你就得带着我走。怎么样?"

公韧笑了笑:"这可是你说的,咱可不许反悔。"

小青盈说:"那当然,拉钩。"

父子俩立即都伸出了小拇指,拉着勾说:"拉钩上吊,一百年不许变。"

公韧觉得好笑,跟一个孩子较什么劲?自己也变成个孩子了。

父子俩出了营房,借着朦胧的月光,各执兵器在手。公韧手执一把大刀片,晃了几晃,心想:要是连个孩子也打不过,自己在三合会里真是白混了,这五年功夫算是白练了。

小青盈从牛皮套里抽出弯刀,退后了五步,拉开了架势。公韧一声苦笑:"哎呀,小青盈,还挺认真哪!跟你亲爸爸还想动真格的,你以为亲爸爸真舍得和自己的儿子动手吗?"

小青盈忽然把小弯刀往刀鞘上一插,摇着头说:"不行,不行,亲爸爸。"

公韧忙问:"怎么了,为什么不行?"

小青盈歪着脑袋说:"你拿着真家伙,我也拿着真家伙,你不敢砍我,我不敢捅你,我当然赢不了你。这样吧,亲爸爸。"小青盈从旁边捡了一根小棍掂了一下,又扯过一把稻草,递到公韧手里,"这就是一把大刀了,你愿意怎样砍就怎样砍。我这就是一把弯刀,愿意怎样捅就怎样捅。咱都拿出看家的本事来,怎么样?"

公韧笑了笑:"小鬼头,蒙不了你。好,也让亲爸爸见识一下你的真本事。"

两人吵醒了一些睡觉的义军。他们觉得一个武功高强的龙头和一个不到十岁的孩子比试武功,简直有些可笑。于是纷纷穿上衣服,走出来看热闹。一些巡逻的义军也感到好奇,他们抱着膀子围在一边观看,人是越聚越多。

两个人又各退后三步,拉开了架势。小青盈并不进攻,动也不动,静静地等待着公韧前来砍杀。

公韧想:这孩子准是害怕了,看我不一刀"砍"了她,也叫她打消跟着我的心思。想到这里,他就抡起"大刀",把在三合会这几年练就的功夫全使了出来。

小青盈却异常灵活,上蹿下跳,左躲右闪,任凭公韧使尽浑身招数,"大刀"却一点也沾不到小青盈。

公韧不禁有些生气,没想到这小丫头片子还真有些功夫,不能小看。公韧更加用力,又朝着小青盈一阵乱砍。没想到砍着砍着,自己的肚子不知道怎么被小青盈戳中了,而且力量还相当大,痛得公韧"哎哟"一声,一个趔趄,差点摔倒。

小青盈急忙上前扶住公韧,亲热地说:"亲爸爸,没戳疼你吧?我还没使劲呢。"

旁边围观的义兵一齐叫好,公韧恼了,摆着手说:"不算,不算,打起仗来都动枪动炮的,谁拿这些破玩意,咱俩比赛枪法如何?"

小青盈小嘴一噘说:"比就比,我还怕你吗?"

两个人就在二十步远的地方放了一支蜡烛,好在风并不大,蜡烛忽闪忽闪的。公韧从腰里掏出了一把枪,对准蜡烛屏住呼吸,瞄准了轻轻一扣扳机,啪的一声,蜡烛灭了。

一个义兵拿过蜡烛一看,子弹正中蜡烛中部,蜡烛被打为两截。围观的义兵齐声叫好。

蜡烛又被点燃了。小青盈却并不瞄准,而是抽出了弯刀,要了一阵叫人目不暇接眼花缭乱的刀术。待浑身出了一层薄汗,然后把弯刀从右手换到了左手上,腾出了右手,掏出了枪,朝着蜡烛轻轻一点,啪的一声,蜡烛灭了。

有人拿过蜡烛一看,蜡烛完好无损,子弹击中了蜡芯,惊得旁边的义兵目瞪口呆。

公韧也有些纳闷,这个小鬼头什么时候练就了这么一身好功夫?忙问:"练了几年了,跟什么人学的?"

小青盈学着大人的样子,左手拍了拍练功带,右手跷着大拇指对大伙儿说:"我唐青盈,自一岁就跟着父母练习武功,以后又受名师指点,冬练三九,夏练三伏,至今已有八年武龄。献丑了!献丑了!"

公韧又问:"那你这套刀法又是跟谁学的呢?"

唐青盈诡谲地笑了笑:"一位名师说过,基本功为本,就如大海,各种套路为支,就如小船,我既学过拳法又学过轻功,既学过刀法又练过剑术,为什么不可以自创一套弯刀套路呢?所以就日思夜想,悟出了一套弯刀法。亲爸爸,你看着怎么样?"

公韧听了暗暗称奇,这小青盈如果学习文化,长大以后一定能成个状元,如果学习武功,长大以后一定能成个宗师。只可惜跟着自己,以后恐怕什么也成不了……

第 98 回　唐青盈枪击邓万林

唐青盈忽然又转身质问公韧："亲爸爸,你说话究竟算不算数,究竟还要不要我?"

旁边看热闹的都弄不清怎么回事,听到这话,还真以为公韧不要亲儿子呢!议论四起:"这么好的儿子,咋能不要哩!""你看看,多好的孩子啊……"恼得公韧连忙摆着手说:"不说了,不说了,和你们也说不清!"

第二天早晨义军快要开拔的时候,公韧领着几个五大三粗剽悍勇猛的义兵来到了唐青盈跟前。公韧对小青盈说:"小青盈啊,亲爸爸对不住你了。先委屈你几天! 等亲爸爸打回来,一定来接你。"

小青盈跳着脚喊:"亲爸爸说话不算数! 亲爸爸说话不算数!"

公韧脸色一变,对着那几个义兵吼道:"还不快绑!"

几个义兵早有准备,掏出绳子,围住了唐青盈。唐青盈又蹦又跳,拼死挣扎,但还是被几个义兵逮住,用绳索像捆粽子一样给绑上了。

公韧叫那几个义兵把唐青盈抬到了房东老大爷的屋里。

公韧对老大爷单腿跪下,朝上一拜说:"老大爷,拜托了,大恩不言谢! 如果我以后还能活着回来,必当涌泉以报……"慌得老头急忙扶起公韧。

看着被五花大绑的唐青盈,老头子心疼得直咧嘴,就要上去解绳子,说:"哪能这样对待孩子呀! 孩子犯了错,也不能这样啊。"

公韧脸一沉,说:"别解! 你要是疼她,就一天以后再解。"

老头子不理解,连声说:"这是为什么呀? 这是为什么呀?"

公韧腰一弯,头一低,大踏步走出了茅草屋。屋里唐青盈声嘶力竭地喊了一声:"亲爸爸! 你真不要我了吗? 亲爸爸——"

凄厉的声音在屋里回荡……

公韧一愣,心脏剧烈地跳动起来,眼泪在眼眶里打转,闭上眼睛,两行热泪滚了下来……

几个义兵都在看着公韧。只要他一声令下,他们立刻就回去放开唐青盈。

公韧犹豫了一下,猛一甩头,努力振作了一下精神,昂着头急忙一溜小跑,跑出了好远,还听到屋里传来小青盈的哭喊声:"亲爸爸——"

部队正在集合。公韧热泪乱涌,但守着这么多义兵,不能发作,只能咬着牙,瞪着眼,抑制住一阵阵翻江倒海般的酸楚,控制住万箭穿心般的悲痛。再大的伤心痛苦也只能悄悄地保留在心里,决不能在义兵面前流露……

部队向永湖疾步进发,一路上公韧默默无语。

他想到了早已不在人世的西品,忍不住心里一阵哆嗦,想到了虽然才一起生活了两个多月,但早已难舍难离的小青盈,心里更是堵得几乎透不过气来。越想越难受,越想越堵得慌,忍不住躲到旁边一块大石头后边,用褂子蒙住脸,堵着嘴,一阵子号啕大哭,哭了很久很久……

在向永湖前进的路上,遇到了两三次小股清军,都被义军击退。一路上义军秋毫无犯,悄悄行进。上级指示沿途各地的同志加入义军,很快义军又发展到了三千多人,人一多,军心也为之一振。

义军到了永湖,那里没有清军驻扎,所以被义军顺利占领。义军在永湖休整了一天,又继续往东行进,走了没有三里地,忽然看见前面浩浩荡荡地开来了大队清军。前面没有战斗经验的义军一阵慌乱,纷纷后退。

黄福急忙命令王龙头占领左边的一个小山包,自己登上山顶向清军瞭望。黄福看到大路那边清军密密麻麻蜂拥而来,大约有五六千人。这条大路拐了个弯,从山下直通后面的永湖,大路两旁全是稻田,恰巧灌了水,并不利于大部队的行进。这对义军来说,倒是相当有利。

如果清军抵达,占领了这个山包,向义军猛攻,义军只能退向无险可守的永湖,所以现在唯一的出路,就是把眼前的清军打垮。

部队悄无声息地按照黄福的命令展开了行动。以山头为中心,对着敌人的方向,一道道战壕迅速掘成,满山上人头攒动,尘土飞扬。几十个义兵把大炮全部拖上了山顶,黑洞洞的炮口对准了山下的敌人。

清军也在迅速地调动部队,后面的都在原地整装待发,稍事休息,前面的一千多人五十人一排,沿着大路向前进攻。

越来越近了,前面的清军离义军的前沿阵地只有三百多米了,黄福大手一挥,向王大正大喊一声:"打!"王大正站在高处,小红旗往下一挥,炮口放得很低的柏林炮突然朝着密集的清军开火。

四团像花一样的火光在敌群里爆炸,腾起一团团黑烟,无数的破刀烂枪飞上了天空。清军像无头苍蝇一样乱扑乱撞,接着爆炸声再次传来……

大炮震慑着清军,一片一片的士兵倒了下来,失魂落魄的清兵在后面军官的威逼下,不得不硬着头皮冲到了义军阵地前,又遭到义军一千多支快枪的猛烈射击。清军又是一片混乱,有的人扭头就跑,个别人的逃跑带动了其余清军。清军很快溃退了,丢下了一大片死尸,一直退到了原来进攻的地方。

黄福利用这个宝贵的时间,让伤号撤到山后去,没有枪的立刻补充到前沿战壕里,重新拾起伤兵丢下的快枪。

没过多长时间,清军又组织了第二次进攻。这一次他们有两千多人,没有排成密集的队形,而是以散兵队形不紧不慢地向山头扑来。大炮开始轰击了,但这一次却没有头一次那么奏效,尽管清军不断地有人倒下,但是大部分清军像是早有心理准备,不慌不忙地继续向前进攻。

义军的排子枪响了,前面的清军倒下了,后面的又继续往前冲,一边冲一边朝义军射击。

前沿阵地已被清军突破,后面的清军士气大涨,呼喊着向前面继续猛攻。义军的大炮早已不响了,两军混战,大炮无处开火。

公韧看在眼里,急在心里,恨得牙根痒痒。旁边一个当过清军的义军喊:"那就是陆路提督邓万林。"

原来邓万林在镇隆兵败,回去后被德寿狠狠地训了一顿,要把邓万林撤职查办。邓万林好不容易托关系送了礼,才免了这一难。德寿叫他领兵再来,戴罪立功,所以邓万林这才和疯狗一样,要和义军来个鱼死网破。

公韧从旁边一个义军手里抢过一杆崭新的毛瑟枪,朝着邓万林连开数枪。由于马跑得急,公韧的子弹不是打在马前边,就是打到马后边,横竖打不着邓万林,气得公韧把枪一摔,大声骂道:"这个邓万林,太可恶了!看我不宰了他。"说着,领着几十个义兵就朝邓万林扑去。还没走几步,身边的十几个义兵已被迎面而来的枪弹放倒。一个义兵赶紧把公韧拉回到战壕里。

公韧气得跺着脚大骂:"滚开!滚开!不要管我,先把邓万林放倒再说。"

公韧身边的义兵朝着邓万林又是一阵猛烈射击,邓万林还是毫发无损,只是把他马后边的督战亲兵打倒不少。清兵们潮水般往上拥来,豁口越来越大,义兵有的开始后退,形势变得万分危急起来。

公韧一看,这还了得,大呼一声:"大家不能退,两军相遇勇者胜。冲啊!"他亲自率领着一队义军奋勇冲杀,和敌人搅在一起。但是敌众我寡,在和清兵的搏斗中,身边的义军越来越少,转眼之间,已经没几个人了。

就在这时候,一个异常灵活的小个子躲躲闪闪地出现在公韧面前。

公韧大吃一惊,这不是唐青盈吗?她早不来,晚不来,偏偏在这个时候来,这不是白白送死吗?唐青盈从一个义军手里夺过一支毛瑟枪,不慌不忙地屏住呼吸,啪的一声枪响,山下纵马驰骋、骄横跋扈的邓万林应声落马。

亲兵急忙扶起了他,连架带抱,簇拥着他往后退去。当官的一跑,督战队一退,进攻的清军一阵慌乱,攻势顿时不那么猛烈了。

山顶上黄福领着将近两千人的大刀、长矛军等候多时,一看时机已到,黄福手一挥,大吼一声:"杀呀!"亲自领着这支生力军从山上猛扑下来。

第99回　公韧夜写兵书

两千人的生力军一齐呐喊,喊声震天动地,人借军威,军借人势,他们像下山猛虎一样,朝山下扑去,见清军就砍,遇清军就戳,只杀得清军哭爹叫娘,抵挡不住,溃退而去。

进攻的义军勇不可当,乘胜追击,清军站不住脚,也撼动了原本人数不多的预备队。清军大部队一看反正是打不过了,干脆就跑吧!他们撒开丫子一路狂奔,只恨自己少生了两条腿。兵败真就和溃了堤的洪水一样,一发不可收拾。

义军追了一阵子,黄福下令停止追击,打扫战场。这一打扫才知道,真是大获全胜。义军毙敌五百多名,缴获枪支五百多支,子弹两万发,马三十匹,捕获清军三百多人。

公韧无心享受胜利的喜悦,赶紧寻找唐青盈,可是哪里还有她的影子。找了半天,原来她正在黄福跟前哭鼻子呢!黄福轻轻拍着她的头夸奖说:"好小子,好小子,你这一枪胜过千军万马。大爷看得清楚呢!可大爷心里纳闷,这些天没见,你跑到哪里去了?"

唐青盈抹着眼泪诉苦说:"在小李家村,亲爸爸把俺绑了,关在一个老爷爷家里。要不是俺千辛万苦找到这里,哪能打得上邓万林。要不是俺打上邓万林,这一仗你能打得这么痛快?"

黄福一愣,急忙说:"对啊,对啊,你是大功一件,功劳簿马上都给你记上。可是,我又不明白了,你亲爸爸为什么要绑你呢?是不是调皮,惹你亲爸爸生气了?"

唐青盈不理这个茬,又问:"黄大爷你说,俺是不是个累赘?"

黄福说:"你武功好,枪法又精,我早就听说了,哪能是累赘呢?可以说是我义军里第一勇士。而且战场上的形势你还能洞察秋毫,能看到邓万林亲自督战,只有打倒了他,才能遏制住清军的进攻。这说明什么?说明了你已经是一个指挥员的材料了。谁再说你是个累赘,我就和他急!"

黄福见了公韧,使了个眼色:"公韧,你过来。刚才小青盈告你黑状了。你凭什么绑人家?"

公韧见了小青盈,又气得慌,又爱得慌,又疼得慌。气的是小青盈不该又跑回来,不听自己的话;爱的是小青盈阵前打倒邓万林,立下奇功;疼的是小青盈一回来,肯定又不走了,以后不知还有多少生死的考验在等待着她呢。公韧对黄福摆了摆手说:"这些事,我和你说不清!"

黄福板起脸来假装训斥公韧:"不管你说得清说不清,以后再欺负小青盈就是不行!我就和你没完!别以为自己有什么了不起,小青盈这么大的本事,比你强多了。要不是小青盈,咱这一仗能打赢吗?小青盈,别哭了,大爷给你出气了,以后他再欺负你,自有大爷给你做主。要不,你说句话,我揍他几下,替你出出这口恶气!"

几句话,哄得小青盈破涕为笑。

小青盈又像个小尾巴似的跟在公韧后边。公韧生她的气,不理她。小青盈偷偷地观察公韧的脸色,看公韧不高兴,便不和他说话,和旁边的义军套近乎。义军们都喜欢唐青盈,都愿意哄着她玩,和她说说笑笑。这个说:"你走了两天,你亲爸爸就跟掉了魂似的,干什么都丢三落四,做梦还叫着你的名字呢。"那个说:"你看这爷俩,不在一块儿想得慌,在一块儿又和仇人一样,谁也不搭理谁,这是唱得哪一出哇?"

公韧再也忍不住了,愤怒地对义兵们吼叫:"都别说了!谁再说我非抽他鞭子不可!"又怒气冲冲地对小青盈说,"我算没法教你了,你怎么好歹不分?以后别再叫我亲爸爸,我也没你这个亲儿子。本事不小呀,还敢到黄元帅那里告我黑状,你呀你,真长本事了!"

小青盈也不说话,噘着小嘴,就要掉眼泪。

公韧发泄够了,无可奈何地叹了一口气:"唉,这个小冤家,给你条生路你不走,偏偏愿意在阎王爷门口转来转去。你呀,你呀,真是的,我都不想说你了……以后咱爷俩只能绑在一块儿了,一根绳上拴着两个蚂蚱,跑不了你,也飞不了我。"

公韧又对着天,默默地念叨着:"唐青盈的亲爹亲妈听着,唐青盈的亲爸爸唐才常听着,我公韧不是不想救她一命,无奈她不听话,我真是没有办法了!不知你们在天上看到了吗？听见了吗？看来,我爷俩以后只能有福同享,有难同当,生死由命,富贵在天了。"

小青盈听了这些话,伸了伸舌头,咧嘴笑了。

这一日义军到了三多祝。四乡同志听说义军打了胜仗,又驻扎在三多祝,纷纷来投,部队竟一下子膨胀到了两万多人。王龙头和公韧自然分外高兴,忙着编制队伍,训练军队。郑士良忙着筹集粮草,为下一个目标梅林的五天路程做好准备。

晚上,黄福喝水喝多了,睡到半夜,突然想要解小手。他下了床,走出屋子,看到公韧的草屋里还亮着灯。黄福心想:这个公韧,想必是为军务操劳,这么晚了还不睡觉。所以也就没有在意。

快天亮的时候,黄福又起来解手,看到公韧的屋里还亮着灯,不禁有些着急了,他想:虽说是为军务操劳,可也别太劳累了熬到这么晚,明天要是打仗那可怎么办？这个公韧啊……

黄福就在门口敲门。

屋里公韧问:"谁呀？"

黄福答:"我呀!"

好半天,公韧才开了门。黄福进了门,看到公韧有些紧张,就问:"这么晚了,还不睡觉。你在干什么呀？"

公韧摊开两手说:"没干什么呀!"

"没干什么还不睡觉？"

公韧说:"我这就睡,这就睡。"然后躺在了床上,旁边睡着打着轻鼾的唐青盈。

第二天晚上,黄福出来解手的时候,看到公韧的屋里还在亮着灯,就有点不高兴了,说道:"这个公韧,这么不注意身体,当兵打仗全仗着好身体,没有好身体怎么行？真是的!"

黄福来到公韧的草屋前,敲了敲门说:"公韧哪,抓紧睡觉,明天还有明天的任务。"屋里公韧说:"我这就睡,这就睡。"

黄福回到了自己的屋里,可是心里还在挂念着公韧,仍关心着公韧草屋里的灯光。直到快天明时,公韧屋里的灯光才熄灭。

白天时,黄福对郑士良说:"这个公韧,晚上不睡觉,不知道在捣鼓什么玩意？"郑士良说:"我也注意到了,这两天公韧屋里的灯光几乎一直亮到天明。到了白天,一直打不起精神来,要是一直这样的话,身子就垮了。"

黄福点了点头:"晚上,咱俩去看看,看看这个小子到底在干什么。"

半夜里,两人睡了一觉,一块约着轻轻来到了公韧的草屋前。果然,屋里的灯光还亮着。两人互相望了一眼,悄悄地来到窗户底下。黄福在手上抹了一点唾沫,往窗户纸上一蘸,掏了个洞,然后从小洞里往屋里瞧。

公韧趴在桌子上,正在一摞纸上挥毫泼墨,奋笔疾书。写了一会儿,累了,站起来,伸一下懒腰,又坐下来继续写。写到激动处,似乎坐不住了,伸胳膊,捋拳头的;写到犹疑处,又凝神静思。

黄福对郑士良小声说:"原来公韧是在写总结呀。这有什么神秘的,我还以为公韧魔怔了呢!"郑士良也从小洞里望了一眼,小声说:"咱俩进去看看他写的什么。"

两个人敲响了公韧的门。

公韧问:"谁呀?"

"我呀。"黄福说。

好半天,公韧才打开了门。黄福和郑士良发现桌子上什么也没有了,干干净净的。公韧装作什么也没有做的样子,床上的唐青盈还在睡着觉。

黄福和郑士良互相看了一眼,也不好意思直接捅破。黄福问:"这么晚了,还不睡觉,你在干什么?"

公韧回答:"没干什么呀,睡不着,胡思乱想呗!"

"还胡思乱想?"郑士良一边说着一边在屋里乱翻。终于翻着了,在一个破橱子里藏着一些书稿。郑士良就要往外拿,公韧赶紧抢过那些书稿说:"拿不得! 拿不得! 这是我的一些不成熟的意见。等写好了,自然拿出来给大家分享。"

黄福不乐意了:"这有什么好保密的,不就是些书稿吗? 拿出来,让我瞧瞧,我也学习学习。"

公韧赶紧把这些书稿藏在身后:"天机不可泄露! 天机不可泄露!"

第100回　厦门无枪义军撤退

这时候,唐青盈揉着迷迷糊糊的眼睛从床上坐起来了,不满地说:"我那亲爸爸呀,还让不让人睡觉了? 就这些破书稿,都写了好几天了,至于吗? 我明天就把你这些破书稿都拿出来烧了,看你还写不写。你不睡觉,也不让别人睡觉。"

黄福火上浇油地说:"是啊,赶快拿出来瞧瞧。再不拿出来,就是小青盈不给你烧了,我们也给你烧了。"公韧急了,满脸通红,气哼哼地说:"黄元帅,郑军师,要我命行,要这部书稿难。这是天机,真的不可泄露,要是泄露了,我对不起我的父亲,也对不起翼王石达开。"

黄福和郑士良面面相觑,弄不清是怎么回事。

黄福说:"不就是个总结吗,还至于这么神神秘秘的?怎么又是对不起你父亲,又是对不起翼王石达开的。这是哪跟哪啊,和他们什么关系?不和你说了,咱走。"

郑士良想了想,明着是对黄福,实则是对公韧说:"黄元帅,公韧兄弟既然不愿意把这部书稿拿出来让我们看,自然有不让看的道理。我们也就不打扰了。你什么时候愿意让我们看,我们还不看呢!就是求着我们看,我们也不看了。"说着,拉着黄福气哼哼地走了。

原来,公韧在赶写《太平韬略》。公韧想:战事紧急,万一自己死了,就真对不起老父亲,更对不起太平天国的翼王石达开了,绝不能让这部兵书毁在自己手里。凭着自己良好的记忆,还好,又把全书写成了。其中,还夹杂着一些自己的作战经验。作者当然还是写上了翼王石达开的名字。

书写成后,公韧把它用布包起来,缝在了唐青盈的小棉袄里。

唐青盈问:"这是什么东西呀?"

公韧说:"这是一笔财富!有了它,就可以打赢所有的战争。"

唐青盈又问:"你让我背到什么时候哇?"

公韧说:"只要我活着,你就一直背着它。要是我死了,你就把它交给王达延叔叔。"

唐青盈想了想,说:"那我还是一直背着它吧!只要我背着它,亲爸爸就在。我再也不能失去亲爸爸了……"

黄福表面上对义军的迅速壮大挺高兴,可是心里却并不轻松,厦门路途遥远,一路上指不定还有多少清军在前面堵截着呢,况且稍微休整几天,后面就有无数的清军蜂拥而至,形势真是不容乐观。

他默默地来到打谷场,看到公韧正指挥着一队新兵训练。虽然一个个新兵练得挺认真,但是笑话百出。有的新兵在别人往后转时,左看右看,不知所措;有的新兵在实弹射击时,不小心走火,伤了自己人。最麻烦的是,不但快枪少,而且弹药奇缺，就连大刀、长矛也不够用了，有的义兵只能扛着锄头、铡刀片子当兵器。

黄福走到公韧身边，问道："你觉得这些兵能打仗吗？"

公韧忧虑地说："黄元帅，现在还不行。你只要给我一个月的时间，我就能把他们训练成真正的士兵。"黄福摇了摇头："哪有一个月的时间哪，也可能三天两天，也可能明天就要开仗。"

公韧怎会不知道形势的危急，又问："你能再给我两千支快枪吗？一千五百支也行。子弹最少也得十万发。"黄福摇了摇头："我又不开兵工厂，上哪里去弄枪弄子弹？只能指望到了厦门，可能会有武器弹药。这一路上，咱们只能从清军手里夺取。"

两个人正在谈论军情，忽然一个联络官来报告，说有几名日本人到了司令部，要求面见黄福。

黄福和公韧互相看了一眼，觉得事情蹊跷，在这个紧要时候，日本人来干什么？两人赶紧到了司令部，郑士良和几位龙头也在，正在焦急地等待着黄福。郑士良见黄福来了，对那个日本人介绍说："这位就是我们的黄福元帅。"

一个大胡子的日本人急忙对黄福弯下腰，鞠了一个九十度的大躬，然后用半生不熟的中国话说："我叫山田良政，孙先生让我来，并捎来他亲自发布的命令。"说着撕开衣襟，从一个布缝里掏出一封信，郑重地交给了黄福。黄福看完，又交给郑士良看。那张纸上写着：政情忽变，外援难期，即至厦门，亦无所得，军中之事，请司令自决进止。

黄福和郑士良的眉头都皱了起来，又赶紧把信传给王龙头和公韧。王龙头瞪大眼睛看了半天，也看不出个究竟，便扔给公韧，不耐烦地说："我认不了几个字你又不是不知道，有什么事儿快说，憋死我了。"

公韧对王龙头说："上面说，事情起了变化，外援到不了，就是到了厦门，也没有武器弹药。是进是退，请我们自己决定。"

王龙头眉毛一竖，眼睛一瞪，气得头发几乎竖了起来。他大声吼道："原来我们要和新安虎门的同志会合，不让会合，让我们往厦门打。我们好不容易快打到厦门了，又不让打了。这不是卖了秫秸买干草，穷折腾嘛！"

黄福皱着眉头问山田良政："到底是怎么回事，请你说清楚。"

山田良政慢慢地说："菲律宾独立军买了一批军火，之后菲律宾独立军运动失败，上级就向菲律宾独立军代表彭西借用了这批军械。又请台湾总督儿玉源太郎协助将这批武器交给厦门的义军。没想到向日本人中村弥六交涉提取这批军械时,发现这些军械全是无法使用的废铁。原来中村弥六一直就在玩一个大骗局,他把支援菲律宾的钱全部买成了一些廉价的无法使用的武器。"

几个人听了山田良政的话,一时都默默无语。过了一会儿,公韧问道:"这段时间,还发生了什么重要事情?"

山田良政说:"由于东征连打胜仗,清廷害怕,南海县裴景福派属员植槐轩带着旧日叛徒陈廷威到香港谒见杨衢云,提出议和三事。一是要招降党人各首领,以道府副将任用;二是准带军队五千人;三是给遣散费若干万。杨衢云以电报告总理,说此乃吾党莫大良机,如接纳清吏所求,此后有所凭借,大可为李世民之续等一些话。那时总理驻台湾,复电直接拒绝此议。"

公韧骂道:"这个杨衢云,真是糊涂,尽出馊主意。那样岂不是被清廷收买了。"

黄福说:"那个事儿离我们太远,还是说说我们自己的事情吧。这么大的事儿,是进是退,我不能自作主张,得大家说了算。"郑士良也说:"我看我们还是召开军事扩大会议吧!营以上的军官都参加,让大家民主商定。"王龙头大声喊道:"还商量什么呀,你俩看着办就行了!既然厦门去了也没有什么好处,还不如打回老家去,人熟是一宝。再联合上新安、虎门的同志,打到广州去,能活捉德寿这个老贼也说不定呢!"

公韧补充道:"进也好,退也好,大伙商量也好,最重要的是要快。等清军往这里一围,再想脱身可就难了!"黄福马上下命令:"通知营以上的军官迅速到司令部开会,咱们马上研究这些大事儿。"

在军事会议上,大家经过一番争论,最终决定,既然厦门不能去,不如退回原来根据地再作打算。等回到了三州田,再设法从香港购买武器弹药,会合新安、虎门的革命军,进取广州。

计划就这样定下了,可是现在这两万人的部队太庞大,行军、渡海、吃饭都不方便。为了能顺利返回三州田,只好就地解散大部分义军,仅留洋枪队一千多人,分水陆两路返回三州田。水路由黄福带领,陆路由郑士良带领。公韧、王达延这些人跟随黄福,从水路撤出。

黄福对从水路撤出,心里一点数也没有,因为原来就想着有进无退,根本就没想到会从水路撤退。平时不烧香,临时抱佛脚,黄福只好在地图前仔细地观察着一路上的山山水水。

公韧对黄福说:"别看了,咱们没有时间仔细研究。往南一百四十里地,就是海边,那里有一个港口叫作小湾港,港里有许多渔船,我们就从那里返回三州田吧。"

黄福有些纳闷,问:"你又不是这里人,怎么知道的?"

公韧说:"为将者,不但要知进,还要知退。在这里的几天,我早派人去周围侦察了,岂能不知道那个地方。"

黄福笑了笑:"真有你的!不愧为高参。那就依你,我们就向小湾港前进吧!"

第 101 回　小湾港爷俩智取敌船

五百人的队伍悄悄地向小湾港前进,为了不惊动沿途的清军和地方团练,只能是晓宿夜行,钳马衔枚,悄悄疾进。天亮时,终于到达了小湾港。队伍隐蔽好了,黄福和公韧到海边查看情况,果然有一些小渔船停在那里。不过糟糕的是,一艘清军的巡逻船也锚在了那里。

黄福问公韧:"没想到还有清军的一艘小军舰,怎么办?"

公韧笑了笑:"搂草打兔子——捎带着呗。"

黄福也笑了:"知道你有的是办法,这么些险关都闯过来了,还在乎这艘小船儿?你领着人想办法把它解决就是了。"

公韧笑了笑:"你就瞧好吧。"

公韧点了王达延、李斯、张散等几十个骨干去执行这个任务。小青盈非要闹着去:"亲爸爸,为什么不要我去?我也去!我也要去!"

公韧板起了脸:"小青盈,听话!这是去打仗,又不是去逛集市。"

小青盈不乐意了:"咦,亲爸爸,你怎么拿着馍馍不当干粮啊?枪击陆路提督邓万林是谁的功劳,难道不是我吗?连黄大爷都说我是义军里的第一勇士,你怎么就不相信呢?"唐青盈看到黄福在旁边对着自己笑,就对黄福说:"你说是吧,黄大爷?"

黄福皱起眉头:"是吗,我怎么没记着说过这句话呢?小青盈,你就别跟着亲爸爸去了,大爷陪你玩。"

小青盈更不乐意了,闹着说:"黄大爷,你这么大人了,怎么说话不算话?当时,王达延叔叔也在身边,王叔叔,你给当证人。"

王达延也皱起眉头说:"这句话,我怎么没听到呀,黄元帅,你什么时候说过这句话啊?小青盈啊,你就在这里等着,一会儿我们就回来了,给你带点儿好吃的行不行?"

小青盈看着大人们的"无赖"行径,越想越生气,又没有人向着她,于是哭了起来,说:"你们这些大人,没有一个说真话的。你们这些大人哪,都在欺负小孩子。欺负俺小孩子算什么本事?有本事把邓万林打了啊,有本事把那艘船夺了啊。"

公韧有些心酸,急忙抱起她,哄着她说:"小青盈啊,听话!大人都是为你好。枪林弹雨的,没有什么好处。"这下子,小青盈更不乐意了,在公韧的怀里又蹦又跳:"我偏去!偏去!为什么不要我去?我就是一个战士嘛!就应该去嘛!凭什么不让我去?"

公韧急了,放下她,对她大吼道:"听话,要是不听话,就叫人把你绑起来。"

"你敢!"唐青盈也急了,从腰里一下子抽出弯刀,对别人比画着,"谁要是敢来,看我不劈了他。"这下子闹顶了,弄得公韧不好收场,真是气得肚子都快破了。小青盈也是绝不让步,那弯刀在手里晃着,三五个人是凑不上边的。

黄福当和事佬,和小青盈商量着:"你看这样行不行,跟着去也行,只是他们冲上船的时候,你别去,只在船下看着。要是这一条你不答应,黄大爷也没有办法了。"

小青盈急忙点头答应:"好,这一条我同意了。那船上有什么好玩的,想当年,我和亲爸爸从武汉坐船到广州,从船头到船尾,从船顶到船舱,我都转遍了,谁还稀罕这条破船。"

这事也只能这样办了。公韧领着这三十来个人,先换了便装。路过鱼市,公韧和王达延领着大家安排了一番,买了一些鱼篓子,盛了一些鱼虾,把长枪、短刀等武器都放在了一个大篓子里。

看到了一个卖珍珠的,公韧买了几颗特大的珍珠,揣在了怀里。

小青盈问:"亲爸爸呀,你买这些珍珠干什么,是不是给我买的呀?"

公韧笑了笑:"这些玩意不过是些道具,要留着它们钓王八呢!"

小青盈说:"是钓清狗子那些王八吧!"

公韧夸奖她说:"还是我闺女聪明。"

唐青盈纠正他说:"不要说亲闺女,要说亲儿子。"

到了那船跟前,公韧嘱咐唐青盈:"我们去了,你可千万不要乱跑呀!"

小青盈点着头说:"那是!那是!我是答应过黄大爷的。"

公韧和王达延一些人到了船跟前乱喊:"卖鱼啊——卖鱼啊——新鲜的黄花鱼、带鱼、鲳鱼,河中鲤鱼海中鲳,新鲜的鱼鳖虾蟹王八将!快快来买啊——"

船上一个背枪的清兵,拿着枪猛一下子对准了这些卖鱼的,大喊:"走远点!别在这里乱喊乱叫的,这是巡逻船,不买鱼。不对啊,我怎么听着你像是骂人啊?"

王达延却不管这些,还是在喊:"卖鱼啊,卖鱼啊,新鲜的带鱼、黄花鱼、鲳鱼。我还以为你耳朵里塞了驴毛了,喊什么你这不能听清嘛!"

这时,从船里走出来一个戴大盖帽的,不用说,不是个船长也是个大副。他看了看船下边这些卖鱼的,对公韧喊:"鱼新鲜吗?"

公韧急忙说:"新鲜,新鲜,绝对新鲜。"

那当官的又对公韧说:"这小孩子是你什么人?"

公韧说:"这是我儿子呀!"

那军官小声说:"我看着,这些人都不像是好人,就你小子看着实在,再加上你这个儿子,那就没事了。"不过,这些话没让别人听见,只是他自言自语。

公韧只听到他说:"叫你爷俩,上来吧!"

公韧这下子傻眼了。小青盈却对公韧笑了笑:"亲爸爸,你说,我上不上去啊?黄大爷不让我上船啊!"

公韧考虑了两三秒钟说:"还是听你亲爸爸的话,上去吧!"

小青盈却说:"我不上去,黄大爷不让我上去。你刚才不是也说不要我上去吗?我听话。"

公韧却有些急了:"你这孩子,怎么这么犟啊?听亲爸爸的话,跟我上去。"

唐青盈说:"这可是你说的,可别反悔。"

公韧只好告饶地说:"好了,好了,是我说的还不行嘛!"

唐青盈这才蹦蹦跳跳地跟在公韧后边上船去了。上了船,公韧跟着这个船长到了船长室。公韧打开鱼篓子,让那个船长看这些鲜鱼,小青盈欢快地在船长屋里这里瞧那里看。

那船长看了看那些鱼,撇了撇嘴:"就是鲜点儿,也没有什么稀罕的。"公韧面对着岸上,让船长背对着岸,又从怀里掏出一颗大珍珠,对那船长说:"这里有个稀罕东西,你看看我这颗珍珠怎么样?"

那船长看着这颗珍珠倒是挺高兴,抢过来攥在手里摸着,观赏着,品评着它的品质。公韧在背后对着小青盈招了招手。

唐青盈多聪明啊,悄悄地溜出去了,他到了那个哨兵跟前,朝着他的穴位一点,那哨兵就像一棵无根的小树一样歪了下去。唐青盈朝岸上一招手,王达延他们看得清清楚楚,就从大篓子里摸出了枪,迅速地顺着梯子爬上了船,然后分别占领了各个舱口,占领舱口后就是关起门来摸王八了。

公韧从船长手里一把夺过那颗大珍珠说:"这位长官,珍珠你就别看了,我留着它还有别的用处。"船长一听大怒:"好你个小子,怎么敢戏弄本船长!"王达延在后面用枪一下子顶在了他的腰上说:"别动!再动就一枪崩了你。"

船长大惊,这才知道上了公韧的当,但是后悔也晚了,人家的枪口正顶着自己呢。船上的十几个清兵,都被突袭的义兵们解决,一块儿关进了一个船舱里。

夺了这艘兵船,公韧的心里踏实多了,叫人迅速给黄福送信。不一会儿,黄福率领着大部队到了,小青盈这会儿见了黄福,却是得了便宜卖乖,高兴地说:"黄大爷,你不是不让我上船吗?可是俺亲爸爸却违抗了你的命令,非叫我上船不可。上了船,逼得我没办法,才点了一个清兵的穴位。你说说,亲爸爸是不是违抗了你的命令啊?"

黄福听公韧介绍了一番战斗的经过,捂着小青盈的头说:"我早就说过嘛,唐青盈是我义军里的第一勇士,看来确实不假。夺船这一仗,你是立了头功的,谁也抢不去。"

唐青盈反驳他说:"这句话,你不是从来没有说过吗?"

黄福瞪着眼睛说:"我怎么没说过?你枪击邓万林的时候我就说过。"

小青盈当面揭穿他说:"在竹林里隐蔽的时候,你可是说,你从来没有说过我是义军里的第一勇士,怎么这会儿又说是了?"

黄福摊着两只手,非常冤枉地说:"是吗,我说过这句话吗?"

第102回　遭暗算义军再陷危难(一)

王达延也作证说:"是啊,小青盈枪击邓万林的时候,黄元帅确实说过这句话,小青盈是义军里的第一勇士。别的话,我没听见。"

小青盈又指责王达延说:"还有你,也是净说瞎话。墙边草,随风倒,一会儿说这一会儿说那,嘴是两扇皮,反正都是你的理!"

王达延也非常冤枉地说:"是吗,小青盈,我是这样的人吗?你亲爸爸可从来没说过我是这样的人啊？"

不过，说着说着，小青盈倒笑了，说："你们的心思，我懂！"

公韧也不失时机地夸奖小青盈说："我那亲儿子多聪明啊，她什么事情不懂啊。你立了这么大的功劳，这几颗珍珠赏给你了。"说着，从怀里掏出那几颗珍珠，送给了唐青盈。

唐青盈这下子高兴了，在手里玩耍着这几颗珍珠说："这还差不多。"于是蹦蹦跳跳地到一边玩耍去了。

有了这艘兵船为掩护，其余的义军又租用了一些小帆船，船队开始向三州田进发。这艘兵船的司机不干也不行，因为被枪逼着呢。

黄福、公韧、王达延几个坐在船长室里，摆上一桌子酒席吃着喝着，也算是庆贺一下小小的胜利，舒缓一下紧张多日的神经。

小青盈也坐在了席面上，刚吃了几口菜，又到圆窗户上看风景去了。她看到在微风的轻轻拂动之下，海面上一层细密的皱纹，反射着太阳耀眼的光彩，几千个银光灿烂的水涡向着蔚蓝的天空微笑。微风亲热地抚摸着大海绸缎似的胸膛，太阳用自己炙热的光线温暖着浩瀚的海洋。

由于这艘巡逻船后面还有几艘没有动力的大木船，所以开得并不快。突然，远处一条小船扬帆向这里驶来，不一会儿，这条小船就漂到了这条兵船的跟前，挡住了前进的道路。

船上一个义兵大声喝问："干什么的？"

对方回答："打鱼的。"

这边义兵又问："打鱼的不好好打鱼，为什么挡在我们前面？"

那边又回答："请贵船停下，我们上去和你们的首领说句话。我们要加入贵军。"

这个义兵只好到船长室向黄福几个汇报了情况。

由于刚刚打了一场胜仗，几个首领个个兴高采烈，把撤退这件不高兴的事早就忘到爪哇国去了。这时候又听说对面来的船要来加入义军，自然更是喜上加喜。黄福大喊一声："让他们来吧！"

那艘船靠上这艘巡逻艇，几个领头的进了船长室。公韧看到为首的这人打扮得像是帮会人，中等身材，非常结实，天庭饱满，眼睛深邃，高高的鼻梁，满脸的络腮胡子，看年纪有三四十岁，声音却显得有几分苍老。

公韧觉得这个人有几分面熟，但是在哪里见过，一时却想不起来了。

黄福高兴地问："你叫什么名字呀,为什么要加入我们义军?"

那人爽快地说："我叫地接天,你们三合会的人打清狗子,我们也打清狗子,当然要加入你们的队伍了。"公韧急忙插嘴说："慢着,慢着,我们明明是官船,你怎么知道我们是三合会的人?"

公韧一句话提醒了大家,三合会的所有人都警惕地瞪起了眼睛,攥紧了拳头。几个义兵端起枪拉动枪栓,一下子对准了地接天几个人。

地接天一副坦然自若,毫不畏惧的样子,丝毫不为对着自己的几杆枪而惊惧。他右边一位瘦瘦的青年凑上前来,嬉皮笑脸地说："我们的地接天大神,是一位先知,你们这点儿秘密岂能瞒过他。"

黄福纳闷地问："你得说清楚,我们明明是艘官船,你是怎么知道我们是三合会的人的?"

地接天不慌不忙地说："我们确实是打官船的主意,这是我们进攻的目标。可是看到你们的士兵穿着镶红边的褂子,这官船上的士兵哪有穿这样的褂子的? 只有你们三合会才穿这样的衣裳。所以我想,一定是三合会打劫了这艘官船。"

黄福点了点头："也算合情合理。"

那瘦高个子接着说："我们的地接天先知,不但知道这些事儿,还知道你们的许多秘密!"

黄福看他也像个小头头,皱起了眉头,问："你叫什么?"

瘦高青年说："我叫瘦杆杆。"

张散听到这话,忍不住扑哧一声笑了。这个青年确实瘦,自己就够瘦的了,他比自己还要瘦,这下好了,以后有伴了。

黄福瞪了张散一眼,心里觉得奇怪,对地接天说："照你这么说,那还神了呢。我就不信,你能知道我们的秘密。说说吧,我们这支队伍从哪里来,到哪里去,都在干什么。"

地接天镇静地说："这有何难! 你们这支队伍,从三州田起义,一路向东打去。沙湾之战,你们毙敌俘敌七十多人,几乎无一伤亡而大获全胜;平潭之战,你们大战安勇,打得清军落花流水、屁滚尿流;镇隆之战,你们攻克无名山,占领了镇隆,陆路提督邓万林落荒而逃;博罗之战,你们义军受挫,然而你们摆脱开清军,又继续向东前进;东征中,突然遭遇了五六千清军的堵截,而你们却占领了制高点,枪击邓万林,打得清军找不到北;在三多祝,你们放弃东征,分散行动,突然不知去向。这一连串的军事行动,叫清军心惊胆战,疑是撒豆成兵,神兵从天而降。真可以说你们是用兵如神,天下无敌……"

地接天有些夸张的说辞,再加上精彩的表演,叫黄福几个人听得是目瞪口呆,只怀疑他就是神仙下凡,把三合会说得这么清晰透彻,真好像什么事情也瞒不过他的眼睛。

不过公韧想,这有何难？现在电报这么普及,再说还有清朝办的各种报纸。从另外的渠道上说,帮会还有传递消息的信鸽,也能知道一些情况。不过尽管这样,公韧还是觉得这个地接天很了不起。公韧再问："你说得这么有鼻子有眼的,那么,你知道我是谁吗？都有过哪些经历？"

黄福不禁觉得好笑,公韧的底细,连三合会的好多人都不知道,他们这些人初来乍到,怎么会知道呢？

地接天却不慌不忙地说道："你不就是原来三合会王达延部的白扇公韧吗？你是香山县人,光绪二十一年的时候,因在西家庄看见一桩血案,被牵扯进一桩官司,然后被打入死牢。亏着你的好朋友韦金珊从牢中把你救出来,才活得一命。之后,和你的女友西品投奔了三合会,然而你的好朋友韦金珊却因为政治信仰不同而离你远去。香山一战,你大败清狗子,杀死了县官刘扒皮,因此成了王达延部的军师白扇。光绪二十四年戊戌变法的时候,你又和哥老会总头领毕永年到了北京,为谭嗣同出了三条计策,光绪皇帝载湉差点就变法成功……"

公韧听到这里,脸上的汗瞬间下来了,自己就和光着屁股一丝不挂一样,在地接天面前,自己的一切都袒露无遗。

黄福和王达延、李斯、张散几个,就像听天书一样,一个个倒是听得兴致勃勃,津津有味。

地接天继续对公韧说："公韧先生别惊慌,还有更精彩的呢！袁世凯在小站练兵,你和一些革命党混了进去,在中日大战演习中,中国连败两场,是你领着一营新军,大败了日军的一个大队,为中国军队争了光。今年的自立军起义中,你又在大通秦力山部,用埋伏计大破长江水师,完成了以少胜多,以弱胜强的又一次著名战役。自立军失败后,你和唐青盈藏匿到了乞丐国中,哥老会来抢地盘,你又领着三千乞丐兵,以大粪大败哥老会……"

公韧吓得屁股离开了座位,竟然浑然不知。要不是有武功在身,恐怕早就坐到地上了。

王达延听了大嚷："我是他哥,成天在他身边,一些事儿我都不知道,你是怎么知道的？说的是真是假？莫不是随便乱说的。"

地接天又笑嘻嘻地接着说:"诸位不要惊慌,且听我慢慢道来。就在这次东征中,如果没有公韧和他儿子唐青盈的出谋划策和英勇奋战,这些仗恐怕也不会打得这么顺利。特别是在夺取这艘兵船的过程中,公韧智取敌船长,唐青盈点了敌哨兵的穴位,王达延才率部冲上敌船,全歼了清军……"

公韧一屁股坐在了地上,感觉再也没有什么隐私可言,自己的这些破事,地接天怎么全知道呀!不禁长叹了一口气,小声说道:"这个地接天呀,不是我生死相交的朋友,就是我一生相克的死敌。"

第103回　遭暗算义军再陷危难(二)

王达延、李斯、张散急忙去拉起吓得坐在地上的公韧。王达延说:"清兵的刀架在脖子上,你都没有害怕过,怎么这会儿听了几句真话,倒吓得坐在地上了?"

公韧被拉起来,长叹一声:"可怕呀!可怕呀!先知不愧为先知,真是叫我佩服得五体投地。"然后深深地对地接天行了一个大礼,说:"地接天大师,公韧真是服了!服了!坐,请坐,请上坐!"

黄福见公韧对地接天竟是如此的谦恭,也赶紧和公韧一起,要把地接天让到上座。然而地接天却谦虚地说:"哪能,哪能,兄弟我初来乍到,怎能坐到二位头领的上首呢?"

黄福却说:"远来为客,远来为客,兄弟就不要客气了吧!"

地接天这才坐到上座上,看了看桌子上的几个菜,皱了皱眉头说:"海鲜是鲜,只是做得差了点儿,我的二师弟是海鲜名厨,不知能不能让他现现丑?"一听说能吃到好吃的,张散顿时来了精神,抹了抹嘴,抽了抽鼻子就问:"你的师弟呢?赶快叫他来做呀。"

地接天看了一眼身边的胖子说:"这就是我的二弟胖团团,他的海鲜菜做得天下闻名!"一听说胖团团的名字,唐青盈扑哧一声笑了。这个胖团团确实胖,胖得脖子都没了,名字和身材怎么这样般配呢!

胖团团被一个义兵领到厨房里做菜。他在厨房里大显身手,煎炒烹炸闷溜熬炖,刀如玩花手中飘,炒锅随影火中颠,不一会儿,海鲜菜就上来了。什么清蒸鲍鱼、油焖大虾、炒蟹粉、清蒸钳鱼、豉油辣炒小观蚬蛤、面拖蟹、辣炒鱿鱼、糖醋小扒皮鱼……有一些海鲜菜也叫不上什么名字,反正是七个盘子八个碗地上了一大桌子。

这些人哪里见过,哪里吃过这样的海鲜名菜,一个个狼吞虎咽,推杯换盏,吆五喝六,沟满壕平,撑得直打饱嗝。再加上高度的白酒伴随着,哪里还找得到东南西北,一个个腿发软,眼睛都直了。

公韧看到眼前七八个地接天在旋转,知道自己真是喝多了。地接天笑着对公韧说:"我还会一些玩意,给你们助助兴怎么样?"黄福舌头发硬地说:"来……来吧,有什么好……玩意,尽管拿……拿来,也让我们弟……弟兄们开开眼!"

地接天笑着说:"我会催眠术,让你们一个个都睡觉。"

公韧哪里信这个:"我……不信!什么催眠术,那……都是骗人的。"

地接天说:"你不信!偏要做给你看看。"说着,他从怀里掏出一张纸展开,对公韧说:"这是什么?"

公韧看到这是一张绿色的螺旋图,白白的纸上,有一圈圈的绿色,一直旋到了白纸的中心。地接天慢慢地晃着说:"这就是你的人生,看清楚了吗?旋啊旋啊,一直在旋转着。你看到了什么?"

公韧迷迷糊糊地说:"我……什么也没有看……到,就看到了一圈圈的……绿色。晕了,晕了……"

地接天还在继续地晃动着螺旋图,说:"你慢慢地闭上眼睛,就看到了。好,慢慢地闭上眼睛……"

公韧慢慢地闭上了眼睛。

"你看到了吗,蓝蓝的天上,有几朵白白的云,海面上风平浪静,碧波荡漾,一条小船慢慢地漂着,漂着,漂到了一个小岛上。小岛上有翠绿的草原,那儿有一些嫩嫩的牧草,几只羊儿在悠闲地吃草。你走进一个帐篷,看到了你的情人,一块儿从香山县走来的西品,她向你轻轻地招手。你坐在情人的身边,和她诉起了衷肠,她拿出一根绳子,说,只要你绑住了她,她就再也不会走了,就会和你永远地在一起。好了,拿起绳子绑住她,好了,狠狠地绑住。你看看,她又跑到那边去了,拿起绳子绑住她,只要绑住她,她就是你的了。她又跑到这边来了,拿起这根绳子绑住她,狠狠地绑住她……"

公韧拿着绳子一个一个地绑着,所有的三合会会员都叫他给绑了。

"好了,你一觉醒来,她就会乖乖地坐在你的身边。睡吧,睡吧,安心地睡吧!想着和西品的幽会,一觉醒来,你的情人就会静静地坐在你的身边……"

公韧睡着了,深深地睡着了。

船上监视司机的三合会会员早被魔天神教的人一刀杀了,丢进大海,然后由魔天神教的人用刀逼着司机按照魔天神教的目标加大马力,向前开去。

后面的船队发现这艘巡逻船要脱离开船队独自离开,便赶紧追赶,可是帆船哪能追得上机船,只能眼睁睁地看着这条机船向大海深处快速驶去。这艘船上,屠杀还在进行,魔天神教的人,把船上原来那些呼喊饶命的清朝官兵,一刀一个,都扔到海里喂鱼去了……

公韧这一觉睡了很长时间,等他醒来,他看到自己身边的人不是西品,而是唐青盈。这是怎么回事呀?公韧想啊,想啊,终于慢慢地恢复了意识。

这里也不是船上,而是一座幽暗恐怖的山洞。头顶上巉岩怪石危然耸立,将坠不坠,两壁堆满雕塑,有鸟若飞,有兽若走,人形若鬼怪,魑魅魍魉,都来聚会,多丑多怪,尽在其中。公韧大声喊:"我是在人间还是在地狱?"

公韧被人踹了一脚,又补了一声:"亲爸爸,你在喊什么呢?你怎么才醒呢?都急死我了。"公韧一看,是小青盈在和自己说话。

公韧再看,旁边依次绑着黄福、王达延、李斯、张散等人,一个个唉声叹气,耷拉着脑袋。再有本事的人到了这种时候,也是三十六计皆用尽——无计可施。一个个就如案板上的肉,刀柄下的鱼一样,只能任人宰割。

李斯首先对公韧发起脾气:"我说公白扇,我听他们说,还是你把我们绑的呢!你怎么把我们都绑了呢?吃错药了,还是中了邪了?"

张散也在骂:"公龙头啊公龙头,你怎么敌我不分,不明就里呢?当时我还有点儿意识,可就是浑身没劲,一点儿也动不了,眼看着你把我们一个个都绑了。你这是怎么回事啊?你……"

王达延生气了,骂道:"都别吵了,吵得怪烦!公韧也是受了那个地接天的蛊惑和欺骗,他自己不也被绑了起来!我们就想想怎样脱身吧,说那些没用的干什么,这不是嘴上抹石灰——白说吗?"

小青盈也帮公韧开脱:"是啊,我亲爸爸还是亲爸爸,怎么会向着那个地接天呢?他不是连我也绑了!"

公韧这会儿真是后悔极了,狠狠地叹了一口气,骂道:"都怨我,真是没想到平道上闪了腰,地沟里翻了船。这个地接天,实在是可恶,竟给我们使起这般阴招,还给我使出了催眠术!真是天不怨地不怨,就是怨自己没脑子,看不透这点儿事,上了大当。"

黄福倒是没有埋怨公韧的意思,鼓励大家说:"事到如今,谁也别埋怨谁了,活着是好弟兄,死了也是好兄弟,我们光明正大地来,心怀坦荡地走,何惧之有啊!大家说是不是呀?"

黄福这样一说,大家反而想开了。

公韧忽然想起一件事,对小青盈说:"你试试,背上的书还有没有?"小青盈用棉袄在洞壁上蹭了蹭说:"没有了,真的没有了。"

公韧怕她跟自己开玩笑,蹭到唐青盈的身边,用身子靠了靠唐青盈的棉袄,果然空洞洞的,真的什么也没有了。公韧的心里就像被抽空了一样,一下子空荡荡的,什么也不存在了。

公韧呆了一会儿,突然大哭起来,呼天号地地喊:"我的亲爹呀,我对不起你呀!翼王石达开呀,我对不起你呀……老天爷呀,你睁睁眼吧……"

公韧这一哭,确实把大家伙又吓了一跳,一块儿都来安慰公韧。

王达延大声地呵斥公韧:"我说你这个公龙头哇,这么些大风大浪都过来了,也没见你哭过呀!男子汉大丈夫,死也要挺直腰,别这么窝囊。什么亲爹呀,什么石达开呀,和他们又有什么关系?又魔怔了吧!"

李斯也说:"跟着你打过这么些大仗、恶仗,你哼都没有哼过,怎么今天倒哭起来了?是不是叫地接天那小子欺负得太狠了。地接天那小子,太不是东西,到了地狱,我们也不能放过他,得狠狠地揍他一顿。"

张散也骂道:"哪能光揍他一顿哪,那就太便宜他了,我们要给他抽筋、扒皮、下油锅、推石磨,再把他的老二给割了去,再把他的舌头给拔了去……"

小青盈多聪明啊,说:"你们哪里知道怎么回事,是我昏迷的时候,地接天那小子把他的宝贝书搜去了。"

第104回　魔天神教信徒洗脑

众人这才恍然大悟,一齐凑到公韧的跟前问:"那是本什么书呀?这么重要……"公韧也不哭了,狠狠地瞪了小青盈一眼,吼道:"什么书也不是,不过就是本普通的家谱嘛。"

黄福首先不相信,质问公韧:"那真是本家谱吗?要是才怪了……"

众人又都瞪着一双疑惑的眼睛问:"那真是本家谱吗?"

公韧气急了,大声地吼:"是本家谱就是本家谱嘛!天机不可泄露,天机不可泄露。"

连小青盈都听出话音不对来了:"自相矛盾!"

既然公韧不愿意说实话,大家也就不好再问,又都各人想着各人的心事。

不一会儿,涌进来一些魔天神教的人,把公韧他们一个个都架了出去。王达延大声地喊着:"你们这样不合规矩,走前也得吃饱啊!拿酒来……拿菜来……你们这样不合规矩。"

魔天神教的这些信徒,把公韧他们丢在一个大洞里就不管了,然后他们自己也坐下来接受布道。公韧看到,这洞里又是另一番景致,太阳从洞口照射进来,比刚才那个黑黑的洞明亮多了。地接天穿着一身宽大的袍子,在前面布道,他的身边站着十二个信徒,大信徒为瘦杆杆,二信徒为胖团团。

台子下面坐在地上的是接受布道的一排排虔诚的民众。

地接天说:"魔神是查看了人的内心,他知道了人暗中所行的一切事。'死'是对'罪'的公义审判。肉体的死,只是表象,灵魂的死才是真正的死,是永远死在地狱里面。罪人的结局就是永远的死亡,没有人能凭自己的办法,逃避这永死的审判。"

地接天停了停又换了一种口气说:"你们知道什么是天堂吗?天堂里全是金子,道路是金子铺成的,树也是金子长成的,房子是用金砖砌的,睡觉的床也是金子做的。修炼好了就能进天堂当法王,当了法王,就有少爷和公主伺候着你,让你尽情地享乐。你们愿意进天堂吗?"

底下的信徒们齐声喊:"我们愿意进天堂!我们愿意好好地修炼。"

地接天又对三合会会员们喊:"你们愿意进天堂吗?"

这些人一个个耷拉着脑袋默不作声。张散最先忍不住了,喊道:"天堂里有老婆吗?"

地接天说:"当然有,我说过,男人进了天堂,那里有无数个公主伺候着你,让你有享不尽的荣华富贵。"

张散说:"那我还革命干什么?我愿意上天堂。"

"好,"地接天说,"魔神接受你的意愿,让你加入魔天神教。"

张散就这样被他们拉过去了。

地接天突然浑身一阵哆嗦,朝后仰去,几个门徒接住了他。等地接天醒来,就像换了一个人一样,突然说道:"魔神我又回来了……魔神的子孙们,你们努力得怎么样啊?"

一听说魔神转世复活,众信徒一阵欢呼,一齐扬着手齐声大喊:"魔神啊!我是你的子孙,请带我们进入天堂。"

大门徒瘦杆杆赶紧递上了三张银票说:"昨天,有三个功德圆满的信徒带领着全家人进入了天国。这是他们献给上帝的银票!"

地接天接过银票,揣在了怀里说:"天堂一定会接纳他们的。你们世上的人要好好修炼,只要功德圆满,天堂也会接受你们的。"说完,地接天一阵哆嗦,又恢复了原来的神态,迷惘地说:"这是在哪里啊,我刚才到哪里去了?"

胖团团赶紧说:"教主,刚才是魔神托在你身上了,这会儿,魔神刚走。"

众信徒齐声高喊:"我们愿跟随教主修炼,争取早日进入天堂!"

公韧小声说道:"原来地接天费了这么大的劲儿,拐了这么大的弯,就是为了这三张银票呀!"

洗脑的课程结束了,余下的时间,教徒们还要看书、念经。公韧这些没有被魔化的,又被魔天神教的人押回了那个黑洞里。

王达延发牢骚了:"想那张散,跟着我五年了,一千八百多个日日夜夜,枪林弹雨从来没有后退过,高官厚禄诱惑也从来没有动摇过,严刑拷打也没有叛变过。今天,就凭着地接天的几句话,就跟着他走了,真是奇了怪了。要是这样一天一个,不用多少天,我们就全散伙了。这个地接天哪,可怕!实在是可怕啊……"

公韧说:"骗人的,魔天神教是骗人的,还不知道怎么把那三家人弄死了,得了三张银票。神是不爱财的,但地接天却是爱财的。"

不一会儿,魔天神教的人来提人过堂,头一个就是公韧。公韧觉得有点好笑,心里想:要是论官职的话,头一个应该是黄福,怎么会是我呢?是不是我也要中大彩?

公韧被带到了那个明亮的山洞里,也就是刚才信徒们被洗脑的地方。那些信徒不见了,不知道躲到哪里修炼去了。桌子上摆着一桌丰盛的酒席,地接天正笑眯眯地坐在那里等候呢!见公韧来了,赶紧迎上前来说:"公韧先生,请你到我们这里来,真是不容易呀!我这里给你赔礼了。"说着,对公韧施了一个大礼。

公韧想:真是酒无好酒,宴无好宴。大海中巡逻艇上的一桌酒席,把三合会好不容易得来的大好形势全给丢了。莫非,这桌酒席又要把我的性命索了去?但想到既然已经到了这份上,既来之,则安之,且听他地接天说什么吧!

公韧大大方方地坐下。地接天笑了,赶紧给公韧斟上一杯酒说:"有些事情,我也是没有办法哟,直接请你,你能来吗?"公韧喝了一口酒,问:"有些事,我实在纳闷。我的事情,你是怎么知道的?"

地接天也不隐瞒,奸诈地笑了笑说:"有些事,我是听我的好朋友韦金珊说的。还有些事,是我打听的。"

公韧赶紧问:"你和韦金珊是好朋友?我怎么没有听说过……"

"我们是老朋友了,"地接天说,"这些年来,我们一直走得挺近的。可以说,有时候是形影不离。"

"这就奇怪了……物以类聚,人以群分,他怎么和你成了朋友?"公韧又想了想,命且不保,哪有闲心再打听这些闲事,就直接问地接天,"你找我来,到底有什么事,不是为了喝这杯酒吧?"

地接天笑了笑,挑了挑大拇指说:"痛快!痛快!我最喜欢痛快人。你这样一说,我就开门见山吧,省得绕来绕去,怪烦人的。"他和公韧又喝了一个酒,给公韧夹了一口菜,才说,"是这样的,我们这里正缺一位副教主。想来想去,没有合适的人选,挑来挑去,只有你能承担这个重任。如果不嫌弃,这个副教主就是你的了。如果嫌官小,那么,这个教主就是你的了,我当你的副教主,你看如何?"

公韧明白了,心想:原来是叫我给你卖命,领着你这些虾兵蟹将打天下啊!真是撅起腚来看天——有眼无珠。心里拿定了主意,但也不好把话说白,只好故作谦虚地说:"这哪能行啊,我就是个当兵的材料,冲锋陷阵还可以,叫我当副教主,那是石榴树做棺材——横竖不够材料。"

地接天一听有门,心里乐了,就一个劲地劝酒。

公韧想:先把他灌醉了再说,便一个劲地劝他喝酒。两人喝了一会儿,似乎都有些醉了。公韧借着酒劲说:"我这小儿子,真是的,看着他姥姥的一本家谱好玩,带在身上,不小心弄丢了。要是丢了,他姥姥一定会大发脾气的,这个小子,真是不听话,气死我了。"

地接天舌头发硬地说:"是不是你儿子身……上带着的那本书呀……我原来还以……为是一沓银票呢!看了几页没看明白……空欢喜一场。"

"是呀!"公韧说,"看他姥姥怎么拾掇他!"公韧心里暗自庆幸,当初为了掩饰他将兵书的名字写为《公氏家谱》,内容的前大半部分也是家谱,只有后面一小半部分,才是兵书内容。亏着地接天没有看仔细,要是看明白那就麻烦了。

第 105 回　韦金珊率人救援

地接天说:"早说呀,我把它……扔在厨房里,点火烧了。"

公韧听了,心里这才松了一口气。

"我要是当了副教主,有什么好处?"公韧开始提条件了。

"你可以提呀?"地接天也算慷慨,听公韧讲条件。

"这个嘛……"公韧说,"那得把他们都放了。和他们什么关系也没有,何必为难他们呢?"

地接天点了点头:"只要你当了副教主,这还算个事吗?当然你的朋友也就是我的朋友了。"

"真是一见如故哇!"

"真是三生有幸啊!"

最后,两人都喝得酩酊大醉,东倒西歪。公韧假装舌头发硬地说:"痛快!痛快!副教主的事儿,我回去……再考虑考虑。"

地接天摇晃着身子说:"还考虑什……么,哪有见钱……不要,见女……人不上的道理。我就只……等你一天,就一……天。"

公韧在两个信徒的搀扶下,晃晃悠悠地回去了。

回到了那黑洞里,往草堆上一躺,公韧的脑子飞快地旋转着,自己到底应该怎么办呢?是用缓兵之计,先把他们救出来再说呢,还是拒不投降,一条道走到黑呢?若是假投降,地接天干坏事,自己怎么能撇得干净,就是有十张嘴也说不清了,白白糟蹋了一世的英名。

正在公韧左右为难,犹豫不决的时候,突然听到洞外喊声震天,似乎是一帮人杀进来了。刀枪撞击声、喘息声、临死前的哀号声响成一片。不一会儿,声音渐渐小了,一些人打着火把冲了进来,为首的一个,正是公韧的好朋友韦金珊。

公韧见了大吃一惊,喊道:"金珊大哥,怎么是你呀,你怎么来了?"韦金珊赶紧叫手下人给公韧他们解开绳索,说道:"你看看这个地接天,真是可恶,怎么连你们也算计啊!"

听韦金珊的意思,不像是地接天的好朋友啊。公韧问:"地接天不是你的好朋友吗,怎么你们和魔天神教的人打起来了?"韦金珊呸了一口,说:"谁说我和地接天是好朋友？"

公韧说："地接天说的呀，他说你和他是好朋友，有些时候，简直是形影不离。"

韦金珊骂道："地接天的话你也信？真是的！我和他是好朋友？什么好朋友啊，是不共戴天的死敌。为了追捕他，有些时候，确实是形影不离。我是奉光绪皇帝之命，捉拿这个祸国殃民的邪教头子。光绪皇帝虽然现在被困于中南海的瀛台之上，但是这些死士还是愿意跟随我，履行神圣的使命。可惜的是，地接天和他的那些骨干，还是逃跑了。这一跑，不知多少人又要遭殃！"

公韧牵着唐青盈的手，和黄福他们走出了这个黑山洞。公韧还是有很多疑团，比如地接天对自己的情况那么熟悉，到底是不是韦金珊告诉他的？

韦金珊听公韧说出疑团后，苦笑一声："是这样的。地接天这人极其狡猾，手段高明，还善于使用迷幻术、催眠术，我也曾被他迷幻过，那是我在昏迷中说出来的，被他给记住了。"

公韧又问："地接天犯了哪些罪呀，致使你对他紧追不放？"

韦金珊说："地接天自创了个邪教，有不少的家庭被邪教集体送上了所谓的'天堂'。而他们的财物都叫地接天他们打劫一空。光绪皇帝叫我们务必捉拿魔天神教，灭了他们，挽救千千万万个家庭。"

王达延插嘴说："你这个保皇狗，把光绪说得这么好，那么好，他都要完蛋了，你还这么死心塌地地保皇，还完成他的什么使命。狗屁使命！说不定什么时候，你也没了狗命。"

韦金珊对王达延说："有些事情我不想和你争辩……我想，革命党只是想让人们换一种活法。而魔天神教却是想毁了整个家庭，这是我们绝对不能容忍的。"

公韧想了想，对王达延摆了摆手说："有些事情没有这么简单，我们每个人都有想不明白的时候。不过，在遇到共同敌人的时候，我们还是需要联起手来共同对敌。"

张散又来找黄福他们了。

王达延没好气地对他说："你不是跟着地接天混了吗，又来找我们干什么？"

张散低着头，后悔地说："我想了想，还是革命好。"

李斯又骂道："魔天神教多好啊！又能上天堂，又有许多公主伺候着，真是天天住金房，夜夜入洞房，那不是神仙过的日子吗？比我们革命受苦受累强多了。"

张散叹了一口气，懊恼地说："什么天堂啊！说白了，就是叫你去死。"

黄福笑了笑说:"总算想明白了,现在也不晚。要不,糊里糊涂地升了天,还做梦娶媳妇——净想好事儿。冤不冤啊!"

公韧拉着唐青盈悄悄到了伙房里,这里找那里找,费了好长时间,总算在一堆烂柴火里找到了那本《公氏家谱》。公韧吹了吹上面的浮土,揣在了怀里,心里的石头才落了地。

小青盈问:"这是本什么书呀?真的这么重要吗?"

公韧郑重地说:"天机不可泄露。真是幸运哪!亏得他们没看仔细,没有看到这本书的真正价值。要是这本书落到坏人手里,对不起我的老父亲,更对不起太平天国的翼王石达开。也可以说,真和拿了我的魂一样。好了,我们又重新活在这个世界上了。"

唐青盈说:"难道说,比我还重要?"

公韧说:"这是两码事,不要胡乱联系。"

黄福这些人被救出以后,韦金珊把他们送到了一艘小船上。韦金珊说:"往前面不远就是香港了,恕不远送,希望你们好自为之。"黄福这些人自然对韦金珊感激不尽。公韧对韦金珊拱了拱手说:"金珊大哥,感谢你又一次救了我,救了我们三合会。大恩不言谢,咱们后会有期!"

韦金珊也说:"后会有期!"众人这才挥着手依依惜别。

黄福他们没敢再进入三州田,以防遭到敌人包围,而是在香港附近,联络义军,打探消息。此时郑士良领着另一路陆路回来的义军和从水路回来的义军会合,等待着黄福他们的消息。两支队伍终于会合后,酸甜苦辣之情也非一时可以说清。

黄福和郑士良商量着,准备购置弹药,联络新安、虎门义师,围攻广州。此时水师提督何长清的军队正在横冈,三州田还没有被敌人占领,义军也想袭击横冈,打败何长清。可是不论如何作战,总得有军饷和弹药吧,义军只能积极想办法,到处筹款,筹集弹药。

公韧受黄福委托,到广州去找史坚如,看能不能筹到钱。

公韧带着唐青盈秘密潜回广州,此时已是十月二十八日清晨,二人刚进广州城,忽然听得轰的一声巨响,全城都感到震动。督抚衙门那里升腾起一团蘑菇状的云烟。

公韧一愣:是谁这么大胆,竟敢炸了督抚衙门?

街上清兵一阵忙乱,有持枪来回巡逻的,有严加盘查行人的,城门也被几个清兵关上了。公韧心里庆幸,要是再晚一会儿,恐怕就进不了广州城了。他看到商店纷纷关门上板,居民纷纷躲到自己家里,自己和小青盈孤零零地站在街上实在是太显眼了,只好赶紧前往秘密机关。

公韧看了看四周没有可疑的人,赶紧敲门,刚敲了一下,门就开了,原来史坚如正要出门。

公韧一把拉住他,拖到院里关上门,小声问:"你要上哪儿去?"

史坚如大大咧咧地说:"我去瞧瞧督府炸得怎么样了。"

公韧压低声音说:"原来督署是你炸的,好大胆!还去看什么,不要命了?"

史坚如说:"你不知道,前天地道就挖成了,埋了两百磅炸药没响。我到了那里一看,原来是地道里的盘线烧到一半灭了。没办法,昨天我又在地道里待了一夜,点上盘线,这不回来刚刚休息了一会儿,炸药就响了。"

公韧警告他:"外面太危险了,现在清兵到处抓人,你还是躲一躲吧!三州田起义的队伍全都回来了,都在香港附近待命,正在筹款,想再大干一场。咱们这里得处处小心,别再没事找事了,有些事情我正想给你汇报呢!"

史坚如说:"东征的事情我已经知道了,有时间再说吧。正因为失败,我才要炸死德寿这个老小子,灭灭敌人的威风,长长我们的志气。"

公韧又问:"城里的起义怎么样了?"

第 106 回　史坚如不听劝告闯督署

史坚如摆了摆手:"别提了,你们一解散,这里的起义也搞不成了。他们不是不干吗?我干!非要做出一番大事业来,让他们瞧瞧不成!"

原来史坚如对广州起义早有计划。他知道广州驻防清兵,自己用请客吃饭的小恩小惠,深入军队,对一些高级军官,因势而利导之,说服他们参加起义。有一个姓邵的统领,颇具血气,小有才智。史坚如就秘密地教给他,怎样发展骨干,怎样刺探机密,怎样准备起义。

自己和邵统领制定的计划是,以城东北为起义发动中心,以西南为响应,秘密袭击各满营和督府,然后占领广州。广州城外革命党和三合会数千人同时响应,时间定为九月十五日。谁知革命党军械武器不到,致使起义不能按期举行。自己又和邵统领改变计划,将时间定为十月十日。谁知不到十月十日,三州田起义爆发,广州城内顿时紧张起来。邵统领害怕起义不能成功,临阵退却,对自己竟然避而不见。想到这里,史坚如恨恨地说道:"要是中国人都这么胆小怕事,革命什么时候才能成功?"

所以这时候,史坚如又想出了刺杀德寿的计划。如果刺杀德寿成功,也能起到擒贼先擒王,于百万军中取上将首级的震慑作用。

公韧说:"我这次回来是有任务的,香港附近的一千多名义军,此时没有饷械,致使军事行动不好完成。你看看能不能再筹点款,解决燃眉之急。"

史坚如苦笑一声,说:"要钱的话,确实没钱。原来为了联络清军花了不少,这回又把我的所有家底都买了炸药,现在我是既无钱又无房。不过,我还可以从亲戚朋友那里借,就是借,也要使义军有饭吃,有子弹。等我办完了这件事,马上就办借钱的事。"

公韧劝告他:"这时候出去已经没有什么意义了。德寿要是炸死了,也就死了,炸不死那是他命大。还是想办法解决大部队的吃饭问题要紧!"史坚如执拗地说:"到底炸没炸死德寿,我心里实在没底。看一看也就放心了!"

不管公韧怎样劝阻,史坚如就是不听,非要出去看个究竟。唐青盈猛一下子从腰里拔出弯刀,指着史坚如说:"你要去,我的弯刀可不让你去!"

史坚如笑了一下,推了推弯刀说:"大人的事,小孩子不要管。"

唐青盈说:"亲爸爸不让你去,你就不能去。"

史坚如恼了,对公韧黑着脸说:"机关上的事,你让一个小孩子瞎掺和什么?"

公韧没办法,只得拉着唐青盈闪开一条道,放史坚如过去。

三人出得门来,从旁边闪过一顶轿子,史坚如派头十足地截住那顶轿子问轿夫:"刚才那是什么声音?"

轿夫说:"听别人说,督署被炸了。"

史坚如趾高气扬地问:"不知督府大人怎么样了?"

那轿夫说:"听说德寿大人做着梦被震落到地上,从床上出去好几尺,吓得他魂都掉了。不过身体还好,没有大事,只是围墙塌了好几丈,附近民房塌了七八间。"

公韧劝说:"既然这样了,还去干什么?躲还躲不及呢!"

史坚如摇头晃脑地说:"本少爷就好看热闹!轿夫,抬着我去看看。"

轿夫面有难色,摇着头说:"少爷,这事我们还是不去的好,怕惹上麻烦。"

史坚如小声对公韧说:"炸药离德寿卧室也就十五丈远,这么多的炸药怎么会炸不死他呢？这就怪了……我非得去看看，查查原因。怕他干什么？"

公韧摇了摇头："你才是没事找事呢，万一撞上个灾星，躲都躲不及。"

史坚如不听公韧劝告，又大声呵斥轿夫："叫你去，你就去，还不快走！多给你钱就是了！"

两个轿夫为了钱，抬着史坚如颤悠悠地往督府而去。还没到督府，已看到督府门口清兵云集，戒备森严，当然旁边也有不少看热闹的。不远处，史坚如坐在轿子里面悠闲自在，神气十足，毫不害怕，忍不住把头伸出轿来瞧热闹，左看右看，眼睛都不够使的。

公韧和唐青盈提心吊胆地跟在轿子后边，只觉得到处都是清兵的眼睛，每个角落里都隐藏着杀机，一颗心悬着不敢放下来。公韧不敢怠慢，仔细搜索着纷乱的人群，突然发现人群里有一张熟悉的面孔，此人不是别人，正是昔日的仇人刘斜眼。公韧大吃一惊，真是不是冤家不聚头，刘斜眼如今已是督府里的高官，在这里肯定没好事。

公韧有心想截住轿子，可是已经来不及了。刘斜眼的眼睛死死地盯住了这顶轿子，而另一眼睛却在朝天看着。不等史坚如下轿，刘斜眼早已等候在轿子旁边了。他为史坚如掀开轿帘，一脸坏笑地说："史少爷，好久未见，等候您多时了！"

史坚如是西关一带有名的阔少，经常出入酒楼会馆，知道这位斜眼是清朝的高官，但也只能装作不认识的样子，一摆手说："这位先生，本少爷不认得你，没空和你啰唆！"

刘斜眼却笑着说："你不认识我，我可认识你。谁不认识史少爷？谁不知道史少爷不仅喜欢结交江湖好汉，还好到军营里走动。"

刘斜眼的这几句话，显然有讥讽之意。几个清兵听到这些话，迅速手执武器，向这边靠拢。公韧着急地对唐青盈说："不好！这个斜眼实在可恶，可是他又认得我，正在想办法抓我，这可如何是好？"

小青盈多聪明啊，急忙说："亲爸爸，我明白了。我这就上去缠住他，你去救史坚如。"

没等公韧说话，唐青盈一下子扑向了刘斜眼，跪下就抱住了他的腿，哭着嚎着："你这个没良心的大爷哟！一走就是好几年，也不给家里寄钱。俺奶奶死了你也不管，你这个没良心的大爷哟……"

小青盈这么一闹，弄得刘斜眼哭笑不得，大声呵斥道："这是谁家的孩子，我又不认识你，怎么这么无赖啊？"他腿上使劲想挣脱开唐青盈的双手，没想到挣了两下竟没有挣开，心里顿时警觉了，心想：这小孩子肯定有武功，而且功夫还不浅。

小青盈还是拼命地抱着刘斜眼的大腿，大哭大闹："哎哟，我那没良心的大爷啊，怎么连你的侄子也不认啊！我那可怜的奶奶呀……你怎么这么命苦哇……"

这时候看热闹的更多了，围了一圈又一圈，刘斜眼不想让史坚如跑了，便一只手紧紧地抓住史坚如的手，另一只手就想打小青盈。而唐青盈一只手抱着刘斜眼的腿，腾出另一只手点刘斜眼的穴位。没想到刘斜眼虽然是一只眼，却也眼疾手快，用手一拨拉，没被唐青盈戳到。唐青盈又点了两下，也被刘斜眼用手拨拉到一边，最后竟被他猛一使劲反手捏住了自己的手腕子。小青盈痛得龇牙咧嘴，禁不住"哎哟"了一声。

公韧在人堆里心急如焚，有心去解救史坚如，又怕解救不成，反而画蛇添足，他急得眼冒金星，浑身冷汗直流。这时候一个人突然抓住了公韧的手脖子，说："你躲到哪里去了，是想赖账不成？本以为见不着你了，没想到老天有眼，今天又把你逮住了。"

公韧扭头一看，正是哥老会的湖南金龙山堂主杨鸿钧。这时湖北腾龙山堂主李云彪、四川虎龙山堂主张尧卿、江西跃龙山堂主辜天祐也一齐围了过来。

公韧心里着急，真是越热越包棉，越渴越吃盐。焦急之中，突然急中生智，想出一个主意——他指着那顶轿子对杨鸿钧说："看见那顶轿子了吧！那个年轻人是我们的同志，而那个堵着他的是清狗子。只要把那个年轻人救出来，钱的事咱们好说。"

杨鸿钧眼珠子一转，看了一眼公韧说："想拿我们当枪使呀？没门儿。你不给钱，我们就不去救人。"

公韧着急地说："你们不去救，我去救。把我逮住了，你们钱也别要了！"

李云彪一听也对，对公韧说："那就不能五五分成了，得四六分成。"

杨鸿钧说："四六分成也不行，得三七分成，我们要七你要三。"

公韧愤愤地说："你知道这叫什么吗？这叫落井下石、趁火打劫。"

李云彪不讲理地说："管他什么打劫不打劫，打个兔子先揣到怀里再说。"

公韧感到情况已是万分危急，事到如今什么也顾不得了，于是狠狠地说了一句："好，你们的条件我答应了。"

第 107 回　史坚如血洒五羊城

　　杨鸿钧听到这句话点了点头,确实不愧为湖南金龙山堂主,一声招呼,就有十几个哥老会会员围了过来,跟着四大堂主就往刘斜眼那里扑去。

　　这些人到了刘斜眼跟前,二话不说,举手就打,抬腿就踢。刘斜眼一看来头不善,大喊一声,几十个清兵就冲了过来,和哥老会的人打在一起。这时候四周看热闹的人害怕自己也牵连其中,纷纷大呼小叫,赶紧逃命,往后跑的往前跑的乱成一团。

　　公韧看到史坚如还傻站在那里,赶紧拨开人群冲了过去,拉着他就走。刘斜眼看见了,急得大喊大叫:"不能让他跑了!不能让他跑了——"可是当时人乱如麻,大人哭孩子叫,谁还听他乱叫唤。

　　公韧拉着史坚如在人缝里快步逃窜。史坚如不放心唐青盈,小声对公韧说:"这孩子怎么样了?让人太不放心了。"公韧说:"小青盈机灵得很,不用管她,最不放心的是你。既然刘斜眼认出你了,恐怕已经暴露,赶紧逃命去吧。"

　　不料,前面有几百个清兵排成横队,挡住了去路,行人得经过他们的严密盘查才能过去。到了这时候,史坚如还是面无惧色。他推了推公韧说:"公韧兄,事已至此,咱俩听天由命吧!如果能出去的话,继续跟着孙先生干,如果出不去的话,也算给后人留个名!"

　　两人互相点了点头,然后从容不迫,镇静地往前走去。

　　清兵虎视眈眈地注视着从面前走过的人,偶尔有人被浑身上下搜个干净。史坚如大摇大摆地往前走着,对周围的清兵时时露出微微的笑容,眼看着走过清兵的人墙,突然有人大吼一声:"就是他!"这一声喊,立刻引起一阵骚乱,还没等史坚如反应过来,清兵们早一拥而上,把他五花大绑,捆了个结结实实。

　　原来那个指认史坚如的人,正是租给史坚如房子的房东。这回他的房子被炸塌,家人被炸死,就认定是史坚如掘的地道,放的炸药。清兵们又搜了史坚如的身,发现了一张用德文写的炸药配制方法。

　　公韧无可奈何地摇了摇头,此时此刻,凭着自己的本事,就是十个自己,也救不了史坚如的命了,只能眼睁睁地看着他被前呼后拥的清兵抓走。

　　史坚如被带到了南海县署。南海县令裴景福知道史坚如是明末抗清民族英雄史可法的后裔,他的祖父史澄又做过清朝翰林的编修,目前他又是西关一带有名的富户和知名人士,所以不敢对他和一般犯人那样。他想到史坚如是大少爷,哪里受过辛苦和磨难,不管软也好,硬也好,糊弄着他供出革命党,然后把他轻判也就算了。所以裴景福一见史坚如被五花大绑地推了进来,赶紧叫人给史坚如松绑,安排到一个上好的房间里休息。

过了一会儿,裴景福洗脸净面,换上一身干净的官服,轻轻地进了史坚如的屋子,对他拱了拱手,笑着说:"史少爷,别来无恙!少爷到了贵府,敝人真是三生有幸,蓬荜生辉啊!底下有什么对你无礼的地方尽管说,我一定惩治他们。"

史坚如揉着惺忪的眼睛无精打采地说:"少爷我困了,有什么话明天再说,我先睡上一觉。"裴景福满脸堆笑,连声说:"好,好,少爷先休息,有什么话睡醒了再说不迟。"裴景福赶紧安排史坚如休息,又派了几十个清兵围紧了史坚如的屋子,生怕革命党前来劫人。

史坚如睡了一天一夜,把几天来挖坑道炸德寿没睡的觉全都补足了。一觉醒来,只觉得体力充沛,神清气爽,可是又懒得起床,就把这些年来的经历好好地理了一下。

虽然自己生于富户,条件优裕,但从小刻苦读书,怀有救国救民的思想。甲午海战后,中国兵败,割地赔款,每逢和别人讨论时局,自己悲愤之态溢于言表,常常发誓要做世界第一等大事业。自己到过澳门,日本人在澳门设有东亚同文会,该会热心于中国革命,与中国革命党来往密切。自己就常去串联,和会中人观点相同,会中人建议如果有机会可到日本去增长见识。自己就先到香港结识了陈少白等人,加入了兴中会,又到上海,结识了湖南同志毕永年,并与湖南、湖北志士结为朋友,以后又到了东京拜访革命志士。

经过一番洗礼,他革命的决心更加坚定,决定回到祖国,施展自己的抱负。于是回了广东。

此时广东总督为谭钟麟,此人昏聩贪财,人民怨声载道,正是起义的大好时机。但是起义没有足够的力量,只能自己慢慢地筹划。不久以后,清政府又派李鸿章来,李鸿章威望较高,兵备完整,谋事又密,很难下手。自己只得微行山泽,联络会党,暗中策划,渐渐有了眉目。五六月间,义和团大举起事,自己就和兴中会党内商议,认为机不可失,应该立即起义。只可惜会中资金不足,于是自己又卖尽家中田产,充作革命经费。和自己不和的人就到处宣扬,说革命党要夺取省城,自己实为前驱,吓得家里人都跑到了澳门,埋怨自己连累了宗族……

史坚如歇好了,起来漱口洗脸,在屋里来回溜达。他一会儿看看窗外的美景,一会儿摇头晃脑地吟几句唐诗,全然不像被囚禁的样子,倒像是外出旅游住在大宾馆里歇息。裴景福可睡不着觉,他害怕从史坚如嘴里掏不出东西,失去了升官发财的机会。

听说史坚如起来了,裴景福急忙进了史坚如的屋子,笑着对他说:"少爷休息得可好?"史坚如对着镜子梳了梳头说:"马马虎虎吧。"

裴景福摇了摇头,叹了一口气说:"你睡得好,我睡得可不好,唉!官身不自由哇。"史坚如讥讽他说:"你能和我比吗?我是平民百姓,清闲自在,你是清朝命官,得为国事操劳呀!"

裴景福眉头一拧,随即又满脸谦和地说:"咱们可以互相帮助哇,眼下我正有难处,只有你能帮我。你的难处,也只有我能帮你。"史坚如笑了笑:"谁帮谁咱先不说。本少爷饿了,先给我下碗面吃,咱再说谁帮谁的事儿。"

裴景福微微一笑:"这还不好办吗?"连忙安排厨子下了一大碗阳春面端了上来。

史坚如一碗阳春面下肚后,精神更好了,底气更足了。裴景福有些等不及了,就说:"你睡也睡了,吃也吃了,喝也喝了,就请帮我忙吧。"

史坚如问:"帮你什么忙呢?"

裴景福说:"把你的同党和主谋都说出来吧。"

史坚如眉头一皱,说:"我怎么听着这话这么不顺耳啊!我既不是土匪,又不是绿林,我是堂堂正正的革命党,是有头脑的大政治家,我们的目的是推翻清政府,建立合众政府……我有一事不明,不知道你是否知道?"

裴景福说:"只要我知道的,一定告诉你。"

史坚如问:"两百磅炸药都没能炸塌德寿的房子,是什么原因?"

裴景福也笑了一下,回答道:"我听他们说,炸药只炸了一小部分,另一部分没有炸。你还是没有经验,雷管放得少了些。"

史坚如恍然大悟,点了点头:"下一次,我一定多放点儿雷管。"

裴景福不耐烦地叫衙役给史坚如准备好了文房四宝,对史坚如说:"说了这么长时间,咱也算朋友了。我看你这人也挺讲义气,能不能把这个事儿写一写,说出谁是背后主使?"

史坚如爽快地说:"这好办,我写就是了。"

裴景福听了大喜,又对史坚如拱了拱手说:"如果写好了,我一定面见德寿大人,求他免你一死。凭你祖上的功德,凭你的名气,我想德寿大人一定会手下留情的。好,不打扰了。"面对着坚定自信、豪爽大方的史坚如,裴景福笑着倒退着出了屋。

史坚如在屋里写了一天,对端上来的好菜好饭,毫不客气,该吃就吃,该喝就喝,极其工整地写了四十多个人名。

裴景福走进屋来,看着一长串名字,心里暗暗高兴。史坚如朝桌上一指,大大咧咧地说:"同党和主谋都在这里了。我也累了,该休息了。"说着就舒舒服服地躺到了床上。

裴景福满脸堆笑,赶紧拿过那张纸来仔细看,看着看着,裴景福的眉头就皱起来了。那纸上写的全是广州的达官要人,第一个人的名字就是德寿,就连自己的名字也写进去了。

裴景福满腹狐疑地问:"他们何时何地指使你的?又有何证据?你可要如实写来。"

第108回　躲避刘斜眼误入妓院

史坚如躺在床上,跷着二郎腿,极其随意地说:"你让我写,我都写了。这点小事儿,还要什么证据吗?你们杀了那么多汉人,要过什么证据吗?"

裴景福气得浑身哆嗦,勃然大怒,指着史坚如说:"我为官三十年,还从来没有见过像你这样给脸不要脸,敬酒不吃吃罚酒的刁顽小子。来人!"

裴景福一声令下,进来了十几个衙役,他们把史坚如连推带搡地带进了大堂。到了大堂里,裴景福把惊堂木一拍,大声喝令道:"跪下!"

史坚如微微一笑:"我一个堂堂的大政治家、革命党人,有什么罪?凭什么给你跪下?"

几个衙役朝着史坚如的腿上一阵棍杖,把史坚如打倒在地。史坚如冷笑着说:"不是我自己跪的,是你们这些暴吏把我打跪下的。"

裴景福叫人写下了孙中山、陈少白、毕永年、郑士良、章炳麟、尤列、邓荫南、杨衢云、谢缵太等四十余人的名字,叫史坚如看了,问:"这些恐怕都是你的同党和主使人吧?"

史坚如笑了笑:"这些人我都不认识,怎么能是同党?我的同党都写了,你又不相信,看来这个忙是帮不上了。"

裴景福拍着桌子大吼:"看来不压下你的傲气,你是不会说实话的!来人,上梆子。"

衙役拿来了梆子。他们脱去了史坚如的衣服,让他跪在铁链子上,两条胳膊左右伸着,卡在柱子上。膝盖弯处横压一棍,棍的两端插入柱子的孔中,又以一棍放于脚脖子处。两棍之间放上板子,板子上头叠上砖,有一尺多高,重重的力量全压在膝盖上。胸前横着一棍,不能动弹,痛得史坚如大汗淋漓,腿骨几乎要断了。

裴景福大喊一声:"打!"

衙役们用竹竿朝史坚如的脊背上一阵子猛抽,不一会儿,竹竿全打散了,史坚如脊背上已无一块好肉。裴景福看着浑身鲜血的史坚如,心里吓得发毛,心惊胆战地说:"只要你招,别的事儿咱都好说。"

史坚如微微闭着眼睛,笑着说:"我想给你帮忙,可惜这个忙真的帮不上了!"

十一月九日,史坚如英勇就义,死时满脸微笑,傲视清军,一副桀骜不驯的样子,年仅二十二岁。

对于这些,公韧却丝毫不知,还在城内苦苦寻找着史坚如。公韧和唐青盈在有可能囚禁史坚如的监狱门口转悠,由于刚刚发生了三州田起义,那些监狱门口是岗哨林立,戒备森严,每一个监狱都像是关押着重要的犯人。

一日傍晚,公韧和唐青盈在南海县衙门外转悠,发现这里面的清兵实在不少,来来往往,荷枪实弹,戒备极其森严。公韧正琢磨着怎样才能打听到里面的情况,忽然被人拍了一下。公韧回头一看,大吃一惊,此人不是别人,正是昔日的仇人刘斜眼。

刘斜眼一副清朝官员的打扮,满脸油光,肚子也凸出不少,一副脑满肠肥的样子。他一只眼睛不怀好意地看着公韧,另一只眼睛却望着天,嘿嘿一笑,拱了拱手说:"五年不见,原以为公韧兄弟混得比以前强多了,不过从穿戴和面色上看,并不比原来强多少!怎么样,在哪里高就,薪水多少?我这人胸怀宽广,大人不记小人过,以前的事儿就让它过去吧,咱们就算初次见面如何?走,我请你喝上一杯!"

公韧心里骂道:黄鼠狼给鸡拜年——没安好心,要不是在县衙门前,早把你一刀宰了。公韧看到周围有不少清兵,一旦和刘斜眼动起武来,自己占不了便宜,只好随口说道:"瞎混!瞎混!我这人也心怀宽广,不愿意和你一般见识。现在我忙,确实没工夫伺候你。"

唐青盈拉了拉公韧的褂子,说:"亲爸爸,咱走,我怎么闻到了一股子臭味!"

刘斜眼看了看唐青盈，脸色一变，但没有发作，又涎着脸皮对公韧说："这个小傻瓜，不是那天抱着我的腿不放的赖皮小子吗？公韧弟，才五年不见，哪里来的这么大的孩子啊，不是你和西品的吧？"

唐青盈对刘斜眼一斜楞说："我和亲爸爸的事儿，碍你哪根筋了？"

公韧想到这里不是和刘斜眼斗气的地方，赶紧对他说："这孩子说话随便。咱走！"说着，拉着唐青盈就要走。刘斜眼眼珠子一骨碌，转身挡在了公韧面前，说："有一件事，我一直挂在心里，说了你可别生气。"

公韧说："有话就说吧，我不生气。"

刘斜眼说："不知道西品现在怎么样了？我心里实在想她想得慌啊！"

公韧听到这句话，只觉得血往头上涌，头一下子大了，涨成个大斗，全身的力气聚集在拳头上，一拳就向刘斜眼的眉心打去。而刘斜眼早有准备，头一偏轻轻闪过，左手挡住公韧的右拳，右手朝着公韧的脸上也一拳打来。

公韧挨了重重一拳，身子一晃，差点摔倒。小青盈一看亲爸爸吃了亏，怒从心头起，恶向胆边生，脚下生根，两拳朝着刘斜眼就是几下子。刘斜眼没有防备小孩子，一个跟跄，摔倒在地上。等他爬起来再找人时，公韧和唐青盈早已跑出好远，急得刘斜眼大喊："快抓革命党！快抓革命党！"

一队巡逻的清军恰巧路过这里，听到刘斜眼的喊叫，跟着刘斜眼就追起了公韧和唐青盈。

两个人在前面慌忙逃命，哪里人多往哪里钻。清军在刘斜眼的带领下，穷追不舍，只闹得一路上鸡飞狗跳，马跑驴叫，买卖摊子翻了，点心水果撒得到处都是，整条街就像炸了锅。

跑着跑着，公韧找不到唐青盈了，一路上只顾紧张地到处寻觅哪里可以藏身。几家店铺太小，进去无法躲藏；有几处民宅，进去怕给人惹麻烦。忽然看见一个红通通的大门敞开着，许多人进进出出，十分热闹，公韧顾不得许多，一头钻了进去。

进去一看，大屋里有许多精致的八仙桌和方凳，一些衣着艳丽的男人和一些妖艳的女人正在放荡地调笑取乐。墙上贴着一些西洋画，画上一些淫荡不堪的男女纠缠在一起。二楼还有一间间漂亮的小屋，精致的楼梯上人来人往。

公韧只顾逃命，顺着大红地毯跑上二楼，随便找了一个黑漆小门冲了进去。一看屋里既整洁又雅致，连个人影也没有，屋里柜子实在太小，无法藏身，公韧就一头钻进了床底。听得楼下吵吵嚷嚷，像是官兵进来了，有一个人大声地喝问："是不是进来一个革命党？"

一个老妇人酸溜溜地回答:"哟,官老爷,我们这里可没有革命党,我们这是伺候人的地方,是男人高兴的地方!你们愿意来,我们欢迎,你们走,我们欢送。我们这里的姑娘可漂亮呢!随你挑,姑娘们——来客人啦——"

随后一阵嘻嘻哈哈、撒娇拉扯的声音:"来了!来了!"惹得官军们急也不是,恼也不是。又翻了一阵子,什么也没有翻着,不一会儿,官兵们骂骂咧咧地走了。

公韧心想坏了,这是所妓院,怎么躲到这里来了!有心想离开这个肮脏的地方,但又怕清兵没走远,一出去就会被他们抓住,于是决定先躲一阵子再说。

天渐渐黑了,又过了好长时间,公韧听到有个人一颠一颠地进了屋。她点亮一盏小油灯,挑了挑灯芯,屋里立刻明亮起来。

第 109 回　公韧和西品相会

公韧想:老躲在床底下也不是个办法呀,得出来,但也不能吓着姑娘,先给她点警告吧。公韧就敲了敲地上。那姑娘听到动静自言自语地说:"老鼠哇,你要是饿了,伙房里有饭,要是渴了,脸盆里有水,没必要这么调皮捣蛋!"她这几句话,把公韧吓了一跳,声音怎么这么耳熟哇,怎么像是西品的声音?

公韧随即又笑了,西品都死了五年了,难道自己想她想得魔怔了?再说,天下差不多的嗓音有的是,怎么可能是西品呢?公韧又敲了敲床腿。

那姑娘又说:"老鼠哇,老鼠,别人都欺负我,笑话我,说我傻,说我呆,你怎么也和我过不去?你要有什么烦心事,和你的朋友去说吧,我成天心烦意乱的,不愿意和人多说话。"

公韧听了这些话更加吃惊,这不是西品又是谁?公韧再也忍不住了,一下子从床底钻了出来。那姑娘见床底下猛然钻出一个人来,既不惊慌害怕,也不激动万分,而是哑然一笑,一副傻乎乎的样子,对公韧说:"老鼠呀,老鼠,你怎么一下子变成人了?这倒挺有意思的……"

公韧在油灯前仔细辨认着眼前的这位女子,二十三四岁,简朴的衣着下,小巧的嘴唇,精巧的鼻子,尤其是那双眼睛,如秋水,似寒星,像白玉里镶着的两颗黑珍珠,只是黑珍珠蒙上了一层迷惘的白雾。这不是西品又是谁?公韧忍不住喊了一声:"西品,我是公韧啊!我找你找得好苦啊。"

那姑娘笑了一下:"西品?西品是谁?我是小金环啊,别人都叫我傻金环。

咦,大老鼠,你会说话?我以后再也不闷得慌了,屋里好歹也有个伴了。"

公韧看着她的眼睛说:"西品,你真的不认识我了?"

姑娘说:"我怎么会不认识你,你不就是床底下的大老鼠吗?原来你每天都在叫,都在闹腾,可是今天,你长大了,成了一个大人了。"

公韧犹疑地看着对方,无论神情样貌还是声音都极像西品。这到底是不是西品呢?……公韧轻声柔气地说:"我叫你金环好吗?"

那姑娘拍着巴掌说:"你叫我金环可以,只是前面不许加一个'傻'字。"

公韧又问:"你从哪里来的?"

姑娘说:"我不知道。"

公韧又问:"小时候的事情,你还记得吧?"

金环说:"以前的事儿,都记不清了。只记得,我被一个大叔送到了这里,我的头时常痛。"说着,她抖搂开一头黑黑的长发,头上显出一块疤痕。

是枪伤!公韧心里大叫一声。西品,这就是西品,绝对是西品。是枪伤毁了她的脑子,把她变成了现在这副模样。公韧心里一阵凄凉,颓然地坐在一把椅子上,脑子里一片空白,好久好久没有说出一句话来。

西品拢好了头发,瞪着眼傻乎乎地看着公韧问:"大老鼠,你怎么不说话了?我看你淌眼泪了。别难过,有什么伤心事,就跟我说说吧,以后我陪着你说话。"

公韧抹了一把眼泪,说:"其实你不叫金环,叫西品,还是叫我公韧吧!别再叫我大老鼠了。"姑娘自言自语地说:"公韧,公韧,公韧,我叫你公韧。这名字好像在哪里听说过,挺熟的……"

公韧又对西品说起了以前的事情,可是西品就像听天书一样,一脸茫然。

公韧看到时候不早了,对西品说:"时间不早了,你早歇息吧!"

姑娘说:"你睡哪儿啊?"

公韧说:"你不要管我了,我找个地方就能睡。"

姑娘摇了摇头:"你不说我也知道。要是人呢,他们就要求和这里的姑娘睡在一张床上。要是大老鼠呢,我睡在床上,你就睡在床下。"

公韧哄西品睡下,吹灭了灯,默默地坐在一把椅子上。看着已经痴呆的西品,万千往事涌上了心头:和西品在集上邂逅,成就了一段美妙姻缘;半夜里睡不着觉,到西家庄正好碰到了一桩血案;到了西品家又碰到刘斜眼使坏,他使坏不成又杀害了西品的爹;自己被刘斜眼诬陷下了大狱,差点儿被斩首;韦金珊搭救了他,三个人又一块儿逃难……

往事一幕一幕地在公韧的脑中闪过,就像昨天才发生一样。无限的惆怅、凄凉、愤怒、茫然涌上心头,哪里还有一点睡意。公韧把怀里的那个玉坠拿出来,轻轻地抚摸着,一宿无法入眠……

第二天早晨天色渐亮,公韧估摸着此刻出门应该会比较安全,看了看还在熟睡中的西品,对她轻轻地说道:"西品啊,好好地歇着吧!我一定找广州城最好的大夫,治好你的病。"

公韧轻轻开了门,把门掩上,然后蹑手蹑脚地下了楼,生怕惊醒大家。到了大门口,门插着,旁边有一个把门的汉子,正在打瞌睡。公韧正要拉开门栓,那汉子突然醒了,不怀好意地笑着:"官家您先别走,我给您沏一杯好茶。"说着,从旁边提过一把"大茶壶",细细的茶壶嘴对着一个茶碗,那茶水如涓涓细流,潺潺而下,竟没有洒到碗外一滴水珠。斟满了茶,那汉子把茶碗递给公韧,又对着楼上喊:"妈妈,客人要走啦!"

好半天,楼上一个头上扎着银丝架,高四尺许,头发盘在银丝架上,一朵绿花插在鬓边的老妇人揉着惺忪的眼睛,系着布纽扣,半敞着怀,从楼上慢腾腾地下来,晃晃悠悠地走到公韧的面前,肥胖的左手往前一伸,说:"拿来!"

公韧摸了摸后脑勺说:"拿什么?我又没拿你家东西。"

老鸨子看了一眼公韧:"别装傻!你偷偷摸摸地进来,进来就钻进了金环的屋里,我早看见了。现在又想偷偷摸摸地走,连个屁也不放一声,天下哪有这么便宜的好事?拿来啊!"

公韧这下子明白了,老鸨子这是要钱。于是他摸了摸衣兜,从香港那边来得急,没带多少钱,到了广州机关又急着要找史坚如,更没空要钱,这会儿哪里有钱?公韧把身上仅有的两块银圆塞到老鸨子的手里,大大方方地说:"够了吧?"

公韧想:住个店才几个钱,一下子给你两块很可以了。没想到老鸨子接到这两块钱倒急了,一下子把银圆摔到桌子上,大声喊道:"你这是打发要饭的呀,你以为红金楼的姑娘可以白睡啊?你以为金环是什么人哪?"

公韧不明白,问:"你说金环是什么人?"

老鸨哼了一下:"我家金环还没有开苞呢!不要装糊涂。"

公韧问:"什么叫没开苞?"

老鸨子说:"就是还没有接客,还是个黄花大闺女呢。"

公韧的心里是既高兴又懊恼,高兴的是金环还没有被糟蹋,懊恼的是,这下子让老鸨子赖上了,那老鸨子还不豁上命地要钱。这时候旁边又过来几个五大三粗的打手,一些嫖客和姑娘听到这里嚷嚷,也都开门开窗户朝这里瞧热闹。公韧硬着头皮问:"你开个价,要多少钱?"

老鸨子说:"开苞少说也得五千块,再加上嫁妆,迎亲送娶,一万块钱也就差不多了吧!"

这句话,差点没把公韧吓趴下。

这一万块钱是个什么概念啊?快和一场起义的钱差不多了,没想到妓院里也有百万兵啊,公韧张口结舌,说不出话来,头上沁出了一层细密的汗珠。老鸨子说:"我这里也是干买卖啊,都是官府里批准了的。没钱不要紧,没钱咱就去见官。"

公韧心里更紧张了,好不容易才从狼窝里逃出来,不能再进虎口啊!只好结结巴巴地说:"你先别着急……容我慢慢去借钱。"老鸨子又哼了一声:"借钱?看你这个穷酸样,去借一万块钱,谁肯借给你?再说,除了银号,谁又能有一万块钱?"

公韧垂头丧气地说:"那怎么办?"老鸨子说:"咱只有去见官。"说着拉拉扯扯又要带着公韧去衙门。两个人虽然拉扯着,可是那个"大茶壶"却没有急着去开门。两个人正在一个往前拉,一个往后退,西品从楼上一颠一颠地下来了。她走到老鸨子跟前,嗲声嗲气地说:"妈妈,吵什么呢?"

老鸨子笑着对西品说:"好孩子啊,你看这个傻小子,占我闺女便宜,还不给钱!天下哪有这样的好事呀?"

西品不好意思地说:"妈妈,他是一只大老鼠,占我什么便宜?老鼠怎么能占我便宜呢?他连我的一根汗毛都没碰着呢,妈妈,你就放过他吧!"

第110回　救西品求助韦金珊

老鸨子眼睛一瞪:"你一个傻孩子,懂什么?不能替他说话。他就真没……"老鸨子扯了扯西品的衣服,意思是让西品承认。

西品认真地说:"妈妈,我说的是真的。要不,你就检查检查。"说着,当众就要解开衣服,脱下裤子,让妈妈检查。老鸨子赶紧挡住她的手:"可不行,可不行,这孩子,可不能这样。"

公韧对老鸨子说:"西品,也就是金环都对你说了吧,你还不放过我。"

老鸨子瞪着眼睛对公韧说:"她一个傻姑娘,懂什么?反正你不拿钱,就是不行。"

公韧又问:"便宜点行不行?"

老鸨子想了想说:"看在金环姑娘的面子上,你就拿五千吧。"

公韧说:"五千块钱我也没有。"

老鸨子又说:"三千,三千块钱总该有吧?"

公韧说:"三千块钱我也没有。"

老鸨子又急了,吼道:"那我们只好去见官!"

两个人又拉扯在一起。正在这时候,门外有个孩子喊:"亲爸爸,亲爸爸在这里吗?"公韧一听有些不好意思,这不是唐青盈吗,如果让她知道了自己在这里,以后还怎么有脸在她面前做人。

老鸨子骂道:"谁家的野小子,瞎咋呼什么?"

只听唐青盈在门外哭哭啼啼地喊:"亲爸爸,亲爸爸,我找你有急事儿。俺妈快不行了!"说着,就使劲地擂门,咚咚咚,咚咚咚……

"大茶壶"不开门,小青盈就使劲地拍。烦得老鸨子了不得,给"大茶壶"使了个眼色,"大茶壶"开开了门。小青盈进来,拉着公韧的手就往外拖:"亲爸爸,到处找你找不着,原来你在这里。快走!快走!"

老鸨子也紧紧地抓住公韧的手说:"走?哪里走?咱上官府衙门。"

公韧直往后退:"我不去,我不去。"

小青盈嚷道:"亲爸爸又没犯法,上什么官府衙门?"

老鸨子对小青盈说:"你一个小孩子家,别乱插嘴。你不懂的!"

唐青盈噘起小嘴嘟哝:"人小怎么了,人小也不是从石头缝里蹦出来的,谁也是妈生父母养的。"西品见小青盈这么活泼机灵,稚嫩英俊,十分喜欢,上去抚摸着小青盈的头说:"这位帅哥,说话嘎嘣脆,就和炒料豆一样。妈妈说你亲爸爸欠了钱,但你亲爸爸说没钱,这不,正要上官府哩!"

小青盈说:"上官府怎么着,没钱的话进了官府也是没钱。还不如把我押在这里,让亲爸爸去借钱。"

一句话提醒了老鸨子。她眼珠子转了转,对公韧说:"要不,让你孩子在这里押着,你出去借钱?"

公韧连说:"可不行,可不行,我的孩子可不能在这个地方押着。"

唐青盈往外推公韧,一边推一边说:"亲爸爸,你就快点儿走吧!我在这里没事的。"

老鸨子也往外推公韧:"快去吧,快去吧,早把钱借来,早把你的亲儿子带走。"

公韧只好愁眉苦脸地走出红金楼,游荡在广州街头,他在这里举目无亲,就是认识几个机关上的人,可经费这么紧张,他们不可能让他往窑子里填啊,三千块钱,能买多少枪炮子弹……他看到城墙上挂着一个血淋淋的人头,过去看了看布告,才知道史坚如已经英勇就义,他心里十分悲痛、凄怆……

死的人那么大义凛然,活着的人更应该坚强地活下去,要把他们未完成的事业进行到底,绝不能纠缠于这些儿女情长。可一想到西品也是为了革命而负的重伤,治好她的病,把她救出火坑,也是义不容辞的责任,他心里更加惆怅和无奈……

公韧转悠了半天,焦头烂额之际,猛然觉得有人拍了自己膀子一下,惊得公韧一愣怔,回头一望,正是唐青盈。公韧惊奇地问:"咦,你怎么跑出来了,他们不是看着你吗?"

小青盈噘着小嘴说:"嗨,嗨,别说这几块料,就是几十个清兵,又怎么能看住一个大活人呢?"

公韧张着两只手问:"我该怎么办?"

小青盈嘻嘻哈哈地说:"该干什么干什么去,犯不着把这个事儿放在心上。那老不要脸的,分明是讹人哩!"

公韧低着头随便走着,一路上闷闷不乐。到了吃饭的时候,小青盈掏钱买了几个好菜,一壶酒,说要给亲爸爸压惊,公韧也吃不进去。小青盈问:"咱俩大难不死,逃过一劫又一劫,亲爸爸还有什么想不开的呢?应该高兴才是呀!"

公韧说:"我是挂念着那个姑娘!"

小青盈撇着嘴笑话公韧:"不要脸,亲爸爸挂上窑姐了,真没出息。要是这样,你在我心中的形象完全变了。"

公韧说:"原来我给你讲的西品姑姑的故事,你还记得吗?"

唐青盈说:"怎么不记得!给我讲了多少遍了,我都背过了。"

公韧说:"她就是你西品姑姑啊。"

小青盈惊诧得瞪大了眼睛,不相信地问:"真的吗?"

公韧点了点头:"是真的!我不能骗小孩子,你亲爸爸也从来没有撒过谎。"

这下子唐青盈相信了,对公韧说:"亲爸爸有情有义,真乃男子汉大丈夫。亲爸爸,你打算怎么办呢?"

公韧说:"我想,应该治好她的病,把她从窑子里赎出来。"

唐青盈赶紧说:"那你赶快找大夫给她治呀!"

公韧苦笑道:"可是我没钱。她又在妓院,我一去,老鸨子准得又向我要钱。"

唐青盈瞪着眼睛看着公韧问:"你当真就一点儿办法也没有?"

公韧叹了一口气:"一分钱难倒英雄汉。说过来倒过去,还得想办法弄钱啊!"

唐青盈点拨公韧说:"你当真就没有想到我的绝技?"

公韧摇了摇头:"我哪能让亲儿子偷东西呢,不能为了她,把你毁了,这是万万不能的。"

小青盈噘着小嘴嘲讽公韧:"亲爸爸呀亲爸爸,你真是打肿脸充胖子,吊死鬼抹胭脂——死要面子。"

公韧无精打采地到处转悠,看看能不能找到借钱的门路,小青盈却不把这件事放在心上,跟着公韧乐呵呵地到处玩到处逛,眼睛都不够使的。

有一天,公韧在广州街头忽然瞧见了韦金珊,他跟在韦金珊后边,犹犹豫豫地拿不定主意。而小青盈却追上了韦金珊,揪了揪他的衣服说:"喂,俺亲爸爸找你有事哩!"

韦金珊回头看到了小青盈,心里一喜,说:"又见面了,小鬼头。不知你又要耍什么鬼把戏!"韦金珊看到了公韧,几步过来,压低声音说,"你还到处转悠,是不是怕官府找不到你呀?"

公韧叹了一口气:"我找你有点事?"

韦金珊说:"这里不是说话的地方,跟我来。"说完,扭头就走。公韧在后面紧紧跟随,一直跟到了一个僻静的小茶馆里。韦金珊要了一壶茶,待茶房走后,悄悄对公韧说:"有什么事儿,快说! 这广州城不比香山,城里密探极多。"

公韧对韦金珊说:"借我点儿钱。"

韦金珊说:"你要多少?"

公韧说:"你有多少我借多少。"

韦金珊苦笑一下说:"你总得说个数呀。"

公韧说:"我想跟你借三千块钱。"

韦金珊倒吸一口凉气,笑了笑:"你以为我是什么人,我是贪官污吏? 我开银号? 原先虽然在皇帝跟前当差,但也没攒下几个钱,现在又断了俸禄。要是想发财的话,把你卖了就是钱,可我能那样办吗?我问你,要这么多钱干什么?"

公韧说:"我是想把西品救出火坑。"

韦金珊听到此话大吃一惊,有点结巴地问:"你……你说什么,难道西品还活着?"

公韧把在红金楼遇到西品的事情说了一遍。

韦金珊凝神静气地听公韧把事情的来龙去脉说完,长叹一口气:"活着就好,活着就好,真是苍天有眼!西品这么好的一个姑娘没有撒手人寰,这就是老天对我们最大的恩赐。人非草木,孰能无情?不但你对西品有感情,说真话,其实我对西品也不是没有想法。按理说,我当然该管这个事儿,可是,我也是个穷汉啊,也得到处借钱。其实,最有能力救西品的是你自己,何必拿着金饭碗要饭吃?"

公韧听到这话有些吃惊,问:"不知金珊大哥什么意思,我哪里有钱救西品?"

韦金珊笑了笑,压低声音对公韧说:"你既然掌握着那笔财宝的秘密,何必这样为金钱所困。大哥我帮着你把它弄出来就是了。"

公韧连连摆手说:"使不得,使不得。"

韦金珊逼视着公韧的眼睛问:"你的同志和未婚妻被困火坑,难道你不应该用这笔不义之财把她救出来吗?"

公韧还是摇着头说:"不行!不行!"

第111回 韦金珊唬住老鸨子

韦金珊愤愤不平地说:"这到底是为什么呢?"

公韧心想:我既然已经参加了革命,那笔财宝就应该是革命的财产,我哪里有权力动用呢?但这些话又不能对韦金珊说,只好低着头沉默不语。

韦金珊说了那么多,公韧仍是徐庶进曹营——一言不发,气得韦金珊拍着桌子吼道:"你真是榆木疙瘩不开窍!你……你……明天就在这里等,看看天上能不能掉下金元宝来砸着你的头!"

第二天,公韧早早地来到了小茶馆门口等候,他对韦金珊还是抱着一线希望。

不一会儿,乔装打扮的韦金珊开来了一辆小轿车,车上坐着广州最有名的中医大夫和两个彪形大汉,要拉着公韧一块去给西品看病。公韧心里有点打怵,弄不清韦金珊搞的什么名堂,犹疑地问:"到了那里,老鸨子不跟我要钱吗?我看你就不必兴师动众了吧!"

韦金珊鼻子一哼:"怕她干什么?现在这个社会,越怕人家越欺负你。天塌下来由我韦金珊顶着。去了再说!"公韧耷拉着头,硬着头皮坐上了汽车。小青盈却一路上兴高采烈,一点也不害怕,一会儿用手指头戳戳那两个大汉腰里硬邦邦的东西,一会儿站起来东张西望地瞧着城市风景。

就这样,一行人很快就到了红金楼。早晨生意清淡,客人稀少。

汽车一停,老鸨子一眼就认出了公韧,犹豫了一下,就又像抢什么宝贝似的,颠着小脚一阵风似的跑了过来,一把抓住公韧的手脖子,气势汹汹地问:"可抓住你了!看你还往哪里逃?欠我三千块钱还没还呢。"

她又看见了小青盈,忙喊几个打手:"快来人啊,抓住这个小孩儿。别看人不大,鬼可不小,可不能再让他跑了!"小青盈大大咧咧地进了屋往椅子上一坐,哼哼着说:"还用抓嘛,本少爷在这里待腻了,出去玩两天,这不又回来了。"

韦金珊也不慌不忙地进了屋,不卑不亢地哼了一声。

老鸨子搭眼一瞧,喜上眉梢,朝着楼上喊:"姑娘哟,来客人了。"赶紧对韦金珊笑了笑,"这位官人,稀客啊!谢谢来照顾本店。谢谢!谢谢!"

韦金珊指着公韧说:"这位是我兄弟,向来不拈花惹草的。怎么欠你三千块钱了?"

老鸨子脸一板,就要把那天的事情絮叨一遍。

韦金珊脸一沉,打断她的话:"一派胡言!你那姑娘就是个痴呆,我兄弟是堂堂正正的良家少年,怎能睡一个痴呆?你不是愿意打官司吗,打到督府才好呢,我看是你和督府熟,还是我和督府熟。咱这就走!"说着朝车上一声招呼,从车上下来两个大汉,从腰里掏出了手枪,朝着老鸨子就比画。

老鸨子吓得脸都黄了,结结巴巴地说:"这是干什么……这是干什么……"

韦金珊恶声恶气地说:"也不用上县衙了,直接上督府。"

老鸨子一看撞到硬茬上了,身子顿时就矮了半截,可是还有点不服气,嘴里嘟嘟囔囔地说:"他可是睡了我的姑娘啊。"

韦金珊眼一瞪说:"睡没睡谁知道,要不咱上医院检查检查?"

老鸨子一下子被镇住了,好半天没有言语,心想检查个球啊,这么些天了,检查也检查不出来。再说,这是督府的人,谁敢去?停了一会儿,老鸨子苦脸变笑脸,赶紧吆喝姑娘招呼几个围着的打手说:"快给这几位官人沏上茶,那三千块钱的事儿以后再说。两座山碰不到一块儿,两个人还碰不到一块儿吗?快快,伺候客人要紧。"

"大茶壶"忙着沏茶，几个姑娘上来嘻嘻哈哈，说着肉麻调情的放荡话。韦金珊没用几分钟，竟然把三千块钱的事情摆平了！

公韧问："怎么没见金环姑娘啊？"

老鸨子笑着说："那姑娘傻，能让她伺候客人吗？"

韦金珊装着行好的样子，说："那姑娘怪可怜的，这不，我请了李大夫，正要给金环看病哩。"

老鸨子听说要给金环看病，心里既高兴又担忧，忙说："那傻病还能治？我可没钱。"

韦金珊说："不用你拿钱。"

老鸨子一听不用自己掏钱，当然心里高兴，治好了金环的病，不又是棵摇钱树吗？只见她脸上带喜，赶紧叫人把干杂活的金环叫了过来。西品见了公韧一笑，说："大老鼠又来了，这些天不见，跑到哪里去了？我还怪想你哩！"

小青盈见了西品也非常高兴，赶紧过去，依偎在她的身边，连声叫着："姐姐，姐姐，你光想他，不想我吗？"

西品赶紧抚摸着小青盈的头说："小帅哥，小兄弟，我也想你呀！咱俩有缘，和你在一块儿，我心里可高兴了。"

公韧心想：怎么乱了辈了。

在红金楼的一个角落里，李大夫为金环仔细地瞧着病。他先给西品细细地诊脉，又看了看西品头上的伤疤，问了问西品一些家常事。西品颠三倒四地回答了一番。

李大夫默默地点了点头，然后对韦金珊和公韧说："这姑娘身体还算强健，只是由于外伤，伤了脑子，得了失忆症。不但我没有什么良药，恐怕任何一个大夫也没有什么妙方，只能慢慢调理。说不定哪一天，姑娘会突然恢复记忆。"说完，给西品开了一些调理的中药。

老鸨子又嘟哝开了："我们这里人手少，金环又傻，她怎么会熬药呢？"

公韧说："用不着妈妈费心，我为金环熬药就行了。"

小青盈更是高兴，拍着手喊："亲爸爸在这里熬药，我也能天天陪着金环姐玩了。太好了！太好了！"老鸨子想了想，白用人还不是个便宜事吗？又不用管饭和付工钱，也就点头答应了。

自此，公韧就天天到红金楼来为西品煎药。西品吃了两个月的药，病情并没见什么好转,虽然公韧的心里依然沉重,但是能天天和西品在一起,也算知足了,而且心里总是抱着一线希望,总有一天西品会好转起来。

闲着没事的时候,公韧好把自己的枪掏出来,擦拭一下,或者拆了装,装了拆。有时候西品干完了杂活,也好过来看热闹,对公韧说:"大老鼠哥哥,你这玩意挺好玩的,教教我好吗?"

公韧心想:教给她一些技艺,也好锻炼一下她的脑子,省得成天光在这里干粗活,越干越傻。他就对西品说:"好啊,我就教教你。"说着,教了西品两遍。别看西品把以前的事情都忘了,对现在的事还是记得挺清的,学得挺快,不一会儿,就和扫地一样熟练。

公韧一看,心里高兴,夸奖她说:"有门!要是这样的话,你的脑子恢复就快了。"

西品学会了装枪、拆枪,还不满足,还要学习打枪。公韧就教给她如何三点成一线,如何装弹,如何扣动扳机。不一会儿,西品也学会了。公韧就在墙上画了一个小圆圈,叫她天天往圆圈上瞄准。

有时候公韧在屋里比画着武术,西品看到也要学习。公韧一想:愿意学好啊,愿意学既能锻炼体能,还能增强记忆力,也就教了她几招。没想到,西品也是一学就会。公韧就加深了课程,带她复习旧的,学习新的,经过一段日子,西品的武术也练得有些模样了。

最高兴的当数小青盈了,这里人多事多,有的是热闹好瞧,玩够了,再帮着西品干点粗活,逗着西品玩。每每小青盈到了跟前,西品都要高兴许多,搂着小青盈说这说那,就和亲姐妹一样亲热。

但是人生无常,高兴的事情还没有享受出味来,坏事就来了。

有一天晚上,公韧正在红金楼为西品煎药,忽然听到前厅里传来一阵熟悉的话语声。公韧心里一惊,真是怕什么来什么,怎么像是刘斜眼的声音呢?公韧从厨房里往前厅一瞧,可不正是刘斜眼嘛!

只见他喝得醉醺醺的,东倒西歪地坐在一把椅子上,怀里搂着一个姑娘,一只手还拉着一个姑娘,瞪着一双色眯眯的眼睛,亲了这个又亲那个,两只手还胡乱摸索着。公韧心想:既然这个祸害已经来了,怕也没用,只要西品不露面,一切都还好说。

就在这时,西品一身粗衣,拿着扫帚从刘斜眼的面前走过。别的姑娘都花枝招展,妖里妖气,唯有西品这身打扮,在这红金楼绫罗绸缎堆里自成一景,十分扎眼。刘斜眼眼睛虽斜，视力却不差，他猛地扔下那两个姑娘，快步走到西品跟前，对着西品的脸膛左看右看，上看下看，好像怎么也看不够。

公韧心想：坏了，真是越热越包棉，越渴越吃盐，就怕他撞见西品，还真就撞见了，真是芝麻掉进针鼻里——巧了。西品被看得生气了，瞪了刘斜眼一眼："你这个斜眼，这是在看谁啊？不是看俺吧，真恶心！"

第112回　刘斜眼醉酒识西品

刘斜眼突然抓住西品的手说："你是西品吧？梦里见了你多少回，真是想得我睡不着觉，今天突然在这里相见，莫不是我又在做梦……西品啊西品，你还认识我吗？"

西品厌恶地推开他的手，说："又一个叫我西品的人，我不叫西品，叫金环。听明白了吗，斜眼？"

刘斜眼的两只手却把西品的手抓得更紧了，有点疯狂地说："你就是西品，错不了，一点儿也错不了。老板娘，今天我就在这里住下了，就要这个西品了！"

公韧急得手都哆嗦起来，连连跺着脚。他有心出去要扯开刘斜眼，又怕暴露自己，真是管也不是，不管也不是，急得像热锅上的蚂蚁一样。看着刘斜眼亵渎西品的那个样子，是可忍，孰不可忍！脚一跺，眼一瞪，都这个时候了，还管那么多干什么？

公韧就要冲出去，对着刘斜眼暴打一顿。

正在这时候，老鸨子一颠一颠地走了过去，拿着红绸手帕在刘斜眼的脸上拂了一下子，说："哟，我说官家，睡别的姑娘行，睡这位姑娘可不行！"

刘斜眼急不可耐地吼道："为什么？你家的姑娘不就是让睡的吗，这不是干买卖吗？"

老鸨子笑了笑："我这姑娘还没开苞哩，心急喝不了热黏粥，得按规矩。"

刘斜眼问："什么破规矩，说来听听。"

老鸨子说："你得送聘礼，'明媒正娶'。"

刘斜眼问："多少钱，开个价。"

老鸨子慢悠悠地说："送聘礼得五千块钱，'明媒正娶'也得两千块钱，再加上送给'娘家人'的大礼包、小礼包，一万块钱也就差不多了。"

刘斜眼咧了咧嘴，骂道："人人都说窑子是无底洞，掉进去就别想出来，还真是这么回事儿。好了，这姑娘给我留着，明天我就来给你送钱。"

老鸨子咧开嘴喜道："好！金环姑娘就是你的了。这几天我给她好好打扮打扮，养养精神，养得像一朵花一样，嫩得一掐就出水，就等着你选个良辰吉日前来采摘！"

刘斜眼乐得心花怒放，东倒西歪地走了。

公韧可沉不住气了，在屋子里走过来走过去，烦躁不安。不一会儿，嗅到了一股子煳味，一看药，全干了，气得公韧连药带药锅子全摔了。小青盈在外面玩够了，这阵子跑回来，见公韧把药锅子都摔了，不理解地问："亲爸爸，这是西品姐的药啊，怎么全扔了？"

"你不知道，刚才刘斜眼那混蛋来了，要娶西品。我不能眼看着西品让刘斜眼糟蹋了，你说说我该怎么办？"

小青盈说："这还不是小事一桩。让我把刘斜眼那坏蛋一刀宰了，不就全结了。"

"你先别鲁莽，我想想有没有更好的办法……刘斜眼一死，清狗子还不和疯了一样，咱们在这里还能待下去吗？西品还能肃净吗？组织上能同意吗？"

小青盈嘴一噘："那我可就没办法了。"

公韧见老鸨子进了厨房，就对老鸨子说："妈妈，刚才那个斜眼不是个好人，他来送钱，你可千万别要啊！"

老鸨子白了一眼公韧，讥讽道："哟，他来送钱不要，你可来送钱啊？干我们这行，总不能不吃不喝，脖子扎起来吧？金环这么大了，我总不能让她吃我的，穿我的，养她一辈子，不让她嫁出去吧？"

小青盈插嘴说："金环姐给你干这么多活，怎么就白吃你的，喝你的了？"

老鸨子又点着小青盈的额头说："这小鬼头，人小鬼大，什么话到了你嘴里，全变味了。我让你爷俩在这里乱折腾，够宽宏大量的了，你爷俩总不能断了我的财路吧？你要是有钱，就抓紧把金环领走，要是没钱，金环姑娘可要开苞挣钱啦！"

公韧气得牙根直痒痒，拉着唐青盈说："走，咱走！"

只听老鸨子在后边嘟哝："走了更好，我还拦着你吗？省得在我眼皮子底下转过来转过去的，扎我的眼珠子不说，还影响我的买卖，处处给我添乱。"

公韧回到机关后寝食不安，愁眉不展，暗自筹划着营救西品的计策。他给王达延拍了电报，叫他速速领着人马前来帮忙。

这段时间,青楼行正在为选美的事情而忙碌着。选美活动是由《天趣报》和天游社联合一些商人发起的。广州妓院众多,相互之间的竞争非常激烈。打造名妓,也是各妓院提升业绩的最重要手段之一,商人们完全舍得花大价钱。

妓院选美,分为色榜和艺榜,以积分多少排出名次。色榜主要考察妓女的外貌、步态和应变能力,艺榜主要考察妓女的才艺,包括唱歌、跳舞和各方面的技能。前十八名入选,头三名分别为状元、榜眼、探花。

《天趣报》又是这样揽财的:本社会友份金十元;定期三月十五日,设座望海酒楼,品评群花;当日开榜定出群花;无荐卷者不得与考;荐卷每张一元四毫,寄售在望海酒楼;会员每份送回荐卷两张,荐否各从其便;除本社奖赏外,诸君加赏者,各从其便……

公韧在红金楼客厅里,对着众人念完了这篇报道,说道:"这《天趣报》和天游社真会坑人。钱!钱!钱!他们除了钱,没有别的事了。社友的钱要赚,饮界的钱要赚,只要是好事的钱都要赚。你们以为各妓院的账真是由他们出吗?那也是看客们出的……"

群书说道:"虽是这样,我们也得加紧准备了。妈妈说,我们红金楼要一举夺得头四名!"

这时候,老鸨子正好路过这里,她腰一挺,跳了一个小高,然后趾高气扬地说:"孩子们,你们一定要争口气呀!只要我们红金楼夺得前四名,那以后我们就发大财了。从今天开始,吃饭加两个菜,脂粉我包了。要是添个小道具什么的,只要跟我说,我尽量满足。"

小青盈小声说:"别以为你舍财,这是吃小亏占大便宜。"

没想到,这句话让老鸨子听到了,她不客气地说:"这孩子,说的这是哪里话啊,尖酸刻薄,不求上进。"

唐青盈小声地反唇相讥:"你倒求上进,你也去竞选啊!不把人吓死才怪呢。"

选美的那一天,望海楼里张灯结彩,鞭炮齐鸣,各大报社和照相馆都来了,记者和照相馆的师傅们围着参加竞选的妓女们死缠硬磨,非要求得一个报道或者一张照片。客人们座无虚席,连空地方都加了座。简单介绍后,选美开始了,先上来是初步色选。

最前排坐着十大评委,他们是各大商行的老板,他们的眼睛就决定着校书们的身价高低。再往后,虽然是普通社友和看客,但是他们也都有自己看好的校书,一看自己的相好出来了,一阵嚎叫,也多少决定了评委的取舍。

涂脂抹粉、奇装异服的校书们一个个走上舞台,一展风骚。

而评价紧随其后。

"珠圆玉润,就是没有动人处。""明眸善睐,就是欠点姿质。""丰韵有余,就是光艳不足。""幼齿韶秀,就是脸上稍显木讷。""脸偏扁,细玉头微长,不中度。""明媚而质稍薄。""庄靓而年稍长。""姿首嫣然,惟樱桃口中,不能如瓠犀,殊缺点耳。""丽质天生,而碧玉小家,尚非超超玄箸。""美矣丽矣,惜苦泪痕深。"

真能进入前十八名的,那真是凤毛麟角。

第113回　众妓院盛大选美会

有幸的是,红金楼的群书、银凤、桂蝉、亚玲都进入了前十八名。

评委说群书是:"姿容娇艳,微涡一笑,尤足销魂。"说银凤是:"美人态度,名士风流,绿水红莲,压尽群芳颜色。"说桂蝉是:"端庄流丽,兼而有之。"说亚玲是:"一动一静,摄人魂魄。"

群书、银凤、桂蝉、亚玲自然分外高兴,更高兴的是老鸨子,要不是她的弹跳力略微差一点,那一跳真要蹦到天花板上去了。没有进入预选的校书们则是唉声叹气,指桑骂槐,埋怨制造自己的爹娘给的模样稍微差了一点点。

很快,进入预选的十八名选手又要进行决赛,争出前三名。

群书一高兴,吃饭的时候就多吃了两块肉,谁想到,群书的肠胃不好,肉吃多了,竟拉起稀来,一拉就提不上裤子了,急得群书骂道:"真是拉稀也不看个时候,六十四拜都拜了,就差这一哆嗦了。"

老鸨子更是急得满头流油,心急火燎地说道:"哎哟,我那闺女的小肚肚哟,你就好起来吧,可急死老娘了!"

银凤可不这么看,说道:"是不是哪个嫉妒的小骚货,在肉里放上泻药了,存心要群书姐的好看?"桂蝉反对说:"要说吃肉,我们都吃了,怎么就没事呢?"

亚玲也替群书着急,可是着急归着急,群书的肚子就是不争气。

这时候,银凤突然心生一计,对群书说:"我看金环姑娘长得和你相像,何不让她替你一替。反正都这样了,死马当作活马医呗!"

群书一听,急忙反对:"金环就是个傻瓜,叫她扫个地,打扫个卫生还马马虎虎,叫她上这个戏台子,吓也把她吓死了,更别说在大庭广众之下献上她最美丽的一面。不行!不行!"

桂蝉倒不反对银凤的建议,说:"那你说怎么办?你一上台,来个黄金入裤,那还不把评委熏死?"亚玲也附和着说:"没有别的办法,只能试一试了。"

群书一想也是,只好跟随这一伙人赶快去请金环,好在没走多远也就到了。没想到,在那里探望西品的公韧不愿意了,问:"你们这是干什么?欺负人也不能这么个欺负法儿。金环就是个傻瓜,她能做什么,你们最清楚,这不是存心叫她出丑吗?"

群书赶紧说:"救场如救火,我要是不拉肚子,能叫她去吗?争还争不来呢!坏了,坏了,又拉了。"说着,就要松开裤腰让公韧看。

公韧赶紧避开脸说:"我知道了,熏死了!熏死了!"群书说完,就赶紧向茅房跑去。

银凤、桂蝉、亚玲、老鸨子轮番说好话:"让她去吧!化了妆,别说话,闷着头走一圈就行。""不就这一回嘛!""要是群书真进了前三名,叫她好好请请金环。""我那好闺女哟,养兵千日,用兵一时,这也不是什么丢人的事儿。这是养眼的事儿,是出名的好事儿!"

就连唐青盈都说:"我那亲爸爸哟,你就叫金环姐去吧!弄不巧真得了一个状元,给你捧回来一个大金元宝呢。"

公韧禁不住众人的连劝带说,动了恻隐之心。众人一看,公韧松了口,就和抢亲娘一样,拉着金环,到了梳妆台前。也不管她愿不愿意,换上群书的衣服,就按群书的样子给她打扮一番。别说,人在衣裳马在鞍,金环这样一打扮,那眉眼和群书差不多少,就连走路都一模一样,公韧看得有些目瞪口呆。

众人急忙拉着金环往望海楼跑,紧跑慢跑,差点误了场。这时十大评委都等急了,看客们也大呼小叫地起开了哄,急得主持人满头大汗,见是红金楼的四大头牌来了,才总算松了一口气,赶紧开场。

到了西品出场的时候,那真是西品灵光再现,最为出彩的时刻,全场为之一震,顿时响起了热烈的掌声和喝彩声。评委们经过磋商,认为"群书":"比平时表现还要好,有闭月羞花之貌,沉鱼落雁之容。此人不为状元,何人能为状元?"

当宣布结果的时候,全场又一次响起热烈的掌声。银凤、桂蝉、亚玲也榜上有名,分别为第三名探花,第五名和第八名。

趁热打铁,组委会又进行了艺榜的决赛。可怜的是,群书的拉肚子还没有好,假"群书"还得继续蒙混。站在台下的唐青盈对公韧说:"我说金环姐能得个状元回来,你还不信,怎么样,说准了吧!金环姐那模样,要多漂亮有多漂亮,谁能比得上?金环姐在台上一走,既没有和病猫一样,扭扭捏捏,又没有直不愣登,生硬没有味道,那脚步真是要多轻盈有多轻盈,要多时髦有多时髦!"

公韧鼻子一哼说:"她呀,瞎猫碰了个死老鼠,头上掉下个状元郎,要是艺考就没有这么幸运了。她会什么呀?"

唐青盈点点头:"亲爸爸这句话说得也是,金环姐也就是走走过场,混个脸熟吧!"

公韧说:"我看还是不上场的好,免得惹麻烦!"

唐青盈却说:"你就让她上吧,人都想出彩,逮个机会不容易。好也好,孬也好,不就是这么一下子嘛!"

艺考果然如火如荼,那些姿色不怎么样的校书,使尽浑身解数施展自己的才艺。十大评委这样评价:"这位,生旦喉,均极超妙。""这位,余音绕梁,无懈可击。""这位,雏凤声语,当与老凤并驾。""这位,大弦嘈嘈如急雨,小弦切切如私语。嘈嘈切切错杂弹,大珠小珠落玉盘。""这位,情多舞态迟,意倾歌弄缓,举腕嫌裳重,回腰觉态妍,罗衣姿风引,轻带任情摇。"

轮到"群书",主持人问:"你要表演什么呀?"

金环说:"我什么也不会。"

此话引起台下一片哄笑。说什么也不会,比说什么都会当然更能引起人们的好奇和猜测。

有人就喊:"你是色榜状元,什么也不会呀?我们就愿意看看什么也不会。"

主持人对着观众激情煽动:"群书说什么也不会,大家信不信呀?"

底下齐声喊:"不信!"

评委中一个军界的站了起来,大声吼道:"你说什么也不会,就是什么都会。我就不信,你什么都会。这把枪你会使吧?"说着,从台下扔上来一把手枪。

公韧一看要坏事,紧张地摸了摸腰中的手枪,对小青盈说:"这下子麻烦了,我说不让她上,你还偏让她上。这下要出事!我们得做好准备。"

小青盈却不着急地说:"傻人有傻福,你先别紧张。说不定她能逢凶化吉,遇难呈祥呢!"

金环倒是不慌不忙,她平静地看了那把枪一眼,说:"我就会这个!"说着,捡起那把枪,喊里喀喳,一眨眼的工夫,枪被她拆了个七零八落,散落在台子上。

台下一阵大惊。军界的评委大吼道："我玩了一辈子枪,都没有这么利索,难道说你当过强盗?拆好拆,你能装起来吗?要是能装起来,再朝着那个灯笼开上一枪,我就算服你了!"

金环平静地说："这有何难!"说着,捡起那一堆零件,一眨眼的工夫,就装上了。然后朝着前面的一个灯笼,甩手一枪,那灯笼应声落地。有人捡起来一看,灯笼被打断了绳子,直接落了下来。

全场大惊。那位军界的评委吓得一下子瘫倒在椅子上,大声说道："了不得!了不得!这就是花木兰在世,穆桂英征西呀!"

要说这个事呀,也是巧了,全仗着西品对原来还有点记忆,对枪械也算是精通。再就是这一阵子勤学苦练,但凡傻瓜脑子单纯,干什么都是一个牛角尖钻到底,这倒促成了她快速成才。

有一个武术界的评委也是有点不服气,哼道："花界中能玩枪的确实凤毛麟角,佩服!佩服!不过这把刀,你能玩吗?"说着,从台下扔上来一把大刀。

金环说："这有何难。"说着,抓起那把大刀,舞了一通。外行看热闹,内行看门道,别说,还真把许多武林中人唬住了,一阵子啧啧称赞,大声叫好。

要说西品的刀法,全仗着在三合会的那些底子,再加上最近一些时候,公韧又对她进行了细心指导。她每天除了打扫卫生,就是练功,世上的烦恼事都不放在脑子里,要想功夫不长进都难。

西品施展完一套刀法,然后一个收势,对着众位评委和看客们谦恭地施了一个万福说："诸位客官,在下献丑了。"那一动一静,一笑一颦,也是柔中带刚,刚中藏娇,叫人看了,又慑于她的侠气,又感于她的魅力,有些隐忍不下,却又难舍难离。

第114回　救西品中了调包计

主持人添油加醋地说："群书的枪法、刀法好不好?"

众位评委和看客们一齐大声欢呼："好!"

主持人又引导说："群书不但什么都会,而且在枪法和刀法上独有创意,无与伦比。这样的群书,应不应该当状元?"

底下齐声说："应该!"

十大评委一齐点头,于是,西品又成了艺榜的状元,全场又一次响起热烈的欢呼声、叫嚣声,报社的记者围上来一大堆,照相的灯光闪成一片……

刘斜眼"结婚"的这天终于到了,妓院门口张灯结彩,装饰一新,看热闹的围得里三层外三层,打扮得妖里妖气的老鸨子领着一大帮花枝招展的姑娘早早地恭候在门口。一身婚装的刘斜眼斜挂着大红绸带戴着大红花,骑着高头大马慢慢过来,连他的马头上都扎着鲜艳的红花。

几挂鞭炮响过,老鸨子领着姑娘们迎上前去,刘斜眼也被几个彪形大汉扶下马。老鸨子对刘斜眼拱了拱手说:"恭喜!恭喜!祝贺刘大官人新婚大喜!"刘斜眼也拱着手对老鸨子笑着说:"同喜!同喜!花界同乐!"

老鸨子和刘斜眼互相谦让着进了妓院。这大厅里更是喜庆,上面彩带飘飘,挂着一串串大红灯笼,下面早就摆好了一桌桌的茶点,和妓院有瓜葛的客人早已落座,只等着仪式一过,上了酒席,就吃开喝开闹洞房。

代表娘家的老鸨子早已坐在上座,刘斜眼家里没人,也没有亲戚愿意到这里来丢人现眼,无奈婆家的上座只能空着。这时候,新娘蒙着红盖头羞羞答答地被两个伴娘扶到跟前,伴娘拉着西品的手执着大红彩绸的一头,又把另一头递给刘斜眼。

司仪看了看各方准备得差不多了,大喊一声:"良辰吉日已到,请新郎新娘双双入华堂!"此时,又是一阵鞭炮燃响,鼓乐齐鸣。等鞭炮、鼓乐停下,司仪大喊一声:"一拜天地——"

此话刚刚喊完,忽听得人群中一声大吼:"且慢!"

众人大惊,是谁这么不懂规矩,惊了这大喜大乐的拜堂仪式,急忙朝旁边看去,只见公韧右手执枪,左手在空中挥舞着大声吼叫:"众位客人不要惊慌,我们是革命党。这个新郎是清狗子刘斜眼,他这是强娶民女,欺负这个有点儿痴呆的姑娘。我们就是要管天下不平之事,行天下有情人终成眷属之义。请大家各走各的道儿,免得被枪子所伤!"

公韧周围的十多个人一下子都亮出短枪。

众人一阵大乱,再也顾不得吃什么酒席,慌忙抱头鼠窜,哪里有缝往哪里钻。

刘斜眼斜楞着一只眼,并不惊慌,大吼一声:"公韧!你这个革命党也太猖狂了。我今天就是来抓革命党的。看枪!"

楼上一下子伸出几十支快枪,枪口对准了楼下的公韧和王达延他们。公韧一看不好,原来这个刘斜眼早有准备,但是事已至此,也只能是两军相遇勇者胜,比比谁的拳头硬,公韧也大喊一声:"打!"

双方一齐开枪,乒乒乓乓地打了起来。

公韧、王达延一齐扑向西品和刘斜眼。刘斜眼一看不好,好汉不吃眼前亏,撒腿就跑,一下子躲进了人堆里。王达延也顾不得刘斜眼了,背起还盖着红盖头的西品就跑,公韧指挥着众人,边打边往外撤。

刚撤到门口,街上又冲过来一队清兵,一边冲还一边喊:"抓革命党啊!抓革命党啊!"亏着门口还有一队接应的弟兄,把那股清军堵住,双方激烈交火,展开了一场恶战。公韧心想不妙,看来清军早有防备,前有堵截,后有追兵,把自己夹在了当中。此时也没有别的办法,只得大吼一声:"保护好西品,往外冲!"

这句话刚喊完,只见那位"西品"突然扯开红盖头,从腰里拔出一把短刀,朝着王达延就是一刀。王达延没有防备,胸口被刺了一刀,鲜血呼地窜出来了。眼看"西品"马上就要刺第二刀,公韧也算眼疾手快,一把就把她的手脖子抓住了,仔细一看,这哪是什么西品,明明就是一个大男人。

公韧大吼一声:"你是谁,凭什么刺我大哥?"

那人大叫:"我就是要杀革命党!"

公韧大叫一声:"好你个冒充西品的刽子手,竟敢杀我大哥!"公韧一枪把他打死在王达延背上,又赶紧把他的尸首扯到一边,省得玷污了大哥的玉身。再看王达延,只见他双目紧闭,脸色苍白,倒在地上,早已没有了意识。公韧手忙脚乱地从怀里掏出急救包,给王达延堵住伤口,然后用匕首割下一缕布条,缠了几道,小声说:"大哥,你先忍一忍,我们马上冲出去,给你治伤。"

公韧背起王达延大声地吼叫:"弟兄们,给我狠狠地打。冲出去!"

这边张散掩护着,抵抗着红金楼里的人;前边李斯领着一些人一阵大叫,奋力地向前冲杀。刚冲了没有多远,前边的敌人火力太猛,一下子把三合会的人撂倒不少,冲锋只得被迫停了下来。

刘斜眼在后边挥舞着手枪,大声对他的手下吼叫着:"弟兄们,我们坚持一会儿,大批人马就来了。消灭革命党,我们人人有重赏!死的每个五两,活的每个十两。打呀!"

枪声惊动了广州城,四面的清军正不断地向这边拥来,眼看着公韧这些人就要被困死在这里,情况已是万分危急。公韧仰天长叹道:"都怨我太轻敌啊,想那刘斜眼也是狡猾透顶,自他挑选了结婚的日子,一定是精心准备。我怎么就没有想到这一层呢,是我害了弟兄们啊!"

正在这千钧一发的时刻,突然前面这股清军的后面枪声大作,一帮人冲了过来。他们一个个冲锋勇猛,火力猛烈,打得清狗子一个个哭爹叫娘。清军做梦也没有料到后面还有一支队伍打过来,瞬间被冲了个七零八落,敞开了一道口子。

公韧一看,此时不走,还待何时?背着王达延,指挥着众人,迅速地冲了出去。到了近前一看,正是韦金珊领着他的一些人救了公韧。公韧纳闷地问了一声:"你怎么来了?"

韦金珊鼻子一哼:"就是你不来,我也要救西品。什么也别说了,你们赶紧走吧!"

公韧此时已是自顾不暇,哪里还有要强的话,背着王达延,带着自己的这些人,迅速地往后退去。不一会儿,便隐藏在了一片贫民窟中。

韦金珊掩护完了公韧,不敢久战,马上撤退,仗着对地面熟,迅速地分散隐藏起来。清军气急败坏,马上全城戒严,挨家挨户大搜查。广州城里又被弄得鸡飞狗跳,乌烟瘴气,人人不得安宁。

原来红金楼的老鸨子早有算计,她感觉到这一阵子楼里不太平,不好的事情接二连三发生,西品这个金元宝再也不能丢了。于是和刘斜眼密谋,先把西品藏匿到一间密室之中,等事情过后,再圆房不迟。

这时候的西品穿上了绣花鞋、绿绸裤、红丝褂,再配上金光闪闪的红亮小马甲,脸上用丝线拉去汗毛,净脸扑粉,抹上胭脂,描上黛眉。她本来就漂亮,这一打扮,就像天上的嫦娥一般。西品有些懵懵懂懂地问:"妈妈,今天怎么不让我干活了,为什么穿这么漂亮的新衣服?"

老鸨子笑着说:"傻孩子,今天是你大喜的日子!以后你就不用干这些粗活了,你就天天做新娘,夜夜入洞房,芝麻开花节节高了。"

西品奇怪地问:"什么叫作新娘?什么叫入洞房?"

老鸨子说:"这个嘛……这个嘛……今天晚上你就知道了。你听刘大官人的安排,他叫你怎么做你就怎么做,他叫你干什么你就干什么。"

西品迷迷糊糊地点了点头。

晚上,刘斜眼喝得醉醺醺的,摇摇晃晃地来到红金楼的密室。他见了西品,两眼放光,就像豺狼见了弱小的羔羊一样,紧紧地搂住了西品,眯缝着色眯眯的眼睛,嘴里嘟嘟囔囔:"人生三大喜事,洞房花烛夜,金榜题名时,他乡遇故知。今天我就摊上了两大喜事,既是他乡遇故知,又是洞房花烛夜。娘子,娘子,我盼望了多少天,度过了多少不眠之夜,终于盼到这一天了。过了今天,也不白白枉度一生,你这个小傻瓜哟……"

刘斜眼的痴话惹得老鸨子和姑娘们一阵子嘻嘻哈哈。老鸨子说:"想不到刘大官人还是个情种哩……如今这样钟情的男人可实在太少了。"有的姑娘嫉妒地说:"这样的好事,我怎么就摊不上呢?"

西品却不高兴,躲在老鸨子的身后说:"妈妈,我不喜欢这个人,从心眼里讨厌。我不入洞房,我不当新娘。"

老鸨子劝西品说:"傻孩子,男大当婚,女大当嫁!女人嘛,早晚还不是这么回事儿,早晚还不得过这一关?"

第 115 回　　西品受刺激猛然苏醒

几个姑娘也劝西品:"傻金环,刘大官人有的是钱,你多有福气啊!发财不发财,就看你的本事了。""金环啊,你真是身在福中不知福!刘大官人娶了你,这是你一辈子的造化,从今以后,你可就享福啦。"

刘斜眼拉着西品就往洞房里拽,老鸨子和姑娘们也把西品往洞房里推。西品迷迷糊糊,弄不清到底怎么回事,稀里糊涂地进了洞房。刘斜眼撵走了老鸨子和那些姑娘,随手插上了门。他看着西品,越看心里越喜欢,心里就和抹了蜜一般,他摇头晃脑地问:"你真不认识我是谁?"

西品摇了摇头,说:"不认识。"

刘斜眼说:"再看看认不认得?"

西品仔细看了看,还是摇了摇头。

刘斜眼油腔滑调地说:"五年前,我在集上一眼就看中了你,得了单相思,没想到被公韧和韦金珊搅了好事儿。半夜里,我想你想得睡不着,就到你家里找你,谁想到又是公韧那小子胡搅和,你爹也来打我,叫我一枪给崩了……都是你们逼的。"

西品看着刘斜眼,竖着耳朵听着,他说的那些话是真的吗?西品在用心地回忆着。

刘斜眼又说:"公韧那小子叫我弄进了大牢,就等着秋后问斩。我想着你,又去你家里找你,没想到,公韧那小子在韦金珊的帮助下逃了出来,又和我在你家撞上了。真是不是冤家不聚头,我真恨死那小子了!这些事儿你都想起来了吗?"

西品一脸茫然地摇了摇头,他说的这是哪里跟哪里啊,自己怎么一点儿也想不起来呢?

刘斜眼叹了一口气:"我怎么说你也是摇头,太没味道了。原来你越是恨我,烦我,不喜欢我,我越是想你,爱你,喜欢你,我这人就是这么犯贱。现在你怎么傻得这么厉害?这会儿我倒一点儿兴趣也没有了。这是怎么回事呢?唉——"

屋外传来了姑娘们嘻嘻哈哈的声音,原来她们在听傻金环的房,看傻金环的笑话。

刘斜眼这下子又兴奋了,他对西品嚷道:"本来我没兴致了,她们一听房,我又来劲了。不能让她们看我的笑话,不能让她们小看了我这个男人。"刘斜眼重新抖擞精神,来到了西品的跟前,气势汹汹地说:"还用我亲自动手吗?自己脱。"

西品一时有些不知所措:"你……你……干什么?"

刘斜眼见西品不脱,就动手撕扯西品的衣服,屋外那些姑娘就嘻嘻哈哈地挑唆:"脱呀!脱呀!给傻金环脱呀。""傻金环就要开苞啦!""傻金环就要做女人啦!"

刘斜眼听见外面有人助威,淫荡之心愈发激荡,动作更加粗暴。

西品在激烈的撕扯中,本能地开始反抗。刘斜眼一看西品和自己动手,不禁兽性大发,越发用力地撕扯西品的衣服。西品用牙咬,用脚踹,只觉得头扑腾扑腾直跳,如万马奔腾,电闪雷鸣,耳朵嗡嗡作响,如翻江倒海,石破天惊,浑身汗水淙淙,香汗喷涌,所有的浊水毒气奔流而出……

一阵一阵剧烈的疼痛,一下一下触电般的感觉,猛然间,全身猛地一颤,世界顿时明亮起来。她看到眼前这个再熟悉不过的丑恶魔鬼,大吼一声:"刘斜眼,你这个畜生!"

刘斜眼一下子愣住了。他指着自己的脸,问西品:"你叫我什么?"

西品又大叫一声:"刘斜眼,你这个畜生!"

刘斜眼既惊慌又奇怪:"看来你并不傻!谁说你傻!"

西品大叫一声:"我和你有不共戴天杀父之仇,怎能甘心受你欺辱!"

刘斜眼这时候反而停止了粗暴,他把油灯端过来,在灯光下仔细地观察着怒目而视的西品,发现西品的眼睛此时特别明亮,原来眼睛里的一层浑浊不见了。刘斜眼的心里咚咚咚地乱跳起来,西老太爷血淋淋的身子好像一下子竖立在面前,似一道高高的难以逾越的屏障。

他不禁倒吸一口凉气,对西品的激情就像皮球泄了气一样,突然一点儿也没有了。此时,西品的大脑里往日的情景一一重现,集上刘斜眼调戏自己,公韧相帮;半夜里有人蒙面杀死了自己的父亲,又把公韧打入死牢;之后刘斜眼又屡次调戏自己,多亏公韧和韦金珊出手相助……

一次次蒙难,都是由于刘斜眼作祟,一次次受苦,也都和刘斜眼脱不开干系。此时此刻,仇人刘斜眼就在自己的面前。一种难以抑制的悲愤之情强烈地冲击着西品的大脑,一种熊熊燃烧的复仇欲望在刺激着她所有的神经。

西品大吼一声:"我问你,那个蒙面鬼是不是你?我爸爸是不是你杀的?"

刘斜眼惊恐地说:"是我……杀的,是我杀的又……怎么样?"

仇人相见,分外眼红,只听西品大吼一声:"我要报仇!"顺手抄起一把椅子就朝刘斜眼的头上砸去。吓得刘斜眼"妈呀!"一声怪叫,转身就往外逃去。

刘斜眼跑到屋外,西品又举着椅子追了出来,姑娘们吓得四处奔逃,大声呼喊:"傻金环疯了!傻金环疯了!"

刘斜眼跑到了楼下,西品又举着椅子追到楼下。刘斜眼围着桌子转圈,西品也围着桌子转圈。西品那吓人的样子,就连武功不凡的刘斜眼也是七魂丢了三魄,一路上只闹得茶壶歪了,茶碗摔了,椅子倒了,板凳翻了。人要是疯狂了,连老天爷都害怕,何况刘斜眼不过是人间的一个小恶魔。

就在两个人一追一跑,打闹得你死我活的时候,老鸨子领着"大茶壶"几个打手拦住了西品的去路。西品见了老鸨子一愣,问:"你是什么人?"

老鸨子鼻子一哼说:"连管你吃管你喝的妈妈都不认得了,想必是疯得厉害!来人啊,把她的椅子给我拿了。"随着她一声令下,过来几个打手把西品的椅子给抢过去了。

西品更是一脸疑惑:"你们是什么人,这是什么地方?"

老鸨子掐着肥猪腰吼:"不打她,她算不明白。给我打!"打手们七手八脚地朝着西品一顿暴打。

刘斜眼对老鸨子丧气地说:"这个洞房我不能进了,这个姑娘我也不要了。请的酒席,给大伙儿的礼物,我也自认倒霉算了,可是那五千块钱的聘礼钱你得退给我。"

老鸨子脸色一变,说:"说出去的话,泼出去的水,这聘礼钱怎能随便乱退?"

刘斜眼哼了哼:"那我也不要了,我现在对她一点儿兴趣也没有了。现在我心里莫名其妙地害怕,阴森森的,就和遇到女鬼一样,这个洞房我是再也不敢进了……"

老鸨子说:"你不是嫌这姑娘傻吗?看我不好好地拾掇拾掇她,保准叫她服服帖帖地伺候你。反正钱是一点儿也不能退。"

老鸨子把一肚子的恶气都撒在西品身上,想把西品打"明白"了再去抵债。她叫打手把西品吊到了一间小屋里,扒得只剩下裤衩马甲,叫一个打手用沾了水的藤条包上布抽她。每抽一下子,西品就痛得"哎哟"一声。

老鸨子怒气冲冲地问:"你叫什么?"

西品说:"我叫西品。"

老鸨子骂道:"疯得连自己叫什么都不知道了。再打!"打了几下,老鸨子又问,"你住在哪里?"

西品说:"我住在西家庄。"

老鸨子又骂:"一派胡言,什么东家庄西家庄的。你爹送你来的时候,明明说你住在吕家庄。再打!"

西品闭上了眼睛,耳朵听着藤条抽在身上梆梆梆的声音,忍受着皮肉剧烈的疼痛。老鸨子又问:"你叫什么?"

西品说:"你让我叫什么?"

老鸨子说:"你叫金环啊。"

西品想:落在这个恶婆娘手里,死了也没人知道。君子报仇,十年不晚,金环就金环吧。于是说:"那我就叫金环!"

老鸨子高兴了,说:"终于不疯了。你叫我什么呢?"

西品说:"我叫你姨啊!"

老鸨子说:"你得叫我妈妈。"

西品说:"我妈早死了,怎么能叫你妈妈呢?啊……好了,妈妈。"

老鸨子更高兴了,说:"终于不那么疯了。我再问你,这是什么地方?"

西品说:"我怎么知道这是什么地方?"

老鸨子说:"这是红金楼,是供男人玩乐的地方。你应该明白自己的身份,别觉得和个名门闺秀、良家妇女一样。告诉你,只要进了这个门,就别在乎自己的名声了。我们这些人,就是天生的贱命……"

西品听完这些话,明白了,原来这里是妓院。她默默地对老鸨子点了点头……

老鸨子怕西品再给红金楼惹是生非,赶紧把西品卖了一个地方。等到公韧又派人来打听西品的踪影时,连中间人都不知道哪里去了,怎么还能知道西品被卖到了哪里?公韧就算再有本事,也是无能为力,只能悲天悯人地大声吼道:"西品啊,你到底在哪里?老天爷呀,你睁睁眼吧……"

最后的王朝

下

韩济生 著

山东文艺出版社

第五卷 萍浏醴风云

第116回 众学生参加拒俄会

不过,生活还得继续,革命还要进行,公韧随着总部众人又到了日本。一九〇三年四月二十九日下午,公韧和章炳麟一起,到神田锦辉馆去参加留学生的拒俄会议。

走进锦辉馆的时候,每个参加会议的人都会收到一份传单,上面写着:

东三省告急!一发已牵,全身将动。我十八行省将从此分割,我父母伯叔兄弟姊妹将从此做人奴隶。呜呼!热心爱国儿,何堪忍受!男儿谁无死,宁为国鬼,不为外国奴。头可断,血可流,躯壳可糜烂,此一点爱国赤心,虽经千尊炮,万支枪炸破粉碎之,终不可灭。

公韧在广州时已经知道,在清政府流亡西安,八国联军占领北京,义和团遭受屠戮的时候,俄国政府于一九〇〇年七月,出兵十七万七千人,进攻东北,十二月中旬,东北全境已经基本为沙俄侵略军占领。

俄军在战争的过程中,把村庄烧光,把成千上万的老百姓驱入黑龙江中活活淹死,枪杀和刺死无辜的人们,把无数的村庄沦为无人区⋯⋯

到会的已有五百多人,会议首先选举了汤槱为临时议长。

汤槱神情激动,首先上台发表了慷慨演说,他说:"大丈夫都说不能死得其所,今沙俄虽然在北京正式签订中俄《东三省交收条约》,但还是赖着不走,此真是我辈堂堂国民流血之机会。英、美、日反对沙俄赖着不走,俄人却偏偏不走,他们都是为了自己的利益,哪有一个爱中国?我们去找留学生会馆干事章宗祥、曹汝霖,请他们用会馆的名义召集留学生，组织学生军，以抵抗沙俄侵略。你猜他们怎么说？"

汤槱卖了个关子，不往下说了。人们的情绪被调动了起来。有的着急地问："他们怎么说？"

汤槱说："他们说学生手无寸铁，绝无所成，且易引起政府猜忌。学生的任务就是学习，等学业成了，再议办法。"

底下议论纷纷，群情激奋，都在大骂章宗祥、曹汝霖两个混蛋。

汤槱又说道："等我们学成归国，再议办法，中国已亡了几十年了。哼！你骗谁来？今日有不怕死的，肯牺牲一身为中国请命的，立刻签名，编成一队，即日出发，径投北洋，奋身前敌，万死不惧！"

学生们纷纷叫好，有的人鼓掌赞成。

公韧小声对章炳麟说："学生们血气之勇可嘉，只是要投靠北洋军，指望清政府，实在是可怜。要是清政府能酿出什么好蜜来，还要革命干什么？"

章炳麟微微一笑："看看再说，好戏还在后头。"

这时候底下突然有一人质问道："轻举妄动，难以成功，孤注一掷，尤为不取。我们组织学生军，应该通过政府批准，不能自作主张！"

汤槱问："请问这位先生尊姓大名？"

那人说："我是政府驻日本的留学生监督汪大燮。"

此言一出，全场哗然。有的说："千钧一发之际，哪能面面俱到？这也请示，那也请示，等批准下来，早晚了三秋了。"有的说："学生开会，你们监视得这样严，有本事和俄国人打仗去。"有的则大骂："清政府对外无能，对内严治，把我们逼急了，还不如革命去。"

汪大燮又大声说道："学生在学堂时，应以修习学业为本分之事。如乱发议论，发布干预政治之文章，不论所言虚实，均属背离本分。如果留学生中有犯此令之人，我们会随时通知该学堂，监察无悔改之意者，即行饬令回国，不准稍有逗留。"

此话一出，有学生吓得低下了头，不再说话，而更多的人愈加愤怒。有一个面貌稚嫩的小个子，猛地一下子跳上了讲台，指着汪大燮说道："你不许我们拒俄，我们只得选择革命。凡有阻碍国民行使天赋之权利的恶魔，我们要坚决打倒之。"

他又往讲台正中站了站，热情洋溢地向大家说道："我不会讲演，但是我写了一篇文章，想背给大家听听。"他见大家都在聚精会神地看着他，便义正词严地朗诵道,"则有起死回生、还魂返魄、出十八层地狱、升三十三天堂、郁郁勃勃、莽莽苍苍、至尊极高、独一无二、伟大绝伦之一目的,曰革命。巍巍哉,革命也。皇皇哉,革命也。吾于是沿万里长城,登昆仑,游扬子江上下,溯黄河,竖独立之旗,撞自由之钟,呼天吁地,破颡裂喉,以鸣于我同胞前曰:呜呼!我中国今日不可不革命;我中国今日欲脱满洲人之羁缚,不可不革命;我中国欲独立,不可不革命;我中国欲与世界列强并雄,不可不革命……"

汪大燮听了这些言论大惊失色,胆小的学生听了这些话慢慢地抬起了头,而胆大的学生听到这些话更加激昂亢奋。章炳麟颇有些吃惊,连说:"好!好!好!"

公韧带头鼓起掌来,别的学生也跟着一块热烈地鼓掌。待掌声缓下来,章炳麟走上台去亲热地问:"不知这位学生怎么称呼?"

那个学生谦虚地说:"我是革命军前一小卒——邹容。"章炳麟尊敬地拉着他的手说:"谢谢你,革命军前一小卒,邹容。"忽然台底下有人喊:"不是开拒俄的会议吗,怎么开着开着,倒成了革命会议了,岂不怪哉?"

众人回头一看,有的人认得,有的人不认得,此人正是梁启超。

汤槱认得梁启超,知道他学问大,在留日学生中有很大影响,就毕恭毕敬地对他说:"请梁先生到台上来讲话。"

梁启超撩起袍子,迈着四方步,不慌不忙地走上台来。他环视了一下台下,见大家都在注视着他,鼓了鼓精神,侃侃而谈道:"我不同意这位小哥的意见。地球万国,有的兴,有的亡,有的强,有的弱,这是什么原因呢?这都是由国民自己的文明程度高低决定的。国民文明程度低者,虽得明主贤相代为治之,但因为人不行,则其政也不行,所以国家始终贫弱;国民文明程度高者,虽偶有暴君污吏一时掌权,而其民力自能补救而整顿之,所以国家始终富强。因此,我们不要去责备政府,而应该责备自己。为什么中国人文明程度不高呢?为什么国民衰弱堕落呢?是因为中国人最缺乏公德,中国人最缺乏国家思想,中国人缺乏进取冒险精神……"

"住口!"突然一声断喝,打断了梁启超的讲演。一个面貌威武、头发披肩的年轻人冲上讲台,对梁启超吼道:"在这中国生死存亡的紧急关头,如果不推翻卖国腐朽的清朝政府,只是单纯让人们休养自己的道德,中国的问题能解决吗?你这番言论是麻醉人民的鸦片,是误国误民的歪理邪说。"

他转过身来,对着台下的留学生讲演道:"哎呀!哎呀!来了!来了!什么来了？洋人来了！不好了！不好了！大家都不好了！老的,少的,男的,女的,贵的,贱的,富的,贫的,做官的,读书的,做买卖的,做手艺的,各色人等,从今以后,都是那洋人畜圈里的牛羊,锅子里的鱼肉,他要杀就杀,要煮就煮,不能走动半分。唉！我们大家的死日到了！

"苦呀！苦呀！苦呀！我们同胞辛苦所积的银钱产业,一齐要被洋人夺去;我们同胞恩爱的妻儿老小,要被洋人活活拆散;男男女女们,父子兄弟们,夫妻儿女们,都要受那洋人的斩杀奸淫。我们同胞的生路,将从此停止;我们同胞的后代,将永远断绝。枪林弹雨,是我们同胞的送终场;黑暗牢狱,是我们同胞的安身所。大好江山,变作了犬羊的世界;神明贵种,沦落为最下等的奴才。唉！好不伤心呀……"

这学生的一番话,把最无血性的心也点燃了,同学们满脸通红,紧握双拳,振臂高呼,大声叫好。再看那汪大燮,早吓得变了脸色,指着那学生说:"你……你……学校马上要开除你！看你还回不回国。"说完这些话,灰溜溜地跑了。

梁启超连声叹息:"哎呀！哎呀！革命太可怕了,革命真如洪水猛兽,革命把青年的脑子毁了,革命把我们的国家毁了……"

章炳麟拉住那位学生的手问:"请问这位先生尊姓大名？"

那学生说:"刚才邹容说了,他是革命军前一小卒,那我就是革命军前马前卒,陈天华。"

章炳麟一手搂着邹容,一手抓着陈天华说:"我们三杆枪联合起来,看看清朝的贪官污吏,看看载湉小丑的那些奴才,哪个还是我们的对手！"

听到章炳麟直呼光绪皇帝的名讳,有的人心惊胆战,心里默默地念叨着:污蔑皇上,罪该万死,罪该万死啊！有的人则报以热烈的掌声,把巴掌都拍红了。

第117回　公韧黄兴结为好友

这时台下又有一人大吼道:"光这样空发议论又有何用？我们要真刀真枪地和洋人干。"汤槱也赶紧对同学们说:"大伙儿也议得差不多了,现在就赶紧报名吧！愿意加入拒俄义勇队,上前线杀敌的,签在一块儿。不能赴前线杀敌的,我们另设一机构,签在一块儿。另外,我们再致函袁世凯,请求将义勇队编在他的麾下,以实现我们拒俄义勇队的意志！"

这时，刚才喊话的那位青年又挤出人群，冲到了台上，只见他体貌魁伟，威风八面，嘴上留着黄帝式的三缕黑髯。他对汤槁大声说道："此事万万不可！我们要是编在袁世凯的队伍里，还不是依靠清政府吗？我们要自己杀到东北去，和洋毛子干！"

此话一出，底下又是议论纷纷，褒贬不一。汤槁对那青年说："请问尊姓大名？"

那青年说："湖南学生黄兴。"

汤槁问："黄兴先生，你不是开玩笑吧？就凭我们这几百号学生，和几十万能征惯战、装备精良的俄军战斗，胜算又有几成？"

黄兴往台前一站，大声地说："清政府是万万指望不上的。甲午海战，清朝的海军不可谓不强，可是被看不上眼的日本人打得一败涂地；和八国联军又一战，清朝的几十万军队，顷刻之间土崩瓦解。我们拒俄义勇队虽说只有几百人，但是我们可以联合民众，可以联合吉林、黑龙江的忠义军。听说忠义军已发展到四十营，二十多万人。只要我们中国人万众一心，一人一口唾沫也能把沙俄的十几万军队淹死！我们宁可指望民众，亦不可指望清政府。"

此话得到了不少同学的掌声。特别是章炳麟、邹容、陈天华、公韧等人，手掌都拍痛了。

汤槁面有难色，对黄兴说："要是没有政府的支持，别说从东京到中国东北，就是从东京到内地，恐怕也很难实现。还谈什么拒俄？"

黄兴急得脸都红了，一阵憋气，咳嗽了几声，喘了一会儿气，精神才平缓下来。他看到墙角放着几个水盆，盆里养着几条鲤鱼，过去就把一个盆搬到了桌子上，对大家说："大家看到了吗，这是条鲤鱼！"

同学们你看看我，我看看你，弄不清黄兴葫芦里卖的什么药。黄兴说："大家都知道鲤鱼跳龙门的故事。其实鲤鱼终究还是鲤鱼，决不会成龙的，只因为从前造反的人想做皇帝，所以捏造出'鲤鱼跳龙门'和什么'真命天子'之类的骗人鬼话。历朝都是赶走一个皇帝，又来一个皇帝，对老百姓来说，绝没有什么好处。法国的革命党人就聪明一些，他们革命成功以后，将政体改为民主共和，实行自由平等博爱，再也不要皇帝了，所以大家都能过上幸福的日子。"

汤槁提醒黄兴说："咱们这是谈的拒俄，不要离题太远。"

黄兴继续说："这革命和拒俄，实际上是一码事呀！"

汤槁讥讽地说："你说的这一码事，我怎么没听出来？"

黄兴急得又是一阵咳嗽，一口气没上来，只觉得一阵恶心，嗓子发咸，一股子腥气逼上来，大嘴一张，噗的一声，吐出了一大口鲜血。台上台下顿时慌乱一片。

公韧疾步到黄兴身边，伏下身子，扶住他，给他捋胸口。好一阵子，黄兴才缓过劲来。章炳麟给黄兴擦干嘴上的血，把他扶上公韧的背，安慰他说："黄先生，你这是连急带气憋住的气血，不要紧的。先叫这位兄弟背你去医院！"

黄兴有些不好意思："萍水相逢，怎敢有劳这位兄弟，实在是过意不去。"公韧说道："都是革命同仁，这点儿小事应该的，应该的。"背起他迅速地往医院奔去。

黄兴在医院里，得到大夫的细心诊治，病情很快好转起来。公韧每日到医院看望黄兴，俩人越谈越投缘，渐渐成了好朋友。唐青盈也缠着公韧带她出来玩。这天，俩人一块来探望黄兴。医院里有几棵樱花树，此时正开得如霞如雾，又似阳光下的小火团，生机勃发。忽然一阵风吹来，卷下了一阵樱花雨，洒得树下的练武人满身满肩皆是樱花。

那练武人正是黄兴，只见他脚步敏捷，往来如风，拳法诡秘，飘忽不定。内行看门道，外行看热闹，公韧认为他的功夫绝不在自己之下。

小青盈这会儿正憋得难受，几步上来，朝着他的背后一脚踢去。练武的人脑后有眼，黄兴听得后头响声不对，身子一闪，避开唐青盈的小脚，然后一脚朝小青盈的面门踢去。小青盈也知道他绝不会当真踢着自己，但还是认真闪过，一个鹞子翻身，翻出老远，又向他展开了攻击。

两个人你来我去，过了几招。黄兴实在不忍占小孩的便宜，于是一边应付着唐青盈，一边两只手竟搬起一块七八十斤的大石头，只用脚和唐青盈过招。唐青盈一看机会来到，瞅准机会，使出浑身招数，想打败黄兴。虽然她招数用尽，力气用乏，却也没有占着半点便宜。

不一会儿，两个人都出了一身大汗。

公韧赶紧阻止小青盈说："小青盈啊，别胡闹了！黄先生伤刚好，别累着。"

黄兴却来了兴致，夸奖说："这孩子，别看人小，武功可挺好！要是到了我这个年龄，一定是炉火纯青，能成为一方武圣，我是怎么也打不了她的。"

小青盈放慢了手脚，问："请问黄叔叔，你这是哪家拳法，我怎么没见过啊？"

黄兴答道："我这是少年时，拜浏阳李永球为师，学的乌家拳法。请问这位小师傅，你这是哪家拳法？我也没见过。"小青盈拳脚没停，调平气息说："我这是万家拳法，跟着周吴郑王，冯陈褚卫，蒋沈韩杨各位师傅学的。"

黄兴赶快放下石头，一步退出圈外，哄着小青盈说："我服了，服了，我一个师傅哪里打得过你这么多师傅呀!"小青盈亲热地拉着黄兴的衣襟,和熟人似的撒着娇说:"哪里,哪里,黄叔叔让着我,谁还看不出来啊!你再教教我嘛。"

黄兴摇着头说:"不行!不行!你这么聪明机灵,悟性又好,再把我看家的功夫都偷去了。"黄兴一边掏出手帕来擦着汗,一边问公韧,"不知拒俄义勇队的事情怎么样了?"

公韧叹了一口气:"说起这个事来话长了,那天,有一个湖北学生王璟芳,开完了会就向驻日清公使蔡钧告密,说义勇队名为拒俄,实则革命。蔡钧根据密报,乃致电两江总督端方说:'东京留学生结义勇队,计有二百余人,名为拒俄,实则革命,现已奔赴内地,务饬各州县严密查拿。'此事清廷也密谕各省都督说:'前据御史参奏,东京留学生已尽化为革命党,不可不加防备。'那天签名愿入军队的有一百三十多人,签名愿在本部办事的有五十多人。没想到学生军才成立四天,留学生监督汪大燮就责令它停止活动。次日,学生军代表开会,决定把学生军改名为'国民教育会',并继续操练,又派人回国到北洋袁世凯那里联系和到上海、天津等地活动。"

黄兴着急地问:"袁世凯怎么说的?"

公韧笑了笑,嘲讽道:"听说袁世凯对学生表面上挺好,一口答应学生军可以隶属北洋,暗地里却向朝廷上密折说,东京留学生若干人已编练数军,希图革命,望朝廷早做打算。臣以为,学生军既然反叛朝廷,朝廷亦不得妄为姑息,一心革命者,可随时捕获,就地正法。"

黄兴一声苦笑,摇着头说:"我早就说袁世凯办不出什么好事来,学生一心为国,何罪之有,却遭如此厄运。不推翻清朝,中国什么正事儿也办不成。"

公韧也大骂道:"袁世凯的为人,天下皆知。指望他,黄花菜早凉了。"

两人说话投缘,越谈兴致越高,黄兴又问公韧:"请教这位兄弟,要实行种族革命,在中国采取什么方略为好?"

公韧想了想说:"实行种族革命,中国无非学界、军界、帮会。学生革命,我看也就是喊喊口号,造造舆论,让他们冲锋陷阵,是指望不上。军界革命,再好不过,可是要做长期工作,短期内难有成效。帮会要是革命,那可是现成的,现有的红花、绿叶、白莲藕,光这红花也就是洪门五个大帮会,全国就几百万会众。听说你们湖南的帮会甚是厉害,特别是大堂主马福益,听说马福益以前有难,黄先生曾经帮助过他。有如此好的关系,黄先生为何不用呢?劝先生早早回国,我愿意追随先生,共图大计。"

第118回　公韧黄兴促膝长谈

黄兴听了此话，连连拍着公韧的肩膀，说："没想到我和马福益的事情，兄弟也知道啊。"公韧不好意思地说："我只是略知一二，黄先生这么出名，想不知道都难！"

黄兴又拉着公韧的手说："很多大事儿真是英雄所见略同。兄弟如能帮我，大事成矣！不知孙先生可好，他是怎么想的？"

公韧连忙说道："我只是一个小人物，哪能帮你办什么大事儿，我只是转述他的意见罢了。"

黄兴大腿一拍，着急地说："好，好，那我们借此机会，长谈一番。"

公韧忙着沏茶，献上。

黄兴目光炯炯，问："不知孙先生的主要革命手段是什么？"

公韧笑了笑："革命的主要手段就是武装起义，用武力把清政府推翻。"

黄兴两手一拍说："和我想的一样。这武装起义的首发地极其重要，不知选在何处？"

公韧平和地说："想必黄先生心中也有主意。这么着吧，咱俩把首发地各自写在纸上，看看是否相同。如何？"

黄兴说："甚好！甚好！咱俩这就写。"

公韧拿来纸笔，两个人都背过身去，各人写各人的，顷刻之间就写好了。两个人把自己写的猛一下子拿出来对照。只见公韧的纸上用极其舒展、大方的颜体写着"两广"，而黄兴用漂亮、秀美的北魏体写着"长江一带"，两个人各自一愣。

黄兴皱着眉头问："不知为什么选在两广？"

公韧说："你选在长江一带，自有你的道理，请黄先生指教。"

黄兴说道："长江一带，交通便利，帮会众多。我们集中力量占领一地，就可以联合全国革命党迅速形成蔓延之势，南下扩大根据地或北伐直趋京畿要地。"

公韧又问道："长江各省，有没有重要的武装力量呢？"

黄兴说："暂时还没有。不过哥老会的大头领马福益和我关系不错，他在萍、浏、醴一带很有影响，我可以运动。请问，两广有何便利条件？"

公韧说："广西一九〇二年就发生了声势浩大的以游勇为主的武装起义，清朝调岑春煊为两广总督,调集湖南、广东、云南、贵州十几万军队进行镇压,现在还在激烈战斗。在那里起义,就如星星之火掷于枯木之山,不怕它不着。两广地区毗邻云南和越南,不少华侨同情革命者,我们可以直接得到越南华侨的支持。"

黄兴着急地说:"不要光讲自己的家乡好不好,广东、广西乃偏远之地,怎能和长江一带相比?"

公韧说:"你要在长江一带发动起义,那么从哪里运送武器呢?据我所知,长江一带恐怕很难运送武器。而广东、广西就不一样了,那里有好几条通道。"

这一下子把黄兴问住了,黄兴考虑了一番说:"说得有理。"

俩人促膝谈心,越谈越兴奋,互被对方的坦率、才识和大度吸引了,不知不觉就到了吃饭的时候。吃完了饭再谈,不知不觉又到了睡觉的时候。三天后,黄兴决定,立即回家乡湖南,建立组织,策动起义。

一九○三年底,黄兴带着陈天华、刘道一、公韧、唐青盈等秘密回国。

因为黄兴学的是师范类专业,他和长沙明德学堂的校长又认识,所以校长聘请黄兴为明德学堂中学部历史、体操教师兼小学部地理、博物教师。在教课之余,黄兴和同其一块回国的革命党人宣传革命道理,筹备革命组织,并把从日本带来的《革命军》《警世钟》《猛回头》等翻印了四千余册,分别赠送给学界和军界骨干。

一九○四年二月十五日,在明德学堂的西园寓所里,正式召开了"华兴会"成立大会,到会的有一百多人,纷纷表示祝贺。会上选举黄兴为会长,并选举了副会长、秘书长等有关人员。

会员们热烈地请黄兴会长讲话,黄兴发表了即兴演说,他说:"湖南多富矿,我们准备集股一百万元,大力开发湖南矿业。我将和诸位股东精诚合作,再接再厉,使湖南的矿业有一个突飞猛进的发展。我相信,凭着我们背后大股东的声誉,我们的股票一定会大涨,越来越抢手。现在我再提出两句口号,就是'同心扑满,当面算清'。"

与会人员大多是革命党,听了黄兴的话微微点头。也有不少非革命党人,听了黄兴的话,还以为是谈买卖呢,心里也高兴。只是有些话听了确实让人糊涂,有些弄不明白。于是有一个人问:"黄会长,你说得这么有把握,我们背后的大股东,究竟是谁啊?"

黄兴眨了眨眼睛,神秘地说:"这个事儿只可意会,不可言传,天机不可泄露。"

"那'同心扑满,当面算清',又是什么意思啊?"那人又问。

黄兴笑了笑说："我这八个字的意思就是，只要我们的工作做到家了，到了当面算清的时候，大家一定会有一个好的收益。"那人听明白了，满意地点了点头。底下有几个革命党人，忍俊不禁，偷偷地乐。

公韧知道，黄兴所说的"矿业"，实际上就是革命，"股票"就是会员，"大股东"当然就是兴中会了，"扑满"就是扑灭清政府，"当面算清"就是当面和清朝展开斗争。华兴会成立后，为了筹集起义经费，黄兴出卖了祖上留下来的在长沙东乡凉塘的粮食近三百石。为了便于联络会党，他又成立了一个秘密的外围组织"同仇会"，专门策动会党参加起义的种种工作。

正式大会开完不久，又召开了秘密大会，副会长、重要股东、同仇会会员参加了会议，当然这些人都是革命党。会上公韧问："黄会长，在日本时咱们结合上级意见商定了起义首发地以两广地区为好，现在你为什么又把首发地选在湖南了呢？这个事情你还得给大家说明白。"

黄兴沉思了一下说："我想，这个问题应该这么看，首发地选在两广，我是同意了的，但是湖南也有湖南的优势。现在湖南的军界、学界、帮会，革命思想日见发展，市民也都比较支持革命，并且有哥老会这座大山。湖南就如一包炸药，只要我们一点，顷刻之间就会爆炸。如果能直接倾覆北京就更好了，可是我们中国革命，不能指望北京的市民。"

公韧又问："你是不是要指望湖南金龙山堂的堂主杨鸿钧啊？他和湖北腾龙山堂主李云彪，四川虎龙山堂主张尧卿，江西跃龙山堂主辜天祐要好，这四个人的势力遍布长江流域，会众不下几十万，如果能得到他们的支持，我们的革命就有了相当强大的基础力量。"

黄兴摇了摇头说："这四个人的大名我早就听说过，不过据我观察，这四个人吃喝嫖赌，浪用无度，极其腐败，难以成就大事。而成就大事者，必须意志坚强，能卧薪尝胆、艰苦奋斗，我宁愿联络只有一万多人的马福益，也不愿意联络有几十万人马的杨、李、张、辜四大堂主。"

公韧点了点头说："我也听说马福益这人人品不错，可是不了解他的出身、学问、能力、实践到底怎样。"

黄兴对大家伙说："马福益这个人，我对他做过一些调查。他是湘潭人，世世代代都给地主扛活，他的父亲因为地主强迫退田，无法维持生活，无奈迁居醴陵。马福益早年在家耕地，也读过一些书，能写普通书信和简单文稿。他富有胆略，遇事果断，仗义疏财，为人公正，渐渐得到了大家的信任。

"渌口是一个大市镇,会党活动频繁,镇内赌窟很多是会党首领所设,而且流氓、地痞、盗贼群集,作案累累,商民惴惴不安、提心吊胆。因马福益为人正直,且在会党中有一定威信,商会便请他协助维持治安,马福益一口答应。他邀集各路会党首领,商定秘密条规:禁止作假行诈;不得行凶打架;禁止抢劫拐骗和盗窃;遇有争端公平处理,不得徇私袒护;等等。

"这些条规实行后,渌口市面安然无事,马福益也因此声誉大振。后来他就索性迁到醴陵渌口市,自行开堂放标,招收党徒。他自创回龙山,山名昆仑山,堂名忠义堂,香名如来香,水名去如水,徒众发展到一万多人。会员大多是农民、工人和行商小贩,势力遍及醴陵、湘潭、浏阳等县,并涉及江西、湖北两省。

"马福益现在又到了湘潭的雷打石,发动窑工一千多人参加了回龙山会,他成了那里的总工头,以此为大本营,继续发展会员。马福益执法如山,不徇私情,他在会党中的威望很高,所以会众都愿意为他卖命。"

第119回　华兴会联络马福益

听完黄兴的讲述,大家对马福益已经有了初步了解,对联络马福益参加起义已经没有什么异议。黄兴微微摇了摇头,皱了皱眉头说:"我虽然和马福益有些关系,但是想动员他参加革命也没有十足的把握。听说马福益的帮规极严,想见他一面很难。"

刘道一突然说:"要不,我替黄会长走一趟?"刘道一小国字脸,粗眉毛,一脸稚嫩,有七分的孩子气。

黄兴看了看这个年轻的小伙子,有点怀疑地说:"你这么年轻,不知和他有什么关系?不知有什么妙方良药动员他革命?"

刘道一低下头,有点不好意思地说:"是这么回事,当年义和团运动失败后,清政府曾密令各处地方官吏,缉拿会党首领人物,湘潭县衙接到密令后,准备派兵搜捕马福益。当时家父正在县衙当差,平常和会党的人时有接触,就派我给马福益送信。我也仗着在会党中有点关系,在湘潭郊区江边的一家小客栈中找到了马福益,告诉他县衙的部署,叫他赶快逃跑。马福益十分感激,对我施了一个大礼,称我为'恩哥',然后逃离远去。我想,有这段渊源,马福益不能不见我吧?"

黄兴听了,拍着巴掌说:"马福益是个讲义气的人,你去甚好!甚好!"

公韧说:"刘老弟人单势薄,且一路上不太平。独木不成林,单人不为众,我愿意陪他走一趟。"

黄兴高兴地说:"有公韧陪着我就放心了!"当即手书一封,叫二人一路小心,快去快回。

唐青盈没坐过火车,听说从长沙到湘潭要坐火车,非缠着公韧带她一块去,过过车瘾。刘道一皱着眉头说:"你一个小孩子家,别妨碍我们工作好不好?我们是去干正事儿,不是去游玩。"

唐青盈不满地瞥了他一眼:"别净说我小好不好,我都十三了,都成大姑娘了。你才比我大几岁啊,还说别人。想当年,我亲爸爸他想把我舍在武汉不要我了。你猜怎么着,他有那么大的本事吗?他没有,更何况你了。"

刘道一不服气地看了她一眼:"你这个假小子,人不大,口气倒不小。我就偏不带你去,看你怎么办!"唐青盈恨恨地看了他一眼,突然手如疾电,朝着刘道一的肋条点了一下,痒痒得刘道一连声大叫:"痒死我了,痒死我了。好了,好了,我服了你行不行,服了你行不行!"

唐青盈趁机要挟说:"让不让我去?"

刘道一只好告饶:"好了,好了,让你去还不行吗!让你去还不行吗!"

唐青盈这才又点了一下子刘道一的肋条,给他解开了这道痒穴。刘道一揉着又痒又麻的肋条说:"没想到这个假小子,人不大,武功还不弱,教我两招怎么样?"

唐青盈鼻子一哼道:"教给谁也不教给你,谁让你这么讨厌……"

看着两人斗嘴,公韧心里暗暗高兴:有道是自古英雄出少年,刘道一和唐青盈都这么年轻,将来一定大有作为。

三人在长沙火车站买了车票上了火车,唐青盈又是新奇又是高兴,一刻也不消停。一会儿把脸贴在窗玻璃上,朝外观望,看到近处的一棵棵树木飞也似的朝自己打来,惊得她赶紧把脸闪到一边;远处的山丘、村落和树木、农田跟着火车一块前进,不一会儿就落到了后面。一会儿,她转到车门口,打开车门往外看,一股刺骨的寒风吹来,立刻就凉遍了全身。她看了看车底下飞速旋转的车轮,不禁暗暗惊奇,原来这就是火车的腿啊!怎么这么快?比马的腿还要快。

三个人在湘潭下了火车,然后雇了辆马车,直往雷打石而来。

雷打石盛产石灰石,这里离煤矿不远,有的是煤,所以就建起了二十几座石灰窑。一座座石灰窑朝天敞着,有的有三间屋大,有的有五间屋大。有的窑点着火,满窑烟雾弥漫,热气腾腾;有的窑熄了火,工人们正顶着呛人的石灰粉往外出石灰;有的窑空了,工人们正一层煤炭、一层石灰石地往里加料。

一千多个工人来来往往,分外忙碌。刘道一就向一个推小车的工人打听:"请问,你们的总工头马福益在哪里?"

那位工人立刻警觉起来,停下小车就问刘道一:"请问,贵公的山名?"

刘道一说道:"山为昆仑山。"

那人又问:"堂为什么堂?"

刘道一说道:"堂为忠义堂。"

那人又问:"香为什么香?"

刘道一说道:"香为如来香。"

那人又问:"水为什么水?"

刘道一说道:"水为如来水。"

那人又问:"请问贵客大名?"

刘道一说道:"就说故人刘道一来访。"

那位工人马上对工头说了。工头很快来到,看了看刘道一三人不像是官府的人,就打发人前去报告。不一会儿,一位窑主来到公韧三人面前,客气地说了声:"不知贵客来临,失礼!失礼!请——"就在前面带路,七拐八拐,走了小半个时辰,领着三人来到了一排小石屋前。

马福益早领着十多个小伙子等候多时,见他们到来忙迎上前,高兴地喊着:"恩哥来了!恩哥来了!这么远来,也不打个招呼,我好去接你。"

刘道一也连声喊着:"大哥,我好想你啊,老说来看你,也没得空,今天终于成行了。"

公韧见马福益一副工人打扮,头是青布包头,既可擦汗又可取暖,上身小棉袄,外扎一根绳子,下身穿着黑棉裤,显得干净利落。再加上体态魁梧,四方大脸,高高的颧骨,紫红的面膛,机警的眼睛,一副领袖气派。

刘道一把公韧和唐青盈介绍给马福益说:"这是我的朋友公韧和他的亲儿子唐青盈。"

马福益拱了拱手说:"恩哥的朋友就是我的朋友,请!"说着,把三人客客气气地迎进中间的一间石屋里。推开板门一看,屋里十分简陋,除了一张桌子和一张床以外,什么家具也没有,只有屋正中放了一盆奄奄一息的炭火。马福益重新拨旺了炭火,把三人让到炭火旁边,坐在小马扎上取暖。不一会儿,有人端上来茶水、酒菜,铺排到了地上的一块布上。

三个人吃着喝着,灼热的空气烘烤着脸膛和身上,不一会儿,身上的寒气被渐渐驱散。马福益端起一杯酒,敬刘道一说:"听说恩哥前段日子到日本去了,近来才回国,咱这才有机会见面。现在你马哥混得还算可以,有什么事儿用得着我的话,尽管说,我一定帮忙。"

刘道一和他喝完了这杯酒,对马福益说:"不知道马大哥听没听说过革命的事情?"

马福益摇了摇头:"没听说过。"

刘道一又问道:"不知道马大哥听没听说过黄兴这个人?"

马福益说:"以前黄兴帮助过我,但不知道现在他怎么样了。"

刘道一说:"黄兴是我大哥,也是个革命党。这回我来,带来了黄兴的一封信,请大哥看看。"刘道一随即把黄兴的书信递给了马福益。

马福益展开黄兴的信,粗略地看了一遍,皱了皱眉头,又仔细地看了一遍,然后阴沉着脸对刘道一说:"恩哥,恕我直言,黄兴让我革命,可把我这一万多弟兄推到风口浪尖上了。我这义旗一举,说不定有多少颗人头落地……现在我们刚刚有吃有喝,不受别人欺负,不行,不行,万万不行!家有千口,主事一人,我不能松这个口。"

第 120 回　刘道一激怒马福益

刘道一见马福益一口拒绝,十分着急,当场就变了脸色,气愤地说:"马大哥,今天我是奉了黄先生之命来的。除了信上的以外,我还有几句话要说,说完我们马上就走。"

马福益连忙说:"恩哥不要说见外的话,我洗耳恭听。"

刘道一鼓足勇气,镇定了一下情绪,说:"马大哥,当初你们竖起会旗,究竟是遵照洪门遗训,反清复明呢,还是开开山,拜拜堂,收点徒,弄点钱呢?要不就是壮壮门面,虚造声势,等山门发展到一定程度,官军疲于奔命而又无可奈何之时,再接受招安,去做清廷的奴才呢?好了,我的话说完了。公韧大哥,我们走,别耽误了马大哥的红火日子……"

刘道一站起身来,拉着公韧、唐青盈就要走。

马福益一看慌了,急忙站起来,拦住刘道一说:"恩哥不要走,容我再好好地想一想……"

刘道一又对马福益说:"我们闻大哥之名久矣,知道大哥是条汉子,是替老百姓打抱不平的英雄,所以黄先生派我们来,同大哥谈谈。却不料,大哥是贪生怕死、贪图安逸的平庸之人。早知如此,我们何必耽误这么长时间,和大哥费这么些口舌呢?"

马福益说:"恩哥不要逼我,我得好好想想……"

刘道一见马福益已有些松动,便又坐下来,把为什么革命,为什么要推翻清朝,推翻清朝以后建立共和的这些道理统统讲了一遍。

马福益渐渐听得入迷,说道:"这么大的事儿,我要同弟兄们商量商量。"

突然,板门被一下子推开,闯进来二三十个工人,七嘴八舌地对马福益说:"马大哥,我们反了吧!""马大哥,我们跟着革命党干算了,何必憋在山窝窝里喝西北风!""马大哥,你不要忘了洪门遗训啊!"

马福益对众人点了点头说:"大家退下,我心里有数了。"

众人随即走出屋去。马福益知道众人都在门外偷听,端起一杯酒,对刘道一三人说道:"三位先生,我是个村野乡夫,什么事儿都不懂,请多多包涵。童年时我常听先父说,清朝入关的时候,杀死的汉人不下几百万,光扬州一处,关起城来杀了十天才封刀。当时我就奇怪,汉人为什么不团结起来反抗呢?纵然一死,也不能让清兵这么痛快地占领我大好河山。所以,长大后我就干起了这营生,目的也是要团结一致,来做反清复明的事儿。现在,我只能说有了一点小小的基础,但耳目闭塞,很多事情不知道。我常常想,部下的读书人太少了,虽然有几个粗通笔墨的人,也都是似通非通的落魄子弟。现在听了恩哥的一番话,我茅塞顿开。古人云,'与君一席话,胜读十年书',我今天可以说是读了十年书了。恩哥的来意我已明了,如果用得着我,大哥我无不唯命是从。"

听马福益说完,刘道一知道马福益的态度完全变了,满意地点了点头。公韧又接着说道:"马大哥说得对,扬州十日,嘉定三屠的血债,也到了清算的时候了。我们的革命若能得到马大哥的帮助,革命大业就有一半成功的把握了。"

这时候门外齐声大呼:"说得好啊!""反了吧!""杀到长沙去,占领全湖南。""跟着革命党,杀进北京城。"一时吵吵嚷嚷,人声鼎沸。马福益考虑了一番后说:"好!今晚我就和各个堂口打招呼,明天我和恩哥一块儿去长沙面见黄先生,如何?"

刘道一大腿一拍,说:"这才是大哥的作风,门槛上切萝卜——干脆。至于去长沙,那倒不必了,黄先生到这里来更安全。我这就安排黄先生和大哥会面。"

没过几天,黄兴在刘道一和公韧的保护下,又来到了湘潭。为了保证会见的绝对安全,马福益安排在茶园铺矿山的一孔岩洞中相见。

这天大雪纷飞,山路上白皑皑一片,黄兴、马福益、刘道一、公韧头戴斗笠,脚穿本地棉鞋,一副本地山民的模样,上山来到了岩洞中。洞中早已是大火熊熊,木架子上烧着一铁桶咕噜咕噜直响的开水。几个人促膝而坐,策划起义大事。

几个会员早在洞内掘一土坑,埋数只鸡于其中,以柴火煨之。不一会儿,就透出沁人心脾的香味。鸡熟了,马福益把鸡撕了,分给众人。一个年轻会员又上了热酒。喝酒吃肉,一众人等只觉得浑身上下暖和和的,早没了一点来时的寒意。再加上讨论热烈,神情激动,虽是严寒正月,却也是热汗直冒。

马福益端起酒杯,对黄兴说道:"我是个粗人,别给我说这些大道理了,你说怎么干就怎么干。干!"说着,带头把杯里的酒一饮而尽,众人也把酒杯里的酒喝干了。

黄兴对马福益说:"马大哥,你看这样行不行,我们多准备点运动时间,十一月十六日,正是西太后的七十岁生日,湖南全省官吏都将在长沙的皇殿行礼祝寿。咱们预先埋下炸药,炸他个乱七八糟,然后趁机起事怎么样?"

马福益大声地说:"好!好!就是不知道省城内外,都有哪些力量?"

黄兴说:"省城内,主要以新旧各军为主,有武备学校学生去联络;省城外,还得指望大哥,你就看着安排吧!"

马福益想了想说:"我想,城外可以分兵五路。谢寿祺、郭义庭在浏阳、醴陵起兵;申兰生、黄人哲在衡州起兵;游得胜、胡友堂在常德起兵;萧桂生、王玉堂在岳州起兵;邓彰楚、谭菊生在宝庆起兵。这五路队伍一齐杀向长沙,到时候,由华兴会派人指挥和监军。"

黄兴大声说:"好!好!"又对马福益说,"为了让其他省支持湖南起义,我们已派同志分别到江西防营、四川会党、湖北军界和沪宁联络,到时候我们一起义,就会得到他们的支持。现在我们已筹得经费两万三千余元,并派人秘密到上海购置长枪五百杆,手枪两百支,以备起义所需。"

熊熊的篝火,美味的烤鸡,热热的烧酒,细致的讨论,几个人一直商议到了东方破晓,一轮红日渐渐映红了大山。

马福益和黄兴会谈后不久,就在湘潭雷打石附近的五龙山寺院,举行了正式的开堂仪式,公开招收会员。附近的农民、工人、店员纷纷入会。开堂后两日,黄兴派刘道一拿着慰问信,并以白马一匹,酒肉和布匹若干作为礼物,慰问和鼓励马福益。马福益清点礼物后发现肉中藏有手枪,布匹中藏有长枪,有的酒坛中上面是酒,底下有油布,子弹就藏于油布之中,心中更加高兴。

刘道一教马福益如何使用手枪、步枪,并传达了黄兴的指示,要他们迅速将会众编练为作战部队,准备在时机成熟时发动起义。马福益遵令照办。

此后,马福益一方面选拔会党成员中身体强壮和有才干的,命令他们统率会众,带领众人于夜半在山林中军事演习;一方面自己经常骑着那匹白马来往于浏阳、萍乡各地,进行组织工作,积极准备起义。

起义的日子越来越近,为了加强对马福益这支帮会力量的组织领导,黄兴决定仿照日本将佐尉军制,编列各队组织。一九〇四年九月十五日,浏阳普迹村照例召开牛马交易大会,各乡民众牵着牛、马、狗、猪等家畜前来赶会,真是人流如海,观者如潮,因此黄兴和马福益决定于此日拜盟。

在庄严的仪式中,由刘道一代表黄兴授予马福益少将军衔,并给长枪二十支,手枪四十把,马四十匹,上万名会众热烈鼓掌,呐喊庆祝。马福益、刘道一商定,现在各路军队布置均已就绪,只等大批军械运到,即如期起义。马福益也介绍属下头目姜守旦、龚春台、冯乃古等与刘道一见面。自此以后,回龙会相继入会者,不下十万人。

起义一直紧锣密鼓地筹备着,不知不觉到了十月份。

十月二十四日下午,黄兴刚上完体操课,正在办公室里休息,公韧和唐青盈赶到这里,要向黄兴汇报这几日的起义准备情况。公韧提醒黄兴说:"会党的积极性挺高,就是人多嘴杂,保密做得不好,已经闹得满城风雨了。"

"刚才我和唐青盈在茶馆里和哥老会的人秘密协商枪支、弹药的事儿,马福益的五路巡查使何少卿一时高兴,居然对旁边喝茶的人说:'同胞们,万寿节快到了,我们就要动手了。'你猜看热闹的怎么说?他们说:'这事儿有什么稀罕,我们好几个月前就知道了。'你看,你看,如此机密的大事儿,一般老百姓都知道了,要是传到官军耳朵里,那可如何是好?"

第121回 保文件青盈一欧蒙清兵

黄兴说:"一万多人的起义,要想保守秘密确实很难。见了马福益和他们的人,要反复交代,祸从口出,要严格遵守起义前的保密纪律。"两个人正说着话,忽然看见黄兴的儿子黄一欧气喘吁吁地跑来了,他闯进门就对黄兴说:"爸爸……不好了,清军到家里……抓你了。"

黄兴听到这句话,根本不相信,笑着批评儿子说:"一欧,不要开这样的玩笑!他们抓我干什么?我又没犯法。"

公韧听了这话一愣,看了看黄一欧的表情,他才十一二岁,小脸早就吓得通红,汗珠子乱滴,不像是开玩笑的样子。公韧对唐青盈使了一个眼色,朝门外挥了挥手。小青盈立刻飞也似的跑向学校门口望风去了。一欧这时候还没有把气喘匀,结结巴巴地说:"爸爸,我不……骗你,清军确实到家里抓你了。"

公韧劝黄兴说:"黄会长,现在是特殊时期,你还是避一避的好!"

黄兴意识到事情十分紧急,着急地说:"历史办公室里还有华兴会的起义计划和人员名单。甚急!甚急!这些都是绝密文件,绝不能落到清军手里,我马上去取回来。"

两人正说着话,唐青盈飞也似的从学校门口往这里跑来,一边跑,一边两掌交叉,做了一个万分紧急的手势。公韧一看不好,扯着黄兴,叫着一欧就往学校后门跑去。这时候,从学校前门已传来杂沓的脚步声,一伙官军一边跑着一边喊:"封校,封校,快快封校,不许任何人出校门。"

学校里一片混乱,公韧、黄兴和一欧刚从学校后门跑出来,就跑来了十几个清兵,把后门也围住了。几个人躲在看热闹的人群里,又庆幸又焦急。黄兴观察了一会儿周围的动静,对公韧说:"那箱文件还在学校里,要叫清军搜去,可坏了大事了。"

公韧压低声音对黄兴说:"他们抓的是你,请你赶快避一避,那箱文件由我和唐青盈想办法。"说着,也不管黄兴愿不愿意,拉着他迅速离开了现场。黄兴对公韧说:"我暂时到龙绅士家里躲一躲。龙绅士是退职的刑部侍郎,清兵没有确凿的证据,谅他们也不敢对他怎么样!无论如何,你要想办法把那箱文件弄出来销毁。"

公韧点了点头。黄兴又抚摸着儿子黄一欧的头,对他说:"一欧啊,你是学生,他们不敢对你怎么样。你对学校熟悉,帮着公师傅,把那箱文件弄出来,一定要多加小心!"黄一欧这时候抬起头来,瞪着和父亲一样细长的眼睛,往黄兴的身上蹭了蹭,点了点头。

公韧一只手往裤兜里伸去,紧紧地握着一支手枪,几个人簇拥着黄兴往龙绅士家里走去。直至看到黄兴进了龙绅士家的门,公韧这才和唐青盈、黄一欧返回明德中学门口。

学校的前门和后门仍被几十个清兵把守得严严实实的,人是既不能出也不让进,急得公韧就如热锅上的蚂蚁一样。那些文件关系着千万个弟兄的生命,万一被清军搜去,不知道得有多少颗人头落地。有心冲进去和清军拼个你死我活,夺出那箱文件,可那样只会白白送死,成功的机会极其渺茫。

唐青盈观察了一番周围的动静,对公韧说:"亲爸爸,我和一欧进去,你在外头接应。俺俩都是孩子,冒充学校的学生,就是让清军逮住了,也有话说。"

公韧实在不放心,说道:"清军已经封锁了前后门,你俩怎么进学校啊?"

唐青盈安慰公韧说:"别忘了,我会轻功啊!一欧也不太重,我把他带进去。"唐青盈又转过头,鼓励一欧说,"小兄弟,你有胆量和我进去闯一闯吗?"

黄一欧不愧为黄兴的儿子,点了点头说:"你敢,我就敢!"

公韧想了想,情况紧急,也没有别的办法,只好点了点头。三个人来到前后门之间的一段墙头下,那墙头也就有一人多高。唐青盈看了看旁边没人,什么也没扶,身子一蹿,就不慌不忙地坐在了墙头上,然后朝下伸出手,把黄一欧也拉上墙头,先把他续下去,然后自己转身轻盈地跳了下来。

两个人虽然下了墙头没人看见,但是在满是清兵的校园内行走,还是挺扎眼,因为这时候,学生全被关在了教室里不让出来。有一个清兵过来问:"不好好地待在教室里,出来干什么?"唐青盈不满地嘟哝着:"管天管地,还管得着俺拉屎放屁吗?管这么宽干什么,又没人多发给你钱?"

清狗子见是两个孩子,也不愿意和他们纠缠,就呵斥道:"小兔崽子,人不大吧,嘴还不饶人。快快回教室去,要不,把你俩当革命党抓起来。"

唐青盈在一欧的指点下,快速地往历史办公室跑去,还没到历史办公室,就见十几个清兵在校长的带领下,正在挨着屋地搜查。他俩人小,趁着清兵不注意,一下子闪进了办公室。

办公室里有三张桌子,三把椅子,墙角放着笤帚、簸箕、书籍等一堆杂物,杂物之中放着一个小木头箱子。唐青盈一眼就注意到了这个小木头箱子,仔细一看,箱子上还上着一把小锁,心想:不好,真是越渴越吃盐,越热越包棉,事情紧急,忘了向黄兴要钥匙,这可怎么办?她看了一眼黄一欧,黄一欧也是一脸茫然,不知所措。

清兵的吵嚷声越来越清晰,看来离历史办公室已是越来越近,情况已是万分危急。小青盈一着急，右手抓住小锁，运足力气，用力一拧，小锁竟被拧断。小青盈打开箱子一看，满箱子的起义计划、帮会组织与会员名单。

小青盈两手胡乱一拢，把文件拢成了两叠，又急忙扫了一眼屋里，看有没有盛文件的书包、布片之类。可一看又着急了，别说没有这些东西，就是连一根细绳也没有，真是急得唐青盈六神无主，浑身冷汗直冒。这时候，清军已搜查到了隔壁房间，再耽误下去，恐怕这些文件就带不出去了。

小青盈牙一咬，心一横，心想就是刀山火海也要往前闯一闯。她对黄一欧使了一个眼色，抱起一摞文件就冲出来，黄一欧则抱着一摞文件在后面紧紧跟随。两个人从清兵身边往外溜，一个清兵突然用枪拦住了唐青盈的去路，恶狠狠地问："干什么的，抱的什么？"唐青盈不理他，径直从旁边闪过，那清兵脚步利索，一下子又用枪顶住了唐青盈："抱的什么？让我看看。"

唐青盈只得沉下心来，极其随便地说："我们写的周记，有什么好看的？"那清兵用枪指着唐青盈说："我非得看看，是不是机密文件？"唐青盈惊得又是一身冷汗，心想：是福不是祸，是祸躲不过，事到如今，也只能硬闯了。她随便从文件中抽出一张，伸到那清兵眼前说："你看！你看！"

那清兵瞪大眼睛仔细察看，看了半天，却什么也没有看出来，原来他是个文盲。他对唐青盈说："你给我念念。"

唐青盈窃喜，原来不识字啊，这就好办了，就胡诌道："今天学校不上课，我和爸爸妈妈到河边去玩，看到从河里爬上来一个王八，又蠢又笨，还是个睁眼瞎……"

那清兵最怕别人说他是睁眼瞎，于是不耐烦地说："好了，好了，别念了，别念了。"这时候，他看到校长正在身边，就问校长："他念得对吧？"

校长平常和黄兴关系不错，这会儿看到黄兴的儿子黄一欧也拿着一大摞纸，再看看唐青盈的那张纸上写着密密麻麻的人名，早已猜着了几分。他有心袒护黄兴，就随口说："对呀，对呀。"

那清兵这才把长枪一收，说："滚吧！"

唐青盈撒开腿就跑，黄一欧紧紧地跟在后边，冷汗早已是淌遍了全身。他撵上唐青盈，气喘吁吁地说："可吓死我了！"唐青盈这会儿没工夫和他废话，领着黄一欧到了那段墙边，清兵已在那里布置了岗哨。

她问黄一欧："这会儿咱们怎么办？就看你的了。"

黄一欧想了想说："我有几个好朋友，咱找他们去。"

黄一欧来到他那几个好朋友的教室,推开门,钻了进去。他把唐青盈介绍给他们:"这是我表姐,有事到学校里找我,没想到,清军把住了门,不让出去了。"有个好朋友说:"你的表姐就是我的表姐,这有什么呀!不让出去就在这里待一会儿嘛!"黄一欧又把那些文件往那几个好朋友的书包里塞。一个好朋友问:"你给我们装的什么?"

第122回　马福益血洒长沙城

唐青盈说:"练大字的纸,回去练大字去。"

黄一欧又补充道:"我们没带书包,让你们给捎着就捎着呗,哪来这么多的废话?"几个好朋友不再细问。

不一会儿,学校里响起放学的铃声。唐青盈就混在学生里头,在几十个清兵的虎视眈眈之下,冷笑着出了校门。出了校门,直到看不到清兵了,唐青盈才从黄一欧好朋友的书包里拿出了文件,说:"谢谢了,我还得用这些纸回去练大字去。"

公韧早把这些看在了眼里,急忙过来问:"都拿出来了吗?"

唐青盈点了点头。旁边有一条臭水沟,公韧四处看了看没有外人,脱下褂子,把那些文件包了包,就摁在了臭水沟里,上面又用手挖了些烂泥盖上,估计过不了多长时间,这些文件就会沤成泥水了。

这时候天已经黑了,公韧带着唐青盈和黄一欧往龙绅士家走去。到了他家附近,公韧警惕地看了看四周,发现龙绅士家门口已经有官府的侦探在来回走动。公韧拉住唐青盈和黄一欧的手说:"不好,龙绅士家不能去了,去了反而更麻烦。一欧,这地方你熟,有没有可以去的地方?"

黄一欧想了想说:"黄牧师和我爸爸最好,教堂可以去。"

公韧点了点头:"好,咱们就去教堂。"

临走时,公韧看到龙家的一个用人从院子里走出来,看样子是去办什么事。公韧跟着他,到了一个没人的地方,上去对他说:"麻烦这位大哥,回去告诉龙绅士,说有一位姓公的朋友已经把他要办的事情办妥了。请他放心!"

那用人迷迷糊糊地点了点头,回去报告。

三人走了一段路,进了教堂。教堂神秘而庄重,承载着信徒的祈愿与祝福。教堂正中是耶稣受难图,痛苦的耶稣被钉在十字架上,那双哀怜的眼睛里满是对世人的关怀与希望。讲台下摆满了一排排的连椅，几十个虔诚的基督教徒正弓着身子口中念念有词，牧师黄吉亭正在布道。三个人坐在了连椅上。黄一欧是基督教徒，也跟着祷告。

公韧也闭着眼睛，心里默默祈祷着："黄会长今天有幸逃得一命，那些文件总算没被清狗子搜去。万幸啊，万幸，是不是上天在保佑我们呢？但愿保佑我们吧！"黄吉亭牧师默默地走到黄一欧面前，抚摸着他的头说："充满爱心的孩子啊，因为我们生活在罪恶的世界里，所以必须经历无数的坎坷与磨难。恳求上帝赐给我们圣灵的力量吧，帮助我们渡过水火般的煎熬。只要你靠在上帝的身边，上帝会拯救你的。"

黄一欧抬头一看，心里蓦然添了几分惊喜，除了爸爸不在以外，全家人都在教堂里。原来黄吉亭牧师生怕黄兴的家眷受到迫害，就把他全家人都接到教堂里来了。只要清兵一抓人，那就触犯了"教案"，谅清狗子也没有这个胆量。

公韧、唐青盈和黄兴一家人在教堂里住了一段时间。时间一长，风声没那么紧了，公韧又央求黄牧师，请他设法搭救黄兴。黄牧师在胸口默默地画着十字，说："至亲至爱的上帝啊！你的儿子在受苦受难！祈求你给予他灵感、力量和智慧吧！"

黄牧师先到城外海关人员邓玉振家里请了一桌，借得了三身海关服。又经过一番细致的准备，到了这天下午，太阳离落山还有一竿子高的时候，黄吉亭一副基督教牧师的打扮，雇了一顶轿子，往龙绅士家徐徐而去。公韧和唐青盈则穿着基督教徒的衣服，在后面紧紧跟随。

一路上，清军见是基督教徒，不敢招惹，躲得远远的。到了龙绅士家，龙绅士认得黄牧师，急忙让进院来。黄牧师说要见黄兴，龙绅士明白了几分，急忙把三人带到后院，推开了一间小屋，黄兴正在屋中读书。黄兴见到公韧，赞许地点了点头。

黄牧师从随身所带的大包里，拿出了三身海关服对黄兴说："上帝知道你们在蒙受苦难，所以来拯救你们了。"说着，让黄兴把黄帝式的三绺黑髯剃去，换上海关服，自己和公韧也换上了。

黄兴口袋里揣上手枪，对黄牧师说："一旦出现紧急情况，请黄牧师和公韧兄弟闪开，我和清狗子拼了。"黄牧师赶紧在胸口上不断地画着十字，祈求上帝的保佑。

黄吉亭一手抓着黄兴，一手抓着公韧，走出了龙家大院。唐青盈人小目标小，在不远处跟随保护。由于三人一身洋服,清军不敢盘问,所以顺利地出了城门,到了湘江码头。这时候,正好有一艘日本轮船"沅江丸"要开往汉口,黄兴就和公韧、唐青盈坐着这艘船逃离了长沙,暂避于上海。

一九〇五年初,马福益派部下谢寿祺到上海给黄兴捎去了一封信。信上写着:"我避走广西,仔细考虑一番,前之失败,一半是由于党人嘴上不慎所致,深自愧恨。今欲集中洪会各派之精锐于洪江,作孤注一掷之势,望助饷械,并派人指挥。"

黄兴马上和公韧商量。公韧对黄兴说:"马福益所在的湘东、赣西一带,全是崇山峻岭,进可以攻,退可以守。虽说前一次失败了,但是马福益的会众基本上没有受到什么损失,看来帮会已经成熟。听说马福益的兄弟姜守旦等也在萍乡、浏阳、醴陵等处筹划起义,我们何不趁此机会大干一场呢!"

黄兴听了,拍着公韧的膀子说:"公韧兄弟和我想的一样,华兴会这就准备往那里输送枪支弹药,派去会员,准备参加这次起义。"黄兴当即手书一封,叫谢寿祺给马福益捎去,叫马福益发动雷打石的会众和萍乡、安源煤矿中的会党成员,一块大举起义。

阳春三月,黄兴、公韧、唐青盈秘密回了湖南长沙,刚下轮船,就感觉到有些不大对劲。清军荷枪实弹,来来往往,重要的交通路口布满了清军密探,行人也一个一个行色匆匆,脸上露出惊骇的神色。

公韧向黄兴递过一个眼神,压低声音说:"小心!有情况。"唐青盈也把手插在怀里,一旦发生紧急情况,就掏出手枪和清军战斗。走了没多大会儿,突然前面人声喧哗,行人纷纷往那里拥去。

黄兴三人弄不清什么情况,也跟着人流往那里挤。公韧看到,大街上两排清兵在前面开道,用枪逼着人们往两边闪开。中间一队清兵如狼似虎,端着明晃晃的刺刀步枪压住场子。而在他们的后面,用绳子绑着一串囚犯,一个连着一个。那些囚犯浑身是血,遍体鳞伤,有的赤着脚,有的光着脊梁,稍微走得慢点,就会被旁边的清兵捣一枪托子。

走在第三个的,尤其悲惨,浑身上下成了一个血人,围观的人指指点点。有的说:"看,他的锁骨上还穿着铁链子哩!"另一个说:"这锁骨叫什么,叫强盗骨。"唐青盈用凶狠的目光狠狠地瞪了一下这两个幸灾乐祸的人,吓得那两个人没敢再吱声。

公韧仔细地端详着这个血肉模糊的囚徒,辨别了一会儿,不禁大吃一惊,这不是马福益又是谁？马福益的左右锁骨上各穿着一个圆形铁环，那是用锋利的尖刀先把锁骨底下的肉刺穿，然后硬生生地穿进去的。圆形铁环的外面再接着小铁链，小铁链的另一头由一个清兵抓在手中。小清兵每拉动一下，伤者必然血流如注，痛不欲生。

公韧只觉得头皮发麻，浑身一阵战栗。这万恶的清兵，迫害我革命党人，真是无所不用其极，这哪是人类所为，纯粹是野兽行径。

小青盈也早认出马福益，只见她一只手抓住手枪，左右脚快速移动着就要动手劫人。公韧也以目光请示黄兴，只要黄兴一声令下，哪管成不成功，先不让马福益大哥遭受此罪再说。黄兴着急地对两人暗示：勿动！勿动！沉住气。他知道，一旦动手，不但救不了马福益，这三个人也要搭上性命，使革命遭受更大的损失。

第123回　赌场里结识廖叔宝

此情此景，让三人如万箭穿心，悲恨至极。黄兴急忙拉着二人离开人群，往一个小巷里匆匆走去。公韧心惊胆战，黯然神伤地对黄兴说："马大哥怎么会让他们逮了去？哥老会都由马大哥掌握着，他这一去，我们可怎么办？"

黄兴叹了一口气："事到如今，我们也只能想办法营救马福益了。只要有一线希望，我们就要努力争取。"

原来起义之事泄露后，马福益逃往广西。光绪三十一年（一九〇五年），马福益化名陈佑衡，由广西返湘，以洪江为根据地重新部署起义。不料运送枪械的船只在沅水被清兵截获，他遂转往湘东联络旧部，以图再起。岂知在萍乡护城河中的一艘船上，他被清兵发觉，奋力手刃清兵六人后，终寡不敌众，被押送至省城。

黄兴在长沙城里布下眼线，想方设法地打听马福益的下落。

而这时新调来的湖南巡抚端方，却对马福益极其残暴，发誓要从马福益的嘴里撬出革命党的秘密。在阴森恐怖的刑讯室里，端方审问马福益："你是革命党吗？"

马福益直言不讳地说："我是革命党。"

端方又问："朝廷待你们不薄，为什么还要革命？"

马福益鼻子一哼说："朝廷对我们不薄吗？你这是放狗屁。嘉定三屠，扬州十日，哪一个不是你们所为。你们对待我们，就和对待鸡狗牛羊一样，哪里还是对待人的样子!我们就是要为汉人复仇,我一人杀头,有四万万同胞接着起来革命。只要冤仇得报,死而无怨!"

端方又问:"你的同党还有谁?"

马福益说道:"我没有什么同党。"

端方一声冷笑:"你的同党肖桂生、游得胜都让我们抓起来了,你还说没有同党!"

马福益说:"你们抓错人了,他们和我什么关系也没有。"

端方气急,叫人把铁链子烧红,让马福益露膝跪下。跪下的时候,烧红的铁链子与皮肉接触,发出了一阵滋滋的响声,随之一阵青烟升腾,满屋臭味,熏得酷吏们个个捂起鼻子。不用再施别的刑罚,马福益早已没了人样。

一盆水把马福益浇醒了。端方又问道:"你的组织里到底都是些什么人?"

马福益坚定地说:"我没有什么组织,有组织也不能告诉你。"

端方凶恶地吼道:"你要是说了,留你一命,要是不说,管叫你生不如死!"

马福益闭上眼睛,不再说话。端方就叫清兵拉动铁链,拉一下,马福益惨叫一声,锁骨上的血就溅出一些,不一会儿,血流了一地。

三月十六日,马福益被斩于长沙浏阳门,年仅四十岁。革命的烈火暂时熄灭了,但是野火烧不尽,春风吹又生,一场更大的革命将要开始。

一九〇六年春节刚过,一场铺天盖地的大雪,使湘赣交界的山林披上了一层亮闪闪的银装,白雪把一切肮脏都遮盖了,天地间显得特别的纯净。

江西省萍乡县和湖南的浏阳、醴陵两县,地处湘赣边境,相互毗连,横亘湘赣交界罗霄山脉的北段。这里峰峦起伏,竹木茂盛,造纸、爆竹和麻布等工商业相当发达,且又械斗成风,地方不宁,正是各种会党滋生的温床。

自从张之洞创建汉阳铁局,煤炭供给几乎全都指望萍乡县城南十五里的安源煤矿。在这种刺激下,安源煤矿的经营规模迅速扩大,矿上工人已达数千人。一九〇〇年一月,又修成了萍乡到株洲的铁路,萍乡、醴陵之间又成了湘、赣、鄂的咽喉要道。

从崎岖不平的山路上,摇摇晃晃地驶来一辆马车,马车里坐着两个人,肩膀靠得很近,他们一会儿亲密交谈,一会儿又说上几句悄悄话,惹得那个小姑娘"哈哈哈"地笑个不停,不时地对那个汉子亲热地捶两下……

这两人不是别人,正是公韧和唐青盈。如今的唐青盈已出脱成一个十五六岁的妩媚少女,她仍然是一身男装,白棉袄,黑山羊皮坎肩,一顶小黑帽,脑后面一条乌油油的大辫子,在满山白雪的衬托下,更显出了脸色的红润和勃勃的英气。

一九〇五年八月二十日同盟会成立后,革命党的力量迅速壮大,这次他们被派往江西萍乡一带准备秘密发动武装起义。唐青盈对公韧说:"亲爸爸,这儿清军少,矿区工人多,又有哥老会、回龙山这些帮会的支持,我看此次起义一定能成功。"

公韧没有理她,从怀里掏出了一个白玉坠想着自己的心事。唐青盈推了他一把:"公韧哥,我跟你说话呢!"

公韧像是才从回忆中惊醒过来,瞪了唐青盈一眼,说:"小青盈,你刚才叫我什么?"小青盈眨巴着一双水灵灵的大眼睛说:"我叫你公韧哥呀!"

公韧又瞪了她一眼说:"乱了辈了!你这孩子,真是越长越傻了,你亲爸爸怎么成了你的公韧哥了?"

小青盈头一扭,不服气地说:"从今以后,我就叫你公韧哥。你才比我大几岁啊,凭什么叫你亲爸爸?"

公韧举起手,在小青盈头上晃了晃,训斥道:"越说越没大没小了,亲爸爸和亲儿子,这是从小叫起来的,是个辈分,不是说改就能改的。你得和从前一样,叫我亲爸爸!"

小青盈调皮地甩了甩头:"偏不,偏不,就是叫你公韧哥。公韧哥!你年纪轻轻的,长得又英俊,又潇洒,我都这么大了,叫你亲爸爸不舒服。都憋了好多天了,叫你公韧哥,我心里才高兴。"

公韧摸了摸有点扎手的胡茬说:"我真有你说的那么好吗?我都二十九了,自己都觉得老了。就你这个亲儿子成天拍我马屁,拍得我成天乐悠悠,飘飘然的,不知道天高地厚吃几碗干饭。"

小青盈赶紧说:"不是我拍你马屁,任何一个女孩子见了你,都会被你的相貌和气质所倾倒。你有一种说不出来的叫女人神魂颠倒的魅力!要是我再年长几岁,说不定会看上你呢!"

公韧一声苦笑,哼了一声:"一个媳妇还死活不知呢!又拍我马屁了是不是?"

两个人说着,进了萍乡县城,发现城里除了人丁兴旺,还有一景,那就是赌场多。大大小小的赌场遍布街市,里头传来吆五喝六的声音,而且还大敞着门,决不遮遮掩掩。县城居民、安源工人、郊区农民和买卖人进进出出,显得十分热闹。

两个人心里都清楚,正是因为这些赌场,会党才得以把一些青壮年组织起来。

十个赌场有八个是会党开的,当地人称"开标"。乡民们觉得时逢乱世,加入会党可以得到保护,因此参加会党的人越来越多。

突然,几十个官兵和一百多个民工咋咋呼呼地来到了这些赌场和民房跟前,只听一声令下:"砸!"当兵的进了屋,见东西就砸,还把一些东西从屋里扔了出来。那些民工则拿着锄头、铁锨开始拆屋,吓得屋里的赌徒们纷纷往外跑。不一会儿,从屋里跑出来的,再加上外头看热闹的,足足聚集起了四五百人,渐渐围住了这一伙官兵和民工。

看热闹的人群中有一个小伙子,身材魁梧,浓眉大眼,小棉袄上有扣子不系,偏偏扎了一根草绳子,一看就是个工人。他对着那伙官兵扬着手大喊:"先别动手!"后头几百人也齐声大喊:"别动手!别动手!""再拆屋就和你们拼了。""狗娘养的,不叫人活了。"

领头的军官叫当兵的停下手,那些民工也不再扒屋了。军官大声地说道:"我们奉了官府的命令,三天期限已到,这些房屋要强行拆除。谁敢违抗命令,一律按乱民处治,格杀勿论!"

那小伙子往前一站,一副天不怕地不怕的样子,吼道:"你不是格杀勿论吗,先杀我好了。"说着,就把脖子伸过来,引颈就戮。这一下,倒把那个军官镇住了,他把手里的钢刀晃了晃,伸过来,又拿回去,拿回去,又伸过来,试了几试,终究没敢下刀。他气哼哼地说:"真是穷山恶水,泼妇刁民,十个赌棍九个无赖!"

那小伙子见官军并不敢杀他,又往前逼了一步,跟在他后面的老百姓也纷纷上前。小伙子说:"你们把房子拆了,老百姓上哪里住去?"

那军官说:"上头不是有补贴吗?"

小伙子哼了一声,说道:"一间草房就三十块铜圆,这些铜圆又能买几领席,几块木板?我们有这些破屋还能遮风挡雨,一旦这些破屋没有了,就没地皮了,再上哪里去盖屋?只能沦为乞丐。"

那军官又说:"难道你们就没有一点积蓄吗?"

小伙子回道:"真是饱汉不知饿汉饥,我们能填饱肚子就不错啦,上哪里去弄积蓄。"

那军官把头一晃,说:"我管不了那么多,只知道铁路要修机务段,萍乡的交通要发展,这些伤风败俗的赌场恶疮就要铲除。"

那小伙子也大声地吼道:"我们不懂那么些规矩,只知道老百姓要活命!"

两个人争执一番,那军官觉得再争执下去毫无意义,反而耽误自己的公事,又对清军和民工大喊一声:"拆!"那小伙子往前逼了一步,大喊一声:"我看谁敢拆!"他的身后,人越聚越多,纷纷跟着他往前拥,把官军越围越紧。清军们有的害怕了,已经开始往后退去。

正在这时候,小青盈照着那个军官就是一石子,正打在他的额头上,痛得他差点歪倒。他手捂着头往后一退,人们又往前一块儿挤,把官兵们继续围紧。那个军官急了,摸了摸头上,已经起了一个大包。这还了得!他挥舞着军刀,对手下大喊:"谁再捣乱,开枪!"

官兵们一个个端起了枪,一阵子拉动枪栓的声音,子弹全部上了膛。

老百姓不敢往前走了,清兵们端着枪,双方一下子僵持在那里。小青盈慢慢地绕到了清军背后,左手攥了一大把石子,右手一扬,五个石子飞了出去,左手往右手里一递,手一扬,又五个石子飞了出去……

五个清兵同时摸后脑勺,他们都中了石子,紧接着,又是五个……

这些石子,提醒了这些老百姓,人们纷纷摸起石头,朝那些官兵投掷。形势顿时起了变化,中"弹"的官兵抱头鼠窜,那些民工也纷纷乱跑,不一会儿,清军和民工已经跑得没了踪影。

领头的那个小伙子,这才有空来探寻刚才那些天外飞来的石子的源头,这到底是怎么回事呢?他百思不得其解。

这一带又恢复了平静,赌场照常开业,里头还是生意兴隆,房屋里的老百姓洗衣择菜,有说有笑,该干什么还干什么。公韧向旁边的一个人打听:"刚才那个和官兵斗争的小伙子叫什么?"

那人神秘地说:"他是沈益古的大徒弟,廖叔宝呀!要是真动起手来,十多个官兵也未必是他的对手。"

公韧默默地点了点头,怪不得他好像浑身是胆,那么张扬,真是艺高人胆大。唐青盈对公韧伸了伸大拇指说:"我看廖叔宝是条好汉。佩服!佩服!"公韧也夸奖唐青盈:"你也不简单呀,一顿飞弹就把清军全打跑了。"

第124回　革命党拜见众英雄(一)

两个人又继续往前走,打听到了同盟会会员魏宗铨的家,下了马车,付了钱,来到了一座崭新的四合院前。门口光看家护院的就有三四个人,报了姓名后他们领进了院。院子里老妈子也有几个。公韧听说魏宗铨的父辈挖煤赚了钱,成了富甲一方的大财主,魏宗铨也"子承父业",大富特富了。他富了后,于萍乡上栗开设"全胜纸笔店",借以掩护革命党人开展活动。

这时候,一个短小精悍的小伙子迎上前来,就像从来不认识似的,板着苍白的面孔,领着两人进了屋。此人即是魏宗铨。其实,公韧与他还是见过几次面的,是在革命会议上。进屋后,魏宗铨支走护院的人,随后掩上门,整理了一下衣服,端正了一下神情,轻轻地问:"君从何来?"

公韧说:"从南方来。"

魏宗铨又问:"向何处去?"

公韧回答:"向北方去。"

魏宗铨再问:"贵友为谁?"

公韧答:"陆皓东、史坚如。"

公韧又退到了门口,右手捋了捋眉毛,左脚横着往屋里进。魏宗铨赶紧拉着公韧的手笑着说:"同志,同志,快快请坐!"

公韧也赶紧寒暄道:"你如今可成熟多了。幸会!幸会!"魏宗铨把公韧和唐青盈让到火盆旁烤火,又喊老妈子献上了两杯热糖茶。两人喝上又热又甜的糖茶,顿时感觉身上暖和多了,和魏宗铨聊了几句,觉得魏宗铨这两年革命经验和社会知识大大增长,再也不是过去的魏宗铨了。

魏宗铨说:"有你们这些同盟会的老同志,我心里踏实多了。"

公韧说:"哪里,哪里,魏老弟也是老革命党了。人熟是一宝,早就知道魏老弟和当地会党素有交往,那就给我们介绍介绍情况吧。"

魏宗铨说:"你俩这么老远过来,本该让你们好好歇一歇再说。既然你俩这么性急,那我就恭敬不如从命,先介绍介绍情况吧!"魏宗铨不慌不忙地说道,"在这些当地会党中,势力最大的就是马福益,他的势力遍及醴陵、浏阳、湘潭各县,人有数万之多。马福益死后,萍、浏、醴一带的会党势力并没有遭受多大损失,但由于失去了像马福益这样有号召力的首领,大家行动上就散漫多了,像是一盘散沙。浏阳的势力最大,分为三股,即龚春台、姜守旦、冯乃古,各有会党数千人。他们之间互不联系,相约互不侵犯。萍乡安源煤矿首领萧克昌,醴陵会党首领李香阁,他们同龚春台之间有着比较密切的联系。"

公韧听完魏宗铨的介绍后,沉思良久,问:"魏老弟,你说怎么办?"

魏宗铨说:"我正要听听你的意见。"

公韧说:"哪能呢,你了解本地情况,又是本地人,最有发言权。你说吧!"

魏宗铨说:"那我就不客气了。咱这萍乡县,离安源煤矿也就有十五里地,我和萧克昌的关系就不用说了。而萧克昌和龚春台的关系又很好,如果这两股力量联合起来,一定能干一番轰轰烈烈的大事业。"

公韧击掌说:"太好了!就是不知道怎样联合?"

魏宗铨说:"后天我朋友欧阳满替祖先做阴寿,大请宾客,并请和尚焚香念经祭祖三天。龚春台、萧克昌、沈益古、廖叔宝等会党中有名望的人都会前来。我们何不趁此机会,商议联合起义大事?"

公韧大喜,说:"太好了!就这么办。"

祝寿当天,魏宗铨、公韧和唐青盈起了个大早,洗刷完毕,吃完了早饭,魏宗铨叫用人套上一辆马车,三个人坐上马车前往蕉园欧阳满家。

马车在崎岖不平的山路上颠簸着,过年的喜庆还没有完全散尽,路两旁是三三两两踏雪走亲访友的人,不时还有调皮的顽童在燃放爆竹。魏宗铨介绍着几个人的情况:"龚春台属于哥老会,原属于马福益回龙山的部下就不用说了。萧克昌是安源煤矿的大工头,手下有几千人,还掌握着一支护矿队。护矿队配备的都是快枪,这是我们起义的一支重要武装力量。廖叔宝是个急性子,号称猛张飞,他这几个人又和当地的武师沈益古最好……"

唐青盈插嘴说:"这廖叔宝我们早见识过,确实挺逗的。"

魏宗铨一惊,问道:"你们怎么认得廖叔宝?"

唐青盈就把廖叔宝领着一些老百姓斗败官兵的事情说了一遍。

魏宗铨听了哈哈一笑,说道:"廖叔宝的师傅叫沈益古。这沈益古是整个哥老会的武术教练,有一大帮徒弟。萧克昌的安源工人武术教练,大部分都是沈益古门下,所以沈益古也不可小瞧。"

蕉园离萍乡县城不远,马车又快,不一会儿就到了。还没到欧阳满家,就见前面香火弥漫,烟雾缭绕,前来吊孝的人络绎不绝,和尚念经的声音一阵阵传来。出于尊敬,魏宗铨领着公韧、唐青盈早早下了马车,步行前往。车夫把马车赶到一个大场子里,那儿自有专门伺候车夫和牲口的地方。

魏宗铨三人走不几步,就见一个年轻的小绅士,拱着手疾步过来,向魏宗铨施礼道:"劳驾您,魏先生,失迎!失迎!"

魏宗铨也赶紧还礼说:"哪里,哪里,来晚了,来晚了。"然后,又赶紧介绍说,"这是我的朋友公韧先生和他的义子唐青盈。"

唐青盈嘴一撇说:"我可不是他的义子,是他的兄弟。"

魏宗铨尴尬地赶紧补充说:"义子也好,兄弟也好,那是你俩的事儿,咱这里就不提这些了吧!"

公韧也赶紧瞪了唐青盈一眼:"咱爷俩的事情以后再说,也不看看这是什么地方,什么时候!"

唐青盈撇了撇嘴,不服气地说:"本来就是嘛!"

进了欧阳满的家,魏宗铨、公韧和唐青盈向堂屋里欧阳满的祖先跪下磕了三个头,然后来到账房,从怀里掏出一包银圆,献上厚礼。欧阳满恭敬地领着三个人到了一间偏屋里,屋里几个坐着喝茶的人一下子全都站了起来,纷纷向魏宗铨问好。

第125回 革命党拜见众英雄(二)

魏宗铨向公韧一一介绍:"这位是龚春台,龚大师,一跺脚,方圆几百里地乱颤悠。"

龚春台坦然一笑,说:"魏老弟,说到哪里去了!没有你撑腰,我的腰能直起来吗?恐怕早就饿趴下了。"

公韧仔细一看,见龚春台沉稳老练,仪表不俗,一缕黑髯修理得恰到好处,说话的时候,不时地捋着那副美髯,更显出了与别人的不同。

魏宗铨又介绍说:"这是萧大哥,安源煤矿的大哥,工人们谁受了欺负,谁揭不开锅了,只要找到大哥,没有什么事儿是办不了的。"

萧克昌一副工人打扮,半新不旧的小棉袄,向里一挽,腰里扎了一根粗布条,头发里眉梢上沾着许多煤粉,像是刚从矿井里上来的。只听他哈哈大笑,轻轻地捣了魏宗铨一拳说:"你看你,把我说成神仙了,和你相比,还不是小巫见大巫,我哪有那么大的本事啊,还不是工人们抱膀子,齐心。"

公韧笑了笑,对他拱了拱手。

魏宗铨又向公韧介绍一位老者:"这是我们大家的师傅,沈老先生。在这方圆几百里中,能成为沈老先生的徒弟,那可是万分荣幸,大部分人不过是徒孙或徒孙的徒弟。"

公韧尊敬地看着沈益古,只见他穿着一身肥大洁净的白粗布褂黑粗布裤,脚上是一双黑布鞋,浑身上下没有一点棉,却没有一点寒冷的样子。更与众不同的是,虽然他已经六七十岁了,可一动一静,仍然显得极有张力,一看就是个极有功夫的人。

公韧向沈益古笑着拱了拱手说:"沈老先生,今日得见,真是三生有幸啊!"

沈益古板着脸,略一点头,算是客套,然后扫了一眼唐青盈说:"我看这位少年虽然是男子打扮,但长得眉清目秀,白嫩细腻,眉宇间透着一副闺中之气。这脚步又轻盈,行动又敏捷,想必也是一位练武之人吧!"

沈益古话还没说完,旁边一个五大三粗的小伙子已哈哈大笑起来:"师傅呀师傅,您真是老眼昏花了,男孩女孩都分不清了,女孩子有这么大脚的吗?"

众人一齐看唐青盈的脚,只见她脚上穿着一双男子布鞋,出奇的大。唐青盈见众人都看她的脚,脸一红,反而把脚往前一伸说:"看吧,看吧,一双脚有什么好看的?"

沈益古晃了晃头说:"虽说是大脚,但我怎么看怎么觉得像个女孩。"

那小伙子又笑了,说:"师傅,这小伙子耳朵上又没有耳朵眼,你看看这剃的头,梳的辫子,哪能是个女孩啊?"沈益古固执地说:"我相信自己的眼睛。"

魏宗铨赶紧说:"这是公韧先生的义子,其实就是个女孩。"

众人皆惊讶得瞪大了眼睛。廖叔宝伸了伸舌头,低下头不吱声了。唐青盈嘴一撇,向魏宗铨说:"我再纠正一遍,我是公韧的义弟,不是义子。"

沈益古对魏宗铨埋怨道:"义子义弟都弄不清,就胡乱介绍。"

魏宗铨有点下不来台,赶紧说:"也就算公韧的义弟吧!"廖叔宝插嘴说:"义子就是义子,义弟就是义弟,怎么能就算呢,这是怎么回事?"

公韧解释说:"是这么回事,她原来是我的义子,现在人大了,非要升格。我也没办法,义弟就义弟吧!"众人一阵哈哈大笑,气氛一时活跃起来。

魏宗铨继续介绍,他指着廖叔宝说:"这位就是我们这里号称猛张飞的廖叔宝。"

那年轻人对公韧哈哈一笑,大声大气地喊道:"哪里,哪里,我是个大老粗,说起话来没个把门的,干起事来没屁股眼子,粗惯了……"

公韧赶紧向廖叔宝拱了拱手:"早就听说老弟的大名了,幸会!幸会!萍乡赌场里,你领着一帮百姓,大败清军拆迁队,我们早就领教过了。"

廖叔宝眉头一皱,说:"那天你们也在场?说实话,要不是那天神人相助,一顿石子打得清狗子丢盔弃甲,清狗子也不会那么轻易地败下阵去。要说那些石子也真够神的,怎么就打得那么利落,我要是知道是谁打的,一定拜他为师。"

公韧看了看唐青盈,一笑,没有说话。

茶水上了,大家默默地品着茶,谁都不说话了,人人都像心里有事,可是谁也不先开口谈正题。喝了一阵子茶,廖叔宝最先忍不住了,嚷嚷起来:"龚春台,龚大师,萧克昌,萧大把头,特别是魏宗铨,魏大士绅,我知道你是同盟会的人,是革命党,想必公韧大哥和唐青盈老弟也是革命党吧!如今我们各路英雄豪杰好不容易聚在一起,不光是为了来喝几杯茶的吧?有话快说,有屁快放,憋死我了……"

龚春台听了这些话,无动于衷,只是轻轻地捋着一缕黑髯,用眼睛悄悄瞟着魏宗铨。萧克昌抱着膀子,也用眼睛直直地瞪着魏宗铨。沈益古干脆闭上眼睛,就像什么也没看见,什么也没听见一样。

魏宗铨赶紧站起来说:"不瞒众位,我们确实是革命党,是同盟会的人。这位公韧先生和唐青盈刚从日本回来,就请他俩把同盟会的事情说一说吧!"

众人一齐注视着公韧。公韧赶紧站起来,对大家拱了拱手,不慌不忙、口齿清楚地说:"诸位绿林好汉,豪侠士绅,现在清政府政治腐败,经济崩溃,军备不整,文化专制,对内欺压百姓,对外丧权辱国,已经烂到底了。我堂堂四万万同胞,为什么要受这等欺辱?孙中山先生竖起同盟会反清大旗,天下民众群起而响之……"

公韧随即把同盟会的宗旨、计划以及国内的力量、国外的支援统统讲了一遍。

廖叔宝听得浑身热血沸腾,激情在胸中澎湃,从座位上猛地站了起来。他在屋里转了一圈又一圈,边转边喊:"好啊,好啊,反了吧!正好给马福益大哥报仇。反了!反了!"

沈益古却始终闭着眼睛,像睡着了一样,待公韧讲完了,不动声色地问他:"就凭你,一个白面书生,就敢领着我们和清政府的洋枪洋炮对抗,不知道你有什么本事?"

萧克昌也瞪起眼睛问公韧:"你带来了多少钱?带来了多少军队和枪炮?"龚春台瞥了公韧一眼,也是一副讥消的神态。

公韧一时张口结舌,无法回答。

唐青盈一下子站在了公韧面前说:"不光公韧哥,还有我呢。"

廖叔宝看了看唐青盈,哈哈大笑,说:"我们商量正事呢,你一个小孩子,瞎掺和什么?"

唐青盈嘴一撇说:"凭什么说我是小孩子?我今年都十五了啊!"

廖叔宝又笑了:"十五又怎么了,十五开裆裤才缝上几天啊!"说着说着,忽然觉得说错话了，朝着自己的脸上扇了两下。唐青盈气得满脸绯红，上去就要和廖叔宝动武。廖叔宝赶紧退后一步说："大人不和孩子一般见识，就算我胡说好了！"

沈益古对廖叔宝摆了摆手，又对公韧说道："你可知道，这义旗一举，得有多少颗人头落地？我们现在不是挺好吗，挖煤挣钱有口饭吃，倒也落个清闲自在。这不是放着平安的日子不过，拿着火把点自己的房子吗？"

廖叔宝大嘴一咧，骂道："好个屁呀！我看着清政府办的这些瞎包事就烦。干脆，咱们今天就反了，明天咱们攻下萍乡，后天就打浏阳、醴陵。"

沈益古脸色一变，怒声训斥廖叔宝："一派胡言！疯话！再说这些混账话，看我不打断你的狗腿。"训得廖叔宝气鼓鼓的，光喘粗气，不敢再说话了。

龚春台捋着他那一缕黑髯，静静地思考着，考虑了一会儿，对公韧说："这位兄弟，我们才有几千人，而且都是大刀长矛。清军有几十万人，都是洋枪洋炮，不知我们怎样才能打得过他们。你有没有一个详细的计划？"

公韧说："就凭我们这几千人不行，我们还得发展会员，动员更多的人来入会。而且，同盟会遍布中国和南洋，他们一定会大力支援我们，补给我们枪械、子弹和钱。我们在这里起义，广州那边也要起义，我们攻下江西、湖南，其他革命人占领广东、广西，天下一齐响应，还怕推翻不了清政府吗？"

龚春台又问："你说的支援我们枪械、子弹和钱，还有广州起义，不知有几成把握？"

第 126 回　众豪杰成立洪江会

公韧说："同盟会派我们来到这里，是整个起义的一部分。一八九五年的广州起义和一九〇〇年的三洲田起义你也不是没有听说过。你应该相信同盟会的决心和力量。"

龚春台听了微微点头。萧克昌对龚春台说："咱们这些帮会，你龚春台是老大，我们安源工人就看你的了。"龚春台听了萧克昌的这句话，精神为之一振，大声对萧克昌说："独木不成林，单人不为众，我就担心你们安源工人不动。如果你萧大把头在背后撑腰，我还怕什么？"

萧克昌紧接着话茬说："如果你在前面举义旗，我安源工人也不是孬种，就在后面跟着你干!"龚春台左手将着黑髯,右手伸出五个粗大的手指头,喊:"君子一言,驷马难追,你敢不敢下这个决心?"萧克昌也伸出了黑黑的右手:"不光是我,我这黑手也代表着安源三千工人的黑手。干!"

两只男人的大手,撞击在一起,发出一声粗糙的,闷闷的,但是极其有力的声音。

沈益古眯缝起眼睛,对公韧说:"造反可不是小事儿,搞不好全家老小都搭在里头了。我们早就想造反是不错,可那只是口头上说说,并没有实际行动。一旦举起义旗,那可不是闹着玩的,最起码得有个有本事的人领着才行。你有什么本事?这么着吧,今天我就蹲在这里,你要是推得动我,我就跟你一块儿造反!"

沈益古说完,就在屋子中间蹲了一个马步,静等着公韧前来动手。

公韧一时有些犹豫,眼看着沈益古的两只脚就如生了根一样,狠狠地往地下扎去。脚下的砖头开始碎裂,发出了嘎嘣嘎嘣的响声。不一会儿,地上已出现了两个小坑。公韧大吃一惊,没想到沈老先生的功夫这么厉害!凭自己的这点本事根本奈何不了他。

这时候,小青盈童嗓一亮,上前一步说:"公韧哥,这点小事,哪能让你亲自出马,看我的!"说完,捋了捋袖子,运了运气,就要上去推沈益古。

廖叔宝上前一步,挡在唐青盈面前,大嗓门说:"小孩子家又要来掺和大人的事是不是?你一边玩去,小心碰着你。"小青盈嘴一撇说:"哼,真刀真枪也没比你少见了。这老爷爷不是让人推他吗,我去推他就是了,还用得着公韧哥动手吗?"

廖淑宝笑了一下:"真是的,师傅,杀鸡焉用牛刀,这小孩子我来对付。"说着,也不管师傅愿不愿意,上来就要动手擒拿小青盈。

小青盈一看廖叔宝向自己挑战,身子往后退了两步。廖叔宝一见小青盈后退,以为她怕了,大步抢上前来,想一把抓住小青盈摁在地上。没想到小青盈异常灵活,上蹿下跳,左躲右闪,廖叔宝根本抓不住她。惹得廖叔宝兴起,铁锤一样的拳头抢起来,恨不能把小青盈砸趴下。可任他如何挥舞,就是碰不到小青盈分毫。惹了一阵子廖叔宝后,看他下盘不稳,朝着他的腿弯子就是一脚。廖叔宝站立不稳,一下子趴在了地上。

众人大惊。廖叔宝从地上爬起来,脸上有些挂不住,还要和小青盈再战。

沈益古一抬手,制止了他,说:"叔宝呀,别看青盈这孩子年纪小,功夫却不一般,你不是他的对手。看来这革命党里既有管仲、乐毅之才的文人,也有赵子龙、岳云之勇的武将,有本事的人还真不少。"沈益古又看了一眼唐青盈说,"我们大老爷们死了倒不可惜,你这小小年纪,正是及笄年华,有为少年,万一有个三长两短,岂不可惜?"

小青盈哼了一声:"有志不在老少,为了人们能过上好日子,我就算牺牲了,也能在史册上留下一段佳话。而你有幸活了六七十岁,并且还可以苟且偷生,窝窝囊囊地当朝廷顺民活到八十岁,一百岁,可是又有什么价值呢?真是可惜在人世上白白走一遭!"

沈益古平常受人千般尊敬,哪里听到过如此的风凉话,气得猛地拍了一下桌子,大声吼道:"放肆!这小孩子说话太气人,简直没有家教。从这以后,你们年轻人的事儿,我再也不管了,你们看着办吧!"说完,谁也不理,脚步轻盈地独自走出屋去。

众人皆是一愣。廖叔宝大腿一拍,说:"我师傅说不管,其实就是同意了。咱们反了吧!"

龚春台点了点头,萧克昌也点了点头。龚春台对魏宗铨、公韧和唐青盈说:"我们也算和革命党联合了,以后你们说怎么办,咱就怎么办!"

几个人商量了一番,决定推举龚春台为大哥,成立六龙山,号称"洪江会"。以忠孝仁义堂为最高机关,下分文案、钱库、总管、训练、执法、交通、武库、巡查为内八堂,又设第一至第八路码头官,为外八堂。号召同志入会,在萍乡、浏阳、醴陵三县交界处的麻石设立活动总机关。

商量完毕,廖叔宝从院子里抓住一只大花公鸡,拧着头抹了一刀,把鸡血滴在了酒坛里,然后把酒坛里的酒哗哗地倒在了一排大碗里。

龚春台、萧克昌、廖叔宝、魏宗铨、公韧、唐青盈各执一杯血酒,一齐跪下,对着香炉里点起的三炷香庄严宣誓:"誓遵中华民国宗旨,服从大哥命令,同心同德,合力灭清,如渝此盟,人神共殛。"

宣誓的人话语激昂,神情悲壮,倾尽全身力气吐出肺腑之言,直震得梁上的尘土纷纷落下。龚春台大喊一声:"干!"众人便把手里的血酒一饮而尽。

这边刚宣完誓,喝完血酒,门吱呀一声被推开了,进来了一个在院子里做法事的和尚。廖叔宝有些生气,对他吼道:"我们尘世间的事儿,你一个和尚掺和什么,还嫌不够乱吗?快走!快走!"一下子把他推出门外,关上了门。

门外,那和尚闭着眼睛,执着手掌说:"阿弥陀佛,阿弥陀佛,你们想造反?"门里,萧克昌对他吼着:"造不造反,关你屁事!我们什么时候说造反来?"

门外,那和尚睁开了眼睛,说:"你们声音那么大,我还能听不见?"门里,龚春台不慌不忙地说:"一个和尚,安心念经化缘多好,操这么多心干什么?"

那和尚说道:"一个商人,有一个幼子。由于小男孩的母亲已经去世,因此小男孩对商人来说非常珍贵。他珍爱这个小男孩,觉得没有他就活不下去。有一天,商人到外地做生意。强盗来了,他们烧毁村庄并绑架了这名小男孩。当这个父亲返回家时,简直伤心欲绝,在极度伤心与绝望的状况下,他看见一具被烧焦的小孩尸体,就认为那是自己的孩子。一天深夜两点钟,这个小男孩设法脱逃出来,好不容易终于回到家。他敲了敲门。'是谁在敲门?'父亲大声说。'爹,是我,你的儿子。'这个年轻的父亲认为一定是有人在恶作剧,因为他相信自己的小孩已经死了。他说:'走开,调皮的孩子,别在晚上这个时候来捣乱。我的孩子已经死了……'"

听到这里,公韧突然领悟,说:"这是拒绝开门可能会永远失去的故事。我们还是赶紧打开门,把他迎进来吧!"听了公韧的话,廖叔宝看了看龚春台和萧克昌,看到两人都点了点头,这才开了门,把那位和尚迎进屋来。

那位和尚右手执掌说道:"佛教主张,因缘与因果,善有善报,恶有恶报,不是不报,是时候不到。清朝罪孽无道,已经到了寿终正寝之时,我心爱佛,但清朝心中无佛。我心希望俗人心中有家,但清朝难以使俗人有圆满之家。佛之不存,哪里有家?家之不存,哪里有佛啊?"

公韧和唐青盈突然反应过来,虽然这位和尚头顶剃光,胸配佛珠,身披袈裟,脚穿麻鞋,但这不是毕永年总龙头又是哪个?公韧上前紧紧拉住毕永年的袈裟说:"毕龙头,你可叫我们想得好苦啊!"

毕永年双手合十,眼睛半闭着说:"毕永年早已不在人世了,我是德模和尚。"

公韧毕恭毕敬地说:"德模大师,你快坐下歇歇,有话慢慢说!"

毕永年却不坐下,继续说道:"众生的苦恼,佛教称为'苦谛',苦恼的原因,佛教称为'集谛',解脱苦恼,佛教称为'灭谛',如何断绝苦恼的原因,修行正道,佛教称为'道谛'。本人德模和尚,愿意同你们一齐'道谛',也就是你们所说的造反。"

众人刚开始听得迷迷糊糊,但是听到德模大师说愿意同大家一齐造反,不禁大吃一惊,面面相觑,随之又是一喜。毕永年不紧不慢地说:"坑慧历寺一百多佛门弟子,也愿意同我一起造反。不知你们是否接受我们佛家弟子的爱佛爱家爱国之心?"

众人更加高兴,赶紧把德模和尚请到上座。公韧见有些人还心存疑惑,便解释道:"这位德模师父就是哥老会的总龙头毕永年大哥啊!"

众人一听大惊失色,就要跪下对毕永年施以大礼。

毕永年忙对公韧说:"这位施主,我确实不是什么毕永年,我是德模和尚。佛界、俗间还是不要混淆为好。"

众人一时不知所措,一齐看向公韧。没等公韧开口,毕永年对大家说:"各位施主,佛本清静,但天下不清静;佛要普度天下苍生,只有'道谛'。德模和尚要修成正果,必须放下人间的名声、权力、财富、爱情、家庭生活的种种乐趣……"

公韧看到毕永年已经在佛教的世界里越走越深,再也拉不回人间了,只好对众人拱了拱手说:"他已不是毕永年总龙头,他是德模大师。"

第 127 回　洪江会寺庙扩会员

萍乡县的大岭子山,离上栗市也就有二十里地,山中青山绿水,郁郁葱葱,小道龙蛇,曲径通幽,竹林深处有一座古色古香的寺庙,正是坑慧历寺。这寺庙历来香火鼎盛,香客络绎不绝,庙堂里终日香烟缭绕,烟雾腾腾,烧香的,还愿的,一拨接着一拨,真是比那集市还要热闹。

自从德模主持和一百多位和尚加入洪江会后,这里的人气更加兴旺,除和尚和香客以外,又添了不少洪江会弟子。

龚春台、公韧、唐青盈和魏宗铨等人见这里地形极好,干脆把洪江会的第一路和第二路机关也搬到了这里。唐青盈每天早早起床,和洪江会的弟子一起练习刀枪,交流武艺,好不快活!

第一、二两路码头官就在这里设立神坛,举行入会仪式。

每天上午十点左右,一群群像是香客的人在殿堂外静静等候,他们一个个被叫进殿堂,由码头内的旗官向码头官一一介绍情况。码头官用心听完情况后,点头应允或者摇头不同意。被拒的人离开,批准入会的人留在殿内。

殿堂中央的香炉里点着三柱香,香烟徐徐而上,浓郁的香火味溢满整个厅堂。殿内供的是刘备、关羽、张飞。大门吱呀一声关上了,整个厅堂显得更加阴暗神秘,庄严肃穆。

旗官端来了鸡血酒,分给每个入会的人一人一杯。码头官率先跪下,然后扑通扑通跪倒一大片。码头官领头宣誓:"誓遵中华民国宗旨。"

新会众跟着喊道:"誓遵中华民国宗旨。"

码头官又说道:"服从大哥命令。"

新会员又念道:"服从大哥命令。"

码头官再说道:"同心同德,合力灭清,如渝此盟,人神共殛。"

新会员齐声说道:"同心同德,合力灭清,如渝此盟,人神共殛。"

宣誓完毕后,码头官一声令下:"干!"众人把血酒一口喝干。

然后,码头官宣读口号:"六龙得水遇中华,合兴仁义四亿家,金相九陈王业地,乌牛白马扫奸邪。"又宣布了内口号为"同德",外口号为"擒王"。

接着由文案和旗官发给每个入会者布票一张,票面上横书"还我河山";左书"忠孝仁义堂",右书第几路第几号,中书会友姓名;票底另有四句话,写着,"一寸三来二寸三,六龙得水遇奇奸,四五连一承汉上,全凭忠孝定江山。"

从这以后,入会者就根据码头官的命令,在自己的那一路参加活动。

坑慧历寺外,三十多个和尚手执大刀、长矛、棍棒在执勤放哨。寺内,三十多个和尚在打扫庭院,拔草洒水。殿堂内,剩下的一些和尚在敲梆打坐,背诵佛经。

德模和尚每日讲佛经故事,虽是佛经故事,但也隐藏着革命道理。

洪江会发展得很快,没用几个月,就从萍乡发展到了宜春、万载、浏阳、醴陵数县,达到五万多人。龚春台、萧克昌、公钊、魏宗铨、廖叔宝等人商量,除自己制造和购买一部分土枪火药外,再派魏宗铨亲自向上级汇报情况,抓紧做好起义前的各项准备工作。

十月二日,正是农历八月十五,这一天,天气晴朗,秋高气爽,按照风俗习惯,农民和矿工都要在萍乡、浏阳、醴陵的三县交界处麻石召开酬神赛龙大会,以庆祝来年风调雨顺,五谷丰登。安源工人没有下井的纷纷组成黄龙队、白龙队、红龙队,敲敲打打向麻石进发。

有很多人虽然不会舞龙,但也兴高采烈地跟在舞龙队旁边呐喊助威。一路上人是密密麻麻,吵吵闹闹,越聚越多,浩浩荡荡地奔向麻石。廖叔宝扮成武童,使出浑身功夫,腾跃、劈叉、翻跟头,博得了阵阵喝彩和掌声。众人的捧场使他更加热血沸腾。他满头大汗地舞动着一只黄绣球,招引着一条"黄龙"慢慢前行。

公钊和唐青盈紧紧地跟着舞龙队,左看右看,前看后看,过足了眼瘾。公钊听见几个江西老乡在拉呱。一个说:"八月十五杀鞑子,今天要杀鞑子,准有好戏瞧了。"另一个说:"抢了富豪,咱们也好弄点儿粮食,再不弄点儿粮食,家里要饿死人了。听说洪江会今天来了五万人马,两省的洪江会会员全都到这里集合。我去上香,坑慧历寺的和尚说,天下即将大乱,将有英雄杀富济贫。"

公韧听了眉头一皱,心里一惊,过去问:"老乡啊,谁说洪江会今天要闹事?"

那老乡说:"咦,天底下的人都知道,你怎么会不知道?没吃过月饼,还没见过月饼吗?朱元璋在月饼里塞上纸条,纸条里写着八月十五杀鞑子,这个事儿你不会没听说过吧?"

公韧心里一惊,坏了,洪江会怎么把月饼的事情忘了?帮会闹得这么厉害,清狗子不会不知道。今天又这么多人集合在一起,难免不会刺激清狗子。公韧想到这里,就要去找廖叔宝,想给他提个醒,唐青盈却在旁边火上浇油地说:"公韧哥,这么多人,大部分都是洪江会的。这是一个好机会,反了算了,省得以后啰唆。"

公韧瞪了她一眼:"小孩子家,说话没深没浅,你以为这是闹着玩的?"

公韧找到了廖叔宝,把听到的话对他说了,又劝告说:"今天是八月十五,瓜地里别提鞋,梨树下别摘帽,我们是不是犯忌讳了?恐怕清狗子要找麻烦,我们得小心点!"

廖叔宝大嘴一咧,嘻嘻哈哈地说:"怕什么,你们读书人就是小胆,麻石哪一年不祭神舞龙赛灯,今天正好让清狗子看看安源工人的力量!"随即又把绣球往前一引,舞龙队敲敲打打,继续前行。离麻石不远的一个地方,一小队清兵拦住去路。廖叔宝领着舞龙队走到了跟前,粗声粗气地问:"好狗不拦道,怎么不让走了?"

那个军官手舞大刀,横着一拦说:"奉醴陵县命令,麻石有乱党活动,你们不要过去!"廖叔宝瞪着眼睛问:"你看我像不像乱党?"

那狗官见舞龙队人多,不敢招惹,对廖叔宝说:"这样的玩笑开不得!开不得!说话小心点,小心抓你进县大堂。"廖叔宝哈哈大笑:"我就是洪江会的,有本事过来抓呀!"

那狗官瞪了瞪眼睛,拿着刀在廖叔宝的眼前舞了几下子,想把廖叔宝吓唬住。没想到廖叔宝连眼皮都没眨一下,就和钉子一样立在那里纹丝不动。那狗官一见吓不倒廖叔宝,知道这小子的头不好剃,只好低下头,闪在了一边。

廖叔宝把绣球一招,大喊一声:"走呀!"众舞龙队和看热闹的一拥而过,早把那些清兵连推带搡地挤到了一边。

到了麻石,这里已是人山人海,有不少的舞龙队、舞狮队、杂耍队、高跷队,各自拉开场子表演,也有一些戴着牛头马面神鬼面具的人在跳着神鬼舞,乐得唐青盈到处挤着钻着看热闹,不一会儿,就找不到人了。公韧到处转悠着找唐青盈。其间,他发现人群中有三三两两的人到处挤着钻着,这些人既不像洪江会的,也不像老百姓,而且个个有些功夫。

公韧心里不禁犯起嘀咕……正在这时,唐青盈找到了公韧说:"公韧哥,快去看看,那边有个人像韦金珊。"

第 128 回　龙灯会斗灯比武艺

公韧心里一紧:韦金珊到这里来干什么?恐怕不是来赶会的吧。小青盈用手一指,就见韦金珊手执一只大红绣球,领着大大小小几十只狮子,腾挪跳跃地裹了过来。韦金珊把红绣球高高地抛向空中,麻利地在空中翻了几个跟头,然后稳稳地立在了地上,一个亮相,手一抬,稳稳地接住了绣球。

围观的人一阵喝彩。

韦金珊举着绣球,到了廖叔宝跟前,猛不丁就是一个狠狠的扫堂腿。廖叔宝也不赖,高高地腾空跃起,躲过这一腿,在空中朝着韦金珊的脑门子用脚尖轻轻一点。韦金珊就地一滚,闪过这一脚,朝着廖叔宝的肚子就是一脚。廖叔宝也不敢怠慢,赶紧闪过,刚闪过这一脚,那一拳又打了过来。

公韧在旁边细细观看,这哪里是耍玩意,明明是舞狮队在向黄龙队疯狂挑衅。这舞狮队一个个精明强干,武功高强,腰里硬邦邦的,像是掖着武器。黄龙队虽然武功也不弱,但这是一个整体,一旦失去武童指挥,整条龙顿时僵硬起来。

而且龙头、龙身、龙尾虽然相互贯通,却也互相制约,几十只强壮的狮子在黄龙身上一阵乱踢乱撞,早把黄龙打得受了"重伤"。

不一会儿,龙皮被撕烂,龙身子被打断,整条黄龙被打瘫在地上。旁边看热闹的,只知道拍手叫好,哪里知道这里头的玄妙。而此时的廖叔宝又被韦金珊缠住,根本分不出身来挽救黄龙。就在此时,一个鬼面人不知从哪里钻了出来,他大吼一声:"孩子们,别惊慌,圈住一个,打!"他脚步麻利,两腿生风,跑到了白龙跟前,鬼面具也不拿下来,接过了龙头。

这白龙头顺着迎面而来的一头狮子龙头一晃,鬼脸一摇,趁着狮子犹豫的工夫,提起脚用了三分力气一弹,就把那头狮子弹翻在地。龙头围着那头狮子一转,龙身龙尾摆了过去,几十条腿一阵乱蹬,那头狮子再也爬不起来了。别的狮子上来解围,他又把龙头一晃,指挥着白龙,围着他们转圈,龙身龙尾又卷了过去。白龙卷到哪里,龙袍下的几十条腿就一阵子乱蹬,哪里的狮子就被打瘫在地上。

不一会儿,狮子群是趴下的趴下,逃跑的逃跑,狼狈不堪。围着看热闹的,发出了一阵雷鸣般的叫好声和海潮似的掌声。那白龙头鬼面人拿下鬼头套,擦了把汗水。公韧一看,正是廖叔宝的师傅沈益古。

这边廖叔宝却气喘吁吁,浑身大汗,只有招架之功,没有还手之力。公韧翻了个跟头上去,一下子挡在韦金珊的面前,顺手接过廖叔宝手上的绣球,和韦金珊一阵子乱耍。旁边锣鼓齐鸣,喊声震天,给两人助威。

韦金珊不敢对公韧下死手,凑近公韧的耳朵说:"这几年不知你跑到哪里去了,十分想念。"公韧也对韦金珊说:"金珊大哥,我也想你啊!不在广州好好待着,却领人跑到这里来捣乱。我想你这次来,一定有什么重要任务吧?"

韦金珊又和公韧打了几个回合,说:"废话少说,我只劝你赶快躲一躲,一会儿清军就要来拿人了。"

公韧气呼呼地说:"清狗子给了你什么好处,让你助纣为虐,甘心当清朝的鹰犬?"

韦金珊也生气地说:"请你不要冤枉我,我们也陷在这里了。三个县的防勇已包围了这里,再不躲开就来不及了。"他说着对公韧虚晃一招,退出圈外,向众人一拱手说:"这位兄弟武功高强,我甘拜下风,咱后会有期。"说完,领着那些落败的"狮子"离开了。

此时洪江会会员和看热闹的人欢呼声动地,喜庆的锣鼓敲得震天响。廖叔宝几步走到公韧跟前,拱了拱手说:"想不到,公韧兄武功这么好,我真是有眼不识金镶玉。佩服!佩服!"

唐青盈捂着嘴偷偷地乐:"什么武功好,完全是人情作怪,你不看他俩是什么关系啊!"廖叔宝又问唐青盈:"你嘟嘟囔囔地说了些什么?没听清。"

唐青盈说:"我说公韧哥功夫好,刚才他还没有全拿出来。要是全拿出来,十个我也不是他的对手,更何况你了。"说得廖叔宝直伸舌头,更是对公韧佩服得五体投地。

公韧摆了摆手,严肃地对廖叔宝说:"我老觉得今天情况不妙,我们得多加小心!"廖叔宝哈哈一笑:"公韧兄真是多疑了,咱们洪江会这么些人,我这没本事的都不怕,你这有本事的还怕什么?"

公韧摇了摇头:"洪江会闹得沸沸扬扬的,清狗子不是不知道。麻石这么小,地形对我们十分不利,要是他们四面一围,人多又有什么用?"

两个人正说着话,只见麻石的东南西北四个方向,尘土飞扬,一片嘈杂,哭爹叫娘的声音,惊慌跑动的声音,乱纷纷地传来。不一会儿,官军把麻石这块小小的地方围了个水泄不通。

为首的几个军官,拿着人像图,在被围的几千人里按图索骥。被围的人群里,已经出现了骚动,有几个试图冲出清军包围圈的会员,被清军开枪打倒。

公韧、廖叔宝、沈益古等几个人凑在了一起。公韧说:"情况危急,不能让清狗子把我们一个个全拿住,我们得想办法冲出去!"廖叔宝拳头攥得嘎嘣嘎嘣响,大骂道:"清狗子,不让人活了是不是!赶会,碍他们狗屁事,凭什么乱抓人?我要是有枪,早把他们全崩了。"

唐青盈早抽出了弯刀,机警的大眼睛,敏锐地扫视着四周。沈益古则沉思不语。

这时候,韦金珊领着几十个人跑了过来,对公韧说:"我们也被圈在了这里。咱们一块儿往外冲吧!"公韧默默点了点头,对沈益古和廖叔宝说:"这是我的好朋友韦金珊,这会儿咱们是一条船上的人,什么话也别说了。"

沈益古点了点头。廖叔宝还有些不服气,嘴里嘟囔着:"刚才还和我比武,欺负得我不轻。这会儿又和我们称兄道弟,凭什么呀?"本想问个明白,可是已经没有时间了。韦金珊的几十个人掏出武器,紧紧地靠在这几个人的周围。

沈益古不慌不忙地说:"事到如今,也只能走一步看一步了,能跑出几个算几个。叔宝啊,我带一部分人从东边往外冲,如果东边清兵围上去,你就带一部分人从西边往外冲。"

此时,廖叔宝也没有别的办法,只好点头答应。沈益古放开嗓门大喊一声:"徒儿们!六龙得水遇中华,合兴仁义四亿家,金相九陈王业地,乌牛白马扫奸邪!"一听老师唤人,弟子也跟着呼叫,洪江会头目也招呼自己会里的人。不一会儿,会员们大部分已集中到沈益古的周围。

沈益古把会员分成了两部分,一部分自己带着,另一部分由廖叔宝率领。接着是拆桌子,砸板凳,凡能用于自卫的家伙,统统拿在手中。没有棍棒的,从地上捡起一块半头砖或者从龙袍上撕下一块布抢着,甚至赤手空拳。

沈益古看到旁边有一棵茶碗粗的小树,就弓步下蹲,一弯腰,两只钳子般的大手紧紧地抓紧树干,然后深深地吸了两口气,猛地憋住,暗暗运力。只见树根下的泥土纷纷上升,不一会儿,小树带着密密麻麻的根须和一个大土疙瘩一块儿被拔了出来,地上显出一个二尺圆的深坑。

沈益古又把那棵小树平抓起来,往膝盖上一磕,只听嘎吱一声,小树断为两截。沈益古扔掉一截,拿起那半截,磕掉根上的土,在空中一挥,大声喊道:"不怕死的跟我来!要活命的跟我走!"

那半截树干和树枝随即被洪江会会员们一抢而空,持为武器。

沈益古力拔小树之举,大大地鼓舞了洪江会会员们。会员们齐声大呼:"六龙得水遇中华,合兴仁义四亿家,金相九陈王业地,乌牛白马扫奸邪!和清狗子拼了!走呀!走呀!"

沈益古十分镇静地走在最前边,左有手持弯刀的唐青盈,右有赤手空拳的公韧,再往后就是手持短枪的韦金珊和保皇党,后边是一排排的洪江会会员们。这支队伍不慌不忙,整齐团结地向着东边的清军慢慢逼近。

清军排成几排横队阻挡在前面,前面的半跪着,后面的站着,一支支黑洞洞的枪口瞄准了沈益古。沈益古脸不变色心不跳,继续率领众人一步步向清军逼近,渐渐地连清军的眼睛和鼻子都看清了,还看见了几支颤抖不已,哆哆嗦嗦的枪口。

第 129 回　麻石起义(一)

唐青盈最先出手了,右手一扬,五颗石子飞了出去,五个清军倒了下去,再一扬,又是五颗石子五个清军……韦金珊也大吼一声:"开枪!"保皇党们一阵乱枪向清军打去,清军纷纷倒地……清军也动手了,随着一个粗犷的声音:"放!"几百支快枪同时射击,枪声震耳欲聋。

沈益古木棒一挥:"冲啊!"众人一齐呐喊,如脱缰的野马一样向前冲去。前面的倒下了,后面的继续往前扑。清军陆续发出一阵一阵的枪声,人们一片一片地倒在血泊之中……

两支队伍搅在一起,清军的快枪不断地响着,大刀长矛不断地挥舞着,洪江会会员的木棒也在抡着,不断地被清军的大刀砍断,他们有的抱住了清军用头撞,用牙咬,用脚踹……

麻石的上空烟雾弥漫,暴烈的排子枪声和凌乱的枪声混杂在一起,阵亡的洪江会会员尸体横七竖八,相互枕藉,血流成河,惨不忍睹,负伤的哀声阵阵,痛苦呼号,不绝于耳。整个麻石变成了清军杀害洪江会会员的屠宰场……

由于形势异常紧张,龚春台急催魏宗铨立刻返回萍乡,好商量应急方案。

魏宗铨回来后,在安源煤矿的一间低矮的工棚里召开了紧急会议,另外还请来了浏阳的另一股会党头目冯乃古。工棚外面是洪江会的几十名弟子,或在近处守卫,或在远处瞭望,严密地保护着这座工棚。工棚里肮脏、凌乱,大通铺上,黑乎乎的被子乱七八糟地堆放在床上,没有上油漆的白茬桌子上,摆放着工人的黑粗瓷碗、铁饭盒子和柳条帽子。窗户和门都是用破木板钉的,由于长年风吹日晒,冬寒夏暑,板子和板子之间干裂得露出了一条条大裂缝。

大家或坐在床上或蹲在地上,一个个皱着眉头阴沉着脸,尽管都知道情况严重,主持会议的龚春台还是把情况又简单地说了一遍:"十月二日中秋节,麻石的酬神会上,我们七十多个弟兄被打死,几百个弟兄受伤,其中第三路码头官李金奇被杀。前几天,李金奇的副手张折卿在醴陵被捕。工人们知道了这个消息后,非常激动,要集合起来,到醴陵去劫大狱。清狗子听说了,一怒之下把张折卿杀害了。这几天,清狗子和疯了一样,到处抓人、杀人。我们的会员被抓去不少了……"

廖叔宝跺着脚喊:"拼了,拼了,和清狗子拼了!要不,我们早晚都要被他们抓去杀了。与其被他们一个个杀了,还不如现在拼一个够本,拼两个赚一个。"

沈益古瞪了他一眼,训斥他说:"你就知道杀杀杀,拼拼拼,中秋节一仗,我们死伤几百人,可清狗子才死了十多个,为什么?还不是因为我们手里没有枪。照这样和他们干,吃亏的还不是我们!"

大家都不说话了,一个个都在考虑着,到底应该怎么办。

龚春台打破了沉默:"这回出去联络得怎么样了,给大家说说吧。"

魏宗铨简单地介绍说:"我到了上海,找到上海的同盟会,上海的宁调元、李发群对我们的工作高度赞扬,并给我开了介绍信,要我去一趟日本,面见上级。这不,还没来得及去日本,龚大师就把我叫回来了。"

大家听到这话,都沉默不语。过了一会儿,龚春台看了一眼魏宗铨说:"看来同盟会一时半会儿还不能接济我们枪械弹药,枪械弹药和起义经费还得我们自己筹备。"

沈益古看了看冯乃古阴沉的脸色,悄悄地试探:"不知冯兄弟那边什么意思,愿不愿意和我们洪江会共举义旗?"

冯乃古是个四十多岁,酱紫色脸膛的汉子,骨架奇大,浑身精瘦,裸露的胳膊上凸显出一条条蚯蚓般的青筋,稍微一使劲,浑身的骨头铮铮作响。见大家都在注视着他,他苦笑着说:"诸位,好歹我也是哥老会的人,哥老会反清复明,这是我们的宗旨,哪能忘了呢!自从马福益大哥死后,弟兄们纷纷嚷着要为马大哥报仇,我哪能和弟兄们不一个心眼呢！可是既然要干,就得有干的办法,我得为几千个弟兄着想。我想,一是我们得心齐,安源工人几千人,又有一百多条快枪,我看萧大哥的,只要萧大哥义旗一举,我就响应;二是我们得有武器,总不能大刀长矛和清狗子的快枪干吧;三是光我们这些人还是太弱,得有外援……"

冯乃古滔滔不绝地讲了一大套,都是起义的难处。公韧听出来了,这起义得有一支义军领头,没有人领头,冯乃古是不会轻举妄动的。

公韧问萧克昌:"萧大哥,安源工人准备得怎么样了?"

萧克昌叹了一口气,说:"到目前,我们才准备了十五门土炮,一百多支快枪,还是护矿队的那些。另外有两百来把大刀、长矛和一部分火药。这点儿武器,简直和什么也没有一样……"

魏宗铨问:"到阴历年底能不能准备完？如果能准备完,我们就发动起义怎么样？"

萧克昌叹了一口气,闭了一下眼睛说:"尽量吧,希望年底我们能准备得差不多。"他说这话的时候,十分含糊、勉强,没有一点坚决干脆的意思。

廖叔宝忍不住了,气呼呼地说:"年底,年底还有三个多月呢,不等我们干倒清狗子,早叫清狗子把我们干挺了。再说,工人们辛辛苦苦干了一年,年底都要回家过年,到时候恐怕早就找不到人了。"

廖叔宝话糙理不糙,工人过节确实是实情,不能不考虑。众人目光一齐转向萧克昌,萧克昌却不软不硬地顶廖叔宝说:"枪打出头鸟,到时候我大旗一举,你们都看我笑话,叫我哭都来不及。要不是你中秋节瞎折腾,我们也不会受这么大的损失,什么时候才能恢复元气啊！"

廖叔宝越听越生气,腾地一下站起来,瞪起眼珠子大吼道:"萧大把头,你还好意思说我,好歹我还冲杀了一阵子。你说你,到底干了些什么？成天准备,准备快一年了,还没准备好。人啊,不能站着说话不腰疼,我最烦这些光说不练的人。"

萧克昌哼了一声,翻了一下白眼,显然对廖叔宝不服气,但是也没有反驳。魏宗铨、龚春台、公韧等人赶紧又拉又劝。廖叔宝一屁股坐在床上,呼呼地喘着粗气。

沈益古向着自己的徒弟,对萧克昌这个大把头也是有些看不惯,不冷不热地说:"廖叔宝是有错,他毕竟年轻,但他和清狗子打起仗来,还是很勇敢的。不像有的人,耍滑头,只知道保存实力,按兵不动,看别人笑话。"

萧克昌对沈益古的话更是不服气,不过碍于老师傅的面子,还是没有反驳。

公韧也说了一下自己的意见:"起义马上就要举行,我到下边看了看,各队伍宣传、发展方面是做了不少工作,可是训练太差,一旦起义,恐怕占不到上风。所以我们一切要按照正规的训练操典进行,如果需要教官的话,我可以派教官去。二是,我们得制定几套周密可行的起义计划,先进攻哪里,后进攻哪里,如果不顺利,怎么办,这些都要提前做好筹划。三是义旗一举,我们可能遭受几万,甚至几十万敌人的进攻,如果我们不顺利,往哪里退,这也要考虑到。再就是,我们再催一催上边,我们一旦起义了,他们什么时候响应,这一点很关键,如果支援不及时,我们的压力可就大了。"

大家点了点头。

龚春台说:"我看这样吧,请教官训练队伍的事儿,找公韧联系。制定作战计划的事情,我们几个再商量商量。魏宗铨再和上边联系一下,双方加强一下沟通,一是武器弹药的事儿,二是广东方面什么时候起义。大家如果没有什么意见的话,争取年底工人放假以前举行起义怎么样?"

冯乃古看了看萧克昌,见萧克昌微微地点了点头,他也跟着点了点头。年底举行起义的事情就这样定下了。

可是以后发生的事情却对洪江会越来越不利。

十月二十六日,洪江会借各学校放假的机会,在萍乡上栗市栗江书院集合了一千多民众,举行悼念十月二日在麻石牺牲的死难民众大会。临时祭台上,挂着写着"沉痛悼念麻石牺牲的死难民众"的横幅,台上用白纸黑字写着一个个牺牲人的名字,部分家属头缠白布,身穿孝服,在祭台上失声痛哭。

第130回 麻石起义(二)

旁边的白色招魂幡迎风飘摇,一片片纸钱仿佛在追思逝去的亲人,痛哭的家属感染了祭奠的听众们。会上魏宗铨声泪俱下,拿出一件件血衣,哭诉清军的残酷暴行:"看见了吗,看见了吗,这是什么政府?这是什么军队?就这样用枪弹对付我们这些赤手空拳的老百姓……"

到会的民众由同情,到愤怒,由愤怒到对清政府的痛恨,他们振臂高呼:"一定要向清政府讨回公道!""血债要用血来还!""为麻石牺牲的民众报仇!""死了的人不能白死!"

大会开到一半,清军突然包围了会场,一条条快枪对准了手无寸铁的民众。一个清军军官高喊:"解散,解散,奉政府命令解散!"民众不服,和清军发生了激烈的冲突,一些人被清军逮捕。

十月三十日,萍乡知县张之锐得到密报,知道洪江会首领孙绍山等在萍乡、浏阳边境的萍实里一带聚众开堂散票,就命令驻萍乡的巡防营管带胡应龙带领五百人前去缉拿。孙绍山等人仓促撤走,清军在山棚屋里拾得孙绍山的名片八张,洪江会传单一张,传单上印着"洪江会年底开山祭旗,扭转汉氏复明朝"等字样,这使清政府更加警觉。

十一月六日,醴陵知县汪文博贴出告示,严禁会党集会,让洪江会解散,并把许多水桶吊在渌江桥上,让洪江会会员写自首书放在桶里,让村民告发谁是洪江会会员。晚上,有一只手悄悄地把纸条扔在水桶里,又有一只手把纸条扔在水桶里……

第二天,一个洪江会骨干在家里被清军逮捕,另一个洪江会骨干正干着活,被清军抓去……在醴陵县刑场上,他们被清军残忍地杀害了。

十一月十二日,清吏派两个巡防营进驻安源。萧克昌感觉到形势万分紧迫,叫自己掌握的护矿队和洪江会日夜提防,严密监视。而巡防营看到萧克昌的护矿队有一百多条快枪,煤矿工人中有大量的洪江会会员,恐怕激起巨变,所以不敢镇压,于是双方处于相持状态。

十一月十五日,坑慧历寺里,德模和尚正在念经,一些手执快枪的清军突然冲了进来。武僧紧紧地靠拢在德模和尚的周围。清军拉动枪栓,武僧们举起大刀和长矛,情况大有一触即发之势。德模和尚镇静地念完了最后一段经,慢慢地站了起来,右手执掌说:"忍!忍!"

众武僧没有动手。德模和尚领着众僧走出了佛门,清军占领了寺院。

十一月二十九日,清军密切地监视着安源煤矿,他们把枪口对着护矿队和上下班的工人。护矿队的枪口也对着清军,和他们怒目而视。

突然,安源代办林总办领着贴身卫队来到了安源门口,他的卫队用枪逼住了萧克昌。林总办皮笑肉不笑地对萧克昌说:"萧队长,我们刚刚接到醴陵县知县汪文博的电报,说我安源已经有了洪江会,下令立刻停车检查。经我们矿上研究决定,调你去侦查矿上的洪江会会员,护矿队暂时由王队长兼管。"

萧克昌一愣。王队长从林总办身后走出来,狐假虎威地喊道:"护矿队听着,从此以后,护矿队由我指挥。"

队员们为之一惊。林总办对萧克昌说:"把你的武器交出来吧,交给王队长。"

萧克昌犹豫着,不交武器。护矿队里的一些洪江会会员喊:"萧队长,不能交武器,不能交武器。"

林总办朝巡防营一扭头,使了个眼色。巡防营的清军纷纷拉动枪栓,对准了萧克昌。萧克昌身边立刻走过来三十多个洪江会会员,他们的枪口对着巡防营。

王队长大喊:"护矿队听着,听我的命令,如不听命令者,以后必加严惩。听话的人统统站到我的身边。"有三十多个护矿队队员互相看了看,慢慢地站到了王队长的身边,其余的三十多个看了看,也逐渐站到了王队长的身边。

这样,清军巡防营和护矿队的大部分人员用枪顶着萧克昌和三十多个洪江会会员。林总办笑着对萧克昌说:"萧队长,如果你清查洪江会有功,队长还是你的。"

萧克昌看了看,如果硬顶只会遭受更大损失,只得交出身上的短枪,摇了摇头,转身向矿里走去。三十多个洪江会会员互相看了看,也纷纷扔下长枪,跟随萧克昌而去。

林总办从身上拿出一份名单,对王队长说:"这是已经知道的洪江会会员名单。"

王队长接过名单,对林总办说:"只要你一声令下,我们马上拿人。"林总办奸笑着点了点头,然后说:"可以抓人了。"

安源、萍乡、醴陵、浏阳一带阴云密布,乌云四合,一场腥风血雨似乎马上就要来到。清军到处抓人,杀人的枪声四处响起。洪江会已经处在千钧一发,生死存亡的重要关头。

十二月二日晚,龚春台在高家台又召开了洪江会各路首领扩大会议。冯乃古由于清军的封锁,已经联系不上。姜守旦举棋不定,也不能指望。目前是否起义,只能由洪江会的这几位领导自行决断了。会议一开始,廖叔宝就挥舞着胳膊吼道:"现在我们成了案板上的鱼肉,清狗子愿意怎么剁就怎么剁。与其窝窝囊囊地死,还不如现在反了,兴许还能杀出一条活路来!"

第一路到第八路码头官齐声乱吼:"反了!反了!""我们都是该死的人了,早晚叫清狗子逮住也是一个死,还不如现在就来个鱼死网破!""趁现在清军还没有大批调动,现在不动手,以后就来不及了。"

沈益古朝大家摆了摆手,各路码头官都不嚷嚷了。沈益古用他底气十足且沉稳老练的声音说:"原来我也不主张起义,可是现在我们不起义行吗?清狗子已经把刀架在我们的脖子上了。咱不杀他,他就砍咱的头。我们洪江会现在已有十多万人,再加上各地的哥老会,共有二十万人。我看,可以和他们拼一拼了。"

廖叔宝和各路码头官齐声大叫:"师傅说得对呀!""听师傅的。""师傅怎么说,徒弟怎么办。"萧克昌却默默地坐着,一言不发,眉头皱得紧紧的。

公韧问萧克昌:"萧大哥,你的人员最集中,武器又最精,你是咱们洪江会的主力,你说怎么办?"

萧克昌苦笑了一下,说:"你叫我说什么,还能说什么?护矿队全叫林总办给掌握了。我手里只有少数的几十条枪和大刀长矛,和清军一比,简直是九牛之一毛。光人多又有什么用,原来我们说的是年底起义,谁知道清军一步一步,越来越往死路上逼我们。外面封锁得也很严,枪支弹药根本买不到,我们不动则已,一动准吃亏,而且是吃大亏。"

廖叔宝又蹦起来,心急火燎地吼道:"你怎么尽说丧气话,长敌人威风,灭自家人志气?要不,你把剩下的那些枪给我,让我指挥,不杀他个人仰马翻才怪哩!"

萧克昌哼了一下,不满意地看了他一眼:"就凭你,莽打莽撞?我闯荡江湖的时候,你还穿开裆裤哩,只怕一开仗,你早分不清东西南北了。"

廖叔宝看到萧克昌这样看不起他,又忍不住了,举起拳头就要朝萧克昌打去。而萧克昌躲都没躲,眯起眼睛,迎着他说:"打呀!你打呀!这就叫本事?有本事怎么不朝清狗子使去!"

众人又一齐劝廖叔宝,直急得廖叔宝直拍大腿,在地上狠狠地跺了几脚。

魏宗铨扫视了一下群情激奋的各路码头官,稳了稳精神说:"要说我们的准备,确实仓促了些,武器、弹药实在太少,又和冯乃古、姜守旦没有联系上,和广东的同盟会也没有联系上。我个人的意见,甭管多大困难,暂时忍耐一下,现在加紧准备,时机一旦成熟,我们就立即发动起义。"

萧克昌满意地看了魏宗铨一眼,意思是,可找到知音了。龚春台捋着他那一缕黑髯没有言语,但也没有反对,也算支持魏宗铨的意见了。

公韧说:"我的意见,克服一下困难,再等待一下……"

各路码头官一片哗然。沈益古一言不发,却发出了一声长长的冷笑,微微地摇了摇头,显然对萧克昌、魏宗铨和公韧极为反感。

廖叔宝则在地上大踏步地来回走着,呼呼地喘着粗气,两只手像是没地方放,一会儿掐着腰,一会儿使劲抢着,嘴里嘟嘟囔囔。七八个码头官都看着廖叔宝,等着他发号施令。就在这时候,门口突然吵吵嚷嚷起来,有一个人硬往里闯,虽然守门人极力阻拦,但他还是闯进来了,众人一看,正是德模和尚。

第131回　麻石起义(三)

德模和尚双手合十,进门就对大家说:"佛门本是圣地,但是清政府不让我们有这块圣地。佛的心境,要从波涛汹涌的状态,进入平静如水的世界,但是他们非要再次掀起冲天的浪潮。奔腾呼啸的大水铺天盖地,这时候我们还不以泰山似的坚韧与长城般的连绵和它抗衡,可真是佛也没了,佛门弟子也没了,施主的爱佛之心也没了。忍?没法忍了!"

大家听出来了,德模和尚这是主张立刻起义。

廖叔宝突然大手一挥,跺着脚喊:"我不能和你们共事了,绝不能和你们共事了,你们还不如一个德模和尚有见识。我就不信洪江会这么些人,打不过清狗子那几条枪,几匹马,我就不信拖延起义对我们这些人有什么好处!"

说完,他恨恨地摔门而去,有三四个码头官也跟着他气呼呼地走了。几个人要拦他回来,沈益古朝他们摆了摆手:"他那个牛脾气,九头牛也拉不回来。由他去吧!"

众人又坐下来开会,激烈地争论着马上起义还是暂缓起义。天已渐渐明亮,屋里开会的人还在争论不休,各抒己见。德模和尚已不再说话,只是默默地念诵经文。

屋外的洪江会会员都知道头头们在这里开会,尽管岗哨竭力阻挡他们,但他们还是忍不住探头探脑地打听消息,把开会的小屋里三层外三层地围了个严严实实,水泄不通。

这里就像个蓄满了火药的炸药桶,只需要一点火星,就要爆炸了。正在这时,忽然从麻石那边跑过来一个草鞋。他拨开人群就往屋里闯。岗哨一看他是跑消息的,知道他有紧急情况,赶紧闪开身子,放他进去。

草鞋到了龚春台的跟前,对着他的耳朵悄悄说了几句,龚春台一听,大吃一惊。

萧克昌的草鞋也来了,给萧克昌汇报了紧急情况。萧克昌也沉不住气了,腾地一下站了起来。

众人意识到肯定发生了重大事情,你看看我,我看看你,不知如何是好。

龚春台看了一眼萧克昌,萧克昌略微点了点头。龚春台轻轻叹了一口气,捋了捋他那缕黑髯,稳了稳神,加重语气对大家说道:"各位首领,不瞒大家说,刚才廖叔宝在麻石已经集合了两三千人,竖起大旗,旗上写着'大汉',另有小旗百面,上面写着'官逼民反'等字,他们正准备向上栗市进发。"

众码头官一阵欢呼雀跃,大声吼叫。激情感染了门外的洪江会会员,他们也一阵欢呼,大喊:"好啊!好啊!""干起来了!干起来了!"

沈益古面带微笑,轻轻地捋着他那稀疏的胡须,两眼看着屋顶,像是有几分得意和自豪。德模和尚默默地念叨着:"我佛慈悲,希冀从切身的体验中彻悟宇宙的真理,解除人生的苦恼与灾难。"萧克昌连连叹气:"罢了!罢了!事已至此,成也好,败也好,就看天意了。"

龚春台同魏宗铨、公韧、萧克昌、沈益古简单地交换了一下意见,然后朝大家摆了摆手。大家都不说话了,全神贯注地注视着龚春台。龚春台深吸一口气,理了一下他那缕黑髯,用坚定沉稳的目光扫视了大家一圈,然后声音洪亮地说:"现在我宣布——洪江会起义,正式开始!"

各路码头官和骨干们立刻爆发出一阵激昂热烈的欢呼声,聚集在门外的几千名洪江会弟子听到了这个消息,也发出一阵奔放喧腾的呐喊声。几千人的声音汇集在一起,形成一股巨大的洪流,洋溢在山谷,冲向了云霄,迅速地向更远的空间扩散冲击而去!

公韧也马上给王达延拍去一封电报:

> 达延兄:湖南的买卖本不想麻烦你,但是这里确实缺少人手,请你速速派伙计前来帮助。
>
> 公韧弟叩首

十二月五日,龚春台在麻石集合起洪江会弟子,约两万多人。大家都头缠白布,手持土枪、大刀、长矛、锄头,抬着土炮,向上栗市浩浩荡荡地进发,队伍长达五六里地。

上栗市位于萍乡县北边,离萍乡县城八十里,离浏阳、醴陵两县的县境不过二十里,并且水路能通长沙、汉口。如果占领了上栗,进可以攻浏阳、醴陵,退可以回到麻石。出发前,龚春台明确了纪律,严禁奸淫、抢夺,除了向富户索取谷米钱粮布匹外，别的东西丝毫不许抢取，否则，就以违犯洪江会会法治罪。

六日晨，义军到达上栗市郊。清军在上栗市的驻军只有二十人。他们看到义军声势浩大，只见队伍的头，不见队伍的尾，早已吓破了胆，麻酥了腿，没放一枪就望风而逃。市民们有许多是洪江会会员，这会儿纷纷涌上街头，燃放爆竹，夹道欢迎。

义军占领上栗后，龚春台把队伍在市内安顿好，将司令部设在了万寿宫。这时候草鞋又报来好消息，宜春县的慈化市和萍乡县的桐木，各有会员四五千人举兵响应。姜守旦也派人来联系，说可以配合洪江会行动，但不会受洪江会制约。龚春台马上对姜守旦的人进行了安抚，大大地鼓励了一番。

洪江会在万寿宫举行会议，决定暂时推选龚春台为大汉光复军南军先锋队都督，公韧为左卫都统领兼文案司，魏宗铨为右卫都统领兼钱库督粮司，廖叔宝为前营统带，沈益古为后营统带，并发出告示，列举了清朝的十大罪状，昭告天下，以示挞伐。

> 鞑虏逞其凶残，屠杀我汉族二百余万，窃据中华，一大罪也；鞑虏以野蛮游牧之劣种，踩躏我四千年文明之祖国，致列强不视为同等，二大罪也；鞑虏五百余万之众，不农不工，不商不贾，坐食我汉人之膏血，三大罪也；鞑虏妄自尊大，自谓天女所生，东方贵胄，不与汉人以平等之利益，防我为贼，视我为奴，四大罪也……其余种种罪恶，不能尽书。特举大略，以昭天讨。

清廷的十大罪状一出，民心更是躁动，有钱的纷纷出钱支援洪江会，没钱的年轻人纷纷参加洪江会，致使洪江会力量骤增。会员们士气高涨，纷纷要求到前线作战。

七日，龚春台接到草鞋的密报，浏阳县城外的南市街和枫林铺等地各有会友数千人酝酿秘密暴动，并派人和洪江会联络，说愿意听候调用。又听草鞋密报说，姜守旦又派人来联系，说要和洪江会一块进攻浏阳县城。

龚春台几个人商量后，觉得这是一个大好机会，决定先进兵浏阳，与姜守旦会合后再图发展。上栗市是一个重要的根据地，不可以掉以轻心，必须派一个老成持重的人来守。

龚春台考虑了一番，把沈益古叫到一边，以商量的口气说："廖叔宝虽然勇猛，但是鲁莽，把上栗交给他，有点不放心。你看谁守卫上栗比较好？"沈益古笑了笑说:"我知道你的意思。我老了,跑跑颠颠是你们年轻人的事情,守老营的任务就交给我吧。廖叔宝跟着你我放心,你也好管着他点儿。"

龚春台点了点头说:"守上栗也不是件容易事情,这里四面受敌,又无险可守,一旦敌人来攻,将是一场苦战。上栗一旦失守,我们就有家不能回了。"

沈益古半天没有说话,许久,叹了一口气说:"你们的担子也不轻啊,虽说洪江会人不少,可是武器太差,更没有打过硬仗。浏阳也好,醴陵也好,城高水深,又有防备,恐怕哪个也不好打。"

龚春台点了点头:"老师傅和我想的一样。你看上栗,留多少人好呢?"

沈益古想了想说:"人少了不行,人多了也不一定能守住,主要是地形太差,又缺少枪支弹药。你们打浏阳,更需要人和枪,这么着吧,你留给我两千人吧!"

龚春台点了点头,拱了拱手说:"那就拜托沈师傅了。"沈益古也拱了拱手说:"有我在,就有上栗在。"

龚春台率领大部队走后,沈益古把两千人全部开进万寿宫,叫他们加高万寿宫的院墙。同时放出岗哨,严密监视各条大道,一有敌情,立刻报告。

这两千名洪江会会员大部分是种地的农民,看到自己去不了浏阳,嘴里嘟嘟囔囔,多有怨言。原来在夏秋之际,这一带发生了严重的旱灾,才十月间,这里的粮食已是十分短缺,价格猛涨。打浏阳的队伍,有很多人是挑着箩筐去的,都以为浏阳一定能打下,而一旦打下浏阳县城就可以分到粮食,今年就再也不用饿肚子了。

第 132 回　沈益古死守上栗

这些人去不了浏阳,心里哪能不着急,军纪又不好约束,当天就偷偷跑了几百人,都去追赶打浏阳的队伍了。到了九号早晨,沈益古一查队伍,只剩下五百多人,心里十分窝火。他把队伍集合起来,训斥了一顿,又把忠心耿耿的徒弟们召集到一起,开了个小会,叫他们起到核心作用,带头稳定军心。这样一来,队伍确实安定多了。

十号早晨,草鞋突然来报,说四五里地外发现了大批清军。沈益古大吃一惊,这股清军是从哪里来的呢?赶紧叫草鞋再探再报。然后立刻命令义军各就各位,准备开打。

不一会儿，沈益古隔着院墙向南观望，看到大约有一千多清军，在离万寿宫不远的地方停了下来，开始排列队伍。这边有的洪江会会员沉不住气，朝那边开了几枪，但是距离太远，这些土枪、鸟枪根本打不到他们，反而暴露了洪江会的底细。清军们从容布阵，士气大增，有恃无恐。

一个草鞋过来凑近沈益古的耳朵说："听说这股清军是驻萍乡巡防左军前营管带胡应龙的队伍。他们没敢走大道，是连夜经过山间险道直插上栗市的。"

沈益古急得拍了拍脑门子说："坏了，坏了，只防大路，没想到清军从山间险道上过来了。没想到，没想到啊……"

清军开始进攻了，他们排成横队，向万寿宫慢慢逼近，并不时地停下来，向万寿宫院墙射击，只打得万寿宫院墙砖石崩裂，尘土飞扬，有十几个洪江会会员倒在了血泊中。

一见了鲜血，毫无作战经验的洪江会会员里立刻出现一阵恐慌和混乱，已经有人在左顾右盼，准备逃跑了。洪江会这边只有十几杆快枪，二十多支土枪，两百多大刀长矛，在清军几百条枪的射击下，根本没有还手之力。队伍更加混乱了，有人爬起来向后跑去，一个跑全都跑，队伍出现了大溃退。

沈益古怒声呼喊："不准跑！不准跑！"可是一个人的喊声，在那一阵又一阵的枪声中，显得那么微弱。不一会儿，跑得只剩下自己的一百多武门弟子。沈益古褂子一扒，左手执一个铁锅盖，右手挥舞着一把大刀，振臂高呼："徒弟们，不是孬种的就跟着我杀！"

一百多个徒弟见师傅拼了，哪个也不敢怠慢，纷纷靠拢在师傅周围，要和清狗子拼个你死我活。清军爬进了围墙。沈益古朝着一个刚上来的清兵就是一刀，把他的脑袋削掉了，鲜血一蹿老高。停了一会儿，身子才晃晃悠悠地慢慢倒下。脑袋转了几圈，最后仰着脸停在了沈益古的面前，惊恐的眼睛直直地瞪着沈益古，一脸的不甘。

沈益古又朝着一个清兵一刀，把他拦腰斩断。三四个清兵冲上来，一齐用刺刀刺杀沈益古，沈益古用锅盖一挡，把他们的刺刀挡到一边，然后唰唰几刀，只见血花四溅，一片红光……

一会儿的工夫，沈益古只砍得手脖子发酸，成了一个血人。

众徒弟也和清兵搅在一起，叮叮当当的刀枪撞击声，零乱的枪声，大刀砍在皮肉上的响声，人在死亡时痛苦的哀号声交织在一起，两军杀得昏天黑地，日月无光，血雨腥风，鬼哭狼嚎。

沈益古这边只剩下几十个人了。这几十个徒弟在清军的逼迫下,簇拥着沈益古退到了万寿宫中央。一个徒弟看到情况已是万分危急,对沈益古说:"师傅呀,留得青山在,不怕没柴烧,我们掩护你,你突围出去找大部队!"沈益古大喝一声:"我已对龚春台大都督说了,有我在就有上栗在,上栗不在了,我还有什么老脸去见龚春台?"

那个徒弟又说:"师傅不必内疚,换了谁也守不住上栗。你就赶快走吧!"

沈益古又是一声怒吼:"是我的徒弟,就和万寿宫共存亡。不是我的徒弟,就快快逃命去吧!"说完,他一声大吼,甩开众徒弟又扑上去朝着清兵们一阵乱砍。

清兵越围越多,徒弟已经没剩下几个人了。随着一阵枪声,最后两个徒弟倒下了。几十个清兵神情紧张地用枪瞄准沈益古,几个清兵掏出绳索,他们要活捉他。沈益古哈哈一阵大笑,对着青天一阵长叹:"我七十多岁的人了,死有何惧?可惜的是,我那些徒弟,太年轻了……"说完,自刎而死。

这时候的上栗市一片混乱,没有组织的洪江会会员到处乱跑,清兵们手持快枪到处捕人,借机抢劫财物,奸淫妇女,杀人放火,无恶不作。街上到处是洪江会会员的尸体,无辜被打死的老百姓,丢弃的箩筐、扁担、包袱、衣裳和日用杂品。

百姓们家家关门闭户,人人吓得心惊胆战。可怜上栗市,洪江会来的时候秋毫无犯、秩序井然,这会儿却生灵涂炭,遭遇如此大难。

十二月八日,龚春台率领的义军浩浩荡荡地来到了浏阳县境内,大约有三千多人前来投奔龚春台。一路上,来投洪江会的人源源不断,到了枫林铺,队伍已经扩充到了两万五千多人。

人多了,事也来了,首先是八路码头官弄不清自己手下到底有多少兵。这些码头官发展会员,搞秘密活动有一套,但要叫他们统兵打仗,显然对他们要求太高了。公韧认为当务之急是先稳定干部队伍,叫他们先把自己的组织健全。他们只好往底下层层派官,码头以下是标,标以下是营,营以下是队,队以下是排。这一营,那一营,这一队,那一队,常常兵找不到官,官找不到兵。气得廖叔宝大骂,责令码头官带好自己的队伍。

到吃饭的时候,事情更多,各路码头官都来找兼管钱粮的魏宗铨要钱要粮。魏宗铨还没有建立起有效的后勤保障机制,既缺钱又缺粮,忙得焦头烂额,还是有好多人吃不上饭。

到了晚上睡觉的时候更是麻烦,不能都住进老百姓的房子啊,总有好多人睡在外面,又没有被褥。晚上十二月的冷风一吹,好多人感冒了,早上起来,不是这个咳嗽,就是那个难受。

看到部队的这种情况,龚春台很是着急,和公韧、魏宗铨一商量,决定尽快打下浏阳县城,鼓舞士气,也好让部队获得充足的粮饷和武器弹药,好好地休整一下。

龚春台刚下定决心,草鞋又来报,姜守旦集合起齐山、大光洞、溪洞三处会党,共一万多人,已经开始进攻浏阳县城了。廖叔宝气得大骂:"就这么一块肥肉,还让姜守旦给抢了,我们大老远来为了什么,还不是为了浏阳县城吗!这个姜守旦,怎么也不和我们商量商量,太不够意思了。"

公韧说:"这个姜守旦呀,太轻敌了,浏阳县城好打吗?和我们联合起来能多几分胜算,总比他们势单力薄的有把握呀!"魏宗铨也有些着急,大叫道:"一旦让他们打下浏阳,钱和粮食还不让他们全抢光了,那我们吃什么?还等着浏阳县城的米下锅呢,我们还不抓紧上!"

龚春台立刻发出命令,兵发浏阳县城,趁热打铁,一举拿下。

一听说打浏阳县城,群情激奋,特别是那些挑着箩筐拿着布袋的,心里更是暗自高兴,那些什么家什也没有的,有些后悔,都忙着到老乡家里找箩筐扁担布袋什么的。廖叔宝见状大发雷霆,叫大家把这些乱七八糟的玩意统统扔了,以免军心涣散。各路码头官立即传达命令,督促部下抓紧执行。可是把这个简单的命令贯彻下去,也不是那么容易,这个刚扔下,那个又拾起来,那个刚扔下,这个又拾起来了。

唐青盈捅了捅公韧,嘲笑地说:"公韧哥,你看这样的队伍能打仗吗?"

公韧皱着眉头说:"乱啊,太乱了!这哪是军队啊!唉,也只能听天由命了,这么短的时间,训练部队根本来不及。只要打下浏阳城,队伍喘口气,再训练一下,可能就好多了。"

唐青盈又笑了,说:"除非浏阳城是泥巴捏的。"

大部队还没到浏阳县城,就听到县城方向的枪声响成一片。不知谁喊了一声:"快跑啊,去晚了,什么都没了。"一个跑都跟着跑,队伍乱七八糟地向前跑去。有的人被后面的踩掉了鞋子,弯下腰找鞋,后面的躲避不及,一下子就把前面的人撞倒了,后面的人又摞上了一堆。

第133回　廖叔宝猛攻浏阳城

　　有的人跑着跑着,稀里糊涂地跑进了别的队伍里,官不认得兵,兵不认得官,那叫一个混乱。和尚们在德模大师的带领下,倒是异常镇静,他们默默地念叨着:"万事皆空,超凡脱俗,一心护法,杀灭清妖……"一路上有条不紊地前进着,好像世上俗人的所作所为,与他们毫不相干似的。

　　途中,德模大师给大家讲经说法,劝诫人们不要贪财。

　　龚春台率领着大部队好不容易到了浏阳城下,一看,奇怪,姜守旦的兵,活人死人一个也看不到了,只见地上到处血迹斑斑。破烂的云梯,残破的衣服,扁担箩筐破布袋,扔的到处都是。不一会儿,姜守旦的草鞋找到龚春台报告,说姜守旦攻不下浏阳县城,已经退走,让龚春台给他们出出这口恶气。龚春台摇了摇头说:"姜守旦呀姜守旦,自己没有力量,就联合打嘛,何必这么性急呢!"

　　龚春台把部队稳住,把廖叔宝叫过来,让他组织队伍进攻浏阳县城。

　　廖叔宝仰望浏阳城头,虽然生性胆大,但心里也像敲小鼓一样咚咚乱跳。这浏阳县城外墙高三丈,墙体坚固,垛口、城楼、角楼完整,黑黑的城门敦厚结实,紧紧地关闭着。城外有一条护城河,河宽少说也有五丈,黑水深不可测,通往城内的吊桥早已高高地悬起。

　　自己一没有火炮、炸药,二没有云梯、木船,怎么进攻浏阳县城啊?廖叔宝马上把一、二、三路码头官找来,问他们:"你们打算怎样过壕沟,上城墙?"

　　一、二、三路码头官你看看我,我看看你,一脸茫然,显然他们也是大姑娘上轿头一回。公韧过来建议说:"护城河一般不深,可以先找几个人下去试试深浅,如果水不深的话,可以叫人在水里架梯子,叫士兵顺着梯子过壕沟。攻城墙必须有云梯,附近有竹林,可叫人在附近砍伐竹子,多绑上几架,以备攻城之用。"

　　廖叔宝点了点头:"就听你的。"于是安排几个人下到护城河里试了试深浅,果然水不太深,人能蹚过。接着命令一、二、三路码头官迅速组织人砍伐竹子,捆绑云梯,准备攻城。

　　浏阳城下一时人喊马嘶,乱哄哄。

　　而这时,浏阳县城墙上一点动静也没有,垛口、城楼、角楼上一个人也看不到,像是一座空城。县城的上空,偶尔飞过几只乌鸦,呱呱地叫着,让人心生寒意。公韧对唐青盈说:"这守城的清军狗官,够贼的。如果他们都站在城墙上,虚张声势,想必是心虚。相反,都躲在垛口里面,巧妙布置,反而是最可怕的。我感觉这次攻城将是一场硬仗、恶仗。"

唐青盈说:"要依你这么说,公韧哥,今天我们这个仗是不是就不打了?"

"箭在弦上,不得不发,先看看攻城的情况再说吧!"公韧答道。

攻城开始了。廖叔宝手拿大刀,走在最前面,紧跟着是一、二、三路码头官,再后面就是各标、营、队、排的洪江会会员。他们手持大刀、长矛、鸟枪、抬枪、云梯密密麻麻地排成横队前进,一时尘土飞扬,遮天蔽日,声势浩大,蔚为壮观。

到了壕沟前,洪江会会员放下云梯,人们纷纷下壕沟。有的人砸到另外人的身上,有的站立不稳,摔了个四仰八叉,溅了一身泥水。大家蹚着大腿深的黑水,到了另一边,又赶紧竖上云梯,争先恐后地往岸上爬。到了城墙下,又纷纷竖起云梯,抢着往空无一人的城墙上攀登。

就在这时,城墙上突然出现了无数颗人头和数不清的黑洞洞的枪口,随着一阵惊天动地的排子枪响,洪江会会员倒下七八十人,紧接着又是一阵排子枪响,七八十人又倒下了,又是一阵排子枪响……

洪江会队伍开始混乱了,人们纷纷往后退去。廖叔宝大喊:"不许退!不许退!"可是他的喊声已经不起作用了。几个码头官也挥舞着快枪不许会员们往后退,可是喊了一阵,看起不到作用,自己也跟着大部队溃退了。

到了壕沟边上,有的找不到云梯,直接往下跳,你压着我,我压着你,越过了壕沟,撒开丫子就跑。叫喊、奔跑、队伍乱得不可收拾。公韧、魏宗铨急忙率领生力军赶来,严密地监视着城门口。好在城门没有打开,要是清军冲出来,局面将会变得更加艰难。

廖叔宝到了龚春台跟前,无可奈何地摇着头,跺着脚说:"我们的队伍太乱了,武器太差了。让我领着那几路,再攻一阵怎么样?"龚春台不言语,捋着他的一缕黑髯,怀着异常沉重的心情,静静地注视着城高壕深的浏阳城,看着城墙下惨不忍睹的场面。

前面遍地是横七竖八的尸体、一摊摊的血迹和无数的扁担箩筐,残破的云梯丢弃在地上,将死的人在痛苦地哀号,重伤员慢慢地往回爬,轻伤员掉进壕沟里爬不上来……

龚春台摇了摇头,半天没言语。过了一会儿,他问公韧:"听说你打过几回大仗,你看看咱们应该怎么办?"

公韧说:"咱们虽然人多,但是没有经过严格训练,武器又差,再看浏阳县城这阵势,不是一时半会儿能攻下来的。坚城久攻不下,军之大忌,不如我们先退到南市街,把队伍修整一下,是攻是守,再做决定。"

龚春台又看了一眼魏宗铨问:"你说呢?"魏宗铨叹了一口气:"就听公韧的吧!南市街有咱们的洪江会,正好可以在那里落落脚,整顿一下队伍。"

廖叔宝大叫道:"不攻进城里杀他个人仰马翻,不夺了他的粮食分了他的钱,就这样白白走了,岂不是太便宜他们了吗?"龚春台摆了摆手:"要是浏阳城好打的话,姜守旦早攻下了。就这么定了,咱们先撤到南市街,修整好队伍,再来攻浏阳不迟。"

廖叔宝虽然心里不痛快,但是既然都督这么定了,也不好再说什么。于是龚春台指挥着救出伤员,集合队伍,撤到了南市街。还没等到义军再攻浏阳城,清军于十二日突然集中兵力攻击南市街的洪江会。南市街无险可守,洪江会只好撤到了牛石岭。

这牛石岭是紧靠南市街的一座比较高的山头,山上石头多,草木稀疏,两万多人的队伍都爬上山头,就显得山小人多了。公韧俯瞰着周围的几座小山,发现那些小山倒是竹林茂密,郁郁葱葱,正好可以布置军队。

公韧找到龚春台说:"我们都挤在牛石岭上不行,人太密集了,不如分几支队伍到下边几个山头上。一来可以阻挡敌人的进攻,二来也可以避免牛石岭上人太多,遭到敌人炮击。"

龚春台捋着胡须考虑了一番说:"我们的战斗力不行,不能太分散。再说,这个山头最高,地势险要,正好可以以上击下,狠狠地打击敌人。"公韧摇了摇头:"我们的火力不行,山虽高,又有什么用呢?只有肉搏战才能发挥我们的长处。事不宜迟,再不占领就来不及了。"

龚春台摆了摆手:"我决心已下,公韧弟不要再插嘴了。你没看见吗,队伍已经按照我的命令在构筑临时工事了。"

公韧看到,义军用找来的铁锹、洋镐什么的,抢挖临时工事。但是由于山上石头太多,义军虽然费的力气不小,可是没有挖成几条像样的战壕,大部分的义军还是赤裸裸地暴露在山头上。廖叔宝拿着皮鞭子领着几十个亲随,跑过来跑过去,大声地督促着各路码头官,让他们抓紧时间抢修工事。有几个人干活慢了点,挨了廖叔宝几鞭子。

公韧紧张地注视着附近几个山头的敌情,他看到新来的清军和以前的巡防营大不一样。他们穿着崭新的黄军装,新式步枪的刺刀在阳光下闪着寒光,军队训练有素,一个队一个排地弯着腰,提着枪,互相掩护着,利用身边的掩蔽物,迅速地向前跃进,很快占领了附近几个山头。

唐青盈问:"这是什么队伍,我以前怎么没见过啊?"

公韧叹了一口气,说:"坏了,碰上新军了。这是清狗子战斗力最强的新式陆军,是清狗子最凶恶的看家狗。他们是完全按照德国、日本的训练方法训练的,北方是袁世凯在小站练兵,南方是张之洞在武昌组建。这一仗,不好打……"

第 134 回　龚春台大战牛石岭

唐青盈紧紧地靠在公韧旁边,紧身小棉袄外扎着一条军用皮带,皮带上插着小手枪和弯刀。她撇了撇嘴,一副不咸不淡的样子,说:"不一样就是不一样,看看人家,再看看咱,这一仗可怎么打?"

公韧说:"军队的组织、训练,非一日之功,我们的洪江会要练成一支新式军队,还有好长的一段路要走。"

山上开始朝山下的几个山头射击了,可是由于山上快枪少,子弹更缺,再加上附近的山头有茂密的竹林,距离又远,所以零星的枪击根本起不了多大作用。

敌人占据了周围几个小山头后,迅速向牛石岭逼近。最糟糕的是,敌人的五六门大炮开始朝牛石岭轰击了。在轰隆的爆炸声中,几乎无处躲避的义军被炸死炸伤了不少。

隆隆的炮声和巨大的伤亡严重地挫伤了义军的士气,缺乏战斗经验和军事训练的义军开始在山上乱跑,炮弹从这边落下,他们便向那边跑,炮弹从那边落下,他们又往这边跑。几百人的跑动,引起了几千人的恐慌,几千人的恐慌又引得整个义军军心大乱。

清军好像并不急于进攻,他们逼近牛石岭,利用各种武器,不断地朝山上人员密集的地方射击。特别是马克沁和加特林重机枪,射程远,速度快,子弹又密,义军在清军的射击下,倒下了一片又一片。廖叔宝一看,这样打下去不行,手举一杆快枪,大声地呼喊:"不怕死的好汉们,不怕死的洪江会会员们,跟我上!"

公韧、唐青盈、魏宗铨跟着他上去了,八个码头官跟着上去了,几百名最坚定的人跟着上去了。他们冲到了最前沿,用手中的劣质武器,和清军展开了激烈的战斗。龚春台带领着几十名亲信在山上奔跑,竭尽全力想控制住山上的混乱局面。他们大声地呼喊着,斥责着那些惊慌失措的洪江会会员。

少数人镇定下来,手拿武器奔向前沿阵地参加战斗,大多数人还是继续溃退,朝着山后清兵们还没有占领的地方退去。

敌人的炮击还在继续,山上尸横遍野。龚春台查了查人数,能参加战斗的已经不到千人,而山下的新军却有三千多人,而且枪快炮利,弹药充足。

洪江会里有几个人的枪法特别好,特别是唐青盈,弹无虚发,百发百中,乐得廖叔宝跑到唐青盈面前,拍着她的膀子大叫:"这兄弟还真行!原来我还有些瞧不起你,看来是大错特错了。真是,有本事不在老少,你比我也差不了多少。"

唐青盈有些厌恶地瞥了他一眼,说:"说这些废话干什么?你要是闲着难受,给我多捡些子弹,查着人数。"廖叔宝嘿嘿一笑,说:"别说给你查着人数,这会儿叫你小爷爷都行。都和你似的,我这个前营统带不就好当多了。"

清军前面的倒下了,后面的又继续往前冲,行进中卫生兵迅速地把伤员撤下去。而且他们的后边,像是有清军用小号和小洋鼓指挥着部队进退。他们的冲锋一次比一次猛烈,一次比一次组织得周密,逼得义军不断后退。

公韧对廖叔宝说:"看出门道来了吗?"廖叔宝说:"他们像是军队,我们则是拿着枪的老百姓。"公韧点了点头说:"如果我们有几支训练有素的部队,这仗绝不会打成这样。"

廖叔宝也点了点头:"这不是废话吗!我们哪有时间训练军队,哪有这么多的枪械?"

牛石岭上硝烟弥漫,炮声隆隆,枪声震天,义军们从早晨打到中午,又从中午打到黄昏,最后只剩下两百多人,弹药也快打光了。一天的烟熏火燎,连饿带渴,义军个个满脸黢黑,身心疲惫,而且大部分还挂了花。

清军也极度疲乏,暂时停止了进攻。牛石岭上死一般的寂静,除了一些伤员忍不住发出几声呻吟之外,会员们真连说话的劲儿也没了。公韧看到牛石岭上的义军已经到了生死存亡的最后关头,赶紧把魏宗铨、廖叔宝和剩下的几个码头官叫到龚春台的跟前,问:"龚都督,你说怎么办?"

龚春台满脸灰土,异常憔悴,眼睛无力地睁开一条缝,捋了捋乱蓬蓬的黑髯,问大家:"大家说怎么办?"廖叔宝粗声粗气地说:"队伍都打成这样了,拼了呗!打死一个够本,打死两个赚一个。"

大家都低着头,默不作声。

停了一会儿,公韧说:"再拼下去,已经没有什么意义了,趁敌人还没有围紧,咱们赶紧撤吧!留得青山在,不怕没柴烧,咱们的命比他们的命值钱。咱们还有萧克昌的安源工人,还有冯乃古的哥老会,怕什么?可以东山再起啊。"

魏宗铨说:"我同意公韧的意见,保留下这些革命火种,回去组织安源工人,再干!"

龚春台没有言语,考虑了一会儿,说:"回安源还有一百多里地,回去会路过上栗,草鞋说上栗十号就已经丢失。沈益古一直没有消息,也不知道他们怎么样了。这一路上清军怕是早已层层设防,我们又有这么些伤员,怕是很难回去了。浏阳这三股会党中,只有冯乃古没有伤筋动骨,又离我们近,不如先到冯乃古那里,喘喘气,再做打算?"

公韧说:"这样最好。"

魏宗铨也点了点头。只有廖叔宝不高兴,说:"队伍打成这样,怎么有脸去见冯乃古?这时候去投他,不知道他会不会接纳我们。"龚春台说:"顾不了那么多了,好歹都是哥老会的人,又都是马福益的部下。我相信,冯乃古不会见死不救的。"

命令一下,队伍悄无声息地往山后转移。一路上,义军溃退时丢弃的大刀、长矛、扁担、箩筐,扔得到处都是。

公韧对唐青盈说:"你说为什么清军没有围紧牛石岭?"

唐青盈说:"不知道。"

公韧说:"我们的队伍,人多枪少,缺乏训练,而清军人少枪精,训练有素。困兽犹斗,如果他们真围紧了牛石岭,清军也占不了多大便宜。这样他们三面围之,逼得我们中一些人逃跑,给我们的大部队造成混乱,他们就占上风了。"

唐青盈点了点头:"原来是这样啊,看来清军的指挥官还挺会打仗的。"

龚春台一边走着,一边鼓励着身边的人:"男子汉大丈夫,都抬起头来,跌倒再爬起来,没有什么大不了的。这回打了败仗,下回再打个胜仗嘛!"廖叔宝也大喊着:"是死是活鸟朝上,有什么可怕的?洪江会有的是人,集合起来再干!"

德模大师领着几个幸存的和尚也默念着:"人生在世,犹如苦海,苦苦、坏苦、求不得苦、怨憎之苦、爱别离苦,苦既然到来,何惧之有……"

龚春台见大家的心境渐渐平稳了,为了鼓励大家,又说了冯乃古的本事:"有一次马福益大哥把我们几个叫到一起开会,他坐着的一个磨盘,叫太阳晒着了,就叫我们几个人搬到阴凉地里去。那磨盘有一千多斤重,几个人试了试,谁也没有搬动。接下来你猜怎么着？冯乃古推开大家，运了运气，两只手把磨盘抱起来，然后轻轻地放到阴凉地里。他面不改色，气不喘的，一下子把周围几个人都震住了。"

龚春台顿了顿，又说："冯乃古不但有力气，而且武功也好，简直就和项羽一样，能敌万人。几百人围住他，根本凑不到边。你说，咱们去找这样有本事的人，还怕什么？"

众人连连点头。大家仿佛又有了信心，行军的速度明显加快。

走着走着，前面突然传来一阵激烈的枪声，队伍瞬时一阵骚乱。公韧、唐青盈等立刻冲了上去，可天黑如墨，根本看不到敌人，只模模糊糊地看到地上躺着一些受了伤的人，其中魏宗铨也在其内。

公韧急忙趴在魏宗铨跟前，着急地问："伤着哪里了？"

魏宗铨浑身颤抖，牙齿咬得咯吱响，指着腿说："我的腿，可能断了……"公韧摸了摸他的腿，黏糊糊的，放在手上一闻，一股子血腥味，便赶紧从身上撕下一块布条给他包扎伤口。

惊惶的义军端着枪盲目地射击，东张西望地寻找敌人。公韧急忙喊道："趴下，趴下，都趴下！"这些人才纷纷趴下。

第 135 回　廖叔宝拼命普迹村

龚春台也跑了过来，伏在公韧身边问："怎么回事？"公韧喊："想必我们中了埋伏。不能硬拼，赶紧往别的地方撤。"

俩人正交谈着情况，从前面突然传来一阵喊杀声，无数的人向这边冲杀过来。龚春台、廖叔宝指挥着一部分人仓促地向冲来的敌人射击，阻挡住敌人，掩护着队伍撤退。

公韧背起魏宗铨就走。魏宗铨拍着公韧的膀子说："我已经是一个废人了，不能再拖累你。别管我，快掩护着大都督撤退吧！"公韧急忙打断他："别多说话！"公韧感觉到自己的腿上湿漉漉的，他猜想魏宗铨的血没有止住，可是后面有撵着腚追杀的清兵，容不得自己停下来。

唐青盈掩护着公韧，一边跑，一边朝着扑上来的清军开枪射击。可是清军还是越围越多，越围越紧。公韧背着魏宗铨跑不快，急得魏宗铨使劲地拍打公韧的肩头:"掩护都督撤退要紧,我掩护你们。"

公韧着急地朝他吼道:"安静点好不好!安静点!"又有几个清兵围了上来,唐青盈已经没有子弹了,便手持弯刀,和敌人展开了搏斗。魏宗铨在公韧的背上朝着跑过来的一个清兵开了一枪,那个清兵应声倒下,然后朝着自己的太阳穴扣动了扳机。

魏宗铨身体软绵绵地就要往地上掉,公韧浑身一颤,已经预感到发生了什么事情。他放下了魏宗铨,悲痛地大叫一声:"魏兄弟,你怎么这样,怎么这样啊?"

这时候,几个清兵又冲到了跟前。

唐青盈手执弯刀,连刺几人,拉着公韧说:"事已至此,赶快走吧!快走。"公韧扬着手大声悲呼:"我的好兄弟呀!我的好兄弟呀!"被唐青盈硬拽着往前走去。

龚春台、廖叔宝赶了过来,公韧呜咽着说不出话来。龚春台面目严峻,牙齿咬得咯嘣响。廖叔宝跺着脚大骂清狗子:"我日你八辈子祖宗!等我逮住你们,非扒了你们的皮不行。"

唐青盈的脑子还算清醒,点了点人数,义军只剩二十三人了。

快黎明的时候,这支疲惫不堪的小队伍到达了普迹村头。廖叔宝大声地催促队伍道:"快走呀!找到冯大哥,叫他先给我们弄顿饱饭吃。这一天一夜,可把我饿坏了。"

公韧竖起耳朵听了听村里的动静,只觉得北风飒飒,松枝摇动,没有丁点儿狗吠马叫之声,整个村庄似乎都睡着了。再往村里遥望,只见偌大的一个村落,无半点儿灯光,墨黑墨黑的,似有一种魑魅魍魉群魔乱舞的阴气深深地笼罩着全村。

公韧对廖叔宝一摆手说:"慢着,先别进村,咱们先找个地方躲一躲,派个人进村去联络联络再说。"廖叔宝嚷嚷着:"都到村边了,哪有不进的道理?一切都有冯大哥担待!"

龚春台对廖叔宝说:"廖兄弟呀,非常时期非常对待,早晚不在乎这一会儿。"

廖叔宝嘴里嘟嘟囔囔着:"好,好,听你们的。都和你们似的这么小胆,什么事也别干了。"

众人找了个杂树林子,钻了进去,林子里横七竖八地长着松树、梧桐树、桐树、枫树、油茶树。精神一松懈下来,全都瘫了,有的四仰八叉地躺在地上,有的干脆闭上眼睛,呼呼地睡起了小觉。龚春台、廖叔宝、公韧、唐青盈几个人,哪里敢休息,悄悄地来到了离村子不远的一个小土岗子后边,仔细观察着村里的动静。

最后的王朝

天已蒙蒙亮,一条小路弯弯曲曲地直插村中,村中的几棵小树特别秀丽,几棵参天大树也特别招眼,房子错落有致,院落大小有别,村口的打谷场上,摆着一些练功的石锁、石担,边上立着一个旗杆,旗杆上挂着一面小旗,旗上印着一个"冯"字。

当年,就是在这块地方,每年都要举行牛马交易大会,那是何等的热闹啊!人山人海,骡马成群,猪狗遍地,马福益就是在这个地方,接受了少将的军衔,竖起反清革命的大旗。可是再看现在的这番光景,真是不可同日而语。廖叔宝大喊:"冯大哥经常在这个打谷场上练武,那个石担、石锁,就是冯大哥用来练臂力的。"

公韧摆了摆手,轻声说:"不对!你没觉得这个打谷场似乎太安静了,村子里也听不到狗吠鸡鸣牛马叫,这是怎么回事呢?练武的人应该早起练功,怎么一个人也看不到啊,人呢,都到哪里去了?"

廖叔宝笑了:"就是清狗子攻占的话,那也得有一场血战啊!冯大哥几千人也不是吃素的。你们真是太多心了,天还早着呢,他们还都没起来。"说着又要往里闯。

公韧拉了他一把说:"还是再等一会儿,观察观察再说吧!要不,我和唐青盈走一趟,你这么大大咧咧的,实在叫人不放心。"廖叔宝嘴一撇:"你认得冯大哥的家吗?这个时候,不让冯大哥的人把你当奸细抓起来才怪呢!"

龚春台仔细叮嘱他说:"要去的话,兄弟可要多加小心,快去快回。"

廖叔宝说:"没问题,到了这里,咱们还怕什么?"

廖叔宝哼着小曲,摇摇晃晃地往村里走去,一路上,一个人也没有碰到,家家户户关门闭户。到了村中间的一座大院落跟前,廖叔宝看到朱门关得严严实实的,就用力拍了拍门环,大声喊:"冯大哥,开门!开门!来客人了。"

拍了半天,院子里还是没人答应。廖叔宝觉得奇怪,用力一推,大门吱呀一声开了。廖叔宝看了看院里,右边是兵器架,架子上摆着刀枪剑戟,斧钺钩叉十八般兵器,左边是一小块平地,正好可以习刀练枪,演习武艺。

廖叔宝又大喊:"冯大哥,来客人了,来客人了,太阳都晒屁股了,怎么还不起啊!"

堂屋门虚掩着,没有人答应,廖叔宝又喊了一声:"既然不出来迎接我,我就自己进门了。"他轻轻地推开了门,看到屋子里一切还是老样子,东边是一张双人床,床上白白的被单,红缎子的被子,绣花的双人枕头,摆放得整整齐齐。

紧挨着床是一个雕花脸盘架,架子上放着一个铜脸盆,盆子里还有半盆清水,细细的波纹微微颤动。正中的八仙桌、太师椅擦拭得干干净净,八仙桌上摆着一个大茶盘,大茶盘上摆着一个圆滚滚的东西,用一张红布蒙着。

屋里静得简直有点儿让人喘不过气来。

廖叔宝老觉得这鼓鼓囊囊西瓜似的东西有点古怪,忍不住猛地揭开那块红布一看,不禁大吃一惊,一口凉气倒吸进肚子里,好久没有呼出来——是一颗人头。

只见这颗人头怒目圆睁,双眉倒竖,不怒自威,这不是冯乃古又是哪个?廖叔宝全身的汗毛立了起来,又看了看身子后面,不禁浑身小米林立,身上一阵痉挛,原来身后边的墙上有一排大钉子,钉子上挂着一排人头,男女老少都有。那人头不是惊恐万状,就是痛苦不堪。

直到这时,廖叔宝才闻到满屋里飘荡着一股血腥之气。

他只觉得浑身热血沸腾,鲜血猛一下子全都涌到了头顶,拱得头嗡嗡作响。他大吼一声,退到屋外,拔刀在手,四面搜寻,还是不见一个人影。悲愤交加的他全身战栗不已,心脏几乎要爆炸,忍不住大吼一声:"清狗子,我日你八辈子祖宗,你在哪里?"

变了腔调的暴怒声音在空落落的院子里回荡。

他疯了一样地扑向西厢房,推门一看,房梁上一溜吊着三四十个人头,一个个或凛然不屈,或闭目似睡。不用说,这全是哥老会的弟兄们。廖叔宝呼的一下退出西厢房,怒目四射,全部的精神都聚集到一点上,那就是寻找清狗子报仇。

门外有动静了,不时有清兵从门口闪过。

廖叔宝一声大笑:"哈哈!今天我得过过瘾了,非得给我马大哥、沈师傅、魏老弟、冯大哥,哥老会、洪江会的弟兄们报仇!"只见他稳稳地迈着步子,慢慢走到大门口。门口几百个清兵黑压压地早把整座院子围了个水泄不通。

廖叔宝对着清兵嘿嘿一笑:"人间有道你不走,地狱无门你偏进来,可别怪我廖叔宝不客气了。"说完,对着最近的一个清兵手起刀落,劈下半截身子,自言自语地说:"马福益大哥,我给你报仇了。"

然后又对着扑过来的一个清兵闪过身子一捅,捅了个穿心花,说道:"沈师傅,你也够本了。"就在他要劈杀第三个清兵的时候,突然一阵排子枪响,廖叔宝身上出现了几十个血窟窿,不禁浑身哆嗦了一下,有点失去平衡的他赶紧用大刀支住身体。

清兵们不敢上前。又是一阵排子枪响,廖叔宝还是没有倒下,他似乎在嘲笑清兵们,看你们能把我怎么样?又像是怀着一丝歉疚,魏老弟,我还没给你报仇呢！好久，好久，他才像一座大山一样倒下了……

龚春台、公韧等听到村里响起了枪声，知道事情有了变化，想迅速撤退，不料已经晚了。几百名清兵从前后左右冒了出来，向这边逼近。

龚春台长叹一声："想我龚春台，也是英雄一世，没想到，今天陷在这里了。也好，我就跟着沈师傅、魏老弟、廖兄弟和洪江会的弟兄们一块儿走了，省得你们寂寞……"

公韧在足下扒开一堆红土，从唐青盈背上取出《太平韬略》，把它藏于红土之中，然后对唐青盈说："我们爷俩，这一辈子真是刀里来枪里去，脑袋拴在裤腰带上。看来，今天算是走到头了！青盈啊，你也别埋怨亲爸爸，原先给了你条活路，你没走……"

小青盈紧紧依偎在公韧怀里，说："公韧哥，我不怨你！能和你死在一起，我心里踏实。"

这些忠实的洪江会会员，有的对天祈祷，祝福家里的亲人，有的把刀放在自己的脖子上，实在不行，就一刀了断自己。清军越逼越近，只听后面的军官在喊："抓活的，一个五十两银子。""别让洪江会的这些头头跑了！""冲啊！"

就在此时，清军的后面突然响起了密集的枪声，像是又一股清军杀到，一下子就把前面的这些清军冲了个乱七八糟，不是倒地身亡就是受伤逃跑。那股"清军"径直冲到了龚春台这些洪江会会员的身边。龚春台正要开枪射击，公韧突然发现为首的是王达延，旁边是李斯、张散等一些三合会会员，急忙喊了一声："别开枪，自己人！"

王达延一看是公韧，急忙喊了一声："你叫我们找得好苦啊！"

公韧疑惑地问："你们怎么穿着清军的衣服？"

王达延喘着粗气说："要不是穿着清军的衣服，能顺利地到达这里吗？还不是跟你学的。废话少说，咱们还是赶紧走吧！"

当然，公韧还惦记着《太平韬略》，赶紧又把它扒出来，掖在了怀里。王达延指挥着这支有生力量，迅速地往旁边撤退。有一些清军还想追击，被王达延他们打得纷纷倒地。

摆脱开清军的追击，王达延叫龚春台他们换上清军的衣服，留下几个捆绑起来，假装被押送，才在清军如此密集的地方避免搜查，找到一个小村子隐藏起来。

龚春台派了几个身体好点的装成老百姓，四处打听洪江会的行踪，断断续续地得到了一些消息。

十二月六日,醴陵的洪江会堂主李香阁率部千余人起义,直扑醴陵县城。当夜,在距城十里处与巡防营第10队管带赵春廷部相遇,双方展开激战。恰逢株洲清军六十人坐火车来援,义军见状,摸不清来了多少清军,心里胆怯,溃散而去。

牛石岭之战后,清军主力又在十四日乘势北上,进攻姜守旦部驻扎的大溪山寨。姜守旦率部激战三日,十七日,率余部四百余人退到了平江境内。二十日,又在平山河铺被清军击败,姜守旦只身绕道逃往九江。

安源煤矿一直是清政府注意的重点,清政府既担心矿工中的会党聚众起义,又害怕安源煤矿的生产受到影响。龚春台向北进攻时,萧克昌的主力之所以按兵不动,也是想努力保住这块根据地。浏阳牛石岭一仗龚春台的主力溃散后,18日,鄂军第8镇协统王德胜也率领第29标步兵三个营,炮队一队抵达萍乡,另派步、炮各一队专驻安源。二十五日,鄂军在安源捕杀了萧克昌。

随后,由秦炳直和煤矿总办林志熙协商,在安源设立巡警局,认真清查矿井内外的工人和附近的居民,并采取连环担保制度,逮捕无保者一百多人,由火车押送到省边界遣散。

各路义军失败以后,数万清军分别驻扎浏、醴、萍三县各乡镇,又进行了长达三个月的"清乡",总计被杀害的义军将士及其亲属不下万人。

面对如此险恶的形势,龚春台只得解散了这支小队伍,自己潜往长沙暂时隐匿;公韧和唐青盈又秘密回到广州;毕永年潜回山林,继续遁入佛门修法。萍浏醴起义爆发的时候,刘道一正在衡山,闻讯后立即赶到长沙,准备发动新军举旗响应,不幸被清军逮捕,于十二月三十一日在长沙浏阳就义。

轰轰烈烈的萍浏醴大起义就这样失败了。

第六卷 星星之火

第 136 回 湘子桥会见许雪秋

公韧和唐青盈回到广州后,还没休息上几天,又得到同盟会总部的命令,立刻赶往潮州,协助三合会头领许雪秋发动潮州起义。

公韧骑着一匹枣红马,唐青盈骑着一匹大白马,马蹄嗒嗒,如箭如梭,飞一般奔驰在崎岖不平的山路上。一座座起伏不平的山头,一棵棵郁郁葱葱的杂树,慢慢地朝后面退去。他俩知道,明天,也就是 1907 年 2 月 19 日(农历正月初七),三合会集合本部会员,乘着清军不备,突然起义,内外夹击,进攻潮州城。

然后以此为爆发点,促使黄岗、惠来、丰顺等处起义,使广东形成燎原之势。广东如果光复,则可以此为根据地,大举北伐。

马上的公韧黑衣黑裤,肩背大刀,腰插短枪,胡子老长,一脸疲惫。唐青盈红衣红裤,军用皮带上左挂弯刀,右挎短枪,头戴一顶红帽,乌油油的黑辫子往后飘起,脸色白中透红,与众不同,更显得少年英俊,朝气勃勃。

公韧摸了一把马脖子,感觉到早已泌出一层细密的汗珠,亲昵地对坐骑说:"宝贝哎,你就辛苦点吧,咱们有任务呢!"枣红马眨巴了一下大眼睛,似乎明白公韧的意思,更加用力地狂奔起来。

两天前,公韧和唐青盈接受任务的时候,好一阵子为难,广州到潮州府 1000 多里的路程,并且又多是山间小路,怎么才能在两天之内到达呢?机关上的老李问公韧会不会骑马,公韧和唐青盈都摇了摇头。

南方水多,虽然连年征战,但是公韧和唐青盈不是步行就是坐车,真还没有骑过马。唐青盈撇了撇嘴说:"骑马有什么难的,谁都有大闺女坐轿头一回的时候,就凭我这身手,保准一学就会。"

公韧嘲笑她:"你是不管行不行,就拣大的吹。"不过想道,不骑马怎么能在两天之内到达呢,死马当作活马医吧!只好硬着头皮和一脸兴奋的唐青盈跟着老李来到了机关的马厩里挑选马匹。

马厩里,十几匹马正在安闲地吃草,一见老李进来,一匹枣红马停止进食,甩了甩头,立刻咴咴地嘶叫起来。

老李说:"这匹马灵气得很,它是见了我高兴呢!"

公韧看到这匹枣红马骨架高大,脚踝细直,宽宽的前胸鼓着块块肌腱,浑身枣红色的皮毛缎子似的闪闪发光,它那双明亮的大眼睛似乎也在仔细地打量着公韧。公韧就像过电似的,心里产生一种躁动,和枣红马心里立刻搭起一座惺惺相惜的桥梁,马上喜欢上了它。

公韧禁不住想摸摸它,枣红马扬起头,拉直了拴住它的缰绳,屁股下蹲,四只蹄子踏得地上啪啪乱响,根本不让公韧靠近。

老李说:"心急喝不了热黏粥,你得和它慢慢培养感情,就和交朋友一样。"说着,抓起一把草放在马嘴上,那马立刻大口地咀嚼起来。

公韧也抓过一把草,往马嘴上凑近。枣红马嗅了嗅,用嘴蹭了蹭,直甩头,犹豫了一会儿,才慢慢地吃起了公韧递过来的细草。

老李解开马缰绳递给公韧:"走,咱去遛马。可别小看遛马,这是和马培养感情的重要一步。"唐青盈这时候相中了一匹大白马,也学着他俩的样子,和马慢慢地培养感情。

老李又教俩人怎样上马鞍子,怎样骑马,怎样调理马,以及马的种种知识。公韧和唐青盈把这些话牢牢地记在心里。

在这两天的疾驰之中,不但马累,人更累,只觉得浑身的骨头架子都要散了。但公韧和唐青盈还是晚上起来,揉开惺忪的睡眼,瞧一瞧自己的战马,给它添一些草料,轻轻地抚摸着它,说一些鼓励的话,他们把马当成了自己的腿,自己身上的一部分。

而马一旦认准了主人,就把自己的生命交给了他……

天空一片黑暗,气压愈加低沉,因为快马奔驰,直觉得迎面而来的温暖潮湿的风有一股不小的顶力。公韧擦了一把汗,嘟哝着:"这才二月份啊,按说不该这么热,今晚上可别下雨,一下雨就麻烦了。"

唐青盈也擦了一把头上的汗珠："下小雨还凑合,可别下大雨。"公韧又说："这广东和湖南、江西就是不一样,那边还下着雪呢,这里却这样热。"唐青盈嘲讽他："你这广东人都怕热,我这湖北人更受不了啦!"

公韧双腿用力一夹马肚,鞭子朝后猛抽一下,马屁股上立刻腾起一道浅浅的鞭痕。枣红马感觉到了疼痛,长嘶一声,又往前蹿出好远。

两个人说着拉着,又疾驰过一条长长的土路和两座小山,来到了潮州府东门外湘子桥头。远远看到,有五六个人牵着马在桥头上溜达。公韧并不认得许雪秋,心里琢磨着,这些人到底是不是要找的人?

许雪秋,1875年生长于新加坡华侨富商之家,受友人影响,服从于孙中山的民族主义学说,1906年在新加坡加入同盟会,被委任为中华革命军东军都督。这一次,他与同盟会嘉应州主盟人何子渊等共同发动潮州、黄岗起义。

公韧给唐青盈一个暗示,唐青盈心领神会,摸了摸腰上的弯刀与手枪,做好战斗准备。两人下了马,牵着马装作若无其事地从桥上慢慢走过。

透过黑黑的夜幕,公韧斜着眼睛悄悄地观察着这几个人,发现其中一个中年人,面色白皙,模样沉稳,商人穿戴,看那样子,像是在等什么人。旁边几人像是他的随从,紧紧靠拢在他的身边。

公韧打量他们的时候,那几个人也在悄悄地观察着自己。唐青盈走过的时候,故意蹭了那个中年人一下。那个中年人虽然有所觉察,但是忍着没有做出任何反应。

公韧和唐青盈走到了桥那边。公韧想:得尽快试探一下他们的底细,没有时间再仔细观察了。公韧拍了拍马脖子,把缰绳交到了唐青盈手里,说:"做好准备,不行就干。我去碰一碰?"

唐青盈会意地点了点头,又重新骑在马上,一只手攥着两匹马的缰绳,一只手摸出了腰中的短枪,不远不近地跟在公韧后边。枣红马似乎也心有灵犀,精神抖擞,斗志昂扬,似乎马上要迎接一场大战。

公韧慢慢地走到了那伙人跟前,右手十分自然地捋了捋眉毛,那中年人犹豫一下,也用右手捋了捋眉毛。公韧一看有门,又把左脚横着往前进了一步,那人也把左脚横着往前进了一步。

公韧心中一喜,上前问:"君从何来?"那人回答:"从南方来。"公韧又问:"向何处去?"那人答:"向北方去。"公韧问:"贵友为谁?"那人答:"陆皓东,史坚如。"

公韧心中一阵兴奋,赶紧上去,热情地握住他的手:"我叫公韧,请问……"那人也高兴地说:"久闻大名,在下许雪秋。"公韧高兴地摇着他的手:"原来是东军都督,不才公韧受同盟会指派,愿在都督手下效力。"接着又介绍唐青盈说,"这位是我的义弟唐青盈。"

唐青盈也赶紧下马拱了拱手:"拜见许雪秋都督。"许雪秋拍了拍唐青盈的膀子,笑哈哈地说:"久闻大名,早就听说你俩是一文一武绝妙搭档,幸会!幸会!"

许雪秋又把另外几个年轻人谢良牧、方瑞麟等介绍了一番。他看着年轻气盛、英姿飒爽的唐青盈,夸奖道:"以后都是你们年轻人的天下,特别是这位少年,年轻英俊,相貌秀丽,也就才十五六岁吧,还是个孩子呢!"

唐青盈嘴一撇:"立柱不粗能顶千斤,金刚钻虽小能钻瓷器,萝卜不大长在辈(田埂)上,我都是十多年的老兵了,大仗恶仗也打过十回八回。"惹得许雪秋一阵哈哈大笑:"英才骁将,难得!难得!"

公韧和唐青盈给战马解开肚带,把马缰绳拴在一条马腿上,让马歇歇,吃点草。两匹马头在地上乱拱,到处嗅着,寻找着嫩草吃。

众人说着聊着,眼睛一直往东注视着浮山方向,希望各路义军快快到来。许雪秋不断地从怀中掏出一块怀表,让谢良牧打响火石,燃烧起一片火纸,查看时间,嘴里嘟囔着:"现在都一点多了,按说也该来了,怎么还没动静啊……"

起风了,北风一阵一阵吹来,挟裹着阵阵凉气。公韧和唐青盈只觉得浑身的热汗一会儿吹没了,衣服也薄了,身子是那么空落落地凉快。许雪秋几个人缩了缩身子,紧紧地裹了裹单薄的衣裳,感觉到身上凉爽得有些过头。

风越刮越紧,劲风中夹带着雨腥气,吹得人几乎站立不稳。突然,远处天幕中划过几道闪电,传来隐隐的雷声,大风倏然停止了。

空气更加沉闷,灰黑的天空似乎泼上了一层浓墨,伸手难见五指。就连一向勇猛的唐青盈也情不自禁紧紧抓住公韧的手,生怕公韧把她抛弃似的。

枣红马和大白马也互相靠了靠,耳朵机警地转动着,捕捉着周围细小的声音,大眼睛机警地扫视着周围模模糊糊的一切。几个年轻人暗暗诅咒恶劣的天气,不一会儿已懒得说话,只有难以捉摸的天气呈现着疯狂的变化。

似乎一切飞禽、走兽、山川、田野都死亡了,天地寂静得让人窒息,只能等待着那一刻……

突然头顶一道白亮的"蚯蚓"一闪,接着咔嚓一声雷鸣几乎把人的耳朵震聋。旁边一棵大树腾地燃起一团大火,那是被闪电击中了。枣红马禁不住这强烈的刺激,屁股一蹲,两条前腿腾空,两条后腿直立起来,仰望天空,鬃毛竖起,发出一声咴咴的嘶鸣。

别的几匹战马,脚步一阵乱腾,马蹄子踏得地上嗒嗒乱响。

哗……雨水像瓢泼一样,迎头浇下,几个人紧紧地拉住马缰绳,相互靠了靠。没有一点雨具,连个斗笠也没有,有的睁着眼睛,有的闭上眼睛,任大雨从头到脚灌个透心凉。

树上的大火在和暴风雨激烈地抗争着,火与水的交锋发出了滋拉拉的响声,腾起一团白白的雾气,白雾很快被泼下来的雨水冲散。雨越下越大,火越来越小,最后闪起一片火星,渐渐火星也消失了……

借着一道道闪电,许雪秋焦躁地看怀表,公韧凑过去一看,时针已指向两点。这时候不远处的桥底下,潺潺的流水早已变成汹涌澎湃的波涛撞击声,桥头附近的低矮处也百溪汇成河,早已变成流水恣肆的世界。

公韧凑近许雪秋的脸:"许都督,怎么办?"许雪秋摇了摇头:"命令已下,不能错过今天早上。错过今天早上,我们所做的一切努力都白费了,特别是潮州城内大量内线工作都白做了。他们为什么还不来?"

公韧叹了一口气:"这么大的雨,他们肯定得耽误了。"许雪秋大叫一声:"那不行!军令如山,机会难得。这时候不举,何时再举?"公韧说:"那我就跑一趟,催催吧?"

许雪秋略微一考虑,拍了拍公韧的膀子:"公韧兄弟辛苦一趟吧!顺着这条道,直到浮山。见到他们,无论如何让他们克服困难,速速前来起义。错过这个机会,后悔就来不及了。"

公韧点了点头:"明白了。"

第 137 回　汀福铺遇雨误军事

公韧招呼一声唐青盈,两人重新勒紧马肚带,跨上战马,缰绳一提,两腿一夹,鞭子一抽。而战马这一阵子被大雨淋得夹着尾巴,耷拉着头,没有一点精神,死活不愿意挪步。

两人又是几鞭子,战马在原地转了几圈,才极不情愿地向东迈开了步,小跑几步后放开四蹄,一阵狂奔。马蹄溅起一片泥水,和迎头浇下的暴雨撞在一起,激起一片水雾。

凭着一道道闪电照路,仗着大道发出的白亮色和两旁黑暗形成的对比差,两人快马加鞭,催促着战马疾速前进。脸被雨水打得生疼,眼睛几乎睁不开,只能努力眯缝成一条缝,才不至于迷失前进的方向。

大约奔驰了三十多里地,大道旁边显出一个村庄,村庄里发出火把的光亮。凭着丰富的作战经验,公韧判断出这里一定有队伍。公韧朝唐青盈摆了摆手,喊了一声:"停下,停下。"唐青盈勒了勒马缰绳,马又向前迈了一阵小碎步,才气喘吁吁地停住。

两人下了马,唐青盈手执弯刀,公韧执枪在手,悄悄向村里摸去。

借着一道闪电,两人看到村边一堵墙上写着"汀福铺"三个大字,两个身穿蓑衣、戴着斗笠的人正在村边溜达。一人手执一杆土枪,一人手握一把大刀,很明显这两人是岗哨。

公韧观察了一会儿,觉得像是三合会的人,于是清了清嗓子,喊了一声:"日新其德。"那两人一阵子警觉,有一个忙着举枪,另一个拿着大刀吼道:"业精于勤。"公韧又说:"万象阴霾打不开,红羊劫运日相催。"那边又喊:"顶天立地男子汉,要把乾坤扭转来。原来是自家人啊,请——"

公韧和唐青盈牵着马走了过去,那两人要把马缰绳接过来。公韧说:"不用了,你们的龙头在哪儿?"一个兵指了指村里:"就在村中最大的屋子里避雨呢。"

时间紧迫,顾不得了,两人又跨上战马,向村中疾驰,一路上几乎每个屋里都点着油灯,屋里吵吵嚷嚷,像是挤满避雨的三合会会员。

到了村中最大的屋子跟前,围上来几个端着枪的三合会会员。公韧又说了暗语,他们接过马缰绳,闪开了道。

公韧推开屋门,看到屋里点着几堆大火,三十多个三合会会员围坐在火堆旁,几乎全是生面孔。有的忙着烧开水,有的赤裸全身烘烤衣服,公韧突然发现了美味张,一把抓住他:"王龙头在不在?"

张散见了公韧,自然异常高兴,拍了他一下:"怎么这么快就出来了,没休息一下?王龙头嘛,不巧,一场大病,正在浮山休养哩!"

公韧又着急地问:"事情急迫,咱弟兄的事以后再说。目前,哪位龙头当家?"美味张鼻子一哼:"王龙头不在,黄龙头当家。"公韧说:"麻烦你快快领我去见黄龙头!"

张散把公韧领到了一位面目黧黑的中年人跟前:"这位就是黄龙头。"又给黄龙头介绍说:"这位就是我们以前的白扇(军师)公韧。"黄龙头对公韧不冷不热地笑了笑,拱了拱手:"久闻大名,早就听说白扇公韧领着我们三合会打了不少胜仗。幸会!幸会!"

公韧和他寒暄了两句,拱了拱手:"在下受东军都督许雪秋的指派前来传达命令,要贵军火速赶到潮州东门外的湘子桥头,许都督在那里已经等候多时了。"

黄龙头脸上的笑意一下子冷下去不少:"经历这么多挫折,刚从湖南回来还没来得及修整。接到潮州起义的命令后,一路上又累又乏,还浇了这么大的雨,不得已才在这里休息一下。这不,衣服还没烤干哩,怎么还能继续往前走?难道说,明早以前非得赶到湘子桥头不成?"

公韧咬着牙着急地说:"就是下刀子,队伍也得赶到湘子桥头。现在已是三点多钟,三十里路,抓紧跑步兴许还来得及,要不,真要耽误大事了。"黄龙头一脸苦相:"王龙头又不在,会员也不听我的,试一试吧!"

黄龙头马上吩咐张散:"麻烦这位兄弟,立刻传达我的命令,让队伍赶快集合,兵发湘子桥头。"

张散马上催促屋里的三合会会员:"快快起来,快快起来,黄龙头有令,赶快集合!"

有的三合会会员穿上半干的衣服到了门口,看到外面还在下着瓢泼大雨,又赶紧缩回屋里。有的三合会会员看到门口的退回来,堵在前面,又赶紧坐下来,耷拉着脑袋,装着什么也听不到的样子。

张散催促几遍,这三十多个人竟没有一人出得屋门。黄龙头一脸无奈,摇了摇头也坐了下来。

公韧急得满脸血红,热血直往头上涌,他对唐青盈愤愤地说:"这哪里是兵啊,简直就是一群老百姓!"拔出手枪,朝着屋顶砰的就是一枪。唐青盈也拔出弯刀,警惕地靠在公韧身边。

这一枪管了用,三合会会员们纷纷摸起自己的武器,争先恐后地跑出了屋。屋外的雨下得仍然很紧,一会儿工夫,脸上身上滴滴答答地往下淌水。

张散又到其他屋里下达命令,命令大家到村中心集合。李斯也看到公韧来了,顾不得说客气话,赶紧催促各屋的三合会会员抓紧行动。

可三合会会员跟大屋里那三十多人如出一辙,都挤在门口朝外瞧,有的出来淋了一身雨,又跑回屋里,有的干脆不敢出门。

急得公韧和唐青盈骑着马在村里驰骋,催促各屋的人迅速出来集合。到了哪里,哪屋的人看到这两人威严的样子,就吓得赶紧出门。可等公韧和唐青盈纵马往别的地方督促,这屋的人又赶紧躲回屋里避雨。

折腾了好一阵子,各个屋里没跑出来几个,村中大屋的三十多个人,还又跑回去十几个。黄龙头被雨水浇得浑身哆嗦,再加上心里着急,早乱了方寸。

气得公韧对他大喊大吼:"凭这样的队伍,能去打仗?做梦去吧!真是的,唐青盈,咱……"

公韧气火攻心,只觉得一阵晕眩,霎时什么也不知道了,从马上一头栽下。唐青盈一声尖叫,双腿一用力,大白马叫着紧跑几步。唐青盈小手一伸,暗暗用力,扶住了公韧,才使他没有摔倒在地。

稍缓,公韧晃了晃头,清醒过来,大骂道:"这些废物,乌合之众,坏了许都督的大事!"

唐青盈安慰公韧:"公韧哥,这些人成不了什么气候,根本没法指望他们。"公韧又骂道:"气死我了!看看刚才那一个个熊样,根本就不服从命令。不服从命令,还叫什么兵?"唐青盈又劝道:"我看指望这些会党,革命难以成功……"

公韧吼道:"事已至此,干脆也别客气了,给他来个上屋抽梯。"唐青盈问:"什么叫上屋抽梯?"公韧说:"就是把他们的屋顶都掀了,叫他们再也没有什么指望。"唐青盈大叫一声:"此计甚好,就这么办!"

公韧从马鞍子后边的行囊里拿出一根绳子,唐青盈也从她的行囊里拿出一根绳子。这些随行工具都为应付不时之需,万一掉下深沟也好有个拉头,没想到这时候派上用场了。

公韧把绳子挽了一个扣套在枣红马的脖子上,唐青盈也把绳子挽了一个圈套在大白马的脖子上,然后把绳子的另一头挽了个结连在一起。

唐青盈说:"看我的!"一个鹞子翻身就把两根绳子的连接处挂在一个房脊的头上,然后轻轻地落下来,真是升如鸿雁,落如狸猫。

公韧对着枣红马鼓励着:"这下就看你的了,老伙计,可要使劲啊!"唐青盈也对着她的大白马拍了拍:"小兄弟呀,可不要给我丢人!"两个人各执马鞭在手,略微往下一挥。

马是极有灵性的动物,早已明白了主人的用意。两匹马脚踏实地,屁股略微后蹲,八条腿一块儿使劲,只听哗啦一声,那房顶一下子就被拉了下来。

屋里的三合会会员还在烤着火,猛一下子房顶没了,有的人还被茅草盖在里面,慌忙挣脱开茅草往外逃,没被茅草盖住的抬头一看,头上早已是大雨倾盆,屋里屋外一个样,也只好慌忙跑出屋外。

公韧和唐青盈紧接着又拉垮了十几间屋的房顶。

这下子,这些三合会会员全都无处躲雨了,就像无头苍蝇一样,跑出来胡乱找着避雨的地方。就是没被拉垮的几间屋里的人,听到外面人喊马嘶,料定外面一定出了大事,也都跑出来看个究竟。看到一个个被拉垮的屋顶,人人瞠目结舌。

黄龙头大吼一声:"站队,集合!兵发湘子桥头——"三合会会员再也没有别的想头,只能随着队伍,迅速向潮州东门赶去。

由于这一阵子折腾,耽误了不少时间,等队伍赶到潮州城外的湘子桥头时,东方的太阳已经升起老高。

许雪秋摇摇头,深深地叹了一口气:"这次行动已经失去了突然性,我们的内线早已经换了班,如果这时候进攻潮州,成功的可能性微乎其微了。事已至此,我看这次行动就取消吧?"

说完这句话,他看了看大家,每个人都低下头,默默无语。不说话也就意味着赞同。

精心准备的潮州起义,就这样糊里糊涂地失败了。

起义虽然没有如期发动,但是这么多人集合调动,很难保住秘密。老百姓你传我,我传你,渐渐传到朝廷官吏的耳朵里。

虽然黄岗只是一个普通城镇,但此地商务繁忙,是广东通往福建的交通要道,又是各路会党的汇集之地,三合会的主要活动范围就在浮山和黄岗一带。潮州府总兵黄金福为了防备会党闹事,在各处重地加派军队,日夜巡逻,其中蔡河中带领巡防勇四十名就驻扎在饶平县的黄岗镇上。

第138回　防勇闹事惹恼帮会

五月二十二日晚,黄岗镇在北门外演出粤剧《西厢记》。农村本没有什么新鲜事,一听说演大戏,方圆十多里地的男女老少都纷纷赶来凑热闹,把本来不大的北门外广场挤了个满满当当。做小买卖的也不能错过这次机会,卖糖人、年糕、米粉的,也都赶来摆开摊子,招揽生意。

防勇们在兵营里闲着无事,被阵阵锣鼓声搅得心烦意乱,哪能错过这种热闹场合。有二十多名防勇三三两两溜出兵营,挤在人群里看戏,人多嘈杂,根本听不清戏里唱的什么,所以就拼命往前挤。

防勇仗着年轻力壮,喊着口号一块儿使劲,使整个人群,一会儿往前,一会儿往后,一会儿往左,一会儿往右,弄得秩序大乱。

当时天气热,人们穿得少,防勇里有几个兵痞二流子,就趁机在大闺女小媳妇身上占便宜,这里捏一下,那里摸一下,人群里不断传出女人的尖叫声。

兵痞占了便宜不说,嘴里还不闲着,仗着天黑胡说八道。"小馍馍死面的,还没发开呢。""你想吃发面馍馍啊,我给你揉揉。""乱蓬蓬的草,长得还怪旺呢。""乱不乱,你知道啊,要不,我给你捋捋。"

女人开始反击了,特别是一些老娘们,更是口无遮拦,一齐骂那些防勇。"回家摸你妈去。""石头缝里蹦出来的小仔仔,狗驴配出来的杂种,一群废熊!""都不是人做的玩意儿,生的孩子准没屁股眼……"

兵痞就和女人展开对骂,女人人多,骂得更是来劲,女人的男人也帮着骂。双方大骂的声音,很快就淹没了台上唱戏的声音。

兵痞的恶行,引起众怒,防勇人少,被人们围在了中间。很多农民对防勇推推搡搡,女人们也趁机摸出插头簪子,纳鞋底的锥子,缝衣服的大针,朝着防勇一阵乱戳乱扎,痛得防勇们吱吱呀呀,一阵乱叫。

很多看热闹的大声叫好,在一边鼓劲:"打呀! 扎呀! 弄死这些清狗子。"一见有人鼓动,人们更来劲了,几十个人围着一个巡勇,七手八脚,一顿痛打,不少防勇被打得头破血流,哭爹叫娘。

不一会儿,十多个防勇手拿火把,带着快枪匆匆赶来。原来一个防勇偷跑回去,报告了蔡河中。看戏的人一看防勇手里有枪,不敢乱动了,有一个才从地上爬起来的防勇指着打他的两个农民叫唤:"就是他俩,打得最凶!"

蔡河中一挥手,防勇们一拥而上,绑上这两个人,拖着就走。台下一片哗然,众人纷纷要上去抢人,防勇朝天放了两枪,大家才往后退了退,蔡河中这才领着那些防勇匆匆离去。

戏也没法演了,人们吵吵嚷嚷,议论纷纷,谁也不肯离开。人群中,有一个三合会的龙头叫余既成,他马上叫一个会员把白扇和几个草鞋(将军)叫来,并叫一个草鞋迅速把另一个三合会的龙头王达延也喊来了。

不一会儿,王龙头风风火火地跑来,来到就对余既成表示不满,大发脾气:"你们这些人,干什么吃的? 怎么叫清狗子把人抓走了!"

余既成摇了摇头:"当时我也不在跟前,人多瞎胡乱,鸡多不下蛋。谁知道怎么就把我的人带走了呢?"王龙头嚷嚷着:"你说怎么办吧?"余既成大叫着:"逮去的叫邱保、张善,二人都是硬汉子,当然不会泄露三合会的秘密。不过听说蔡河中心狠手辣,被派到这里来,就是监视我们三合会的,恐怕邱保、张善二人性命不保!"

王龙头大声叫道:"说了半天,尽是废话!你到底要我干什么?"

余既成问:"我们就是要问你怎么办。"

王龙头脖子上的青筋蹦起老高,大头一甩说:"那就打呗,我就不信,咱们三合会这么些人,打不过清狗子这四十个。你要是不愿意打,我就回去,没有什么商量头。就是商量到天明,邱保、张善还是救不出来!"

余既成考虑了一会儿:"既然这样,我们两路,再联合其他几路三合会,那就开打吧!"

王龙头伸出蒲扇般的右手,朝着余既成伸出的大手一碰,两只手掌发出一记清脆的响声。

王龙头大声嚷嚷着:"好!说干就干,我的手早就痒痒了!拿下黄岗,再取潮州,占领了潮州,上级不会看着咱们不管的,一场好戏就由咱弟兄们开演喽。"

余既成、王达延一声令下,三合会会员接到命令,纷纷就近取了武器,和当地群众一起,集合起一千多人,咋咋呼呼,一堆一伙地直扑黄岗协署。

蔡河中正在协署里连夜审问邱保、张善,岗哨忽然来报,黑压压的无数人和火把,正向这里潮水般涌来。蔡河中倒是不慌不忙,叫所有防勇进入阵地,没有命令不许乱开枪。

不一会儿,大批三合会会员逼了过来。蔡河中两手弯成喇叭形,朝着人群大声喊道:"村民们——不要听人教唆,不许过来,有什么事派个代表来!"

那边王达延大声喊:"别听清狗子的,继续前进!"

这边蔡河中大喊:"不许过来,再过来就开枪了。"

那边王达延又大喊:"继续前进……"

人群越走越近,蔡河中一声令下:"放——"一阵排子枪朝着黑压压的人群射去,有十几个人倒下了,其余的三合会会员往后退去。三合会会员也不急于硬攻,而是丢掉火把,用土枪、鸟枪一齐乱射,打得协署砖头石屑乱飞,有几个防勇挂了花。

这样,双方乒乒乓乓用枪互相射击,一直僵持到第二天凌晨四点多钟。

谁知,天公不作美,忽然下起一阵大雨。三合会所使用的枪支,大多是土枪、鸟枪,火药湿了,不能发射,而巡勇所用的是快枪,根本不怕下雨,防勇的火力完全盖过了三合会。

蔡河中一看时机到了,此时不反攻,更待何时?他大喊一声:"弟兄们,给我冲呀!"率领着防勇排成一路横队,手执快枪,一边前进,一边射击。打得三合会会员连连后退,退到了老远。

这时,天已黎明,雨也渐渐小了。

余既成看到这一夜战斗,三合会会员一个个浑身湿透,又冷又饿,疲惫不堪,不禁叹了一口气:"没想到蔡河中这块骨头这么难啃。老天也不配合,你说你下得什么雨啊,早不下,晚不下,偏偏这时候下?"

王龙头笑了,却是满不在乎:"余龙头别愁,没看到老天不下雨了吗?咱们的枪又好使了。我就不信,咱们二十个人打不下他们一个!"

两人看到,三合会的土枪、鸟枪确实又开始发挥作用,防勇们也不敢追击了,一个个躲在角落里,不时地朝这边打着冷枪。

王达延指着那一个个防勇对余既成说:"余龙头,你看他们那一个个熊样,并不比咱们强多少。咱们冷,他们也冷,咱们饿,他们也饿,再打一会儿,咱们就可以反攻了。"

余既成皱着眉头思索了一会儿,突然眉头一展,一拍大腿:"对呀,咱们人多,都窝在这里干什么?派一些人,向镇内其他地方攻一攻,那些地方都是有官没兵的,咱们一攻,看看蔡河中慌不慌?"

余既成指挥着其他一些人向镇内的各个机关进攻,一时杀声四起,火光冲天,三合会会员的军心为之一振。不一会儿,协署的火也烧了起来,蔡河中的这几十个人就是想回也回不去了,防勇的军心开始动摇。

三合会把几十个防勇越围越紧,包围圈越缩越小,无险可守的防勇们完全暴露在土枪、鸟枪的火力压制之下,死的死,伤的伤,只有被动挨打的份了。

有一个防勇举枪投降,其他人也不打了,纷纷效仿。三合会会员大喊着冲了过去,把他们一个个抓了起来,缴获了他们的快枪。这时候镇内其他地方的战斗也已结束,到处是三合会员的呐喊声,黄岗镇已经被义军全部占领。

黄岗起义的时候,公韧和唐青盈正在浮山,听到消息后,俩人迅速骑马赶回黄岗。

第 139 回　唐青盈比武改章程

俩人还没到黄岗镇,远远就看到镇上高悬一面大旗,旗上写着"革命军"三个大字。

两人下了马,牵着马缰绳缓缓而行,看到一路上到处是头缠红布,身穿白色镶红号褂的三合会会员。他们有的是出外执行任务,有的是往来运送粮草。老百姓来来往往,各干各的营生,生活一点也没有受到影响。

也有一些年轻人,纷纷向这里赶来,不用说,准是来参加三合会的。再就是一些做小买卖的,知道这里人多,趁机来发个小财。

黄岗镇也没有什么城墙,镇子口有几个三合会会员,正在盘查过往行人,简单地问几句话,哪里来的,到哪里去,干点什么事?看看没有可疑情况,然后放行。看到干买卖的小贩,查也不查,就叫他们到镇子里,随便卖东西。

在镇子口的一面屋墙上贴着几张告示,是三合会为了稳定社会治安写的。上面写着:游手好闲者杀,强买强卖者杀,奸淫盗窃者杀,吸食洋烟者杀,并命令各商行店铺照常营业,等等。

唐青盈咧了咧嘴,伸了伸舌头:"这三合会也挺有意思的,怎么这么多杀呀?"公韧笑了笑:"蛮好!蛮好!没有铁的纪律,又怎能维护社会治安?别忘了这个地方刚刚起义啊!"

又走了一会儿,看到一些三合会会员正围住一些乞丐,用大刀、长矛逼着,叫他们不要乱说乱动。乞丐们破衣烂衫,满脸污垢,正在指责那些三合会会员。这个说:"你们抓我们干什么?从南京到北京,还没有人抓我们乞丐哩,我们又没有犯法!"那个说:"我们要饭的,就是以乞讨为生,你们凭什么乱抓人?"

三合会会员却不听这些,一个三合会会员挥舞着大刀吼道:"我们奉了司令部的命令,就是来抓你们的,没看到墙上的告示吗?游手好闲者杀。你们既不做工,又不种田,属于游手好闲,等一会儿,就等着杀头吧!"

一听说要杀头,那些乞丐更急了,一阵子大乱。有的说:"怨我们吗?我们要种田,有田可种吗?我们要做工,有工可做吗?"有的说:"我们这些人,反正不饿死也快病死了,杀了倒利索,不再受洋罪了!"

公韧看了看这些乞丐,不但人人饿得面黄肌瘦,而且还有几十个病人,一个个躺在地上呻吟不断,有几个重病号已经奄奄一息。在这些病人中间,有一个人正在照料着他们,不是给这个诊脉,就是给那个做一些简单的按摩、针灸。公韧仔细一看,此人不是别人,正是田中草。

唐青盈也看到田中草了,急忙奔过去,喊着:"国师,国师,看到我师傅了吗?"田中草指着旁边一个病人说:"你看,这不是吗!"

公韧也急忙奔过去,看到躺在地上的一个病人,正是乞丐国的国王云中游。他的身上散发着一股刺鼻的臭味,脏乎乎的脸烧得通红,似睡非睡,看来病得确实不轻。

唐青盈大声喊着:"师傅,师傅,你醒醒,醒醒……"

云中游这时候醒了,笑了笑:"徒弟呀,想不到临死前还能见到你。人生一世,草木一秋,就是死了,也不算少亡了。公韧说革命党这么好,那么好,本来指望到这儿讨口饭吃,没想到,饭没要到,病没治了,反而要杀头。你说说,这算怎么回事?"

公韧听了这些话,心中也是十分生气,安慰云中游:"你放心,我这就找他们司令去,杀乞丐,这是哪家的法律?"

唐青盈安慰师傅说:"师傅,师傅,他们要敢杀你,我就和他们拼了。"云中游笑了笑:"他们想杀你师傅,恐怕还没有这么大的本事,只是我这些市民,可就苦了……"

唐青盈点了点头:"我想也是,我就和公韧哥,一块儿找那个狗屁司令算账去!"

公韧感到脸上一阵发烫,心里觉得真是对不住他们,就对旁边一个三合会头目说:"你们一定要刀下留人,我这就找你们司令去!"

那个小头目鼻子哼了哼:"快去快回,来晚了,人头落地,可别怪我们。"

两个人打听到三合会的头目住在镇协台衙,就来到台衙门口,看到那儿围着许多老百姓正在看热闹。

两个人把马拴到拴马桩上,拨开人群往里闯,十多个三合会会员堵在门口,不让往里进。

有一个三合会会员用嘴努了努旁边一个登记的,意思是进门先登记。唐青盈心里着急,就想拔出刀来动粗。公韧一看此处不是动武的地方,急忙对唐青盈摇了摇头,领着唐青盈便往登记的那里走去。

登记处一个义兵朝人堆里喊:"此处不要观看,有什么看头? 你们要是入会,就到这里登记,里头领取衣服、器械,如果不入,快快散去。"有几个年轻人喊:"我要入会。"有一个士兵给他们登记上后就领着他们进了台衙内。

唐青盈也喊:"我也要入会。"一个上了年纪的老兵,瞧了瞧唐青盈:"不行,还没有三块豆腐干子高,就想来当兵,等长大了再来吧!"气得唐青盈直撇嘴。

公韧就对那个老兵说:"你看我行吧?"老兵看了公韧一眼:"你嘛,还凑合。"公韧说:"那就快让我们进去吧。"老兵答应一声,登完记后让公韧进却不让唐青盈进去。

唐青盈紧紧地拉住公韧的手:"我跟着俺亲爸爸进去玩玩还不行吗?"那老兵略微一琢磨:"进去玩玩倒是可以,可是跑丢了概不负责!小孩子嘛,就是好跟着父母乱跑。"

公韧听着唐青盈叫他亲爸爸觉得十分熨帖,对唐青盈笑了笑:"这不又叫我亲爸爸了,乖儿子!"唐青盈白了公韧一眼:"美得你,我不叫你亲爸爸,他们不让我进嘛!"

两个人从拴马桩上解开马,牵着马进了镇协台衙。老兵看了看一红一白两匹骏马,连声说:"好马!好马!"唐青盈小嘴咕哝着:"光是马好,难道人就不好吗?"

那老兵看了看唐青盈:"当然,人也长得好,出奇的精神,真是山不在高,有仙则名,水不在深,有龙则灵。这么小,就争着当兵,长大了,一定是个好兵。"又对公韧眨巴了一下眼睛,"看样子,好像当过兵吧?"

公韧有心逗他:"没有,没有,我连枪还没摸过哩,哪里当过兵?"

那老兵又眨巴了两下眼睛,似乎有点不大相信。

两人看到一队队的新兵正在训练。有一队新兵正在练习稍息、立正,向左转向右转,口令一下,那真是笑话百出,向前后左右转的都有,乐得唐青盈捂着嘴憋不住地笑。

有一队新兵练习射击,动作也是极不规范,还有找不到准星的,也有不会定标尺的,什么洋相都有。还有一个兵走了火,差一点伤了自己人。公韧看了连连叹气,凭这样的素质怎么打仗?

还有一队新兵什么新式武器也没有,就在那里使刀耍枪,练一些土玩意,看那功夫,也甚平平。

唐青盈手里痒痒,把马缰绳递给公韧,就想上去给他们做个样子。

那个老兵急忙劝阻唐青盈:"小孩子家,使不得,使不得,刀枪没眼,碰一家伙就比害眼厉害。"他一说,唐青盈越发来了脾气,非要上去亮亮本事不可。她几步蹿上去,伸手从一个新兵手里抢过一把大刀,批评他说:"要这样。"极麻利地做了几个叫人眼花缭乱的动作。

行家伸伸手,就知有没有,内行的,伸出大拇指:"别看这小孩儿年纪不大,功夫可了不得!"有几个年轻的不服气,嚷嚷着:"大人在这里有事,小孩子别在这里胡乱腾。一边去,一边去!"

唐青盈鼻子哼了一下:"秤砣不大能压千斤,金刚钻倒小,能钻瓷器,有本事,咱比试比试?"

有个年轻的头目不服气,往前一站:"牛皮不是吹的,泰山不是垒的,火车不是推的。人不大吧,口气倒不小,我和你比试比试,你有这个胆量吗?"

唐青盈笑了笑,拍了拍胸脯:"别一个人和我比,再叫上三四个人吧。让你们五个一块上,怎么样?"

那年轻人直咂舌,摇头晃脑地看了看天:"天没漏啊,我怎么觉得漏了呢!"他的话,引起了几个年轻会员哈哈大笑。

唐青盈倒是一点不生气,晃了晃手中的钢刀:"看来你是不敢!要是不敢的话,本少爷不陪你玩了。"说完,扔下刀就走。

惹得那个年轻人来了脾气,挡在唐青盈面前说:"宁愿让你打死,不能让你吓死。今天我倒要看看你这个小孩子有什么本事!"说完给另外几个年轻人使了一个眼色,那四个人拿着快刀成扇形逼住了唐青盈。

看到五个大人围攻一个小孩儿,几乎所有的三合会会员都感到好奇,纷纷围拢前来看个热闹。那个老兵急忙摆着手对那个年轻人吼:"郭小五,你瞎乱腾什么?这孩子是跟着他爹来玩的,也不怕吓着孩子!"

公韧心里有数,站在旁边只是微笑,也不答话。

唐青盈嗖地一下,从腰里拔出暗藏的亮晶晶弯刀,先退后一步,招了招手:"来啊,来啊,有本事的来啊。"郭小五就往前进了一步,唐青盈又往后退了一步,郭小五又往前进了一步。这一退一进,郭小五就和另外四个人拉开了距离。

唐青盈腰一弯,朝着郭小五的腿上就是一刀,郭小五急忙用刀招架。谁知唐青盈这一刀是虚的,身子猛一下弹起来,一道白光朝着郭小五的胸口飞去。然后唐青盈就闪在一边,对郭小五拱了拱手:"小弟失礼了,抱歉!抱歉!"

郭小五觉得自己的胸口有些风凉,低头再看时,胸口上的号衣竟被弯刀划破一道,而皮肉却丝毫没有受伤,不禁羞得满脸通红。

这一刀引起看热闹的人议论不已。有的说:"别看人小,动作还怪麻利呢!这一刀就和闪电一样。"有的说："人不大,真敢下手啊,差一点出了人命。"有的说："不是这么简单,我看这小孩儿是故意手下留情,要不是手下留情,郭小五早完了。这小孩儿一定是个武林高手……"

郭小五摆着手说："刚才不算,没好意思下死手,这回来真的。弟兄们,别客气,拿出看家的本事来。上!"他手持快刀,用尽平生功夫,朝着唐青盈一阵白光裹了过去。另外四个人也使出看家本事,围着唐青盈乱劈乱捅。

唐青盈却不慌不忙,上蹿下跳,左躲右闪,两眼聚神,两耳听风,弯刀挥出去如一溜白光,收回来如霞光一片。不一会儿,累得那五个人气喘呼呼,上气不接下气,却还是没有伤着唐青盈一根汗毛。

再看那五个年轻人,不是号衣袖子掉了,就是裤腿断了半截……奇怪的是,竟没有一人受伤。

这时候,王达延不知道从哪里钻了出来,朝那五个人吼道："也不知道要脸!要不是唐将军手下留情,你们二十条命也没了。"

那郭小五听了一愣,持着刀问："王龙头,你说的是谁?是不是常给我们讲的,少年将军唐青盈?"王龙头呵责他："不是他又是谁,难道天下还有第二个?"

郭小五伸了伸舌头,把刀一扔,对唐青盈拱了拱手："唐将军,我真是瞎了眼,有眼不识金镶玉,百闻不如一见,今天我算服你了。从今以后,你就是我的师傅,不,是我们大家的师傅。"说着,领着一帮年轻人就要跪下去拜唐青盈为师。

唐青盈急忙拦住他说："先别慌,说的这是哪里话啊,现在还有人不让我加入三合会呢!我哪能当你的师傅啊!老人家,你说,我有资格加入三合会吗?"那老兵捂着脸说："羞煞我了,真是白长几岁,竟然没有认出你唐将军!"

王达延笑了,挥了挥手："好了,好了,有唐将军在,你们就向她学习武功吧!"唐青盈说："先别慌,王龙头啊,我的师傅还在外面呢,马上就要被你们砍了。"

王龙头听了大吃一惊,吼道："哪个这么大胆,竟敢杀我唐将军的师傅?光一个唐将军,你们就应付不了,还要杀她的师傅?真是吃了熊心豹子胆了!"说完,在唐青盈的带领下,要去看看究竟什么人要杀唐青盈的师傅。

唐青盈领着王龙头到了外面一堆乞丐跟前,指着一个躺在地上就要咽气的老乞丐说："这就是我的师傅云中游。"

王达延更奇怪了："一个乞丐,怎么会是你的师傅?"

唐青盈就把自己在最困难的时候,师傅怎样救她和亲爸爸的事情说了一遍。公韧又说道："乞丐是穷人,我们也是穷人,天下穷人是一家,怎么能杀害他们呢?"

王达延想了想:"公韧兄弟说得对,这条法律原先我也拿不准,这下子想通了,马上废除。这个家我还能当!"说完,又训斥那些三合会会员:"真是的,条令是死的,人是活的,你们就不兴活泛点吗?怎么和我一样啊!真是的。"

训斥完,他又走到云中游跟前,轻轻地蹲下,恭敬地说:"真是对不起!我们错了,云中游师傅。请你这就跟我去司令部吧,那里条件好,我们一定尽快治好你的病!"

云中游鼻子一哼:"谢谢你对乞丐网开一面,不杀我们,就感谢不尽啦!哪能再到司令部给你们添麻烦!既然不杀我们,可也不能看着我们饿死、病死啊,是不是?"

王达延点了点头:"好,马上叫他们支上锅,煮饭给你们吃。另外拨上钱,叫我们的大夫买药给你们治病。"

云中游点了点头说:"这还差不多!我就代表乞丐谢谢你们了。"

这边安排完了,公韧和唐青盈才有心思跟着王达延进司令部商议军情。

第 140 回　小地堡受挫遭夹击

王龙头把公韧和唐青盈请到司令部的一间屋里,简单地说了说这次起义的情况:"黄岗义军已经成立了军政府,推举陈涌波为正司令,余既成、张跃为副司令,余家兴为总指挥,我为先锋官,已派人到香港去请许雪秋回来督军。"

公韧问:"潮州府有动静吗?"王龙头说:"草鞋来报,黄金福虽为潮州总兵,但这个人平常好吃空饷,手底下其实没有几个兵,平常出操,也就一百多人。潮州城这么大,我们四面一攻,看他怎么守!"

公韧说:"那也不能轻敌,事情时刻都在变化。我们准备怎么打?"

王龙头沉思了一会儿:"这也是我们为难的地方,二十三日早晨占领黄岗,今天已是二十四日,我们还等不等许雪秋呢?如果等,许雪秋恐怕二十八九号才能到黄岗。是战是等,我们举棋难定。"

公韧想了想说:"我们准备得不好,黄金福准备得更不好,机不可失,时不再来。依我之见,趁现在潮州府空虚,立即进攻。只要占领了潮州府,有了枪械粮饷,是进是退,再做决定。如果不利用这次机会主动进攻,时间长了,清兵四面围过来,我们可就被动了。"

王龙头考虑了一会儿:"你久经沙场,有经验,就听你的了。咱俩这就和他们商量去,尽早拿下潮州城,再做打算。"

几个义军首领商量后,决定当晚立即起兵,第二天上午进攻潮州府。

二十五日子夜开饭,义军饱餐一顿后,从黄岗悄悄向潮州进发。进军潮州,必须经过井州,黄岗到井州有二十里地,中间有两条小河。第一条河水浅且狭窄,义军在附近找了些竹筏子,把竹筏子架在石头上,全军很快渡过河去。

第二条河就是巫峡,河水又深又宽,非用渡船不可,当时船只比较缺乏。义军好不容易在村里找了些小船,陆续把全军渡过河去,因此耽误了不少时间。

到了井州,天已近黎明,这时候,突然传来枪声,草鞋来报告说,前面道路已被清军占领。

公韧、唐青盈和几个义军首领来到前面察看地形。这井州地处海滨,左侧不远处就是蓝晶晶一望无际的大海,右侧则有高低不平的一片丘陵地带,此地是饶平和澄海的交界处,过了此地,就可以直通潮州。

丘陵上有一座小山,山上建有几十个石头地堡,上潮州必须从山底路过。问了问当地人,才知道原来这是当地姓林的与外姓人械斗,为了便于防守而修建的堡垒,却不料这时候被清军抢先一步,占领了这边的有利地形。

公韧叹了一口气:"看来要麻烦,如果攻不下这座堡垒山,进攻潮州就成了一句空话!"王龙头掐着腰大吼:"公韧兄弟不要长敌人威风,灭自己人志气,这些破石头包子盛不下几个清兵。我们一两千人,一鼓作气攻上去,杀他个片甲不留,然后再攻潮州不迟。"

说攻就攻,陈涌波开始组织进攻了。第一次进攻组织了五百人,先在山下排好队形,一百人排成一列横队,一共是五列。手执快刀、长矛的排在中间,再夹杂着一些装好火药铁砂的土枪、鸟枪,两边是几十个执有快枪的义兵。

队伍里有六门土炮,先朝着山上轰了一阵。土炮只能打到半山腰,炸得杂树棵子,蒿草乱晃乱飞,和着碎土腾上天空,好歹也算壮了军威!

陈涌波快刀一挥,队伍开始向山上爬去,一边爬,一边齐声呐喊,鼓舞着自己的军威,震慑着敌人的士气。

队伍爬到半山腰时,地堡里突然响起爆竹般的排子枪声,义军倒下三四十个。接着又是一阵排子枪响,义军又倒下二三十个。义军开始还击了,但子弹、铁砂打在石头上,一阵石屑乱飞,根本伤不到地堡里面的清军。地堡里继续向外发射着零乱的子弹,义军里不断有人倒下。

陈涌波挥舞着大刀继续指挥义军向上冲锋,一见血腥气,伤亡这么多,有几个义军转身逃跑。几个人一跑带动了其余人,都纷纷往后退去。余既成急得大喊大叫,叫人们不要逃跑,朝着退兵用快刀背乱拍,可还是阻挡不住溃退的人们。不一会儿,义军全都退到了山下。

清点一下人数,伤亡了七八十人,山上横七竖八地躺着一些牺牲的义兵,有几个伤员咬着牙往山下爬着,还有一些爬不动的在山上痛苦地呻吟。那一声声凄厉的惨叫,叫山下的每一个义兵都听得清清楚楚,有的捂着耳朵低下了头,有的痛苦地闭上眼睛。

王达延再也忍不住了,手执快刀,振臂高呼:"三合会的弟兄们,杀尽这些清狗子,为死了的弟兄们报仇!不怕死的,跟我上啊!"他大吼一声,带领着五百多人,又往山上冲去,很快冲到了半山腰,叫弟兄们把受伤的义兵赶快抬下去。

当队伍快冲到山顶时,突然又响起排子枪声,义军一片片地倒下,再也冲不上去了。急得王龙头大喊大叫,可是对那些藏在地堡里的敌人硬是没有一点办法,双方僵持了一会儿,只得又退下山来。

这时候已接近中午,经过两番冲锋,义军伤亡一百多,并且又累又饿又乏。有的义兵悄悄地准备回家,有的早已经逃跑了,整个队伍士气低迷,人心涣散。

余既成悲愤交加,感到热血一阵阵地往头上涌,他站在一块大石头上,把红头巾捋下来一摔,披散着头发,对大家大声呼喊道:"三合会的革命军们,开弓没有回头箭,既然走到造反这条路上,我们还能回去吗?要想活命,眼前只有一条路,那就是冲上去,杀败清狗子!"

王达延也跟着呼喊:"对呀,只有杀败清狗子,我们才有活路!"李斯和张散及一些亲信也跟着大吼:"杀清狗子!""杀清狗子!"这时候,唐青盈领着七八个义兵不知从哪里抱来了三十多床被子,棉被湿淋淋的往下滴答着水。

第三次冲锋又开始了。郭小五领着一排精壮的义兵手执快刀蒙着湿被子冲在最前面,后面的义兵弯着腰,利用棉被的掩护,换枪为刀,悄悄跟随。

每一床棉被后面都是一个小小的战斗集体,棉被起作用了,子弹穿不透,义军的伤亡减少了。冲得快的义兵已经到了地堡跟前,棉被一扔,跳进露天的地堡里,和清军展开激烈的肉搏格斗。

清军开始了慌乱,快枪不好使了,被迫用刺刀与义兵死拼,而义军开始占据上风,越战越勇,越战人越多。

二十多个地堡已有四个被义军占领,剩下的那些地堡也被四百多个义兵团团包围。有的义兵紧贴着地堡,朝着往外伸出来的枪支一阵乱砍,使敌人的快枪不能往外射击了。而更多的义兵则是一个接一个地跳进地堡,和清军拼命。

　　唐青盈手执弯刀,专往敌人堆里钻,只见白光闪过,必有鲜血飞溅。公韧紧紧跟在唐青盈后边,一看她应付不了的,赶快补上一枪。郭小五杀得兴起,敌人的鲜血早已把他的衣服染红了,浑身上下血人一般,一个清兵见了他,没等肉搏,先酥了腿……

　　又有五个地堡被义军拿下,眼看着清军就要被全部歼灭,可就在这时候,突然听到一阵喇叭响,接着又传来一阵剧烈的枪声。山下的义军一阵混乱,而山上清兵却突然振奋起来。

　　公韧觉得奇怪,登高一望,只见从山下巫峡里驶过来二十多条小船,每条小船里大约有二十多个清兵,这四百多人下了船朝着山下的义军发起猛烈的进攻。

　　僵持之中,任何一路的援军对于另一方来说都是致命的。山下的义军开始溃退,而山上的清军也开始反击,兵败如山倒,山上山下的义军朝着来时的方向退去,溃退中不断有人倒下。

　　傍晚,义军退到了黄岗,也就只剩下六百人。草鞋又来报告,说清军李准带兵两千,即将加入进攻义军的行动。

　　义军首领们商量了一下,起义军势单力孤,成功的可能性已经没有,为了避免不必要的牺牲,只能暂时解散这支队伍。解散时,义军悄悄各奔东西,秋毫无犯,而清军一到,却大肆烧杀,洗劫全镇,残杀革命党和群众二百多人。

　　而这时候许雪秋、乔义生、谢良牧等人才到汕头,知道这里的情况时,一切都晚了。潮州起义虽然没有成功,却为以后的武昌大起义最终推翻清王朝提供了宝贵经验。

第141回　竹林外会见梁少亭

　　黄岗起义失败后,公韧和唐青盈到了越南河内甘必达街61号,找到了上级组织,汇报了黄岗起义的情况。同盟会总部要他俩进入广西防城一带,和同盟会会员梁少亭取得联系。

　　两人进入了广西防城。在青塘墟西侧的西天酒馆里,俩人在屋子里坐下,要了一壶铁观音慢慢地喝着，又在门口小摊上要了一些橘子、香蕉、菠萝，一边吃一边静静地注视着门口的一棵高大的木棉树。

广西与广东相比，显得较为贫穷，穿着绫罗绸缎的富人很少，大多是穿着破衣烂衫的贫苦村民。这所谓的"酒馆"，门口就是锅头，日夜冒着浓浓的黑烟，把整个酒馆门面都熏黑了，显得脏乎乎的。屋里也就几张不上油漆的白茬桌子，几条板凳，饭食也就是几个简单的炒菜、米粉什么的，这在当地已经不错了。

此时已是六月，毒辣的太阳把大地晒得如同一个铁鏊子一般，到处像失了火，热气腾腾的。路上行人不多，迫不得已赶路的人大都带着遮阳的大斗笠，步履匆匆，不愿意在太阳底下多待一会儿。大约中午时分，一个又矮又瘦的中年人走到了木棉树底下，像是在乘凉，不时地掏出手帕来擦擦满头满脸的汗水。公韧仔细看了看他，颧骨突出，嘴部也凸出，两眼炯炯有神，浑身上下显得精干利落。

这个人和他们描述的梁少亭模样差不多。

公韧对唐青盈使了一下眼色，又向远处观察了一番，没有发现什么可疑的人，眼睛一瞥，发现那个人也在悄悄地打量着自己。公韧既像是对唐青盈也像是对那个人说："走，咱走，那边凉快。"

唐青盈扔在桌子上五文钱，两只手把桌子上的水果往怀里一揽，兜在了胳膊弯里，跟在公韧后边。两个人到了一个僻静的高冈处，这里有片竹林，形成了一片大大的树荫，又凉快，视野又开阔，旁边还有一条浇地的水渠，水流淌着，发出哗啦的响声。

公韧看到那个人也跟来了。他一副若无其事的样子，在竹林里转了几圈，又掏出手帕来擦了擦头上的汗水，然后到了公韧的面前。他抬手摸了摸眉毛，公韧也摸了摸眉毛，那人把左脚横了横，公韧也把左脚横了横。

那人问："君从何来？"

公韧说："从南方来。"

那人又问："向何处去？"

公韧说："向北方去。"

那人又问："贵友为谁？"

公韧说："陆皓东，史坚如。"两人对视一笑，两双手热情地握在了一起。

那人说："在下梁少亭。"

公韧说："在下公韧。"

梁少亭热情地对公韧说："接到电报后，我真是日夜盼望，盼望着能像你这样有丰富斗争经验的同志来领导我们的工作。"

公韧谦虚地一笑："哪能呢,我只是来配合你的工作。起义的大事儿,还得指望你,早就听说过你的大名。"

唐青盈要塞给梁少亭一根香蕉,说："这么热的天,恐怕你早渴了,先解解渴。"

梁少亭笑了笑："这玩意儿一点儿也不解渴,要解渴,还是水。"他腰一弯,从水渠里捧出一捧清水,向嘴里灌了两口,又胡噜了一把脸,然后接过唐青盈递过的香蕉说："这时候吃,就觉得好吃多了。"

三个人随便坐在地上,一边吃着水果,一边亲切地交谈着,很快成了好朋友。谈了一会儿当地的风俗人情,公韧问道："这里的情况我不大熟悉,不知道现在怎样?"

梁少亭说："要说这里的情况,还得从三那抗捐说起。钦州一带与越南接壤,土地贫瘠,老百姓穷,活不下去了,所以强盗会党特别多。苛捐杂税本来就不少,去年又添了屠宰捐,充作学堂经费,老百姓觉得吃肉太贵,所以牢骚满腹。去年在钦州城附近的雷庙,一些乡民摆上大锅烧上火,宰牛烹猪,去的人随便吃肉,起名吃大会,意思是对收取屠宰捐坚决抗议。当时人是越聚越多,声势越闹越大,钦州知府李直牧还算明白,亲自去雷庙劝说解散,并宣布以后不再收取屠宰捐了,这个事情才算了结。

"今年年初,谁知清政府又增加了糖捐。原来议定的是每百斤糖抽钱两百文,而下面收捐的清狗子嫌麻烦,不论你是否卖得出去,只要赶集卖糖就以一百斤计算,征收两百文,先交再卖。这样一来,一批糖赶好几次集卖不完,被抽取了好几次捐,老百姓敢怒不敢言。三那出糖最多,所以负担最重,三那的老百姓多次告状要求减免糖税,而署官顾永懋是个坏蛋,强权压制,就是不同意。老百姓投诉无门,所以一致公推团首刘思裕张贴告示,定在那彭举行复吃大会,以抗议清政府的贪得无厌。一传十,十传百,各乡乡民串联了同盟会,闹得沸沸扬扬,都准备在复吃大会上好好地发泄发泄。

"我、梁瑞阳、梁疤头到那彭参加复吃大会。我们商量趁机举行起义。经过商议,共举刘思裕为元帅,准备发难。而清狗子也有耳闻,两广总督周馥派郭人漳带巡防军三个营,赵声带新军步兵一个营,炮兵、机关枪各一队,广西提督丁槐拨衡军两个营,绥远军一个营,前来镇压。郭人漳和赵声你是知道的,是我们同盟会会员,上边知道这个消息后,派一个叫陈田的,去告诉郭人漳、赵声二人,钦州团兵已与同盟会联络,叫他们不要相互残杀。谁知陈田到达北海时,郭赵二部已经开拔,陈田胆怯,没敢追上去传递消息。

"郭人漳不知内情,派管带林虎兵带了一营人进攻刘思裕。林虎兵在进攻时不管三七二十一,以大炮猛烈轰击复吃大会,当时刘思裕正在高处临阵指挥,不想中弹身亡。党军和老百姓见元帅阵亡,顿时四散逃去,原来定的起义计划就这样全部被打乱了……"

由远而近刮起了一阵大风,翠绿的竹林发出了阵阵呼啸,渠里的清水翻滚着、激荡着,不时地冲起一些浑浊的泥沙,向远处奔流。唐青盈忍不住双手捧起水来,往脸上抹了几把,以浇灭心里的怒火。

公韧叹了一口气,分析道:"从乙未广州起义、庚子自立军起义、惠州三洲田起义、丙午萍浏醴大起义到今年的黄岗起义,我们革命的主要力量是依靠会党,可是这些起义都失败了。会党的优势是平时为民,不用为他们的穿衣、吃饭发愁,集合起来为兵,能在短时间内造成很大的声势。但是也有很大的缺点,那就是缺乏组织性、纪律性,军事素养差,没有必要的军事装备。一旦和清军交起火来,十个人不一定能打过人家一个人,如果我们起义能有一支正规军队,那就好多了。"

"说得对!"梁少亭点了点头,考虑了一番说,"公韧兄弟,你还不知道我的底细。告诉你吧,原来我是个绿林,曾经受过清朝军官张锦芳的招安,带着一百多弟兄去投降,张锦芳委任我为哨官。后来我见张锦芳不仁义,就告退回乡,可是我那一百多个弟兄仍然在那里当差,和我拜过把子的兄弟就有好几个……"

公韧突然灵机一动,问:"莫非少亭兄想回去招纳旧部起义?"

梁少亭哈哈一笑:"正有此意!"

两个人一阵开怀大笑。

说干就干,第二天,梁少亭找了三匹马,三个人上午出发,下午就到了兵营小洞墟。三个人把马寄放到一个老乡家里,然后一身便装,径直往兵营而来。

门口站岗的士兵一见是梁少亭,看看四面无人,急忙有节奏地跺了六下脚,算是行了会党大礼,然后小声说:"多日不见,梁龙头可好?"

梁少亭说:"马马虎虎,弟兄们可好?"

岗哨说:"都在北屋歇着呢,你一走把弟兄们都舍了,弟兄们怨言可不少啊。北屋东边那几间屋,都是咱们的弟兄。"

梁少亭向那站岗的笑了笑,拍了拍他的肩膀,算是鼓励,然后领着公韧、唐青盈到了北屋东边的一间屋里。进门一看,士兵们闲着无事,打牌的打牌,闲聊的闲聊，抽烟喝酒，弄得屋里乌烟瘴气。梁少亭干咳了两声，士兵们一齐回过头来，一看是梁少亭，都立刻围拢过来要跪下给梁少亭行帮会大礼。

梁少亭急忙拉起他们说："免了，免了，早已改换门庭，不兴这一套了。"

众人赶紧把梁少亭让到一个干净利落的铺上，梁少亭向众人介绍公韧和唐青盈说："这是我的两个好兄弟。"又给公韧和唐青盈一一介绍了昔日的部下。介绍完了，大家自然也就亲近多了。

这时候，两个士兵要去弄酒菜，梁少亭急忙塞给他两块银圆说："今天我请客。"

那两个士兵说："大老远来，哪能让你破费呢！"

梁少亭笑了笑："以前你们是我的兵，我爱护，现在虽然不是我的兵，我仍然要爱护。老长时间不来了，我不请客谁请客？"

那两个士兵笑了笑，也就不再推辞。

第142回　小洞墟起义

不一会儿，弄来了酒菜，随便拉过来一张桌子，十几个人围坐在桌子旁边，边吃边喝边闲谈。梁少亭问他们："多日不见，你们在这里过得挺自在吧？"

一个叫马山的排长说："自在什么呀，烦透了。"另一个姓阎的士兵说："这里的长官太黑了，吃兵肉，喝兵血，我们三个月没发饷了，那饷银还不是让当官的吞了。"士兵们你一言我一句的，全都说这里的不好。马山又问梁少亭："梁龙头，这一阵子你在干什么，也给我们说说好吗？"

梁少亭就把自己参加三那抗捐的事情说了一遍。

听梁少亭这么一说，姓阎的士兵叹了一口气："原来我们加入会党，是为了反清复明，是和老百姓站在一起的。三那抗捐，那些当兵的都是汉人，为什么帮着朝廷去打汉人老百姓？当兵的脱了衣裳不就是老百姓吗，一家人打一家人，这是何必呢！"

公韧乘机鼓动说："清政府利用我们当兵的愚昧，用我们手中的枪去杀老百姓。那些老百姓不都是我们的父母兄弟姐妹吗？"

众士兵一齐附和着："是呀！是呀！"

马山对梁少亭说："梁龙头，你大老远来，不是为了光喝这杯酒吧？你说怎么办吧,我们还是听你的。在这里混实在是没有出路!"众士兵都跟着喊:"还是听梁龙头的,这里的日子实在是烦透了。""在这里没吃没喝的,还不如上山当强盗去。"大家议论纷纷,吵吵嚷嚷。

梁少亭见时机差不多了,对大家摆了摆手,待大家静下来,梁少亭小声说:"实不相瞒,我已经参加了同盟会。"

一听说参加了同盟会,大家又议论纷纷,纷纷问:"同盟会是干什么的?"

梁少亭又摆了摆手,小声对大家介绍说:"同盟会嘛,是革命的。革命懂不懂?革命就是造反,造清朝的反。同盟会的宗旨就是推翻清朝统治,建立合众政府。合众政府懂不懂?合众政府就是大家说了算,再也不是西太后一人说了算了。一旦建立了合众政府,国家就会富强,老百姓就会过上好日子。你们说,这样的政府好不好?"

有的士兵连声说:"好!好!"有的士兵还是听不懂,就问:"梁龙头,你说,建立什么众政府,谁当皇帝呀?我们就推你当皇帝吧,我们都当将军、大臣。"

唐青盈听了,抿着嘴笑。

梁少亭急忙打断他的话说:"建立了合众政府,就是再也没有皇帝了,我哪能再当皇帝呢!皇帝只能叫首相或者总统。"

马山排长右手横着,左手竖着,做了一个手势说:"刹住!刹住!别扯远了。还是问问梁龙头到底怎么干吧。"

梁龙头扫了众士兵一眼,看到大家都注视着他,他对大家铿锵有力地说道:"弟兄们,愿意跟着我造反的,不,是革命的,我打心眼里说,你真是我的好弟兄。如果不愿意跟着我革命,怕死,愿意跟着清狗子干的,我也不勉强。"说完,梁少亭又用炯炯有神的眼睛扫视了大家一圈。

大家都微微地点了点头。

马山对梁少亭一笑说:"梁龙头,说到哪里去了,过去你是我们的龙头,以后还是我们的龙头。"众士兵一齐响应说:"是呀,是呀,梁龙头你就快说怎么办吧,我们还得跟着你吃饭,跟着你发财呢!"

梁少亭说:"好!"就凑近大家的耳朵说了一番。

经过一夜一天的精心准备,在第二天晚饭时,各排士兵把枪架在了一起,然后集体用餐。饭也没有什么好饭,一些糙米,又碎又干,数量还有限;菜也没有什么好菜,几乎是清水煮菜叶。一些士兵一边吃着一边骂骂咧咧:"这叫什么饭呀?这不是猪食吗!""妈的,就叫我们吃这个,拿我们不当人!"

正在这时候,梁少亭突然来到了大家面前,把手一举,大喝一声:"弟兄们,干!"十几个士兵,迅速把饭碗一摔,摸起架在地上的枪,将子弹上了膛,对准了那些正在吃饭的士兵。有十几个士兵迅速控制了所有支起来的枪支,并迅速地把这些枪支挪到了一个稍微远点的地方,严加看管起来。

公韧和唐青盈则手执短枪,严密地监视着。

突然的变故,让那些军官和士兵都傻了。有的嘴里还塞着满嘴的米饭,连咽都没敢咽下去,有的则乖乖地举起了双手。大部分人都认识梁少亭,莫名其妙地看着他。有个排长问道:"梁哨,这是干什么,有话咱不能好好说吗?"

梁少亭对大家喊道:"弟兄们,清政府腐败无能,欺压百姓,当官的克扣军饷,欺压士兵,我们不起来革命不行了。愿意跟着我革命的,我欢迎!不愿意跟着我革命的,我也不难为弟兄们。"

马排长和他的士兵跟着呼喊:"跟着梁龙头革命错不了,在这里还有什么混头?饿也饿趴下了。""我们都走了,你们还在这里干什么?""当官的来了,你们也没有好果子吃,革命去算了。"

当下,又有三十多个人七嘴八舌地说:"你们都走了,我也不在这里干了。""还是跟着梁哨干,跟着梁哨有大米白饭,有肉吃。""我也豁上了,革命去。"他们纷纷要求跟着梁少亭走。

梁少亭指挥着,把不愿意走的二十多个人绑上,关进一个大屋里,锁上了大锁,然后率领着这七十多人的队伍,一百多条枪,迅速隐蔽在夜幕中的深山密林中。

不久后,公韧得到消息,同盟会会员王和顺将携带巨款前往,协助他们攻取防城。接着,黄兴也专门协助郭人漳去做军队工作;另一个是王和顺,他先在赵声军中住了十多天,改名张德兴,商量起义计划,再赴山中与梁少亭见面。他将携带的五千块钱,分给了梁少亭一部分,剩下的给了另一支革命武装梁瑞阳部,并出示了上级的委任状。

王和顺被委任为中华国民军南军都督,梁少亭、梁瑞阳分别为副都督。自此,王和顺、梁少亭、梁瑞阳、公韧、唐青盈等在山中组织军队,操练兵马。

王和顺按照同盟会的编制,将这些军队以八人为一排,设排长一名,副排长一名;三排为一列,再设列长一名,一列共二十五人;四列为一队,再设队长一人,副队长两人,号旗手两人,号筒手两人,事务长一人,一队共一百零八人。

以四队为一营,设营长一人,副营长两人,鼓乐队八人,营旗手三人,主计一人,书记一人,一个营共四百四十八人。一共组织了两营人马,梁少亭为1营营长,梁瑞阳为2营营长,公韧和唐青盈为1营副营长。

新购买了一部分枪支,加上原来的枪,快枪基本上一人一支,再加上士兵又发了饷,所以大家干劲十足,训练得分外刻苦,在操练队列、射击、冲锋、防守中进步很快,战斗力大大加强。

九月一日,王和顺带领大家在一块山间平地上举行誓师大会。那天天气晴朗,微风习习,虽说骄阳当头,但是晒惯了太阳的士兵们一排排地站着,像钉子似的纹丝不动。王和顺讲了同盟会的宗旨,宣读了革命军的二十二条纪律,士兵们一个个情绪激动、斗志昂扬。当梁少亭带领全体士兵宣誓时,一声声气壮山河的呼啸惊天动地,直冲云霄:"驱除鞑虏,恢复中华,创立民国,平均地权。矢信矢忠,有始有卒,有渝此盟,任众处罚。"

队伍迅速向防城前进。九月三日午前,队伍前进到离防城十余里的地方,王和顺把队伍隐蔽好,立即领着梁少亭、梁瑞阳、公韧、唐青盈等去查看地形。

远远看去,防城虽然是一座县城,但是并没有城墙,县城里一片片的民房,完全裸露在面前。王和顺拿出军用地图,指着地图说:"在县署门口,有两座炮楼,我们要特别注意。据情报说,整个防城只有广西提督丁槐所部的衡军两队人在此驻守。"

王和顺对梁少亭说:"梁少亭营长,你带一营直接攻进去。"

梁少亭点了点头说:"士兵们早就憋足了劲,这一仗一定要打赢。"

王和顺又对梁瑞阳说:"梁瑞阳营长,你兵分两路,一路从左边往里攻,一路从右边往里攻。我看他这个防城怎么守?"

第143回 王和顺攻占防城

梁瑞阳有些不服气地说:"该让我们2营正面进攻。他们1营打进去,头功是他们的,等我们到了,连屁味也闻不到了。"

王和顺笑了笑说:"不要争,不要抢,以后有你们立功的机会。"

梁少亭带领1营迅速往县署运动,一路上只见老百姓纷纷躲避,也不见乡勇前来阻挡。快到那两座炮楼的时候,左面炮楼里突然响起了枪声,不过子弹不是向革命军打的,而是朝天上放的。梁少亭皱了皱眉头,弄不清到底是怎么回事,还是继续指挥着部队往前冲。右面的炮楼先上来没有动静,不一会儿,也向天开起了枪,并向革命军喊话:"革命军弟兄们,我们起义了。""革命军弟兄们,一家人不打一家人。"

梁少亭大声告诉部队:"不要乱开枪!"不一会儿,两个炮楼里各下来了三十多个人。原来左面炮楼里的哨官叫刘辉廷,右面炮楼里的哨官叫李耀堂,他们早就接受了革命党人的联络,在战场上宣布起义。梁少亭大为高兴,革命军没有伤亡一个人,就顺利地夺取了两座炮楼,接着就把刘辉廷、李耀堂的两哨人编入队伍,又领着人往前冲。

县署门前用土布袋垒起一道防线,有一些士兵正在那里防守。梁少亭让队伍先不要进攻,而让刘辉廷、李耀堂的人往里喊话,争取把他们策反。只听这边刘辉廷、李耀堂的人喊道:"衡军防勇们,别打了,起义吧,跟着革命军干吧,清朝没指望了。""衡军弟兄们,革命军发饷,那边不发饷,饷银都叫当官的吞了,快过来吧!"

对方有一个人大骂:"别听这些乱党宣传,快开枪!快开枪!谁不开枪就枪毙谁。开枪!"防勇们仍然没有开枪,不过那边响了几枪,大概是那个当官的朝防勇开枪了。随即那边一阵骚乱,骂声、牢骚声不绝于耳。

梁少亭一看时机已到,用手一挥,革命军一下子就冲了上去,占领了阵地。

这时候有一个人提着短枪,向县署大堂里跑去,不一会儿,就被几个革命军五花大绑地逮了过来。有人指着说:"这就是防城知县宋渐元。"

梁少亭指着他的鼻子骂:"你的兵都不跟着你干了,说明你多么不得人心,看你还有什么话说!"

宋渐元昂着头大骂:"你们这些土匪、乱党、叛军,我们大队人马一过来,早晚得让你们脑袋搬家!"

梁少亭冷冷一笑:"真是顽固不化,死到临头了,还煮熟的鸭子——嘴硬。这样的人留着何用?来人,给我砍了。"宋渐元被两个革命军拖出去不远,大刀一挥,人头落地。不一会儿,监狱里的犯人全都放了出来。防城一战,大获全胜。

革命军占领防城后,严格遵守纪律,既不骚扰居民,也不干扰商户,深受市民欢迎。革命军又派各委员前往店铺劝慰,要各店铺照常营业,所以防城很快恢复了正常秩序。革命军又贴出了《告桂省同胞文》,号召人们起来革命,建立共和。

告示贴出后,观者如潮。城内居民,城外乡民纷纷来投革命军,不几天,加上降卒,革命军已发展到了三千多人。王和顺在两个营的基础上,扩编成两个标,梁少亭为一标标统,梁瑞阳为二标标统,公韧、唐青盈为一标副标统。

公韧、唐青盈劝梁少亭接受以往部队军纪涣散、战斗力不强的教训，严密约束部队，加紧训练士卒，但终归时间有限，新兵很难在短时间内有大的起色。防城既克，清军已有所戒备，王和顺和几个标统商量后，决定趁热打铁，不给清军喘息机会，大队人马于九月四日晚向钦州进发，准备进攻钦州。至于防城，留下一营人马防守。

防城到钦州城不过七八十里地，但由于道路崎岖，又是月黑头，找了个向导也不是明白人，走了三个时辰还没到钦州。王和顺觉得不对，又找了个本地人一问，才知道走错了路。这才赶紧叫来一个熟悉钦州城的向导来带路，远远望到钦州城墙时，天已经蒙蒙亮了。

王和顺把梁少亭、梁瑞阳叫来商量。王和顺说："虽说黄兴在联络郭人漳，但也不知道联系得怎么样了，我们打是不打？"

梁少亭说："钦州城城池坚固，听说清军不少，如果贸然进攻，怕是占不了便宜。"

梁瑞阳说："先派人和黄兴联系联系再说吧，联系好了内应，我们在外面打，他们在里面打，钦州城还愁打不下吗？"

王和顺点了点头："也对！既然我们现在不打钦州了，就干脆往后退一退，把队伍隐蔽起来再说，免得暴露了目标。"

部队赶紧后撤，撤到了离钦州城四十里地一个叫涌口的小山村。王和顺一看，村口有一级级石头台阶，更显得这个村子地势隆起，周围树木也比较茂盛，从军事上来说，既好隐蔽，又利于防守。于是，他把部队带进村子，派兵封锁了村口，人是只能进不能出，并派便衣进城去和黄兴联系。

到了中午，哨兵来报，远远发现一队人马向这里开来。王和顺立刻命令一标迅速占领有利地形，准备开战。王和顺、梁少亭、梁瑞阳悄悄地趴在村口的队伍里，往大道上瞭望。

只见从钦州方向来了一队人马，前头有十多匹马，后面有五十来个兵，正不慌不忙地向这里开来。越走越近了，这一路人马全是清军防勇的装束，前面一个骑马的，正是派去的联络员，后面并排而来的两匹马上一个是胖子，一个是瘦子，两个人正兴致勃勃地交谈。

王和顺对梁少亭说："中间的那个胖子，就是黄兴，瘦子就是郭人漳。"

梁少亭问："那我们撤了吧。"

王和顺摇了摇头："别，有备无患嘛！咱们对郭人漳还不了解，况且他还带着这么些兵,小心没亏吃。"

公韧对郭人漳早有了解,上一次在小站起义遭遇叛徒的事情,他心里还存有不小的阴影。不过,如果能争取让郭人漳起义,也就证明了他的清白,他也算为革命做出了贡献。

原来在天津小站新军起义失败后,倪映典、李景濂、郭人漳在新军里再也待不下去了,冯国璋算是网开一面,把三人从新军里"赶"了出来。郭人漳凭着父亲是湘军骁将郭松林的这层关系,加之本人不但绝顶聪明,还习拳术,善骑射,又工诗善书,所以很快在广西谋了一个职位。今年春天,郭人漳因为在镇压三那人民抗捐斗争中,立有战功,得到清政府提拔,升任钦廉边防督办。

要说黄兴和郭人漳的关系,那还得从黄兴发动长沙起义说起。当时起义失败后,黄兴一伙到了上海,住在启明书局的一个联络点里。有一个叫万福华的落魄候补知县官,从革命党那里借了一支枪,要暗杀当时的广西巡抚王之春。

三日后,暗杀之事还没有消息,书局进来了一位二十五六岁的年轻人,章士钊向众人介绍说,这个青年叫郭人漳,其父就是朝廷已故大臣郭松林,他曾在广西为官,因涉嫌贪污,已被革职。说来也巧,此时一群红头巡捕突然拥进屋里,把他们统统赶进一辆囚车,抓进了巡捕房。

原来万福华刺杀不成被捕,供出了黄兴他们。黄兴和郭人漳一起蹲了监狱,同吃同睡同拉撒,成了朋友。被解救出狱以后,经黄兴和谭人凤介绍,郭人漳发展为华兴会和同盟会会员。

这次黄兴来策动郭人漳起义就是仗着这层关系。黄兴割须易装,化名张守正,来到郭人漳的司令部前,向卫兵递上了张守正的名片,说是郭人漳在上海时的老朋友。卫兵听了不敢怠慢,赶紧入内通报。

郭人漳看了名片,记不起自己曾有个叫张守正的朋友,有些纳闷,便出来相见。来到门口,看到门口站着个粗壮的大汉,腮帮子刮得铁青,西装革履,头戴礼帽,仔细一看,原来是在上海被捕时的狱友黄兴。郭人漳不禁一愣,倒也不失礼节,堆起笑容,伸手相迎,请黄兴到司令部坐下。上过茶点,退下左右,这才问起黄兴:"大哥近来可好,这么远到我这个鸟都不拉屎的地方来,想必是有事吧?"

黄兴见他开门见山,倒也爽快,便说:"黄兴此来,只希望兄弟能深明大义,举兵反正,共图大业。要是兄弟害怕因此失去前程,断了官路,可把黄兴绑了,邀功请赏,黄兴也愿意成全。"

第 144 回　涌口村联络郭人漳

郭人漳听了黄兴近似挖苦的话,忙说:"大哥何出此言?我郭人漳也是个有情有义的人,怎会干出这种出卖朋友的勾当!我也是炎黄子孙,虽为一方兵帅,却也未改初衷。现在朝廷昏聩无能,前途渺茫莫测,谁不想谋条后路?只是大哥所言之事,时间仓促,恐部下一时不服,闹出乱子。给我一些时间,让我运作筹备……"

黄兴一听有门,和他畅谈到深夜。第二天,郭人漳借口巡逻,又和黄兴一块在联络员的带领下,到涌口来看看。

王和顺单独迎上前,静静恭候。黄兴和郭人漳也早早地下马,把马缰绳交给后面的卫兵,步行到了王和顺跟前。黄兴微微笑着向王和顺介绍郭人漳说:"这位就是郭标统。"

王和顺客气地对郭人漳拱了拱手说:"久仰!久仰!"

黄兴又向郭人漳介绍王和顺说:"这位就是中华民国南军都督王和顺。"

郭人漳急忙对王和顺拱了拱手说:"南军大都督……如五月的太阳,光芒四射,又如六月的雷声,振聋发聩。今日一见,真是三生有幸,相见恨晚啊!想不到王都督竟是这般年轻英俊,一表人才,幸会!幸会!"

郭人漳过分夸奖的话,弄得王和顺有些不好意思。黄兴接过话头说:"郭标统既是老华兴会会员,又是同盟会会员,老革命了,这不,亲自前来和我们商议起义的诸多事项。"

公韧急忙上前去,对郭人漳打招呼说:"郭标统,你还认得我吗?"

郭人漳大吃一惊,对大家说:"这不是公韧管带吗?想当年,公管带领着我们一个营,大败日军的一个大队,大大地长了北洋新军的志气,灭了日本军队的威风。要不是公韧管带胜了那一仗,袁世凯那可真要丢尽了脸面。"

一些人闹不明白怎么回事,郭人漳就把公韧带领新军一个营打败日军一个大队的事情说了一遍,惹得众人啧啧称赞。黄兴又说:"你只知其一,不知其二,公韧还立下过许多赫赫战功呢!"又把公韧的功绩细数一遍。

众人对公韧的景仰之情更上一层楼,郭人漳归纳说:"有了公韧这样的军官指挥,有了黄大哥这样的同盟会领导,我们革命军何愁不胜啊!"

众人纷纷点头,颇有同感。

几个人说着拉着,十分亲热,经过涌口阵地时,郭人漳的眼睛不断地扫视着阵地上的士兵。他看到革命军一个个精神饱满,武器精良,不住地连连点头。进了王和顺的屋,传令兵给各军官递上来一杯杯热茶,更使大家的心里热乎乎的。

说了一阵客套话后,王和顺问:"郭标统,准备得怎么样了?钦州应该什么时候打?我们听你的。"

郭人漳笑了笑说:"钦州城还用打吗?早已是老妈妈擤鼻涕——把里攥了。这么着吧,明早4时,你把队伍悄悄开到东城门下,你们在城下用火把晃三圈,我在城上也用火把晃三圈,然后打开城门,迎接你王都督进城怎么样?"

王和顺一听大喜,连连叫道:"好啊,郭标统,如果不费一枪一弹拿下钦州城东门,你郭标统就是首功一件。只要占领了东门,还怕什么,一路杀进去,清狗子挡也挡不住。"

郭人漳哈哈一笑,点着头说:"我们革命军是替天行道,众望所归,而清政府腐朽透顶,一触即溃。早就盼着这一天了,这一天终于来到了。我们占领了钦州,就有了枪械钱粮,然后直趋南宁,占领南宁。之后再联络全省会党,广西就是我们的了,有了广西,我们进可以攻,退可以守,再联合广东各路会党,革命还怕不成功?"

大家都被郭人漳的话感染了,纷纷热烈地鼓起掌来,人人脸上露出激动兴奋的神情。郭人漳对王和顺说:"不知你们这边的兵力怎样?"

王和顺完全把郭人漳当成了党内的同志,如实地把涌口的兵力情况介绍了一遍。

郭人漳听完王和顺的介绍,闷着头好半天没有说话。

不一会儿,传令兵上了酒菜,王和顺热情地招待郭人漳和黄兴,并叫公韧和唐青盈作陪。郭人漳带来的那些兵,也好酒好肉地款待。公韧和唐青盈正陪郭人漳喝着酒,一个小兵悄悄地在公韧的耳边说:"公标统,外面有人找。"

说完,又在唐青盈的耳边说:"唐标统,外面有人找。"两个人都觉得奇怪,犹疑地跟在那个士兵的后面走出了屋。

那个士兵拐了几个弯,才在一个屋门口停下,有一个军官正在那里等候。公韧和唐青盈一看,是1标4营营长刘辉廷。

刘辉廷把公韧和唐青盈拉到了自己屋里,小声说:"公标统,唐标统,不是我刘辉廷小心眼,过去我跟郭人漳打过交道。郭人漳这人我太了解了,口是心非,两面三刀,他的话信不得。我看不如趁钦州城没有防备,咱们的人换上郭人漳卫队的衣裳,诈开城门,然后大队人马杀进城去,钦州城唾手可得。如果错过这次机会,钦州城恐怕就难打了。"

公韧听了刘辉廷的话,心里一惊,半天没有言语,又看了看刘辉廷的表情,他那样子一时叫人琢磨不透。刘辉廷这人自己不大熟悉,可是郭人漳自己是太了解了,天津小站起义是不是他泄的密,真是难以说清……可他现在既是华兴会会员又是同盟会会员,又刚刚策划了一场重大的起义……

是不是刘辉廷心胸狭隘,嫉妒郭人漳夺了头功?又或者是郭人漳心术不正不能让人相信?公韧对刘辉廷不慌不忙地说道:"你知道太平天国是怎样失败的吗?"

刘辉廷不知道公韧为什么问这个,摇了摇头说:"不知道。"

公韧严肃地说:"是因为天王洪秀全和东王杨秀清有一些矛盾,而洪秀全不顾大局,召回北王韦昌辉杀了东王杨秀清,而洪秀全又迫不得已杀了韦昌辉、秦日纲,引起了内部大乱。在这场大乱中,天国骨干损失了三万多人,前车之覆,后车之鉴,我们应该引以为戒才是。"

刘辉廷明白公韧话里的意思,摇了摇头,不再说话。

而唐青盈却插嘴说:"我看郭人漳尖嘴猴腮,小眼睛眯缝着,眼珠子骨碌碌乱转,说话又过于热情,水分太大,确实让人有点不大放心。不如依了刘营长,先占领了钦州东门再说,只要东门拿下来,钦州城还不是咱们的。"

公韧生气地对唐青盈说:"真是一派胡言,人不可貌相,海水不可斗量,怎么能以貌取人?对一个人的看法,不光要看他说什么,还要看他做什么。郭人漳已和我们商量好破城之计,他又手握兵权,怎么能这样不相信人家,做对不起他的事呢?你这个馊主意,还是不说的好。"

不一会儿,王和顺和梁少亭出来上厕所,也被刘辉廷派去的一个兵拉来了。刘辉廷又把刚才的话说了一遍。

王和顺笑了笑说:"我们已经和郭人漳定好了作战计划,这时候如果再变,恐怕会引起郭人漳的不满。破坏这次作战计划事小,引起内部矛盾事大,再说黄兴和郭人漳交情那么好,又在郭人漳的部队里待了这么长时间,如果郭人漳心怀二心,黄兴还能安全回来吗?"

梁少亭也说:"在这个节骨眼上,要紧的是紧密团结。现在郭人漳有三个营的防勇,将近钦州城兵力的一半,如果他能帮助我们,钦州城唾手可得,如果他反对咱们或者袖手旁观,钦州城可就难打了。"

王和顺果断地说:"这个事情就这么定了,谁也别节外生枝了。"

刘辉廷叹了一口气,微微地摇了摇头。

郭人漳在涌口吃完了饭,要和黄兴回钦州,说要回去抓紧准备明早4时的起义。王和顺、梁少亭、梁瑞阳、公韧和唐青盈把他们送出去很远,直到看不见他们的队伍了,还在向他们招手致意。

王和顺立即命令部队抓紧休息,准备晚上行动。晚上十点钟,队伍起来饱餐一顿,做了简短的战斗动员后,立即向钦州城进发。到了钦州城下时,已经是凌晨三点,王和顺叫大部队悄悄隐蔽在城东门外不远的地方,自己带着一营人,悄悄运动到了城下。

向上望去,黑乎乎的东城门紧紧地关闭着,一点儿动静也听不到。高高的城墙上,不时地传来巡城防勇的脚步声和口令声。等了好一阵子,公韧贴近王和顺的耳朵说:"怎么一点儿动静也没有啊,别有什么意外情况。"

王和顺说:"没有动静就快了,再耐住性子等一会儿。"

第145回　钦州城郭人漳变卦

大约四点多钟,从东城墙上扔下来一根绳子,不一会儿,绳子上顺下来一个人,唐青盈把他领到了王和顺的面前。

那人见了王和顺,先对上同盟会的暗语,然后对王和顺说:"我也是同盟会会员,叫郭时安,是郭人漳的书记官。郭人漳叫我对你说,钦廉道的王湖和钦州城的驻军宋安枢部,已经有了准备,四面城墙上全是宋安枢的人。郭标统的人已经受到了控制,不能发动起义,请你们不要贸然发动进攻。"

情况突变,王和顺的心情一下子变得沉重起来,半天没有说话。梁少亭、公韧也有点儿发蒙。唐青盈嘟哝说:"早知道这样,还不如昨天就换了装,杀进钦州城。"

公韧狠狠地瞪了她一眼,唐青盈没有再说话。

停了一会儿,王和顺对郭时安说:"我们都是同盟会会员,还有什么话不能说,你感觉情况怎么样?"

郭时安说:"下午的时候,郭标统和几个营长开会,不让我参加,我也不知道是怎么回事。宋安枢的部队确实调动频繁,确实在备战,不过到底情况怎么样,我也不大清楚。不过我觉得,如果宋安枢部设好了圈套,咱们贸然进去,一定吃大亏。"

王和顺说:"既然都是同盟会会员,我也直说吧。你觉得郭人漳起义的诚心怎么样?"

郭时安考虑了一会儿,说:"虽然我是郭人漳的书记官,但是对他起义这个事情,我拿不准,也弄不清。我总觉得郭人漳这个人高深莫测,他心里到底想什么,不好猜。"

王和顺说:"你和他待的时间长,你觉得这个人靠得住靠不住?"

郭时安摇了摇头说:"我确实拿不准。"

几个人默默无语。停了一会儿,王和顺对郭时安说:"你先回去吧!对郭人漳说,我们等他的好消息。"

郭时安点了点头:"那我就回去了。"众人看着他,直至他消失在黑黢黢的城墙边上。

王和顺领着一营人往后退了退,然后把几个标统叫到了一起商讨情况。

唐青盈首先发言说:"我看郭人漳靠不住。他要是有决心的话,我们从外面往里打,他从里面往外打,宋安枢还能抗得住我们两面夹击?"

公韧反驳说:"用人不疑,疑人不用,郭人漳既然派人来传话,自有他的难处。我们要相信自己的同志。"

梁少亭考虑了一会儿说:"事情到了这份上,要是硬打的话,钦州城城池坚固,怕是不好打。郭人漳不动弹还好,要是他帮着宋安枢来打我们,咱们可就被动了。"

唐青盈顶他说:"这会儿怎么又说这话了,原来你不是挺相信郭人漳的吗?"

梁少亭说:"画虎画皮难画骨,知人知面不知心。郭人漳这人到底怎么样,我怎么能知道呢?"

王和顺说:"不管怎么样,情况不明,咱们硬攻钦州,犯忌讳。"

梁瑞阳出主意说:"既然钦州不好打,咱们也不能在一棵树上吊死,灵山空虚,听说只有两营人防守,我们不如去打灵山。打完了灵山,郭人漳也有个态度了,咱们再回来收拾钦州不迟。"

大家你一言我一语,议论了一阵子,最后王和顺说:"以我们的力量,拿下灵山还是有把握的。大家有不同意打灵山的吗?"

大家你看看我,我看看你,谁也没说不行。王和顺说:"好,那咱们就回去准备吧,立即绕过钦州城,进军灵山。"

再说钦州城里,这天晚上,黄兴哪敢睡觉,他穿着衣服在床上歇了歇,三更的时候就掖好武器,出了门,悄悄观察着周围的动静。他发现清军荷枪实弹,调动频繁,好像有重大的军事行动,心里暗暗高兴,想必是郭人漳已经安排好了。

黄兴来到郭人漳的屋里,郭人漳一身戎装,正坐在椅子上不慌不忙地喝着茶。黄兴问道:"不知你安排得怎么样了?"

郭人漳说道:"是这么回事,宋安枢不知道听了什么人的报告,已经有了准备,并且报告了钦廉道王湖,王湖已下令叫宋安枢部接管了所有城墙的防务。我看,这次起义就不要举行了吧?"

黄兴听到这话,大吃一惊,问:"这么大的事儿,你怎么没告诉我一声?"

郭人漳轻描淡写地说:"我想木已成舟,告诉你也没用了,所以就没有跟你说。"

黄兴心里一沉,又问道:"那现在怎么办?"

郭人漳说:"现在也没有什么办法,只有等待下一次机会了!"

黄兴连说:"不可!不可!只要我们行动坚决,三个营的兵力占领东城门是没有问题的。只要占领东城门,外面的两个标一打,钦州城还不是我们的?再说,既然你已经暴露了,还有下一次机会吗?没有了。"

郭人漳听了黄兴的话默不作声,在地上来回地踱着步。

黄兴知道他内心犹豫,催促他说:"你是华兴会的老同志了,又是同盟会会员,现在我以同盟会会员的身份劝告你,立即起义!"

郭人漳还是没有下定决心,停了一会儿,说:"我看,还是取消这次起义吧!"

黄兴又逼他一句:"当断不断,必受其乱!要是错过这次机会,你会后悔一辈子的。"

郭人漳歪着头,不再理会黄兴,他是下定决心今晚上不起义了。

原来,在涌口时,他探知了革命军的虚实,想了想,依目前革命军的实力,进攻钦州城没有十成的把握。况且如果占领了钦州城,必然遭到数倍清军的进攻,危险性就更大了。想来想去,这样的起义还是不举行的好,所以就和宋安枢通了消息,加强防守,又对黄兴两面三刀,信口雌黄。

黄兴恨得牙根痒痒,但是郭人漳握有兵权,奈何不了他!他气得急火攻心,脑袋嗡嗡乱响。

不一会儿,郭人漳叫书记官郭时安去给城外的革命军下通知。

黄兴想到,郭人漳虽然表面上对自己挺好,大谈兄弟情谊,好吃好喝地照应着,但是胆小怕事,两面三刀,私心极重,时间一长,不但起义不成,弄不好,自己的性命也被郭人漳玩了去。

郭时安回来后,黄兴悄悄截住郭时安询问情况。知道了外面的情况后,黄兴对郭时安说:"我看郭人漳有点靠不住,你我都得小心点!你手里现在掌握着多少同志?"

郭时安无奈地说:"说实话,同盟会的人都在郭人漳的手里掌握着,我手里是一个人也没有。你是同盟会的领导,我看你还是先走吧!"

黄兴说:"依我看,咱俩还是一块儿走吧,免得夜长梦多,被他所害。"

郭时安摇了摇头:"我是郭人漳的书记官,估计他不会把我怎么样。你可不是一般人,要是出了意外,我可担当不起,你还是赶快走吧!"

黄兴想到此时,自己已是站在郭人漳的枪口前,再待在此处,只能做无谓的牺牲。于是和郭时安告别,悄悄上了城墙,用绳子从城墙上坠下来,溜出了钦州城。

再说王和顺这边,命令一下,部队迅速绕过钦州城向灵山进发。灵山在钦州东北,从大路走不过一百八十里地,但是为了出其不意,队伍不得不挑选无人行走的崎岖山路秘密行军。走着走着,后面部队报告,说有一支队伍悄悄地跟在大部队的后边。

王和顺、梁少亭、梁瑞阳、公韧和唐青盈几个到后边一看,果然有三百多人正悄悄地跟随着大部队行进。王和顺叫后卫部队停下,那支队伍也停下,王和顺命令后卫部队继续前进,那支队伍也继续跟进。看那支队伍的样子,像是清军的防勇。

王和顺自言自语地说:"不知道他们到底要干什么,是敌人,还是朋友?"

梁少亭说:"要是朋友的话,早和我们联络了,他们肯定想抄我们的后路,可是人少害怕,所以不敢行动。叫我领上两个营,把他打垮算了,省得跟在我们屁股后面碍手碍脚。要是到了灵山,灵山和后面的敌人两面夹击我们,我们顾哪头的啊?"

王和顺想了想说:"不能这么冒失,我们还是想办法弄清他们是哪一路的,有什么目的。"

唐青盈哼了一声,极蔑视地嘟囔着:"这个事儿还不好办吗?"

王和顺笑了笑,激唐青盈说:"这个事情好办,那太好了,唐标统,你领上一个队去,抓个俘虏回来,问问情况,有这个胆量吗?"

唐青盈继续不咸不淡地说:"一个队哪行啊?"

王和顺说:"嫌少?要不,你就带两个队去!"

唐青盈笑了笑，拍了拍胸脯说："我一个人就行了，人多了反而碍事。"

王和顺沉下脸，批评她："唐标统，军中无戏言，别仗着你是个小孩子，就开这样的玩笑！"

唐青盈脸一红："谁和你开玩笑？抓不了人来，我甘愿受军法处罚。"

第146回　小青盈神勇捉舌头

公韧朝她直摇头，示意她不要揽这样的差事，可是唐青盈装没看见，我行我素，硬要逞强。王和顺见唐青盈来真的，有些后悔，说："小孩子家，别在这里胡乱掺和，要是抓不来人，军法可不饶人！"

唐青盈却越发来了脾气，大声地说："好歹我也是个副标统，男子汉大丈夫，话掉到地上砸个坑，你怎么这样不相信人呢！"说着，她整理了一下弯刀和短枪，大踏步向后面的清军走去。

王和顺把后卫部队的一个营拉到一个小山坡，摆好战斗架势，时刻准备着救援唐青盈。小山坡上杂树茂密，几个人隐蔽在林荫深处，就议论开了。梁瑞阳说："别看唐青盈是个小孩子家，还挺好吹。大白天，三百多人窝在一起，就是龙潭虎穴啊！大人都不敢往里闯，更何况她呢。"

梁少亭说："童言无忌，说话没深没浅，我倒要看看，仗着他那点儿武功，怎么回来交差。不缺胳膊少腿的回来就不错啦！"

公韧心里着急，没心思和他们多说话，埋怨唐青盈说话不着三不着四，办事太鲁莽，心想：万一有个三长两短，自己怎么向她去世的父母交代，怎么向托孤的唐才常交代？公韧坐立不安，一会儿坐下，拔出武器来看看，是否上了子弹，一会儿站起来，手搭凉棚往敌军那边瞭望，可是隔着一片片树林和一处处起伏不平的山丘，很难望见那边有什么动静。

大约过了半个时辰，那边突然响起几声枪响。公韧的心一下子悬了起来，带着一队人就冲了过去。梁少亭和梁瑞阳也腾地站起来，拔出手枪，看着王和顺，等待着王和顺下命令。王和顺一边紧张地往敌军那边观看，一边摸索着腰中的手枪。

不一会儿，敌军那边出现了一个滑稽的现象，一个十五六岁的半大孩子，手领一个五大三粗的大人，一边迂回地向这边跑，一边不时地回头往后边打枪。枪响一声,后面追击的敌人倒下一个,而那位被拉着手跟着她跑的大人,也十分可笑,只有腿在急速地跑动,上身像瘫了一样,一点儿也不能动弹。

公韧领着一队士兵截住了追击的敌人,掩护唐青盈撤回到山坡竹林里。唐青盈朝着身旁肥壮的防勇军官戳了一下,那军官立刻扑通一声倒在地上,哎哟哎哟地喊起痛来。

众人都啧啧称奇。梁瑞阳拍了拍唐青盈的膀子:"唐标统,了不起!你用了什么法子,使他像中了魔一样,跟着你跑得这么欢?"

梁少亭还算明白点:"你一定点了他的穴道吧!唐标统,没想到你还有这么两下子。我拜你为师傅,有空你也教教我。"

公韧围着唐青盈转着圈看,检查她是否受伤,直到看到她浑身上下除了尘土以外,没有一点血迹,才放下心。

唐青盈掏出一块手帕,擦了擦头上的薄汗说:"别那么多废话了,抓紧审问才是。我看他肥头大耳的,不是个排长也是个队长,他是跑出来解手的,我点了他的穴位,拉着他就跑。烦人的是,那些当兵的紧追不放,好在有他当挡箭牌,那些当兵的不敢乱开枪。哟……怎么这么臭啊,熏得慌,熏得慌。"

众人也觉得熏得了不得,到处寻找味源,最后终于找到了,原来是那个军官连屎带尿弄了一裤子,屎尿顺着裤腿滴滴答答往下淌。众人一阵哈哈大笑。

王和顺抓紧审问那个军官,问他:"你们是谁的队伍,跟在我们后面干什么?"

那军官气哼哼的,抬起头来看天,不想说。

唐青盈轻轻点了他一下,那军官立刻像猪挨刀一样哎呀哎呀地大叫起来。唐青盈又点了他一下,解了他的穴道,他马上老老实实地说:"我说,我说,我们是郭标统的队伍。郭标统命令我们跟着你们,看看你们上哪里去,一旦有机会,就向你们进攻。"

唐青盈气得大骂:"郭人漳不是什么好鸟,就该在涌口一刀宰了他。"

梁少亭也大叫:"可上了这小子的当了!要是知道他是这样的玩意,还不如听刘辉廷的话,化装袭击钦州城。"梁瑞阳也破口大骂郭人漳混蛋王八蛋。

公韧有些糊涂了,问那俘虏:"郭人漳本人说的吗?"

那俘虏点了点头:"郭标统对我们这样下的命令。"

公韧又问:"九月六日凌晨,你们是怎样布防的?"

那俘虏说:"宋安枢部上城守卫;郭标统叫我们做好准备,不要睡觉,只要有人进攻,就坚决打击。"

王和顺又问:"郭人漳是怎么布置军事的?"

那军官不想说。唐青盈又拿手往他身上凑,那军官见状急忙说:"我说,我说,郭人漳已派了一营人袭击防城。"

王和顺听到这个消息,脸色一变。梁瑞阳说:"防城易攻难守,郭人漳派人袭击,防城不保。"梁少亭也说:"防城一失,我们就没有家了。"

王和顺对梁少亭、梁瑞阳摆了摆手,意思是不要守着俘虏说这些话。王和顺又问那军官:"还有什么情况,快快说出来。"那军官害怕地看了看唐青盈说:"我说,我说,我们的书记官郭时安让郭人漳枪毙了,说他通敌。"

王和顺又问:"还有什么情况,全都说出来,别和挤牙膏似的。"

那军官看了看唐青盈说:"我该说的,确实都说了。"

公韧此时全明白了,看来郭人漳已经完全叛变。要不,也不会在钦州城坐失破城良机,也不会在我军后面派军监视,更不会杀害同盟会会员郭时安。

王和顺挥了挥手,叫手下人把那个军官押到一边看管起来,马上召集主要军官开会。大家都觉得形势一下子紧张起来,个个阴沉着脸,皱起眉头。

王和顺说:"事情已经这样了,急也没用,现在看清郭人漳两面派嘴脸,也是个好事儿,以后别再指望他了。现在最要紧的是,我们怎么办?防城无险可守,可能已经失守,我们即使现在回援,重新占领防城,也非长久之计。防城弹丸之地,没钱没粮没枪械,以后不好发展。如果我们进攻灵山,倘若打下了,那当然好,倘若打不下,我们又该怎么办?"

大家都在思考着,沉默了一会儿,梁少亭说:"防城不能回,回到防城,钦州敌人往回一压,那里南面是海,还不把我们都赶到海里去喂鱼。北面是十万大山,我们不能再到大山里喝西北风。灵山空虚,只要攻下灵山,那里有粮有枪,我们以此为根据地,可以养足精神,再打南宁。南宁一破,广西就是我们的了。"

梁瑞阳也支持打灵山:"但凡打灵山,就得抱着攻必克的决心。我就不信咱两标人打不下他们两营人。"

公韧也觉得必须打灵山:"只有打灵山这一条路了。打不下灵山,我们再回十万大山不迟。"

王和顺点了点头,总结道:"既然大家都决心按原定计划办,咱们就打灵山。不过,打灵山也不能轻敌,一是咱们的后面有郭人漳的一个营盯着,咱们得派出一个营防着,别让他们给咱们捣乱……"

公韧插嘴说:"郭人漳的这一个营必须处理掉,要不跟在咱们后边早晚是个祸害。我看,由我领着一个营打他个伏击怎么样?"

王和顺大腿一拍:"好!你就领着一个营打他个伏击,就是全歼不了,也叫他以后再也不能给咱们添堵。"

公韧点了点头。

王和顺又展开军用地图说:"这灵山城外有两处军事要地,一是离灵山五里地有一个六峰山炮台,二是灵山城下有一座桥叫云秀桥,这两处是兵家必争之地,咱们必须拿下。再就是这灵山城墙也有二三丈高,咱们必须架云梯,才能攻城。"

众人嚷嚷道:"王都督,你就下命令吧!派谁去,我们听你的命令就是了。"

王和顺说:"好,那我就下命令了。梁瑞阳梁标统,你领着你的三营人,明早以前,必须占领六峰山炮台和云秀桥,再造上几十架云梯,为进攻灵山做好准备。"

梁瑞阳说:"好!我按照你的命令办就是。"

王和顺又对梁少亭说:"梁少亭梁标统,除一营人打伏击以外,你做好准备,等梁瑞阳拿下六峰山炮台和云秀桥后,明天主攻灵山的任务就是你的了。攻城可能有一场血战,你要有充分的思想准备。"

梁少亭点了点头:"放心吧,我一定拿下灵山。"

最后王和顺总结说:"兵贵神速,郭人漳这小子可能早已给灵山送了信,咱们得和清军抢时间,谁的动作快,谁就能打赢这场仗。大家赶紧回去行动吧!"

第 147 回　误军情陈发初被毙

公韧和唐青盈在山高林密处设伏,只等郭人漳的一营人马来到。没想到这一营人也挺精,队伍拉开老长,公韧只消灭了他们半个营,后面半个营听到前面的枪声,赶紧往后退,逃过了被歼灭的命运。

梁瑞阳接到命令后,叫传令兵把2营营长陈发初叫来。好长时间,陈发初才拿着一个酒瓶子,摇摇晃晃地过来。梁瑞阳一看他这个样子,脸色一变,训斥道:"你好大胆,竟敢喝酒,违抗军令,看我不枪毙了你。"

陈发初嘻嘻哈哈地说:"大……哥,这一阵子……太苦了,喝喝酒,解解乏。"

梁瑞阳知道部下连日行军打仗十分辛苦,一听这话,心软了,话也缓和多了:"本来想给你个差事,看你喝成这样,你就别去了。"

陈发初摇摇晃晃地说:"哪能呢……大哥,冲锋陷阵,咱不跑在头里……谁跑在头里,你该怎么安排……就怎么安排。"

梁瑞阳随即命令他明早以前占领六峰山炮台和云秀桥,并造三十架云梯。陈发初拍着胸脯说:"大……哥,你就放心……吧!完不成任务,你就……枪毙我。"

安排完了,梁瑞阳这才松了一口气,闭上眼睛,想养会儿神,没想到太困乏了,一躺下就睡着了,醒来一看,时间已经不早,马上安排部队出发。行进途中,公韧赶上来问:"梁标统,你怎么才走?我们的伏击都打完了。"

梁瑞阳不愿意别人干涉他军中的事务,有点不满意地回答:"公标统,打好你的伏击就行了,看好自己的门,管好自己的人,操那么多心干什么?我早安排2营提前走了,叫他们占领六峰山炮台和云秀桥。"

公韧一听这话,更有些不放心了,问:"是2营长陈发初吗,这人平常好喝酒,你怎么能放心把事交给他?"

梁瑞阳心里更加不痛快,对公韧没好气地说:"我的人,你别管!他敢?他要是耽误军中大事,我会以军法处置。"

公韧轻轻叹了一口气,不再说话。

九月八日中午,大部队赶到了灵山。王和顺一看六峰山炮台和云秀桥,仍然飘扬着清军的龙旗,阵地上尘土飞扬,清军都在抢修工事,而且兵力也在继续增加,顿时觉得头脑有些发蒙,脸色一变,立刻叫传令兵把梁瑞阳叫来。

梁瑞阳部也是才来到不久,一看六峰山炮台和云秀桥的阵地还没有夺到,他也傻了,大骂道:"也不知道陈发初这小子跑到哪里去了,人呢?人呢?"

不一会儿,陈发初才领着他那一营人马匆匆赶到。

梁瑞阳拔出手枪,点着他的头说:"你真大胆!误了我的大事儿。你跑到哪里去了?"

陈发初扇了自己两个耳光,跺着脚喊:"都怨我,喝醉了酒,迷迷糊糊的,也没找向导,领着队伍走错了道儿。大哥,我这就将功折罪,领着人马先攻下六峰山炮台,再打云秀桥。"

梁瑞阳跺着脚大骂:"进攻个屁!你没看到六峰山炮台人多了吗,再打可就难了。那你造的三十架云梯呢?"

陈发初摸了摸脑袋说:"云梯?什么时候叫我造云梯了?"

梁瑞阳气得拍着大腿吼道:"真是二两马尿把你灌晕了头,不懂人话了,这样的营长,留着何用?传令兵,给我拉出去毙了。"

两个传令兵上来拉住陈发初就往下拖。陈发初苦苦哀求:"大哥,大哥,看在跟你多年的情分上,你怎么下得去手?大哥,大哥,留下我一条命吧!"

陈发初的部下也纷纷求情,梁瑞阳不理他们,不一会儿,传来两声枪响,陈发初被枪毙,全军震动。梁瑞阳赶紧命令3营到附近的竹林里,一个时辰内造好云梯。又令2营副营长为正营长,组织部队进攻六峰山炮台。

2营的四百多人开始进攻了,他们很快攻到了炮台底下,在光秃秃的平地上,士兵们无处躲藏,完全暴露在敌人面前。清兵躲藏在堡垒里,一支支黑洞洞的枪口伸出来,瞄准了革命军士兵们。

突然,高高的堡垒上排子枪一齐朝下射击,2营的士兵顿时倒下一片。士兵们奋勇冲击,仰面直攻,顶着密集的子弹毫不畏惧。有的士兵好不容易攻到堡垒底下,但堡垒墙却又高又滑,无法攀登,有的被清军的交叉火力击倒,有的被清军扔出来的炸弹炸伤。不一会儿,2营已伤亡一半,失去了进攻能力,只得仓促败下阵来。

梁少亭和公韧来到了王和顺跟前。梁少亭建议:"既然六峰山炮台拿不下来,那就不管它了,打下灵山,再来收拾六峰山。"

王和顺问了问梁瑞阳的3营,得知由于时间紧张,只造好了三架云梯。王和顺皱着眉头,左右为难,如果强攻灵山,只有三架云梯,另有六峰山炮台的大炮侧面轰击,攻城显然不易;倘若再攻六峰山炮台,不知何时才能拿下,继续拖延下去,四面敌人援军一到,那就陷于坚城和外敌的夹击之下,后果不堪设想。

公韧鼓励王和顺说:"该下决心了,先攻下云秀桥,再攻灵山。"

王和顺考虑了一下,无奈地同意了。

梁少亭、公韧、唐青盈率领着一标的1营、2营进攻必经之道云秀桥。

云秀桥的敌人忽然不战而退,互相掩护着,全部退进灵山城里。公韧想:清军真是聪明,云秀桥是灵山城和六峰山炮台的中间地带,无险可守,清军觉得守不住,所以干脆放弃,集中兵力坚守灵山城和六峰山炮台,作掎角之势。

革命军一踏上云秀桥,便遭到六峰山炮台的大炮轰击和灵山城墙上敌军的射击,队伍里不断有人倒下。但是梁少亭、公韧、唐青盈和各级军官不断鼓舞着士气,带头向城墙下冲去。

士兵们也个个奋勇争先,冒着枪林弹雨一块儿向前猛冲。队伍冲到了城墙底下,梁少亭叫士兵们压制住城墙上敌人的火力,掩护着三架云梯竖起来,然后一排排的士兵争先恐后地上云梯向城墙爬去。

前面的士兵被敌人的枪弹击中了,从云梯上栽下来,后面的毫不畏惧地继续往上爬,好不容易爬到了顶上,又被敌人的大刀削着了脑袋,从梯子上叽里咕噜地往下滚。敌人的炸弹也往下扔。一团团火光闪起,革命军一片又一片地倒下。

到处充满着硫黄和血腥的气味,三架云梯不一会儿就被炸塌了两架。

唐青盈又急又气,袖子一挽,嘴里叼把弯刀,两手一触仅有的那架云梯,一用力,噌噌噌一溜小碎步,爬到了梯子顶。

云梯上的一个敌人一看烟雾中猛不丁地蹿上来一个半大孩子,吃了一惊,朝着唐青盈就是一刀。唐青盈眼疾手快,右手摸过嘴中的弯刀使劲一挡,把那刀格在一边。唐青盈往上一划,借力一蹿,刀到了,身子也上去了,那敌人一下子就被戳到了咽喉要害,瞪着眼睛朝后仰去。

唐青盈蹦上城墙,右手持弯刀,左手执枪,见人就劈,逢人就射,刀刀见血,一枪一个,真和活阎王一样,直杀得敌人鲜血淋淋,不死即伤。不一会儿,顺着云梯又爬上来二三十个革命军,唐青盈指挥着他们迅速扩大突破口。

清军也集中兵力堵截过来,更多的枪弹交叉着射向云梯,云梯下死伤枕藉,牺牲的和强攻的战士混杂在一起,那场面真叫一个悲壮惨烈,云梯成了死亡之梯。

梁少亭指挥着更多的人拥向这架云梯,人挤成一团,更增加了人员的伤亡。敌人的每一颗子弹都能击中革命军,但士兵们还是前仆后继,一个接一个地往城墙上爬去。

城墙上的敌军从两面向唐青盈他们夹击,光秃秃的城墙上无处躲藏,革命军只能或站或跪地和清军展开激烈对射。不一会儿,敌军倒下一片,革命军也只剩下四五个人了。

唐青盈浑身是血,举枪怒射,然而枪里已经没有子弹了。她把枪一扔,挥刀想上敌人堆里扑去,被几个革命军挡住了。一阵乱枪射来,挡住唐青盈子弹的士兵倒在了血泊中,一个身负重伤的士兵推了推唐青盈,让她快撤。

唐青盈怒目横眉,手持弯刀,绝不后退。随着一声枪响,这个士兵也牺牲了。几个敌兵扑上来,欺负她是个孩子,要抓活的。唐青盈一阵乱刀,劈杀了他们,不得已,跳下城墙,落在了人窝里。

敌人重新占领了这段城墙,密集的枪弹射向了革命军……梁少亭一看,这样打下去实在不行,只得带领部队撤出了战斗。

第148回　灵山下王志坚求战

1营和2营撤下来修整,3营和梁瑞阳的一个营又架上了新造好的四架云梯向灵山城猛攻。攻了一天,双方伤亡不小,城墙还是没有拿下。当晚,革命军退到离灵山城和六峰山炮台五六里地的木头塘村宿营。

第二天继续进攻灵山城,攻了一上午,还是没有攻下。这时候郭人漳跟在革命军后面的那一营残部又开始进攻革命军了。虽然那一营的人数不多,可是也够烦人的,枪声一阵比一阵激烈。

王和顺怕这三方面的敌军一块儿围过来,包围住革命军,只得下令暂时停止进攻灵山城,在木头塘村一带构筑工事,站稳脚跟。革命军只要不进攻灵山城,郭人漳的那一营残部就往回缩,害怕革命军集中兵力向他们开刀。

在双方对峙的阶段,四乡村民因为早就对清政府不满,所以纷纷提着粥饭,驮着粮食,前来慰问革命军。四乡民团也带着土枪、鸟枪、土炮前来加入革命军,革命军一下增加了一两千人。而灵山县城,六峰山炮台的敌军似乎也元气大伤,龟缩在阵地上不动。

梁少亭、梁瑞阳又各造了十架结实的云梯,只等王和顺一声令下,再次进攻灵山城。就在这时候,有一个人从灵山城里悄悄出来,找到了革命军,死活非要见王和顺不可。底下人问明情况,把他领到了王和顺的跟前。

王和顺见他相貌堂堂,一脸忠厚,不似奸邪之人,就问他:"我就是王和顺,有什么事你就说吧。"那人先抹了抹眉毛,又把脚横着往里。王和顺知道这是和他对同盟会的暗号,问道:"君从何来?"那人很熟练地和王和顺对上了同盟会的暗号。

王和顺上去拉着他的手说:"又碰见自己的同志了。幸会!幸会!"

那人诚恳地说:"我叫王志坚,是同盟会会员。现在灵山城里,同盟会已经组织了两百多人的武装,准备配合你们攻城。"

王和顺听了这话,心里一阵激动,紧紧地摇着他的手说:"有你们协助,进攻灵山城必然成功,太感谢你们了。你看,咱们怎样配合行动?"

王志坚说:"白天我们不方便行动。天黑的时候,在城外先放上三堆火,叫他们准备好。然后我们进攻灵山,他们趁乱冲上城楼,占领城门,迎接革命军进城。"

王和顺听了大喜,连声说:"好啊!好啊!如果灵山攻克,你们就立下头功了,功劳先给你们记上。"

王和顺虽然心里高兴,但还是有些不放心,试探着问:"你是先回去准备呢,还是和我们一块儿进攻灵山?"

王志坚信心百倍地说:"他们都准备好了,我就不回去了,和你们一块儿攻城。"

王和顺听了深信不疑,急忙召集众标统安排军事。公韧心里想:如果这个王志坚坚决要求回去,这个事情值得怀疑;如今他决心留下,和革命军一块儿攻城,说明他没有后顾之忧,这个人还是可信的。

唐青盈有些放心不下,问王和顺:"王都督,王志坚这个人原来没有听说过,可靠吗?"

王和顺说:"同盟会会员那么多,我们不能个个都认识。我已经试探过了,看他那个样子,不像有假,再说……"

梁瑞阳插嘴说:"我们应该相信同志,这也不信,那也不信,什么时候才能打下灵山?经过这几天的休整,我们兵也多了,枪也多了,正是打灵山的好时候。本来灵山就两营人马,往六峰山炮台一分,再加上这一阵子损兵折将,没剩下多少了。"

公韧也支持他的意见:"不管是真是假,我们都要攻一下。如果城里的同盟会真能配合我们,岂不是天助我革命军!"

梁少亭也支持:"我们做两手准备,万一王志坚不可靠,我们就强攻。我就不信,二十架云梯爬不上一座破城墙。"

王和顺笑着说:"今天晚上就开始行动。"

傍晚的时候,王和顺叫人点起三堆大火。他指挥着大部队悄悄越过云秀桥,向灵山城墙逼近。遥望六峰山炮台,那里一点动静也没有,就像死水一般,寂静得有点瘆人。再望灵山城,黑沉沉的城墙和黑洞洞的城门口也是没有一点儿响声,像是沉睡中的一座空城。

部队继续向城墙下运动,扛着云梯的士兵不小心弄出一点响声,旁边的军官压低声音呵斥他:"别出声!别出声!"越是没有动静,公韧的心里越是紧张,忍不住问旁边的梁少亭:"梁标统,你有没有觉得不大正常,清狗子不是瞎子聋子,怎么一点反应也没有呢?"

梁少亭鼻子一哼:"他们准是累了,这会儿正在睡大觉哩!今晚拿下灵山,我们的心就能放一放了,明天什么也不干,先好好地睡上一天再说。"

唐青盈紧紧地盯着旁边的王志坚,他的一举一动,都逃不过唐青盈的眼睛。

那王志坚倒是不慌不忙,从容地跟着部队前进,没有一点慌张的样子。到了城墙下和城门口,士兵们在梁少亭的指挥下,把云梯都竖了起来,有的人已经开始小心翼翼地往城墙上爬了。

可就在这个时候,城墙上突然一声枪响,紧接着无数火把坠下,把城墙下照得如同白昼一般,士兵们完全裸露在光亮之中。城墙上又伸出无数个黑洞洞的枪口,第一阵排子枪响了,革命军倒下一片,第二阵排子枪又响了,革命军又倒下一片……

这时候,六峰山的大炮也开始轰击了,在一团团刺眼的火光和爆炸声中,革命军倒下了一片又一片。唐青盈右手执弯刀,抵在王志坚的脖子上,左手抓住他的脖领子厉声喝问:"你这个奸细,还有什么话说?"

王志坚哈哈一笑,满不在乎地说:"我生是大清的人,死是大清的鬼,你们这些乱党,早晚会被我们一个个抓住砍了。既然来了,我根本就没有打算活着回去!"

唐青盈右手腕子一拧一拉,王志坚的一颗人头旋即落在地上,鲜血喷涌而出。

王和顺知道上了大当,急忙指挥部队往后撤。可就在这时候,城门口突然打开,无数防勇从城内冲了出来,朝着革命军一阵乱射。城门口拥出来的清军越来越多,少说也有一标人。革命军支持不住,纷纷往后败退。突然,革命军后面又响起了激烈的枪声,像是六峰山炮台的敌军也冲了下来。听那枪声,看那流弹的阵势,最起码也有两营人马。王和顺略一算计,吃了一惊,灵山的清军绝不止两个营,不知什么时候他们已经增了兵,少说也有两个标。

革命军处于不利的境地。

梁少亭、梁瑞阳苦苦支撑着局面,指挥部队一边打,一边向伯通花会厂方向退去。途中又遭遇了两营清兵,打了一晚上,才摆脱他们的纠缠。到了天明时,清点一下队伍,剩不足千人,并且许多人挂了花,子弹也快打光了。

在这关键时候,王和顺不得已召开军事会议。会议上决定,为了保存这支革命力量,部队暂时分散行动,梁少亭、梁瑞阳各领自己的队伍隐蔽在十万大山中;王和顺带领公韧和唐青盈等二十多人,去越南安南向上级汇报这次起义的情况……

第 149 回　谭人凤劝降郭人漳

公韧和唐青盈到越南,清政府照会越南法国当局。法国当局也不愿意得罪清政府,于一九〇八年三月上旬勒令同盟会的人离开越南。同盟会的人被迫南走新加坡,临走前,布置由黄兴、公韧、唐青盈等人入钦州廉江地区再次发动起义;由黄明堂、王和顺等到云南河口发难,以作响应。

经过防城起义后,黄兴不仅没有气馁,反而更加壮志凌云,决心要大干一番,只是枪械子弹没有来源,内心十分焦灼。正在这时候,谭人凤来到越南。谭人凤与郭人漳是旧交,关系很好,又是郭人漳入华兴会的介绍人,于是他和黄兴商量:"让我再去郭人漳那里,他不会不给我面子的,多少总会解决一部分枪械子弹。"

黄兴就把钦州之战中郭人漳的所作所为说了一遍,苦笑着说:"我和他那么好,他连我都敢欺骗,还有什么人不敢骗的!我劝你还是不要去了,那里太危险,简直就是个狼窝啊!"

谭人凤坚决地说:"我是一个文人,寸功没有,现在到了我出力的时候,早已不把生死放在心上。只要解决了武器弹药,就是死了,也是值得的……"

黄兴劝不住他,只好由他去了。

谭人凤到了郭人漳的兵营里,看到郭人漳的情绪十分低落。原来郭人漳和革命军有过交往的事,被人告发,他由标统降为营长,升官发财之路遭遇挫折,难免情绪低落。但是他看到故友来访,还是强作笑颜,置办酒菜,热情地招待谭人凤。两个人慢慢有了三分酒意,郭人漳满腹牢骚,大骂那些当官的没眼,大骂清军贪污腐败。

谭人凤看时候到了,试探着说:"世道不太平,我家里也经常闹贼,郭兄弟这里是军营,搞点枪支弹药还方便吧?"

郭人漳满不在乎地说:"这还不是关公吃豆芽——小菜一碟。你要多少,尽管说。"

谭人凤看着他,说:"我也要不多,就三百支枪,一万发子弹。"

郭人漳吃了一惊,立刻警觉起来,问:"谭大哥要这么多枪支子弹干什么?不是闹贼,怕是闹革命吧。"

谭人凤脸一红,说:"我那里没有革命军,只是闹贼。"

郭人漳眼珠子转了转:"那就不对了,革命军闹得满城风雨,沸沸扬扬,我就不信你那里不闹革命军。你要这么多枪支,都够装备一个营了,不是给革命军又是给哪个?"

谭人凤一口咬定:"哪里,哪里,我弄枪械只是防贼,你偏说是给革命军,不要开这样的玩笑……"

郭人漳笑了笑："和你闹着玩的,不管你是给革命军,还是防贼,和我又有什么关系？我给你预备就是了。不过话可说回来,弟兄俩还得明算账,这个……"郭人漳右手的拇指、食指和中指互相搓了搓。

谭人凤赶紧说："这个我明白,咱价格从优,保准让你吃不了亏。你说多少钱吧。"

郭人漳说："一说到钱,咱弟兄俩不是见外了吗？钱的事儿哪好意思提,还是你说吧！"

谭人凤说："你看这样行吧,快枪嘛,十块钱一支,子弹嘛,二百文钱一颗？"

听到此话,郭人漳猴脸一耷拉说："你也太不拿萝卜当咸菜了吧,你以为倒腾军火这么容易吗？弄不好得掉脑袋。这个事我办不了,你还是另请高明吧！"

谭人凤只好说："你看多少钱合适呢？"

"枪嘛,得这个数……"郭人漳伸出了两个手指头,"子弹嘛,得这个数……"又伸出一个手指头。

谭人凤看着他的手指头问："是不是快枪十二块钱一支,子弹三百文钱一颗？"

郭人漳点了点头："反正钱又不是你的,何必这么舍不得呢？"

谭人凤摇了摇头："话不能这么说,谁的钱也不是天上掉下来的。好,好,就依你,就依你。"

当晚两个人喝到尽兴。第二天,俩人又一块到郭人漳的家里去,刚进门,突然有几个军官喜气洋洋地提着礼物来找郭人漳,见了面连说："道喜！道喜！""可喜可贺,请客,请客。"

郭人漳有些莫名其妙,问那几个朋友说："喜从何来？来就来呗,还提着礼来干什么？"

那几个军官嘻嘻哈哈的,其中一个说："别装糊涂,我们都知道了,你还能不知道？请客,请客。"

郭人漳更加疑惑,说："我知道什么了？"

那个军官说："郭标统,没听说吗,你已经官复原职了,听说命令马上就下来了。"

郭人漳脸色一沉,说："不要开这样的玩笑,我的事情我都不知道,你在哪听说的？"

几个人正在说着话,果然有一个军官来下达命令。命令上说,经查,之前对郭人漳有所误会,希望不要放在心上,因郭人漳对抗革命军有功,重新委任为标统。

郭人漳激动得脸都变了颜色,浑身颤抖起来。

那些军官还是闹着要郭人漳请客,郭人漳痛快地拿出两块钱,让家里人速速去置办酒席。谭人凤一看自己在这里,实在是没趣,趁着郭人漳净脸洗手的时候,对郭人漳小声说:"那我就走了。"

郭人漳点了一下头说:"真对不起,这里忙,不留你了。"

谭人凤又提醒说:"可别忘了我说的事儿。"

郭人漳眉头一皱,问:"你说什么事了……"

谭人凤凑近他的耳朵小声说:"枪支弹药的事啊!"

郭人漳脸色一变:"什么时候说过这样的事了?再说,这样的事儿也不能随便答应啊,那可是要杀头的。"

谭人凤见郭人漳出尔反尔,转脸不认账,气得肚子鼓鼓的,可是在这种场合又不便发作,只好悻悻地对郭人漳说:"好啊,好啊,你真是小人得志,翻脸不认人!"说完,怒气冲冲地离开了郭人漳家。

有个军官觉着奇怪,问郭人漳:"这个人是干什么的?脾气还不小呢。"

郭人漳说:"要账的,一个无赖,别理他,咱们玩咱们的。"就像什么事情也没有发生一样,和那些军官胡吹海侃地喝起酒来。

过了几天,郭人漳又琢磨起这个事情来了,觉得不贩卖军火,自己实在有些吃亏,就派他的侄子到越南去见黄兴,表示愿意接济革命军枪弹。

黄兴知道郭人漳侄子来访的原因后,不卑不亢,轻描淡写地说:"其实,我们革命军也不缺你这点枪支弹药,不过是给郭兄弟一个机会。郭兄弟的所作所为,已经严重地伤害了一些人,他们想着无论如何都要把郭兄弟弄死,是我好说歹说,才把他们劝说下来。人做什么事儿,老天爷都看着呢,是想好好地活着,还是想快点儿死,都取决于自己。"

一席话说得郭侄无话可说。

晚上,黄兴宴请客人,也叫上了郭侄。酒足饭饱之间,忽有交通员送上来四封急信。黄兴看了看郭侄,背着他看了两封信,就把信掖到怀里了。另外两封信是用法文写的,黄兴便叫人来翻译,翻译告诉他:"两封信中说,巴黎将有捐款十万元马上汇来援助革命党。"

黄兴说道:"伦敦的二十万元也快来了。"

说者无心,听者有意,郭侄听了高兴得眉飞色舞。

晚上,黄兴提议和郭侄在一个床上睡觉,叙叙旧。可说了没几句话,黄兴便呼呼大睡,怀里的两封信露出半截。郭侄想:黄兴背着我看的那两封信中一定有什么军事秘密,要是我知道了,回去给叔叔一说,说不准又能得到大大的表扬。想到这里,郭侄偷偷地把那两封信掏出来,展开来一阅,原来是有关军事调动的军情,分别盖有革命第一军和革命第二军的大印。

其实,这都是黄兴使的计策,他知道郭人漳的品行,这是诈他呢……

第二天,郭侄便邀谭人凤一同返回钦州,向郭人漳一一做了禀报。郭人漳以为革命党真的有钱有势,便答应与黄兴合作,痛快地提出军火接济的事情,并同谭人凤约好交接的时间和地点。

黄兴知道他反复无常,不敢全指望他,便派同志到法国商人那里购买了一百多支盒子炮。此时,从香港购买的子弹也已经运到。黄兴认为时机已到,于是召集海内外同志二百余人,于三月二十七日举行起义,从越南的安南,越过边界,向钦州进军。

第 150 回　小峰山伏击清军

一入钦州境内的小峰,义军就吹起洋号,当地的两营清军听见号声,以为是郭人漳来了,便派三十多人列队迎接。义军见了,举枪便打,其中五人被打死,三人逃走,其余二十多人吓得缴枪投降。逃走的三人回去报信后,两营清军共六百余人立即倾巢而出,并依山布阵,以待义军。

这次进攻队伍的主力,还是防城起义中退入粤桂边境十万大山的梁少亭部和梁瑞阳部。三月二十九日,革命军行进到了小峰山。清军在山上构筑工事,堵住了革命军前进的道路。黄兴让梁瑞阳带着一队人试探着进攻,还没到山顶,就被清军密集的火力逼得不得不退下山来。

黄兴在阵地前召集梁少亭、梁瑞阳、公韧、唐青盈等开会。黄兴的脸胖乎乎的,尽显温厚、慈祥,他用湖南话坚定地说:"我们只有二百多人,可是清军有六百多,这次战斗又是起义的首次战斗,只能胜,不能败,大家看看怎么打?"

梁瑞阳说:"士可鼓,不可泄,士兵们在山洞里憋久了,正要大干一番哩!要让我说,集中我们的全部人马,往山上猛冲,我就不信,拿不下山头。"

黄兴笑了,问公韧:"你说呢?"

公韧说:"这正中了清军的阴谋。他们依靠着工事,吃饱喝足了,正等着我们往他们的枪口上撞哩。我们这二百多人,在他们六百多条枪的射击下,必然伤亡不小,到时候不但拿不下山头,反而退都退不下来。"

梁少亭说:"我看硬打是不行的,咱们可以绕过这股敌人,从别的路上进攻钦州城。"

公韧摇了摇头:"不妥,要是这股敌人都吃不了,何谈进攻钦州城? 这股敌人如果粘在屁股后面,撵又撵不走,吃又吃不掉,还不是和上次起义一样,早晚又是个祸害。"

梁少亭说:"打又不能打,绕又不能绕,那我们到底应该怎么办?"

黄兴笑了笑说:"办法只有一个,那就是败!"

黄兴一说败,梁少亭、梁瑞阳、唐青盈都瞪大了眼睛望着黄兴。公韧笑了,说:"只有败了,才能胜。"

公韧这么一说,梁少亭、梁瑞阳、唐青盈更糊涂了。

黄兴微笑着说:"不但要败,而且要败得像,败得真。梁少亭队长,你领着你的队伍,再攻上三四次,要一次比一次败得惨,一次比一次败得真。只要清军敢追击我们,你就跑,顺着这条山沟一直往后退。事成了,你就是头功。"

梁少亭还是不理解,问:"我们本来人就少,把我这百十来号人都折腾完了,不就真败了吗?"梁瑞阳也嘟哝道:"要是让清狗子打败了,我们还不如不打呢,趁早解散算了。"

公韧明白了几分,他笑着对梁少亭说:"听黄都督的话没错,功也好,过也好,自有黄都督担着,我们干就是了。"

梁少亭闷闷不乐地组织起他那一队人马进攻了。

梁少亭领着他的百十来号人往山上爬去,山上鸦雀无声,一支支黑洞洞的枪口对准了革命军。到了半山腰时,梁少亭叫部下小心,利用岩石掩护,慢慢地往山上移动,不断地朝山上射击。离山顶还有七八十米时,山顶上突然一阵排子枪响,革命军倒下了一二十个。梁少亭立刻命令队伍趴下,向山上打了一阵子枪,然后抬着伤号往下撤。

梁少亭又往山上攻了几次,由于伤员增加,进攻的人数一次比一次少,最后一次只有六七十人。

山上的清军把革命军的情况观察得清清楚楚,他们看到火候已到,突然一阵呐喊,往山下冲来。梁少亭指挥着部队往下撤,清军在后面紧追不舍。革命军拼命往山沟里跑去,枪支、被包、杂品丢了一路。

梁少亭一边跑一边骂:"妈的!黄兴啊,黄兴,你的人马呢,怎么也不来帮帮我?再晚,我这队人马就叫清军全收拾了。"前面是一条山谷,两边山势陡峭,梁少亭领着这六七十号人一边打一边跑,冲进了山谷。清军紧随其后冲了过来,眼看着离梁少亭的队伍越来越近。

正在这危急的时刻,突然两边山头上枪声大作,居高临下射下无数的子弹。山谷里的清军无处藏身,一个个成了活靶子,纷纷中弹倒下。

梁少亭一看大喜,此时不反击更待何时?领着部队反过头来,向清军冲去。清兵只听到喊声震天,杀声四起,弄不清到底有多少革命军,哪里还有心抵抗。他们一片混乱,纷纷往回拼命逃去。

这一仗,击毙了清军六十多人,俘虏了一百五十多,缴获了枪支弹药无数,革命军大获全胜。通过审问俘虏得知,这两营人马正是郭人漳的部下。对这一百五十多名俘虏,黄兴积极动员,最终有七十多人愿意加入革命军,编入梁少亭部。其余不愿意加入革命军的,打发回家。

这样一来,梁少亭部比原来还多了不少人,梁少亭乐得对黄兴说:"这一仗我算服你了,以后怎样打,听你的!"黄兴说:"这一带全是大山,他们利用大山阻击我们,我们也可以利用大山伏击他们。"

公韧心事重重地说:"这两营人马可是郭人漳的部下,这下子算彻底撕破脸皮了。本来想和他做点买卖,这下子买卖做不成了,还得小心他前来报复。"

黄兴苦笑一声,说:"花钱买他的他不干,这下子好,白白给我们送来这么些人和枪。要是不改,还要教训他。"

郭人漳那两个营的残部退回钦州城后,郭人漳火冒三丈,立刻又带着钦州城的一个营,加上那两个营一块儿气势汹汹地向小峰山一带扑来,企图寻找机会和革命军决战。

他要决战,黄兴却偏偏不和他决战,领着革命军和他在山沟里转,转了几天,弄得郭人漳的部队人困马乏,疲惫不堪。

四月二日,在马笃山一带,黄兴命令梁瑞阳绕左边,进攻郭人漳的后面,梁少亭从右面,进攻其侧面,自己率领公韧、唐青盈一队人,从正面猛攻。三路人一夹击,打得郭人漳首尾难顾,军心大乱。

唐青盈手执快枪冲在最前面,专拣骑马当官的射杀。一个清军营长骑着一匹骏马正在挥舞着手枪大声地呵斥士兵冲锋,只听得叭的一声枪响,那位营长"哎哟"一声,从马上坠落下来,翻了几个滚滚到了路边。

郭人漳一看不好,急忙从马上跳下来,刚下来,就听得一颗流弹发出尖锐的响声,从马身上飞了过去,吓得郭人漳急忙往一个士兵身后躲藏。只听得叭的一声枪响,那个士兵又被唐青盈击中倒下。

郭人漳躲到哪里,唐青盈的子弹就追到哪里,吓得郭人漳东躲西藏,就像一只过街老鼠一样。

革命军冲了过来,没死的清兵纷纷举枪投降,郭人漳的那匹雪花马因为没有主人驾驭,正发了疯似的乱跑乱撞。

唐青盈看到它冲过来,猛一下子站在它的面前,那马一看前面站了个生人,两只前蹄一下子腾空,发出了一阵惊恐的嘶鸣。就在它的两只前蹄落下来马上要踏到唐青盈的一刹那,唐青盈猛地一闪身,全身往上一蹿,骑在马背上,死死地抱住马脖子,抓住缰绳,驰骋起来。

雪花马一看有个生人骑了上来,哪能服气,豁上命地往前奔驰,一边奔驰一边上蹦下跳,企图把唐青盈颠下来。唐青盈躬下腰,两腿夹紧马肚子,全身就和粘在马背上一样。雪花马一看没了办法,只好又返回头来往清军堆里跑去,腾起一路灰尘。

有一些清兵认得这匹马,纷纷躲避到两边。唐青盈看到清军的一面龙旗,暗暗地腾出一只手,待那匹雪花马奔跑到跟前时,猛地抓住军旗,往怀里一带。那清军的旗手"哎哟"一声,被雪花马带了个跟头,踉跄几步。唐青盈又勒了勒马缰绳,圈回了马,然后两腿一夹,那马一阵奔腾,把那个军旗手踏于马下……

革命军在唐青盈的带领下,奋力冲锋,勇猛冲杀,清军溃不成军,向后面败去。

第151回　河口炮台熊通起义

马笃山大捷后,当地会党和群众纷纷来参加革命军,革命军又发展到了六百多人。黄兴知道,依靠这些力量进攻钦州,仍显不足,就在大山里训练军队,加紧备战,一旦时机成熟,就进攻钦州。

一九〇八年四月三十日,河口起义在黄明堂、关仁甫、王和顺的领导下爆发了,而且起义在起步阶段还相当顺利。

三十日凌晨两点,黄明堂率领一部分革命军猛扑云南河口,巡防营中有一部分革命党人,他们乘机响应。城内警察闻讯,也将警察局局长杀死起义。经过两个小时的激烈战斗,河口落入革命党人手中。原驻城内的巡防营管带岑得贵率残部退入炮台,并同炮台守备王玉藩合兵一处,并力守御。

当天上午九时,革命军向炮台发动猛攻,清军的一个统带黄元祯部也反戈助战,战斗进行得十分激烈。王玉藩亲自督促部下坚守炮台,一直打到下午四时,炮台里的伤亡越来越多,渐渐支持不住。

王玉藩想有一个喘息的机会,就派人打着白旗到了革命军队伍里,找到黄明堂说要投降。黄明堂怀疑王玉藩有诈,但又一时攻不下炮台,于是派王槐廷领着两个革命党和一个法国人一块儿到炮台商议投降事宜。

王玉藩本来就没有诚意,四人到了炮台后,王玉藩说要革命军先停止进攻两天,待炮台整顿好了他们再投降。王槐廷一看王玉藩根本就不想投降,大声斥责他没有诚意,说革命军会立即进攻。

王玉藩大怒,抽出刀来,斩杀了王槐廷,并把其他三个人都抓了起来,并下令立即轰击革命军。清军本就士气低落,不愿意再打了,看到王玉藩出尔反尔,斩杀革命军来使,更是对王玉藩不满。一个叫熊通的下级军官找到王玉藩说:"这仗我们不能打了,再打下去,我们都得完蛋,投降算了。"

王玉藩一听大怒:"你想投降革命军,这还了得,来人,给我绑起来。"众士兵都向着熊通,没有人动手。熊通拔出手枪说:"王守备,为了弟兄们,可别怪我不客气了!"说完,击毙了王玉藩。岑得贵来劝止,也被熊通击毙。熊通接着叫部下挂上白旗,宣布起义。

至此,河口地区和炮台全部竖起了青天白日旗。在起义中,革命军共缴得枪支一千支,子弹除随身所带以外,还有贮存在库里的七万余发。

黄明堂攻占河口后,立即贴出安民告示,宣布军队纪律。

他还以中华民国军政府的名义,向全国发布预先拟定的宣言。宣言上说:本军政府欲推倒现今之清政府,建造社会的民主国家;同时,对于友邦各国增进友谊,以维持世界之和平,增进人类的幸福。宣言还规定:在军政府占领地内之一切外国人民财产,一概保护之;在军政府占领地内,外国人于条约上已得之权利皆继续有效力。另一方面又宣布:外国人若有援助清政府妨害国民军者,国民军即将其认作敌国;外国人若以战争用品接济清政府,则国民军立即没收之。

同盟会原计划在占领河口后要迅速向蒙自、昆明推进,但是,河口初步占领后,因粮食缺乏不好筹措,民事政治又比较纷乱,因此黄明堂不能按预定计划迅速进取蒙自、昆明。直到五月四日,王和顺才开始督兵沿铁路向北进攻。

起义军的进攻最初比较顺利。黄元祯率部归降后,致函驻防于滇越铁路的黄茂兰、李兰亭,劝他们归附革命军。黄茂兰、李兰亭部已经几个月不发饷银,士兵们只能依靠抢劫和挖野菜度日,一听说革命军发饷银,立即表示愿意起义。不但黄茂兰、李兰亭部愿意起义,很多清军队伍也主动和革命军联系,只要革命军发饷银,就来加入革命军。

五月七日,革命军沿铁路线推进,黄茂兰率领全营归降。于是,分兵三路进攻,一路攻蒙自,一路攻开化,一路攻蛮耗。革命军到了南溪时,清军守将胡华甫、王玉珠各率所部一哨前来投降。关仁甫率众赶到蛮耗,同清军管带柯树勋部相遇,清军不战自溃。驻霸洒管带李开善、铁路驻军李兰亭等率部投降革命军。

军事形势越来越有利于革命军一方。

但随着人数的增多,革命军的饷银成了问题。革命军的主力由降兵组成,而降兵的作战动力主要由金钱和粮食支撑,一旦粮饷供应不上,黄明堂的指挥立刻就不灵了。

而这时清朝政府正抓紧调兵遣将,云贵总督锡良听到军情警报后,立刻命令提督白金柱率兵十余营前来围剿革命军,并向贵州、四川、广西三省求援。三省的清军蠢蠢欲动,随时准备进攻革命军。

外有强敌,内部起义军难以控制,以黄明堂的威信和能力,已经很难承担起指挥河口起义的重任了。总会在这危急时刻想到了黄兴,电令黄兴为云南国民军总司令,节制河口起义军各部。

黄兴接到电报的时候,钦州一带的革命军承受的压力也不小,清军集中两万多人,对黄兴的六百人反复围剿,黄兴领着队伍这里躲那里藏,小心翼翼地和清军打游击,渐渐退到了广东边境的防城一带。

黄兴把部队隐蔽到一座山林里,把梁少亭、梁瑞阳、公韧、唐青盈叫到一起,然后拿出了总部的电报传看。大家看完电报后有的默然不语,有的火气十足,气氛异常紧张。

停了一会儿,梁瑞阳气呼呼地说:"黄都督,你一拍屁股走人,我们怎么办?干脆,咱们要死一块儿死,要活一块儿活,你走到哪里,我们跟你到哪里。"梁少亭也说:"黄都督,有你在,就有我们在。你不在,我们也没了主心骨。你怎么能走呢?黄都督不能走!"公韧也说:"现在形势这么艰难,只有你能把我们拧成一股绳,你一走,我们就成了一盘散沙。"

唐青盈平时在军事会议上极少说话,这时也忍不住插嘴:"黄都督不能走啊!"

黄兴心里也异常沉重,好半天没有说话,停了好一会儿,才声音低沉地说:"大家的心情我理解,可是我们思考问题,做决策总得从全局考虑。这里已经失去了最好的进攻时机,受到敌人的四面围困,短时期内不会有什么起色。而河口的军事形势正好相反,革命军进展迅速,清军节节败退,只要我们指挥正确,决策有方,就能一举占领整个云南,为革命奠定大后方根据地。云南胜利了,不是对我们最大的支持吗!"

这里正在开着会,一个传令兵前来报告,说后面有两个营的清军追来了。黄兴当即下令停止开会,立即转移。部队沿着崎岖不平的山路,在竹林里钻来钻去,到了晚上,才摆脱开清军的纠缠。又走了两个时辰,发现前面有一个小山村,黄兴下令敲开村民的门,补充点粮食,休息一会儿。

革命军纷纷敲村民的门,可是没有一家开门。有几个士兵忍耐不住,就撞开门,在屋里翻找起粮食来,找到后拿着就跑。一个老妈妈拽着粮食死活不让拿,这个兵就用脚踹,那个老妈妈还是不松手,这个士兵就一枪托子打过去,打得老妈妈满脸是血,一下子昏死过去。

黄兴知道后十分生气,就叫公韧立刻把这几个士兵绑了起来。得知这是梁瑞阳的部下,又派人把梁瑞阳叫来,训斥他说:"看你怎么管教的士兵,竟然抢老百姓的东西!依照军纪第十条,任意掳掠者杀。你看怎么办吧!"

梁瑞阳一脸无奈,苦笑着说:"黄都督,你就可怜可怜这些当兵的吧!这一个多月以来,他们跟着你南征北战,九死一生,既无钱又无粮,一个个饿得皮包骨头,到底图什么?不就是图跟着你发财升官吗!你看看现在,官没升成,还差点儿饿死。你也不用枪毙他们,先把我枪毙算了,我也不想活了……"

第152回 梁瑞阳率部脱逃

那几个士兵也硬充好汉,其中一个挺直腰板说:"不碍梁营长的事儿,要枪毙就枪毙我吧。"另一个则说:"反正早晚是个死,早死早利索,死了也不用做饿死鬼了。"

不一会儿,又有传令兵来报告,又有几个士兵在抢劫。黄兴皱起眉头,如果这样的坏影响传出去,以后村民们谁还敢接纳革命军。可是枪毙了这几个士兵,军纪就能整顿好吗？这些兵本来就是会党出身，是为了发财而来的，革命觉悟少得可怜，要想真正使他们思想上成为革命战士，确实还得下不少工夫。

黄兴想了一会儿，也没有什么好办法，就对梁瑞阳说："你说怎么办吧？"

梁瑞阳二话没说，走到那几个抢劫的士兵跟前，一人扇了两个耳光，又狠狠地踢了几脚，严厉地训斥道："你们以后还敢抢劫老百姓的东西吗？"那几个士兵连忙低着头说："再也不敢了！再也不敢了！"梁瑞阳又看了看黄兴，意思是让黄兴手下留情。

黄兴叹了一口气说："放了吧，快快去约束你的部队，严禁抢劫。"

梁瑞阳答应了一声，给那两个士兵松了绑，又训斥他们说："还不谢谢黄都督。"那几个士兵赶紧给黄兴行礼，哈着腰说："谢谢黄都督，谢谢黄都督，以后再也不敢了。"

黄兴厌恶地扭过了脸，摆了摆手，如果革命军照这样发展下去，和土匪又有什么两样，以后怎么能承担起革命的重任？

梁瑞阳走后，公韧对黄兴说："梁少亭的队伍军纪还算可以，可是梁瑞阳的队伍这一阵子特别混乱。照这样下去，不用再和清军打仗，我们自己就把自己打败了。"

黄兴说："公韧兄弟，依你看，怎么办？"

公韧想了想说："只要有时间，我们必须给士兵多做思想工作，使他们思想上真正成为革命战士，可这也不是一天两天能解决的事情。黄都督，我看这里的形势就这样了，指望这些部队也成不了什么气候，你该走还是走吧！到了那边，说不定能开辟出一番新的天地。"

黄兴点了点头："如果去的话，我想带你和唐青盈一块儿，不知你愿不愿意？"

公韧听黄兴说愿意带着他和唐青盈，心里哪能不高兴，说道："只要你下命令，鞍前马后，我和唐青盈绝不含糊！"

黄兴默默地点了点头。

黎明时分，队伍开拔。刚走出没多远，梁瑞阳忽然"哎哟"一声，蹲在地上不起来了。黄兴、公韧、梁少亭听见了，急忙赶上前去问候："怎么了，怎么了？"

梁瑞阳捂着脚脖子说："不小心把脚脖子崴了。哎哟！怎么在这个时候，偏偏出这样的事哟！"

黄兴把自己的战马让给他说："快骑上我的马。"

梁瑞阳摇了摇头："哪能这样呢，都督比我更需要马。你们先走，我随后就来。"他让两个士兵扶着他,一瘸一拐地往前行走。

黄兴见他在两个士兵的搀扶下走得并不慢,便不再管他,跟着大部队迅速前进。走了一会儿,见后头没了动静,黄兴叫传令兵去看看梁瑞阳。不一会儿,传令兵来报:"梁瑞阳那一营人已不知去了哪里。"

黄兴听了大吃一惊,和公韧几个骑着马寻找了一圈,哪里还能见着梁瑞阳的踪影。此时后边传来纷乱的脚步声,不用说,那是清军的追兵到了,军情紧急,黄兴几个人策马赶回了大部队。

行进中,公韧对黄兴说:"看来,梁瑞阳不想再跟着大部队干了。我看刚才摔得并不重,怎么就崴了脚呢?而且他那百十来号人都不见了,想必是早有预谋。"

黄兴想了一会儿,说:"要是那样的话,强扭的瓜不甜,走就走吧!革命不能勉强。"

正在这时候,后面杀声又起,看来是追兵到了。黄兴命令部队急行军,好不容易才甩掉后面的这股敌人。天已经大亮了,没有了追兵,队伍显得轻松了许多。走了一会儿,一个传令兵递过来一封电报。黄兴展开电报阅览,上面说,黄兴必须立刻赶往河口,统领军事,如果不想家眷有事,众将领千万不要阻挠。

黄兴知道这是河口形势危急,革命同志有意威吓诸位阻挠者,不过是一种策略。众将领看过电报,谁也没有再说挽留的话。

梁少亭说:"既然河口确实需要你,你就走吧!"

黄兴紧紧地握着梁少亭的手说:"起义一个多月了,将士们打了不少胜仗,也吃了不少苦头。大家前仆后继,英勇作战,我黄兴深受感动,恨不能永远和你们在一起。无奈河口军事紧张,叫我暂时去一趟,如果那里的军事形势好转,对我们这里也是一种支持。梁营长,你如果能使这支部队保存下来,就是为革命立了一件大功……"

梁少亭也紧紧地握着黄兴的手说:"黄都督不要忘了我们就行。"

黄兴说:"哪能忘了你们呢,我走后,你们切勿和清军正面交锋,就和他转。转长了,把他们拖垮了,咱们就胜利了。"

黄兴领着公韧、唐青盈和留下的将领一一握手告别,然后目送这支队伍转移,直到看不见了,才拐过一条小路,骑马向越南方向快速奔去。

五月五日,黄兴、公韧、唐青盈三人由中越边境进入越南河内,第二天,又从河内到了老开,然后从老开到了云南河口。中越边境的情况真叫一个悲惨,由于连年干旱,赤地千里,土地龟裂,一片凄凉景象,成群结队的饥民,衣不遮体地在烈日下出逃。饥民过后,树叶树皮一扫而光。一个个倒在路上无人掩埋的饿殍,招来无数的绿头苍蝇和雪白的蛆虫乱钻乱爬。唐青盈虽然磨炼得心硬如铁,看惯了死人,但这时候也是捂起了鼻子。她实在是不忍心看活人饥饿的样子,最可悲的是,想救助他们又无能为力。

偶然遇到一两家米店,黄兴打听了打听,米价已经涨到每斤二百文钱。当时的二百文钱是个什么概念?一千文钱等于一块钱,丰年时,一头牛也就是两块钱到十多块钱。如此高的米价,一般老百姓哪买得起。

公韧对黄兴说:"狼恶虎恶不如饿恶,这么严重的灾害,这么多快要饿死的饥民,清政府怎么就不管呢?真是烂到家了。"

黄兴说:"原来我还不相信清政府的兵靠乞讨、抢劫生存,这下我信了。真是官逼民反,官逼兵反,清政府真是老天也不留它了。"

唐青盈也说:"原来有些事儿我也不理解,现在理解了。我要是这些饥民中的一员,叫天天不应,喊地地不灵,那就只能造反,靠抢、靠杀富人来生存。别的真是没有办法了……"

公韧问唐青盈:"你能理解西品吗?"

唐青盈点了点头:"有点理解了,要不是一点儿办法也没有了,能干那个吗?"

黄兴又说道:"现在我们最缺的是经费,要是有了经费,就凭这里的条件,真是振臂一呼,千人响应,很快就可以集合起几千人,甚至几万人的队伍。"

黄兴说到这里,公韧突然想起西家庄的那桩血案,对黄兴说:"有件事,一直闷在我心里,可能是个没谱的事儿,也可能是个意外的惊喜,不知当说不当说。"

黄兴说:"你是我兄弟,还有什么该说不该说的,有事就说呗!"

公韧就把十三年前发生在西家庄的血案,给黄兴讲了一遍。

黄兴听完沉默了一会儿,说道:"那些贪官污吏,搜刮民脂民膏,然后把那些不义之财隐藏起来,使自己和后世子孙尽情享受,这是极有可能的。咱们应该把这笔财宝找到才是,如果真把这笔财宝献给革命,那对革命的贡献就太大了。这个事情你应该早说。"

公韧叹了一口气:"可能没谱的事儿,说出来,不是糊弄革命同志吗!因为这个事情,保皇党和哥老会的四大堂主,都找我多次了。"

黄兴严肃地说:"这件事情事关重大,千万不能告诉他们。打完这一仗,你要人给人,要枪给枪,领着人去寻找怎么样?"

公韧笑了一下说:"总司令命令一下,我哪敢不从!"

第 153 回　河口大营缺乏粮饷

三个人一路上说着拉着，很快到了河口大营。在大营门口，黄明堂、关仁甫、王和顺等早等候多时了。这些人和黄兴、公韧、唐青盈都熟，见了面自然亲热得了不得，拉起家常话来没完没了。进屋后，黄明堂就直奔主题："现在前线军队已经整装待发，就等你黄总司令一声令下。不知总司令带来了多少钱？"

黄兴用手捋了捋杂乱的胡须，略微沉默了一会儿，镇静地对大伙儿说："现在我们士气旺盛，弹药充足，正是大举进攻的好时候。如果我们进展顺利，占领了那些富裕的城镇，还愁没钱吗？"

黄明堂摇了摇头："不见得，河口也是座不小的城镇，我们占领河口后，原以为河口会有大量金钱，没想到盐局、厘局里竟然没有一块银圆，你说奇不奇怪！想来，还不是因为这地方连年灾害，国库亏空，要不就是被那些贪官污吏挪用、挥霍掉了。为什么清朝的官兵纷纷起义投降革命军？说过来，倒过去，还不是为了能活命，他们有的已经一年多没发饷了。只要我们有钱，攻无不克，战无不胜，可要是没钱，对不起，前线的士兵恐怕就不会听我们的了。"

黄兴陷入了深深的沉思，沉默了一会儿，又问："你们在河口征收税捐了吗？"

黄明堂说："不瞒黄总司令，我们已在河口征收了义捐。这地方太穷，地方又小，只征收了三千五百元。当时我们在河口起义的时候，下令杀督办者奖金两千元，占山上炮台及献哨官首级者奖金两千八百元。我们不能言而无信，光这两项，就用了四千八百元。

"现在我们军队有三千人，每日每人须发伙食费三百文钱，光粮食这一项每日就得一千元。五月一日，河内托人带来两千两百元，第二天关仁甫的队伍启程向前线进发。五月三日，河内又托人带来两千元，五月四日，王和顺的队伍顺利到达前线。现在王和顺的队伍仅有两日的粮食，前线将士不能饿着肚子打仗啊……"

黄兴说："难道就没有别的办法吗？"

黄明堂说："办法只有一个，那就是钱。原来蛮耗各处的清军，都事先和我军联系，只要我们发给他们饷银，他们愿意归降。这不，他们听说我们缺粮饷，又和我们打起来了。"

王和顺说："四日的时候，我率领六百人进攻古林镇，这些兵都是降兵，生面孔,不好带。军饷用完了,队伍就开始混乱,我怕节外生枝,部队有变,只好把这六百人又带了回来。"

黄兴听了这些话,皱起眉头,过了一会儿,眉头又舒展开了,鼓励大家说:"诸位都督,虽然我们粮饷紧缺,但在我看来形势还是挺好的,趁现在清军还没有回过神来,我们利用这大好的时机,抓紧打出去。只要占领了蒙自、开化、蛮耗,我们就主动了,这个仗也就好打了。清军一旦回过神来,四面云集,把我们困在这个弹丸之地,我们可就太被动了。至于钱,我马上拟稿给河内胡汉民,让他想法筹款十万元,火速寄给我军。"

公韧马上赞同说:"说得好啊,我们应该利用这个大好机会,马上进攻。"唐青盈也附和说:"听黄总司令的。"

黄明堂极蔑视地看了公韧和唐青盈一眼说:"怎么我说了半天,你们还是不明白,没有军饷还打什么仗?等胡汉民的钱来了再说吧,我的部队现在无钱无粮,又连日作战,疲惫不堪,动不了啦。"

黄兴听出黄明堂的话里有极强的抵触情绪,要是再督促他领兵上前线,恐怕也有些强人所难,只好以商量的口吻说:"黄都督,咱们再想想办法。"

黄明堂说:"反正再不来钱,这个兵我是没法带啦!"

黄兴想到,自己既然没带钱又没带队伍,实在难以在会党出身的黄明堂面前说话,他试探地说:"黄都督,你看这样行吧,你在河口坐镇,我去前方打仗?"

黄明堂连声说:"那太好了,黄总司令久经战阵,用兵有方,您出马一定会大获全胜。"

黄兴笑了笑:"黄都督不用夸奖,依你看,咱们这支队伍进攻哪里为好?"

黄明堂说:"我看咱们不如集中兵力攻下蒙自,蒙自是大城,又有外国银行。而且它在铁路线上,交通便利。另外,清军只有两个营。只要攻下蒙自,粮饷的问题自然迎刃而解。"

黄兴点了点头:"和我想的一样,咱们就集中这里的队伍,再加上前方的队伍,先攻下蒙自再说。"

一切商量妥当后,黄明堂就领着黄兴、公韧、唐青盈去部队里查看。走不多远,就到了一座营房,这儿驻扎着两营官兵。

几个人先到伙房,察看士兵们的伙食。还没到伙房,就看见伙房门口有几百个蓬首垢面的饥民,正在等待着伙房开饭,几个士兵怎么撵也撵不走。有几个士兵拿着枪堵在伙房门口。看饥民那架势,真怕稍微一松懈,他们就冲进伙房里,把士兵的饭食统统抢光。

这些饥民里，领头的正是云中游和田中草。公韧和唐青盈急忙奔过去，唐青盈紧紧拉着云中游的手说："师傅，你怎么来了？"

云中游嬉笑着说："我不是说过吗，要游遍天下美景，偷遍天下富豪，吃遍天下美味。这不，游着游着就游到这里来了。徒弟啊，我真开眼了，这里美景没有，富豪没有，美味也没有，唯一有的就是，快饿死的比吃饱的人多。好不容易走到这里，闻到这里的饭菜香，就想吃顿饱饭，没想到当兵的不让我们进。"

黄兴见公韧和唐青盈对这两个叫花子这么亲热，顿时感到好奇，走过来看个究竟。公韧向黄兴介绍云中游和田中草说："这两位就是救过我和唐青盈性命的云中游和田中草先生。"介绍完，又向云中游和田中草介绍黄兴说："这位就是我们的总司令黄兴先生。"

黄兴对云中游和田中草极为恭敬地伸出了手，想和他们握手，没想到田中草连理也没理，云中游更是冷淡，摆了摆手对黄兴说："我们乞丐国和你们大清国不是一路人，我们乞丐国的人别无所求，只想求你一件事儿。"

黄兴尴尬地收起手问："你们有什么要求，尽管说。"

云中游说："我们只求你给我们施舍一顿饭。"

要是在平时，这样的事情还不是小事一桩，黄兴一定会大手一挥说："马上就办。"可是今天，他却十分慎重，小心翼翼地问："你们有多少人？"

云中游回头看了看自己身后这些饿得奄奄一息，马上就要倒毙的饥民说："你先预备两千人的饭吧。"

黄兴的心里一下子变得沉重起来，自己实在当不了这个家，他歪了歪头看看身边的黄明堂。黄明堂一声苦笑，摇了摇头说："解决不了，我们的士兵马上就要打仗，却还是吃糙米，喝菜汤，吃了上顿没下顿。要是饭都让你们吃了，我们的士兵还能走得动吗？还能打仗吗？"

云中游和田中草不信，黄明堂便领着他们进了伙房。伙房里脏乎乎的，大大小小的苍蝇嗡嗡的到处都是，地上成群结队的蚂蚁，在抢着搬运掉到地上的大米粒。田中草瞪大眼睛，急忙从地上抢起那几个大米粒，塞进嘴里，嚼也没嚼，直接咽了下去，然后微闭眼睛，享受这片刻的美味。

黄兴看了看大锅，大锅里正煮着一锅大米汤。那真叫照人汤，汤比米多出老些。旁边放着一盆切好焯了水的青菜，青菜上连点油珠也没有，只是放了点盐拌了拌。

黄兴问伙夫："你们就吃这个？"

伙夫说："可不是呗，这一顿将就点儿，下一顿连这个也吃不上了。"

黄兴对黄明堂身边的一个书记官说："速给河内的胡汉民和在新加坡的总会发电报，把这里的情况真实地汇报一下。"

那个书记官草拟了一份电报，黄兴签上字后，立刻发向了河内和新加坡。

待了一会儿开饭了，士兵每人只许一碗，公韧把自己的一碗端给了田中草，唐青盈把自己的一碗端给了云中游。

云中游端过碗来嗅了嗅，说："哎呀！寻遍天下美味，怎么寻也寻不着，原来天下美味竟在这里。真是太香了，太香了……"说着，伸出舌尖来舔了一小口，"哎呀！真是太好吃了，我从来没有吃过这么好吃的米饭。"

四周围了一圈乞丐，男女老少皆有，一个个大眼瞪小眼地瞧着这两碗稀饭。

云中游把碗一举说："这么好吃的天下美味，我岂能一人独享！来——区长，让大家尝尝。"田中草也把那碗饭举起来，分给大家。

众乞丐一拥而上，几十只手伸向那两只碗。碗摔了，饭也洒了，几十只手在地上乱抓，饭粒、菜叶，顷刻之间被一抓而光，就连地皮，也被刮去不少。

第 154 回　公韧再谈丐帮改革

云中游捶胸顿足，哇哇大哭："想我云中游，竟然不能让臣民们吃上一顿饱饭。罪过呀！罪过呀！无能啊！无能啊！"

唐青盈历经无数血雨腥风，生死考验，从没掉过一滴眼泪，这会儿也哭了，搂着师傅说："师傅呀，师傅，徒弟竟然不能让师傅吃上一顿饱饭，徒弟无能，徒弟无能啊！"

公韧也控制不住自己的情绪，忍不住热泪纵横，摇了摇头说道："我这个逃跑的国王，也推脱不了责任！这是什么世道啊？怨不得同盟会的人常说，必须改进经济组织，必须解决社会问题，要是不改进这些，就算以后革命成功了，也会再次发生大革命。"

黄兴、黄明堂和那些将士看到这凄惨的一幕，有的人流下眼泪，有的背过身去连连叹息，有几个心软的把自己的饭食让给了乞丐。等大家的情绪稳定了，公韧对云中游说："我说云中游国王啊，再这样下去，我们乞丐国就完了。"

云中游点了点头说:"聪明的公韧啊,你说得对,再这样下去,我们乞丐国真的完了。可是目前还有什么好办法吗?"

公韧说:"以前,清政府富裕的时候,我们还有口饭吃,现在连清政府都吃不上饭了,哪里还有我们的饭吃?常言说,自己的经还得自己念,乞丐国要想生存,除原来我说的三项基本国策外,我看还要加上每人分一块地自种自吃,让国民好在灾荒年解决一下吃饭问题。再就是和外国签合同,允许外国商人到我们乞丐国里开工厂,这样,国民到工厂里做工,也能解决一部分吃饭问题。"

云中游想了想说:"嗯,这不失为好办法。"

田中草也说:"没有别的办法,这就是好办法。"

公韧又对云中游说:"目前,此地正在闹大饥荒,本地人都快跑光了,咱们乞丐国的人却还硬往这里闯,真是不明智啊!此地千万不可久留,请国王速速领着国民往有饭吃的地方逃生去吧!"

云中游点了点头说:"如果我们能活着回到乞丐国,就按你说的办,否则我们乞丐国就真完了。"

云中游说完,和田中草一起,领着乞丐国的人慢慢地往汉口的方向走去。一路上,不断有人倒下。看到这悲壮的一幕,公韧心里默默地发誓道:如果共和国建立,一定要改变这些乞丐的命运!

两个营的士兵在黄明堂的命令下集合起来了。他们一个个饿得面黄肌瘦,瘦骨嶙峋,严重营养不良。而且精神也不好,有的耷拉着头,闭着眼睛,有的虽然睁着眼睛,但目光呆滞,毫无光彩。但是他们的装备还算可以,一律是崭新的德国毛瑟枪,子弹带上也是满满的,和钦州防勇杂七杂八的枪械完全不一样。

黄明堂对官兵们说:"革命军士兵们,现在由云南国民军总司令黄总司令讲话。大家欢迎啦!"

底下响起稀稀拉拉的掌声。掌声过后,士兵们叽叽喳喳地议论起来。有的说:"总司令给我们带钱了吗?"有的说:"总不能让我们饿着肚子打仗啊!"有的说:"我们的饷银让当官的都给吞了。"

黄兴摆了摆手,底下不说话了,都在静静地注视着台上的黄兴。黄兴提高嗓门,亲切地对大家说:"革命军士兵们,我们的军队和清政府的军队目的不一样。我们是什么目的呢?我们的目的就是要推翻清政府,建立共和国。当然我们目前是遇到点困难,但是这点困难算得了什么呢!现在河内正在筹款,马上会发给我们,全世界的华侨都在筹款支援我们。再说我们手里有枪,只要我们打下蒙自,蒙自有钱有粮,还愁发不了饷吗?还愁吃不上白米饭吗?"

底下一阵子窃窃私语,有一个队长在底下喊:"当官的都这么说,还不是不关饷。别给我们灌迷魂汤,我们早就不信啦。"他这一喊,有几个军官和当兵的也跟着乱喊,台下一时乱腾腾的。

公韧一看这还了得,这是军队吗,这和乱民有什么区别?一伸手从腰里拔出了手枪。黄兴一个眼色,赶紧制止住公韧,又对底下摆了摆手。好一会儿,待底下安静下来,黄兴对大家说:"请大家相信我,我一定说到做到,饷银很快就会发的。"

底下又一阵子吵闹,有的人在底下煽动:"我们当兵就是为了吃饱饭,为了有一天能出人头地,什么共和不共和,和我们有什么关系?"他这一煽动,一些人随声附和,会场更乱了,眼看着局势有些控制不住。

公韧和唐青盈紧贴在黄兴周围,手扶在枪把上,眼睛注视台下,寻找捣乱的人,可底下人头晃来晃去,根本看不清到底是什么人在鼓动。

黄明堂朝底下摆了摆手说:"大家镇静!镇静!"好一会儿,底下才安静下来。黄明堂对大伙说:"我们革命军要有严明的纪律,大家要服从命令。我们要吃饭,要出人头地,就要跟着黄总司令干。今天的会就开到这里,大家回营后分头准备,吃完饭后就向蒙自开拔。"

各队回营后,黄兴对黄明堂说:"队伍怎么这么乱啊,这样的队伍能打仗吗?"

黄明堂说:"谁说不是啊,这些都是降兵,归到革命军后,只是换了换番号和服装,有的连服装都没换。"

公韧说:"这样不行,必须把这支队伍彻底改造才行,最起码也得把他们分开。万一他们哗变,可就麻烦了。"

黄明堂说:"可是要想换那些当官的也不容易。历来都是当兵的听当官的,每个当官的手底下都有一些亲信,要是换不好,引起猜忌,对我们革命军更是不利。现在大战在即,只能先稳住他们,慢慢来。"

公韧说:"不管怎么说,我觉得这支队伍,悬!"

部队向蒙自开拔,黄兴在前带领着队伍,公韧、唐青盈在后压阵。走出河口没有多远,就见队伍里的士兵叽叽喳喳地说个不停。公韧走上前去,想听听士兵说些什么,可是一到跟前,他们就不说话了。

公韧放缓脚步,终于听到一个排长对一个班长说:"不干了,不干了,不发饷就不往前走了。"那个班长也在发牢骚:"当兵吃粮,天经地义,他妈的,不发饷又不让吃饱。发什么疯!"

公韧走上前去做工作说:"革命军困难是有,只要我们把困难克服了,发饷和吃饭都不成问题。"

那个排长说:"兄弟呀,别给我玩片二汤伞丸子这一套,老子不吃这个。"那个班长也嘲讽公韧说:"吃不饱饭,实在是走不动了,还打蒙自呢? 走不到蒙自就趴下了。"旁边有几个军官也不时插话,没有一个人向着公韧。

走了三里地,队伍里不知谁忽然朝天开了一枪,接着又有人朝天陆续开枪。公韧吃了一惊,急忙跑到跟前一看,几十个士兵坐在地上抱着枪,再也不肯往前走了。由于他们挡着道,后面的队伍只好停了下来。

这时候黄兴和唐青盈也急匆匆赶了过来,黄兴对坐在地上的士兵说:"革命军士兵们,我们还得继续前进啊,这点困难又算得了什么?"

有个队长说:"你都看见了,饿得走不动了,还不兴歇歇吗? 不光我们饿坏了,老婆孩子早就饿得趴在床上起不来了。这叫什么革命军? 这叫挨饿军。"

他这么一说,引起旁边一些军官和士兵对黄兴的嘲笑和议论,都一齐看西洋景似的注视着黄兴、公韧和唐青盈。公韧心里一惊,不好,眼看着队伍要闹事儿。唐青盈执枪在手,气愤地盯着一个个兴风作浪的军官们,正是他们的煽动,才使得整个队伍混乱不堪,人心浮动。

黄兴对坐着的士兵还是满脸是笑,和蔼地说:"革命军同志们,为了革命,为了共和,咱们还是要继续前进。攻下蒙自,不论军官士兵,一律加饷一倍。"

那个队长朝黄兴喊:"你说话不算话怎么办?"

黄兴说:"我要是说话不算话,你们就拿我是问。我黄兴以云南国民军总司令的名义向你们宣布的事情,还能不算数吗?"

一些士兵有些动心,就要起身,而那个队长却给手下使眼色,让他们七嘴八舌地跟黄兴讲条件,继续赖着不走。唐青盈看在眼里,急在心里,几个箭步过去,掐住那个队长脖子的两侧用力一捏,痛得那个队长龇牙咧嘴。唐青盈说:"让你的部队继续前进。"

那队长只好点点头,求饶似的说:"好,好,我们继续前进。"

第155回　攻克蒙自

队伍继续往前行走,走了没有几里地,士兵、军官三三两两地离队,人是越走越少。

走了没五里地,队伍只剩下一百多人。黄兴命令队伍停下。公韧和唐青盈来到黄兴跟前,静静地注视着他。黄兴说:"现在队伍只剩下一百多人,你俩说怎么办?"

公韧说:"靠这些人,加上前线的队伍,自然是打不下蒙自的。"

唐青盈说:"一切听从黄总司令安排。"

黄兴说:"我看,这支队伍暂且停止向蒙自开拔,返回河口。到了河口,我们再做一些小范围的调整,把我们的一些革命骨干插进去,没有我们的革命骨干,这支队伍根本不能作战。我再返回河内,向河内多要点儿驳克枪,成立一个司令部。没有司令部的权威,根本镇不住这些降兵降将。如果有可能的话,我们还要组织革命党人自己的军队,那才是我们作战的中坚力量。"

公韧考虑了一番,说道:"我说一句,黄总司令是否能听?"

黄兴说:"你和我还客气什么,有话直说无妨。"

公韧说:"第一,原来我们刚从河口出来的时候,确实思想混乱,军心不稳,可是现在这些军心不稳的人都当了逃兵,留下来的人算是意志比较坚定的;第二,我们乱,蒙自的敌人比我们更乱,我们虽然粮饷短缺,可是武器弹药并不缺乏,再加上前线的那支队伍,仍然不算太大的劣势;第三,我们还占着主动权,蒙自城没有城墙,我和唐青盈可以组织一支突击队,潜入蒙自城内,如果我们得手,就在城内放火为号,黄总司令再从外面进攻,蒙自城一定可破;第四,如果蒙自城不破,粮饷问题仍然不能解决。无功而返,军之大忌,无论如何,我们都要试一试!"

黄兴考虑了一番,觉得公韧的话有理:"公韧兄弟所言甚是,那我们就做一次努力吧!历史上以弱胜强的战例并不少见,不知道我们这一次能否成功。"

部队到达蒙自前线时,夜幕已经降临,两支部队合兵一处,由公韧亲自挑选三十人组成突击队,穿上清军的衣服,悄悄地来到蒙自城下。

公韧和唐青盈看到,蒙自城对着革命军的方向构筑了好多碉堡,战壕也比较完备,一条接着一条,纵横交错,互相通联。公韧开了几枪,引得碉堡里和战壕里的敌人一阵猛烈射击,一时打得土石乱飞,好不热闹。

公韧笑了笑,对唐青盈说道:"你们的工事完备,我们不从你们这里进攻就是了。大路朝天,各走一边,为什么非得朝你的枪口上撞呢?"唐青盈也说:"是呀,蒙自城这么大,为什么非得从这里进攻呢?"

突击队里有一名本地士兵,他领着队伍,在城边上转悠,看看有没有破绽可寻。有的地方有臭河阻挡,有的地方虽然有豁口通行,但清兵盘查甚严,显然都不适合进攻。终于在一个紧靠贫民区的地方,找到一个敞口,这里挂着两盏马灯,光亮影影绰绰,有三四个清兵把守,老百姓进进出出十分匆忙,有的是到城外办事儿,有的是往城里运一些蔬菜和食品。

忽然有三四个清兵过来换岗,只听这边的清兵问:"口令?"那边说:"蒙自。回令?"这边喊:"发财。"如此一番,换岗完成。

公韧对唐青盈使了一个眼色,领着这支清军大摇大摆地朝前走去。执勤的清军问:"口令?"公韧说:"蒙自。回令?"那边喊:"发财。"

领头的清兵看了看公韧和唐青盈,问:"这几位兄弟有些面生。哪个营的?"

唐青盈骂道:"又没多给钱,操心真不少,还管哪个营的!"抽出弯刀一刀就把他捅了个透心凉,吓得其余几个清兵差点屙了裤子,再也不敢乱说话了。他们把这几个清兵绑上藏到一边,又安排两个革命军冒充清兵在此把守,这才在向导的带领下,继续朝蒙自总督府快速走去。

一路上和几支清军巡逻队相遇,能躲的就躲,实在躲不过的喊过口令,也就混了过去。

前面出现了一座哥特式建筑,尖肋拱顶、飞扶壁、修长的束柱,营造出轻盈修长的飞天感,新的框架结构增加了支撑顶部的力量,使整个建筑显得空灵、纤瘦、高耸、尖峭。更使总督府充满神奇魅力的是,有几个屋里特别明亮,肯定是使用了电灯泡。

门口上吊着一盏大灯泡,挂着"蒙自总督府"的牌子,有四个无精打采的清兵正在站岗。公韧叫队员隐蔽在一排民房后面,然后和唐青盈从总督府后面的窗户翻进了府内。这时候已是晚上八九点钟,卫兵不多,两个人躲躲闪闪避开卫兵,悄悄走到一间大房子的门口。屋里正在交谈,似乎还有几分火药味。

只听一个外国人用半生不熟的中国话说道:"王的快总督,你们清政府都腐败到这种程度了,我怎么能贷给你们款?做梦去吧!"

然后,一个中国人客气地回道:"尊敬的法兰西巴黎银行蒙自分行行长弗朗西斯先生,我以蒙自总督的名义担保,您如果贷了这笔款,您的利润一定是丰厚的,您的外快也是……大大的。如果不贷给我们款,革命军打进来,你的银行也开不成了,说不定会把你们的法郎统统拿走。"

"他们敢!"那个弗朗西斯喊道,"如果这样,他们就会树敌于法兰西帝国,就会遭到整个国际社会的攻击。"

公韧和唐青盈听明白了,原来总督王的快正在和外国的银行行长谈一笔贷款。他们扒开门缝看了看,桌子上摆了一大桌丰盛的酒宴,看来王的快正在贿请弗朗西斯。

公韧看了一眼唐青盈,对她使了一个眼色,然后推开门,两个人闯了进去。看到有生人进来,总督十分生气,大声地吼叫:"你们是哪个营的?怎么这样没有礼貌,没看到我在招待客人吗?"

唐青盈走到总督身边,一脸坏笑地站定。公韧则走到弗朗西斯的身旁,对他有礼貌地说道:"弗朗西斯先生,我跟你谈笔买卖,你把款贷给我们怎么样?"

弗朗西斯叉起一块肉放进嘴里,傲慢地问:"难道你是总督的书记官吗?"

公韧说:"不是,我是革命军。"

一听革命军,弗朗西斯叉在嘴里的肉不动弹了,总督也吓得赶紧掏枪,可是已经晚了,唐青盈早就一指头点了他的穴,使他动弹不得。

公韧礼貌地对弗朗西斯说:"你如果贷给我们这笔款,你的利润一定是丰厚的,你的外快也是……大大的。如果不贷给我们,你的脑袋就保不住了。"

弗朗西斯大声地吼叫:"那不行!总督有政府担保,我们都不贷给他们,你们革命军又有什么呢?赔本的买卖我们不干,就是杀了我,我也不干!"

公韧一看这个人还是个泥腿,就做他工作说:"你们法兰西,是一个革命的国家,而我们革命党,也是要建立一个革命的国家,我们是一伙的。而这些人,是清朝专制政府的走狗,是我们的敌人,你应该帮助我们才是。"

弗朗西斯摆着手说:"我不上你的当!我们干买卖不讲究政治,讲的是赚钱。"

公韧想了想,觉得还得从王的快身上下手,便对弗朗西斯说:"请你老实地在这里坐一会儿,我待会儿还要和你谈贷款的事情。"

弗朗西斯傲慢地说:"我们还有什么好谈的,待会儿,你可能就被捕了。"

公韧点了他的穴,弗朗西斯立刻不说话了。

公韧走到唐青盈的身边,对她使了一个眼色,唐青盈点开王的快的穴道。王的快好半天才缓过劲来,对公韧说:"你们要干什么?竟敢闯到这里……"

公韧说:"摆在你面前的只有两条道儿,一条是加入我们革命军,另一条是上阎王爷那里报到。"

王的快大声地吼道:"我生是大清的人,死是大清的鬼,为什么要投降你们革命军?就是死,我也不投降。"

唐青盈立刻在他身上点了一下子,痛得王的快痛苦无比,却喊不出声来。好半天,唐青盈又点了他一下子,解开了他的穴位。此时王的快的头上已经沁满了汗珠子,痛苦地说:"痛死我了!痛死我了——"

公韧问他:"你加不加入革命军?"王的快还想嘴硬,唐青盈又要往他身上点,吓得王的快赶紧说:"我加入革命军,加入革命军还不行吗?"

公韧说:"这不就完了吗,挨了鞭子脱不了过河。你叫蒙自的清军全部投降。"

王的快又说:"可是我当不了家,如果两个营长不投降,我也没有办法。"

公韧就对王的快说:"那你赶快把那两个营长叫来。"王的快只好在屋里大喊:"书记官!"

不一会儿,书记官跑来了,问总督道:"总督大人,有什么吩咐吗?"

王的快说:"你速速把1营营长和2营营长叫来,我有要事相商。"

书记官应了一声:"是!"抓紧办差去了。

不一会儿,两个营长开门进来了,还没等他们开口,唐青盈飞快地在他们身上一人点了一下子。他们立刻僵在那里,一动也不能动了。

公韧打开窗户,对着外面的革命军做了一个手势。不一会儿,外面的革命军冲进来七八个人,站满了一屋子。不用说,整个总督府都被革命军控制了。

王的快在唐青盈的威逼下,对两位营长说道:"我已决定加入革命军,不知二位什么意见?"边说边对二人使眼色,意思是不要同意。可是二人被点了穴道,虽然心里明白,但是嘴里却什么话也说不出来。公韧对唐青盈使了一下眼色,唐青盈点开了1营营长的穴位。

公韧对这位营长说:"从现在起,你负责监督总督。一旦发现总督对革命军怀有二心,即刻格杀,你来接任,薪水翻倍,立刻就发。"

1营营长听了这话,心里一惊,不由得琢磨哪头重哪头轻。

公韧又对唐青盈使了一下眼色,唐青盈又点开第二位营长的穴道。公韧对2营营长说:"从现在起,你负责监督1营营长,如果1营营长对革命军存有二心,你就杀了1营营长,你当总督,薪水加倍,立刻就发。"

2营营长听了这话,心里也是一惊,同样琢磨着孰重孰轻。

总督一看此种情况,不被革命军杀了,也要被早已缺饷的两个营长枪毙,只好说:"我坚决加入革命军,你二人加入革命军后,薪水翻倍,立刻就发。"

那两位营长一看,都薪水翻倍了,还等什么,忙说:"朝廷都不发薪水了,跟着朝廷还有什么干头？我们也坚决加入革命军。"

公韧又点了一下弗朗西斯的穴位，弗朗西斯好半天才缓过劲来，一脸痛苦的表情。公韧对他说："好了，你发财的机会到了，就请你贷给我们款吧！"

弗朗西斯说："你要贷多少万？"

公韧说："二十万。"

弗朗西斯说："那么谁签字呢？"

公韧说："当然是我们的总督先生。"

弗朗西斯无可奈何地说："本来我是不应该贷给你们款的，但是你们是革命军，我们法兰西帝国也是革命的国家，所以我们是同盟。王的快总督，你可要想好了，要是签了字，可是要负法律责任的。"

到了此时，王的快也没有什么办法了，只好说："我签，我签，真是倒霉到家了，绕过来绕过去还是绕到了自己身上。孩子哭了抱给他娘，到时候你们问同盟会要钱就是了。"

弗朗西斯当即从皮包里拿出合同，王的快总督代表革命军签了字。然后，在几十个革命军的"陪同"下，和二位营长到达前线，当场宣布起义。

不一会儿，黄兴领着革命军冲过来，迅速占领了蒙自全城。

弗朗西斯履行合同发放了贷款，革命军加倍发了饷银，一时士气大振，就连逃跑的好些人也都回来了。黄兴也不和他们计较，所欠的饷银一分不落地发放给他们，当然他们没出满勤，应该扣下的也要扣下。

这时候的清政府正在想尽各种办法扼杀革命军。五月六日，清朝驻法公使刘廷训前往法国外交部，要求法国方面协助扑灭革命党人的起义活动。法国不愿意得罪清政府，电令越南政府，清查捕拿革命党。

七日，清政府又调集久在滇边的广西提督龙济光，挑选精锐，亲自统带，由广西边境星夜驰赴开化边境，相机进剿革命军。清军所需饷银，由当地政府迅速筹款补给，未领到前由广西、云南藩库先行垫发，所用军械，除由广西选择精品器械拨给外，又命令两广总督张人骏、湖广总督陈纪龙源源不断地接济。同时命云贵总督锡良亲赴通海督师，率开化总兵白金柱等部进剿革命军。

而河口的革命军内部却显得有些混乱和散漫，胡汉民所购的军械被法方严密封锁无法输送。五月二十四日，清军攻陷南溪，二十六日，攻陷河口。黄明堂率领六百余人撤到越南境内，被法国当局勒令缴械，强行押送到新加坡遣散。

蒙自成了一座孤城，为了保存这支革命力量，黄兴只好将这支队伍暂时解散。

第七卷　有情人难成眷属

第156回　公韧伤心看望西品

河口起义失败后,公韧和唐青盈回到了广州。公韧把唐青盈安排到旅馆住下,一个人来到红金楼门口。

今日的红金楼比八年前更加热闹。三扇大门全敞着,油灯早已换成电灯,那"红金楼"三个烫金的大字,比原来大了一倍。屋里地毯铺地,彩灯照耀,灯红酒绿,金碧辉煌,楼上又往后扩出一些,改成了几十间绣房。

正值傍晚上客的时候,达官贵人、豪商巨贾、店主厂主、平民百姓,熙熙攘攘,进进出出,十分热闹。大厅里,光桌子就有几十张,客人肆无忌惮地喝茶、品酒、打牌和逗姑娘玩乐。

可是如今的红金楼再也找不到西品的踪影了,老鸨子早已把她卖到了一个新的地方,几个中间人也已杳无音信。到底把西品卖到哪里去了呢?公韧遍寻妓院,寻找着西品的蛛丝马迹。功夫不负有心人,他在银玉楼里发现了一个有些疯癫的姑娘在打扫卫生,模样近似西品。

公韧自觉囊中羞涩,不敢乱闯,只好躲在人群中悄悄往银玉楼里观望。一个老人从楼里出来,公韧看他面善,忍不住上前打听:"老人家,你可知道,姑娘里头有叫西品或者金环的吗?"

老头嘿嘿一笑:"想情人了吧,没有什么不好意思的!金环和西品没有听说过。"说完,对着公韧发出一阵淫荡的嬉笑。

公韧一声叹息,心里更加惆怅,一个弱小的痴呆女子,在这样的淫荡魔窟里怎么能生存呢？可是残疾的西品离开这万恶的红金楼、银玉楼，不饿死也得病死。公韧回去刮了刮胡子，净了净脸，换了一身漂亮的衣服，搜索包裹，拿上仅有的三块钱，就要出门。

唐青盈一把拦住他问："公韧哥，穿得这么鲜亮，这是要去哪里啊？"

公韧说："好不容易在银玉楼里找到你西品姐，我到那里去看看她。实在想她想得慌，死也好，活也好，总要见一面。"

唐青盈嘴一撇，堵在门口，头一扭说："她不是早让红金楼的老鸨子卖了吗，怎么还活着？我不让你去。"

"为什么？"公韧不理解地问。

"为什么，还问为什么，"唐青盈低下头，脸颊绯红，"难道说我不漂亮？"

公韧低下头仔细地看唐青盈，圆乎乎的脸蛋上，红润的肉皮往外挣着，显出青春的活力，大眼睛湿润水灵，像是在含情脉脉地说话，又黑又粗的眉毛，如果一竖，那也是威风八面，俏不可言，一站一坐皆有大将风范，一举一动尽显少侠英气。那种刚柔相济的气质、神态，叫人有种说不出来的心动与钦佩。

公韧笑了："我什么时候说过你不漂亮，什么人说我的唐青盈不漂亮，我就和他急。"

唐青盈脸一红，身子在公韧的身上蹭了蹭："那你还上银玉楼找西品小姐干什么？有我……不就行了。"

公韧又笑了，抚摸着她的秀发说："你和她是两码事。找不到西品，救不出西品，我心里的疙瘩永远解不开……"

唐青盈扭动着身子，执拗地说："不管怎么样，我就是不让你去。"

公韧挣脱开唐青盈，笑着劝她说："别吃醋！我一会儿就回来，不会丢下你不管的。"

公韧出了旅馆门，脚步匆匆地来到了银玉楼，在门口略一犹豫，趾高气扬地走了进去。

"大茶壶"也弄不清公韧什么来头，一见客人进了门，热情地招待。公韧慢慢地品着茶，冷静地看着一个个的嫖客与窑姐，岁月的磨炼已使他的心坚硬如铁，再漂亮的窑姐也难以勾起他心里的欲望。

公韧问"大茶壶"："角落里打扫卫生的那位姑娘叫什么？"

"大茶壶"说："你说这位傻姑娘啊，她叫金环！"

公韧默默地点了点头："还好，名字没有改。"

不一会儿,老鸨子出来了。

公韧迎上前去问:"妈妈,你还认得我吗?"

老鸨子愣了一下:"不认得了。"

公韧又问:"你再仔细看看。"

老鸨子又仔细地看了看公韧,还是摇了摇头:"不认得。"

公韧说:"我要找金环小姐。"

一听这话,老鸨子假装想起来道:"啊,啊,想起来了,你是金环的老情人啊!这些年不见,跑到哪里去了,发财了吧!人啊,就得有感情,要是没有感情的话,那就没有人味了。"

公韧掏出三块钱塞到老鸨子的手里说:"我今天来,只是想见金环一面,想请妈妈行个方便。"

老鸨子收起钱,满脸堆笑地看着公韧说:"见面别提钱,一提钱不就见外了吗!这回三块就三块吧,下一回可得五块,再一回可就得十块了。她还没有开苞哩,记住,只许见面,不许干别的事情。"说完,就去招呼别的客人去了。

公韧的心里一惊,十三年了,西品竟然出淤泥而不染,那得有多大的神魔力量啊!一个弱小的女子,竟然做成这样,是这个痴呆护住了她的元神。

公韧进了金环的屋,"大茶壶"把门一关,嘻嘻笑着走了。

公韧稳了稳神,先扫视了一圈。屋里凌乱不堪,床头上坐着一个女人,蓬头垢面,但仔细一看,的确是西品。十三年的妓院磨难,使她的容貌大大改变,脸上很肮脏,皮肤干涩而苍老,一双大眼睛毫无生气,想必她的心里也如一潭死水一样,已经没有一点追求和希望了。

公韧往椅子上一坐,也不说话,只是静静地注视着西品,想把她的身影全部雕刻在脑子里,融化在血液里。

西品把头一抬说:"我的屋里从来不来客人。你是谁,来干什么?"

公韧说:"西品啊,先看看我是谁?"

西品听到有人叫她的真名,猛然震颤了一下,浑身禁不住颤抖起来。她慢慢地抬起了头,看到公韧已经走到自己跟前,他已经不是十八九岁的小伙子了,满脸沧桑,脸色黧黑,额头眼角上出现了几道淡淡的皱纹。

两人对视了一会儿。公韧紧紧地抓住西品的膀子晃了一下,说:"我是公韧啊,西品!"西品急忙低下头,推了公韧一把,一屁股坐在床上,低头不语,像傻了一样。

公韧又说:"十三年了,都怨我没有本事,那次没能从红金楼里救出你,让你在火坑里又苦苦熬了八年。不知道你的病好了没有?"

西品对着公韧轻轻地摇了摇头。

公韧又晃了晃西品的膀子说:"我是公韧啊,你还记得八年前吗?你还记得十三年前吗?那时候你天真烂漫,清纯可爱,在集市上玩耍。当时我要为父亲买点儿肉,好了却他临死前的心愿,可是钱却被无赖们抢了。是你,那么善良,帮助一个穷公韧,给了我三十文钱……"

"别说了!"西品突然一声怒吼,猛一下子站起来,对公韧怒斥道,"我不认得什么公韧,我不叫西品,我是金环,你还有完没完!"

公韧愣了一下,说:"你真的不认识我?"

西品吼道:"我不认识你!你再说公韧,我就把你打出去……"

公韧叹了一口气说:"看来你的失忆症是永远治不好了……"

西品突然一阵傻笑,说:"你看我,怎么和客人发起脾气来了。我是金环,我是小姐,没有人愿意要我,你花了钱,想怎么着就怎么着,我不能对你发脾气。"说着,就要宽衣解带。

公韧不忍心看下去,低下了头,摆着手说:"好了,好了,金环小姐,有空再来看你,好好休息吧!"然后,低着头匆匆下了楼,像做了错事似的逃离了妓院。

公韧回到旅社时,唐青盈还没有睡,正在一个人喝酒,只见她像对着一个人频频举杯,嘴里嘟嘟囔囔,也不知道说的什么。

公韧一把夺过酒杯,训斥她说:"小孩子家,不学好,喝什么酒?你是练武人出身,这么个喝法,想把功夫废了啊!"

唐青盈抢过酒杯,往嘴里灌,嘴里嘟嘟哝哝地说:"我今天……才知道喝酒的好处,酒真是个好……东西,怨不得你们男人好喝酒。你……和西品小姐怎么样了,尽兴了吧!"

第157回　韦金珊批评呆子公韧

公韧又夺过她的酒杯,阴沉着脸说:"说的什么话啊,你西品姐的失忆症还没好哩!还是老样子,她什么也不知道。我可怎么办啊,过去给她治病治不好,现在想给她治病又没钱。唉,老天呀,你给我想想办法啊……"

"她的病当真没好?"唐青盈瞪着一双迷离的醉眼问。

"我还能骗你吗,什么时候骗过你?"

"那就好——"唐青盈高兴地说,"那我更要好好地喝几杯,好好地庆祝庆祝了。"唐青盈说着又要抢酒杯。

公韧把酒杯藏在身后,皱着眉头狠狠地骂她:"小孩子家,净说浑话,几杯马尿灌进肚子里,好孬都不知道了。她的病治不好,对你又有什么好处?真是喝醉了。"

唐青盈摇头晃脑地说:"反正我就是高兴。"唐青盈乐得又蹦又跳,又唱又叫,公韧连吓唬带哄,好不容易才把她哄到床上睡下。

为了生存,公韧不得不到码头下苦力,挣回的一点儿小钱勉强够他和唐青盈糊口和支付旅馆费。唐青盈原也算江洋大盗,可这一阵子却异常正派,老老实实地待在旅馆里习文练武,像金盆洗手了似的。

公韧问她:"吃糙米,喝开水,连个菜也没有,这样的日子过得惯吗?"

唐青盈不咸不淡地说:"我也得学会做淑女啦,要不,大了没人要。女人嘛,就得指望男人,我就指望你了。"

公韧又问她:"你的小手痒痒了吧?"

唐青盈叹了一口气:"没办法呀,痒痒也得忍着。我也想开了,嫁汉嫁汉,穿衣吃饭,以后自有男人管我衣穿管我饭吃,还做那些男人干的事情干什么?"

公韧听了暗暗高兴,唐青盈终于悟出了做女孩子的大道理,要是和原来一样,和个假小子似的,可真要把自己愁死了。

一天,公韧正在码头上扛大包,突然踩在一块西瓜皮上,脚一滑,身子失去平衡,连人带包眼看就要摔倒。就在这时候,有人扶了包一下,才使公韧能从容地稳住身子。公韧忙说:"谢谢!"扭头一看,不是别人,正是昔日好友韦金珊。

公韧心里又惊又喜,惊的是,韦金珊怎么会在这里,他出现在哪里,哪里似乎就不太平。公韧扛过这一包,拉着韦金珊的手说:"走,不干了,喝酒去,我请客,好好拉拉。这些年不见,混得怎样?"韦金珊笑了笑说:"就凭你扛包挣这几个小钱,还能请我喝酒?算了吧,这客我来请,走!"

两个人进了小酒馆,找了一个僻静的地方,要了几碟小菜,一壶酒,叙开了家常。公韧说:"这几年都干什么了,说说吧。"

韦金珊点了点头,小声说:"混了这么些年,还是跟着梁先生当差。中国早晚有皇帝掌权的那一天,我就不信,一个正值当年的英才靠不过一个快进棺材的老太太。只要皇帝一当家,中国还愁变法不成功吗?"

公韧笑了笑:"老兄说得极是,革命总有成功的那一天,共和总有实现的那一天,到那时候,再也不会皇帝老子一个人说了算了,再也没有贪官污吏,再也没有流氓恶霸横行霸道……"

两人谈论了一会儿时事,公韧突然话头一转,问:"你还记不记得西品?"

韦金珊一愣,说:"怎么不记得,为了西品,咱们还打过赌呢,可惜当年没能救出她。西品这些年怎么样,有消息了吗?"

公韧说:"我不久前才知道,原来她又被卖到了银玉楼。这八年我不在广州,实在弄不清她的情况。"

韦金珊大为生气,气呼呼地说:"有句话我不知当讲不当讲。"

公韧看着他的眼睛说:"说吧,都是老朋友了,还有什么话不能说?"

韦金珊说:"你不要西品,有的是人要。你犯不着这样对待她啊!"

公韧听了默默无语,内心陷入深深的自责和痛苦之中。沉默了好一会儿,公韧愁眉苦脸地说:"我太穷了,想进那个门都进不去。"

韦金珊从兜里掏出八块钱,一下子放在桌子上说:"我也是个穷汉,没有多少钱,你节省点用吧。"说完,起身告辞而去。

公韧到了银玉楼,交给了老鸨子三块钱,要求再见金环一面。老鸨子嘿嘿一笑,摇了摇头:"三块钱不行了,要见面的话,最少得五块钱。"

公韧心里实在生气,但也没法儿,只好给了她五块钱。老鸨子狡黠地眨了眨眼睛:"不管你是富人还是穷人,只要是个情种,麻烦事儿就来了。我可是丑话说到前头,下一次见面,得十块钱。"

公韧心里骂着老鸨子,迅速走进了西品的房间。房间整理得干净利索,和上次大不一样。西品看到公韧来了,愣了一下,随即又安稳地坐在了床上。

公韧轻柔地说:"几天没来看你,不知这几天过得怎么样?"

西品不冷不热地说:"我又不认识你,来就来呗,说这么多废话干什么?"

公韧把椅子往前搬了搬,靠着西品的身边坐下,娓娓地谈起了以前的事情:"那时候我十九岁,你也就十七八的样子,皮肤是那么细腻,那么白嫩,眼睛是那么饱满,那么水灵,真和西施、貂蝉一样。我被一群无赖抢走了三十文钱,不知道你当时是怎么想的,为什么会在集上帮助一个穷小子?"

公韧真诚地看着西品的眼睛。西品沉思了一会儿,说:"我不认识你,说这些干什么?"

公韧继续说:"集上的税狗子刘斜眼调戏你,我看不下去,上去帮助你,被刘斜眼痛打一顿。正在这时候,韦金珊来了,把刘斜眼他们狠狠地教训了一顿。你临走时,丢下一方手帕,里头包着一个玉坠,你回眸一笑真是勾魂摄魄。西品,你说说,丢下那一个玉坠到底是什么意思?"

西品的眼睛眨巴了两下,说:"你……真是的,我不认识你,说这些干什么?"

公韧从怀里掏出一块粗布,对西品说:"你的手帕是喜鹊登枝的图案,雌喜鹊含情脉脉地站在枝头上,雄喜鹊向她坚定地飞来。十三年了,手帕都被我的胸膛磨坏了,我就换上了一块粗布。"公韧慢慢地打开那方粗布,从里面拿出一个玉坠说,"就是它,多么纯洁,多么漂亮的一只玉坠啊!这就是你给我的那只玉坠。"

西品慢慢地拿过那个玉坠,看了看说:"你没发现吗?这个玉坠其实并不纯洁,里头有一些黑黑的斑点。"

公韧点了点头:"在大自然恶劣的环境中,没有瑕疵,倒是不正常了。"公韧又从西品手里接过玉坠说,"正因为这个玉坠,我和韦金珊打赌,扔纸箭,如果谁赢了,一定娶你为妻,一辈子不变心……"

西品的眼睛湿润了,扭过头,有些哽咽地说:"我……不认识你,别……说了。"

公韧叹了一口气:"说这些又有什么用呢,说了你也不懂。晚上,想你想得实在难熬,鬼使神差地去了你家,没想到目睹了一场血案。到了你家门口的时候,看到有一个人鬼鬼祟祟地进了你家的院,用刀子拨开了你的门,我大喊一声,冲上去抓那个淫贼,你爹也冲出来和他拼命。谁知,西老太爷被那个淫贼打了一枪,不幸身亡。从那以后,我蹲大狱,吃官司,真实地感受到了清朝的司法是多么腐败!已经烂到底,无药可救了。"

西品已经泣不成声,用手帕不住地擦着眼泪,手帕已经完全湿透了。

公韧又悲又恨,低沉地说:"从那以后,我发誓,只要我能活着出来,一定彻底砸烂这个吃人的清政府……"

公韧说到愤慨的地方,西品情绪激动,攥紧了双拳,牙齿咬得格崩格崩响;公韧说到侥幸的地方,西品暗暗地松了一口气,微微点头;公韧说到解气的地方,西品擦干眼泪,瞪大眼睛放出光芒。

公韧看了看西品,说:"我知道我说的这些,你什么也想不起来了。但你是西品,我就要对你说,不对你说,又能对谁说呢?我早就发过誓,要娶你为妻,在我心里,你就是我的夫人啊!"

第 158 回　银玉楼情侣相认

　　西品只觉得情感的波涛潮起潮落，汹涌澎湃，一潮胜过一潮，终于，奔腾的情感像冲出闸门的洪水一样，奔流呼啸，不可阻挡，理智的闸门被冲垮了。西品眼一热，哽咽一阵，终于号啕大哭起来，惊得公韧有些瞠目结舌，呆呆地看着西品。

　　哭够了，西品擦了擦眼泪，说："你说我是西品，那你早干什么来？为什么不早把我接出火坑？"

　　公韧后悔地说："十三年来，我时时刻刻都在想念你，一想到你在火坑里，我心里就和油煎一样。"

　　西品问："如果我是西品，你现在打算怎么办？"

　　公韧说："我要把你救出魔窟，就算要饭，也要和你生活在一起。"

　　西品说："我这样一个不干不净的女人，难道你就不嫌弃？"

　　公韧一声冷笑："你虽然生活在一个让人痛恨让人耻辱的地方，但那不是你的错。我仍然相信你是一个内心纯洁的西品。"

　　西品长叹一声，摇了摇头："想不到你仍然这样傻，这样执着。可惜啊，我不是西品，我是金环。"

　　公韧把玉坠包在那方粗布里，又把那方粗布掖在怀里，说："我知道你认为自己是金环，不是西品，但我还是想对你说，你以前就是西品，是为了革命，脑子受了重伤，才成了今天的金环。今天就到这里吧，只要我有了钱，还会来看你。"

　　西品紧紧地抓住公韧的手，两眼呆呆地望着他，不愿意叫他离开。公韧挣脱开她的手，快步走出了她的房间。

　　公韧回到旅馆时，已经很晚了，唐青盈还没有睡，正在焦躁不安地等公韧。公韧进了屋，唐青盈审查似的问："今天怎么回来得这么晚，干什么去了？"

　　公韧就把碰到韦金珊，又到银玉楼里找西品的事情说了一遍。

　　唐青盈的脸一下子耷拉下来，怒气冲冲地对公韧说："我警告你，以后不许再去银玉楼找西品！"

　　"为什么？"公韧不理解地问。

　　"为什么，还问为什么？你是真糊涂，还是装糊涂？"唐青盈气势汹汹地走进了旁边的偏屋，把她的铺盖一下子全搬了过来，扔在公韧的床上说："我今天就和你在一个床上睡了。"

公韧有些不好意思地说:"你这孩子,这么大了,还能和我在一个床上睡吗?你还以为小时候哩。"

唐青盈更生气了:"你也知道我不小了,就不替我想想吗?咱俩出生入死、相依为命,从小我就和你在一块儿,谁不知道!我就是要和你在一个床上睡,我就是要做你的老婆。"

公韧听了大吃一惊,训斥唐青盈说:"越说越不像话了,我是你的亲爸爸啊!"

唐青盈口齿伶俐地说:"你是谁的亲爸爸?你姓公,我姓唐,咱们根本就不是一个姓,没有一点儿血缘关系。"

公韧一点思想准备也没有,实在是尴尬至极。稳定了一会儿,公韧摇了摇头,叹了一口气,无奈地劝她说:"又调皮了是不是,你今年才十七岁,还是个孩子哩,怎么净说些大人话。"

唐青盈一点也不退让:"你才多大啊,才三十二岁,咱俩正般配。再说,都这么多年了,生米都煮成熟饭了,你还不承认,你不承认,能行吗?"

公韧一屁股坐在了椅子上,耷拉下脑袋,愁眉苦脸地摇了摇头,唐青盈这孩子太任性,太难缠了。叹了一阵子气,公韧又劝唐青盈说:"我和西品的感情,你不是不知道。我对你,就像父亲对孩子,也可以说是亲哥哥对亲妹妹。这根本是两码事儿。"

唐青盈头一歪,一副蛮不讲理的样子:"原来我对你的感情,是女儿对亲爸爸的那种感情,后来是亲妹妹对亲哥哥的那种感情,但现在是老婆对丈夫的感情。"

公韧连连摇头:"你就别再添乱了好不好?我这一团乱麻还理不清呢!你这一掺和,那就更乱了。好孩子,听爸爸的话,我以后一定给你找一个好对象。"

唐青盈猛地站起来,拍着大腿说:"我这一辈子就跟定你了,谁也不嫁。我唐青盈说话算话,绝不反悔。"

公韧见怎么说她也不听,气得摔门而去,口中恨恨地骂了一句:"这是什么孩子啊,简直四六不通!"走出好远,还听得唐青盈在屋里疯狂地喊:"看你晚上还回不回来!"

公韧失魂落魄地在街头游荡,不知不觉又来到码头。黑黢黢的岸边停泊着各种各样的铁船、木船,一艘艘死气沉沉的船上闪烁着各种明暗不一的电灯、马灯,就像是一团团坟地里的野鬼孤魂,在召唤着亲人的魂魄。正因为是黑天,江面上的一切浑浊丑陋都不见了,灯光倒映在上面,像是一幅忧郁的抒情画卷。

公韧的心里无比彷徨、苦闷,好像再也找不到依附。

西品是自己朝思暮想的情侣,她为了自己身负重伤,自己对她的感情是不能割舍的;而唐青盈是自己的孩子、妹妹、战友,经历了无数次的战斗,自己早已和她融为一体,她提出这样的要求,似乎并不过分,自己又怎么能伤她的心呢?

突然,江面上传来由弱到强轰隆隆的声音,一艘夜航的铁船射出一道直直的光柱,照亮了江面。它由远而近,飞快地从公韧面前驶过,船头像是一把无比锋利的快刀,犁开了凝固的江面,船后面的螺旋桨快速地旋转着,搅起的浪花翻腾着彩色的泡沫,推动着轮船快速前进。

不管怎么样,今晚上西品和唐青盈必须选择一个,公韧暗暗地下了决心。

在去往银玉楼的路上,公韧的脚步急速沉稳,刚健有力。他敲响银玉楼的大门,"大茶壶"揉着惺忪的眼睛,好半天才开门,嘴里嘟囔着:"什么时候了,男人啊,憋得睡不着吧!坏了我的好梦。找哪位姑娘啊?"

公韧递给他三块钱说:"我想见金环小姐一面,求你给行个方便。"

"大茶壶"看了看公韧,脸一沉说:"老板不是说,再见她要十块钱吗,不行!"

公韧急了,在他的脖子上来了个刀划的手势,恶狠狠地说:"行不行?就这些钱了。"

"大茶壶"吃硬不吃软,连忙说:"好好!就算我行行好,反正金环小姐也没人要,我就领你去吧!"

"大茶壶"在前面带路,把公韧引到了西品的房间。

西品早已歇息了,屋里关着灯。"大茶壶"在门口喊:"金环小姐,那位光说不练的客人又来了。你好好准备准备!"

西品在屋里"嗯"了一声,说:"这么晚了,还把他领来干什么?"

"大茶壶"说:"金环小姐啊,梁山伯不是为了祝英台化作一只蝴蝶了吗?贾宝玉不是为了林黛玉出家当和尚了吗?对这样的情种,我一把'大茶壶'哪能挡得住啊!"

屋里亮起了灯,好半天西品才开了门。

公韧见了西品,感到眼前一亮,西品的头发梳得乌黑油亮,衣服艳丽合体,脸上略施粉黛,特别是那双眼睛,如两颗宝珠,熠熠生辉,一扫过去的幽怨,充满了幸福和希望,十三年前的西品又回来了。

屋后的门吱的一声被"大茶壶"关上了。

公韧往前走了两步,一屁股坐在椅子上。西品情不自禁地往前走了两步,犹豫了一下又退了回去,坐在了床上。

公韧镇定地说:"不管你是西品也好,金环也好,今天晚上就要找你说说,不和你说清楚,明天我就没法活了。"

西品温柔地说:"你说吧,我听着。"

"是这么着,西品啊,"公韧不紧不慢地说,"八年前,在武汉自立军起义的时候,我认识了一个小女孩,名叫唐青盈。那时候她小,只有九岁,之后我们共同经历了无数次的战斗,同生死,共患难,她救了我好几次,当然我也救过她的命。原来我把她当女儿,当妹妹,现在……"

"现在怎么啦?"西品紧张地追问公韧。

"现在,"公韧稳了稳神,继续说,"现在,她已经长成十六七的大姑娘,非要……非要和我……确立一种关系……"

"什么关系?"西品着急地问。

"非要……非要……非要和我确立夫妻关系!"公韧使了使劲,一口气说了出来。

第159回　吐露真情情侣相拥

西品只觉得一道霹雳从心底划过,一声炸雷在耳边鸣响,眼前顿时漆黑一片,脑中一片空白。好半天,西品才小声地问:"你打算怎么办呢?"

公韧沉着地说:"西品啊,说真的,你的身影,时时刻刻在我心里,难以磨灭,你的话语,无时无刻不在我脑海里鸣响,你才是我心中的爱人,这种信念我是丢不掉的。至于唐青盈,毕竟还是个孩子,她在我心中的位置,我会摆正的。"

西品轻轻地问:"这真是你的心里话吗?"

公韧不紧不慢地说:"十三年前,我已经发过一次誓了。难道今天要我再发一次吗?"

西品猛一下子站起来,紧紧地抓住公韧的手说:"如果我是西品,你真的不嫌弃我?"

公韧摇了摇头:"你为革命负了重伤,得了失忆症,是别人把你卖入红金楼,又卖到银玉楼,你没有错,怪只怪这个黑暗的社会。我们革命的目的,就是要砸烂这个黑暗的社会。"

一股热流涌进西品的心中，蓄藏已久的感情终于像火山一样崩泻下来，再也无法控制。西品颤抖着，使劲地晃了晃公韧的手说："我……就是西品，我就是你心中的那个西品啊！"

公韧大吃一惊，问："你不是得了失忆症吗？你不是只记得自己叫金环吗？"

西品摇了摇头说："我现在已经好了，过去的事情已经全想起来了。你就是公韧，你就是我心中的公韧啊！"

两个人紧紧地搂抱在了一起。十三年来，多少个日起日落，多少个酷暑严寒，多少回硝烟鏖战，多少回出生入死，此时一切语言都显得毫无必要，苍白无力。

时间一秒一秒地流逝，两个热血沸腾的躯体紧紧地依偎着，好像时间和空间都静止了。窗户外渐渐明亮了起来，慢慢地，温暖的阳光爬上了窗户，喧嚣的城市又开始骚动起来。

西品慢慢地推开公韧，柔声问道："接下来你打算怎么办？"

公韧从激动的战栗中渐渐平静下来，对西品说："我要想办法把你赎出来，我这就去找老鸨子。"

西品说："你有那么多钱吗？"

公韧坚定地回答："没有，但我会想尽一切办法，就是上刀山，下火海，也要把你赎出来。"

公韧叫西品耐心等待，自己找到老鸨子谈赎西品的事。老鸨子笑着说："好啊，这简单，到时候你交了钱，再请上一桌，我把闺女嫁出去，也就省得操心啦。"

公韧问："那得多少钱呢？"

老鸨子伸出一个巴掌说："不多，也就五千块钱。"

公韧说："能不能再少点，两千？"

老鸨子扭了扭头："看你也是个有情人，闺女也大点了，这样吧，照顾照顾你，四千。"

公韧再次强调："我和西品年轻的时候就已经订了终身，要不是摊上乱世，可能早结婚了，也不会让坏人把她卖到这里，我只出两千。"

老鸨子笑了笑："照你这么说，我这还是棒打鸳鸯哩，再送个人情，三千，少一个子儿也不行啦！"见没法再讲，公韧勉强答应下来，然后退出来回了旅馆。

唐青盈一宿没睡，眼睛熬得有些发红，精神有些恍惚。看到公韧回来了，唐青盈松了口气，开始张罗早饭，嘴里依旧不饶人："我以为你不回来了，到底还是回来了，真怕你心眼实，想不开，出去寻死。"

公韧哼了一声:"小孩子家,说话没边没沿的,一个革命军人,没死在战场上,倒自己去寻死,这不是傻瓜吗?我想把西品赎出来,和你商量商量。"

唐青盈听了这话十分敏感,嘴一撇说:"有钱你就赎呗,和我商量什么?"

公韧说:"老鸨子要三千块钱,咱们得想办法凑啊!"

唐青盈冷笑一声:"说实话,搞到三千块钱,我不费吹灰之力,可我就是不给你搞!"

"为什么?"公韧纳闷地问。

唐青盈轻轻叹了一口气:"你们破镜重圆了,我呢,我算什么人?"

公韧心里十分生气,想不到唐青盈内心竟然这样狭隘,能不能搞到三千块钱先不说,首先她就不应该这样想,这样说。

唐青盈又伶牙俐齿地说道:"我就搞不懂,和你出生入死这么多年,你怎么就看不上我!那个西品,生活在窑子里多好,风不打头,雨不打脸,吃的是山珍海味,穿的是绫罗绸缎,天天做新娘,夜夜入洞房……"

啪的一声,公韧猛地一拍桌子,桌子上的碗、筷、盘子全都蹦了起来。他大吼道:"不许你这样说话,不许你污辱西品,你一个小孩家,懂什么?哪里来的这么些乱七八糟的想法,你懂我们的感情吗?"

唐青盈也急了,指着公韧吼道:"我就是要说!没有我,你能有今天吗?战友情谊都不顾了,还能顾什么?去关心窑子里的那个西品吧……呜……"唐青盈说着说着,竟像小孩子一样哭了起来。

要是在平常,公韧一定会像父亲一样哄她,可是今天,公韧心里窝着火,再也没有了往日的耐心,他指着唐青盈嚷道:"好啊!好啊!这么小个孩子,刁顽气人,蛮不讲理……以前我是怎么教育的你!可气死我了,要再这样……我就……我就……我就和你断绝父子……兄妹……关系。"

唐青盈也毫不退让,仰着头顶撞公韧:"断绝就断绝,你去找……那个窑姐西品吧!"

公韧只觉得气撞头顶,一阵晕眩,五脏六腑都在急剧地膨胀,似乎要爆炸了。他跺着脚喊:"好啊!好啊!唐青盈,我……这就走……这就走……再也不希望见到你!"公韧恶狠狠地哼了一声,大踏步走出了屋门。

公韧在感情的十字路口苦苦思索,智商用尽,还是毫无出路。他想:还是让脑子清静一下吧,西品也好,唐青盈也好,谁也不去想。

公韧不知不觉地来到了秘密机关,碰巧赵声主持工作。两人寒暄了一番,赵声笑着问:"怎么光你一个人来了,那位不离你左右,叫敌人闻风丧胆的小将军唐青盈怎么没来?"

公韧笑了一下,摆了一下手:"别提了,别提了,我和她闹翻了!"

赵声不信,笑着说:"哪能呢,我看你俩是秤杆离不开秤砣,星星离不开月亮,一文一武,相得益彰,一对绝好的搭档,怎么能闹翻呢?我看都是不打仗作祟,一旦打起仗来,你还少得了唐青盈?"

公韧摆摆手:"少提她,少提她,一提起她,我心里就烦。"

赵声又说:"人都是这样,有了不一定珍惜,没有才觉得可贵,到时候你也会后悔的。咱说正事吧,有活干了,我正想找你呢。"

一听说有任务,公韧的情绪一下子高涨起来,瞪着眼睛注视着赵声。

赵声说:"组织上派你到新军驻地附近,建立一个杂货铺,实际上是一个秘密联络点,专门搞各标的联络工作。"

公韧点了点头:"我明白了,坚决干好就是了。"

赵声又问:"你还有什么要求吗?"

公韧想到西品的事情,就迟疑地把西品的事情说了一遍。

赵声考虑了一会儿,说:"要钱的事儿,我必须向总部汇报,得等候上级的指示。这里倒有三千块钱,是建杂货铺和新军的活动经费,这是总部从国外华侨那里一毛一分募捐来的。"说完,赵声把钱交给了公韧,并让公韧打了收条。

公韧皱着眉头想了一会儿,对赵声说:"革命经费这么紧张,而没有钱什么事情都办不成。我有一件事儿,不知能不能说?"

赵声说:"咱们革命同志还有什么事情不能说的,有事儿你就说吧!"

公韧慢言细语,一字一句地说道:"有这么一件事儿,如果这个事搞成了,我们能获得一笔不小的财宝。这个事儿我也给黄兴同志说了,不知黄兴是否给你说过?"

赵声苦笑一声说:"黄兴没给我说什么呀!我还不知道你,穷得叮当响。你还知道一笔财宝?真是稀奇得很啊!"

公韧只好把十三年前的那桩血案,仔仔细细地给赵声说了一遍。

赵声耐着性子听完了,眼睛都直了,大腿一拍说:"你不是看着我穷,拿我穷开心吧?好,不管成也好,不成也好,你要人有人,要枪有枪,领着办这个事儿就是了。只要搞到这笔财宝,你就算为革命立下大功。西品那件小事儿,只要有了这笔财宝,那还不是小菜一碟!"

公韧点了点头说:"好,我尽快去办。"

第 160 回　兄妹二人进山寻宝（一）

公韧揣着这三千块钱，不知不觉又来到了银玉楼门口，绕过一条小巷，朝西品的窗户观望。这时候，西品的窗户早已经敞开，可以看到屋里的绿蚊帐、红布巾，还听到了西品正在屋里快乐地歌唱。

想必这时候，西品正满怀希望地等待着自己筹钱回来，好救她跳出这个坑。既然那笔财宝马上就要到手，这笔公款为什么不可以挪用呢？只要神不知鬼不觉地拿出这三千块钱，西品的生活将彻底改变，自己将和西品结为恩爱夫妻，一块儿革命，并肩战斗。共和建立以后，男耕女织，生儿育女，一辈子白头偕老，幸福地安享晚年……

思虑再三，公韧还是怀揣着这三千块钱悄悄离开了银玉楼。

他回到了旅馆里，看到唐青盈还坐在床上，噘着小嘴生气，脸色铁青。听到公韧回来了，连理也没理，看来这回是真生气了。要是在平时，公韧早去逗她了，但这回公韧是真生她的气，所以没好气地说："机关上的赵声给了我俩任务，叫回香山县办点事儿，快准备准备吧！"

唐青盈坐在床上，连动也没动，白了公韧一眼。

公韧又催促她："有任务呢，快去准备啊！"

唐青盈突然像火山爆发一样地吼叫起来："告诉你，公韧！你叫我去我就去吗？你算干什么的！哼，为人要讲良心，我看你就没有一点儿良心……"

公韧头一次听唐青盈叫自己公韧，"哥"字去了，"亲爸爸"更去了。公韧摇了摇头说："你这孩子……好！好！愿意去就去，不愿意去就不去。这是执行上级的命令，又不是跟着我去办什么私事。"

公韧不再理她了，自己做着准备。唐青盈还是一点儿没动，坐在床上生闷气。

公韧准备好了，没有招呼唐青盈就出了门，走出好远，觉得身后有人悄悄跟随，凭着感觉，他知道是唐青盈。公韧也不等她，找到了机关上的老李，传达了赵声的命令。在老李的带领下，到了马厩。

刚进马厩，公韧过去骑过的那匹枣红马突然停止了吃草，扬起头，望着自己，咴咴地叫了起来，四只蹄子踏得地上一阵子扑腾扑腾乱响。公韧急忙奔过去，抚摸着它的头说："老伙计，你想我，我也想你啊！"

这时候,唐青盈的大白马也叫了起来,唐青盈走上前去,用小手抚摸着它,怨恨地说:"还是我的马好,这么些天不见,见了主人,还知道撒撒欢,和主人亲热亲热呢!不像有的人,就是一块榆木疙瘩,在一块儿待了这么多年,竟不知道情为何物。"

公韧也不理她,把自己的马解开缰绳,拉到了院子里,先用大扫帚给它扫了扫身上的浮土,然后用一盆盆的清水给它冲洗。

洗完了澡,这匹枣红马浑身干净利落,显得特别精神。公韧给它套上马鞍子,勒紧肚带,然后翻身上马。那匹枣红马长嘶一声,就要甩开蹄子,尽情奔驰,但是公韧却勒紧了马缰绳,就是不让它跑动,憋得那匹战马腾起前蹄,直立起来,前蹄落下后,身子旋转着,在原地急速地打着转儿。

不一会儿,唐青盈也准备停当,公韧这才缰绳一松。那匹枣红马嗖的一声,就像离弦的箭一样向前面射去,郊区的水田、树木、耕牛、农人向后面飞也似的退去。奔驰了一阵子,公韧把缰绳一拉,枣红马的速度稍微一慢,让唐青盈的大白马从后面赶了上来,在枣红马的前面疾速奔驰。

公韧控制住马速,在后面不远不近地跟着。

不一会儿,两匹战马已经微微地出了一身薄汗。两个人放慢速度,朝马厩返回。虽然两匹马隔得并不远,但是两个人谁也不和谁说话,就和不认识似的。

进了马厩,老李已经领着十个棒小伙子在等候公韧了,双方互相介绍了一番,很快熟悉了。

公韧对那个领头的大个子说:"小李,备上马,带上武器和箩筐,也带上火把、爪钩、绳子等上悬崖的工具。为了安全起见,咱们晚上出发。"

那个姓李的小伙子说了一声"是",和众人赶紧分头准备。有了这些革命党人陪伴,公韧和唐青盈忙着和他们说话,倒也缓解了两人互不说话的尴尬。

吃过晚饭,喂饱了马,天已经黑了下来,十匹马排成一溜,静静地等待着公韧的命令。公韧看时候已到,大呼一声:"上马!"十二个人一下子全都跃上战马。

公韧又大喊一声:"出发!"然后一马当先,率领着马队迅速前进。唐青盈左手执着缰绳,右手抚摸着腰中的弯刀,就像上战场冲锋一样,用警惕的眼睛扫视着半黑不黑的夜空,紧紧地跟在公韧的身边。

马队用中速前进,虽然只有十二匹马,但是几十只马蹄子也闹起不小的动静。枣红马瞪起它那双大大的眼睛,极力地分辨着地上的坑坑洼洼,躲闪着那些影响它行走的碎石烂砖。它的耳朵不时地耸动着,捕捉着风的响声,水的流动,动物的觅食,百虫嬉闹的声音和主人的命令。

广州到香山县只有两百里的路程,不到三个时辰就到了。为了不惊动西家庄的乡亲们,公韧下了马牵着马缓缓而行,战士们也都下了马,悄悄地跟在公韧后面行走。

公韧指着村口的一条路对唐青盈说:"当初就是在这里,十一个人全部被杀,横七竖八地躺了一地,个个死得很惨。"

唐青盈点了点头,但是没有说话。要是在平时,她早就刨根问底说个不停了。

走了一段路,公韧又翻身上马,率领着马队继续前进。山路越来越陡,道路越来越窄,战马已经不能奔跑了。公韧和战友们都下了马,牵着马奋力地往上攀登。大家都觉得天气异常闷热,一个个大汗淋漓,汗水湿透了衣衫。

走着走着,前面有一片小树林,树林边有一棵奇特的大树,虬龙般的气根横七竖八地蜷伏在地上,树干恨不能有三搂粗,上面又尽是枯藤,横缠竖绕。马队突然惊动了树上的乌鸦,它们呱呱地叫着,向远处飞去,公韧说道:"枯藤老树昏鸦。"

前面微微地传来了小河流水的声音,众人皆惊奇,在如此高的山上,有条小溪已属不易,更别说小河了,简直是奇山美景。

众人一阵兴奋,加快前进的步伐,不一会儿,就来到了那条小河边。小河黑中透白,河水清澈透明,由于巨大的落差,河水发出的哗啦啦的声响,竟如音乐般动听。小河之上有一座简易的小桥,过了小桥,桥那边有一座木屋、一棵大树,一条小道继续往大山深处延伸。

公韧对唐青盈说:"就是在这小桥流水人家处,那个从山顶上走下来的人,被一群强盗杀死在这里,丢进河里,而强盗也有三人被砍死,丢进了水里。"唐青盈听到公韧的话,拔出弯刀,机警地扫视了周围一圈,生怕再遇到什么歹人,直到确认没有危险时,才又把弯刀插进刀鞘里。

公韧正要上桥,唐青盈却突然拦住公韧说:"慢着!"她把自己的马缰绳交到公韧手里,然后小心翼翼地上了桥,这儿踩踩,那儿踩踩。突然一块木板竟经不住唐青盈小小的体重,被踩落到水里,发出一声骇人的响声,然后瞬间被哗哗的流水冲得没有了踪影。

公韧惊出了一身冷汗,着急地喊:"怎么样,小青盈?"

小青盈回答:"没事儿,防着这一手呢!"

小青盈走到公韧身边说:"桥早已腐朽,人勉强能过去,马是不能过去的。"

公韧夸奖她说:"亏着你提前探路,要不伤着人和马,就麻烦了。"

唐青盈哼了一声:"这回想着我了,早干什么来?"

看来,她余怒未消。

公韧安排两个人看着战马,其余的人背着装备,步行前进。人走在桥上的时候,腐朽的木头发出咯吱咯吱的响声,大家尽量放轻脚步,小心翼翼地缓缓而行,直到都过了桥,公韧才松了一口气。

爬过了这座山头,山路突然平坦起来,而风却愈刮愈猛,虽然广东的冬天不算太冷,但那股西风却冷得刺骨,让人禁不住有些瑟瑟发抖。公韧说:"古道西风瘦马,只可惜缺了瘦马。"

十个人又继续前进,山路更加崎岖难行,走着走着,前边已经没有了路。唐青盈说:"点上火把吧。"

公韧说:"先不慌!点上火把,远处看不清,现在需要的是能看到远处。"

第161回 兄妹二人进山寻宝(二)

公韧眯缝起眼睛,努力把眼睛聚起光,扫视着山上。他模模糊糊地看到,山上有一处地方似乎特别黑,不错,那应该是块大石头。公韧这才叫众人点上火把,凭着记忆,摸到了那块大石头跟前,这块大石头怎么看怎么像是一匹劳累过度的役马。

公韧说:"好了,瘦马也不缺了。就从这里直着往山上爬吧,小心点!"

众人手执火把向山上爬去,火把不时吱吱啦啦地爆溅出火星子,滚烫的油珠子不时地滴落到人的手上,大家全不在意。好一会儿,才爬到山顶,地形顿时开阔起来,大家好一阵子惬意。

又走了几十步,忽然一条断崖展现在众人面前。公韧摸起一块石头,朝着断崖下掷去,大家都竖着耳朵听了一阵子,好一会儿才听到石头落地的声音。公韧说:"底下是万丈深渊,大家小心。休息一会儿,腰上绑上绳子,给我一点儿一点儿地往下找,看看能不能找到洞口之类的,绝不能放过一草一木。"

公韧在离断崖边上五六米处打下一个尖头的铁棍,铁棍上绑上一根绳子,绳子的一头绑在一个小伙子的腰上。那小伙子一手拿着火把,一手抓着绳子,开始下崖了。山顶上几个人给他慢慢地往下续着绳子,大约半个时辰,绳子已经顺下去二百多米,看来在底下没有寻到什么洞口。

公韧下令把他拉上来,换个地方再探。顺着这条断崖,一连换了五六个地方,还是什么也没有找到。

公韧暗暗着急起来,琢磨着,就是这个地方啊,怎么会找不到洞口呢?他对众人说:"这回我下,我就不信找不到地方。"

众人连忙阻拦说:"你在这里指挥就行了,还是我们下吧。"

公韧执拗地说:"我非得下去看看,就不信找不到。"

众人拗不过公韧,只得放他下去。唐青盈不放心,和几个小伙子一道,慢慢地往下放着绳子。公韧左手执着火把,右手抓着绳子,通过火把的光亮,看到断崖上坑坑洼洼的,不是杂树棵子,就是野草荆棘,衣服不一会儿就被划破了好几道口子,皮肤被扎得生疼。

断崖上有的地方勉强能站住脚,身子可以歇一会儿。公韧仔细寻觅,绝不放过一点儿蛛丝马迹,逢到可疑的凸凹之处,公韧就用手扒扒,用脚踹踹,或从腰中掏出一把匕首,攮它几下。不知不觉地,已过了一个时辰。还是一无所获,公韧只得摇了摇绳子,喊了一嗓子。众人把他慢慢地拉上崖去。

又有两个小伙子下去找了一会儿,还是什么也没有寻到。

这时候天已经蒙蒙亮,一轮红日从东方冉冉升起,眼前随之升起了一面蓝色的墙壁,原来断崖的前面就是大海。天空是浅蓝的,海水是深蓝的,两蓝之间飘浮着一些白色的云团,一会儿像天马行空,一会儿似玉兔隐遁,一会儿像雄狮怒吼,一会儿似群鹿奔腾。

白云底下是一只只展翅飞翔的海鸥,它们一会儿冲上云霄撒欢,一会儿钻入水里觅食……所有的人都被波澜壮阔的大海震撼了。

唐青盈对公韧说:"撤,还是继续找?"

公韧对寻宝的事情还抱着希望,对唐青盈说:"我看,还是耐住性子继续找吧!我就不信,那十个人就从这个断崖上蒸发了,竟然连一点儿踪迹也没留下。"

唐青盈点了点头,这回她下去了。大约过了一个时辰,上来了,还是什么也没有寻到。

经过一晚上的折腾,这些人又困又乏又饿,一个个疲惫不堪,有的闭着眼睛打盹,有的嚼着带来的干粮。唐青盈对公韧说:"我看根本就没有什么财宝,要是有财宝的话,这面断崖被我们像梳头一样篦了好几遍,就是有根头发也该找出来了。"

一个小伙子说:"公头领,都半晌午了,我看也该找个地方休息一下,弟兄们都累了。"

公韧这会儿对找财宝的事情已经彻底绝望,他对大家伙说:"撤吧,找个地方休息一下,然后回广州。我看这财宝的事儿,八成是没有希望了。"公韧带领着大家松松垮垮地往山下撤去,过了那块大石头,又走了一阵子,来到了小河边的木桥。

过了桥,公韧对大家说:"我看咱们就在这里休息吧,吃点东西,睡一觉,天一黑就撤回广州城。"

大家都累坏了,一听说休息,有的找到一棵大树,靠在上面倒头便睡,有的找到自己的马,把马牵到一个有草的地方,用缰绳拴上马腿,叫马啃着草,自己打着瞌睡,只有一个小伙子手执武器在远处放哨。

公韧看到近处的地方都被他们占了,只有桥那边的小木屋闲着,就对唐青盈说:"走,上那屋里歇着去。"唐青盈也不搭理公韧,不远不近地跟在后面。

打开尘封的门,进了小木屋,发现墙上布满蜘蛛网,地上的浮土老厚。公韧找了一根树枝,把墙上的蜘蛛网拢了拢,又把地上打扫干净,对唐青盈说:"你睡在这里。"

要是在平时,唐青盈早就兴高采烈地躺下了,可这会儿,她还和公韧怄着气,不愿意理他,就歪了歪头,装听不着,自己找了一段枯树枝,打扫屋里的另一个地方。公韧嘟囔着:"这地方你不用我用。"说着,就随便躺下了,可躺在地上,哪里能睡得着,思绪纷乱繁杂:要是找不到财宝,革命的经费没有着落不说,西品也救不出来啊!

正在这时,唐青盈喊了一声:"哎哟!可硌死我了。"

公韧听了一惊,急忙过去察看:"哪里,哪里,刚才叫你在那个地方睡,你还不愿意,这下倒好,硌疼了吧!"看到唐青盈身下有一块小圆石头,公韧拿起来就扔了,一边扔一边骂道:"你这个坏石头,怎么把我的小青盈硌着了,怎么这么坏啊?"

那小石头骨碌碌滚出老远,碰到墙壁上,又骨碌碌滚了回来。公韧生气了,骂道:"叫你滚远点,怎么又滚回来了,想把我的小青盈再硌疼了啊!"

那小石头滚了一阵子,上面的灰尘被磨去不少,显得圆滑光亮,熠熠生辉。唐青盈的眼睛一亮,把那个小石头拿起来,在身上擦了擦,瞅了一阵子不认得,对公韧说:"你看,这小石头怎么这么亮啊!这是块什么石头?"

公韧拿起来看了看,不禁大吃一惊,这石头说白不白,说灰不灰,滚圆滚圆,小巧玲珑,往外放射着一种柔和迷人的光亮。凭直觉,这绝不是一块普通的石头。公韧结结巴巴地说:"这可能是颗……大珍珠。"

唐青盈一下子瞪大了眼睛,兴奋地从公韧手里夺过珍珠说:"我看看,我看看,公韧哥,这么说,咱们是不是发财了!"

公韧听她喊"公韧哥",心中更是高兴,知道这会儿是锅里烙饼——没反正。公韧赶紧夸奖她说:"真没想到,我的小青盈一躺下,就压上一颗大珍珠。快找找,快找找,看看还有没有别的宝贝。"

两个人赶紧找,这里捶捶,那里擂擂,这里翻翻,那里掀掀,可是除了这颗珍珠,再没有找到别的好东西。小青盈禁不住有些灰心丧气,嘟哝着:"真是的,想找它吧,找不到!不想找它吧,它又来了。"

公韧鼓励她:"再仔细找找,说不定哪一会儿就找到了。"俩人又翻了一阵子,恨不能把小屋都拆了,还是什么也没有找到。唐青盈坐下来,抚摸着那颗珍珠说:"公韧哥,你说,这颗珍珠是从哪里来的呢?"

公韧说:"要说这个屋里生珍珠……不可能,珍珠是水中的蚌生的,这个屋里怎么会生珍珠呢?一定是有人把它带到这儿来的,或者是掉到这里的。什么人会带到这儿来呢?这里只有一条小河,河中一座小桥,过了小桥,一条小路直通山上。我想,是一些人在屋中休息,不小心掉到这里一颗珍珠。可是十三年前的那天晚上,并没看见有人进这个屋里停留啊?"

唐青盈听烦了,嘟哝着:"哎哟,公韧哥,你就别给我灌这些迷魂汤了。睡觉!睡觉!"她躺了下来,漫不经心地往刚才扫走的垃圾上一瞥,突然眼睛聚焦在那些灰土枯叶中,里面像是有纸屑一样的东西。

她一骨碌爬起来,从地上拾起那些碎纸屑递给公韧说:"公韧哥,你说说,屋子这么长时间没人住了,谁还上这里来啊?既然来了,撕这些纸干什么?"公韧一想也对,也帮着唐青盈在地上寻找那些碎纸屑,把找到的那些碎纸屑一一展开,在地上拼凑着,不一会儿,一幅图呈现在了眼前。

第162回 兄妹二人进山寻宝(三)

唐青盈看着那幅图说:"公韧哥,这画的什么呀?看不懂!"

公韧仔细辨认着，由于时间长了，风吹雨淋，这张图确实有些模模糊糊，难以看清。图上好像画着一条小河，河中一座小桥，一条小路直通大山，大山下有一匹瘦马，瘦马的前腿左蹄下，好像有一个竹筒。

　　唐青盈突然悟了出来，大叫一声："公韧哥，这条小河是不是就是眼前的这条小河啊，这座桥是不是就是眼前的这座小桥啊？"

　　公韧大腿一拍说："对啊！"

　　唐青盈又说："这座大山是不是咱们爬过的那座大山啊？"

　　公韧又大叫一声："对啊！"

　　唐青盈眉头又皱起来了，说："可是这匹马又是什么意思呢？"

　　公韧摇了摇头，百思不得其解。

　　公韧在屋里走过来走过去，冥思苦想，后来慢慢地走到窗户跟前，朝那座大山瞭望，突然眼前一亮，对唐青盈说："那匹瘦马就在那里！"

　　唐青盈急忙走过去，朝那座大山望去，可是望了半天，也没有发现瘦马的影子。

　　公韧点拨她说："你别仔细看，要猛一看！"

　　唐青盈按照公韧的提示，闭了闭眼睛，稍微稳定一下情绪，然后猛然睁眼一看，那大石头不是瘦马是啥，马头、马身子、马屁股，活灵活现，只是马的四条腿就不好分辨了。

　　公韧对她说："咱俩就到马的前腿左蹄下，找那个竹筒吧。"

　　唐青盈说："好，这就去。"

　　走出了小屋，两个人急急忙忙向前奔去，不一会儿就来到那块大石头跟前，估量着到了那匹马的前腿左蹄下，从身上拔出匕首乱挖。挖着挖着，挖出了一个油纸包，打开油纸包一看，果然是一个竹筒。

　　两个人把竹筒用衣服擦拭干净，只见竹筒上用火棍烫了两幅画：一幅画上有一匹瘦马，瘦马的耳朵直指山上的断崖；另一幅画上是一道断崖，断崖之中有一棵小松树，在断崖顶到小松树之间，写着一个"十"字。

　　看完这两幅画，小青盈突然叫了起来："我明白了，从这匹瘦马的耳朵处看断崖，断崖顶到下边的一棵小松树之间的距离是十……"

　　公韧接着说："十尺，十丈，或者是十步？"

　　小青盈拍着手说："对了！对了！"

　　公韧马上对小青盈说："你赶快叫他们来帮忙，我先上山找着"小青盈欢天喜地,蹦蹦跳跳地集合人去了。

公韧爬上那匹"瘦马",上了马头,马头上果然有两个三角石头,像是马耳朵。公韧伏在马头上,从马耳朵处瞄准山顶,把所看到的记在脑海里,然后下了"瘦马",直接顺着这个方向,向山顶爬去。

不一会儿,到了断崖顶上,公韧弯下身子朝悬崖下一望,果然在十丈左右的地方,有一棵小松树。偌大的断崖上,小松树何止千百,这棵小松树和别的小松树并没有什么两样。虽然昨晚一宿忙乱,断崖上搜了好几遍,但是走马观花,夜里又黑,这棵小松树是否仔细搜索过,其实并不确定。

不一会儿,那些小伙子来了。公韧叫他们在山崖上打上铁棍,拴上绳子的一头,自己的腰上拴上绳子的另一头,叫小伙子们慢慢往下续。公韧慢慢地到了那棵小松树跟前。公韧围着这棵小松树仔细看了一圈,并没发现这棵树和别的树有什么区别,公韧又掏出匕首来挖了一阵,也没发现什么洞穴。公韧用手擂了擂,这一擂不要紧,小松树的根部,发出了咚咚咚的声音。

公韧不禁大喜,心想有门,赶紧用匕首继续往里挖,挖了大约有半尺深,里头露出一块木板子。公韧心里更高兴了,禁不住地喊:"找到了!找到了!"匕首不小心触动了木板子上的一个机关,只听得里头稀里哗啦一阵乱响,整个木板子慢慢往里移去。不一会儿,一个三尺见方的洞穴展现出来,从里面扑出来一股污浊之气。

一束阳光射进洞里,好大的一个岩洞啊!公韧钻了进去,透过洞外的光亮一看,岩洞里怪石嶙峋,阴森恐怖。小鸟飞翔,野兽行走,怪人若坐若立,"小鬼"狰狞可怖,一个个怪诞的岩石组成了一幅幅奇妙的图案……

公韧不敢往里走了,晃了晃洞外的绳子,不一会儿,小青盈下来了,又陆续下来了六七个人。众人这才小心翼翼地往里爬去,爬着爬着,里头宽阔了,可以直起腰走。越走里头越黑,公韧命人点上火把。火把一照,洞穴里亮堂多了,但同志们个个捂着鼻子,山洞里的腐臭之气熏得人直想呕吐。

这时候,火把的光亮越来越小,人人感到呼吸困难,喘不过气来。

公韧说:"不好!缺氧!大家赶快回到洞口,别憋着。"众人急匆匆地往洞口走去。他们一个个头晕目眩,脚步沉重,腿就和灌了铅似的。好不容易走到洞口,大家都累得趴在那里。公韧又吩咐一个小伙子说:"快脱下褂子往里扇风。快点!快点!"

那小伙子赶紧按照公韧的吩咐在洞口往里扇风,好一会儿,大家感觉到好受多了,火把也渐渐明亮起来。公韧命令那个小伙子守着洞口,继续往里扇风,其余人跟着自己进入山洞。

不一会儿,又到了刚才那个地方,再走几步,小青盈突然惊恐地叫了起来:"看哪,看哪!"大家赶紧朝那里望去,一个恐怖的景象突然出现在大家面前,惊得大家一个个毛发倒竖,浑身不寒而栗。岩洞里或立或躺着十具白骨,有的像是在挥手怒吼,有的像是痛苦呻吟,有的躺在地上像是临死前挣扎,有的像是奋力地攀爬。旁边还有十副腐朽不堪的箩筐,而箩筐里空空如也,什么东西也没有。

大家从恐怖的情绪中渐渐镇定下来,然后开始搜索财宝,搜寻了一会儿,只有一个小伙子从一个角落里找到了一块金砖,另一个年轻人在一个旮旯里找到一个手镯,别的什么也找不到,再往前走,已经到了山洞的尽头。

唐青盈用弯刀戳着一副白骨说:"二哥,你怎么不说话啊?看你这模样,像是很痛苦呀!咦——"唐青盈突然大叫起来,"这二哥受过刀伤,你们看!你们看!"

众人纷纷围拢过来,小青盈用火把照着说:"看见了吧,他的肋骨受损,不用说,这是中的刀伤。因为刀伤,他才死的。咦!"小青盈又叫了起来,"他的骨头怎么发黑?看来还中了毒,不中毒骨头不会发黑。"

大家又纷纷去观察别的尸骨,每个尸骨的骨头都发黑,而且个别的也有刀伤。

公韧分析说:"看来,他们这伙人在西家庄路口劫了宝杀了人,把这些财宝运到这里。没想到又被自己人下了毒,真是夕阳西下,断肠人在天涯。有的人被当场毒死,有的人在毒死前又被人用刀杀死,这个杀死他们的人就是我所碰到的那个粗嗓子。没想到那个粗嗓子也没得好死,在路过小桥的时候,被一伙强盗杀了。真是螳螂扑蝉,黄雀在后,做贼的又碰到劫道的,都没有好下场。只是这笔财宝,不知又被什么人偷偷运走了,这实在是个大谜。大家再仔细找找,看看有没有留下什么蛛丝马迹。"

大家又仔细寻觅了一番,还是什么也没有找到……

大家乘兴而来,扫兴而归,回广州的路上,大家全没有来时那样快乐的劲头,一个个闷着头骑在马上各人想着各人的心事。公韧的脑子还在思索着这个遗留下来的悬案,因财宝而激起的种种亢奋早已消退。

带着这些已解和未解的谜团,这些人回到了广州机关。凑巧总部的人和黄兴也在。

听完公韧的简单汇报后,看着摆在桌子上的金砖、手镯还有珍珠,黄兴说:"现在这笔财宝到底落在谁的手里,我们就不必操心了,最后必然有个结果。先说说眼前的事情吧,听说西品在银玉楼,我们一定要想办法把她救出火坑。"黄兴接着说,"非常事件必须采取非常手段,三千块钱,老鸨子想得倒美。"

公韧也说:"我们的钱来之不易,是那些海外华侨一点点凑来的,岂能交给妓院的老鸨子。"

公韧有了领导的支持,心里踏实了,而唐青盈却噘起小嘴,似乎还有不小的意见。

黄兴看了看唐青盈的表情,对唐青盈说:"小青盈呀,是不是还有意见?有意见就说呀。"

第163回　银玉楼难救西品

唐青盈不满意地说:"要是西品救出来了,我呢?"

黄兴说:"这是你们的私事儿,我们就不要干涉了吧!"

唐青盈噘着小嘴说:"公韧哥有点儿见异思迁,吃着碗里的看着锅里的。"

听到这句话,大家都笑了。黄兴批评公韧说:"公韧呀,你可不能这样啊,一定要老老实实听小青盈的话。"

公韧无可奈何地叹了一口气,对这个气又气不得,恼又恼不得的唐青盈,自己说什么好呢!

过了两天,一切准备就绪。

这天的小巷里似乎特别黑,树木和房子都隐匿在一块巨大的黑幕之中,天上没有星星,也没有月亮,耳边刮着丝丝的寒风,偶尔路过的行人都裹紧了大衣,好一派深冬肃杀的景象!

公韧好好地化装一番,戴上礼帽,配上一副假胡子,穿上一身黑西服,打着领带,拄着一根文明棍,一副归国华侨的派头。他装着酩酊大醉的样子,晚上十点多钟的时候,摇摇晃晃地闯进银玉楼大厅。

老鸨子一看,以为又来了财神爷,急忙扭捏地过来,对公韧一脸媚笑,讨好地说:"这位老爷,好眼生啊!您这一进门,这里真是福星高照,财运亨通。"又吩咐"大茶壶","赶紧给这位老爷沏上上等的铁观音伺候!"

公韧醉醺醺地嚷:"有好姑娘吗?"

老鸨子笑了笑:"老爷您来的确实晚了点儿,好姑娘都陪客人了。我这里还有几位,不知您看不看得上眼?"说着扭了扭头,摇着手帕一招。轻飘飘地过来了几位小姐,这个拉着公韧说:"官人啊,今晚上我陪着你吧!"那个拽着公韧说:"这位帅公子哥啊,你看我长得漂亮吧,我陪着你玩玩啊!"

公韧装模作样地挨个看了看她们,对老鸨子说:"这几个太丑了,我真看不上眼,没一点儿兴趣。难道银玉楼的姑娘都死绝了吗,没有个好看点的。"老鸨子对这几个姑娘使了个眼色,她们噘着嘴退了下去。

老鸨子又吩咐"大茶壶"叫了另外几个小姐过来,公韧还是横挑鼻子竖挑眼,摇着头看不上眼。老鸨子压着脾气,嬉笑着说:"老爷啊,你到底想要胖点的、瘦点的、高点的、矮点的、脸白的,还是脸黄的?"

公韧哼了一声:"老爷我昨晚上做了个梦,梦见了好事儿!今天就是来寻梦的。我就瞧着那个屋顺眼,那个屋里有我的梦中情人,我非得上去和那位小姐会会……"

老鸨子皱了皱眉头:"三百六十行,行行有规矩,那个屋里有客人,我不能打搅人家的好事啊!"

公韧急了,朝老鸨子挥了挥手吼道:"什么破规矩,我非得上去看看不行。"说着,就东倒西歪地上了楼,也不管老鸨子在后面怎样劝,怎样拉。

公韧在西品门外,轻轻地敲门,小声地喊着:"西品,西品,是我啊!"

西品在屋里没有搭腔,一个男人却在屋里骂开了:"混蛋!有什么事儿以后再来,我们正忙着哩。"

公韧一听这话,怒从心头起,恶向胆边生,睁开眉下眼,咬碎口中牙,满身的热血猛一下子蹿到了头顶,巨大的力量聚集到拳头上,擂了两下门,身子一使劲,就把门撞开冲了进去。

借着微弱的灯光一看,床上两个人正在耳鬓厮磨地搂着亲嘴哩,羞得公韧赶紧扭过头,怒声呵斥:"赶快穿上衣服!"

那个男人穿上衣服就过来跟公韧拼命,满腔怒火的公韧一拳打了他个满地找牙,再看那女人,根本就不是西品。

公韧大声地问:"西品姑娘呢?原来的西品姑娘哪里去了?"

那姑娘吓得跟掉了魂似的,哆哆嗦嗦地说:"我……我……什么也不知道,我是新来的。"

公韧只觉得脑子一片空白,愣怔了一会儿,突然转身出来把门猛地一摔,下了楼,楼下聚着一群看热闹的小姐、嫖客和一时有些慌乱的老鸨子。公韧一把抓住老鸨子的脖领子喝问:"西品姑娘呢,你把她弄到哪里去了?"

老鸨子装疯卖傻:"我们这里哪有叫西品的?从来就没有听说有个叫西品的姑娘。"

公韧厉声再问:"那个屋里原来的姑娘叫什么?"

老鸨子说:"她不叫西品,叫金环。"

公韧猛然醒悟,一着急,把这事忘了,急忙呵斥老鸨子:"不管西品也好,金环也好,你把她弄到哪里去了?"

老鸨子突然一声冷笑,猛地挣脱开公韧的手,大声嚷嚷道:"哼!你是客人,我开春院,你花钱要姑娘,我干买卖赚钱,这天经地义。可要是有人起歪心,不花钱就想抢走我的姑娘,哼!别怪我不客气,我这就去告官。"

老鸨子这么一嚷嚷,立刻过来了三四个五大三粗的打手,凶神恶煞般站在老鸨子的身后。

公韧心里一惊,听老鸨子的话,怎么好像事先听到了什么风声似的,再看看眼前这三四个打手,从走路姿态来看,也像是有些功夫。公韧急忙腔调一转,摇摇晃晃,舌头根子发硬地说:"我今天怎么净迷迷糊糊的,不过才喝了二斤,又没有醉,怎么竟和做梦一样。"

老鸨子又说:"真是猪鼻子上插葱——装象,扒了皮,也认识你的骨头。以前那个来找金环的穷小子,是不是你啊?"

公韧听出了老鸨子的弦外之音,再掩饰下去已是没有必要,公韧突然抓起一个茶杯,朝地上猛地一摔,立刻从银玉楼外面冲进来七八个年轻力壮的小伙子,个个手里拿着亮铮铮的刀子,把老鸨子和那几个打手围在了中间。

老鸨子色厉内荏,浑身哆嗦起来,也怕打起来,把她的妓院砸个稀里哗啦。她赶紧皮笑肉不笑地说:"老爷,老爷,有什么话好好说,何必这样呢!"

公韧目光炯炯,威严地对老鸨子说:"我只问你一句话,西品姑娘,也就是你说的金环姑娘,你把她弄到哪里去了?"

老鸨子谄媚地笑了笑:"是这样,我看金环姑娘大了,也该有个人家了,就给她找了个主儿,嫁出去了。"

公韧问:"嫁到哪里了?"

老鸨子说:"她上哪里去了,我也不知道,来人交上钱就把她领走了。"

公韧一把抓住她的脖领子又吼:"为什么早不卖,晚不卖,偏偏在这几天把她卖掉?前几天她明明还在你的店里!"

老鸨子一时有点口吃,说也不是,不说也不是。

公韧又抓着她的脖领子提了一下,恨不能把她憋死。老鸨子忙说:"是这样,前两天来了一个姑娘,说有人要抢金环。我想……别留着她惹是生非的,就给她找了个主儿。"

公韧赶紧追问:"一个什么样的姑娘?"

老鸨子说:"十八九岁的样子,胖乎乎的,个子不算高,蛮精神的,好像在哪里见过。"

"真是这样吗?"

"是的,是的,我要是撒谎,天打五雷轰,出门不得好死,让马车撞死,让狗咬死。"

公韧感到疑惑不解,怅然若失,就像撒了气的皮球一样泄了下去。给老鸨子通风报信的这个人是谁呢?除了唐青盈还有别人吗!公韧心里五味杂陈,扔下老鸨子,朝着自己的人一挥手,悻悻地走出了银玉楼。

公韧心事重重,脚步沉重地回到小旅馆,一进屋就看到唐青盈正在兴高采烈地一边拾掇着床铺,一边快乐地唱歌。桌子上还摆放着几个小菜和一壶酒,看来是在等自己。

公韧阴沉着脸,一字一句地逼问唐青盈:"小青盈,你去过银玉楼吗?"

小青盈愣了一下,笑着说:"去过怎么样?没去过又怎么样?"

公韧又凶狠地问:"我只是问你,去过银玉楼没有?给老鸨子说没说咱要救西品的事情。"

唐青盈笑了,满不在乎地说:"是这样,那天我路过银玉楼,觉得好玩,就进去转了转。凑巧老鸨子也在,我就跟她谈起西品的事儿,心里一生气,就把咱们要救西品的事情露了一下。"

公韧脑子嗡的一下,心里顿时空落落的,再也没有了依附。再看唐青盈,无动于衷,不紧不慢地哼着小曲,公韧越看越生气,越看越愤怒,哆哆嗦嗦地喊了一句:"你!你!"他使了使劲,狠狠地打了唐青盈一个耳光。

唐青盈捂着脸,呆了一样地看着公韧,好半天才从眼睛里掉出两滴眼泪,委屈地说:"好啊!好啊!你打我……竟敢打我……还没有什么人敢打我……"

第164回　唐青盈戏弄齐管带

公韧哆哆嗦嗦，气愤地吼道："你知道自己干了什么吗？你向老鸨子通风报信，老鸨子把西品卖了，使我们失去了营救西品的最好机会。战场上这叫什么？这叫通敌，知道吗！一个小孩子家，为什么满脑子这么些乱七八糟的东西……"

唐青盈哭了，呜咽着说："我哪知道这些……只知道一提到她就生气，就是不愿意见到她。一见到老鸨子，就忍不住说了，谁知道老鸨子会卖了她……"

公韧愤怒地呵斥唐青盈："你不是不知道西品是什么人，她是我们的革命同志，为革命身负重伤，得了失忆症，陷入了火坑。同志和敌人，难道你还分不清吗？"

唐青盈哭着说："谁知道呢，反正我就是不想让你心里有她。咱们出生入死这么些年，难道在你的心里，我都没有她的分量重？"

公韧一看唐青盈又绕回来了，越发怒不可遏，咬牙切齿地对她吼道："咱们之间不可能有那种关系，我是你的亲爸爸，亲哥哥，咱们是亲人。想不到你的心胸竟是这样狭隘，好了，从今以后，咱们的关系一刀两断，我再也不想见到你了！"说着，公韧就开始拾掇东西，要离家出走。

唐青盈恨恨地说："不用你走，我走！等你那个西品找到后，你就和她过去吧！什么革命同志啊，什么出生入死啊，什么同甘共苦啊，什么相依为命啊，我和你什么关系也没有了。再见！"说完，她恼怒地大踏步走出了屋门。

公韧慌了，大声地喊："回来！回来！你回来！"可唐青盈还是理也不理，气哼哼地，跌跌撞撞地走出了小旅馆的大门。

时代在前进，革命要发展，公韧用赵声给的经费办起的小杂货铺，在一阵鞭炮声中开门营业了。小杂货铺离北校场不远，新军的2标、3标就驻扎在那里，从杂货铺可以看到新军的一片营房，早晚跑操之声也一阵阵传来。一到中午或者黄昏，军官士兵前来买毛巾、肥皂、牙粉、牙刷的不少，生意颇为兴隆。

因为这里是秘密联络点，公韧不敢随便招收伙计，所以一到忙时，搞得他头昏脑涨，顾了买毛巾的顾不了买点心的，顾了买牙粉的顾不了买香烟的，根本应付不过来。

每当入夜无人的时候，公韧对着孤灯默默地坐着，没有人陪他说话，没有人逗他开心,更没有人来惹他生气,陪伴他的只有地上跑过来跑过去的老鼠和墙头上到处乱窜的野猫,偶尔有无聊透顶的长蛇从墙洞里伸出窸窣作响的舌信子。

纺织娘"弹"起一段叫人悲伤寂寞的曲子,叫公韧的心里愈发难受。

公韧默默地走到了街上,夜晚的天空中几颗赤裸裸的星星可怜巴巴地闪烁着。突然有一颗星星拖着长长的尾巴坠落,在公韧的心里划下一道长长的伤痕。公韧到了银玉楼外,在西品住过的屋子外面徘徊了许久……

公韧想到了唐青盈,他到处托人打听小青盈的下落,不知道为什么总是没有消息。这孩子一个人过得怎么样?吃得好不好?有没有被坏人欺负?想了一会儿又恨了起来:这孩子,你不想我,难道就不知道我想你吗?你就这么狠心……这个小丫头片子。

他忽然又想到:可能自己回家一推门,小青盈早已坐在了屋里,正做好了一桌热气腾腾的饭菜,在等待着自己哩!公韧情不自禁地转身往铺里走去,越走越快,越走越急。

他回到了杂货铺,推开门一看,屋里仍是黑乎乎一片。他又想:可能小青盈正藏在哪里逗自己呢!他赶紧点亮油灯,这里看看,那里瞧瞧,连床底下都仔细地照过了,可是仍然没有唐青盈的影子……

小青盈在的时候乱得慌,可当她不在,才知道失去她的痛苦和寂寞,公韧多么盼望小青盈快快回到自己的身边啊!

一日,公韧正在忙活着,一个新军军官带着一个传令兵晃晃悠悠地来了。他到了瓜子摊跟前,抓起一把瓜子就磕,瓜子皮吐得到处都是,抓起花生米就往嘴里塞,尝了一阵子,根本不提钱的事。更可恶的是,他抓起一包香烟,撕开口,拿出一支,骄横跋扈地让传令兵点上,然后把那盒烟塞到自己的口袋里,转身就走。

公韧急忙喊:"喂,喂,长官,还没给钱呢!"那军官理也不理,还是继续往前走。公韧急忙追上去,拦住他谦恭地说:"长官,还没给钱呢。"

那军官上眼皮一翻,头一歪,不屑一顾地说:"哟,是吗?"那传令兵也是凶狠地吼道:"你知道这位大人是谁?这是我们1标炮营的齐管带,抽你一支烟怎么了?这是看得起你!"

公韧不紧不慢地说:"我不管你齐管带王管带,狗管事猫管事,我只问你要烟钱。"传令兵狗仗人势地大声乱吼:"蹬着鼻子上脸是不是?看我不打你!"说着挥拳就朝公韧打来。公韧不慌不忙,待他一拳打来,闪过去,抓住他的手脖子,一掐穴位,痛得他龇牙咧嘴。公韧又用了三分力气,往后一推,推了他一个跟头。

打狗还得看主人,齐管带这时候有些拉不下脸来,从腰里拔出手枪,指着公韧说:"你小子,反了是不是?看我不崩了你。"

公韧面不改色心不跳,对着枪口说:"别拿这玩意儿吓唬人好不好!为了一盒烟钱动刀动枪的,太不值得了!快快把枪收起来,吓唬人的话,你找错人了。"

齐管带觉得连这个小买卖人都镇唬不住,如何在当兵的面前耍威风,用手一撸上了枪机,枪口在公韧面前晃来晃去。两个人一时僵住了:公韧不敢乱动,害怕手枪走火;齐管带不愿意就此罢手,非逼着公韧认输服软不行。

说时迟,那时快,只一眨眼的工夫,只见一个小女孩一闪,就像一只狸猫一样,猛一下子就从齐管带的手里把手枪夺了去。她把手枪放在手心里,一边调皮地摆弄着玩,一边连声说:"这是什么东西呀,黑乎乎的,还有蓝色呢!像是老爷爷的烟袋锅子。"说着,就把手枪放在嘴里抽着玩。

公韧一看,这不是唐青盈吗,心里又惊又喜,激动之情难于言表。齐管带却吓得大惊失色,连声呼喊:"了不得,了不得,造反了!造反了!快来人啊。"

新军士兵越围越多,里三层外三层地把这几个人围了个密不透风,人们叽叽喳喳,议论不停,谁也不肯帮齐管带说话。有的说:"拿人家烟不给钱,还用枪指着人家,什么作风啊。"有的说:"还管带呢,什么管带啊,带头违犯军纪。"

这时候一个三十多岁的下级军官走过来,对齐管带说:"齐管带,是你的身份值钱,还是这盒烟值钱?守着这么多弟兄,你就不怕丢人吗?我都觉得脸没处放了。"

齐管带正愁没有台阶下,一看有来说和的,正好借坡下驴,赶紧对那个年轻军官说:"倪见习,快点把我的枪给我拿回来。"

那年轻军官说:"解铃还得系铃人,你给他认个错不就完了吗?认了错,她不给枪再说。"

可传令兵却欺负唐青盈是个小孩子,狐假虎威,又张牙舞爪地过来抢枪,只见唐青盈身子不动,左腿金鸡独立,调皮地伸出右脚顶着他。那个传令兵聚精会神地盯着那只大脚,唐青盈晃一晃脚,那个传令兵的头就围着脚转一圈。晃了两圈,唐青盈突然一发力,朝着那个传令兵一蹬。那兵躲闪不及,一下子被蹬了个四仰八叉,惹得一圈军人哈哈大笑。

公韧对齐管带说:"知道错了吧!认个错不就完了吗?"

齐管带还是死要面子活受罪,说:"凭什么夺我枪?凭什么夺我枪?"唐青盈不说话,拿着枪瞄准齐管带说:"我可要开枪了啊!"吓得齐管带急忙说:"不要开枪,不要开枪,是我错了还不行吗!"

唐青盈这才点了点头说:"这还差不多。"

公韧对唐青盈使了个眼色,说:"给他枪。"

唐青盈却说:"偏不,偏不,怪好玩的。"耍了好一阵子,才把枪往人群外远远地扔了出去。

齐管带和那个传令兵就像抢爹一样,拼着命地跑去抢那支枪了,惹得新军士兵又一阵哈哈大笑。他俩抢着了枪,骂骂咧咧地走了。

第 165 回　倪映典宣传白云寺

待人群散去后,公韧高兴地对唐青盈说:"你怎么来了?我以为你永远不回来了呢!"

唐青盈也不理公韧,走到杂货铺摊子前,就像她开的铺子一样,卖起了货。她一边给第一个客人拿货、收钱,一边招呼着第二个客人,手快、嘴快、心快,比公韧利索多了。公韧呢,只在旁边说价钱就是了。

不一会儿,她就把挤在摊子前的客人全都打发走了,看得公韧都傻了,就好像唐青盈原来干过这一行似的。公韧想起这一段难熬的日子,又埋怨她说:"这个孩子,上哪里去了,也不来个信儿。好歹你也想着我点儿,就不知道还有个挂念你的人吗?"

唐青盈嘴一撇:"还想着我啊,我以为早把我忘了呢!"又小声对公韧说,"要是你开的铺子,八抬大轿请我都不来,是赵声让我来的。"

公韧听说这是组织上派她来的,摇了摇头,笑着叹了一口气,心想:不是冤家不聚头,看来自己和唐青盈的命运,上天早就安排好了。

刚才那个拉架的下级军官站在不远的地方,根本就没走。这会儿,过来对公韧说:"公管带,还认识我吗?"

刚才由于全部精神都集中到齐管带身上,没有在意这个下级军官,这会儿精力集中了,公韧才觉得这个军官有些面熟,想了一会儿,突然狠狠地拍了他一下,大声地说:"倪映典,是你呀!真是两座山碰不到一块儿,两个人又碰到一块了。"

倪映典小声说:"这里不是说话的地方。"

公韧会意,说:"我们到后边说话。"

后面还有一个小四合院,公韧让唐青盈看着摊子,自己在前面领路,倪映典在后面紧紧跟随。

到了屋门口,倪映典看了看四下无人,忽然左脚横在门口,似进非进,然后捋了捋眉毛。公韧心领神会,问:"君从何来?"倪映典答:"从南方来。"公韧又问:"向何处去?"倪映典答:"向北方去。"公韧又问:"贵友为谁?"倪映典答:"陆皓东,史坚如。"

公韧知道了,这位是同盟会会员,自己的同志,他紧紧地握住倪映典的手说:"我们又是一个战壕的战友了。"

倪映典也说:"你这个人,早已经是隔着门缝吹喇叭——名声在外。想必门口那位女将,就是功夫绝佳,久经战阵的唐青盈吧!"

公韧说:"正是,正是。"紧接着又说道,"别的先不谈,先谈谈这一阵子你都干什么了。"

倪映典慢慢谈起他的这一段经历:天津小站起义失败后,他离开了那个地方。一九〇四年,考入安徽武备学堂,不久加入当地革命团体岳王会,接受革命思想。一九〇六年以优异成绩毕业,入军见习,因遭排挤,弃差至江宁,入江南炮兵速成学堂将校科学习,成绩为同辈之冠,尤以马术闻名江南,结业后任新军第九镇炮兵队官……他曾在安徽策划起义,失败后离皖赴粤投奔赵声。赵声在广州任广东陆军小学堂监督。赵声介绍倪映典与革命党人朱执信、胡毅生等相识,并介绍他加入了同盟会。他改名倪端,由赵声介绍入新军任炮队见习排长。

听了倪映典的一番介绍,公韧心里想:这一段革命历程也算曲折艰难,看来倪老弟的意志还是相当坚定的。公韧又问:"不过有一事,我心里始终有个疙瘩。你说说,天津小站起义,到底是谁泄的密?"

倪映典心里明白,公韧问这个事情,就是对自己的结拜兄弟李景濂和郭人漳有所怀疑,只不过没有指名道姓罢了。倪映典考虑了一番说:"要说李景濂这个人,忠厚老实,我想倒不会干那些偷鸡摸狗的事情。郭人漳就不好说了,三心二意,见利忘义,像个政治赌徒,此人极有可能出卖了我们的机密。"

公韧点了点头说:"和我想的一样。不过,令人不解的是,既然那样,冯国璋为什么也把郭人漳遣返了呢?"

倪映典想了半天才说:"我也是百思不得其解……"

每天晚饭后,各标营以上的高级军官都驾着车回城中的家,营房里只剩下队、排以下的军官和士兵。大家闲着无事,喜欢结队到白云山上散步。

白云山上古树参天,翠竹摇曳。英雄树树姿巍峨,枝干挺拔,遒劲有力地矗立在高高的山上,每根细长的枝条都缀满瑰丽的花朵。山上有一座古色古香的寺庙,叫能仁寺,里头楼台亭阁,雕梁画栋,曲径通幽,金碧相辉。庙里头有刘备、关公、张飞的彩塑,塑像前摆有香炉,炉前放有蒲包,专供侠义男儿烧香许愿,结拜兄弟。

　　士兵们闲逛一圈后,大部分云集到寺庙外的小平地上,倪映典在此处摆了一张桌子,专门在此"讲古仔"。听"讲古仔"的士兵通常有好几百人,最少的时候也有几十人,有的席地而坐,有的坐在寺庙的栏杆上。

　　倪映典口齿清楚,声音洪亮,语调抑扬顿挫,极富感染力。他把岳飞、韩世忠抗金,清兵入关,血洗扬州十日,嘉定三次屠城,两王入粤残杀民众,太平天国洪秀全起义,等等,编成了三十多章,每次讲一章。有时候一周讲一次,有时候一周讲两次。

　　当讲到韩世忠抗击金兵,梁红玉亲自擂鼓助战时,倪映典不禁眉飞色舞,情绪激昂,士兵们也齐声欢呼:"好啊!好啊!"当讲到岳飞前线抗击金兵,连战皆捷,却被秦桧十三道金牌召回京城时,倪映典气得几乎把桌子拍烂,听讲的士兵也气愤地大声呼喊:"杀死秦桧!杀死秦桧!"

　　讲完故事,倪映典动员士兵说:"我们都是中国人,我们手里也有枪,为什么受制于腐朽的清政府?外国则不是这样,官无大小,皆为公仆,人无贵贱,皆为公民。我们都是亲如手足的兄弟,我们要同心同德。"

　　底下士兵们犹疑了一阵,你看看我,我看看你,突然报以热烈的掌声。

　　公韧和几个士兵提着荷兰水和饼干早已等候多时了,趁这机会把荷兰水和饼干免费发给大家。倪映典对大家说:"都是自家弟兄,这些奉送给大家。"渐渐地,倪映典的威望越来越高,革命党人的影响越来越大。

　　有一日,炮兵1营右队队长姚焯盛与管带齐汝汉相遇,姚焯盛低着头走过,没有给齐汝汉行礼。齐汝汉叫住他,训斥道:"怎么不给我敬礼?"姚焯盛说:"看看,忘了,忘了,光顾着想事了。"说着,就要给齐汝汉补行军礼。

　　齐汝汉却扇了姚焯盛一个耳光,骂道:"忘了不要紧,下回就记住了。"姚焯盛不服,和齐汝汉大吵起来,越吵越凶,最后动起手来。一些士兵早就对齐汝汉不满,趁机上来拉偏架,最后姚焯盛把齐汝汉打了个鼻青脸肿。

　　倪映典知道齐汝汉不会善罢甘休,约集姚焯盛,炮兵2营右队队长钟德贻,左队1排排长莫昌藩,巡防新军1营副管带李景濂,还有各标营的几十个士兵骨干在白云山开会,商量应付的办法。

大家各自发了一顿牢骚,骂了一顿齐汝汉后,都一齐看着倪映典,让他拿主意。倪映典看到时机已到,就动员大家说:"士兵之所以受长官欺负,就是因为我们没有一个组织。只要建立一个组织,咱们几十个人,几百个人,几千个人,几万个人拧成一股绳,看他齐汝汉还能把咱们怎么样!"

姚焯盛问:"我们建立一个什么组织呢?"

倪映典说:"你们知道同盟会吗?"

大家你看看我,我看看你,有的摇头,有的说知道。钟德贻早已加入了同盟会,对大家说:"同盟会是代表中国人民利益的组织,它的宗旨是驱除鞑虏,恢复中华,建立合众政府……"

倪映典问大家:"这样的组织,不知道大家愿不愿意加入?"

姚焯盛说:"这么好的组织,怎么能不愿意加入呢?我愿意加入。"

李景濂也说:"我也愿意。"

众人也都表示愿意加入。

倪映典说:"只要加入了同盟会,从此,我们的行动就不是几十个人的事情了,我们的行动将要和同盟会的几万人、几十万人联系在一起,成千上万的同盟会会员将是我们强大的后盾。"

第 166 回　事泄露演习场上打光子弹

姚焯盛说:"那我们就赶快加入同盟会吧,加入了同盟会,再讨论咱们的事情。"倪映典给每人发了一张盟票,找来笔墨,然后大家各自填写。

在这个僻静的白云山角落里,几十个新军里最优秀的军人,用低沉而发自内心的声音,在倪映典的带领下举起右手庄严宣誓:"驱除鞑虏,恢复中华,创立民国,平均地权。矢信矢忠,有始有卒,有渝此盟,任众处罚。天运己酉年八月十二日,中国同盟会会员某某。"

大家群情激动,斗志昂扬,接着召开第一次会议,决定成立运动委员会,由倪映典担任会长。倪映典宣布了革命方略,以及军纪和赏罚制度,并且发给每人两百张盟票,让大家在新军中大量发展会员。

开完会后,倪映典单独把李景濂留下来,对他亲热地说:"你我是生死与共的结拜兄弟,客套话就不用说了,你和我们新军还不大一样,属于巡防新军。我知道巡防新军的活动很有基础,一些先期的革命党人做了大量工作,要不是不慎丢了盟票,可能巡防新军的革命早就成功了。我们这些人中,就属你的职位最高,如果你的一营人能全部行动起来,我们的革命可能就成功了一半。"

李景濂点了点头:"不过,我只是个副管带,还有管带童常标呢,他掌握着这个营的实权。"

倪映典问:"不知童常标的工作好不好做?咱们都是革命的老同志了,有些话我可就直说了,要是童常标的工作好做,咱就做,要是童常标的工作不好做,咱们也别指望他,你心里得有数,必要时采取非常手段。"

李景濂又说:"平时我和童常标的关系不错,凭我对他的了解,他应该会支持革命的,放心吧!"

倪映典继续说:"多做做底下士兵和基层军官的工作,这样咱们的工作才不会被动。凭着原来的工作基础,我相信巡防营的这把火很快就会烧起来的。"

两个人拱手而别。

倪映典给公韧汇报了这件事情,公韧的眉头却皱了起来,想了一会儿说:"小站起义的失败,我怀疑和两个人有关系,一个是郭人漳,一个是李景濂。郭人漳,已经证实是个口是心非的小人。而李景濂呢?现在不好说,万一他和郭人漳一样,我们的事情不是全暴露了吗?这个事情是相当严重的……"

倪映典笑了笑:"不要草木皆兵,风声鹤唳,我和李景濂是共过生死的结拜兄弟,要是连他都不相信,还能相信谁呢?再说,现在的形势,当兵的看得懂,一些军官也看得明白,清朝的灭亡是早晚的事情,与其跟着它一块殉葬,还不如自谋生路。李景濂这么明白的人,怎么会看不出来呢?"

公韧想了想,觉得倪映典的话也不是没有道理,可是心里头老觉得不那么踏实,对倪映典说:"事情已经这个样了,多说无益,可是咱们的许多秘密对他该说的说,不该说的就不能说。能不能派个人,对小站起义的事情再做做调查?"

"调查什么呀?"倪映典说,"从哪里调查,找谁调查,我们这些人都说不清楚,还找谁调查啊?"

公韧想了想,只得说:"他到底是个什么人,只能通过斗争来考察了。是骡子是马,总有显露出来的时候。"

经过几个月的努力,同盟会在广州军队,特别是新军中发展得很快。革命的口号单纯而有力,只要赞成"推翻清政府,建立民国"的人就可以加盟。到了冬天,广州新军士兵加入同盟会的已有三千多人。

为了积极准备起义,倪映典亲自拟定《运动军事章程十条》,主要内容有,"运动方法"应先从士兵着手,然后大力发展会员,提倡士兵勇猛神速的精神;"革命起事"虽不能事先约定起义日期,但到了组织上比较完备,思想上比较进步,能举行起义的时候,即决定起义;现在的主要任务是鼓舞士兵革命的热情等。

这个章程在骨干中广为传阅。

十一月二十三日,突然发生了这么一件事情,齐汝汉在营中查房时,突然搜获了一张空白盟票,他当即把排长巴泽尔叫来询问:"巴泽尔,你是排长,说说,这是怎么回事?在你的排里,怎么会有同盟会的盟票?"

巴泽尔惊出一身冷汗,答非所问地说:"这……这……我怎么知道这是怎么回事?许是……许是……哪只猫叼来的吧!"

齐汝汉当即给了巴泽尔一个耳光,骂道:"一派胡言!要是不把这个事情说清楚,这个盟票就是你散发的,就拿你是问。限你一晚上调查清楚,要是明天还说不清楚,你就是革命党!"

其实,巴泽尔早已加入了同盟会,这张盟票就是他不小心掉落在床上的。巴泽尔胆小,想到齐汝汉心狠手辣,说得出做得来,当天晚上,逃出兵营,再也不见踪影。第二天,齐汝汉早操点名时,不见了巴泽尔,这才知道巴泽尔已经逃走,立即把这件事情向标里汇报,标里又向上面汇报。

这件事,引起了清政府的警觉……

一九一〇年一月六日上午九点多钟,公韧和唐青盈刚摆开摊子,就听到一阵异常激烈的排子枪响,过了一会儿又是一阵,听那声音,最少是几百条枪一齐发射。公韧心头一紧,压低声音问唐青盈:"怎么回事,是不是起义提前发动了?"

唐青盈聚精会神地听了一会儿,对公韧说:"不像,怎么没听到两军厮杀的声音,只是单方面放枪……可能是演习吧,要不,咱们去看看。"

情况紧急,两个人抓紧拾掇摊子,关上门,然后雇了一辆马车循着枪声疾驰而去,半路上又听到一阵炮弹爆炸的声音。唐青盈愈发证明了自己的判断:"枪炮过后,这么静啊,而且枪炮响一阵子,总要停顿一些时间,很有规律,肯定是演习。清狗子发的哪门子神经,又没有什么战事,浪费这么些子弹、炮弹干什么?"

果不出所料,他们随着枪炮声,来到了实弹射击场,射击场是一座小石头山,周围派兵封锁了场子。两人悄悄地避过岗哨,钻到一个隐蔽的地方,观看演习。小石头山前放置了一排靶子,一排士兵趴在地上,向那些靶子不断地射击,射击了一阵子,然后再换上一排士兵射击。

山顶上构筑了一个个石堆,炮营朝着山上的目标不断地轰击,打得山上碎石乱飞,呈放射状射向天空,然后乱石又从天而落。整座山上硝烟弥漫,一片狼藉。

看了好一阵子,公韧催促唐青盈说:"这是演习,又不是真打,没什么看头,咱们还是回去吧!"

唐青盈扭了扭头:"你回去吧,我反正不回去,子弹枪炮的味儿,比那些瓜子糖果味好闻多了。"

公韧摇了摇头:"可不行,得看着你点儿,我怕你一激动,抢了条枪,乒乒乓乓地干起来,那还不乱了套。走!走!"

公韧强拉着唐青盈,雇了辆马车,又回到了杂货铺。那些枪炮声响了一整天。

第二天和第三天,依然如此。第三天傍晚的时候,回营的士兵到杂货铺来买东西,很多士兵还饶有兴趣地谈论着实弹射击的事。有的说:"我的枪法比原来准多了。"有的说:"这回可过足了枪瘾,当官的也不限制了。明天发子弹吧,要是再不发子弹,想打也没法打了。"

不一会儿,倪映典来买东西,公韧急忙对他说:"倪排长,想要点好货的话,屋里挑。"倪映典跟着公韧到了里头屋里,公韧随手关上了门。

倪映典进了屋就说:"士兵的子弹打光了,炮弹也打光了,站岗的也就只发了五发子弹。一旦起义,士兵手里的枪就成烧火棍了。"

公韧顿时觉得事情有些险恶,问倪映典:"难道军队不再发子弹了?"

倪映典说:"他们要是真不发,我们又有什么办法?"

公韧低下头,皱起眉头,这实弹演习本身会不会是清军首脑的一个重大阴谋……想着想着,突然大腿一拍,说:"坏了,我们中了敌人的奸计了。"

"此话怎讲?"倪映典问。

"还用问吗?"公韧说,"子弹,子弹,要是枪里没有子弹,我们还怎么起义?不用战斗,敌人就把我们的武装全部解除了。"

第167回 除夕士兵警察再起争端

倪映典又说:"自从上回盟票被齐管带搜出,排长巴泽尔跑了,各营的反动军官似乎特别警觉,好像暗中监视着我们的行动。我这不从右队2排调到了左队2

排当排长,左队队长孙寅昶是个反动分子,处处和我作对。这右队和左队可不一样,右队有队长和1排长的支持,工作就好干多了,而左队队长这么一卡,确实感到处处受制。"

公韧感到问题确实十分严重,考虑了一会儿说:"鸟无头不飞,人无头不走,你要是遭到孙寅昶的暗算,我们的损失可就大了。你先别在营里干了,转入地下工作吧,很多工作都等着你干哩!"

倪映典说:"我不怕,在军队里工作,更方便些。"

公韧摇了摇头:"现在你已经暴露了,清军可以随时抓你。当断不断,必受其乱,这事不能再犹豫了。你别回去了。"

倪映典考虑了一番,点了点头。

公韧问:"你觉得起义的时机成不成熟?"

倪映典点了点头:"广州三个标的新军将近六千人,而同盟会会员已经发展到三千人,再加上中坚力量,实际上三个标的军队已被我们全部掌握了。现在广东的军队约有一万人,只有新军训练有素,武器精良,新军一动,其他军队对付不了。再加上联络番禺、南海、顺德的军民响应,革命不难成功。现在怕就怕我们缺子弹,也怕情况有变,一旦不利于我们的事情发生,我们将后悔莫及。我看,我们要赶紧制订起义计划,抓紧做起义前的各种准备工作,随时准备起义。"

公韧又问:"你觉得什么时候起义好呢?"

倪映典想了想说:"夜长梦多,现在离阴历年还有二十多天,阴历年前起义最好。可是中国有个老习惯,阴历年商人都停止买卖,恐怕到时候后勤供应不畅。要不,就正月十五左右吧,不能再晚了,你看怎么样?"

公韧考虑了一会儿,大腿一拍说:"好!我及时向赵声汇报,你有空也当面向他汇报。咱们就抓紧准备起义吧!"

二月五日,也就是农历腊月二十六,倪映典到香港向同盟会南方支部汇报工作,共同商议在旧历元宵节前后发动起义。

二月九日,也就是旧历除夕,这是一年中的最后一天,街上不时地响起贺岁的鞭炮声,居民们该储备的年货早已经储备好了,马路上的行人也逐渐稀少,只有一些有家不能归的士兵在街上游荡。憋了这半年,公韧也觉得郁闷,和唐青盈商量好了,一个人看摊子,另一个人去逛逛街散散心。

吃过午饭,唐青盈转了一圈回来看摊子。公韧打扮一新,也到街上闲逛,三转两转就转到了城隍庙。这里是广州最热闹的杂品市场,要把戏看西洋片的,买卖各种古玩字画的,经营各种风味小吃的,应有尽有。广州驻军多,市场上三三两两闲逛的士兵也多。忽然听到不远处有争吵的声音,公韧闲着无事,便过去看热闹,走近一看,原来是一个士兵和铺子里的老板吵了起来。

那个士兵说:"我印了一百张名片,说好的二角五分,钱又没少给你,为什么只给我印五十张?"老板赔着笑脸,解释道:"老总,原来说印的一百张名片,质量差点儿。这回来了好纸,成本高了,所以只能印五十张。"那个士兵说:"不行,你知道我是干什么的,再过上半个月一个月,你就是不要钱,白送给我这些名片,我也要考虑考虑。"

两个人争吵,引来一个警察。警察上来说和,然而这个士兵不听,继续吵闹,还照着柜台又是脚踢又是手擂,柜台也不结实,几下子就给打零散了。这下子老板急了,和这个士兵扭打起来。这时候又有七八个士兵从这里路过,正巧和那个当兵的认识。那个当兵的一声招呼,这八九个人不问青红皂白,按着那个警察和老板就打。

警察被打急了,急忙从口袋里掏出哨子吹,一下子吹来了二十多个全副武装的警察,把这八九个士兵围在里头,用枪逼着,带回了警察局。

街上放假出外闲逛的士兵不少,听到这个消息,议论纷纷,愤怒异常,互相招呼着一齐聚集到警察局门前。到了晚上,警察局门前已聚集了三百多人,好几次将守门的警察推开,拥进警察局,纷纷责难警察无礼。

倪映典这时候在香港汇报工作,公韧又对军界的人不熟悉,急得他真像热锅上的蚂蚁,只能劝说士兵们要忍耐,不要把事态扩大化。可是士兵们谁也不听公韧劝阻,还是把事情越闹越大。

公韧只得往香港发电报,把这里的事情告知倪映典、赵声等人。

到了晚上十一点钟的时候,2标1营管带周占魁到警察局把被拘留的八名士兵领回,又有一队巡勇带着武器到警察局门前来,围在警察局门口的士兵才陆续回营。

倪映典在香港听到这个消息后十分焦急,立刻和黄兴、赵声、胡汉民等商议。倪映典说:"此所谓小不忍则乱大谋,我看箭在弦上,不得不发,趁热打铁吧,立即起义。如果形势再发展下去,我们就很难控制了。"

赵声问管后勤的胡汉民说:"如果立即起义,能保障供给吗?"

胡汉民摇了摇头:"枪械钱粮,可是都按正月十五准备的,现在就叫我拿出来,实在是没有啊。"

倪映典着急地说:"广州的形势,每时每刻都在变化,再过上四五天,清军就压得我们无法起义了。不能超过三天,三天之内必须起义。"

黄兴紧张地思考着,考虑了一会儿,果断地说:"你看这样行不行,年初这几天起义,确实商店关门,交通不便,给我们后勤造成很大困难。初六,也就是二月十五号,怎么样?"

黄兴说完,看了大家一眼,赵声点了点头,表示同意。胡汉民却摇着头说:"我确实感到很为难,中国的风俗习惯大家都是知道的,商业停业,工厂关门,轮船停运,什么人也找不到。"

倪映典急了,挥了一下拳头说:"为了这次起义,我们耗费了多少心血,动员了多少士兵!现在很多骨干已经暴露,时间越晚对起义越不利,不能再拖了!"

黄兴大手一挥说:"好!日子就这么定了。倪映典同志,你以最快的速度赶回广州,控制那里的局势。我、赵声和胡汉民在这里收一下尾,二月十五号以前,我们到广州。起义发动后,我和倪映典分别统领新军和巡防营出江西、湖南向北挺进,赵声和胡汉民同志留守广东管理后方。大家看怎么样?"

大家分头发表对起义的补充意见,会议开到了将近黎明。

第二天早晨,也就是正月初一,倪映典匆匆擦了把脸赶往香港码头。到了码头一看,一艘艘的空船停在那里,船上竟然一个人也没有。倪映典心想要坏事,赶紧到处找人,找了半天,才在船舱里找到一个看船的醉汉。

倪映典着急地问:"今天还开不开船?"

那醉汉一边往嘴里灌着酒一边说:"开船,那是……不可能的。你知道……不知道,今天是大年……初一?"

倪映典催促道:"师傅,能不能开上一船?我有急事,你要多少钱,给你多少钱。"

那人咧嘴一笑:"钱,是好……事,可是我认得……钱,船……却不认得我。"说完,又往自己的嘴里灌酒。

倪映典急得连连跺脚,大声骂这该死的春节。他围着码头找了一圈,可是碰到的人不是说不当家,就是说船不开……

除夕夜,公韧和唐青盈哪里还有心情睡觉,一边焦急地等待倪映典回来,一边等待新军那边的消息。时间一分一秒地流逝,两人感觉到危险离着革命党越来越近。唐青盈再也等不下去了,袖子一挽,大喝道:"咱们就和那些兵一块儿干吧!还等什么?再拖下去非让清狗子把我们一个个抓起来毙了不行。"

公韧对她说:"不行!跑马归跑马,别乱蹄。越是这种危急的时刻,咱们越要沉着。这样吧,你在这里守老营,别断了联络,我到兵营里去看看。"

公韧迅速到里屋,换上一身新军的服装,往兵营赶去。到了燕塘的炮兵 2 营右队,找到右队队长钟德贻,两个人迅速地赶到了北校场的 2 标。这时候被抓的八个士兵刚刚放回来,他们成了士兵的中心,正在分头讲述到了警察局后,怎样被警察绑起来,怎样被警察辱骂,怎样被警察殴打,越说越激愤,还把自己身上的伤口亮了出来让士兵们看。

士兵们大为愤慨,有的大骂警察:"这些警察太欺负人了,我们干脆反了算了。"有的说:"我们是干什么的,手里也有枪,怕他个鸟。"有的鼓动说:"早反也是反,晚反也是反,我们干脆今天就反了。"

第 168 回　广州新军起义(一)

公韧找到几个同盟会的骨干,叫他们劝说士兵要忍耐,等候命令。钟德贻对那几个拿枪的士兵说:"弟兄们,消消气,有什么事儿,咱们商量好了一块儿干,行不行?"

一个士兵瞪着钟德贻说:"咦,你是干什么的,怎么不认识你?说话怎么这个味儿。"

钟德贻解释说:"我是 1 标 2 营的,是倪映典的朋友。倪映典不在,他叫我捎信说,要咱们先消消气。干什么都要有组织性、纪律性,你说是吧?"

士兵们一听是倪映典传的话,都不言语了。几个同盟会的骨干纷纷劝大家,有什么事情,等倪映典回来再说,大家要遵守纪律。士兵们这才纷纷走回自己的房间,一场风波总算平息了下去。

第二天,公韧刚起床不久,就听到街上有零零散散的枪声。唐青盈也窜进公韧的屋里说:"谁和谁打起来了?咱们快去看看,是不是起义开始了?"

公韧对她一挥手说:"不管怎么样,走,上街看看。"

到了街上一看,到处是三三两两的新军士兵,都带着枪,而街上的警察都是一队一队的,全副武装。俩人循着枪声最紧的地方跑去,到了警察第五局,看到几百个新军士兵冲了进去,把桌椅板凳砸了个乱七八糟,笔墨纸张撒得满院子都是。

看来局势已经失控了,单凭一个公韧根本劝阻不了头脑发热的士兵。愤怒的士兵紧接着又冲进警察第六局,在空无一人的警察局大闹一通,值钱的就抢,拿不走的就砸。唐青盈跳着脚对公韧说:"打得好!打得好!起义终于开始了。"

公韧皱着眉头说:"好什么呀,这样无组织无纪律地乱冲乱打,我们占不了什么便宜,倒是让清军警惕了。"

俩人在街上看到,更多的新军士兵带着枪从城外拥进来,见到三三两两的警察就打,双方乒乒乓乓地举枪对射,各有死伤。公韧叹着气说:"这不叫起义,成了骚乱,这个打法,又有什么军事意义!倪映典赶紧回来收拾残局吧。"

唐青盈也着急地说:"谁让今天是大年初一,轮船不开呢。要不,倪映典早回来了。"

俩人到电报局,又给倪映典发了急电,然后回了杂货铺。下午,枪声停止了。不一会儿,一个同盟会骨干来送信说:"坏了,教练处处长吴晋、参议吴锡水、新军协统张哲培集合2标的士兵演说,谁知道,宪兵和长官却趁此机会把各营的枪机拆了拿走,剩下的子弹也全部被搜走。他们把这些东西装到筐里,从后门运到城里去了。各营长官严禁我们出营,禁止到城里闹事儿。"

说完,这个士兵匆匆回营了。

公韧的心里更加沉重,摇了摇头,对唐青盈说:"一个标,一千多人,就这样一点儿战斗力也没有了。你说说,这叫什么事啊!"

唐青盈急得跺着脚喊:"清狗子,太阴险了,快枪没有枪机,和烧火棍又有什么两样?这样,清狗子对2标愿意杀就杀,愿意宰就宰了。"

这时候,两个人看到1标、炮1营、炮2营、辎重营、工程兵营的士兵纷纷带着枪在外面游荡。不一会儿,钟德贻找到了公韧,公韧把他拉到了屋里,问:"情况怎么样?"

钟德贻说:"我们已经知道2标被缴枪的事,为了防止类似事情发生,我们已经商量好,人不离枪,枪不离人,可不能让他们再把枪机收了去。"

公韧稍微松了一口气问:"德贻兄,你看下一步应该怎么办?"

钟德贻激动地说:"士兵们情绪激动,已是箭在弦上,不得不发,谁也控制不住。可是群龙无首,又没有具体的行动计划,我们真不知道应该怎么办。协统张哲培已下命令,初二不准放假,各标士兵不得外出,如有违抗,唯各标长官是问。还有一点,我们最害怕的,那就是子弹缺乏,自从那次演习后,士兵们基本上没有子弹了。站岗的哨兵,长官也只发给五发子弹,你说这可怎么办?"

公韧觉得事情已经到了万分危急的关头,压得心里简直喘不过气来。钟德贻走后,公韧又到电报局给香港总部和倪映典发了两份电报。

二月十一日,也就是正月初二这天的上午,1标三营三百多人,炮队两个营三百多人,辎重营三百多人,吵吵嚷嚷带着枪往协司令部走去。有的喊:"警察和2、3标闹事,和我们有什么关系,为什么不让我们出营?找协统说理去!"有的说:"走啊,走啊,上协司令部找子弹去。"

这一千多人冲进协司令部,卫兵根本阻拦不住,协统张哲培一看,士兵闹到这种地步,也不敢出来劝说,吓得从后门逃出协司令部。士兵们到了军械库,砸开屋门,看到屋里有两千多支枪,可是枪上都没有枪机,子弹是一点儿也没有。士兵们一看这里没有子弹,有的就喊:"准是还没有运出营,走啊,再上营里找去。"士兵们又纷纷向炮营、辎重营拥去。

正巧,炮营、辎重营的长官刚刚把搜到的枪机卸下,正想一麻袋一麻袋地用马车运进城里。赶来的士兵一拥而上,将枪机抢去,可是子弹炮弹仍然没有。

下午,学兵营的管带黄士龙奉督练公所的命令,来劝解士兵们,说担保士兵们无事,让士兵回营休息。赵声退出军界后,黄士龙接替赵声担任新军第1标统带,由于他为人比较温和,士兵们都很尊重他,所以士兵们一听是老标统讲话,情绪稍微缓和了一些,陆续回营休息。

黄士龙要回城里向督练公所汇报,就在他骑马走到小北门城外时,城上的清兵见黄士龙穿着新军服装,也不管青红皂白,一阵乱枪,将黄士龙击落马下。随行卫兵急忙将黄士龙架在一边,发现他腰部受了重伤。

这下子新军又炸了锅,1标的士兵纷纷走出兵营,见着新军以外的清兵就开枪射击。形势又紧张了起来。

公韧和唐青盈到广州城外探察情况,发现清军巡防营已经登上城墙,一门门的大炮对准了城外。各城门口戒备森严,一队队清兵往来巡逻,严加盘查,见了新军士兵就开枪射击。

在燕塘到广州的必经之道牛王庙,广东水师提督李准也率领所部巡防新军三个精锐营开了进去,正在山上挖战壕,拉铁丝网,构筑阵地,紧急备战。

公韧看了一个劲地摇头,轻声地问唐青盈:"如果进攻广州,必须夺取牛王庙。你看这牛王庙好不好打?"

唐青盈摇了摇头说:"李准是个久经沙场的老将,三个营的精锐巡防新军弹药充足,又构筑了坚固的阵地。我们没有炮弹、子弹,确实不好打。"

两个人回到杂货铺时,钟德贻已经等候多时了。三个人到了屋里,钟德贻迫不急待地问:"倪映典回来了吗?"

公韧摇了摇头:"船还没开,怎么来得了?"

钟德贻急得拍着大腿说:"太急了!太急了!是打是退,总得有人拿个主意啊。到了这时候,打退堂鼓是不行了,可是要打,怎么个打法,总得有人指挥,总得有人拿个方案啊!我还得抓紧回去,今晚上头下了死命令,任何官兵不能出去。"

公韧也无奈,说:"你回去也好,掌握好部队,让士兵们再忍耐一下,一切等候命令。"

公韧和唐青盈哪里还有心情休息,面对孤灯,焦急得站也不是,坐也不是,心里盼望着倪映典快快回来。墙上的钟表滴答滴答地响着,就像催人征战的战鼓一样敲得人心烦意乱,黑沉沉的夜幕蒙住了人的眼睛,使一切事物显得恍惚迷离,高深莫测,再简单的事情也变得复杂起来。

两人又竖起耳朵聆听,夜似乎太静了,静得有些瘆人,甚至连走夜道的声音也没有。两个人不时地朝窗户外边望去,窗户外是一座座的房舍,阻挡住了他们的视线,俩人真恨不得立刻把那些房屋统统推倒,好一眼望到码头。

突然,从码头那边传来一声低沉的汽笛声。公韧心里蓦然一惊,对唐青盈说:"你听,有船了。"

唐青盈冷笑一声:"有船了又怎么样,有船也不一定是倪映典回来了啊!"

公韧把两只手放在心口窝上,默默地念叨着:"但愿倪映典能回来,但愿倪映典能回来!"唐青盈也以手指了指天,嘟嘟囔囔地说:"倪映典,你可快回来吧!"

又过了一会儿,突然有人砰砰地敲门,两个人不禁警觉起来,各自摸起武器。公韧到了门口,低声问:"谁?"外头那人急迫地说:"是我啊!"公韧一听,心中大喜,这不是倪映典又是谁,赶紧打开了门,一把把他拉了进来,看了看外面无人,又赶紧插上了门。

第169回 广州新军起义(二)

倪映典进了屋,着急地说:"要不是这艘货船,还来不了。你快把情况说说。"

公韧简明扼要地把情况说了个大概,然后问:"香港那边有什么指示?"倪映典就把同盟会决定十五号,也就是正月初六起义的事情告诉了他们。

公韧点了点头,然后果断地建议:"要是等到初六,恐怕我们这些同盟会骨干,一个也没了,还起什么义?事情太急了!"

倪映典叹了一口气说:"没想到就这么几天,事情会闹到这种地步,我半生的心血,岌岌可危。事情已经这样,急也没用!不能眼看着新军的同盟会骨干被他们一个个绑去杀了。还等什么初六,等不及了,必须今夜动手。现在也没法和别人商量了,眼前就咱俩,你看怎么样?"

公韧大腿一拍:"好!我同意。出了事,咱俩负责。"

唐青盈早已腰挎手枪,手执弯刀,打扮利索,她把刀一挥说:"还有我,我也同意,出了事,我也负责。走,咱这就杀进兵营去。"

三个人出了杂货铺,看到通往燕塘和北校场的路已经严密封锁,一队队的巡防新军往来巡逻,搜查所有过路人,并喝令所有的居民不准出门。三个人躲躲闪闪,好不容易到了1标炮1营的门口。三个人还没说话,就传来哨兵喊里咔嚓拉动枪栓的声音,并大声呵斥:"站住,再不站住就开枪了!"

倪映典小声喊道:"1营的弟兄们,我是倪映典,不要开枪。"话还没说完,哨兵立刻朝天放了一枪,又朝倪映典开了一枪,并且大喊:"打的就是你,现在正想抓你哩,你倒找上门来了。"

这两声枪响立刻引来无数的巡防新军,他们纷纷朝这里围拢过来,灯笼火把一阵子乱晃。

公韧和唐青盈一看情况不妙,立刻举枪朝围过来的巡防新军射击,仗着地形熟,保护着倪映典,利用一丛丛竹林、一棵棵树木和一座座房屋掩护,好不容易才摆脱开巡防新军的围捕,潜回了杂货铺。

关上门,三个人都脸色阴沉,表情严峻。倪映典说:"看来,明天弄不好,清狗子要大搜捕了,指不定有多少个同盟会骨干要流血牺牲……"

唐青盈急得在屋里拿着弯刀耍了一通,用力一挥,一个桌子角被她一刀劈下。她恨恨地说:"我们手里是什么玩意,是刀,是枪,这玩意也不是吃素的。我向来主张以血还血,以牙还牙,恨不能把那些清狗子一个一个全劈了。"

公韧说:"看来,只能等到天明,天明解除了宵禁,我们就马上混进兵营里去。"

三个人在一盏孤灯下,面对面地坐着,默默地等待着天明。时间一分一秒地流逝,他们像是忍受着残酷的刑罚,仿佛这一辈子时间都没有这么漫长过。

十二日早晨八点钟,巡防新军才解除戒严。三个人重新打扮一番,都穿上一身平民的衣服,把武器藏在身上,悄悄地出了门。外面的行人也不算多,他们混在来来往往的行人里,躲避着路上三三两两的清军和巡警,迅速到了燕塘1标炮队1营的兵营门口。

正巧,站岗的是一个同盟会会员,倪映典朝他使了一个眼色。那士兵先是一惊,又是一喜,压低声音说:"你可来了。"

倪映典小声问:"情况怎么样?"

那士兵说:"齐汝汉正在集合队伍训话哩,士兵们不服,吵吵嚷嚷。到底怎么办,你快快拿主意。"

倪映典点了点头,然后带着公韧和唐青盈悄悄摸进了兵营。

兵营里空荡荡的,看不到一个人,只有广场那边,传来齐汝汉声嘶力竭的声音。三个人悄悄地往广场那边运动。躲在广场后边的一座房子后边,他们看到广场上列队站着全营三百多官兵,大部分士兵手执快枪,而士兵对面的一座高台上,站着齐汝汉和少数几个军官。

齐汝汉朝底下喊:"弟兄们,我再声明一次,大家只要交上武器,保准没事儿。我以我的脑袋担保。"

底下一个士兵喊:"等我们交了枪,就不是你了,还不是愿意抓谁就抓谁。"十几个士兵也跟着喊:"不能交枪!""不能交枪!""交枪不行。"

齐汝汉又朝底下摆了摆手喊道:"你们都是炮兵,要枪干什么?枪是完全没有用的。当然,你们昨天行动过激,我完全可以理解,上头也已经不再追查。我再声明一次,这时候交枪,既往不咎,要是错过了这个时候,一律按违犯军纪,私藏枪支论处!"

底下士兵叽叽喳喳的,有的动摇了,喊着:"我交枪,我交枪。"有的士兵还在紧紧地抱着枪不交,并且还鼓动别人:"我们不能交枪。一旦交枪,他们就该抓人了。"尽管这样,交枪的还是越来越多,不交枪的也开始犹豫起来。

齐汝汉看到时候已到,对着前排的警卫排猛然一声咳嗽,并把那条瘦胳膊往下一挥。那排士兵突然拔出驳壳枪,转过身,张开机头,对准了所有的士兵们。

士兵们一阵纷乱,有的怒目相向,有的拉动枪栓,也对准了警卫排,有几个胆小的纷纷想逃离这个是非之地。情况一时剑拔弩张,大有一触即发之势,只要有一方开枪,另一方也必然开枪……

这时候,倪映典、公韧、唐青盈已经悄悄地走到齐汝汉的背后。

齐汝汉看不见,而台下的士兵却看到了,有的惊喜,有的小声议论,有的互相鼓舞,有的趁机起哄。齐汝汉有些莫名其妙,回头一看,看到蓝布长衫的倪映典,一时有些惊惶失措,结结巴巴地说:"你……你……你不是倪映典……革命党吗?"

倪映典厉声呵斥齐汝汉:"你速速下去,军队由我来带。"

齐汝汉指着倪映典大喊:"革……命党……"还没喊出第四个字来,嗓子已被唐青盈一双钳子般的小手掐住了,唐青盈稍微往前一推,把齐汝汉从高台上推下去,摔了一个四仰八叉。

齐汝汉赶紧从地上爬起来,一边掏枪,一边大喊:"抓革命党啊……"还没等掏出枪来,早被唐青盈一枪击中心窝,晃了两晃,一头栽倒在地上,腿蹬了两下,再也不动弹了。

台下一时有些混乱。倪映典往前走了两步,两手往下一压,示意大家肃静。待大家静下来后,他说:"弟兄们,齐汝汉一向横行霸道,欺压士兵,我代表革命党把他处决了。革命的同盟会同志们,现在我宣布,我们起义了!"

台下大部分士兵一阵激动,有的齐声呐喊,有的举枪庆贺,有的相互拥抱,有的又蹦又跳。

倪映典又把手晃了两晃,底下安静了。倪映典又喊:"愿意跟着我革命的,我欢迎!不愿意跟着我革命的,我也不勉强。"

底下士兵一时不知所措,这时一个士兵喊道:"我愿意革命。"一个喊,其他的也跟着附和:"革命!革命!"姚焯盛示意大家安静,并吼道:"倪映典就是我们的总指挥,一切听总指挥的。"底下士兵跟着齐声大喊:"听总指挥的。"

有几个军官顾虑重重,"我们不但没有炮弹,连子弹也没有,这个仗怎么打?"一提醒,一些士兵纷纷看自己的快枪,有的确实没有几颗子弹,有的连枪也没有。一门门的大炮虽然在营里摆着,可是炮弹早已在上次的演习中打光了。

倪映典笑了笑,一点也不着急地说:"为了准备这次起义,同盟会早就做了精心准备,已在大东门外准备好了一万发炮弹,十万发子弹,只等我们大军一到,立即就能得到补充,还愁什么子弹炮弹。"

一听这话,几个军官的顾虑立刻解除了,心情变得轻松起来。公韧高兴地对倪映典说:"想不到你老兄还有这么一手,那我们就大胆地干吧!有了子弹炮弹,我们新军还打不过那几个巡防军吗!"

士兵们的情绪顿时高涨起来。

这时候,好消息纷至沓来,听炮1营起义后,1标的三个营全都起义,炮2营在钟德贻的率领下也起义,工程营、辎重营也相继起义,起义的官兵已达三千余人。

起义官兵在燕塘1营会合后,大家一致推选倪映典为总司令。

为了振奋士气,倪映典对全体起义官兵做了慷慨激昂的讲话,并在最后和大家一块庄严宣誓:"愿为革命战死!"

宣誓完后,人人斗志昂扬,个个摩拳擦掌,都决心要和清狗子大干一场。

第170回　广州新军起义(三)

倪映典马上又和各营公推的指挥官召开了军事会议,和大家商量后决定,工程营向北校场前进,占领钱局后面的小山及横枝岗等处,辎重营向东校场茶亭附近机动,进退根据情况灵活处理。这两支部队的任务是保护主力向广州城进攻的侧翼安全。

倪映典亲率主力,1标的三个营,加上炮1营、炮2营共两千人,向省城进发。到了牛王庙时,部队被阻滞住了,一排排的枪弹从山上倾泻下来,说明此路已经不通。

倪映典和各营指挥官到阵地前沿察看敌情,看到牛王庙的几个山头上,有李准的巡防新军防守,从不时发出来的几声炮弹轰响来看,李准的炮队早已隐蔽在山后。山上居高临下,还架设了机枪,不断地朝这边发射,想必是弹药充足;山下则拉着一道道铁丝网。一旦开仗,新军的处境将会十分不利。

倪映典和各营指挥官商量了一会儿,各营指挥官听说要强攻牛王庙,个个面露难色。倪映典却微微一笑,说:"我看这牛王庙就是一只纸老虎,一戳就破。"

公韧心里一惊,问道:"倪总司令是不是有什么奇谋良策?"

倪映典哈哈一笑:"天机不可泄露,待一会儿就有一场好戏瞧了。"

军官们心里没底,心里七上八下的。

这时候,牛王庙阵地前,有几个巡防新军士兵向这边招手。随后,巡防新军1营管带童常标、副管带李景濂带着一排人走了过来。一个士兵喊:"不要开枪,不要开枪,我们要见倪映典——"

倪映典听了大喜,对旁边几个营指挥长和公韧说:"我说牛王庙好打吧,你们还不信,怎么样,好事来了吧。只要童常标、李景濂起义,别说牛王庙,就连广州城也是纸城一座。"几个营指挥长听了倪映典的话,心里自然非常高兴。

童常标把枪交给传令兵,空着手向这边走来。倪映典也把枪卸下来,交给唐青盈。公韧有些不放心,劝倪映典说:"倪司令,现在情况这么复杂,真是瞬息万变,你是一军之主,还是不去为好。"

倪映典笑了笑说:"公韧兄为何变得这样胆小?童常标是我安徽老乡,李景濂又做了那么些工作,一切不是水到渠成了吗?"

公韧继续劝告:"此一时,彼一时,现在的情况对我们十分不利。要不,我和唐青盈陪你走一趟?"

倪映典又笑了笑,说:"那边童常标一个人,我这边也不能两个人,这叫以诚相待,懂吗?人多了,只会把事情弄糟,我不能这么心胸狭隘,小家子气。"

公韧不好再劝。倪映典骑上一匹快马,急速向童常标那里奔去。到了童常标跟前,倪映典滚鞍下马,一把握住童常标的手说:"常标兄,你近来可好?"

童常标也紧紧地握住倪映典的手说:"我挺好,倪老弟,你也挺好!"两个人手拉着手,十分亲热,聊了几句家常后,倪映典问:"不知常标兄找我何事?"

童常标说:"我有心加入革命党,只是我那帮弟兄不明白革命党是怎么回事,你能不能到那里给我们讲讲革命党的事情?要是双方化干戈为玉帛,一块革命,咱们弟兄岂不是天天能在一块儿,那样多好!"

倪映典连声说:"好啊,好啊,我这就过去,和他们谈谈。常标兄,牛头山起义的事情,就全拜托你了。只要牛头山起义成功,你就为革命立下一件大功。"

童常标笑着说:"好说,好说,我说话还是算数的。"

两个人边聊边牵着马,往牛王庙阵地走去,一路上好像有说不完的话。虽然春节刚过,但是广东的草木仍然一片墨绿,没有丝毫衰败的迹象,有一些小草发出翠绿的小芽,更显得生气勃勃,特别是一棵英雄树,遒劲有力地伸向高高的蓝天,给人以苍劲无畏气冲霄汉的感觉。

到了山底下,铁丝网被临时剪开一个口子,李景濂从开口处迎了过来。倪映典把马缰绳交给他,和他握了握手,拍了拍他的肩膀,表示赞许。倪映典突然发现李景濂低着头,目光低垂,精神十分颓丧,再看那三十多个兵,一个个面目狰狞,怒目横对。

倪映典心里一沉,看了一眼童常标。童常标仍是笑呵呵地说:"你先给我的这些弟兄讲讲革命党的事情吧!"

倪映典微微一笑,对各位士兵拱了拱手说:"各位弟兄,我倪映典向来喜欢交朋友,今天有幸和各位朋友说说知心话,实在是三生有幸,革命党的宗旨就是驱除鞑虏……"

话刚刚说到这里,一个巡防营军官突然打断了倪映典的话头说:"你们驱除鞑虏,不就是要杀我们吗?不等你们来杀,我们先把你们杀了……"

一些士兵也跟着起哄:"杀革命党!""我们就是来杀革命党的。"

倪映典心里一沉,感觉不妙,这些人根本无意加入革命党,倒像是清军的死硬派。他扭头看了看童常标,童常标仍然笑哈哈地对倪映典说:"你看,你看,我的弟兄们怎么听不进去啊,怎么那些新军士兵能听进去?这就怪了,这就怪了……"

倪映典听出童常标话里带有嘲讽、挖苦之意,知道童常标不怀好意,再看李景濂,他脸色发灰,半闭着眼睛,一言不发,想来情绪已经低落到极点。倪映典心想:坏了,中了他们的奸计了,自己已陷入龙潭虎穴之中……

倪映典脸上带笑,不慌不忙地说:"人各有志,不能强勉,既然弟兄们有自己的想法,那也只能顺其自然。咱们后会有期,我倪映典就告辞了!"

几个清兵凶恶地嚷嚷着:"不能走!不能走!往哪里走?""想走没那么便宜,撞到刀口上还能让你活着回去?"

童常标脸色一沉,对那些巡防新军说:"哪能这样无礼,这是我请来的朋友,有什么话咱们回去再说。"又对倪映典笑了笑,拱了拱手,"抱歉!抱歉!没想到我的弟兄们这么不开窍。今日您先回,我就不送了,改日我再去拜访。"

倪映典恨得咬牙切齿,知道受到童常标的要弄,但是此时此地,也只能默默忍受。他从不敢抬头的李景濂手里夺过马缰绳,翻身上马,缰绳一提,两腿一夹马肚,就在那烈马抬腿奔驰的一刹那,后面突然响起一声清脆的枪响。

倪映典感觉到有一颗热乎乎的东西刺透了心脏,浑身烧灼起来……

倪映典习惯性地摸了摸枪,可是腰里什么也没有。童常标手一挥,巡防新军突然一齐开枪,身中几十枪的倪映典一句话也没来得及说,就从马上一头栽了下来,壮烈牺牲。

那边的情景这边看得清清楚楚,公韧声嘶力竭地大喊一声:"倪司令!"唐青盈则拔出手枪愤怒地射击,只可惜距离太远,子弹纷纷落地。唐青盈又夺过一杆快枪,连发数枪,击毙了几个巡防新军,直到打得枪膛里再也没有子弹,才气哼哼地把枪摔到地上。

几个营的指挥长被突然的事变惊呆了,一时张皇失措,好一阵子才缓过神来,指挥着部队开始向牛王庙展开猛烈进攻。

牛王庙山头上几十挺机枪朝着新军扫射,十几门大炮朝着新军轰击,小小的铁丝网成了新军难以逾越的屏障。革命军没有炸药,没有大炮轰击开路,只能用简单的木板,只能用血肉之躯往上冲。

前面的倒下了,后面的又继续往上冲,阵地前面革命军死伤枕藉,伤亡惨重,铁丝网上挂满了新军的血肉和破布片。激战数小时,士兵们打光了本来不多的子弹,不得已往后撤去。另外两路新军也不敌巡防新军的进攻,仓皇后撤。巡防新军对溃散而去的新军进行了大搜捕,几十名新军骨干被巡防新军捕去杀害,腥风血雨在广州城外的燕塘、北校场一带笼罩了很长时间。

待形势稍微缓和了一些,公韧和唐青盈开始寻找童常标的踪影,只是这个小子自知革命党绝不会放过他,因此异常小心,公韧和唐青盈逮了他几次,也没有抓住。李景濂就没有这么幸运了,在一次回家的路上,公韧和唐青盈截住了他。

唐青盈点了他的穴,把弯刀架在他的脖子上。公韧问:"我们都是结拜兄弟,又是同盟会会员,你为什么要出卖倪映典?"

李景濂叹了一口气:"道不同不相为谋,你们的革命和我的思想根本就不是一回事。虽然我们是结拜兄弟,但是不能因为我们的私情而坏了国家的大义。"

公韧点了点头:"明白了。我再问你,天津小站起义,是不是你泄的密?"

李景濂笑了笑,说:"既然落到你手里,反正也没好,我就实话实说吧,确实是我向冯国璋告的密。"

"那冯国璋为什么把你也遣返了?"公韧又问。

"冯国璋知道这个事情早晚得泄露,如果我升了官,那还不是死路一条?为了保我一命,就把我遣返了。"

公韧又问:"事到如今,你还有什么话说?"

李景濂说道:"该说的已经说了,就让我早点和我的兄弟倪映典相会去吧!"

公韧狠狠地骂道:"真是个带着花岗岩脑袋见上天的人。好吧!我成全你,就让你去给大清朝殉葬吧!"说着,对唐青盈使了一个眼色。

唐青盈一刀将他的喉管割断……

公韧在广州城遍寻西品的下落,所有的妓院他都去了,有名的饭馆酒楼也去了,小商小店他去了,就连稍微有点名气的工厂也打听过了,就是没有西品的下落。

"西品啊西品,你在哪里啊?我知道你还活着,一定活着,我在这个世界上不能没有你!一天找不到你,我的心里不得安宁。西品啊西品,你如果听得见我说话,请你回答一声好吗?"公韧发的出了悲天悯人的呼喊,他多么希望西品能听到他的喊声,做出回应。他多么希望老天爷能听到他的喊声,帮助他找到西品。

有一天黄昏,公韧在街上看到一老一少两个人从自己面前走过,其中一个人似西品的模样。公韧的心里一惊,莫非这么快老天爷就看不下去了,给我一个惊喜!他悄悄地跟着她走了一段路,然后绕过去,从她面前走过。

公韧看到这个年轻的女人用黑布包着头,脑袋垂得低低的,模样确实像西品。

公韧突然拦住了她,问道:"你是西品吗?"

那女人看了看公韧也略微有点吃惊,然后头一扭说:"先生,你认错人了。"

从她的口音,她那忧郁的神情,公韧确认这就是西品。公韧一把拉住她说:"你是西品,这些天躲到哪里去了?叫我找得好苦啊!"

那女人摇了摇头说:"先生,你认错人了。"然后甩开了公韧的手。

那个老女人也对公韧骂了一句:"神经病!什么西品东品的,她可不叫西品。"然后拉着年轻女人,要赶快离开。公韧却紧紧地拉住西品的手不放:"不!你就是西品,你就是西品。"

年轻女人突然沉下了脸,对公韧吼道:"再拉拉扯扯,我可要喊人了。"这时,远远地一队清军巡逻队已向这边走来。

公韧只好松开了手,望着这一老一少从自己身边走过。

那一老一少两个人在前边走,他们走过了一条繁华的街道,然后进入了一个贫民区,三拐两拐的,进入了一条胡同,然后进入了一个大屋子。

屋里的地上坐满了人,个个闭着眼睛,嘴里嘟哝着,似乎进入了神的世界。讲台上,地接天穿着一身宽大的袍子,正在布道,他的身边站着十二信徒,大信徒为瘦杆杆,二信徒为胖团团。

只听地接天说道:"神的子民们,现在我就讲一个发生在我们身边的故事,这个故事的主人公就在我们的身边。"

信徒们一听说故事的主人公就在他们当中,这下来兴致了,一个个睁开了眼睛,竖起耳朵,洗耳恭听。

地接天说道:"公韧是香山县公家庄的一个有文化的青年,为了给即将死去的父亲了结一个吃肉的遗愿,到集上去买肉。不料,钱被无赖们抢去,亏得西家庄的一个姑娘也到集上赶集,给了公韧三十文钱,才使公韧买得了鼠肉,了了父亲的一桩心愿。

"两人一见钟情,姑娘给了公韧一个玉坠,作为定情的信物。之后,两人参加了一支军队,没想到,公韧在军队里一路升官,真是高官任做,骏马任骑,而姑娘却在行动中负了重伤,被卖到了妓院,受尽了千般苦难,百般凌辱。公韧本来有能力去解救,而他却一而再,再而三地不去施救。众位神的子民们,神是不会原谅公韧的,大家说,我们能原谅他吗?"

众位信徒齐声高呼:"我们不能原谅他,我们不能原谅他。"

地接天说:"这位姑娘,就是我们的道友西品女士。"

众信徒一齐伸出双手,做出为西品怜悯的样子,在心里默默地为西品祈祷。

地接天伸出手说:"可怜的西品啊,请你到前边来!"

西品低着头走到了地接天的面前,跪下。

地接天突然全身一阵哆嗦,就像变了一个人似的,面目慈祥,傲视众人。他抚摸着西品的头,亲密地说:"我的孩子,你们要进窄门,因为引到灭亡,那门是宽的,路是大的,进去的人也多;引到永生,那门是窄的,路是小的,找着的人也少。天堂的门对你是敞开的,可是你要进天堂,还要表示出足够的虔诚。"

第 171 回　狗血喷头救出公韧

西品问:"怎样才能表示出足够的虔诚?"

地接天说:"公韧的身上有两件宝物,你应该知道在哪里。"

西品说:"我知道。那是公韧在香山的时候,半夜里忍不住想我,到西家庄来,在路口撞见了一桩血案,然后被牵连进去。"

"这件事情,神已经知道了。那笔财宝早已经不存在了,它到了应该去的地方。"

西品说:"还有一件是,公韧被这桩血案牵扯进了死牢,多亏了韦金珊相救,在公韧进了自己的家里,要拿出我给他的信物时,无意中发现了他的老父亲留下来的一部兵书《太平韬略》……"

地接天点了点头:"这部兵书留给普通人是一种灾难,而留给魔天神教则是一种福音。神在看着你,只要你说服公韧献出这部兵书,天堂会容纳你的。"

"可是我不知道,此时此刻公韧在哪里。"西品说道。

"远在天边,近在眼前。"地接天充满预感地说。

全场的人一阵激灵,都在按照神的旨意,用眼睛寻找着屋里的角角落落。

地接天全身又是一阵哆嗦,朝后仰去,几个门徒赶紧接住了他。

一个角落里,公韧慢慢地站了起来,显然,想要隐蔽自己,已经不可能了。原来,他只是想悄悄地跟随西品,看看西品为什么这么痴迷,竟然装着不认识自己。现在却突然感到了一种恐惧,一种从头到脚从来没有过的恐惧:地接天太厉害了,不但会魔术、迷幻术等,而且自己的很多秘密,在他眼里,已经全部暴露无遗了……

所有的信徒都在厌恶地看着自己,地接天的十二信徒也在藐视着自己。特别是地接天的一双犀利、狡黠的眼睛,更像是在剜着自己的心脏一样。

公韧慢慢地说:"尊敬的教主先生,其实你的话有些和实际情况并不相符。西品女士,也就是我的未婚妻,为革命负了重伤得了失忆症,被人救出后送入了红金楼。我和她在红金楼相遇后,朋友韦金珊已经请了广州最好的大夫为她治疗。就在西品快要病好的时候,以前的仇人刘斜眼突然进入了红金楼,仗着自己有钱有势,强行要西品开苞。

"就在这种危急的情况下,革命党人采取了果断行动,要救出西品。却不料,老鸨子心地狡诈,又把西品偷偷地卖了,中间人把她卖到了银玉楼。之后我找到了银玉楼,知道西品的病已经好了,为了保全自己的玉身,西品女士才不得已装痴呆。贪心的银玉楼老鸨子,狮子大开口,索要赎身费三千元,没办法,革命军只能仗义救人。

"这里头,也出了点儿差错,有一个小义弟,透露了点儿消息,致使银玉楼的老鸨子又把西品卖了。我好不容易,才找到了这里……所以说,西品为革命负了重伤,革命党一直在寻找着西品,时时刻刻没有把她忘记……"

众信徒听了公韧的话,一时弄不清谁是谁非,又一齐注视着地接天。地接天指了指西品说:"还是西品女士自己说吧。"

西品可怜兮兮地对公韧说:"如果你是公韧的话,就把那部兵书献出来吧!如果兵书献给了教主,我们就可以到天堂里去,过无忧无虑的好日子,再也不用在这个罪恶的世界上忍受煎熬了。"

公韧诚恳地对西品说:"听我说,西品,你受的苦难太多了,我有责任。我们所做的一切努力,就是要砸烂这个吃人的旧社会,建立一个新世界。而砸烂这个黑暗的社会,就需要军队,指挥军队就需要军事理论和兵书。而把这本兵书交到魔天神教手里,不会给世界带来什么福音,只会造成更大的灾难。相信我,西品,只要我们意志坚定,革命就一定会成功!"

西品鼻子哼了一声,执拗地说:"成功在哪里?我没有看到!所看到的只是世人对我的凌辱。公韧啊,如果你是我的丈夫,你能容许我受别人的欺负吗?"

公韧痛心地说:"都是我的错,一切都是我的错。为了革命,陆皓东、史坚如、马福益、廖叔宝、沈益古、魏宗铨、倪映典,无数的先烈洒尽了最后一滴热血。每当想起他们,我们还有什么困难不能克服,还有什么痛苦不能忍受……"

西品默默无语,木讷而毫无反应,公韧的话像是一个字也听不进去。地接天发话了:"神的子民们,对于如此邪恶的言论,我们还有什么话可说呢?"

信徒们齐声说:"打死他!打死他!用石头砸死他。"

公韧孤身一人和整个魔天神教的人作对,此时几百个人对他大呼小叫。公韧还不想和他们动拳头,要想战胜他们,需要的是和他们进行灵魂的斗争。

这时候瘦杆杆和胖团团对公韧扑了过来,他们并不对他挥动拳脚,而是用手在自己的身上比比画画。公韧只感觉一阵阵头晕目眩,从头到脚渐渐地越来越乏,像是被他们抽光了真气一样,身上一点力气也没有了。地接天哈哈笑着说:"这就是凡人,他们在神的信徒面前,简直丧失了一切勇气。"

公韧软绵绵地倒在地上,浑身软得就像是一摊泥。

这时候,突然从门外冲进来一个小姑娘,手里端着一盆狗血,冲着瘦杆杆和胖团团就泼了过去。瘦杆杆和胖团团躲避不及,被泼了一身,浑身打了个激灵。公韧也被泼了一身,浑身觉得一阵子发冷,也打了个激灵,浑身的真气才觉得像是收缩到了一起,身上也渐渐有了力气。

唐青盈拖起地上的公韧说:"公韧哥,咱快走!不和他们玩了。"

公韧也觉得再斗下去,自己占不到半点便宜,在唐青盈的搀扶下,跌跌撞撞地逃出这个魔窟。公韧一边走一边说:"西品呢?西品还在里边。"

唐青盈批评他:"她都加入魔天神教了,你还想着她干什么?再晚,你也出不来了。"

公韧此时已是毫无办法,只得跟着唐青盈撤出了魔天神教的这个据点。到了公韧的联络点,凑巧黄兴也来找公韧,正在店里等候。听了公韧对西品误入魔窟的讲述,黄兴悲哀地对公韧说:"我们屡次救西品不成,西品感到绝望,情感没有了依托,才加入了魔天神教,使自己的灵魂暂时有了依附。但魔天神教讲求人要向恶,是邪教。广州城里已发生了好几十起全家自杀事件,这些事儿都和魔天神教有关系。就连清政府都看不下去了,下令调查。你说说,这个魔天神教的危害有多大!"

公韧说:"我怎么和魔天神教的人一动手,他们张牙舞爪的,我身上一点儿力气也没有了?"

黄兴说:"这个地接天不简单,他会迷幻术、魔术,还会使用药物,还有一些特异功能,他的徒弟当然也不是等闲之辈。"

公韧又问道:"为什么一盆狗血泼过来,我就没事了呢?"黄兴说:"狗血原本没有什么,用来驱邪的。地接天本来心里就有鬼,一喷上狗血,心里底气不足,所以魔术就不管事了。"公韧这才问唐青盈:"你是怎么找到我的?"唐青盈笑了笑:"这几天,你神魂颠倒地到处找西品,我怕你出事,就在后面跟着你呗。你进了魔天神教的老窝,那魔天神教的人给你施魔术,正好旁边有个宰狗的,不管管不管用,我先用狗血泼泼他们。"

黄兴也笑着对公韧说:"不管你走到哪里,小青盈总是想着你哩!真是打仗亲兄弟,上阵父子兵。"公韧叹了一口气说:"我也没想到,这里找西品找不着,那里找西品找不着,原来她加入了魔天神教。"

唐青盈幸灾乐祸地说:"找不到更好!她加入了魔天神教,省得我们操心了。"

公韧狠狠地瞪了她一眼。

黄兴说:"这下救西品的难度更大了,我们不但要拯救她的肉体,还要拯救她的灵魂。这拯救灵魂远比拯救肉体更难。"

从此,公韧的心里不但想着怎样防备清军,还要想着怎样对付束缚住西品思想的魔天神教。

一次,公韧走出了杂货铺,感觉到后面有人跟踪,心里一惊,是不是杂货铺暴露了,清军已经秘密监视了这里?拐了几个弯,还是没有把那个人甩掉,到了一个人多的地方,公韧悄悄回头打量跟踪的人,原来是瘦杆杆。

公韧嘴角微微一撇,眉头一皱,心生一计。

公韧又返回了杂货铺,对唐青盈嘱咐几句。唐青盈嘿嘿一笑,说:"正好闲着没事儿,咱俩就趁着这个大阴天,陪着瘦杆杆好好玩玩!"

第172回 青盈抛出蝌蚪甲骨文

公韧又到了街上闲逛,这里逛那里玩,还买了不少东西,足足转了一个下午,估量着时间差不多了,才往郊外走去。

路过了一片杂树林子,再往前就是一片荒凉的坟地。有的是新坟,规则的圆包形,新土的颜色特别明显,有的是老坟,凸凹不平,显出了雨水冲击形成的道道沟痕,茂盛的杂草包围着一座座坟堆,老坟和荒丘早已浑然一体。

天愈加阴沉,大块大块的阴云集中过来,笼罩在上空,看来马上就要有一场暴雨来临。在新坟和老坟之间,有一座古墓特别显眼,底座是石头的,坟包是用老青砖砌的。墓碑呢,花花点点的早已看不清字了,不用说,没有一千年也有八百年了。

天色已渐渐黑了,再加上阴沉的天气,几乎就是伸手不见五指。公韧腿一弯就跪在了这座坟前,对着它不住地磕头。磕完了头,又从包袱里拿出了酒、肉,祭奠先人。一团团的鬼火飘飘而来,围绕在公韧的身边,就像是无数的阴灯在旋转,一会儿亮了一团,一会儿又倏然灭了。

公韧对着那座坟头情真意切地说:"老祖宗啊,晚辈按照您的吩咐都在做了,您还有什么要告诉小辈的?请您显灵说话,小辈一定遵守照办。"说罢,又继续对着坟头虔诚地磕头。

坟头上已经什么也看不清了,突然一道霹雳一闪,呱啦啦……巨雷随之响起,大雨瓢泼而下。就在此时,惊悚的事情突然发生,坟头上立起了一座女神,那女神头戴凤冠,身穿宽大白衣,宽大白裤,脚穿肥大花鞋,面相丰腴,凤眼黛眉,背饰一对蝶形大花,活脱脱一个王母娘娘在世。

公韧并不敢抬头,只是高声喊着:"恭请先人指教,我到底该怎么做?"

那女神并不说话,右手执掌,一动也不动。

公韧又在祈求:"我到底应该怎么做,恭请先人指教。"

又是一道闪电亮起,只见那仙人慢慢地从身上掏出了一个板子,递给了公韧。

闪电过后又是漆黑一团,什么也看不见了。等下一道闪电亮起来时,女神已经没有了一点踪影。不一会儿,雷声没了,大雨也不下了,一切又恢复了平静,只有一团团鬼火忽悠悠地一团团飘来,又一团团散去。

公韧从那个大包袱里,拿出油灯,擦亮火石,点亮了油灯,拿起那个竹板在念:"咿呀呜呀,我吱吱那,吱呀妈呀,依吱吱那……"念了一番,又合上书,在静静地思考,然后拿起书来又念:"妈吱吱那,依吱吱那……"

公韧亦念亦想了好一阵子,才拾掇起油灯装进包袱里,然后把那个板子也装进了包袱,这才慢慢地往家里走去。

出了坟地,走出杂树林,越走人家越多,路边已渐渐明亮起来,突然一个人拦住了公韧的去路。公韧一看,正是魔天神教的瘦杆杆。公韧说:"瘦杆杆啊,我和你往日无仇近日无冤,你为何要三番两次地找我麻烦,我还没有找你算账呢,今天你倒送上门来了,好啊,我倒要和你说道说道。"

瘦杆杆不怀好意地嘿嘿一笑,说:"其实,有些事情也怨不得我们。小湾港一战,我们是想弄点儿给养,谁想到你们误打误撞,撞到我们枪口上了。没办法,只能是搂草打兔子,连你们也一块儿捎带上了。

"就说那天的事儿吧,你走你的阳关道,我走我的独木桥,为什么你偏偏往我们神教里闯呢?给你点儿教训难道还不应该吗!还有一个好事儿,就是我们的教主很器重你哩!这也是你的福分,跟着我们的教主打天下多好,为什么你这么不知趣呢?"

公韧哼着鼻子冷冷一笑:"本老爷懒得和你说话,今天我就放你一马,赶快滚吧!"

瘦杆杆也冷冷一笑:"想叫我走,没那么容易。你那包袱里装的什么?"

公韧赶紧搂住包袱说:"哪有什么呀,就是我的一些乱七八糟的破烂,哪有什么好东西!"

瘦杆杆朝那包袱看了一眼,说:"还说没有什么好东西?捂那么紧干什么!也让我见识见识。"说着,就上来动手抢夺那个包袱。

公韧一见大怒,骂道:"好你个瘦杆杆,我的东西岂是你随便乱翻乱看的!"说着,就和瘦杆杆动起手来,抢夺那个包袱。两人几个回合一打,瘦杆杆显然占了上风,他一边发挥着高超的武功,一边还施展着迷幻术,拿出一瓶药水朝着公韧喷洒。

公韧打着打着,脑子觉得有些迷糊,又打了一会儿,什么也不知道了。当然,包袱也被瘦杆杆抢跑了。

等公韧醒过来,发现正躺在唐青盈的怀里。这时候的唐青盈,正穿着宽大白衣,宽大白裤,脚穿肥大花鞋,头戴凤冠,背后插着一对蝶形大花。她见公韧醒来了,哈哈一乐:"公韧哥,醒了啊!看我演得怎么样啊?"

公韧深深地出了一口气,自嘲地说:"什么味儿啊,瘦杆杆的迷幻药差点儿把我熏死了。你演得不错呀,连我都认不出你来了,更不用说瘦杆杆了。没看出来,你不但武功高强,还是个好演员,演什么像什么,要是演戏的话,一定能成名角。"

唐青盈摇头晃脑地说:"背景也挺好的,真是要闪它就来闪,要雷它就来雷,要雨它就来雨,不叫它下雨,它就真不下雨了。连老天都在配合着我们。"

公韧皱起了眉头说:"有一点我不明白,那鬼火一团一团的,哪里来的?"

唐青盈说："那还不容易吗,不过是我在化工店买的一些白磷。磷的燃点低,也就是四十多度,到时候我把手心搓得热热的,也不用点,从瓶子里把它一把一把地撒出去就行了。"

公韧夸奖她说："真聪明,还是一个化学家。"

第二天天亮没有多长时间,杂货铺还没有开门,就有人来敲门。公韧心想:是谁这么早啊,大清早的就来买东西,从门缝里往外一看,原来是地接天领着瘦杆杆和胖团团提着一大包礼品前来拜访。

公韧笑了,急忙对唐青盈使了一个眼色。唐青盈也笑了,对公韧调皮地做一个鬼脸。两人赶紧净面洗手,穿戴利索,然后开门"迎客"。

地接天进了门,对着公韧一哈哈,拱了拱手施了一个大礼,连说："打搅了,打搅了,实在是不好意思!大清早的就来串门,怕来晚了耽误你的买卖。"

公韧也拱手回了一个礼："真是稀客啊!哪阵风把教主吹来了。有什么事,叫别人送个信不就行吗?"

地接天又对公韧笑着说："真是不打不相识啊,虽说以前有过许多误会,可那也更增加了我们彼此熟悉的深度是不是?这些天我静下心来想想,公韧兄弟不但是个人才,而且人品也好,放着这样的朋友不交,我岂不是犯了三大悔吗!"

公韧问："请教地教主,哪三大悔?"

地接天哈哈一笑,说："这你都不知道啊,该交的朋友不交,一大悔也;该努力的时候不努力,二大悔也;遇到的机会不去把握,三大悔也。我遇到了你这样的朋友不去结交,一辈子都要后悔呀!"

公韧心想:我的三大悔,你也知道了,还说得有鼻子有眼,你这样的朋友,我不交也罢!

地接天又对瘦杆杆一个眼色,瘦杆杆和胖团团赶紧往桌子上摆放礼物。只听地接天在旁边说好话："也没有什么好东西,不过就是广州的一些'手信'。有广州酒家的香脆鸡仔饼、腊肠、腊肉、陶陶居的滋味蛋黄酥、老婆饼、合桃酥、嫁女饼、莲蓉、五仁、冰皮月饼,泮塘五秀的弹牙马蹄糕、姜撞奶、龟苓膏、岭南佳果干……"不一会儿,摆满了一大桌子。

公韧赶紧推辞说："我这里虽然也是卖糕点的,但是哪有这些好啊!无功受禄,受之有愧。不敢!不敢!还是请教主把这些东西都带回去吧!我就俩人,哪里能享受得了这么些好东西。"

地接天唯恐公韧不收,赶紧劝说："千里送鹅毛,礼轻情义重,请公韧兄弟务必赏我个老脸。"

唐青盈却不客气，打开一包点心，先尝了两块，说："不吃白不吃，吃了也白吃，白吃谁不吃，吃不了不会再贱卖吗！那还客气什么，收下，收下，不写收条全收。"

地接天夸奖小青盈说："还是这个小姑娘会说话，真是又聪明又伶俐，眼睫毛都能当哨吹。"他不要脸地吹捧着唐青盈，好像早把她踢他摊子的事儿全忘了。

事情到了这份上，公韧也只好把地接天让到上座上："请，请坐，请上座！"双方按宾主坐定，公韧问："那我就受之有愧，却之不恭了，不知教主此次前来，公韧能为教主效劳什么？"

第173回　为揭秘地接天拜访公韧

地接天听到此话，受宠若惊，这正是他求之不得的事情，赶紧虚心假意地说："没有什么事儿，没有什么事……瘦杆杆昨天和你闹了一阵子，我已经狠狠地教训他了。听说，他还抢了你的东西，这还了得！瘦杆杆，快来给你公韧哥赔礼道歉！"

公韧心里这个不痛快，我什么时候成了他的公韧哥了。瘦杆杆赶紧过来对公韧施了一礼，说："公韧哥，是我的不对，兄弟过来给你赔礼了。希望你宰相肚里能撑船，大人不记小人过，别和我一般见识。"

公韧也只好说："过去的事儿就让它过去吧！立足现在，展望未来嘛！"

地接天对瘦杆杆一瞪眼说："看你这个瘦杆杆，办事这么下三烂。有什么事儿不会好好说吗，为什么非得动武呢？这是你大哥呀，再跟你大哥这个样，我就打你了。快把抢你大哥的东西拿出来，还给你大哥。"

瘦杆杆只好把那个抢来的竹板从包袱里拿出来，还给公韧说："公韧哥呀，昨天都是我的不对，教主已经批评过我了，还揍了我一顿。我知道错了，还给你吧，以后你还是我的好大哥！"

公韧心里这个骂，真是信口雌黄，胡说八道，地接天为了这事儿能揍你，表扬还来不及呢。公韧佯装大怒说："想起来这个事儿，我就生气！这是什么呀，这是老祖宗留下来的宝贝呀，我正要向这位兄弟讨要这本竹简呢！"

地接天赶紧接话了："好了，好了，你们以后就是亲兄弟了。打仗亲兄弟，上阵父子兵，以后好好团结才是。公韧啊，我这个人平生就是好探奇，这竹板上写的都是什么，你也给我念念吧！"

公韧心里一惊,拐了这么大个弯,这才是今天来访的目的。其实竹板上写的什么,昨天油灯下自己也没有看清,这会儿他把那个竹板拿起来仔细观看。

这个竹板其实就是用牛皮绳串起了三截竹板,竹板上密密麻麻写满了小字,说是写的,倒不如说是用刀刻的,然后字里面灌满了墨汁:有的像是蝌蚪,有的像是甲骨文,有的像是走兽,有的像是飞禽,有的则什么也不像。公韧摇头晃脑地说:"天机不可泄露,天机不可泄露呀……"

地接天像是早知道会这样,赶紧恭维说:"我早就知道你是个天才,不但熟读兵书,深谙韬略,实战丰富,而且还懂得天文、地理、星象,你这么有本事,肯定和天上的各路神仙也有千丝万缕的关系。你我联起手来,何愁天下不在我们囊中。就算老夫求求你了,你给我说说,要不,我实在是闷得慌呀!"

公韧叹了一口气,讨价还价地说:"你也知道我和西品的关系,西品还在你的手里!西品什么时候能出来呀?"

地接天赶紧说:"这个好办,你是我的兄弟,西品当然就是我的兄弟媳妇了。她什么时候愿意出来就出来,全凭着她自己呀!"

公韧点了点头:"我不但要她的肉体出来,她的灵魂也要出来,希望教主不要把她的灵魂也收了去。"

地接天心领神会,尴尬地说:"那是,那是,全身而进,全身而退,我哪能做对不起公韧兄弟的事情呢!"

公韧这才说:"这也好,天机我就泄露了吧!"这才拿起那个竹板,恭敬地站起来,两手平端着,虔诚地念道,"咿呀呜呀,我吱吱那,吱呀妈呀,依吱吱那……"

地接天竖起耳朵仔细聆听,可是听了半天,仍然没听明白,忍不住打断公韧抑扬顿挫的朗读声,问:"这是什么呀,我怎么听不明白呢?"

公韧说:"这是蝌蚪甲骨文,我当然得按蝌蚪甲骨文读了,一般人哪能听得懂!"

地接天又哀求说:"你能不能说得白一点,让我一听就明白。"

公韧想了想,也只好说:"那我就翻译给你听听,谁让我们是好弟兄呢!但是且记,此文只能自己记着,绝不能说给外人。"

地接天赶紧点了点头:"我明白,我明白,绝不会说给外人的。"

公韧顿了顿嗓子,念道,"时值天下大乱,清朝气数已尽,不久必亡。孙文,天下第一奇人,必将载入史册。天下大党大教,争夺天下,魔天神教,天下大教,然而要想夺得天下,还得贵人相助。积德行善,顺应民意,此教必将兴旺,违背天理道德,违背人伦纲常,此教必将衰败。天必降大任于公韧也,希望你能辅佐明主。妈吱吱那,侬吱吱那……"

地接天听了大喜,但还是忍不住说:"接着往下念呀,怎么不往下念了?"

公韧说:"这些蝌蚪甲骨文,我也是一知半解,底下到底说的什么,我也正在研究。"

地接天高兴地说:"天下大党大教,争夺天下,然而要想夺得天下,还得贵人相助。书上真是这么说的?"

公韧言语铿锵地说:"这是先人这么说的,小辈怎敢胡说!"

地接天赶紧离开了座位,对瘦杆杆和胖团团使了一个眼色,然后领着二人给公韧跪下,仰着头可怜巴巴地说:"公韧先生,你上知天文,下知地理,熟悉韬略,富于计谋,又有先人的庇佑。遵照先人的指示,你就是我们魔天神教的贵人了。请受我魔天神教一拜!"

公韧急忙摆手,可是已经晚了,他三人已经给公韧跪下了。公韧心想:事已至此,为了革命,为了西品,为了解救更多受蒙蔽的教徒,我也只好忍了吧!只好扶住地接天说:"岂敢,岂敢,公韧何德何能,岂能受教主如此大礼?"

地接天虔诚地说:"我代表魔天神教全体教徒,恭请公韧先生加入我们魔天神教。"

公韧欲进故退,说道:"实话实说,我对魔天神教还有许多疑虑,请不要强人所难!"

地接天再拜道:"为了天下黎民,为了中国的将来,还是求公韧先生委曲求全吧!"

公韧看到此时火候已到,叹了一口气,说道:"黎民百姓殷殷期盼,教主如此求贤若渴,我再推脱,实在是有违天下黎民的心愿,有违教主的一片苦心。不过我有言在先,如果看着魔天神教实在不如意的话,我有权利退出魔天神教。"

地接天看到公韧终于愿意加入魔天神教,遂了自己的心愿,他松了一口气,领着二人赶紧起身,紧紧地抓住公韧的手说:"从此之后,你就是魔天神教的副教主了。如果觉得委屈,我这个教主的位子也让给你。"

公韧赶紧说:"哪里,哪里,当副教主已叫公韧勉为其难了,哪能当教主呢?除了教主您,谁也不能堪此重任啊!"

"那就恭请副教主入堂吧!"地接天客气地请道。

"你们不再监视、追杀我了?"公韧话里有话地问道。

"哪能呢,"地接天不好意思地说道,"你如今已是副教主了,真是一人之下,万人之上,我们哪能那样对待你呢,全体教民还在期待着你的英明领导呢!"

公韧此时也只好点了点头,跟随着地接天、瘦杆杆、胖团团"上任"去了。唐青盈呢,自然还是公韧的贴身跟班。至于杂货铺,临时关门,贴了个纸条,上面写着:"歇业一天,家里有事。"

五个人在广州市里七转八转,走过一条繁华的街道,又进入一个贫民区,钻进一条小巷,然后进入了一个深深的大宅院。院子里古树参天,野草遍地,似乎空无一人,树上只有一只乌鸦在呱呱地叫着,有几分瘆人的恐怖。杂草间一条小路通向一个大大的屋里,从那个屋里似乎传来了轻轻诵经的声音。由于一路上没少费周折,地接天屎尿已经憋得有些受不了了,急忙钻进一个厕所里去解手。

瘦杆杆和胖团团也似乎受传染似的,和他一块钻进了茅房。小轻盈轻蔑地一哼鼻子:"懒牛上套屎尿多,没想到还没有上套,穷酸事儿就来了。"

那个屋里的诵经声越来越大。公韧不愿意在这里等着那三块料,对唐青盈一歪头说:"走,看看去!"然后领着唐青盈径直向那间大屋走去,到了门口,轻轻地推开了门。

进了屋,声音更大了,屋里地上坐着上百个虔诚的教徒,个个闭着眼睛,口中念念有词。

公韧眼睛往讲台上轻轻一瞥,蓦然一惊,那讲台上站着十大信徒,十大信徒之间站着地接天。不过,瘦杆杆和胖团团不在其间。

第174回　真假教主PK斗法

他不是在茅房里吗?可怕啊,可怕啊,这个地接天,莫非通过地遁这么快又跑到了讲台上?

唐青盈的眼睛也是十分犀利,看到地接天又站到了讲台上,也是十分的诧异。她心里想着:"地接天武功高强,就在自己慢慢地走向这个大堂的时候,他飞快地从窗户上进了大堂也说不定呢。自己理解不了的事情,不一定世界上没有。"

于是,公韧拉着唐青盈慢慢地坐了下来,等候事态的进一步发展。讲台上的地接天,双手向上按了按,轻轻地说了一声:"暂且停下!"

于是,众信徒不再诵经了,一齐抬起头,睁开了眼睛,看着讲台上的地接天。

正当地接天布道的时候,更为惊异的一幕出现了,地接天、瘦杆杆、胖团团从门口进来了,地接天一眼就看到了台上的地接天,不禁愣了一下。两个人的穿戴几乎一模一样,口音也一模一样,就连手势、动作也几乎一模一样。

公韧呆了,唐青盈傻了,瘦杆杆和胖团团也有些丈二和尚摸不着头脑,就连那些教徒也是你看看我,我看看你,不知这两位教主,哪位是真,哪位是假。

这边的地接天首先发话了:"请问先生,您是哪位啊?为什么冒充我的模样?"

那位也说:"我是地接天啊,请问,你为什么穿戴和我一模一样,你意欲何为?"

"你冒充我的样子,想当教主不成?"

"你穿戴和我一样,有什么企图不成?"

"哼,真是狗鼻子插葱——装象,假的就是假的,怎么装也是假的。"

"哼,真是狗熊嗑瓜子——充那巧嘴的,难道说我还怕你个假地接天不成。"

两个人先是斗嘴吵了一通,越吵越厉害,十大信徒是听傻了,也看傻了,还没有分出来哪个是真,哪个是假,瘦杆杆和胖团团干站着,也没有发表意见。

唐青盈嘴一撇说:"狗咬狗一嘴毛,亲爸爸,就让他们咬去吧,咬死一个算一个!"

公韧皱着眉头说:"哪个是真哪个是假,别人分不出来,瘦杆杆和胖团团不会分不出来吧,他俩只要站出来一说话,这场戏不就完了吗!"

唐青盈又提醒公韧说:"亲爸爸呀,你可不要犯糊涂,这是个机会,要是错过这个机会,恐怕就再也没有了。"

公韧说:"你的话我明白,可是你怎么知道这两个人哪个坏,哪个更坏呢?要是那个更坏的人掌了权,教民们的下场不是更悲惨吗!"

这句话说得唐青盈不再说话了。

首先是十大信徒中的一个人说话了,他靠在身旁的地接天身边说:"这个才是真的!"然后又指着公韧身边的地接天说,"那个地接天是假的。"他这一说话,有四个信徒也跟着说:"我们相信李哥哥的话,这个才是真的,那个是假的。"

另外五个信徒则是将信将疑,瞪着一双眼睛,犹疑地看看这个地接天,又看看那个地接天,一时拿不定主意。

公韧旁边的地接天却是嘿嘿嘿一阵子冷笑,冷笑了一阵,才对身边的胖团团和瘦杆杆说:"要说谁是真的,谁是假的,别人看不出来,你俩还看不出来吗?你俩就说说吧,到底我是真的,还是他是真的?"

这时候胖团团突然跑到了那边,簇拥在那个地接天的身边,指着这个地接天说:"要说谁是真的,谁是假的,我肯定知道,这个才是真的。"他又指着公韧旁边的地接天说,"那个就是假的。"

胖团团反水了。公韧这时候算是弄明白了,心里骂道:真不知道那个假地接天给了你多少好处,竟然一下子就把主子卖了。

唐青盈却一阵子冷笑,小声说道:"真是画虎画皮难画骨,知人知面不知心。怎么一下子就把主子卖了,卖主求荣,不怕天打五雷轰吗……"

瘦杆杆却紧紧靠在公韧旁边的地接天身上说:"不能看长得一样,说话一样,穿戴一样,就乱说谁是真的谁是假的,重要的是心。我和咱们的教主形影不离,谁真谁假我还不知道吗?"

他指着那个假地接天说:"别看你和我们的教主长得一样,穿得一样,说话神态也一模一样,其实心是不一样的,气息也是不一样的,这是怎么也能感觉出来的。胖团团,你不是看不出来,怎么帮着外人说话,你想干什么?"

胖团团却指着瘦杆杆说:"我说瘦杆杆,明明这个教主是真的,你凭什么说那个教主是真的?你到底想干什么,为什么帮着外人说话,他究竟给了你什么好处?"

瘦杆杆一阵哈哈大笑,厉声质问:"不在乎这个丸子大小,而在乎这个事儿。我跟着教主这么些年,难道说还不知道谁真谁假吗?一大清早就跟着教主去收服公韧,这么晚才回来,你也跟着去了,不是不知道这件事情,怎么能出尔反尔呢?怎么能睁着眼睛说瞎话呢?你这样做到底图什么?"

瘦杆杆和胖团团一阵子斗嘴,闹得彻底决裂,两人的分裂也使这些教徒们分成了三派,有两派各自簇拥在真假教主的身边,欲助真假教主一臂之力。另有一些教徒实在分不清哪是真的,哪是假的,干脆站在一边,坐山观虎斗。而真假教主也在暗暗地招呼着自己身边可以使用的一切力量,欲要最终死拼一场。

唐青盈对公韧说:"公韧哥,我们到底应该帮着谁,帮助这一个,还是帮助那一个,还是谁也不帮?"

公韧说:"要依我说,还是帮着这一个。"

唐青盈不满意了,问:"为什么帮着这一个?我看,你是舍不得副教主的位子吧!"

公韧笑了笑,小声说:"我们总不能闲着,总得帮着一个。因为这一个我们多少还了解点儿,那一个我们根本不了解,不了解才是最可怕的。如果让那个最可怕的假地接天掌握了魔天神教,教民的日子以后岂不是更难了!"

唐青盈这时候明白了,点了点头说:"好了,公韧哥,我听你的。"

这时候,瘦杆杆袖子一挥,从袖子里飞出了一柄铁长杆,他把铁长杆一展,顿时展开成一柄铁扇,朝脸上潇洒地扇了一下,然后对胖团团大骂道:"卖主求荣,死了也进不了天堂。看我怎样教训你这个不知廉耻的家伙,吃我一扇!"说着,铁扇一收,又收成了一柄铁杆,照着胖团团就打了过来。

胖团团也不是吃素的,还嘴道:"谁卖主求荣了?是你卖主求荣,真假不辨,好坏不分,看我怎样替教主收拾你!"说着,也是袖子一甩,从袖子里飞出了一根短铁棍。那棍有二尺来长,却也是拿着分外顺手,朝上一挡,只听咣当一声,传出了清脆的金属相格之声,震得人们耳朵嗡嗡作响。

于是二人打在一起,一进一退,一守一攻,你来我往,左躲右闪,拼得真是难分难解,分外热闹。

既然地接天的两位高徒干上了,二位教主也不能闲着,也动开了拳脚。真教主地接天还是老一套拳术,那真是诡秘异常,上蹿下跳,进攻如猛虎,退守如疾兔。而假地接天的拳术就稍微差点了,虽然也十分勇猛,但终究还是差了一点点,总好像是哪里慢了半拍。

看着看着,公韧的心里就犯起了疑惑,这套拳脚,怎么看着有点面熟呢?好像在哪里见过,但一时又想不起来了。

跟着假地接天的那四五个徒弟,这时候看到主子好像有点招架不住,一阵大喊:"上啊!"一窝蜂似的拥了上去,帮着假地接天打起了真地接天。好虎斗起一群狼,一方武功好些,但是势单力薄,另一方虽然武功差点,但是人多势众,一时看不出谁强谁弱了。

公韧对唐青盈点了点头:"该我们上了,集中力量,先把这个胖团团干挺了再说!"于是,两人大叫一声,帮助瘦杆杆集中力量对付胖团团。两人原先是打了个平手,这下子两个高手一上,形势立刻一边倒。胖团团是只有招架之功,没有还手之力,再打了一会儿,只有呼呼大喘,忙于招架的份了。

那边假地接天的人一看,这边胖团团招架不住了,有几个人急忙过来支援。这边来支援,假地接天那边人手又紧了,显然是越打越被动。又打了一会儿,假地接天一看实在是支撑不下去了,只好大喊一声:"决战不在乎这一朝一夕,撤呀!"带头领着人往后退去。

第175回　公韧打入邪教巢穴

　　他的那些人正在苦苦支撑,巴不得听到这句话呢,听到撤走的命令,胖团团,还有五大信徒和一些徒弟,赶紧跟着假地接天撤走了。这边也累得够呛,没有精力再去追赶,只得眼睁睁地看着假地接天一伙人朝后退去,很快他们就没有了踪影。

　　再看大堂里,真是惨不忍睹,满地的血迹,遍地的破桌子、烂椅子,打坏的盆盆罐罐、满地狼藉。地接天还算是有涵养,闭了闭眼睛,故作矜持地说:"谢天谢地,大难一场,总算平息了。我们为什么能胜利呀?一是得到了上天的庇护,老天爷是不会让这些坏人得逞的;二是,得到了副教主的帮助,我们的副教主是什么人?是百战百胜的将军。有了这样的将军,我们还愁以后打不了胜仗吗?大家快快前来,参拜副教主!"

　　于是众教徒一齐跪下来参拜副教主,一阵大呼:"参拜副教主,祝副教主安康!"

　　在众教徒的参拜下,公韧好不快活,大大地过了一把当副教主的瘾。

　　跪在人群当中的西品又是吃惊,又是高兴。吃惊的是,公韧怎么也参加了魔天神教,他不是革命党吗,这是怎么回事?高兴的是,上天有眼,又把他安排到自己的身边,看来啊,情缘还没有断。

　　众人参拜完,地接天又接着下命令说:"今天,副教主刚来就立下奇功。从今往后,公韧不但是我们的副教主,还要主管军事,一切杀伐征战的大事,皆由公韧做主。大家听明白了没有?"

　　底下齐声大呼:"听明白了,一些杀伐征战的大事,皆由副教主做主——"

　　于是,公韧又掌握了军事大权。他还是有些事儿不明白,问地接天:"尊敬的教主啊,胖团团和那五个高徒是怎么回事啊?他们难道真的分不出来谁是真的,谁是假的?"

　　地接天闭着眼睛,并不难过,而是双手合十,还有点扬扬自得地说:"上天啊,这不是最后的晚餐,我们有上天的庇护,我们有蝌蚪甲骨文天书的保佑,魔天神教还怕什么?"

　　魔天神教的主讲台上,正中是地接天,旁边是忠实的十二门徒和公韧。虽然胖团团和那五个高徒不在了,但是又换上了新的高徒,地接天又开始布道,底下一排排虔诚的教徒在认真地听讲。

地接天布道完了,众教徒互相交流经验。公韧找到了西品,看到西品目光呆滞,一脸茫然,对她小声说:"西品啊,你在想什么?"

西品麻木地看了公韧一眼,问:"你怎么也来了,为什么也加入了神教?"

公韧点了点头:"为什么加入神教,我还不能告诉你。目前,我只想听听你心里的真实想法。"

西品叹着气说道:"这么些年来,我受尽煎熬,真是靠山山歪,靠树树倒,靠水水流,靠房房塌。现在我终于找着了一条道儿,那就是积德行善,用心学经,死了以后才能进入天堂。"

公韧问她:"你真以为人死了以后能进入天堂?"

西品惊异地说:"怎么不会呢?我一辈子没有做过坏事,怎么能不进入天堂呢?"

"那么,你认为地接天能进入天堂吗?"公韧问。

西品说:"我认为他能够进入天堂,他说得那么好,怎么能不进入天堂呢?"

公韧继续小声说:"看一个人,不但要听他说什么,还要看他做什么。有那么多家庭,都进入了所谓的'天堂',而把财产交给了地接天,你不认为这是一种罪恶吗?"

西品说:"那不能怨教主,他们都是自愿的,而那些财产也都用于了教会。"

唐青盈轻轻地叹了一口气:"真是瞎子害眼——没治了。"

公韧继续问:"如果你了解一个人说得和做得不一样,你会怎么样?"

西品说:"我有我的思维,如果他说得和做得不一样,我会按照我的思维方式处理事情。"

不一会儿,魔天神教又要布道了,地接天两手张着,两眼仰望着天空,又要演讲深奥的道理了。

这时候,一男两女三个人突然跪倒在地接天的面前。领头的一个中年男人对地接天虔诚地说道:"尊敬的教主,我们终于想通了。明天,我们决定要抛弃世间的一切恩恩怨怨。希望全家都能进入天堂!为了表示我的诚心,我把我们的财产全部奉献给伟大的教主,请您收下。"

说着,他献上一张银票。后面的那两个女人也各执一张银票,犹豫了一番,也把银票奉上。

地接天接了三人的银票,掖在了口袋里,问:"你终于想通了,很好!上天会接受你们的。你准备用什么方式?"

这个中年男人说:"我已经准备好了一根绳子,先让他们仨进入天堂,然后我就用绳子结束今世的生命,进入到另一个美妙的世界。"

后面两个女人,一个说:"我准备用砒霜,做饭的时候,放在锅里,一块儿结束五口人的苦难,到天上享福去。"另一个说:"我就用刀子,把他们爷俩先结束,然后再结束自己,进入到天堂。"

公韧长长地叹了一口气,心里想:"家庭是社会的细胞,家庭成员彼此本是这社会上最亲近的人。然而在这里,亲人之间互相残杀,家都不存在了,哪里来的社会?社会不存在了,哪里来的国家?"

唐青盈也在嘴里小声骂道:"这里真是邪恶的世界!简直都不是人,成了畜生,连畜生都不如了。"

地接天扬着手对着众信徒大呼道:"有一种悟性,叫作伟大,有些人终于想通了。其实,生命只是暂时的,只是一种外在的存在形式,而灵魂的永生则是永恒的,则是一种永远的存在形式。这些伟大、智慧的人明天就要上路了,今天,上路的人就放纵吧!上天也会原谅你们的。好啊!好啊!我以上天的旨意说,狂欢开始——"

众信徒一阵兴奋,都跳起来高呼:"感谢伟大的教主!""教主万岁!"

公韧对西品说:"看懂了吗?狐狸尾巴终于露出来了。这就是魔天神教的邪恶之处。"

西品低头不语。

一些门徒从厨房里抬来了酒肉,众信徒乱作一团,抢酒的往嘴里灌酒,抢肉的往嘴里大把地塞肉。一些乱了性的男女,互相搂抱着乱亲乱抱,乱搂乱摸……

突然一个人从门外闯了进来,大吼一声,就像一声霹雳从天而降:"魔天神教的教徒们,大家静一下,听我来说一句!"

由于他的嗓门太大,一下子把众教徒都震慑住了。大家一齐抬起头来朝他仰望。公韧一看,进来的人不是别人,正是按照预先计划而来的黄兴。黄兴大声地说道:"到底有没有天堂?有的说有,有的说没有,有的教徒恐怕一辈子都在研究、探讨这个问题。我想,这个问题,愿意研究、探讨的就让他们探讨去吧!这是教徒的自由。寻求一种精神的寄托,精神的慰藉,未尝不可。可是现在,如果有人轻言放弃生命,这是违背了神的意愿。父精母血,怀胎十月,从出生到现在,克服了数不尽的疾病、饥饿、天灾人祸,活到现在容易吗?怎么能轻而放弃呢!如果有人打着神的幌子诈骗钱财,那就更不对了。神是教人为善,而有的教派却打着神的幌子,教人为恶,教人害人,这就违背了神的意愿,上天会生气的……"

第176回 众神大战魔天神教

众教徒都在用心地听着黄兴的话,地接天的十二门徒也在用心听着。地接天却越听越生气,实在忍不住了,终于大声地吼道:"什么人在这里大声喧哗!这是魔天神教的地方,不要在这里胡说八道!"

黄兴说道:"什么是真理?真理是放之四海而皆准的道理。什么是神?神知道世人有罪恶,所以要挽救世人。既然您是神的布道人,为什么怕一个教徒说话呢?"

地接天越听越不顺耳,就对瘦杆杆和那些门徒使了一个眼色,瘦杆杆得到命令,就想领着那些门徒上来和黄兴动武。黄兴退后一步,说:"诸位教徒,我不想和你们动武。真理越辩越明,难道你们要阻止真理的传播吗?"

众教徒也在窃窃私语,有的愿意让黄兴说下去,有的看地接天的眼色行事,不愿意让黄兴说下去。公韧一看,这时候自己再不说话,还待何时,就大声说道:"不管他说得是对是错,要让他把话说完。"

瘦杆杆听了公韧的话,没有上前和黄兴动武。那十一个门徒心想,既然瘦杆杆不向前冲了,自己还上去干什么?所以也就按兵不动。地接天虽然心里生气,但是也没有什么话说。

还没等黄兴再说话,又从门外闯进来一个高大和尚,对屋里的教徒大声地说道:"先让这位教徒歇一会儿,由我这个和尚再说两句吧!"

公韧笑了,这个得道的高僧毕永年怎么不请自到?既然来了,听听他怎么说吧。

毕永年右手执掌,闭了闭眼睛说:"我佛慈悲,与人为善,佛教学问,博大精深。太深奥的道理我就不讲了,我只给大家讲一个故事。弥兰陀王问,你们出家人爱不爱自己的身体呢?那先比丘说,身体只是四大五蕴和合的色身,我们出家人是不爱的!弥兰陀王一听,正中下怀,立刻狡黠地反驳,哦,你说你们不爱自己的身体,但是,你们出家人一样穿衣、吃饭、睡觉,还不是在保护这个色身?若说不爱,岂不是自相矛盾？那先比丘一笑而罢，另作别解，大王，如果您身上长了一个脓包，您爱不爱它呢？弥兰陀王说，脓包？那么脏的坏东西，谁会喜欢它？那先比丘说，既然不喜欢它，为什么要把它洗净、敷药，时时守护它不使恶化，每天看看它有没有好一点？若说不喜欢脓包，这种做法不是自相矛盾吗？弥兰陀王很不服气地辩驳，我是为了身体的健康才要保护它的！那先比丘击掌而笑说，这就对了！出家人不爱这个身体，但是为了借假修真，也不得不照顾这个空幻的身体啊！我讲这个故事是什么意思呢？不论是弥兰陀王，还是那先比丘这样的圣人，都爱自己的身体，更何况是自己的生命，那我们芸芸众生更要爱惜自己的身体和生命啊。故事讲完了，道理也说完了，其实很简单，总结成一句话就是：不论任何人，都不能随便剥夺别人的生命；不论任何人，都要爱惜自己的生命。因为，你一旦降生在这个世界，家庭需要你，社会需要你，世界需要你，你不要逃避自己的责任！"

毕永年说完，单手执掌，闭着眼睛，默默地念诵着佛经。众教徒都在静静地思考着毕永年的话，十二门徒也在想着毕永年的道理，就连地接天也在琢磨着这些简单而又深奥的故事，和自己魔天神教的理论到底有什么冲突。

就在这安静的时刻，韦金珊推门进来了。他是按照公韧预先的安排，按时来到了魔天神教的魔窟。他声音不大，却异常沉稳地对大家说了声："众位教徒，我也来说两句。"

地接天一见韦金珊，脸上立刻露出了惊恐之色，使了一个眼色，头点了两下，招呼瘦杆杆和那十一个门徒来驱赶此人。

瘦杆杆和那十一个门徒听到了命令，一个个捋袖子伸拳头就想和韦金珊大干一场。公韧却制止住他们，说道："先不要动手，让他自报家门，听听他到底是干什么的，来此有何公干？"

瘦杆杆和那十一个门徒听了公韧的话，面面相觑，然后又一齐注视着韦金珊，听他说话。众教徒一看又来了一个外人，心想今天好不热闹，多种思想都要在这里显摆亮相，也就竖起耳朵来听听此人又要说什么。

韦金珊声音洪亮地说："众位教徒，我是大清朝的捕快，前来捉拿魔天神教的教主地接天的。据大清朝的法律，杀人偿命，欠债还钱，你这个罪恶累累的地接天，假借着邪教教主的身份，散布歪理邪说，以升入天堂为幌子，使许多家庭全家自杀，而把他们的财产窃为己有。破坏了家庭成员间的关系，使亲人反目，互相残杀，如此下去，人伦丧失，家庭灭亡，我大清社会的家庭都不存在了，哪里还有国家？地接天的罪恶罄竹难书，十恶不赦，我今天来，就是要把他绳之以法，捉拿归案！"

听了官方的捕快如此之说,众教徒中有的受到了震撼,原来还有这么一说啊;有的心里产生了疑惑,难道自己真的受骗了?遂瞪着一双迷惑的眼睛看着地接天,希望他能有所解释。

地接天感觉到自己确实太被动了,也需要反驳几句。于是他大声地说道:"冤枉啊!冤枉!想我地接天,受了上天的派遣,下到人间,挽大厦于将倾,救民众于水火,实在是民众的救星啊!怎么可能是你们说的那样呢?"

韦金珊问:"你说受上天的派遣,有何凭证?"

地接天冷冷一笑,说:"至于我的身份,自有副教主公韧为证。"

瘦杆杆也帮腔道:"那是在一个漆黑的夜晚,就在公韧祖宗的坟前,轰隆隆的雷声,震得我耳朵嗡嗡作响,突然一道闪电闪过,就见一个浑身白衣白裤,身背大白蝴蝶的人,突然出现在我的面前,吓得我一下子就跪下了。这不是王母娘娘在世吗!我亲眼所见,王母娘娘把一本天书,亲手交到了公韧的手中。公韧现在就在这里,一切事情自有他能说得明白。"

这时候,地接天、众教徒、黄兴、毕永年、韦金珊都把目光转向了公韧。就连西品,也静静地注视着公韧,希望他能说个明白。

公韧往前站了站,对大家说:"是的,我是接到了先人的一部天书。"公韧说到了这里,就从身上拿出了那本竹简,对大家说道,"大家是不是都想知道,天书上写的是什么呀?"

众教徒齐声说:"想!想!"

地接天也对众教徒说:"王母娘娘的话,一定要听,这是上天的旨意。"

黄兴心里想笑:这个公韧,也学会装神弄鬼了。毕永年一声冷笑,默然不语。韦金珊小声骂道:"没听说公韧信教信神啊,怎么他也信了?"

公韧清了清嗓子,拿起那个竹简念道:"时值天下大乱,清朝气数已尽,不久必亡。魔天神教,天下大教,然而要想夺得天下,还得贵人相助。积德行善,改弦易辙,此教必将兴旺,违背天理道德,违背人伦纲常,此教必将衰败。"

地接天听了,哈哈大笑:"哈哈哈!连王母娘娘都说,魔天神教,乃天下大教。这就是说,我魔天神教连王母娘娘都是知道的,怎么能是邪教呢?怎么能不兴旺呢?此乃天助我也!天助我也啊……"

公韧接着说:"别忘了,王母娘娘还说,积德行善,改弦易辙,此教必将兴旺,违背天理道德,违背人伦纲常,此教必将衰败。"

黄兴接着说道："叫家庭破灭,让全家互相残忍杀害,这哪是积德行善？夫妻相残,父子相害,这不是违背人伦纲常这是什么？此教哪能不衰败！"

有的教徒这下子信服了,对公韧和黄兴的话微微点头。地接天这才觉得公韧的话有点不对味,指着公韧说："你……你……你这个副教主,怎能能向着外人说话呢？"

第177回　公韧和地接天当面对质

公韧又说道："王母娘娘的话还没有说完呢,他下面还有话要说。这也是我最近才研究透的。"

听到这本天书上还有训示,众信徒又都竖起耳朵仔细聆听,地接天也在用心听着,看看公韧下面的话对自己是有利还是无利,能不能抓着救命的稻草。毕永年就像睡着了一样,单手执掌,朗诵着经书。韦金珊小声说道："我倒要看看,公韧到底还有什么鬼把戏！"

公韧拿着那个竹简又念道："地接天本是市井无赖,自从加入了魔天神教后,故作虔诚,利用计策,骗取了原教主的信任,又利用毒计,杀害了原教主。自从他当上教主后,假借神明显世,利用歪理邪说,蛊惑人心,致使无数的家庭破裂,无数的家人自相残杀,财产被地接天全部夺去。此人天上不能容他,只能下十八层地狱,在地狱里接受众鬼的责罚！"

公韧念完天书后,众教徒一片哗然,对教主地接天的认识完全变了。

黄兴此时才明白公韧的用心良苦,戏只能接着往下演了。他大声喝道："连仁慈的王母娘娘都不能容他,可见地接天犯了多大的罪恶吧！众教徒啊,你们受骗了。什么魔天神教,纯粹就是一个骗人的邪教,信了地接天,只会搞得家破人亡,人财两空。"

毕永年睁圆了两眼,大声地说道："善有善报,恶有恶报,不是不报,是时候不到,时候一到,大仇就报。"

韦金珊则大吼一声："地接天,连王母娘娘都对你恨之入骨,你还有什么话说？快快到我面前乖乖受绑吧！免得一个不小心伤了你。"

地接天气得浑身哆嗦,咬着牙根对公韧气哼哼地说："原指望你来振兴魔天神教,没想到你用这些骗人的把戏,倒腾出了我的老底。你是从哪里知道我的这些事情的?"

原来公韧对地接天早已做了细致调查,故意守着这么多教徒,把地接天的身世、篡位的过程,全部抖搂出来。公韧笑了笑说:"难道只许你胡作非为,不许我们伸张正义吗?俗话说,要想人不知,除非己莫为,你的末日到了,看你还往哪里跑!"

公韧说着,就要上来动手。还没等公韧动手,唐青盈早已抽出了她那把亮锃锃的弯刀,就要上来劈杀地接天。

这时候,献给地接天银票的那个中年男子对地接天说:"教主啊,我不想上天堂了,请你还给我银票。"那两个女人也跟着说:"快快还给我们银票,我们也不上天堂了。"

地接天大骂道:"这么好的天上都不去,却偏偏愿意在人间受苦,真是的!银票都给了神,去找神要吧!"

那个中年男子说:"天上那么好,你怎么不去?我宁愿在人间受苦,也不到天上享福了。你说过,神是不爱财的。我们不认识神,只认识你,我们只能跟你要银票。"

地接天大喊道:"神收了钱,从来没有退的道理。你这是对神不恭,是要遭报应的。"

那个中年男子大声喊道:"你拿着我们的银票,在夜深人静时,扪心自问,不觉着亏心吗?"

那两个女人也跟着喊:"拿着我们的银票,拿着我们的血汗钱,凭什么不给!"

地接天一看,自己已是四面受敌,还有什么话说?只得大喊一声:"少废话,愿意跟着我的,快快和这些不信神的异教徒战斗!"

大多数教徒已不再回应。只有瘦杆杆和那四五个门徒还算忠心耿耿,大声喊着:"我们誓死追随教主!""唯教主马首是瞻。""和这些邪教徒拼了!"

地接天领着瘦杆杆和那四五个人慌忙应战,和韦金珊、公韧、黄兴、毕永年打到了一起。闹得魔天神窟里乌烟瘴气,尘土飞扬,桌椅板凳乱飞。众信徒有的赶紧躲避,有的对魔天神教失去了信心,趁机一走了事。好在地接天武功高强,又有瘦杆杆和四五个信徒的掩护,好不容易才冲出包围,逃命去了。

那个中年男子领着那两个女人在后面拼命追赶,大喊着:"银票!银票!我们的银票!"

公韧也不追赶,赶紧寻找西品,可西品踪影全无。急得公韧大喊:"西品啊西品,我们好不容易才走到了今天这一步,你又到哪里去了?"

西品好像人间蒸发了一样,怎么也找不到了。

第178回　黄兴策动广州起义

公韧无奈又忧郁,好不容易熬到一九一〇年的十二月。一天晚上,杂货铺突然有人敲门,听那敲门的声音,紧三下慢两下,极有节奏,这是事先约定的暗号。唐青盈开了门,领进一个人来,公韧一看,十分惊奇,此人不是别人,正是多日不见的黄兴。

公韧关上门,对高兴得连蹦带跳的唐青盈说:"你黄叔叔来了,还不快去弄点儿酒菜,喝两盅。"

唐青盈正要去忙活,黄兴劝阻她说:"酒菜不要,沏杯茶就可以了。"

公韧说:"哪能呢,你是稀客,这次见了,下一次还不知道什么时候呢!"

黄兴说:"这一次来了,就不走了。我们又要行动了。"

公韧本来见了黄兴挺高兴的,听了这句话,脸一下子拉得老长,问黄兴:"怎么行动?"

黄兴兴致勃勃地说:"这次广州起义以新军为主力,我们挑选革命党五百人为先锋,在城内打乱敌人的部署,占领城门,然后迎接新军入城。占领广州后,由我率一军出湖南,进军湖北,赵声率一军出江西,进攻南京……"

公韧阴沉着脸打断黄兴的话,说:"我有一句话,不知当讲不当讲?"

黄兴扫了一眼公韧,看到公韧脸上愁云密布,说道:"有话就说,对我还有什么不能说的?"

公韧看了黄兴一眼,说:"你要提起义的事,我坚决反对。"

黄兴追问:"为什么?"

公韧摇了摇头,低沉地说:"从光绪二十一年的广州起义到今年的广州新军起义,我们都失败了。想到这些,我心里就难受,这一次起义不知道又要有多少人头落地。我看你就饶了我们,让我们多活几天吧!"

黄兴沉默了,好半天才慢慢地说:"是啊,为了建立共和,我们牺牲了多少好同志。你的想法和许多人的想法一样,在太多的失败面前,难免情绪低落。可能你对全国的形势还不了解,我来给你说说吧!"

黄兴也不管公韧愿不愿意听,就滔滔不绝地讲起了全国的形势:

"自从光绪三十四年末慈禧、光绪相继死了以后,清朝核心统治集团为了巩固自己的王朝,把握有重权的袁世凯削去兵权,弄回家去养病,这样清政府内部已经没有一个强有力的人物来主持大局。光绪三十四年十一月十九日,慈禧刚死没几天,就爆发了安庆新军起义,极大地撼动了清政府。

"现在广州、上海的同盟会非常活跃,我们的组织大大地壮大了,这为我们的起义做好了组织准备。全国各地成立了二十一个谘议局,虽然这些谘议局是清政府的附庸,不一定为老百姓说话,但它们和清政府有许多不可调和的矛盾。清政府的经济越来越显露出崩溃的迹象,为了弥补亏空,清政府增加了田赋、厘金、盐课,另外还滥制铜圆。原来一块银圆可兑换铜圆一百枚,现在已贬值到可兑换铜圆一百七十五枚。由于通货膨胀,大批银号倒闭,银号倒闭又波及大批工厂。在这次经济危机中,受害最重的是城市的广大贫民和乡下的贫苦农民,所以城市抢米风潮、农村抗捐抗税斗争层出不穷,其中影响最大的就是长沙的抢米风潮和莱阳的抗捐暴动。虽然清政府不愿意召开国会,怕大权旁落,但是立宪派奋起斗争,已组织了三次大的请愿活动……"

公韧聚精会神地听黄兴讲述这些国内大事,不知不觉革命的信心又被重新点燃了。

唐青盈端来酒菜,摆放在桌子上,也单手托腮,静静地听黄兴讲。黄兴说累了,对公韧说:"光摆着,也不让吃,什么意思啊?馋我啊!"

公韧这才看了看桌上,赶紧让黄兴喝酒、吃菜,说:"你看我,成天窝在这个小杂货铺里,都不知道国家竟发生了这么些大事情。"

黄兴问:"你对这次起义还有没有信心?"

公韧和黄兴喝了一盅酒,喜滋滋地说:"要是这样的话,那咱们就起义吧!"

黄兴笑了,又说:"这次起义不但有新军,而且有防勇里吴宗禹的第3营,该营的排长温带雄、陈辅臣、范秀山等和我们已经在商议起义。根据以往的经验,起义中临时联络的军队、会党不听从指挥,所以这次我们精选了一批能为起义机关直接领导的骨干队伍,称为'选锋'。我们现在的任务,就是整顿原来的组织,大力发展会员,为起义做好准备。"

公韧说:"你说的话,在下敢不服从?我们就抓紧准备吧。"

三个人一边喝着酒一边说着话,都十分兴奋,喝着拉着,不免喝大了点。

唐青盈对黄兴说:"黄叔,你知不知道,我心里有个死疙瘩解不开!"

黄兴听了一愣,就问唐青盈:"哦,只知道唐青盈天不怕地不怕,还从来没听说过,你这孩子心里还有个死疙瘩!说出来听听,让黄叔给你解解。"

　　唐青盈说:"她出来了,我怎么办?"

　　黄兴一时有些不解,问:"她是谁?什么怎么办?"

　　公韧对唐青盈摆了摆手,脸有些发红地说:"小孩子家,别乱插嘴,尽说些没边没沿的话。"

　　黄兴突然理解了唐青盈的意思,不禁哈哈大笑,说:"没想到这里头的事儿还挺复杂呢!不救西品吧,公韧不愿意,救出西品吧,小青盈又吃醋,你说让我可怎么办呢?让公韧可怎么办呢?哈哈……"

　　公韧又说道:"我这里也有一个死疙瘩解不开,你能不能给我解解?"

　　黄兴听公韧这么说,笑了一下,说:"噢,那你说说,怎样的一个死疙瘩?"

　　公韧说道:"就在我们大破魔天神教的那一天,其实有一个人已经来到了魔天神教。他打着教主的旗号,穿着地接天的衣服,不但模样和地接天就像一个模子里刻出来的,就连说话都极其相像。你说说,是不是真的有魔鬼或者神仙,来灭了地接天,或者说来接替他的位置?这个事儿,我思量了好长时间,就是琢磨不明白。"

　　黄兴皱着眉头,想了好半天说:"你说的这个事情,别人也给我说过,但我相信科学。现在科学这么发达,什么事情做不到啊?也可能这个人,是用易容术来骗取地接天的位置也说不定呢。"

　　公韧点了点头,又说:"在我们每次采取重大行动的时候,好像总有些飘忽不定的影子在我周围活动。有些时候,起一些好作用,有些时候,起一些坏作用。我也弄不清这是些什么人,有什么目的。"

　　黄兴笑了笑,没有直接回答,而是含蓄地说:"你这么聪明,智慧呢?自己发现的问题只能自己解决,别人帮不了你。"

第179回　韦金珊前来送消息

　　杂货铺搬到了广州城内小东门附近,为了方便工作,公韧又雇了几个小伙计。

　　一九一一年四月二十三日早晨,黄兴突然来到杂货铺,进了杂货铺就闯到了公韧的屋里。公韧见了他自然十分高兴,拉着他问:"咱们起义的事情怎么样了?

怎么没有消息了?"

黄兴严肃地对公韧说:"公韧兄弟,长话短说,现在我告诉你两件事情,一件是咱们四月二十六号就要起义;另一件是,就把这里当作起义的临时总指挥部,你要确保这里绝对安全。"

公韧点了点头。

黄兴在屋里来回地找,又往院里瞅,公韧问:"你找什么?"

黄兴说:"我总觉得这屋里少了许多东西,这一会儿才琢磨过来,原来是没有看到唐青盈啊,她人呢?"

公韧叹了口气,就把唐青盈和自己闹矛盾,自己只好把她派出去负责三合会的训练和联络的事情说给了黄兴。

黄兴苦笑了一下,说:"无情未必真豪杰,在战场上临死都不眨眼睛的人,也难免受儿女情长之累。希望你暂且把这个事情放一放,集中精力准备起义。"

公韧点了点头,说了声:"是!"

为了使公韧对起义有个大概的了解,黄兴又说了一些起义的情况:"原来咱们定的起义时间为四月十三号,并确定赵声为总司令,我为副总司令,组织了十路军队同时进攻。没想到计划搁浅了,一是从美洲来的大宗款项没有到齐,而从日本、越南购买的军械也没来到;二是四月八号突然发生了同盟会会员温生才没有通过组织擅自刺杀广州将军孚琦的事件,使清方增加了防范。因此我们不得不将起义时间推迟到了四月二十六号。"

说完黄兴又问:"保卫部部长同志,把我安排到哪个房间呢?"

公韧不好意思地笑了:"还部长呢,几乎是光杆司令。这么着吧,黄司令,你就住在北屋里,有现成的床铺;东西厢房放着一些破烂,拾掇拾掇,安排选锋和勤杂人员住;南屋由我们警卫人员住。你看这样行吗?"

黄兴拍了拍公韧的膀子说:"你可是把最好的房间腾给我了。谢谢!"

公韧把前面门头的三个小伙计叫到了一起,安排任务,他们早已被发展成了同盟会会员。这三个小伙子都是二十来岁,两个瘦子分外精神,一个胖子高大魁梧。他叫两个瘦子分别游荡在街的两头,一有风吹草动,就举手朝胖子发暗号,胖子就向公韧报告。

公韧告诉胖子说:"张胖,打这以后,任何人没有暗号,不得进入这个院子。明白了吗?"

张胖爽快地答应着:"放心吧,掌柜的,只要我有一口气在,就决不让他们闯入这个院子。"说完提了提裤子,两个瘦子见到他这个习惯性动作都笑了。

公韧严肃地警告他们说:"不要笑。以后,大家要格外小心。这是你们加入同盟会以来的第一个任务,一定要干好!"

三个小伙计点了点头,各就各位。

公韧反手插上院子的大门,又从北屋墙洞里掏出一把手枪,别在腰里,把守在大门旁边。这院子北屋是三间,西屋是两间,东屋是两间厨房、一间厕所,北屋和西屋之间,有一个小后门,直通后街。南屋两间是门头,出售一些杂货、副食之类的物品,一间屋窗户临街,屋门开在院子里。要想进入院子,必须先经过门头的大门。当初,就是看好这套房了既可以住人,又方便撤退才买下的。

陆续有选锋队员到杂货铺里"买"东西,和张胖悄悄对上暗号后,张胖就紧三下慢两下地敲开门,由公韧把他们带到院子里与领导会面,之后,安排在西厢房里。所有人员不许在屋里大声说话,严禁在院子里走动。

二十四号早晨,公韧在店门口活动了活动,表面上嘻嘻哈哈地应付生意,暗地里却朝街上仔细观察着。街上人不多,多是忙着去做工、做生意或者上学的。再就是一些乞丐,睡眼惺忪,满脸污垢地沿街乞讨。

偶尔有一两个警察从街口路过,瘦子急忙举起手装着挽袖子的样子给店铺这边发暗号,胖子就给公韧使眼色。公韧点点头,向院子里发出警告。不一会儿,瘦子的膀子像痒痒似的来回晃了三晃,警报解除,原来那警察并没有进入这条街道,而是到别的地方去了。

突然,有一个人进入了公韧的视野,这个人怎么像是韦金珊啊!他穿着一件蓝长袍,礼帽压得低低的,悄悄向这边走来。由于是一身便装,瘦子根本就没有反应过来,所以就没有发暗号。公韧的心里一阵紧张,这韦金珊到哪里,哪里似乎就不太平,是不是他嗅出什么味道了?

公韧拍了张胖一下,张胖知道有情况,伸着脖子提了提裤子朝前观望,可是看了一阵子,却不知道目标在哪里。

不一会儿,韦金珊到了杂货铺跟前,装着挑选东西,张胖客气地给他介绍着商品。公韧则背过身子,躲避着韦金珊的眼睛,不想让他认出自己。

韦金珊挑着东西,身子却朝大门这边凑近,公韧的身子也往这边靠,堵住门口。两个人其实都看到彼此了。公韧见韦金珊还是继续往大门上靠,一把拉住韦金珊的手,说:"金珊兄,你好啊。"

韦金珊压低声音说:"我要和你谈谈。"

公韧略微考虑了一下：是福不是祸，是祸躲不过，他已经到了这个地方，不想和他谈谈也不行了。又往前瞧了瞧，没发现韦金珊的身后有什么尾巴，就对他说："好吧，我这店太小，不方便，咱到对门茶馆里边喝茶边说吧。"说完对张胖使了个眼色说，"我和这位大哥到对门说会儿话，你可要好好照应着生意。"

张胖会意地点了点头："好，掌柜的，放心吧！"

公韧引着韦金珊到了对面的小茶馆里，找了一个靠窗户的桌子，公韧左手一伸说："请！"把韦金珊让到了一个背着杂货铺的座位上，随即喊了一声："红花绿茶，来一壶。"店伙计答应一声："来了——"马上送上来一壶上好的绿茶。

韦金珊机警地看了看茶馆里，旁边只有两个六十多岁的老头子，正在胡拉八侃地拉着《三国》，于是小声对公韧说："这时候来，不是找你闲聊的。"

公韧哼了一声说："其实我也挺忙。你怎么知道我在这里？"

韦金珊笑了一下："你住在哪里，我能不知道吗，我是干什么的？咱先不谈这个，我是来劝告你，希望你尽快离开这个地方。"

"为什么？"公韧眉头一皱，猜不透韦金珊葫芦里到底卖的什么药。

韦金珊轻轻地笑了一下，低声说："你们革命党二十六号闹事，并且制订了十路军队共同起义的计划，这回赵声为总司令，黄兴为副总司令。清军已从省外调集重兵进入广州城，马上就要对城里进行大搜捕。我知道，这回准又少不了你，作为朋友，奉劝你最好躲一躲，不要鸡蛋碰石头了。"

公韧表面上无动于衷，内心却吃惊不小，韦金珊要是知道了，恐怕清军相当一部分人都知道了，起义已经根本没有什么秘密可言。公韧表面上仍然不露声色地说："为什么要告诉我这个？"

韦金珊一声苦笑："如今咱们是一根绳上的蚂蚱，跑不了你也跑不了我，我们都难啊！"

公韧劝他说："金珊大哥，现在的形势你不是不知道，光绪皇帝、慈禧太后已死，宣统上台，保那个小皇帝岂不叫人笑掉大牙？你以后打算怎么办？"

听到这些话，韦金珊略微犹豫了一下，叹了一口气说："这不是三言两语就能说清的，以后有时间咱们再谈，当务之急是保命。"

说着，他急忙站起身来和公韧告辞，慌慌张张地出了茶馆。

公韧目送着他一直消失在胡同口，然后，立刻进了杂货铺，进门后，院里的人立刻就把门插上了。院子里几个同盟会会员早已手执武器，严密地守卫在大门两边。公韧到了北屋，见了黄兴，把韦金珊的话说了一遍。黄兴皱起眉头，思考了一会儿,突然问公韧:"你觉得韦金珊这个人怎么样?"

公韧说:"原来是铁杆的保皇党,现在光绪死了,我看不那么铁了。以防万一,我们指挥部还是赶快转移为好,要不,这里的安全就不好保证了。"

黄兴点了点头说:"那好。"接着吩咐几个同盟会会员,"准备往第二指挥部转移。"

这边刚下了命令,一个同盟会会员匆匆进来,在黄兴的耳朵旁边说了几句。黄兴马上对那几个同盟会会员说:"先别慌着转移!"

"为什么?"公韧问。

第180回　林觉民慷慨表决心

黄兴沉重地说:"第二指挥部和几个机关刚才遭到敌人的破坏,那里已经不能去了。先不要乱动,这里有这里的好处,万一敌人来搜捕,我们可以从后门转移。"

屋里的几个人面面相觑,都感到情况十分危急。公韧点了点头,马上就要出屋去加强警戒。黄兴叫住了公韧,说:"公韧兄弟,我们的起义又往后推迟到二十七号了,你和弟兄们又要多辛苦一天了。"

公韧的心里一沉,说:"黄司令,有句话我不知能不能说。"

黄兴问:"什么话,你就说吧。"

公韧面孔涨红,激动地说:"现在形势这么紧张,起义时间怎么能随便往后推迟呢?应该提前才好。"

黄兴叹了一口气,说:"从日本、安南买的武器,二十七号才能运到,没有武器,我们没法起义。可是时间晚了更不行,一是各路选锋齐集广州,时间长了容易暴露;二是新军2标很快就有一部分士兵要退伍,我们必须赶在士兵退伍前起义;三是我们的经费也不能支持太久。所以起义时间就定在了四月二十七日。"

公韧点了点头,知道起义时间的推迟也是迫不得已的事情,便不再说什么。黄兴用手指了指旁边一个年轻人,对公韧说:"公韧兄弟,你人手少,再让林觉民领几个人来听从你的指挥吧!"

公韧高兴地说:"太好了,我们这里正缺人手。"

林觉民跟着公韧走出北屋,到了西厢房里招呼六个人出来,让公韧指挥。公韧安排了两个人到对面茶馆里伪装成茶客警戒,又安排了两个人到街上游荡巡逻,另外两个人手拿武器,守在大门两边。安排完这一切,公韧心里才略微踏实一些,和林觉民一起走进南屋三个伙计睡觉的屋里。从这里的窗户,正好可以看到街上的一切。

过了一会儿,看到街上没有什么异常情况,公韧开始仔细打量对面这个二十四五岁的年轻人。只见他体形略瘦,身穿长袍,面色白皙,十指纤细,一看就是个读书人。公韧和他聊天说:"林先生,不知道你在哪里读过书?"

林觉民笑了一下说:"前辈,早知道你的大名了,你可能还不认识我,自我介绍一下吧。我是福建闽县人,一九〇六年自费留学日本,第二年考入日本庆应大学,专攻文科。今年,我接到黄兴、赵声准备在广州起义的信后,立刻从日本赶回了国内。"

公韧微笑着说:"你这么年轻,难道就不知道这次起义的危险吗?"

林觉民笑了一下:"何止危险,我觉得这回是有来无回,死定了。"

公韧大吃一惊,想不到林觉民竟是这般见解,而且对牺牲又是这样的镇定自若,忙问:"你怎么知道这回肯定要失败?"

林觉民分析说:"你想,咱们就这么几百人,凭着一些手枪、炸弹,能起多大作用?而清军将近万人,而且又有所准备,要是把城门一关,咱们就在城里这么打过来打过去,能不失败吗?"

公韧沉下脸,严肃地问道:"既然已经知道这么危险,为什么还要继续干下去?"

林觉民也严肃起来,说:"我是同盟会会员,早已宣过誓,已不把生死看在眼里。我想,此次起义就是失败的话,也一定能感动同胞,一定能在他们的心里造成震动。今天的同胞们不是不知道革命是救国的唯一手段,但是为什么他们怕这怕那呢? 我想,他们这是难以割断家庭的羁绊。你想想,谁没有年老的父母啊,谁没有年轻的兄弟姐妹啊,谁没有幼小的孩子啊,谁没有爱恋的妻子啊,谁愿意舍去他们而从容就义啊! 一想到这些,我心里就像刀割一样,非常难受。草木尚有知觉,何况人呢,人死了以后,他们的父母兄弟妻子孩子会悲伤痛苦一辈子,甚至可能会冻饿而死。

"但是我想,我们这些人死了以后,我们的同胞难道还不觉醒吗? 我决不相信。我们的同胞一旦奋起,继承我们的精神,克复神州,振兴祖国,我们这些人就是死了,又有什么遗憾的呢?"

林觉民一番慷慨激昂的话,叫公韧心里好不感动,林觉民这个年轻的小伙子在自己心目中的形象渐渐高大起来。公韧又看了看院子里的其他几个年轻人,他们和林觉民一样,也是一副学生打扮,一脸稚嫩,想必也是刚从学校里出来不久,但是他们是否也和林觉民一样,有着坚定的革命信心,这就不得而知了。

林觉民看出了公韧的心思,说:"放心吧,他们和我一样,都抱着必死的战斗决心。到时候你一声令下,刀山火海我们敢上,十八层地狱我们敢闯。"

公韧点了点头,有了这么些不怕死的革命志士,革命早晚会成功。公韧的心里顿时踏实了许多,胜利的信心越来越坚定。

林觉民想起了自己年老多病的父母、年轻貌美的妻子和刚出满月还没有享受到父爱的儿子,不禁眼圈发红,泪珠在眼眶中闪动。他突然站起来说:"趁这会儿有点空,公韧大哥,你给我找些笔墨纸张,我要写封家信,再晚恐怕就没有机会了。"

公韧给林觉民找来笔墨纸张,林觉民低下头,奋笔疾书,写了一会儿,眼泪啪嗒啪嗒地落在纸上,写不下去了,就停一会儿再写。不一会儿,两封书信已经写好,他略微一扫,点了点头,然后静静地等待墨迹自然干燥。稳定了一下情绪,他对公韧说:"这两封信,你可以看看。"

公韧说:"哪能呢,你的私信,哪能随便看呢?"

林觉民说:"特殊时期,我们做的又是极端秘密的工作,你看看最好,这封家信没有什么好保密的。"说着,把墨迹已干的家书恭敬地递给公韧。

公韧拿起其中一封,默默地念着。公韧看完此信,两颗泪珠在眼眶中打转。他把这两封信慢慢地折叠起来,装在写好的信封里,吩咐一个小伙计把它火速送到邮局里去。

二十六号早晨,公韧值了一晚上的班,迷迷糊糊地刚睡着,张胖提了提裤子突然叫醒公韧说:"有一个新军军官来了,非要见黄司令。"公韧赶紧爬起来,见到了那个军官,对他说:"有什么事情先给我说。"

那军官说:"不行!事情紧急,只能找黄兴。"

公韧看他急迫的样子,心想他必有急事,于是把他领到了黄兴屋里。他进了屋,见了黄兴就大声嚷嚷道:"黄司令,坏了,坏了,我们新军所有的枪机全被上头缴去了。下一步该怎么办,请你赶快拿主意?"

黄兴正趴在地图上和几个人研究行动方案,听到这个惊人的消息,他脸色一变,着急地问:"李队长,你说清楚,到底怎么回事?"

那个李队长擦着头上的汗珠说:"昨天下午,我们2标的官兵都被叫到操场上训话。与此同时,一些当官的领着巡防新军进入我们宿舍,把我们的枪机都拆走了,3标的情况也差不多。并且当官的发出命令,任何人不得随便出营。我这是借口说老爹有病,回家看看,这才偷偷跑出来的。"

黄兴问:"他们把枪机运到了哪里,知道吧?"

李队长说:"不知道。"

黄兴焦躁地在屋里一圈圈地踱着步,踱了好一会儿问:"李队长,还有什么好办法吗?"

李队长说:"没了枪机,枪就是木头棍子一根,哪里还有什么好办法。"

黄兴皱了皱眉头说:"就这两天的事了,我会叫人给你下达起义命令的。一旦接到命令,你们能立刻夺取武器,冲出兵营,杀到城门口吗?"

李队长说:"困难再大,我们也要执行你的命令。"

听了这句话,黄兴心里稍微松快了一些,点了点头说:"那就好,只要你们冲到城门口,自然有人接应你们进城。你们进了城,迅速配合城内起义。"

李队长说了一声:"知道了。"然后慌慌张张地出门了。

公韧发牢骚说:"怎么防备着防备着,又叫他们把枪机收了去,和上一次新军起义时如出一辙。清狗子这一招太恶毒了,简直就是釜底抽薪,上房断梯。"

黄兴咬着牙根说:"可以说,我们起义的主力部队已经完全失去了战斗力。清军不但知道我们的作战计划,而且还一步一步紧紧地压迫着我们。"

这边正讨论着枪机的事,不一会儿,又有一个同盟会会员来送信说:"黄司令,昨天晚上,天字码头驶来大批的长头蓝布篷船,篷船上载着大批的清兵,足有三四千人。他们上了岸,都充实到城里各处的军事要地,关键是有两营官兵进驻了观音山。"

第181回 广州革命党起义(一)

众人都知道这观音山是全城的制高点,地形极好,扼守住观音山,就等于守住了广州城的咽喉。大家你看看我,我看看你,心里更加沉重起来,都在考虑着怎样才能应付这些突然的变故。

这时候,林觉民也进来报告说:"黄司令,胡同里发现了清军密探,我们这里已经非常危险了,咱们撤还是不撤,请你赶快拿主意。"

黄兴说："你赶快告诉我们的人,要沉住气,不到万不得已,不要暴露。"林觉民赶紧回去布置了。

公韧想要出去查看情况,被黄兴叫住了:"你先别慌着出去,我们先开个会。"公韧赶紧往前靠了靠。黄兴向公韧介绍那几个同盟会会员说:"这是陈炯明、胡毅生、朱执信和宋玉林。"又对那几个人说,"这是对广州城比较熟悉的公韧。咱们临时开一个小会,研究一下起义的事情吧。"

几个人点了点头,或坐或站。黄兴说道:"形势已经相当严峻,新军的枪机被卸走,大部分机关被袭击,清军又从外省调来了大批军队,可以说,敌人已经有了充分准备,正张着一张大网,等着咱们往里钻呢。按照计划,今晚上就要起义,如今看来到底是起义还是不起义,请大家发表一下意见。"

大家一时有些沉默。过了一会儿,陈炯明说:"留得青山在,不怕没柴烧,咱们不能拿着鸡蛋往石头上碰。我建议,以后等待有利时机再起义吧!"

胡毅生、朱执信和宋玉林也各自发表了自己的意见,基本上同意延期举行起义。

公韧说:"既然清军已经知道了我们的起义计划,我看在广州城里起义已经没有必要。干脆,我们把军事力量都转移出去,选择一个清军力量比较薄弱的地方把它打下来,建立一块根据地,再伺机进攻大的县城或者广州城……"

黄兴听完大家的建议,点了点头:"好!大家的意见和我的一样,根据目前的情况,起义只能改期。至于建立根据地的事,那是后话。"他立刻安排陈炯明,"立刻通知起义各部,迅速解散,以免遭到敌人搜捕。"

陈炯明得令即刻去执行了。

黄兴又叫宋玉林往香港总部发电报:"就写,省城疫发,儿女勿回家。"

宋玉林点了点头,赶紧到电报局发电报去了。

安排完了这些事,黄兴觉得心里稍微踏实了一些,可不一会儿,又变得焦躁不安起来。这时,林觉民又来对公韧说:"胡同里的密探又多了一个,刚才还有一个人朝咱这杂货铺里直打量,我看要麻烦。"

公韧对黄兴说:"黄司令,既然已经这样了,你先撤,然后其他的人再撤,剩下的事情我来处理。"

黄兴摇了摇头说:"你们都能撤,我不能撤。"

公韧觉得黄兴的话有些突兀,问黄兴:"黄司令,这句话没听明白,为什么别人能撤,你不能撤?"

黄兴没有直接回答公韧,而是拐着弯地对公韧说:"如果有一个人,对他的朋友说,我的母亲得了重病,没有钱医治,你得借给我钱。当那个朋友借给这个人钱后,却发现这个人并没有拿着这笔钱为他的母亲治病,以后那个朋友还会借给他钱吗?"

公韧不知道黄兴为什么在这个紧急关头还有心情讲故事,赶紧说:"我想,那个朋友再也不会借给他钱了。黄司令,情况紧急,你还是先撤退吧。"

黄兴说:"是啊,咱们这次筹款容易吗?筹款的时候,我们谈到了革命,华侨们都赞成,可谈到筹钱时,他们都不说话了,像马六甲这样一个大岛,只募得三百多元。起义的这些经费都是从那些并不富裕的华侨手里一分一毛募捐来的,那些富翁,大都不愿意支持革命。当他们知道,这些血汗钱并没有用于起义后,他们还会给我们钱吗?这是绝了我们以后筹款的路啊。"

公韧说:"这些事情以后再说,当务之急,是保证你的安全。"

黄兴不理公韧,继续激动地说:"为了这次起义,枪械费、交通费、食宿费,我们花了不少,如果不举行起义,这些钱都白白浪费了。我以后怎么向那些华侨交代呢?"

黄兴说着走着,越想越焦急,越来越暴躁,随即拿过毛笔,在一张纸上给南洋的同志迅速写了一封绝命书:

泽如先生:

  事多,没有时间通信,罪过罪过。本日亲赴阵地,发誓身先士卒,努力杀贼,不敢有负诸贤之期望。所希望的是汉族有幸,一举获胜,要不然虽寸断我身,亦不足以弥补我的罪过。小弟不才,预备或有不周,用途或有不当,自知错误深重,但自认此次起义之款,一分一毛都属公用。所有此次起义的款项清册,虽然繁杂,但是亦有登记,当先寄呈你处宣布,然后欧洲,然后美洲各地。此大战在即,尚认为唯有我的心是公正的,足以面对大家。

  绝笔。

弟黄兴顿首

公韧悄悄地看了一遍黄兴的绝命书,微微地叹了一口气,既然总司令都已把生死置之度外,自己一个小卒,又何畏生死呢!

这时候,街上突然响了一枪,本来比较安静的街上,立刻响起一阵纷乱的脚步声。林觉民立刻警觉地拔出手枪,扑向门口,指挥着几个人拿枪逼住了大门。屋里所有的队员几乎都从屋里冲了出来,个个手执武器,成扇形注视着即将冲进来的敌人。

公韧拔出手枪,拉着黄兴往后门拖,严肃地对黄兴说:"黄司令,你赶快撤。"黄兴挣脱开公韧的手,从腰里拔出武器,厉声对公韧说:"你们都可以迈步出五羊城,只有我,必须死在这里。"

公韧冷笑一声:"你司令都死在这里了,我一个小兵还有什么活头?我和你一块儿死。"林觉民回头说:"绝命书我都写好了,根本就没有抱活的希望。"门口那几个同盟会会员也说:"我们和总司令同生死,共患难!"

街上又渐渐安静了。过了一会儿,一个同盟会会员在门外顺着门缝往里传话:"没事了,刚才是一个警察走火了。"大家的神经这才有点放松,一个个收起了枪。

公韧对他们做了个手势,叫他们肃静,全部退到屋里去。

公韧和黄兴进了北屋。公韧想了想说:"黄司令,鸟无头不飞,人无头不走,我觉得你还是撤出去为好。"黄兴突然倔强地对公韧发火道:"撤?往哪里撤?没地方撤了。我既然进了五羊城,就要大干一场,好对华侨有个交代!"公韧看黄兴这么固执,也就不再劝,和林觉民等同盟会会员一起,抱定了和黄兴一块战死的决心。

晚上,突然一个同盟会会员来报告说,昨天晚上新调来的巡防营中,有顺德的三个,有一些革命党人正秘密和我们联络。他们表示愿意和我们一块起义,其中有温带雄、陈辅臣等。

黄兴听了大为高兴,马上召集姚雨平、陈炯明、胡毅生、宋玉林、公韧等重新开会,商量起义的事情。熟悉巡防营的姚雨平高兴地介绍说:"这顺德的三个巡防营,我已经运动了很长时间。三个营十个哨官,有八个是我们的革命同志,还有两个不是,一个持中立态度,一个持反对态度。要是他们来到广州,这是天助我也。"

黄兴十分兴奋地说:"好!只要巡防营中有人响应革命,哪怕只有三分之一,也足以在敌人内部造成混乱。新军虽然没有武器,但是他们有战斗力,只要把他们放过来,接济上武器,就能打得敌人稀里哗啦。我们的选锋再一打,这次起义就成功了。"

这时候又有一个同盟会会员来报告说:"巡警教练所的革命同志来和我们联络,说巡警教练所的学生两百人决心协助我们起义,还说他们士气旺盛,弹药充足。"

黄兴高兴地擂了一下桌子,又大叫一声:"好!又多了两百人。好了,好了,这下好了,我看我们就干脆起义吧!"他神采飞扬地扫视了大家一圈,希望能得到大家的支持。

几个人并没有马上表态。过了一会儿,陈炯明愁眉苦脸地说:"巡防营起义不能指望,这只是捕风捉影的事情。再说,上午我们刚下了暂停起义的命令,晚上又改,朝令夕改,必然会造成混乱。还有,新军没有枪机怎么打?"

宋玉林也摇着头说:"上午我刚发了电报,叫香港的选锋不要来,这会儿怎么再给他们发电报?他们要是解散了,集合起来恐怕也不是一天两天能解决的。"

公韧稳定了一下情绪,坚定地说:"要说起义能否成功,我看只有三成把握,巡防营也好,巡警教练所也好,他们才有多少人啊,和敌人相比,仍然是力量悬殊。因为时间太紧,就是三合会的人也没法通知他们来参加了。但是要说起义,我这一次支持打!只要有一线希望,我们就要坚决举行这次起义。我们动员了那么多人,耗费了那么多钱,不能就这么偃旗息鼓了,最起码要让那些华侨知道,他们捐献的钱没有浪费,真的是用在了革命上,我们不惜牺牲血肉之躯也要为革命而战。现在全国那么些人都在期待这次起义,我们就坚决地狠狠地打一下吧!"

第182回　广州革命党起义(二)

黄兴猛地擂了一下桌子吼道:"好!我的意见也是打,这个事情就这样定下了。不过我有言在先,这次起义可能要付出重大牺牲,如果有人觉得危险,可以选择不参加这次起义。"说完,黄兴用炯炯有神的眼睛威严地扫视了大家一圈。

陈炯明脸上严肃起来,大声地说:"黄司令,这是哪里话?你都不怕死,我还何惧生死?我坚决参加这次起义!"姚雨生、胡毅生和宋玉林也表示坚决参加起义。

黄兴松了一口气,对大家说:"好,不愧为生死弟兄。那我们就集中兵力,好好地打赢这一仗。先定一定起义的日子,明天晚上,也就是二十七号发动起义怎么样?"

宋玉林首先提出异议:"时间是不是太紧了,晚两天行不行?"

黄兴说:"不行!今天,广州城里的选锋撤出去不少,再晚撤出去的会更多。警察局的内线说,警察局过两天就要查户口,这一查,很多外地同志不好办。形势这么紧张,晚一天,说不定剩下的机关也会被他们拾掇干净。"

大家都点了点头。

黄兴又对宋玉林说:"你马上再给香港发电报,告知我们的起义计划,并叫香港的选锋火速进入广州城,电报上就说:母病稍痊,须购通草来。"

宋玉林点了点头。

黄兴又对姚雨平说:"你赶快和巡防营取得联系。"

姚雨平说了一声:"是!"

黄兴又对陈炯明说:"你马上和新军取得联系。"

陈炯明豪爽地说:"没问题。"

黄兴考虑了一会儿说:"我们再组织十路进攻恐怕人手不够,这样吧,十路改成四路。第一路由我率领,进攻两广总督署,拿下他们的首脑机关;第二路由姚雨平率领,攻下小北门,占领飞来庙,迎接新军入城;第三路由陈炯明带领,攻下巡警教练所,多弄点武器弹药;第四路由胡毅生带领,拿下并守住大南门,以策应我军起义。大家还有没有别的意见?"

众人都摇了摇头。黄兴说:"那咱们就抓紧准备吧!"

陈炯明接受了命令,出了杂货铺,在街上拐了几个弯,回到了家。

这时候,家里已有七十多个选锋等待多时了。他们一齐凑上前来问:"陈先生,怎么定的,起义什么时候举行?"陈炯明考虑了一会儿说:"起义定在四月二十八号晚上举行,请大家分头准备吧。"

有一个选锋问:"形势这么紧张,为什么不在今天或者明天起义?为什么非要等到二十八号呢?"陈炯明皱着眉头说:"赵声的大批人马没来,我们怎么起义?估计二十八号,赵声的人就差不多来了。"

选锋们知道了起义的日期,有的在擦枪,有的紧急处理大战前的私事。陈炯明叫来一个本地选锋,悄悄对着他的耳朵说:"你立刻去通知新军四月二十七日晚起义。"

那选锋听了,有些不明白地问:"不对呀!你刚才不是说四月二十八号吗,怎么对新军又说是二十七号,到底是多少号?"

陈炯明说:"这里头的事情挺复杂,一句话两句话跟你说不清楚,叫你去你就赶快去吧。起义的日期是个秘密,你不能对别的选锋说。"

那个选锋还是问:"我们都是按二十八号准备的,要是二十七号起义,是不是有些乱了?"

陈炯明有些烦了："叫你去你就去,哪有这么些啰唆。"

这个选锋不好再问,赶紧传达命令去了。

布置完了,陈炯明觉得心里敞亮些了,坐在椅子上熨帖地喝了一杯糖茶,屁股一挨上椅子,连日的煎熬,几日的劳顿都上来了,感到上眼皮和下眼皮光打架,便歪在椅子上休息了一会儿,谁知不知不觉就呼呼地睡着了。

大约过了一个时辰,那个选锋叫醒陈炯明说："陈先生,两个城门关了,两个城门开着,城门口站满旗兵,任何人不能进出城。我真是想尽了办法,最终也没能出得了城。"

陈炯明气得了不得,可是再生气也没有用,只得再想别的办法。

杂货铺的起义准备在紧锣密鼓地进行着。二十七号早晨,黄兴接到香港总部的电报,说已经来不及在起义前率领众选锋来到。黄兴又打电报催,让他们迅速赶到。

上午,一些选锋队员三三两两地进入了杂货铺,公韧把他们安排到几间屋里,叫他们不要大声说话,严禁在院子里走动。公韧发给他们每人一块钱,让他们随身带着以备急用;每人一条白毛巾,缠在左臂上,作为起义军的标志;并发给他们枪械子弹和自制炸弹,教给他们怎样使用。

这些人精神振奋,开始演练起来。公韧又发给他们每人一双黑面胶鞋,这些人穿上胶鞋后,觉得腿脚极为轻快,上床下床,来回跑动,极其利索。在和他们的交谈中,公韧知道这些选锋队员主要来自四川、福建、广东花县和海外,都是清一色的同盟会会员。这些互不认识的革命党人见面后都非常亲热,一个个介绍着自己,彼此拉着家常,说着一些互相安慰鼓励的话。

中午,公韧准备的饭菜也是极其丰盛,细米白饭随便吃,另外还有两桶猪肉油菜、一盆烩鱼。公韧笑着对他们说："饭不好,同志们,别嫌弃啊。"

林觉民也过来说："多吃点啊,吃了这一顿,下一顿还不知道什么时候吃哩。"

选锋队员们纷纷拿起碗来盛米饭,盛菜,有的吃了一碗不够再接着盛,或蹲或站狼吞虎咽。但是,有一个队员没有吃饭,站在那里发呆,浑身有点颤抖。林觉民盛了一碗米饭,多放上一些菜,端到他跟前说："兄弟呀,吃吧,没什么可怕的!到时候你跟在我后面就行,我走到哪里,你就跟到哪里。"

那位队员还是摇头不吃饭,说没胃口。林觉民又劝他说："既然到了这里,就要安下心来。要是害怕了,这时候退出去不迟。"那位队员听了林觉民的话,思虑了一会儿,说："这位大哥说得对,既然来了,也就豁上了。"说着,端过林觉民递过来的碗,大口小口地吃了起来。

下午四点多钟,黄兴到选锋的屋里来看大家了。大家的眼睛一亮,都纷纷围拢过来,亲热地问这问那。

黄兴微微笑着,手往下按了按,意思是让大家肃静。他清了清嗓子,用湖南话异常清楚地对大家说:"我们都是从同盟会里挑选出来的最优秀的分子,这次我们一定不要辜负总部的期望,服从命令,勇敢作战,不怕牺牲,完成战斗任务。我们进攻时以螺角为号,一听到螺号响就坚决进攻。我们的任务是进攻督署,打乱敌人的首脑机关。和我们一块进攻的,还有好多选锋队员,他们都有各自的进攻目标。只要我们拿下广州,就有了大批的军械弹药、粮食和钱,我们有了这些物资,然后大举北伐。全国的革命党都在支持着我们,我相信清政府支撑不了几天了……"

黄兴的讲话鼓舞了大家,有的人要鼓掌,黄兴赶快摆了摆手,制止住大家,指了指院外。最后黄兴说:"凭着我们这些人的决心,一定能拿下广州。只要拿下广州,到时候,我请大家喝酒。"说着,做了一个举杯的动作。

有的选锋队员笑了,没笑的也感到浑身轻松,紧张的气氛随之烟消云散。公韧又发给每人一张大饼,在作战饿了时好充饥。

这时候谭人凤从香港急急忙忙地赶来了。他进了屋看到黄兴左臂缠着白毛巾,脚穿黑胶鞋,腰挎手枪,兜里揣着子弹和大饼,一副就要上战场的样子。谭人凤赶紧把黄兴拉到一边,对着他的耳朵说:"香港的选锋今天来不了了,电报接到了吗?"

黄兴问:"他们什么时候能来?"

谭人凤说:"可能明天吧,起义能不能晚一天?"

黄兴摇了摇头:"怎么可能呢,再过一会儿我们就要出发了。"

谭人凤着急地说:"就凭这么点人,这不是冒险吗?"

黄兴跺着脚说:"老先生,不要乱我军心。我主意已决,谁也不要说改期了。"

谭人凤见黄兴这样坚决,也就不再说什么,整理了一下自己的衣服,就要加入选锋的队伍去作战。他看到别人都有枪,自己没枪,就对黄兴说:"给我一支枪吧!"

黄兴摇了摇头,平心静气地说:"先生老了,这是决死队,你不要参加,还是在后面担任别的工作吧。"谭人凤也来了脾气,颤抖着胡须说:"我知道这是决死队,他们不怕死,难道我就怕死吗?快快给我枪!"

黄兴知道谭人凤脾气倔强,劝他也没用,就叫林觉民给了他一支手枪。

第183回　广州革命党起义(三)

谭人凤根本不懂枪,觉得挺新鲜,这里戳戳,那里摸摸,一不小心,把机头打开了,手指头一动,突然砰地响了一枪。屋里人多,立刻就有一个选锋队员"哎哟"一声捂着脚中弹倒地,血一下子就流了出来。

黄兴一把从谭人凤手里夺过了枪,连声说:"先生不行!先生不行!你就别再添乱了。"

众人吓了一跳,害怕清军被吸引过来,都不说话了,静静地听着外面的动静。有一个选锋队员赶紧给那个受伤的队员包扎伤口。所幸的是街那头又响了两枪,把这一枪冲淡了。又过了一会儿,街上还是没有什么动静,大家这才放下心来。谭人凤懊恼得连声说道:"哎呀!哎呀!都怨我,都怨我,我这不是成事不足败事有余吗,看来真是老了。"

黄兴安慰了谭人凤几句,赶紧派人把他送到陈炯明家里。

这时候,又有一个同盟会会员进了杂货铺,这里看看那里瞧瞧。公韧看着他面生,问:"你找谁?哪一部分的?"那人回道:"我是陈炯明那里的,你们什么时候起义?"

公韧"嗯"了一声,反问他:"我们什么时候起义,难道你不知道吗?"

他说:"我们是二十八号起义,陈炯明让我来看看,你们这里什么时候起义。"

公韧心里一沉,说:"这就怪了,一支队伍,怎么还有两个命令?陈炯明搞的什么鬼!"

只听那人又说:"你们是不是马上就要发动起义?"

公韧说:"你都看到了,还问?"

那人回答:"我知道了,那我赶快回去报告。"说完,他就急匆匆地走了。

四月二十七号下午五点三十分,黄兴率领着一百多人的队伍,从小东门杂货铺出发,直扑两广总督衙门。这个点天还挺亮,街上行人并不多,见这支队伍奋勇冲杀,弄不清什么来头,纷纷躲避。路上有两个警察拿着枪想拦住队伍问问情况,结果被选锋队员一阵乱枪打死。黄兴一看,再掩饰下去已经毫无意义,暗示了一下林文。林文首先吹起螺号,紧接着几支螺号同时奏响,伴随着起义的队伍,一直向前冲去。

队伍很快冲到督府门口,从督府里冲出七八个卫兵拦住去路。林觉民大喊:"我们都是同胞,不要打!我们是来打倒清政府的,你们要是赞成,请举手投降。"

卫兵哪里听得这些话,举枪朝革命军射击,选锋队员当即倒下好几个。革命军毫不畏惧,枪弹齐发,号角齐鸣,那些卫兵死的死,跑的跑。革命军又冲进二门,二门有八九个卫兵没敢阻拦,往督府里退去。门两边和大堂里有清兵,以栏杆和大厅柱子为掩护朝革命军射击。

公韧和黄兴朝着清兵猛烈射击,林觉民往清兵里头投掷炸弹,清军死的死,逃的逃。借着炸弹的烟雾,选锋冲进督府,可是进了督府一看,里面空无一人。黄兴大喊一声:"搜!"搜了半天,才在一张床底下找到一个吓得哆哆嗦嗦的警卫。

黄兴问:"这里头的人呢?"公韧用枪顶了他的肚子一下,那警卫才结结巴巴地说:"今天下午,都撤走了。"这时候分头搜索的选锋队员过来说:"一个人也没有。"

公韧对黄兴说:"报纸上说,今天藩司、学司在这里开会,全是假的。要是两司在这里开会,必然有轿子和仪仗,可是现在什么也没有。要是没有密探报告,他们绝不会撤得这么快。咱们是不是中了圈套?"

黄兴说:"既然这里什么也没有,就别在这里耽误工夫,赶紧再往别的地方进攻。"临走时,要找书籍文件等易燃材料放火,可是一样也找不到。黄兴就点着了床上的被单,率领队伍冲出了督府,不一会儿,就看到屋里的大火熊熊燃烧起来,已烧得满天通红。

这时候天已经黑了,黄兴领着选锋队员继续在街上乱扑乱撞。忽然迎头跑过来一支队伍,他们并没有排成战斗队形,也没有朝这边开枪。黄兴他们一时弄不清这支队伍是敌是友,犹豫着没敢迎上去,也没敢贸然开枪。

林时爽知道清军里有革命同志,心想这可能就是,于是单独跑上去喊道:"有同盟会会员吗?我们应当同心协力……"这句话还没说完,那边大喊一声:"打!"一阵乱枪射来。林时爽当即头部中弹,倒了下去,选锋队员横七竖八倒下三四个,黄兴也被打伤了两个手指头。

黄兴大呼上当,吼了一声:"打!"这边一阵乱枪朝那边打去。无奈那边是长枪,这边是短枪,交起火来,这边占不了便宜,黄兴只得率领着队伍且战且退。冲杀了一阵,公韧对黄兴说:"怎么没听到别的队伍行动啊?当务之急,是迅速迎接新军入城。"

黄兴点了点头："说得对。"立刻命令徐维扬率领花县四十人出小北门,迎接新军入城,又派三十个同志进攻督练公所。这两支队伍得令立即分兵往那两个方向冲去。

黄兴哪里知道,陈炯明担心自己势单力薄受到清军夹击,根本就没有起义,下午派人来察看黄兴起义的情况时,就抱着见风使舵的心理,如果黄兴不起义最好,如果黄兴起义,自己则根据情况,灵活处理。当陈炯明听到黄兴起义的枪声时,他并没有立刻领着人去进攻巡警教练所,而是琢磨着那些渐稀渐密的枪声。

当他听到一阵激烈的枪声时,十分高兴,想立即领着人冲出去,可当听到枪声越来越稀时,又害怕了,没有胆量冲出去和敌人战斗。

胡毅生所部本来在城外集合了一百五十名东莞选锋,因为起义改期,所以他将选锋遣散。之后起义又定为四月二十七日下午五点半,胡毅生考虑到自己的选锋人生地不熟,所以派人和陈炯明商量,借陈炯明的二十个人当向导,协助进攻。

陈炯明不说行也不说不行,没有明确答复。胡毅生在等待中错过了时间。

胡毅生看到城内火起,枪声密集,知道起义已经发动,急忙集合所部选锋一百多人进城参战。无奈东门已经关闭,无法进城,只能眼睁睁地看着城内打得激烈,自己却无能为力。当时胡毅生部装备了大量的驳克枪,白白浪费了这么多好的武器。

黄兴率领着剩余选锋队员继续往前冲去,冲到双门底时,又有一支清军挡在前面。最前面的一个军官大声喊："弟兄们,弟兄们,我们来了,不要走,不要走。"其余人也跟着喊："弟兄们不要走。"

选锋方声洞冲在最前面,他见前面这支队伍左臂上并没有绑白毛巾,吸取了林时爽的教训,并不说话,朝着最前面的清军军官一枪打去,那个军官应声倒地。清军队伍立刻大乱,四散躲开。黄兴又朝着那些士兵几枪打去,当即打倒了两个,后面的选锋随之一阵乱射,清军队伍又倒下七八个人,其余的朝后退去。

有一个军官在地上爬着,公韧一把拉住他问："你是哪一部分的?"那军官急忙说："不要开枪,不要开枪,我是陈辅臣。"公韧一听这个名字有些熟悉,赶紧叫住黄兴说："陈辅臣在此,他是不是革命党啊?"

黄兴一听大吃一惊,跺着脚喊："坏了,坏了,误会了。"赶紧扶起陈辅臣问,"伤得怎么样?"

陈辅臣抖了一下身子,站起来说："还好,要不是我趴下,早完了,可是温带雄阵亡了。"

几个人忙到温带雄跟前查看,只见他心脏处中了致命一弹,身上满是鲜血,早已停止了呼吸。黄兴懊悔不已,摇着头叹息:"可惜呀!可惜……"可是事情已经坏到这种程度,也没有什么弥补的办法了。黄兴平复了一下心情,问陈辅臣:"到底是怎么回事?"陈辅臣便把他们起义的经过讲了一遍。

原来刚才这支队伍正是同盟会会员最多的巡防3营,以革命党人温带雄、陈辅臣为首。他们得到了二十七日下午五点半起义的命令,下午4时从城内购得白手巾三百方,分发给士兵,说是赏给士兵的,传令晚餐提早半小时开饭。刚吃完饭,听到城内打起来了,温带雄立即下令整队入城,并告诉陈辅臣准备擒拿李准的计划。计划是该部队假借保卫李准之名,到水师平台擒拿李准。为了不引起清军的怀疑,决定不到水师跟前,臂上暂时不缠白毛巾。恰巧,李准派人命令该营入城进攻革命党人。温带雄听了大喜,立即扣压了传令之人,并对陈辅臣大呼道:"老天给了我们这次机会,让我们为革命党立功。"随即命令全营迅速入城,温带雄冲在最前面,陈辅臣殿后。

没承想到了双门底,发生这样的误会,温带雄阵亡,全营惊散。

第184回 广州革命党起义(四)

黄兴扼腕叹息道:"要不是这场误会,巡防3营肯定会有一番大作为!"他对陈辅臣安慰了两句,然后安排道:"辅臣兄,你快去整顿队伍,配合我们行动。"陈辅臣答应一声,追赶他的部队去了。

而这时负责和温带雄联系的姚雨平跑到哪里去了呢?这当然又有一番曲折。姚雨平所部选锋两百多人,大都在城内的织布房一带隐藏,选锋的头目则在嘉属会馆等候枪弹。二十七号上午,姚雨平派吴平、郭实两个人拿着黄兴的条子雇了两辆三轮车到城外储藏武器的始平书院领取枪弹。

这两个人到了始平书院,找到了经理王女士。由于清军密探这段时间活动猖獗,有时也到始平书院来转悠,所以王女士特别警惕,对这两个人小心询问。这两个选锋办事莽撞,上来就掏黄兴的条子。王经理一看对方没有对暗号,拿过那张纸条一看,又不认得黄兴的字,所以拒不给枪弹。

这两个人赶紧回到嘉属会馆向姚雨平汇报。这时候姚雨平正在会馆里向温带雄面授起义方略,听到这个消息,十分着急,急忙和这两个人一块来面见黄兴。

这时候晌午已过，黄兴看到时间已经相当紧张，立刻派出和始平书院王女士比较熟悉的陈尤，并雇了四抬轿子，让陈尤同他们一块到始平书院领取枪弹。陈尤和王女士接上头后，王女士立即领着他们到了秘密仓库，把枪弹装在了轿子里，然后四乘轿子迅速往城里急奔。

他们刚到归德门，突然城内枪声大作，起义爆发，城门慢慢地关闭了。几个人急得捶胸顿足，可是又没有办法，只好又把武器抬回了秘密仓库里卸下。然后，每人各取了一支枪，绕过归德门，迅速到了双门底，希望和巡防营联系上。

黄兴继续领着几十个人在城内左冲右突，希望能够吸引清军的注意，好掩护徐维扬攻下小北门，迎接新军入城。

黄兴万万没有想到，新军的革命党人根本就没有接到二十七日五点半起义的通知。新军的士兵听到城内密集的枪声，忍不住走出营房，向城里观望，然而巡防新军的士兵早已用步枪瞄准了新军的营房，喝令新军士兵不准走出营房半步。

新军士兵拿着缺少枪机的步枪，急得站也不是，坐也不是。有人在营房内登高瞭望城里的大火，火大了，新军士兵们欣喜若狂，火小了，新军士兵悲观失望，如此数次，火竟然全都熄灭了。新军士兵们一个个像泄了气的皮球，无奈地回到了自己的宿舍……

大部分清军坚守着城内的各处军事要地，防备革命军的进攻，小部分清军则对孤军作战的黄兴所部展开反击，使黄兴的这支精锐小队伍伤亡不断。朱执信肩膀受伤，鲜血淌满长衫；黄兴的两个手指头早已被打断……

公韧看到清军越打越多，革命军越来越少，对黄兴说："黄司令，咱们撤吧！再打下去，已经毫无意义了。"

黄兴回头看了看，稀稀拉拉的已经没有几个人，而且大都挂花，只好点了点头，领着人向大南门冲去。好在大南门没关，队伍趁着天黑刚冲出大南门，忽然冲过来一股敌人，把革命军冲散。公韧朝着冲过来的敌人连续射击，直至枪里没有了子弹。

公韧掏出一把匕首，朝着扑过来的敌人一阵子乱捅，刚捅倒一个，又扑上来一个，眼看着围上来的敌人越来越多，急得公韧冷汗直冒，他使出浑身的功夫，可还是难以摆脱越来越多的敌人。

突然，眼前闪过一道寒光，随之一个个敌人纷纷倒地。一个像钳子般的小手，猛一下子抓住公韧的手脖子，低声喝道："公韧哥，快跟我走！"公韧心中一喜，这不是唐青盈又是谁！急忙对她说："快救黄司令。"可回头一看，却不见了黄兴的踪影。

公韧被唐青盈连拉带拽,脚底下像生了风一样,急速地向旁边的一个小胡同跑去。原来唐青盈虽然在广州城外训练三合会骨干,可心里实在是牵挂广州城里的公韧,就想着回来探望,心里就像有感应似的,二十七号晚上刚到南门,就听到城里噼噼啪啪地打得正紧,她正好接应了从城里退出来的革命党人。

前面来的敌人,唐青盈就用刀削,后面追来的敌人,唐青盈就用枪打,所向披靡。前面是一条死胡同,一堵矮墙竖在面前,后面又传来清军的脚步声。唐青盈把身子往地上一蹲,命令公韧:"快上!"公韧低声对唐青盈说:"你先上!"气得唐青盈拉了公韧一把,吼道:"叫你上你就上!"

公韧不敢再和唐青盈争辩,只得踩着唐青盈的膀子往墙上攀爬。唐青盈一使劲,站了起来,把公韧送上了墙头。这时,后面的两个清兵已到了跟前,唐青盈一转身,唰唰两刀,两个清兵被抹了脖子。唐青盈提了提气,蹿上墙头,又对公韧吼道:"怎么还不跳?!"公韧说:"你没上来,我怎么跳!"唐青盈哼了一声:"下去吧,你。"把公韧推下墙头,自己又轻轻地落下。

这时,墙那边传来了嘈杂的脚步声和纷乱的吵嚷声:"抓革命党啊,革命党跳墙跑了!"

唐青盈拉着公韧的手在院子里急速奔跑,遇到墙头就翻,碰到房子阻拦就拉着公韧上房顶,从这一座房顶跃上那一座房顶,磕磕绊绊地连跑带蹿。身旁子弹横飞,后面杀声阵阵,不时打得砖头瓦块破碎乱溅……

前面是一片树林,两个人迅速地钻了进去,隐没在茫茫的黑暗之中。

至于黄兴,选锋被清军冲散后,慌乱之中黄兴躲避到一个小洋货店内避难。等清军退走后,急忙喊店伙计要茶喝,喊了一阵,无人应声。这时黄兴感觉到手指头的伤口极其疼痛,血流不止。黄兴看到店中恰巧有一盆清水,便用盆中凉水冲洗创伤泥垢,满盆清水顷刻间变成了红的。清洗干净后,黄兴又急忙从一块洋布上撕下一条,勒紧伤口止住流血。

这时候,墙上的板子突然打开,从里面猛然钻出一个人,把黄兴吓了一跳。黄兴看他十三四岁的样子,像是店内伙计,心里稍安,赶紧对他说:"我被人打伤,要到长堤去,你能把我送到长堤吗?"

那小伙计点了点头,看那眼神像是认出了黄兴是革命党。他从屋里找出一身黑长衫,让黄兴把血衣换下,再让黄兴戴上一顶小草帽,然后领着黄兴一路躲避着清军,往长堤而去。小伙计把黄兴送到长堤,唤过一艘小船来,黄兴要求过江到对面的幢寺。船夫看了看黄兴说:"过江可以,得要两块银圆。"小伙计说:"这不是讹人吗?你干上一个月,也挣不了两块银圆啊。"

船夫瞪着眼睛撇着嘴说:"爱过不过,不过拉倒。现在城内打得正凶,这时候过江的不是革命党还会是别人吗?"

黄兴忙说:"好好,我家里有病人,也顾不了许多,两块就两块吧。"给了船夫两块银圆,船夫才答应把黄兴渡过江去。黄兴在船上和小伙计招手告别,心想:如果有机会,一定来看看这个可爱的救命小恩人。

黄兴上了岸,一问才知道,离机关还远,只得慢慢步行。到了漱珠桥杂货店,他询问店伙计:"溪峡旅社在什么地方,还有多远?"黄兴一口湖南话,店伙计听不懂,只是一个劲地摇头。这时候过来一个警察,询问黄兴:"你是干什么的?要到哪里去?"

黄兴一见是警察,心想不好,自己这口音,警察一听难免心中怀疑,于是装作哑巴,手指自己的嘴巴,一个劲地乱摇。警察上下打量着黄兴,又看了看他手上的伤势说:"我看你像革命党,是从城里跑出来的吧!"

黄兴心里一着急,脱口而出:"我哪里是革命党,是做买卖的,在城里被人打伤,这不要到亲戚家去。"

那警察问:"你亲戚在什么地方?"

黄兴说:"离溪峡旅社不远。"

"早说不就完了吗?"警察指了指漱珠桥,"上了漱珠桥,不远就是溪峡旅社。"说完,扬长而去。

黄兴惊出了一身冷汗,心想:这个警察一定是个革命党或者同情革命党的,要不,不会这么轻易放过自己。

黄兴上了漱珠桥,瞭望着城内的大火,看着城内上空的硝烟,听着城里时断时续的枪声,心里久久不能平静。这一仗不知又有多少革命志士血洒疆场,为共和捐躯啊!

第185回 广州革命党起义(五)

广州起义失败后,清军知道革命党人多藏匿于居民家中,于是挨门挨户大肆搜捕。珠江及永汉路一带,只要见了行人有穿着西装或者没有辫子的,就立刻抓起来。广东水师提督李准照会各国领事,外国轮船一律停泊在白鹅潭,周围由清军军舰包围,准许清军搜查各轮船上的革命党。清军到了轮船上,只要见着穿短衣服的人,一律严加搜查,仔细盘问,稍有嫌疑,立即逮捕。同时,三水广九铁路全线停车,只要见了没有辫子的人,就立刻抓捕。

一时腥风血雨,极端恐怖,被误抓的老百姓很多,革命党也被抓去不少。林觉民被捕后,督署张鸣岐、水师提督李准亲自审问。林觉民侃侃而谈,谈论世界形势,分析国家大事,有理有据,一谈就是两个多小时,听得张鸣岐和李准有些佩服。

先上来林觉民坐在地上。讲着讲着,张鸣岐命衙役为林觉民去掉镣铐,又搬来椅子让其坐下。李准亲自给林觉民拿来了笔墨纸张。林觉民纵笔一挥,字如游龙,遒劲潇洒。林觉民写到激昂处,解开衣领,以手捶胸,全身一个劲地颤抖。写不下去了,顿一会儿,稳定一下情绪,挥笔再写。写完一张,李准拿起来,和张鸣岐仔细研读,不禁连连点头。

林觉民觉得心里一阵恶心,想呕吐,李准急忙拿起一个痰盂,端到林觉民的跟前。林觉民吐了一阵子,觉得心里痛快了,又拿起笔来再写。李准端过来一杯茶,敬林觉民说:"想不到啊,林先生原来是一个大才子,先喝杯茶,歇歇再写。"林觉民端过李准递过来的茶碗,咕咚咕咚几口喝干。李准又欠着腰点上了一袋烟递过来说:"再抽一袋烟,歇歇。"林觉民手一挥说:"免了免了,不会吸。"

林觉民写完,把笔一扔,又站起来大声讲演。他讲到中国危急时,捶胸顿足,劝清朝官吏洗心革面,献身为国,革除暴政,建立共和,这样才能使国家富强,如此革命党人则死也瞑目。李准叹了一口气说:"这么年轻,又是一个大才子,如为朝廷效力,则国家幸甚!"

林觉民大呼:"大丈夫为国捐躯,分内事也。我岂能和你们一样,不知羞耻,认贼作父。"

李准又问:"你口口声声谈革命,人已经被我们拿下了,还怎么革命?"

林觉民摇了摇头,叹了一口气,说:"恨我,身中数枪,不能战斗,要不,你们哪能这么轻易抓住我?我已经尽了心,死而无憾!可是你们活着,于国于家于己实在没有什么好处,不数年,必亡国,不百年,必亡种。"

张鸣岐说:"你一个白面书生,何故如此轻生?"

林觉民勃然大怒:"我们革命是一次壮烈的行动,如何谈得上轻生?事之不成,这是天意,然而我们唤醒同胞,让他们继承我们的遗志,继续起来革命,我们的心里已经很满足了。你们利欲熏心,血液已冷,哪能知道这些呢?"

往后几日,林觉民水米不沾,在静静地等待着就义。行刑之时,林觉民平静地看着为他送行的民众,点头微笑,从容就义。

广州起义,共牺牲了七十二名革命志士,有人把他们的遗骸收集起来,合葬于广州黄花岗,竖立墓碑——题为《黄花岗七十二烈士之碑》,为后人瞻仰凭吊之用。

广州起义失败后,城内小东门附近的杂货铺也被查封了,公韧和唐青盈躲到了外县。一个多月后,看到形势稍微好点了,公韧和唐青盈悄悄来到了广州城外的溪峡机关暂住。虽然住在溪峡机关里暂时无事,但是面对着革命的重大挫折,面对着无数战友的壮烈牺牲,公韧终日闷闷不乐。

一次次起义前周密地策划,硝烟弥漫的战场上你死我活地厮杀,一个个熟悉的面孔牺牲或者负伤,被俘的同志忍受着敌人的种种酷刑……这些像拉洋片一样,一幕一幕地在公韧的脑海中闪现。

突然,公韧大叫一声,从椅子上猛一下子站起来,晃晃悠悠,就要摔倒。唐青盈急忙跑过来,扶住公韧问:"怎么了,公韧哥,又做噩梦了是不是?"

公韧慢慢清醒过来,叹了一口气,又坐在椅子上,半天没有说话。

唐青盈劝公韧说:"公韧哥,你就别难受了,说不定哪一天,我们把这些清狗子统统杀光,给他们报仇!"

公韧摇了摇头,对唐青盈发泄着心中的郁闷:"一次又一次,从光绪二十一年乙未起义到现在十六年了,我们流了多少血,死了多少人?陆皓东、史坚如、马福益、廖叔宝、沈益古、倪映典、方声洞、林觉民、林文、宋玉林、喻培伦……那么多弟兄,想想就特别难受。为什么革命总不成功,你说这是为什么?"

唐青盈摇了摇头,小声说:"你问我,我问谁啊?我想,只要我们努力,革命总有成功的一天。"

公韧苦笑了一下,说:"但愿如此吧,可是我想,革命恐怕不会成功了,我是一点信心也没有了。"

唐青盈轻轻地拉着公韧的手,晃着说:"哪能呢,要是你都没有信心,我就更没有信心了。要是革命不成功,我的仇也没法报了,你快说呀,革命一定会成功!"

公韧被逼无奈,只好说:"好了,好了,只要我们努力,革命一定会成功。"

公韧在机关里待烦了,又往码头走去。珠江像是睡着了,岸边停泊着森林似的桅杆,船外边似乎看不到一个活人,昏暗、沉默、死亡的气息笼罩着江面,一切显得毫无生气,没有一点吸引人,让人兴奋的地方。

公韧多么希望有一艘轮船这时候从江面上轰隆隆地驶过,来打破这种可怕的寂静啊,多么希望有一道强烈的灯光射来,刺破这种可怕的黑暗啊!可是没有……

一天,公韧正在机关里百无聊赖地待着,突然革命党人徐宗汉进来对公韧说:"公先生,有一个女人找你。"

公韧心里一惊:自己认识的女人不多,哪个女人会找自己呢?赶紧到了徐宗汉的屋里。一看徐宗汉的床上,坐着一个女人,她低着头,脸色憔悴,略施粉黛,衣裳显然是新的,但是污垢不堪,像是一路颠簸风餐露宿。

公韧心里一惊,他下意识地走近两步仔细看了看,她虽然露出些许苍老之态,但是小巧玲珑的嘴唇,精致的鼻子,略微有些忧郁的大眼睛……确实是西品。公韧试探着问:"是西品吗?"

那女人略微抬起头,带着哭腔说:"我不是西品又是哪个?"

"西品!"公韧激动地抓住西品的手说,"西品啊,这些年,让你受苦了。你这是从哪里来?"

西品低着头不说话了,脸拉得老长,复杂的表情真是难以用言语表达。倒是徐宗汉心直口快,对公韧说:"这姑娘是从魔天神教里逃出来的,她和另一个人在广州城里已经打听你好长时间了。是机关上的同志碰到了,把她领到了这里。既然你认识她,你们就好好谈谈吧。"

公韧忙说:"徐姑娘,谢谢你啊,这事都怨我,光顾着打听西品的下落,倒把联络的地址忽略了。你看看我这个人,办事怎么这么不利索……"

徐宗汉倒是没对这些事情寻根问底,对公韧笑了笑,然后对着西品眨巴一下眼睛,退到了屋外。

多少年的期盼,多少年的努力,终于相聚,公韧的大脑有些转不过弯来。他摸着西品冰凉的手说:"这么些年,让你受了这么多苦,都是我无能啊!"

西品倒是有些麻木,长年在那种环境里煎熬,喜怒哀乐经历得太多了,好半天才说:"什么也别提了,苦也好,难也好,都过来了。你说现在咱们怎么办吧。"

公韧说:"回家啊,走,什么事儿回到家再说。"

公韧紧紧拉住她的手,往自己的屋领去。公韧发现西品愈发平静,也许,岁月是一块最好的磨刀石,渐渐地把两颗少年稚嫩的心,磨出了一层厚厚的茧子。

第 186 回　西品逃到溪峡机关

到了屋门口，屋门关着，敲了敲门，唐青盈兴高采烈地来开门。开门一看，见公韧扶着西品，唐青盈脸色顿时变了，鼻子不是鼻子，脸不是脸地扭头就走，一边走一边还哼哼着："怎么把她领到了这里？这是我的家啊。"

公韧急忙拉住唐青盈，对她说："别慌走，这是你西品姐。"又对西品说，"这是我的小妹唐青盈。"

西品亲热地对唐青盈喊了一声："青盈妹妹，我们早就认识，那时候你还小哩！这才几年啊，没想到你已经出脱成一个漂亮的大姑娘了。"

唐青盈猛地站住了，瞪了西品一眼，也不说什么，扭头走进了自己的屋里，砰的一声摔上了门。

西品不理解地看了看公韧。

公韧随手关上了门，小声对西品说："我这个妹妹就是这个脾气，这两天不高兴！"边说边忙着给西品倒洗脸水，沏上热茶。

西品说："又不是外人，就别忙活这些了，说说话多好。"

公韧忙说："是啊，是啊。"就坐到西品旁边，慢慢地说，"从乙未起义到现在，一眨眼都十六年了，那时候咱们才十八九岁。你看看，现在，我这胡子拉碴的，都三十五了。"

西品说："我也是啊，都成半截老妈妈了，再也没人要了。"

公韧摇了摇头说："哪能啊！你不嫌我就不错啦，哪能嫌你啊……"

公韧和西品正拉着家常，突然砰的一声，唐青盈猛一推门闯了进来，在屋里叮叮当当地拾掇起来。公韧说："青盈啊，就别拾掇了，你姐姐好不容易才回来，坐下来陪着说说话。"

西品也说："青盈妹妹，快坐下，陪姐姐说说话。咱们认识的时候，你可喜人了，浑身充满着灵气，又淘气又可爱。真是女大十八变，越变越好看，如今正是好时候哩！"

唐青盈硬邦邦地说："谁说不是啊，我这辈子就找了一个男人，可谁想这男人又憨又傻又呆，还是花花肠子，一边要娶我，一边又想着别的女人。可气死我了！"

西品接着话茬问："哪个男人这么没良心，这么欺负我青盈妹妹，看我不教训教训他。说说,是谁啊?"

唐青盈回头瞪了公韧一眼,吼道:"这个男人不是别人,就是公韧!"

西品一下子愣住了。

弄得公韧好不尴尬,好半天没有搭腔。

唐青盈见自己的话奏效了,心中暗暗高兴,又说道:"你说这个公韧吧,多么无能啊!救你吧,黏黏糊糊,就是救不出来,不是驴不走,就是磨不转。就凭这样的男人,有什么稀罕,满世界一抓一大把……"

西品的脸色更加难看。公韧赶紧打圆场说:"我这妹妹好乱说话,不管真事假事,她只管乱说一气。"

唐青盈装疯卖傻地说:"你不知道,我和他都睡了!"

公韧脸色一变,说道:"小青盈不要胡说八道,我什么时候和你睡过啊?"

唐青盈又笑了:"睡过就是睡过了,不要不承认。"

公韧气呼呼地说:"不要无中生有胡编乱造好不好?那时候你小,害怕,我只当护着小孩子哩。还有在宿营中都是战士,生命比男女有别更重要,你不靠着我睡靠着谁睡?"

唐青盈不慌不忙,不紧不慢地说:"不要越描越黑啊!"

西品受了刺激似的捂着耳朵说:"我不听!我不听!"

公韧无可奈何地摇了摇头,对着唐青盈求饶似的说:"小青盈啊,人家西品刚来,你咸的淡的,扯这些废话干什么?"

唐青盈摆了摆手说:"好了,好了,不说了,就说今天晚上睡觉吧,怎么个睡法?"

公韧说:"那还用问吗,西品和你睡在一个屋里。"

唐青盈摇了摇头:"那不行,我晚上睡觉好打呼噜。再说,我还有一个坏毛病,好梦中练功,真要是半夜里耍起刀来,误伤西品姐,你说是怨我,还是怨你啊?"

公韧叹了一口气:"没见你有这么些坏毛病啊?"

唐青盈不怀好意地嘿嘿一笑:"说着说着就露馅了吧。"

公韧不愿意再和唐青盈纠缠,说:"要不,西品就睡在我屋里吧!"

唐青盈问:"你睡在哪里?"

公韧说:"西品睡在床上,我在地上随便搭个地铺就行啦。"

唐青盈说:"那不行!"

公韧问:"又怎么不行啦?"

唐青盈指指床铺和地上说:"床铺和地面离得这么近,这是革命机关啊,影响多不好。虽说西品姐刚刚从良,可是既然到了这里,就得为你们的名誉着想……"

西品突然大吼一声:"好了!够了!我还是回我的魔天神教吧。在这里妨碍你们的好事了是不是……"说着抬起腿来就要往门外走去。

公韧哪能让她走,赶紧一把拉住她说:"听我一句,西品啊,现在你就是我的革命同志,组织上是决不允许你再回去的。睡觉的话,我就到伙房里随便搭个地铺将就一宿算啦!"

听到公韧这么说,唐青盈笑了,觉得闹腾得也差不多了,又充好人似的对公韧和西品说:"你俩这么些年不见,也该说说知心话了,我就不打扰了。"说着得意地回到了她的屋里。

西品坐在床上,眼泪扑簌簌地往下掉,抹着淡粉的脸上,立刻就划出了几道泪痕。她掏出手帕慢慢地擦着,小声说:"咱俩要是以后在一起,你这个唐青盈妹妹肯定容不下我……"

公韧摇了摇头,说:"我这个青盈妹妹啊,是刀子嘴豆腐心,她要是相中的事儿,八匹马也拉不回来。她和我的关系,你可能也知道,是一块儿出生入死的战友,好多事,我都得让着她点儿。要说那层关系,绝对没有,你得相信我,我的心里只有你……"

公韧的一席话,说得西品的心慢慢地稳定下来。她说:"我哪能配得上你?我又是在红金楼里待过,又是在银玉楼里混过,还是魔天神教的人,而你是一个革命大英雄……"

公韧急忙打断她的话:"别说那个,那都是形势造成的,你为革命负了重伤,机关按理说应该照顾你。人啊,能活到现在就不错了,又能在这里见面,更是缘分,快别说那些不高兴的事了……"

哐啷!唐青盈又闯了进来,对公韧加重语气说:"时间不早了,你不休息的话,人家西品姐也该休息了。有什么话明天说还不行吗?"

公韧的心里又气得慌又堵得慌,他知道唐青盈这孩子醋心太重,可是对她又毫无办法,只得劝西品说:"时间不早了,休息吧,有什么话咱们明天再说。"

公韧到厨房里用稻草铺好一个地铺,又到屋里抱了两床被子,一铺一盖。唐青盈一边帮着公韧拾掇床铺,一边狠狠地掐着公韧的胳膊,压低声音说:"睡觉老实点,要是对她有什么非分之想,看我不整死你!"

公韧心里实在郁闷,讥讽唐青盈:"小青盈,我看你挺有本事啊!"

唐青盈问:"我有什么本事啊?"

公韧说:"你怎么没本事啊,我们本打算救西品出银玉楼,可是你却给银玉楼送了信,叫老鸨子把西品卖了,致使我们又失去了西品的音讯。这回西品好不容易从魔天神教里逃出来,你却又西北风刮蒺藜——连风(讽)带刺。"

唐青盈一听公韧的话恼了,脸色一变,吼道:"算你说对了,我就是不愿意让西品出来。她出来了,我往哪里放? 她在那里多好,吃得好,穿得好,男人有的是。我就这么一个男人,还要和我争!"

公韧拍了一下大腿:"真是越说越不像话了。她是我们的革命同志,不许你这样污蔑她!"

公韧一发怒,唐青盈倒哇的一声大哭起来,边哭边说:"她是你的革命同志,我是你的什么人? 从小和你一块儿出生入死,和你一块儿吃,一块儿住,你怎么不替我想想? 我如今都是二十岁的大姑娘了,不嫁给你,又能嫁给谁? 呜呜……"

一席话,说得公韧好半天没有言语。是啊,屈指一算,唐青盈已是二十岁的大姑娘了,早该有婆家了。自己这个亲爸爸,亲哥哥,却一直没有替她考虑,都怨自己太粗心了。公韧连说:"怨我,怨我,都怨我,我给你承认错误还不行吗? 你想要个什么样的,给我说……"

唐青盈说:"我什么样的也不要,就要你……"

公韧连连甩头,埋怨道:"又来了,又来了,我是你的亲哥哥,怎么能成夫妻呢?"

唐青盈扑哧一声笑了,乐了一阵子,说:"反正就那么回事,承认也得承认,不承认也得承认。想甩我,没门!"

公韧无可奈何地摇了一下头,叹了一口气,自言自语道:"没办法……没办法……这就是唐青盈啊!"

第八卷 武昌的炮声

第 187 回 临危受命奔赴武汉

公韧无力地躺倒在稻草床上,唉声叹气,一想到以后将夹在两个女人之间生活,等待自己的将是无休无止的争吵和气恼,心里就更加忧郁起来。一弯钩月悄悄地挂在天边,一团乌云慢慢地移动着罩在了月牙上,乌云越来越多,越积越厚,不一会儿,整个月亮完全被乌云遮盖了,朗朗的夜空再也不见。

西品好不容易才脱离苦海,难道不应该圆了两人终生所求?唐青盈从小没有爹妈,是自己的"亲闺女""亲妹妹",在无数次血与火的战斗中,两个人的生命早已紧紧地绑在了一起。如今这孩子像中了邪,把她的终身大事也寄托在自己身上,要想摆脱开她的这种束缚,真是难之又难……

想来想去,公韧再也睡不着了,只得下了床,在院子里溜达。经过自己的窗前时,他听到屋里传来低低的抽泣声,不用说,这是西品又在为自己以前的遭遇和以后的前途伤心了。公韧摇了摇头……

就在这时候,公韧又听到另一个女人的抽泣声,先上来是断断续续,后来干脆放开嗓子大哭起来。奇怪啊,在那些血雨腥风的战斗中,唐青盈从来没有哭泣过,怎么今天西品一来,唐青盈倒悲伤起来了呢……

公韧叹了一口气,摇了摇头,这些问题永远想不清楚,恐怕一辈子也理不出个头绪。

回到厨房里,公韧思绪万千,辗转反侧,越想越睡不着,越睡不着越愁得慌。他咬了咬牙,干脆点上油灯,在抽屉里到处翻腾,想找纸和笔,可是翻了一阵子什么也没有找到,只好从炉子里找出一点炭灰,在地上撒出了"奉命出发,以后再会,望你们以大局为重,好好团结"。

写完了这几个字,公韧长长地呼出一口气,自言自语地说:"两个人的烦恼,都是由我而生。我走了,你们的烦恼,可能也就解除了。"

这时候,天已经蒙蒙亮,公韧轻轻地走出了屋,开开大门,虚掩上,然后毅然决然地大踏步迈步在空气新鲜的街道上。

公韧到了香港总部,在秘密机关里找到了黄兴。黄兴的手上还包着一层薄薄的纱布,胳膊上挂着绷带,经过大夫的精心治疗和同志们的细心照顾,伤势已大见好转。黄兴见了公韧,自然十分高兴,又是让座又是沏茶。公韧也轻轻拉着黄兴的手,仔细询问伤口的恢复情况,谈话间紧锁的眉头仍然难以舒展。

细心的黄兴早已觉察到公韧的神态,试探着问:"你来找我,是为了看我呢,还是有别的事?我听宗汉电报里说,你有大喜啦,分散多年的一对老鸳鸯终于见面了。有这么好的事情,为什么还皱着眉头呢?应该高兴才是啊。"

公韧叹了一口气,说:"别提了,一个西品,一个唐青盈,太让我为难了。这两个人根本掺和不到一块儿。"

黄兴笑了笑:"作难了是不是?想不到你这个久经沙场的武将,倒叫两个女人搅得心神不宁。问世间情为何物,只教人生死相许,堂堂七尺汉,也难免纠缠在女人之间难以决断。"

公韧考虑了一会儿说:"黄司令,广州我不能待了,得走!"

黄兴皱了一下眉头:"想走?往哪里走?你以为走了,这两个人的问题就能解决吗?自己的经还得自己念,解铃还得系铃人,谁也帮不了你。"

公韧摇了摇头:"一切都是由我而起,只要我在,两个人就有说不清的烦恼,惹不清的麻烦,我走了,两个人才能过上平静的生活。"

黄兴指着公韧的鼻子说:"逃避!你想一走了之,多少年的感情一走就能完结吗?你想得太简单了。感情这东西有时候真是说不清道不明,不在一起的时候,想得死去活来,可以为情去死,可以牺牲一切。可要是待得时间长了,又笑渐不闻声渐消……或许感情不是虚无的烟云,而是实实在在的风雨相伴……"

公韧无奈地说道:"我要是不走,也是老鼠钻到风箱里——两头受气。这可怎么好,这可怎么好啊!"

黄兴叹了一口气:"人啊人,情人与战友,情敌与朋友,是是非非,又哪里能分得清辨得明?其实眼下正有一个地方需要人,可是不能让你去。"

公韧着急地问:"快说说,什么地方?"

黄兴说:"中国的新军以北洋六镇和武昌新军最为精锐。北洋六镇被袁世凯控制着,真是水泼不进,针插不进,你们的小站起义就是一个例子。而武昌新军以革命进步团体共进会和文学社最为活跃,实际上共进会和文学社控制了新军里的大部分士兵。我们急需有经验的同志,去参加共进会,加强共进会和同盟会总部的联络工作。"

公韧听了十分振奋,说道:"好,那我今天就走。"

黄兴摇了摇头:"让谁去也不能让你去,这里的事情处理不好,你怎么能走?"

公韧着急地跺着脚说:"黄总司令,在这里真是生不如死啊,我实在没有能力处理好两个女人的事情,就让我走吧。"

黄兴摇了摇头:"你躲出去,就不怕唐青盈与西品和你急了?她俩要是都到我这里要人,我怎么办?这不是把难题推给组织吗?"

公韧颓然地说:"那我就只有跳珠江了……"

黄兴考虑了一番,说:"你这个人啊,对革命忠心耿耿,是个好同志。不过有些事情处理得不够果断。好吧,武昌你就去吧,可是也不能这么性急啊,初来香港,在这里玩玩,多待两天。"

公韧急忙摇头说:"不了,我这个人,只要一有任务,什么坏心情都没有了。打仗这个药方,治我这个烦心病真是灵验得很。"

公韧从机关上支了路费,拿着介绍信,立刻坐上了奔赴武昌的轮船。

轮船上人头攒动,突突突的马达声难以掩饰住尘世间的纷杂混乱,船后飞速旋转的螺旋桨搅起的浑浊泥汤使公韧的脑子更乱了:自己和西品究竟能不能结婚?和唐青盈的关系又怎样处理?山洞里的那些财宝到底哪里去了,它最终能不能成为革命经费?乞丐国现在不知道怎么样了,自己的改革措施能不能实行?自己到了武昌,能不能推动武昌的革命进程?

这些问题萦绕在公韧心头,久久挥之不去……轮船在乘风破浪,勇往直前地向前行驶,船后搅起的那股浊流,随着时间的流逝,在渐渐地变白,变清,然后沉入了江底。

太阳变得激情四射起来,一切将要重新开始……

公韧在武昌城码头下了船,没走几步,就看到眼前矗立着一座高大的城墙,上书"武胜门"三个大字。城墙有三四丈高,厚度也有五六丈宽,宽大厚实的青色城砖使城墙略微往里倾斜。城门往里凹进一块,城墙上外侧筑有雉堞,正好利于守城的士兵直接射击城门的敌人,内侧矮墙无垛口,筑有女墙。

二层的箭楼,飞檐斗拱,整个木头骨架浑然一体,上面铺的是片片瓦,以遮风挡雨。虽然箭楼和城墙上早已长满青草,已有些腐朽不堪,但整座城池仍然称得上一座固若金汤的要塞。

公韧又转过身来,往对岸观看,对岸是豪华的汉口各国租界,江面上游弋着一艘艘的外国兵舰,那些黑洞洞的炮口,对准了两岸的中国领土。如果从城外起义进攻武昌城的话,背后有外国兵舰上猛烈的炮火,迎面有坚固城池上飞蝗般的子弹,一定对进攻者十分不利,也可以说,武昌城是易守难攻。

公韧进了城,看到两旁的街巷虽然只有三四人宽,也显得有些破旧,但是店铺林立,买卖还算兴隆。绕过一座叫作大观山的土山,路过几个驻军营地,公韧来到了一个叫黄土坡的地方,看到在众多的买卖行中,有一座二层的酒楼,不显山不漏水地坐落其中。二楼上往外伸着一面招子,在微风中索索抖动,上面写着"同兴酒楼"四个大字。

第 188 回　同兴酒楼说两派矛盾

公韧大摇大摆地进了酒楼,随便找了一个空位坐下。不一会儿,一个跑堂的到了公韧跟前,客气地问:"先生,要点什么?"

公韧以军人的敏感度判断,这个跑堂的一定是行伍出身,而且他也在悄悄地打量着自己。"随便,来上两个菜一壶酒。"公韧说。跑堂的喊了一声:"两个菜一壶酒——"就匆匆地招呼别的客人去了。

公韧观察到,来吃饭的大都是新军士兵,他们都在高谈阔论。跑堂的给每个桌子上菜的时候,重新调了桌子上菜汤的勺子把,几乎每个汤勺的把都对着自己。那些新军士兵看了看勺子把,立马警惕起来,不时瞄一眼公韧,大声说话改成小声嘀咕。

公韧心想:这里的警惕性还怪高呢,那个汤勺把分明就是暗号,勺子把指向哪里代表哪里有危险。没想到,帮会的这一套用到这里来了,真是关公面前耍大刀,孔子面前卖《三字经》。不一会儿,跑堂的上来了酒菜,公韧一口菜一口酒地慢慢享用着。有个士兵说了几句话,就往后边院子里走去,公韧放下筷子想要跟过去。

突然,那个跑堂的拦住了公韧:"先生,先生,请留步。"

公韧说:"我到后边上茅房。"

那位跑堂的说:"茅房在这边,请!"说着就把公韧引到了饭店门口一个肮脏的小公厕里解手。公韧也不说什么,回来后继续静下心竖起耳朵听那些士兵到底在议论什么。

一个士兵说:"广州革命党已经动手了,把广州闹了个底朝天。我们手里也有枪,还在这里等什么?"有个士兵说:"咱们什么时候动手啊,不能光看热闹!"有的说:"得等待机会,不能乱来,听说这次广州革命党暴动死了七十二个人。干什么事儿都得沉住气,沉不住气不行。"另一个士兵愤愤地说:"沉住气,那得等到什么时候?不能等到胡子都白了吧……"

公韧心里乐了,原来这些都是革命党啊,可找到自己人了。公韧吃完了饭,坐在凳子上继续偷听他们的议论。见公韧赖着不走,跑堂的就过来和颜悦色地劝公韧说:"先生,如果吃饱喝足了,就请早早出门吧!"

公韧脸色一变,吼道:"吃饭拿饭钱,住店拿店钱,哪有你这样随便撵人的,你这买卖还想不想干了?"

跑堂的仍然满脸堆笑:"先生,不要误会,我们这里是军人饭店,专门招待军人的。没法子,位子紧,你也得照顾照顾我们的生意不是。"

公韧把桌子猛地一拍,震得满桌的碗、盘、筷子稀里哗啦乱响。他大声吼道:"怎么这个样子!老子今天还真就不走了,非得和你们掌柜的理论理论!"

公韧这一拍桌子不要紧,引得几个士兵投来愤怒的目光。掌柜的闻声也从屋里走出来了,朝着公韧拱了拱手,客气地说:"哪一位这么气盛啊!"

这位掌柜身穿蓝黑长袍,身材魁梧,方正脸膛,眉宇间透着一股英气,一看就知道是军人出身。公韧朝他大吼道:"我啊,怎么着,你们就是这样对待客人的吗?"手顺势自然地往眉毛上抹了一把。

掌柜的略为沉吟一下,对公韧笑了笑:"底下人照顾不周,卑人之过,请到里头,我给您赔个不是!"

公韧大踏步朝后面走去,掌柜的赶紧在前面领路,出了厅堂,进了小院,然后把公韧领进一间比较隐蔽的房子,进屋插上了门。

公韧退后两步,左脚横进,右手摸了一下自己的眉毛。

掌柜的问:"君从何处来?"公韧说:"从南方来。"掌柜的问:"向何处去?"公韧答:"向北方去。"掌柜的又问:"贵友为谁?"公韧答:"陆皓东、史坚如。"掌柜的笑了一下说:"神明华胄创中华,凿井耕田到处家。"

公韧说:"锦绣山河万世业,子孙相守莫相差。"

暗号对上后,公韧撕开衣襟,掏出介绍信递上。掌柜的看了看,一把抓住公韧的手说:"在下邓玉麟,等候你多时了!"

公韧忙说:"在下公韧,今日有幸见到湖北同志。幸会!幸会!"

邓玉麟急忙招呼公韧坐下,给他沏上了一杯热茶,自己也沏上一杯,然后四平八稳地坐下,和公韧敞开心扉谈短论长。说了一阵子闲话,公韧说:"长话短说,请你赶快给我介绍介绍湖北的情况吧!"

邓玉麟呷了一口茶,不紧不慢地说:"湖北的革命形势,还得从武昌花园山说起。一九〇三年五月,吴禄贞在武昌设立秘密机关,开展地下工作。吴禄贞你可能还不熟悉……"

公韧笑了笑说:"吴禄贞呀,老朋友了,自立军起义他也参加了,而且还是我的领导。不过,他的别的事情我就不大熟悉了,还是请你说说吧!"

邓玉麟说:"他是湖北云梦人,一八九六年入湖北武备学堂学习,一八九七年由张之洞派往日本士官学校学习,在日本参加过兴中会,一九〇〇年参加过唐才常自立军大通起义,自立军失败后,仍回日本士官学校学习。后来吴禄贞得到张之洞器重,大批革命青年通过吴禄贞介绍,进入了新军军队。花园山的活动,引起了张之洞的警惕,他采取了釜底抽薪的办法,将花园山机关的骨干分别调离,使武昌暂时失去了革命机关的领导,但武昌花园山撒下的革命种子,却在以后的日子里生根,开花,结了果。

"以后又出现了科学补习所和日知会等革命组织,经过一些挫折和整合,现在发展成了共进会和文学社两大组织。共进会的领导人主要有刘公、孙武、刘英等,会员主要来自会党和军队;文学社的领导人主要有蒋翊武、詹大悲、张振武等,会员一律是军队士兵。这两个组织都非常活跃,但是各干各的,互不来往。"

公韧从话中听出了玄机,插嘴说:"那多不好,要干大事,两个组织必须联合。要是不联合的话,弄不好互相制约,相互排斥,会影响整个革命大局。"

邓玉麟说:"谁说不是啊,在同一个标、营里,两个团体各有代表,发展会员互相争夺,引发了不少的矛盾。像马队士兵章裕昆、黄维汉,本已加入了文学社,而共进会开会,又邀章裕昆、黄维汉参加。杨玉如拿出共进会志愿书请二人填写,黄维汉握笔填写,章裕昆则不填而去。章裕昆归队后向队内文学社报告了此事,并指责黄维汉不通过组织单独填写共进会志愿书。此事闹得很不好,险些引起争吵。一些标、营的士兵为了友谊,共进会、文学社都不参加。"

公韧说:"必须联合,要不然一旦起事,你吹我不打,那就麻烦了。"

邓玉麟说:"为了联合的事情,两派的革命党人做了大量工作,终于定下明天开会,商议联合的事情。虽然你是同盟会代表,但是身份不能暴露,所以没办法让你参加会议,但是可以旁听。"

公韧点了点头:"那就谢谢了。"

公韧想了想又问:"我来这里干什么工作?请你安排一下。"

邓玉麟想了想说:"当务之急,是需要有个职业掩护,好应付那些清狗子的密探。这么着吧,对门有几间闲房,你正好可以开一个书店,一来可以秘密卖些革命书籍,为革命做些宣传;二来咱们离得近,也好互相照应。"

公韧说:"那就谢谢了。"

邓玉麟送公韧到酒楼门口的时候,公韧仍然是一副愤愤不平的样子,大声嚷嚷着:"这算什么酒楼,哪能这样对待客人?把我惹急了,非把你这个破酒楼给砸了不行。"

邓玉麟毕恭毕敬地在后面赔着笑脸:"客人息怒,客人息怒,我一定好好整治一下这些不长眼睛的。"

第二天,邓玉麟带着公韧来到了武昌分水岭7号,邓玉麟用暗号敲了敲门后,一个粗眉大眼十分精神的矮个子年轻人来开了门。他把邓玉麟和公韧让进屋里后,警惕地看了看外面,赶紧把门插上了。

邓玉麟看到这个年轻人的眼睛里满是犹疑,不断地打量着公韧,赶紧介绍说:"这就是我给你说的,广州来的公韧同志。"又对公韧说:"这位是孙武同志。"

孙武一把抓住公韧的手说:"盼星星盼月亮,终于把你盼来了,从今以后,我们就有同盟会的领导了。"

公韧谦虚地一笑:"哪能呢,你们还是干你们的。我对这里的情况不熟悉,最多也就是给广州通通气,报报信。"

第189回 文学社共进会议联合

邓玉麟对孙武说:"要不,待一会儿开会也让公韧同志参加?"

刚才孙武还挺热情,这会儿听说让公韧直接参加会议,却板起了脸,闭着嘴没有表态。没有表态,实际上就是不同意。邓玉麟看到孙武没同意,也就只好对公韧说:"我们和文学社开会,不知道会开得怎样。你不暴露也好!"

这时,门口发出了有节奏的敲门声,停了一会儿,又敲。

邓玉麟开了门,引进来一个中等身材细长眼睛的憨厚青年。他的身后紧跟着一个偏分头,十分机警的小个子小伙子。

孙武赶紧迎上前去,拉着那个细长眼睛青年的手,热情地说:"蒋先生你好!你好!"又对后面那个小伙子打招呼说,"刘老弟,幸会!幸会!"公韧通过他们的说话知道,蒋先生即是蒋翊武,刘老弟即是刘复基。

蒋翊武只是笑了笑,也不说话,到了堂屋,一屁股就坐在了上座。

刘复基却十分活泼、健谈,往邓玉麟的胳肢窝里掏了一下,逗道:"邓老板,你那酒楼,每天那么多弟兄光临,一定发了大财吧!你得出出血啊,什么时候请我们一桌?"

邓玉麟在刘复基的肚子上敲了敲,假装生气地说:"你这个肚子,掉进面缸里也不长肉,泡进油桶里也养不出油,怎么回事呢?都是心眼子太多,坠的!再说,我那里门槛子高,你也爬不上去。"

两人闹了一阵子后,刘复基看了公韧一眼说:"这位先生好面生啊。"邓玉麟正要介绍,公韧赶紧接茬:"我是同兴酒楼的伙计,跟着邓老板出来玩的。"

刘复基二话不说,猛不丁地一拳朝公韧胸口打去,公韧下意识地左手一拨,把刘复基的右手拨拉出去,然后左手顺势一掌,朝刘复基的胸口拍去,就在要拍中肌肤的一刹那,却把手掌收了回来。刘复基嘿嘿一笑:"也是军人出身吧,我看还有点儿功夫。"

公韧急忙谦虚地说:"哪里,哪里,有来无回非礼也。"

热闹了好一阵子,众人才纷纷坐在椅子上。公韧闪在一边,用心听着外面的动静,观察着街道上的行人。邓玉麟开门见山,说:"诸位革命同志,经过几回磋商,我们共进会和文学社终于坐在一起了。只要我们两派联合起来,湖北的革命力量就强大了许多,也只有两派联合,我们才有力量举行军事行动。大家就把联合的事情议一议吧,随便谈,随便谈。"

在场的人没有一个搭话,都在等孙武和蒋翊武表态,孙武在共进会里威信最高,而蒋翊武则是文学社的社长。过了一会儿,蒋翊武终于说话了,他口齿清楚,有板有眼地说:"四·二七广州起义后,全国人民义愤填膺,武装起义势在必行。湖北革命党人,以文学社和共进会力量最强,只要我们联合起来,革命还怕不成功吗?但是凡事都有主次,要是这两个组织联合的话,以谁为主呢,也就是谁来领导呢?"蒋翊武说完这句话,并不说下文,而是目光炯炯地扫视了大家一圈。

沉默了一会儿,蒋翊武又说:"以往历次起义,都是会党主导,会党一是组织松散,二是武器装备差,三是胜利时一窝蜂地乱跑乱叫,失败时争先逃命,所以成不了大事。这次起义要以军队为主,会党的那些缺点,军队都不存在。军队组织严密,武器装备好,能坚决执行命令。文学社在军队中的力量最强大,所以我说,两派联合的话,应以文学社为主。"

蒋翊武说完,又自信地扫视了大家一圈,希望能得到大家的支持。

文学社的人响应的不多,就连文学社的刘复基也没有附和,而共进会的人都没有说话。公韧想:蒋翊武绕了这么一个大圈子,原来是想要权力呀!

孙武声音不大,却十分清晰地说:"蒋社长说得对,这次起义,要以军队为主。可是话又说回来了,革命不只是军队的事情,也不只是湖北革命党的事情,而是整个中华革命党,中华民族的事情。共进会是同盟会系统,与各省革命党均有联络,而且在湖北军队中的人数,也不在文学社之下。所以我建议,两派联合的话,应以共进会为主。"

蒋翊武的脸色有些难看,而孙武则是一副咄咄逼人的样子,气氛一时有些尴尬。公韧一看,坏了,顶起牛来了。沉默了一会儿,邓玉麟说:"依我看,只要联合就好,先不必争论谁为主谁为次的事情。大敌当前,切不可因为枝节而坏了大局。"

刘复基瞪着他的小眼睛,也插嘴说:"我们两个团体都是为了建立共和,合则两利,离则两伤。大家如果能同舟共济,就能达到目的,如果争一些蝇头小利,那就麻烦了,就会影响革命大局。"

高尚志、杨玉如也发表了自己的看法,支持邓玉麟和刘复基的意见。

蒋翊武不说话了,静静地听着大家的谈论,用心地思考着。孙武整了整武装带,拍了拍手枪,对邓玉麟使了个眼色,然后说:"革命的领导权到底掌握在谁的手里,这是大是大非的问题,切不可马马虎虎。我想,这个领导人首先必须有较高的威信,才能在革命党中一呼百应;其次这个领导人还得韬略过人,胸有大智慧,这样才能保证起义成功;第三就是这个领导人还得和全国的革命党人和同盟会的领导保持通畅的联系,没有这一点也是不行的……"

刘复基突然打断孙武的话说:"那是不是说,这个领导人非你不可了?"

孙武没有立即表态,而是微微地闭了闭眼睛,习惯性地整理着武装带。邓玉麟看到一波未平一波又起,赶紧打圆场说:"孙会长不是这个意思,孙会长的意思也是要挑选一位优秀的领导人,这样才能保证起义成功……我的意思呢,两派还是要以团结为重,其余的事情都可以以后再谈。"

孙武白了邓玉麟一眼,显然对他黏黏糊糊模棱两可的话表示不满。

蒋翊武看了看孙武,又看了看邓玉麟,想说话,忍了忍,没有发言。刘复基还是对孙武耿耿于怀,不满意地瞥了他一眼。同志们你看看我,我看看你,都在小声嘀咕着,显然各人有各人的看法。

公韧实在忍不住了,往前站了站,慷慨激昂地说道:"同志们,我们的敌人只有一个,那就是腐败透顶的清政府,我们的联盟也只有一个,那就是所有反对清政府的革命党团体。从1895年的广州起义到今年的黄花岗起义,我们牺牲了多少好同志,流了多少热血?想起这些牺牲的同志,我的心里就难过,难道说,我们还有脸在他们面前争论由谁来当领导人的问题吗?"

一石激起千层浪,会场上一时有些纷乱,有许多人对公韧投过来赞许的目光,也有许多人对公韧这个局外人随便插话表示不满。蒋翊武闭着眼睛,在思考着公韧的话。孙武却有些生气,对邓玉麟说道:"这个人是干什么的?恐怕说话不大合适吧!"

邓玉麟不好回答,低了低头,保持沉默。刘复基却大声地说道:"别看这个人只是同兴酒楼的小伙计,说的话倒是蛮有道理的。他都能这样想,我们大家更应该以大局为重。"

蒋翊武迟迟不表态。孙武气鼓鼓的,但是看到大家的脸色,怕再说下去,引起大家的反感,所以也就没有再发言。由于两个领导人都不表态,会议也就没有什么实际性结果,大家胡乱谈了一阵自己的看法后,便散会了。

公韧在同兴酒楼对面开了一个小书店,暂且有了一个安身之地。一天晚上,公韧看到同兴酒楼已经打烊,在小书店里憋得难受,于是来到同兴酒楼串门。他进了门对小伙计一笑,小伙计已经认识公韧了,直接放他进去了。公韧进了小院来到邓玉麟的门口,门口铁丝上晾着长袍、汗衫,邓玉麟的门关着。

公韧用暗号敲了敲门,屋里邓玉麟问:"谁呀?"

公韧说:"我,怎么天一黑就关上了门,是不是睡觉了?"

邓玉麟回道:"睡什么觉啊,开着门不是不方便吗!"好一会儿,才见邓玉麟来开了门。

公韧见他只穿着一个裤衩,几乎赤身裸体,虽然都是爷们,但也有些扎眼。公韧歪了歪头说:"玉麟兄……还不赶快穿上衣服。"邓玉麟尴尬地说:"公韧弟,实在不好意思,衣服都洗了。"

公韧有些纳闷地说:"那你还不换上一件。"

第 190 回　店老板穷得赤裸身

邓玉麟苦笑着说:"要是有衣服早就换了,也就用不着关门了。实在对不起,我知道这样对客人不尊重……"

公韧看了看邓玉麟屋里,除了床上一床薄被薄褥,几乎空空如也,徒有四壁。墙角有一个大木箱子,怪扎眼的,是不是木箱子里藏了邓玉麟的什么好东西?公韧好奇,打开一看,里头空荡荡的,什么东西也没有。

公韧拧着眉头说:"这才几天没来,怎么屋里成这样了,准是遭贼了吧?"

邓玉麟嘿嘿一笑:"恐怕敢偷我的还没生出来,我把所有能当的东西全当了。"

公韧笑话他说:"这就怪了,你这当老板的,比我还穷,挣的钱干什么去了?"

邓玉麟苦笑道:"你是真糊涂,还是装糊涂?钱干什么用了,还用我说吗?"

公韧突然想到,他开酒楼挣的钱和自己的全部家当,恐怕都已经充当了起义经费。公韧赶紧把自己的褂子扒下来递给邓玉麟说:"我不知道竟然这样,玉麟兄如不嫌弃,先穿上这件,总得有件衣服换呀!"

邓玉麟一把推开公韧递过来的褂子,说道:"我有门口那一套就够了,要那么多衣服干什么?孙武、焦达峰都是这样,已经穷得身无分文了。你就是有钱的话,这么多人能救济得过来吗?孙武和我一样,回家就脱衣服,孙夫人给他洗好,第二天衣服干了才能出门。我们和文学社不一样,文学社入社交社金一元,以后每月按月薪的十分之一缴纳会费,而我们共进会全得由军队以外的会员提供经费,派遣同志四处联络,印刷文件,赶制会旗、公告、印章,哪一项不需要钱,你说经费能不紧张吗?"

公韧问:"难道就没想想别的办法吗?"

"怎么没想啊,说到这里,还有几个故事,"邓玉麟说,"湖北广济县有一个达城庙,庙内有一尊很重的金菩萨,焦达峰知道后,卖了母亲的膳养田作路费,去达城庙察看。可到那里一看,金菩萨不但被和尚看管得很严,而且一般人根本挪不动。焦达峰于是回到湖南老家,约集了几个大力士,一块儿到达城庙去偷金菩萨。

到了广济县,正好赶上下大雨,半夜才到达城庙。他们在墙上凿了个洞,穿墙而过,取下金菩萨,由大力士背着先行,其他人断后掩护。不想刚出达城庙,就碰到一些蕲州捕快,焦达峰以为盗佛的事情被发现,慌乱之中,将金菩萨丢到田中逃去。过了一会儿那些蕲州捕快走了,再到田中仔细搜索那尊金佛,却怎么也找不到了……"

公韧叹了一口气,说:"可惜呀,金佛那少说也得值个几千两黄金。"

邓玉麟说:"为了筹措经费,什么笑话都闹了。湖南同志邹永成来到汉口,他见革命经费紧张,就说他的婶母住在武昌八卦井,有很多金银首饰,如果能想办法取出来,就可以为革命所用。我就托第31标军医江正兰配了迷药,邹永成买了好酒,把药下在酒里。到了他婶母家,他说将要远行,特来和婶母话别共饮。孙武和我就等在门外,等了好久,不见邹永成出来,而邹永成的婶母谈笑自若,一点儿也不迷糊。后来邹永成出来直呼:'药不灵,药不灵。'此计没有成功。

"邹永成不死心,又将婶母的小儿子骗到汉口,非要其婶母赎取不可。他婶母没办法,只得拿出八百元,充作革命经费。"

公韧叹了一口气说:"为了经费,亲情全然不顾了。"

邓玉麟说:"浏阳商人刘贤构,贩布到了汉口,在清和客栈和焦达峰相识。焦达峰向刘贤构宣传革命道理,刘贤构深受感动,加入了共进会,并把布匹全部交给共进会作为活动经费。张振武在共进会理财,他见会中经费困难,就把原籍和现在住的祖产都卖了,全部充作活动经费。刘公原为襄阳巨富,他和姑表兄陶德琨商议后,决定由陶德琨出面游说刘公的父亲刘子敬,说要发大财,必须先做大官,做了大官,不难发大财,表弟为日本留学生,可以捐一道台。刘子敬听罢,觉得可行,决定用两万两银子捐官。刘公携此两万两银票到了省城武昌,将一万两交给了共进会作为活动经费。虽然这些革命同志倾囊相助,但是要应付这么大的起义,经费仍然不足。"

公韧说:"既然我们都穷得两个卵子叮当响,难道就没有想到向那些贪官污吏要钱吗?"

邓玉麟说:"怎么没想到啊,可是那些贪官污吏都有看家护院的,我们闹腾松了弄不来钱,闹腾紧了,又怕引起清狗子的警惕。我们都是军人,打打杀杀不在话下,可是要偷窃,实在没有高手啊!"

公韧说:"我推荐一位高手如何?"

邓玉麟心中一喜,使劲拍了一下公韧的膀子说:"太好了!不义之财,人人皆可取之,对他们还客气什么。不知这位高手是谁啊?"

公韧自豪地说:"她就是我的妹妹唐青盈啊。"

邓玉麟大叫一声:"好,我举双手赞成。"

公韧当晚给唐青盈发了一封电报,电报上只有四个字:"见报速来!"并写上了武昌书店的地址。

没过几天,中午时分,书店里突然来了一位妖艳的女人:小巧玲珑的黄皮鞋,洁白的百褶裙,米黄色的短袖小褂,头发乌黑油亮,在脑后挽成一个大髻,灵巧的小手上戴着一副雪白的手套,不时地推一推鼻子上那副时髦的墨镜。

过分的打扮使整个人显得活泼生动,又有几分滑稽可笑。凭感觉,公韧知道这就是唐青盈,自古女儿爱红装,可是唐青盈戎马半生,没有机会打扮自己,这会儿好不容易逮住一个机会,就让她放肆一回吧!

公韧点头哈腰地说:"小姐,您好!要什么书?"

那小姐撇腔拉调地说:"我要《猛回头》,还有《革命军》。"

公韧一脸困惑地说:"小姐,您这么年轻漂亮,应该要些花啊、草啊、爱情诗啊、叙情散文啊什么的,要那些造反的书干什么?对不起,您要的这些书是禁书,我们这里没有。"

那小姐一脸怒容,训斥公韧说:"什么禁书不禁书的,我不管,只管拿来,我就是愿意看禁书!"公韧只好谦恭地一伸手:"如果您非得要,小姐——里面请!"公韧给小伙计使了一个眼色,就带着唐青盈进了内室。

刚进内室,唐青盈突然猛一下子搂住了公韧的脖子,在公韧的脸上乱亲起来,狂热地说:"亲爱的,亲爱的……"

公韧的心里一阵热潮乱涌,有心接受她的馈赠,又觉得不是那么回事,只得轻轻地掐了唐青盈一下,说:"早知道是你,让人看见多不好。"

唐青盈执拗地说:"我不管,我不管,我就知道你们男人,一个个全是伪君子。从广州来的时候,多么雄赳赳,气昂昂啊,我还以为你是铁石心肠,早把我忘到一边去了呢。没想到,这才几天啊,就憋不住了吧,想我了吧……"

公韧轻轻推开她:"来武昌,是因为有任务。"

唐青盈噘着小嘴,赌气地说:"什么任务我不管,我想你,亲爸爸,你是不要我了吗?我的小亲哥哥,你怎么这么狠心啊!"

一席话,说得公韧的心里百感交集,心里升腾起一种父亲般的慈爱,他上去抚摸着她的头发说:"哪能不要你呢,说的这是哪里话。这么些年,习惯了,一天见不着你,心里真是空落落的,这么些天见不着你,真是度日如年啊!"

唐青盈一下子趴在公韧的怀里说:"是啊,公韧哥,我虽然生你的气,但要是没有你,晚上真是睡不着觉,心里老觉得少了许多东西……"

温存了一会儿,公韧说:"是这么回事,这里革命经费紧张,共进会决定,让你从那些贪官污吏手里'借'点儿经费用用。"

唐青盈一下子火了,浓眉一竖,大眼一瞪说:"没门!原来是为了这件事啊,早知道是这个事儿,我才不来呢!你们这些七尺高的大男人干什么的?什么事情都推给我一个小姑娘。亏着你还是我的亲爸爸,亲哥哥,怎么说得出口……"

这些话,说得公韧哑口无言……是啊,自己作为一个帮会头领,一个革命多年的老同志,本应该承担起更重的担子才对,怎么能把这么重要的任务交给一个小姑娘呢……

第191回 唐青盈大开偷盗戒(一)

看到公韧的表情,唐青盈的心里倒乐了,想了想说:"嗯……想让我办这个事情,也不是不可以。你得答应我一个条件。"

公韧忙说:"别说一个条件,十个条件也行。"

唐青盈说:"你得答应娶我。"

公韧沉默了,想了一会儿说:"青盈啊,咱不说这个行不行,等完成了任务再……"

唐青盈坚决地说:"不行!你不答应,就别指望我开这个戒。我知道你这个人,等我办完了这个事,你就翻脸不认账了。"

一想到和西品十七年来的恋情,一想到由于自己的无能,让西品白白地在火坑和魔窟里苦苦煎熬了十几年,公韧的心里就如针扎般疼痛,坚决不能答应唐青盈。可一想到为了筹措经费,同志们已经穷得身无分文,再也拿不出一分钱了,革命大业眼看就要因为经费问题而付之东流,公韧的心里又感到忧心如焚……

想了好一阵子,也没有别的办法,公韧只好跺了跺脚说:"好!我答应你,娶你。"

唐青盈乐得一蹦老高,激动得泪花在眼睛里打转,她抱着公韧的脖子在公韧的脸上亲过来亲过去。公韧的心里却毫无快感,倒有一种被挟持的感觉。他轻轻地推开唐青盈的手说:"好了,好了,我们研究工作吧!"

唐青盈想了想说:"那不行,空口无凭,你得立下字据。"说着,就在公韧的书桌上找着了纸、笔、墨,非要公韧立下字据不可。公韧说:"我看这就不必了吧,难道你还不相信我?"

唐青盈执拗地说:"那不行,我看你说话不靠谱,要是反悔,我就拿着这张纸找组织告状去。"

公韧没有办法,只好犹豫地拿起了笔。唐青盈在一边研墨,见公韧还在犹豫,就抢过公韧的笔蘸了蘸墨,又递给公韧。公韧苦笑一声,在纸上写下了"我一定娶你",并署上了自己的名字。

这下子唐青盈可高兴了,待墨迹干了后,她把那张纸轻轻地折叠起来,放在了贴身的口袋里,就像揣进一颗定心丸一样。她又指着公韧的鼻子说:"白纸黑字,看你还敢抵赖!你要敢抵赖,看我不把你……哼!"

说干就干,三更左右,两个人悄悄起床,都穿上了事先准备好的黑色短衣短裤、软底鞋。唐青盈别上了她那把明晃晃的弯刀,公韧则把一把崭新的德国驳克枪上满了子弹,别在腰中。行动是按照商量好的原则进行,一是拿着共进会开好的贪官污吏"黑名单",按图索骥;二是不到万不得已不杀人,以免刺激清政府;三是只要金银珠宝和银圆铜圆现货,不要银票,避免兑换麻烦。

公韧看了唐青盈一眼,觉得她的脸太白,就到灶屋里,摸了一把锅灰,涂在她脸上,又在自己脸上也抹了一把。唐青盈讥诮他说:"我看你还挺内行呢,是不是以前干过?"

公韧只好说:"干过,干过,梦里干过,小说里也读过。"两个人对视一眼,都感觉对方真和小庙里的黑头鬼一样,不禁互相又嘲笑了对方一番。

俩人悄悄出了院,掩上了门。他们朝街上望了一眼,这里和汉口租界不一样,街上没有路灯,到处黑灯瞎火的,店铺早已关门,居民已经入睡,处处是死一般的寂静。只有远处的打更人提着灯笼,敲着梆子,像鬼魂一样,慢慢游荡,使武昌的夜显得愈加阴森、静谧。

俩人按照白天踩好的点,朝着目标疾速行走。唐青盈自小习武,功夫非同一般,又穿上软底布鞋,走起路来几乎没有声响。公韧尽管加快脚步,可是要想跟上唐青盈,也绝非易事,最后不得不一溜小跑,惹得唐青盈回过身来戳了公韧好几回,意思是这呱唧呱唧的脚步声,太刺耳了。

不一会儿,两人到了一所足有两人高的院墙边,驻足听了听,附近没有什么异常。唐青盈轻轻拍了公韧一下,意思是我要上了,公韧轻轻地点了点头。唐青盈退后几步,运了运气力,然后紧跑几步,借着惯性,两脚就上了墙头。她坐在墙头上,朝院子里支起耳朵听了一会儿,然后轻轻地跳了进去。

公韧拔出驳克枪,在墙外紧张地警戒着。不一会儿,从远处晃晃悠悠地过来了一个人,像是一个醉汉,东倒西歪哼哼唧唧地到了这堵高墙下边,扑通一声歪倒,就再也爬不起来了。公韧紧张得了不得,到了跟前一看,这个醉汉已经躺在地上呼呼大睡起来。公韧拽着他的胳膊,像拖死狗一样,拖出去好远,把他扔到一堆垃圾里,才放下了心。

不一会儿,又来了情况,一男一女两个青年学生模样的人,到了墙根下,看到这里没人,就亲热起来。公韧耐心地等待了一会儿,他俩不但不走,反而愈来愈放肆了。公韧实在没有办法,就装成一个醉汉,东倒西歪地捂着脸,骂骂咧咧地走过去,到了他两个跟前,朝着他俩身上就歪了过去。那两人受了惊吓,赶紧爬起来就走。他俩走到哪里,公韧就晃晃悠悠地跟着他们到哪里,直到把他们"撵"出老远。

又过了一会儿,从墙那边扔过来一颗小石子,啪的一声,砸在了地上。公韧也从地上捡起一块小石子,轻轻地扔了过去。公韧抬头仰望,似乎有一个黑黑的东西从那边抛了过来,公韧顺手一接,哟,好重噢!砸得公韧弯下了腰。

接着唐青盈落到公韧跟前。她轻轻地拍了公韧一下,急速顺着来路返回。公韧挟着小包袱,紧张地跟在唐青盈后边,穿大街,过小巷,一直到了书店。

进了书店,关上大门,公韧才松了一口气,这才发现自己早已经是湿漉漉的一身大汗。进了内屋,点亮油灯,看到和黑炭一般颜色的唐青盈,也是大汗淋淋,气喘吁吁。公韧赶紧打了一盆清水,让唐青盈洗了脸,又赶紧倒上一碗水,看着她咕咚咕咚地喝了下去。

公韧迫不及待地在油灯下打开了包袱。嗬,沉甸甸的包袱里,金元宝、珍珠项链、银圆、铜圆,什么都有,高兴得公韧心里像开了花。唐青盈一把从包袱里抓起那串最值钱的珍珠项链扭头就走。公韧一把抓住她说:"看看可以,自己要不行!"

唐青盈眉头一皱说:"为什么?我下了这么大力,难道就不能给自己留点嫁妆吗?你这人,怎么这么死心眼,包袱里到底有多少东西,谁知道!"

公韧厉声说道:"那不行,干什么要凭良心。孙武、邓玉麟他们穷得都快光屁股了,我们哪能动这些宝贵的经费呢!"

唐青盈一屁股坐在了床上生闷气。

公韧知道唐青盈也怪不容易的,上去哄她说:"好了,好了,等我发了饷,一定给你买一串最好最好的珍珠项链。"

从此,公韧、唐青盈白天睡觉,晚上外出行动。先上来比较顺利,出师必果,大包袱小提溜弄回来不少东西。可是后来,武昌城内的风声渐渐紧张起来,街上到处流传城里出了江洋大盗,专门抢劫贪官巨贾。传说中的江洋大盗虽不杀人,但也把人整得半死不活,他们飞檐走壁,身怀绝世武功,来无影,去无踪,神出鬼没。渐渐,官吏们增加了看家护院的,街上也增加了警察巡逻,稍微有点风吹草动,警察就吹响警笛,引来官军,弄得武昌城内风声鹤唳,一夕数惊。

这一天,公韧对唐青盈说:"我和邓玉麟商量了,咱们应该金盆洗手了,再干下去,非得出事不行。今晚,咱就睡个安稳觉吧,不去了。"

唐青盈摇了摇头:"那不行,你说不去就不去吗?把我的馋虫引出来了,刹不住车了。"

公韧瞪了她一眼:"怎么和个小孩子一样,都这么大了,没一点大人气。你以为这是过家家吗?多少人为咱担惊受怕,多少人在算计着咱啊!再说,这偷东西也不是什么光明正大的事儿,没办法才出此下策。"

唐青盈用乞求的目光看着公韧说:"就让我再来一次吧!干完了这一票,咱再也不干了。"

公韧拗不过她,无可奈何地说:"说你是个孩子吧,能办大人的事儿,说你是个大人吧,还是个孩子的心,可叫我怎么办呢?唉,就这一次了,今晚,你打算招呼哪一家呢?"

唐青盈咬咬牙说:"反正是最后一次了,就从瑞澂那个老小子那里下手。"

公韧吃了一惊:"小孩子家家,真是洗脸盆里扎猛子——不知深浅。总督大人那里是你随便去的地方吗?老虎屁股摸不得。"

第192回　唐青盈大开偷盗戒(二)

唐青盈毫不胆怯地说:"这么多天,见我什么时候失过手?这可是条大鱼,一家顶好几家。"

公韧一想也对,点了点头:"咱们多带几个人吧?"

唐青盈撇撇嘴说:"我也想带几个帮手,可是你看看那些当兵的吧,哪一个是撬门破锁的行家?瑞徵的宅子我看过了,那么高的院墙,院墙上还有铁丝网,里头暗道机关想必也不少。到时候他们帮不了我,我再救他们,那不是累赘吗?"

为了最后的这次行动,俩人做了精心准备,又一人吃了五个鸡蛋,这样既保证有充足的体力和营养,又避免了增加体重。唐青盈过去干这活儿不带手枪,这次公韧把压满子弹的小手枪递给她,说:"这次特殊,带上。"

唐青盈默默地点了点头,把枪别好。俩人出了书店,对面的同兴酒楼里闪出五六个黑影,悄悄地跟在后边。唐青盈蓦然一惊,对公韧小声说:"这些人是干什么的?"

公韧压低声音说:"自己人,他们只是远远地跟着,不碍咱们的事儿。"

天空一会儿乌云密布,一会儿又云开月露,街道便随之一会儿黢黑一会儿明亮。半夜三更,街道上没有闲人,不时有一队警察巡逻,巡勇也过来凑热闹。两个人躲避着他们,穿大街过小巷,不一会儿,已来到督署门口。

两个人看到督署门口有一排灯笼照得大门亮堂堂的,灯笼底下有十二个清兵纹丝不动地拿着步枪站岗,想从这里进去显然十分困难。两个人只好绕到督署后面,这里虽然比前门略微松点,只有八个清兵站岗,但也不好进。

俩人只好又绕到侧面,这里的院墙将近两个半人高,墙头上拉有铁丝网,而且不一会儿,就有一队清兵沿着墙边巡逻,不一会儿,又有警察来往,显然督署早就加强了戒备。公韧面有难色,对唐青盈小声说:"这真是龙潭虎穴,咱们就别进去了吧!"

唐青盈倒是一点也不害怕,用胳膊肘捣了一下公韧,鼓劲道:"别怕,他们外强中干,没什么了不起。"她瞅准巡逻过去的空儿,猛跑几步,蹬了两下墙,一下子抓住墙头,贴在了墙上。她向院子里观察了好一阵子,才一个鹞子翻身,轻轻地落到了院内。

大院里空旷亮堂,不远处点着一个灯笼,要想藏身实属不易。唐青盈于是施展轻功,悄悄上了房顶,遇到清兵在底下巡逻时,她就伏在房顶上,憋住气,静静地等待。等到清兵走过去,她立马踩着房瓦,疾步如飞,快速地往后院奔去。

根据她的经验,找到了一所豪华的深宅大院里。北屋正房她不去,因为那是正屋,一般都是会客厅。东屋她也不去,因为那是偏宅。只有北屋偏房和西屋,那才是老爷和夫人的寝室,正是最有可能藏匿金银珠宝的地方。

唐青盈想了想,那就先到西屋吧。她悄悄下了房,看了看院子四周,淡淡的月光下,院子里静悄悄的,没有一个人。唐青盈脚底无声地到了西屋门口,抽出弯刀,悄悄地拨开门闩,又拿出随身携带的湿毛巾,朝着门扇转轴拧了一些水,毫无声息地打开了屋门。她稍微稳了稳神,迅速扫视了一圈屋里。透过从窗户射进来的微薄月光,看到床上似乎躺着一个人。唐青盈屏住呼吸,悄悄过去,左手执刀,右手朝着他的时辰穴就是一点。

说时迟,那时快,那人一个鲤鱼打挺,一道白光闪来,朝着唐青盈就是一刀。唐青盈紧躲慢闪,右胳膊上还是挨了一下子,顿时鲜血飞溅。唐青盈蓦然一惊,下意识地朝后退了两步。那人紧跟其后,朝着唐青盈又是一阵子白光乱闪。

唐青盈左躲右闪,用弯刀抵挡,只觉得那人刀法凌厉,白光不离自己的咽喉、胸口,每一招都是致命的。不好,这是遇上高手了,唐青盈急急忙忙往外退去,那人紧追不舍,并不断地朝着自己连劈带刺。唐青盈一边招架,一边鼓足精神,朝着那人三刀削去。这三刀也挺快,吓得那人倒退两步。唐青盈赶紧往后一转,施展轻功,先上墙,再上房,逃命要紧。

两个人一阵子利刃相撞,叮当乱响,早已惊醒了那些看家警卫。他们纷纷点亮灯笼、火把,跌跌撞撞地从屋里冲出来,乱喊乱叫:"抓刺客啊!""抓强盗啊!"亏得唐青盈武功高强,强忍着疼痛,顺着来路,在房顶上快步如飞。那些清兵在房底下上不了房,也看不见人,只是胡乱咋呼。

唐青盈看着快到地方了,从房顶上嗖的一声,跳到平地上。顿时从前后左右拥上来几十个清兵。唐青盈拔出手枪,忍着疼痛连续开枪,杀出一条血路,一使劲,踩着墙砖,跃过铁丝网,翻了下去。

听到院内人声鼎沸,乱成一锅粥,公韧知道大事不好,准是暴露了,只急得六神无主,冷汗直冒。不一会儿,见墙头上翻下一个人来,坐在了地上,要想站起来,已经有点困难了。

公韧急忙一把拉起她,架着她就跑。墙内那个高手也翻下墙来,迎面也跑过来十几个清兵,把公韧和唐青盈紧紧地围在中间。公韧心想不好,掏出驳克枪来,朝着清兵一阵子砰砰砰,二十发子弹一扫而光,清兵被打倒了四五个。余下的又围了上来,朝着公韧和唐青盈一阵乱枪,打得两人急忙趴在了一棵树后头。

这时候后头的那个高手又在后边开枪,一枪打在唐青盈的腿上。唐青盈只得转过身来朝后边开枪,压制住后面那个高手。公韧心里连连叫苦,这真是前有堵截,后有追兵,再险恶不过了。可是到了这个时候,也没有别的办法,只好又往枪里压上一个弹夹。

唐青盈看到两人已身陷绝境，压低声音对公韧说："我掩护，你冲出去！"

公韧狠狠地瞪了她一眼："要冲出去的话，也应该是你啊！准备好冲。"

公韧看到清兵越来越近，也就十多米了，突然一跃而起，朝着清兵又是一阵乱枪，打倒了三四个，其余清兵纷纷躲避子弹。公韧趁这工夫，拉着一瘸一拐的唐青盈往前冲去，紧跑两步，就钻进了一条小巷。这伙清兵一边大喊："抓贼啊"一边紧追不舍。公韧由于拖着受伤的唐青盈，越跑越慢，眼看着就要被这伙清兵追上。

突然，不知从哪里钻出来一些人，朝着那些清兵噼噼啪啪一阵短枪射击，把那伙清兵阻隔在一边。乘这机会，公韧架着唐青盈又赶紧跑，跑了一段，觉得后头那些清兵又追上来了，看来那些阻挡敌人的战友已经全部牺牲。

公韧觉得唐青盈的身子越来越重，累得自己气喘吁吁，浑身已经没有一点力气。这时候，整个武昌城里都开始乱腾起来，公韧感觉到，无数的清兵已经开始向这里运动，时间越长，对自己越不利。

后面的脚步声已越来越近，公韧挥枪朝后面打去，打了两枪，枪里已经没有了子弹。再想往枪里压子弹，发现弹夹和子弹都没有了。

这会儿真是身陷绝境，公韧叹了一口气，对唐青盈说："小青盈呀，小青盈，咱爷俩这会儿真是死在一块儿了。"小青盈这时候还倔强地说："亲爸爸，别管我，你快跑！"

公韧微微摇了摇头，苦笑一声："傻孩子，说的真是傻话，往哪里跑呀！"公韧再也跑不动了，张着大嘴只是喘气，他紧紧地搂住了小青盈，在静静地等待着死亡的来临。

就在这危急的时刻，突然传来一阵清脆的枪声。又一伙人冲了过来，用乱枪阻住了追击的清兵。有一个人上来，架着公韧和唐青盈就跑。这个人虽然个子不高，却很有力气，一边跑一边鼓励公韧："不要急，有我们呢！"

公韧觉得这声音有些熟悉，可是一时又想不起来是谁，问道："你是谁？"

那人跑着说："我是刘复基啊。"公韧心里一惊，问："你怎么知道我们在这里？"

"半个武昌城都打起来了，我们还能不知道？"刘复基说。

他架着公韧和唐青盈迅速地往前跑去，后面有一些文学社的同志在交叉掩护着撤退⋯⋯

第 193 回　老瑞澂督署开大会

　　为了对付革命党人起义,九月二十七日,在武昌督署里,湖北当局又召开了文官知县以上,武官队官以上的紧急会议。

　　会堂设在宽大阴森的督署大堂内,由于黑暗,屋里不得不点上了几支大蜡烛,使屋里显得明亮些。这次会议有别于旧式会议,旧式的会议,湖广总督瑞澂总是坐在正北高台的中央,旁边坐着几个主要的官员,而一般的官员只能站着,而这次会议,带有新式的味道,官员全都坐着,左边是文官,右边是武官,黑压压地坐了一大片。

　　会议由湖北军事参议官铁忠主持,铁忠没有穿清朝的官服,而是身着长袍马褂和西式的裤子,戴着瓜皮小帽,脑后拖着一条大辫子。这种不伦不类的装束,说明他既区别于传统的清朝官员,又和新派人物还差着一段距离。

　　他看到人员已经到齐,大声地宣布开会,说:"听说湖北革命党八月十五要造反叛乱,为了镇压这些乱党,所以今天把各位请了来,一块儿商量商量。我想,大家的想法和我是一致的,那就是对付这些乱党,手脖子不要软,该杀就杀,该关就关,绝不能姑息迁就。现在就请湖广总督瑞大人讲话。"

　　底下文武官员一下子站了起来,表示对瑞澂的尊敬。整个大厅内发出了一阵稀里哗啦椅子的挪动声,窸窸窣窣的衣服摩擦声。

　　瑞澂朝下摆了摆手,示意让大家坐下。

　　瑞澂是一个又矮又胖的老头子,他头戴花翎帽,身穿三品官服,浑身显得臃肿不堪,就像吹起来的泡泡一样。他用苍老而喑哑的声音说:"诸位同僚,诸位新军军官,现在湖北形势已经是风雨飘摇,岌岌可危。湖北先有革命党日知会,丙午之年(一九〇六年),张之洞大人英武果断,一举将匪首朱元成、梁钟汉、胡瑛、季雨霖、李亚东、刘静庵等拿获,使日知会顷刻之间土崩瓦解,湖北形势一片光明。现在又有革命党共进会和文学社,这些匪党不但联络了湖北的会党、刁民,而且还深入军队,听说新军里已有不少士兵加入了革命党。一旦他们动起手来,和一般的会党和刁民可不一样啊,他们手里的枪可是要朝我们开火啊!他们的大炮可是要朝督署里轰炸啊!"

　　瑞澂说到这里,不往下说了。在场官员,有的感到惊讶,脸上露出茫然的神态,在向别人细问究竟,不断地摇头叹息;有的无动于衷,笑着和别人悄悄议论,散布最新消息,会场一时显得有些混乱。

铁忠大声地咳嗽了两声,底下又肃静了。

瑞澂又继续说:"现在小报上也登了,老百姓传得到处都是,什么'革命党中秋起事'啊,不知你们准备好了没有?"

底下一时又交头接耳,议论纷纷,铁忠和瑞澂也不加制止。不一会儿,下面沸沸扬扬,像炸了营一样。瑞澂朝底下摆了摆手,会场内又安静了。

瑞澂喊了一声:"王履康!"

湖北巡警道王履康赶紧站起来,毕恭毕敬地走到瑞澂的跟前,低着头说:"卑职在。"

瑞澂阴阳怪气地说:"这些事你都知道吗?"

王履康说:"听说了。"

瑞澂问:"打算怎么办啊?"

王履康大声地说:"我已命令下属,将各旅馆、学校、社团等场所严加调查,在各城门、大街小巷增加巡逻,发现可疑的人,立即拿获,确保社会治安良好。"

瑞澂警告他说:"到时候出了事儿,不但我要掉脑袋,你的脑袋也保不住。"

王履康低着头回答:"卑职明白!"

瑞澂摆了摆手,王履康重新回到他的座位上。瑞澂又接着对底下说:"从今以后,各个衙门机关,凡拿朝廷俸禄的,没有必要的事情,一律不得请假。"

底下人一齐点头称是。

瑞澂说完对铁忠看了一眼,铁忠又宣布说:"现在请第8镇统制兼鄂军提督张彪讲话。"

张彪腾地一下站了起来,挺胸收腹,两腿笔直,一副标准的军人姿态。他底气十足地朝底下军官们吼道:"各人的经各人念,我们军人就是要把自己军队的事情办好。我命令各协、各标、各营、各队中秋节提前过,中秋一律不准放假;继续搜索剩余子弹,所获统统放到楚望台军械库;听说守卫楚望台的工程营第8营里有革命党,把第8营从楚望台调开,另派第30标的旗兵营守卫。别的人还有意见吗?"

张彪说完,一双虎眼朝底下的军官扫视了一圈。

底下一阵沉默,好半天没有人说话,稍微等了一会儿,坐在军官之首的新军混成协协统黎元洪站了起来。他穿着崭新的军服,显得他高大威武,沉稳老练,特别引人注目的是他唇上的胡子修理得整整齐齐,更显出他在自信之中又有几分儒将风范。他对张彪毕恭毕敬地说:"张统制,有些话不知道我该说不该说。"

张彪点了点头说:"你说吧!"

黎元洪说:"据我所知,新军里加入共进会和文学社的人不少,如果一个两个,十个八个,可以逮捕他们,把他们绳之以法。可是如果有一半士兵加入共进会和文学社的话,那可就麻烦了。有一句话叫刑不责众,我看我们处理这件事情要格外小心,只有恩威相济,环环相扣,才能避免激起兵变。楚望台军械库本来是工程营第8营守卫,一旦把他们调开,我怕更是刺激了他们。"

张彪说:"可是不换他们,他们真抢了军械库,兵变怎么办?"

黎元洪说:"你就是换人守卫,一旦他们兵变,也阻挡不了。再说军火渠道这么多,他们从别的渠道搞到军火,那也说不定。人心,军心,我们要的是他们的心,只有把他们的心收了,我们才能阻止这次起义。我看只有外松内紧,才是上策,才能避免刺激他们,才能避免激起兵变。"

张彪不说话了。黎元洪的一些话,说到他心坎里了。

铁忠想了想说:"我看黎协统的意见倒是有几分道理,不妨一试。"

张彪考虑了一会儿,对底下的军官说:"除了暂且不把工程营第8营从楚望台调开,其他的命令照常执行。军队要严加控制,哪个协、标、营、队出了问题,可别怪我张彪六亲不认!"

这次会议结束以后,武昌城内的气氛更加紧张起来。士兵在城门口盘查行人,街上派了双岗,晚上巡逻的人也增加不少;警察到学校、旅社和各个社团里大肆搜查,发现可疑的人立即逮捕。九月下旬至十月上旬的这段时间里,革命党人和清朝湖北当局都进入了临战状态,一场空前的大搏斗即将爆发。

九月二十八日,湖南焦达峰派人函告武昌革命指挥部说,因十月六日起义准备不足,请暂缓十日。武昌革命指挥部经过研究,决定于十月十六日,湖北、湖南两省同时起义。

第 194 回　试炸弹宝善里失事

十月九日下午四时,在汉口俄租界宝善里 14 号的秘密机关里,由于起义日期日趋迫近,同志们都在紧张而忙碌地工作着。丁立中和李作栋在室中的一个小圆桌上给印好的革命钞票加盖印章,王伯雨在处理文件,两个军队的同志在检验手枪，邓玉麟外出买表还没有回来。

孙武累了，在窗户旁边稍微坐了一会儿，他忽然想到，买了几箱炸弹还不知道效果如何，一旦炸不响，不知道要耽误多少事情。孙武将一颗炸弹从箱子里拿出来，拆开，然后用一根筷子从炸弹里掏出一些黑色粉末，放在了脸盆里，准备试一试。

这时候，恰逢刘公的弟弟刘同到机关里来，他看到屋里又是手枪又是炸弹，十分好奇，就站在一边看热闹。由于脸盆没擦干净，脸盆里的药粉很快湿了，孙武只好找了块干布，把炸药擦干净，又用筷子掏了比上次多一点的粉末放到脸盆里，看了看这回药粉没有洇湿，就考虑着怎样试验一下炸药的性能。

刘同闲着无聊，就掏出一支香烟点上，也朝脸盆里看，漫不经心地一弹烟灰，凑巧烟灰落到了火药上，只听到呼哧一声响，火药爆燃，浓烟四起。刘同离得远，头抬得快，没有受伤，而孙武离得近，头抬得慢，面部和右手一下子就被烧伤了，王伯雨的右眼也被飞溅的炸药灼伤。

突发的事件，使大家吃了一惊，李作栋最先反应过来，急忙从屋角的衣架上取下一件长衫，一下子蒙在孙武的头上，把孙武头上的火扑灭。丁立中和两位军队同志立刻给孙武和王伯雨简单地包了包。这时候，另一个屋里的刘公和几个同志听到响声，也跑了进来，一看这情景，刘公马上对李作栋喊道："快扶他们上医院。"

李作栋、丁立中和两位军队的同志赶快扶着孙武和王伯雨下楼去医院。

恰在这时，有一个拿着黑漆棒，头上缠着红包布的印度巡捕从这里路过。他在外面看到从窗户里往外冒黑烟，以为失了火，急急忙忙往楼上跑。上楼的时候，看到四个人架着两个蒙着头的人往楼下走，以为是病人，也没有管。

这六个人到了楼下，立刻喊了两辆人力车，把孙武和王伯雨架上去，往同仁医院飞驰而去。

楼上的门还没来得及关上，那个巡捕一下子闯了进去。他看到满屋浓烟和慌乱的人们，地上是几箱炸弹、四五百套军装和一百多支手枪，不禁吓了一跳。还没等众人反应过来，这个巡捕扭头就下了楼，赶紧报告他的上司去了。

上司听了这个巡捕的报告后，大吃一惊：在他的地盘上竟然有人私藏军火！要是湖广总督瑞澂知道了这件事与他正面交涉，他可怎么应付？于是一方面带领巡捕迅速赶来搜查，一方面通知江汉关道齐耀珊。齐耀珊听说了这件事，先上来也吓了一跳，可是后来仔细一想，这不正是捉拿革命党升官发财的好机会吗！于是又高兴起来了。他立刻调集巡警,往宝善里捉拿革命党,同时打电话给瑞徵,夸大其词,乘机邀功。

机关上的刘公见一个巡捕闯进来又走了,知道大事不好,赶紧叫人用桌子顶上门。他首先想到的是如何迅速把机关上的重要文件带走,那里头有起义的具体计划和人员名册。可是这些文件都锁在屋里一个结实的大木头箱子里,而拿钥匙的同志不在,真是越热越包棉,越渴越吃盐,刘公急得大喊:"快!快!箱子里的文件,快快取出来。"

他和其他同志想找斧子,哪里找得到呢?想找点别的利器,根本也没有,只能又是用脚踹又是用椅子砸。刘公六神无主,心烦意乱,脑子和炸锅一样。这时候已听到楼梯被一阵杂乱的脚步踩得咚咚乱响。不一会儿,前门已被敲得响成一个蛋,巡捕们敲不开门,用外国话乱喊乱叫,使劲地砸门,屋门咚咚咚地似乎马上就要被砸烂。

刘公一看没有办法,只得下令迅速从后门撤退。刘公从后门出来时,一个俄国巡捕正好迎头过来,问刘公:"屋里怎么回事?"刘公用手捂着脸说:"屋里煤油不小心起火了!"随即赶紧走开。

邓玉麟买表回来,走到巷子口,看见围了许多人和巡捕,就向周围看热闹的人打听情况,这才知道机关里出了大事。他想到机关里还有许多重要文件,心里急得火烧火燎一般。事不宜迟,他立刻赶往长清里机关,在那里见到了刘公和李作栋。当他知道机关里的文件一份也没有转移出来时,刹那间就觉得犹如一盆凉水从头泼到脚后跟,全身打了个激灵,天顿时就像塌下来一样。

李作栋对邓玉麟说:"孙武现在已送到同仁医院,他要和你谈一谈,要你赶快去。"邓玉麟答应一声,就急忙往同仁医院赶去。

刘公在长清里机关里,急得坐也不是,站也不宁。刚才宝善里14号机关已经被俄巡捕抄了,那里头有许多重要文件,特别是人员名册,敌人将会按图索骥,把我们的革命同志一一抓去,不知将会有多少革命党人头落地……

这时候刘同耷拉着脑袋站在一边,吓得一句话也不敢说。刘公看着这个一身洋学生打扮的弟弟,气就不打一处来。他气哼哼地训斥刘同说:"我们的事情,你瞎掺和什么!学校里,街上有那么多好玩的你不去,为什么偏偏往我们的人堆里钻?"

刘同眼珠子转了转,鼓足勇气说:"哥,就算我的错行吧,难道我就不能给你们干一点儿事情吗?有事儿就交给我吧,我一定将功折罪,让你瞧瞧,刘公的弟弟也不是吃素的。"

刘公想到,他的宝善里1号宅中,还有许多重要文件,一旦这些文件落到巡捕手里,将会带来更大的破坏。刘公对刘同说:"那你去给我办点事吧。"

刘同一口答应:"没问题,哥,你就放心吧!"

刘公说:"陪你嫂子赶快回家一趟,把家里抽屉里的那些文件赶快取回来。取不回来,烧毁也行,反正不能让那些巡捕弄了去。这个事情你能办吧?"

刘同笑了笑说:"你也太看不起我了,哥,这个事儿还不好办吗?我先看看门口有没有巡捕,没有的话,就把那些文件拿回来,交给你就是了。要是有巡捕的话,我也没有什么办法,马上回来告诉你。"

刘公心想:刘同还是挺聪明的,不用教就会了。于是点了点头说:"就这样,快去快回,一切要小心谨慎。"

刘同叫上嫂子李淑卿赶快回家去取文件。他陪同嫂子,先在家门口周围机警地看了看,并没有发现可疑人员,这才悄悄地走近家门口,从口袋里掏出钥匙,把钥匙插到锁孔里,一拧……就在屋门将要打开的一刹那,几个俄国巡捕突然一拥而上,抓住了刘同和李淑卿。

邓玉麟照李作栋的传话,迅速赶到法租界同仁医院,找到了孙武。孙武头上包着厚厚的纱布,只露出两只眼睛,右手上也包着厚厚的纱布。孙武见邓玉麟进来,左手一把抓住他的手说:"玉麟啊,来得正好!可急死我了。"

邓玉麟两只手紧紧地握着孙武的手说:"有话慢慢说,别急!别急!"

孙武说:"事情想必你也知道了,情况万分危急。我们所有的起义计划和人员都已经暴露,已经没有什么秘密可言。你看如何是好?"

邓玉麟说:"你是军备部长,一切由你做主。"

孙武说:"我看只有立即起义,我们还可以死里逃生,形势已经不允许再有别的计划了。"

邓玉麟说:"我和你想的一样,有什么指示,你就下达吧。"

孙武说:"你迅速赶到武昌小朝街军事指挥部,找到蒋翊武或者刘复基,汇报这里的情况,并说明我的意见,立即组织起义,越快越好。"

邓玉麟点了点头说:"好,我立即就去。"

孙武推了推他的手说:"快去啊!"

邓玉麟说:"那你多保重。"

孙武朝他挥着手说:"快去吧,快去吧,越快越好,越快越好……"

第 195 回　众人相逼决定起义

随部队驻扎在湖南岳州的蒋翊武接到武昌革命总指挥部让他立即赶回武昌主持起义的命令后,他找了个事由向长官告了假,从岳州匆匆出发,于十月九日早晨赶到了武昌。他先到蔡大辅家里问了问情况,又随同蔡大辅来到了小朝街85号军事指挥部。

此时刘复基、王宪章、陈磊等人早已聚集在这里。刘复基一见蒋翊武来了,高兴得不得了,觉得自己的心里有了主心骨一样,又是沏茶又是让座。蒋翊武略微坐了一会儿,问:"我到岳州时间不短了,这里的情况也弄不清楚,以现在咱们党的势力,究竟可不可以起事?"

刘复基严肃地说:"形势非常严峻,说不定什么时候,清狗子就可能突然包围这里,把咱们全都抓起来。要说咱们的力量,在军队中,十个人中恐怕有九个是革命党,若是举事,不但可以占领武昌,就是打到北京,也没有什么问题的。"

蒋翊武考虑了一会儿,又问:"上个月派居正、杨玉如去上海,请黄兴、宋教仁、谭人凤的事情,不知道办得怎么样了?"

刘复基说:"杨玉如前几天才回来,居正还在上海。居正和杨玉如到达上海联系上宋教仁和谭人凤后,宋教仁他们第一时间就把我们这里的情况密电黄兴。黄兴当时回电说:'各省机关,还没有一气打通,湖北一省,恐难做到起义成功。必须迟到九月底(阴历),约同十一省同时起事才好。'听说黄兴月底到了上海,布置一切。但是我们军队里的同志,听说起义要推迟几天,都不高兴,哪一天都有人让我打电报催你回来。"

蒋翊武听了,沉吟半晌,说:"黄兴这个人,心里有数,凡事都小心谨慎,自然是万无一失。我们这里虽然人数众多,但是地处中国的中心,一旦起义,各省的清兵都来进攻我们,我们怎么招架?很可能一败涂地。何况我们受清政府的欺压已经二百多年了,还在乎这几天吗?与其速而无功,不如迟而有益。"

刘复基又说:"你的意见倒是不错,和我想法一样,无奈他们都在摩拳擦掌,跃跃欲试,好像一会儿都等不得。我们要将他们请了来,一块儿商量商量才是。"

蒋翊武点了点头:"好!那就麻烦你下通知吧。"

刘复基立刻派人到步、马、工、辎、炮各营去下紧急通知,请他们派出代表火速前来开会。不多时候,代表们陆续到齐。会上大家群情激奋,纷纷要求快点起义。在蒋翊武的劝说下,大家才渐渐冷静下来,各自回营准备。

大约五点多钟,邓玉麟突然闯进了门,见了蒋翊武也顾不得打招呼,着急地嚷道:"不好了!不好了!汉口的机关已经完了,被清军抄了,所有的名单全被清军搜去了。"

蒋翊武、刘复基等人听了这些没头没脑的话感到莫名其妙。蒋翊武惊讶地问:"到底怎么回事,说明白点。"

邓玉麟就把孙武摆弄炸弹,刘同不小心把烟灰弹到了火药里,孙武被烧伤,碰巧巡捕在楼下巡逻上楼来查看,俄巡捕把机关抄了的事情讲了一遍。蒋翊武听了,瞪着眼睛半晌没有说话,好半天才叹了一口气,慢慢地说道:"唉,万没想到,事情会这样……"

事发突然,在场的同志们一个个阴沉着脸,都在考虑着当前的危急形势,怎样处理才是万全之策。良久,刘复基坚定地说道:"事已至此,干脆一不做,二不休,就在今晚起义吧!"

邓玉麟马上支持他的意见说:"好得很,就这样办。孙武让我捎信说,他的意见也是立即起义。蒋司令,我们既然已经推举你做了总司令,就请你下这道命令吧,准于今晚起义。现在时间已经不早了,如若今晚上起义,早一会儿下命令,也好使各营抓紧准备。"

王宪章、张廷辅、陈磊等人也是异口同声地支持立即起义。蒋翊武却摇了摇头,不说话,众人又一齐催促道:"总司令,你就赶快下命令吧!"

蒋翊武慢悠悠地说:"上午我好不容易才说服各营代表,推迟起义,孙武又说立即举行起义。我怎么再去下达命令呢?再说推迟到阴历九月底,这是黄兴的意思,也是全国的统一步骤。枪打出头鸟,一旦起义,我们必然遭到清军的四面围攻,难免不被动挨打。"

邓玉麟着急地跺着脚说:"情况变了,已经到了万分危急的时刻,一旦全部机关遭到破坏,我们再想开会,发布命令可就难了。"刘复基看着蒋翊武的眼睛,逼迫道:"蒋总司令,既然起义计划已经暴露,我们还犹豫什么?应该立即起义。晚了,人都没了,还谈什么这个那个的。"

蒋翊武摇着头说:"你们说得这么轻巧,情况不明,瞎打乱撞,我们犯了打仗的忌讳。最好再等一阵子,上回南湖炮队出了事儿,不也不了了之吗?这么大的事情,要沉住气!沉住气!"

刘复基拔出手枪,指着蒋翊武的脑袋说:"不可!你身为总指挥,新军几万人的性命都捏在你的手里。今天形势危急,千钧一发,你还犹豫不决,是不是怕死啊!"邓玉麟叹口气说:"刘同年轻,恐怕一用刑,什么都说了,我们这些人没有一个能活得了。"彭楚藩也劝说道:"就和邓玉麟说的一样,你的头还能留几天啊?"

几个人软的硬的一块使,把蒋翊武逼急了,勃然变色说:"你们真以为我怕死啊,为了革命,我这颗头,早就不想要了,和他们拼了。今天晚上,咱们就发动起义。"

众人齐声说:"好!好!"

刘复基当众起草起义通知,起草完后,交给蒋翊武修改。

蒋翊武看后,表示同意,没有修改一个字,就签上了自己的名字,并让人抄写了二十多份。抄写完后,蒋翊武对大家说:"今天这个命令,乃是临时变化。我先前叫各位代表迟缓几日起义,现在忽然又叫他们今夜起义,这显然自相矛盾,所以你们送命令的时候,必须详细说明缘故,才能使他们不至于误会。"说完,就命令各位同志将命令分别送去。

这时候墙上的钟表已响了六下。蒋翊武看到各标、营都有人送命令去了,又赶快写了一封信,叫岳州的同志,赶快回来参加起义。他又告诉王宪章,叫王宪章同彭楚藩、杨鸿盛几个人,火速给各处送子弹、炸弹,因为各营的子弹、炸弹都被长官控制了,十分缺乏。

办完了这些事情,蒋翊武又到各个机关,亲自部署起义的各种细节问题。

随着八点的钟声敲响,街上传来了叮叮当当的响声。刘复基知道这是有人在放留声机,赶紧下楼拦住那人,叫他在楼下把机器支起来只管放。原来房东,也就是张廷辅的夫人、老丈人和一个保姆,这些人听说要起义了,个个都挺害怕,刘复基这样做一是要缓和一下他们的情绪,二来呢,也好让外人知道,里面正在搞娱乐活动,没有别的意思。而事实上楼上的人正在秘密地商议军务。

刚放了两三个片子,忽然听得外面有人用暗号敲门。刘复基下去开了门,进来的正是彭楚藩。他进了门,径直往楼上走去,刘复基问他:"附近有什么可疑的情况吗?"彭楚藩满不在乎地说:"几个小密探,不要紧,不要紧,等不到四五个小时,他们就完蛋了。怕什么呢?没什么可怕的!"

不一会儿,蒋翊武也回来了,因为疲劳,坐在椅子上歇了一会儿。喘息片刻,他对众人高兴地说:"恭喜各位,现在万事俱备,只欠东风,只要中和门的炮声一响,咱们就下去督队。"

蒋翊武的一番话,说得大家一个个喜形于色,兴奋不已。

刘复基高兴了一阵子,谨慎地对蒋翊武说:"蒋总司令,刚才街口已经出现清军密探,他们可能随时来这里搜捕,这几个小时别出事才好。我看这样吧,咱这机关里没必要留这么些人,有我在这里就行了,你和同志们先躲一躲……"

蒋翊武听了哈哈一笑,说:"这句话该我说才对,我是总司令,必须坚守岗位。你和别人先撤吧!"刘复基也笑了,说:"总司令都不撤,我们哪能撤!没了我们可以,没了你可不行。"

蒋翊武笑了笑,不再理会刘复基,独自处理文件去了。

刘复基看到蒋翊武不走,不好再劝,又对彭楚藩等人说:"你们先撤吧,没必要留这么些人。"彭楚藩大声地吼道:"你不怕死,难道我怕死?咱们有福同享,有难同当,我要和总司令在一起。"别的同志也不愿意撤退。

刘复基见大家都不走,也没有办法,叫人买了一瓶酒、一包菜,几个人就在楼上你一口,我一口地喝起酒来。他们喝着酒,眼睛却不时地往钟表上瞧,恨不得那个短针一下子就转到十二点那个地方。

九点的时候,王宪章来了,进来就问蒋翊武:"你的事情办好了吗?"

蒋翊武说:"事情都办好了,只等炮声一响,起义立即发动。"

王宪章听了,摇了摇头,叹了一口气说:"城门有的关了,有的搜查得很严,不知道邓玉麟能否出得了城门,他可是关系到中和门的炮声啊。"

刘复基说:"邓玉麟有的是办法,我相信他一定出得了城门。"

王宪章点了点头,心里稍微踏实了些,接着又问刘复基:"炸弹还有吗?"

刘复基说:"还有,还有。"说着,就从墙里的板壁内拿出一些炸弹来,递给王宪章,教会他怎样使用,并叮嘱他,到时候可别忘了安上闩钉。王宪章把这些炸弹包在一个大包里,说:"我这就给杨鸿盛送去,叫他送给工程营。"说完,匆匆而去。

几个人又在楼上兴高采烈地喝了一阵子酒。看见钟表上的指针,已经指过了十点,刘复基说:"快了,快了,不过只有一个多小时了,咱们赶快准备吧!"于是众人纷纷准备起来,有的穿皮鞋,有的绑裹腿,有的穿军装,有的扎腰带。人人都在想,怎样杀瑞徵,怎样杀铁忠,怎样指挥军队,怎样督战,怎样带领队伍横扫北京城。

刘复基对蒋翊武说:"时间马上就要到了,我们一定会成功的。从前这里也失败,那里也失败,谁想到我们这里成功了?心里真高兴啊!"蒋翊武也感叹地说:"为了推翻清政府,我们死了多少人,流了多少血!今天一旦成功,我们这些人都要载入史册的。"

几个人正在商议着军情,忽然有一个姓张的同志慌慌张张地跑来,对大家说:"坏了,坏了……"

蒋翊武吃了一惊,问:"又怎么了?有话慢慢说。"

那个姓张的同志说:"刚才杨鸿盛到工程营送炸弹,那炸弹用篮子提着,上面盖着几棵白菜。他刚刚走到工程营门口,一个守卫的排长把他拦住,不许他进去,接着又来翻他的篮子。杨鸿盛一看不好,只得从篮子里拿出一个炸弹向他扔去。可是没有炸着那个排长,反而把自己的脸炸伤了。当时营里也没有人出来接应,杨鸿盛一看不好,扭头就跑,可是眼睛看不清,被营里冲出来的几个守卫给抓去了。"

第196回 黎明前的黑暗

彭楚藩听到这里,并不惊慌,指着墙上的钟表说:"不要紧,不要紧,现在已经十一点多了,还怕什么?不一会儿,就可以听到炮声了。蒋总司令,时间快到了,快快把地图拿出来,以便到时候指挥。"

这时候,刘复基说道:"起义的时间马上就要到了,大家歇息一下,很快就要大干一场了。"他又对陈磊说,"你马上把我们每个人的姓名、简历写一下,要是我们阵亡,也能落一个烈士的好名声。"

陈磊马上把几个人的姓名、简历匆匆写了一下,藏在怀里。彭楚藩在旁边说:"我腰里还有几十块钱,大家说不定什么时候用钱,分了吧。"大家分完钱后,看到墙上的钟表离十二点钟只有半个小时了,更加兴奋起来。

就在这时候,忽然听到门口传来咚咚咚的敲门声,那声音敲得比打雷还要响,整条街都被惊动了。蒋翊武在楼上向外面问道:"干什么的?"

外面恶狠狠地回答:"是来会你们老爷的。"

蒋翊武一听,知道大事不好,脸色一变,急忙对众人说:"不要慌,你们赶快从窗户撤!我来顶着。"说着,从墙上板壁内拿出一颗炸弹,冲向楼梯口。刘复基从他手里抢过炸弹吼道:"你们赶快从窗户保护着司令走!"说着,又从板壁内摸出一颗炸弹,守在了楼梯口。

彭楚藩对刘复基说:"你撤退,我来顶着。"气得刘复基大骂:"都什么时候了,还这么婆婆妈妈的,保护总司令撤退要紧。快走!"

彭楚藩这才架着蒋翊武要从窗户撤离。彭楚藩看到楼下太深,害怕伤着蒋翊武,先跳下去,又弯着腰,压低声音对窗户上的蒋翊武喊道:"往我身上跳。快跳!"蒋翊武从楼上跳下去,把彭楚藩砸趴在地上。彭楚藩顾不得疼痛,爬起来拉起蒋翊武就跑。

刘复基看到同志们全都撤退了,这才放了心,手拿一颗炸弹,镇静地站在楼梯口等待着。清兵敲了一阵门,见没人开,就用脚踹。不一会儿,门就散架了,清兵从门口一窝蜂似的涌进来。他们抬头猛然看到楼梯口站着一个人,手里拿着一个圆乎乎的东西,一下子全都愣住了,没有一个人敢往前冲。

刘复基右手晃了晃手里的炸弹,用左手招了招,意思是:"上来啊,怎么不上了?"刘复基越请他们上,清兵越往后退。在后头军官的督促下,几个清兵硬着头皮往前闯,走了几步,就再也不敢往前了。

刘复基笑了笑说:"你们不敢上来,可就别怪我不客气了,吃我一炸弹。"说着,就要拔开炸弹上的闩钉,可是找了一遍,也没有看到闩钉在哪里。这才想起,事情太急了,没有顾上安闩钉,情急之下,只好把那颗炸弹扔了出去。

清兵哄的一声,全都豁上命地往门外跑去,只恨爹娘少生两条腿。跑出门外,全都趴在地上。刘复基又看了看剩下的那颗炸弹,也没有找到闩钉,只好也扔了出去。

等了好一阵子,也不见炸弹响,有一个胆大的军官,上去用脚踢了踢,喊道:"这是两个臭弹。"清兵这才爬起来,从楼梯一拥而上,逮住了刘复基。

刘复基哈哈大笑,骂道:"你们这些清狗子,早晚没有好下场。弟兄们,不要给清狗子卖命啊!我是革命党,你们快快加入革命党!清朝的日子不会远了……"

再说彭楚藩、蒋翊武几个,他们从窗户上跳下来,分头向外面跑去。跑了没多远,迎面撞上几个警察,一见他们就大声喊道:"这里有人!"彭楚藩穿着宪兵的衣服,迎上前去对他们说道:"我们也是来拿人的,你不看看我的制服吗?"

警察用提灯照了照,看他一副宪兵打扮,也就不吱声了。蒋翊武乘机躲在一个门洞里,避过这几个警察。可是快出胡同口的时候,又遇上一队清兵,正堵在胡同口,对这里走出去的人,严加盘查。蒋翊武留着长辫子,身穿白布长衫,像是一个教书先生。一个清兵问他:"干什么的?"

蒋翊武说:"看热闹的,听说抓革命党,过来看看。"

那个清兵说:"那也不行,看什么热闹,先委屈你两天。"说着,就绑起了蒋翊武。蒋翊武嘟哝着:"抓我干什么? 我是看热闹的。"清兵也不理他,把蒋翊武和一些人关在了一个花园里。

彭楚藩一看蒋翊武被关了起来,那还了得,站在花园门口掐着腰大喊:"我是革命党! 我是革命党!"几个看守花园的清兵被他吸引过去。一个清兵看了看彭楚藩,不理解地问:"宪兵先生,你疯了,这个玩笑开不得。"

彭楚藩继续手舞足蹈地大喊:"我是革命党! 我是革命党!"几个清兵互相看了看,绑起了彭楚藩。蒋翊武虽然手被绑着,但是脚还能动,趁着清兵走开,就叫别人帮他解开绳索,翻墙逃走了。他混进人群里,穿大街过小巷,跑到了蔡大辅家里,藏了起来。

刘复基被那些清兵拿住以后,清兵拿出绳子,把他里三层外三层捆得和个粽子似的。捆完以后,对他又是一顿暴打,打得刘复基浑身是伤,动弹不得。那些清兵见他不能走,就找人拖着他走。

刚走出小朝街,刘复基往后一看,彭楚藩也被几个清兵拖了过来。刘复基对彭楚藩说:"楚藩,你怎么也被抓了?"彭楚藩大大咧咧地说:"咱弟兄俩做个伴儿,省得闷得慌。"

刘复基又问:"老人家可好?"

彭楚藩说:"老人家壮实着哩!"

刘复基这才放下了心。这时后面一阵乱嚷,他们以为是自己的同志起事了,向后一看,原来是房东,也就是张廷辅的夫人、老丈人和一个保姆也被抓了起来。

刘复基嚷嚷道:"好汉做事好汉当,不碍他们的事儿,抓他们干什么?"彭楚藩也发牢骚说:"哪个庙里没有冤死鬼啊,和他们这些老弱妇孺什么关系? 真是的……"

刘复基又对彭楚藩说:"几点了,还没到十二点吗?"

彭楚藩看了看天上的一轮圆月,又看了看周围黑压压的清兵,恨恨地说:"可能快了吧,等一会儿,有他们好瞧的!"

清兵把这些人带到了省督署,又过了一阵子,刘复基悄悄问彭楚藩:"现在大约几点了?"

彭楚藩看了看天上的月亮说:"大概有三点了。"

刘复基皱着眉头说:"他们为什么还没有动静啊?"

彭楚藩也纳闷:"谁说不是呢。"

两个人都明白,十二点已过,起义的事情一定是出了什么意外。

大概到了凌晨四点，上面喊人提审。本来应该湖广总督瑞澂亲自审问，但是瑞澂这一晚上心惊胆战，心绪不宁。所以他就派了铁忠为主审，双寿和陈树屏为陪审，瑞澂对他们说："对这种无父无君的东西，只要有点供词，你们尽可以处理，不用再来问我。"

这三个审判官得了命令，立刻就到了前面会议厅里，刚刚坐下，就听得一个清兵前来报告："又捉住几个，有一个叫杨鸿盛的，特别刁蛮、凶狠，不是骂人就是咬人。现在加上原来的，男女整整有十个。"

铁忠听了他的话，把头略微点了点，就命令清兵先将彭楚藩带上来。

不一会儿，五花大绑，身上铁链子叮当乱响的彭楚藩被带了上来。彭楚藩心想：今天既然被他们捉住，早已没有生还的希望，倒不如骂他们几句，先心里痛快痛快再说。所以一到厅内，他就昂着头，一副桀骜不驯毫不服软的样子。

铁忠见是一个宪兵，心里略微一惊，就叫一个清兵把彭楚藩的绳子松了，又让人搬过来一把椅子，客气地对彭楚藩说："请坐下说话。"

彭楚藩就和没听见一样，头扬了扬，坚决不坐。

停了一会儿，铁忠轻轻地问："为什么不坐？"

彭楚藩大骂道："三张纸画了个鼻子——你好大的狗脸。我凭什么坐下，要是坐下，不就和你平起平坐了吗？和你坐在一起，你不怕折福，我还怕呢！"

双寿气得大喝一声："真是狗黑子坐轿子——不识抬举。可恶！打断他的狗腿……"几个恶狠狠的清狗子上来，连踹带踢，抓住彭楚藩，把他摁在了椅子上。

第197回　三英雄热血洒刑场

铁忠接着问道："你叫什么？"

彭楚藩说："我叫彭楚藩。"

铁忠又问："你是革命党吗？"

彭楚藩说："不错，我是革命党。"

铁忠又继续问："你是一个宪兵，吃得好，穿得好，官府待你不薄，为什么要革命？"

彭楚藩微微一笑，道："这事该我来问你，我们这大好河山，凭什么被你们这些清狗蹂躏这么些年，我们不革你们的命革谁的命？"

铁忠听了,呆了好半天,又慢慢问道:"看你这个样子,不像是一个革命党,准是受了他们的愚弄。你说,是不是啊?"

刚才铁忠问彭楚藩的意思,是看到彭楚藩是个宪兵,而宪兵的头目正是铁忠的妹夫果清阿。如果让瑞徵知道了这件事,不但于果清阿的前途不利,铁忠的面子也不好看,这是有意为彭楚藩开脱。没料到彭楚藩并不领情,大声地辩驳道:"你说我不是革命党,我就不是革命党了吗?我只知道以推翻清廷统治为宗旨,以武装革命来推翻清廷。我就是革命党……"

铁忠气得面目铁青,浑身哆嗦,但是对付彭楚藩这样软硬不吃的人,却又毫无办法,只得耐住性子继续审问道:"你们有多少同党?"

彭楚藩说:"我们有同胞四万万,难道你不知道吗?"

铁忠又问:"你们几时起事?"

彭楚藩大声地说道:"就在今天。唉,可惜呀,可惜呀,可惜我没有亲手杀了你们……"

这些话气得铁忠的脸色和猪肝的一样,怒喝道:"你以为我不敢杀你吗?"说着拿过一支笔,在纸上写上:谋反叛逆罪犯一名彭楚藩枭首示众。写完,把纸朝桌子前面一丢。

几个清兵上来就把彭楚藩的衣服脱了,绑了起来,此时已有四点半钟。清兵把他拖出头门,在那里彭楚藩英勇就义。

接着又提审刘复基。

铁忠问他:"你叫什么名字?"

刘复基说:"刘复基。"

铁忠又问道:"你从哪里来?"

刘复基说:"我先前在 41 标 3 营当兵,因为我哥哥从湖南来要到东北去,我就请了假,想同他一块儿去。临时我就在武昌城暂住几天,等着我哥哥。"

陈树屏问道:"你既然在别人家里,老实住几天也就算了,为什么为非作歹,革起命来呢?"

刘复基说:"我出营没有多少日子,革不革命,那些事情实在不知道。"

双寿说:"你和他们在一起,还说不知道?你还往楼下扔炸弹,难道这还有什么抵赖的吗?"

刘复基说:"他们要捉拿我,被逼得没有办法,就把那玩意儿扔了下去,我实在不知道那是炸弹。那玩意儿不是没有炸吗?"

铁忠吩咐人把张廷辅的夫人叫了上来,问道:"他,你认识吗?"

那妇人看了看刘复基说:"不认得。"

铁忠又问:"你既是房东,住什么人,怎么会不知道?他们做的什么事情,怎么会不知道?"

张廷辅的夫人说:"他们交钱我租房,我一个妇道人家,怎么管得了那么多事情?再说他们住楼上,我住楼下,又从来不上楼,楼上的事情我哪会知道?"

气得铁忠把桌子一拍,骂道:"你这个刁妇,真是煮熟的鸭子——嘴硬。别以为你是个女人,我就不敢杀你,看我今天敢不敢杀你这个小娘们……"

刘复基知道铁忠这人心狠手辣,说得出做得到,既然自己已入鬼门关,就别再连累无辜了,只见他眉毛一竖,大声喝道:"你们何必问东问西,炸弹是我扔的,就是要炸死你们这些狗官。我们做的事情和这个妇道人家没有关系。"

双寿一阵奸笑,说:"扔得好,连你的命也扔没了。"

铁忠对陈树屏说:"这也不是什么好东西,干脆结果了他。"

刘复基听到他们讲的这些话,知道自己已是必死无疑,心里反而镇静下来,对他们说道:"你们杀我,我倒爽快了,以后再也不受你们的压制了。只是我警告你们,要都像今天这样残酷无情,你们的末日也就到了……"

刘复基还没骂完,铁忠已将判决书写好,也是定的"谋反叛逆"罪名。

刘复基大笑一声,被那些清兵拖了出来。出来大门一看,外面围观的人已是人山人海,刘复基朝黑压压的人群喊道:"同胞呀,大家努力,清朝一定能推翻……"可是他的喊声很快被麻木的喊声淹没了:"爽快呀,爽快!""好汉呀,好汉呀!""杀呀,快杀呀!"

刘复基叹了一口气说道:"只可怜我们这些遭罪不觉悟的同胞呀……"他想到壮志未酬的革命事业,想到不知为何夭折的起义,想到难以割舍的同志情谊,不知不觉流下了两行热泪。

再一个被审问的是杨鸿盛。几个审问的人一见杨鸿盛的脸被炸得面目全非,色如焦炭,吓了一跳。简单地问了问姓名,做的什么事情,罪名也就定下了。铁忠写好了"施放炸弹革命党一名杨鸿盛"的判决书,又问道:"就凭你这个样子,也想革命吗?哼哼,我今天只怕是要革你的命哩。"

杨鸿盛歪了歪头,不理他。铁忠又问:"你们还有炸弹吗?"

杨鸿盛说:"用了再做,哪有没有的道理。"

双寿问:"你们的党羽,是营里的多,还是学堂里的多?"

杨鸿盛说:"你说军队里的多,就军队里的多,你说学堂里的多,就学堂里的多,我一时半刻也查不清楚。"

铁忠把判决书从桌子上扔下来,鸿盛知道要杀他,咬着牙大声地骂道:"好!只管杀,我只怕你们也有这样的一日呢!"杨鸿盛还想大骂,清兵已将他拖出大厅。

这时候,已是十日早晨七点……

第198回　工程8营密商起义

邓玉麟拿到命令去传达时,已经是九日下午六点了,他正巧路过公韧住的机关,心想:现在情况千变万化,哪个机关也不保险,能救一个是一个。邓玉麟用暗号敲了敲门,正巧是公韧来开门。邓玉麟压低声音对他说:"起义的事情已经泄露,今天晚上十二点,必须起义。十分钟内,你必须撤出来,撤晚了,你和唐青盈性命不保。"

由于事发突然,公韧的脑子一片空白,问:"往哪里撤?人生地不熟的,干脆,跟着你算了,你上哪里我们就跟你到哪里。"

邓玉麟一听,他俩反正也没有地方可去,跟着自己不是多了两个帮手吗。于是对公韧说:"也好,我只等你十分钟。十分钟后,我们就出发。"

公韧转身几步来到唐青盈的门前,闯了进去。唐青盈正在屋里洗脚,一看公韧这样无礼,就噘着小嘴埋怨道:"你看你,什么时候变得这么冒失,好歹我也是个大姑娘啊,还没和你成亲呢!要是在屋里洗屁股,你也这样进门啊,你就不会敲敲门进来吗?"

公韧着急地对她说:"没有时间和你废话,起义的事情已经暴露。你马上穿上鞋,带上武器,咱们跟着邓玉麟走。"

唐青盈笑了笑:"又吓唬我是不是,这两天闲着没事儿,找刺激啊!"她还是不慌不忙地两只脚互相揉搓着,慢慢悠悠地洗着脚。公韧急得上去猛一下子踢翻脚盆,洗脚水溅得到处都是。他怒声呵斥唐青盈:"我什么时候跟你开过玩笑?事情紧急,快!快!快!"

唐青盈这才意识到事情急迫,擦完脚穿上鞋,带上弯刀和手枪,就要拾掇包袱。公韧拉着她的手说:"来不及了,快走!快走!"拽着她带上自己的武器,就和邓玉麟一块出了机关大门。

他们三人刚刚出了巷子口,就看到一队清兵开过来,径直闯进了空无一人的机关。唐青盈扮了一个鬼脸,说:"好悬啊!"

邓玉麟一边小跑着一边对唐青盈说:"你有伤,给你找个地方休息一下吧?"

唐青盈撇了撇嘴:"我倒想休息一下,可是你问问公韧,没我他能行吗?"她又捋了捋袖子,扯了扯裤腿,朝邓玉麟说,"让清狗子削的那一刀打的那一枪早好了,你看,你看,我早晚要报这一刀一枪之仇。"

公韧笑着对邓玉麟说:"养兵千日,用兵一时,说实话,没她,我真的不行。给她找个事干也好,省得她闲着没事尽和我打内战。"

邓玉麟笑着说:"这天生的一对冤家哟,秤杆离不开秤砣,老头离不开老婆。我知道,你俩离了谁也玩不转。"

工程营第8营离这里不远,不一会儿就到了,可是三个人还没有进门,就看到巡防营开过来了,正在悄悄地包围工程营。邓玉麟朝两人使了个眼色,迅速朝门卫走去。营房门口有两个士兵站岗,其中一个邓玉麟认得,正是共进会会员徐少斌。

徐少斌见邓玉麟来了,急忙使了个眼色,说道:"哟,邓老板来了,你不是来结账的吧?"邓玉麟压低声音对徐少斌说:"领我去找熊秉坤,我要找他结账。"

徐少斌点了点头,对那个门卫说了一声,然后领着三人进了营房,三转两转,来到了前队第三棚的营房。营房里有许多士兵常常到同兴酒楼吃饭喝酒,所以和邓玉麟认识,这会儿纷纷向邓玉麟打招呼:"来了,邓老板。"

徐少斌让邓玉麟等一会儿,他出去找熊秉坤。

不一会儿熊秉坤来了,一见邓玉麟,赶紧寒暄道:"邓掌柜,你怎么来了,是不是给我们送酒送肴啊?"说着,给徐少斌使了一个眼色。徐少斌立刻招呼那些当兵的说:"弟兄们,上二棚讲故事去了,走了,走了。"领着那些兵,到二棚去了。

屋里只剩下四个人,邓玉麟拿出总指挥部的命令,让熊秉坤过目。熊秉坤粗略地看了一遍,又仔细地看了一遍,脸上顿时严肃起来,眼睛里显出激动的光彩,可是又有些不理解地问:"上午不是刚开了会,延迟起义,怎么这会儿又立即起义?"

邓玉麟就把立即起义的原因讲了一遍,然后郑重地嘱咐熊秉坤说:"你们工程营守卫着楚望台军械库,今夜无论如何困难,一听到炮声,必须马上占领楚望台,可以说,这是起义的关键。你也知道,各营的子弹都被清军搜去,起义需要子弹。"

熊秉坤点了点头:"我明白,再困难,我们也要占领楚望台。"

邓玉麟又说:"为了配合你们起义,等一会儿,杨鸿盛会送来少量子弹、炸弹,以备起义之用。还有,我再支援你两员大将。"说着把公韧和唐青盈介绍给熊秉坤。熊秉坤感激地点了点头说:"谢谢,谢谢,我们一定好好配合。"

邓玉麟又说:"今晚的口号为'同心协力'。"

邓玉麟交代完了,告别说:"我还另有任务,预祝你们一切顺利。"说完,让熊秉坤安排一个士兵把他迅速带出营房。

邓玉麟走后,熊秉坤说:"公韧、唐青盈同志,接下来怎么办?"公韧说:"我俩只是个帮手,一切听从营代表的安排。"

熊秉坤点了点头说:"那好,这里不便久留,怕引起当官的注意,总指挥部的命令由我去传达和布置。如果有人问你俩,就说是我的亲戚。伙房旁边有间空屋,我找人拾掇拾掇,你俩先在那里待上一会儿。"

公韧和唐青盈被徐少斌领着,到了伙房旁边的一间空屋里。徐少斌压低声音说:"熊代表已经向我们传达了总指挥部的命令,并特地交代让我保护好你俩。"公韧笑了笑说:"还用你来保护吗,那不成了不干活光添乱了?有什么事儿你就抓紧忙去吧。"

徐少斌说:"别的事儿熊代表已经安排好了,这就是我的任务。"

三个人正说着话,两个军官模样的人突然推门来到屋里。公韧和唐青盈的心里猛然一紧,三个人立刻都站了起来。两个军官一双眼睛犹疑地在公韧和唐青盈的身上扫来扫去,公韧紧紧地用胳膊护住腰里鼓囊的地方,害怕他们看到自己身上的武器。

唐青盈一双犀利的眼睛与他们对视,眼睛里隐隐露出一股杀气。徐少斌马上对那两个军官恭敬地报告说:"报告罗队长、方排长,这是熊秉坤的表哥表嫂,我正在这里陪着他俩说话。"

那个被称作罗队长的像是松了一口气,漫不经心地说:"串亲戚也不挑个时候,你俩没听说今晚上革命党要闹事吗?既然是熊正目的亲戚,我也就放心了。"

公韧心里吃了一惊:看来罗队长什么事情都知道啊!可是表面上,公韧还是装傻卖呆地说:"我们老百姓什么也不知道,哪里知道什么是革命党啊!"

罗队长笑了一下,说:"真要是老百姓的话,那就更应该知道了。报纸上都登出来了,谁还不知道革命党今晚上要闹事!"

公韧心想坏了,自己的话肯定有毛病,于是小心翼翼地说:"稍微知道一点儿,不敢乱说。"

罗队长看了公韧一眼,对徐少斌说:"刚才营长阮荣发下了命令,一是各队长官挑选二十名士兵,发给子弹,守住各棚入口;二是各目兵在各棚睡觉,不得出入;三是各目兵要大小便者,先报告排长,批准后方可空手出门。看你犯了几条吧?"

徐少斌低头不语。罗队长说:"熊秉坤为人宽和,你也是个忠厚人,这事儿我们就不深究了。在这个特殊时期,你也不要太给我难堪。"说完,挥了挥手,和方排长默默离去。

他俩走后,徐少斌对公韧说:"他俩一个是队长罗子清,一个是排长方定国,他俩这是什么意思啊,没听明白……"

公韧问:"他俩是不是共进会、文学社的人?"

徐少斌说:"还不是。"

公韧皱着眉头说:"这就怪了,他俩这不是给咱们传递消息吗?你得把这些消息迅速告诉熊代表。"

唐青盈咬着牙说:"他俩要是敢闹腾,我就一刀把他俩的脖子抹了!"

公韧急忙阻止说:"可别胡来,现在是特殊时期,好人坏人不大好分。只要他们保持中立,就不是咱们的敌人。"

徐少斌走后,公韧和唐青盈拿出武器来仔细擦拭,紧张地等待着中和门的一声炮响。虽然阴历八月十五早就过了,可是少了一角的下弦月仍然明亮,照得外面的操场上亮堂堂的,像是涂上了一层淡淡的银辉。屋外面空无一人,营房里也无人走动,整个世界好像睡着了一样。公韧想:多少个士兵在屋里焦急地等待着开天辟地的一声炮响啊……

大约在十二点钟的时候,忽然听到一声剧烈的轰响。公韧的心里一阵激动,拿着手枪就要向外冲,唐青盈一把拉住他说:"且慢,好像是炸弹响,再稍微等一会儿……"

公韧冷静下来。四周又恢复了死一般的寂静。月亮在一点一点地向西移动,公韧和唐青盈心中的弦越绷越紧,快了,快了,可能就要响了……

过了一会儿,熊秉坤来到公韧的小屋里,着急地问:"现在已经两点多了,为什么还没有响炮?我这是借口说上厕所偷偷跑出来的,长官根本就不让出门。"

公韧严肃地说:"不可能!总指挥一声令下,千军万马都知道了,怎么会不响炮呢?可能快了……快了……马上就要响炮了……"

熊秉坤摇了摇头:"不对!我预感到,一定出了什么意外。"熊秉坤讲到了这一阵子发生的几件事情:

晚上的时候,杨鸿盛已经送过一次子弹,只有五十发。同志们正为没有子弹发愁,见来了子弹,十分高兴,都争着抢子弹,无奈子弹太少,只能给最勇敢的同志每人发了两颗。杨鸿盛见此情况,答应再来送一次弹药。这事让排长陶启胜知道了,就报告了营长阮荣发,还对营长说,本排的情况有些异常,士兵不停地擦枪,就连有病的士兵,躺在床上也抱着枪。营长说,最近革命党闹得厉害,他也没有什么办法,只能尽最大努力,警戒革命党。杨鸿盛可不知道这些,刚才轰的一声,就是被陶启胜搜查,没办法,扔出去了一个炸弹,可还是不幸被他们抓去。

刚才戒严令下达时,有个排长叫所有的士兵都把子弹拿出来,他看见士兵罗炳顺手臂上缠着白布,心里怀疑,就把他的枪夺去了,打开枪一看,枪仓里面装有子弹,当时就把他抓起来了,送到了队长吴兆麟那里。吴兆麟把那个排长打发走了,对罗炳顺笑着说:"你们的计划,我已经知道了。奉劝你们,一切小心为好。"当时就把罗炳顺放了。

熊秉坤犹疑地对公韧说:"不知道吴兆麟是什么意思,他是支持革命党呢,还是要放长线钓大鱼?"

公韧问:"他是不是共进会或者文学社的人?"

熊秉坤说:"不是。据我所知,他过去是日知会的人。日知会垮了以后,他一直没有和革命党联系。"

公韧小心地叮嘱道:"在这个特殊时期,一切小心为妙,先观察他一阵子再说。"

三个人说着话,等待中和门的一声炮响,可是一直等到了天亮,也没有听到中和门的炮声。

十号早晨,一阵清脆嘹亮的起床号吹响后,各排士兵纷纷起来,漱口洗脸,借着这个机会,相互打听情况。可是大家对于为什么没有听到中和门的炮响,都是一脸茫然,谁也不知道是怎么回事。

第199回　熊秉坤联络另两标

不一会儿,上街买菜回来的司务长说,昨夜巡防营包围了工程营,现在仍然没有散去。又说督署门口杀了三个人,是彭楚藩、刘复基、杨鸿盛。

熊秉坤听说了这个消息,不禁大吃一惊,心中像刀割一样疼痛。这三人都是自己最好的朋友,昨天还在一块又说又笑,今天就再也见不着面了,这万恶的清狗子啊,他恨不得立刻就冲出营去把他们杀个精光。

可是自己是一营代表,这三百多人何去何从,都掌握在自己手里,哪里有时间去伤心哭泣。现在最要紧的是赶快和上级联系上,听听上级的意见和了解一下周围的情况。

熊秉坤赶快派两个革命党人出营去打探情况。过了一会儿,两个人回来报告说:"五个机关被查封,一些机关人员被抓去,只碰到一个机关没有查封。机关里只剩下一个伙夫、一条看门的黄狗,那个伙夫发牢骚说,革命事业要从实际入手,以直接暴动最为宝贵。军人据有武器,都不思振作,还指望机关,这不是大错特错吗!"

熊秉坤听了这些话,默然无语,大受触动。一个伙夫都有这样的见解,更何况自己是掌管三百多名训练有素士兵的营代表了,新军里十有八九是革命党,一营首先起义,必将得到全军的支持。

那两个人又说:"现在城内人心惶惶,革命骨干已被捕去几十个人,清军瑞澂、铁忠、张彪之流,严令清军长官,按照革命党名单一一搜捕。而一些不知羞耻的小人,趁机捏造罪名,陷害无辜,到铁忠那里胡咬乱告,借此升官发财。"

"他们四处恐吓,扬言革命党名册在他们手中,借机索取贿赂。营内的许多同志,都感觉自己万难幸免,都做了拼命的准备。"

熊秉坤点了点头说:"知道了,我们这些人早就上了阎王爷的花名册,是不起义死,起义也死,我看倒不如起义,兴许还有一条活路。"

熊秉坤来到伙房旁边那间屋里,把了解到的情况对公韧和唐青盈讲了,说:"情况紧急,你俩赶快躲一躲,我找个人把你俩送出营房。"公韧大呼道:"这里不保险,还有哪里保险?要说保险只有一个,那就是手里的枪,你说怎么办吧。"

熊秉坤点了点头说:"倒是和我想的一样,那咱们就和他们拼了吧!"

公韧说:"你具体怎样打算的?"

熊秉坤说:"我马上和29标、30标联络,人多力量大。下午三时,正是晚操的时候,咱们一块发动怎么样?"

公韧说:"好,就这样定了。"

熊秉坤立即派队医李泽乾和30标联络。不一会儿,李泽乾回来说:"30标门卫根本不让进,没法和他们取得联络。"

熊秉坤听了有些生气,批评他说:"派给你任务,就得想方设法完成才对,怎么回来了呢？你会看病，带着医药包来往于各个长官家里，出入各营门方便，所以才叫你出营去联络。你就不会想想办法吗？比如，到你的30标朋友那里送点儿药。"

李泽乾涨红了脸说："我真的想了不少办法，可说什么，那个该死的门卫也不让我进。"

这时候，早饭号吹响了，士兵们一块进餐厅吃饭。熊秉坤看了看周围，一个长官也没有，问了问才知道，昨晚上为了对付革命党人，长官们一宿未睡，现在都在睡大觉哩。

吃完了早饭，熊秉坤马上叫人通知各队代表、士兵骨干，到徐少斌的屋里召开秘密会议。不一会儿，人都到齐了，熊秉坤先把当前严峻的形势讲了一下，又说："现在顾不了许多，我们已经接到总指挥部的命令，命令我工程营于下午三时首先起义。因为我工程营是首义，不能不做出一些牺牲，请大家有一些心理准备……"

众人听了，你看看我，我看看你，一脸愕然。有几个人低下了头，心里有些害怕。

熊秉坤知道有人信心不足，激励众人说："现在我们已经是梁山好汉劫了生辰纲，不反不行了。你们没看到昨天捕人杀人吗？我们这些人的名单早已被清军搜去，列在可捕可杀里头，不早点儿起义，后悔可就晚了。说句知心话吧，今天是反也死，不反也死，大丈夫能干出惊天动地的大事情，虽死犹荣。徐锡麟、熊成基、黄花岗七十二烈士，就是我们的榜样！"

前队代表徐少斌也大声地说道："熊君说得对，我要是在熊成基那里，也会拿着枪跟着他一块儿冲锋陷阵。没想到今天遇到熊君，真是老天爷给了我一个报效革命的机会。要是大家同心协力舍命一拼，革命未必不成功。"

徐少斌这么一嚷，众人纷纷坚定了信心，都决心跟随熊秉坤起义。

熊秉坤说："既然这样的话，今天下午三时，晚操的时候起义，长官如有反对的，一律格杀勿论。不是我们好杀，是士兵都习惯于听从长官指挥，若不驱除，我们不能率队顺利起义。"布置完了，各队代表、骨干纷纷回去准备行动。

熊秉坤安排完了，心里仍然不免打鼓，一是29标、30标还没有联系上，二是自己的这些代表骨干，能顺利领导全营官兵完成首义大任吗？正在这时候，罗子清忽然叫人来下命令说，让熊秉坤带领全棚和全排一起，担任风纪卫兵。熊秉坤听到这个消息，心中大喜，想：这真是天助我起义成功呀！

工程营规定，风纪卫兵，两日一更换，这天本该轮到后队担任，可是后队的2

排、3 排昨夜在楚望台构筑工事,十分疲劳需要休息,所以风纪卫兵自然由 1 排担任。熊秉坤虽然只是个正目,但是跟在这 1 排风纪卫兵里头到处检查士兵的风纪,就可以名正言顺地活动,而且帮手也多了许多。

这时候天又下起大雨,熊秉坤对李泽乾说:"这真是好机会,30 标可以联络了。"随即嘱咐几个士兵,利用检查风纪的机会,到长官那里窃得了腰牌和空白介绍信。

熊秉坤拿到腰牌和空白介绍信后,对排长方定国说要去检查风纪。方定国同意后,熊秉坤和李泽乾悄悄出了工程营营房,来到了 30 标营房门口。门卫一看熊秉坤拿出腰牌和介绍信,也就不再阻拦。两人进了 30 标营房,找到了文学社会员方维,由方维带着,找到了 30 标革命代表王文锦。

王文锦见了熊秉坤十分紧张,看了看左右,见没人看到才稍微宽了心。他领着熊秉坤两人到了一间无人的小屋里,并叫方维在门口警戒,然后小心翼翼地通报了一下情况:"早晨出操的时候,清兵把张廷辅抓去了。刚才我、彭纪麟、陈佐黄、王宪章几个人商量怎么办,决定还是避一避风头为好。王宪章是文学社的副社长,太显眼,先叫他躲一躲。这个时候你不该来,太危险了。"

熊秉坤说:"我们顾不得许多了,工程营决定在下午三时晚操时起义,不知到时你们能不能响应?"

王文锦考虑了一会儿,叹了一口气:"这样的大事,我不敢做主,得和蒋翊武、王宪章商议。"

熊秉坤一听就急了,大声说道:"你不是不知道,各个机关破坏的破坏,被抓的被抓。今天这个事情,决定于你我两人,还问他们干什么!时间要是错过,不但你我,大家的命都没了。"

王文锦见熊秉坤的态度如此坚决,又牵扯到自己和众人的性命,想了想,点了点头说:"那我就和各个代表商议一下,响应你们起义。"熊秉坤大喊一声:"对!这就对了。记住下午三点,以三声枪响为号。我马上再到 29 标联络,咱们同时起义。"

王文锦点了点头。

熊秉坤和李泽乾又马上赶往 29 标,29 标和 30 标离得近,出操都在一个操场上,所以很快就到了。29 标的门卫看到熊秉坤出示了腰牌和介绍信,也没有阻拦。两人顺利地找到 29 标革命代表蔡济民的宿舍。两个人进屋一看,蔡济民正一个人捂着被子在床上睡大觉。熊秉坤见他这时候还有心情睡觉,不禁怒从心头起,大声吼道:"蔡济民啊蔡济民,都火烧眉毛了,你还能睡着觉?"

蔡济民猛一下子把被子掀到地上,穿着军服腾地一下站了起来。熊秉坤看到他满脸泪痕,不禁吃了一惊,问:"哭什么?"蔡济民攥着拳头说道:"彭楚藩、刘复基、杨鸿胜牺牲了,我心里堵得慌。"

熊秉坤知道冤枉他了,劝他说:"蔡济民啊,他三人也是我的好朋友,我也不好受啊!可是现在顾不得这些了,我是来找你商量大事的。"

蔡济民一听商量大事,顿时来了精神,用袖子把眼泪一擦,急忙拉着熊秉坤说:"你来得正好,我也正想找你商量大事,只是军官们看管得严,活动极不方便。我知道你是条汉子,有什么事尽管说。"

熊秉坤说:"我们工程营决定今天下午三时晚操起义,我已和30标商议好,不知你们到时候能不能响应?"

蔡济民大腿一拍,吼道:"好,你的想法和我的想法一样,早上逮捕了张廷辅,在操场上我都看到了。咱们这些上了朝廷黑名单的人,早晚还不是被他们抓去杀了。别的话我也不多说了,除了起义别无退路!"

熊秉坤紧紧地抓住蔡济民的手说:"有你的支持,我心里踏实多了。请记住,下午三时起义,以三声枪响为号。"

蔡济民抓住熊秉坤的手晃了晃说:"我再通报一下我标的情况。昨天,他们搜查时,我们藏的炸弹被发现,士兵万德元、刘元发当场被抓。协统王得胜大怒,命令标统张景良查办,我以排长的身份向张景良建议:在此紧急关头,不宜扩大事态,应避免刺激士兵,营内守卫和城门警戒,应该加派干练人员担任。可由第1营前队排长王殿甲、正目孙鹏程率兵一排警戒通湘门;第2营右队排长李振海、正目汪正海率兵一排警戒本协大营门;第2营后队由我和正目周绍武率兵一排负责营房内外巡查任务;所有执行任务的官兵武器一律配备齐全。不想,长官全采用了,这些士兵可大都是我们的人啊!"

熊秉坤大叫一声:"好!你真是有勇有谋。这样的话,我们不但掌握了通湘门、15协门口、29标,而且还有了武器弹药。好!好!我们起义又增加了几分把握。"

熊秉坤告别蔡济民后,和李泽乾匆匆赶回营内,此时他已是踌躇满志,成竹在胸,只等着午后三点举行起义。

第 200 回　工程营酝酿起义

熊秉坤刚刚进门,同排士兵吕功超问:"你要子弹吧?"熊秉坤听了大喜,问:"哪来的子弹?"

吕功超说:"前年解散恺子营时,我哥哥留下的两盒。"熊秉坤立刻叫吕功超把子弹取来,分发给革命士兵。不一会儿,又有两个士兵偷了长官两盒子弹,又是五十颗。熊秉坤心中更是高兴,又分发给革命士兵,有了这一百发子弹,熊秉坤的心里踏实多了。

不一会儿,有一个尚未加入共进会,也没有加入文学社的士兵,对熊秉坤说:"我跟着你们干行不行?"熊秉坤高兴地说:"行啊,我们欢迎。"那个士兵说:"你说怎么个干法?"熊秉坤说:"到时候,照我们的打扮,左手臂上缠上一条白布,听从我的指挥即可。"

熊秉坤几个人和全营的革命士兵,还有29标、30标的革命士兵,都在盼望着下午三时快快到来。

到了下午三时,营里却并没有吹晚操号,29标、30标也没有吹晚操号。熊秉坤着急,公韧着急,唐青盈也着急,工程营所有被通知起义的士兵都分外着急,以为又有内奸告密,致使清军有了准备。其实,这是第8镇统制张彪看到军内情况不稳,临时停止了晚操。

熊秉坤并不知道这些,怀着焦急的心情,带领着一些风纪卫兵,借着在营内巡视的机会,暗暗观察周围的动静。他突然发现30标联络员谢涌泉来了,正巧排长方定国也在旁边,熊秉坤急忙对谢涌泉使眼色,叫他注意方定国。谢涌泉领会,看了一眼方定国也没说话,从旁边匆匆而过。

待谢涌泉走了有十多步时,熊秉坤急忙对谢涌泉说:"唉!你是干什么的?不像是本营的吧?"谢涌泉急忙回过头来说:"我是30标的,来找个朋友。"

熊秉坤厉声喝道:"那不行,现在形势这么紧张,哪能随便串门。走!走!"一边说着,一边推着谢涌泉往营房门口走去。旁边有几个士兵心领神会,谁也没有跟着。

熊秉坤对谢涌泉小声说:"晚上点头道名后二道名前,也就是七点钟,再举行起义。到时候我带领队伍,向30标西营门打三枪,请你们响应。"

谢涌泉说:"知道了。"

熊秉坤说:"并请你转告 29 标蔡济民。"

谢涌泉又低声说了声:"明白。"

熊秉坤把谢涌泉推到了营房门口,并对卫兵点了点头,然后狠狠地推了他一下,大声地呵斥道:"以后注意,不准乱串门。"

熊秉坤刚回到队伍里,方定国就把熊秉坤叫到一边,悄悄地对他说:"你做事,只管做,我不妨碍你。但是我和你共事多年,希望你留我一命。"

熊秉坤心里一惊,知道方定国已经把这事看破,只好说:"你我都是同胞,哪里有加害的道理,请你放心吧!只要你不碍我们的事,我们绝不找你麻烦。"

方定国似信非信地看了熊秉坤一眼,说:"那就多谢了。"然后,低着头默默地往他的寝室走去。

熊秉坤想了想,嘱咐随行的士兵说:"起义的时候,如果看到长官出来,即行扣压,不要让他跑了,但也不要加害。等起义完成后,再还他自由。"

熊秉坤带领着这排风纪卫兵,到前左右后四队巡查,看到革命士兵全都士气高昂、戎装以待,大有万事俱备,只待一声令下的姿态,这才放宽了心。他看到陶启元,把他叫到一边说:"你哥哥好管闲事儿,又不明事理,你也是革命党员,我不忍心看着你家里弟兄遭到不测。发动前,你去劝劝你哥哥,叫他不要反对起义,免得到时候枪子无情。"

陶启元点了点头,接近七点的时候,去找到他的哥哥,对他悄悄地说:"革命党可能要起义,到时候,你不要管。"

陶启胜一听,不禁火冒三丈,大声地喊道:"乱党要造反,那还了得!我们都是食皇帝俸禄、吃皇粮的子民,遇到兵乱哪能不管?看我不捉了他们见长官去。"

陶启元反目相对说:"不但我不去,也不让你去,要说革命党,我也是革命党,全营的士兵都是革命党,你能抓得过来吗?要想活命的话,就别妄动,只要你不管闲事,我们自然不加害你。"

陶启胜听说自己的弟弟也是革命党,吃了一惊,骂道:"你这个吃里爬外的东西!我不是你哥哥,你也不是我弟弟。我们可不能做出这等无国无君无父无母的事情来……"

陶启元一看劝不住哥哥,长叹一声说:"你真是黑白混淆,是非不分。大祸临头了,你还这样执迷不悟,白白断送自己的性命……"

陶启胜不顾弟弟的强烈反对,一心要为"国"立功,就叫上两个士兵,到工程营后队自己的2排去查看情况。他们急急忙忙上了营房楼,到了5棚屋里,看到满屋的士兵都在忙碌着,有的坐在床上擦枪,有的拿着枪朝窗户外比画,有的端着枪在屋里焦急地来回走动。

陶启胜哼了一声,一把夺过正目金兆荣的步枪。拉开枪栓一看,枪膛里压满子弹,陶启胜不禁心里一惊,厉声喝问:"哪里来的子弹,难道想造反吗?"

金兆荣对陶启胜也没有好气:"老子就是想造反,你能怎么样?"

陶启胜一看,这还了得,竟敢当面顶撞长官,立刻命令随从的那两个士兵:"把这个目无长官的家伙给我绑了。"

那两个士兵一看,满屋的士兵都横眉冷对,犹豫了一下,没敢动手。陶启胜极为生气,大声骂道:"好啊,好啊,都反了是不是!回去再算账。"随即把金兆荣的步枪递给那两个士兵,自己亲自动手来抓金兆荣。金兆荣哪里甘心被绑,和陶启胜扭打起来。金兆荣不是陶启胜的对手,被陶启胜制服,摁在了床上,眼看着就要被陶启胜从腰里掏出绳子捆起来。

这时候,全棚的士兵都在旁边跃跃欲试,想帮金兆荣,可是金兆荣不发话,谁也不敢上前帮忙。金兆荣气得大喊同棚士兵:"现在不动手,还等什么?"同棚的程定国最先反应过来,用枪托朝着陶启胜的头就是一下子。

陶启胜"哎哟"一声,放开金兆荣,抬头一看,5棚的士兵,一个个都拿枪对准了自己,气得陶启胜大喊:"你们想……干什么!想跟着金兆荣反了吗?快快放下枪。"

可是士兵们谁也不听他的,几个士兵反而拉动枪栓,顶上了子弹。

第201回　程定国首义第一枪

陶启胜一看自己这个排长已经震慑不住底下的士兵了,心里有几分胆怯,恨恨地骂了声:"好!你们等着……"转身下了楼。

众士兵面面相觑,不知道应该怎么办?金兆荣大喊一声:"还不打,难道等他领了人来打我们?"听到这话,程定国端着枪追下来,朝着已经跑到楼下的陶启胜打了一枪。

陶启胜晃了晃,腰里涌出一股鲜血,他捂着腰,跌跌撞撞地继续往前跑。

这起义的第一声枪响,震动了等待多时的工程8营的士兵们。他们纷纷拿上枪,蜂拥下楼,一时纷乱的脚步声,撞翻凳子、脸盆、茶杯、牙缸的响动声,众人的齐声呐喊声,噼噼啪啪的枪声,响成一片。

工程营的一片枪声,震动了 29 标、30 标,也震动了城内的每一个角落。枪声又从城内迅速向城外震荡、波及、扩散……

营长阮荣发听到营内一片枪声,知道发生了动乱,急速带着右队队官黄坤荣、司务长张文涛各执手枪,前来弹压。他看到黑压压的一百多名士兵从楼上拥下来,陶启胜跑在最前面,以为陶启胜是骚乱的头子,朝着他就是一枪。

可怜的陶启胜怀着对清朝一颗无限虔诚的忠心,慢慢倒在了阮荣发冒着烟的枪口前。

接着阮荣发朝天打了两枪,朝着士兵们喊:"不要乱打枪,不要乱打枪,镇静!镇静!"士兵们见状,稍微停顿了一下,可是一双双愤怒的眼睛,对准了阮荣发、黄坤荣、张文涛三个人。

阮荣发看到士兵还是听他话的,就举起手枪,朝士兵们厉声喝道:"你们都是有父母兄弟的人,不要触犯法律,不要眼看着你们的父母妻子受戮。快快放下枪,回营去,回营去,有什么事情通过你们的长官解决。"

众人对他瞪起眼睛,谁也不肯听从他的命令。有的士兵还抬起了枪,把枪口对准了他。熊秉坤这时候在队伍里朝阮荣发喊道:"你这个清朝的走狗,我们就是要革命,就是要推翻你们的政府。士兵们,我们起义了,不要听他的,现在马上站队集合。"

程定国举起枪来,朝着前面的黄坤荣就是一枪,没想到来了个串糖葫芦,子弹击穿黄坤荣后,又射进了张文涛的胸膛,两个人都倒下了。阮荣发一见连伤两人,吓得心胆俱裂,赶紧转身往后跑。唐青盈抬手一枪,击中了他的脑袋。他没说一句话,浑身抽搐一阵,趴在地上不动弹了。

此时,再也没有人反对起义。熊秉坤看到各棚的士兵都已经全部出来,再次吹响警笛集合,公钿和唐青盈一左一右站在他的旁边。金兆荣、郑汉章、蒋士杰分头动员士兵,不一会儿,队伍已集合起四五十人,全都手执步枪,左手臂上扎着白布条。

可是更多的士兵,临到集合时又犹豫了,拿着枪站在旁边观望、等待。还有一部分更小胆的,远远地站着想要回避这次起义。刚才一阵乱枪,使本来不多的子弹又消耗不少,熊秉坤的心里空落落的没了底,万一打起来,没有子弹如何交战?这时候有人说,库里可能有子弹,熊秉坤立刻大呼一声:"走,到库里找子弹去。"

众人前呼后拥来到仓库,看到库门上挂着一把大铁锁。金兆荣几个人用脚使劲踹,门被踹得咣当乱响,可就是踹不开。有人找来一把斧子,一阵乱劈,只砍得门上木屑乱飞,不一会儿,门被劈烂。众人闯进屋去,找了一圈,也没有发现弹药,只有锋利的开口军刀二十把。这时有一个士兵说:"那天我好像看见,子弹运到楚望台军械库里去了。"

熊秉坤这才知道这一阵子是瞎忙活。又有一个士兵说:"军需房里有子弹。"熊秉坤又带领着这支队伍到了军需房,用斧子砸烂门锁,打开房门一看,里头也没有一粒子弹,全都是些银圆、纸币和生活物品。

一些士兵趁机往腰里掖钱,金兆荣看不下去了,大喊:"不要藏钱,不要藏钱。"可是制止不住,更多的士兵开始动手抢钱了。公钊一看,这还了得,这不是乱了军心吗?看到点着的一盏油灯,他立刻计上心来,顺手把油灯打翻。油洒了,遇到明火,立刻燃烧起来。火又烧着了纸币、物品,不一会儿,已燃起熊熊大火。

熊秉坤马上把士兵带出军需房,大喊:"整队集合。"士兵们很快排好了整齐的队伍。熊秉坤对士兵们高呼:"革命的士兵们,我们进攻的目标是楚望台,那里有的是子弹。立即出发!"熊秉坤率领着这支四五十人的队伍向营房门口冲去。

叭!叭!这时候营房门口有人朝着起义的队伍连开数枪。唐青盈只朝他开了一枪,就把他击倒。熊秉坤到了跟前一看,原来是前队队官李占魁,此时他正在地上不断地呻吟扭动。几个士兵又朝他补了几枪,李占魁立刻不动弹了。

这支队伍出了营房门,往右拐,路过29标、30标的时候,朝营房上空射了三枪,表示工程营已经起义,请立即响应。到了千家街的时候,看到一队清兵挡在前面,熊秉坤大喊一声:"打!"士兵们一阵乱枪,将那支队伍打散。

这时候,已见城北起了大火,通红的火焰一蹿一蹿地升上了天空,映照得满天红艳艳亮堂堂的。看那方向,像是21混成协辎重营和工程营,想必那里也已经起义。熊秉坤高兴地对大家喊道:"看哪,那里也起义了,我们的同志有的是,大家赶紧往前冲啊!楚望台正等着我们进攻呢。"

大家的心里更加振奋,互相鼓励着,争先恐后地向楚望台冲去。

楚望台既是武昌城内的一块小高地,又是清政府在湖北的重要军事仓库,仓库里装有汉阳兵工厂二十余年所制造的枪炮子弹,及历年来所购买的外国枪支弹药,真可谓枪支如山,子弹如海。

自从传说革命党人中秋起事后,湖广总督瑞澂当然不敢对楚望台掉以轻心,想抽调忠于他的人来守护,无奈在军事会议上被黎元洪怕刺激革命党的一席话说动,他才没有调换人。但他还是放心不下,又派李克果、纪堪颐、成炳荣几个亲信军官前来监督,好保证楚望台万无一失。

当工程营的枪声响起来时,守卫楚望台的左队革命代表马荣、罗炳顺知道起义已经发动,心里十分激动,无奈自己有枪无弹,无法响应。他俩商量了一下,就领着一部分士兵,找到过去曾在工程营任营长的李克果,假装为楚望台的安全十分着急的样子,问:"李营长,现在外面很乱,如果有人来进攻楚望台,我们怎么办?"

李克果听到外面枪声如雷,急得如热锅上的蚂蚁一般,坐立不宁,要是楚望台失守,那可是要掉脑袋的。可是上面对这些士兵防备甚严,不让发给他们子弹,楚望台防守如同虚设,真要是叛军来进攻,那可如何是好?李克果见马荣来问,亲热地说:"养兵千日,用兵一时,以前我待你们如何?"

马荣说:"那还用说,你待我们如同子女,我们看你如同父母。"

李克果又问:"在这兵荒马乱、生死存亡的关头,不知你们能不能听我的话?"

马荣诚恳地说:"你是我们的长官,我们当然听从你的命令。"

李克果看到士兵们这样忠诚,心里是既激动又高兴。他点了点头,说:"不管他们是空着手来,还是拿着枪来,你们给我狠狠地打就是。只要保住楚望台,你们就是为朝廷立下了大功,我保证你们升官发财。可是要是失了楚望台,你我只怕有十个脑袋也担待不起。"

马荣对罗炳顺和众士兵使了个眼色,大家纷纷开始发牢骚:"我们没有一颗子弹,用什么打人家。""手里的枪也不过是根木头棍子,打到身上都不痛。""李营长,你干脆发给我们一把刀吧,拿把刀也比这棍子好使。"

李克果听了,摆了摆手说:"子弹好说,军械库里有的是,我这就叫护兵打开门,发给你们就是了。"

第202回　马荣智取楚望台

护兵打开军械库的门,搬出两箱子弹,马荣、罗炳顺和众士兵一拥而上,起开箱子把子弹抢了个精光。他们把黄澄澄的子弹压到弹仓内,又把子弹袋里装了个鼓鼓囊囊。

马荣看了看士兵们,士兵们也都看了看他,一个个脸上露出喜滋滋的表情。

这时候楚望台附近已经响起了凌乱的枪声。马荣大喝一声："站队！"士兵们很快地站好了整齐的队伍。马荣用他那坚定的目光扫视了大家一圈，然后响亮地说道："兄弟们，我们盼望的这一天终于来到了。现在立马回到你们的岗位，占领楚望台，开始吧！"

士兵们迅速地向各自的目标快速运动，不一会儿，各个重要岗位已经全部被革命士兵占领。这时候，工程8营的队伍正向这边快速运动。李克果找不到队官吴兆麟，只得急忙往这边跑，一边跑一边对马荣喊："你们怎么还不打啊？快打啊！"

马荣严肃地对李克果说："请你迅速离开楚望台，我们革命党已经起义了。"

李克果知道受了欺骗，大骂道："好个马荣，竟敢骗我，等我逮到你，看不把你碎尸万段。"

马荣大呼一声："再不走，我们可要开枪了。"李克果还是赖着不走。马荣大喊一声："开枪！"士兵们一阵乱枪，打得楚望台上砖块乱飞。

李克果和一些军官一看大势已去，只得纷纷逃走。

熊秉坤到达楚望台后，马荣、罗炳顺立刻领着他们的队伍和熊秉坤的队伍会合一处。熊秉坤又叫工程营的郑汉章、徐干诚迅速回营去召集还没有来楚望台的同志。

听说楚望台已被占领，刚才没敢来楚望台的同志坚定了信心，纷纷前来参加起义。不一会儿，工程营的同志已经增加到了三百多人。金兆荣、郑汉章、蒋士杰、马荣、公韧等紧紧地围拢在熊秉坤的身旁，紧急磋商军务。

公韧说："虽然我们占领了楚望台，但是我们只有三百多人，和敌人一比，兵力太薄弱了，如果敌人来进攻，后果不堪设想。现在我们只有趁热打铁，一方面发展我们的力量，敦促各方快快起义；一方面向敌人进攻，打乱敌人的部署。就算暂时不进攻的话，最起码也能扰乱敌人，不让敌人知道我们的虚实。"

金兆荣晃着枪说："熊代表，现在我们就听你的了。你说怎么办，咱就怎么办！"熊秉坤点了点头，和几个人简单地商量一下，心里逐渐形成了一套作战方案。他对几个人说了说自己的作战计划，几个人都表示同意。熊秉坤点了点头说："既然大家相信我，那我就宣布命令吧。"

众人齐声赞同。

于是，熊秉坤站到一个高处，大声喊道："革命的士兵们，我以工程8营革命代表的身份宣布，现在站队集合，发布命令！"

熊秉坤喊了这些话后,共进会和文学社的士兵纷纷向前集合站队,可是也有一些没有加入革命组织的人,站在一边看热闹。熊秉坤心里着急,但是也没有办法,还是一口气下达了十条命令:"一,本军应冠以'革命军'三字,称'湖北革命军',其兵种队号,暂时袭用旧制;二,本军今夜作战,应以破坏湖北行政机关,完成武昌独立为原则;三,本军作战以肃清督署为最大目标……"

公韧心想:这些命令说给普通士兵用处不大,一般人也记不住这么多事情,有些命令只需下达给带兵的长官就行了。熊秉坤发布命令的时候,列队的士兵一脸茫然,不知道怎么办,而旁观的士兵仍然在三三两两地叽叽喳喳。

公韧叹了一口气,对唐青盈说:"士兵们不听熊秉坤的,这可麻烦了。"唐青盈咬着牙说:"邓玉麟呢,蒋翊武呢,刘公呢,这些人都上哪里去了?怎么关键时刻一个人也找不到了?"

公韧听到几个士兵在小声嘀咕:"这个说话的是干什么的,凭什么命令我们?"另一个士兵说:"这个人叫熊秉坤,不过是后队三棚的一个正目,有什么了不起的?瞎咋呼什么,不听他的。"

公韧就问金兆荣:"那几个士兵是不是咱们的人?"金兆荣看了看说:"不是,他们只是一般的士兵,为了响应起义,临时加入队伍的。"

公韧对金兆荣说:"赶快传达给咱们的骨干,要维护咱们的熊代表。这样乱七八糟地不听命令,太危险了。"

金兆荣马上去告诉共进会和文学社的人,叫他们维护好熊秉坤的威信。

公韧站在熊秉坤的旁边,朝底下大声喊道:"士兵同志们,大家既然都是革命士兵,就要遵守革命纪律,现在命令已下,大家快去执行吧。"

公韧这么一喊,有一个士兵举着枪喊:"你是干什么的?这里为什么没有一个我们信任的军官?我们不服!"这个士兵一喊,有几个人也跟着起哄。

唐青盈一看急了,拔出手枪,就要动武。公韧赶紧把她拉到一边,告诉她:"这个时候,千万别添乱。"

金兆荣也站到高处喊:"革命的士兵们,身为士兵就要坚决服从命令,我们听熊代表的,坚决执行命令。"金兆荣这么一喊,共进会、文学社的士兵纷纷支持金兆荣,可是部分士兵还是不听,在一边吵吵嚷嚷。

士兵渐渐形成了以共进会、文学社为一派,其他士兵为一派的阵列,两方面吵吵闹闹,越吵分歧越大。正在这时候,士兵汪长林把左队队官吴兆麟找了来。那些士兵一看,个个脸上露出惊喜的表情,纷纷迎上前去,靠拢在他的身边。

公韧问金兆荣:"这个人是干什么的?"

金兆荣说:"这个人是左队队官,叫吴兆麟,原来参加过日知会,有革命倾向,丙午之狱后,和革命组织失去联系,现在政治倾向不明。不过这个人是湖北参谋学校的毕业生,军事知识扎实,算是个有能力的军官。"

汪长林拉着吴兆麟来找熊秉坤,原来两个人也认识,只是不怎么熟悉。熊秉坤问吴兆麟:"打清狗子,你愿不愿意?"

吴兆麟说:"日知会就是反清狗子的,还说什么愿不愿意。"

熊秉坤热情地摇着吴兆麟的手,高兴地说:"那好,我们就是革命同志了。"

熊秉坤又转过身来,和金兆荣、公韧几个小声商量:"吴兆麟既然愿意革命,又有指挥才能,让他担任总指挥如何?"

金兆荣急忙把熊秉坤拉到一边,小声说:"不行!不行!他又不是共进会、文学社的人,怎么能让他当总指挥呢?"公韧也说:"不可!不可!请神容易送神难,到时候怕部队掌握不住了。"

熊秉坤却说:"你们不看看那些人,他们听吴兆麟的,这也是没有办法的办法。这样两方面一联合,部队就能打仗了,要是这样一盘散沙,可就危险了。"

金兆荣听了熊秉坤的这番话,歪了歪头,不再说话。公韧想了想,一时也无计可施,倒不如两派暂且联合,先能打仗再说,也就不再反对熊秉坤的意见了。

熊秉坤过去对吴兆麟说:"让你担任临时总指挥,干不干?"

吴兆麟急忙摆手:"不行,不行,我吴兆麟何德何能,你们不杀我,已经感激不尽了,哪能再当总指挥呢!不行!不行!"

他旁边的一些士兵却怂恿吴兆麟:"行啊,行啊,吴队官军事学问高,不但本营同志敬仰,全军也素来推崇。""我们久仰吴队官是日知会干事,所以推选你为总指挥,希望吴队官不要推辞。"

吴兆麟说:"我素来向往革命,今日起义,倒是符合我的心意。但你们起义后,队伍混乱,非常喧嚣,这实在是兵家之忌。我们既然革命,那就更要严守纪律,绝对服从命令。像今日之起义,只有我工程营起事,各处均无响应,我看实在危险。我万万不能接受总指挥之任,你们还是另请高明吧!"

在场的士兵一听急了,纷纷表态:"军队纪律我们一定服从,如有不服从的,或临阵脱逃的,请总指挥以军法处置。""我们这些人,愿意遵守命令,就是赴汤蹈火,也在所不辞。"

熊秉坤也劝吴兆麟说:"既然士兵拥护你,你就干吧!"

吴兆麟还是一个劲地摇头:"不行,不行,我当个普通的队长还可以,当总指挥可不行,没有那么大的能力。"

金兆荣急了,用枪托推了吴兆麟一下,吼道:"让你干,你就干,怎么这么婆婆妈妈的!要是清狗子打过来,说什么也晚了,咱们谁也活不了。"

第 203 回　吴兆麟出任总指挥

吴兆麟一看,再推辞下去恐怕会耽误大事,只得同意了。他对熊秉坤说:"我可是只当临时总指挥,打完这一仗就不干了,就是这一仗,你也得在后面撑着啊,你要是不撑着,我就没法干了。"

熊秉坤说:"我算个副的,有什么事情在后面顶着。"

吴兆麟点了点头:"那我只好恭敬不如从命了,这杀头的差使,也就豁上了。"

吴兆麟立即和熊秉坤几个人仔细研究了一下军事情况,研究得差不多了,吴兆麟往高处一站,熊秉坤紧紧地站在他的旁边。底下的士兵立刻不说话了,全神贯注地注视着高处的这两个人。吴兆麟大喊一声:"全营革命士兵们,现在站队集合!"

底下士兵一阵纷乱,不一会儿就整齐列队。吴兆麟声音洪亮地说:"推选我为临时总指挥,你们赞成吧?"

底下士兵们喊:"赞成。"

吴兆麟又问:"服从命令吧?"

众人喊:"服从。"

吴兆麟又说:"违令者斩,可不可以?"

大家说:"可以。"

吴兆麟严肃地说:"好,我现在就发布命令!"

底下士兵振奋非常。吴兆麟往下威严地扫视一圈,大喊:"前队排长伍正林!"伍正林大喊一声:"到!"立刻雄赳赳、气昂昂地持枪跑了过来。吴兆麟命令他说:"你带领前队第1、2两排,经津水闸向保安门正街搜索前进,在督署前展开攻击。"

伍正林大喊一声:"是!"立刻领着前队两排执行命令去了。

吴兆麟又喊:"右队排长旷名功!"旷名功大喊一声:"到!"来到了吴兆麟跟

前。吴兆麟命令他说:"你立刻带领右队第1、2两排,经紫阳桥向王府口搜索前进,在督署后展开攻击。"

旷名功大喊一声:"是!"立刻带领着右队两排执行命令去了。

吴兆麟接着命令马荣带兵一排,向宪兵队东南端进攻,金兆荣带兵一排,向宪兵队西南进攻,两排互相联络,即时将宪兵队消灭;周占奎率兵两排,固守楚望台北端阵地;徐少斌带兵一排,先夺取中和门,策应金兆荣,然后迎接炮队进城;陈有辉带兵一班,往通湘门附近侦察;唐荣斌带兵一班,往中和门附近侦察;罗炳顺带兵一队,把楚望台附近交通、电线等,彻底破坏;其余为总预备队,由副指挥熊秉坤率领,在楚望台北端待命。今夜的口号为"兴汉"。

命令下达后,各队带着从楚望台军械库领取的充足弹药,分头去完成自己的任务。不一会儿,各处陆续响起进攻的枪声。熊秉坤松了一口气,公韧、唐青盈也松了一口气。公韧对唐青盈小声说:"看来,吴兆麟还真有两下子。"

唐青盈不服气地说:"老熟套子了,没有这两下子,不白穿了这身军装。坏都坏在那些士兵身上,他们为什么非得听吴兆麟的。"

半小时后,马荣来报告说:"我排已同金兆荣将宪兵营内十余名士兵斩决,并占领了宪兵营。"吴兆麟听了大喜,立刻命令马荣出中和门掩护炮8标进城,又命令金兆荣防守中和门。

不一会儿,伍正林和旷名功也回来了,四个排的人,剩下不到一个排。吴兆麟见状大怒,立刻下令:"来人,把伍正林和旷名功给我绑了。"说完,上来四个士兵把两个人绑了起来,吴兆麟大声命令道:"拉出去,枪毙!"

熊秉坤见状大惊,急忙劝吴兆麟说:"他们完不成任务,也不能光怨他们,是敌人太强大了。现在正在激战,先斩军官,对我们不利。"

吴兆麟仍然余怒未消,怒气冲冲地说:"既然战事不利,士兵损失严重,为什么你俩还回来?长官发布命令,就应该想方设法完成才是,都和你们一样,命令如何能贯彻下去!"

伍正林和旷名功低着头,一句话也不说。

公韧想到此事复杂,也怕吴兆麟滥杀无辜,伤了革命军元气,先把他俩救下来再说,于是对吴兆麟说:"看来他们也知道错了,目前正是用人之际,仗有的是,待一会儿,让他们戴罪立功不行吗?"

吴兆麟这才对两人摆了摆手,不再追究。

大约在晚上九点钟,楚望台北边一阵纷乱,有士兵来报告说,右旗第29标有二十多人在蔡济民的带领下,前来响应起义。熊秉坤、公韧和吴兆麟听了大喜,赶紧到楚望台北边来迎接义军。虽然29标来的人数不多,但是两支队伍会合在一起,令军心大振。原来晚上七点左右,武胜门外火光冲天,工程营内枪声大作。蔡济民知道起义已经开始,立即带领巡查队集合站队,带着这支队伍在营房内转了好几圈,并且让士兵大呼:"革命党起义了,火速打开军械库取出弹药,到楚望台集合。""革命的同志们,赶快行动起来,打倒清政府,建立共和。""全城都起义了,快快行动啊。"并不断地朝天开枪,督促各部起义。

听到巡查队的鼓动,革命同志纷纷出来联系。蔡济民看到鼓动得差不多了,让29标的革命党人继续在后面组织起义,自己先带着这支巡查队向楚望台冲来。

第29标第3营留守队官胡效骞平时即向往革命,这时候看到蔡济民到处鼓动起义,也不禁动了心,就出来观看动静。3营的革命代表杜武库、陈人杰找到了胡效骞,动员他说:"第2营都起义了,咱们都是汉人,为什么不跟着起义?你就是不起义,以后也脱不了干系,还不如一块儿反了算了。"

胡效骞还是有点犹豫,说:"不知道士兵怎么想的,是否能和我们一块儿起义?"

杜武库拿过哨子一吹,第3营的两百多名士兵纷纷往这里跑来集合,一边跑,一边喊:"革命啊!革命啊!""造反了!造反了!"胡效骞看到这种情景,坚定了信心,答应和杜武库、陈人杰等革命党一块儿起义,于是把队伍也带到了楚望台集合。

楚望台的熊秉坤、吴兆麟、蔡济民和胡效骞还没说上几句话,又听到楚望台北边一阵嘈杂。有士兵来报告说,右旗第30标的革命士兵一百五十人,在吴醒汉、彭纪麟、马明熙的带领下,已经来到楚望台参加起义。

听到这个好消息,楚望台的革命士兵又是一阵热烈的欢呼。

楚望台上的工程营、29标、30标的几个革命代表正在研究着军情,徐少斌又派人给楚望台送来更大的好消息,南湖的炮8标已经全标起义,在管带蒋明经和队官张文鼎、蔡德懋、尚安邦、柳柏章等率领下,和邓玉麟一起,已经进入了中和门。

炮8标在金兆荣、马荣、徐少斌等人的掩护下顺利进城。进了城后,立即按照起义的命令,把六尊大炮安置在中和门城墙上,朝着清督署猛烈轰击。顿时,督署里面火光闪闪,炮声隆隆,炮弹打到哪里,哪里就墙倒屋塌,密集的清兵倒下一片。残缺不全的清兵尸体,受伤士兵的呻吟声,巨大的心理恐惧,极大地动摇了清军阵线。炮队又把大炮布置在楚望台高地上,朝着15协41标以及还没有起义的清军一阵猛轰,致使这些清军一时也不敢轻举妄动。

楚望台上,除工程8营,21协工程队、辎重队、右旗29标、30标、南湖炮8标、南湖32标、南湖马队8标参加起义以外,陆军测绘学堂、左旗31标留守部队、陆军第三中学及其他军事学堂,也纷纷响应起义,来到了楚望台大本营集合。

参加起义的士兵和学生已经达到三千人,使形势迅速朝着有利于革命党的方面转化。革命总指挥部又吸收了蔡济民为副总指挥,这样总指挥部领导增加为三人。

有人找来了一张军事地图,三个人仔细研究着敌我双方的情况。吴兆麟指着地图说:"武昌城不算大,东西五里,南北六里,西南为清督署所在地。督署后面右侧地形狭窄,民房密集,非用武之地。督府门口的长街,南倚望山门,北至水陆街,再北为大都司巷,巷东口不远为王府口。望山门至王府口约二里半,这是进攻督署的必经之道。清军为了巩固督署防线,在王府口至望山门一线布置了南北的重要阵地,望山门至保安门正街,也设置了一条东西的重要防线。敌人的总兵力加起来,不少于五千人。"

熊秉坤对吴兆麟说:"你就说这一仗怎么打吧。"

吴兆麟说:"我们的炮兵已经布置在城墙和楚望台高地上,还要布置在蛇山阵地上。炮兵是战争之魂,我们要充分利用火炮的威力,狠狠地打击敌人,为步兵开辟前进的道路。各路进攻部队注意放火,给炮兵指示目标。进攻上我们可以分成三路:第一路由邝杰率领,由紫阳桥向王府口正街搜索前进,29标一路附入该路;第三路由30标的马明熙、吴醒汉率领,从津水闸向保安门正街搜索前进,29标张鹏可并入该路;第二路为一、三路的策应部队,由马荣率领,向水陆街搜索前进。"

熊秉坤大声说:"好!就这样办,我到第三路去,那是进攻督署的主攻部队。"吴兆麟轻轻摇摇头:"还是你在这里坐镇,我到前沿去吧!"

熊秉坤坚持道:"你在这里比我的作用大,前头冲冲杀杀的我去就可以了。"

蔡济民更是待不住,急忙说:"我更要到前沿去,第一路29标的弟兄们听我的话。"吴兆麟点了点头:"这样的话,二位就辛苦了。有什么事情的话,咱们就通过南湖马队8标联系。"

见熊秉坤要到前沿去,公韧忙对唐青盈使了个眼色,对熊秉坤说:"我和唐青盈不是来看热闹的,是来打仗的。你走到哪儿,我们就跟着你到哪里。"

熊秉坤说:"你待在总指挥部里,恐怕更能发挥作用。"

唐青盈插嘴说:"还发挥作用呢,我一看到吴兆麟那个小子头就大!完全就是个投机分子。"

公韧急忙上前捂住她的嘴,压低声音说:"这种时候,千万不能闹矛盾。大局为重!大局为重!"

他俩的话,熊秉坤装作没听见,点了点头说:"你俩到前沿去也好,那里正需要军事干部。咱们就一块儿去!"

第 204 回 唐青盈组织敢死队

熊秉坤、公韧和唐青盈急忙领着工程营的队伍,还有 29 标一部,向津水闸跑步前进。这时候城里的各个角落不断地响着枪声,不时有一颗颗的流弹从士兵的身旁穿过。到了津水闸时,已经是十一日凌晨三点了,津水闸原有 30 标的马明熙、吴醒汉部约一百五十人,再加上这支队伍,总共有六百多人。

熊秉坤问了问情况,和几个人商量了一下,决定由 29 标张鹏带领,组织第一次进攻。由于马路狭窄,只有五六米宽,士兵们无处藏身,只能是一个挨着一个,往前搜索前进。到了巷子深处,突然从马路两边的房顶上和墙上的枪眼里射出无数的子弹,把进攻的士兵横七竖八地打倒一大片。

后边的一看不好,不敢继续进攻,只好退了回来。城墙上的子弹继续射下,打得革命军几乎抬不起头来。

这时候第 1、2 路革命军的进攻速度并不快,3 路的进攻基本上都停了下来。但就在这时候,又传来好消息,从塘角入城的起义新军已经扫清了除督署以外的绝大部分清军残余,使革命军没有了后顾之忧。第 41 标的一部分士兵起义,布防在大东门、阅马厂一线,大大加固了义军的后防阵线。

革命军士气大振,纷纷请缨杀敌。

总指挥部又下达了第二次进攻的命令,并做了部分调整,特别强调放火助攻,为炮队指引炮击目标。第一路邝杰换为黄楚楠,29 标姚金埔、张鹏并入此路;第二路仍由马荣率领,29 标高尚志部、31 标吴醒汉部随同前进;第三路熊秉坤充实了一部分力量后,仍然负责正面进攻;41 标胡廷佐部进占官钱局、善后局、电报局,开辟新的战线。

熊秉坤看到部队向保安门进攻时,左侧就是高高的城墙,每当革命军攻击时,城墙上居高临下地射下暴雨般的子弹,给进攻的部队造成很大的杀伤。很明显,占领左侧城墙是取胜的关键。于是,熊秉坤一边安排伍正林、徐少斌率领部队向崔家院、恤孤巷一带搜索前进,一边命令曹飞龙率兵一部,突袭城墙。

曹飞龙接到命令后,悄悄带着两排士兵,乘着黑夜登上城墙,摸到清兵的跟前,突然一阵冲杀,杀退了敌人,占领了保安门侧面的城墙。炮队迅速从城墙的坡地上运上两尊山炮,安到了曹飞龙的阵地上,压低炮口,装上炮弹,朝着敌人阵地一阵猛轰,只轰得保安门的清军哭爹叫娘,血肉横飞。

伍正林、徐少斌看到炮弹在敌方人群中开花,心中大喜,立即命令队伍快速冲击。当队伍冲进狭窄的恤孤巷时,突然从民房的前后左右飞出无数的枪弹,革命军纷纷中弹倒地,伤亡惨重。清军乘势追击,伍正林、徐少斌只好带着残部仓促后撤。城墙上的清军也展开猛烈反击,曹飞龙的两排人抵挡不住,败下阵来,两尊山炮不幸落入敌人手中。

伍正林带着剩下的几个人来到熊秉坤的跟前,精神委顿、有气无力地说道:"都怨我,指挥不当,轻举冒进,遭敌伏击。怨我……怨我……"说着说着,拔出手枪就要自尽。气得唐青盈一把夺过他的手枪,厉声喝道:"男子汉大丈夫,怎么这么没骨气。要死也得死在敌人枪下,死在自己的枪下算什么本事!你敢和我组织敢死队,和他们拼一拼吗?"

伍正林一听来了精神,说:"我死都不怕了,还怕什么,你说怎么干,咱就怎么干!"

唐青盈对熊秉坤说:"我和伍正林组织敢死队,先拿下城墙。你们再沿着城墙进攻,我们掩护你们。"熊秉坤大声说了一句:"好!"立刻让唐青盈组织敢死队,只等拿下城墙后重新沿着城墙下进攻。

清军重新占领城墙后,十分猖獗,居高临下地不断朝革命军射击,还派人不断喊话:"张彪统制命令你们,迅速放下武器。张彪统制还说,都怨本统制带兵不严,致使你们叛变,你们都是有父母兄弟的人,父母妻子倚门而望,你们宜早早反省,归队回营,则既往不咎。如若冥顽不灵,则水陆大兵一到,立即诛灭九族,玉石俱焚,莫怪本统制不先告诉你们一声……"

唐青盈和公韧到了士兵中间,挑选敢死队队员。两个人看到城墙上的阵阵喊话声比枪弹还有杀伤力,有一部分士兵在失败面前不免产生了动摇情绪,唉声叹气,没有斗志;有的甚至还想弃枪逃跑;有的则默默地擦着枪,准备再和敌人拼个你死我活……

唐青盈朝士兵们喊道:"张彪算个什么东西!只不过是个缩头乌龟,等一会儿看我不把他的头揪下来。共进会、文学社的革命同志们,有不怕死的吗,和我一块儿参加敢死队,冲上城墙去杀他个龟儿子……"

众士兵一看这么一个小姑娘,竟然也敢来组织敢死队,不禁苦笑:"请问这位小姐,你有什么本事,竟敢带领我们去冲锋陷阵?"

唐青盈看到一些士兵不服气,就噘着小嘴说道:"没有金刚钻,不揽瓷器活,女的怎么了!古有花木兰、穆桂英,今有秋瑾、唐青盈,你们难道没有听说过吗?"

公韧听了直摇头,唐青盈在这些训练有素的士兵面前也太不谦虚了,把话说大了。有个士兵说:"古有花木兰、穆桂英,今有秋瑾是听说过,怎么没听说过有唐青盈啊,唐青盈是干什么的?"

唐青盈挑着大拇指说:"唐青盈就是我啊,难道你们真没有听说过……"

士兵们一阵哄笑。有个士兵说:"原来是个黄毛丫头,我以为是谁呢?你一边擦鼻涕去吧,也就是刚能拿动枪,还来充大的。跟着我们吓不哭就不错啦,还能带领敢死队冲锋陷阵,未免太不知天高地厚了吧!"

这时候,敌人的喊话声一阵阵传来,吵得人心烦意乱。唐青盈生气了,一把从一个士兵手里抢过一支步枪,两步蹿上一个三人多高的台子。叭的一声,喊话声停止了。

众士兵皆大惊失色。

唐青盈一个鹞子翻身从高台上翻下来,身不摇,气不喘,把那支步枪推给那个士兵,说道:"其实我唐青盈也没有什么了不起,不过就是一个普通士兵。"话刚说到这里,敌人的喊话声又响起来了,唐青盈又嘟哝道,"真烦人,也不叫人说话。"说着,又从另一个士兵手里抢过一支步枪,两步又蹿上高台,一声枪响,喊话声又停了。

众人又是一阵惊呼。

唐青盈从高台上轻轻地跳下来,两腿竟然连弯也不打。她把步枪在手里挥舞着说:"我也不多费话了,共进会、文学社里不怕死的,胆敢跟着我参加敢死队的,到这边来报名。"

刚才那个对唐青盈不服气的士兵服服帖帖地说:"我参加,我参加,这是个女孩子吗,大男人也不如她呀,简直就是个活阎王!"其他人也喊着:"我参加,我参加,这简直是花木兰、穆桂英在世呀!""这样的女将军真是少有啊!"

唐青盈组织的这支敢死队,由公韧、伍正林和一些共进会、文学社的骨干组成,共五十多人。熊秉坤组织好了进攻部队,也参加了敢死队。

此时月亮西斜,照得大地白花花一片,唐青盈带领着敢死队,借助一座座民房的掩护,悄悄地摸到了一段比较僻静的城墙底下。这城墙有三丈多高,墙面稍微有点往里倾斜,底下的青砖总要比上面的青砖凸出来一块。城墙上有几个清兵正在说话,好像是在研究大炮怎么个打法。

唐青盈按捺不住急躁的性子,手朝上一挥,屏住呼吸,踩着一条一条的砖边,噌噌地往城墙上爬去,如履平地一般。等公韧反应过来,唐青盈早已蹿上去好大一块,公韧喊又不能喊,拉又不能拉,只能也拼了命地往城墙上爬去。

还没到墙头,就听到城墙上传来喊里咔嚓的声音,就如砍瓜切菜一般。等公韧爬上城墙,唐青盈已成一个血人,脚下横七竖八地躺着敌人的尸体。公韧拉了她一把,示意她要带好后面的兵,不要只顾一个人杀得痛快。待敢死队爬上来二三十人,唐青盈又忍不住了,冲进敌人堆里一顿砍杀,近的用刀削,远的用枪打,真是遇到的死,碰到的亡,真和个阎王爷一样。

第205回　起义军占领武昌城

再加上敢死队又是个个奋勇,人人争先,武器又好,训练又精,杀得城墙上的清兵人仰马翻,死的死,逃的逃。不一会儿,敢死队已经占领了好大一片地方。唐青盈就叫几名炮兵调转炮口,朝着城墙下的清兵猛轰。城下的革命军在炮火的掩护下,进展顺利,迅速朝前突进,和城墙上的敢死队遥相呼应。

这时候第一路革命军在紫阳桥与清军激烈交战,清军由于没有炮火支援,又见保安门的城墙上出现革命军,只得撤出紫阳桥防线,退至王府口西端。革命军军心大振,奋力冲杀,压得敌人的阵地步步缩小。

保安门城墙上又上来一支革命军,唐青盈把城墙上的阵地交给这支部队,立刻和其他敢死队队员下了城墙,冲到进攻队伍的最前面。阵地前有一片民房,唐青盈叫几个队员去放火。公韧看到民房里有几个老百姓,烧了他们的房子心里也实在愧疚,就对他们说:"你们赶快避一下,烧了你们的房子,以后一定按价赔偿。"

没想到那几个老百姓说:"烧吧,烧吧,我们知道烧房子是为了给大炮照亮,我们愿意烧。"说着,还给敢死队抱来了一些柴草。

大火熊熊燃烧起来,熊秉坤立即命令骑兵队去给炮兵送讯,指示清军的准确位置。不一会儿,传来震耳欲聋的轰鸣声,炮弹在敌人的阵地上纷纷炸响,残肢破枪、碎木烂瓦和着泥土,纷纷飞上了天空。

大炮不响了,敢死队又继续前进。前面是清军的机关枪阵地,原来的时候,几十挺机关枪一块射击,无数的子弹交织成一张密不透风的子弹网。这会儿,大多数机枪都成了哑巴,不是被大炮炸毁了,就是被清军遗弃,只有一挺机关枪还在哒哒哒地叫着,阻挡着革命军前进的道路。

唐青盈大骂一声:"活得不耐烦了,这可恶的机关枪……"只见她连滚带爬,像一只狸猫一样,不一会儿,就钻到了那挺机枪跟前。叭叭两枪,两个机枪手顿时毙命。唐青盈掉转枪口,朝着清军一阵猛扫,十多个清军倒在了唐青盈的脚下。

唐青盈这一路革命军在大火与枪炮声中继续往前冲杀,冲到督署门前时,遭到了清兵的猛烈射击。附近正好有一个布衣店,当时布衣店老板正在店里忙着搬布,公韧急忙制止他说:"活命要紧,请老板赶紧躲一躲。"

老板不听公韧的话,仍然继续搬布,公韧赶紧又喊:"枪弹无情,我们马上就打炮了。"那老板已经把布堆在了一起,他从桌子底下摸过一桶煤油说:"请义士快快点上布,好让大炮狠狠地打击清狗子。"

公韧听了吃了一惊,说道:"你既然这样通晓大义,店的损失,我们一定如数赔偿。"那老板点了点头说:"赔不赔以后再说,我也只能做这一点了。赶快动手吧!"

布匹上泼上煤油,火把一点,大火熊熊燃烧起来,不一会儿,火苗蹿上了天空,把督署照得如同白昼一般,就连督署门前的旗杆,都照得清清楚楚。蛇山炮队一阵炮弹,轰得督署里墙倒屋塌,残垣断壁,鬼哭狼嚎,死伤一片。

这时三路进攻的队伍,都在督署外面会合。熊秉坤、蔡济民、马荣立即组织部队,再次向督署发动进攻。督署里的清兵抵抗不住,全线动摇,有的换上便衣从督署后面的墙洞里逃跑,有的从侧面墙上跳下逃窜。

革命军捕获了一个衙役,把他送到楚望台,由吴兆麟亲自审问。吴兆麟问他:"不知道瑞澂这个老小子怎么样了?要说实话,不说实话,立即斩首。"那个衙役吓得赶紧说:"瑞澂、铁忠和一些人早从督署后面穿了个洞逃走了,跑到了长江里的楚豫兵舰上。"

吴兆麟还不相信,问:"不要胡说,胡说可是要掉脑袋的。"那衙役说:"小人有几个脑袋也不敢胡说,我说的句句是真,我亲眼看见他们逃走的。"吴兆麟这才相信,瑞澂已经逃出城外,想到督署内已是群龙无首,不禁心中大喜。他将瑞澂逃跑的消息,传知各队,并命令各队继续猛攻督署。

各队知道瑞澂已经逃走,无不欢欣鼓舞,精神百倍,继续向督署发动更猛烈的进攻。熊秉坤命令部队稍微后退,通知蛇山炮队猛烈炮击,一阵大炮轰击之后,督署围墙塌了一片,只有清军教练队还在拼死抵抗。

炮一停,敢死队和革命军立即冲进督署,和敌人短兵相接,展开激烈的肉搏。敢死队拿着煤油,燃烧敌人的重要据点,火一起,各处大炮便开始轰击,目标一个接一个被击中,不少的敢死队队员在进攻中壮烈牺牲。

清军教练队退到大堂内,用几十挺机关枪,封锁住革命军的进攻道路。火炮根本用不上,不少革命军倒在了空旷的大堂外。敢死队却毫不畏惧,继续以半环形包围圈前进,他们前仆后继,不断地到大堂内放火,大堂内终于烧起来了。清军无处可退,非死即伤,还有力气的被革命军一一击毙。

清朝在湖北的最高权力机关——湖广总督署,终于被革命军攻克了。

革命军乘胜攻击,下一个目标就是湖北藩署。十月十一日零点,以41标胡廷佐主攻,蔡济民派部队协助,再加上凤凰山炮兵发炮轰击。布政使连甲率卫兵抵抗不住,拂晓时只身越墙逃走。

卫兵们一看连甲逃跑,也抢了一些金银元宝纷纷逃走。一些乱民早就瞅准了藩署的财币,想乘机钻进藩署抢劫。这时革命军正好冲了进去,眼看着许多人拿着金元宝往外跑,大声呼喊,根本制止不住,无奈开枪击毙数人,才制止住这场骚乱。

蔡济民又派士兵严密把守,外人一律不得入内,否则格杀勿论。藩库里头满是金砖、银锭、银圆、纸币和各种票据,是湖北全省的大金库,在双方激烈的交火中,它能比较完整地保存下来实属侥幸,为革命军奠定了丰厚的财政基础。

此时城内的剩余清军已是无头之鸟,又因为电话不通,内外隔绝,只好龟缩营内,勉强维持。到了天明,只见武昌城内遍插白旗,街上的士兵一个个臂缠白布,到处都是革命军。

吴兆麟又派革命军到各城门严密把守,不许闲杂人出入,又派人到各行政机关、学校、兵营催促起义,否则以炮火轰击。各机关、学校、兵营的剩余人员只好臂缠白布,齐集楚望台起义。

十月十一日上午,武昌全城为革命军占领,九角十八星旗高高地飘扬在黄鹤楼楼顶上。一江之隔的汉阳、汉口也受到了震荡,宽宽的长江,根本阻挡不了来自武昌振聋发聩的巨大冲击波。

激战了一夜的革命党人,按照起义指挥部的命令,纷纷来到蛇山下的谘议局。蔡济民、张振武、李作栋、高尚志、陈宏浩、吴醒汉、公韧等一个接一个到来。大家热烈地拥抱、握手,兴高采烈地谈论着起义的种种惊心动魄的场面和以后迫切需要解决的各种问题。蔡济民一看革命同志到得差不多了,高兴地对大家说:"同志们,经过我们的浴血奋战,起义已经成功。目前最要紧的是赶快组织政府,马上通电全国,呼吁全国响应。安民告示要马上贴出去,清点藩库要进行,治安还得要搞。总之,总之,要干的事情太多太多了。我们一定要找一个德高望重的人,为全国所知道的人,才能号召天下,免得别人说我们是兵变闹事儿。现在大家得马上考虑都督人选。"

大家听了交头接耳,议论纷纷。吴醒汉说:"我们不是已经定了总理和总指挥吗?"蔡济民说:"原来推定的诸人,目前都不在武昌,远水解不了近渴,我们哪能等得及。"公韧说:"我们还是再抓紧联系联系吧,这领导人的问题可不是个小事情。"

蔡济民说:"刘公现在汉口,孙武受伤来不了,蒋翊武也不知道到了哪里。刘英还在京山,詹大悲、胡瑛在狱中,黄兴、居正、谭人凤、宋教仁远在香港、上海。现在有希望能来的,是刘公和蒋翊武。"

蔡济民说到这里,马上派人去寻找二人。

李作栋说:"谘议局的议员和议长是各县选出来的,多少能代表点民意。我们是否可以起用他们?"

公韧听了连忙反对:"不可!议员是什么玩意儿?湖北有选举议员资格的只有十几万人,他们不过是十几万人选出来的。这些人是替官僚地主有钱人说话的,怎么能指望他们替老百姓说话?"

第206回　革命军联合立宪党

蔡济民考虑一下说:"虽然这样,但是他们经过三次请愿,也对清政府烦得够够的,都表示有推翻清政府的意向。敌人的敌人就是我们的朋友,不如,暂且让他们也来参加会议吧,听听他们的意见?"

公韧又说:"我可是有一句话,叫请神容易送神难。"

张振武和吴醒汉也吵吵嚷嚷地支持公韧的意见:"对呀,对呀,他们那些人光会动嘴皮子。我们流血牺牲的,不能让他们坐享其成!""他们和咱们恐怕不是一个心眼儿,别让他们来胡搅和。"

蔡济民顿了一会儿说:"可现在咱们正是用人之际,多一个人总比少一个人强。他们说得不对,咱们可以不听。"

话说到这里,有些人不说话了,不说话也就是同意。于是,蔡济民又派人去请谘议局的议长和主要议员。

谘议局是怎么回事呢?这说起来话就长了。

清朝末年的政治舞台上,活跃着两大政治势力。一派是革命党,主张用武力推翻清朝的政权,建立共和体制。另一派是立宪党,主张用渐进的方式改革皇权政治,建立君主立宪体制。作为清廷来说,前者是皇朝体制的颠覆者,坚决镇压;而后者是皇朝体制的修补者,允许其在皇朝体制内活动。

在这种大背景下,清廷于1905年派五位大臣出洋考察"宪政",1906年公布了"仿行宪政"谕旨,1907年下诏筹设中央资政院和各省谘议局,1908年规定预备立宪以九年为期,1909年降旨,表示决定立宪。由考察"宪政"到决定"立宪",前后用了五年时间。最后于1911年5月弄出了一个皇族内阁,立宪派大失所望,群起而攻之。

蔡济民发出邀请后,没有多长时间,谘议局的议长和大部分议员都来了。

议长汤化龙留着短发,穿着西服,人虽不高,却显得分外精神,再加上他有着一张极其生动的脸,和那些清朝的元老根本就是两种精神状态。他进了屋,先和各位革命党人一一握手,然后亲热地说:"谢谢各位,谢谢各位,你们打倒了清政府,建立了共和,从此我们就能和那些西方开明国家一样,以法制建国了。"

蔡济民客气地说:"还得指望你们的能力和声望,来给我们的政府出谋划策。"

汤化龙谦虚地说:"哪里,哪里,常言说得好,秀才造反,三年不成。我一个文人,手无缚鸡之力,能干什么事儿啊!治国安邦,还得指望你们军人。"

众人一阵寒暄,气氛显得和谐多了。

由于形势紧张,革命党人和谘议局马上召开联席会议。会场布置得也很简单,就是一张张大桌子拼成长方形,大家随便找了把椅子坐在桌子周围。蔡济民首先站起来发言说:"把你们请了来,是想和你们商量一下。会议的首要议题是要选举一位德高望重的都督,来领导我们湖北的军政府。你们都是各县通过民选选出来的,我想,你们一定能代表他们的意愿,选出一个称职的都督来。"

汤化龙马上站起来,稍微扫视了一下大家,拱了拱手,笑了笑说:"革命军这样器重我们,使我们感到非常荣幸。首先我代表谘议局宣布,我们坚决支持革命军,至于选什么人来当都督,还是请你们革命军拿主意。"

看到汤化龙这么开通,一些革命党人大为感动。李作栋提议说:"我看,要不让汤议长来当都督。"

汤化龙急忙摆手说:"这个玩笑开不得,开不得。我一个文人,没有尺寸之功,摇唇鼓舌敲敲边鼓还可以,要是领导千军万马和清军作战,就是外行了。万万不能当都督,万万不能当都督!"

公韧心里骂道:这个李作栋好糊涂呀,怎么能让汤化龙来当都督!还没等革命党人发言,谘议局里的议员看不下去了。议员胡瑞霖插嘴说:"说实话,革命成不成功,现在还不能下定论。当都督是要领导打仗的,汤议长不便领导,最好在军队中推选一名有声望有能力的人当都督,这样才有利于革命成功。"

汤化龙马上接茬说:"胡议员说得对,兄弟我一介书生,军事非所长,要让我领兵打仗,岂不是误了大事。再说瑞澂逃走后,一定不会善罢甘休,必然会告诉北京实情,北京肯定会派重兵前来攻打湖北,真正的考验还在后面。别的行政事,兄弟我一定帮忙。"

汤化龙和胡瑞霖的一番话,使在场的人都非常振奋。蔡济民说:"既然汤议长和胡议员说了,我看推选军队的人也未尝不可,大家就提提吧。"

一提到从革命党人中选都督,全场又有些沉默了。过了一会儿,才进来的熊秉坤说:"刘公是同盟会会员,又是共进会的发起人之一,而且是第三任共进会会长,主持湖北工作。实际上他已经是同盟会任命的法定都督,我选刘公。"

公韧和一些共进会代表也纷纷表示同意。

文学社的王文锦说:"刘公平时不大出面,与同志的接触不多,从魄力、胆识、资历、威望看,刘公担任都督一职,不大理想。蒋翊武是文学社社长,在领导起义中做了大量工作,我推选蒋翊武。"

一些文学社会员纷纷表示支持。

熊秉坤很反感王文锦的这些话,反对说:"虽然蒋翊武是文学社社长,但是在起义的紧要关头,擅离岗位,恐怕难以服众吧?"

熊秉坤的话立刻引起一些共进会会员的共鸣,很多人反对蒋翊武出任都督。王文锦反唇相讥说:"在起义的关键时刻,孙武是受伤了,可是刘公呢,不是也不在吗! 又跑到哪里去了呢?"

文学社的人一齐点头,支持王文锦的意见。共进会和文学社的意见有些相左,会场一时出现了火药味。吴兆麟不知何时来到了会场,他听到共进会和文学社的人就都督人选激烈地争论,闭上眼睛在默默地思考着。过了一会儿,他看到再也无人发言,就说:"我提一个人如何?"

蔡济民说:"你还谦虚什么,有话就说。"

吴兆麟稳了稳神,看到大家都在注视着他这个临时总指挥,知道自己在这个时候说话有一定分量,于是不慌不忙地说道:"我说的这个人,是天津陆师学堂毕业生,湖北人,平常对普通士兵,特别是对有文化的士兵分外爱护。另外他还廉洁为官,不克扣军饷,这在军界中也是少有的。他曾两次赴日本考察军事,多次指挥湖北新军参加朝廷操典,成绩优异。他还比较开通,41标2营士兵李佐清,剪去了发辫,他知道后,不但未加责备,反而赞扬说,去掉了这个猪尾巴,开创了文明之先锋。在保路风潮期间,他以军界代表身份签名参加了铁路协会,并支持入京请愿,赢得了湖北商民的拥护。他更与汤议长等建立了联系,表示支持谘议局的工作,这也说明他对清政府的种种做法强烈不满。"

第207回　吴兆麟力荐黎元洪

吴兆麟说完这番话,卖了个关子,并没有说破这个人到底是谁。众人都在纷纷猜测着,吴兆麟绕了这么大一个圈子,说的到底是谁啊?蔡济民最先领悟,说:"你说的这个人,是不是黎元洪啊?"

吴光麟说:"不是他又是谁。"

众人一片哗然。

议员刘赓藻马上附和说:"黎统领还在城中,如果大家赞成他来担任,我可以前往迎接。"公韧大声喊道:"我反对! 我反对! 选刘公,选蒋翊武,我都没有意见,可是选黎元洪,我反对。黎元洪是什么人? 刚才还和我们作对,不但不起义,听说还杀了派去联络的同志周荣棠。他根本就不是我们的同志,而是我们的敌人。反对! 反对!"

熊秉坤也支持公韧的意见,愤愤地说:"我们牺牲了那么多好同志,为的是什么? 不就是为了一个天下吗? 让黎元洪当都督,怎么可能呢? 他和我们根本就不是一条战线上的人。"

一些革命党人也纷纷表示，反对黎元洪当都督。

吴兆麟站起来，激动地说："我们不能只看到鼻子尖，要看得远一点。黎元洪有知识，有能力，可以号召天下，要是换上别人，各省不明真相，还以为我们是乱兵造反，致使他们响应困难，革命难以成功。再说，清军说不定哪一会儿就会打过来，在这危急的时刻，多拉一个人，多拉一个团体，多拉一个省，我们就多一分胜利的希望。在这生死存亡的关头，我们要顾全大局，集中一切力量，狠狠地打击清政府……"

蔡济民看到吴兆麟的意见和自己的意见不谋而合，也支持道："如果我们让黎元洪当都督，就能使相当一部分人站到我们的阵线上。我同意黎元洪当都督！"

一些革命党人看到吴兆麟说得坚决果断，再加上蔡济民坚决支持，料想两个人不会错，也点头表示同意。尽管公韧、熊秉坤等少数人反对，会议上还是决定谘议局由刘赓藻为代表，革命党人由熊秉坤为代表，前去迎接黎元洪到谘议局来上任。

众人把黎元洪"押"到谘议局的时候，他是相当狼狈，袖子也扯了，扣子也掉了两个，只穿着一只鞋，面带愁容，狼狈不堪。蔡济民质问他说："你知道我们为什么叫你来吗？"黎元洪吓得浑身哆嗦着说："知道，知道。"蔡济民问："你知道什么？"黎元洪嘴唇发紫，结结巴巴地说："我有罪……我有罪……杀了你们的一个士兵。"

众人皆愕然，不过会议继续举行。

蔡济民和吴兆麟交换了一下意见后，蔡济民站起来，对大家说："我们革命军和谘议局商讨研究后，决定由黎统领任都督，汤议长负责民事。两位都是湖北人民的希望，既有声望，又有能力，相信在二位的领导下，革命一定会成功。"

蔡济民说完，带头鼓掌。

黎元洪慌忙站起来，摆着手说："不行！不行！此事重大，务必要慎重。我不能胜任都督，请你们另举贤能吧！"说完，他又一个劲地直摆手。

听罢黎元洪的话，众皆哗然。蔡济民叫黎元洪暂且退出会场，他们继续讨论。

文学社张振武激烈地说："黎元洪如此不识抬举，干脆另找别人算了。为什么求他？"公韧愤愤地说："本来就不该选他，选了他又不当，还不如一枪崩了。"

吴兆麟解释说："这时候不过是用用黎元洪的名声，能用多长时间就用多长时间。等我们形势好转了，再让他下去不迟。"

众人争论了一番，也没有争论出个四五六，最后汤化龙说："先把黎统领安排在楼上议长室。兄弟不才，好好劝劝，不怕他不当都督。"众人表示赞成。

有人点头后，汤化龙就到楼上去劝黎元洪当都督。听说要推选黎元洪当都督，黎元洪的一些旧部，也纷纷来到楼上议长室做黎元洪的工作。一个叫杜锡钧的对黎元洪说："让你当都督，这不是'黄袍加身'吗？既然他们都这样定了，这是天意啊，何必违抗呢！"

汤化龙也说："清朝大势已去，灭亡是早晚的事情。给你都督你不当，难道要为清廷殉节吗？何必呢！当都督目前是危险，但是革命成功了，你就是个有功之臣啊！"

这个一句那个一句，把黎元洪的心说动了。

楼下还在继续讨论着黎元洪该不该当都督的事。忽然蒋翊武进了谘议局，不但文学社代表高兴，一些共进会代表也高兴，都纷纷给蒋翊武讲述推选都督的事情。熊秉坤说："既然蒋总指挥来了，我看还是让蒋总指挥当都督吧！"

公韧也急忙说："蒋总指挥来了，难道还要黎元洪当都督吗？"

吴兆麟低头不语。蔡济民则漠然地看着窗户外的一棵棵大树。蒋翊武笑了笑，坦然地坐下，不慌不忙地说道："都督一职，我看由湖北人当比较好。如果吴禄贞、蓝天蔚在这里，自然是众望所归，只可惜他们不在。如果刘公、孙武、蔡济民当，也未尝不可，只是能力稍微差点儿。我看只有一个人比较合适。"

众人一齐把眼睛投向蒋翊武，希望他能提出一个确实顶天立地的英雄人物来承担此等重任。看众人的胃口都吊得差不多了，蒋翊武不紧不慢地说："这个人就是黎元洪。"

一听这句话，熊秉坤气恼得捶了一下大腿。公韧痛苦地低下了头。吴兆麟的眼睛里显出兴奋的光彩。蔡济民高兴得一下子扭过头来。

"为什么呢？"蒋翊武说，"革命党不是士兵就是正目，高级军官不多，中级军官更少，级别稍微高点的蓝天蔚、吴禄贞又不在。革命党人的知识不是不如黎元洪，而是声望不够，不能够号召天下。要是清廷加以叛匪和土匪罪名，各省不明真相，必然响应困难……"

公韧越听越生气，这些歪理邪说，不知道他是怎么想出来的，不禁质问蒋翊武："为什么蔡济民、熊秉坤、邓玉麟就不能当都督？"

蒋翊武说："革命团体太多了，前有武昌花园山、科学补习所、日知会，现又有共进会和文学社，再加上革命小团体共有好几十个。孙武、刘公、季雨霖不是不可以当都督,为什么不推呢?是怕将来发生矛盾。"

公韧强烈反驳说:"革命党当都督会发生矛盾,难道让非革命党的黎元洪当都督就不发生矛盾了?"

蒋翊武不理公韧,继续他的演说:"这方面的教训太多了,前有陈胜、吴广起义,近有太平天国起义,不都是因为内部出现了动乱……"

公韧大声反驳道:"依你这么说,干脆洪秀全别当这个天王了。这个天王应该让给曾国藩当,那曾国藩杀太平军不是更容易吗?"

蒋翊武说:"我不是这个意思。我的意思是当革命团体内部人员都不适合当都督时,可以从革命团体外部选一个都督。这也是权宜之计,权力还是我们掌握嘛!"

公韧悻悻地说:"革命为了什么?说到底,就是权力的问题。如果权力掌握到反革命手里,那革命还有什么意义?政治纲领怎么实行?恐怕到时候,革命者就要人头落地……"

当大家正在为都督的人选争论不休的时候,汤化龙陪着黎元洪从楼上下来了,他笑着对大家说:"黎统领已经同意当都督了。"

黎元洪笑了笑,向大家招了招手,说:"既然大家都这么信任我,我也就勉为其难了。"他笑着和革命党人一一握手,一边握手一边说着一些客气的话,俨然一副都督的派头。

于是会议又继续开始,参加会议的人员又多了何锡藩、杜锡钧、杨开甲等几个新军旧军官。黎元洪稳定一下情绪,问众人:"现在督署虽然攻克,武昌虽然占领,但是瑞澂、张彪仍然没有捕获,大家打算怎么办?"

蔡济民说:"既然你为大都督,请都督做主。"

黎元洪又问:"你们革命党所指望的外援在什么地方?存有多少钱粮?"

李作栋回道:"京山刘英已集合了十万之众,三日内可到达武昌。现在我们已经占领了藩库各局,藩库所存的银子,不下六十万两。"

黎元洪又问:"如果瑞澂、张彪从朝廷借兵,水陆两路进攻我们,我们怎么办?我在海军多年,知道海军特别厉害,那些大炮用不了十炮,武昌城就成了一片瓦砾,你们将退往何处?"

蔡济民说:"那我们就退往湖南。"

黎元洪又问:"湖南有什么把握?"

蔡济民说:"焦达峰已约下月初举事。"

黎元洪说:"我看湖南没有什么把握。依我之见,你们不如早早回营,我去说服瑞澂、张彪,让他们摒弃前嫌不再追究,大家看怎么样?"

公钿越听越生气,猛地一拍桌子,站起来大呼道:"我们革命,早已把生死置之度外,为了达到我们驱除鞑虏、建立共和的宗旨,就是肝脑涂地,也在所不辞。听都督的意思,是要投降啊!既然要投降,我们要你这个都督又有何用?"

熊秉坤大声地说:"要是按黎元洪说的,我们的起义简直就是大错特错了。"

吴醒汉也大声地吼道:"你根本就不了解革命,根本就不同情我们这些普通士兵。你是哪山的猴啊,我们凭什么听你指挥?"

蔡济民朝下摆了摆手,大家渐渐地不说话了,但是很多人还在生着闷气。

黎元洪小声地嘟哝着:"我带兵这么些年,没想到今天沦落到这种境地。老命一条,被你们这些年轻的玩掉了……"

吴兆麟对黎元洪说:"黎都督,你看当前应该怎么办?"

黎元洪说:"当前革命军比较混乱,为了应付突发事变,不如先到15协集合,检点人数?"

此话又招来一部分革命党人的强烈反对。熊秉坤代表大家说:"我看不行,虽说我们占领了全城,但治安还不算稳定,楚望台仍是全军命脉,不少暗藏的清兵正在伺机夺取。再说,军人回营,恐生懈怠之心,哪能随便回营呢!"

黎元洪知道自己在革命党中威信不高,说出的话没有分量,也就不再说话了。

第208回　汉阳汉口起义

汉阳与武昌隔江相望,有全国最大的钢铁厂、兵工厂和一些附属工厂,全国新军的绝大部分枪炮子弹都是由汉阳兵工厂生产的。在武昌起义的影响下,十月十一日晚十点,在42标第1营文学社第四支部正代表胡玉珍、副代表邱文彬的领导下,全营起义成功,占领汉阳全城。

革命军当日检查兵工厂,统计兵工厂共有快枪八千余支、半成品十一万余支、子弹两百余万发、五生七的过山炮五十六尊、钢炮一百零八尊、装成的炮弹三万发。接手汉阳兵工厂后,革命党迅速组织生产,为以后阳夏战争和江西、湖南、四川革命党提供了巨大的军火支援。

同时,汉口第42标第2营在革命党代表赵承武的领导下,也起义成功。汉口与汉阳仅一条襄河相隔,古代称夏口。汉口有各国的租界,商业繁华、工厂众多。清政府在汉口设汉黄德道兼江汉关道,湖北巡警道也设在汉口,汉口地方行政则有夏口厅同知,隶属汉阳府。

汉阳、汉口驻军起义后,革命党人立即在汉口四官殿举行会议。与会人员都认为不扩军不能保护市面,不扩军不能应付战争,遂决定在两营的基础上,扩编为一镇,公推胡玉珍、王宪章两人负责。

胡玉珍当即反对说:"我革命不是为了做官,是为了心中的理想和大众的幸福。况且做官,我能力不行。我推荐,宋锡全为统制,王宪章为第一协统领,林翼支为第二协统领,邱文彬、梁炎昌为正副参谋长,黄振中为标统,赵承武为管带。我可以用42标第四支部的名义往上呈报。"

众人听了一片哗然。赵承武大声喊道:"你是我们的支部代表,你不负责谁负责?别人我们还不放心呢!"王宪章说:"42标你最熟,你不能推脱,要是推脱,人心就拢不起来了。"胡玉珍却摇了摇头说:"我该怎么干还怎么干,官我是坚决不当。不是我有意推脱责任,是怕能力不行,到时候误了大事儿。"

大家又劝了一阵,胡玉珍还是坚决不做官,革命党人只好作罢。会后,用第四支部名义把这次会议内容向上呈报给了武昌军政府。

十月十四日,武昌方面下达指示,以宋锡全为协统,王宪章、林翼支为标统,营管带为朱振汉、祝雄伟、赵承武、陈建章、戈承元、张大鹏六人。

当时汉口的市面比较混乱,抢劫的事情不断发生,为了维护社会治安,林翼支以标统的名义发出布告,上面写道:

告谕本地商民,切勿徒自虚惊。本军此番举动,专为久虐黎民。同胞各自努力,共灭清廷仇人。各商照常贸易,纸币官票通行。保商第一宗旨,日夜派人巡逻。倘有无知匪类,无端滋扰街邻,一经本军查获,就地格杀勿论。

林翼支又找人和汉口商界首领在四官殿商定,议定保商办法五条:

一、各商家一律开市。二、所有台票、洋钱票仍照常通行。三、各段保安会,派员巡街,以保商务。遇有放火抢劫流氓,送往居仁门营中处决。四、各团体会员,任其领枪巡街,维护治安。五、驻汉歆生路余庆里军一百六十人,驻四官殿六十人,驻居仁门新招之三百人,驻沈家庙二百人,其伙食俱归商会供给。

在革命党人的努力下,汉口的治安形势很快稳定下来。

军政府刚刚成立,事务繁多,几乎有干不完的事情,革命党人于是决定分头行动。一是派一部分人迎接原来被捕下狱的同志出狱;二是由向于漠组织军需部,清点藩库存银,接管胡瑞霖十一日下午送来的现银;三是暂时委任各部负责人,继续开展工作。军政府临时决定参谋部由杨开甲主持,交通部由李作栋主持,外交部由杨霆垣主持。黎元洪虽然被革命党人立为都督,其实革命党人谁也不听他的,又怕他逃跑,所以让方定国当警卫司令,专门看守黎元洪。

十月十一日下午,革命党人在谘议局再次举行会议。与会人员除了十一日上午参加会议的同志以外,才从监狱里出来的张廷辅、牟鸿勋等人也参加了。会上蔡济民提议,由于黎元洪对于一些事情并不了解,应该建立一个谋略处,作为军政府的决策机构,大家一致同意。

这实际上是把黎元洪架空,将政权牢牢地掌握在革命党人手中。于是蔡济民、吴醒汉、邓玉麟、张廷辅、胡瑛、吴兆麟等十六人组成了谋略处,基本上都是起义的革命党人。

在会上,革命党人还重点讨论了几个急待解决的问题,并做出了初步决定:

一是名称,凡是起义成功的地方,立即建立中华民国军政府某省都督府。二是都督府地点:决定在武昌谘议局成立中华民国军政府鄂军都督府,连夜刊刻印信。三是年号:废除清宣统三年年号,采用黄帝纪年,即4609年。四是旗帜:采用共进会的旗帜,即九角十八星旗。红地黑星,星间联以虚线,意为联合十八省,以铁血主义实行革命。

十月十二日下午六时,谋略处开会决定:继续以黎元洪名义传檄全国,促使全国响应和反正;照会各国驻汉口领事,请守中立;设立招纳处,接待各方投效人员;以原有标营为基础,扩编军队;请谘议局通电各省谘议局响应;分别派人赴汉口招降张彪、张永汉、萧安国等。

十月十四日,刘公从汉口来到武昌。十月十五日,谭人凤、居正也从上海来到湖北。大批革命党人汇集武汉,武汉一时成了中国革命的中心。谋略处又决定成立参谋、军务、政务、外交四部,各部紧张地展开工作。

武昌起义以后,湖北军政府面临着清军可能随时进攻的军事威胁,为了应付战争,军政府急需扩编军队。十月十四日,军务部以都督府的名义,在《中华民国公报》上和武汉各处的重要街道上刊登和张贴了募兵告示。

公韧和唐青盈在武昌大朝街、小朝街、王府口一带察看,只见各个征兵站前挤满了人。这些人中,既有工农学商也有退伍军人,既有老秀才、老裁缝也有父子、兄弟,既有十四五的少年也有沿街乞讨才扔掉打狗棍的乞丐。唐青盈问公韧:"你看这些人要是训练的话,什么时候才能打仗?"

公韧笑了一下说:"最快也得两个月才能上战场,这哪是军人呀,就是一些老百姓。武昌城里能打仗的兵,原来不过六千人,现在一下子扩编了好几倍,素质太差,岂不是愁煞人!昨天,我已经给广东王达延发了电报,叫他火速前来武昌参加大战,不知他们几时才能来到。"

唐青盈看到那些乞丐放下要饭的破碗,换上新军装,这里拽拽,那里拉拉,就和浑身生了蛆一样,不禁扑哧一声笑了,对公韧说:"热闹啊,热闹,乞丐也要上阵杀敌……"

公韧对唐青盈说:"不要小看乞丐,乞丐组织起来,也是一支非常可怕的军事力量。当年,乞丐国的三千兵,也打败了哥老会的三万之众。乞丐国离这里不远,咱去看一看他们到底过得怎么样。"

唐青盈忙说:"我也想师傅了,正好去看看。"

两人渡过长江,过了汉口不远,就到了乞丐国。一进入乞丐国,公韧感觉到,这里的情况和原来不一样了,首先是乞丐国里开垦了许多农田,一些人正在田地里忙活着,恰逢收获季节,打下的稻谷小山似的堆放在打谷场上,正在等待脱粒。

乞丐们穿的衣服也不是过去的百家衣了,而是一些粗布衣裳,一看就是自己织的布。乞丐国里还有许多工厂,服装厂、制造厂等等,都是劳动密集型产业。公韧和唐青盈正饶有兴致地观察着,忽然过来了一个三十来岁的年轻人。他上下打量公韧,突然高兴地说:"你是不是我们过去的国王公韧啊?"

公韧认出对方是追求婚姻幸福的李仙,急忙高兴地拉住他的手问:"你是李仙吧?挺好啊,红娘子也挺好吧?"

李仙高兴得蹦了起来,两只手做喇叭状,大喊道:"我们的国王公韧回来了——我们的国王公韧回来了——"这一喊不要紧,周围的人都往这边跑,不一会儿,已经围上了几百人。人们兴高采烈地围在公韧和唐青盈身边,问寒问暖,问这问那。

红娘子也领着两个孩子过来了,一个十岁左右,一个五岁上下,那真是小子精神,闺女可爱。她抢着对公韧说:"你的气球皮可管事了,我们女人少生了不少孩子,少受了许多累。"

李仙尴尬地对红娘子说:"国王刚来,胡说这些干什么?说得我都有些不好意思了。"

第 209 回　韦金珊加入革命军

　　红娘子抢白李仙道:"给国王说怕什么？这都是人家国王的功劳啊！要不是有气球皮少生了孩子,要不是实行了一夫一妻,要不是允许了私有制,我们能有今天吗？还有让有钱人在这里开了这么些工厂,要不我们这些没有地的,上哪里做工呀？总算有了点儿收入,改善了我们的生活。"

　　公韧趁着大家的高兴劲儿,站在高处鼓动道:"勤劳善良的国民们,现在还有更大的好事儿在等待着我们哩！"

　　"都有什么好事啊？""快给我们说说。""我们也愿意听听外面的稀罕事。"乞丐们七嘴八舌地说。

　　公韧说:"经济上经过这些年的改革,是有了些保障,可是光有这些还不行,我们政治上还要有更大的进步。这不,革命军已经推翻了清政府,建立了我们人民自己的共和国家。以后不但经济上大家都能过上好日子,人人还享有更大的政治权利,确切来说,就是有更大的选举权和被选举权。"

　　"什么是选举权和被选举权啊？"红娘子禁不住问。李仙赶紧推了她一把说:"别乱插话,让国王说。"

　　公韧说:"那就是我们以后有权利选举我们的共和国总统,也有被选举为总统的权利。"

　　底下一时有些混乱,乞丐们弄不明白,又七嘴八舌地问:"人人都可以当总统,那不乱了套了。""不让宣统当皇帝,宣统愿意吗？""要是让我当了总统,是不是愿意要几个老婆就有几个老婆？"

　　公韧鼓动大家说:"建立共和是个好事儿,清政府当然不愿意,它就要派出军队和革命军打仗。现在革命军正在征召军队,农民去了,工人去了,商人去了,学生也去了,大家说我们乞丐能不能上阵啊？"

　　唐青盈挥舞着双手说:"当了兵管吃、管穿,每个月还有钱……"

　　两个人正在给乞丐们宣传着当兵的好处,忽然听到一个人大喊:"谁说乞丐不能上阵啊？"两个人扭头一看,云中游和田中草正领着几千人朝着这边慢慢走来。唐青盈见了师傅,高兴地迎上去:"师傅可好啊？你终于回来了。"

　　云中游哼了一声,说:"我怎么不能回来,乞丐国是我的家啊！你师傅平生三大志向,游遍天下美景,偷遍天下富豪,吃遍天下美味。这一圈转下来十年多,倒也长了许多人生经验,归根到底只有一句话,那就是天下乌鸦一般黑,哪里也没有穷人的活路。多少乞丐饿死在高楼大厦之下,病死在荒郊野舍之外。不过现在的乞丐国倒是别有一番光景,在你的一些改革措施下,这里真是换了一番天地。这几天回到家,没想到换了政府,给我们开救命饭,救了我们不少人,另外还叫我们乞丐当兵,这不知又救活了多少乞丐的性命。"

田中草也说:"也给了我们一些钱,叫我们买些草药,救济那些得病的乞丐。这真是救命的活菩萨啊!"

云中游又对公韧说:"公韧啊,革命有什么地方用得着我,你尽管说声。"

公韧心想:原来云中游并不赞成革命,这会儿却如此支持,这也说明现在革命在人们心目中的向背。公韧说:"此时我正好有一事相求。"

云中游说:"什么事你就说吧。"

公韧说:"为了保卫我们的胜利果实,军政府马上就要和清军开战,开战就需要兵员。除了动员乞丐参加正规军,你看看,能不能再挑选一些精干的乞丐参加我们的敢死队?"

云中游问:"你需要多少人?"

公韧说:"敢死队不需要人多,而需要兵精,我看三百人足够了。"

云中游一口答应:"没问题,想当年,你领着三千乞丐兵打败了哥老会的三万人,从这三千人里,还挑不出三百人吗?你什么时候要?"

公韧说:"明天就到武昌的集贤馆里集合,怎么样?"

云中游说:"好!"

俩人忙完了这事儿,急忙向云中游和田中草告别赶回武昌。回去的路上,唐青盈问道:"兵是有了,可是骨干呢?如果今天清兵就来,我们怎么办?"

公韧想了想说:"那只好到集贤馆里走一趟,看看那里有没有可用的军事人才。"

武昌起义后,各地来投效的人员特别多,军政府于十月十二日晚间设立了招纳处,并成立了集贤馆。凡有一技之长的文武人员都可以到集贤馆来报名,听候招用。集贤馆就设在离谘议局不远的一所大院内,两人到了集贤馆里,看到这里熙熙攘攘的,又是一番热闹景象。

来报名的人员,不但有旧军官、旧文官、举人、进士,还有不少外国留学生,考试时说着叽里咕噜的洋话。唐青盈感到好笑,说:"凭这些洋学生,就能打清狗子？"

公韧批评她："人尽其才，物尽其用，军政府需要的人才太多了。如果和外国使馆打交道，这些洋学生正好能派上用场。"

唐青盈想了想说："也是啊，这也是缺者为贵。"

集贤馆里条件优越，不但管饭，而且还提供住宿。公韧和唐青盈走累了，坐在一条板凳上喝着水，静静地注视着来往的人群，看看是否有看上眼的军事人才。公韧看着看着，突然有两个人映入他的眼帘。头一个人穿着黄褂子配着黑坎肩，头戴黑缎瓜皮小帽，气宇轩昂，两眼深邃，正在这里转那里看。紧跟着他的一个人，中等身材，身穿黑色长袍，一双眼睛警惕地到处搜索着，虽然长袍肥大，但仍然掩饰不住他匀称的身材、矫健的步伐和浑身透着的利索劲。

公韧心里一惊：这不是梁启超和韦金珊吗？他俩来这里干什么？公韧慢慢走上前去，对梁启超一拱手说："梁先生，别来无恙啊！"

梁启超一看是公韧，也拱手回礼道："公先生好啊！"公韧讥讽他说："梁先生一向厌恶革命，不知今天到这里来，有何指教？"

梁启超叹了一口气，慢慢说道："实不相瞒，原来我是抱着变法图强为国为民的思想，把希望寄托在光绪身上。没想到保过来保过去，光绪英年早逝。三岁宣统登基，拥立皇上变法图强已经没有什么实际意义。如今我也悟出一个道理，为什么我们呕心沥血，惨淡经营，却总不能成功，而武昌起义，振臂一呼，竟有如此众多的人起来响应！看来，这是顺应天意、国情，符合了老百姓的心愿。我老了，决心脱离政治，著书立说，只可惜跟了我这么多年的金珊兄弟，白白浪费了这么多年的大好光阴。我希望他能顺应历史潮流，有个好的前程。"

公韧点了点头，对韦金珊问道："金珊大哥，不知你现在有何想法？"

韦金珊颓丧地说："原来我决心终身跟随梁先生，为国为民，变法图强，没想到这条路走着走着走不通了。我也看到了，革命确是救国救民之路。你们驱除鞑虏、建立合众政府，总比皇帝老子一个人说了算强得多。就是不知道，你们现在能不能收留我这个保皇党？"

公韧并没有直接回答收不收留他的事情，而是又问："原来我给你做了那么些工作，为什么不参加革命呢？"

韦金珊半天没言语，过了一会儿才说："咱们能一样吗？你出身寒门，革命是为自己寻求一条出路。而我出身于官宦之家，受的是忠君爱国的教育，食的是朝廷俸禄，当然要效忠皇上，一生要为国家尽犬马之劳。谁想到慈禧腐朽昏聩，专制霸道,光绪励精图治,欲行新政,竟被慈禧这个老妖婆压制住。老妖婆临死还要找个垫背的,把光绪也拉了去。凡事总有个慢慢接受的过程,这也是不得已而为之啊!"

公韧两手一拍,高兴地说:"想通就好,现在咱们志同道合,正好可以大干一番。多少年来,我一直在想,你有勇气、才气,我有决心、韬略,咱俩要是捏在一块儿,那该多好!没想到今天这个期盼终于实现了。"

两个人手拉着手,表示从今以后将同心协力,为革命拼尽全力。

韦金珊笑了笑,眉头一皱,说:"我给你带来一个不好的消息,十月十二日,清政府派遣陆军大臣荫昌率领陆军第4镇及混成第3协、第11协编成的第1军大举南下。海军提督萨镇冰率领的巡洋舰队及长江水师也溯流而上,进入武汉江面,战争马上就要爆发。"

第 210 回　集贤馆内群英会

公韧笑了笑:"这些我们早知道了,现在不正在加紧备战嘛!"

就在两个人亲热交谈的时候,梁启超悄悄离开三人,往外走去。唐青盈拉了拉韦金珊说:"你的主子走了,不送一送?"

韦金珊说:"这是主子把我送来的,我有了归宿,主子也就放心了。"

公韧看着梁启超斑白的头发,踉跄的步履,心里感慨万千,梁启超的才能,不得不让人佩服,但是他一辈子所从事的事业,又让人感到十分惋惜。

过了一会儿,韦金珊又问:"不知道你现在准备做什么事情?"

公韧说:"说实话吧,民军素质不行,我正想组织一支敢死队,作为民军的突击力量。不知道大哥是否愿意参加?"韦金珊拱了拱手说:"如果兄弟不嫌弃,我愿做你的马前卒。"

公韧听了心中大喜,大腿一拍说:"有你帮我,大事成矣。好!那就一言为定,咱们共同组织敢死队。"

两个人兴奋地举起一只手,对视一笑,就在两只大手即将拍响的一刹那,唐青盈大喊:"还有我呢!"于是三只久经战阵的手掌击在一起,发出了啪啪啪一连串清脆的响声。

公韧、唐青盈、韦金珊在集贤馆旁边的一所大院里组织了一支四百多人的广东敢死队,公韧任正队长,韦金珊、唐青盈任副队长。

这支敢死队的成员,有一部分是来自工程8营的士兵,他们宁愿参加敢死队,亲临前线杀敌,也不愿意担任队长、排长的职位;还有一部分是清政府关押在监狱中的死囚,他们痛恨清政府,愿意以生命和清军相拼;另外一些是来自全国各地的青年学生和海外华侨,他们抱着满腔的热血,要以血肉之躯和清军作战,以实现共和;但更多的是乞丐国的国民,这些人是云中游精挑细选出来的,年龄在二十往上,三十往下,脑子好使,身体灵活,是乞丐中的精英。敢死队的名册上,只有队员的姓名、年龄、籍贯,没有职务,意思是官兵平等。

十月十七日,公韧正在大院内训练队员,忽然听到一声大叫:"哈哈!真是踏破铁鞋无觅处,得来全不费功夫,可找到你们了。"公韧觉得声音耳熟,急忙抬起头来观看。只见大门口吵吵嚷嚷地拥进来三十多人,这些人打扮得奇奇怪怪,有的像商人,有的像乞丐,有的像流浪的农民,有的像码头上扛大包的工人。正中一个,个大、头大、眼大、满脸络腮胡子,四十多岁的样子。公韧定睛一看,这不正是三合会的龙头,自己的结拜大哥王达延吗!

公韧大叫一声:"王龙头,我的好大哥——"急忙扑上去,搂着他又捶又打。

王龙头也乐得哈哈大叫:"公韧啊,我的好兄弟,几天没见,真是出息多了!领着这么些兵马,用着这么好的武器。"

公韧也大声喊叫着:"没想到,你们来得这么快!"王龙头大嚷着:"接到你的命令,能不赶快来吗!这不,化了化装,就分头坐着船来了。"

唐青盈来到了王龙头跟前,噘着嘴扭扭捏捏地撒娇说:"噢,王大眼叔叔,怎么不认识我了?"

王龙头瞪着大眼睛仔细打量了唐青盈一番,忽然大叫道:"这不是我的小青盈吗?真是女大十八变,越变越好看。原来见了你,就愿意抱着你玩,你也好拉着我的胡子拽拽抻抻。现在我哪敢啊,哈哈!"

唐青盈调皮地上去又拉了一下他的胡子,假装生气地说:"去你的!"

王大眼看着旁边的韦金珊说:"我看这位先生,好面熟啊。"公韧赶紧介绍说:"他是韦金珊,现在是广东敢死队的副队长。"

王达延若有所悟,喊道:"原来不是保皇狗吗?噢——现在也革命了。明白了,明白了,能和我们一块儿打清狗子就好。"

这时候王龙头的一些老部下,卖过蛇肉的草鞋李斯、"天下第一美味"张散、"红棍"邢天贵等也纷纷和公韧、唐青盈热闹了一番。公韧看到他们一个个头上都添了不少白发,脸上的皱纹也增加不少,不免感慨一番:人生啊,能有多少好时候呢?真如白驹过隙,转眼就是百年。

众人亲热得差不多了,王达延突然对公韧说:"我带来一个人,不知你认不认识。"公韧说:"你就别卖关子了,现在时间紧迫,最好还是长话短说。"

王达延拍了一下巴掌,朝后一招手,众三合会会员纷纷闪开,从后面走出来一个娇小玲珑,十分妖艳又不大合时宜的阔太太。她足蹬红色尖角皮鞋,下身穿一条洋布黄裤,上身穿一件薄如蝉翼的粉红色洋纱短褂,头戴一顶大大的白色女式礼帽,小嘴线条清晰,小鼻子笔挺,一双杏眼炯炯有神,她含情脉脉又略显羞涩地看着公韧。

公韧心中一阵激动,这不是西品又是哪个,公韧脸上一阵潮红,想拉一拉她的手,可是眼前这么多熟人,实在有些不好意思,特别是唐青盈就在后面看着,更如芒刺在背,浑身不自在。可随即心里又一沉,她实在不该这个时候来,这里马上就要变成炮火纷飞的战场,绝不是卿卿我我谈情说爱的地方。

西品看到公韧的样子,猜到他心里的几分心思,忙对公韧柔声细语地说道:"为了路上方便,才临时找了这身衣裳。我是来打仗的,不是来给你添麻烦的……"

公韧听她这么说,也就不好意思再说什么,急忙回头看了看唐青盈,怕唐青盈吃醋,当着这么多人和西品交起火来。没想到唐青盈倒是一副豁达大度的样子,落落大方地走到西品跟前,拉着她的手,撒着娇说:"西品大姐呀,这么长时间没见,可想死我啦!"

西品也诚恳地说:"我也想你啊,听说这里就要打仗,心里实在放心不下你们。"

唐青盈嘴一撇:"我命贱,倒没什么,可是公韧我可得保护好,要不,就对不起你啦!"几句话说得西品的心里热乎乎的,眼睛里几乎含起泪珠。

公韧心里骂道:这两个看不懂的女人,一会儿敌人一会儿朋友,永远叫人难以琢磨。特别是唐青盈,既把自己掌握在她的手心里,又对西品大放烟幕弹,实在叫人难以理解……

两个女人亲热够了,公韧对西品说:"说不定什么时候我们就上前线,我给你在武昌安排个住处吧?"

西品眉头一皱,说:"我是来打仗的,一切和你们一样,快快发给我枪吧!"

公韧看着她那身华丽的衣服和娇小玲珑的身姿,摇了摇头,淡淡地一笑。西品一看公韧不相信自己,突然神态一变,三下两下扒下那身衣服,露出一身素装,口气强硬地说:"好歹我也是参加过乙未广州起义的老战士了,难道说打仗还要你来教我!"

王达延也为西品说好话,对公韧说:"就让弟妹留下吧,我们队伍里缺个缝缝补补,包扎伤口的。再说,我们这么些大男人,能看着她去和敌人肉搏吗?"

李斯和张散等三合会会员也附和着说:"对呀,对呀,就让嫂子留下吧。"

唐青盈对"嫂子"这个词很反感,眉头一皱,沉下脸来。西品也对"嫂子"一词不好接受,脸一红,说:"我们还没结婚呢,别一口一个嫂子地叫。"

王达延嘴一咧说:"都是一对老鸳鸯了,卖枣的碰见卖碗的,早晚还不是那么一回事。"几个三合会会员嘻嘻哈哈地笑起来。唐青盈突然大吼一声:"别笑了!西品留也好,不留也好,公韧一个人说了不算。"

众人见唐青盈突然变得这么凶,不知道怎么又得罪她了,立刻都不敢笑了。

公韧看了看唐青盈,对唐青盈使了个眼色,意思是让唐青盈劝劝西品。唐青盈心领神会,热情地拉着西品的手说:"西品姐姐,这战场上拼拼杀杀的,子弹可不长眼睛。我看你还是待在武昌算啦,军政府里也有好多事情要做哩。"

西品脸色一沉,态度坚决地说:"我主意已定,坚决跟着敢死队干了。活着算我命大,死了就算烈士,反正这一辈子已经死过好几回了,再死一回又有什么!"

唐青盈又耐着性子劝道:"哪能这样说呢,你又年轻又漂亮,好日子还长着呢,哪能跟我们学,往敌人的枪口上撞。"

西品眉头一拧,加重语气说道:"青盈妹妹,这些话,该我说给你哩,怎么你倒说起我来了。你比我小十多岁,正是风华正茂、青春貌美的好时候,你都不怕死,我一个半老太婆,性命哪有那么金贵? 快不要劝了,再说羞死我了。"

唐青盈自嘲道:"看我这劝人的,劝着劝着就劝到死胡同里了。"她朝着公韧无可奈何地看了一眼。

公韧看到唐青盈越劝,西品的意志越坚定,一副九头牛也拉不回来的样子,轻轻摇了摇头,叹了一口气说:"也罢,你既然这么不怕死,那就跟着我们敢死队共同闯一闯鬼门关吧。咱可丑话说在前头,战场上生死只是一瞬间的事儿,由不得我,也由不得你。"

听到这话,西品倒高兴了,点了点头,一副扬眉吐气心情舒畅的样子。

不一会儿,三合会的这些人和敢死队一样装备起来了。他们一个个头挽英雄结,身穿黑色夜行衣,一排排的黑色纽扣闪闪发亮,小腿上的绑腿显得特别利索。

枪是好枪,崭新的德国毛瑟枪乌黑油亮,刀是好刀,明晃晃的锋利军刀晃人眼目,尤其醒目的是每人斜挎一个大红布条,上书"敢死队"三个金黄的大字。

这些三合会会员久经战阵,有些人还在袁世凯的天津小站受过训练,此时正好为敢死队的军中之魂。商量了一下,王达延除兼任敢死队副队长外,还兼着前队的队长,李斯为后队队长,张散为左队队长,邢天贵为右队队长。其余一些人分别为各队的排长、棚长。

公韧没发给西品步枪和军刀,只发给她一把小手枪。

第 211 回　韦金珊把盏凑鸳鸯

晚上,韦金珊把公韧、唐青盈和西品叫到一间屋里,摆上酒菜,说老朋友相聚,要好好地庆祝庆祝。几杯酒过后,韦金珊说:"俗话说,两座山凑不到一块儿,两个人早晚有见面的时候,没想到风风雨雨这么些年,我们又凑到一起了。乙未之年,我、公韧和西品在集上相遇时,还都是十八九岁的大姑娘、小伙子,再看看今天的我们,哪里还有那时候的模样?"

除了唐青盈,几个人你看看我,我看看你,都有同感,不禁有些感慨。韦金珊说:"公韧啊,今天咱们四个人都在这里,我就问你一句话,你今天必须对婚姻有个了断。"

一提到婚事,公韧就头痛,摆了摆手说:"现在马上就要进行一场大战,谁能活着还不一定呢,等打完了这一仗再说吧!"

没想到,韦金珊一听这话就火了,大声地吼道:"不行!正因为马上就要进行一场大战,所以不能死了落个遗憾。你不能坑了这个又坑那个,今晚上你必须说清楚!"

公韧一听韦金珊真生气了,低着头默默不语。唐青盈和西品你看看我,我看看你,各人想着各人的心事。韦金珊又缓和一下语气:"公韧什么方面都好,就是感情这个事情处理得不好,脚踏两只船,想着这个又挂着那个。这样不行,这样把两个人的青春都耽误了!"

公韧想想韦金珊说得也对,就对唐青盈说:"你说怎么办?"

唐青盈气哼哼地说:"我能说什么?反正是秤杆离不开秤砣,咱俩都这种关系了,怎么还犹豫不决?你是真糊涂,还是装糊涂?"说着,她拍了拍自己的胸脯。公韧知道她指的是那封保证书的事情,一时无言以对。

　　公韧又问西品:"你有什么想法吗?"

　　西品抽搭一下鼻子,几乎掉出眼泪,说:"我在家乡已经没有亲人了,十八岁跟着你出来干革命,之后负了伤流落风尘,又进入了魔天神教,好不容易才逃出火坑,转眼间已经十五六年了。人啊,又有几个十五六年呢?如今我已经撂下三十往四十上爬,常言说,人过四十天过午,下半辈子还能有什么想法啊?没什么想法了,只想平平安安地和你度过一生。"

　　公韧听到这里,心里不禁有些酸楚,无奈地摇了摇头,革命和爱情,扯不清,理还乱,都是由于自己犹豫不决,难以割舍,才害了两个女人,自己真是可恶至极啊!

　　韦金珊尖锐地批评公韧:"战争的事情咱先放到一边,恕我直言,你在感情问题上,太不像话了。西品把终身寄托在你身上,如今她已经是三十四五的人了,还没有个终身寄托。而唐青盈也把终身交给了你,如今跟着你已有十一二年了,已经是二十出头的大姑娘了。为什么在这个事情上,你就这么糊涂呢?"

　　韦金珊的一席话,触动了两个女人的伤心处。唐青盈攥紧双拳,瞪着血红的眼睛逼视着公韧,西品则低下了头,越想越伤心,禁不住抽咽起来。

　　公韧面对着一个勇猛,一个柔弱的女人,戳戳哪个心里都痛,涨红着脸,结结巴巴地说:"我……我……唉!"他狠狠地跺了跺脚,心里感到千头万绪,澎湃汹涌,可是嘴上真是无话可说。

　　韦金珊不慌不忙,对三个人镇静地说:"我倒有一个想法,不知道三位能不能听我说说?"

　　一听韦金珊有办法,公韧抬起了头,期待地看着他。西品停止了哭泣,低着头在细细倾听。唐青盈大声地说道:"有想法就说呗,不必这么藏藏掖掖!"

　　韦金珊说:"我看不如你三个人结为一家,共同生活算了。"

　　公韧急忙大声地反驳说:"不行!不行!这样的话,在革命队伍里怎么能站住脚?影响不好。"唐青盈哼了一声:"闹了半天,原来是馊主意啊!亏你想得出来。"西品也轻轻地摇了摇头。

　　韦金珊见三个人都不同意,憋了半天,轻轻地说:"还有一个办法,只是……只是……"说了半天,没好意思说出来。

　　唐青盈催促他说:"快说呀,快说呀,你不是一向挺果断吗?革命军人,不能这么婆婆妈妈的,快说呀……"

　　韦金珊这才说:"其实,我对西品仰慕已久。多少年来,有不少人向我提亲,都被我婉言谢绝了,至今仍孑然一身。一是为了维新事业,二是,我对西品仍然抱有一线希望……如果真有可能的话,我……我……当着你们的面,我想向西品求婚。"

韦金珊说到这里,脸红了一下。

西品听到这些话,羞得扭过了头,涨红了脸。唐青盈的脸上露出喜悦的神色。公韧略微愣怔了一会儿,想:不能再耽误西品了,到了痛下决心的时候了。于是对三人委婉地说道:"当初,我们三人在香山县云山镇相遇,西品对我和金珊大哥的看法都挺好,所以才丢下玉坠,也算是一个感情的信物。我和金珊大哥打赌的时候,只是由于一阵风的缘故,才使我和西品,有了一段曲折的姻缘。在解救西品的过程中,金珊大哥出了很多好主意,倾囊而助,拼命相救。大哥他聪明、正派、疼爱女人,比我这个迷迷糊糊、粗粗拉拉的男人强多了。如果西品跟了金珊大哥,绝不会是现在这个样子,一定会幸福的……"

公韧说着话,把身上那个尚有体温的玉坠拿出来,悄悄地放到西品的身边。西品把玉坠猛地抓起来,大声地喊道:"你们……你们……把我看成什么人了?不许你们把我让过来让过去的,我不是你们随便交易的商品!"说完,一溜烟地跑出了屋。

唐青盈埋怨韦金珊:"你这个金珊大哥呀,求爱的话也不能在这个场合说,太让西品姐难为情了,真是的。"

公韧又陷入了深深的自责和矛盾之中,但同时又有些解脱,长痛不如短痛,可能这样的结果,对每个人都有好处……

第 212 回　刘家庙之战

十月十八日凌晨三时,民军开始向汉口刘家庙的敌人展开进攻。

这时候刘家庙的敌人,只有张彪的残部、河南混成协、岳州巡防营共两千人。张彪看到荫昌大军正在南下,为了表白自己对朝廷的忠心,又派和荫昌有师生关系的萧国安去向荫昌讨好说,张彪现有军队数营,正在刘家庙枕戈待命,一旦大军南下,即全力配合进攻武昌。

这次参加进攻刘家庙的民军,主要有姚金镛和林翼支两标,他们沿着后城马路朝歆生路进攻。在进攻部队的前面,有三支敢死队担任前锋,第一敢死队队长为徐兆斌,第二敢死队队长为马荣,第三敢死队队长为公韧。

　　他们冒着敌人的枪林弹雨,奋勇冲锋,前仆后继,英勇杀敌。正在这时,长江萨镇冰的兵舰,突然向民军猛烈开炮,一阵炮弹打得民军队伍里狼烟四起,火光闪闪。民军伤亡惨重,只好暂时停止进攻。

　　不一会儿,民军的凤凰山炮兵阵地、青山炮兵阵地发炮轰击兵舰。敌我双方激烈对射,只打得长江里一条条水柱冲天而起,条条水柱紧紧地包围着敌人的兵舰,凤凰山、青山炮兵阵地也笼罩在团团烟雾之中。

　　炮战中,有数千人在长江岸边观战,每当看到敌舰中弹起火,人们纷纷鼓掌,大声叫好。岸上民军乘势再次进攻,清军抵挡不住,纷纷溃退。一辆空车停在铁道线上,清军争先恐后地爬上火车,火车鸣笛一声,轰隆隆地向北开去,从车上射下密集的子弹。

　　民军大多数没有战斗经验,不知道隐蔽自己,不少民军被清军击伤击毙。再加上子弹将尽,相持已有半日,士兵们又饥又乏,有些人不听命令,陆续地回去休息。

　　公韧的敢死队没有退走,他们隐蔽在火车道一侧的稻田里。公韧看着越跑越远,到了天边成了一长串小黑点的火车,对韦金珊、唐青盈、王达延几个人说:"如果清兵坐着火车反击,民军都退走了,他们岂不是愿意怎样打就怎样打!我们就堵在这里,痛痛快快地打他们一顿。"

　　王达延大嚷道:"没想到火车这么厉害,跑得这么快,一眨眼的工夫就没了。要是火车又回到这里,你能挡得住吗?对它真是一点儿办法也没有。"

　　唐青盈大骂:"这可恶的火车,要不是火车,我们早追上清狗子了。"

　　韦金珊悄悄地蹲到两条钢轨跟前,仔细地打量两条钢轨和一根根的枕木。这时候,稻田里有许多人影晃动。公韧一看,足有几百人,既有农民也有铁路工人,还有商人和学生。公韧赶紧大声地劝阻他们:"请你们赶快退走,这里正在打仗,枪子无情,挂了花就麻烦了。"

　　这些人不但不走,反而纷纷走上前来。有一个铁路工人模样的走到公韧跟前说:"打清狗子,人人有份,我们也不能光看热闹。你们需要我们做什么?"

　　公韧笑了笑,问:"师傅贵姓?"

　　那个人说:"我叫刘仁祥,是刘家庙车站铁厂的工人。"

　　公韧又问:"刘师傅你是内行,这清军追过来,坐的是火车,我们难道就没有办法治他们吗?"

刘仁祥大声嚷道:"怎么没办法,扒铁路呀!撞死那些狗日的!"

公韧大喜,说:"扒铁路是个好办法,可是怎么扒呢?"

刘仁祥大叫一声,说:"这事儿交给我们好了,我们铁路工人,既然会造铁路,就会扒铁路。"

公韧大叫一声:"好!那就全指望刘师傅了。"

刘仁祥朝空中一挥手,立刻过来十多个铁路工人。刘仁祥大声说道:"绝不能让清狗子坐着火车来追我们的民军,给他拆了。"

众工友纷纷响应,有的拿出扳手,有的拿出洋镐,到了铁路上,见了螺丝就卸,见了道钉就起。敢死队队员和看热闹的人们也冲上路基,帮着这些铁路工人。

拆卸完螺丝和道钉,刘仁祥又蹲在枕木上,朝大家喊道:"快帮忙啊!"大家立即学着他的样子,蹲在枕木上,用手抓着钢轨。刘仁祥大喊着:"一、二——"大家一块儿使劲,把钢轨往外一点点地挪。

不一会儿,钢轨已经挪动了有半尺,刘仁祥大喊一声:"好了,这会儿看清狗子坐火车还恣吧!"

就在这时候,远处一列火车从北边轰隆隆地响着,朝这边开了过来。

公韧急忙招呼众人赶紧下铁路,隐身于铁道一侧无边无际的稻田之中。眨眼之间,满载着清军的火车就开到了跟前。突然火车头脱了轨,车轮压在枕木上,发出嘎吱嘎吱的响声,很快向一边歪去,一头栽到了稻田里。

可是后面的车厢还在巨大的惯性下,继续往前冲,一个压着一个,朝前面撞去。车厢里的那些清兵一阵鬼哭狼嚎,被压死的撞死的挤死的不计其数。没死的赶紧从车厢里往外爬,又遭到稻田里敢死队的一顿迎头痛击,侥幸逃过子弹的,豁上命地朝着北面狼狈逃窜。

公韧振臂一呼:"杀呀!"敢死队从稻田里冲出来,朝着火车里企图顽抗和逃跑的清军一阵冲杀。队伍的后边还跟着一些铁路工人,手拿着扳手、洋镐也跟着队伍往前冲。清军们不是被打死,就是举手投降,不一会儿,这场战斗就结束了。清点一下战场,这场战斗消灭了清军三百多人。

十月十九日清晨,民军步、炮、工、骑兵三千多人,再次猛烈进攻刘家庙。当队伍冲到刘家庙主阵地前的时候,停泊在长江里萨镇冰的六艘兵舰,突然朝着民军猛烈轰击。几十门巨大的舰炮发挥了强大威力,就像礼花一样发出耀眼的光亮,有时候是你发完炮我再发,有时候是舰炮齐发,就像朵朵梅花一样,此起彼伏地在民军阵地周围炸响。

所有的民军都被黑压压的炮弹惊天动地的巨响震慑住了,一齐趴在地上动也不敢动。公韧也赶紧命令敢死队停止进攻,以躲避这些炮火的巨大的杀伤力。

过了一会儿,公韧听着有些不对劲,虽然炮火极其猛烈,但离着这里很远,根本炸不到民军。再抬起头来仔细观看,发现这些炮弹都落在民军的外围,就像一堵火墙一样,腾起冲天的烟雾,发出一团团骇人的火光,可就是没有对民军造成什么实质伤害。

公韧戳了戳唐青盈说:"我看不对劲啊,兵舰的大炮今天怎么和昨天不一样,没准头了?"唐青盈也在仔细地观察着炮弹的落点,高兴地说:"我看这些海军都是笨蛋,不会打炮,准是叫咱们吓破了胆。赶快进攻吧!"

韦金珊哼了一声:"我看他们不是没有准头,而是极有准头。你没看见吗,炮弹都落在队伍边上,这就是极有准头。要是他们朝着队伍里开炮,早把民军打哗啦了。"

几个人正在纳闷,凤凰山和青山炮兵阵地朝着敌舰反击了。几十条冲天的水柱穿梭于敌人的舰队中间,突然一发炮弹击中了一艘舰艇,腾起一团火光,几个清兵被掀到江里。那些军舰一看慌了神,纷纷调头,向下游驶去,不一会儿,已经离开刘家庙很远了。

把敌舰击退后,凤凰山和青山的大炮又开始炮击刘家庙的清军。刘家庙是平地,而凤凰山和青山的大炮居高临下,一阵猛轰,打得清军阵地上鬼哭狼嚎,一团团的碎土烂木头、破枪残肢飞上了天空。

炮声一停,民军即向刘家庙发起猛攻,三支敢死队冲在最前面,大部队紧紧地跟进。清军抵挡不住,开始退却,民军则愈战愈勇,杀进了火车站和各条街道。

唐青盈率领着敢死队,向前猛冲,看到前面有一条窄长地段,两面是深深的湖水,一直延伸了十二三里地,过去这个地段是谌口的大片平地。清军们狼狈地逃窜,枪支子弹包裹行李扔得到处都是,而这些东西成了后面溃兵逃跑的障碍。

唐青盈撑着屁股地追,追到了一道铁桥附近,遇到了清军的顽强抵抗,才收住阵脚。

这一仗完全占领了刘家庙,缴获了清军遗弃的帐篷一百四十余顶、粮食六百多石、战马一百多匹、火车一辆、货车十辆和许多山炮弹药。民军在缴获的火车头上高悬九角十八星旗,几辆货车上满载着战利品,修好铁路后,开回了市区。

汉口的老百姓,都手执红旗庆贺胜利,歆生路铁路两旁,挤满了狂欢的群众。公韧突然想起战场上的事,对唐青盈说:"你说,在今天的战斗中,清军的舰炮打得那么没准头,是不是里头有什么猫腻?要是他们和昨天一样,恐怕刘家庙的战斗又是另外一回事了。"

唐青盈皱了皱眉头,说:"我也觉得萨镇冰今天有点反常,只挨了一炮,就慌慌张张地逃跑了。"韦金珊哼了一声:"那还用问,准是海军出了问题。要是海军和张彪联起手来,我们还能打得下刘家庙吗?"

三个人的怀疑很快得到了证实,原来海军提督兼北洋舰队司令萨镇冰受到革命党的策动,有意放民军一马。北洋舰队内有许多革命党人,乘机起义,才有了刘家庙海军放水一事。

第213回　徐兆斌战死三道桥

刘家庙大捷后,民军本来应该乘胜进击,但前线总指挥何锡蕃却临阵犹豫不决,他老怕遇到清军劲敌,使自己损兵折将,所以借故民军伤亡不小,不去主动进攻。第一敢死队队长徐兆斌沉不住气了,主动请缨,要带领敢死队进攻滠口。何锡蕃听了心里琢磨,既然有为自己打前锋的,何乐而不为呢!胜了是自己的功劳,败了自有人在前面顶着。他随即命令徐兆斌在前面冲击,其余各部跟着前进。

十月二十日上午,徐兆斌沿着那条窄窄的铁路线向前进攻。在这十二三里地内,有三段铁桥,每一段铁桥都是一座坚固的堡垒,而刘家庙到滠口一线又必须经过这条咽喉要道。

民军在刘家庙的古德寺设立炮兵阵地,在隆隆的炮声中,徐兆斌率领着敢死队艰难前进。

敢死队队员个个手执步枪和军刀,远了的用枪打,近了的用刀砍,不少队员倒在铁路线上,鲜血染红了黑色的钢轨。徐兆斌看到一个个熟悉的战友倒了下去,心中万分悲痛,这更激起他炙热的战斗激情,率领着敢死队冲过了敌人的一道桥、二道桥、三道桥。

冲过三道桥后,徐兆斌回头望了望,自己的敢死队二百多人,只剩下稀稀拉拉的三十多人了,但是一百七十多条鲜活的生命,终于使进攻滠口之敌的道路打通了,大批的民军已经跟了上来。徐兆斌又往前望了望,前面是大片的平地和一眼望不到边的稻田,只要稳住这个桥头堡,滠口就是囊中之物了。

这时候何锡蕃跟了上来,气喘吁吁地催促徐兆斌:"怎么不往前冲了?"

徐兆斌回答："你先把部队稳住,建立好桥头堡阵地,我再往前进攻。这铁路两边有大片的稻田,不知有没有敌人的埋伏,万一敌人反攻,我们也好有个准备。"

谁知何锡蕃根本不听,他挥舞着手枪大声地喝道："乘胜追击,不可错过战机。你只管在前面猛攻,后面自有我来处理。"

徐兆斌严肃地对何锡蕃说："攻到这里实在不容易,你可千万要守住啊!"

何锡蕃大大咧咧地说："放心吧。快冲!快冲!"

徐兆斌点了点头,把手一挥,又领着队员继续沿着铁路线往前冲去。清兵已经逃远了,一路上丢弃不少枪支、子弹、破衣服、烂袜子之类的东西,似乎溵口的大门已经洞开。

附近静悄悄的,两旁一方方的稻田里,金色的稻穗在微风吹拂下,轻轻地摇晃着。稻田边上有几棵小树,墨绿肥大的叶子几乎一动也不动,再远处有几处水潭,平静的水面波澜不惊。

要是在平时,一定有一头健壮的水牛静静地站在水田边,背上有两只安闲的布谷鸟,站在牛的脊背上漠然地眺望远方,可是这会儿,什么也没有。

静啊,太静了,安静得有些可怕……

突然,像是狂风暴雨来临,十几挺机关枪在稻田里清脆地叫响,阵阵枪林弹雨泼向了铁路上冲锋的敢死队。刹那间几十条鲜活的生命不是牺牲就是重伤。徐兆斌身中三枪,浑身鲜血淋淋,趴在了黑色的钢轨上。

他觉得身上很乏很累,一点劲也没有,眼睛几乎睁不开,身体从里往外热乎乎地流淌着一股液体,心脏在剧烈地跳动,特别响,简直有些震耳欲聋,不一会儿,没那么响了,好像一个遥远的世界已经渐渐地来到自己的面前……

徐兆斌忽然又觉得自己特别清醒,睁开眼睛看了看,何锡蕃正领着民军往回退去。"不能退,不能退,退回去再……攻上来,可就难了。"徐兆斌大声地呼喊着,可是话到嘴边却微弱得很,连自己也听不清,他又朝何锡蕃招了招手,可是右手好像有千斤重,怎么也抬不起来。

他运足力气竭尽全力地呼喊："不能退……不能退……"眼前慢慢地飘来几团乌云,遮挡住了眼睛,他什么也看不到了,天地慢慢地黑了下来,好像从很远很远的地方,传来战友的齐声呐喊："杀呀!冲呀!"

何锡蕃领着民军往后溃退,根本就没有坚守桥头堡阵地的想法,更忘了对徐兆斌的承诺,跑着跑着,又觉得自己是一协之长、前线总指挥,这样败下阵去,不好向上面交待,就从腰里拔出手枪,趁着别人不注意,朝着左臂上开了一枪。

鲜血顿时就涌出来了,疼得他龇牙咧嘴。过来两个护兵,给他包扎上伤口,架着他沿着到处是敢死队队员尸体的窄长铁路线,向刘家庙退去。

黎元洪看到何锡蕃为了革命英勇负伤,好好安慰了一番,安排到一个最好的医院去休息养伤。可缺了汉口总指挥不行,再派谁去好呢?想来想去没有一个合适的人选……

张景良原是第29标统带,武昌起义中跟随黎元洪起义。他看到黎元洪并不那么坚定,暗地里鼓动黎元洪说:"现在朝廷已经宣布立宪,根本不需要什么革命。我看还是找个机会再为朝廷立功为好。"

没想到这句话被革命军听到了,他们把张景良绑起来,要把他杀了。黎元洪为张景良求情说:"他也是一时糊涂,时间长了,就会好的。乱杀人恐怕对一些旧军官会造成心理恐慌,对革命不利。"

革命党这才没有杀张景良,只是把他关了起来。

张景良听说何锡蕃因伤离职,心想这正是自己脱离牢狱之灾的好机会,就托人对黎元洪说,自己想去汉口前线杀敌,为民国立功。黎元洪听了大喜,要论军事才能,张景良当然在何锡蕃之上,何不让张景良去力挽狂澜呢!

黎元洪就和蔡济民、孙武、蒋翊武等几个人商量这件事情。

孙武不同意,说:"张景良虽然干过标统,但是不清楚他的革命态度如何,要是他帮着清军策反,岂不是坏了大事。"

蒋翊武也不同意,说:"指挥汉口战事,可不是儿戏,哪能让不了解的人担任这么重要的职务呢!"

蔡济民原是张景良的老部下,考虑了一番,说:"我观察张景良这个人,虽然有时候不免糊涂,但是还不至于投敌,军事才能也可以。现在正是用人之际,尤其是缺乏将帅之才,要不,咱就让他试试,实在不行的话,咱们还可以换人嘛!"

蒋翊武提醒他:"万一他投敌怎么办?"

蔡济民说:"他的周围全是咱们的人,他想投敌,我们能干吗?"

黎元洪发表意见说:"千军易得,一将难求,用人不疑,疑人不用。在这个特殊时期,希望大家以大局为重。"

众人一看黎元洪这么说了,也就只好点头同意。

十月二十一日,军政府颁发了简短的作战命令,指定张景良为汉口指挥官,率领汉口所有部队,明日进攻滠口之敌。张景良接到命令,立刻脱下囚装,换上崭新的军装,神灵活现起来,奔赴刘家庙司令部上任。他所指挥的部队除原有的各部外,又增加了熊秉坤部。

二十二日、二十三日,民军什么行动也没有。张景良作为指挥官,理应积极筹划军事,整饬部队,侦察敌情,准备物资,而他却全都不理会,好像这么大一场战争,与他一点关系也没有。

十月二十四日,公韧沉不住气了,和唐青盈一块到了刘家庙司令部,找到张景良请战。张景良正在滋润地喝着茶,悠闲地抽着香烟,心不在焉地看着军事地图,一副深思熟虑、胸有成竹的样子。公韧的心里有些上火,哼了一声,戳了唐青盈一下。唐青盈斜着眼睛看了张景良一眼,摸了摸腰中的弯刀。

公韧对张景良说:"张指挥,军政府不是下令二十二号进攻溉口吗,你怎么还不行动?"张景良本来高兴的脸一下子拉得老长,低着头问道:"你是哪个部队的,竟敢这样对长官说话?"

他抬起头来看了看公韧的穿戴,略微一笑,讥讽地说:"原来是敢死队的啊,怪不得这么大的口气!"

公韧赶紧立正报告说:"张指挥,我是第3敢死队队长公韧,特来请战。如果进攻溉口,我甘愿带领第三敢死队担任前锋。"

张景良听到这些话,笑了,点了点头说:"你们敢死队打得还是蛮不错的,尤其是第1敢死队,在二十号进攻溉口的战斗中,立下了汗马功劳,全队壮烈牺牲,实在是全军之楷模。可是心急吃不了热豆腐,你没看到吗,从刘家庙到溉口的这个鸡肠子道,既难攻又难守,我们吃了不少亏。真是难办啊,难办啊!"

公韧大声地说道:"可是现在是难得的战机,趁清军还没有大量集结,我们正好可以猛烈进攻。一旦攻下溉口,占领了有利阵地,我们就主动了,进可以攻,退可以守。如果等清军喘过气来,进攻我们的话,我们则很被动。刘家庙是一片平地,易攻难守,如果敌人占领了刘家庙,就可以当作跳板,进攻汉口,汉口这么广阔,怎么防守? 还请张指挥三思,不要耽误这么好的战机⋯⋯"

张景良点了点头:"你说的似乎有几分道理,可是我也有我的难处啊,三道桥你们久攻不下,绕又绕不过去,换上谁也犯难。对付溉口之敌,我自有良策,你就别过于操心了。现在你的任务,就是把自己的队伍带好,等待命令。"

说完,他不再理会公韧,继续低着头看他的军事地图。

公韧看到他对自己这么怠慢,再待下去已经没有什么意义,急忙招呼一声唐青盈:"咱走!"唐青盈却再也忍不住了,从腰里一下抽出了弯刀,朝身边的桌子猛地一刀插去,弯弯的刀尖从桌子底下露了出来。

张景良被这一举动吓得大惊失色,下意识地缩起脖子,哆哆嗦嗦地问:"你……你……这是干什么?"

唐青盈不慌不忙地拔出弯刀,用袖子擦了擦弯刀上面的木屑,哼了一声:"没有什么,就是想看看这木头到底结不结实,看来真是喧得很。"然后大踏步地走出了司令部。

公韧赶紧跟着她走了出来,叹了一口气说:"这样的司令指挥打仗,怎么能叫人放心?"唐青盈说:"我看咱们民军早晚得毁到这帮清军军官手里。"

民军在刘家庙阵地上停止不前,清军在滠口阵地上坚守不出,双方形成了暂时的僵持态势。

第214回　刘斜眼献宝得高参

河南省彰德府洹上村和附近贫穷、落后的小乡村可大不一样,这里砖瓦院落整齐别致,小学堂里书声琅琅,牛马成群粮食满囤,乡民衣服整洁面色红润,处处呈现出一派繁荣景象。村外是一片片肥沃的良田,庄稼早已收割,处处裸露着新翻的土地。农人们哼着小曲摇着木耧,播下明年丰收的种子。

这时候,从一条土路上走来一名一只眼鼓一只眼斜,大龅牙、满脸横肉的小买卖人。他朝着洹上村小心谨慎地扫视一圈,没敢贸然进村。想找一个村民问问路,无奈别人都忙着,没人搭理他,只好三转两转地到了村边的一个小池塘边上。

这个人,不是别人,其实是化了装的刘斜眼。

池塘里的一些荷叶已经显出枯萎之态,有的绿中泛黄,已经完全失去水分缩成一团,荷叶梗子更是软绵绵毫无生气地支撑着荷叶。此时一阵秋风吹来,在阳光的映照下,水波粼粼,闪现难得的几道银光,倒是别有一番秋天的情趣。

池塘边有一棵两搂多粗的大槐树,树荫下有一个五十多岁的农人正在安闲地垂钓。刘斜眼一看有了想法,上去不客气地问:"老头儿,这村上的袁大人在不在家?"那农人一动也不动,就像没听到一样,仍然专心致志地钓鱼。刘斜眼以为农人耳聋,又加大声音问:"不知袁宫保大人在不在村里?"

那农人继续钓鱼,还是不搭理这个刘斜眼。

刘斜眼碰了钉子,心里实在生气,心想:这个老傻瓜!想我在广州城里,跺跺脚整座城都要晃悠一下,哪里叫人这么怠慢过。有心发作,可又一想,我是做大事的人,何必跟一个老农一般见识呢,人得学会忍让,在忍让中进取。

这时,有一群小草鱼被钓钩上的小红蚯蚓吸引住了,纷纷摇着尾巴快速游来,而那农人却把钓钩摇摇晃晃地往上拉,不让那些小草鱼上钩。待那些小草鱼恋恋不舍地离开后,农人才又把钓钩徐徐垂下。不一会儿,一条两斤多重的大鲇鱼又游了过来,而老头儿又在躲避着这条黑鲇鱼,把红蚯蚓躲过来,闪过去。

刘斜眼看不下去了,急得大喊:"不要动,不要动,鱼就要上钩了。刚才放过那些小鱼不要紧,这条大鱼可不能放过,你这个老傻瓜!"

那农人瞪了刘斜眼一眼,干脆把钓饵提了上来。刘斜眼着急地说:"一条大鱼,可惜啊!可惜啊!"

老头儿仍然不理他,又把钓饵垂下去,半闭着眼睛,耐心地等待着。好一会儿,一条五斤多重的大鲤鱼优哉游哉地仙游而来。刘斜眼有心提醒老头儿注意,又怕把鱼惊走,急得不知如何是好。那鱼咬上了钓,老头儿顿时来了精神,不慌不忙地来回荡着,直到把那鱼荡得一点儿力气也没有了,才把大鲤鱼不紧不慢地拽上来。刘斜眼看到这里不禁有些佩服,忍不住夸奖老头说:"真不愧为钓鱼高手,小鱼、半大鱼不要,专要大鱼。请问老人家,这袁宫保大人在不在村里?"

那老头儿一边收拾着渔具,一边问斜眼:"这还像句人话。你是什么人?找他干什么?"

刘斜眼心想:这老头儿身份不高吧,口气倒不小,但既然是有求于人,也只得耐着性子回答道:"我是广州督署的刘雅内,来到洹上村求见袁宫保大人!"

那老头哈哈一笑,说:"衙内?衙内不是县太爷的儿子吗,你一个县太爷的儿子,找一个乡野村夫干什么?想升官找错了门路,简直是个小傻瓜。"

刚才说他是老傻瓜,这会儿他又找回来了。刘斜眼心里生气,心想:这老头儿好狂野,对自己这个朝廷命官奚落嘲弄不说,对袁世凯也毫不放在眼里。刘斜眼忍住气,只得对他解释道:"我这个雅,是文雅的雅,我这个内是内外的内。你这个老……"

刘斜眼忽然意识到自己好带口头语,没有再说话。没想到那老头儿对刘斜眼更加不客气,讥讽道:"我看你这个人,外不雅,至于内雅不雅,那就不知道了。在我这里,少提什么官职,在我眼里,就是皇帝身边的大臣也如粪土。好吧,我领你去找那个老村夫。"

刘斜眼心里十分生气,但是料想老头儿这么张狂,也许有点来头,只能强忍着气,帮着老头儿用柳条穿过鱼鳃,提上鱼,拿着渔具,往村里缓缓走去。一路上碰到的农人不是毕恭毕敬地让路,就是低着头远远地躲避。刘斜眼心里暗暗称奇……

一会儿进了村子,走不多远有一个牌坊,牌坊上有三个烫金的大字"养寿园"。走不几步,就到了一个深宅大院门口,一个看门人从刘斜眼手里接过了渔具和大鱼。进了院,老头儿不慌不忙地进了堂屋,刘斜眼也跟了进去,老头儿对刘斜眼说:"你在这里等会儿,我去换件衣裳。"说完,慢悠悠地进了内室。

刘斜眼在堂屋里坐也不是,站也不是,心想:莫非刚才那个老头子就是袁世凯?可是不像啊,要是袁世凯的话,肯定穿的是绫罗绸缎,身边护卫成群,岂能这样简朴寒酸。

这时候除秋蝉有一声无一声地鸣叫以外,几乎没有任何声响,忽然传来一种十分熟悉的声音——嘀嘀嘀嗒嗒嗒……怎么像是电报的声音啊?刘斜眼仔细一听,果然是电报的声音从偏屋里传来。刘斜眼的心里一惊,如今的高官,谁的私宅里能安上电报?想来这袁世凯虽然被贬官为民,可是他的心里,未必不装着天下!

不一会儿,那老头儿洗了把脸,换上一身洁净的衣服,进了屋就往太师椅上一坐,不卑不亢地说:"你找的那个村夫,就是我啊!不知道你有什么事情?"

刘斜眼大吃一惊,果然自己狗眼看人低,有眼不识金镶玉,赶紧跪下磕了三个响头说:"在下刘雅内,有眼不识泰山,言语冲撞,多有冒犯,恳请大人恕罪!"说完趴在地上,低着头竟不敢起来。

袁世凯哈哈一笑,说:"我一乡野村夫,你不必这样客气!快快起来,快快起来。"说着,从椅子上下来,扶起刘斜眼。刘斜眼恭敬地站立在他跟前,大气不敢喘一口。

袁世凯又问:"你大老远地从广州督署来到河南偏僻小村,不是光来看我钓鱼的吧?"刘斜眼这才敢抬起头来,对袁世凯拱手施了一礼,说道:"袁大人,当前的中国,要有两样东西才可以在中国立足。"

袁世凯"噢"了一声,问道:"不知道是哪两样东西?"

刘斜眼说:"一个是兵,一个是钱。"

袁世凯说:"我一个乡野村夫,手里既没有兵也没有钱,你说的这两样东西,对我来说,是嘴上抹石灰——白说。"

刘斜眼加重语气说:"我们南方盛产茶叶,这茶叶一是助消化,二是败火,三是明目,四是壮人胆。这回我来,带了点儿茶叶孝敬您老人家,不知肯不肯笑纳?"

袁世凯一声苦笑:"茶叶也不是什么稀罕玩意,我天天喝,助消化、败火、明目我是知道,壮人胆可没听说过。不知你带来了什么好茶叶?"

刘斜眼说:"杭州龙井、苏州碧螺、黄山毛峰、庐山云雾、云南普洱、信阳毛尖、安溪铁观、君山银针,凡茶叶中的精品,我都带来了一些。"

袁世凯又问:"你带来多少,有个十斤八斤的,就够我喝一辈子了。"

刘斜眼说:"南方山路崎岖,只能担挑,北方平原开阔,可以行车。这回我带来了十辆独轮小车茶叶。"

袁世凯一听大为生气,不高兴地说:"我又不卖茶叶,你带来这么些干什么?这不是戏耍老夫吗!"

第215回 袁世凯再掌兵权

刘斜眼不慌不忙地说:"待一会儿,我运来茶叶,您自然知道这些茶叶的妙处。稍等片刻,稍等片刻。"

袁世凯不再说话,端起仆人送来的一杯清茶,慢慢地品味着。

刘斜眼说完,径自出了门,从褂子里掏出一支洋笔和一张纸条,用洋笔在纸条上写上几个字,又从怀里掏出一只信鸽,把纸条绑在信鸽的腿上,然后朝天上一撒。那信鸽扑棱扑棱翅膀,朝天拔高,在天空中盘旋一圈,然后朝着远处飞去,不一会儿,就没了踪影。

不到一个时辰,就听到吱吱嘎嘎的声音,十辆独轮小车很快就来到了这所农家大院里。袁世凯不高兴地朝院内望了一眼,见推小车的个个累得汗流浃背,浑身如水洗一般。那些小推车,一辆辆被压得东倒西歪,都快要散架。袁世凯心想:这些茶叶怎么这么重啊,难道说不是茶叶?再看看护送小车的十多个人,个个精明强干,腿脚利索,都像是武林高手。

袁世凯的心里更加疑惑,但表面上仍然是一副无动于衷的样子,叫管家赶快招呼人卸车。

不一会儿,管家进来,悄悄地对着袁世凯的耳朵说了几句。袁世凯一听大喜,高兴地对刘斜眼说:"这茶叶好!好!不但助消化,败火明目,还确实胆人壮。好!好!只是不知道,你给我送来这么些好茶叶,于我何求啊?"

刘斜眼看了看屋里有外人,没敢说。袁世凯对管家使了一下眼色,管家出去了,屋里只剩下袁世凯和刘斜眼两个人。刘斜眼对袁世凯跪下,磕了一个响头说:

"我来别无所求,只求在袁大人手下当一名跑腿的小卒,不知道袁大人能不能收纳?"

袁世凯笑了笑,说:"世上没有免费的午餐,别无所求即是有所求。如今的中国,真像你说的,一是有兵,二是有钱,才能被人看得起。你给我送来这么些好茶叶,让我心里充实了许多。这么着吧,从今以后,你就是我的贴身高参,随我处理内外的一些小事,不知你意下如何?"

刘斜眼又磕了一个头,感激涕零地说道:"谢谢袁大人栽培,从今以后我一定对袁大人忠心不二,誓死效劳!"

袁世凯又一阵哈哈大笑,扶起刘斜眼,说:"从今以后,咱们就是一条船上的人了,有福同享,有难同当。不过,我还有一事不明,你放着广州的差使不干,为何要投靠我一个乡野村夫呢?"

刘斜眼想了想:"我还是那句话,在中国一是有兵,二是有钱,才能撑起一方天地。现在虽然你龙困沙滩,虎落平原,但这只是暂时的,同时这也是我的机会,此时不投你,更待何时?"

袁世凯听完刘斜眼的一番话,沉吟半天说:"如此说来,老夫倒是没话说了。"

两个人正在谈论着天下与机会,管家拿来了几封电报,看了看刘斜眼,没敢说话。袁世凯对管家说:"没有外人,但说无妨。"

管家这才汇报说:"河南前线的混成第3协、混成第11协,来电报请示您:陆军大臣第一军军长荫昌,已催促各协火速进击,到底应该怎么办,请您指示。"

袁世凯嘿嘿一阵子冷笑:"这个荫昌,顶着陆军大臣的帽子满天飞,他懂得军事吗?他和北洋军那些将士什么关系?一点儿渊源也没有。纨绔子弟,乳臭未干,就想统率我北洋铁军,没那么容易。告诉混成第3协、混成第11协的弟兄们,该推就推,该拖就拖,按兵不动,叫荫昌那小子瞎折腾吧!看看是他的腿快,还是我的屁股沉。"

管家答应一声,赶紧发电报去了。

刘斜眼心中大吃一惊,没想到袁世凯虽然被贬在家,却掌控着湖北前线的军事指挥权。而荫昌白白为陆军大臣、第1军军长,竟被袁世凯架空。不一会儿,又送来几封电报,全是北洋军的重要头目冯国璋、段祺瑞等来向袁世凯请示、商量军务的重要内容。袁世凯处理完了这些电报,又对刘斜眼说:"雅内兄弟,不知道你对武汉革命有什么看法?"

刘斜眼说:"这也正是我来投奔您的原因。依我看,革命已成燎原之势,广州新军起义、黄花岗起义、武昌起义,越闹越厉害,并且向全国蔓延。而清王朝,政治失败,军事外交失利,经济崩溃,我看已是强弩之末,力不能入鲁缟,支撑不了多长时间。现在的中国,已经处在乱世,没有一个大英雄出世不能救中国。清朝军队与革命军在武昌激战,而前线的北洋军又不听陆军大臣荫昌的调遣。恭喜您,袁大人,卧薪尝胆三年,您出头的日子已经不远了。"

袁世凯默默地点了点头,眼睛半闭着,就和在池塘边钓鱼一样,稳稳地坐在椅子上。咏出一首诗:"百年心事总悠悠,壮志当时苦未酬。野老胸中负兵甲,钓翁眼底小王侯。思量天下无磐石,叹息神州变缺瓯。散发天涯从此去,烟蓑雨笠一渔舟。"

不一会儿,管家突然高兴地拿着一封电报进来,对袁世凯兴奋地说:"摄政王和内阁来电,决定让大人出任湖广总督,立即亲赴前线,协助荫昌处理军事事宜,进攻武汉革命军。大人,您出头的日子到了!"

袁世凯听到这些话,就和没听到一样,一动也不动。刘斜眼对袁世凯说:"就凭您的见识、气魄、能力,凭什么当荫昌的副手,这不是拿馒头不当干粮吗?不知摄政王和内阁是怎么想的,又想打败革命军,又想把军权牢牢地掌握在自己手里,做梦娶媳妇——尽想好事儿!"

管家请示说:"怎么给摄政王和内阁回电?"

袁世凯就像拉家常一样,说:"你就说足疾未愈,不能担此重任。"管家点了点头,给朝廷回电去了。袁世凯静静地坐在椅子上,不一会儿,竟打起了瞌睡。

到了晚上,管家又高兴得满脸涨红,拿着一封电报进来:"恭喜!恭喜!内阁来电。"袁世凯半闭着眼睛说:"说吧。"

管家激动地念道:"所有湖北军队和各路援军均归袁大人调遣、节制,就连荫昌、萨镇冰所带的水陆大军也并归袁大人调遣。电报上还说,武昌汉口军事紧迫,希望袁大人胸揣对朝廷忠勇之心,勇于任事,迅速调理病情,赶往前线,力克顽敌,不辜负朝廷倚重之意。"

刘斜眼高兴地对袁世凯说:"朝廷几乎在求您了,我看袁大人可以出山了。"

袁世凯仍然稳如泰山,没有一点高兴的样子,对刘斜眼说:"看我钓鱼,算是白看了。"

刘斜眼心想:这袁世凯城府太深了。

管家又请示说:"怎么给内阁回电?"

袁世凯说:"你拟封电报,大意是革命军势力太大,凭我的能力和政府的军队,恐怕一时剿灭不了。况且革命军起事，事出有因，我水陆各军又存在着种种弊端，军费又紧缺，解决不了这些问题，我军形势危矣！"

管家匆匆回电去了。袁世凯仍然坐在椅子上，像什么事情也没有发生一样。刘斜眼安静了一会儿，沉不住气了，对袁世凯说："袁大人，你这样给朝廷回电，朝廷会不会震怒啊？失去这次机会，可能就永远没有出山的时候了。"

袁世凯微微一笑，嘲讽道："你光看到了小鱼、半大鱼，没有看到更大的鱼，既有兵又有钱，还怕什么？什么也不用怕！"

没过多长时间，管家又拿来一封电报，扬着手说道："朝廷又来电报，说袁大人的一切条件皆可以答应，并派内阁协理大臣徐世昌亲赴河南彰德，敦促袁大人走马上任！"

袁世凯猛一下子离开椅子站了起来，大声说道："出山的时候到了，你给朝廷内阁提六个条件：一是明年即开国会；二是组织责任内阁；三是宽容参与此次事变诸人；四是解除党禁；五是授予我指挥水陆各军及关于军队编制的全权；六是须予以十分充足的军费。"

管家去发电报后，袁世凯看了看刘斜眼，微微一笑说："你既为我的高参，我所提出的六个出山条件，你知道是什么用意吗？"

刘斜眼想了想说："我想，这一、二、三、四条，主要是从政治上分化瓦解革命党人；这五、六两条呢，主要是掌握军权、财权，便于打击革命党人。袁大人，从今以后，您就是中国屈指可数的实权人物了！"

袁世凯听了哈哈大笑，说："这都得益于钓鱼的体会啊！"他高兴了一阵子，又问起刘雅内："请问，兄弟到底是哪里人？"

"我是广东香山人。"刘斜眼答道。

袁世凯听了心中一喜，又问："听没听说过香山三宝？"

刘斜眼说："听说过一点儿，就是一堆财宝、一部兵书和一个人物的传说。"

袁世凯更高兴了，说道："看来这香山三宝的传说并不是空穴来风，是不是可以这样理解，你送来的财宝，就是香山的财宝啊？"

刘斜眼点了点头。

袁世凯微微笑了笑说："既然这样的话，那么一个人物就不用解释了，他如今已经成为中国的灵魂人物，真可以说振臂一挥，就能唤醒一个民族。那么，香山三宝，只剩兵书一部还没有解……"

刘斜眼说："我也在努力寻找这部兵书，只要找到这本兵书，一定献给袁大人!"

袁世凯看了看刘斜眼的眼睛说:"我是个带兵的人,于我而言,这部兵书才是最让我牵肠挂肚的。"

第216回　马荣血洒刘家庙

就在汉口前线革命军贻误战机的时候,清军却加快了强化阵容的步伐。清廷内阁奉上谕,一方面授袁世凯为钦差大臣,统领湖北前线陆海军,另一方面拨出宫中帑银一百万两,由内务府拨给度支部,专供前线兵饷之用。

十月二十七日拂晓,清军分兵三路,向民军进攻,一路由滠口三道桥,向刘家庙进攻;一路由代家山向造纸厂,即向刘家庙的左翼进攻;另一路由长江舰队,进攻刘家庙的民军右翼。这左右两翼正是民军的"软肋",看来敌人对民军的长处短处十分了解,军事部署也十分老到。

民军也急忙分路迎击,双方展开激烈战斗。民军大多数为新兵,不善于利用地形,瞄准射击能力差,在清军的炮火轰击和机关枪的射击下,不断地有人倒下。民军到军需处领取子弹,而军需官却说,张景良有命令,不许多给,每人只发给十发子弹,打着打着,民军的枪支大部分打不响了。

民军的大炮也不如清军的管退炮威力大,渐渐地被敌人的炮火所压制。

激战到下午,民军伤亡惨重,尤其是第4协统领张廷辅受伤,所部大部分伤亡,只好被迫后退。左翼一溃退,整个民军阵地出现了混乱,清军从突破口往里突进。第2敢死队虽然英勇作战,但寡不敌众,大部分队员牺牲,马荣受伤昏倒被俘,阵地失守。

炮队因无步兵的掩护,许多火炮被敌人夺去,失去了炮火的有力支援,民军阵地被清军不断地占领。在这紧要关头,张景良又下令烧毁了刘家庙的子弹及其辎重,连续的爆炸和冲天大火,使前线的民军更加惶恐混乱,敌人的冲锋更加凶狠猖獗,在一拨又一拨清军的猖狂进攻中,民军终于全线溃退。

敌人占领刘家庙后,将十几个被俘的敢死队队员绑在了火车站的一根根竖起的枕木上。他们一个个血迹斑斑,伤痕累累,有的还在昏迷状态,无力地耷拉着脑袋。

他们的前面是一排排荷枪实弹穷凶极恶的清军士兵,士兵的前面是气焰器张、不可一世的张彪。张彪瞪着几乎冒火的眼睛,恶狠狠地扫视着一个个战俘,然后扬起手来对清军士兵喊道:"新军士兵们,这十几个就是工程8营的叛匪。想我张彪,待他们不薄,他们竟这样对待我,真是让人心寒!他们心狠手辣,不知杀了我们多少弟兄,现在有仇的报仇,有冤的伸冤。弟兄们,杀呀!"

张彪护住了马荣。清军一阵呼喊,刹那间,这些敢死队队员被清军一阵乱刀,砍死在立柱上。张彪回过头来,冷笑着问马荣:"你打算怎么个死法?"

马荣奋力地抬起了头,睁着被血染红的眼睛毫无惧色地大声喝道:"落在你们这些奴才手里,随你们的便,要杀就杀,要砍就砍,来痛快点!"张彪嘿嘿一笑:"想来痛快点,没那么容易。弟兄们!一人一刀,活剥了他。"

马荣大声地喊道:"新军士兵们,清廷已腐朽不堪,为什么还要给它效力?快快起来革命吧!"他的一个手指头被削去了,一股热血向外射去。"新军士兵们,我们起来革命,就是要推翻专制政府,不能让皇帝一个人说了算,我们就是要建立共和,实现民主社会,人人有民主权利……"

他的另一个手指头又被削去了。"我们不能互相残杀,我们的敌人是他们,是张彪,是荫昌,是袁世凯,是皇帝……"他的一只手被砍去了,血流如注,肉皮翻了出来,露出白白的骨头……

马荣已经说不出话来了,胸脯剧烈地一起一伏。天上乌云密布,残杀民军的枪炮还在此起彼伏地响着,硝烟一团一团地飘向空中,很快和灰蒙蒙的天空融合在一起。一只小鸟凄惨地叫着,惊恐地往天上逃窜,没飞多远,吓得肝胆俱裂,从天上掉了下来。一群麻雀惊得到处飞蹿,哪里都没有它们落脚的地方,他们只能豁上命地往高空飞去,寻找可以躲避残酷杀戮的空间。

又轮到一个新军士兵,他吓坏了,哆哆嗦嗦地拿起刀子,却怎么也不敢向前。张彪从腰里掏出手枪,用枪逼在他的后脑勺上,声嘶力竭地喊道:"快动手!快动手!要不就毙了你。"说着顶上了火。

这个士兵看着那条血淋淋的胳膊,一大块人皮只挂在胳膊上一点……

"共和万岁……"马荣在咽气前,鼓足了最后的力气,从心里发出最后的呼喊。这句话冲到嗓子眼,咕噜了两声,终究没能喊出来……

从前线败退下来的民军,又在大智门一带组织防守,而这时却再也找不到前线司令张景良的影子了。民军各队指挥官当晚在汉口华洋宾馆举行紧急会议,商量应急措施,一个个忍不住咒骂张景良。

熊秉坤骂道:"这个张景良,扣发我们子弹,逼得我们只能和清军拼刺刀,我们三百多弟兄啊，因为没了子弹，被清军的机关枪打死。"伍正林骂道："这个张景良真是瞎指挥，看着左翼阵地薄弱，也不去增援，致使炮队第2标统带蔡德懋都战死了，怎么搞的，怎么搞的吗？"胡效骞也骂道："还有更可恶的呢，关键时刻，烧了子弹和辎重，乱了我们军心，长了敌人志气。可恶啊，可恶啊！"众人越骂越恨，越恨越骂。

这时候有人来报告说，张景良正藏匿在一所民宅内。众人正好一肚子怒火无处发泄，立刻派人把张景良抓了起来，捆送到汉口军政分府，由詹大悲主任亲自审问。

詹大悲看到汉口形势这么危急，也是焦急万分，心中有许多解不开的谜团，正要找张景良问个清楚。他亲自审问张景良道："你身为汉口总司令，为什么让军需官扣发民军子弹，这是不是你下的命令？"

张景良说："是我下的命令。"

詹大悲又问："在战斗激烈的关头，烧毁我们的子弹和辎重，是不是你下的命令？"

张景良说："是我下的命令。"

詹大悲再问道："你不在司令部指挥战斗，而是跑到各处去喊，我军败了，我军败了，有没有这回事？"

张景良不慌不忙地说道："你还落了一条，就是清军对我们的部署为什么这么了解，为什么他们总能打击到我们的要害？"

詹大悲说："这些都是你干的？"

张景良笑了笑说："都是我干的。"

詹大悲又问他："你干了这么些坏事，到底是为了什么？"

张景良哼了哼说："我的目的只有一个，那就是，报答大清朝对我的知遇之恩。今天终于实现了！"

詹大悲大骂道："闹了半天，你是清朝的一条狗啊，黎元洪真是瞎了眼，怎么让你当总指挥！"詹大悲想了想又问道，"我们那么些同志监视着你，你是怎么把情报送出去的？"

张景良摇了摇头说："这个事情不能告诉你。"说完，闭上眼睛，一句话也不说了。

詹大悲一看软的不行，就动了重刑，没想到张景良这小子硬的也不吃，一副死猪不怕开水烫的样子。詹大悲一看再也问不出什么口供来，怕押到武昌，又被黎元洪宽恕,就在汉口江汉关将他枪毙,然后枭首示众。

总得有人指挥全局啊,十月二十八号夜间,各部指挥官又在华洋宾馆商议,一致推举胡瑛为总司令。胡瑛说自己不懂军事坚决不接受。众人又推选罗洪升为总指挥,罗洪升也不肯接受,说自己能力不行。众人没有办法,只好在汉口防御阵地里分区防守,各负其责。实际上汉口前线已处于没有主将的危急关头,民军形势岌岌可危。

第217回　黄兴来到武汉前线

就在这千钧一发的紧要关头,以领导诸次武装起义而著称的黄兴于十月二十八日下午五时来到了武昌,这无疑给湖北军政府吃了一颗定心丸,也使民军精神为之一振。

黄兴在香港获悉武昌起义的消息后,立即离开香港,于十月二十四日到达上海。当天晚上,他与在上海的革命党人举行会议,会上决定他和宋教仁立刻奔赴武昌。此时由于上海、南京及长江下游都在清军的严密控制之中,黄兴又是被清军通缉的要犯,所以只好由同情革命的女医师张竹君出面组织红十字救护队,黄兴、宋教仁化装成医师混于其间,乘坐英国轮船前往武汉,同盟会会员徐宗汉扮作护士一块前往。

他们一行到达武昌后,立即受到了黎元洪及军政府人员和革命群众的热烈欢迎。早已在军政府门口等候多时的黎元洪一看黄兴过来了,急忙迎上前来,亲热地握着黄兴的手,说道:"时值存亡之秋,我湖北军民企盼先生,如久旱之禾苗盼望甘霖,波涛汹涌之航船盼望舵手,真是望眼欲穿哪!"

黄兴紧紧地握着他的手热情地说:"说到哪里去了,我一介武夫,只能是摇旗呐喊的一个小卒,哪能受得了这样的夸奖!"

黎元洪忙说:"黄先生太谦虚了,依先生的才能和威望,武汉有救了。"

黄兴略微摇了摇头说:"一切还得指望湖北军政府的支持。我初来乍到,一切听从都督安排。"

黎元洪忙说:"汉口前线正缺前线总指挥,如先生不嫌,请立即赶往汉口前线指挥战事如何?"

黄兴果断地说:"承蒙黎都督信任,我愿意为汉口革命军洒尽一腔热血。"

军政府的主要官员排好了队,黎元洪为黄兴一一介绍,黄兴热情地和他们一一握手,询问情况。到了最后的时候,黄兴突然发现了头挽英雄结,一身黑衣的公韧和唐青盈。还没等黎元洪介绍,公韧就激动地摇着黄兴的手说:"黄先生,第3敢死队公韧和唐青盈向您报到!"

黄兴激动地看着公韧和唐青盈的一身黑衣,又看了看他们身上斜挎着的一个大红布条,摸了摸他俩身上的步枪和军刀,连声说:"好啊!好啊!好啊!有你们在,我更有主心骨了。"

公韧高兴地对黄兴说:"战事紧急,你可来了,我们革命党放心了。"黄兴谦逊地拍着公韧的膀子说:"以后还得指望你们啊,你们对这里的情况比我熟悉。"

黎元洪微微一笑说:"原来你们早就认识啊,那我就不用介绍了。敢死队可是我军的灵魂,他们冲锋在前,为民军扫清道路,撤退在后,掩护民军退却,实为我军之楷模!"

黄兴微微一笑,问:"黎都督,能不能向你借一样东西?"黎元洪一笑说:"哪用这么客气,有什么话尽管说!"

黄兴说:"这敢死队借我一用如何?"

黎元洪略微一愣,随即一声大笑,大大方方地答应:"这可是四百名勇士,他们可是我身上的肉啊!好了,我就忍痛割爱了,这支敢死队就归你指挥了。"

黄兴连声说:"谢谢!谢谢!"

这时候唐青盈和西品发现了徐宗汉,她俩不愿意听黎元洪唠叨,就绕过去找徐宗汉叙旧。唐青盈大喊大叫地问这问那,西品则看着徐宗汉微微地笑着,默然不语。唐青盈看了一眼黄兴,毫不隐讳地问徐宗汉:"黄先生真帅啊!你和黄先生什么时候办喜事?可别忘了给我们喜糖啊。"

徐宗汉脸一红,避而不答,对西品说:"你和公韧什么时候办喜事啊?可别忘了我,我好给你们热闹热闹!"听到这句话,西品低下头,咬紧嘴唇不再说话。唐青盈也沉下了脸,眉头紧蹙。徐宗汉知道自己可能说错了话,赶紧说:"都是革命老同志了,我看有些问题应该摆在桌面上,光逃避不行。人精神上必须得有个寄托,你说是不是?"

徐宗汉是客人,西品也不好再说什么,赶紧换了话题说:"这么老远来了,辛苦得很,赶快找个地方歇歇吧。"徐宗汉也想换个话题,拉着西品的衣服说:"让我也参加你们的敢死队吧,这身衣裳真是威风得很!"

唐青盈撇着嘴说:"哪能呢,你这小姐身子,哪能拿枪杀人呢?"

徐宗汉指着西品说:"她这么娇弱,都参加了敢死队,我更能参加敢死队了。"说着,形象地做了一个劈杀的动作,惹得几个女人哈哈大笑。

当晚,黄兴不顾旅途劳顿,即赴汉口视察阵地。军政府特地为黄兴做了两面大旗,旗长一丈二尺,上书斗大的"黄"字,由广东敢死队的王大眼和美味张各执一面。军政府又特派吴兆麟、杨玺章、蔡济民、徐达明四人随行,一路介绍前线情况。

黄兴每到一处防守区域,王大眼和美味张就使足力气在阵地上来回摇摆大旗,大旗在劲风下立刻发出哗啦哗啦的响声。民军战士一看大旗上的"黄"字,知道闻名遐迩的黄兴已经到了汉口前线,不禁相互转告,欢呼雀跃。

黄兴也和每一处防守区域的长官,熊秉坤、胡效骞、甘绩熙、杨传建、伍正林等见了面,为他们鼓劲。他们也详细地介绍了各自防区的情况,黄兴看到几个防御区域还算稳定,心里稍微安心了一些。

清军继续增兵,抵达汉口的第2、4两镇,已达到了一万五千人。另外,第5和第20镇正在南下途中。十月二十九日拂晓,清军又以重炮向民军防区不断轰击,惊天动地的隆隆炮声不断地在阵地上炸响,整个民军阵地都笼罩在团团烟雾之中。有的工事被炸塌了,有的民军被炸上天空,伤亡在不断地增加……

炮击足足进行了一个小时,两个标的清军才开始进攻。先上来,他们试探着向前行进,没有遇到民军的任何抵抗,慢慢地,他们的胆子大了起来,喊叫着向前猛冲。

当他们离民军阵地前约一百多米的时候,民军突然吹响冲锋号,两面写有"黄"字的大旗立刻竖起左右摇摆,无数的民军从战壕里端着上了刺刀的步枪冲了出来。特别是一身黑衣的敢死队队员,他们有的执枪,有的挥刀,杀到了清军堆里,只管一阵乱杀乱砍,绝不顾惜自己的生命。

这时候清军的管退炮和机关枪都使不上劲了,他们丢下七零八落的一片死尸,溃退回自己的阵地。

黄兴了解到,五个防区的民军总计不到六千人,和清军一比,明显处于劣势,所以决定缩短防线,集中兵力于张美三巷、土坊、六渡桥、满春茶园一带,并在满春茶园设立了临时总司令部。为了鼓舞士气,黄兴决定局部反击,以攻为守,打击敌人的嚣张气焰。民军听说要反击了,个个磨刀擦枪,精神振奋,准备和清军大战一场。

十月三十日清晨,黄兴下令进攻,以广东敢死队为前锋,打通一条血路,各部跟着前进。唐青盈冲在最前面,她两眼血红,左手执枪,右手舞刀,冲到清兵跟前,突然发力。清兵遇到她,真像遇到阎王爷一样,不死即伤,纷纷倒下。唐青盈的后面,是两面"黄"字大旗,旗到哪里,民军即杀到哪里。

黄兴紧紧地跟在敢死队的后面,时而奋勇杀敌,时而督促冲杀,身旁弹片纷飞,喊声阵阵,他却镇静自若,英勇前进。由于进攻突然,清军慌忙往后撤退,遗弃山炮数尊,子弹数百箱,都被民军缴获。

黄兴看到,敌人的防守越来越顽强,兵力越来越多,敢死队虽然勇猛冲杀,但对于全线战局来说,作用不大。既然已经达到打击敌人气焰、鼓舞民军士气的效果,恋战无益,于是黄兴命令民军停止进攻,撤回原阵地。

十月三十一日,清军继续以大炮扫荡前进,民军有的爬到房顶射击,有的藏到屋里开枪,清军每前进一步都要付出极大代价。在巷战中,民军拼死抵抗,转战于一街一巷,一室一屋,两三日内,不食不眠,面目被硝烟熏得黢黑,以至于兄弟父子之间都不能辨认。

在民军的救护队中,有一支和尚救护队特别显眼,小和尚一个个奋不顾身,穿梭于战场之中,为伤员包扎伤口,用担架抬下伤员。身穿袈裟的主持,双手合十,静静地在阵亡的将士身旁打坐,默默地为他们祈祷,祝愿他们早早脱离苦海,升入西天极乐世界。

这位主持不是别人,正是毕永年。

公韧忽然听到有人唱起了日知会会歌,那歌声极其雄壮、嘹亮,振奋军心,便急忙让一些懂乐谱的人四处教唱,一时汉口前线到处唱起了日知会会歌:

> 愿同胞,团结起,英勇气,唱军歌。
> 一腔热血儿,按剑啸。
> 怎能够,坐视国步蹉跎!
> 准备指日挥戈,
> 收拾旧山河。
> 从军乐,乐如何?
> 从军乐,乐如何?
> 怎能够,坐视国步蹉跎!
> 准备指日挥戈,
> 收拾旧山河。

对天演,北风烈,争优胜,武士道。
搏斗,精神昂,斗志高。
为民国,重新铸个头脑。
争得神州天下,
纪念碑,立云端。
操操操!休草草!
操操操!休草草!
为国民,重新铸个头脑。
争得神州天下,
纪念碑,立云端。
齐昂昂,整顿了,好身手,讲韬略。
救国,千钧担,一肩挑。
新中国,能够建得坚牢,
便是绝代人豪,
浩然气,冲云霄。
志气儿,比天高,
志气儿,比天高,
新中国,能够建得坚牢,
便是绝代人豪,
浩然气,冲云霄。

　　哪里有会歌响起,哪里的民军就奋勇作战,英勇杀敌,轻伤员纷纷摸起武器,对敌反击,重伤员也挣扎着爬起来,鼓励同志们,向敌人冲击。清军见民军顽强抵抗,难以长驱直入,于是决定纵火焚烧街市房屋,使民军无法存身。

　　熊熊的大火烧起来了,越烧越旺,市中心满春茶园附近,已经化为一片焦土。汉口的老百姓扶老携幼,仓皇逃生,不少的人在烈火的炙烤中倒毙,顷刻之间化为灰烬。有百姓为了保护家人生命,为了自己的财产,提水救火,被清军用马克沁重机枪扫倒。

　　一些和尚纷纷阻止清军的暴行,也被清军枪杀。汉口的各国领事馆看到清军纵火,已经严重危及领事馆的安全,纷纷上街抗议谴责,向清政府致电。就连清军中的一些新军将领,也感到放火惨无人道,纷纷上书清政府状告冯国璋。

在汉口争夺战进入尾声的时候,和汉口仅一河之隔的汉阳突然发生变故。汉阳本来由民军第1协驻守,汉口失守前夕,胡瑛唆使宋锡全向湖南撤退。十一月一日晚,宋锡全伪称奉黄兴之命,携带本协士兵和大批饷械撤离汉阳,逃往湖南,致使汉阳几乎成为一座空城。湖北军政府闻报,即电令湖南都督逮捕宋锡全,就地正法。

这时,汉口军政府也发生了混乱。主持汉口军政分府工作的詹大悲,与湖北军政府孙武素有矛盾,后来詹大悲在汉口处决张景良,武昌方面认为詹大悲过于专权,十分不满。詹大悲看到汉口不保,如果回到武昌,必将被黎元洪、孙武所杀,所以同温楚珩、何海鸣、李文辅、马少卿一些人,于十月二十九日乘日轮东去,争取到安徽去取得革命党人吴春阳的支援。

他们这一去,使汉口前线失去军政府的领导,只剩下民军在苦苦支撑。

第218回　退出汉口总结

十一月二日,民军在清军的冲天大火中,不得不全部退出汉口阵地,撤到了汉阳、武昌。汉口失守后,黄兴回到武昌,和黎元洪商量后,决定在武昌军政府内召开紧急扩大会议。

军政府的临时会议室内坐满了人,军政府的各级领导,部队营以上的军官,各革命团体负责人都来了。大家阴沉着脸,面目严肃,有的一肚子怨气,觉得这一仗打得窝囊;有的则露出懊恼的神色,流露出一种灰心丧气的失败情绪;有一些旧官吏旧军官,则是一副无动于衷的样子,恨不得清军早点打过来才好呢。

会议由黎元洪主持。他站起来,臃肿的脸上毫无光彩,浑浊的小眼睛扫视了大家一圈,有气无力地说:"湖北军政府各位官员,军队的各位军官和革命团体代表,汉口虽然暂时放弃,但是这没有什么,胜败乃兵家常事。汉阳、武昌还在,我们的军队还在,各位英雄还在,相信我们一定会打胜的。现在由同盟会的代表黄兴讲话,大家欢迎!"

黎元洪带头鼓掌,底下响起一阵各种各样的掌声。有的嘲讽看不起,有的敷衍了事,有的真心拥护。

黄兴站起来,朝大家摆了摆手,大家不鼓掌了。黄兴声音不大,用他那口湖南话清楚地说道:"同志们,2号,我军撤出汉口,军事上暂时失利。汉口失守的原因,我想,不外乎这么几个:一是新兵多,缺乏战斗经验,秩序不整,号令不一,难以指挥,有的士兵夜里偷偷跑回家睡觉,以致战斗人员减少;二是有的军官指挥不当,甚至不上前线,且指挥多有错误;三是部队连续作战,伤亡过多,官兵太疲劳;四是我军的主要武器是步枪加刺刀,没有机关枪,没有管退炮,而清军的火力比我们强大不少;五是清军是久练之兵,战斗素养比较高,战斗力比较强。

"我们在战斗中,也充分显示出我们的优势,那就是士气旺盛,不怕牺牲,勇于战斗。我们是为了自己的共和而战,有清楚的政治目的;而清军呢,士气低落,矛盾重重,你吹我不打,没有自己的政治目的。不要小看这几天的战斗,这段时间,我们拖住了清军的主力,为全国起义赢得了宝贵的时间。

"在这一段时间内,湖南、陕西在十月二十二日,九江在十月二十四日,南昌在十月三十一日,山西在十月二十九日,云南在十月三十日起义成功,并宣布独立和清政府决裂。我们湖北再坚持上一个月,说不定全国都起义了!所以说,我们在军事上虽然暂时失利,但是政治上取得了巨大的成功!"

黎元洪带头鼓掌。革命党人热烈地鼓掌,他们被黄兴的讲话鼓舞了,感染了,满怀着胜利的希望。有些立宪党人的掌声也很热烈,各省纷纷起义,对他们来说也是个利好的消息,正好可以从胜利的果实中分到一杯羹。而有的旧军官不愿意看到革命的迅速胜利,他们只是敷衍地鼓鼓掌。

十一月四日,湖南民军王隆中一个标抵达武昌,十一月八日,湖南民军甘兴典一个营到达汉阳,虽然两队人马都不多,但是这是起义各省在军事上直接支援阳夏战争,起到了鼓舞人心的巨大作用。

接着没几天,湖南洪江会的龚春台又率领着一些洪江会骨干三百人来到武昌,支援阳夏战争。黄兴和革命军自然都非常高兴,给予他们热心细致的安排,发枪发饷,授予他们第4湖南敢死队的正式番号,还安排龚春台和第3敢死队的公韧见了面。

两人见了面,高兴激动之情难以用文字表达。

黄兴积极调整军事部署,截止到十一月十日,防守汉阳的部队有鄂军第1协蒋肇鉴两标、第4协张廷辅两标、第5协熊秉坤两标、第2协第4标、工程、辎重各一营、炮队一标、湘军第1协王隆中部、第2协甘兴典部,总兵力约两万余人。

第 219 回　前线上抓住刘斜眼

　　袁世凯经过一番讨价还价后,于十一月三日由彰德原籍迅速赶往孝感前线,荫昌只好回了北京。清军在武汉及其外围的兵力有第 4 镇、第 2 镇和第 3 镇各一混成协,共三万多人,集中在汉口刘家庙至桥口一线的兵力有一万多人。上关、花楼、黑山对岸,均设有地堡,沿江设有炮位,冯国璋的司令部就设在汉口大智门。

　　十一月十一日,民军总司令黄兴发出了防守命令,并率领参谋和副官巡视前沿阵地,不断鼓励士兵,讲述为革命而战的重大意义。士兵们看到总司令亲临前线,无不士气大增,摩拳擦掌,决心要和清军大干一场。这时候清军和民军隔着长江和襄河(汉水)不时炮战,在隆隆炮声中,双方都在紧急备战。

　　在隆隆炮声中,公韧率领敢死队在前线维持治安,捉拿奸细。他们穿着显眼的服装,排着整齐的队伍,穿梭于各战区,各条战壕之间,显得特别英气。

　　这天蓝天白云的,空气似乎也特别清新,吹在脸上暖洋洋的,并不觉得寒冷,不时有一只麻雀大胆地从黑洞洞的炮口上飞过。战壕里有的民军抱着枪闲聊,有的注视着敌人阵地上的动静,有的在给亲人书写家书。

　　穿着白衣服的救护人员,对轻伤员进行包扎,对重伤员进行临时救治。运输队由附近的百姓组成,他们把一箱箱的弹药、大饼、米饭运入阵地,又把伤员一个个抬走。突然,有一个担架队员过来对公韧说,前面有两个可疑人员,到处打听军政府的情况,可能是敌人的奸细。公韧听到这个情况,立即命令几个敢死队队员前往捉拿。不一会儿,就把两个人抓到公韧面前。公韧看到其中一人不禁一愣,随即又是一喜,虽然那两个人都穿着一身淡蓝的长袍,戴着黑色的礼帽,但公韧一眼就认出,其中一个人正是刘斜眼。

　　公韧上前一步,看了看满脸尘土的刘斜眼,嘲讽道:"这不是广州督署的刘高参吗,不在广州城里享福,跑到这个地方来干什么?这不是屎壳郎往茅坑里钻——找死(屎)吗!"

　　西品从后面挤上来,一看此人正是过去的杀父仇人刘斜眼,真是怒从心头起,恶向胆边生,她怒不可遏地扑上来,一把抓住刘斜眼的脖领子晃着说:"刘斜眼啊,刘斜眼,你也有今天,我爸爸的仇今天可以报了。公队长,就让我亲手毙了这个奸细吧?"

唐青盈也嘲讽地对刘斜眼说:"天堂有路你不走,地狱无门你偏进来,西品姐,你用我这把刀一刀一刀凌剐了他。"说着,把自己那把明晃晃的弯刀抽出来,在袖子上蹭了蹭,递给了西品。吓得和刘斜眼一块来的那个家伙腿都酥了,拱着手哆哆嗦嗦地说:"各位英雄,各位好汉,我们不是奸细,我是北京'争取铁路民有代表'的张伯烈,到这里来有重要事情和你们相商。"

公韧听他说有重要事情,奚落道:"你既是争取铁路民有代表,跟清狗子瞎掺和什么?这下子好,把小命也掺和进去了。"

刘斜眼刚才一直耷拉着头,他也没想到冤家路窄,竟能在这里碰到这些老冤家,他心想自己要是再不说话,恐怕性命不保,只好佯装镇静,对公韧不卑不亢地说道:"我们是袁宫保派来的联络官,朝廷已经起用袁大人,但他不愿意和革命军作战,有和革命军联合的意向,特派我二人前来联络。"

公韧一听事关重大,急忙阻止西品对二人行刑。他对刘斜眼说:"你说你们是袁世凯的联络官,有什么信函和证件?"刘斜眼一副神秘兮兮的样子,说:"天机不可泄露,一切面见黎都督再说。"

公韧心想:既然这样,先把他押解到黄总司令那里再说,于是对唐青盈说:"咱俩先把他俩押到黄司令那里,黄司令自然会对他们处理的。"西品一听要放过刘斜眼,着急地对公韧说:"我的大仇还没报呢,千万不能放过刘斜眼!"

公韧小声安慰西品:"你先别慌,待一会儿等问完了口供,再来宰他不迟。"

公韧带着几个敢死队队员把这两个人押到了司令部,把情况向黄兴汇报了一下。黄兴有些意外,如果袁世凯投降革命军或者消极作战,那对革命军来说,形势会变得极为有利,宁可信其有,不可信其无,于是急忙召见刘斜眼和张伯烈。

公韧知道黄兴对这两个人挺感兴趣,也不敢对他们太无礼,把他二人领进门,介绍说:"这二位是刘雅内、张伯烈,这位是我们的总司令黄兴先生。"

三个人寒暄一番,黄兴让勤务兵给他们搬座,上茶。

待两人落座后,黄兴客气地说道:"现在是战时,一切从简。请问二位,袁宫保那里有什么消息吗?"

刘斜眼喝了一口茶,抿了抿嘴,把袁世凯的情况介绍了一番,又说道:"袁宫保提出了六个条件,朝廷都答应了,并立即下旨,一是下罪己之诏,二是实行立宪,三是赦开党禁,四是皇族不问政治。"

黄兴又问:"不知道袁宫保大人对武昌战事有什么看法?"

刘斜眼说:"这正是我们来的目的。袁宫保大人不愿意看到同族自相残杀,特来看看革命军的动向。如有接纳之意,袁宫保好早做准备。"

黄兴听到这里,高兴得大腿一拍,说:"好!袁公之才能,实在高出黄兴许多。如果袁公能以拿破仑、华盛顿之资格,而建立拿破仑、华盛顿之功业,直捣黄龙,消灭清朝,不但湘鄂人民拥戴袁公为拿破仑、华盛顿,我南北各省也没有不拱手听命的。"

三个人越谈越高兴,越谈越兴奋。黄兴设酒款待二人,酒足饭饱之后,黄兴叫公韧保护二人到军政府,面见黎元洪再谈。临走时,公韧悄悄对黄兴说:"袁世凯这个人出卖维新派,镇压义和团,两面三刀,出尔反尔,我是太了解了。黄司令,咱们应该小心防范才是!"

黄兴笑了笑,然后严肃地对公韧说:"如果袁世凯亲自领兵和我们作战,我们并非他的对手。如果他能反正或者消极作战,则是天助我湖北军民。一切应以大局为重!"

公韧把二人"保护"到了军政府,公韧先向黎元洪简单地介绍了一下情况。黎元洪知道自己权力不够,不敢和袁世凯的谈判代表私自交谈,只好先和部里的几个人打招呼。孙武说:"现在汉口失守,军事形势对我们极其不利,如果袁世凯真有反正的想法,我们何不借此机会谈一下?"

张振武则反对说:"我看袁世凯不是什么好东西!现在汉口刚丢,汉阳又要开始大战,袁世凯这一招,不是乱我军心吗?我看不如杀了来使,以坚定我方防守汉阳的决心。"

黎元洪想了想,决定还是采用孙武的意见。如此,他可以摸一下底,如有需要,还可以私下和袁世凯进行交易。想到这儿,他故作谦逊地对众人说:"我先和他们的代表谈一下,怎么样?"

张振武心想:你要是和他们私谈的话,就是把我们卖了也没人知道啊!急忙反对说:"这样的和谈大事儿,用不着藏藏掖掖,我们共同商议才是。"

孙武也说:"振武说得对,在议事厅,由黎都督和有关人员出面比较稳妥。"

两人一阻挠,黎元洪要和他们私自交谈的想法落了空。

于是在都督府议事厅,黎元洪公开召见刘斜眼、张伯烈二人。按照会议程序,黎元洪及各部长均出席,大家在摆成长方形桌的两边分别就座。刘斜眼、张伯烈二人原以为到了军政府,只是和黎元洪私自交谈就可以了,没想到在议事厅和各部长公开举行会议,所以二人神情极为尴尬。

黎元洪主持会议,他首先站起来说:"首先我代表武昌军政府对袁宫保派来的谈判代表表示热烈的欢迎,大家欢迎!"会议桌旁响起了稀稀拉拉的掌声。黎元洪又说:"现在就请北洋军代表发言。"

军政府的部长们都看着刘斜眼和张伯烈。刘斜眼把皮球推给张伯烈说:"还是张先生说吧?"张伯烈又把皮球推给刘斜眼说:"还是刘先生说吧?"两个人推过来推过去,最后张伯烈不得不出面说话。他结结巴巴地说:"现在阳夏战争正在激烈进行,我北洋军统帅袁宫保大人实在不愿意以武力解决政治问题。政治问题的解决,要根据中国的特殊国情来定,不能一概而论。袁宫保大人的意见是,第一步实现君主立宪,如果贵政府赞成君主立宪,下面的事情都好说。"

刘斜眼又接过话头说:"袁宫保大人说,如果大家赞成君主立宪,双方即可息战,以免生灵涂炭。"

两人的意见表达完了,汤化龙首先发表意见说:"武昌起义爆发后,革命军有一个宗旨,那就是同盟会的'驱除鞑虏,恢复中华,创立民国,平均地权'。这个君主立宪和同盟会的宗旨不符,别说军政府,恐怕武昌的士兵和民众都不能同意君主立宪,这是原则问题,根本不能商量。"

张振武突然骂起来了,大声地吼道:"万万不能和朱温同类的袁世凯妥协,他算什么东西!暗杀了我们的革命党人吴禄贞,还没找他算账哩,他怎么又派代表跑到这里来卖嘴,我们万万不能上他的当!"

不知道谁走漏了消息,武昌的百姓,纷纷站在都督府门口示威,阵阵的呼喊声不断地传到议事厅:"打倒袁世凯!""要为吴禄贞报仇雪恨!""消灭清政府,支持革命军!"

吴禄贞原是湖北革命党老前辈,武昌起义爆发后,吴禄贞在石家庄积极响应,联络驻兵滦州的二十镇统制张绍曾和山西民军,组成"燕晋联军",吴禄贞被推为大都督。按照起义计划,十一月七日凌晨晋军与六镇在石家庄会师,然后与二十镇南北夹击,直取京师。不幸的是,十一月七日凌晨一时,吴禄贞在石家庄车站被袁世凯所派杀手暗杀,起义宣告失败。

全国的革命党因此对袁世凯恨之入骨,这会儿听到袁世凯又派代表来到湖北军政府,附近的革命党人纷纷云集到军政府的周围,齐声声讨袁世凯。

军政府议事厅内大家的意见几乎一边倒,没有人向着袁世凯的代表。大家都演说完了,最后轮到黎元洪表态了。他态度温和,对刘斜眼、张伯烈客气地说道:"我们希望袁宫保率领大军返回北征,一举收复京城和河北。那样的话,以项城之威望,将来大功告成,选举总统,不选项城又选谁呢?希望二位回去,把我的意见转达一下。"

刘斜眼和张伯烈二人唯唯诺诺，点头称是。开完会后，黎元洪叫人对他俩好好招待，待他们休息好了，再护送回汉口前线。

第 220 回　韦金珊诈降刘雅内

刘斜眼和张伯烈被安排到武昌城内最好的旅馆内歇息，张伯烈觉得自己已经完成了和谈重任，心里卸下包袱，所以倒头便睡，不一会儿便打起高低不平的呼噜。

刘斜眼可是翻来覆去睡不着，他来武昌还有另外一个重要任务，那就是刺探汉阳、武昌的军事、政治情报。这个任务有些棘手，要是自己出去瞎转悠，那只是走马观花，又能知道多少机密呢！要是自己不多少弄点情报，又怎么给袁世凯交代呢？想到这里，不禁愁上眉梢，哪里还能睡得着。

正在这时，门口突然有人敲门。刘斜眼急忙穿上睡衣，来到了门口，小声问："谁呀？"那人回答说："我是韦金珊。"

刘斜眼心中一愣，暗想：这个时候，他来干什么？是不是帮着西品和公韧前来寻仇啊？他心里胆怯，赶紧小声说："今天太晚了，有什么事儿明天再说吧！"

韦金珊小声说："我找你，自然有事，打开门再说。"

刘斜眼又一想：黎元洪都要热情招待我，韦金珊又敢把我怎么样？他要是真想杀我，这个小小的板门根本挡不住他。刘斜眼犹豫了一下，慢慢打开门，他看到韦金珊满面笑容，不像行凶的样子，心里这才稍微安定了些。

韦金珊见了刘斜眼，对他拱了拱手说："刘先生，别来无恙啊！"刘斜眼也马上对他拱了拱手说："马马虎虎，混得还算可以。"韦金珊在屋里转了一圈，看了一眼熟睡的张伯烈，在客厅里慢慢地坐下了。

刘斜眼也在旁边的沙发上坐下，暗暗打量韦金珊，看他究竟要干什么。韦金珊声音不大，笑了笑说："刘先生到武昌来，除了谈判的事，一定还有别的事情吧？"

刘斜眼掩饰道："没有，没有，除了谈判，没有别的事儿，没有别的事儿。"

韦金珊指着自己的脑袋，口齿清楚地说："我这脑子里可是装着整个汉阳和武昌的军事情报，不知你有没有兴趣？"

刘斜眼的心中一阵狂喜,真是想什么有什么,有情报送上门来了……但是刘斜眼表面上仍然装着无动于衷的样子,镇定自若地说:"金珊大哥不要开这样的玩笑,我俩只是和谈代表,咱不谈别的事情。"

韦金珊不慌不忙地微笑道:"要不要在你,对你们北洋军来说,可是大有用处哟!"

刘斜眼心想:我拐个弯,试探一下他的想法,为什么要出卖民军的情报。于是刘斜眼笑了笑:"看金珊大哥的穿戴,应是民军敢死队无疑。敢死队队员都是革命意志坚定的人,怎么会出卖民军情报呢?这个事情我实在弄不明白。"

韦金珊好半天才慢吞吞地说:"我出身官宦之家,从小受的是忠君爱国的教育,立志为中国的富强,为人民的幸福贡献一生的力量。现在朝廷又是实行立宪,又是开赦党禁,又是皇族不问政治,实际上我们维新的目标已经达到。既然朝廷已经出现这样大的变化,我不想晚节不保,立誓继续为国家尽忠出力。"

刘斜眼心想:这真是个傻瓜,我都不愿意抱清朝的大腿了,他还想着大清朝。刘斜眼问:"听没听说过香山三宝?"

韦金珊说:"略有耳闻。"

"财宝与人就不用说了,这两宝已经尘埃落定。只是有一本叫作《太平韬略》的兵书,还不知所踪,不知道在何人手里?"刘斜眼问。

韦金珊笑了笑说:"你算问对人了,这个我知道。"

"到底在谁手里?"

韦金珊淡淡一笑:"事关机密,哪能随便说出来!咱俩做个买卖怎么样?"

"不知这买卖怎么个做法?"

韦金珊说:"我说出《太平韬略》在谁手里,你也说说汉口的军事部署,互相交换一下。"

刘斜眼心想:袁世凯说过,这部兵书比那一笔财宝还要值钱,可是自己连兵书在谁手里都不知道,以后还怎么下手?清军的一些军事机密,和自己又有什么关系,就算泄露一下又有哪个知道。于是,他点了点头,把清军的一些简单调动说了一下,然后又对韦金珊说:"该你了。"

韦金珊说:"其实,这部兵书就在我的老朋友公韧手里。你再说!"

刘斜眼又把近期清军的详细部署说了一下,然后对韦金珊说:"你再说。"

韦金珊说:"这部兵书原为太平天国翼王石达开所著,被公韧的父亲保存在身边。该你了……"

刘斜眼又把袁世凯和清朝内部的矛盾说了一通,然后看着韦金珊的眼睛,意思是该韦金珊说了。

两人就这样讨价还价,你说一点,我挤一点,直到把自己所知道的事情抖搂干净。

韦金珊觉得差不多了,站起来长长地吁了一口气,说:"咱俩的游戏到此结束。"随即脸色一变,左手一把抓住刘斜眼的脖领子,右手从怀里掏出了一把雪亮的匕首,在刘斜眼的眼前摇晃着说:"今天,我就是要为公韧、西品讨回公道,你的末日到了。"

刘斜眼大吃一惊,刚才那一切不过是韦金珊在使诈,他心里既后悔又害怕,但还是咬牙切齿地说道:"你杀了我倒不要紧,只是耽误了北洋军和民军的和谈大事。杀吧!杀吧!"

韦金珊想了想,又把刘斜眼松开了,恨恨地说:"今天就饶了你,不过以后见了面,就没这么幸运了!"说完,转身把门一摔,扬长而去。

原来这是公韧和韦金珊商量好的计策,想探探袁世凯此次和谈的真实目的。而韦金珊顺手牵羊,套出了汉口的军事部署,当然也说了一些公韧过时的秘密。不过智者千虑必有一失,没想到无关紧要的话,却给公韧惹来天大的麻烦。

韦金珊是走了,刘斜眼却睡不着了,庆幸的是,韦金珊终于说出了这本兵书的实际持有人,可是难题也来了,怎样才能得到这部兵书……要是今天晚上再不闹出点动静,明天一早,被遣送回清军,就什么事情也办不成了。想到这里,他悄悄地到了门口,看看能不能出去捡点什么便宜。

门口有两个看守的民军,刘斜眼武功高强,自然不把这两个人放在眼里,随便扔了块石头,趁着他俩寻找响声的工夫,很快就溜出了旅馆。

刘斜眼心情烦躁,来到街上,冷风一吹,顿时心里敞亮了许多。他这儿看看,那儿瞅瞅,就和个贼一样,希望能碰到什么好事。事情也凑巧,西品刚好从卫生学校受训回来,和几个姑娘嘻嘻哈哈地从旅馆门口经过,她没有看到刘斜眼,刘斜眼却看到她了。

刘斜眼是干什么的?不愧为坏蛆,他当时眼珠子一转,就想出一条奸计:西品是公韧的眼珠子、命根子,我何不抓住这个机会,逼迫公韧就范。所以他就悄悄地跟随在这群姑娘后面,不一会儿,姑娘们到了分手的时候,互相道别,然后各走各的道儿。西品丝毫没有觉察到后边有一条狼跟着,到了一个无人的地方,刘斜眼斜眼一瞪,狗牙一龇,猛然出手,一下子就点了西品的穴位。

西品只觉得脑袋一晕,身子一麻,就什么也不知道了。刘斜眼一条胳膊挟着她,另一只好眼寻找着脱身的机会。他看到旁边有辆空地排子车,上面有人在打着瞌睡,心想:这肯定是往武昌运输物资的,卸完了货,没有地方睡觉,临时在车里打了个盹。

　　刘斜眼放下西品,上去一下子掐住这个运货人的脖子,直憋得那个人呜呜乱吼,两腿乱蹬。刘斜眼威胁他说:"你是要死还是要活?"吓得那个人连忙说:"要活,要活,我上有七十老母,下有三岁孩子,好汉饶命,好汉饶命!"

　　刘斜眼又压低声音对他说:"你只管把这个人拉出城外,保你活命。要是有半点儿不老实,我手指头一动,就叫你的小命玩完。"

　　那小子是个尿包,吓得哆哆嗦嗦,哪里还敢提别的条件。

　　刘斜眼就把昏迷的西品堵上嘴,装进了车上的麻包,两人拉着车子出了城门。半夜三更,守门的民军一看是往城里运送货物的小车,看了看车上也没有别的东西,一挥手,就放行了。

　　当晚没人发现西品没有回敢死队,第二天早晨才有人报上信来,气得公韧大发脾气,可是再生气也晚了,只得派人四处寻找。没过一会儿,看守旅馆的民军又来报告说,那个叫刘雅内的斜眼,不知道哪里去了。公韧一听就明白了,西品是被刘斜眼劫持了,赶紧把韦金珊、唐青盈、王达延叫来商量对策。

第 221 回　公韧虎穴救西品

　　韦金珊一听说这件事,急得一拍脑瓜子说:"都怨我,都怨我,昨晚上光顾交换情报,把兵书的事情给刘斜眼说了,压根没想会出什么岔子。刘斜眼劫持西品,莫非是打兵书的主意?"

　　王达延没有听明白,问:"这个兵书和西品有什么关系?"

　　韦金珊说:"这还不清楚吗,西品和公韧的关系,刘斜眼不是不知道,以人换兵书呗!"

　　唐青盈这下子明白了,骂道:"这个刘斜眼,还怪贼哩!看我不到清营里,把刘斜眼他爹或者袁世凯劫了来,叫他来换西品。"

　　公韧摇了摇头说:"刘斜眼他爹早死了,袁世凯又武功高强,戒备森严,岂是你一个小卒子能劫得了的。他要真想以西品换兵书,谅他也不敢对西品怎么样。"

韦金珊还是自责："怨我呀，怨我呀，要是我不说出这个秘密，恐怕西品也不会被劫持。"

公韧劝他说："大哥不必伤心，是福不是祸，是祸躲不过。要是刘斜眼打的真是兵书的主意，恐怕今天就会有动静。"

果然，就在几个人还在商量这件事的时候，一个敢死队队员领着一个穿着破烂的送信人到了公韧的屋子里。敢死队队员报告说："公队长，这个人说有一封信要亲手交给你。"

公韧点了点头。

送信人对公韧说："我只是汉口的一个普通老百姓，有一个斜眼交给我一封信，说要我亲手交给广东敢死队的公队长。"说着，呈上了书信。

公韧打开信，只见上面写着寥寥几语："公韧吾弟：如要西品性命，请用《太平韬略》来换。袁世凯。"公韧看完信，交给了韦金珊，然后对那个敢死队队员说："给他几个钱，叫他走吧，没有他的事儿。"

韦金珊看完信，眉头一皱，又交给了王达延。

王达延着急地对韦金珊说："我又不认得字。你快说说，信上写的什么，急死我了。"

韦金珊把信上的事情一说，王达延就骂起来："真是的，欺负我民军没人是不是！兵书和西品，哪一个也不能丢。什么玩意，玩这些下三烂，他们真是比哥老会还阴。"

韦金珊说："我犯下的错误，我去弥补。待我潜入清营，去救回西品。"

公韧叹了一口气说："西品到底关在哪里，一点儿消息也没有，怎么去救？再说，刘斜眼把西品捕去，一定严加看管，哪会让我们轻易得手。"

唐青盈这时候也没了办法，只好说："那你说怎么办呢？打又打不得，救又救不成，难道眼睁睁地看着西品姐在那里遭罪吗？"

公韧略微想了一会儿，说："只能以兵书换西品，没有别的办法。"

韦金珊不服气，点破道："那你就中了袁世凯的奸计，这部兵书如果真到了老袁手里，一旦他熟练掌握，用心领会，以后更成了我们的劲敌。"

公韧伤心地反驳道："西品这一辈子真是太不容易了，在火坑里待了将近十六年，如今好不容易出来了，又被刘斜眼绑去，真是才出狼穴，又入虎口，你说说，我的心里怎么能过得去。我这一辈子，对不起西品的地方太多了，今天，如果没有更好的办法，我一定不能让她再受这个罪。"

唐青盈听了这番话,醋心又起,心里骂道:还是你们近哪,我白白跟了你这么多年。

韦金珊说道:"公韧兄弟的侠肝义胆真让我深深佩服,可是以这部兵书来换,代价也忒大了吧!有可能,真如人们说的那样,一部兵书决定整个战争的胜负。你可要想清楚啊,如果真是因为这部书我们打了败仗,这个责任是任何人也承担不起的!"

公韧不听韦金珊的劝告,坚决地说:"现在的情况,只能用兵书换西品了。"

唐青盈看到公韧主意已定,自己已是无能为力,只好对公韧说:"既然你非得要去,那么,我也跟着你去。你就是死了,也能有个伴儿,省得到了那边寂寞得慌!"

公韧摇了摇头:"他要是不叫我活,就是再去十个唐青盈,也救不了我的命。我看,你还是帮着金珊兄和达延兄好好在家练兵吧!把兵练好了,比什么都强。"

韦金珊和王达延也坚决不让唐青盈跟着去,可是唐青盈却非常倔强,大喊道:"不要我去也行,公韧哥也不要去了!"

公韧知道,她那个犟脾气,真是九头牛也拉不回来,只好说:"去就去吧,不过话说到前头,万一丢了性命,在那个地方,可没处说理。"

唐青盈大叫道:"那是我的事,与你无关,被砍头我乐意,就是愿意跟着你,别人管得着吗?"

公韧摇了摇头,这个唐青盈呀,真是拿她没有办法。

公韧和唐青盈二人骑马过了长江再过汉水,来到了清营附近,威风凛凛地先围着清营转了两圈,然后叫清军的小兵前去通报情况。

袁世凯当时正在大缸里洗澡,听说公韧来到,又惊又喜,匆匆换上衣服,军装的扣子都扣错了,帽子也戴歪了,趿拉着鞋,领着一帮高官前来面见公韧,一边跑着一边喊道:"军乐队!仪仗队!"跑到公韧的跟前时,累得上气不接下气。公韧要下马,袁世凯急忙亲自手执缰绳把马定住。公韧下了马,对袁世凯一拱手说:"袁大人,十三年未见了,久仰!久仰!"

袁世凯也对公韧一拱手说:"公将军,虽然十三年没见,可是时时听到你的大名,威震四方。自立军闹事、惠州三洲田闹事、萍浏醴闹事、潮州闹事、镇南关兵变、河口兵变、广州新军兵变、广州黄花岗闹事儿,哪件事情少得了兄弟呀?就连这次武昌兵变,我想,也少不了你吧!"

公韧冷冷一笑,说:"袁大人是不是来问罪的呀?"

袁世凯冷嘲热讽道:"哪敢啊,请还请不来呢!双方各为其主,都是不得已而为之。成功也好,失败也好,那都是天命。不过,兄弟的才华,我可真是领教了。就说上一次小站练兵吧,你领着新军一个营大败日军一个大队,大长了北洋新军的志气,灭了东洋兵的威风,要不是你帮忙,这会儿我还不知道在哪里呢!说心里话,我常常后悔得睡不着觉,这么好的一个将军,我怎么没留住呢?我老袁怎么就这么不受人待见呢?"

公韧也赶紧恭维他几句:"袁大人说的这是哪里话,小站练兵要不是你一而再,再而三地放小弟一马,小弟早就变成黄土一捧了。您的情分,我也是时刻想着呢!"

这时候,军乐队、仪仗队早已列队完成,指挥官一个立正,对袁世凯行了一个标准的持刀礼。袁世凯点了点头,那个指挥官挥舞着军刀,大吼道:"检阅开始——"

随之军乐奏响,那些大号小号半大号,大鼓小鼓半大鼓弄得震天响,几乎把人的耳朵都震聋了。公韧想到都到这个地方了还怕什么,死也要死得有骨气。于是头一昂,胸一挺,和袁世凯一道,威风凛凛地走了过去。唐青盈紧紧地跟在公韧身后,更是巾帼不让须眉,显得威风八面,英气逼人。

那些仪仗队也真是训练有素,每个士兵都和一个模子刻的一样,手持武器,一动也不动,只有当袁世凯和公韧走过的时候,才稍微转过头,行注目礼。他们就这样走进大营,进了帐篷。大帐中间立着一把大椅,旁边是两排小椅子,只听袁世凯对卫兵吼道:"只留两把椅子,分宾主而坐,我和公韧本来就是兄弟,没有上下。"

卫兵只好留下两把椅子,其余的都撤走了。袁世凯谦恭地让公韧坐在上首,公韧急忙说:"哪敢和袁大人平起平坐,我还是你的兵,应该站着才是。"袁世凯却一下子把公韧拉到左边上首坐下,然后自己也坐了下来,说:"这样坐着才好说话,你我兄弟这么些年没见了,也好叙叙家常。"

公韧心想:这哪是叙家常啊,如果我手里没有兵书,你会这样对待我吗?恐怕早就把我砍了。唐青盈就在公韧后面站着,而袁世凯的后面,也站着两位虎视眈眈的卫兵,下边站了两大排军人,一个个横眉怒目地看着公韧。想必他们一个个也是愤愤不平,跟着袁世凯出生入死,也没有受过这样的待遇,你公韧算个什么角色!

第 222 回　公韧袁世凯对阵论兵

叙了一阵子家常,袁世凯把公韧吹捧了一阵子,才说:"兄弟此次前来,不知有何公干呀?"

公韧心想:你这不是明知故问吗!但是身在虎穴,也只得稳住性子,他慢慢说道:"是这样,我的未婚妻西品被你们绑架了,有信说,要我以兵书交换。没有办法,只好来了。"

唐青盈听到未婚妻这几个字,心里一阵子翻腾,但此情此景,大敌当前,也只能忍了。

袁世凯听到这个事勃然大怒,吼道:"怎么,竟然有这种事情?这还了得,怎么能做这种下三烂的勾当,等我逮住他,非砍了他的脑袋不可。来人,速速查明此事,如果真有此事,立刻把那个西品夫人领到这里来,让他们夫妻团圆。"

一个副官上来,敬了个礼,立刻去查办这件事情了。

其实,刘斜眼就在帐篷外面躲着,偷听里面的谈话,这时候偷偷一乐。

公韧心里一阵恶心,这个袁世凯真是个奸雄!他越是这样造作,心里越是看不起他。公韧说道:"至于这部兵书,确实在我手上,我也带来了。既然你这样喜欢它,我就献给大人吧!"

袁世凯却故作谦虚地说:"我何德何能,竟然受此大礼,真是惭愧呀,惭愧呀!"

公韧最烦他这种虚心假意,明明想尽一切办法来索得此宝,却偏偏装得不愿意接受似的。公韧说道:"既然袁大人不愿意接受我的心意,那我也不能勉强,就带回去吧!"

袁世凯却叹了一口气说:"难得兄弟一片诚心,这么大老远来送这部稀世珍宝,我要是不收,怎对得起兄弟的一片真心实意!好!那我就恭敬不如从命,收下了——"说着,向公韧伸出了两只短而粗的胖手。

公韧冷冷一笑,从怀里掏出那部兵书,递给了袁世凯。袁世凯迫不及待地接过兵书,看见上面写着《公氏家谱》,眉头略微一皱,然后一页一页地翻阅起来。虽然前面是家谱,可是后面就是兵书了,袁世凯越看越喜欢,竟然把公韧冷落在了一边。

当袁世凯看到第二课《大峙》时,突然瞪大了眼睛,稍微思考一下,对公韧说:"公老弟,我这会儿有一个问题想请教一下,不知老弟能不能回答?"

公韧笑了笑说:"你是老师,我是徒弟,怎么谈得上请教?只要我能回答上来的,当然可以给老师说说。不过,我的未婚妻还在你的营房里,哪有心情谈论别的事情……"

袁世凯尴尬地"啊"了一声,对底下人喊道:"你看这个办事的,怎么这么慢啊,这么长时间了,难道还没有办好?"

这时候,那个副官不失时机地领着西品进来了。公韧心想:咋这么巧,这边兵书刚拿出来,那边西品也领来了,奸雄就是奸雄啊!西品见了公韧,急忙扑了上来,紧紧依偎在公韧的身边。这叫唐青盈醋罐子又翻腾了一阵子。

公韧急忙起身上下左右仔细打量西品的身体,还好,没怎么受伤,只是连惊带吓,脸色有些蜡黄。虎穴狼窝里能有这样的结果,也算是不幸之中的万幸。

袁世凯这时候还假仁假义地对西品说:"委屈西品小姐了!知不知道是哪个小人下的黑手?"

西品当时晕了,根本就不知道是谁绑架的自己,哪里还能说出三二五来。公韧对袁世凯道了谢,又挑明说:"西品被绑架的时候,来民军谈判的刘雅内不见了,这个事情可能和他有关系。"

袁世凯对那个副官说:"调查得怎么样了?到底是谁做的,是不是刘雅内啊?竟敢随便绑架良家妇女!"

副官却说:"属下调查了一番,不过,目前还没有定论。"

袁世凯对副官大吼道:"继续调查!这点小事都办不好,小心我撤你的职。"

那副官装作很害怕的样子,小心翼翼地说:"属下一定尽力调查,一定尽力调查。"

公韧心里明白,要袁世凯治刘斜眼的罪,那不是与虎谋皮吗,事情只能到此为止,所以眼一闭,也就不再追问绑架西品的事了。袁世凯也赶紧顺坡下驴,站起来,拉着公韧的手说:"咱们到那边随便谈谈军事吧!"

袁世凯拉着公韧到了旁边,那里有一个做好的战场沙盘。那沙盘有四米见方,做得比例恰到好处,沙盘上所有的山脉、树木、城市、河流,做得极其形象。

站在这个沙盘前指挥作战,真是有高屋建瓴之感,千军万马皆在胸中,比看那二维地图强多了。要是汉阳前线也有这么一个沙盘多好啊!

旁边围了一圈穿着崭新军装的将军,都竖起耳朵准备听二人论兵。

袁世凯指着汉阳前线,说:"这汉阳的防守,主要指望汉水,汉水两岸的这十几里地,你怎么守?《太平韬略》上有这么一条叫作中间突破:选择敌人薄弱的一部,集中优势兵力,猛烈进攻,其他方面则策应之。"

公韧微微一笑:"守有何难,汉水宽几百米,又水流湍急,正好是天堑一道。你们进攻汉阳,要么用船,要么搭桥,我们早已沿江巡逻,布下天罗地网。你只要敢进,我们就敢打,一门门大炮早就布置好了。"

袁世凯摇了摇头说:"非也,非也,如果你们有十成兵力,沿江一分散,每处没有多少;而我们的十成兵力,却集中在一个点上,在舰船的掩护下,以十而击一,哪有不克之理?"

公韧强硬地说:"那就等着瞧吧!就算你们能过得汉水,等待你们的将是一道道坚固的工事。兵书就在你手里,那里头怎么说的,守必障之,主动防御,双环守阵,破袭战,哪一条也够你们喝一壶的。"

袁世凯对《太平韬略》里的第六课防守,还没怎么研究,所以这会儿不便说话。过了一会儿,袁世凯又问:"如果你们进攻,将要怎么渡过这条汉水?"

公韧笑了,说:"你们有军舰,我们也有军舰(这时候,已有海军投诚民军),渡江我们不怕。这么长的防线,相信你们也不会把主要的兵力全部放在第一线,一旦我们突破江防一点,回头再一击,江防就会全部突破。第五课进攻里有各种各样的打法,只要我们突破江防,这么大的面积,我们愿意怎样打就怎样打。"

袁世凯又不说话了,为了掩饰尴尬,嘿嘿笑着。笑了一会儿,说:"可是公韧老弟呀,你不要忘了最重要的一点,那就是精兵。北洋兵的战斗力,恐怕你早就领教过了,你说,民军几个士兵才能抵得上我的一个士兵?"

公韧笑着说:"要说一个对一个,可能民军不如北洋军,可是我们有士气,还有老百姓的支持,这是你们清军没有的。"

袁世凯叹了一口气,说:"公韧老弟呀,这么些年了,怎么还是脾气不改呢?你就不怕当兵的不服气,不让你走吗?"

公韧想:这是袁世凯的撒手锏拿出来了,他认为,兵书到手了,就可以大开杀戒。对于这一手,公韧早有所准备,所以不慌不忙地说:"《太平韬略》这部书,其实还有一本,在总司令黄兴手里。我要是没能回去,恐怕更能激起民军的士气,而且也会对袁大人,造成不好的影响。"

袁世凯一听,心里拔凉拔凉的,原来还有一本呀!想必那一本肯定比这一本要高明许多,自己想要独占这部兵书的想法看来是竹篮子打水一场空。怨不得公韧这么大胆,敢到清营里来闯荡,想来是早有准备呀!"

袁世凯也不想把事情做绝了,只好说:"那就战场上见!"

至于公韧说黄兴手里还有一本,这是诈袁世凯呢,也是给自己留一条退路。至于袁世凯的这本《太平韬略》是不是原本,公韧可没有这么傻,那不过是一部掐头去尾,少了许多内容的半截子兵书。为了救西品,也只能忍痛割爱了。

第 223 回　为反攻众将起争议

汉阳、汉口的两军还在僵持着,谁也不敢先进攻。

蔡济民看到前线民军士气旺盛,认为反攻的时机已经到来,就来找到黄兴,鼓动他说:"据侦察,北京方面已经惊惶失措,乱了阵脚。他们对袁世凯其实并不信任,给了他兵权,却又怕他不为朝廷卖力。清军士兵也毫无斗志,人心涣散。我看不如乘机反攻汉口,一举消灭清军。"

蔡济民的这些话,正合黄兴的心意,他也正想打一个大胜仗,来振奋一下民军士气,于是高兴地说:"你的想法很好,现在独立的省份越来越多,湖北又是中国的腹地,影响巨大。如果能收复汉口,一定能振奋全国军心、民心,你认为我们反攻汉口,胜利有几成把握?"

蔡济民说:"我看有七成把握,清军虽然有三万多人,但前线也就只有一万多,而且他们又是分散防守。如果我们集中兵力,突然出击,歼其一路,再打垮其他,绝对有胜利的可能。"

黄兴点了点头,认为反攻汉口的时机已经成熟,如果此役一举成功,必将狠狠打压袁世凯的嚣张气焰。王隆中带领的湘军来到汉阳后,还没有碰到比较大的战事,也正想打一场胜仗来显示一下湘军的威风,这时候也来找黄兴请战。他对黄兴说:"我湖南民风剽悍、好勇斗狠,个个都是打仗的好手,来到这里五六天了,弟兄们还没有过过瘾。什么时候打汉口,我们湘军愿打前锋,你看怎么样?"

黄兴笑了笑说:"你们湖南民军,确实英勇善战,但是我还要提醒一句,得注意你标的军纪。我听说,你那里有个别士兵不守纪律,出去赌博、上老百姓家要东西、出去搞女人等等,咱一码归一码,像这些违犯纪律的士兵,你可得严加管教。"

王隆中大笑了两声说:"不就这么点小事吗,士兵出生入死,冲锋陷阵,成天脑袋拴在裤腰带上,怪不容易的。再说清水养不住鱼,该紧的时候紧点,该松的时候也得松点,要不,这些兵还能维护咱吗?"

黄兴听了此话沉下脸,看了王隆中一眼,说:"要是这样的思想,早晚吃大亏。"王隆中又笑了两声说:"知道了,知道了,我回去以后,一定严加管教。不过,打汉口,你得想着我点,让我打前锋。"

自从湖北革命党创始人吴禄贞十一月七日在石家庄被袁世凯刺杀的消息传来以后,革命党人也万分愤慨,纷纷来找黄兴要求和汉口的敌人决战,这也更加坚定了黄兴反攻汉口的决心。

十一月十四日上午九时,黄兴在总司令部召开军事会议,各部队长官与司令部重要成员都出席了会议。会议由黄兴主持,主要内容是商讨反攻汉口的计划。参谋长李书诚首先简单地介绍了反攻计划和反攻前的各项准备工作。

听完李书诚的介绍,刚刚派到总司令部任副参谋长的吴兆麟首先发言:"以现在敌我力量的对比来说,我认为,反攻汉口的时机还不成熟。一是从兵力上来说,我民军也就两万人,而清军有三万人,反攻的兵力明显不足;二是从士兵素质来说,民军新兵多,缺乏训练,而清军是久练之兵,训练精良,一旦开起仗来,很难占到上风;三是我们的部队主要是88式步枪,而清军既有马克沁重机枪,又有管退炮的优势,比我们的火力强得多。所以我认为我军不宜进攻,只宜固守。"

吴兆麟的发言,立刻得到了孙武等一部分军人的赞同。

湘军将领王隆中激动地说:"虽然清军占有种种优势,但是他们士气低落,没有老百姓的支持。再说,他们又是分散防守在汉口的各个地方。我们集中优势兵力,突然渡过汉水,打进汉口,就一定能打乱他们的部署。不趁着现在清军立足未稳,打败他们,更待何时?等清军部署完备,再从容不迫地进攻我们,我们再想反攻也晚了。"

王隆中的意见,得到了蔡济民、熊秉坤、邓玉麟等人的支持。

湘军的甘兴典急忙反对王隆中说:"你反攻汉口有几分把握?没有把握的事情不如不干。"王隆中一看同是湘军来支援鄂军的甘兴典首先反对自己,气就不打一处来,他对甘兴典嚷嚷道:"你是害怕了吧!我看你们巡防军是只能防守,不能进攻。"

甘兴典不服气地反驳道:"就你们能打仗,我们不能打仗是不是?是骡子是马拉出来遛遛,打仗的时候我们再见个高低。"

会议上明显形成了反攻与固守两种意见,大家各执己见,争论不休。黄兴仔细地听着众位将领的各种理由,在默默地思考着。大家争吵了一会儿,公韧突然站起来对大家说:"我说两句好不好?"

大家正吵得一锅粥没个豆,听到公韧的话,一齐回过头来,朝会议的角落看去。黄兴一看是公韧,遂点了点头。

公韧从容不迫地说:"甭管进攻也好,防御也好,要看怎么个打法!从大势上来说,现在清军孤军深入,兵力集中在汉口一带,它的后方运输线十分空虚。如果我们能派出一支偏师,北上骚扰京汉铁路,再联络刘英等人所领导的江汉平原一带的革命武装,切断清军的运输线,就有可能动摇整个汉口清军的基础。我们再加固新沟、蔡甸、汉阳一线的阵地,严防死守。只要前线敌人一生变,我们就大举进攻,一定能打败清军。现在敌人没有大变,敌众我寡,敌强我弱,仓促进攻,我军取胜的把握并不大,一旦进攻失利,不但挫我锐气,也容易使敌人乘胜进攻。"

对公韧的这番话,有的人不以为然,有的人在默默地思考。邓玉麟突然说:"我赞成公韧同志的打法,如果这样打,我们就主动了。"熊秉坤也点头称赞:"好!好!"

吴兆麟不阴不阳地说:"公韧同志的话从理论上讲是对的,但是偏师派多少人好呢?派少了不管用,派多了又会影响到汉阳防御的兵力,而动摇我们防守汉阳的根本。一旦汉阳失守,我们就被动了。我认为现在更重要的是集中兵力,固守汉阳。"

公韧主动请缨说:"如果骚扰敌人后方,联络刘英没有合适的部队,我广东敢死队愿意担此重任。"

此话一出,众皆愕然。吴兆麟嘴一撇,显然是不屑一顾,心想:就凭你敢死队这四百来人,想干什么?你以为自己是韩信出世,能横扫敌人的大后方啊!邓玉麟、熊秉坤也为公韧的敢死队担忧,就凭这点人马,到了敌人的千军万马里头岂不是很快就被淹没了,哪里还能活着出来……

就连久经战阵的唐青盈也拉了拉公韧的手,示意公韧不要出这样的风头,毕竟风险太大了。黄兴也感到这个提议太过冒险,说道:"公韧同志的决心是好的,但是在敌人窝里,一个敢死队的兵力还是太单薄了,就是派上一个协,恐怕很快也会被敌人吃掉。我们还是讨论一下反攻汉口的计划吧……"

黄兴这一发话,公韧的这个提议实际上就被否决了,众人又开始了对反攻汉口无休止的争论。

王隆中有些生气地对公韧说:"别说得那么复杂,能不能简单点儿?干脆说吧,如果你进攻汉口,怎么个打法?"公韧点了点头,说道:"真要进攻的话,集中优势兵力,分一点、两点或者三点,迅速突破敌人的汉水前线,快速前进,突进到汉口城下。可是如果汉口的敌军凭借城市的房屋负隅顽抗,那就真不好办了。坚城之下,久攻不克,实在是军之大忌。我算了算,如果强攻汉口,没有十万兵力再加上充足的后勤保障,很难攻下。攻不下再退回来,实在是一招错棋……"

黄兴看到公韧反对进攻汉口的计划,实在是影响进攻汉口的决心,就朝大家摆了摆手。大家不再议论了,一齐注视着黄兴。

黄兴用炯炯有神的眼睛扫视了大家一圈,然后坚决果断地说道:"总司令部决心已下,咱们就要坚决执行总司令部的命令。古今中外,以弱胜强,以少胜多的例子数不胜数,我在这里就不再多说了。这次战役,对振奋民军士气,打击敌人嚣张气焰,扭转我军的被动局面,都有十分重大的意义。我再强调一遍,对不执行命令,消极作战的,一定坚决按照战场纪律处分,决不手软。"

大部分军官点头表示服从,也有不少的军官不服气。吴兆麟的心里很是窝火,认为黄兴不听从自己这个副参谋长的建议,使自己下不了台。开完会后他就立即回到武昌军政府那里,向黎元洪火气十足地状告黄兴。

十一月十五日晚上九时,汉阳总司令部发出十六日下午五时半进攻的命令。进攻的部队以白布条斜挂背上作为标记,凡民军所占之地举火为号,同时通知武昌凤凰山炮台,在民军进攻时,即向汉口射击,起义的海军也采取相同的行动。

第224回　进攻汉口失利

十一月十六日下午三时,黄兴率领总部人员亲临汉水前线,观察士兵搭建浮桥。工程营的一个连,刚向岸边集中,敌人的马克沁重机枪、步枪,就集中火力向这边射击,民军集中所有步枪向敌人还击,以掩护架桥的部队。

工兵把事先藏匿的一条条民船赶在一起,冒着对岸清军的枪林弹雨,迅速把一条条民船连成一串,上面搭上木板。工作中,不时地有人中弹倒在船上或河中,河水里飘起一朵朵红色的水团。随着浮桥的铺设,公韧率领着广东敢死队一阵风似的冲上对岸,占领了清军阵地。

下午五时半,黑暗已经开始笼罩汉水,湘军第1协渡过了河,成为右翼进攻部队,展开于博学书院南端至汉水左岸之间;湘军第2协甘兴典部马上渡河,成为中央进攻部队,展开于博学书院北端至堤防一线;第5协熊秉坤部也渡过汉水,向北展开。

这时候,民军的大炮也向汉口之敌射击,一时炮声隆隆,火光闪闪。

晚十时,渡过汉水的湘军1协、2协和鄂军第5协陆续进入汉口的开阔地带。此时风雨交加,道路泥泞难走,又是伸手不见五指,民军士兵不断有人滑倒,前面的倒下了,后面的看不到,撞在一起,一倒一大片。有的人抹得满脸是泥,有的人连子弹带也丢掉了。士兵们有了牢骚,不断地哎哟着,叫骂着,诅咒着鬼天气。突然有士兵点亮火把,虽然蘸着油的火把在风雨中忽明忽暗地闪烁着,但是毕竟亮堂多了,士兵能看清前进的道路。火把渐渐多了起来,不一会儿,大部分民军都已手执一束火把。

敢死队正在前面猛打猛冲,公韧回头一望,见后面的民军都举起了火把,大吃一惊,赶紧把队伍交给唐青盈,自己找到中央进攻部队的甘兴典询问情况。只见甘兴典十分狼狈,帽子掉了,浑身衣裳湿透,还抹了满身的泥,在寒风中冻得瑟瑟发抖。

公韧对甘兴典说:"快叫士兵把火把灭掉,这样不把部队全暴露了吗?"

甘兴典咋呼道:"这么黑,没有火把,怎么能看见道路?"

公韧着急地说:"咱看不见,敌人更看不见,正好趁着黑夜领着部队往前进攻。"

这时,前面出现了一片民房,冻坏了的民军纷纷跑进去,暖和身子。进了屋看到地上有一堆堆灰烬,旁边还有木柴,都十分高兴,立刻燃起火来,一个个扒下衣裳,在大火旁边烤着湿透的衣服。原来刚刚清军正在这里取暖,见民军冲来落荒而逃。

公韧更加着急,对甘兴典说:"机不可失,时不再来,趁着敌人摸不清我军的情况,没有组织起有效的防守,还不赶快进攻!"

甘兴典一想也对,赶紧命令民军禁止烤火,赶快起来进攻敌人。可是士兵们冻坏了,叫起这帮人,那帮人不动弹,叫起那帮人,这帮人又蹲下。最后好不容易组织起队伍,可是已经耽误了不少时间。

晚上十一时,在南岸嘴向敌人猛攻渡河的民军第4协,在清军机关枪的扫射下,伤亡惨重,没有渡过汉水。

黄兴随着第5协渡过汉水。他看到大部分民军已经渡过了河,十分高兴,立即命令部队勇敢进攻,继续前进。他又想到这些民军穿上军装也没有多长时间,意志可能并不坚定,韩信的破釜沉舟之计不妨一用。于是下令拆掉一段浮桥,部队只许前进,不能后退。

清军抵挡不住民军的进攻,退到了玉带门一带,在督战队的威逼之下,清军拼死防守。公韧带领着广东敢死队奋力冲杀,王隆中、熊秉坤、甘兴典也催促着部队全力进攻,清军终于抵挡不住,从玉带门向东北方向撤退。

黄兴又以电话催促第4协、第6协奋勇渡河。只可惜,第4、第6两协虽然拼命冲杀,但是在敌人的机枪压制下,还是没能渡过汉水。

十七日上午九时,甘兴典所率湘军已逼近居仁门,熊秉坤已占领了王家墩,清军继续后退,并且准备好了火车,要乘着火车撤退。公韧看到战斗马上就要胜利,催促着敢死队更加奋勇地向盘踞在各个角落的敌人拼命冲锋。战斗已进入白热化阶段,到处是爆炸的火光和弥漫的硝烟,枪炮声、喊杀声,你死我活的肉搏,抱在一起的撕咬……双方已经搅在一起了。

激战到下午两点,突然传来一阵清军的喊杀声,清军的援军突然开到,这对鏖战中的任何一方都是致命的。清军的阵脚稳定后,架起大炮,展开了反击。清军的管退炮发挥出巨大的威力,炮弹不断地在民军中炸响,清军的机关枪不停地向民军扫射,吃得饱、穿得暖的清军生力军向民军疯狂杀来。

民军经过一宿的苦战,又冷又饿又乏,在炮火与机关枪的轰炸射击下,伤亡越来越重。

部队开始动摇了,一小部分士兵的逃跑,引发了大部队的溃退。甘兴典部首先败退,他一退,侧翼王隆中部完全暴露。王隆中一看不好,大叫一声,带领着部队和清军展开肉搏。一颗子弹打来,王隆中头部受伤,被人扶下战场,部队也开始退却。甘、王两部互相影响,争相后撤,清军乘势大举进攻。

黄兴正在后面督战,一看民军像决堤的洪水一样向后败退,大为愤怒,立刻下了命令,后退者斩。可是兵败如山倒,什么命令也不起作用了,黄兴当场处决了两个逃兵,可是仍然制止不了民军溃退。

民军很快退到了汉水,可是汉水的浮桥已经拆去一段。溃退的士兵见渡桥已断,争先恐后地跳下河去,无数的人在混乱中淹死了,携带的装备在渡河中成了累赘,火炮、枪支、弹药丢得到处都是。

公韧率领敢死队拼命抵抗着清军,掩护着大部队撤退,不少敢死队队员在激战中壮烈牺牲。敢死队好不容易退到了汉水边,一看河里,好一片凄惨景象:在波涛汹涌水流湍急的汉水里,漂着无数的民军,会水的奋力地向对岸游去,游着游着就被大水冲跑了,不会水的跳下水去,不一会儿就没了踪影。

岸上的形势更是险恶，不少士兵急得手足无措，站在岸边团团乱转。一些伤员正在等待着救援，还有一些辎重扔在岸边没人管。而清军已经追着屁股杀过来了，如果清军占领了河堤，朝河里猛烈射击，那更是一场惨绝人寰的大屠杀。

公韧指挥着敢死队迅速占领了一段河边的小高地，利用这块优越的地形，掩护民军继续撤退。

激战了一阵子，公韧看到大批民军已经渡过汉水，就对唐青盈说："我带一部分人掩护，你迅速带着西品和那些人撤退。"

唐青盈一噘嘴说："你先撤，我断后。"

公韧对她大吼道："再不撤就来不及了，我命令你撤退！"

唐青盈也来了犟劲："我让你先撤！"

两人争执间，又一股清军冲了上来，公韧大吼一声，率领着敢死队和他们开始了肉搏战。唐青盈左手执枪，右手持刀，杀入了敌群。尽管她英勇过人，连杀数人，但是怎么也杀不散那些敌人，体力渐渐有些不支。韦金珊大叫一声冲了过去，连劈杀带开枪，一眨眼的工夫，那几个清军已经纷纷倒地。

敌人又退了下去，敢死队没剩下多少人了，阵地上清军和敢死队队员的尸体枕藉，一摊摊鲜血染红了这片小高地。公韧命令活着的人："撤退，快撤退！"说完赶紧扶着王达延、美味张和一些重伤号往汉水退去。王达延浑身是伤，也说不清中了几枪，他挣脱开公韧的手说："公韧兄弟，你们赶紧撤吧！我掩护你们。"

公韧说："咱们同生死共患难，哪能不管你！"

王达延拼尽全力说："我恐怕活不成了，拖着你们，你们也撤不下去。"

公韧哪能听他的，还是扶着他往汉水撤。

王达延突然从怀里掏出匕首，朝着自己的喉咙就是一刀，鲜血顿时就像喷泉一样溅了出来。这时候，负了伤的美味张也怕拖累大家，用手枪指着自己的头就要自杀，多亏李斯眼疾手快一把夺过他的枪，才救了他一命。

公韧悲痛欲绝，唐青盈满含热泪，西品早已泣不成声，韦金珊一个劲光摇头。

敢死队的残部跳下汉水，往汉水对岸奋力游去。冲上来的清军不断地朝河中射击，子弹在敢死队队员周围激起一串串小小的水柱。在游动中，不少人中弹沉入水底牺牲，有的人体力不支被大水冲跑，人是越来越少。

游到对面时，只剩下公韧、唐青盈、西品、韦金珊等不到三十人，西品的胳膊还中了一枪。

第 225 回　守汉阳又出奇兵计

公韧、唐青盈、韦金珊扶着西品到达汉阳昭忠祠司令部的时候，黄兴正在屋里焦急地踱着步子，等待着各路败军前来汇报消息。见到公韧，他惊喜地拉住公韧的胳膊说："你们退下来就好，广东敢死队还有多少人？"

公韧欲哭无泪，低着头，哽咽着说："还剩下不到三十人，三百多个弟兄啊，全完了。"

黄兴听到这个消息，就像遭到雷击一样，颓然地瘫到椅子上，他拍着自己的头，痛苦地说："全怨我，全怨我，用兵不慎，指挥不当，反攻汉口一战，光广东敢死队就牺牲了三百多，我还有什么面目再见武汉三镇的民众！我呀我……"他使劲地拍着自己的头。

几个人不由自主地透过窗口看门外的溃兵，真是惨不忍睹，不少的伤兵这儿躺着一个，那儿趴着一个，没有负伤的也是精神委顿，唉声叹气。民军有的是父子当兵，兄弟执枪，这会儿父亲哭儿子，弟弟哭哥哥，哭泣声、抽咽声、悲声一片……

唐青盈愤愤地嘟囔着："这仗是怎么指挥的，怎么打成这样？为什么拆了浮桥？为什么给养供应不上？为什么后续部队老上不去？"

黄兴面对着这幅凄惨的景象，听到唐青盈的牢骚话再也忍不住了，从腰里拔出手枪，对准了自己的脑袋，就要开枪。公韧一把夺过黄兴的手枪说："司令啊，你可不能犯糊涂！"

黄兴一边从公韧手里夺枪，一边悔恨地自责道："我是民军总司令，要不是我下令反攻汉口，要不是我下令拆掉浮桥，哪能败得这么惨！我不去死，谁去死！"

公韧大声地呼喊道："总司令，你死了，利索了，剩下我们两万民军叫我们怎么办，汉阳、武昌还能指望谁呢？"

吴兆麟不知道什么时候进了司令部，他在黄兴身后连讽带刺："我说固守，你偏反攻！既不知己，又不知彼，此战之败，早在我预料之中。"

黄兴听了浑身一颤，无力地低下了头。

公韧早就烦透了这个号称小诸葛的旧军官吴兆麟，对他愤愤地吼道："住口！失败之责，能光归咎于总司令一人吗？如果进攻的民军不打着火把，暴露我军的目标，如果进攻的民军再神速点，不在民房中烤火，如果第 4、6 两协渡过汉水，汉口反攻能失败吗?"

唐青盈也对吴兆麟瞪起眼睛,愤愤地说:"黄总司令能勇于承担失败责任,能冒着枪林弹雨指挥杀敌,比你强多了。你算什么?投靠黎元洪和立宪党人,和他们穿一条裤子,说风凉话,制造革命军内部矛盾?"

吴兆麟从心里害怕唐青盈这个能征惯战、英勇过人的女中豪杰,急忙对她摆手说:"我不和你说这些,好男不和女斗……"

唐青盈听到这些话更火了,瞪着一双快要冒火的眼睛,就要上去抓吴兆麟。吴兆麟早就听说过唐青盈的武功绝技,生怕叫她抓一下伤了自己,急忙后退着摆手说:"我不惹你,我不惹你……"赶紧溜出了司令部。

公韧提醒黄兴说:"我军新败,清军必然大举进攻,汉阳保卫战必然是一场恶战。司令可要早早做好准备啊!"

黄兴开始振作精神,努力摒弃失败的情绪,开始梳理眼前混乱的局面。他在思考怎样才能抵挡住清军豺狼般的进攻,守住汉阳。公韧又说:"我军士气低落,人数、武器又不如清军,是绝对的劣势。要想扭转战局,非出奇兵不可!"

黄兴精神一振,看着公韧的眼睛,问:"你说的奇兵指的是什么?"

公韧说:"汉阳民军应取守势,武昌民军应该和反正的海军一道,对汉口的敌人取攻势。汉口的敌人要是不动,我们就打烂它的坛坛罐罐,要是汉口敌人抵挡不住的话,必然从汉阳前线调兵增援,这样正好解了汉阳之围。那样的话,我们就主动了。"

随即又说了一套具体的计划。

黄兴听了,大腿一拍,说:"好,这个方略很好!"他想了想,又说:"只是从武昌调兵进攻汉口,得和黎都督商议。这样吧,我和黎都督先打个招呼,具体从武昌进攻汉口的计划,由你监督执行,你看怎么样?"

公韧想到自己位卑言轻,掀不起多大风浪,推辞说:"我一个小小的敢死队队长,怎么能承担起如此重任,不行!不行!目前我广东敢死队急需休整,等休整好了,再来参加汉阳决战。"

黄兴想到,敢死队几乎被打残,再让他们参加大的军事行动有点不大现实,只好拍了拍公韧的膀子说:"公韧兄弟,现在大敌当前,希望你们尽快地休整好!"

公韧的敢死队马上渡过长江,来到了武昌城内休整。因西品有伤,公韧安排西品在一家医院养伤,让韦金珊好好照顾她,也好借着短暂的战斗空隙,培养一下两人的感情。

汉阳保卫战十一月二十五日发生了重大变化,汉阳城外的制高点仙女山、扁担山、磨子山均失守,民军只得在仙女山和汉阳城中间的十里铺一带和清军展开激战。

公韧一看战场形势十分危急,于二十五日晚上,带领着从集贤馆内召集起来的两百多人的敢死队过江去见黄兴,要求上阵杀敌。这两百多人都是从集贤馆内挑选出来的精英,革命意志坚定,军事素质又高。

黄兴见到这支生龙活虎的敢死队十分高兴,摸摸这个,看看那个,和战无斗志、松松垮垮的民军相比,这支队伍确实是一支堪当重任的突击力量。公韧指着军事地图说:"汉阳的制高点是磨子山、扁担山、仙女山,只要这三个山头拿下,汉阳就能守住。我愿意带领敢死队偷袭这三个山头。"

黄兴拍着公韧的膀子激动地说:"要不要再派一支民军和你一起去?"

公韧摇了摇头说:"不用,兵不在多,而在精,偷袭不用太多的兵力。战斗打响以后,你再派民军配合就是。"两人商定占领山头后,以点火为号。

敢死队悄悄出发了,一路上看到民军三三两两,七零八落,伤兵这里一堆,那里一伙,士兵情绪低落,精神不振。老百姓则扶老携幼,抱着包袱,担着财物,往江边惊慌逃去。在隆隆的炮火中,不断地有民军和百姓被炸死或受伤。看到这种惨状,敢死队人人义愤填膺,个个痛骂清军,决心要和清军以死相拼,加紧了行进的步伐。唐青盈不时地拍拍她那把弯刀,摸摸压满子弹的手枪。韦金珊左臂上扎着一条白布,身上斜挂着"敢死队"的大白布条,眼睛布满血丝,只盼望快快到达磨子山,好为牺牲的广东敢死队队员报仇。

夜里十一点多,敢死队到达磨子山下。磨子山位于东湖南岸,是沿湖群山中最大的山头,因形圆如磨盘而得名。山上苍松翠柏,郁郁葱葱,曲径环绕,奇石峥嵘,泉流其间,淙淙作响。

公韧悄悄布置偷袭计划,告诫大家,上山时动作要轻,充分利用小树和杂草作为掩护,冲锋时动作要快,要猛。占领磨子山后,立即向和磨子山相邻的扁担山发起冲锋,绝不能给清军喘息的机会。大家都点了点头。

公韧一挥手,队员们立刻呈扇形往山上摸去。黑黑的夜空和茂盛的杂草帮了敢死队的大忙,再加上队员大都受过军事训练,无不行动敏捷,身手矫健,悄悄摸到了山顶时,除了战壕里有几个清军在放哨,其余的清军都在睡觉。

有一个清军哨兵突然发现了敢死队,放了一枪,大喊:"有人摸上……"一句话还没说完,就被唐青盈一枪放倒。大批敢死队队员悄无声息地冲进战壕里,朝着睡大觉的清军一阵砍杀。乒乒乓乓的刀枪撞击声,剧烈的喘息声,人在死亡时绝望的惨叫声,混合在一起。

不一会儿,清军丢下四五十具尸体,往山后和扁担山逃去。

公韧安排几个人放火,又率领着其余队员跟在清军屁股后面往扁担山追击。清军跑得快,敢死队追得更快,队员们抱着缴获的机关枪,朝着逃跑的清军猛扫。扁担山的清军被惊醒了,机关枪、步枪猛烈射击。茫茫黑夜中,分不清哪是敌哪是友,不少清军被误伤。有的清军在咒骂声中死去,有的清军则怨恨地朝着山上还击。

敢死队也出现不小的伤亡,公韧指挥着部队往上猛冲。唐青盈又是最先冲进战壕,异常灵活的弯刀挥到哪里,哪里的清兵不是被削掉脑袋,就是被刺中心脏,她出现在哪里,哪里敌人的枪就哑了。韦金珊跟在她的后边,把顽强抵抗的敌人乱杀一阵。敢死队沿着唐青盈杀开的一条血路冲过去,和敌人对射着,拼杀着,搅和在一起,用牙咬,用头撞,用脚踹,似乎大脑都失去了思维,只有杀!杀!杀!

第226回　黄兴主张撤出武昌

扁担山的敌人也顶不住了,一部分人开始往山下溃退。不一会儿,枪声渐渐稀疏下来,山顶躺满了清军士兵和敢死队队员的尸体。

公韧叫人清点一下队伍,发现敢死队只剩下五六十人,而且大部分挂花。公韧这才觉得腿和腰都不得劲,一摸黏糊糊的,放到手上一嗅,满是血腥味。原来腿上是枪伤,腰上是刀伤,唐青盈也一瘸一拐的,左腿上也挂了彩。

公韧立刻下令放火,通知山下黄兴。然后命令队员们原地包扎伤口,加强一下工事,防备敌人的反扑。没有多长时间,黄兴派来的民军已来到磨子山和扁担山换防,并带来黄兴的命令,叫敢死队撤下去休整。

公韧带领着敢死队回到了十里铺,面见黄兴。黄兴紧紧地拉着公韧的手,又拍了一下唐青盈的肩膀,仔细地询问两个人的伤势和敢死队的伤亡情况,感慨地说:"要是民军都和敢死队这样英勇善战,汉口不会丢,反攻汉口也不会失败,汉阳保卫战也不会打得如此糟糕。很多事情出乎我的意料,等打完这一仗,我们一定得好好地总结总结。"

公韧说:"指望民军这样的部队打阵地战,确实对他们期望太高了。如果有时间,我们一定得组织一支由革命党人为骨干的革命军队。"

两个人正谈着话,忽然有人来报告说,清军在炮火的掩护下,大举进攻扁担山和磨子山,两座山失守了,守山的民军大部分牺牲。形势一下子变得又严峻起来。

十一月二十六日七时,清军由花园进攻十里铺,他们先用大炮密集轰击,然后是清军的猛烈进攻。由于民军失去磨子山和扁担山制高点,十里铺受到清军的强烈压制。清军又通过奸细贿赂离十里铺不远的黑山炮队,炮队叛变,黑山因此失守。

没有炮兵的支援,十里铺的形势更加险恶,许多民军在清军的猛烈炮击下牺牲。下午四时,十里铺终于失守。

黄兴知道大局已经无法挽回,只好命令一部分民军抓紧拆卸、赶运汉阳兵工厂的机器零件,一部分民军火速抢运汉阳的重要辎重,来不及运走的统统焚毁。汉阳各部也做好了撤出汉阳的准备。

十一月二十七日早晨,民军继续向后撤退。清军由黑山向汉阳城挺进,在隆隆的炮声中清军越来越疯狂地攻击撤退的民军。负责掩护撤退的民军依据城墙,边射击边退却,在激战中不断地有人倒下。黄兴、公韧、唐青盈随着掩护部队一起,撤退在最后面,最后一批登船。

此时烟雾弥漫着天空,硝烟在逐渐地压迫着江面。江面上波涛汹涌,惊涛拍岸,无数只新旧不一、大小各异的民船在竭尽全力地向对面划去。船上的民军面目呆滞,表情凝重,怀着复杂的心情看着岸边一队队清军占领原属于自己的阵地,老百姓恋恋不舍地看着自己被摧毁的家园……

突然,清军从龟山阵地向江中开炮了,在剧烈的爆炸声中,团团火光,浓浓的黑烟像一头头怪兽一样,顷刻之间撕裂了一艘艘排列密集的木船。在冲天的水柱中,碎木板,人的残破肢体,破碎的武器飞上了天空。几乎每一发炮弹,都引起重大的伤亡。死尸漂满江面,鲜血染红了江水,在一阵阵咒骂、哀号、哭喊声中,炮火夺去了无数人的生命……

武昌城外的江岸上,排满了一具具被捞起的尸体,也有被冲上岸的,纵横交错相互枕藉不计其数,惨不忍睹。其中还有活人,有的在痛苦中咽气,有的在悲痛地呻吟,有的才从江里挣扎着爬到岸上,一动也不动不知死活,有的母亲已经死了,婴儿却已苏醒过来,啜泣着寻找着母亲的乳房。

十一月二十七日上午,清军从汉阳龟山炮兵阵地上不断开炮打到武昌城里,在剧烈的爆炸声中,房屋一座座倒塌,民军伤亡不断,武昌军民的心在震颤着。从汉阳撤回的主要军官和武昌留守部队的重要军官,以及军政府的机关人员和重要革命党人,齐集军政府内商量对策。

会场内充斥着失败的情绪和极度的悲愤,从前线回来的军官,一个个衣服上沾满尘土和血迹,脸上被炮火熏得黢黑,他们纷纷靠拢在黄兴的身边。留守武昌的军官,有的低着头惊惶不安,有的心怀希望地看着黄兴,都希望从他那里得到一种寄托和依靠。黎元洪则神情木然,两眼呆滞,一副失魂落魄的样子。

总司令黄兴首先简单地报告了汉阳失守的经过和我军人员的损失:汉阳保卫战,我军共伤亡三千三百余人,再加上汉口之战,我军和助战的市民伤亡已经达到了八九千人。黄兴又分析了汉阳失守的原因,他说:"汉阳之役,不是军队不多,不是防御阵地不坚固,也不是粮秣不充实,它的失败有三个致命的原因。一是官长不用命。汉口之战是张景良叛变投敌,在紧要关头烧我粮草、弹药,使军心震动,刘家庙失守。而汉阳之役,先是宋锡全率部擅离汉阳,致使汉阳空虚;后有成炳荣喝酒误事,竟拿着军令当儿戏,致使偷袭汉口不成功;还有湘军王隆中和甘兴典部擅自撤离前线,使汉阳前线一时出现了大缺口,为敌人制造了可乘之机。

"第二个原因是军队士兵训练不精,不能服从命令,特别是在反攻汉口的战斗中,违犯军令打着火把前进,暴露了我军进攻的目标。在行进中到屋中烤火,延误了进攻的时间。第三个主要原因是缺乏机关枪和新式管退炮,使我们在战斗中吃了大亏。"

对于黄兴的分析,一些军官点头称是,在总结着自己部队的成败得失,一些军官却在埋怨黄兴指挥不当,对黄兴嗤之以鼻。公韧的心里更是怒火燃烧,由于起义队伍中起用了大量旧军官,而这些旧军官每每在关键时刻,不是投敌就是逃跑,给革命造成了重大损失,真是让人痛恨万分,是可忍,孰不可忍!

众人都集中精力注视着黄兴,希望总司令在武昌城处于万分危急的时候,能英明决策,力挽狂澜。这时候,一发炮弹打到会议室外,一些玻璃稀里哗啦瞬间粉碎,会议室顶上的尘土纷纷落下,门口的几个民军在爆炸声中倒了下去。

会议没有停止,继续召开。

黄兴用疲惫的眼睛扫视了大家一圈,说:"清军已集中主要兵力于汉口、汉阳沿江一线,他们武器精良,士兵训练有素,如果乘胜进攻武昌,则武昌难保。因此我建议,撤离武昌,会合江南义师,攻取南京,取下南京后,再图光复武昌。"

听了黄兴的话,有人更加惊慌,恨不能立即逃出武昌城;有的不服气,不甘心就这样失败;有的则对黄兴的话感到痛心,不断地摇着头。很多人又把眼光投向了黎元洪,想看黎元洪怎样表态。只听黎元洪声音低沉、情绪悲观地说:"我基本同意黄总司令的意见,武昌已是一座孤城,防守无益,我看不如撤出吧!撤到东边去,联合江南义师,再打回来。"

听了这两位领导人的意见,会场内沉默了。有的人懒得再和别人议论,对胜利已经不抱什么希望;有的人则在为武昌城的安危、前途,焦躁地思考着,难道经过浴血鏖战牺牲无数先烈夺得的武昌城就这样拱手让给敌人吗?突然,唐青盈猛地一下子站起来,拔出弯刀,在空中一挥,大声地喝道:"你们都撤吧,都走吧!我要和武昌共存亡。"

众人一见一个小姑娘竟然有这么大的勇气,不禁都吃了一惊。有的人在悄悄地打听,这个小姑娘是干什么的?知道的就说,这是第3敢死队的副队长,这个敢死队作战勇敢,伤亡惨重,没剩下几个人。有的伸出大拇指,夸奖这个小姑娘有胆量。熊秉坤早就按捺不住了,噌地一下站起来,大声地吼道:"在这里我问一下黎都督,你说撤退怎么个撤法?"

黎元洪一时语塞,他根本就不知道怎么能安全地撤出武昌城。

熊秉坤大声地说道:"我们这几万人不外乎从水路撤退和从旱路撤退。要是从长江水路撤退,沿途有清军的陆地大炮和长江水上舰艇拦截,你怎么撤?要是从旱路撤退,一路上全是水网地带,我们的大炮、辎重怎么办?我们一旦撤退,清军跨过长江,一路追杀,我们陷在水网里,跑又跑不动,战又没有好地形,那不是死路一条吗?如果我们不撤退,前有长江天险,近有坚固城墙,还有青山、蛇山、凤凰山的炮兵阵地,清军未必能赢得了我们。"

第 227 回　武昌的乱局

熊秉坤的一席话,引起一些军官的纷纷议论,很多人对熊秉坤的意见表示赞同。熊秉坤虽然是质问黎元洪,但同时也是对黄兴撤出武昌的决策给予了否定。

这时候,公韧又站起来大声地说:"我说两句,我说两句。"

有些人知道公韧革命意志坚决,是出名的革命党,都想听听公韧到底发表什么意见;也有些人知道公韧是黄兴的亲信,也希望公韧发言支持黄兴;还有一些人看到公韧一身敢死队的行头,身上溅满了点点血污,猜想其必是刚从敌人群里冲杀出来的,也愿意听听前线将士的想法。

公韧挥舞着手臂,大声地喊道:"武昌绝不可以放弃,为什么不可以放弃呢?从武昌起义到今天,我们已经拖住了清军主力四十八天。在这些日子里,清朝内部惊惶失措,它虽然做出下罪己诏、实行立宪、赦开党禁、皇族不问政治等紧急措施,但仍然阻止不了各省相继'易帜独立'。现在湖南、陕西、九江、南昌、山西、云南、贵州、上海、苏州、镇江、浙江、广西、安徽、福建、广东、重庆已经相继起义,它们宣布和清政府断绝关系,把清政府彻底抛弃了。我们汉口、汉阳虽然军事上暂时失利,但是我们在政治上是大胜特胜了。多坚持一天,全国的形势就有利于我们一天……"

公韧的讲话,赢得了与会者一阵喝彩。

善意的鼓噪停止了,公韧又说道:"我认为武昌可以守。为什么可以守呢?现在我们仍然有天时、地利、人和三个有利条件。所谓天时,就是所有起义的省市都在支持着武昌。而清军呢,后方动乱不堪,处处酝酿革命,我们再坚持一个月,说不定全国都起义了。就是现在双方兵力相比,我们在数量上,仍然不比清军少多少。所谓地利,就是熊协统说的,前有长江天险,近有武昌坚城,粮食弹药充足,我们为何要弃城逃跑呢?所谓人和,就是老百姓都支持我们。我们的军队是受了些损失,可以再从老百姓中补充嘛!而清军则是老鼠过街,人人喊打,无人愿意当兵。根据这些因素,我认为武昌可守。"

公韧的话又得到大家热烈鼓掌,就连黄兴和黎元洪也鼓起掌来了。尤其是一些革命党人,一边鼓掌一边大声地为公韧叫好助威。

好一阵子,掌声才渐渐息落。张振武突然从腰中拔出明晃晃的军刀,跳上桌子,在空中挥舞着,咬牙切齿地吼道:"再言放弃武昌者,斩!"说着,腰一弯,手中军刀奋力一挥,一个桌子角立刻被齐刷刷地劈斩下来。

众人稍微安静了一下,忽然报以热烈的掌声,掌声经久不息。

黎元洪见形势已经发展到这种剑拔弩张的程度,再坚持放弃武昌,必然要遭到大家的唾弃,只得改口说:"既然大家要坚守武昌,那我也和武昌共存亡。"黄兴在这种时候,已不好再表态,默默地坐在一旁,没有说话。

坚守武昌的大方向是定下来了,但是由于总司令黄兴不表态,所以也没有研究出具体方案,会议在乱纷纷的嘈杂声中草草结束。当天晚上,黄兴和一些人悄悄坐日本兵舰离开武昌前往上海。

公韧听到黄兴悄悄离开武昌的消息,痛心万分,急忙和唐青盈追到了武昌城外,但是除了浊浪滚滚的江水,哪里还有黄兴的半点影子。公韧对着凶险万分的江水,悲痛地哭喊道:"总司令啊,总司令,你这一走,我们这些革命党人可怎么办啊?难道你不要我们了吗?敌军压境,城内混乱不堪,有谁再给我们做主啊,你怎么能一走了之呢?"

唐青盈埋怨道:"黄总司令不该走。"

公韧又朝着黑黑的江水喊道:"总司令啊,虽然咱们看法不一样,但是你对革命的贡献,你在我们心目中的位置没有变。人无完人,金无足赤,现在谁是谁非,能说得清吗?你这一走,又有谁能压得住阵脚呢!"唐青盈安慰公韧说:"公韧哥,我看自己的经还得自己念,现在谁也指望不上。我们回去组织敢死队,再和清狗子干!"

公韧抹了抹眼泪说:"事到如今,也只能这样办了。黄兴走了,还有蒋翊武、刘公、张振武、蔡济民、熊秉坤、吴醒汉,我就不信守不住武昌!"

武昌城里没有了总司令,众部队也就失去了主心骨,再加上乱兵、强盗、敌人奸细乘机作乱,武昌城里真是处处枪响,一夕数惊,士兵、市民无不惶恐不安。第二天天一亮,清军的大炮又在龟山上朝着武昌城内猛烈轰击,直打得砖石乱飞,处处火起。

人们纷纷躲避着敌人的炮弹,城内的秩序更加混乱。

黎元洪嘴上说坚守,其实心虚得很,眼看着乱糟糟的形势控制不住,心里早就琢磨着如何携带一部分细软金银逃跑。孙武表面上镇定,内心也畏怯,眼看形势已是万分紧急,如果清军乘乱进攻,可如何是好!

他找到黎元洪,和黎元洪商量着叫万廷献当护理总司令,以领导武昌的军队。万廷献只当了一天的官,知道自己实在是没有能力领导武昌全军,于是留下一纸辞职书,匆匆离开武昌赴上海去了。

武昌城又陷入了众军无人指挥的状态,军政府只好临时授命蒋翊武以监军兼护理总司令。这时候的司令部,参谋长杨开甲辞职,副参谋长杨玺章在汉阳阵亡,蒋翊武只得命令吴兆麟为参谋长,姚金镛为副参谋长。

革命党人蔡济民、刘公、张振武、熊秉坤、邓玉麟、吴醒汉、公韧等紧紧地靠拢在蒋翊武的周围,这使蒋翊武信心大增。十一月二十八日晚上,蒋翊武在武昌都督府召开军事会议,有关军事人员全部参加。会议上决定:设立总司令部于洪山宝通寺,划分防守区域,严明责任;派出小部队向武昌下游重镇黄州、鄂城居守;设兵站于各防御区域后方;海军在阳逻附近游弋,掩护武昌。

军事会议开完后,各部队连夜按照命令,进入自己的防御阵地,构筑工事、执行任务。极其混乱的武昌城,在刘公、蔡济民、张振武的指挥下,开始有部队巡逻,处置乱民、安定民心、逮捕奸细,城内秩序渐渐趋于稳定。

十一月二十九日上午八时,清军龟山炮队又向武昌城开炮射击,只打得武昌城内火光闪闪,狼烟四起,房屋一片片倒塌。没有一会儿,民军的凤凰山炮台,蛇山、黄鹤楼炮队开始向龟山反击,打得龟山顶笼罩在一片浓浓的火光烟雾之中,不一会儿,龟山便成了缩头乌龟,再也没有了声响。

接着,又发生了黎元洪逃离都督府的事件,本来借着这个机会,革命党正好可以把领导权抓过来,可惜,在孙武的干扰下,在旧军官支持黎元洪的情况下,黎元洪又于十二月二日从葛店返回武昌,重新掌握了军政府大权,使革命党人失去了重新掌握湖北军政府大权的最好机会。

十二月六日,谭人凤以中部同盟会负责人的身份来到了武昌,他考虑到武汉战争是关系到全国革命是否胜利的关键,而同盟会的力量在这里又不是很大,因此想把军权抓过来。他召集原共进会会员杨玉如、孙武、高尚志、李作栋、邓玉麟、公韧等召开会议,商讨军事指挥权的问题。

谭人凤说:"清军攻下汉口后,海军大部分却转向了革命;清军攻下汉阳后,在十二月二日,南京又被革命军占领。在这种局面下,袁世凯担心,一味用兵,很可能会被切断退路,丢失老本。所以袁世凯下令,让冯国璋停止进攻武昌,交战双方于十二月二日早八点到十二月五日早八点停战三日。军权问题非同小可,共进会和同盟会本属于一个系统,我看还是共进会的人掌握军事大权为好。"

众人都有些莫名其妙,弄不清谭人凤到底是什么意思。谭人凤又提醒大家说:"大家看看蒋翊武担任护理总司令是不是合适呢?"

孙武当即心领神会,说道:"黄兴已经离开武汉,战时总司令一职暂时空缺,蒋翊武不过是暂时护理。我看现在双方已经和谈,这就不需要护理总司令了。谭人凤同志素有威信,应该由其继任总司令一职,我们才放心。"

公韧觉得蒋翊武作为护理总司令并无过错,被两人这样轻易地换掉,实在是难以服众,于是说道:"蒋翊武是文学社的社长,文学社有相当一部分人是坚定的革命军人骨干。蒋翊武不能撤,不但蒋翊武不能撤,而且要撤掉黎元洪。现在是暂时停战,说不定什么时候就会再有战争,没有蒋翊武指挥战争可以,那就得找一个比蒋翊武还要懂军事的人来坐镇。"

孙武反驳公韧说:"谭人凤是同盟会的老同志,革命意志坚定,斗争经验丰富,而蒋翊武年轻,对一些事情的处理未必有谭人凤同志严密周到。现在谭先生任总司令一职最好。"

谭人凤当即表示："如果同志们推举我,我不会推辞。武汉之战是革命派和清朝的最后决战,这样重大的战事还是由我们掌握指挥大权为好。"

由于谭人凤这么慷慨地应允当这个官,又有孙武的坚决支持,大家不好再说什么。公韧弃权,所谓弃权,也就是不支持。军务部部长孙武根据会议的决定,报请黎元洪下达委任状,命谭人凤为武昌防御使兼北面招讨使,调蒋翊武为都督府顾问。

十二月九日,谭人凤正式接任了武昌防御使兼北面招讨使。他想:军权表面上是接过来了,但是许多工作还要受军政府的掣肘,就想把这些军权全部揽过来。他马上召集所有军事干部开会,并在会上做出决定,说:"我决定,一是原有的所有协统、标统一律空缺,由防御使重新委用;二是武昌现存的枪械、服装须报防御使备查;三是防御使经费和各部队饷项,每月应由财政部事先划拨。"

谭人凤的这些决定,直接牵扯到各协统、标统的高级军官,他们感觉到,实际上自己已被撤了职,不禁感到心里惶惶。孙武听了也大为不满,心想:武器装备和财务大权归你独自掌握,谁还会把军政府放在眼里?人事大权你独自掌握,还要军务部干什么?这三项决定提高了你谭人凤的军事地位,却把军政府、军务部的权力统统削掉了。

于是孙武首先反对说:"我看原有的协统、标统一律空缺,由防御使重新任用,这个事情不妥。这些协统、标统战功卓著,何罪之有?况且这个事也没有跟军务部打招呼,军务部不能批准。另外两条,须上报军政府和军务部批准,上面批准了方可施行。"

谭人凤没想到孙武会首先反对,感到有些意外。各军官感觉到,谭人凤和孙武的意见并不一致,有许多人本来就对撤销蒋翊武护理总司令的事情感到不满,这时候纷纷把矛头指向谭人凤。

有的说:"谭防御使非军人却大权独揽,一旦开仗,必误大事。"有的说:"谭防御使对湖北军队并不了解,士兵们实在难以服气。"有的说:"这么大把年纪了,年轻的时候没上过战场,头发白了却要上战场,一旦到战场上有块石头绊倒,一下子把头摔破了,岂不是给我们大家又添了许多麻烦。"此话惹得大家一阵哄笑。

这时候的谭人凤成了孤家寡人,没有一个人帮着他说话,显得十分尴尬。会议在嘈杂声中不欢而散。会后,孙武又鼓动底下军官到都督府找黎元洪陈述意见。

一些军官到了都督府找到黎元洪,纷纷说谭人凤这也不是那也不对,闹得黎元洪也没了办法。在孙武的催促下,黎元洪找到谭人凤,恭维了几句话后,说:"我看谭先生再当防御使和北面招讨使不大合适,这些军官天天来找我麻烦。他们不服,我也不好说话!现在上海正要议和,谭先生如果能代表我湖北民众到上海参加议和,这对谭先生来说,倒是一件好事儿。"

谭人凤这时候也感觉到,这个武昌防御使兼北面招讨使的差使,实在没法干了,只好顺水推舟,辞去了防御使兼北面招讨使的职务,以湖北议和代表的身份乘舟东下,去了上海。其任职不过三天。

孙武用谭人凤排挤掉蒋翊武,而谭人凤又被孙武排挤掉。

第228回 两对鸳鸯喜结连理

在这政治、军事形势捉摸不定的时候,韦金珊和西品的恋情倒是有了重大突破。韦金珊找到公韧高兴地说:"西品已经答应了我的求婚。"

公韧热情地祝贺他说:"太好了,太好了,祝贺你啊!"

唐青盈也高兴地说:"太好了,你和西品姐成了,我和公韧哥也终于可以结婚了。"公韧马上打断她的话说:"这是哪里话,说不定哪一会儿就要打仗,哪有时间结婚?"

韦金珊马上说:"我看唐青盈说得没错,这场战争可能十天八天就能打完,也可能长期拖延下去。我们既要革命,也要家庭,西品年纪已经不小,不能再等下去了。"

公韧想想也对,只得点了点头。

洞房是在临时找的两间小屋里布置的,因陋就简,朴实得不能再朴实了,喜筵也很简单,来祝贺的都是一些熟悉的革命战友,就连鞭炮也没敢放,为的是保持谈判期间少有的宁静,不惊扰市民。

按照习俗,新郎和新娘一拜天地,二拜父母和夫妻对拜后,新娘回洞房休息,新郎官招待各位客人。席上,公韧和韦金珊说了一番意味深长的话。公韧举起酒杯对韦金珊说:"你我在香山县云山镇上相遇,都为西品姑娘的人品、相貌所倾倒,为此扔纸箭打赌,谁赢了谁要娶西品姑娘为妻,结果我赢了。我曾经发过誓,海可枯,石可烂,我和西品的情缘不能断,不管世道如何变幻,人生多难,一辈子只能和西品一人喜结良缘。如果我变了心,就如那块红石头一样,粉身碎骨,化作齑粉。可是如今,我却违背了自己的誓言。金珊大哥,你说,我是不是应该化作齑粉了?"

韦金珊端着酒杯说:"你并没有违背自己的誓言。当初,西品为革命负了重伤,入了魔窟,但你始终没有忘记她,时刻想着她。知道西品的下落后,你千方百计搭救她,虽然没有成功,但是你的心到了。只要心到了,佛祖也会原谅的!"

公韧摇了摇头说:"我总觉得这辈子对不起西品。"

韦金珊劝公韧说:"你我是兄弟,你欠西品的情,我来补偿吧!"

公韧把那杯酒一饮而尽说:"谢谢大哥了,你永远是我的好大哥。"

二人拉了拉手,各人入了各自的洞房。

公韧进了屋,看到唐青盈头上盖着红盖头,像模像样地坐在床上。公韧悄悄地挨了过去,唐青盈猛一下子自己揭开红盖头,依偎在公韧的怀里。

公韧指着她的鼻子说:"我的小冤家哟,没有了你,我可能……"

唐青盈鼻子一哼,嘴一噘说:"没有了我,你可能早和西品姐结婚了是不是?"

公韧摇了摇头说:"没有你,我早就不在人世了。几次能活过来,都是你救了我的命啊!小冤家、醋罐子、救命恩人、亲闺女、小妹妹,你说,我该叫你什么好啊?"

"那你就叫我小夫人吧!"唐青盈又钻在公韧的怀里撒了一阵子娇。

在两对新人的心里,都保持着火一般的激情,都有着不少的感叹。多少年追求的梦想,虽然没有按照原来的轨道向前,但也总算每个人都尽量贴近了幸福。

就在此时,突然窗外传来一声极其轻微的响声。唐青盈练武耳朵尖,小声地喊了一声:"暗器!"急忙把丈夫扑倒在床上。

一支带毒的袖箭嗖的一声,钉在墙上。

公韧大吃一惊,大喜之日,谁敢行刺新婚夫妻?稍微冷静一下,双方互相担心地看了看对方,还好,两个人都没有受伤。随即,两人又像弹簧一样,蹦了起来,扑到门外,寻找凶手。

门外没什么可疑的人,只远远地看到一个老妇人模样的人,跌跌撞撞地走着,哪里像是一个武功高强的杀手。公韧自言自语地说道:"这就怪了,我没有得罪什么人呀。"

唐青盈一双锐利的眼睛继续注视着那个老妇人,突然她说:"不对,那个老妇人就是刺客。"说完,箭一般向那个老妇人追去。那个老妇人也不装了,撒开丫子跑去。唐青盈跑得快,那个老妇人跑得更快,眨眼之间已没了踪影……

一九一二年一月一日,中华民国创立,孙武又和黎元洪勾结,公然宣称要拥护袁世凯,并且组织了"民社",拥戴黎元洪为领袖,纵容一些反动分子大肆攻击南京临时政府,处处和同盟会作对。

孙武的错误做法,引起了一些革命党人的强烈不满。黎元洪翻手为云,覆手为雨,利用文学社,撤了孙武的职,又利用共进会,镇压了文学社。

在公韧的家里,公韧摆了一桌,请韦金珊、西品和广东敢死队的骨干们前来喝酒。面对着满桌子的酒菜,大家实在高兴不起来,一个个眉头紧皱,唉声叹气,似乎有无限的惆怅。

公韧先提议,为仙逝的王达延龙头敬酒,大家呼地一下,跪倒一片。

公韧也跪下,端着满满的一杯酒,洒在地上,悲痛地说:"王大哥,想当年,我俩在香山县云山镇相遇,那时候你威武勇猛,壮怀激烈,誓与清政府决一雌雄。十数年来,你率领着三合会东征西战,南攻北伐,为革命立下汗马功劳,实为我辈之楷模。与你朝夕相处之快乐,言语话谈之幸福,就像昨天一般在面前重现,怎不叫我肝肠寸断,实在无心再苟活于世。但是想到你的事业未完,革命未就,我辈就暂且多活几日,待大业完成,我们一定追随大哥……"

公韧说到伤心处,竟流下一串眼泪。一旁众人想起昔日的龙头大哥,也个个唏嘘不已,伤心流泪。

说完了,公韧站起来,大家也跟着站了起来。

公韧右手一伸,请大家落座,喝了一阵子闷酒后,公韧对李斯、张散、邢天贵等人说:"武汉的形势已经这样了,再待下去,我们已经没有用武之地,早晚得被他们斩尽杀绝。为了给革命保留一点儿火种,也为了你们不再做无谓的牺牲,大家要尽快撤出武汉,回广东老家休整。说不定什么时候,猛虎下山,又能整出一番动静,打出一个新的天地。"

李斯、张散、邢天贵等互相看了看,然后点了点头。接着李斯对公韧说:"我们在老家等着你,还需要你回来重振三合会,执掌大印。"

公韧点了点头说:"我在这里再观察一阵子,如果实在待不下去了,自然回去。"

第229回　公韧被迫逃出武昌

一九一二年二月十二日,清宣统皇帝溥仪颁布退位诏书,宣告退位;二月十五日,南京临时参议院选举袁世凯为临时大总统。

一九一三年三月,上海发生了震惊全国的宋教仁谋杀案。这个事件之后,孙中山积极准备讨伐袁世凯。黄兴派人游说黎元洪,希望他至少保持中立。而这时的黎元洪却十分坚决地拥护袁世凯,以"破坏共和"的罪名讨伐黄兴等人。

黎袁的进一步勾结,使湖北的革命党人更加明确地把反袁和反黎结合起来。他们组织改进团,推选季雨霖、蔡济民、詹大悲、吴醒汉负责,准备举行起义。六月二十五日,改进团举行了起义,但是很快被黎元洪派兵镇压下去,季雨霖、詹大悲、蔡济民、吴醒汉等领导人逃往上海和湖南。

这一次军政府各界革命党、知名人士被屠杀了三百多,军法处的监狱囚犯增加到了一千多人。同年九月,由孙中山发动的二次革命也宣告失败。

虽然黎元洪为袁世凯立下了汗马功劳,但袁世凯对握有兵权的黎元洪仍然不能放心。一九一三年十一月,袁世凯派出了自己的心腹大将段祺瑞到汉口"劝驾",胁迫黎元洪离开湖北到北京"做官"。黎元洪实在不愿意去,他知道没有兵权就没有一切。十二月八日,段祺瑞突然光临黎元洪的"寒舍",要和他一块北上。黎元洪没有办法,只好邀集左右举行了一次秘密会议,决定让都督府参谋长金永炎代理都督,并表示尽可能早回湖北。

九日黎元洪坐火车北上,半路上总统就发布了命令,令陆军总长段祺瑞代理湖北都督。黎元洪到北京后,虽然袁世凯给了他一万元的月薪和两万元的车马费,但此时的黎元洪早已成了袁世凯的政治俘虏,饱尝了螳螂扑蝉,黄雀在后的恶果。

武昌城里值得高兴的是,这时候的唐青盈和西品,已经每人抱着一个又白又胖的男婴,一个五个多月,一个八个多月。公韧的孩子起名叫民权,韦金珊的孩子起名叫民生。可是接下来,公韧的家里似乎有些不太平,首先是失了一次无名大火,烧坏了家里的东西倒是小事,可是差点烧着了民权。孩子是两口子的未来和希望,公韧和唐青盈确实吓得不轻。

等事情平息下来,公韧对唐青盈说:"你说怪不怪,我平常挺注意的,怎么会失火呢?是不是以前发的毒誓应验了,我没有化作齑粉,老天爷要烧死我。"唐青盈抱着民权,摇晃着,撇了撇嘴说:"看你说的,亏你参加革命这么些年,是一个老革命党,怎么还信这个?"

公韧皱着眉头说:"虽说是不信,但是为什么会无缘无故地失火呢?这叫人心里确实不大踏实,所以心里老和个事儿似的。"

这个事情刚发生不久,公韧的家里又发生了一件大事。唐青盈用邻居送来的野菜炒菜,没想到中了毒,两口子上吐下泻,还殃及吃奶的民权,到医院里抢救了十多天三口子才活过来,一家人的性命差点葬送。

公韧对唐青盈说:"上一次躲过去了,这一次一家人差点又完了。青盈啊,你说,是不是我发的毒誓真的应验了,就是没有化作齑粉的话,也叫我们被烧死,被毒死……"

唐青盈也有点迷糊了,半信半疑地说:"这个事情怎么这么怪呢?邻居挖的野菜,他们吃了没事儿,怎么咱吃了就全家中毒了呢?这事儿我也琢磨不透。要不,咱让毕永年大师来给咱做做法事,兴许能消灾避难。"

公韧就给毕永年大师写信,可毕永年这段时间非常忙,又是忙着收徒,又是忙着整理佛经,湖南离这里也不近,所以一时半会儿也来不了。

这时候的公韧接到了三合会李斯等人的一封电报,电报上说:

公韧大龙头:

  三合会近段时间休整后,已大有发展,然而王大龙头早已仙逝,急需有人执掌中枢。近段时间,魔天神教又大施淫威,在广州城内制造多起血案,不外乎世界末日全家早上天堂等邪说。我三合会的一些会员竟也被他们蒙蔽,加入邪教,然后开始胡说八道,匪夷所思,竟和以前判若两人。

  我三合会和魔天神教早有深仇,三洲田起义时,他们就曾迫害过我们。此刻,它又制造歪理邪说蒙骗我幼稚、无辜之会员。是可忍,孰不可忍!然要想和魔天神教对抗,非得有大智大勇之人不可,除你,谁能胜任?我们盼望公韧大龙头,如久旱禾苗之望甘霖。

李斯、张散、邢天贵等三合会兄弟
民国三年元月五日

紧接着,公韧又接到了一封电报,公韧拆开急看。上面写着:

公韧吾弟:

  多日不见,甚是想念!知弟在武昌起义中做出重大贡献,甚是欣慰。联想到在推翻清朝的若干起义中,每每军号吹响,战鼓齐鸣时,弟亲冒枪林弹雨,奋勇冲锋,指挥若定,运筹帷幄,实为我革命之先锋,党人之股肱。

无数革命先烈得到今日共和之局面,实属不易,然而,袁世凯专制之心不死,大肆排挤我革命党人,把共和全民之天下,欲变成袁家之天下。先是刺杀宋渔父,使我革命党人组阁失败,继而又残酷镇压讨袁革命中诸路起义的革命军。

　　更甚者,还想恢复帝制,变灭亡清廷之皇帝,而成袁家之皇帝,阻挡历史车轮,变更民国乾坤,使昭昭民国之天日,再回到昏暗皇帝之专制。呜呼!吾民何不幸,而委此国家希望于袁氏哉!自袁为总统,野有饿殍,而都下之笙歌不断,国多忧患,而郊祀之典礼未忘。

　　万户涕泪,一人冠冕,其心尚有"共和"二字存耶?既忘共和,即称民贼。吾侪昔以大仁大义铸此巨错,又焉敢不犯难,誓死戮此民贼,以拯吾民……我广东之地,富有革命之传统,虽然胡汉民已不任都督,但是革命势力仍盛,汝何不虎归深山,龙潜大海,天高任鸟飞,海阔凭鱼跃,重振我革命雄威,举起我革命大旗。

　　革命前程,任重而道远!革命仍未成功,同志仍需努力。

黄兴
民国三年元月

　　这封信叫公韧热血沸腾,感到再也不能在武昌待下去了。他把唐青盈、西品、韦金珊叫到了一块商量对策。几个人看完电报后,心如潮涌,思绪难平。

　　公韧对大家说:"现在的情况大家都知道了,黎元洪被'押'到北京,段祺瑞已当了湖北都督,再不走,我们恐怕死无葬身之地。大家说说,各人都有什么打算?"

　　唐青盈、西品、韦金珊都低着头,一言不发。只有两个孩子,一会儿呜呜地哭,一会儿嘻嘻地笑,倒是十分活泼喜人。公韧问唐青盈:"小青盈,你有什么好去处,也可以说说嘛!"

　　唐青盈气哼哼地说:"我能有什么好去处,民权没有姥娘、姥爷你又不是不知道。反正是秤杆离不开秤砣,老头离不开老婆,你走到哪儿,我跟到哪儿就是。"民权又啼哭了,唐青盈嘟囔着:"这孩子,刚喂了又饿了。"说着,解开怀,把一只肥大的乳头塞到民权嘴里。民权立刻不哭了,拼着命地吮吸起甘甜的乳汁。

　　公韧又问西品:"你有什么想法吗?"

　　西品抱着民生,一边逗着他玩一边说:"我没什么想法,韦金珊走到哪里,我跟他到哪里,只想平平安安地过日子。"

公韧又问韦金珊："金珊大哥,不知你有什么高见?"

韦金珊慷慨激昂地说道："我一辈子追求国家独立富强,人民安定幸福,虽说好像找到了道路,但是没有想到,搞来搞去,革命竟成了这个样子,比那清朝统治还要黑暗。公韧兄弟,你是老革命了,说说这到底是怎么回事。"

公韧哑口无言,回答不上来。

第230回　水落石出报仇雪恨

韦金珊说："我也感到前途迷惘,找不到一条光明道路,你说怎么办吧,我听你的。"

公韧对韦金珊说："我看广东还有不少革命党人,还有革命的基础。黄先生又叫我回广东,三合会的弟兄也要我回广东。你要是愿意跟着我回广东呢,我欢迎。你要是还有别的好去处,我也不拦你。"

韦金珊想了想说："我没别的好去处,跟着你走吧,跟着你走错不了的。"

临走的时候,没有一个革命同志来送行或者远远地道一声平安,因为那些熟悉的同志,不是和清军作战牺牲在战场上,就是被黎元洪捕杀或者被迫逃匿。

六个人,悄悄关闭了住所的大门,脚步轻轻地来到街道上。唐青盈把民权拾掇利索,绑在后背上,好腾出两只手来,应付随时可能发生的不测。西品抱着民生,一路上紧张得这里看看,那里瞧瞧,心里默默地念叨着,可别出什么意外啊!公韧和韦金珊一人一个简单的小包袱,全是随身的穿戴,和普通的饥民并没有什么两样。

这时候的武昌街道上,满是乞丐、无家可归的难民和被裁撤的士兵,再加上银行倒闭、工厂关门,到处是战争留下来的残垣断壁、破砖烂瓦,一派乌烟瘴气、衰败不堪的景象。武昌起义前,武汉是湖北洋务建设的中心,民族资本比较集中的区域,近代城市经济已具备相当规模,工商业水准仅次于上海,如今繁华兴旺在战火的摧残和黎元洪无能的经济管理下,已经不复存在。

武昌的武胜门城墙上,挂着十几个血淋淋的人头,那是北洋军进驻武汉三镇后捕杀的革命党人。守城的北洋军按照城墙上的照片在一一检查着出城的人,不时有人被北洋军抓起来,押赴到兵营里审问。

公韧感到心里恐惧阵阵袭来,不禁长叹一声:难道没死在无数次的战火中,要在这里让北洋军捕了去？正在这时候，后面狂呼乱叫，一片混乱。几个人回头一看，原来是一些北洋兵驱赶着一些乞丐，要把他们扫地出城。为首的那个白头发白胡子的老头正是云中游，旁边披头散发的是田中草。

云中游早就看到公韧几个了，朝着唐青盈挤眼睛，手指着乞丐的队伍做着手势。唐青盈多聪明啊，急忙领着公韧他们混在乞丐堆里，路过城门口的时候，他们看到墙上贴着公韧、唐青盈、韦金珊三人的相片。

出了城门，公韧才略微松了一口气。唐青盈见了师傅，自然高兴，问这问那。而云中游却训斥公韧道："你看你们怎么革的命？乞丐比革命前还要艰难。那时候清政府还拨给我们一块地方，叫我们建立乞丐国，好歹也有个落脚的去处。现在倒好，乞丐国屯了北洋兵，把我们赶了出来。想到武昌城里混口饭吃，哪想到不让我们在城里待，还打人。就连我们的衣食父母也没比以前好多少，我看比以前还要穷……"

公韧的心里一阵唏嘘感叹：是呀，革命的目的是什么？不就是为老百姓政治上谋权利，经济上谋幸福吗？可是目前看来，这个目的远远没有达到，老百姓生存都困难，还谈什么政治上的权利与经济上的幸福呢？

这边云中游正絮叨着，那边朝着武胜门来了一乘四抬暖轿，旁边跟着六个荷枪实弹的北洋兵。公韧一看，此地离城门不远，刚出虎穴，又撞狼兵，还是小心为好，急忙招呼大家一声："都低下头，不要说话了。"

那乘暖轿颤悠悠地到了西品的跟前，突然轿里头喊了一声："停轿。"轿子立刻停下了。

一个北洋兵把轿帘一掀，从轿子里头走下来一个一只眼鼓一只眼斜，满脸横肉两颗大龅牙的官员，此人不是别人，正是袁世凯的高参刘雅内。他奉袁世凯之命到武昌城内办理公务，恰巧从武胜门经过。轿外的人看轿里看不见，轿里头的人看外面可看得清清楚楚。刘雅内看到乞丐里有一个人像是西品，忙叫轿夫把轿子停下看个究竟。

刘斜眼到了西品的跟前，看到西品低着头，怀里抱着一个婴儿，他就笑嘻嘻地说："是不是西品啊？怀里的孩子是谁？是不是公韧的小崽子啊！怎么混到了这种地步，哈哈哈……"

西品倒是没有说话，可旁边一个大耳刮子一下子就扇了过来。刘斜眼捂着通红的脸一愣，睁大眼睛仔细一看，此人不是别人，正是过去的维新要犯，以后失去踪影，屡次为难自己的韦金珊。还没琢磨过味来，又一个大耳刮子扇了过来，刘斜眼再一看,正是自己的老对手,北洋军追捕多日的革命党人公韧。

那些北洋兵也是狗仗人势,看到主人吃了亏,立刻汪汪大叫,一个个拉开架势,拉动枪栓,就要开枪射击。刘斜眼捂着通红的脸孔大吼一声:"拿……拿人,要活的……"

唐青盈、公韧、韦金珊,哪个不是身经百战的猛将,还能容得下这些虾兵蟹将逞凶狂,立刻扑上去和他们扭打在一起。几个北洋兵都是刘斜眼亲自挑选的,个个武功高强,下手极为凶狠。轿夫也是刘斜眼的亲信,当然功夫也不含糊,再加上刘斜眼也是有两下子的,武功不在他们之下,真是针尖对麦芒,精兵对强将,一时打得难分难解。

云中游一看,这还了得,时间一长,武胜门的北洋兵冲出来,还不把公韧这些人全灭了,于是脏手一挥,大吼一声:"乞丐国的臣民们,还不上啊,等什么?"

这些乞丐早就受够了北洋兵的欺负,这会儿正恨得牙根痒痒,一听国王下了命令,立刻喊叫着:"冲呀!""上呀!"一窝蜂地扑了上去。几十个人围住一个,抱腿的抱腿,拽胳膊的拽胳膊,有的什么也抢不着,就伸过头去,钻进人堆里,朝着那些北洋兵的身上乱咬一气。

好虎难架一群狼,北洋兵们立刻就落了下风。

刘斜眼知道此时已经到了万分危急的时刻,眼睛变得血红,仗着会点武功,掏出刀子来朝着抓他的人一股脑地乱捅,有几个乞丐被捅得浑身是血。不幸的是,田中草也挨了两刀,但他还是紧紧地抱着刘斜眼不松手,刘斜眼又是一刀一刀地朝着他身上捅去。田中草拼尽最后一点力气,一下子抓住了刘斜眼的那只手,再也不肯松开。

众乞丐扑上去一片,死死地把刘斜眼压在地上,眼看着就要把刘斜眼闷死。

就在这个紧要关头,突然听到一阵乱腾,一伙裹着头的教徒冲了过来,个个都是不要命的主儿,一下子就把乞丐帮冲散,将刘斜眼从地上救了出来。

公韧大吃一惊,定睛一看,为首的不是别人,正是魔天神教的教主地接天。公韧对地接天大吼道:"地接天啊地接天,你管魔天神教的事情也就罢了,为什么还要管我们人间的事情?"

那个地接天回答道:"我们是上天的子民,是上天的教徒,你们都是一群妖魔,我们魔天神教就是要执行上天的旨意,除去你们这些妖魔,使天下清静太平……"

刘斜眼听了这句话大吃一惊,倒不是地接天的装束使他惊奇,而是口音太奇怪了,怎么像是他早已不在人世的老爹。然而又一想,天下之大,无奇不有,口音差不多的有的是。于是他对地接天又气哼哼地说道:"你们魔天神教,是天下第一邪教,袁大人早就要捉拿你们,只是找不到你们的踪影。你们……你们……为什么要救我?"

公韧听了地接天的话,也在暗暗琢磨,上次救西品的时候,真假两个地接天打得难分难解……真地接天有瘦杆杆帮着,假地接天有胖团团护着,这个地接天的旁边是胖团团,看来是假地接天。

只听假地接天对刘斜眼喊道:"我们救了你,你还不快跑?跑晚了,命就完了,傻孩子哟!"刘斜眼却不买账:"跑什么跑,这是北洋军的天下。再等一会儿,北洋军上来了,他们一个也跑不了,连你也跑不了,我要为袁大人再立大功!"

公韧心想:这儿离武胜门不远,再纠缠下去,自己这些人恐怕难逃一死,必须速战速决,当初自己和真地接天斗智斗勇时,曾假称自己获得过天书,而天书的文字只有自己懂,地接天为了拉拢自己,还把自己封为副教主……

想到这里,公韧从身上拿出了那本天书——蝌蚪甲骨文,对着胖团团,而不是对着地接天念道:"天下大党大教,争夺天下。魔天神教,天下大教,然而要想夺得天下,还得贵人相助。积德行善,顺应民意,此教必将兴旺,违背天理道德,违背人伦纲常,此教必将衰败。天降大任于公韧也,希望你能辅佐明主。妈吱吱那,依吱吱那……"

第231回 大结局

胖团团本是非常迷信的一个人,见到公韧又拿出天书来念,吓得赶紧跪倒在地。那些信徒更是迷信,见胖团团跪下,也赶紧跟着跪下了。公韧把书一合,对着胖团团大声喊道:"胖团团,你本是地接天十二护法之一,怎么能向着这个假教主,做出背叛魔天神教的事情来?你想干什么?"

胖团团看到公韧手里拿着天书,又听他义正词严地这么一番质问,早吓得六神无主,浑身哆嗦,对公韧战战兢兢地说:"副教主,都是我的不对,我错了!但凭副教主一句话,赴汤蹈火,在所不辞!"

胖团团的突然反水,使魔天神教的人产生了分化,大部分人在天书的威慑下表示臣服,只有几个死党,还簇拥在假地接天的周围。

刘斜眼却是十二分的不明白,嘟囔着:"公韧一个革命党,怎么成了魔天神教的副教主？这怎么可能！怎么可能呢！"假地接天更是不明白，对公韧大吼道："你怎么成了魔天神教的副教主？什么时候加入的？怎么加入的？一派鬼话……"

公韧看到这个假教主已经不打自招，不理他，对胖团团威逼道："胖团团，我问你，教主呢，教主哪里去了？"

胖团团慑于公韧的天威，害怕地说："教主和瘦杆杆一些人，已被我们，已被我们……打死了……"

公韧明白了，真假魔天神教火拼，真地接天和他的死党已死于非命，真是老天有眼，罪有应得。于是公韧威严地对假地接天说："篡权夺教，这可是犯下了死罪，你究竟是什么人？为什么要救刘斜眼？"

假地接天看到，在公韧面前已经再也没有什么秘密可言，只好对他的死党说："上天的子民们，上天的信徒们，打啊，狠狠地打死这些异教徒！狠狠地打死这些不信上天的恶魔！"

公韧也对手下的这些教徒大声吼道："我是魔天神教的副教主，而这个假地接天却是打死魔天神教教主的假教主，违背上天旨意的邪教徒。你们痛改前非，还有药可救，要是执迷不悟，真是老天也不能容你们了，地接天教主可在天上看着你们哩！是对是错，是进天堂还是进地狱，你们可要想清楚。"

这些话犹如晴天霹雳，在这些教徒的心里引起极大的震动，也在假地接天的这些死党中引起不小的混乱。

假地接天想：此时已经没有退路，只能做最后的挣扎，于是大喊一声："杀啊！杀死这些恶魔，杀死这些不信上天的异教徒！"

于是双方又打在一起，不过很快，没有胖团团和一部分教徒的帮助，假地接天被打败了。一些教徒七手八脚地把假地接天摁在地上，刘斜眼也被乞丐们抓住了。

公韧上去一把撕开了假地接天的头套。

不看不要紧，一看吓一跳，这不正是刘斜眼的父亲，香山县县长刘扒皮吗？

活死人吓死人，不但公韧吓了一跳，刘斜眼也吓了一跳。他哭咧咧地说："爹啊，你……你……不是死了吗？怎么还活着……"

刘扒皮哼哼冷笑，说道："我早就是个活死人了。是公韧这个小子，在攻进香山县城后，把我的老底都抖搂出来，使我在县府里，老百姓间，根本没有活路，只能人不像人，鬼不像鬼，苟活在人间。"

公韧大吼道："你做的那些事情，易容易身、强奸民女、搜刮民财，还帮着李瀚章收藏赃物,就连清政府也不能容你,更别说我们革命党了。天作孽,犹可恕,人作孽,不可活。"

刘斜眼悲哀地一声长吼:"爹呀,为什么要救我?要是不救我,可能你还有活路!"

刘扒皮悲哀地说了一声:"虎毒尚且爱子,何况人呀!你是吾儿,哪能不救……"

公韧问道:"我还有一事不明,自立军起义中的谋害,前两天家里失的火,野菜中放的毒,还有很多时候,在我身边出现的阴影,是不是你做的局?"

鸟之将死,其鸣也哀,人之将死,其言也善。刘扒皮知道自己活到头了,慢慢地说道:"我这辈子,最恨的人就是你!是你,叫我没办法活在太阳底下,香山县被你们处死的不过是我的一个替身。这辈子,我就是要寻找一切机会除掉你,可惜啊,老天爷并没有使我如愿!"

韦金珊仰天长叹,大声叫道:"光绪圣上,我知道你这一生,最恨贪官污吏,贪官栽到你手里的不计其数。你让臣下调查李瀚章一案,臣下殚精竭虑,不敢懈怠,十九年了,终于水落石出,替李瀚章窝赃的刘扒皮终于落到我的手里。我这就执行大清律法,送他到应该去的地方,圣上在九泉之下,也好安心……"

说完,一把刀子从刘扒皮前胸进,后胸出,刀子一拔,一股污血窜出,刘扒皮立刻毙命在脚下。

西品也大骂刘斜眼:"这就叫人在做,天在看,举头三尺有神明,老天爷什么事情都看得清清楚楚。"她把孩子塞给一个乞丐,夺过一把刀子,一刀一刀地朝着刘斜眼的身上捅去,一边捅一边骂:"这一刀是为我爹报的仇,这一刀是为我报的仇,这一刀是为那些冤死鬼报的仇……"

刘斜眼在一刀一刀的反复穿刺下,白眼珠露了出来,嘴里往外冒着血泡,气是只能往外出,不能往里进,不一会儿,就一命呜呼,到地狱里再叫小鬼们折磨去了。

再看眼前现实,又是满目凄凉,北洋兵、乞丐、魔天神教徒,死尸枕藉,就连田中草,这位乞丐国的国师,救活过无数乞丐的"神医",也惨死在这场斗争之中。

云中游颤颤巍巍地走过去,抱着田中草的尸体哭道:"田中草啊,田中草,我的老伙计哟!多少次你死里逃生,没想到今天竟然死在了这个狗官手里。你这一走,不知又有多少个乞丐得不到救治病死!我可怜的国师哟,我那老伙计哟……你不该走啊!你走了,倒是早早地享福去了,可我呢,惨了……"

唐青盈劝师傅道:"师傅呀,人死不能复生,还是赶紧走吧,等一会儿,要是城里的北洋兵杀过来,又麻烦了。活着的还要继续生活啊!"

听了徒弟的劝告,云中游知道此时不是悲伤的时候,赶紧领着那些活着的乞丐,向远处慢慢逃去。

这时候,天已经渐渐黑了下来,周围就如一张巨大的黑色帷幕一样,黑暗得叫人窒息。四个大人在黑暗中紧紧地依偎着,背着孩子,摸索着向前行走……路还很远很远,但是他们决心勇敢地坚强地一直走下去。

民权和民生,这两个小子,在母亲的背上深深地睡熟了。